U0358369

20 世纪美国诗歌史

A History of 20th Century American Poetry

（第二卷）

张子清　著

南開大學出版社
天　津

目　录

CONTENTS

第七章　威尼斯西垮掉派诗人
——被一般史书忽视的一群过草根生活的年轻诗人

垮掉派是全美国的文学现象。我们可以这样说，垮掉派诗人集中活动的地方有三处：旧金山的北滩、纽约的格林威治村和南加州威尼斯海滩的威尼斯西（Venice West）。实际上，他们之间都有千丝万缕的联系，通过他们波希米亚式的居无定所的流浪生活，把东海岸和西海岸连接了起来。他们本来是一群抛弃传统理念和艺术形式的异化于主流社会的年轻人。

美国的威尼斯是为了洛杉矶商人休闲，于 1905 年在洛杉矶西边的海滩旁，模仿意大利威尼斯风格建立起来的小镇，市内有一条大运河、一座“叹息桥”、数条几英里长的小运河，从意大利进口的贡都拉游船穿梭于运河之上，成了一处游客如云的旅游胜地。可是，它到了 20 世纪 50 年代后期败落了，变成了洛杉矶环境恶劣的边城。那里的房价和生活费用低廉，吸引了一群收入甚微、在生活中挣扎的年轻诗人、音乐人和艺术家入住。当他们作为垮掉派为外界所知晓时，他们敲手鼓、披长发、语言火辣的形象及其与主流对抗的诗歌往往成了公众取笑的对象。他们脱离主流社会，反对中产阶级生活方式，特别厌恶物质享受，围绕在社会批评家、诗人利普顿周围，改变意识状态，自愿选择贫困的草根生活，专心致志于诗歌和艺术创作。

自愿来威尼斯忍受贫困的诗人包括劳伦斯·利普顿、斯图尔特·珀科夫、菲洛娟·龙、约翰·托马斯、弗兰克·里奥斯（Frank T. Rios, 1936— ）[1]、托尼·西贝拉（Tony Scibella）[2]、威廉·马戈利斯（William

① 弗兰克·里奥斯：原来是纽约的海洛因成瘾者，自从来到威尼斯之后，在珀科夫和托尼·西贝拉的影响下创作诗歌，最后戒掉了吸毒的恶习。他的纸拼贴艺术出众，展现了他视觉艺术的才能。

② 托尼·西贝拉：出身于蓝领家庭。在参加侵朝战争之后，开始画画。在威尼斯诗人的影响下，专心投入诗歌创作，出版有《美国孩》（*The Kid in America*, 2000）和《我想不会有为我们举行的大巡游》（*I'm Afraid There Will Be No Parade For Us*, 2002）。他晚年朗读他的《美国孩》，给纪录片提供当年威尼斯西诗人的活动情况，在录制过程中去世（2003）。

Margolis）[1]、索尔·怀特（Saul White）[2]、罗伯特·法灵顿（Robert Farrington）、莫里斯·莱西（Maurice Lacy）、查理·纽曼（Charlie Newman）、约翰·哈格（John Haag）等在内的一批诗人和一批艺术家。他们住在他们假想中的波希米亚社区（破旧不堪的住房，其中还有人住在免费的格兰德旅社）：有爵士乐手和他们合作诗歌朗诵；有摄影师，例如查尔斯·布里丁（Charles Brittin），为他们留下宝贵的形象资料；有诗人，例如约翰·托马斯，为他们提供免费餐。作为威尼斯海滩边消闲斋（Gas House）[3]的经理和厨师，托马斯为大家准备菜肴的丰盛与否，取决于对他们青睐的游客当时丢在收钱罐里钱币的多寡。他通常为大家购买价格便宜的海鱼和马肉。

托尼·西贝拉在谈到威尼斯西时说："（在美国）有北滩，有格林威治村，没有威尼斯。威尼斯被称为海边的一个贫民窟，它是一处住房和办公用房特别便宜的拥挤的地方，适合于诗人和画家居住，不知姓名的邻居见面时点头问候。1958年，斯图尔特在这里开了一个提供简餐的威尼斯西咖啡馆，这里突然成了一处展览你的画、大声朗诵你的诗歌的地方！在前旅游时代，我们多数人相互朗诵诗。"

打一个不太确切的比方，他们那时的浪漫处境类似于中国20世纪80年代新潮文化兴起时期的弄潮儿的状况：先锋派诗人黑大春，画家王怀庆、莫束和一些摇滚乐手们在1984年开始时暂住在圆明园废墟上的福缘门村和挂甲屯一带，过着浪漫、贫困而自得其乐的生活。

自从利普顿的纪实小说《神圣的野蛮人》发表之后，威尼斯西罗曼蒂克的诗人和艺术家引起了媒体的关注，招来很多的游客，有时给他们带来不便。有一次，大批游客下游览车后，出于好奇，蜂拥来寻找垮掉派诗人。诗人和艺术家们却爬到屋顶上避开，一来感到他们的艺术小天地受到了侵扰，二来他们担心不需要的恶名、当地的"有关人士"和商业利益将汇合起来形成一股力量，把他们看作是令人厌恶的人，去找警察局调查为他们提供免费餐的地方有没有合法的娱乐执照。1962年，消闲斋最终被拆毁了。

约翰·阿瑟·梅纳德（John Arthur Maynard）经过采访和调研，在他

---

① 威廉·马戈利斯：身体欠佳，坐轮椅行动。20世纪60年代移居威尼斯。他曾在50年代与鲍勃·考夫曼（Bob Kaufman，1925—1986）、金斯堡、约翰·凯利（John Kelley）等人创办垮掉派杂志《至福》（*Beatitude*），为许多初投稿者和被正规杂志以各种原因拒绝的作者提供了发表的机会。1998年去世。

② 索尔·怀特：抽象派画家，终身投入诗歌创作。他在生命最后几年开过几次画展后受到关注时，却在2003年不幸去世。

③ 从字面上看，它好像是"煤气库"，实际上是海洋公园步行道上吸引游客的一家改装的（赌博机的）宾果房，一座走廊很长很宽的屋子。它和威尼斯西咖啡馆如今成了回顾当年垮掉派诗人和艺术家欢聚地的景点。

的专著《威尼斯西，南加州垮掉的一代》（*Venice West, The Beat Generation in Southern California*, 1991）里，以翔实的史料，向我们披露了这些被一般史书忽视的诗人。威尼斯西垮掉派诗人与其他地方的垮掉派诗人的不同之处，在于这里是一处相对小的世界，诗人们之间不但相互认识，而且共享一个诗神，一个他/她们独有的缪斯。

因为篇幅所限，下面重点介绍劳伦斯·利普顿、斯图尔特·珀科夫和菲洛娟·龙，最后简要介绍约翰·托马斯。

第一节　劳伦斯·利普顿（Lawrence Lipton, 1898—1975）

利普顿出身于贫困的波兰移民家庭，14岁时，父亲去世，从小在芝加哥于挣扎和奋斗中求生存。先后当过插图画家、《犹太前进日报》（*Jewish Daily Forward*）星期天专栏撰稿人、芝加哥一家大型电影院宣传部主任，同卡尔·桑德堡、埃德加·李·马斯特斯、舍伍德·安德森、哈丽特·门罗、本·赫克特（Ben Hechet，1894—1964）等作家都有交往，是芝加哥作家圈里的人。和第三任妻子合写过神秘探险小说，以笔名克雷格·赖斯（Craig Rice）发表了22部小说。离婚后，于1948年娶了第四任妻子内蒂·埃斯特·布鲁克斯（Nettie Esther Brooks）。他为《大西洋月刊》《芝加哥评论》（*Chicago Review*）、《文学评论季刊》等大杂志撰稿，发表了两部严肃小说《兄弟，笑是苦涩的》（*Brother, The Laugh Is Bitter*, 1942）、《秘密战》（*Secret Battle*, 1944）和一部诗集《午夜彩虹》（*Rainbow at Midnight*, 1955）。

1956年，利普顿开始尝试诗歌与爵士乐的结合。通过先与谢利·曼（Shelly Manne）合作，然后同吉米·朱夫雷（Jimmie Giuffre）和巴迪·科莱特（Buddy Collette）合作，他的诗与音乐结合的理论得到了完善的体现。著名的中音萨克斯管乐主设计师、作曲家、单簧管吹奏家、小号手兼乐队领队本尼·卡特（Benny Carter, 1907—2003）和杰克·汉普顿（Jack Hampton）从洛杉矶—旧金山哥伦比亚广播公司电台联播节目中，听到利普顿与雷克斯罗思关于诗歌与爵士乐结合的讨论，于1957年9月请利普顿创作和指导诗歌—爵士乐系列音乐会。利普顿经过充分酝酿，在1958年初举行了首次西海岸诗歌和爵士乐节，连续两周，场场满座，其中在洛杉矶爵士音乐厅连续四个晚上的演出取得很大成功。为了这一系列音乐会，利普顿请来了包括肖蒂·罗杰斯（Shorty Rogers）、比尔·霍尔曼（Bill Holman）、巴尼·凯瑟尔（Barney Kessel）等在内的音乐才俊和雷克斯罗思、斯图尔特·珀科夫以及几个其他威尼斯年轻诗人，努力创造了爵士乐诗歌运动，名曰“爵士诗章”，成功地邀请了雷克斯罗思作为盟友和诗歌朗诵表演者。他后来在同年制作了唱片《爵士乐诗章》（*The LP Jazz Canto*，1958），由世界太平洋唱片公司出版和发行。《爵士乐诗章》唱片只突出介绍了费林盖蒂和惠伦在内的诗歌，没有选进他为之提倡的威尼斯西诗人的诗，这很遗憾，因为这毕竟是威尼斯西垮掉派诗歌运动中的一次盛举。

在公园大道20号利普顿的家“技工屋”（Craftsman House）举行的每个星期天下午的沙龙上，大家一起朗诵诗歌，讨论文学、爵士乐和艺术等等问题，一直到深夜，有时在聚会结束后，到海滩上过夜。在年龄、阅历和知识水平上，利普顿都比其他人更成熟，自然地充当了大家的导师或头领，成了包括威尼斯西和洛杉矶在内的南加州垮掉派时代的中心人物，如同旧金山的雷克斯罗思或纽约的金斯堡。利普顿认为，威尼斯西诗人应当同东海岸垮掉派诗人金斯堡、凯鲁亚克、威廉·巴勒斯或者旧金山的雷克斯罗思、费林盖蒂等人平起平坐。利普顿乐见这里的诗人比围绕在雷克斯罗思周围的诗人更年轻，更火爆。他有心组织和记录大家平时的谈话和讨论，经过酝酿和准备，出版了反映威尼斯西垮掉派诗人生活作风和艺术个性的纪实小说《神圣的野蛮人》（*The Holy Barbarians*, 1959）。小说里的主要人物除了他本人之外，还有化名的珀科夫以及其他化名的诗人。首先引起世人对威尼斯西垮掉派诗人广泛注意的就是这部小说。

利普顿很激进，在文学杂志《海岸线》（*Coastlines*）上发表文章《美国人的地下文学》（“American's Literary Underground”, 1956），号召大家脱离工作、政治忠诚和中产阶级的道德观，否定“社会谎言”（假设的社会契约谎言，即政府给予人民多于人民给予政府），过自愿的贫穷生活，建议《海岸线》在他的指导下推广“新写作”。他认为真正的作家要避开“密集的腐败中心”，换言之，威尼斯西的一批诗人和艺术家是脱离“密集的腐败中心”的真正作家，是文艺家们的榜样。这是一个乌托邦式的主张，《海岸线》双主编吉恩·弗鲁姆金（Gene Frumkin, 1928—2007）和梅尔·韦斯伯德（Mel Weisburd）当然没有接受他的建议，因为他们不想突出一群作家而冷落另一群作家。他们不赞成他自我孤立的做法。2009年，拉里·哈尼施（Larry Harnisch）在回忆洛杉矶和威尼斯当年垮掉派诗歌的状况时，对利普顿的印象是：

> 他是一个顶呱呱而复杂的人。他在他的许多“商业化”作品和创

作上是成功的，特别是在侦探神秘小说领域同他妻子的合作、为电视台和电台编剧、写书、宣传和推广上。他的一生是在跑步机上不停地向前跑，不得不与商业世界妥协。[①]

显然，利普顿是一个雄心勃勃、讲究实际而又永不停步的乌托邦作家。例如，他在出版《圣神的野蛮人》之后，便转入到性革命。他相信重组性高潮进程本身对千百万人来说是决定性的一步。他在《性爱革命：一个肯定的新道德观》（*The Erotic Revolution: An Affirmative View of the New Morality*, 1965）一书中鼓吹："废除所有规范婚前性行为的法令；使法定婚姻自由选择；废除所有认定同性恋为非法的法律；废除所有所谓'非自然性行为'的有关法律；使各地避孕药具合法化，免费赠送低收入群体。"他所希望的是，新的社会是理性的，起作用的，对人类灵魂最深处的基本需要负责。[②]在当时的美国，他的这种构想不能不说是大胆而有违常规的邪门歪道。

第二节 斯图尔特·珀科夫（Stuart Z. Perkoff, 1930—1974）

斯图尔特·珀科夫是南加州垮掉派的中心人物，被视为垮掉派时代最具影响力的地下诗人，一个有才华的爵士乐诗人，也被誉为"诗人制造者"。他影响了威尼斯西和洛杉矶的许多诗人。1958 年，他经营威尼斯西咖啡馆，供人写作、听音乐、下棋。每个星期五晚上，在这里举行诗歌朗诵会。这是他为诗人朗诵、乐人演奏和画家展览提供的一处理想场地。

他出生在圣路易斯，十来岁时就深入到当地的贫民区和激进工人酒吧间乱糟糟、闹哄哄的环境里，了解社会底层的生活状况；在左派朋友的影响下，他接受了马克思"改变世界"的教导，在高中时就参加了共产党，开始写诗，表达对当时体制的不满。他写的下面几行诗，反映了他当时崇尚无产阶级革命的精神面貌：

这是 1947 年

① Larry Harnisch. "*Holy Barbarians* Revisited." *The Daily Mirrior/Los Angeles Times*, September 2, 2009.

② Nettie Lipton. "Lawrence Lipton." *Dictionary of Literary Biography*, Vol.16: The Beats: Literary Bohemians in Postwar America. Ed. Ann Charters, University of Connecticut. Gale Research, 1983: 352-356.

我们的希望很高
一座座丑陋的房屋和世界的垃圾
要被铲除

“墙！墙！墙！”我们大声呼喊
“把它推倒，
把它推倒。”

珀科夫在18岁生日那天，只身前往纽约闯荡，浸泡在纽约地下音乐、诗歌和吸毒的氛围里。他的处子作发表在杂志《抵制》（*Resistance*）和《起源》上，引起了奥尔森和克里利的重视。奥尔森后来给他写了一封诗体信，表示对他的诗的赞赏。他在纽约扩大了视野，又接受了兰坡“改变生活”的告诫。他由于在纽约抵制服兵役而遭逮捕，父亲去纽约把他解救后，回到加州。他于1949年结婚，几个月之后，同妻子去纽约，生了孩子，由于无法维持生计，返回旧金山，最后找到生活费用最低的理想之地威尼斯安家立业。

珀科夫生来有对视觉艺术的审美直觉，能绘画，善雕塑。他的形象视觉能力也体现在他的诗歌构造上，例如，他的诗集《自杀房间》（*The Suicide Room*, 1956）里有一首诗《风》（“The Wind”）：

昨晚深夜刮来的风
横扫在房屋与房屋之间，
在开着的窗户里变冷。
屋外，一只铁罐头和一个玻璃瓶
在凹凸不平的街上滚来滚去，
发出的声音好像是马在拉车，
滚动在垃圾和破窗玻璃之上。
“我想，这是一部分音乐，”她说。

天空只有一颗星
和一弯月牙。
它们在黑暗里
悬挂着世界，
用串了铃铛和玻璃坠子的

一条条绳子悬挂着，
荡来荡去，

在狂风里
发出叮叮当当声。

他写的这类诗很少有嬉皮派的那种粗言俗语，斯蒂芬·罗曼（Stephen Roman）认为珀科夫具有清秀和新古典主义的艺术风格，它贯穿在他的后期作品里。[①]

1960年，珀科夫被当地电视台邀请作为垮掉派代言人，做了一个谈话节目，给听众留下了深刻印象。同年，他的三首诗《献给路易斯·布努埃尔的花》（"Flowers for Luis Bunuel", 1955）、《隐士》（"The Recluses", 1956）和《爱的庆典，死的庆典》（"Feasts of Love, Feasts of Death", 1957）入选唐纳德·艾伦主编的《新美国诗歌》（1960），使他拥有了他生平以来最多的读者。这应当是他的诗歌创作生涯的高峰。我们现在来欣赏《爱的庆典，死的庆典》中的第四节：

当这个太阳死去时
许多其他的太阳仍然会闪耀
万物包含
自我实现的种子
一切种子包含
自我毁灭的万物

太阳
使早晨明亮
蒙着眼睛
冉冉下降

太阳的早晨
涌进
烽火的沙砾

---

① Stephen Roman. "Visions for the Tribe." *Poetry Flash*, No.288, August/September, 2001.

醒来
别走

来聚在一起

来聚在一起

珀科夫思想奇特，想象力丰富，能用画家和雕塑家的笔触，毫不费力地勾画出意境广阔、意象生动的画面来。他写的抒情诗也适宜于朗诵。他本人就是一个爵士乐迷。托尼·西贝拉夸奖他说，他庄严的男低音和带有犹太教风味的正规语调使得他的诗歌朗诵出彩、出众。

著名喜剧演员和电影明星格劳乔·马克思（Groucho Marx, 1890—1977）曾经问珀科夫是不是垮掉派，珀科夫否认自己是垮掉派，格劳乔·马克思问他什么样的人是垮掉派呢？他说："……他们的生活方式是用最少的钱维持生活，相信他们有能力解决他们自己的问题而不需要外界强迫，只要他们不伤害任何人。"殊不知，他无论在世界观、审美趣味或生活作风上，恰恰是一个地地道道的垮掉派诗人。斯蒂芬·罗曼说："在把地下行话混合到诗里去的垮掉派诗人之中，他也许是最成功的一个。"① 犹太人的传统习俗、爵士乐隐语、不经意的通俗、高度的振奋铸就了珀科夫诗歌的活力。

可惜珀科夫的好景不长，他不久便被一帮故作姿态的食客弄得心烦意乱，再加上利普顿以导师自居，对他们指手划脚，使他感到沮丧，于是离开威尼斯，去墨西哥逗留了一个时期。那里的毒品很便宜，他染上了吸毒的恶习。他回到威尼斯之后精神不振，变得很颓废，创作力下降。吸毒导致他在 1967 年被捕，所幸，他因为少量贩卖大麻而不是贩运海洛因，轻判入狱 5 年。1971 年被假释后，他由一个原来精神抖擞的人变成一个长发长须步履沉重的人，在一家纺织厂找了一份工作，戒掉了烟瘾，节省下来的钱开办一个书店——"狼河书店"。在这段时间里，他出版了三本诗集。1974 年，珀科夫罹患癌症，临终时，他的情人菲洛娟·龙陪伴在侧，②抚摸着他的额头和眉毛，两人做了简短的对话：

珀科夫：他们在死后还有价值吗？

① Stephen Roman. "Visions for the Tribe." *Poetry Flash*, No.288, August/September, 2001.

② 菲洛娟·龙在一次接受玛丽·桑兹的访谈时坦承，她与珀科夫的关系是情人关系、性伙伴关系，从来不是夫妻关系。

龙：你的痛苦教训是什么？
珀科夫：服从。在临终时你认为会发生什么？
龙：看起来一切是光明，感觉起来是爱。
珀科夫：你认为他们在死后，会发生什么？
龙：不管什么情况，一切还好。

珀科夫临终的担心似乎是多余的。他生前多次的诗歌朗诵录音至今仍然保存在录音带里，供后人翻录。由国家诗歌基金提供资助，为他出版了诗歌全集《圣女之声：诗合集》（*Voices of the Lady: Collected Poems*, 1998）。克里利在为他的这部合集写的前言《致斯图亚特》中指出，他的诗源于“社会的绝望”，并说：“鲍比・路易丝・霍金斯[①]说斯图尔特・珀科夫是她认识的唯一的一个诗人，他能运用日常的街谈巷议和当时希比派的口头语，不做作，很自然，没有一点好像隔一层生活或隔一层人的企图。”他在生前以《纪念》（“Mem”, 1973）为题，写了不断重复的罗列性诗行：

她是母亲
她是情人
她是伴侣
她是母亲
她是朋友
她独一无二

她是母亲
她是给予的一切
她是情人
她是源头
她是母亲

她是月亮
她是地球
她是乳房
她是血液

① 博比・路易斯・霍金斯（Bobbie Louise Hawkins, 1930— ）：小说家，诗人，克里利的妻子。

她是天空
她是一切的飞翔
她是树林
她是食物
她既被索取也被给予
她既是营养也是死亡
她既拥抱一切也原谅一切
她既温柔也残酷
她知道，她不会忘记

她富有欺骗性
她具有魅力
她撒谎
她写诗
她保护我们免受恐怖对生命的威胁，给我们以安心
她摧毁一切

她是她
她是她

它的数字是40 98/

他在这首诗里很聪明而又巧妙地把女人、地球和宇宙联系在一起，其实他的诗也是与大地、太阳、月亮、星星联系在一起的，他的艺术生命因此而得到延续。严格地讲，珀科夫也算是一直手头拮据的草根诗人。他在诗里不只是书写了他个人的生活悲剧史，更重要的是抒发了他与社会底层百姓的联系。

第三节　菲洛娟·龙（Philomene Long, 1940—2007）

作为诗人，菲洛娟·龙享有“威尼斯桂冠诗人”的称号，作为电影制片人，她拍摄过几部电影，其中包括与金斯堡合作拍摄的《垮掉派分子：关乎存在的喜剧》（*The Beats: An Existential Comedy*, 1980），在威尼斯诗人

之中她也算是佼佼者了。

菲洛娣·龙出生在纽约格林威治村一个海军军官家庭，在加州圣迭戈长大，八岁时能写诗。上天主教学校，毕业于圣母平安学院。她在圣莫尼卡山顶的一座修道院院墙内生活了五年，在她快要发誓当修女时突然改变主意，半夜逃下山，只身来到威尼斯。原来在1959年，她的一个朋友向她介绍了威尼斯的诗歌景观，说她是一个垮掉派。她问为什么，她的朋友说，她总是呆呆地凝望天空好几个小时，自此以后，威尼斯成了她的向往之地。她最初遇到斯图尔特·珀科夫、托尼·西贝拉和弗兰克·里奥斯。1968年，与约翰·托马斯结识，1983年，与他结婚，定居威尼斯之后，积极投入诗歌创作和拍摄电影。从60年代起，绝大部分时间在威尼斯度过，对禅宗心印和礼拜仪式圣歌感兴趣。

菲洛娣·龙离开修道院之后，连续五年反问自己有没有上帝。她的这个问题如同禅宗公案，不会有确切的答案。她说，她在一次威尼斯聚会上得到答复。她的一个朋友告诉龙说，她看到了上帝，但是说不出话来，她只想吐，上帝使她感到恶心。龙的宗教感情于是（也只好）转移到她想象中的圣女/缪斯身上了。她说，圣女/缪斯完全不像修道院里圣母玛利亚那样无动于衷，而是和大家在一起，她需要诗人，诗人也使她保持活力，虎虎有生气。

1968年，龙开始对禅宗感兴趣。1974年起，她跟随前角博雄禅师学禅21年，直至后者在1995年去世为止。金斯堡和其他许多名人都去拜访过这位高僧大德。她后来出版了《美国禅骨：前角博雄禅师的故事》（*American Zen Bones: Maezumi Roshi Stories*, 1999）。这不是前角博雄禅师的传记，也不是龙对前角博雄禅师的回忆录，而是记录禅师生前所讲的启迪人的故事，例如在谈到学禅的目的时，龙作了这样的描述：

> 有人问前住禅师：“禅宗的目的是什么？”
> 他回答说：“变得愚蠢。变得真正的愚蠢。”

禅师总是讲这类出其不意的话，要了解禅师的本意，是不是提醒人要大智若愚？这取决于学禅人的悟性。前角博雄禅师是按照禅宗传统传道，不用通常的长篇大论。龙告诉前角博雄禅师说，她把他写进书里，为此她问：“你想要知道我让你讲些什么话？”他的回答：“捏造。”在没有摄像机和录音机的情况下，任何复述不可能完全忠实恢复原话。在严格意义上讲，龙的复述只能是“捏造”。何况即使有摄影机和录音机，也不可能恢复当时的语境。因此，杰克·弗利说："前角博雄禅师是触媒。通过他，菲洛娟·龙'找到东西方之间传输的时机、影响和瞬间触摸。'但要点不是触媒；要点是传输。"[①] 作为一个禅宗实践者，菲洛娟·龙根据自己的体验和兴趣，写了不少禅宗诗和赞美诗。她同时受圣特蕾莎[②]和哈克贝利·费恩[③]的影响。威尼斯文艺中心超越巴洛克（Beyond Baroque）主任弗雷德·杜威（Fred Dewey）说："她的作品吸收了许多不同的源流。"女诗人坦承，她有意选择禅宗佛教，但骨子里是罗马天主教。2006年6月21日，列维·阿舍（Levi Asher）以《菲洛娟·龙，威尼斯海滩的诗人》（"Philomene Long, Poet of Venice Beach"）为题，就菲洛娟·龙的宗教经历，对她进行了采访。菲洛娟·龙在这次采访中谈到她的宗教态度时，说：

> 我是禅宗天主教徒。我不能实践一个而丢掉另一个。佛教是为普通生活创立的一种宗教，基督教是为危机创立的一种宗教。在日常生活中，我主要实践的是禅宗，直至我处于危机之中。危机袭来的时候……菲洛娟不再盘膝坐在宁静的佛像前面了，她跪在巨大的木制十字架前面。

和凯鲁亚克一样，也和雷克斯罗思一样，菲洛娟·龙的感情深处依然被天主教的上帝占据，这就是她为什么承认自己是禅宗天主教徒，一种东西方宗教结合而孕育的哲人。

威斯敏斯特大街尽头的海滩旁有迎风广场诗人墙，墙上蚀刻了过去和现在的威尼斯诗人的18首诗[④]，其中一首诗是她所写：

> 威尼斯
> 沾满诗人血的
> 圣地
> 躺在鸟儿胸脯下面的
> 城市

---

① Jack Foley. *Foley's Books*. Oakland: Pantograph: 107.

② 圣特蕾莎（Saint Teresa, 1515—1582）：西班牙著名的圣衣派修女，反宗教改革运动作家，圣衣派仪式改革家，提倡通过内心祈祷过冥想式生活的神学家。她对基督徒祈祷有颇深入的阐释，主张基督徒的祈祷一般以内心默想为主。

③ 指马克·吐温小说《哈克贝利·费恩历险记》中的主人公哈克贝利·费恩。

④ 在诗人墙上留下诗篇的诗人还有：Linda Albertano, Charles Bukowski, Ellyn Maybe, John Thomas, Exene Cervenka, Wanda Coleman, Taylor Mead, Manazar Gamboa, Jim Morrison 和 Viggo Mortensen。

每一个角落
由一只只猫守护
缪斯，惊喜的天使
一首首诗
从路面裂缝里冒出来

这首诗流露了菲洛娟·龙自甘贫穷、乐于生活在威尼斯的快乐心情。但是，她同时对生活在这里并不感到十分满足。她说，在威尼斯当诗人等于是流放中的流放，威尼斯对于她来说是另一个寺院，除了毒品和性之外。我们从她的《冷冰冰的埃利森楼：组诗之一》（“Cold Ellison I”）中可以感觉到她对恶劣生活环境的抱怨：

这冷冰冰的埃利森楼
延伸不出路，最好静静地坐着
静得像是心灵里害了病
高高地坐在这冷冰冰的老楼上
天空慢慢地从旁边经过
一只只鸟儿翻飞
鲁莽，彻底的自由
我朝冰冰冷的埃利森楼
攀登这条路
这条永无尽头的路
谁能够打破世界的圈套
和我一起
坐在这白云中间？

埃利森是她和丈夫约翰·托马斯居住的一座公寓楼名字，砖头砌的窗户，水管破裂，厨房的地面上总是洼着水。她生活在这种破旧的屋子里心情自然地好不起来。她认为这是世界的圈套：你热爱波希米亚的生活，那你就得忍受恶劣的居住条件。她对她的丈夫约翰·托马斯说：“你说过，你会把我的女王国收回给我！”托马斯堂而皇之回答说，他们住的小公寓（埃利森楼）就是她统治的王国。女诗人只好用揶揄的口吻，在诗里表达她的满腹牢骚：

波希米亚女王！
如今水管漏水的女王！
被噪音吵扰的女王！
这些地下墓穴的女王！
约翰，你使我感到
这脏兮兮的地方胜过天堂！

女诗人自艾自怨自叹自乐的复杂心情在与丈夫的谈心中充分透露了出来：

我曾经感到骄傲
他们叫我波希米亚女王
如今感到脸红，害臊。
“约翰·托马斯！”我大声说，
“我努力从我自己身上
拿出一些东西——
给这一无所有……
我要祈祷
去拥抱这贫穷！”

“祈祷拥抱寂静吧，
我们已经很穷！”他说。
“嘿，我们还不错，
对于一个疲敝的老翁
和一个疯婆娘来说。
明天我要给你
一顶水晶皇冠。
我给你的足够了吗？”

“约翰，有你做我的伴
穿过几个玻璃世纪
有你钻石般的身体
宁静，大片的土地——
这是我寻求的唯一中心。”

夜间，蟑螂们爬出来
穿越我的颈项，到达
雅美寺冈[①]的画作
《禅师骑蓝鲸》：

白隐惠鹤[②]冥想死亡
蟑螂躲避在佛的身后
哦，小虫的眼睛。忧愁。忧愁。
太多了。至少一千只
它们必须死，我们将用
卖掉我们的诗集的钱
购买消灭蟑螂的毒药

这是这对诗人夫妇的生存状态，也是威尼斯诗人的生存状态：他 / 她们表面上确实放荡不羁、罗曼蒂克，但匮乏的物质生活毕竟减少了他/她们生活的情趣和乐趣。菲洛娟·龙在玛丽·桑兹访谈录中直言不讳，说：

当我写第一批冷冰冰的埃利森楼的组诗时，我感到是在生活垃圾箱里捡破烂所花的巨大代价，寻找崇高碎片。但是《波希米亚女王》既是拾取又是寻找崇高。啊！崇高！我倒喜欢自己挺直身体，穿着黑天鹅绒服装，戴着白色长手套拣取崇高。

菲洛娟·龙在这里指的所谓崇高无非是指诗人们追求的名声或光环。但现实使她深切地感到她和丈夫生活在被抛弃的世界边缘，从她的《威尼斯西的幽灵》（“THE GHOSTS OF VENICE WEST”, 1994）中也可以看出她失去了生活的信心：

他们已经是幽灵
约翰和菲洛娟
当他们沿着木板路
走过时，幽灵和诗人重叠

① 雅美寺冈（Masami Teraoka, 1936— ）：日本当代画家。

② 白隐慧鹤（Hakuin Ekaku, 1686—1769）：日本禅宗佛教中最有影响的禅师之一。他恢复了濒于僵化的临济宗，影响了日本后代所有的临济宗禅师，现代所有临济宗禅宗的实践者都取法于他。

当他们走过时，一只只海鸥的
影子飞在他们的影子上面

一切缠住一切

已经是幽灵的
约翰和菲洛娟
在威尼斯西
幽灵似的灯柱之下
他们的节奏
睡眠的呼吸
业已停顿

失落在美国边缘
已经是幽灵
每一首诗
是每一声告别

一切缠住一切
大海是世界的幽灵

在女诗人的笔下，她和丈夫似乎成了行尸走肉的一对。她与丈夫主动脱离常人的谋职生活，被边缘化和被遮蔽的命运也就难以避免了。

圣女/缪斯、上帝、天主教、佛教、贫穷、痛苦感、牺牲、对宗教里至福和狂喜的渴望等成分，充满在她的两卷本诗集《波希米亚女王》（*Queen Of Bohemia*, 2001）[①]里。菲洛娟·龙说，诗人需要空气，一些营养和时间。威尼斯诗人有的是自由空气和时间（当时大家都很年轻），唯独缺乏的是包含基本营养的食物；正如杰克·弗利在评论这部两卷本诗集时，指出作者充满黑暗和孤独的诗与狂喜有着激烈的冲突，有清醒的意识，而这意识正濒临灭绝的边缘。换言之，她面对不如意的现实与她在天主教中追求的至福或狂喜产生了巨大的矛盾和落差，女诗人对此有清醒的认识，而这种认

① 第一卷标题与总标题相同，第二卷《冷眼在凌晨3点发光》（*Cold Eye Burning at 3AM*）标题源于叶芝的名句："对生，对死 / 投以冷眼。/ 骑士们，冲过去！"龙是爱尔兰裔美国人，晚上失眠，她说这冷眼是永远不睡的眼睛。

识却稍纵即逝。在某种意义上讲，龙和其他威尼斯西诗人的一生是疯狂的喜剧，或喜剧性的疯狂，如同她在诗中所表达：

每一首我写的诗
是一次自杀
它会说
我是你的死亡
隐藏在感情爆发的痉挛里
此刻是你手中的火焰
耀眼，炽烈。

生活在威尼斯，对于菲洛娟·龙来说，美与危险相连，痛苦与狂喜并存。虽说威尼斯偏处一隅，但菲洛娟·龙与诗歌界和学术界依然有紧密的联系，加州大学洛杉矶分校特聘她担任“垮掉派写作”教学。她把设立该课程的目录上的一段说明文字，不无喜悦地展示给采访她的玛丽·桑兹看：

……旧金山文艺复兴、纽约垮掉派和威尼斯西开创的写作技巧，包括威廉·巴勒斯的文学手法、凯鲁亚克的涂鸦和金斯堡朗诵运气的法则。菲洛娟·龙说：“垮掉派写作是明显的美国文学形式，受爵士乐的节奏和禅有节制的偶发性发挥的启发。我将在此过程中领你们出发。我不保证我能停止！”

这也许是对菲洛娟·龙一辈子甘守陋斋、自愿贫穷的回报。

第四节　约翰·托马斯（John Thomas, 1930—2002）

托马斯是一个传奇人物，他的全名是约翰·托马斯·伊德勒特（John Thomas Idlet）。他在来威尼斯之前，读了利普顿的纪实小说《神圣的野蛮人》，深深地被威尼斯的波希米亚社群所吸引，居然放弃在巴尔的摩的电脑程序员工作，狠心抛妻离家，搭便车来到威尼斯，很快融入到威尼斯反主流文化的地下文化之中。他在 1983 年的一次诗歌朗诵会上认识了菲洛娟·龙，娶她为第 4 任妻子。他乐意为大家服务，但表面上却是他们的对立面，常常对他自愿为之服务的诗人和艺术家们提出苛评，讨厌他们吸大麻。他比一般的诗人聪明、精明、学问多，但是有点玩世不恭，连发表作品也不在乎。他是一个色情兮兮爱吹牛的懒人，宣称自己是作家，却懒得动笔。当莫里斯·莱西问他发表了什么具体作品时，他说他是诗人。在这种情况下，他不得不学习写诗，写诗毕竟比写小说费的力气小。他从珀科夫那里学习了写诗技巧，写了不少诗，而且很有趣，例如他的《辩解》（"Apologia", 1972）：

> 我想也许今天有一首诗
> 我希望早餐后开始写
> 多半用尽力气
> 把它从肠子里拉出来——
> 这又薄又粗心写的玩意儿
> 是关于威尼斯这里的人
> 和曾经发生在我身上的事
> 多数的日子里，我所有的兵器
> 甚至都帮不了我，于是我认输，
> 我阅读，在日记里发牢骚，
> 游泳/吃喝/在咖啡屋里讥刺周围的人
> 以此打发日子。

诗里充满了一付玩世不恭毫不在乎的腔调。他和妻子一贫如洗，生活在美国社会的边缘，维持着古代禅宗隐士的艰苦生活方式。托马斯对此倒也感到满意。他说："如果过另外一种生活，我会感到不自在和急躁。我有菲洛娟、笔、床、衬衫和裤子。如果你开始想要获得更多，那就会把你填满，导致心灵的贫困。"他和妻子是查尔斯·布科斯基的朋友，布科斯基曾经说他是"没被阅读的美国最佳诗人"。他对此也不介意，因为他曾对自己作过这样的评价："人们怎么来评价一个诗人的作品？他嘲笑诗人的社会作用，他没有发表作品的欲望，并且对他熟稔的诗歌和诗人的道德价值观没有兴趣。"不管怎么说，他生前还是出版了 5 本诗集，其中一本与菲洛娟·龙合作。他最后因不体面的官司被判坐牢 120 天，由于没有得到及时的医治，两个星期不到就丧生狱中。他的被刻在威尼斯诗人墙上的一首诗《诗人们的幽灵》（"The Ghost of the Poets"）提醒现在的游人注意威尼斯西当年有这么一位诗坛怪才。

第八章　黑山派诗歌

第一节　黑山派诗歌的由来及其特点

当思想方式、生活作风异乎寻常的垮掉派作家引起公众注意的时候，一群更富有哲理气息的大学师生在较偏僻的高等学校——黑山学院（Black Mountain College, 1933—1956）[①]用开放型的诗歌取代新批评派提倡的封闭型智性诗。这就是后来遐迩闻名的黑山派诗歌。换言之，黑山派是以 50 年代中期黑山学院一小批诗人为骨干发展起来的一个流派。唐纳德 • 艾伦在他主编的《新美国诗歌》(1960)里首先正式称他们为黑山派，而 M. L. 罗森塔尔（M. L. Rosenthal, 1917—1996）教授则在他的论著《新诗人：二战以来的美国和英国诗歌》(*The New Poets: American And British Poetry Since World War II*, 1967）里称他们为投射派诗人。对他们的命名，前者根据地点，后者根据诗歌特色，都有合理的一面。这是 20 世纪中叶特别活跃的一群先锋派或后现代派诗人。质言之，他们在这里研讨和实践新的诗美学，旨在“寻求从对 T. S. 艾略特的现代主义俯首贴耳和对他的模仿者们中脱离开来”[②]。

黑山学院在艺术教育和实践方面是美国最富有试验性的高校之一。在校学生 1200 个左右。它培养了在 60 年代走在先锋派前列的相当数量的艺术家。课程除了自然和社会学科之外，特别活跃的是音乐、美术、舞蹈和文学等人文学科。它有深厚的文化积淀，早在 40 年代，该院教员中拥有一大批名人，其中包括德国著名建筑学家、包豪斯学派（the Bauhaus School）创建人沃尔特 • 格罗皮厄斯（Walter Gropius, 1883—1969)、黑人画家雅各

---

① 北卡罗莱纳州有一个小镇，名叫黑山，1933 年在此创建的学院以此命名。

② Lyman Gilmore. *Don't Touch the Poet: The Life and Times of Joel Oppenheimer*. Jersey City, New Jersey: Talisman House, Publishers, 1998: 7.

布·劳伦斯（Jacob Lawrence, 1917—2000）、抽象表现派画家魏伦·戴库宁（Willen de kooning, 1904—1997）、抽象表现派画家罗伯特·马瑟韦尔（1915—1991）、诗人约翰·凯奇（John Cage, 1912—1992）、文学评论家阿尔弗莱德·卡津（1915—1998）、现代舞蹈演员和编导默塞·坎宁安（Merce Cunningham, 1919—2009）和小说家保罗·古德曼（Paul Goodman, 1911—1972）等。40年代晚期，该董事会里还有W. C. 威廉斯和举世闻名的爱因斯坦。

黑山派首领是在黑山学院任职五年（1952—1956）的院长查尔斯·奥尔森，干将是两名教师罗伯特·邓肯和罗伯特·克里利以及数名学生，诸如爱德华·多恩、乔纳森·威廉斯、约翰·威纳斯和乔尔·奥本海默。克里利原来是奥尔森的学生，后来留校成为奥尔森的同事，很快成了有重大影响的诗人，特别是他在任《黑山评论》（*Black Mountain Review*）杂志主编期间。在50年代早期，他俩天天在一起，而他俩频繁的通信，多达十卷本，成了20世纪后期最重要的文学友谊的历史记录。丹尼丝·莱维托夫、保罗·布莱克本、保罗·卡罗尔和拉里·艾格纳虽然未在黑山学院工作或学习过，但常在克里利主编的《黑山评论》和他主持的出版社以及西迪·科尔曼主编的《起源》杂志上发表诗作，因而被视为黑山派团体的盟友或成员。邓肯和莱维托夫是二元对立的一对，两人保持了多年的密切关系，由于莱维托夫后来偏离邓肯的“大拼盘”（grand collage）诗艺，更多地注入政治内容而使得两人变得疏远了，但是后来出版的《邓肯和莱维托夫的通信集》（*The Letters of Robert Duncan and Denise Levertov*, 2004）为我们了解当时诗坛情况和他俩的审美观点提供了宝贵的历史资料。

邓肯《诗选》（Selected Poems, 1997）的主编罗伯特·伯索夫（Robert J. Bertholf）在追述黑山派成立前后经过的情况时，说：

> 1947年，邓肯会见奥尔森，他俩在伯克利的讨论是关于西部移民和该城市的历史地位，没有谈论新诗。他俩的联系到50年代才开始。奥尔森向邓肯介绍克里利的诗作；莱维托夫不久就参加了邓肯的文学社团。《黑山评论》和《起源》是邓肯、奥尔森、莱维托夫、克莱克本、爱德华·多恩、奥本海默以及其他诗人发表诗作的主要杂志，以“黑山派诗歌”闻名于世。

关于黑山派诗歌的审美原则，奥尔森在他的纲领性论文《投射诗》（1950）里亮出了他的看法：

> 而今 1950 年的诗歌，如果要向前进，具有实质性价值，我认为必须牢牢地把握某些呼吸的规则和可能性，即把一个人创作时的呼吸及自我听到的某些呼吸规则和可能性放进诗里。

他根据以呼吸为诗歌节奏单位的创作主张，在 1953 年开始陆续完成并发表《麦克西莫斯诗抄》(1975)[①]，诗行长长短短，占据整个稿面，把开放诗推向了极致。享有共同美学趣味的邓肯和克里利根据个人对奥尔森投射诗理论的理解和运用，也创作了富有特色的开放型的投射诗。不同的是前者诗行偏长，后者诗行偏短。他们和奥尔森有一个显著的共同点：否定了以语言为基础的传统格律和传统的印刷形式。投射诗强调即兴性，邓肯为此只记录他兴致所到时的诗行而不加修改。奥尔森更激进，认为创作时的能量不断向前而不是向后流动，诗行里的括号便只有开而没有关，诗行的推进似乎无极限可言。实际上，邓肯的诗行虽长，但没有奥尔森那样肆无忌惮地让诗行随意延长或停顿，乃至松散而失去力度。

黑山派诗人在诗美学的破旧立新上比垮掉派诗人更激进，更有建树。他们首先摒弃了新批评派智性诗的美学原则：正确的语法、逻辑发展、规则的格律、押韵、诗节、一致性、紧凑、多义和自控等等，而主要地诉诸即兴和自发。与新批评派智性诗人恪守的人格面具相反，也与自白派诗人纯自我坦白不同，黑山派的诗中人是自我与非个性的自然溶为一体。奥尔森和邓肯认为，在我们的感知中，现实是偶然的、前后不一贯的、一直变化的和难以解释的，反映这种现实的诗歌形式必然不可能预定，必然是多变的。因此，他们的诗行非常参差不齐。按照奥尔森的理论，诗行和诗句的断开是根据说话时的自然停顿；而按照邓肯的理论，诗的断句和断行如同人走路，是一种复杂的、无意识的平衡与合拍的动作。他们一致认为，诗的断句和断行必须听其自然，如同日夜交替，潮水涨落。然而，呼吸走路、潮涨潮落、日夜交替等比喻无法清楚而具体地告诉读者何时断句或断行。奥尔森的回答是凭“耳朵”，邓肯和克里利的回答是只要“感到合适”就行。他们所谓开放诗的“开放”真是永无止境。质言之，这是一种很自由的自由诗。

奥尔森虽然扬言反学院派，结果却成了反学院派的学院派。他承认，为了一反 T. S. 艾略特和新批评派的诗风，他借用了庞德和 W. C. 威廉斯

---

① 1975 年出版的《麦克西莫斯诗抄》是 1953 年、1956 年、1960 年、1961 年和 1968 年六年先后面世的不同内容的六本同名诗集的合集。

以及惠特曼。他的自由联想和罗列一连串的感受与W.C.威廉斯的《帕特森》和庞德的《诗章》似一脉相承。使W.C.威廉斯感到欣慰的是，他看到了他的"变化音步"诗论在奥尔森的投射理论中得到了发展，于是把奥尔森的诗论《投射诗》收在他的自传里。奥尔森的投射诗又与朱科夫斯基的客体诗有相似的特色。正因为如此，奥尔森成功地向人们揭示了一个方向：50年代的诗人可以绕开T.S.艾略特和新批评智性诗的诗道，走庞德—W.C.威廉斯—朱科夫斯基的路线，使美国诗人在表现思辩、情感、社会政治和人生体验时能翱翔在更宽广的艺术天地里。

黑山派诗歌通过后来的语言诗，对美国20世纪后半叶的诗歌起了重大影响，同时对60年代以来的英国诗歌的创新和发展也起到了重要作用，例如，对英国诗人汤姆·拉沃思（Tom Raworth, 1938— ）和J.H.普林（J.H. Prynne, 1936— ）。又如，对新世纪的美国后垮掉派诗歌也有影响。有语言诗风格的后垮掉派诗人弗农·弗雷泽说："我15岁时就买了《新美国诗歌》。奥尔森是该诗选的第一个诗人。他的风格对我起了非常大的影响。我以为我的《即兴诗选》（2005）是奥尔森的伸展，在这本诗选里，我从打字机移到电脑键盘，把它作为创作的工具，在诗里利用了它额外的功能。"[①]所谓额外的功能是，像奥尔森用打字机对诗行进行排列一样，弗雷泽利用电脑对诗行进行即兴性的排列和组合，而传统的手书几乎不可能轻易地完成这种爬满整个页面的操作。

第二节　查尔斯·奥尔森（Charles Olson, 1910—1970）

评价奥尔森的诗学及其影响，在美国学术界存在分歧。褒者认为，继T.S.艾略特、庞德、W.C.威廉斯、史蒂文斯和穆尔等1915年一代的现代派诗人之后，奥尔森的文章《投射诗》的发表，标志了美国后现代派诗歌的开始，而且认为这篇文章的重要性堪与T.S.艾略特的《传统与个人才能》和庞德的《回顾》相比。贬者认为奥尔森是二流诗人，像庞德吸收中国文化，特别是把中文方块字放在诗里炫耀学问一样，他到墨西哥尤卡坦搬用玛雅人文化，特别是他们的象形文字。他在摒弃构成西方智性诗传统的象征、玄学、线性思维、因果论、抽象观念和逻辑等等要素方面，成了美国50年代诗歌发展的制动力量。但是雷克斯罗思夸奥尔森的作品范围

① 见弗农·弗雷泽在2010年9月18日发送给笔者的电子邮件。

有庞德那样宽广。克里利说："对任何描述 1958 年的文学'思潮'来说，奥尔森是中心。"[①]不管怎么说，在反学院派诗歌异军突起的 50 年代和 60 年代，以奥尔森为首的黑山派诗人是一个重要方面军，在二战后改造美国诗歌方面，奥尔森无疑是个催化剂或是生殖力量。

论年龄，奥尔森是第二代现代派诗人，可是论他的诗歌理论和实践，他可算是美国后现代派诗歌领域里的先锋，不过他本人可能没有意识到这重要的一点，尽管他在诗歌艺术上作了成功的革新。他在 1949 年写给克里利的一封信中，首先创造了后现代（postmodern）这个词，其原意是就时间顺序而言，他和克里利以及他同时代的艺术家是伟大现代派作家诸如庞德、W. C. 威廉斯、D. H. 劳伦斯、亨利・米勒、斯特拉文斯基、毕加索、卓别林等等之后的诗人和艺术家，但是没料到后来的批评家们连篇累牍地对"后现代"进行阐释，其中包括唐纳德・艾伦和乔治・巴特里克。他们在《后现代派诗人：新美国诗歌修订本》序言里提出：后现代派不是在现代派后面加一个"之后"（after）那么简单。如此看来，奥尔森强调的是对现代派的继承性（当然不是亦步亦趋的机械模仿），而唐纳德・艾伦和乔治・巴特里克强调的是后现代派诗歌的革命性。两种意见表面上似乎相左，但没有实质性的不同。

奥尔森生于麻省伍斯特市，父亲是瑞典移民，母亲是爱尔兰裔美国人。毕业于韦斯利扬大学（1932）；在耶鲁大学进修之后，回韦斯利扬大学获硕士学位；在克拉克大学教书三年；去哈佛大学攻读博士学位，未果。赴华盛顿市政府部门供职，1944 年，在民主党全国委员会外文部任职；1945 年，当财政部长助理。他参加了协助罗斯福总统竞选活动，在纽约组织大规模的集会，提出"人人支持罗斯福"的竞选口号。罗斯福总统去世后，鉴于哈里・杜鲁门上台和对他发布的新闻受到越来越多的审查，奥尔森于是离开了政坛。他对当时美国政府越来越严的审查制度不满，说："政府什么时候停止滋扰大家呢？"他决定投身于诗歌创作活动，想在诗歌领域里干出一番事业来。他说："我依然是主人，直至我被打败。"果不其然，他很快成了黑山派诗歌的带头人。他不是一般意义上的文人，而是有组织力和号召力的领袖人物。

他在黑山学院先后当教员和院长（1951—1956）。在任院长期间，他创办了富有深远意义的杂志《黑山评论》（1954—1957），由他的学生克里

---

① Robert Creeley. "Olson & Others: Some Orts for the Sports." *The New American Poetry*. Ed. Donald Allen: 409.

利任主编，重点发表黑山学院诗人的作品，也发表院外金斯堡、凯鲁亚克和朱科夫斯基等人的作品。黑山学院关闭之后，他先后在布法罗的纽约州立大学（1963—1965）和康涅狄格大学（1969）任教。同他在诗歌形式上主张开放型、不受传统形式约束一样，他的上课方式也是无拘无束的，常常在教室里侃侃而谈，有时争辩，有时嘲笑，有时激动得甚至噔噔噔地来回走动。他要求学生学习地理、历史、玛雅人象形文字、古代苏美尔人文化、拓扑学和天文，要求学生思考宇宙、演变和自身。他的这种与课程无直接联系的奇谈怪论使许多学生不知所云，无所适从，只有一小部分学生从他杂乱无章而又有真知灼见的谈论中受到启发。

奥尔森在40年代初写一些传统诗，发表在普通的杂志上；到40年代后期才开始认真地进行诗歌探索。他在1949年发表的《翠鸟》（“The Kingfishers”）被公认为二战后最富革新精神的诗篇之一。一般来说，他50年代的诗歌只发表在少数小杂志上，读者群很少越出黑山学院。60年代，他才逐渐拥有广泛的读者。他虽然生前发表了十多部诗集，但他始终未获得普利策奖或国家图书奖之类的大奖。尽管如此，他的讲话常常作为权威性的意见被引证。

在奥尔森的诗库里，我们至少可以看到三件法宝：玛雅文化、庞德和W. C. 威廉斯。1951年，他去墨西哥，在尤卡坦生活了几个月，被中美洲印第安人的一族——玛雅人文化迷住了。他对他们的象形文字和遗迹产生了浓厚的兴趣。玛雅文化深深地影响了他的思想观念和美学趣味。关于玛雅文化，他给克里利写了许多信，收在《玛雅通信集》（*Mayan Letters*, 1954）里。庞德被关押在圣伊丽莎白精神病院期间，奥尔森常访问他，帮助他，在公众中为他辩护。两人生性自负，不久便吵翻了。但奥尔森一直认为庞德是伟大的诗人，而且承认庞德对他的创作影响很大，尤其庞德的《如何阅读》（*How to Read*, 1931）、《阅读入门》（*ABC of Reading*, 1934）和《文化入门》（*Guide to Kulchur*, 1938）等著作扩大了他的文化视野。W. C. 威廉斯对他最大的影响是美国的地域感，即从特定的地点，全方位表现诗人对历史文化的理解和认识。最明显的例子是，他像W. C. 威廉斯选取帕特森那样地选定了他在离开黑山学院后定居的麻省格洛斯特，作为他创作《麦克西莫斯诗抄》的基点。奥尔森对待庞德和W. C. 威廉斯的态度有双重性，一方面认真借鉴他们，另一方面警惕自己，避免与他们雷同，力戒步他们的后尘。不过，在吸收西方文化以外的文化方面，他没有摆脱也无法摆脱庞德的影响。1965年，他在加利福尼亚大学伯克利分校的一次诗歌朗诵会上直率地说：“我在这里正跟在伊兹拉屁股后面跑。”

奥尔森的核心思想是：西方人总是看重进化和进步，割断了过去，只生活在眼前的现在，因此必须回到过去，回到史前时代的思想状态，回到与世界永恒、直接而神秘的关系上来，重新感知世界的神圣。在他看来，任何原始的神话都存在这种神圣性。在诗里，他努力发掘美洲印第安人、苏美尔人、小亚细亚东部和叙利亚北部的古代赫梯人、古希腊人和埃及人中的神性。他的这种观点具体体现在他的两部主要的诗集《早晨的考古学家》（*The Archaeologist of Morning*, 1971）和《麦克西莫斯诗抄》（*The Maximus Poems*，1975）里。

《早晨的考古学家》是一部短诗集，50年代和60年代出版的两本诗集《在冰冷的地狱，在灌木丛里》（*In Cold Hell，in Thicket*, 1953）和《距离篇》（*The Distances*, 1960）里的短诗均收在此集里。原收在《距离篇》里的《翠鸟》是奥尔森早期的名篇。这是一首庞德式的诗，庞德的见解充溢在字里行间。诗中涉及的问题是庞德的一种信仰——历史的复兴，实际是一种复古的信仰。在奥尔森看来，它妨碍了未来，因此他不但要通过考察古迹（成为早晨的考古学家）来审视庞德，而且要彻底批判庞德。他对庞德的态度是批判地接受。他公开承认《翠鸟》的会意形式得益于庞德。不仅如此，他还全面地评价庞德，认为庞德信仰法西斯与他当时钻研文学的氛围是分不开的。奥尔森知道庞德是一个害怕“任何前进事物”、把自己的一生建筑在“回忆”和“怀旧”之上的反动派，因此奥尔森在《翠鸟》（1949）的第一行就提出了一个值得注意的命题：

　　不改变的 / 是想改变的意志

庞德对这条规律是个例外，因为他死抱住过去不放，没有想改变的意志。请读奥尔森这首诗的倒数三行：

　　我向你提出你的问题：
　　在有蛆虫的地方 / 你将揭开蜂蜜吗？

　　　我在石块里探索

这是对庞德的《比萨诗章》的反响，特别是对其中的一行“蛆虫应当 / 吃死的阉牛”的反响。

《翠鸟》分为长短不等的三部分，第一部分最长，又分为四节（每节都比第三部分长）。我们不妨先引开头几行：

我，格洛斯特的麦克西莫斯，面对你

　　　　离开岸边，在隐匿于血色
　　　　宝石和奇迹的群岛旁，我，麦克西莫斯
　　　　一块从沸水里热烫的金属，告诉你
　　　　执矛骑兵是干什么的，他遵循当前的
　　　　舞步

I

你所追求的
也许卧在弯弯的
巢里（片刻功夫，那只鸟！那只鸟！
在那里！（强健有力）冲向前，桅杆！鸟
　　　　　　　　　　　　（鸟的飞翔
　　　　　　　　　　　　　啊，酒碗，啊
　　　　　　　　　　　　　帕多瓦的安东尼[1]

　　　　　　　　　　　　低飞，啊，天啊

一座座屋顶，旧屋顶，微微倾斜的屋顶
屋脊的栋木上栖息着一只只海鸥，它们从这里飞开，

　　　　　　　　　　　　　啊，我城市的
一排排晒鱼架！

我们再引第一部分的第二节：

我想起了石块上的E字形，和毛的讲话
曙光
　　　　但是翠鸟

---

① 安东尼系13世纪方济各会修道士。他以在帕多瓦附近的河边向鱼作的布道词著称于世。

就在

　　　　但是翠鸟向西飞

前头！

　　　　他胸脯上的色彩
　　　　染上了热烈的夕阳！

特征是，虚弱的脚（第三和第四足趾的合并）
鸟嘴，锯齿状，有时是明显的猛禽之嘴，翅膀
有色彩的地方，又短又圆，尾巴
不显著。

但这些不是要素。不是鸟。
传说是
传说。死翠鸟挂在屋内
不会预报顺风，
或避开雷击。它不会在新年里
在平静的水面上巢居七天。
它确实在年初伏窝了，但不在水面上。
它巢居在它在岸边挖的洞底里。那儿，
六个或八个半透明的白蛋下在那儿，在鱼骨上
不在泥土上，在翠鸟扔出的一小堆鱼骨上。

　　　　　　　　　　　　在这些垃圾上
（它们堆聚成一个杯形的建筑物）小鸟孵出了。
当小鸟被喂养和成长时，巢里的鸟粪和腐烂鱼骨成了
　　　　　　　　　　　　　一堆渗水的臭物

毛[1]结论道：

　　　　我们
　　　　　　应当
　　　　　　　　努力！

贯穿全诗的三个主题在这一节里交叉汇合：（1）粗糙地刻在一块古石

① 指毛泽东，前面的“曙光就在前面”和这里的“我们应当努力”是引他的一句话。

上的古代象征符号 E，代表神话里相似的符号和实物；（2）翠鸟，在早期文化里，它的羽毛珍贵，装饰在镀金的雕塑上，其图腾意义使翠鸟变得珍奇；（3）选用了毛泽东 1947 年的政治报告《目前形势和我们的任务》法文版的最后一句话："曙光就在前面，我们应当努力。"诗人引用毛泽东语录旨在表明他自己的信仰：应当行动起来，重新开始。

奥尔森对宋美龄反感，在《麦克西莫斯诗抄》的《信之三》中说她是"国际玩偶"。诗人称赞毛泽东树立了一个榜样，因为他没有（必要或全部）摧毁文明，绕过中国传统，把西方思想（马克思主义）带到东方，以此振兴中国文明。当然，奥尔森不是马克思主义者，不对无产阶级革命抱乐观态度。诗中人想起古石上的 E 字符号和毛泽东的话，把遥远的过去与依然无法把握的现在和将来联系在一起。诗人想通过诗中的双重运动——遥望曙光（"曙光就在前面"）和向夕阳飞去（翠鸟西飞），揭示人类在任何时候都背着这种历史重负。像庞德一样，奥尔森喜欢采用外语引语，嵌在自己的诗里，并置几种文化，纵横交叉，平行比较，古今观照，使几个小主题同时发展。他实际上运用的也是学院派的表现手法，因此奥尔森被称为反学院派的学院派。当然他在政治上远比庞德聪明得多，不是书生气十足的学院派，而是一个讲究实际的政治家，上文已经介绍，他有过一段从政的经历。这就是为什么他对毛泽东的政治报告那么熟悉。他曾经说过："你在诗里不会帮助人民。我一生总是企图帮助人民——这就是我的麻烦。"

《翠鸟》是体现他的"投射诗"理论的样板诗。其形式是就几个联系松散的论题进行急流般的谈话，诗行忽左忽右，长短不一，时而文字聚集一堆，时而文字疏朗，以至一个字成为一行，以此显示此时此刻作者的思想变化。作者自由地利用纸面的空间安排文字，自由地更换他意识流的内容。这种艺术形式和西方流行的不成调的即兴爵士乐、抽象表现派画、即兴戏剧和活动雕塑（用机械力驱动活动部分的雕塑）异曲同工。

《麦克西莫斯诗抄》在艺术形式上和《翠鸟》相似。奥尔森在 1953 年出版了《麦克西莫斯诗抄一至十章》（*The Maximus Poems 1-10*），以后陆续出版四本麦克西莫斯诗集，在 1975 年才结集为三卷本《麦克西莫斯诗抄》。麦克西莫斯是公元 4 世纪的腓尼基神秘主义者，奥尔森借用他作为第一人称的诗中人。全诗中的一个重要主题是对美国生活中"腐败统治"（pejorocracy）的谴责。"腐败统治"是奥尔森杜撰的一个词（词头是"恶化""变坏"的意思，词尾是"支配""统治"的意思），指变化、腐朽，特别是实用主义、欺骗和虚伪引起的社会腐败。三卷本共有 38 首诗和信，其中有些诗用第几封信作为标题，例如第一首诗标题是《我，格洛斯特的麦克西莫斯，对你说》，第二首是《麦克西莫斯，致格洛斯特：信之二》，第三首是《信之三》，第四首是《麦克西莫斯之歌》，第五首是《信之五》。在《信之二十三》之后的单篇之后均冠有标题。第一卷里麦克西莫斯审视当代的海边城市格洛斯特。他发觉这里的居民乱七八糟，当地的文化风情既丑陋，又使人感到陌生，他不由得追溯格洛斯特的起源，乃至美国的起源。第二卷是麦克西莫斯探讨神话传说、人类迁徙史、宗教文学和格洛斯特过去的美好面貌，以此重新演释古代的神话传说。在第三卷，麦克西莫斯继续审视格洛斯特和他自己，调子较以前忧郁，但幻想出现一个崭新的天地，希望重建格洛斯特过去的那种公社式的淳朴风俗。他的这种理想却很快被乱糟糟的现实和现代的工商企业冲掉了。诗人通过对格洛斯特历史的回忆——从第一批拓荒的居民到目前，对现在的资本家与过去的农民、渔民进行对照，发觉后者和自然有更直接、更和谐的联系。在追溯格洛斯特的历史环境上，奥尔森似乎成了一个历史地理学家，诗中常常出现的大段大段引文令人生厌。他煞费苦心地构筑的某些片断，非常生硬、做作，使人读了感到吃力。

在美国现代诗歌史上，不少美国诗人的一个拿手主题是审视从 17 世纪早期的重商主义和萌芽的资本主义时代到目前发达的资本主义时期的整个历史过程，揭露资本主义带来的种种祸害，留恋资本主义未发达前的淳朴的社会风尚。他们爱选取一块他们熟悉的地方，详细描述这块地方的来龙去脉，从中挖掘它们的历史和现实的含义，揭示诗人所要表达的主题。马斯特斯创作《匙河集》如此，W. C. 威廉斯写《帕特森》如此，奥尔森作《麦克西莫斯诗抄》也是如此。这似乎也成了一种诗歌传统。奥尔森继承和运用了这个传统，使他也成了这个传统中重要的一环。因此，奥尔森吸引读者之处不仅仅是他别开生面的诗歌，而且是他对关于诗歌理论、思想功能、西方发音方式的局限性、过去的历史和地方的价值等等深入的思考和探索。除了《邮局：他对父亲的回忆录》（*The Post Office: A Memoir of His Father*, 1975）和研究赫尔曼·麦尔维尔（Herman Melville, 1819—1991）的论著《叫我伊什梅尔：论麦尔维尔》（*Call Me Ishmael: A Study of Melville*, 1947）之外，他的其他作品从来没有畅销过。但他的诗歌与文章一直吸引着一批高质量读者：他们把诗歌的思想和语言延伸到唯美主义和自我表现之外。在他去世后几年，他便被公认为美国后现代派诗歌的主要塑造者，庞德和 W. C. 威廉斯传统的主要继承人。

人们至今没有忘记这位在诗歌上做出过杰出贡献的黑山派诗歌头领，2010 年 10 月 3～10 日，格洛斯特查尔斯·奥尔森协会和安角博物馆在格洛斯特举行的查尔斯·奥尔森百岁生日庆典便是一个明证。庆祝活动包括以诗人詹姆斯·库克（James Cook）和《格洛斯特时报》前专栏作家、奥尔森生前好友彼得·阿纳斯塔斯（Peter Anastas）为首的包括当地和外地诗人在内的诗歌朗诵会、关于奥尔森文学遗产小组讨论、星期天（奥尔森诗歌里提到的）格洛斯特历史地点游、舞蹈艺术家萨拉·斯利弗（Sarah Slifer）和诗人马克·瓦格纳（Mark Wagner）表演奥尔森的一个舞蹈剧和举行以奥尔森诗句作词的音乐会，等等。库克说："我们将一起朗诵奥尔森的主要诗篇，把这些诗篇置于奥尔森作为哈佛大学培养的学者、历史学家、二战时期美国政府官员、民主党政治家、著名的文艺试验性强的黑山学院院长、教师等多方面职业生涯的语境中来理解。"阿纳斯塔斯说："我们特别注重的是有关奥尔森在格洛斯特的生活情况和创作的诗篇，尤其是关于这个城市历史的长诗《麦克西莫斯诗抄》。"

第三节　罗伯特·邓肯（Robert Duncan, 1919—1988）

罗伯特·邓肯是黑山派诗人群中仅次于奥尔森的二号人物，是最富创见的投射派诗人。1947年，奥尔森遇见他时，称赞他是"带着爱神厄洛斯和音乐神俄耳甫斯古老永恒翅膀的美丽的诗人"。但在此之前，邓肯早就与肯尼思·雷克斯罗思和费林盖蒂等一批旧金山诗人掀起"旧金山诗歌复兴"运动。杰克·弗利说："雷克斯罗思和邓肯了解国际诗歌界的情形，了解象征主义和其他欧洲的、东海岸等地的诗歌运动。他俩把行情带到西海岸这块地方来，当时这里在文化上死气沉沉。他俩使这里变得生气勃勃，有争论，有抨击，但与此同时充满了极大创造力。"[①] 他和纽约圈垮掉派诗人也有密切的来往，被凯鲁亚克化名为杰弗里·唐纳德（Geoffrey Donald），出现在《孤独天使》里。严格地讲，他是1947～1949年间旧金山诗人群里的一位干将，如同金斯堡也可沾上旧金山诗人群的边一样。邓肯在黑山学院教书时间不长，仅一年（1956）时间，却以黑山派诗人或投射派诗人著称于世。

邓肯生于加州奥克兰，出生六个月时被西姆斯家收养，少年时代就开始学习写作。早期作品的署名是西姆斯。在加利福尼亚大学伯克利分校学

① Sarah Rosenthal. "*CitySearch* Interview with Jack Foley." *O Powerful Western Star: Poetry & Art in California*: 159.

习前后两次（1936—1938，1948—1950），第一次两年时间不到，因追求同性恋人东行而辍学。1938 年，他上黑山学院，时间很短，由于在西班牙内战的论题上与教师发生争执而离开学校。然后去费城两年（1939—1940），在这期间，他首次同伯克利的一个教员发生同性恋。1941 年参军，时间不长，以宣称自己是同性恋而被开除。1943 年，他首次有异性恋，以短暂的灾难性结婚而结束。1944 年，他的同性恋伙伴是抽象表现派画家大罗伯特·德尼罗（Robert De Niro, Sr.）。他在这一年，发表了具有里程碑意义的文章《社会里的同性恋》（"The Homosexual in Society", 1944），把当时同性恋的境遇与遭受歧视的非裔美国人和犹太人相比。他的这篇文章比美国有组织的同性恋权利运动早十年。在所谓的"伯克利文艺复兴"时期，他与杰克·斯派赛以及布莱泽结成了松散的同性恋三角关系。（见本篇第四章第四节"杰克·斯派赛和罗宾·布莱泽"）1951 年，邓肯遇到艺术家杰斯·柯林斯（Jess Collins），开始了长达 37 年的合作与伙伴关系，直至邓肯去世。

邓肯的名声除了主要在诗坛之外，同时响彻在三四十年代初期波希米亚式的左倾社会主义圈和前石墙同性恋文化圈[①]。他反对罗斯福总统的"永远战争经济"政策，积极参加 60 年代的反越战运动。主编过小杂志《试验评论》（*Experimental Review*, 1938—1940）和《伯克利杂录》（*Berkeley Miscellany*, 1948—1949），其间还编过杂志《凤凰》（*Phoenix*）。先后在包括黑山学院在内的好几个高等学校教书。

他早期的诗歌发表在各类小杂志上，到 40 年代末，在他居住的旧金山已有名气。同奥尔森接触以后，开始向《起源》和《黑山评论》投稿。他到黑山学院任教，对扩大和加强黑山派诗人的阵势起了重要的作用。他是一位才子，通晓四国语言，18 岁时就立志以诗歌创作为他唯一的使命，博采众长，善于从 D. H. 劳伦斯、史蒂文斯、庞德、W. C. 威廉斯、肯明斯、H. D.、穆尔、格特鲁德·斯泰因、音乐家斯特拉文斯基和画家毕加索等人的作品里吸取营养。他从奥尔森、克里利和莱维托夫那儿受到更直接的影响和鼓励。他在唐纳德·艾伦编的《新美国诗歌》后面的自传里坦承："自从 1951 年以来，在我的心目中，我的作品是与查尔斯·奥尔森、丹尼丝·莱维托夫和罗伯特·克里利的作品相连系的。"他在这篇短短的自传里，坦率地承认他受了各种不同的影响，但他的诗歌实践证明，他不囿于

① 1969 年 6 月 28 日早晨，警察突袭住在格林威治村石墙客栈（Stonewall Inn）的同性恋者，同性恋者自发地进行了暴力示威。他们被看成是美国历史上同性恋首次公开反抗政府、反对迫害性小众的制度的带头人。这个事件标志了美国和世界同性恋权利运动的开始。

现成的框框而独辟蹊径。也许是他意识到在感情和信仰（如同性恋和二战中退伍）上与大多数读者和诗评家存在很大的隔阂，但他偏偏一意孤行，这自然也养成了他不肯轻易附和对他有过影响的诗风的习惯。在他的诗里，性的意象与虔诚的信仰同样明显。他感情世界里的恐怖、失望、兴奋、平和等等常常接连不断，瞬息即变。他思想的迅速变化和对事物的独特看法常常是他忧虑的根源。

邓肯出版的诗集近30本，奠定他成为50年代中期主要诗人之一的地位的诗集是《空阔的原野》（*The Opening of the Field*, 1960）、《根与枝》（*Roots and Branches*, 1964）和《弯弓》（*Bending the Bow*, 1968）。在《空阔的原野》这本诗集及其之后的两本诗集里，诗人选入了一首他所谓的《韵结构》的长诗或系列诗。他的画家朋友杰斯·柯林斯为他在扉页上设计了图案。他的这本诗集里的一些诗受了柯林斯的抽象派拼贴画的启发。例如《韵结构之二》（“The Structure of Rime Ⅱ”）：

> 何为韵结构？我说道。
> 披着狮皮的使者吼道：为什么人从稀薄的空气里缩回他的歌？他把他的孩子带到空阔的原野。他可很怕美好的冲动？
>
> 我身披狮皮吼出伟大的元音，听到令人惊讶的元音模式。
>
> 没有假装的狮子说：用歌儿迷住野兽的他用的是假话。在最富人性的语言范围之内才是悦耳的音乐。
>
> 何为韵结构？我问道。
>
> 在相似与非相似的绝对音阶上确立了现实世界里音乐的韵律。
>
> 在黄道带的狮答道：
>
> 实际转动的星星是现实世界里的音乐。这是天籁之音的含意。

诗人企图在上述诗作中探讨诗的结构与现实之间的关系，企图在他作诗时找出诗句的神秘特性。从这里，我们也可看出他的开放型投射诗是何等模样，句子长得如同散文，完全偏离了传统诗的审美标准。

诗集《弯弓》收进了组诗《通道》（“Passages”）。诗人对《通道》作了说明：“我把第一首标为Ⅰ，但它们属于系列诗，范围比我正在写的篇幅还大。我进入这首诗，如同我进入我自己的生活，在开始与我说不上来的结尾之间走动。《通道》是一组探索诗，探索诗在自然界里创造的神秘精神。”邓肯取“Passages”为他的组诗题目，意义双关。首先它包含整体里的一段段或一节节。有评论家认为，即使《神曲》这部篇幅最长的结构紧密的史诗，也不过是未知整体里的一段、一个部分或一个视点。邓肯把一段段诗拼凑在诗里，表面上断断续续，但就整体来看是完整的。依邓肯之见，通过放映机似的“投射”或“投影”的作法，从自我的深层或从自我的天地里立刻涌出诗人的话。其次，“Passage”含有走廊或通道的意义，即向前进，无止境地通向未知。这种开放性，无论对世界的认识或对诗歌的形式而言，都是无限制的。我们现在不妨看几行《通道》的样式：

最漂亮！开红花的桉树，
野草莓，紫杉树

是他……

你将微笑，把我抱在你手臂里
伦敦的景象对我离乡背井的眼睛来说
如同天堂对新来的灵魂

如果他是真理
我愿住在他的幻象里

他的双手开启我男子躯体的胸膛
——《通道之十八：裸体躯干雕像》

又如《通道之二：部落的记忆》的后几行：

谟涅摩绪涅，他们这样称呼她，这
带着沙沙声的羽翼的

母亲。记忆

这有斑点的大鸟孵在灵魂的
　　　　巢上，她的蛋，
　　　这梦，在它里面一切都活着，
我离开自我，返回梦。

除我自己之外，我同这
　　　　世界——蛋里壹的思想一道
被关闭，　　　　在淙淙的
　　　　　　　　韵律圆润的，
　　　　　　　　音室里小孩的竖琴里。

以上几行显示邓肯具有运用双关语和隐语的高超本领，善于从一个感情通到另一个感情，善于转换，如他所说的，发现了“内心与外界之间即时的联系，一种玄想的预兆，对我来说是诗的征兆”。任何优秀诗人都有捕捉这种稍纵即逝的征兆的本领，否则就是蹩脚诗人或根本称不上诗人。邓肯的诗歌实践正好证实了他的经验之谈。在邓肯看来，诗是自然而然的东西，他在短章《诗，自然物》（“Poetry, a Natural Thing”, 1960）的第一节里说得再清楚不过了：

　　既非我们的罪孽，又非我们的德行
促动诗歌的生成。“它们
　　　　自生又自灭
如同在山崖上，它们
每年生生灭灭。”

邓肯的精彩诗歌得到诗坛的公认，例如约翰·雅各布（John Jacob）在他评论《迈克尔·麦克卢尔：2000年的思考》的一篇文章中顺便夸奖邓肯说：

我的理论是，一个优秀的诗人有少数几首诗能面对任何其他诗人的诗篇，而且他或她有一首绝妙的无与伦比的诗。另一方面，伟大的诗人要么只有一本伟大的诗集，在这本诗集里，几乎所有诗篇都能面对任何其他诗人，要么凭全集的肌质有许多诗篇（不是少数几篇）能面对任何其他诗人。邓肯实际上两方面都能做到。

尽管邓肯在艺术形式的革新远比金斯堡强，但他和奥尔森一样地强调对传统的继承：

> 我的雄心之处仅仅是赶上、模仿、再领会、靠近和复制庞德、格特鲁德·斯泰因、乔伊斯、H. D. 劳伦斯、弗吉尼亚·伍尔夫、马拉美、叶芝、斯威夫特、斯派赛、弗洛伊德、莎士比亚、易卜生、斯特拉文斯基、W. C. 威廉斯……[①]

邓肯罗列他要学习的国内外作家的名字一长串，为了节省篇幅，这里只挑选了大家比较熟悉的作家。他罗列这么多诗人，只能说明他博学多才，如果他只一味地模仿而无独创性，就不可能成为黑山派的著名诗人了。M. L. 罗森塔尔也不会夸他是“黑山派诗人之中最有才华的诗人”[②]或“黑山派诗人之中最富有天才的人”[③]。熟悉他的雷克斯罗思为此说：“邓肯总是站在国际现代派主流的中央航道上。他有时故意模仿老一代的大师——勃勒东、格特鲁德·斯泰因、詹姆斯·乔伊斯、特里斯坦·查拉等等。他像路易·阿拉贡（Louis Aragon）一样，在他的最佳状态写政治革命诗，例如像阿拉贡的诗集《红色阵线》（*Le Front Rouge*, 1930）。从邓肯的作品里有可能选出一本现代诗歌中所有重要潮流的诗选集。”[④]

第四节　罗伯特·克里利（Robert Creeley, 1926—2005）

在 50 年代，美国有两大诗歌潮流：一股是学院派头的新批评派智性诗，一股是大声抗议、感情骚动、挣脱束搏和坦露心胸的非学院派诗，丰沛的感情充满在宣泄上。克里利没有卷入这两股潮流，而是像山中一涧细流，涓涓流淌，使人耳目一新。

克里利诗歌的显著特色是短小精悍。他最长的诗比邓肯最短的诗还短，在内容上也简单得多。无论他的诗集还是单篇诗的标题都很短，短到一两个词，如他的诗集标题：《疯子》（*Le Fou*, 1952）、《言词》（*Words*, 1965）、《手指》（*The Finger*, 1968）、《墙》（*A Wall*, 1969）、《英雄》（*Hero*, 1969）、

---

① Robert Ducan. “Pages from a Notebook.” *The New American Poetry*. Ed. Donald Allen: 406-407.

② M. L. Rosenthal. *The New Poets: American And British Poetry Since World War II*: 23.

③ M. L. Rosenthal. *The New Poets: American And British Poetry Since World War II*: 174.

④ Kenneth Rexroth. *American Poetry in the Twentieth Century*: 165.

《美国》（*America*, 1970）、《海》（*Sea*, 1971）、《厨房》（*Kitchen*, 1973）、《走开》（*Away*, 1976）等等；又如单篇诗标题：《雨》（“The Rain”）、《节奏》（“The Rhythm”）、《歌》（“Song”）、《一地》（“A Place”）、《世界》（“The World”）、《门》（“The Door”）和《某地》（“Somewhere”）等等。诗行一般都很短，如《时间》（“Time”）前四节（后七节形式相同）：

时时
刻刻
身躯

对我来说
在那儿
捕捉
空气，空间的
模式——让我们
今天一直
走到
海滩
……

比起奥尔森广阔的诗域，克里利的诗域狭窄，诗歌形式窄得像条杆似的。他不关注政治性或社会性的题材，在他笔耕过的狭窄犁沟里，播种的是友谊、家庭、爱情和死亡的诗种，开出的是复杂的感情之花。诗人、批评家丹尼尔·霍夫曼对克里利的诗歌特点，作了这样的描述：“克里利在他的整个作品里从来不加进观念或卷入社会问题；他简练的诗篇可以说是对庞德坚信‘技巧是对人的真诚的测试’的验证。他放弃了一个诗人可能会武装起来的一切，除了他致力于诗句的形式和声音以及他自己的真情实感。”[1]克里利的句子常常是省略的、无逻辑的，但读者能在字里行间意会到他诗里的蕴涵。他似乎对外在的大千世界不感兴趣，而沉湎于他繁复的内心世界：疑心、焦虑、孤独和忽冷忽热的爱，尤其是作为他主要题材的爱情——求婚、婚后的爱情和夫妻间的不忠。

---

① Daniel Hoffman. “Poetry: Schools of Dissidents.” *The Harvard Guide to Contemporary American Writing*. Cambridge: The Belknap P, 1979: 533.

例如《鞭》（“The Whip”）：

我通宵在床上辗转反侧
我的爱人是根羽毛，一个

单调的睡物。她
很白
很安静，在我们的
楼上，还有我爱的
女人，我曾在冲动时
求过爱她，
回来了。那
包括这玩艺儿。但此刻我
孤零零，我大叫

但那是什么？咄，
她说，在我身旁，她把

她的手放在
我的背上，对此举动
我想说
不对。

《鞭》典型地反映了克里利日常琐细的心理状态。在他不少的诗里，你常会碰到诸如外遇、找不到浴巾的丈夫、仅把床当睡觉场所的妻子等等之类平凡的事情。他和 W. C. 威廉斯一样，生活在极普通的天地里，用极普通的美国谈话方式和读者谈心。与 W. C. 威廉斯不同的是，克里利似乎消极被动，还带点儿神经质。

克里利有一条奥尔森也颇赏识的美学原则：“形式从来不超过内容扩展的范围。”因为他涉猎的不是奥尔森的那种全景式诗歌，他很聪明地找到了适合表现他狭窄内容的狭窄艺术形式，取得了可喜的成绩。他对这种内容狭窄、形式狭长的诗歌感到满意，认为它虽然气魄不大，但很精细，又无框框限制，气氛幽静。对此，他在一首小诗《幻想》（“Fancy”）里，写道：

你知道
真相是什么？

在我坐着的
一块地方，
在那儿
它是小小的

微弱的
难感受的东西，

一种细小的
虚无。

他对青年诗人的影响颇大，结果是仿效者群起，克里利式的狭长条诗风靡当时美国所有实验性的新杂志。克里利本人的风格是在吸取了大师和同时代的优秀诗人经验基础上建立起来的。他在1968年接受《巴黎评论》采访时告诉记者说，他年轻时为正在筹划的杂志向W. C. 威廉斯和庞德约稿，正好有了给他们写信的机会。在他的印象中，庞德的回答总是很细致，叫你做这样，做那样，读这本书，读那本书，因此第一个教导他写作技巧的人首推庞德。W. C. 威廉斯给他树立了最大的榜样，而奥里森和朱科夫斯基对他有直接的影响。

克里利与奥尔森和邓肯虽同属黑山派诗人群，鼓吹投射诗，但他不写那种大大咧咧几乎占满稿面的诗。他在50年代创作的“开放性”诗歌的特色主要在于它们的易变性和难以捉摸，缺乏奥尔森或邓肯的大气势。在60年代后期，他开始写一种诗，诗行断断续续、支离破碎，松散开放的因素增多，如他的诗集《片段》（*Pieces*, 1968）典型反映了这一特点。到70年代，他在诗集《日记簿》（*A Day Book*, 1972）和《哈罗》（*Hello*, 1976）里，继续朝形式松散开放的方向迈进。60年代和70年代是他的创作高峰时期，两个时期出版的诗集数分别为24和30部之多。80年代和90年代，他仍是诗坛上的一个活跃力量。他80年代出版了11部诗集，其中包括总结他艺术成就的《罗伯特·克里利1945～1975年诗合集》（*The Collected Poems of Robert Creeley, 1945-1975*, 1983）。他90年代的第一本新诗集是《窗户》（*Windows*, 1990）。克里利在创作时强调即兴性和过程性，对70年代步入诗坛的这一代的年轻人影响很大，尤其是对语言诗人影响最大。他的诗集《片断》及其以后类似的诗对查尔斯·伯恩斯坦、迈克尔·帕尔默和罗伯特·格雷内尔以及其他语言诗人之所以有吸引力，在于他的诗歌具有非陈述性（non-representational），而且基本上不是理想性感情的演绎和示范。克里利晚期的诗歌是一系列很短的短篇诗歌，从完全非个人的角度，采用设问、猜不透的难题和断言与读者交流，而他讲的话若明若暗，好似悬在半空中一样。在语言处于表征危机的后现代派时期，克里利努力克服机器式的、千篇一律的、被人有意无意糟蹋的工业化语言，努力开发语言本身的潜力，这正是语言诗人们最看重的诗歌实践。

克里利出生在麻省阿林顿的一个医生家庭，自小丧父。他和妹妹由母亲抚养，在阿克顿长大，4 岁时失去左眼。在新罕布什尔州霍尔德内斯中学毕业后，于 1943 年上哈佛大学，翌年赴缅甸和印度美国战地服务团服役（1944—1945）。在部队里感到百无聊赖而开始吸毒，他的一些诗描写了他吸毒后幻觉的体验。然后去法国和西班牙的马略卡岛开办小型出版社。他 23 岁时，在新罕布什尔州利特尔顿养鸡场，有过短时间的劳动经历。他那时在鸡场从收音机里听到诗人和《起源》主编西迪·科尔曼的诗歌朗诵，于是写信给他。科尔曼邀请他在电台诗歌朗诵节目里朗诵诗歌，这是奥尔森第一次从收音机里听到克里利的名字。

1946 年回哈佛复学，但是在黑山学院获学士学位（1955），毕业后应奥尔森之邀，留校任教，主编《黑山评论》（1954—1957）。在黑山学院的时间虽然不长，但这段不平凡的经历确立了克里利的创作方向、风格和在诗歌史上的地位。

1957 年黑山学院关闭之后，他移居旧金山，在那里遇到金斯堡和凯鲁亚克。后来在纽约市雪松酒吧与著名抽象表现主义画家保罗·杰克逊·波洛克（Paul Jackson Pollock, 1912—1956）结识。1960 年，获新墨西哥大学硕士学位。接着，在阿尔布开克学院教书（1958—1961）。有机会参加了诗歌领域里两个富有历史意义的盛会：温哥华诗歌节（1963）和伯克利诗歌大会（1965）。然后，在纽约大学布法罗分校执教（1967—2003），与也在那里执教的奥尔森志同道合，友谊深厚。奥尔森从墨西哥发来的有关玛雅文化的信件都是写给他的。他后来帮助奥尔森整理并出版了《玛雅通信集》，并且编辑了奥尔森的《作品选》（*Selected Writings*, 1966）。他发表文章，帮助阐释奥尔森的投射诗歌理论。

克里利被选为纽约桂冠诗人（1989—1991），获多种诗歌奖，其中包括博林根奖和兰南基金会终身成就奖。黑山诗人群里的一位女干将莱维托夫曾在一篇文章里说:“我认为罗伯特·邓肯和罗伯特·克里利是我同时代的主要诗人。”[①] 1996年10月10～12日，纽约州立大学布法罗分校为庆祝克里利70岁生日，举行了盛大的招待会，在众多的出席者之中有该校校长，出席并参加诗歌朗诵的名人包括苏珊·豪、查尔斯·伯恩斯坦、约翰·阿什伯里、阿米里·巴拉卡等。

克里利评传《罗伯特·克里利》(*Robert Creeley*, 1978)的作者阿瑟·福特（Arthur Lewis Ford, 1937— ）在谈到克里利与美国人特性时说：“从根本上讲，罗伯特·克里利既是英格兰诗人又是美国诗人。他与最后25年的先锋派诗歌发展相连系的同时，在各种不同的地方，表明自己受庞德的中国古训‘日日新’的影响。克里利也必须被看成是美国文学中一个重要的持续的传统的一部分。”[②]

克里利晚年成了年轻诗人和诗歌爱好者的代言人和导师。他在生活上和诗艺上帮助他们，并且通过互联网与许多年轻诗人和朋友保持联系。他死于肺炎综合症，安葬在麻省坎布里奇——哈佛大学的所在小镇。语言诗人克拉克·库利奇在悼念他时，说：“在寂静的时刻，我听见鲍勃停止呼吸了，我从不会料到会这样。如此的毅力，如此的胸怀，如此的乐感。缺少了他的诗，不会再有真正的美国诗。”

第五节 黑山派的主要盟友丹尼丝·莱维托夫（Denise Levertov, 1923—1997）

莱维托夫在1988年12月23日对笔者的笔问回答说，邓肯是最优秀的黑山派诗人，克里利现在的作品使她感到厌倦。她同时指出，现在已不适合用投射诗的美学标准来衡量她和邓肯了。

如果仅把莱维托夫作为黑山派诗人对待，的确不符合她的创作实际和艺术风貌。她在多种场合中都表达了她不乐意与黑山派捆绑在一起的愿望。例如，她在1988年12月23日给笔者复信中，首先表明她的态度：“我过去与黑山派诗人有联系，因为在50年代我是克里利和邓肯的朋友，我的作品和他们的作品一道发表在《黑山评论》和《起源》以及唐纳德·艾伦主编的诗选《新美国诗歌》(1960)里，但要准确界定和描述我的作品，那个

① Donald Allen. Ed. *The New American Poetry*: 412.

② Arthur Ford. *Robert Creeley*. Boston: Twayne Publishers, 1978: 136-137.

标签已长久不适用了。”严格地说，她是黑山派的盟友，但基于叙述方便的考虑（当然也可把她放在其他章节里介绍，譬如按照年龄组归类，如同在第四编第四章所做的那样），同时也因为她对韵律的看法与“投射诗”呼吸法有相似之处，对“有机形式”的选择和奥尔森或邓肯基本的审美观念有紧密的关联（这就为她和黑山派的认同保持了某些关联性），因此将她放在这里介绍具有合理的一面。

像著名的诗人 T. S. 艾略特和 W. H. 奥登在英美之间对调国籍一样，莱维托夫和西尔维亚·普拉斯在无意识中也对调了她们定居的国家，不过普拉斯没有入英国籍，在定居英国之前写诗不多，而莱维托夫来美国之前已出版了诗集《双重形象》（*The Double Image*, 1946）。与普拉斯阴沉感伤的诗形成鲜明对比的是，莱维托夫的诗充溢着明智的乐观。

莱维托夫生于英国埃塞克斯郡伊尔福。父亲是俄国犹太人，犹太神秘教的虔诚派信徒（其教义反对正统的理性主义，强调犹太教中欣狂的成分），后改信基督教，到英国后成了英国国教的牧师，终身希望把犹太教与基督教统一起来。据莱维托夫说，她父亲信仰神秘教，以懂鸟语而知名于世。母亲是威尔士人，生于裁缝和神秘主义者家庭。莱维托夫没有上过中学和大学，在家自学成才，小时学过芭蕾舞。她后来能从日常生活、城市景象、自然景色、错综复杂的人际关系，甚至性和谐或性困难中挖掘神秘主义的成分，这与她从小受父母的神秘主义思想的熏陶分不开。二战期间，她在军队医院当过护士。1947 年，同美国小说家米歇尔·古德曼（Mitchell Goodman, 1923—1997）结婚，次年定居纽约，1955 年入美国国籍。莱维托夫早期受英国浪漫主义诗歌的影响，反映她 40 年代诗歌风貌的处女诗集《双重形象》形式上是传统的，实质上是浪漫主义的，情绪消沉，对战争感到厌倦。她承认自己那时差不多是有维多利亚时代背景的英国诗人。

50 年代早期是她的风格转变时期。她同美国人结婚，生活在美国的环境里，使她逐渐熟悉了新的生活节奏和语言习惯。她的丈夫早在哈佛大学求学时认识克里利，通过丈夫，她结识克里利，因而很自然地与黑山派诗人建立了友谊，很方便地在《黑山评论》和《起源》发表作品。虽然她从没去过黑山学院，但她认为，她是在奥尔森和克里利的影响下钻研了 W. C. 威廉斯和庞德的诗艺，尤其是 W. C. 威廉斯把她的注意力引导到从日常生活里寻找诗歌题材，把细琐的事物化为艺术，使个人的反应或顿悟成为一种对其本身来说有价值的体验。她对美国语言节奏的兴趣是由 W. C. 威廉斯的“多变音步”理论和奥尔森的投射诗理论引起的。她的第二本诗集《此时此地》（*Here and Now*, 1957）反映了她诗风的转变。从第一本诗集的出版日期算起，这是经过了11年之久酝酿的大转变，用她的话说，“50年代早期对我来说是转变期，诗写得不很多，但我读得很多，每时每刻呼吸着美国生活的空气”。50年代中期，邓肯鼓励她更大胆地描绘自己的个性和环境方面的神秘感觉，使她找到了介乎英国传统诗与支离破碎或无连贯性的自由诗之间的所谓“有机形式”的诗。她这时期的诗更多地打上了W. C. 威廉斯和奥尔森的烙印，如她的组诗《乳香树生活图景》（“Scenes from the Life of the Peppertrees”）之一：

乳香树，乳香树！

几只猫在门口伸腰，
对一切满有把握。这是早晨。
然而一株株乳香树
无动于衷地站在一旁，树上结满
端庄的红果。
枝上有枝，一副轻快的
模样；树影
轻轻撒落在地。
一只猫
靠近树影。
太阳向上向上升起，
对一切满有把握。
乳香树抖了一下。
这强健的
烟黑色的猫
纵上一株矮枝。树叶
遮住了他。

从这短短的几行里，我们可以看到W. C. 威廉斯对日常事物的描绘，也能约略看到奥尔森投射诗的艺术形式。她在她的一篇文章《朝圣的意义》（“The Sense of Pilgrimage”, 1967）里，清楚地表达了她把W. C. 威廉斯和奥尔森的特色结合在一起的尝试，说：“用犀利的眼光看待现实世界，敏锐的听觉注意话音。”当然其中也有邓肯对她的影响，她在《巨大的财产》（“Great Possessions”, 1970）一文里承认邓肯的作品“20年来一直解我的饥”。她这个时期的另外两本诗集《由大陆到海岛》（*Overland to the Islands*, 1958）和《脑袋背后的眼睛》（*With Eyes at the Back of Our Heads*, 1959）基本上保持了比较自由开放的形式，体现了她从日常生活中产生敏锐感觉的特色，但缺少奥尔森或邓肯纵深的历史感和广阔的地理空间的画面，缺少那种纵横捭阖、雄辩滔滔的恢宏气势。我们在她的诗里可以感受到一种撩人心弦的欢乐与清新的生活气息。

60 年代反越战时期，她的丈夫和其他一批著名人士因反政府侵略政策而蒙受了“谋反”罪，受到提审，促使一贯具有无政治色彩的莱维托夫加入了抗议和游行示威的反战运动。她访问了北越，称北越人民灵敏而优雅。她的反越战诗感情浓厚，虽然说理性不强。她仅仅描写了一个集中了英雄、无辜人民和恶魔的简单世界。《战时生活》（“Life at War”）和《他们像什么》（“What Were They Like ?”）等一类的篇章反映了她坚定的反战立场。《1960～1967 年诗抄》（*Poems 1960-1967*, 1983）是《雅各的梯子》（*The Jacob's Ladder*, 1961）、《啊，尝一尝，看一看》（*O Taste and See*, 1964）和《悲伤的舞蹈》（*The Sorrow Dance*, 1967）三本诗集的合集。合集里除了有很突出的反战诗篇外，还有不少赞美生活和悼念 H. D. 与 W. C. 威廉斯的诗篇。在黑山派诗人之中，莱维托夫更勇于参与政治活动。迈克尔・特鲁教授说：“直至她 1997 年去世，莱维托夫积极投身于正义与和平运动，用义务的诗歌朗诵支持这些运动……在莱维托夫散文和诗里一个持续不变的主题是艺术家在社会中的地位和个人为共同利益奋斗的责任。”[①]

70 年代，莱维托夫又回到描写个人生活体验的境界之中。她在这个时期写了日记式的笔记体裁的诗，十分爽直地揭示她的内心世界，特别是她的爱情生活。其实 60 年代，她已以爱情诗享誉诗坛了。例如她在 1964 年发表的《结婚的痛苦》（“The Ache of Marriage”）、《爱情之歌》（“Love Song”）、《圣庙川边的性爱》（“Eros at Temple Stream”）、《关于结婚》（“About Marriage”）和《虚伪的女人们》（“Hypocritic Women”）等诗篇里不但将性爱理想化和神秘化，而且赞颂人的肉体。她的爱情诗很暴露，很性感。例如《结婚的痛苦》：

> 大腿和舌头，亲爱的，
> 由于它而负担沉重，
> 它在牙齿间悸动

① Michael True. *People Power: Fifty Peace Makers and Their Communities*: 69.

我们期盼交流
却被分开，亲爱的，
每个人和每个人

它是怪物，我们
在它的肚皮里
寻求欢乐，在它之外的
某些未知的欢乐

两个加两个在它的
痛苦方舟里。

80年代，莱维托夫笔健一如既往，一共出版了包括《猪的梦想：西尔维亚生活场景展示》（*Pig Dreams: Scenes from the Life of Sylvia*, 1981）、《巴比伦的蜡烛》（*Candles in Babylon*, 1982）和《蜂箱门》（*A Door in the Hive*, 1989）等在内的12本诗集。她无论对待人生还是对待创作，一直怀有典型的美国乐观主义精神。仅就诗歌而言，她认为“在过程和存在里，诗歌本质上持肯定态度”①。可是美国诗歌界对她却没有持完全肯定的态度，到1990年为止，她没有获得普利策奖、全国图书评论家协会奖或博林根诗歌奖这样的大奖，这倒是很奇怪的现象。诗评家迈克尔·特鲁为此鸣不平，他说：“在一般的公众之中，莱维托夫的作品根据多数人的标准是畅销的，毫无疑问，这是她在讲坛上作为朗诵者和教师（目前在斯坦福大学、早些时候在麻省理工学院以及其他多所高等学校执教）的效果和力量所增添的条件。换言之，我不是说她被忽视了。但我坚持认为，对美国诗歌的任何讨论，如果不把莱维托夫（一如对鲁凯泽和库涅茨）看作是中心人物的话，无疑是误解了后现代派的主要成就。”②不过，美国的主要文学作品季刊之一《20世纪美国文学》1992年秋季号出版了莱维托夫特刊，全方位地评价了她的艺术成就，消除了学术界对她的“误解”，不能不算是一个补偿。

莱维托夫晚年大部分时间花在教学上，移居麻省之后，在布兰代斯大学、麻省理工学院和塔夫茨大学任教；到西海岸之后，有一度在华盛顿大

① Denise Levertov. “The Nature of Poetry.” *Light Up the Cave* by Denise Levertov. New York: New Directions, 1981: 60.

② Michael True. “The Indispensable Arts: The Persistent Humanity of Denise Levertov.” *Milkweed Chronicle*, Spring /Summer 1986, Vol.7, No.2.

学兼职教学，最后在斯坦福大学教学 11 年（1982—1993）。1984 年获文学博士学位，这是迟到的学术头衔。退休之后的一年，在英国和美国巡回诗歌朗诵。《了解丹尼丝·莱维托夫》（*Understanding Denise Levertov*, 1988）的作者哈里·马尔滕（Harry Marten）在总结莱维托夫的一生时，说：

> 莱维托夫回顾她的外部世界和内心世界，她想表达的诗歌主题是澄清她这位艺术家的本质——作为观察家和想象力丰富的创造者的本质。她的创作极其重要的目标是表现世界的原貌。她描写自然环境，展示人类经验的常规。同时，她的诗歌旨在努力理解和表现威胁人类潜能的政治乱象——从第二次世界大战到越南战争以及以后的战争。莱维托夫表明：太多的人视野狭隘，他们的感知力被自我或追求物质的野心所限制，无视于他们周围的环境和历史。她通过对原来事物的报道、思索和用丰富的想象力进行转化，以寻求提高读者的觉悟。①

哈里·马尔滕概括了莱维托夫一生美好的追求，至于实现了多少，那是另一回事。奥登早就说过，诗歌改变不了世界。莱维托夫死于淋巴瘤并发症，安葬在西雅图湖景公墓。

第六节　小字辈黑山派诗人

多恩、乔纳森·威廉斯、威纳斯和奥本海默在黑山派创立时期是二十几岁的年轻学生，在当时奥尔森与邓肯指挥下，仅是不突出的合唱队员，属于黑山派的小字辈，但他们后来都活跃在美国诗坛。本节对他们作简要介绍。

1. **爱德华·多恩**（Edward Dorn, 1929—1999）

爱德华·多恩出生在经济萧条时期的伊利诺斯州格罗夫贫困农村，他八年的启蒙学校，完全像中国贫困地区的一些小学一样，是一间房屋的学校。他在伊利诺斯大学学习了两年之后，到社会上工作。1950 年秋，到黑山学院，次年离开，1954 年返回，师从奥尔森，世界观和艺术审美观深受奥尔森影响。1955 年毕业，克里利是他的主考人之一。他后来写了一首致

① Harry Marten. *Understanding Denise Levertov*. University of South Carolina P, 1988: 6.

奥尔森的长诗《过去的格洛斯特》（“Gloucester Out”, 1964），前面几行是：

记忆今天
全回来了。
那记忆对我来说只不过
总是如此，
那个大汉奥尔森，有六英尺高，大块头。
舒展身体时
多么长
又多么勇敢
站在地上
在任何地方
是多么的孤独。

由此可见，他对导师怀有深厚的感情。有评论家认为，和奥尔森一样，爱德华·多恩写呼吸决定节奏的自由诗。他有些诗篇在形式上的确与奥尔森有相似之处，例如，他的《六月的空气歌唱》（“The Air of June Sings”, 1958）：

静静地，在修剪过的草坪上休息，我朝前凝视，
我提醒自己说，我从来没有到过这里
在坟墓边阅读我的这些时间流浪者的名字。
此刻，孩子们在石棺上玩耍发出轻轻的声响

刺我的耳朵，他们捂着嘴低声说话和哈哈大笑。
“我的亲爱的”
我的女儿读着，一些标记反映在
她阅读着的眼睛里是如此的光亮，是的，我踯躅在
这些抛光的石块之间，感动得流泪，听见
阅读“亲爱的，我爱你”和“安享在天堂”时的深意。

我要去天堂，再也不想见你。我要回到乡下，再也不在此地。
我将死于1937年。但是，我的时间流浪者啊，你死在何方？
……

爱德华·多恩离开黑山学院之后，从事图书馆工作（1959）。1964～1965年，在盐湖城任《野狗》（*Wild Don*）杂志主编。1965年秋，应英国诗人唐纳德·戴维（Donald Davie, 1922—1995）邀请，在英国埃塞克斯大学文学系任教五年，在那里他出版了几本诗选集，开始创作《带枪的歹徒》，同时与戈登·布罗瑟斯顿（Gordon Brotherston）合作翻译拉丁美洲文学作品，并结交英国诗人 J. H. 普林，娶第二任妻子詹妮弗·邓巴·多恩（Jennifer Dunbar Dorn）。回国后，70年代在多所高校任教，从1977年起，终身任美国科罗拉多州博尔德大学教授，指导创作课程，并和妻子詹妮弗一道主编文学报《车辆》（*Rolling Stock*）。从1983起，任《滚石》（*Rolling Rock*）杂志主编。

爱德华·多恩接受并且发展了奥尔森对包括地质和地理位置在内的地方、一切人和物的审美标准。比起奥尔森的诗来，他的诗更幽默、更有联系性，不晦涩难解。例如，他的短诗《不可靠》（"Heart of Copper"）：

> 这位候选人在回答
> 关于萨尔瓦多的问题时，
> 概括地说，他认为
> 我们应当支持人权
> 那里各处正在被废止——
> 韩国，南非，或南也门。
> 他没有明确的道义
> 提及南达科他州。
> 也许它太远在北边。

诗人讽刺的候选人是指避重就轻、言不由衷的总统或州长候选人，这类候选人总是避开国内践踏人权的具体问题，奢谈支持人权。整首诗语气诙谐而内涵深刻。

他的四卷本诗集《带枪的歹徒》[①]（*Gunslinger*）是他大胆的实验代表作，按照黑山派诗美学，其重要性仅次于奥尔森的《麦克西莫斯诗抄》。作为一个多产的诗人，从1961年起至1996年，他出版了28部诗集。他去世后的2001年出版了一本诗集，2007年，迈克尔·罗森堡主编了爱德华·多

---

① Edward Dorn. *Gunslinger, Book I*. Los Angeles: Black Sparrow Press, 1968; *Gunslinger, Book II*. Los Angeles: Black Sparrow Press, 1969; *Gunslinger I and II*. London: Fulcum Press, 1969.

恩《更向西行：新旧诗选集》（*Way More West: New & Selected Poems*, 2007），由大出版社企鹅图书出版公司出版。

爱德华·多恩在英美诗界均获得好评。英国评论家A.阿尔瓦雷斯说他制造了"一小把美丽的纯粹而毫不做作的情歌，描写驱车旅行的有趣长诗《开出爱达荷》（"Idaho Out", 1965）表现了从文化担忧导致到无政府主义和放荡不羁的活力及热烈奔赴广漠的美国西部的感情"。他认为，爱德华·多恩在某些方面像海明威。这位诗人语言简洁，使用地道的美国口语，同时也爱把一大堆乱糟糟的观察物塞进他的诗里。他把对童年的回忆、对地方和作家的感觉和同情、政治信仰和广泛旅行等揉进诗歌里时，根据"投射诗"的美学原则进行了组合。

2. 乔纳森·威廉斯（Jonathan Williams, 1929—2008）

乔纳森·威廉斯是一个地地道道的多产诗人，甚至是一个发表狂。他从1950年起除发表12本论著和7本主编的书以外，出版了99部诗集！1980年，他自我评论说："我主要是诗人，但既然我们不仅仅是为我们自己生活，我便经常认为（从1951年以来）发表我诗歌上的激情物是职业的一部分。而且还要大声向听众朗诵——从温哥华到维也纳，我大约朗诵过850次。"他一生出版了100多部作品。在新世纪出版的《快乐的丛林：新旧诗选》（*Jubilant Thicket: New and Selected Poems*, 2005）收进了他的1000多首诗。他有着文艺复兴时期大家式的多才多艺，被冠以多种头衔：出版家、诗人、书籍设计师、主编、摄影师、传奇记者、文学艺术和摄影批评家和收藏家、民间艺术品的早期收藏家和提倡者、文化人类学家、快乐的园丁、坚定的步行者、美食家。难怪他被比喻为"一只忙碌的牛虻，凑巧扎营在北卡罗莱纳州西部的山坡上"。

乔纳森·威廉斯出生在北卡罗来纳州阿什维尔的南阿巴拉契亚山脉半贵族家庭，父亲多才多艺，母亲是有才能的室内装饰员。他很小的时候就随父母迁居华盛顿市，在那里长大。先后在普林斯顿大学学习艺术史，在华盛顿市菲利普斯纪念馆学习绘画，在纽约跟从斯坦利·威廉·海特（Stanley William Hayter）学习雕刻和石刻画，在芝加哥设计学院全面进修艺术科目。1951年，去黑山学院学习。在奥尔森的辅导之下，他开始创作更多的诗歌。奥尔森聘他的这位有才能的学生当黑山学院出版人。他如鱼得水，和那里后来成名的画家、诗人、作曲家和舞蹈家交朋友。为了出版诗集以及其他当代画家和摄影家的作品，他在1951年创立行话协会（The Jargon Society），成立20世纪下半叶最著名的小出版社之一的行话出版社，任出版社主编、出版人和执行董事。受益于行话出版社的作家和艺术家多达数百人，其中包括肯尼思·帕钦、朱科夫斯基、巴兹尔·邦廷、詹姆斯·布劳顿、盖伊·达文波特、拉塞尔·埃德森等人，而且再版奥尔森、克里利、莱维托夫、邓肯和其他许多诗人的早期诗集。在他的努力下，行话出版社与新方向、格罗夫、城市之光成了60年代美国最著名的四家小出版社。

自从70年代早期，乔纳森·威廉斯和他的性伙伴诗人托马斯·迈耶（Thomas Meyer）享受生活，夏天去英国坎布里安丘陵，在充满古典情调的17世纪牧羊人小屋式的别墅里消夏；冬天回北卡罗莱纳州斯卡利山区的农场家里，那里有著名的滑雪场地，有他们可爱的宠物猫和许多忠实的朋友。乔纳森·威廉斯对社会地位低下者、被抛弃者和有着无穷创造力的文学门外汉一贯寄予深切的同情。在里根总统任职期间，他竭力反对美国在民主和教育方面的失败。他关注对自然环境的威胁和社会礼仪的失落，不屑于政府和宗教的虚假。他的笔触广泛，涉及政治、笑话、地方风俗和语言、古典音乐和爵士乐、摄影、抽象艺术，形式多样，也有文字游戏、遇合诗（found poems）、牧歌等等。我们先来读读他的《快球》（“Fast Ball”, 1956）：

（赠热衷于在库珀斯敦名人堂获得名位的瓦尔特·惠特曼）

不仅仅说说大话而已，或者把
　　　　一大罐玉米（或者克兰伯里街上的《草叶集》）——
直朝墙上扔过去，赢了
　　　　　　　　这全垒就得了……
不过，瓦尔特·惠特曼
出了局，唱着：“漫步
　　　　　　各处，
　　　　　　城里城外，漫步
　　　　　　直至屠夫
　　　　　　把他砍住”
　　　脚跟还没来得及转，就转向，
　　　　　　　　　　心生一个想法，怪主意，
　　　　　　　　　　用好木材做的球棒，但是
　　　　　　　　　　还是走出球场——

响起

一阵清风

瞧！——

孤独的老络腮胡子

初看这首诗，似乎看不出什么名堂来，但是如果了解这首诗的文化背景，我们就会欣赏诗人的幽默和机智。原来惠特曼年轻时身强体壮，常常和他的兄弟托马斯·杰斐逊·惠特曼（Thomas Jefferson Whitman）打棒球，是一个体育爱好者，特别爱看棒球赛，把它看作是体现国民精神的国球。他曾经说过："在棒球比赛中，我看到伟大的东西。这是我们的运动——美国人的运动。它把我们的人民带到户外去，给他们输氧气，给他们以更大的体育精神，有助于缓解我们的紧张情绪和消化不良，弥补这些损失，造福我们。"可是，他不是好棒球运动员，如果扔棒球，就像拿了玉米罐朝墙上胡乱扔过去，当然他在棒球赛上会出局，但是他是乐观主义者，转过身唱起来。所谓唱，是暗示他吟诵《自我之歌》或《草叶集》。惠特曼唱的歌词是乔纳森·威廉斯故意模仿的童谣，实际上没有什么屠夫用刀砍人之类的事情。惠特曼妄想用一个木质好的球棒，说不定能赢球，结果到头来，刮起风一阵清风，一个满脸络腮胡子的老头孤零零站在风中。好的棒球运动员都有绰号，例如，著名大联盟棒球队右翼手乔治·赫尔曼（George Herman, 1895—1948）被大家称为"小宝贝"鲁斯、"巴比诺""打击手苏丹"，又如大联盟棒球队左翼手西奥多·塞缪尔·威廉斯（Theodore Samuel Williams, 1918—2002）被大家称为"小子"威廉斯、"棒棒的瘦子"，而喜爱棒球的惠特曼的绰号则是"络腮胡子"，他居然想名列美国棒球故乡库珀斯敦棒球运动员名人堂之中！这首诗的幽默便油然而生了。在艺术形式上，它完全是奥尔森式的挤满稿面的投射诗，当然他还有克里利条杆式样诗，例如《交响乐之五》（"Symphony 5"）：

II. 暴风雨般热烈

去成为林中的
一丛各色的花

去在花中忘情地
越过理解

去被无休止地
被照耀

去那儿，那儿
得到赐福

这只是这首诗中的几行，它收录在他的诗集《马勒》（*Mahler*, 1967）里，是他听了捷克波希米亚作曲家和指挥家格斯塔夫·马勒（Gustav Mahler, 1860—1911）的乐曲而作的，是他的成熟之作。他的这本诗集得到评论家、同行诗人和普通读者的喜爱。下旋球式的意外性、无穷无尽的诗歌源泉和别种艺术的启示构成了乔纳森·威廉斯的艺术特色。他善于博采众长，他为此打趣自己说："我曾被称为黑山派诗人、垮掉派诗人、南方诗歌今天诗人、打油诗人、非形式主义诗人、形式主义诗人、具体派诗人、自然艺术诗人、坚持不懈的使人讨厌的先锋派诗人。就我所知，我是诗人，像其他诗人一样，我尽可能地写作。"这显然反映了他作为诗人的踌躇满志的心态。杰弗里·比姆（Jeffery Beam）在悼念他的一篇文章中指出："作为一个诗人，他的风格被认为介乎古罗马诗人马歇尔（Martial, 38—102）、苏格拉底、芭蕉、杜甫和理查德·普赖尔（Richard Pryor, 1940—2005）之间。开放型和实验性强的艺术形式，富有音乐性的诗歌创作，下流与高雅、形而上与形而下等方面的共生关系使他的作品富有大胆的原创性。"总之，优雅的语言、尖锐的对比、令人愉快的淫秽、锋利的幽默、自信力的创造性等品格铸就了乔纳森·威廉斯的诗歌特色。

乔纳森·威廉斯爱写步行在阿帕拉契山径（Appalachian Trail）和英国的风光。在多所高校任教。《纽约时报》批评家约翰·拉塞尔曾夸奖他说："这位巫师对人的资质，对大西洋两岸幸存的奇迹景观，对词语和音乐的隐喻力量有着充满幻想的敬畏感。"他尽管获得许多奖项和荣誉学位，但作为诗人和作家的成就从没有得到文学界的充分评价，也没有得到他为之慷慨提携过的诗人们、艺术家们的充分承认。

3. **约翰·威纳斯**（John Wieners, 1934—2002）

如果在物质生活上同乔纳森·威廉斯相比，约翰·威纳斯便是社会最底层的混混了，尽管他被视为 20 世纪最有原创性的抒情诗人之一。约翰·威纳斯之所以至今有较大的影响，是因为历史机遇让他有幸身跨两个大诗歌流派：垮掉派和黑山派。安·查特斯把包括进他主编的《垮掉派诗歌袖珍读本》里，金斯堡生前也曾把他当作垮掉派诗人介绍给笔者（参见第五编第六章第二节）。他师从奥尔森和克里利，他的诗受投射诗的影响，奥尔森说他的诗是“实地写作”，换言之，就是即兴性。他在唐纳德·艾伦主编的《新美国诗歌》的自我介绍中说：“1954年9月11日刮黑兹尔飓风的那天夜晚，我初次见到奥尔森，在波士顿查尔斯街聚会所‘偶然’听到他诗歌朗诵。他们赠阅第一期《黑山评论》，我对此永志不忘。”杰夫·沃德（Geoff Ward）在一篇悼念他的文章《约翰·威纳斯》中指出：“虽然威纳斯经常说奥尔森是他的导师，但他在黑山派中，与邓肯有更多的共同基础，与50年代的正统文学形成鲜明的对照，明显的浪漫主义在威纳斯更加可人的和神秘的篇章中得到反响。”

约翰·威纳斯出生在波士顿。1950～1954年，在波士顿学院学习，获学士学位。毕业后他经过了各式职业的选择。1955～1956年，在黑山学院学习。1957年，在坎布里奇市诗人剧院当演员和舞台经理。1958～1960年，在旧金山北滩的一家咖啡馆扫地为生，积极参加旧金山诗歌复兴时期的诗歌活动，与邓肯建立了联系，并结交画家罗伯特·拉维涅（Robert LaVigne）和拼贴艺术家华莱士·伯曼（Wallace Berman）。24岁时，他出版了处子诗集《温特利旅馆诗篇》（*The Hotel Wentley Poems*, 1958）。1960年，在波士顿一家精神病医院工作。1961年，移居纽约，当助理簿记员（1962—1963），和赫伯特·亨克住在一起。1963～1965年，回波士顿，被约旦·马什（Jordan Marsh）百货公司聘为订货服务编辑。曾和一个朋友创办杂志《韵律》（*Measure*）。1965～1967年，随同奥尔森参加斯波莱托艺术节（The Spoleto Festival）和伯克利诗歌大会。之后，就读于纽约州立大学布法罗分校研究生课程，当奥尔森助教。

我们现在来欣赏他的佳篇之一《盲人只能看到这个世界》（“THE BLIND SEE ONLY THIS WORLD”）：

（一张圣诞卡）
今天上帝的羔羊在十字架之上的
邮件里，在英俊的俄国水手旁，
他穿着高领毛衣。今天
我们在心里做爱。
女人们来到前面，占着上风。

今天是圣诞节，光明节，——我们

把这遗产留在身后
留在以色列。
风中有一个新十字架，它是我们的

思想，想象，意志

在那里，发现如何过夜，如何分享

爱的礼物，我们的胴体，这才是
此刻真正的启迪。

没有其他的旅程可安排。
我们接受我们所需要的一切。

如果没有洞察力，我们就处于盲目状态。
如果没有远见，我们只能看到这个世界。

这首诗的最后两行是座右铭式的名句。他的一首组诗《赠给画家们的一首诗》（“A Poem for Painters”, 1985）第一组的开头几行诗也是座右铭式的诗句：

　　　　我们的时代丧失高贵
我们的面孔如何露出它？
我寻找爱。
　　　我的嘴唇翘出来
因为缺少爱而干裂了。
　　　　　哦，这很好。

我们被我们无法控制的
种种力量所驱动。只有
　　　　　　在诗里
出现一个意象——我们
　　用画家手中笔的
　　　线条统率，

画家的手只离我一英尺远。
画面孔
　　和它受煎熬的表情。
这就是为什么没有人敢抓它。

约翰·威纳斯这类警句既有抒情味，也能警醒我们进入一个新的思想境界。他突出的主题是忧伤和爱与欢乐的丧失。诗人全神贯注于一种魅力和无法实现的欲望。例如，该诗第6组第一、二两节：

我的诗里没有
野兽，没有
湖边贵妇、天堂
音乐或管风琴伴奏的圣歌

只有人挣扎的
伤痕，为了和他自己
的一切暂在一起，为了
和他内心想做的暂在一起。

这是不折不扣的新英格兰的阴郁心态。他在1970年的自我评价是：

我的主题是青年和人欲的深切感受：有绝望、灰心丧气和理想中的满足，充满了《圣经》和经典著作的回响。形式是陈述性的、有条有理、真情实感，不带任何捏造。我受影响的一般来源：米莱、20世纪美国散文作家、希腊诗集里的抒情诗人、荷马、萨福、贺拉斯、维吉尔、乔叟的歌及其后来英国传统的诗歌。具有特殊风格的手法是德国浪漫曲的直呼、近东的亲昵和中国的简约。

1969年春，威纳斯被送精神病院治疗。1970年，精神病有好转。70年代早期，他积极参加教育和出版业合作与政治行动委员会的工作，并参与同性恋解放运动，最后定居波士顿灯塔山乔伊街44号。1985年，获得古根海姆学术奖。80年代，在金斯堡和克里利的全力支持下，他的两本诗集《1958～1984年诗选集》（*Selected Poems 1958-1984*, 1985）和《波士顿的文化事务》（*Cultural Affairs in Boston*, 1988）得到了面世的机会。约翰·威纳斯在接受雷蒙德·弗耶（Raymond Foye）的一次采访中谈到他的诗歌理论时，说："我试图写出我能想起来的最尴尬的事。"雷蒙德·弗耶认为威纳斯的自白风格"像垮掉派诗歌的摘要和晚期的浪漫主义作品：城市的绝望，贫困，疯狂，同性爱，毒品和吸毒成瘾，小偷的情谊，无情的瞬变。威纳斯作为一个诅咒的诗人讲话，他真正的地方是在不幸的人群之中，他们住在城市的社会底层"①。

1999 年，他在古根海姆博物馆作了最后一次公开诗歌朗诵。2002 年 3 月 2 日晚上，威纳斯高高兴兴地参加了几个朋友的聚会之后，在回家路上突然中风，瘫倒在地，被送医院抢救无效而去世。

4. 乔尔·奥本海默（Joel Oppenheimer, 1930—1988）

乔尔·奥本海默的学历不高，大学肄业。在康奈尔大学只上了一年学（1948），然后去芝加哥大学学习，一学期不到，又离开学校。1950 年 2 月，他去黑山学院学习，刚入学时，教师总共 25 人，学生只有 50 人，每个学生可以自由选择课程，但必须担任维持学院生活运转的一项劳作。他师从 M. C. 理查兹（M. C. Richards, 1916—1999）、保罗·古德曼（Paul Goodman, 1911—1972）和奥尔森。在那里，他与他的同学、后来成为小说家的菲尔丁·道森和爱德华·多恩成了朋友。他和黑山派作家爱德华·多恩、克里利、乔纳森·威廉斯等保持长期联系。60 年代晚期和 70 年代早期，奥本海默的诗名达到盛期。

虽然在《黑山评论》发表过作品，后来又被收入唐纳德·艾伦主编的诗选《新美国诗歌》里，但他的风格与奥尔森或邓肯不同，在艺术形式上，和通常的自由诗差不多，例如他入选唐纳德·艾伦主编的《新美国诗歌》的一首诗《公共汽车旅行》（"The Bus Trip", 1955）开头几行：

> 一个个 J 的意象向他袭击。
> 不是通常的月亮，但月亮此刻是
> 一面照明的钟，他有这样的感觉。
> 它不特别提醒他或教训他。
> 当他带着图画、一袋苹果、他的妻子
> 和他的孩子乘公共汽车旅行时，他
> 多多少少是一个傻瓜或这傻瓜。

---

① Ann Charters. *The Beat Portable Reader*: 425-426.

如果他的孩子不漂亮
那他怎么办怎么生活。如果他的妻子，
不美丽那他怎么办怎么生活。
这些问题对他是发疯似的
重要。不过他失去了面对它们的力量。

他的诗基本上是这种风格，形式上不那么越轨，也不那么撒野，带有垮掉派诗歌的味道。从 1953 年起，他的一个显著特色是像肯明斯那样，每行诗的第一字母字包括“我”（I）一律小写。

《糟透了的事件的感兴诗》（“A Sirventes on a Sad Occurrence”, 1967）被公认为他的最佳篇。它集中反映了奥本海默的最佳品格：由衷的同情心、耐心的叙述、令人愉快的性格、准确地引用犹太人意第绪语式的英语、完全的自然主义和真正的民主精神。他的精彩之处在于他深切地体会到共同的人性。诗开始描述诗人在一个春日正走下公寓楼想去上班时，邂逅一个犹太人老邻居——“一个曾祖母”，她在回屋时不自觉地在楼梯上大小便。诗人当时看到她的比“我的母亲 / 年龄还大”的女儿回房间去取打扫污物的工具，听见她说道：

别
别对人讲，老太，那女儿神情严肃地尖叫道，
我
马上回来，我将立即
回来打扫，
别
讲……

诗人看到此情此景后产生的感想是：

她可能要告诉
人的是，老太太，你老啦，
你生了你的子女，他们
生了他们的子女，他们的子女也生了他们的子女，
而你依然在这里，你的世界
依然存在，她适应在哪儿呢？

——仿佛在世界上已经没有
什么大便了，是你杜撰出来的。
除了杜撰大便之外
还允许什么更不光彩的东西？

这是人情味最浓的一首诗，而奥本海默是人情味最浓的诗人。他把自己看成是“W. C. 威廉斯的‘孙子’，庞德的‘侄孙’”，并说他自己写的是“关于性、爱和生活的好诗”。

奥本海默出生在纽约州扬克斯市，该市在人口上位居纽约州第四。父母都是犹太人。父亲利奥（Leo）在纽约曼哈顿与人合伙开办一个行李店，生意兴隆。母亲凯特（Kate）的父亲是捷克斯洛伐克移民。从1953年起，奥本海默住在纽约市，从事印刷工作，当印刷工、排字工和制作经理。1966～1968年，他放弃印刷工作，开始任圣马克教堂诗歌项目负责人，这是东海岸最富朝气的诗歌习作班。安妮·沃尔德曼接班之后，奥本海默去在纽约市立学院教书，并任格林威治村免费的《村声周报》（*The Village Voice*）专栏作家（1969—1984），写有关体育、政治、季节球赛、文学小品、咖啡消闲的专栏文章有三百多篇。他的《村声周报》专栏给他带来的名气超过了他的诗歌，尽管他还指导纽约教师和作家合作项目，把专业作家请进城市课堂。他任纽约市立学院杰出访问教授诗达12年之久。他后来与金斯堡、奥哈拉、勒罗依·琼斯、保罗·布莱克本等诗人保持密切来往。60年代，他和垮掉派作家一样，积极投身于反越战运动。在此期间，他发表了影响颇大的剧本《伟大的美国沙漠》（*The Great American Desert*, 1961）。

在1951～1988年，奥本海默发表诗集29本，死后发表诗集两本（1994—1998），其中包括《孝子》（*The Dutiful Son*, 1956）、《爱情这东西和其他诗篇》（*The Love Bit and Other Poems*, 1962）和《只是朋友/朋友和恋人：1959～1962年诗篇》（*Just Friends/Friends and Lovers: Poems 1959-1962*, 1980），最后一本是由罗伯特·伯索夫教授主编的《后期诗篇合集》（*Collected Later Poems*, 1998）。莱莱曼·吉尔摩（Lyman Gilmore）教授在他撰写的奥本海默传记《请勿触摸诗人：乔尔·奥本海默的生平和时代》（*Don't Touch the Poet: The Life and Times of Joel Oppenheimer*, 1998）中，对这位年轻时性自由的诗人作了恰如其分的评价：

奥本海默实至名归，不仅因为他是美国诗歌中的一个独特而重要的声音，而且还因为他的生活体现了令人兴奋的艺术、政治和社会变化的关键时代，在这个时代，他已经成了美国格林威治村波希米亚式狂放不羁的象征。[①]

奥本海默也许过度纵欲而显老，1978 年，他才 48 岁，可是他照片里的形象大有齐白石晚年时的老态，模样也多少有点像齐白石。他一生结婚三次，非婚同居一次。在黑山学院期间，与第一任妻子瑞娜·福隆（Rena Furlong）结婚，生两子，后来夫妇不和，他于 1963 年离开黑山学院，没有获得学位，去了纽约，借住奥尔森在纽约的住房，在印刷所找了一份差事。后来，与玛格丽特·兰德尔（Margaret Randall）同居，生一子，玛格丽特·兰德尔去了墨西哥和古巴。1964 年，与第二任妻子海伦（Helen）结婚，生两子。他的第三任妻子叫特雷莎·梅尔（Theresa Maier），他们移居新罕布什尔，奥本海默在新英格兰学院教书，并为当地报纸开辟一个专栏。奥本海默因患肺癌转移去世。他去世时，他的妻子特雷莎·梅尔和他前妻的五个儿子中的三个——丹（Dan）、纳特（Nat）和莱姆（Lem）守候在他的身旁，尼克（Nick）在他死后几分钟赶到，只有格雷戈里（Gregory）身在巴黎。他们悼念死者的形式异于中国风俗。在这悲痛的时刻，特雷莎·梅尔放了一段 20 分钟的录音带给他前妻的儿子们听，这段录音是诗人当年夏天住院时，专门录给他们听的。他开始时吟唱从前给孩子们小时候唱的民歌，然后叙述他本人的童年。他们听完从来不知道的父亲童年情况的录音之后，尼克接着朗诵父亲是年夏创作的最后一首诗《动物》（“animals”, 1988），诗的开头：

小山羊
被绳子系在远方
柏油路旁
站立后腿
想找到更多的
绿叶
他已经剥离
近旁
可及的一切

① Lyman Gilmore. *Don't Touch the Poet: The Life and Times of Joel Oppenheimer*. Jersey City, New Jersey, 1998: 6-7.

接着，诗人叙述一只垂死的黑老狗从主人那里自行走开，诗人于是最后联想到在病中煎熬和挣扎的自己：

我的
身体不行了
令人难受地
带着肿瘤
肿胀到小脑
步行慢得一个老人
害怕我不会
坚持到看到
那山羊
那空狗窝

诗人把在远方工作的孩子比喻为小山羊，把自己比喻为一只垂死的老狗，其病入膏肓之状，肉体与心灵痛苦之情，感人至深，无以言表。

第七节　黑山派的次要盟友

前面已经提到莱维托夫、保罗·布莱克本、保罗·卡罗尔和拉里·艾格纳并未在黑山学院学习或教书，但他们因为和黑山派诗人有共同的审美趣味而又常在相同的杂志上发表作品，在人们的印象中，他/她们也是黑山派诗人，不过严格地讲，他们是黑山派的盟友。

卡罗尔只比艾格纳大一岁，但令人惊叹的是，他俩同年去世（1996），而与卡罗尔同年的布莱克本却在 25 年前过世了（1971）。莱维托夫比卡罗尔和艾格纳迟一年辞世，鉴于她在诗歌史上的重要性，笔者已经把她提前到第五节单独介绍。本节简要介绍其余三位诗人。

1. **保罗·布莱克本**（Paul Blackburn，1926—1971）

布莱克本出生在佛蒙特州圣奥尔本斯。母亲弗朗西丝·弗罗斯特（Frances Frost）是诗人和小说家。他在 3 岁半时，父母离婚，由外祖父母抚养，常受到外祖母的责打。14 岁时，母亲把他带到纽约，生活在格林威治村。在母亲的鼓励下，他开始学习写诗。1945 年，上纽约大学，不久作为实验室技术员，在科罗拉多服兵役。1947年，回纽约大学继续学习，1949年转学美国威斯康星大学麦迪逊分校，1950年毕业。在上大学期间，布莱克本首先受到庞德的影响，开始与他通信。庞德住圣伊丽莎白医院期间，布莱克本数次搭车去华盛顿市探视庞德。通过庞德，布莱克本与克里利取得联系，通过克里利，又结识了西迪·科尔曼、莱维托夫、奥尔森、奥本海默和乔纳森·威廉斯。他还是通过克里利，在其主编的《黑山评论》发表诗作，因此被视为黑山派的一员，尽管他不喜欢唐纳德·艾伦把他排列在黑山派诗人阵营里。他认为自己创作了各种模式的诗歌。杰罗姆·罗滕伯格对此分析说："像他的这个时代其他重要的美国诗人一样，他的作品反映了与庞德或W. C. 威廉斯初期试验诗的认同，就他的具体情况而言，他的诗被语言资源所加强，朝欧洲和拉丁美洲更大范围的前辈开放。"所谓语言资源，是指他听从庞德的指点，在威斯康星大学期间学习了普罗旺斯的几种语言，后来获富布莱特奖学金，到法国进修普罗旺斯语言和文学。从此，他一生投入到普罗旺斯诗歌的翻译中。这对扩大他诗歌创作的视野起了决定性作用，所以他才有底气不愿意局限在一个流派里。

60年代中期以前，布莱克本以在印刷车间劳动，当编辑（包括短期当《民族》诗歌栏编辑）、做翻译和自由职业评论等各种工作维持生计。到60年代中期，他负责一家电台采访诗人和组织诗人朗诵的节目。1965～1967年，指导艾斯本作家会议讲习班；1966～1967年，在纽约市立学院任驻校诗人。1967年，获古根海姆学术奖，使他有机会再到欧洲从事他的翻译和诗歌创作。回美国后，他通过巡回朗诵和教书为生，从1970秋起，在纽约州立大学科特兰分校任教，直至去世。

布莱克本对大家非常慷慨，在纽约建立了诗人相互支持的团体。新来的诗人在出版、诗歌朗诵、寻找职业、寻找居住的地方等方面找他帮助时，他总是有求必应。他是一个不辞辛苦的诗歌朗诵组织者，在博加咖啡屋、第十街咖啡店、圣马可教堂、曼哈顿南边和北边等等的许多地方，帮助知名和不知名的诗人组织了无数次的诗歌朗诵会。参加他组织的朗诵会的诗人包括垮掉派诗人、纽约派诗人、深层意象派诗人和黑山派诗人。在没有各方资助的情况下，他为了诗歌朗诵的顺利运转，常常用一个篮子，向听众收取点滴捐助。

作为圣马可教堂诗歌项目的先驱者，他首先把诗歌朗诵的场所从乐新城咖啡馆迁到东村包厘街圣马可教堂（St. Mark's Church in-the-Bowery），1966年，他在这里帮助建立了至今仍然惠及许多年轻美国诗人的诗歌项目。因此，他在诗歌界，特别是纽约诗歌界，起了很重要的作用。此外，他还负责组织诗歌朗诵录音，为记录50年代晚期到70年代的纽约诗歌最全面的口述历史做出了极其宝贵的贡献。克莱顿·埃什尔曼为此说："许多诗人，不是少数诗人，许多健在的诗人不仅对他基本的艺术善意、组织的朗诵会、忠告，而且对他更富人情味的一种同舟共济之情（很少有诗人会给予的慷慨）心怀感激。"

保罗·布莱克本是奥尔森"投射诗"诗风最优秀的实践者之一。布莱克本知道奥尔森投射诗的技巧，知道如何调整诗行，如何换行，如何保持边距和间距，以反映他所需的朗读速度和呼吸模式。他不喜欢传统的题材和形式，喜欢运用日常语言的节奏写诗，而且常把两种表面不同的对立面巧妙地调和在一起。他描写一个场景或一个事件时表面上很随便，好像它无足轻重，只是偶感或偶发而已，但经过回味，它却含义很深，富有洞察力。例如，他在他的佳作《葵花岩石》（"Sunflower Rock", 1968）[①]里，描写一个被社会遗弃的穷困潦倒的人被从酒吧间轰出来的悲惨场面。诗人通过酒吧间各种人对这位潦倒者嗤之以鼻的轻松议论，反映了人间的冷漠，诗中人物的对话全是没有文化的语法不通的俚语，更衬托了人们的愚昧无知。在诗的结尾，诗人深刻地揭示了诗中叙述者看到那位年老的潦倒者倒下来以后的心理反应：

那老人昏厥了
围在他身边的一圈人把他抬到门外
　　　　丢在雨里。
　　　　　　屋外，
　　　　　　　　黑夜充溢了三月雨，
　　　　　　　　　　那是一个笑话，
一种笑话。夜晚车辆来往的住宅区。

不一会儿，
我们步入雨中，停下来
在街角买半品脱酒
一来抵御寒夜，二来囊中羞涩。
浑身湿透，我们背朝北风，
感到威士忌的热力。

---

① 标题很怪，向日葵。

也相当穷困的诗中叙述者这时只谈到他在雨中的感受，只字不提更潦倒的躺在雨中的老者，表面上避免了感情的宣泄，但只要仔细地玩味，岂不更令读者动容？从这里，也可看到诗人的内心世界。仅从上述引用的几行诗，我们即可以看到布莱克本的"投射诗"的艺术形式，他的诗行基本上保持了这样上上下下的布局，不过有时也有例外，例如短诗《邂逅》（"Encounter", 1958）：

半夜，摇摇晃晃地走在路上
从酒吧走回家，墨西哥

强盗立在我面前，想要
提高他的生活水平

两根手指轻轻地捻着八字胡须，
另一只手顶着手枪。我吓得

屁滚尿流，一路
爬回埃尔帕索。

全诗简单而幽默，诗人熟练地掌握了高度的写作技巧。保罗·卡罗尔夸奖布莱克本，说："在我们这个时代，我不认为有任何诗人能用他的技巧和优雅写上一行，一节，整个一首诗。"克里利在为布莱克本死后出版的诗集《背对沉默》（*Against the Silences*, 1981）的序言中坦承，"保罗的写作技巧毫无疑问远比我高"。艾略特·温伯格（Eliot Weinberger）在他主编的大型诗选《1950 年以来的美国诗：革新者和局外人》（*American Poetry Since 1950: Innovators and Outsiders*, 1993）后面附录的介绍 50 年代以后美国诗歌简史的一篇文章里，把布莱克本与奥尔森和邓肯相提并论，说他们"受到抽象派画家的启发，演化到'现场创作'——不依靠左侧诗行开头平齐的艺术形式，而是把诗句爆破到整页稿面，稿面空白处与朗诵静止的时刻相一致；像当代的画家一样，一切强调创作的过程而不是它的结果"。

布莱克本没有留下系统的诗歌理论文章或专著，他的一首长诗《陈述》（"Statement", 1954）陈述了他的创作经验、理念和诗美学：

我的诗也许不是典型的美国诗，或者至少在题材上，不光如此：

但是，我认为是用了某些技巧，甚至不是美国诗人独创的技巧，我在当代文学上找到了特别的范例，从庞德和 W. C. 威廉医生到年轻作家，例如保罗·卡罗尔或邓肯或克里利。

并列的技巧。
说话节奏的技巧，
有时非常激烈，
有时速度很慢，如同
一个人
和他的朋友讲话一样。

我个人我肯定两件事：

在与人的关系
保持温暖与接触：

与技术世界讲究物质财富的猪猡并置，
那里的人际关系是“利用”，即：
在心理上和物质上进行剥削。

如果诗人们鼓起勇气吟唱，而不是重复
令人反胃的内容，
那么这个人将会有
好机会　成为一个完人，而不是
站在那里或坐在那里成天点头说：“是。”

要有足够的勇气和能耐在必要的地方站稳立场。

给予爱，
有足够的勇气接受爱，
当他发现爱被呈现出来时。

接着诗人讲了他的写作技巧，强调保持个性的重要性。最后，他说：

取用阳光和地球的自然物，当它们还存在时。
人要不惜一切手段
反对一切穷凶极恶的机器，

机器毁灭人，仅仅为了

多一个美元。

表面上看，诗人似乎反对文明，要倒退到落后的原始时代。但是，诗人实际上是谴责资本主义社会追求物质财富而毁灭人性的一面。这首诗没有什么诗情画意，只是陈述他的世界观和文艺观。从他的这篇《陈述》里，我们清楚地看到了他的为人和为文。

他一共写了 600 多首诗，生前发表了 523 首，18 本诗集，其中有 5 本是在去世后发表的。后垮掉派诗人鲍勃·霍尔曼认为布莱克本是圣马可教堂诗歌项目的创始人、诗歌口头传统的倡导者和先驱人物，并介绍说：为了纪念他，在 11 街附近的教堂外面种了三棵树，其中一棵树纪念布莱克本，其他两棵树纪念弗兰克·奥哈拉和 W. H. 奥登。布莱克本结婚三次。死于食道癌。这位慷慨的诗人也难免有瑕疵：过分地好色。罗伯特·韦斯特（Robert M. West）曾著文介绍布莱克本说：

> 尽管他生前的读者群越来越多，死后继续出版诗集，他的诗歌理应受到喜爱他的读者的注意。他经常的猥亵行为和对待女人的做法对女权主义读者来说很不愉快，甚至令人无法忍受。在他去世后，对新形式主义诗歌重新产生兴趣的趋势，对他的兴趣也可能产生不利影响。布莱克本最重要的遗产也许是他是对推广诗人和普及诗歌艺术作了相当大的贡献。[①]

2. 保罗·卡罗尔（Paul Carroll, 1926—1996）

芝加哥诗歌中心的创始人保罗·卡罗尔是在芝加哥出生、长大、受高等教育，又在芝加哥工作的诗人。学生时代当过《芝加哥评论》（*Chicago Review*）主编。在芝加哥伊利诺斯大学执教多年，最后成为该校荣休教授。他父亲是银行家和房地产开发人，是位自学成才的富翁。保罗熟悉桑德堡的芝加哥，也熟悉索尔·贝娄的芝加哥，对芝加哥的一切了如指掌。他认为，他的想象力紧贴自然风貌的边缘。他运用心灵的景色和梦幻涂抹芝加哥风景，使他的诗作充满了超现实主义的色彩。他所坚持的是所谓的“非纯诗”。他在诗里不写脏话，但体现了性欲和爱。他不想把芝加哥描绘成巴

---

① 参见 *American National Biography*. Ed. John A. Garraty and Mark C. Carnes. New York: Oxford UP, 1999.

比伦那样圣洁，而是竭力表现它的“下流、雅致、流行艺术的偶像、暴力、路边的树、来往的车辆、橱窗、水下隧道工、直升飞机和地铁”。一句话，他是一个奥哈拉式的城市诗人。他说：“我希望拼命写诗或做爱或试图与上帝对话，或者三样一并写入我的诗里。”从1968年至1988年，他才出版了五本诗集。作为一个富家子弟，他没有必要拼命地搞创作，以至苦了自己，如他所说，他用三分之一时间做爱，三分之一时间与上帝交谈，只用三分之一时间写作。

他是坚持抵制T. S. 艾略特和叶芝诗风的诗人，乐意向詹姆斯·赖特、詹姆斯·迪基、金斯堡、罗伯特·洛厄尔、贾雷尔、奥哈拉等人看齐。他被唐纳德·艾伦收进《新美国诗歌》里的长诗《父亲》（“Father”, 1959）也是依照“投射诗”的范式创作的。我们来欣赏这首诗的开头部分：

我多么不想看到
你的重影。
不想看到在我的书桌上的这张照片：
你那时趾高气扬的孩子模样——
基尔肯尼的海岸，岩石和太阳晒干裂的草皮
给你的面容带来复原力
而你这时试图看起来很冷淡，摆出
穿了租来的星期天晨装、
高统靴和礼帽的样子：
一个刚下船的生手。不过

那捏紧的拳头，
抓住手杖顶绷紧的指关节，显示：
你似乎知道如何把海德公园的老牧场
改变成你自己想要干的工程。
你的确成功了。

他的自我评价是：

多年来我才感到我的诗比我聪明：我停止试图向我自己和别人解释我的诗，我停止思考我为什么要写诗。我访问我的诗，发现过去战争的老兵在无意识里是阴郁的驱邪者，看到我们在共同境况下主持弥撒哈哈大笑时的神父、荒谬、有趣、怜悯、悲剧及其偶然的壮丽和神秘。我难以想象没有诗的生活。

3. 拉里·艾格纳（Larry Eigner, 1927—1996）

拉里·艾格纳尽管在黑山派中是比较次要的诗人，但在下一代的语言诗人中影响却很大。他的诗常常见于重要的语言诗杂志《语言》（*L=A=N=G=U=A=G=E*），而且该刊在创刊号头版介绍他。罗恩·西利曼把他主编的大型美国语言诗选《在美国世系里》（*In the American Tree*, 1986）题献给艾格纳。他以惊人的毅力和丰富的想象力创作的诗歌饮誉诗坛。他坐在轮椅上的模样，完全像当今著名科学家霍金一样，四肢很难动弹，但是思维极其敏锐。

他出生在麻省林恩市，出生时因医生误断而误用产钳（应当剖腹产），致使他大脑麻痹而瘫痪终身，甚至影响了他说话的清晰度。他自学成才。1978年以前，一直由他的父母照料生活起居，偶尔旅行，拜访远在旧金山和密苏里的兄弟以及近地的诗人。后来父亲去世，母亲年迈，他迁居加州伯克利市麦基大街，由他的弟弟理查德照顾。所谓照顾是理查德给他购置了一座大宅，并负责提供他的生活费用。他生活无法自理，由免费住在这里的房客照顾他。他凭轮椅在室内行动，舌头已僵硬，口齿不清，只有少数常接近他的人能听懂他的话。他双手已僵硬，双目近视。若和他费力地谈话半小时，你会对他产生生不如死的念头。在如此艰难的情况下，他却以惊人的毅力坚持创作，坚持去朗诵（通过朋友复述）。拉里·艾格纳为此受到诗人们的尊重，尤其受到中青年诗人的爱戴，例如诗人杰克·弗利。杰克不但在拉里朗诵时作复述，而且每周定期去他家料理他的生活和文件。拉里得到爱戴和帮助不仅仅是因为他有坚强的意志力，而且更首要的是他是一位优秀的诗人。查尔斯·伯恩斯坦在1996年2月5日发给笔者的一封电子邮件里，动情地写道："这位平凡的诗人过着不平凡的生活，仿佛他自从出生以来面对体格的挑战被诗歌专利编织成心理杂技。拉里·艾格纳是我们的时代英雄。他思考的意志是不可征服的。不是普通的荣幸结识于他的。我想不起还有其他什么人值得我更加钦佩。"

拉里的住宅是一座相当大的楼房，树木环绕，异常僻静。门前的走廊宽大，他坐在轮椅上，可以在走廊里来回转动，接触户外的风景。他大部分的生活内容是凭窗观察外界，追随四季的更迭、天空的变化、鸟儿的行止和树木的叶长叶落。他用大量的时间阅读书籍报刊、看电视、听广播，以弥补他与外界缺少直接联系的缺陷。他平时坐在轮椅上创作诗歌，用一个指头在一架老式手提打字机上吃力地揿点键盘。如果不小心，一张稿纸掉在地板上而身旁又没有人帮忙的话，他往往要克服常人难以想象的困难，才能把稿纸从地上拾起来。在他的诗里，你可以依稀看到 W. C. 威廉斯、奥尔森和克里利影响的痕迹。

杰克曾陪同笔者去拉里家拜访过。笔者 1994 年曾住在坐落于加州伯克利市艾迪生大街的辅友中心[①]，距麦基大街不远，时常路过那里，有时会看到走廊上他独坐在轮椅里的情景。由于听不清他讲话，不便单独去拜访，笔者到他家只去过两次。第一次是一天上午，杰克・弗利陪同笔者去看他，拉里正好在餐厅吃早餐，初次见面的问候都是经过杰克传达，很难向深处交流，只能是一次礼节性拜访。给笔者印象最深的是他的手提式打字机，他就是用这部打字机打出了令世人惊叹的诗篇。第二次是杰克陪同笔者去庆贺拉里的生日，朋友们在这天晚上都自带食品。另外，还有人在厨房里准备了一些可口的食物。大家尽情地在他的院子里吃喝、谈话，拉里笑嘻嘻地坐在轮椅里陪大家。麦克卢尔夫妇也去了，大家都和拉里合影留念。奇怪的是，没有见到他的住在同一个市里的弟弟理查德到场，也许他不想来打扰诗人们兴致勃勃的聚会。

拉里的诗里有着他生活环境里的喧闹：飞驰的救护车、深夜驾驶的汽车、摇撼树木的风、飞翔的鸟雀、儿童的嬉戏，等等。这些景象有时也会引起他的伤感。他在二三十岁时住医院的时间很长，自然养成了一直缠绕他的死亡意识。但当他驱赶伤感时，他便写出轻快的诗来。他描写复杂的内心生活有他的独到之处，例如，他的《让我安静，因为我不想做梦》（"Keep Me Still, For I Do Not Want To Dream", 1956—1957）：

> 我生活在这屋里，四壁被终身
> 厚厚地涂抹和粉刷。我生命培植的
> 苹果树依旧挺拔，不停地走动的分分秒秒
> 越过四壁，我站立四周清晰的
> 　　投影之中，衣服微微地
> 　　　飘动，接触到视线之外的
> 花园杂草

① 美国华人天主教教会为支持在加州大学伯克利分校短期学习的中国学者而设立小规模的住宿地，房租不但便宜，而且中心主任唐康明先生精心照顾住在这里的学者，并时常组织他们参加包括参观、游览、访问教友等各项丰富多彩的活动。如果从辅友中心去加州大学伯克利分校的路线作为纵向目标的话，艾迪生大街便是竖向，麦基大街则成了横向。

街上的光线已经暗淡
安静的玉米散布在空寂的夜里
在鸡群、麻雀和狗之中
鸽子在屋顶轻松地走动
猫向阴沟伸足，
他的脚爪张开，赤裸裸，
正在沉思默想

他去睡了，醒来，
他装死，紧盯着什么……
雨化为
冰雹夹在风中
大蓟，当它们老了时，

几乎一切都收摊了，
我们也停歇了
各种花儿也隐藏了起来

只有长期被封闭在室内的人对外界才有如此细微的观察和感受。这就是拉里占有其他健步如飞的诗人很少具备的优势，如果这可算作优势的话。罗伯特·格雷尼尔说："拉里·艾格纳的成熟诗作贯彻了肯明斯、庞德和W. C. 威廉斯早期的试验诗，也许是迄今为止最好地（最多样化地）实现了关于在诗歌上利用空间的种种趋势和可能性，把奥尔森投射诗理论'投射到'美国诗歌的未来。"罗恩·西利曼甚至认为艾格纳"超越了奥尔森的投射诗歌理论种种麻烦的约束"。杰克·弗利应拉里的家人的邀请，在1996年2月6日为拉里写的讣告中说：

拉里创新的诗歌被各种非常不同派别的诗人广泛地赞赏。他一再回溯的诗人是哈特·克兰、W. C. 威廉斯和奥尔森。莱维托夫曾经写道："比起我想得起来的几乎其他任何诗人，他更需要灵活性，一种富有想象力的灵活性，从一个意象跳到另一个意象的意愿和能力……"罗伯特·邓肯认为艾格纳的诗已经是"W. C. 威廉斯诗行的新发展：他的短句不突然中断，而是萦绕，在短句中保留一个空白，延长在这首诗本身的时间之里"。

邓肯指出拉里的艺术特色似乎比较抽象，我们现在引用拉里的一首短诗《开放》（“Open”, 1953），也许它能使我们具体地感受拉里创新的艺术形式：

它们对我点头，我对梗茎点头
是的，我同意　　但是我自己在盛开。
或者不能改变
是的，通行过去。　　当我通行空中
当我，停止
当我做梦，景象
　　我一直在各个方面
　　　　我的面孔和我的后背

消失了　　任何时候　世界　可以
瓦解
　　　　　　　　　　　　　　　　现实
　　　　　　抽象，抽象，哦　太小了
　　　　　　　　　　　　　　看见那个词
对着堆栈显出蓝色——
　　　　　　　　哦，我漫步，漫步在

便道上
设想它们是黄色的花
　　　　　　　　　似乎在点头

初看这首诗，觉得似乎不知所云，但切记这是诗人的梦境，一些不合理的地方就变得合情合理了。一生无法行走的诗人在梦里可以漫步在花丛中了，而且感到自己也是花中的一员。尽管他身残，但没有通常人的伤感或悲天悯人。在形式上，他的诗行前后左右若断似连，这就是邓肯称赞拉里在艺术形式上的新发展。拉里由于小儿麻痹症，行动极为困难，麦克卢尔把他比作“探索意识的形态、形状和途径”的“宇航员”。拉里的确不按照一般的韵律写诗，他的诗行通常满满地爬满稿面，而麦克卢尔的许多诗篇的艺术形式又何尝不如此呢？他们有着共同的艺术追求。

1993年，加州大学伯克利分校在艺术博物馆举行拉里·艾格纳的生活和作品庆祝会，诗人们和学者们出席祝贺，并举行了热烈的朗诵会。查尔斯·伯恩斯坦为此写了一篇题为《再说艾格纳》（“AGAIN EIGNER”）的短文：

> 就我所知，没有哪个人的诗作有拉里·艾格纳的诗那样生动。他为诗歌编造了立体摄影画面：他的词语是一系列深深地刻入心灵之中的感知，在那里，心灵被绘制在页面上，而页面变成思想领域的模式。感知和思想（词语和事物）在艾格纳的作品里彻底地交织在一起了，它给平凡的探索带来幻觉逐渐增强的顶点——日常生活情况的瞬间闪烁，否则它便会被忽视过去而注意不到，或者不被理会而不加重视。在艾格纳的诗篇里，一个片段紧钉下一个片段，这样，我们在读他的作品时，同样被不可思议的平民的细节紧钉住了，注意力毫不分散地集中在每个特定的细节上，而每个细节都具有同样的分量、同样的愉悦。这是“注意事物”的一个诗法，如同艾格纳所写的，在“你周围有越来越浓缩的素材”（事物、词语），“没有什么是太乏味的”。但是，艾格纳的诗法是“巧合的诗法”，在这里，“机缘凑巧”（偶然发生的事）作为生气勃勃的精神，取得它应有的地位，取代了我们的时代许多诗篇以人类为中心的感伤之情。

查尔斯·伯恩斯坦教授从语言诗的视角，高度评价拉里的诗美学：捕捉日常生活中平凡事物给人带来的刹那间的感受。《开放》这首小诗正好印证了查尔斯·伯恩斯坦的断言：拉里·艾格纳的诗“取代了我们的时代许多诗篇以人类为中心的感伤之情”。这正是拉里为人为文的可贵之处。拉里生性比较达观，有一股求生韧劲和艺术上的执着精神，我们从他的一首小诗《1992年9月16日》（“September 16, 92”）里，也可以看得出他的坚强性格：

岁月就这样流逝着，
    道路平静
    依然常常有足够的夜晚
        然后天亮
            在高大的树后面
                浓厚的树荫

拉里白天无法行走，晚上躺在床上自然地觉得夜长，好不容易挨到白天，他又只能凝视院子里高大树木的浓荫（他的院子四周，树木茂密）。不过，他在描述时间流逝的感受时却没有常人的那种“岁月无情不等人”的感怀。对于拉里的为人和为文，十年如一日无微不至照顾拉里的杰克·弗利进一步对我们披露说：

> 我和他做朋友已经十年了——我每周去看他一次，常常和他通电话。我俩生日的日期只隔开两天——我俩曾经在一起过生日。他为我的第一本书《文字/光：为阿德尔而作》（*LETTERS/LIGHTS—WORDS FOR ADELLE*）写序，这是他唯一一次给别人的书作序（除了他给罗恩·西利曼的诗集《乌鸦》的开头写了几句话。我要求拉里在我的书护封上写几句，但他却写了序言）。在他最后清醒的一个星期，我的近作《流亡者》（*EXILES*）就在他的床边。
>
> 他留言在电话里。有一次，他给麦克卢尔的电话留言，但是麦克卢尔听不懂，而我能听懂。不容易同拉里交朋友。人们去访问他，努力听清他的话，然后就走开了，再也不去了。我能同他保持朋友关系，部分原因是我不和他住在一起，部分原因是我听懂他讲的话。我在伯克利负责一个系列诗歌朗诵会，我钦佩拉里的诗，要他参加系列朗诵……我和拉里在一起，知道他一直想要讲话，用他的话说，“用一个人的呼喊去冲破（沉默）”，他所有的诗作是沉默的，必须满足分享那种谈话的欲望。人们抱怨——鲍勃和其他人抱怨他“独白”。是的，以他为中心，以某种方式自我节制，但在其他的情况下，并非如此。很难想象他保持沉默。[①]

作为一个伯克利诗歌系列朗诵的成员，拉里成了旧金山湾区诗界的熟人。许多听众听不清他朗诵的是什么内容，但杰克很难想象让拉里保持沉默的看法，促使他陪同拉里作了许多次朗诵。1994年初夏，笔者有幸在伯克利系列朗诵会上聆听了拉里的朗诵，尽管什么也没有听清楚。杰克推着拉里的轮椅，其耐心和细心着实令人感动，如此的无私精神，如此的深厚友谊，在国内外诗歌史上实属罕见。

拉里死于肺炎综合症。他的一生发表了40多部作品，其中包括《从

---

① 见杰克在1996年2月6日给查尔斯·伯恩斯坦2月5日的电子邮件的复函，这里引用的是杰克附送给笔者的副本。

空气中得到维持》（*From the Sustaining of Air*, 1953）、《断片中的另一次》（*Another Time in Fragments*, 1967）、《乡间/海港/寂静/行动/周边：散文选》（*Country/Harbor/Quiet/Act/Around—selected prose*, 1978）和《水域/地方/一次》（*Waters/Places/a Time*, 1983）。他的零散诗篇发表在100多种杂志和选集里，其中最主要的杂志是《起源》《黑山评论》和《语言》（*L=A=N=G=U=A=G=E*）。在新世纪，罗伯特·格雷尼尔和柯蒂斯·法维尔（Curtis Faville）主编的《拉里·艾格纳四卷本诗歌合集》（*The Collected Poems of Larry Eigner, Volumes 1-4*, 2010）由斯坦福大学出版社出版。

早在70年代初期，他在一首诗《而今，对死亡的认识》（"the knowledge of death, and now", 1971）里预示死亡的情景：

而今，对死亡的认识
　　对群星的认识
　　　只有一端
　　　　　　　没有尽头
中央的房间
　　没有时间/ 通过
铁路　灌木丛　丘陵　草地

拉里在生前还留下了这样几行诗：

如果生活，
　　　　万物
　　　　　　不那么有趣，
　　　　　　　　　　　那么生活
　　　　　　　　　　　　　　万物
　　　　　　　　　　　　　　　　　会杀死
　　　　　　　　　　　　　　　　　　　　我

这就是一个终身瘫痪、终身讲话都感到困难的著名诗人异于常人的对生活与万物的看法。

第九章　自白派诗歌

自白派是20世纪50年代中期到60年代的一个取得卓越成就的诗歌流派。如果说垮掉派公开大吵大嚷地对抗社会习俗，那么自白派则是静静地不约而同地破坏社会传统。自白派从来没有打旗号、写纲领、发宣言或建立像黑山派那样的区域性组织，也没有像奥尔森这样的领袖人物。自白派诗人独立性强，只是差不多在同一个历史时期，以差不多相似的美学趣味，创作了毫无保留的自我坦白式的诗歌，自发地形成了自白派诗歌运动。它那浓厚的自传性和强烈的个人感情至今仍然震撼人们的心灵。自白派诗的真正目的是心理现实的一种剖析，剖析自我和自我体验的世界之间的关系。阅读自白派诗毕竟并不令人感到愉悦，研究自白派诗更不是一个轻松的课题，尽管它直率地反映了人们常常难以启齿的困境，正如M. L. 罗森塔尔教授所说："自白派诗是痛苦的诗。这种痛苦通常'难以忍受'，因为这种诗常常表达精神崩溃和偏执。"[①]

第一节　自白派诗的界定和产生及其历史

诗评家克里斯托弗·比奇认为对自白派诗的界定是一个有争议的题目，他首先提出了一连串的设问：

> 自白派是美国诗歌里一个重要的运动吗？它与新批评派和现代派模式作了重要的决裂吗？或者说，它只不过是方便的、最终是简约的批评标签，用以解释二战之后诗歌中的某些发展吗？这个术语是不是描述一代诗人通过自我放纵地揭示露骨的激情，苦苦寻求实现他们

① M. L. Rosenthal. *The New Poets: American and British Poetry since World War II*. New York: Oxford UP, 1967: 130.

崇高的诗歌抱负吗？或者是它颂扬脱离对诗歌体统无处不在的“专制”而跨出解脱的勇敢的一步？[1]

究竟如何精确界定自白派诗，需要长篇大论，不是回答这几个问题就完全能解决。例如，众所周知，金斯堡的确是彻里彻外彻头彻尾袒露自己的诗人，他在《嚎叫》第一部分的结尾吟诵道：“……站在你面前默默无言，懂得世事，由于羞愧而发抖，虽不被接纳，却根据他裸露的无止境的头脑中的思绪节律，把整个灵魂袒露出来……”他甚至当众把衣服脱光，关于他的性取向，无论在文字里或同人谈话中，他从不隐瞒，而是坦坦荡荡。可以说他一生总是放纵地揭示他露骨的激情，寻求实现他崇高的诗歌抱负。那么他为什么没有被算为自白派诗人呢？是不是金斯堡在揭示自己时，没有自白派诗人那种特有的“内心煎熬”？比奇聪明，他没有纠缠于这些问题，只提出问题，不作直接答复，他仅仅就自白派诗的特点做出了他的阐释：

> 毫无疑问，所谓“自白派”运动表现了美国诗歌主流创作方法上的一个重大变革。
>
> 这些诗篇用第一人称的声音传达，诗中人与诗人没有多大明显的距离；它们在语气上高度的情绪化，在内容上是自传式的，在结构上是叙事性的。诗人个人的反思不再有现代派和新批评派提倡与主体感情保持距离的特点。自白派的模式——不管人们对这术语同意与否——被诗人们当作范例，摒弃现代派的艰涩和新批评派的复杂，以表达一种更无拘束或更个人化的声音。它也允许诗人们清楚地表达心情、思想和情感，向以遏制心理需求和欲望为标记的时代礼仪挑战。这些诗人在回应罗伯特·洛厄尔所说的“沉静的50年代”时，抵制本世纪中叶要求“抑制悲伤，埋葬惨痛经历”[2]的文化规范。[3]

这位诗评家对自白派诗歌的具体特色进一步阐述说：

> 正如黛安娜·伍德·米德尔布鲁克所表明，自白派诗主要的特点

---

① Christopher Beach. *The Cambridge Introduction to Twentieth Century American Poetry*: 154-155.

② Thomas Travisano. *Midcentury Quartet: Bishop, Lowell, Jarrell, Berryman, and the Making of a Postmodern Aesthetic*. Charlottesville: UP of Virginia, 1999: 259.

③ Christopher Beach. *The Cambridge Introduction to Twentieth Century American Poetry*: 154-155.

> 之一是“调查研究对家庭——作为调节中产阶级生活单位的种种压力”；更具体地讲，自白派诗注重这类问题，诸如“离婚、性不忠、童年被忽视和在生活早期受到深度情感创伤引起的精神障碍”。[1]自白派诗引人注意之处被对诗人狂乱生活的直接描写所加强。事实上，这常常是自白派一代人在他/她们的诗中传记成分吸引了学者、批评家和读者的注意。普拉斯、贝里曼、安妮·塞克斯顿和德尔默·施瓦茨都自杀了，兰德尔·贾雷尔曾企图自杀。自白派诗人们经历了酗酒的难题（洛厄尔、贝里曼、贾雷尔）、精神崩溃和情绪抑郁（洛厄尔、贝里曼、毕晓普、普拉斯和塞克斯顿）、离婚（洛厄尔、贝里曼、贾雷尔和 W. D. 斯诺德格拉斯）。[2]

克里斯托弗·比奇说得没错。在某种程度上，精神病、生活中的种种不如意和自杀成了自白派引人注目的诗歌重要内容，如同中国的朦胧派，如果没有北岛、杨炼的出走和顾城的自杀，它在中外诗坛的影响恐怕没有现在这么大了。记得顾城在新西兰杀妻后又自尽，轰动了整个世界的新闻媒体。当时许多不懂中文的美国诗人和中国留学生或学者合作翻译顾城、北岛的诗，连篇累牍地登载在报刊上，朦胧派诗人成了家喻户晓的新闻人物。自白派诗人之中如果没有特别令人揪心的普拉斯悲剧，如果没有 60 年代晚期妇女运动的兴起和女权主义运动 70 年代第二次浪潮，自白派的影响恐怕也不会有现在这么大了。当然，一个诗歌流派的生命力和影响力最主要取决于它在理念和美学上的创新性或革新的力度。如果缺乏精湛的艺术性，任你何等悲惨，也成不了诗人，遑论优秀诗人。世界上比普拉斯或顾城更悲惨的人多的是。

一般认为，自白派这个词是 1982 年曾来华访问的纽约大学罗森塔尔教授在评论洛厄尔的诗集《人生研究》（*Life Studies*, 1959）时明确地提出的。[3]从狭义上讲，典型的自白派诗人是罗伯特·洛厄尔、约翰·贝里曼、W. D. 斯诺德格拉斯、安妮·塞克斯顿和西尔维亚·普拉斯。从广义上讲，不少文学史家和评论家把金斯堡和西奥多·罗什克也包括在内。著名的评论家和诗人丹尼尔·霍夫曼甚至认为德尔默·施瓦茨在二战前就是自白派

---

① Diane Wood Middlebrook. “What Was Confessional Poetry?” *Columbia History of American Poetry*: 636.

② Diane Wood Middlebrook. “What Was Confessional Poetry?” *Columbia History of American Poetry*: 155.

③ M. L. Rosenthal. *The New Poets: American and British Poetry since World War II*: 25.

诗人了。罗伯特·基尔曼（Robert F. Kierman）则把克莱顿·埃什尔曼（Clayton Eshleman, 1935— ）、桑德拉·霍克曼（Sandra Hochman, 1936— ）、斯坦利·普拉姆利（Stanley Plumly, 1939— ）、马文·贝尔（Marvin Bell，1937— ）、威廉·海因（William Heyen, 1940— ）等当时还年轻的诗人也容纳在自白派诗人名单里。

几个主要的或狭义上的自白派诗人代表作有：洛厄尔的《人生研究》、斯诺德格拉斯的《心针》、贝里曼早在1955年开始在杂志上陆续发表的《梦歌》、塞克斯顿的《去精神病院，半途而归》和《我所有的亲人》以及普拉斯的遗著《爱丽尔》。我们从上述诗集可以清楚地看到自白派诗人的思维定势：毫无顾忌地揭示自己为常人所避讳的隐私，例如性欲、死念、羞辱、绝望、精神失常、接受外科手术、与雇主难处的矛盾、对丈夫或妻子或父母或子女所持的扭曲心态等等，从弗洛伊德心理学的角度，把它们曝光于众。这不难理解，这些自白派诗人都经过精神分析治疗，他们不但把内心最隐蔽的冲动讲给医生听，而且行诸笔墨。这是自白派诗区别于其他流派诗歌的最大特色。评论家杰弗雷·瑟利（Geoffrey Thurley, 1936— ）对这个特色也作了生动的描述：

> 50年代晚期和60年代早期的自白派诗人不经常玩弄弗洛伊德学说的内容。但他们的作品基调，是他们的内心不依靠上帝或耶稣或人类而是向着弗洛伊德先生——这个友好的善解人意的分析家，他被人们任意奉承和篡改。特别是，他们都消极地看待自我，轮番鞭挞或夸耀、处罚或娇惯他们自己。他们视自己为牺牲品或英雄——由于敏感而折磨自己，在折磨中显得英勇。这就产生了一种特殊的调子或一系列调子：紧张不安而又冷酷，怠惰而孤独，郁郁不乐而自我怜悯。①

自白派诗人向世人揭开有关自己的种种痛苦真相，一方面对自己真的或想象中的精神崩溃症进行自我疏导，另一方面归咎于造成他们痛苦的时代，归咎于美国政府，归咎于侵略战争。杰弗里·瑟利认为，这种失常行为是20世纪中叶美国资产阶级过于富有又没有远大理想而养成的行为，这也许不无道理。不管怎样说，精神崩溃是美国的一种很普遍的社会病。在自白派诗歌里，精神崩溃症是酿成一切胡思乱想的总根子，而这个根子又

---

① Geoffrey Thurley. *The American Moment: American Poetry in the Mid-century*. London: Edward Arnold Ltd., 1977: 64.

往往蔓延成自杀的企图和行为。

在自白派诗人之中，洛厄尔和贝里曼曾经创作了一批符合 T. S. 艾略特和新批评派审美规范的优秀诗篇。但他俩均在 50 年代中期前后大胆叛逆于 T. S. 艾略特和新批评派。斯诺德格拉斯、塞克斯顿和普拉斯都曾是洛厄尔的学生，受过洛厄尔的影响。斯诺德格拉斯在写自白诗时对洛厄尔也很有启发，两人的自白诗代表作均在同一年问世。塞克斯顿是在洛厄尔和斯诺德格拉斯的影响下开始创作的，而普拉斯是在洛厄尔和塞克斯顿带动下起步的。洛厄尔、贝里曼、塞克斯顿和普拉斯都患过精神崩溃症，接受过精神治疗。后两者以自杀而告终，似乎自杀是确保个人完善的最佳手段。洛厄尔和斯诺德格拉斯是聪明人，在发表了名噪一时的自白杰作之后，放弃了自白派的表现手法，进行新的探索。

使上述诗人著称于世的自白诗由两个要素构成：首先，形式是第一人称的我（贝里曼假托的诗中人亨利显然是他自己）；其次，题材是有关诗人个人的经历。然而，自我揭示内心世界的诗不是自白派所独有，有评论家认为拉丁诗人塞克斯特斯·普罗佩提乌斯（Sextus Propertius, 约 50-45—15BC）和文艺复兴时期意大利诗人弗朗切斯科·彼特拉克（Francesco Petrarch, 1304—1374）可算得上是自白诗的鼻祖。从莎士比亚到乔治·赫伯特到雪莱到拜伦到惠特曼到弗罗斯特等等，他们都写过精湛的自白诗。柯勒律治在 1797 年 2 月写信给托马斯·普尔（Thomas Poole）说："我可以使最枯燥无味的作者如何写出有趣的作品来——让他忠实地叙述他自己生活中的事件——不伪装伴随事件引起的感情。"①换言之，要不加掩饰地直抒胸怀。可以这么说，浪漫主义诗人更善长于激动的自白，不过他们往往流于感情宣泄过度，超越了生活和心理的真实。当代著名的美国诗人詹姆士·迪基和马克·斯特兰德都写过符合自白诗规范的诗，不过，他们是偶尔为之。难怪斯诺德格拉斯从来没有视自己为自白派诗人，他曾在一次被采访时说："我认为我过去的诗和其他诗人写的诗相比没有什么不同。"②流派这顶帽子往往是评论家或文学史家为了解释文学现象方便起见而加给某群作家的，不管他们是否愿意接受。这带有某种专断性，一种逐渐为大众接受的专断性。当然这种专断性往往建立在科学论证的基础之上。例如，把罗伯特·洛厄尔等诗人被专列为自白派不外乎有两种理由：

① Samuel Taylor Coleridge. *The Complete Works of Samuel Taylor Coleridge*. Ed. Professor Shedd. New York: Harper & Brothers, Publishers, Volume III, 1854: 601.

② David Dillon. "'Toward Passionate Utterance': An Interview with W. D. Snodgrass." *Southern Review*, 60, Summer 1975.

1）自白派诗人在某个时期被自己自白的冲动所支配，到了不吐不快的地步，而且创作了数量可观的自白诗篇或发表了令人瞩目的自白诗集，表达了他们在特定时期心理上和艺术上最敏锐的内省，因而形成了独特的自白风格，这决非一般诗人在偶然的场合下的偶然之作。

2）一般的诗人在偶然创作自白诗时，总是看重他个人的价值和人类个性的价值，而自白派诗人则很少有自尊感，都愿意把内心的一切“丑”事和盘托出，虽然其中不免掺杂些“传记谬误”（biographical fallacy）。

自白派诗虽然起不到《嚎叫》那类垮掉派诗的社会轰动效应，但自白派诗人揭示的内心秘密包含了对传统道德观念和社会主潮的挑战，也蕴含了精神的解放或长期压抑的心灵能量的释放。评论家詹姆斯·布雷斯林（James E. B. Breslin, 1935—1996）对此说得好：“自白派诗人像垮掉派诗人一样，抛弃了50年代的习俗。但假若垮掉派诗人在街上设置革命性路障，那么包括被新批评派庇护的贝里曼和罗伯特·洛厄尔在内的自白派诗人则进行了更像宫廷政变的地下活动。”[①]从审美角度看，自白派诗人突破了T. S. 艾略特的“非个性化”和“人格面具”或新批评派的“美学上的疏离”（Aesthetic Distance）等等规范，如同戴安娜·伍德·米德尔布鲁克（Diane Wood Middlebrook）所说：“自白诗没有明显的政治性，但是它作为诗学价值，通过复原的始终是自传性第一人称抵制从众压力而参与抗议非个性化。”[②]贝利曼虽然在《梦歌》里用了亨利作为诗中人，但他毫无保留地倾述了内心世界的一切。

关于自白派诗的历史及其影响，就其狭义而言，按照比奇的看法，多数批评家把自白派诗开始时间回溯到洛厄尔50年代晚期的诗作。自白派诗最激进的阶段一直延长到60年代中期。自白派诗模式对70年代和80年代的诗歌有重大影响。事实上，“自白”抒情诗成了20世纪晚期美国诗歌占优势的文体模式。[③]

第二节 罗伯特·洛厄尔（Robert Lowell, 1917—1977）

如前所述，20世纪的美国文学一直存在两种倾向。一种倾向于欧洲文化传统，作品偏于智性、象征性、大都市性、世界主义，有较高的文化意

① James E. B. Breslin. “Poetry.” *Columbia Literary History of the United States*. Eds. Emory Elliott et al.: 1086.

② Diane Wood Middlebrook. “What Was Confessional Poetry?” *Columbia History of American Poetry*: 635.

③ Christopher Beach. *The Cambridge Introduction to Twentieth Century American Poetry*: 155.

蕴，被称为白脸文学或烹调过的熟文学，代表人物有亨利・詹姆斯、T. S. 艾略特、兰塞姆、艾伦・泰特等等。另一种倾向于西部的开拓精神，注重本国风土人情，作品偏于情感、自然、本土主义，被称为红皮肤文学或未煮过的生文学，代表人物有惠特曼、桑德堡和 W. C. 威廉斯等等。罗伯特・洛厄尔在文学创作发展道路上受了这两种不同文学传统的影响。他的创作生涯是一部变化巨大的历史，他各个时期的作品无论在内容上或在形式上变化之大，很难认得出出自同一个作者之手。对一般的读者和评论家来说，晚年的罗伯特・洛厄尔是他这一代诗人里的中心人物，甚至有评论家如欧文・埃伦佩雷斯（Irvin Ehrenpreis, 1920—1985）把 60 年代中期称为“洛厄尔时代”，这是因为他与 20 世纪上半世纪几乎所有重要的美国诗人有密切的联系，他在晚年被视为他们的接班人。他的影响不仅在诗歌上，而且他卷入了时代潮流，积极干预生活和政治，成了公众注意的目标，同时又由于他通过诗歌，把自己的私生活暴露出来而被视为自白派诗歌的开创者。

洛厄尔是一个大家族子弟，他生于波士顿的新英格兰名门之家。在洛厄尔这支家族中出过不少名见经传的文人，其中较著名的诗人有他的堂祖父詹姆斯・拉塞尔・洛厄尔（James Russell Lowell, 1819—1891）和远房堂姐意象派著名诗人艾米・洛厄尔以及远房堂兄天文学家珀西瓦尔・洛厄尔（Percival Lowell, 1855—1916）和远房堂兄哈佛大学校长艾博特・劳伦斯・洛厄尔（Abbott Lawrence Lowell, 1856—1943）。他上的中小学都是当地的第一流学校，最后到哈佛大学攻读。洛厄尔是独子，生在这样富裕的家庭，又有机会受到良好的教育，根本没有哈特・克兰那种经常受到贫困威胁的处境，但也许是他儿时的逆反心理或爱挑剔的本性，他从小感到父亲同他感情疏远，母亲盛气凌人。他认为家庭环境的窒息气氛养成了他倔强的脾气，使他经常同父母吵架、闹别扭，甚至有一次他竟要从哈佛大学退学。他因和比他大五岁的女人结婚的事而与父亲冲突，竟然把父亲打翻在地。诸如此类的家庭瓜葛，后来都反映在他著名的自白诗里。

在预备学校圣马可和哈佛大学学习期间，洛厄尔对讲究格律的传统诗与更富试验性的自由诗都感兴趣，并写了不少传统诗和自由诗。当时他在创作自由诗方面得不到鼓励，便集中精力学习传统诗。他开始时想拜弗罗斯特为师，但受到了那位高傲的名诗人的冷落。他反对向学究气重的英文系教授学习，同时对拒绝他进入《哈佛提倡者》编委会更心怀不满，再加上他与家庭的紧张关系，导致了他心理失调，因而容易产生无名怒火。父母请了波士顿的心理医生梅里尔・穆尔为他诊治。这位医生恰巧是南方“逃亡者”诗人集团的成员，在他的引荐下，洛厄尔于 1937 年 4 月特地去拜访了艾伦·泰特。

那次拜访成了洛厄尔诗歌生涯的转折点。两人一见如故，泰特不但热情接待了他，而且在创作理论上给他指点迷津，解决了他在格律诗与自由诗之间举棋不定的内心矛盾。泰特告诉他说："一首好诗与被时代潮流引起的激昂情绪无关。它只是一件工艺品，一个智性的或认识的客体。"在泰特看来，桑德堡在艺术上是一个粗制滥造者。洛厄尔对泰特佩服之至，竟然称他为精神上的"泰特父亲"。洛厄尔接受了泰特的一套新批评派理论，说："我开始信奉形式主义诗歌，我的风格从卓越的自由体诗中改变了过来，这一切发生在两个月之内。"

由于泰特的影响，洛厄尔违背父母意愿，离开哈佛大学，转学至兰塞姆执教的凯尼恩学院。他在课堂里没学到什么东西，可是在课后从与兰塞姆及其学生、凯尼恩学院讲师兰德尔·贾雷尔的学术交谈中受到了很多的教育。年轻的饱学之士贾雷尔很快成了他的挚友。由于兰塞姆的倡导和组织，凯尼恩学院成了当时新批评派的据点。洛厄尔在这里学习到了 T. S. 艾略特、R. P. 布莱克默（R. P. Blackmur, 1904—1965）、伊沃尔·温特斯、威廉·燕卜荪等诗人兼批评家的最新批评论著，其中温特斯强调形式与内容并重的理论对洛厄尔的影响颇大。洛厄尔在凯尼恩学院学习期间，养成了在笔记上抄录他所喜爱的诗行的习惯。在 1943 年之前，他抄录的大部分是 16 世纪早期、17 世纪、18 世纪和 19 世纪早期的英国诗人，19 世纪晚期和 20 世纪英美诗人以及但丁和贺拉斯等 31 位诗人的作品。从这里，也可看出他学习的勤奋，这为他今后的诗歌创作的腾飞打下了坚实的基础。

1940 年，他在凯尼恩学院毕业前夕同罗马天主教徒、小说家琼·斯塔福德（Jean Stafford, 1915—1979）结婚，这使他开始信仰罗马天主教。他不久去路易斯安那大学，在克林思·布鲁克斯和沃伦的指导下，读了一年的研究生。1942 年，他移居泰特的住地附近，与泰特共用书房，合作编了 16 世纪和 17 世纪的英国诗选。在编辑过程中，他们都不约而同地获得灵感，于是放弃编选工作，转入诗歌创作。洛厄尔在这期间一共写了 21 首诗，收在《不同的国度》（*Land of Unlikeness*, 1944）里。标题取自圣伯纳德（Bernard of Clairvaux, 1090—1153）所著的《不同的国度》（*Rigio Dissimilitudinis*）：在这梦境般的国度里，不幸的居民们失去了与上帝的相似性，但仍然意识到世俗世界的虚伪。洛厄尔的这部诗集里反映了他刚信奉的宗教思想：所有世俗的历史不过是徒然的重复，只有天主教能提供自由，脱离既不像上帝又不像人类高尚精神的世俗世界。诗人在这本诗集里使用了重复的象征、频繁的暗喻、严肃的双关语、形式工整的循环、往复的头韵和准押韵等等手段，表明作者过多地注意形式，不免使读者产生生硬的感觉，正如 R. P. 布莱克默所说："在这本书里没有一个可爱的音步。"

使洛厄尔成为二战后美国诗坛最富独创性最强有力的年轻学院派诗人之一的诗集是《威利勋爵的城堡》(*Lord Weary's Castle*, 1946)。该诗集一共收了 42 首诗(从第一本诗集挑选和修改的 10 首加上新创作的 32 首)，获得普利策奖，受到评论界和读者的一致好评。严格地说，这本诗集直接受益于泰特。是泰特给他带来了主题：现代知识分子与时代的隔膜、对往昔的留恋和对现代社会混乱与世俗化的憎恨。洛厄尔像泰特一样，在《威利勋爵的城堡》里不想表现有关他自传的素材，而是通过神话的媒介，巧妙地把生活输入艺术作品之中。他企图在诗里表现在现代战争与罪恶的社会环境里基督拯救人类的潜在力。洛厄尔在艺术风格上也和泰特一样，语言简练，内涵复杂，且多层次、多讽喻，也很含蓄，特别讲究格律，尤其注重运用非个性化手法。

《威利勋爵的城堡》的题目源出苏格兰古代民谣《拉姆金》。威利勋爵拒绝付钱给瓦工拉姆金，拉姆金一气之下，进入城堡杀死了威利的妻子和小孩。约翰·贝利曼在解释这部诗集时说，威利勋爵的城堡是"一座忘恩负义、不履行义务、犯罪与惩罚的宅第"，拉姆金是"手持利剑进入他亲手建造的不义之屋的老爷"。在诗人的笔下，这座城堡是现代世界。诗人在这部诗集手稿的扉页上用铅笔写道："屋造好了，死神来了。"洛厄尔后来指出，二战对该诗集有影响，那时的文明正在崩溃。一般认为该集中的优秀诗篇是《楠塔基特的贵格会教徒墓地》("The Quaker Graveyard in Nantucket")、《康科德》("Concord")、《虹终止的地方》("Where the Rainbow Ends")、《在印第安人杀手墓旁》("At The Indian Killer's Grave")和《在黑山岩的对话》("Colloquy in Black Rock")等。这些诗篇较好地体现了诗人的非个性化艺术手法，其中以《楠塔基特的贵格会教徒墓地》为最。这是该集中最长的一首诗，是为纪念二战期间美国的一艘军舰沉没海中而遇难的表兄弟沃伦·温斯洛所作。诗人在诗中表现了人类经历里无法克服的种种矛盾的双重性：生与死，残酷与受难，反叛与顺从，暴力与爱，罪孽与拯救。洛厄尔表面上哀悼淹死在海中的表兄弟，实际是在哀悼诗人自己，推而广之，哀悼一切有相同命运的人。像 T. S. 艾略特和泰特一样，洛厄尔在诗里运用了不少文学典故：梅尔维尔的《白鲸》、梭罗的《科德角》、E. I. 沃特金斯的《天主教艺术与文化》，等等。诗人对贪婪地剥夺天然资源的新英格兰捕鲸业、《白鲸》里的船长埃哈伯徒劳的报复、引起洛厄尔表兄弟在海上死亡的现代战争和现代政治等等作了平行比较，发现它们都有类似之处。沃伦·温斯洛之死表明现代人的崇拜权力和对同胞的残杀只能导致灾难。诗的开头便凸现了死亡的场景：

马达克特外的一片咸水浅滩，
大海的波涛滚滚，夜幕
降临了我们的北大西洋军舰，
被淹没的水兵紧抓着拖网。火
光照射他缠结的头颅和大理石似的双脚，
他抓着网
用他那弯曲的、带有跳栏肌肉的大腿。
尸体已无血色，一堆紫与白的肉体，
睁开的凝视着的双眼
是无光泽的眩窗外盖
或是载沙沉重而搁浅在沙滩上的
巨轮的舱窗。我们给尸体加上重量，
抹闭眼睛，向海扔进生命的发源地，
那儿，弓把形脑袋的鲨鱼
在埃哈伯的心脏与额头上拱着他的鼻子；
水兵的名字用黄色的粉笔框了。

如果我们把描写海葬水兵们的几行诗同梭罗在《科德角》里描写“圣约翰号”桅船沉没后许多移民尸体漂浮海上的一段文字对照一下，不难看出洛厄尔把梭罗的这段文字几乎大部分移植到对他表兄弟的描写上了（实际上他的表兄弟在船沉没后已消失在海里）。这种把文学典故与作者的经历揉合起来的表现手法是现代派诗歌的一大特点。T. S. 艾略特如此，庞德如此，泰特如此，这时的洛厄尔也如此。

《威利勋爵的城堡》不仅给洛厄尔带来了许多荣誉头衔，而且使他同他崇拜的诗歌界有名望的前辈 T. S. 艾略特、庞德、弗罗斯特、W. H. 奥登、W. C. 威廉斯、玛丽安·穆尔和威廉·燕卜荪建立了友好的联系。尽管如此，他由于内心斗争趋于激烈而进入痛苦的转变时期。40年代晚期，他失去了宗教信仰、政治信仰和他的第一任妻子，他的诗歌创作又进入了飘忽不定的状态。他的《威利勋爵的城堡》主要是在泰特提供的南方贵族式传统或重农派的环境里创作的。他此时已在华盛顿和纽约——一个截然不同的新天地。他此时经常接触的是自由主义思想浓厚的作家，诸如兰德尔·贾雷尔、德尔默·施瓦茨、约翰·贝里曼等，而他们的思想是建立在弗洛伊德心理学、马克思主义和现代科学之上的。在这种氛围里，他惯用的基督教神话已不合时宜，而且受到抨击，使他获得灵感的基督教被摧毁了。由于某些原因，他同泰特的友谊变淡了。1949年，他精神失常，不得不首次住进精神病医院治疗，这是他日后阵发性心理失调的不祥开端。他的第二任妻子伊丽莎白·哈德威克（Elizabeth Hardwick）是理论家，无宗教信仰，政治上左倾，这大大地影响了洛厄尔的宗教信仰和政治观点。他又开始寻找精神父亲，最后拜W. C. 威廉斯为师。同过去的泰特一样，W. C. 威廉斯向他伸出了热情的手，运用迥然不同于新批评派的诗歌理论开导他。同时，他的朋友贾雷尔和施瓦茨鼓励他把故事情节、人物、戏剧场面引进诗里，他结果出版了只有七首诗的小册子《卡瓦诺家族的磨坊》（*The Mills of the Kavanaughs*, 1951）。标题诗描写新英格兰一个工业巨子卡瓦诺的家族衰落。这个家族没有子嗣，只留下一个年轻寡妇。她思念已死的丈夫，想到整个家庭的败落，只能在基督教的爱中找到安慰。作者开始放弃热诚的天主教象征主义，转向更具容忍性的基督教人道主义。诗人这时一方面由于习惯而想保持诗的简洁和多义，另一方面设法回避诗的晦涩，但未成功，因为他仍沿用了非个性化的表现手法去表现不是他个人的而是他人的体验，对读者无感染力。洛厄尔这时处在创作道路的十字路口。

洛厄尔继续进行艰苦的摸索，终于越过河流，跨进W. C. 威廉斯的诗歌领域里来了。他同时从金斯堡和W. D. 斯诺德格拉斯的自白诗中得到了启发，从形式主义的樊笼里走了出来，找到了自己的声音——一个直率的自由的强有力的声音。他用这个声音如实地说出了他与家人、与过去的经历息息相关的内心感受。这体现在他的又一个里程碑式的诗集《人生研究》里。伊丽莎白·毕晓普十分看重这部诗集，对洛厄尔羡慕不已，在给他的信中称洛厄尔是“最幸运的人”。实际上，这是一个悖论式的赞美词，他诗途的幸运与他一些不如意的经历紧密相连。在诗里，作者对他的一生，他的童年、父母和祖父母及其一家、他的房屋和汽车、他的婚姻、友谊、在监牢和精神病院里的经历等等都进行了回顾和研究，用自白的方式，逐一加以勾勒。

全集分四辑：第一辑是四首诗。第一首诗《阿尔卑斯山那边》（“Beyond the Alps”）描述诗人从罗马乘火车到巴黎的途中的沉思；他违背自己的心愿，从“上帝之城”罗马到了人类之城巴黎。余下的三首诗，通过对经济、政治和军事的评论，探讨了上帝之城以外的人类活动的社会形势；第二辑用具有嘲讽意味的散文形式，回忆了作者家庭和他的青年时代。自传性的散文《里维尔街91号》（“91 Revere Street”）为第四部分“人生研究”提供了事实并建立了基调；第三辑写了四位作家：福特·马多克斯·福特、桑塔亚那和施瓦茨。他们的人生经历和作品对他均有影响；第四辑的标题《人生研究》成了全集的标题，这是全集的精华部分。作者回忆他的家庭和童年，最后描写了他的婚姻、在二战时因拒绝服兵役而坐牢和住精神病院的经历。诗集重点在这一辑，作者用第一人称揭示了他的性内疚、酗酒、多次住精神病院等个人的羞辱和精神痛苦，他为此被冠以优秀的自白派诗人称号。

第四辑里有不少精彩的篇章。作者在《夫与妻》（“Man and Wife”）里描写了他与第二任妻子服了“密尔唐牌”麻醉品，但它不能平静他内心的不安。他似乎看到了杀气腾腾的世界：阳光像涂了“战争漆”；马尔博罗街上的木兰树“点燃”了“行凶”的花；妻子的责骂，“可爱，尖刻，冷酷无情——像大西洋的波涛劈头盖脸地朝我涌来”。他忍无可忍，只好一逃了之。他透彻地揣摩妻子的心情表现在另一首诗《说起婚姻里的苦恼》（“To Speak of Woe That Is in Marriage”）里，用她的口吻说出不和睦的夫妻关系：

> 夜里热得我俩把寝室里的窗户统统打开。
> 我们的木兰花正在盛开。生活开始变化。
> 我那醉醺醺的丈夫放弃家庭的争论，
> 走到街上去寻找妓女，
> 在危险的边缘徘徊。
> 这疯子觉得会气死妻子，于是发誓戒酒。
> 哦，他那使人厌倦的卑鄙的色欲……
> 这不公平……他太过分了——
> 威士忌酒喝得酩酊大醉，在五点钟得意地回到家里。
> 我唯一的念头是如何活下去
> 什么使他发怒？而今每天夜晚
> 我把十元钱和他的汽车钥匙系在大腿上……
> 在他需要做爱的时刻，
> 他伏在我身上，像一只大象。

在描写住精神病院的经历的《在怏怏不乐中醒来》（“Waking in the Blue”）里，诗人让我们看到了他与精神病较量的情景：

尽情地吃过新英格兰早餐后，
我称体重有二百磅
在今天早晨。得意洋洋，
我穿着高领的法国海军服
站在一面面金属的修面镜前，
在这些第一流精神病症的
一张张消瘦的遗传的脸上
我看见摇摇欲堕的未来似曾相识，
双倍于我的年龄，一半于我的体重。
我们都是老资格，
我们当中的每一个人都握着一把锁住的剃刀。

在《忆西街和莱普克》（"Memories of West Street and Lepke"）里，诗人描写了他在二战中因反对服兵役而短时间坐牢的经历：

这是安定的 50 年代，
而我已年届四十。
我应当对我的播种期懊悔吗？
我是一个鲁莽的天主教拒服兵役者，
作了一篇狂躁的声明，
斥责国家和总统，
在候审室里坐等判刑，
身旁是一个黑人青年，
他的卷发里藏着大麻烟。

这里需指出的是，洛厄尔在二战中的政治思想是反动的，他拒绝服兵役是因为他不愿彻底打败希特勒，唯恐苏联缺少对手而对美国构成威胁。

在他最爱朗诵的诗篇《臭鼬出没的时候》（"Skunk Hour"）里，诗人勾勒了一幅社会衰败的可怕画面。缅因州小镇上的每个人，包括诗中的"我"，都成了臭鼬似的食腐动物。诗人情不自禁地发出"我自己是地狱"的呼声。而他的《我和德弗罗·温斯洛舅舅在一起的最后一个下午》（"My Last Afternoon with Uncle Devereux Winslow"）则提供了一个在他童年时代与外祖父一家和睦相处的情形；性情古怪的姨妈像暴风雨般地弹钢琴；音盲的外祖母对钢琴的声音特别反感，却酷爱阅读左拉的小说；外祖父样子雄赳赳，很可爱，但很傲慢；29岁的舅舅正患着不治之症，使天真的只有5岁半的小洛厄尔觉察到他舅舅的悲惨命运——死亡。对外祖父母思念的《外祖父外祖母》（“Grandparents”）、秋天与外祖父离开波士顿到丹巴顿扫墓的《丹巴顿》（“Dunbarton”）、描写当海军军官不称职的父亲的《海军中校洛厄尔》（“Commander Lowell”）、追忆患心脏病的父亲临终前情景的《在贝弗利农场最后的日子》（“Terminal Days at Beverly Farms”）和描写从意大利拉巴洛运回母亲遗体的《从拉巴洛乘船回国》（“Sailing Home From Rapallo”）等篇章都保持了一种张力：过去与现在、回忆者与被回忆者、忆者自己的冷嘲与憾事等等都交织在一起，并且从作者儿时与成人的视角扫视与他有密切或冷淡关系的家人及新英格兰的一个名门家族的变迁。如果说西尔维娅·普拉斯利用政治暴行比喻她个人的精神痛苦，金斯堡把个人的疯狂作为对疯狂时代的反响，那么洛厄尔则在家事中把个人的心理紊乱与文化的失调联系在一起，公开暴露了在充满敌意的世界里一个受苦受难人的赤裸裸的心灵。洛厄尔在创作《人生研究》时受斯诺德格拉斯的自白诗《心针》手稿的启发很大。次年，《人生研究》获国家图书奖，而《心针》获普利策奖。

《人生研究》完全倒空了作者的自我，使作者感到在这个领域里的素材濒于枯竭，需要寻找更多的非自我的题材。洛厄尔在1960年波士顿艺术节上说：“当我完成了《人生研究》时，我面临一个大问号……我不知道它是否是我悬梁的绳或是生命线。”像当年与泰特合编16世纪和17世纪英国诗选一样，洛厄尔在投入新的创作以前，埋头于翻译一本远从荷马近至苏联的鲍里斯·帕斯捷尔纳克（Boris Pasternak, 1890—1960）的诗选《模仿》（*Imitations*, 1960）。他在通过翻译向外国大师们学习的过程中，把自我放在历史和文化的大背景里重新审视，试图把《人生研究》的风格与最近学到的外国大师们的表现手法结合起来，在以后直至去世前，又创作了一批数量可观的诗集：《献给联邦死难者》（*For the Union Dead*, 1964）、《大洋附近》（*Near the Ocean*, 1967）、《1967～1968年笔记》（*Notebook 1967-68*, 1969）[1]、《为利齐和哈里特而作》（*For Lizzie and Harriet*, 1973）、《历史》（*History*, 1973）、《海豚》（*The Dolphin*, 1973）和《日复一日》（*Day by Day*, 1977）。

《献给联邦死难者》的标题诗从北方人的立场，表达对参加内战英勇献身的年轻上校罗伯特·古尔德·肖及其率领的黑人步兵团的怀念和对现

① 1970年扩充为《笔记》。

实的失望。这是洛厄尔的得意之作，堪与泰特从南方人立场悼念内战中死去的同盟军将士的《南方死难将士颂》（1928）媲美。到了60年代，洛厄尔进入了一个新的生活阶段，他用写信、演讲、请愿等各种形式参加反越战斗争。1965年6月，他发表致约翰逊总统的公开信，表明他反对侵越战争，并且拒绝总统的邀请，不参加在白宫举行的艺术节；1967年10月，同诺曼·梅勒等作家与群众一道向五角大楼和平进军。1968年，支持尤金·麦卡锡的总统竞选。他对60年代国内政治与社会事件表示愤怒、厌恶和灰心的诗篇收录在《大洋附近》和《笔记》两本诗集里，其中两首《1967年越南》（"The Vietnam"，1967）和《1968年越南》（"The Vietnam", 1968）鲜明地反映了诗人的反战态度。这时的洛厄尔似乎从个人的小圈子里走了出来。《笔记》发表后的第三年，诗人发觉这本诗集的内容陈杂，像一大块废大理石，需要重新雕琢。所谓"废大理石"，他指的是在这个集子里收录的一些有关他苦恼的家庭生活的诗作。于是，他把这部分分出来，集为《为利齐和哈里特而作》，这是他为第二任妻子伊丽莎白·哈德威克及其子而写的诗，企图表现第二次悲剧性失败的爱情。余下的诗篇收录在《历史》里，分两部分：第一部分沉思作者出生前的历史；第二部分叙述他平生所遇到的历史事件。这两本诗集不成功，没有达到他想把"废大理石"雕琢成艺术品的目的。倒是描写他在英国和纽约的生活、第三次结婚及得子的《海豚》获得了普利策文学奖。

像大多数行将就木的作家一样，他在最后一部获国家图书评论界奖的诗集《日复一日》里对匆匆逝去的往事感到留恋和怅惘。1970年他到英国，与第三任妻子英国小说家卡罗琳·布莱克伍德生活在一起，1977年散伙，回到纽约曼哈顿，与第二任妻子言归于好。半年多之后，他由于旅途劳顿，心脏病突发，死于回家的出租车里。一生烦躁不安的诗人，终于复归平静。

洛厄尔因他的聪明才智和令人难忘的个性以及大胆的自白诗而享誉美国诗坛，成了20世纪后半叶美国诗界的最强音之一。

第三节　约翰·贝里曼（John Berryman, 1914—1972）

从贝里曼参加主编的诗选《五位美国青年诗人》面世起，他就与罗伯特·洛厄尔、施瓦茨和贾雷尔齐名于诗坛了。在多数诗人群起效法叶芝、T. S. 艾略特和庞德，企图创作鸿篇巨制的历史时期，贝里曼用整齐的诗节发表了令一般读者费解的长诗，但在评论界却建立了很高的声誉。他的成就在于他善于用传统的形式充分揭示他狂放的相互冲突的思想感情，并纯熟地驾御范围广泛的题材。他的长达407页的传世之作《梦歌》得到了一致的高度评价。丹尼斯·多诺霍（Denis Donoghue, 1928— ）称赞贝里曼的这部诗集说：

> 约翰·贝里曼而今完成了1955年开始创作的这部长诗《梦歌》……诗人用他的方式解决了长诗的问题；不是用T. S. 艾略特写《四首四重奏》的方式或庞德写《诗章》的方式或哈特·克兰写《桥》的方式……贝里曼先生的回答是构思一部日记，一部梦的日记。[①]

贝里曼生在俄克拉荷马州麦卡莱斯特，原名约翰·史密斯。父亲老约翰·史密斯是银行家，母亲是小学教师。在他十岁时，全家迁居佛罗里达。不久，他父亲与母亲吵架，用枪自杀于他的窗下，从此结束了他快乐的童年。父亲疯狂的举动给他造成了影响他一生的心灵创伤。寡母带着他与他弟弟去麻省格洛斯特，然后去纽约市，改嫁于另一个银行家约翰·贝里曼，于是他跟从了继父的姓名。此后不久，继父又与母亲离婚，但对他甚好，培养他上学，直至他毕业于哥伦比亚大学（1936）。他随后利用奖学金赴剑桥大学进修，回国后在哈佛大学执教十年。从1955年直至去世为止，他一直在明尼苏达大学工作。他从50年代起一直酗酒，神经紧张，常进出于精神病院。他和罗伯特·洛厄尔一样，先后结婚三次，但在婚前婚后有许多情人。

他在30年代的学生时代如饥似渴地吸收了现代派的诗歌成果。叶芝和W. H. 奥登对他的影响最大。在40年代，他的诗作常见诸于国内各种杂志，给读者的印象是：他聪明而敏感，他表露反讽和悖论的诗篇不时留有仿效艾伦·泰特、W. H. 奥登以及现代派大师们的痕迹。但从50年代末，他建立了自己的特色，成了后现代派时期最富创造性的诗人之一。他最大的艺术特色是对一个人痛苦的智性觉醒、潜在的肉欲和渴望自由具有高度的敏感性。他早期的大部分诗篇以及后来的几本诗集重印在他的《短诗集》（*Short Poems*, 1967）里，它代表了贝里曼诗歌生涯的另一方面，但被他的四本诗集《向布雷兹特里特夫人致意》（*Homage to Mistress Bradstreet*, 1956）、两本《梦歌》（*Dream Songs*, 1964, 1968）[②]和《贝里曼十四行诗集》

---

① 转引自贝里曼的一卷本诗集《梦歌》的封底。

② 贝里曼的第一本《77首梦歌》（*77 Dreams*, 1964）获普利策奖，第二本《他的玩具，他的梦，他的休息：308首梦歌》（*His Toy, His Dream, Hist Rest: 308 Dream Songs*, 1968）获国家图书奖，1981年第8次印刷时合为一卷本问世。

（*Berryman's Sonnets*, 1967）所掩盖了。

《贝里曼十四行诗集》虽成书于 60 年代，但系 40 年代的作品。1947 年，他完成了这部诗集里的大部分十四行诗。他描写了一个在大学里教书的诗人与一位叫做莱丝的丹麦女子之间毁灭性的恋爱。他用传统的形式为她写了 115 首歌颂爱情的十四行诗组诗，表达了他的欢乐、想念和内疚之情。这是意大利文艺复兴时期著名诗人与学者彼特拉克（Francesco Petrarch, 1304—1374）式的十四行诗，彼特拉克的比喻在他的诗中随处可见。这是一本从心理分析角度展示作者风流韵事的诗集，集传统与当代感情于一炉，措词诡诈，情感坦露，感染力强。

1953 年在《党人评论》上发表、1956 年成书的《向布雷兹特里特夫人致意》是另一类形式的情诗——长篇情诗。全诗共 57 节，每节 8 行，诗行长短有致，押韵相宜。像他其他的诗篇一样，这首长诗心理活动复杂，情感炽烈，以贝里曼的语气开始，逐渐转入或过渡到一个美国女诗人安妮・布雷兹特里特（Anne Bradstreet, 1612—1672）的语气。著名诗评家海伦・文德莱说，这首诗是借用安妮・布雷兹特里特的喉咙，首次用贝里曼的声音说出来的。[①]通篇含蓄、曲折地暗示女诗人的生平和作品。女诗人的精神追求和自我完善的情愫溶入了贝里曼的难以解释的诗行里。他对她的生活与艺术经历的参与成了他想象中发现美国的一种方式。贝里曼戏剧性地强调当时社会和宗教的规范对布雷兹特里特夫人的影响，而这些影响的结果使她不知不觉地成了清教徒社会的牺牲品，她在许多方面的潜力和才能被压制、浪费了。贝里曼在诗里把古今社会互为观照，使读者深深地感到这位女诗人生儿育女、红颜易老、终生操劳、最终病死的命运也是我们每个人的命运。贝里曼巧妙地安排这位 17 世纪的女诗人与现代的男诗人隔着数个世纪进行对话，让读者听到的是一种奇特的不可能的求爱声，并且让读者清醒地意识到，尽管这两位情人努力缩短时间差距而相互接近，但终因历史和文化的隔阂而跨不过难以逾越的鸿沟。唐纳德・巴洛・斯托弗认为“这首诗在唤醒读者注意生在异域里的珍稀植物和从语言传统约束中解放其栽培方面取得了重大成就”[②]。这首长诗的复杂肌质、高度幻想、奇特句法和词法是他的力作《梦歌》的预演。

一卷本《梦歌》[③] 一共 385 首，七部分，每首三个诗节，每节六行，

---

① Helen Vendler. *Part of Nature, Part of Us*. Cambridge, MA: Harvard UP, 1982: 120.

② Donald Barlow Stauffer. *A Short History of American Poetry*. New York: E. P. Dutton Co., Inc., 1974: 379-380.

③ John Berryman. *The Dream Songs*. New York: Farrar, Straus and Giroux, 1981.

诗行基本整齐，长短相间，节奏流畅，押韵自然，是地地道道精心雕琢的人工艺术品。诗中人或人格面具叫做亨利，亨利的一个未名的朋友称亨利为博恩先生、赫菲·亨利、亨利·普西克特、亨利·汉科维奇或其他人们所熟悉的绰号。亨利是一位富于人情味的中年美国人，他毫无隐瞒地讲出他的痛苦、悲伤、失败和性欲。亨利像贝里曼一样有着婚外恋，且看第142首《灵气时刻》（“The anima moment”）：

> 更活跃的时刻来临了，聚会已近尾声
> 客人们都离开了，他尾随于
> 活泼的女主人后面，虽然有所限止，
> 虽然在她制止前的一切正常冲动
> 失灵了，是的，失灵了，
> 亨利最后屈服了。
>
> 我喜欢给你生孩子，她呻吟着说，
> 我结婚了。亨利自言自语地咕哝
> 我也如此，并且乐于
> 保持贞洁。如果他占了这位夫人
> 他不能原谅他自己，
> 他又如何去偿还呢？
>
> ——博恩先生，你近来一本正经，嗬？
> 忠诚是好事，但不自然，
> 这你知道。
> ——当我明白我走入歧途时我明白我所明白的一切，
> 在那些辉煌而又痛苦的岁月，原谅一切
> 但除了亨利和他的许多妻子动手互殴。

在《梦歌》里，读者常常听到亨利沉思冥想时的内心独白或者与他的一个未名朋友交谈。贝里曼利用这种艺术手法，灵活地通过多变的话语，展示一个人梦一般的一生。贝里曼的《梦歌》反映他这一代人的心理体验，这是因为在50年代和60年代弗洛伊德心理学深刻地影响了美国文学，使美国作家们以表现心理活动为时尚，自白派诗人们更是首当其冲。罗伯特·洛厄尔带头从T. S. 艾略特和新批评派的阵营转向W. C. 威廉斯方面，他在代表作《人生研究》里有意识地去掉旁征博引经典作品和神话传说。贝里曼的《梦歌》在毫无掩饰的自我揭示和坦白方面与罗伯特·洛厄尔的《人生研究》存在着相似性。他们为一点点小小的欢乐或重大的失败而情不自禁，不能自已。读者需要耐心地学会他们的诗中人的语言，忍受许多不连贯的行文，才能进入他们的内心世界。贝里曼精心营构的艺术品是并置几个声音，有时随随便便，有时俚语珠连，有时文绉绉，有时堂而皇之，有时极为通俗，仿佛一部重唱，多声部地揭示主人公或作者本人的内心世界。詹姆斯·谢维尔称赞贝里曼的《梦歌》，说他创作的亨利“是美国文学永久的一部分”[①]。

贝里曼在《梦歌》之后发表的两部诗集《爱情与名声》（*Love And Fame*, 1972）和《妄念，等等》（*Delusions, Etc.*, 1972）更直接地反映了诗人本人的生活，前者叙述了他受教育和成名的过程，后者反映他晚年的再次信仰天主教的心理活动。这两本诗集缺少了《梦歌》的机智和想象力，只是用普通人的口吻叙述普通人的生活。像所有成熟的作家一样，贝里曼在晚年趋向平易和朴实。

贝里曼晚年改回他童年信仰的罗马天主教。他一生酗酒，早在哥伦比亚大学上学时，酒醉和酒醒时判若两人。酗酒和抑郁影响了他在公众面前诗歌朗诵和讲话的能力，也影响了他的工作能力。1972 年 1 月 7 日，贝利曼从明尼阿波利斯的华盛顿街大桥跳下，结束了他骚动不安的一生。

第四节　W. D. 斯诺德格拉斯
（W. D. Snodgrass, 1926—2009）

W. D. 斯诺德格拉斯的代表作《心针》常被评论界视为自白诗的开山之作。在该诗集获得普利策奖之后，托马斯·拉斯克（Thomas Lask）在《纽约时报》著文，称赞它是“少数成功地把当代自由诗的率直与学术界的要求架桥连接起来的著作之一”。诗人、诗评家海登·卡拉思甚至夸奖说：“在我看来，斯诺德格拉斯是这个十年来最好的诗人，也许是美国任何时代最优秀的诗人之一。”斯诺德格拉斯评传《W. D. 斯诺德格拉斯》（*W. D. Snodgrass*, 1978）的作者保罗·加斯顿（Paul L. Gaston）说《心针》发表之后，由于它的技巧和直率而受到广泛的好评，它为它的早期读者提供了

① 转引自贝里曼的一卷本诗集《梦歌》的封底。

一个年轻诗人在审视自己的经历、了解自己、写他最关心的情况的意图。[①]尽管如此，斯诺德格拉斯不怎么喜欢"自白派诗人"这个称呼，因为把他放在自白派诗人的行列，如同把丹尼丝·莱维托夫放在黑山派诗人行列一样，都不能全面概括其艺术风格。斯诺德格拉斯的自我评价是：

> 我通常被称作自白派诗人或者学院派诗人，这些标签对我来说无多大帮助。
>
> 我首先以写非常个人化的诗，特别是写关于离婚时失去爱女的诗而成名。我早期的许多诗篇形式上是开放型，有正规的音步。不过，我一生既写自由诗，也写音步诗。我先发表有正规音步的诗，因为这对我来说更成功，近年来我的自由（或表面上自由）诗更成功，所以我更多地发表自由诗。我现在的诗更少涉及个人成分，常用多重声音或用音乐手法进行试验。我的作品面世几乎总是很慢，酝酿和修改时间长。这倒不是因为我特别想做到完美无缺，而是因为从信仰与半真理领域进入次理性领域（这样在那里也许可能有真正的发现）要花我很长的时间。[②]

斯诺德格拉斯出生在路易斯安那州温菲尔德，二战中任法国海军联络官，1949 年入爱荷华大学创作班，1951 年获得硕士学位，1953 年获得相当于博士学位的美术硕士学位。他结婚四次，婚姻风波给他造成了极大的精神创伤，也为他创作头两部自白派诗集《心针》（*Heart's Needle*, 1959）和《经历之后：诗与翻译》（*After Experience: Poems and Translations*, 1968）带来了不可多得的题材。1946 年他同第一任妻子莱拉·琼（Lila Jean）结婚，生一女，名叫辛西娅·琼（Cynthia Jean），1953 年离婚。他因离婚失去爱女的痛苦袒露在《心针》里。其中有十首诗组成的组诗，专门描写作者失去爱女的痛苦心情。标题取自爱尔兰俗语"独生女是心头之针"，其凄凉之情几乎可以催人泪下，现在且看《心针》之八的最后六节：

> 今年万圣节你回来住了一个星期。
> 你戴了假面具
> 扮作胖乎乎而健壮的

---

① Gaston, Paul L. *W. D. Snodgrass*. Boston: Twayne Publishers, 1978: 15.

② Tracy Chevalier. Ed. *Contemporary Poets*. Chicago and London: St. James P, 1991: 931.

对视眼狐狸，走在游行队伍里
队伍里面孔狰狞的南瓜灯斜眼看人，

你带着袋子挨家挨户
要求款待。多么奇怪，
你摘下伪面具时，
我的邻居必定忘记了你，
问你是谁家小孩。

你当然失去了食欲，
咕咕哝哝，不肯碰盘子；
根据当地法律
我把你的身份标示在橘黄色板条箱上，
放在你的房间里有好几天。夜里

你呼呼大睡在床上
格格地磨着牙床。
肯定是你的父亲的罪过
附到了
你的身上。你有时来探看我。

时间到了。我们的南瓜灯看着
我拎你的手提箱。
他始而面露笑容，
继而紧皱眉头，情绪消沉。
你砸碎今年冻结在汽车脚踏板上的

初雪冰块，想吃在嘴里。
我们忍着不吃甜食，虽有好几天，
你离开时我多么想吃甜食，而且你知道
甜食腐蚀我的牙齿。实际上我们的甜食
使我们的牙齿蛀成洞。

斯诺德格拉斯善于通过表面上感情克制的叙述，让读者感到他内心的痛苦。例如这首诗最后两节描述父亲在爱女临别时强打精神而陷入更深沉的痛苦之中。在大学学习期间，他受到19世纪法国象征主义与17世纪玄学派诗歌的正规教育与训练，熟悉T. S. 艾略特的“客观关联物”的理论，知道如何避免感情的直露。因此，他的自白诗里的感情是有节制的流露，而不是毫无遮拦的宣泄。他在诗里深入细致地探索他离婚后失去爱女的感情波澜。他通过每次见到爱女时观察她的细微变化而蓄意减轻自己的精神损失，换言之，他发现她的变化愈大，他参与她的生活的机会就愈少。这种坦率的自我披露并不使人感到尴尬，相反富有极强的艺术感染力。他的老师罗伯特·洛厄尔承认《心针》使他在同年发表的《人生研究》中所探索的种种可能性明朗化了。而安妮·塞克斯顿和西尔维娅·普拉斯通过罗伯特·洛厄尔，对诗歌的自白性也感到明朗化了。

斯诺德格拉斯的评传作者保罗·加斯顿认为《心针》所获得的成功是斯诺德格拉斯有节制地坦白自己而取得成功的缩影，是他关注私人题材的持久性高潮，是他的智慧和自觉臻于完美的实现。虽然表现在他早期诗歌里的技巧和情感预示了《心针》的成就，但他在《心针》里却运用了最佳题材，也找到了最激发人兴趣的声音。《心针》不但对斯诺德格拉斯而且对美国当代诗歌来说都是独一无二的成就，他在《心针》出版之后宣布说，他作为自白派诗人的创作生涯至此结束。[①]

《经历之后：诗与翻译》由三辑构成，第一辑是四首诗《月偏食》(“Partial Eclipse”)、《九月》(“September”)、《重建》(“Reconstructions”）和《初叶》(“The First Leaf”)，其余两辑是译作和对现代派画家马蒂斯、莫奈和梵高等人的评价诗。只有第一辑的四首诗与《心针》的主题有联系，它们差不多是在《心针》的同一个时期创作的，只是没有收进《心针》里。如果说《心针》忠实地记录了诗人为了维持父女关系而遭到的失败和失望以及千方百计挽救离婚后的精神损失，那么《经历之后》的头四首诗则反映了父女关系中新出现的距离感和诗人接受痛苦现实的清醒态度。例如，诗人在第二首诗里对女儿说道：

> 我想起了我们在一起的时光；想起你
> 经受了足够的痛苦；
> 想起我给你带来了太多的悲伤，
> 我再次祝愿你一切都好。

---

① Paul Gaston. *W. D. Snodgrass*. Boston: Twayne Publishers, 1978: 58.

自白诗在《经历之后》中只占了三分之一的比重，无《心针》的完整结构，也缺少《心针》的戏剧性强度，其余两部分基本上反映了作者对现代派诗歌和艺术的兴趣。

斯诺德格拉斯用笔名 S. S. 加登斯（S. S. Gardons）发表的诗集《遗骸》（*Remains*, 1970）带有传记性质。他的妹妹之死一直萦绕在他的心际，她活到 25 岁，一直依靠父母而且从未离开过家。诗人把妹妹之死最终归咎于父母对她的宠爱和垄断。他在《母亲》（"The Mother"）里把她描写为有权力也有罪孽的女人："如果罪恶不存在，她会创造罪恶 / 在正当中去死。"他在《外交手腕：父亲》（"Diplomacy: The Father"）里把父亲说成是缺乏意志而又想垄断别人的人。他所同情的是他死去的妹妹，她成了不完美的双亲的牺牲品，她只有在她的追悼会上找到了一个体面的地方。从某种意义上讲，诗人在《遗骸》里流露的感情比在《心针》里更痛苦。在形式与题材上，斯诺德格拉斯回避了重复前两部诗集。

《遗骸》发表之后到 1989 年为止，斯诺德格拉斯发表了 16 本诗集，其中《希特勒地堡：进行中的诗循环》（*The Fuhrer Bunker: A Cycle of Poems in Progress*, 1977）完全脱离了他以前的风格，突破了专事个人经历描写的手法，进入了戏剧性独白诗歌创作领域，写希特勒及其情妇和部将在自杀之前的独白，暴露他们各自肮脏的灵魂。

他的另外两本诗集《如果鸟儿们用你的头发筑巢》（*If Birds Build with Your Hair*, 1979）和《上锁的屋》（*A Locked House*, 1986）又回到了自白诗的范式，它们反映了他第二次婚姻失败的痛苦经历。他与第二任妻子贾妮丝·威尔逊（Janice Marie Ferguson Wilson）生有一子拉塞尔·布鲁斯（Russell Bruce），后来她追随了年轻人，使他对白头偕老的婚姻的向往又一次破灭。1967 年，他与第三任妻子卡米尔·里科斯基（Camille Rykowski）结婚，1978 年离婚。1985 年，与第四任妻子凯瑟琳·安·布朗（Kathleen Ann Brown）结婚。

斯诺德格拉斯晚年创作了有趣的儿童诗，因为内容复杂，形式新颖，读者对象应当是成年人。他是一位求新求严的诗人，正如保罗·加斯顿所说：

> 如果斯诺德格拉斯获得了卓有成效的成熟（他对此是有能力的），他也许能够列入 20 世纪晚期最有力的诗人之中。但可以肯定的是，他作为诗人继续成长的条件是好的，过去对他钦佩的人有充分的理由对他的未来持乐观态度。至少这位诗人（如果我可借用他对但丁的描

述的话）已经从写关于他爱女的诗转变到论现代派绘画诗，再转变到写关于希特勒的诗，现在投入到了“不是抑制和停滞的生活，而是运动和变化的生活”。[①]

这是加斯顿在 1978 年对斯诺德格拉斯的看法，对诗人寄予厚望。事实上，在 1978 年之后，到 2006 年为止，他还继续发表了 14 本诗集、两本散文集和一本剧本。他在诗集中选出 10 本重新包装，价格从 300 到 3000 美元，用他的话说，“给那些能付得起吓人价格的收藏家收藏”。

但是，他后来在艺术的成就和影响上没有超过代表作《心针》，相反，他后来出版的诗集没有得到多少好评，例如，他的诗集《每个人正当时》（*Each in His Season*, 1993）受到了批评界的批评。布鲁斯·贝内特（Bruce Bennett）在《纽约时报书评》（*New York Times Book Review*）上发表文章，批评这部诗集是“一部大型的不受约束的过山车”，并说这位诗人“表现他的生活和艺术常常用矛盾的伪装”。一位评论员在《出版者周刊》上指出这本诗集“几乎完全剥离了内容，只有少数几首明显例外的诗”。威廉·普拉特（William Pratt）在《当今世界文学》（*World Literature Today*）上著文，说“《每个人正当时》没有给他带来荣誉，或没有给他的任何诗歌范本带来荣誉”。但有少数人为他辩护，一位评论员在《诗刊》上发表文章，说：“如果斯诺德格拉斯作为原告或检察官不总是令人信服，但作为抒情诗人，他在这个角色上既令人愉悦，又有说服力。”[②]

斯诺德格拉斯在他的朋友之间被称为“迪”（De）。他从 1955 年至 1994 年在多所高校执教，最后从特拉华大学退休。退休之后，专心从事创作，其中包括论文和自传写作。死于肺癌。

第五节　安妮·塞克斯顿（Anne Sexton, 1928—1974）

安妮·塞克斯顿走上诗歌创作道路的第一个引路人就是斯诺德格拉斯。原来她在少女时期就患有精神病，在 1956 年、1966 年和 1967 年曾三次企图自尽未遂，常常进出于精神病院。她的精神病医生在 1956 年 12 月开给她的处方之一是写诗，用意无非是转移她的注意力。她开始学习写诗

---

① Paul Gaston. *W. D. Snodgrass*: 156.

② 以上对《每个人正当时》贬褒的例子转引自 2010 Poetry Foundation: W. D. Snodgrass (1926—2009) (Biography)。

之前几乎没有读过什么诗。不过据说她在中小学时代写过诗，发表在学校年鉴上，她母亲泼冷水，才打消了她写诗的积极性。然而，她一沾上诗歌便一发不可收拾了。1957～1958年，她参加了波士顿成人教育中心诗歌写作班，并且出席了1958年安迪科作家会议。她在会上遇到了斯诺德格拉斯，他的《心针》使她激动万分，说这首诗“吸引了我，伤害了我，使我哭泣”。她常说《心针》启发了她，影响了她。在斯诺德格拉斯的建议下，她去波士顿大学听罗伯特·洛厄尔的诗歌创作研究生班课，和她同班的还有西尔维娅·普拉斯和乔治·斯塔巴克（George Starbuck, 1931—1996）。他们三人在课余常在一起切磋诗艺。她同时和另一位女诗人玛克辛·库明（Maxine Kumin, 1925—2014）结下了终生友谊。

仅三年时间的准备，她的处女集《去精神病院，半途而归》（*To Bedlam And Part Way Back*, 1960）面世。女诗人在诗里忠实地记录了她发疯和住精神病院以及生养孩子的经历和体验，披露了她的内疚、失落和苦恼。罗伯特·洛厄尔对她精细地描写个人的体验而称她是现实主义者。我们先看她的《你，马丁医生》（“You, Doctor Martin”）的前四节：

你，马丁医生，从早餐
踱步到疯癫。八月下旬，
我快步穿过消毒的地道
那儿活动的死人依然在说
把他们的身体冲向医疗。
我是今年夏天旅馆的王后
或者是一枝死亡花梗上狂笑的

蜜蜂。我们排着零乱的队伍
站着等待，等他们把门上的锁
打开，他们站在冰冻的食堂门口
数着我们。口令发出之后
我们装着一脸假笑走去取肉卤。
我们排成队咀嚼着，餐盘
刮出的吱吱响声如同用粉笔

在黑板上写字。这儿没有割断
你喉咙的刀。我整个上午做

软面拖鞋。开始时我的双手空空，
想拆散他们往常治疗的生命。
此时此刻我学会把生命拉回来，
每一根愤怒的手指命令这样做
我修补明天另一个将破坏的

一切。当然，我爱你；你俯身于
整形的天空之上，你是我们这里的
上帝，所有狡猾者的王子。一顶顶
紧箍帽是新的，杰克戴了一顶。你的
第三只眼睛扫视着我们，照亮一间间
隔离的盒式房间，我们在这儿
要么睡着，要么狂叫。

我们再读一读她的《她那一类》（“Her Kind”）最后一节：

我坐在你的车上，赶车人，
向途经的村庄挥动他的光手臂，
知道这是最后的光明之路，幸存者呀，
你的火焰依然咬我的大腿，
你的轮子转动，我的肋骨碎裂。[①]
这样的女子不会羞于死亡。
我一贯就是她那一类。

这两首诗基本上代表了她的艺术风貌。她的第一本诗集与第二本诗集《我所有可爱的人》（*All My Pretty Ones*, 1962）在英国合成一本《诗选》（*Selected Poems*, 1964）出版后立刻给她带来了国际名声。1965年，她被选为英国皇家文学会会员，这是作家的一种殊荣。1967年，是她最辉煌的一年，她的诗集《活还是死》（*Live or Die*, 1966）获得普利策奖，她同时还获得了美国诗歌学会雪莱纪念奖。此后，她接连获得一连串高校的荣誉博士。正当她在文学事业上不断取得巨大的进展时，她却轻生了。

那是1974年10月4日，她同她的挚友玛克辛·库明修改她的手稿《乘

① 在欧美，17世纪的巫婆首先被有轮子的车拉断骨头，然后绑在火刑柱上烧死。

舟朝上帝可怕地荡去》（"The Awful Rowing Toward God"），预备第二年三月出版。她在回家的路上，穿上她母亲的裘衣，锁上她的车库，开动她的汽车发动机，一氧化碳中毒而亡。她的自杀成了后来人们争议的论题。从戴安娜·伍德·米德尔布鲁克的《安妮·塞克斯顿：传记》（*Anne Sexton: A Biography*, 1991）所披露的事实来看，是安妮·塞克斯顿对女儿不当的行为、和丈夫的口角以及与第二个治疗师的外遇恶化了她本来就很脆弱的神经，直接导致了她的自杀。她的死亡谈不上有以死抗争社会不平的意义，她潜在的自杀倾向只是她个人和家庭的悲剧。她早在 1962 年就引用卡夫卡给奥斯卡·波拉克（Oskar Pollak）的信作为她的诗集《我所有可爱的人》的题词：

> 我们需要的这些书籍是对我们起不幸作用的那种书，它们使我们遭到的痛苦像是我们无比爱的人的死亡，使我们感到自己仿佛在自杀的边缘，或者好像迷失在人迹罕至的森林里——一种应当像用斧头劈开我们内心结了冰的海洋的书。

不管安妮·塞克斯顿是有意还是无意，这个题词让我们看到她的内心是多么的苦涩和孤独。

安妮·塞克斯顿生在麻省牛顿，毕业于波士顿加兰学院，19 岁时与恋人私奔，1948 年结婚。她长得很美，偶尔做模特儿参加时装表演，生有两个女儿。她成了 60 年代最受广大妇女喜爱的女诗人。她以怨恨父母和心理医生、惧怕癌症、向往自杀和性交等等方面的袒露震撼无数读者，尤其是妇女读者的心灵。

第六节　西尔维娅·普拉斯（Sylvia Plath, 1932—1963）

无独有偶的例子在世界上时常能看到，但西尔维娅·普拉斯和安妮·塞克斯顿在各方面的相似性几乎是举世无双：受业于同一个自白派诗人罗伯特·洛厄尔，都出色地发表了自白诗，都生了两个孩子（虽然前者生了一男一女，后者生了两个女儿），都以同样的方式结束了生命。当我们读到安妮·塞克斯顿谈论她与西尔维娅·普拉斯探讨自杀的回忆文字时，我们会对伴随她们的死亡意识感到震惊。她说：

> 自杀毕竟是诗歌的对立面。西尔维娅和我常谈论对立面。我们热切地讨论死亡，我们俩被死亡吸引如同飞蛾扑火，牢牢地被吸引了！……死亡吸引我们的那一刻，我们感到身临其境……我们谈论死亡，这对我们来说是生命，不管怎么说是永久的，或者更好，我们目不转睛，手指紧紧抓着玻璃杯……我明白如此迷恋死亡听起来很奇怪（人们不会不说这是病态，是的，没有什么借口说它不是病态），而且人们不可能理解。[①]

普拉斯的这种思想方式的确是病态。向往死亡的病态心理在她的长诗《拉撒路夫人》（"Lady Lazarus", 1966）中得到了充分的揭示，请看其中的三节：

> 死亡
> 是艺术，像其他的东西一样。
> 我最精于此道。
>
> 我尝试它，真是妙不可言。
> 我尝试它，感到它活灵活现。
> 我想你会说我得到了感召。
>
> 在小房间里很容易地死去。
> 僵死不动实在是轻而易举。
> 死亡富于戏剧性。

如此看来，她自杀的死念早已经潜伏在内心里了，尽管她那时可能是无意的流露。她生前只出版了两部诗集《冬天的船》（*A Winter Ship*, 1960）和《巨人石像及其他》（*The Colossus and Other Poems*, 1960），在读者和评界里没有得到热烈的反响。她在去世前半年，以每天写两三首诗的速度投入创作，几乎完成了她死后发表的诗集《爱丽尔》（*Ariel*, 1965）的全部诗篇。《爱丽尔》的面世为她赢得了死后的声名。琳·凯勒（Lynn Keller）和克丽丝顿·米勒（Cristanne Miller）把《爱丽尔》看作是自白派诗歌的奠基之作，因为它坦率地倾诉了诗人的愤怒，特别是对她的父亲、丈夫和重

---

① Charles H. Newman. Ed. *The Art of Sylvia Plath*. Bloomington: Indiana UP, 1970.

男轻女的社会的控诉。[1]《涉水》（*Crossing the Water*, 1971）和《冬天的树》（*Winter Trees*, 1972）的出版把她作为自白派诗人的声誉推向了制高点。普拉斯的传记作者安妮·史蒂文森（Anne Stevenson）说：

> 她的自杀造成了广泛的神话。在她死后，由于《爱丽尔》的出版，许多人，特别是女子，在她的作品里发现了自己的心灵中吃惊地泄露的极端的因素。普拉斯成了60年代和70年代愤怒、失望、困惑的两代人的代言人。她自杀的悲剧和她最后诗篇的力量似乎把生活与艺术的两个极端（被T. S. 艾略特和新批评派小心地分开来）席卷进一个难以回答的妇女蔑视的戏剧性姿态："血喷就是诗，/没法阻止它。"[2]

从此普拉斯的名声日隆，其影响至今不衰。她去世后的《诗合集》（*The Collected Poems*, 1981）在1982年获普利策奖。作为后现代派时期的自白派主要诗人，普拉斯死后荣耀，得到主流诗坛的承认，同时又一次证明后现代派诗美学的确立。

袒露自己和家庭是自白派诗人的最大特色。抓住这个特色就成了熟悉西尔维娅·普拉斯身世和理解她的诗歌的最佳途径。她出生在波士顿的一个移民家庭。父亲奥托·普拉斯（Otto Plath, 1885—1940）15岁移居美国。他后来在波士顿大学教生物学和德文，是研究野蜂的专家。她还有一个弟弟，她后来有几首诗写到他。1940年父亲去世，引发她写了一首诗《爹爹》（"Daddy", 1966）。父亲去世时，她把他看成上帝，可是后来以为他是纳粹分子而母亲更可能是犹太人，这使她对父亲产生了爱恨交加的复杂感情。全诗16节，每节五行。限于篇幅，现摘引后面六节：

> 你站在黑板旁，爹爹，
> 我有一张你的照片。
> 一条裂痕在下巴上而不是在脚上，
> 但你还是魔鬼，不比
> 那穿黑衣的人差半分，那人
>
> 把我可爱的红心咬成两半。

---

① Lynn Keller and Cristanne Miller. "Feminism and the Female Poet." *A Concise Companion to Twentieth-century American Poetry*. 2005: 86.

② Anne Stevenson. *Bitter Fame: A Life of Sylvia Plath*. Boston: Houghton Mifflin Company, 1989: xi.

我十岁时他们埋葬了你。
20岁时我想死去
回到，回到，回到你的身边。
我想，即使一堆白骨也行。
他们却把我从袋里拉出来，
用胶水紧紧粘住。
从此我知道如何行事。
我为你塑了一个像，
一个黑衣人，一副《我的奋斗》作者的神气，

一个爱使用老虎凳和夹指钳施刑的人。
我忙说，我招供，我招供。
因此，爹爹，我终于结束了。
黑色电话已经全部切断。
声音无法穿行经过。

如果我杀了一个人，等于杀了两个——
那吸血鬼自称就是你，
吸我的血已有一年，
不，是七年，倘若你想知道。
爹爹，你此刻可以安息了。

你肥厚的黑心脏里有脏物，
村民们从来就不喜欢你。
他们在你身上跳舞踩踏。
他们总是知道脚底下是你。
爹爹，爹爹，你这混蛋，我完了。

标题诗《巨人石像》是在《爹爹》发表前六年写的，也是针对她的父亲，同时流露了她的苦闷和彷徨：

数一数红色星星和李子色星星。
太阳在你的舌柱下冉冉升起
我的时间与影子结合了。

我不再等着听平台单调的
岩石上脊棱发出的刮擦声。

女诗人的父亲经过长期病痛折磨，死于糖尿病并发症，她从此失去了欢乐，同时造成了她扭曲的心理。她曾对她同寝室的大学同学说，她的父亲是“独裁者……我既崇拜他也鄙视他，我也许多次希望他死掉。他满足我的愿望时却死去了，我以为是我杀死了他”。据考察，她的父亲不是德国纳粹分子，他来自当时德国占领下属于波兰的西里西亚，她的母亲也不是犹太人。她这么认为，是根据父亲早逝后她成了弃女的逻辑推理：既然父亲死了，她便受到了伤害，他必然是混蛋。足见她已患了妄想症。她只是在诗里表达了她的悲伤、愤怒、受虐狂和报复的复杂心态。海伦·文德莱教授认为，诗人把母亲的激烈冲动移进自身，而把对特德·休斯的怨恨搅和在父亲身上。[①] 我们再来看她的另一首名篇《发烧 103 度》(“Fever 103°”)的最后几节：

在奸夫躯体上抹着油脂
像是抹上广岛灰，然后舔尽。
罪恶啊罪恶。

亲爱的，通宵
我像昏暗的灯光忽灭，忽明，忽灭，忽明。
床单沉重得好像是好色之徒接吻。

三天。三夜。
柠檬水，鸡肉
水，水喝得我作呕。

我对你或对任何人是太纯洁了。
你的身体伤害我
如同世人伤害上帝。我是一盏灯——

我的头是日本纸糊的月亮，

① Helen Vendler. “Sylvia Plath.” *Voices & Visions*. Ed. Helen Vendler. New York: Random House, 1987: 487.

我金镀的皮肤无限娇嫩无比昂贵。

不是我的热度使你惊骇。是我的亮度。
独个儿我是一株巨大的山茶花
灼热发光，来来去去，辉耀而辉耀。

我想我正在向上升。
我想我会升起——一粒粒滚烫的
金属珠飞起来，还有我，亲爱的，我

是一个纯粹乙炔的
处女
被玫瑰花侍候，

被热吻，被小天使，被这些
粉红色东西不管什么含义所侍候。
不是你，也不是他

不是他，不是他
（我自己消散着，老妓女的衬裙）——
我会朝天堂升起。

我们或许都有过处在体温华氏103度（约摄氏39.4度）时的感觉，普拉斯正是想要传达她在这种状态下的感觉，既激烈奔放而又含混飘渺，纯粹是她的自我感觉。有读者把这最后几节诗解读为她的性体验：她认识到自己需要男人，把自己比喻成欲火内烧的一盏灯，但同时意识到她不需要他满足她的性要求。如果从这个视角解读，这几节诗的含义就很清楚了，至于诗中的“他”“你”，是不是一个是丈夫，另一个是情人，诗人没有明示。但是，有的人把它解读为普拉斯从人类受难的痛苦和陷阱中解放出来，没有任何男人能压倒她。她对于这个世界的任何男人来说，是太纯洁了，她的旧我正在消散，像耶稣经过三天之后升天一样，她经过三天三夜的煎熬，正在升天，而且自信会升天，得到彻底的自由。

普拉斯在 1958 年前的诗歌形式接近于传统，有规则的音步和诗节，为了音韵和谐而颠倒词序，书面语言多，而且很少用第一人称吐露感情。

1958年以后，尤其在创作《爱丽尔》期间，日常的任何小事或反思都成了她的诗料。她利用不断句的流水诗行更自由地表达自己的痛苦体验和对死亡的渴求，艺术感染力强，尽管她的题材过于狭窄。

普拉斯在上大学二年级时曾企图自杀未遂，这反映在她的自传小说《钟罩》（*The Bell Jar*, 1961）里。普拉斯在这本书中还描写了她因此住精神病院的经历。康复后，她以优异的成绩毕业于史密斯学院（1955），接着用富布莱特奖学金赴剑桥大学深造，获得硕士学位。1956年同英国桂冠诗人特德·休斯（Ted Hughes, 1930—1998）结婚。次年和丈夫回史密斯学院教书两年（1957—1958），1959年赴英国定居。1962年特德因另有新欢而离开了普拉斯。她于是肩负起抚养两个孩子的责任，同时狂热地投身于诗歌创作，她说这时她处于最佳的创作时期，对成名充满了信心。然而，她由于家庭的连累、过度的疲劳，在一个严寒的下雪天结束了自己的生命，尽管临死前还有求生的欲望。[①]

普拉斯的死因远比安妮·塞克斯顿的复杂得多，她的悲剧更加令人心碎！她是在无助之下走上了绝路。在她死前，住在她家附近的霍德医生给她开过抗抑郁药的药方。他知道她单独和两个孩子生活不容易，每天去看她，竭力说服她去医院。在她没有接受他的建议的情况下，他为她安排了一个上门女工。女工1963年2月10日上午9点到达，像往常一样，帮助普拉斯照料孩子。但是门打不开。在一个工人的帮助下，最后进了屋子，发现她已经死在厨房里了。她死前用湿毛巾和衣服把厨房与正睡觉的小孩的房间隔开，把煤气开关打开，没有点燃火头，而是把她的头伸进煤气炉里。但是，她处在生死未决的关头时依然动摇不定，如同哈姆雷特的名句“生存还是毁灭，那是一个问题”。因为那天早上，她去找楼下的邻居托马斯，问他什么时候离开家，并留下一张纸条：“叫霍德医生”，条子上有他的电话号码。她留条说明，只要托马斯按照留条及时打电话，霍德医生可以来得及救她。换言之，她内心里还有求生的一面。普拉斯传记《放弃：西尔维娅·普拉斯最后的日子，一本回忆录》（*Giving Up: The Last Days of Sylvia Plath, a Memoir*, 2003）作者朱莉安·贝克尔（Jillian Becker）是普拉斯的好友。据她披露，根据属于验尸办公室的古德柴尔德警察的调查，普拉斯已经把头深深地伸进煤气炉里了，她真的想死。霍德医生也相信普拉斯想死的意图是清楚的，并说：“看到厨房里的这种情形的人不可能对她的

---

① 参阅张子清《一念之差——美国女诗人普拉斯寻短见散记》。陈辽主编.《中外名作家自杀揭秘》. 北京：中国华侨出版公司，1991年.

行动有其他什么任何解释，除了是不理智的冲动。”警察和医生的判断诚然是合理的，她自杀的意念早就有了。朱莉安·贝克尔在这本自传里，告诉我们说：“我遇到她是在她与她的丈夫特德·休斯分开之后。我们很快成了朋友，但只是在她在世的最后几个月。她孤独，几乎没有朋友，当然没有丈夫。奉承的朝臣已经跟着国王离开了。”

从此，特德·休斯成了众矢之的，受尽抨击，长达35年之久，直至他去世。普拉斯安葬在英格兰北部约克郡，墓碑上刻有“西尔维娅·普拉斯·休斯”字样，憎恨休斯的人愤怒地刮掉“休斯”这个姓，前后有六次之多。休斯种在墓地四周的水仙花球茎也被恨他的人挖掉。最后普拉斯的墓碑没有了，墓地旁只有一个木头十字架。当休斯应邀去朗诵诗歌时，女权主义者集合起来，对他提出强烈的抗议，并高呼“杀人犯”的口号。

休斯长期受到广泛而深远的敌视，从表明上看，至少有以下的因素：

1）他在两个小孩幼小、普拉斯生活极端困难的情况下抛妻弃子，与阿西娅·韦维尔（Assia Wevill, 1927—1969）[①]同居。五年之后，阿西娅以用煤气自杀的同样方式结束了与他的关系，阿西娅的四岁女儿修箩（Shura）[②]也搭上了她幼小的性命。在世人面前，休斯成了虐妻成性的丈夫，尽管阿西娅的死不是休斯疏于对她的怠慢，而是休斯的父母不接纳她；[③]

2）70年代出版的普拉斯书信充满了对休斯的怨愤；

3）普拉斯的传记作者们和评论家们对休斯及姐姐奥尔温·休斯（Olwyn Hughes）[④]不愿提供有关普拉斯的材料感到愤怒，总觉得他俩在控制普拉斯的遗著，不敢暴露真相，更不原谅他在出版《普拉斯日记》（*The*

---

① 阿西娅·韦维尔出生在德国，父亲原是俄国犹太医生，二战时，为了逃避德国法西斯迫害，逃到以色列特拉维夫（当时的英属巴勒斯坦托管地），在那里长大。她常去英国士兵俱乐部跳舞，结识军士约翰·斯蒂尔（John Steel），他不久成了她的第一任丈夫。1946年，斯蒂尔携她回伦敦，然后夫妇移民加拿大。她在温哥华不列颠哥伦比亚大学上学时，遇到加拿大经济学家理查德·利普西（Richard Lipsey），利普西不久成了她的第二任丈夫。1956年，从加拿大去伦敦的船上，遇到21岁的诗人戴维·韦维尔（David Wevill），于是同利普西离婚，戴维·韦维尔便成了她的第三任丈夫。也就在这一年，休斯和普拉斯租住戴维·韦维尔和阿西娅·韦维尔在伦敦的套间房，使得阿西娅有机会成了休斯的情人。普拉斯去世后，阿西娅与休斯同居，离开戴维·韦维尔之后，想同休斯结婚，但遭到休斯父母的反对。她在看到她没有希望与休斯结婚的情况下轻生。

② 据休斯姐姐奥尔温说，休斯相信修箩是他和阿西娅·韦维尔生的，尽管那时她还没有同她的丈夫戴维·韦维尔离婚。

③ 参阅 Yehuda Koren and Eilat Negev. *A Lover of Unreason: The Biography of Assia Wevill, Sylvia Plath's Rival and Ted Hughes' Doomed Love*. Cambridge, MA: Da Capo Press, 2008.

④ 笔者翻译休斯的《生日信札》期间，奥尔温和笔者通了许多次信（她不用电子邮件，只用传真，而笔者没有传真机，故此只能用航空信），解答笔者在翻译中的难题，并且寄了复印的参考资料，还赠送了《普拉斯日记》和《苦涩的名声：西尔维娅·普拉斯的一生》原著。她在给笔者的信函中只字未提普拉斯，更不必说非议普拉斯。

Journals of Sylvia Plath, 1982）前把普拉斯死前几个月的日记毁掉了，尽管他在《普拉斯日记》前言里声称："我毁掉它，因为我不想要她的孩子读到它（在那些日子里，我把遗忘看作是生者重要的组成部分）。"

休斯生前封存普拉斯的两卷日记要等到 2013 年 2 月 11 日她逝世 50 周年才开封。2000 年，卡伦·库基尔（Karen V. Kukil）主编的《西尔维娅·普拉斯未删节日记》（*The Unabridged Journals of Sylvia Plath*, 2000）由纽约锚图书出版社（Anchor Books）出版。

随着女权主义运动的兴起与发展，普拉斯成了女权主义运动的偶像。女权主义批评家们痛惜普拉斯耀眼诗才的毁灭和悲惨的命运，自然迁怒于休斯。普拉斯的自杀激起文学界乃至公众的反响是史无前例的。有关她的传记之多，在她这一代的作家之中，没有人能同她比肩，其中包括安妮·史蒂文森（Anne Stevenson）的《苦涩的名声：西尔维娅·普拉斯的一生》（*Bitter Fame: A Life of Sylvia Plath*, 1989）、保罗·亚历山大（Paul Alexander）的《怪诞奇缘：西尔维娅·普拉斯传》（*Rough Magic: A Biography of Sylvia Plath*, 1991）、罗纳德·海曼（Ronald Hayman）的《西尔维娅·普拉斯的死与生》（*The Death and Life of Sylvia Plath*, 1991）、琳达·瓦格纳－马丁（Linda Wagner-Martin）的《西尔维娅·普拉斯：文学生涯》（*Sylvia Plath: A Literary Life*, 2003）、吉莉恩·贝克尔的《放弃：西尔维娅·普拉斯最后的日子，一本回忆录》（2003）、康妮·安·柯克（Connie Ann Kirk）的《西尔维娅·普拉斯传》（*Sylvia Plath: A Biography*, 2004）等等。在这些传记中，凡经过普拉斯姐姐供给有关普拉斯原始材料的传记，有不利于休斯的事实都需要删除。这可以理解，奥尔温·休斯是从她的角度来看待普拉斯的，她对普拉斯的脾气向来持保留态度。

实际上，普拉斯与休斯初恋时两人都很年轻，结婚纯属偶然，没有成熟的感情基础，只凭年轻人通常的冲动相爱。就在他俩同居的第二天，普拉斯就去巴黎找她的旧情人理查德·萨松（Richard Sassoon）。她那时只把休斯当作她的临时代替品。她和休斯结婚之初诚然是恩爱无比的，例如，她在《诗合集》里的一首诗《浴缸的故事》（"Tale of a Tub", 1956）最后一节描写了她与丈夫共浴的欢愉：

> 在这特别的浴缸，双膝如冰山
> 突起，细细的棕色绒毛
> 在手臂和大腿上浮起，如同海藻穗；
> 绿皂来回于大海潮汐的波动里

拍打着传奇的海滩；我们坚信
将登上我们想象的船，狂野地航行在
神圣的疯狂岛屿之间，直至欲死欲活地
粉碎传说中的明星，让我们快活成真。

但是，随着时间的推移，夫妇各不相让的不同性格逐渐导致他俩的疏远和分离，最终引起悲剧的发生。普拉斯刚去世时，休斯有口难辩，索性拒绝媒体采访，保持沉默。他去世当年出版的《生日信札》（*Birthday Letters*, 1998）透露了普拉斯性格的另一面：普拉斯喜怒无常。例如，有一次轮到休斯照顾小孩，休斯回来迟了20分钟，她便愤怒得砸坏休斯祖传的红木桌。① 休斯在1982年出版的《普拉斯日记》前言中说：

西尔维娅·普拉斯在她的生活和创作中是戴着许多面具的一个人。一些面具是表面上陈词滥调的伪装，属于防御机制，身不由己。一些面具是故作姿态，企图找到一种风格或另一种风格的窍门。这些是她次要的自我之可见性面貌，虚假的和临时的自我，她内心戏剧的一些小角色。虽然我六年来天天和她在一起，分开一次的时间很少超过两三个钟头，我从来没有看到她对任何人显露她真正的自我——除了也许她在生命的最后三个月。②

这是休斯对普拉斯为人为文的看法，相信这是他的君子之言，不会堕落到捏造或抹黑。尽管如此，我们姑且把它作为参考，因为他毕竟把普拉斯最后几个月的日记毁掉了。

西方有一句谚语，“固定的星宿支配人的一生”（Fixed stars govern a life）。但有的评论家说，固定的星宿不一定支配人的一生，作选择的是你自己。是的，不同的人做出不同的选择，但我们认为，不同的人有不同的性格，是性格决定人的命运，普拉斯也不能例外。

令人痛心不已的是，对普拉斯邪恶的诅咒竟延伸到她与休斯的儿子尼古拉斯·休斯（Nicholas Hughes）身上！2009年3月16日，他由于抑郁而在阿拉斯加的家里上吊身亡，如今她只剩下也当诗人的女儿弗丽达·休斯（Frieda Hughes）了。

---

① 参阅特德·休斯《生日信札》，张子清译. 南京：译林出版社，2001：1-13.

② Sylvia Plath. *The Journals of Sylvia Plath*. Ed. Frances McCullough. New York: The Dial P, 1982: xii.

第十章　纽约派诗歌

纽约派（The New York School）是20世纪50年代和60年代一群活跃在纽约文艺界的诗人、画家、舞蹈演员和音乐家以大都会纽约为基地，自然地形成的一个文艺流派。纽约派诗人主要受超现实主义和当代先锋派画影响，特别是受泼洒画、抽象表现主义、爵士乐、即兴戏剧、试验音乐等影响。顾名思义，纽约派诗歌发源地局限在纽约市。如同旧金山诗人主要根据地是旧金山一样，他们的根据地是纽约市。这个世界著名的大都会的氛围造就了一批典型的城市诗人——获得公认的纽约诗人。纽约派诗歌是与垮掉派、黑山派和自白派几乎同时平行发展的一个流派，它既对自白派诗做出反响，又和纽约圈的垮掉派有着某种共性。

第一节　纽约派诗歌的产生与特色

自从纽约成为美国最大的商业和金融中心以来，极度自由的空气和高度发展的出版业为诗人们提供了广阔的活动天地。20世纪初就有一批纽约诗人与当时文化最发达的波士顿地区的哈佛大学“不热心派”诗人分庭抗礼（见第一编第一章）。然而，在当代美国诗坛上，纽约诗人群的影响远比波士顿地区诗人群的影响大。

纽约诗派像其他的各流派一样，弹性颇大，纽约派诗人未必是出生于纽约或一直工作在纽约的诗人。唐纳德·艾伦的《新美国诗歌》（1960）里收录的六位纽约诗人，只有两位生在纽约。十年之后，罗恩·帕吉特和戴维·夏皮罗主编的《纽约诗人选集》收录了27位诗人，未收入的纽约诗人远远超出这个数字，编者在前言里声称，如果读者把这些诗人当“流派”或文学运动对待那就错了。由此可见，对纽约派诗歌的界定，罗恩·帕吉特和戴维·夏皮罗与唐纳德·艾伦存在分歧，或者说他俩根据实情，把唐纳德·艾伦原来划定的纽约诗人圈扩大了，稀释了唐纳德·艾伦有关纽约派诗歌定义原来的内涵，因为他俩在前言里只字未提这本影响如此巨大的诗选《新美国诗歌》，是有意还是无意，他俩没有明言。20 世纪末，戴维·莱曼（David Lehman, 1948— ）在他的专著《最后的先锋派：纽约派诗人的形成》（*The Last Avant-Garde: The Making of the New York School of Poets*, 1999）里，提出纽约派诗歌圈核心诗人只有四个：奥哈拉、阿什伯里、科克和斯凯勒。他们成就突出，被称为"卓越的四人帮"（remarkable gang of four），是支撑纽约派诗歌的顶梁柱。他们开始时没有着手招收弟子，从没有像法国超现实主义者那样发表公开声明，或拟定团体纲领。他们在许多方面有着共同的兴趣，其中包括他们走向伟大的信念。他们其中三人是哈佛大学才子（斯凯勒除外），他们是同性恋（科克除外），他们服过兵役（阿什伯里除外），并为《艺术新闻》（*Art News*）写评论（科克除外）。纽约发达的绘画事业对纽约派诗人产生了决定性影响，斯凯勒对此坦承："纽约诗人们，除了我认为是色盲者之外，都被绘画的洪流所侵袭，在汹涌的绘画冲浪中，我们都争先恐后地朝前……在诗人之中，阿什伯里、芭芭拉·格斯特、奥哈拉和我本人都在《艺术新闻》编辑部工作。在纽约，艺术世界是画家的世界，作家和音乐家坐在同一条船上，但他们不掌舵。"①

明尼阿波利斯的《星光论坛报》（*Star Tribune*）的艺术主编克劳德·佩克（Claude Peck）认为，纽约派诗人有着共同执着的思想感情——对视觉艺术的迷恋也许是最大的共同点，但是友谊、趣味、天时和地利胜过一个共同的美学宣言，把纽约派诗人团结起来了。因此，莱曼认为，纽约诗歌四人帮的合作精神和共同事业感把他们联系在一起，他们既是朋友也是竞争者，有时还是合作者，从 40 年代晚期到 60 年代中期，他们之间都欣赏彼此的诗作，互助合作写诗、剧本、小说，编文学杂志《僻静园》，用科克的话说，"我们相互启发、妒忌、竞争，非常挑剔，几乎完全相互依靠。每个人都想比别人强，但是如果一个人萎靡，我们大伙儿全都萎靡下来。"50 年代和 60 年代早期是纽约诗人喜庆的新年宴会期，他们仿佛把世纪之交巴黎的行话翻译成"永久合作"的前卫用语，放进 20 世纪中期美国大都会的粗话里了。他们不但是真正的先锋派——颠覆性的非主流的新艺术的创造者，而且是美国诗歌中最后真正的先锋派运动推动者。他们以各自的方式从抽象表现主义画家保罗·杰克逊·波洛克和威伦·德库宁（Willem de Kooning, 1904—1997）以及具象画家费尔菲尔德·波特（Fairfield Porter, 1907—1975）、拉里·里弗斯（Larry Rivers, 1923—2002）、简·弗赖利克

① James Schuyler. "Poet and Paiter Overtune." *The New American Poetry*: 418.

（Jane Freilicher, 1924—2014）等的画作中吸取创作灵感：阿什伯里通过超现实的拼贴手法，科克通过追求快感的手法，奥哈拉通过像打电话似的意识流手法，斯凯勒通过真实地描摹感情的手法，各显神通，创作出精彩的诗篇来。莱曼还认为，这四个纽约诗人实验性强，智性高，坚决反学术和反学术当权派，甚至当他们开始得到主流文学界的接纳时也如此。他们一些更加激进的作品，在形式上不像诗，读起来也不像诗，因此这些诗作被接受或被摒弃并不表示成功或失败，他们相互看起来都以为自己是最终的仲裁者。[①] 莱曼进一步论述说：

> 在庞德和 T. S. 艾略特首次进入现代派诗歌的 40 年之后，纽约诗人首先扩展了这个新领域。他们旨在扩大美国诗歌的框架；他们想要不在 20 世纪中期英美诗歌狭窄范围内而是在参考其他早期另类传统的艺术中被解读。纽约诗人对现代音乐、其他语言的诗歌和现代艺术有异常的反应。他们钟情于文学局外人的传统——阿什伯里称之为“另外的传统”，而且感到“现代诗给诗人以奇特的执照”（阿什伯里语）[②]。

第二次世界大战后，纽约时兴一种抽象表现派画。多数纽约诗人和一批抽象表现派画家过从甚密，常常参观他们的画展，出席他们的讨论会，为他们写文章，鼓吹他们的时髦画。多数纽约人在欧洲住了很长时间，受与立体派画家有联系的法国诗人、早期的 W. H. 奥登和 W. C. 威廉斯的影响。他们都有大都市饱经世故的派头。和旧金山诗人的政治态度相反，他们对政治或对社会问题漠不关心，因而在他们的诗里很少有政治或社会的主题，即使 60 年代如火如荼的反战运动也不能打动他们。他们也不相信宗教，他们的诗歌缺少充溢在旧金山诗歌里的那种神秘色彩，原始神话只不过是他们幽默的诗料。他们的诗歌特点是饱经世故的机智，但有时显得颇为轻浮，内容苍白。他们是一些达达派、美术拼贴者、超现实主义派。在许多读者和批评家心目中，他们风趣而不严肃。

作为现代艺术博物馆副馆长，奥哈拉在诗人与画家中间起了一个举足轻重的桥梁作用。他为当代现实主义画家简・弗赖利克，画家、艺术批评

---

① David Lehman. “Preface” to *The Making of the New York School of Poets*. New York: Doubleday, 1998.

② David Lehman. “Preface” to *The Making of the New York School of Poets*. New York: Doubleday, 1998.

家费尔菲尔德·波特和他的情人——流行画家、雕塑家拉里·里弗斯与诗人之间以及诗人与诗人之间的许多合作穿针引线。例如，里弗斯启发科克写剧本，科克和阿什伯里合作写诗《给大力水手卜派寄明信片》（“A Postcard to Popeye”），阿什伯里和斯凯勒合作写戏剧性小说《一窝傻子》（*A Nest of Ninnies*, 1960），斯凯勒和奥哈拉合作写诗，里弗斯配画，如此等等。奥哈拉在生前与其中的一些诗人和画家都是志同道合的朋友，都曾在《艺术新闻》（*Art News*）杂志编辑部共过事。他们的友谊在彼此诗歌里都有所反映，奥哈拉、阿什伯里和科克在 40 年代末期结识于哈佛大学，相互早有往来。他们生气勃勃，满怀希望，后来一度到巴黎，最后又回到纽约。他们直接受战后法国超现实主义、抽象表现主义和泼洒画文艺思潮的影响。他们脱离大众现实生活，在诗中常常罗列一些刺激因素，促使感官产生离奇的联想。他们的不少诗读起来使人感到像在观看某些现代派画家在画布上胡乱泼洒颜料的油画一样，光怪陆离，五彩缤纷，令人目不暇接。奥哈拉在这种艺术表现手法上尤为突出。他才华焕发，在纽约文艺界异常活跃，写诗神速，甚至在午餐时与人谈话过程中也能写出一两首诗。但是，他说他写诗不为名，也不想留芳百世，生前发表很少。1971 年，他的友人为他出版的《诗合集》却收录了他大量的遗作。他在诗里采取的是快速的语言态势，仿佛他在打电话，向对方滔滔不绝地讲话。他称自己采用的艺术手法为“人格主义”。他的诗不事雕饰，自然洒脱，具有影视的动感品格。阿什伯里的《凸镜下的自画像》（1975）连获三大奖：评论界奖、普利策奖和国家图书奖，成为 70 年代的名作，也具有“人格主义”的特色，像在梦中与人对话。它奇就奇在打破题画诗的传统格局，不描摹所赞颂的画而试图模仿泼洒画的画法作诗，因此被称为“泼洒诗”。奥哈拉和阿什伯里的这种手法无疑地拓展了艺术表现范围。

纽约诗人的团体精神和精湛的审美使纽约派诗歌自然地产生了它的吸引力。对此，莱曼说：

> 使这个时期的纽约诗人成为典范的是，他们不仅设法成为先锋派作家而且设法成为文学艺术家。他们试验不是为了试验而试验，是为了写出伟大诗篇而试验。他们的革新思想与追求新奇度非常不同。他们想要原创性，追求爱默生所推荐的那种原创性：“为什么我们不也应当享受与天地万物原创的关系？”当他们可以傻乎乎滑稽的时候，他们傻乎乎滑稽显得巧妙；他们使用好玩的方法到达很高的审美目的。他们形成一个运动不是刻意设计，而是一种由友谊培育起来的集

体态势，被他们对自己作品价值日益增长的信心所驱动的集体态势。最后可以看到，他们写的诗和他们所编的杂志在不经意间完成了发布宣言和声明的任务。他们吸引了使徒们，而不必去寻找他们，他们知道他们的作品蕴含着集体观点和体现这种观点的精湛品位感。它不是50 年代最被欢呼的运动；垮掉派诗人造出了更大的声响。但是它却具有最深远的意义。[①]

原创性是决定任何文学艺术家有无出息的试金石，倒未必是纽约派诗人所独有，只是莱曼强调了纽约派诗歌的原创性。他们有大都会得天独厚的条件：与时代同步，与走在时代前面的艺术家们紧密合作，虽然他们在社会轰动效应上远不如垮掉派诗人。他们对社会问题的关注更不如垮掉派诗人。莱曼也认为，纽约派诗人与垮掉派诗人不同，他们追求的动机是有意非政治性的，甚至反政治性的。

总之，这群诗人是积极地和 20 世纪中叶有严谨诗风的新批评派唱反调的团伙。他们除了在抽象派画的表现主义影响下进行大胆的诗歌创作试验（例如运用大量勾引回忆和感情的抽象词汇）之外，还投身于抒情诗的创作。他们和百老汇以及外百老汇的关系密切，这使他们得以在戏剧上进行试验，这对纽约以外的诗人来说，实在是一个难得的机会。丹尼尔·霍夫曼对纽约派诗歌特色的描述也许最富概括性，他说：“一种不同的超现实主义——更具讽刺性、荒诞性、滑稽模仿、自我沉思和远离外界现实，它通过一群受过法国诗歌和绘画影响的诗人的作品进入了美国当代诗歌的主流。”[②] 诗人丹尼尔·凯恩（Daniel Kane）的《所有诗人都欢迎：20 世纪 60 年代东城诗歌场景》(*All Poets Welcome: The Lower East Side Poetry Scene in the 1960s*, 2003）带有 35 轨 CD 音频剪辑的诗歌朗诵，给我们具体了解纽约派诗人提供了具有历史价值的感性资料。

另外，顺带一笔：令人瞩目的同性恋现象存在于以弗兰克·奥哈拉为首的纽约诗人群里，如同存在于以金斯堡为首以纽约为根据地的垮掉派诗人群里，也如同存在于以雷克斯罗思为首的西海岸湾区诗人群里，更不必说到惠特曼、哈特·克兰、W. H. 奥登、理查德·霍华德或詹姆斯·梅里尔等这一批名诗人了，这表明文学史上的一个有趣现象：文学上的同性恋

---

① David Lehman. “Preface” to *The Making of the New York School of Poets*. Doubleday, New York, 1998.

② Daniel Hoffman. Ed. *Harvard Guide to Contemporary American Writing*. Cambridge, MA and London: The Belk P, 1979: 553.

传统从古至今似乎更多地存在于诗歌领域里。

本章把《新美国诗歌》（1960）里收录的六位纽约诗人作为 20 世纪中期纽约派第一代诗人（这容易与世纪初的纽约诗人群混淆，以“纽约派”三个字作区别）介绍，除了戴・莱曼强调的奥哈拉、阿什伯里、科克和斯凯勒这四个诗人之外，再加上芭芭拉・格斯特和爱德华・菲尔德，这里考虑了《新美国诗歌》的历史影响，也考虑了这六位诗人都出生在 20 年代，这并不与莱曼的观点有什么重大分歧。他说：

> 我认为，奥哈拉之死标志着作为先锋派运动的纽约派诗歌第一阶段的结束。在奥哈拉过早去世之后，这三位健在的诗人也许甚至有可能创作出他们最好的作品。但是，我依然认为，1948 年至 1966 年间这四位诗人发表的作品——那时合作和友好的竞赛精神——使他们的个人突破成为可能。在集中注意力于阿什伯里、科克、奥哈拉和斯凯勒时，我必定省略了其他令人钦佩的作家，诸如埃德温・登比（Edwin Denby, 1903—1983）、肯沃德・埃尔姆斯利（Kenward Elmslie, 1929— ）、芭芭拉・格斯特和哈里・马修斯（Harry Mathews, 1930— ）。当我重点强调这四个诗人时，而观察到他们几乎不接近 50 年代的纽约派诗歌圈中心，不等于是忽视了这些诗人。[①]

莱曼坚持纽约派四诗人中心论有失偏颇，例如他显然忽视了当时为《艺术新闻》撰稿而与这四位诗人共事的芭芭拉・格斯特。因此，唐纳德・艾伦对第一代纽约派诗人的看法比较全面，也比较合理。近年来有批评家——例如马克・杜查姆（Mark DuCharme），站在新世纪的视角，对第一代纽约派诗人在后来的影响力作了较为客观的比较，他说：“奥哈拉和阿什伯里的影响力一直保持不变，而从 80 年代后期起，芭芭拉・格斯特以与这个时代美学合拍的主要作品重出诗坛。相比之下，科克和斯凯勒在随后的几十年不断变化的诗风中可能被不公平地忽视了。”[②]

本章把 40 年代前后在纽约出生或在纽约生活和工作的诗人作为第二代纽约派诗人，其中包括特德・贝里根、罗恩・帕吉特、迪克・盖洛普、托尼・托尔、戴维・夏皮罗、贝尔纳黛特・迈耶，等等。他们在纽约环境

---

① David Lehman. “Preface” to *The Making of the New York School of Poets*. Doubleday, New York, 1998.

② Mark DuCharme. “Call It Pleasure: Collecting Kenneth Koch.” *Talisman: a jounal of contemporary poetry and poetics*, #36/37-Fall 2008/Winter 2009: 67.

里长大，与包厘街圣马可教堂诗歌项目有密切关系。他们深受现当代艺术影响，他们的作品也具有幽默和协作精神。我们把50后、70后或80后的纽约诗人作为第三代纽约派诗人——一群将在新世纪大显身手的诗人。

第二节　弗兰克·奥哈拉（Frank O'Hara, 1926—1966）

像西尔维娅·普拉斯死后名声大振一样，弗兰克·奥哈拉的声誉也是在他英年早逝后提高的。如今，他作为二战以后重要而流行的诗人之一的地位牢牢地确立起来了。他接受了法国后象征主义传统，用地道的美国语言创作了50年代和60年代早期最生动活泼的诗歌。他毫不费力地运用超现实主义和达达主义的艺术手法写诗所产生的艺术效果，为他同时代的诗人和青年诗人所羡慕。我们最好读一读他的超现实主义佳作《在简的屋里》（"Chez Jane"）[①]：

全是花瓣的白巧克力色壶
在此刻四点钟和未来时间的
目眩的眼光里晃动着。老虎，
条纹美丽，烦躁不安，跳上
桌子，没有扰乱不声不息的花儿
一丝一毫的注意，向着
壶里撒尿，一直漫到壶嘴。
咝咝的一股热气从那瓷尿道里
升起。"圣萨昂！"它好像低语，
分明围绕在可怕的老虎的
毛茸茸的鸡巴周围，它正想屈曲四肢。
啊，永远和我一道，画室里闹哄哄
沉思的精灵，动物园里的
花园，一个个永恒固定的下午！
那儿，当音乐抓搔它的瘰疬性病
胃时，这凶残的畜牲出现了，站立不动，
十分小心，在此刻用完全派奢华用场的

---

① 指纽约画家简·弗赖利克（Jane Freilicher, 1924— ）。

舌头舔他的尖齿时，总是知道
危险的准确所在；
仅在一分钟前阿司匹林药片
在这玫瑰般的夕阳里掉落，此刻一把椅子
扔向空中，加剧真正的威胁性。

运用通感的表现手法，描写幻觉，突破有机的完整的现实局限，进入梦境或疯子的幻视之中，这是超现实主义的实质内容。弗兰克·奥哈拉天生熟悉此道。傍晚画室里一把壶，掉落一粒药片，竟引发了作者如此恐惧的感觉和幻觉，其恐惧情景如同吃人的老虎活现在眼前。也许是诗中人因剧烈的胃痛而产生了畏惧，不得不扔椅子，“加剧真正的威胁性”。《1950年阵亡将士纪念日》（“Memorial Day 1950”）和《复活节》（“Easter”）也是充满超现实主义色彩的优秀诗篇。他写这些诗时总是一挥而就，并不经意修饰或刻意追求发表。他的作品是在“无意栽柳柳成荫”的情况下完成的。肯尼思·科克在赞叹奥哈拉的异禀时说：“弗兰克具有的禀赋，我所认识的其他艺术家和作家都不能和他相比，他的感觉和创作方式似乎表明当一个艺术家是世上最自然不过的事。同他相比，其他的人都会自惭形秽，或觉得妄自尊大。”

作为一种“文化英雄”，奥哈拉闻名于他的朋友圈中，其中许多人是纽约的画家，他甚至因此被称为“画家中的诗人”。作为纽约现代艺术馆博物馆副馆长和国际项目策展人，他一直被视为艺术界一位有影响的人物，而不是严肃的诗人。他常常在路途中、现代艺术博物馆工作午餐或宴会上匆匆挥动他的神来之笔，有时难免草率粗糙、轻浮琐屑之处。正当他春风得意时，他却在一天清晨死于纽约长岛的车祸，死时才40岁。他是艺术界的风云人物，又是耽于声色的同性恋者，因此一般读者对他的兴趣往往是出于对他的好奇。

奥哈拉生于巴尔的摩市，随父母迁居麻省格拉夫顿，在伍斯特市上中学。1941～1944年，在新英格兰音乐学院学习弹钢琴。二战时参加海军，在尼古拉斯号驱逐舰当声纳兵。他毕业于哈佛大学（1946—1950）。在哈佛学习期间，他遇到阿什伯里，开始在《哈佛提倡者》发表诗作。尽管热爱音乐，他却专攻英文，获哈佛学士学位。兰波、马拉美、鲍里斯·帕斯捷尔纳克（Boris Pasternak, 1890—1960）和马雅可夫斯基（Vladimir Mayakovsky, 1893—1930）是他最喜欢的诗人。他在密歇根大学安阿伯分校获硕士（1951）之后定居纽约。

在纽约，奥哈拉起初在新学院教书，开始与戏剧家乔·莱苏尔（Joe LeSueur）同住一套公寓房，两人同性恋关系断断续续保持了 11 年。奥哈拉先为《艺术新闻》杂志撰稿，最后晋升为掌管绘画与雕塑展览的纽约现代艺术博物馆副馆长。60 年代，他成了阿什伯里、科克和斯凯勒等等一群纽约诗人的首领。

作为一位才华焕发的浪荡子，奥哈拉纵情于纽约的一批现代派艺术家之中，其浪漫程度甚至令他的朋友金斯堡自愧不如。他为人热情友好，交际能力极强，一生有几百个朋友和情人。奥哈拉的女情人抽象表现派格蕾丝·哈蒂根（Grace Hartigan, 1922—2008）晚年在《巴尔的摩市民杂志》（*Urbanite Baltimore Magazine*）总编辑玛丽安·阿莫斯（Marianne Amoss）对她的一次采访中透露说，奥哈拉一生中有三个重要的女人：画家简·弗赖利克、诗人邦妮·兰（Bunny Lang）和她本人，而在他的男情人之中最重要的是画家拉里·里弗斯。格蕾丝夸奥哈拉“机智，热情，有才气，善于表达，是一个伟大的诗人。”如果说金斯堡对政治和宗教很关心的话，奥哈拉对宗教、政治、玄学、神秘主义、爱国主义或理想主义都毫无兴趣。他成天接触的是现代派画、雕塑、电影、戏剧、晚会、约会、艺术展览、谈情说爱，从不思考什么社会问题，写诗仅是他的一种个人爱好，兴致所至，匆匆而就。因此，他的诗全是根据他在纽约一圈罗曼蒂克的艺术家中的个人经历写成的。他的观察、记忆和印象，像走马灯似的无始无终，光怪陆离。他一直处于天真、惊讶和激动之中。像他放荡不羁的生活一样，他的诗歌形式也放荡不羁。相形之下，金斯堡的艺术形式甚至显得很正规。阿什伯里在为奥哈拉的诗集作序时指出他太反文化，太反传统：“奥哈拉的作品起初使读者迷惑不解是不足为奇的——它无视从庞德和 T. S. 艾略特逐步到 40 年代的学术正统为现代美国诗歌积累的规范。”他的《非常时刻的沉思录》（“Meditations in an Emergency”, 1956）或许是一个典型的例子：

> 我将像金发美女那样放浪？或像法国人那样虔诚？
>
> 每次我的心碎时我感到更喜欢冒险（这一个个相同的名字如何不断出现在那没完没了的名单上！），但在这些日子中的一天，没有什么可冒险的。
>
> 为什么我该分享你？为什么不搞另一个人换换口味？

我是最随和的人。我所要的一切是无限的爱。

甚至树林了解我！天哪，我也躺在树林下面，不是吗？我像一堆树叶。

不过，我从不用赞颂田园生活来充实自己，也不向往牧场上反常举动的天真无邪的过去。不。我们决不需要离开纽约的范围去得到我们希望得到的葱翠——我甚至不能欣赏一片草叶除非我知道近便的地铁，或一家唱片店或其他一些人们对生活不完全感到悔恨的标记。表达最起码的真诚是更重要的；云彩像通常那样引起了足够的注意，甚至它们继续飘过。它们知道它们在想什么？啃啃。

诗人迷恋大城市，对脱离田园生活丝毫不觉得是一种人生的损失。他在下面用了类似不规则的诗节，描写情人做爱时的谈话或独白，最后一节是：

我得离开这里。我取了一条披巾和我最脏的衣服。我将回去，从山谷里重新露面，像吃了败仗似的；你不要我去你去的地方，所以我去你不要我去的地方。现在才下午，还有许多的时间。楼下不会有信件了。我旋转门，朝锁眼里吐唾沫，门把手转动了。

他的诗基本上保持了这种自说自话的形式，将内心所想，特别是性心理和性行为毫无顾忌地和盘托出，将存在于自身的人性和兽性淋漓尽致地端出来。他这样做，不是为了发表，而是一种他本人只对另一个人的感情宣泄。他为自己的这种创作方法别出心裁地起了一个怪名称：“人格主义”（Personism）。唐纳德·艾伦把奥哈拉 1959 年用一个小时不到的时间草就的一篇短文《人格主义：宣言》（“Personism: A Manifesto”）收在《奥哈拉诗选》的前面，作为作者的序言。在这篇奇文里，奥哈拉向读者说明他的“人格主义”艺术手法的由来：

它是在 1959 年 8 月 27 日我与勒罗依共进午餐之后发现的，那天我和某个人做爱（顺便提一下，不是金发女郎勒罗依），然后我回去工作，为这个人写了一首诗。当我写这首诗时，我意识到如果我想要写的话，我可以使用电话代替笔，于是产生了人格主义写作法。它是

一个令人振奋的流派，毫无疑问会有许多追求者。把诗全放在诗人与
那个人之间……诗最后摆在两个人之间，而不是两页纸之间。

因此，他写诗的目的是写给他心目中的个别对象，诗中提到的特定的人和特定的事，往往只有诗人和他特定的对象明白。例如，他的《向诺曼告别，向琼和让—保罗道早安》（“Adieu to Norman, Bon Jour to Joan and Jean-Paul”）第二节后几行：

艾伦回来谈了很多关于上帝的事
彼得回来说话不多
乔患了感冒，不去肯尼思家了
不过他要去和诺曼一道用午餐
我怀疑他是想出风头
嘿，谁又不是呢

诗中所谈，只有诗人圈子中的人了解，而使一般读者感到疏远。这就是他的所谓人格主义的写作手法。我们现在再来读一首体现他的所谓人格主义的《赠格蕾丝，晚会之后》（“For Grace, After A Party”）：

你不总是知道我的感觉。
昨晚在温暖的春天空气里，我针对某个
对我不感兴趣的人滔滔不绝地发表
长篇
大论，是对你的爱使我
火热，
　　　是不是很奇怪？几个房间的
生人之中我最温柔的情
　　　　　　　　蠕动，
孕育着呼叫。伸出你的手，
那里不是有
　　　　　一只烟灰缸，突然的，在那里？在
床旁？一个你爱的人进了房间说，
难道你不喜欢今天有点儿不同的
鸡蛋？

鸡蛋送来的时候
就是清炒鸡蛋，还有有点儿
温热。

上面已经谈到格蕾丝·哈蒂根是奥哈拉的情人。奥哈拉和她参加晚会之后，进了她的房间，闲谈晚会的情况，特别提到清炒鸡蛋。我们可以想象格蕾丝睡在床上，伸出拿着点燃的香烟的手，奥哈拉及时地把烟灰缸送过去。他俩然后亲热的情景，奥哈拉没有提，但是想象得到。这首诗是专门写给格蕾丝的，全篇用了直接和她谈话的口吻，而这种口吻的谈话，也可以通过电话达到目的。这就是人格主义诗美学，讲白了，是诗人对诗中人（倾诉的对象）直接谈话，处于打电话的状态。

奥哈拉天生的弱点是不善于概括和抽象，因此他从不喜欢使他的诗对读者有教育意义。他在这同一篇所谓的宣言里为自己辩护道："太多的诗人形同中年母亲，让她的小孩吃煮得太熟的肉食和滴着汁液（眼泪）的土豆。我不管他们吃还是不吃。强迫喂食导致过分消瘦（虚弱）。"[①] 他对诗歌的看法是："至于韵律和其他技巧，那是常识问题：如果你去买一条裤子，你要使它穿在身上紧得人人想同你睡觉。没有什么玄乎的东西。当然除非你乐意认为你在体验的东西正是你'极向往'的东西。"[②]

一般认为，奥哈拉的早期诗歌写得很糟，这也就是他在早期不被人重视的原因。他的诗集《非常时刻的沉思录》面世时，他在诗艺上有了长足的进步。在《午餐诗篇》(*Lunch Poems*, 1964）出版之后，他开始闻名于诗坛。他的诗歌形式虽然太自由，太随便，以至有时松散、拉杂，但他天性幽默，观点新鲜，语言明快，即使写得差的诗也不乏精彩的诗行和诗句。神甫举行弥撒时穿的十字褡、工厂的圆锯、斑马、小马、檐槽、旧车辆、百老汇、参议员、可口可乐等等在他笔下，都化为有兴味的诗料。他是一个热情歌颂现代城市的诗人。他热爱纽约这"毛茸茸的城市"。在他的笔下，它"比洛杉矶大"。他每次出席纽约艺术界的社交聚会时，总是给大家带来欢乐。他的这种个人的魅力也表现在他坦率的情诗之中，如和他的情人调笑的诗篇《同你一起喝可口可乐》("Having a Coke with You")。奥哈拉还写剧本和评论现代派画。他虽然不是经过正规训练的绘画评论家，但是在鉴赏当时的伟大艺术品上，有一双犀利的眼睛和异常敏锐的直觉。弗雷德

① Donald Allen. Ed. *The Selected Poems of Frank O'Hara*. New York: Vintage Books, 1974: xiii.
② Donald Allen. Ed. *The Selected Poems of Frank O'Hara*. New York: Vintage Books, 1974: xiii.

里克·加伯（Frederick Garber）为此说奥哈拉是“50年代和60年代的纽约想象力的中间人，是各种潮流和事件的联系人，他了解同样困扰诗人和画家的问题”①。这是对文艺界富有魅力的奥哈拉的最好概括。

奥哈拉生前出版了大约九本薄薄的诗集。他对自己的诗名不大在乎，而且有许多诗不愿拿出去发表，结果他的许多作品在他生前不为评论界所了解。在他死后，唐纳德·艾伦为他编辑出版了500多页的《弗兰克·奥哈拉诗合集》（*The Collected Poems of Frank O'Hara*, 1971）、获得国家图书奖的《弗兰克·奥哈拉诗选》（*The Selected Poems of Frank O'Hara*, 1974）以及《1951～1966年诗拾遗》（*Poems Retrieved, 1951-1966*, 1975）和《1946～1951年早期诗》（*Early Poems, 1946-1951*, 1976）。不少著名诗评家和他的诗人朋友对他的评论从70年代起才逐渐多起来。阿伦·弗尔德曼（Alan Feldman）的《弗兰克·奥哈拉》（*Frank O'Hara*, 1979）和珀洛夫的《弗兰克·奥哈拉，画家之中的诗人》（*Frank O'Hara, Poet Among Painters*, 1998）两部专著以及威廉·沃特金（William Watkin）的《在诗歌的过程中：纽约派和先锋派》（*In the process of poetry: the New York school and the avant-garde*, 2001）的面世使读者对奥哈拉其人其诗才及其在纽约诗歌派的位置有了比较全面的认识。

第三节 约翰·阿什伯里（John Ashbery, 1927— ）

奥哈拉去世后，阿什伯里理所当然地成了纽约派的头号诗人。从50年代早期发表《图兰朵及其他》（*Turandot and Other Poems*, 1953）起，到2009年出版《星座图》（*Planisphere*, 2009）为止，他在半个多世纪里一共发表了32部作品（绝大多数是诗集，少数几本散文）。

他的第二本诗集《几棵树》（*Some Trees*, 1956）被列入耶鲁青年诗人丛书。他的杰作《凸镜中的自画像》（*Self-Portrait in a Convex Mirror*, 1975）一下子就荣获了三项诗歌王冠：普利策奖（Pulitzer Prize）、国家图书奖（National Book Award）和国家图书评论界奖（National Book Critics Circle Award）。他这时可谓一夜之间成名，有关他的研讨会和评论文章几乎是铺天盖地而来，大出版社纷纷向他约稿，越来越多诗歌奖和荣誉接踵而来。评论家们以不同表达方式夸奖他，有的说，他是他这一代最有才华最雄辩

① Frederick Garber. “Frank O'Hara.” *Contemporary Literature*, Vo1.20, No.1, Winter 1979: 112.

的诗人之一；有的认为，他是20世纪最有趣最特殊的诗人之一；有的说，他是自史蒂文斯以来最优秀的诗人之一；有的甚至认为，过去的50年以来，在美国诗坛没有比约翰·阿什伯里更大的人物了。凭他的诗质和长寿而赢得的种种赞誉，不一而足。

喜欢他的人说他的诗“把对生活的阐释转化为语言，语言又转化为生活”，当然也有讨厌他的人，说他的诗是“垃圾”，而带着些许迷惑的评论家承认他的“诗句常常出奇制胜”。但是如今美国诗坛差不多都公认他是他这一代杰出的诗人，尽管他的一些诗令一般读者费解。阿什伯里属于华莱士·史蒂文斯沉思范式的诗人。在他的诗里没有通常的情节和传达体验的逻辑性，一连串的思想跳跃和不顾及读者理解的内心思索是他最大的特色。

奥哈拉在50年代中期面世的《几棵树》使他崭露头角。该诗集的标题诗《几棵树》和《说明书》（“The Instruction Manual”）是代表他这个时期艺术风格的名篇。试看《几棵树》的头几节：

这些树使人惊讶：每株
和邻树相交，言语似乎是
一种静止的表演。
机缘使我们

今天早晨在此相会，
远离尘世，带着
默契，你和我
突然明白这些树试图

告诉我们此刻是何处境。
它们存在于此
有某种含意；并说很快
我们会抚摩，做爱，解释。

诗人在这里用奇特的逻辑而不是通常的情感感应或心理说明，处理树与人的关系，但读者还是可以理喻的。诗人在《说明书》里描述他因受到写说明书的压力而神游墨西哥的美丽城市瓜达拉哈拉的情景，诗行形式如同金斯堡的《嚎叫》，逻辑发展清楚，并不难解。

阿什伯里的诗集《山山水水》（*Rivers and Mountains*, 1966）的标题诗

和《滑冰者》（“The Skaters”）的内容比较分散。有些诗行需要猜测，但只要仔细阅读，意思仍可以捉摸，其形式和调式接近史蒂文斯和 W. H. 奥登建立起来的沉思诗歌传统：句法正规，行文流畅，态度肯定，并有情感高潮和结尾。阿什伯里在《凸镜中的自画像》里完全进入梦呓般的沉思状态。标题诗是一首 15 页的长诗，是以意大利画家弗朗西斯科·帕密奇阿尼纳（Francesco Parmigianino, 1503—1540）对照凸镜在木质半球上复制自画像为题引发的遐思。诗人是这样复述这位文艺复兴时期画家的自画像的：

> 只有
> 你圆镜（它围绕你的眼睛的目标
> 组织一切，而你的双眼茫然）的浑沌相
> 一无所知，进入梦幻，但什么也没有揭示。

这幅变形的自画像却使诗人想入非非：

> ……除了这
> 另一性别外，难道有任何可认真考虑的东西？
> 这个另一性别包括在日常活动的
> 最普通的形式里，细微而深刻地
> 改变一切，撕破创造物，任何创造物，
> 不只是出于我们的双手的艺术品，把它
> 置于某个附近非常高的
> 山峰上，近得人们难以忽视、远得难以登攀的
> 山峰。这个另一性别，这个
> “并非我们”的另一性别是我们在
> 镜中所看到一切，虽然谁也不能说
> 它是如何变成这样的。飞越在
> 陌生的五彩里的船驶进了港湾。

这首诗被视为阿什伯里的代表作，因为它代表了他基本的艺术特色。像人生不断变化一样，诗人的风格在早期、中期和晚期也都在变化。但尽管如此，任何人从小到老总保留了区别于他人的个性，诗人的风格亦然。意象的出现如同万花筒那样地使人眼花缭乱，捉摸不定，梦幻般飘忽，这就是阿什伯里诗歌的基本特色。诚然，T. S. 艾略特的《荒原》比较难懂，

但它不是不可能被解读，一个个断裂的场景中毕竟可以找到贯穿于整首诗的连贯性线索和统一的体验。阿什伯里的诗是他在玄思状态下的意识流，毫无控制的流动，因此没有情感高潮和读者所期待的结尾。一切出乎读者的意料之外，有时令人惊喜，有时使人厌弃，有时又艰涩得使人感到恼火。又如，阿什伯里根据生前隐居潦倒、死后成名的画家、作家亨利·约瑟夫·达佼尔（Henry Joseph Darger, Jr, 1892—1973）生前写的维维安女孩（Vivian Girls）的长篇故事创作的长诗《奔跑的女孩们：一首诗》（*Girls on the Run: A Poem*, 1999），给我们展示了一个梦境似的儿童世界，用断续的叙述，讲一个超现实的儿童冒险故事，很难为一般读者欣赏。例如诗开头三行：

> 一架大飞机飞过太阳，
> 女孩们在地面上奔跑。
> 阳光照在麦克普拉斯特的脸上，绿得好似象脸。

阳光照耀下的人脸，怎么会变成绿色？怎么会好似象的脸？长脸？它是梦境中的超现实印象。

他的散文诗集《三首诗》（*Three Poems,* 1972）和诗集《划游艇的日子里》（*Houseboat Days*, 1977）更令人费解。现在不妨先从《三首诗》里引一段：

> 有几张表明那件事的旧照片。使人感到站立在那儿而又有离开的感觉。站在那里的人不多，对着这边的露天。他们打手势，正打手势。像叶子般对准你自己时，你失去了第三个和最后一个机会。他们不像一般人那样地受苦。确实如此。但这是你最后的机会，这一次，避开种种矛盾的机会，那比把一切拉下水平的地球吸力还重。什么也不会做成。

几张旧照片引发诗人的联想只有他本人或者知道照片来历的个别人能欣赏。例如，诗人在《划游艇的日子里》的标题诗里并没有描写他和他的亲人或朋友划游艇的情景，只专注于唯有他本人或某个人知道的玄思，读者实在难以分享他的体验。这也许是他在实践奥哈拉的“人格主义”的美学原则。阿什伯里何以如此同他的读者“作对”呢？他有他的哲学和诗美学指导他的创作。阿什伯里认为想象中的现实是不可信的，只不过是对它不存在产生的印象。他对现实的想象不仅是临时性的，而且瞬息即变。在他看来，既然现实缺乏连贯性，完全不可知，那么任何反映现实的艺术形式也不可靠。戴维·珀金斯对此批评说：

> 阿什伯里对题材的看法对于当代知识分子来说是典型的观念，但是他的这些看法构成了他的诗歌形式的基础，这里简介一下这些看法也许是有帮助的。因为阿什伯里企图解决从一开始就内含在现代派诗歌里的形式困境。如果现实既是不连贯的又是完全不可知的，那么任何形式——只要它还是形式的话——必定是不真实的。但是一首对应于现实的诗，通过它本身的不连贯，不会产生美学效果，不会是一首诗。因此，阿什伯里运用了这样的程序，（使他的诗）既不是无形式又不是有形式，而是对持续受挫的形式的持续期待。①

阿什伯里对现实的认识似乎进入了“色不异空，空不异色”的境界，任何视觉中的现实都带有欺骗性，因而导致了他反映“不确定现实”的诗歌形式的“不确定性”。他的这种玄思确实有道理，他的诗歌结果导致了常人觉得深不可测，看了实在费力。戴维·珀金斯称阿什伯里是后虚无主义和后存在主义作家。他认为阿什伯里所考虑的问题无非是：

> 当你经历了这些而达到了乌有之境，你此刻在哪里？当你对你所感觉的东西（如果有的话）没有把握，你作何想？当你没有理由或动机做任何事时，什么是值得做的呢？阿什伯里的处境只能说是在悖论之中。如果他否定一切的话，如同他对一个采访者所说，那是为了想认识所留下的情况。如他在诗中所说：“我们必须向前/ 进入被我们的结论剩下的空间。”他的诗歌带着希望奇怪地充满这空间。只要他的希望不只是姿势和戏仿——我要得出的一个结论——那么只能用幸运的肾上腺解释了。然而，他对自己讲，如果现实无结构，那么我们便自由了！“搭乘”快速流是令人振奋的。②

阿什伯里在诗里所专注的就是这些玄学问题，不能说没有道理，有的时候还很有趣，但有时又令人厌烦。他总是千方百计挖掘新意，不管他心

① David Perkins. *A History of Modern Poetry: Modernism and After*: 620.

② David Perkins. *A History of Modern Poetry: Modernism and After*: 622-623.

目中的新意读者是否能接受。他对待语言也是如此，刻意求新，他担心我们的原始思想和讲话落入现成的俗套里，但他又不能脱离被千万人用滥了的英语，如同不能脱离他看厌了的地球一样。于是他对陈腐的短语和句子反其意而用之，可谓用心良苦。目前的语言诗人在这方面也作了类似的艰苦探索。总之，不接受阿什伯里诗美学的读者，当然也不能接受他的诗，不管如何看待他在学术界有着怎样的盛名。戴维·珀金斯对阿什伯里的结论是，在他诗里有痛苦、悲伤、厌恶、绝望，但是阿什伯里触及这些感情状态时，却保持了一段距离。他感情的基调是有趣、好奇、娱乐、活泼、快乐的独创性。

不过，阿什伯里有时也有轻松的短诗，例如他在《诗选》(*Selected Poems*, 1985）里收录了经过他改造的俳句：

> 一次次种植，土地有苦涩的回味。
> 婚礼令人着迷，人人都想在其中。
> 强盗模仿普通人的方式，例如我自己。
> 一个个梦像一只只展开金色的健忘的翅膀。
> 什么是过去？它到底是为什么？一块记忆的三明治？
> 总而言之，我们不急不忙，大海返回了——不再有海盗。

阿什伯里的诗总是那么艰涩，但读了他这样的俳句，使人感到难得的轻松。阿什伯里和其他的纽约派诗人一样，深受超现实主义和现代主义影响，严肃中夹着反讽和调笑，大都市的敏感性充溢在作品里。例如，他的《我的生活哲学》（“My Philsophy of Life”）开头一节：

> 当我想起我的头脑里没有足够的空间容纳
> 另一个想法时，我有了这样一个伟大主意——
> 称它是我的生活哲学，如果你愿意的话。
> 简单地说，根据一套原则，它涉及
> 哲学家们生活的方式。好吧，是哪些原则呢？

阿什伯里没有自白派诗人那种烦心、苦恼乃至绝望，也没有垮掉派那样关注政治。说穿了，他生活无愁，自然地养成一付名士派头。又如，他在《我的生活哲学》里表明他的生活态度：

一切的一切，从吃西瓜到盥洗室，
或只是站在地铁站台上，沉思一会儿，
或者担心雨林会影响心情，或更准确地说，
被我的新态度所扭曲。我也不会说教，
或者不会去担心孩子和老人，除非
用机械式宇宙观规定的一般方式行事。

众所周知，阿什伯里是一个同性恋者，他哪儿来的小孩需要他关心呢？他在诗里总是回避明显地流露他的同性恋感情，他个人也从来都回避公开谈及他的性伙伴。只有《我的情色两角色》（“My Erotic Double”）、《情诗》（“A Love Poem”）和《玩具盒里跳出来的两个小奇人》（“The Plural of ‘Jack-in-the-Box’ ”）这几首诗里可以让人约略地感到他的同性恋情结。不过，他的诗作被评论界认为流露了对 20 世纪后期同性恋作品的关注。

阿什伯里出生在纽约州罗彻斯特的水果农场。从 11 岁至 15 岁，他每周在罗切斯特艺术博物馆上美术课。1949 年，他毕业于哈佛大学，在哈佛期间，与科克、芭芭拉·爱泼斯坦（Barbara Epstein, 1928—2006）、V. R. 兰（V. R. Lang）、奥哈拉和爱德华·戈里（Edward Gorey, 1925—2000）交友，而与罗伯特·克里利、罗伯特·布莱和彼得·戴维森是同班同学。1951 年，他获纽约哥伦比亚大学硕士学位。1955 年，他作为富布莱特访问学者赴法国，在那里逗留十年，为纽约的法文版《先驱论坛报》和《艺术新闻》撰稿，把法文诗歌和其他的法文作品译成英文，并且创作法文诗。他熟谙法国当代诗歌，特别是散文诗，受法国超现实主义和达达派影响颇深。奇怪的是，他在创作中用法国的超现实主义和达达派，抵消接受法国象征主义影响的新批评派的审美规范。当代绘画和音乐是影响他艺术手法的重要因素。1965 年回纽约，任《艺术新闻》执行编辑（1965—1990）。回国后的几年里，他在大学英文系和一般读者中虽然影响不大，但他是许多青年先锋派诗人崇拜的对象。70 年代，阿什伯里开始在布鲁克林学院教书，华裔诗人姚强是他的学生之一；从 1991 年起，他在巴黎学院当英文教授，直至 2008 年退休。退休之后，他应邀在多所其他高校任教，被选为纽约州桂冠诗人（2001—2003），担任美国诗人学会常务理事多年。

第四节　肯尼思·科克（Kenneth Koch, 1925—2002）

科克首先是诗人，其次是戏剧家，从 50 年代开始一直活跃在美国诗坛上。他是第一个获得全国名声的纽约诗人。他给学童教诗歌的创作技巧使他成为美国最著名的诗歌教师，这反映在他的《愿望、谎言和梦想：教儿童写诗》（*Wishes, Lies and Dreams: Teaching Children to Write Poetry*, 1970）和《玫瑰，那红色你在什么地方得到的？：给儿童教伟大的诗歌》（*Rose, Where Did You Get That Red?: Teaching Great Poetry to Children*, 1990）这两本深入浅出的诗歌导读里。他认为，他在法国的经历对他的诗歌有巨大影响。阿什伯里和奥哈拉对他的重大影响是使他对心理描绘产生了兴趣。他开始学习把难以理喻的激情写入自己的作品里，因而往往使读者对他的诗作难以理解。但他说，他不是故意隐晦，因为他最恨隐晦，而是把他的感受放在作品里进行再创造。

科克早期的作品《诗篇》（*Poems*, 1953）富有超现实主义的色彩。50 年代是他与纽约派诗人密切联系的时期，处于他创作的摸索阶段。他在长诗《新鲜空气》（"Fresh Air", 1955）里，带着嘲弄的口吻，调侃现代派诗沉闷的题材和乏味的艺术形式，例如，第四节：

> 设想在新春的一天，有人走出屋外，
> 到新鲜的空气中，却倒霉读到了
> 刊载在《新世界写作》[①]上的论述
> 现代诗歌的论文，或者倒霉看到登载在
> 《哈德逊评论》上的几个楷模的诗，
> 专注神话、太太和期中考试的人写的诗，
> 如果在国外，就会倒霉读到
> 刊载在意大利《黑暗商店》[②]
> 或者美国《文汇》[③]上的作品。

---

① 《新世界写作》（*New World Writing*）："新美国图书馆导师"（New American Library's Mentor）编辑出版的杂志（1951—1964）。

② 《黑暗商店》（*Botteghe Oscure*）：意大利编辑出版的半年刊文学杂志（1948—1960）。该杂志取名于罗马"黑暗商店街"（Via delle Botteghe Oscure）。

③ 《文汇》（*Encounter*）：斯蒂芬·斯彭德（Stephen Spender）和早期新保守主义作家欧文·克里斯托尔（Irving Kristol）在 1953 年创办的大型英美知识和文化杂志，在英国出版，1991 年停刊。

这一天余下的时间对他来说
就全毁了，令人感到很沮丧，
那他怎么办？哦，当然，
他不可能向总统抱怨，
甚至不能向哥伦比亚学院院长抱怨，
也不能向T. S. 艾略特或庞德抱怨，
设想他向卡塔尼公爵夫人[①]写信，说：
"你的一些诗人太讨厌了！"这样做
有什么好处？设想他走到《哈德逊评论》
编辑部，用一包火柴，把大楼烧掉？
他最后坐牢，带着试阅期的
《党派》《塞万尼》和《凯尼恩评论》！

他发表这首诗时 27 岁，属于初生牛犊不怕虎。科克如此公然对抗现代派及其大师诸如 T. S. 艾略特或庞德，在后现代派诗人之中是罕见的。又如，他在《地球上的四季》（"Seasons on Earth", 1987）里又继续抨击 T. S. 艾略特：

《荒原》给时间以最准确的数据，
艾略特似乎是文学的大独裁者。
我们在诗中不敢以任何方式
眨眼，递眼色，或戏耍，
批评家们对着反讽、歧义，张力
哗哗地倒出可怕的阐释——
其他的东西，我不想再提了。

他不但严厉抨击 T. S. 艾略特的诗风，而且把新批评也狠狠地涮了一通。

50 年代之后，科克的诗艺趋于成熟。他用简朴的结构和得当的措词表

① 卡塔尼公爵夫人（Prince Caetani）：时年 31 岁的纽约女子玛格丽特·蔡平（Marguerite Chapin）在巴黎与 40 岁的意大利罗夫雷多·卡塔尼（Roffredo Caetani）公爵一见钟情后，于 1911 年在伦敦秘密结婚，成了卡塔尼公爵夫人。她从小家遭不幸，心灵深受创伤，婚后为人一向低调。她资助两个国际有名的杂志：法文杂志《商务》（*Commerce*）及用意大利文、法文、英文、德文和西班牙文出版的文学杂志《黑暗商店》。

现他独特的思想感情，有时还带有超现实主义的色彩和浓厚的玄学味。60年代出版了七本诗集，但没有引起多大反响，其中包括拜伦式的八行体长诗《柯，或地球上的季节》（“Ko, or A Season on Earth”, 1960）、《谢谢你及其他》（“Thank You and Other Poems”, 1962）和《和平的乐趣及其他》（“The Pleasures of Peace and Other Poems”, 1969）。他的一首调笑诗《与女人睡觉》（“Sleeping With Women”, 1969）在被收录在《和平的乐趣及其他》之前发表在《诗刊》上。1970 年，他应邀在爱荷华创作坊（the Iowa Workshop）朗诵了这首调笑的诗。他当时被诗歌界认为，他给美国主流诗歌带来了新鲜的气息。它究竟是什么玩意儿？诗很长，从头至尾不断重复“与女人睡觉”，读一读诗的开头大致能了解它的风貌：

> 卡鲁索：人的声音。
> 那不勒斯：正与女人睡觉。
> 女人：在黑暗中睡觉。
> 庞贝：废墟。
> 庞贝：在黑暗中睡觉。
> 男人与女人睡觉，女人与女人睡觉，羊与女人睡觉，万物与女人
> 　　睡觉。
> 守卫：向你借一个火。
> 女人：睡着了。
> 你自己：睡着了。
> 那不勒斯南边的万物：都睡着了，同她们睡。
> 与女人一起睡觉：像在帕斯科利[1]的诗里一样。
> 与女人一起睡觉：好像在雨中，在雪里。
> 与女人一起睡觉：在星光下，我们仿佛是天使，
> 　　睡在火车上，
> 睡在繁星泡沫里，睡着了，同她们一起睡。
> 地中海：人的声音。
> 地中海：一个大海。睡着了，正在睡。
> 奥斯陆的电车，同女人一起睡，图纳维尔游览车在斯德哥尔摩睡
> 　　着了，与她们一起睡。只在斯康森[2]，独自与女人一起睡……

① 乔瓦尼·帕斯科利（Giovanni Pascoli, 1855—1912）：意大利诗人和古典文学学者。
② 在瑞典，那里有欧洲最好的原始露天民俗博物馆，还有 150 多家古老的住房、商店、教堂。

科克像其他的纽约诗人一样，幽默、机智、搞笑。说到底，他是一位幽默诗人。批评家们很难从严肃的视角探讨他的诗，因为他本人抵制对他的诗进行严肃的讨论。不过，他本人并不承认自己是滑稽诗人，他在一次被采访中表明说："我不认为我的诗歌性质是讽刺性的，甚至是反讽的，我认为我的诗本质上是抒情的……滑稽成分对于我来说不能使我以同样的方式抒情——我并非把自己在质量上与这些伟大作家相比——但是，同样地，抒情能使拜伦写出他最好的诗，阿里斯托芬当然如此，其他的一些作家也如此。"尽管他如此辩白，但他仍然不能消除他的诗歌给读者留下滑稽搞笑的印象。有评论家认为，他戏仿的嘲弄诗《柯，或地球上的季节》是他倾向闹剧和假装孩子气的本性流露，《与女人睡觉》则是在严肃边缘作的漫画式浪漫滑稽的表演。他的诗歌创作虽然也是在反学院派、反理性主义的美学原则指导下开始的，但他不像奥哈拉或阿什伯里，不是艺术评论家，而一直在大学里教英文。

科克在 70 年代出版了五本诗集，其中包括为他赢得诗歌界好评的《爱的艺术》（*The Art of Love*, 1975），它以浮华的机智引起诗坛注意；诗集《复制》（*The Duplications*, 1977）又是一本拜伦体的长体诗；《1955 年安娜燃烧的神秘》（*The Burning Mystery of Anna in 1955*, 1979）是一本杂夹诗与散文的集子。自从《愿望、谎言和梦想：教儿童写诗》面世之后的 30 年，科克继续发表诗歌教育的著作和选集，教儿童、成人和老年人诗歌欣赏和诗歌创作。80 年代出版四本诗集。90 年代出版三本诗集，其中《一班车》（*One Train*, 1994）获博林根奖。

科克在半个世纪的创作生涯中，写了几百本剧本，绝大部分都在纽约外百老汇和外外百老汇上演，其中有几本戏剧是他的佳作。最突出的是他的戏剧合集《一千本先锋剧合集》（*1,000 Avant-Garde Plays*, 1988），实际上只有 116 本剧本，其中有的只有一场戏，时间只有几分钟，有的只有两行，有的四页纸，有的戏让观众想起哈姆雷特、米开朗基罗、维特根斯坦这几个人物聚在一起了，旨在搞笑。作为一个淘气的诗人，他把动物、神、观念、大陆和画家作为戏中的主角。科克是他这一代少数几个真正的喜剧诗人之一。经过时间的淘汰，他已经被遴选为 20 世纪美国最佳诗人之一（参阅书末"20 世纪最佳美国诗人表"）。

科克生在俄亥俄州辛辛那提。1930 年开始学习写诗，对雪莱和拜伦的诗感兴趣。18 岁时，作为美国步兵，在菲律宾服役。他毕业于哈佛大学（1948），在哥伦比亚大学获博士学位。1951 年，他在加州大学伯克利分校遇到贾妮丝·埃尔伍德（Janice Elwood），1954 年与她结婚后去法国和意大利居住一年多。1959 年，在哥伦比亚英文和比较文学系执教，从此在那里教书 40 多年。1962 年，曾被瓦格纳学院纽约市作家会议聘为驻校作家。1981 年，第一任妻子去世；1994 年，和卡伦·卡勒（Karen Culler）结婚。1996 年，加入美国艺术暨文学学会。科克最终死于白血病。

第五节　詹姆斯·斯凯勒（James Schuyler, 1923—1991）

斯凯勒是纽约派诗歌四人帮中最后一个成名的。1980 年，他的诗集《诗的早晨》（*The Morning of the Poem*, 1980）获普利策奖，部分原因是阿什伯里正好是这一年的评委之一。可是，后来居上，斯凯勒也像科克一样，已经被遴选为 20 世纪美国最佳诗人之一（参阅书末“20 世纪最佳美国诗人表”）。斯凯勒出生在芝加哥，在西弗吉尼亚贝萨尼学院学习期间（1941—1943）不用功，常常打桥牌，成绩不好。40 年代晚期他移居纽约市，为国家广播公司工作，结交 W. H. 奥登。1947 年，赴意大利伊斯基亚，住奥登租的公寓，当奥登的秘书。在 1947～1948 年，斯凯勒在佛罗伦萨大学进修。40 年代晚期，他开始认真创作。1951 年是他起飞的一年。由于和诗人、《纽约客》（*The New Yorker*）主编霍华德·莫斯的交往，他有机会发表了他的第一篇诗《致敬》（“Salute”），然后又在莫斯的帮助下，在杂志《腔调》（*Accent*）上发表了三篇短篇小说，同一期正好刊载了奥哈拉的一首诗《三个便士歌剧》（“Three Penny Opera”）。莫斯是奥哈拉的哈佛同学。在一次聚会上，莫斯向奥哈拉介绍了斯凯勒。从此，斯凯勒进入了纽约派文学艺术圈。1951 年，斯凯勒开始和奥哈拉同住一个公寓，阿什伯里从法国回来之后，也住了进来。斯凯勒开了一个书店，时间不长。由于一个朋友的资助，他投身于第一本小说《阿尔弗雷德和吉尼维尔》的创作。1955 年，他作为《艺术新闻》评论家和副主编为该杂志工作。他当时在编辑部的同事包括阿什伯里，芭芭拉·格斯特，画家、艺术评论家费尔菲尔德·波特和抽象表现派画家伊莱恩·德库宁（Elaine de Kooning, 1918—1989）。在 1955～1961 年，任现代艺术博物馆流通展策展人，兼任《艺术新闻》编辑和批评家，写了大量的艺术评论。斯凯勒在一次被采访中说：“在那些岁月里，我的确学习了许多东西，然后在 60 年代，偶然对一些具体的艺术家及其具体的策略写评论文章。部分原因是想赚钱，部分原因是想要写关于绘画的文章。”[①]

50 年代中期和 60 年代是他创作的黄金期，他不但写作范围大大地扩大，而且多产：写歌剧，并创作在外百老汇上演的戏剧《呈献给简》（*Presenting Jane*, 1952）和《购物和等待》（*Shopping and Waiting*, 1953）。第一本小说《阿尔弗雷德和吉尼维尔》（*Alfred and Guinevere*, 1958）以及两本诗集《致敬》（*Salute*, 1960）和《5 月 24 日左右》（*May 24th or So*, 1966）问世。1961～1973 年，他和费尔菲尔德・波特一家住在长岛，同纽约艺术家和诗人往来，其中包括费尔菲尔德・波特，作家、编辑肯沃德・埃尔姆斯利，罗恩・帕吉特和乔・布雷纳德（Joe Brainard, 1941—1994）。他和埃尔姆斯利合作写在外百老汇演出的剧本《打开黑色手提箱》（*Unpacking the Black Trunk*, 1965），同时和阿什伯里合作，出版小说《一窝傻子》，同年出版第一本大型诗集《自由信奉》（*Freely Espousing*, 1969）。

在 70 年代，他的创作达到高潮，出版五本诗集和一本散文与诗合集。70 年代最后一本诗集《诗的早晨》在第二年出版，同时发表第三本小说。他在 80 年代早期取得成功和获得名声时身体欠佳，加之经济困难，妨碍了创作，不得不转入相对的隐居生活。80 年代只出版了两本诗集《几天》（*A Few Days*, 1985）和《诗选》（*Selected Poems*, 1988）。除了普利策奖之外，他还获得弗兰克・奥哈拉奖、两次国家艺术院奖金（1969, 1972）和美国诗人学会学术奖金（1983）。

斯凯勒和其他的纽约诗人一样，吸取现代绘画的技法，把他的印象写进他的诗里。他早期的一些诗，例如《伊丽莎白时代的人称它为行将死亡》（“The Elizabethans Called It Dying”, 1958）、《自由信奉》（“Freely Espousing”, 1959）和《12 月》（“December”, 1966）等的诗行很长，爬满页面，是当时垮掉派和黑山派诗歌的流行式，他后期作品的诗行趋于短小精悍。他观察自然界的景象细致入微，描写的意象极为清晰。他感觉敏锐，善于捕捉形象，正好同阿什伯里爱沉思和抽象形成两个极端。

不过，在他的诗歌创作早期，他和阿什伯里一样，对达达主义拼贴技巧感兴趣，写一些拼凑而不连贯的诗篇。例如，他的诗集《自由信奉》的标题诗无论在场景转换或情调转变上都很快，给读者以拼凑画的感觉：

　　一个混沌的天空

---

① 参阅 “American Poets Since World War II: James Schuyler.” *Dictionary of Literary Biography*: 169. Retrieved on 2007-09-03.

亚热带之夜
投上易撕裂的不抖动的香蕉叶
最黑暗的阴影
或者魁北克！多么可怕的一座城市
斯托本维尔[①]是不是好一些？
当有人耽于思考，“这不可能发生在我身上！”
这挖掘汉尼拔[②]打败罗马人的战场的利益。

当“避孕药”这个字的浊音
与“她是一个讨厌鬼”发生共振时[③]
委婉美丽的话语像寓言
另一方面我不信奉任何短篇小说里
草坪割草机噼啪噼啪的响声。
不，用话语模仿或试图模仿
上述动作的声音
是绝对禁止的。除非
非常直接置身于
梆梆梆声之中。不可靠。哦，这是不可回避的接吻。[④]
结婚的气氛值得庆贺，
那里，都铎城[⑤]直耸天空
玻璃墙在夜晚的大雾中灯光通明
“河面上的金绿色四面体是什么？”
“你在体验新感觉。”

如果凤仙花
还没开花
菊花也不开花

---

① 斯托本维尔：坐落在俄亥俄州杰斐逊县境内俄亥俄河旁的一座城市。

② 汉尼拔（247—183/182 B.C.）：迦太基人，古代最伟大的军事统帅之一，公元前218年率军大败强大的罗马人。

③ 英文pill的双关语，这个字既有“避孕药”又有“讨厌鬼”的意思。

④ 诗人旨在用字句试图表现事物的形状和颜色结合在一起。接吻指密切结合，由于接吻，自然地联想到结婚，实际上，诗人不是在描写结婚场面。

⑤ 纽约曼哈顿东边的一座大公寓综合楼。

斜光中的一团团粉红色棉花糖
　　　　是一株株点缀性的樱桃树。
　　　　围绕着他们的绿色、
　　　　棕色和灰色是公园。

是的。嗯。不是。
　　他们扇贝壳似的安静
　　是社会福利美国。

不是那么安静，他们
是中等身材的一对
他们互相紧紧拥抱时
快感得颤抖。那是他们的故事。

初读这首诗，好似东一榔头西一拐杖，乱糟糟一片。不过了解到诗人的初衷，就一目了然了。诗人尝试把字句的音与义分开，玩弄字句的发音，而不管它的意思，可惜中文译文很难忠实传达他的这个尝试。诗人还尝试从言语中传递形状和颜色。乔治·巴特里克（George F. Butterick）为此夸奖他有一双训练有素的看事物最准确的眼睛，说他的诗“是直觉诗，从难以区别的感官领域里识别形状”[1]。不过在我们中国读者看来，他似乎有点吃力不讨好，用字传递事物的形状或意义恰恰是汉语独特的长处，可惜包括斯凯勒在内试验拼贴法创作的西方诗人不懂汉字的妙处，庞德可能是例外。

斯凯勒为奥哈拉写的挽歌《埋葬在大潮时期》（“Buried at Springs”, 1969）比较长，分两大节，追述奥哈拉平时和斯凯勒相处的情景，最后几行用比拟法，描写了奥哈拉去世那天给斯凯勒留下难以排遣的阴郁心境：

脆弱的一天，亮丽的小云杉
挂着未成熟的球果，在一棵冰冷的
老杉树旁，每个球果尖顶渗出
辛辣气味的树胶珠，清亮如泪滴，
这是灰蒙蒙挫伤的一天，如同

---

① George F. Butterick. “James Schuyler.” *Contemporary Poets*. Ed. Tracy Chevalier: 861.

远处灰暗的岩石里的石英，
这一天好像是一只海鸥
慢慢地拍着翅膀，没有足够的
和风摇落火龙草花，
这是依稀病态的一天，好像是
湿漉漉的丝绸上，被一枝
枯枝沾上了黄褐色的血斑。

自此以后，斯凯勒的诗偏于自传成分，好像两个可以辨认得出好朋友在电话中谈心，隐含着朋友间的亲密。慢慢地，他从个人的私密处走了出来。他开始运用奥哈拉“人格主义”的创作法，两个诗中人娓娓而谈，例如他的短诗《诗篇》：

一片橡树叶会是什么情况
如果你必须变成一片叶子？
假如你重新活一遍，
了解你将要知道的是什么？
假如你有很多钱，

“离开我，你这小傻瓜。”

早春三月的一个夜晚，
你好像是餐馆排水沟
散发的气味，这里
家常饼是一大片冷肉面包
湿漉漉，毛茸茸。
你缺乏魅力。

斯凯勒在诗中显然与一个伙伴对谈，是伙伴嫌弃他缺乏魅力，还是他嫌弃伙伴缺乏魅力？他没有交代，反正是他向读者透露他的生活经历。他在后来的诗集《生命的赞歌》(*Hymn to Life*, 1974)、《诗的早晨》和《几天》流露的感情更为柔顺，更有感染力。斯凯勒的个人生活情况很少披露，外人只知道他是同性恋、躁狂抑郁症者，经历了好几年的精神分析治疗和许多创伤，其中一次他由于在床上吸烟失火几乎被烧死。1991年4月，他在曼哈顿死于中风。

第六节　芭芭拉·格斯特（Barbara Guest, 1920—2006）

作为与纽约派诗人四人帮最接近的成员，芭芭拉·格斯特成名于50年代晚期。她在50年代由于为《艺术新闻》编辑部工作而受超现实主义和抽象表现主义影响，和现代派文艺界有着千丝万缕的联系，以至于在后现代派时期竭力反对后现代派，成了现代派的遗老，如同中国的封建主义遗老一样，尽管生活在当代社会，却满脑子封建思想和生活作风。她对被称为后现代派诗人很反感，即使在90年代，她依然感到自己处在现代主义正在进行的过程之中，认为当代诗人已经延伸到20世纪下半叶国际现代主义的许多实验里了。她对此说："诗人们正进一步接受现代传统。我不喜欢后现代派这个称呼。我认为它是一个廉价的想法。没有后现代派这个东西；你要么是现代，要么不是现代。'后现代'！听起来好像某种广告的陈词滥调。"[①] 在她看来，现代主义对寻找自我身份的当代诗歌依然提供范围丰富而活跃的选项。她认为，她自己是在现代主义盛期中成长起来的，喜欢结构主义、立体主义等等现代派时期的各种主义，喜欢现代派的空间感。究其原因，萨拉·隆基斯特（Sara Lundquist）认为：

> 格斯特与各种各样的现代派艺术家的关系有着令人震惊的深度和广度。许多艺术家作为活典故大量地进入了她的作品，成了风格和主题的资源，成了她的想象力强烈回应的"他者"：从阿诺德·勋伯格（她热衷于他的她称之为的"严密性"）[②]到斯泰因，从斯特林堡[③]到毕加索和多拉·玛珥[④]，还包括马蒂斯（爱他对黑色的深刻理解）和米罗（带着感激认可他在战时颂扬"女诗人"的风姿）[⑤]。她的诗歌

---

① Mark Hillringhouse. "Barbara Guest: An Interview." *American Poetry Review* 38.2 (1992): 23-30.

② 阿诺德·勋伯格（Arnold Schoenberg, 1874—1951）：奥地利作曲家（后来成为美国人），与德国诗歌和艺术的表现主义运动有密切联系，第二维也纳学派的领袖。

③ 约翰·奥古斯特·斯特林堡（Johan August Strindberg, 1849—1912）：瑞士戏剧家、小说家和散文家。

④ 多拉·玛珥（Dora Maar, 1893—1983）：法国摄影师、诗人和克罗地亚血统的画家，以作为毕加索的情人和创作灵感而著称于世。

⑤ 琼·米罗（Joan Miró, 1893—1983）：西班牙画家、雕塑家和陶艺家。

是与康定斯基[1]、乔伊斯、史蒂文斯、汉斯·阿尔普[2]、皮尔·雷弗迪[3]、阿多诺[4]展开对话。布伦达·希尔曼注意到格斯特在《冲浪手册》（*A Handbook of Surfing*）一诗中如何兴高采烈地逗弄庞德和 T. S. 艾略特，对斯泰因的“一本正经的嬉戏”表示衷心的敬意。她哀悼她的朋友罗伯特·马瑟韦尔[5]的去世，部分原因是他的去世是现代主义的损失。她说：“他是画坛上现代主义的中流砥柱。他真正地阐释现代主义，热爱现代主义，是现代主义的骑士。”[6]

由此可见，她完全沉醉在如此之多的现代派艺术家营造的艺术世界里，受现代派艺术的熏陶已经到到了彻里彻外的程度，到了谈笑有现代派艺术家，往来无白丁的痴迷境界。对她影响至深的还有一个著名的现代派女诗人 H. D.。萨拉·隆基斯特对此说：“不过，也许没有哪个现代艺术家比 H. D. 那样地萦绕于她的心智、感情、想象、意识、工作的时候和睡梦中，经过 5 年的旅行和调查研究，格斯特出版了 H. D. 传记，成了引人注目的重新调查和开拓研究 H. D. 的发起人之一。”[7] 格斯特喜欢 H. D. 特立独行的性格，但在她的诗歌创作中，没有接受意象派的审美原则。她的诗歌特色介于纯音乐与抽象表现主义画之间。泰勒斯·米勒（Tyrus Miller）总结格斯特诗歌特色时说：

> 在她的整个创作生涯，她的作品保持了与视觉艺术和音乐的联系，倾向于抽象绘画和显著的形式试验，这正是纽约派诗人的特点。格斯特的作品体现了两个对立的冲动：抒情的纯音乐的冲动；图形的或绘画的冲动，它强调诗中的有形性和字句的安排。这两种元素在具体的诗篇里争夺主导权，决定它们的特性。格斯特作品的主要方面，在保持对一般的艺术兴趣的同时，是自我反身思考。她常常考虑她在

---

① 见第三编第一章第二节庞德部分的脚注。

② 汉斯·阿尔普（Hans Arp, 1886—1966）：德裔法国人或阿尔萨斯雕塑家、画家、诗人和抽象派艺术家（用诸如撕碎的纸做媒介的拼贴画）。

③ 皮尔·雷弗迪（Pierre Reverdy, 1889—1960）：与超现实主义和立体派相联系的法国诗人。

④ 西奥多·阿多诺（Theodor W. Adorno, 1903—1969）：德国出生的国际社会学家、哲学家、音乐理论家，社会理论法兰克福学派成员。

⑤ 罗伯特·马瑟韦尔（Robert Motherwell, 1915—1991）：美国抽象表现主义画家和版画家，纽约画派最年轻的成员。纽约画派这个专有名词系他首创。纽约画派包括杰克逊·波洛克、俄裔美国抽象表现主义画家马克·罗斯科（Mark Rothko, 1903—1970）和威伦·德库宁。

⑥ Mark Hillringhouse. “Barbara Guest: An Interview.”

⑦ Sara Lundquist. “Hers and Mine/Hers and Mine: H. D. and Barbara Guest.” *How 2*, Vol.I, No.4, September, 2000.

诗中的艺术构造问题和构造意识的本身。[①]

例如，她的《重点落在现实上》（“An Emphasis Falls On Reality”）典型地表现了她的这种美学趣味，我们现在来读它的前几节：

云区变化成家具
家具变化成原野
重点落在现实上。

“雪片飘落接近清晨时分，”
这是一首威尼斯船歌，
歌词极度地拉长音影，到达时
很清晰，显出百合花的脸……

我羡慕美丽的现实主义。

我渴望日出把它自己修改成
特异景象，唤起壮丽的景色，
两道喷泉跟踪在附近的一个草坪上……

你记起“存在”和“虚无”
的彩影布置成易于
从各种不同的方向出现——
当汽艇浮现在水路上，
这些彩影就变得有序，

因此当寂静是真的话，
寂静就变得美丽如画。

墙壁比影子更真实
或者组成书法的那个字
每个元音替换一堵墙
……

① Tyrus Miller. “Barbara Guest.” *Contemporary Poets*. Ed. Tracy Chevalier: 360.

马修·库珀曼（Matthew Cooperman）在评论这首令人眼花缭乱的诗时说，它反映了"各种现实的场景"（a variety of realisms）。在她的笔下，景象变化不定，本来可以认识的意象出现之后马上变化成她印象中的意象，通过抽象的语言进一步变化。格斯特本人喜欢搞抽象拼贴，所以她写的诗也是抽象拼贴。室内的装饰、油画、模特儿、大理石桌子、早晨等等在这位女诗人的笔下，如同抽象表现主义的画一样，闪现着美丽多变的光彩、欢乐温暖的色调。评论家罗伯特·龙（Robert Long）在评论她的诗集《美丽的现实主义》（*Fair Realism*, 1989）时，高度称赞格斯特具有一种非凡的本领：能通过一层层语言面纱、无法预见的断语和不断深入地界定描写对象而牵动读者的心弦。他还说："格斯特使读者从理解的一个层面转到另一个层面，从易于接受到比较隐晦。我们读格斯特的诗时被一再提醒注意诗的表层、语言的透明度及其不可思议性。"（见格斯特的新诗集《防卫性狂喜》封底简介）

她是纽约派诗人盛期唯一的女诗人，任纽约《艺术新闻》助理编辑，这为她和当时的艺术家的密切联系提供了宝贵的机会。她通常每年去欧洲一趟，住在巴黎或伦敦。她像纽约派的其他诗人一样，继续使自己的艺术臻于完善，力求创作出一种熔肉感、抒情与智性于一炉的诗。她的工作一直与绘画和音乐有联系，因而她的诗歌特色介于抽象画与音乐之间，一方面内容抽象，另一方面富于音乐性，抒情味浓。她的诗总给人以大都会有教养的人的优雅和精致。特伦斯·迪戈里（Terence Diggory, 1951— ）在他的《纽约诗派百科全书》（*Encyclopedia of the New York School of Poets*, 2009）中对格斯特在纽约派诗歌圈中的位置作了高度的概括，指出：

> 芭芭拉·格斯特是第一代纽约诗派中最纯粹超现实的诗人，也是唯一的女诗人。这两个事实在她的生涯中造成了障碍，但是她坚持走她自己的道路，从相对孤立到变为年轻作家特别是语言诗人和有志于广泛的文本实验的女诗人的一个重要楷模。诗歌的音乐性，作为从格斯特所说的"意象的独裁"中解放出来的手段，树立了同样重要的范例。[①]

她后来的诗风逐渐向语言诗靠拢，对语言本身的兴趣超过语言蕴涵的

① Terence Diggory. *Encyclopedia of the New York School of Poets*. New York: Facts On File, Inc., 2009: 207.

意象。她曾对采访她的马克·希尔林豪斯（Mark Hillringhouse）说："对于表现思想而言，我的诗更倾向于语言。"① 殊不知，语言诗恰恰是后现代派时期强劲的诗歌流派之一。如此看来，格斯特生活在悖论之中，不免暴露了她理论上的弱点。不过，她在诗歌上的解构主义的试验，被语言诗人所吸收。詹姆斯·谢里、查尔斯·伯恩斯坦等语言派人同她过从甚密。

1993 年 11 月 21 日下午，在语言诗人詹姆斯·谢里的陪同下，笔者去格斯特家拜访了她。一进她的屋子，就感到都市里浓郁的艺术气氛。她和蔼可亲，温文尔雅，富有贵族妇人的风度，不夸耀自己的过去，而是赞赏当代诗歌的独创性和多样性。大概是笔者因为引她谈纽约派诗人的情况，她对笔者声称，她是以纽约派诗人进入诗坛的，但不能用纽约派概括她近年的诗歌创作，言外之意是，她有了新的艺术特色。这个新特色现在看来就是语言诗的特色。她签字赠送笔者新出版的《防卫性狂喜》（*Defensive Rapture*, 1993）有着语言诗的艺术特色，例如该诗集的第一部分的七首诗更侧重词语的非逻辑性重新组合。

她晚年从纽约移居伯克利，由女儿照顾，依然发挥余热，正如特伦斯·迪戈里所说，格斯特"自己的才干由于确保生存而转移住地得以实现，她被西海岸的语言诗人们重新发现"②。最后几年，格斯特作为超现实主义诗人，开始参加湾区公众为她举行的诗歌朗诵会和接待访客。2003 年 5 月 1 日，诗歌界在伯克利艺术馆为她举行了"大胆的想象力：向芭芭拉·格斯特致敬"纪念朗诵会。她在会上宣称，她"现在正创作超现实主义诗，虽然来得晚了些，但晚总比不做好"。她朗诵了她最后的佳篇之一《无限的怀旧》（"Nostalgia of the Infinite"）。

芭芭拉·格斯特出生在北卡罗来纳州威尔明顿，毕业于加州大学伯克利分校（1943）。1948 年，与斯蒂芬·黑登·格斯特（Stephen Haden Guest）结婚，生一女，1954 年离婚；1954 年与第二任丈夫特兰伯尔·希金斯（Trumbull Higgins）结婚，生一子，1970 年希金斯去世。她晚年身体不佳，2004 年中风，一直没有回复过来，直至去世。

她从发表第一本诗集《事物的位置》（*The Location of Things*, 1960）起，到最后一本诗集《红色凝视》（*The Red Gaze*, 2005）为止，一共出版了 23 本诗集。严格地讲，芭芭拉·格斯特在纽约派诗歌盛期没有受到学术界应有的重视，评论家们都把注意力放在纽约派男性诗人身上了。加上在 60

---

① Mark Hillringhouse. "Barbara Guest: An Interview."

② Terence Diggory. "Introducton." *Encyclopedia of the New York School Poets*. New York: Facts on File, 2009.

年代晚期和 70 年代，格斯特作为诗人的能见度被丹尼丝·莱维托夫、艾德莉安娜·里奇等这类政治色彩浓厚或走在女权主义队列的其他女诗人掩盖了。到了 90 年代晚期，她早期的作品重新受到评论家的重视，再加上新作品的问世，其中包括《盘子里的岩石：文学笔记》（*Rocks on a Platter: Notes on Literature*, 1999）、《细密画及其他诗篇》（*Miniatures and Other Poems*, 2002）和《想象的力量：以写作论写作》（*Forces of Imagination: Writing on Writing*, 2002）。特别是自从她的大型《诗选》（*Selected Poems*, 1995）出版以来，评论界开始高度重新评价格斯特，证明在过去的十年里，格斯特已经日益被视为一个创新的美学诗的重要力量。戴维·夏皮罗说，50 年代晚期和 60 年代早期，她的诗常常看起来好像是昨天写的，如果不是明天的话。

格斯特除了受到语言派诗人重视之外，诺玛·科尔（Norma Cole, 1945— ）、凯瑟琳·弗雷泽（Kathleen Fraser, 1937— ）等一批年轻女诗人都把她作为母亲那样地尊重。格斯特一向对任何青年诗人都采取宽容和夸奖的态度。1999 年，她获美国诗歌学会颁发的弗罗斯特终身成就奖。此外，还获朗伍德奖和劳伦斯·利普顿文学奖。

第七节 爱德华·菲尔德（Edward Field, 1924— ）

按照特伦斯·迪戈里的说法，唐纳德·艾伦在他主编的《新美国诗歌》里，把爱德华·菲尔德列入第一代纽约诗歌派人是奥哈拉的“拉郎配”。菲尔德本人说，他“从来不属于紧密地围绕在奥哈拉周围的诗人和画家的那一派”，原因是他在 1955 年曾和奥哈拉有一段短时间的同性恋关系，是奥哈拉代表菲尔德建议唐纳德·艾伦把他作为纽约派诗人收录在诗选里。对菲尔德的为人为文，特伦斯·迪戈里进一步告诉我们说：

> 斯凯勒在一封给科克的信中，夸奖奥哈拉的“新朋友”说：“他看起来甜美，令人愉快，在我心中从来没有发现拉里·里弗斯[①]有过这种品质。”甜美是菲尔德诗篇的突出品格，这反映在一些评论的主要评语里，诸如“单纯”（狄基）或“感伤”（霍华德；马佐科）。与这品格保持平衡的是直接介入眼前情境和常常幽默地承认与向往中

① 拉里·里弗斯（Larry Rivers, 1923—2002）：美国画家、音乐家、电影制片人和偶尔为之的舞蹈演员，奥哈拉的同性恋伙伴和合作者。

的单纯还有距离。其结果是创造了城市田园诗，这使菲尔德的诗歌符合“纽约派”的名称，尽管那名称对诗人本人来说有疏离感。[①]

菲尔德明显流露同性恋感情的第一本诗集《和我一同站起来，朋友》（1963）有两类诗表现同性恋比较明显，一类是动物诗，另一类是写给他的性伙伴桑尼·胡格（Sonny Hugg）的诗，例如《桑尼又驾驶了》（“Sonny Hugg Rides Again”）、《桑尼·胡格和豪猪》（“Sonny Hugg and the Porcupine”）、《睡眠球队》（“The Sleeper”）等。他钦佩桑尼·胡格是一个体格强健、事事占强的小伙子，而胡格感情脆弱，容易冲动，也莫名其妙地喜欢他。

菲尔德的诗歌轻松地反映了 20 世纪后半叶纽约文学圈中的同性恋状况。他在诗里透露自己是一个上了年纪的纽约犹太人，一个同性恋诗人，喜欢植物、旅行和流行文化。他认为自己从未得到足够多的性交和性伙伴，虽然不乏越来越多的性伙伴。菲尔德在《爱的两个规程》（“The Two Orders of Love”, 1977）一诗里，表明他对同性恋的看法，说它与异性恋一样自然：

> 自然需要双方干它的事
> 人类，把爱的两个分离的规程混淆时，
> 做出规则，允许一种单一的爱
> 并且蔑视经验体系。

这首诗收录在菲尔德的诗集《心满意足》（*A Full Heart*, 1977）里。卡尔·林德纳（Carl Lindner）在评论《心满意足》时指出：

> 《心满意足》有着明显欢乐的时刻，活跃的时刻。这本书流露了由衷的快乐，因为有了爱的满足和伴随的生活节奏加快。不再是局外人。菲尔德被邀请参加聚会。当爱失去了，他安慰自己，因为他曾经拥有过它。[②]

例如，他在该集的一首诗《帕斯捷尔纳克：纪念》（“Pasternak: In Memoriam”, 1977）里，流露了他拥有爱人时的自我满足之感：

---

① Terence Diggory. *Encyclopedia of the New York School of Poets*: 160.

② Carl Lindner. “Edward Field.” *Contemporary Poets*: 298.

你讲得对：
这个我手臂中的真人
正是我所需要的
不是激情在障碍的时刻
也不是在理想的梦境里
是在完美世界的爱之中。

活在这世上
爱你所能爱
继续干你的工作。

该集中的另一首诗《纽约》（“New York”, 1977）更体现了菲尔德诗歌的甜美。他高度赞美纽约市，说它是人间的天堂。他走在拥挤的街道上，对陌生的意中人看上一眼也感到心满意足，连那里的猫、狗、麻雀，甚至蟑螂都使他欢喜：

我生活在一处美丽的地方，一座城市，
当你说你住在那里时，
人们会表示感到惊讶。
他们谈起瘾君子、抢劫、灰尘和噪音，
这时却完全丢掉了主要之点。

我对他们说，他们住的地方是地狱，
是一处冻僵的人居住的地方。
他们从不为别人着想。

家，我为这个环境感到吃惊，
这环境也是大自然的一个形式，
也像那些有树有草的天堂，

但是这是人间天堂，这里
我们几乎全是生物，不过，感谢上帝，
这里还有狗、猫、麻雀和蟑螂。
这块垂直的地方不比

喜马拉雅山更出乎意外。
这城市需要所有那些高楼大厦
来装满这里巨大的能量。
这里的景观处于平衡状态。
我们根据上帝意志行事，不管我们知道与否：
我生活的这处地方，街道尽头是一河的阳光。

在这个国家没有其他地方
人们露出内心的所思所感——
我们都不装模作样。
看纽约人在街上走路的样子，
表明：我不在乎。多么勇敢，
敢于生活在他们的梦想或噩梦里，
没有人劳神去瞟上一眼。

真的，你生活在此处必须要有经验。
部分诀窍是哪里也别去，别闲逛，
出于猎奇，在匆忙中要慢慢地走。
总之，这里除了吃是大事之外，
就是街道，这里充满了爱——
我们拥抱，不断地亲吻。你说不上
其他地方有这种现象。对于一些人
这是性的狂欢——世界上
所有的机会都集中在这里。
对我来说没有什么不同：走出去，
我的灵魂寻找它的食粮。
它知道它需要什么。
它马上认出它的配偶，我们的眼睛相遇，
我们整个的身心交换了
能量，宇宙继续充电，
我们毫无保留地走过去。

枯燥的城市生活在这位诗人的笔下变得有滋有味，这就是被评论家誉为的城市田园诗。

菲尔德的诗歌特点是直率和自白，把内心世界毫无保留地袒露给他的读者，邀请读者分享他的喜怒哀乐。他完全可以加入自白派诗人的行列。他是犹太人，童年时代不幸，没有受到完备的高等教育，从事的只不过是普通的体力劳动。自卑感、羞辱感、受挫感、恐惧感占据了他。请看他在《讨嫌》（"Unwanted"）一诗中所作的自画像：

有我照片的宣传画
挂在邮局公告栏上。

我站在画旁希望被人认识
首先是我的脸然后是外貌

但是，大家都迳自走过去了，
我得承认这是几年前拍的照片。

那时我讨嫌，现在还是讨嫌的人。
我想爬到山上，去大声呼喊一场。

我希望有人在什么地方发现我的指纹，
也许在一具尸体上，说：你在这里。

描述：男性，理所当然地是白种人，
但不是百合花那样地白，肤色深红，

年龄35岁左右，最后看起来
高5英尺9，重130磅：体格不壮，

黑发转白，发际线向后退得快，
过去通常是卷发，现在绒毛一般，

棕色眼睛在突出的额头下面瞪视，
下巴上的色素痣也许会变成粉瘤。

显然他在学校不受欢迎，

棒球打不好，还会尿床。

他的诨名说明他的一切：笨蛋，一无是处，
犹太孩子，骨瘦如柴，凶相，油腻腻，娘娘腔。

警告：这人不危险，对任何骂他的人
回报以爱，别骂他，否则他会来找你。

这首诗也许有点儿夸张，但至少反映了他年老时的孤独心态，大半辈子不受人注意。菲尔德是一位谦卑可爱的诗人，真诚而坦率。

随着年龄的增加，他有关同性恋的诗篇减少了。他在《新诗和旧诗选》（*New and Selected Poems*, 1987）里反映了他站在同性恋的立场对生活的反思。他涉及的题材多种多样，例如外层空间、信仰治疗师、精神大师、电视转播的足球赛等等美国当代社会关注的事情，还探索他自己犹太人的传统和烦恼的恋爱等传统题材。菲尔德用客观的眼光，把一个自嘲、痛苦甚至有时伤感的声音与看待极端个人的素材的敏锐能力结合起来。他还是一个不受哲学或心理学的知识系统束缚的诗人。事实上，他在许多诗篇里，用巧妙的怀疑审视这些思维模式。

菲尔德出生在纽约布鲁克林。曾在“野外家庭三重奏”乐队中担任大提琴手，该乐队的演奏在纽约弗里波特电台播放。二战中参加空军（1942—1940），在第 8 航空队服役，担当重型轰炸机领航员，飞进德国领空执行任务 25 次。在二战期间，他在一个红十字会工作人员送给他一本路易斯·昂特迈耶的平装本诗选之后，开始学习写诗。战后上纽约大学，未毕业，又赴欧洲一年半，在那里遇到了诗人罗伯特·弗兰德（Robert Friend, 1913—1998），开始向他学习写诗。返美后从事仓库管理员、艺术复制、机械师、打字员等工作。1963 年，他的诗集《和我一同站起来，朋友》（*Stand Up, Friend, With Me*, 1963）获拉蒙特诗歌奖，被列入拉蒙特诗歌选集；1992 年，诗集《算我走运：1963～1992 年诗选》（*Counting Myself Lucky, Selected Poems 1963-1992*, 1992）获拉姆达奖（Lambda Award）。除此之外，他还获得了 W. H. 奥登奖。

斯蒂芬·沃尔夫（Stephen Wolf）在他的文章《诗人爱德华·菲尔德在“垮塌之后”依然站立着》（“Poet Edward Field still standing After the Fall”, 2008）中，总结了菲尔德的一生，说：

> 半个世纪以来，爱德华·菲尔德踯躅于格林威治村街道，不是作为他自谦的诗《最后的波希米亚人》（"The Last Bohemians"）所描写的遗老，而是作为一个目标明确的美国诗人，一个持久多产的宝贝。作为《诗人们的一本地理》（*A Geography of Poets*, 1978）的主编，他出版了十多本诗集，与尼尔·德里克（Neal Derrick）合作出版了几本小说，他最近的回忆录《也许会与苏珊·桑塔格结婚的人》（*The Man Who Would Marry Susan Sontag*, 2007）获比尔·怀特黑德终身成就奖。[①]

沃尔夫所说的"垮塌之后"是指纽约世贸双塔被恐怖分子撞机而倒塌的"9·11"事件。菲尔德用来命名他的新诗集《垮塌之后：新旧诗选》（*After the Fall: Poems Old and New*, 2007）。

这本新诗集依然沿袭他一贯的风格：直率，可爱，谦虚，迷人，讲故事。比利·柯林斯夸奖这本诗集说："爱德华·菲尔德也许同咖啡馆保护人有某些共同之处，在他的一首诗里，这个辩护人哭泣说：'我老了！'但是他仍然创作着生动活泼的诗篇，诚实而风趣。朋友们，让我们站起来，让我们为他的新诗集热烈鼓掌。"为这位已届耄耋之年依然笑趣横生的纽约寿星诗人热烈鼓掌，也是广大读者所想要表达的由衷祝贺。

第八节　第二代纽约派诗人简介

少数在30年代、多数在40年代出生，在60年代崭露头角的特德·贝里根（1934—1983）、约瑟夫·塞拉瓦罗（Joseph Ceravolo, 1934—1988）、托尼·托尔（Tony Towle, 1939— ）、汤姆·克拉克（Tom Clark, 1941— ）、索特·托雷金（Sotère Torregian, 1941— ）、迪克·盖洛普（1941— ）、罗恩·帕吉特（1942— ）、刘易斯·沃什（Lewis Warsh, 1944— ）、爱丽丝·诺特利（1945— ）、贝尔纳黛特·迈耶（Bernadette Mayer, 1945— ）、戴维·夏皮罗（1947— ）、吉姆·卡罗尔（Jim Carroll, 1949—2009）、艾琳·迈尔斯（1949— ）等诗人被评论界称为第二代纽约派诗人，其中女诗人也越来越多，不再像芭芭拉·格斯特在第一代纽约派诗人圈里是孤零零的一个女

---

① Stephen Wolf. "Poet Edward Field still standing 'After the Fall'." *The Villager*. Volume 77 / Number 32, Jan. 9-15, 2008.

诗人。

贝里根是第二代纽约派诗人圈的主心骨。罗恩和戴维·夏皮罗主编的《纽约诗人选集》(*An Anthology of New York Poets*, 1970）帮助界定了第二代纽约诗人，尽管他俩声称该选集宗旨不提倡流派，说：“如今多数有任何影响的诗人……在他们的生活和作品中，自动拒绝成为文学运动成员的这一不健康的想法。”话虽如此，如果不高举纽约派这块牌子，罗恩和戴维·夏皮罗以及其他的多数诗人恐怕会被淹没在诗人的海洋里，很少有出头露面的机会了。诗人丹尼尔·凯恩（Daniel Kane）主编的两本书《所有的诗人都欢迎：纽约下东城 60 年代诗歌景观》(*All Poets Welcome: The Lower East Side Poetry Scene in the 1960's*, 2003）和《永远不要扬名：论述纽约派之后的纽约创作论文集》(*Don't Ever Get Famous: Essays on New York Writing after the New York School*, 2006）为我们了解第二代纽约派诗人及其历史背景，特别是对包厘街圣马可教堂诗歌项目设立之后的了解，提供了翔实的资料。丹尼尔·凯恩为此被认为是首次把第二代纽约派诗人和纽约市文学史最紧密地联系起来论述的第一人。评论家把审美趣味基本相同的诗人归纳在一起，对贝里根来说很重要，对以他为首的一圈人也很重要。

贝里根尽管年龄比帕吉特大八岁，但他俩 1959 年在俄克拉荷马州塔尔萨市书店一见如故，不久就成了朋友。贝里根、帕吉特、布雷纳德、盖洛普这四个人首次见面和聚会是在塔尔萨市，因此有时他们自称是“塔尔萨派”。当时帕吉特是当地的高中生，通过油印杂志，闻名于全国先锋派诗人之间。1960 年，帕吉特去纽约上哥伦比亚大学，贝里根、布雷纳德、盖洛普接着也到了纽约。贝里根先与布雷纳德，然后与帕吉特在一起住了几个月，最后在下东城找到了公寓房。贝里根刚来纽约时，常常从一个电影院或美术馆快步走到另一个电影院或美术馆；为了维持生计，为学生代写论文获得报酬（他代写的文章常常得 A 或超过 A 的分数），有时向朋友借一点点可怜的钱；没有钱买书，就偷书、看书，然后卖书；喜欢和朋友们在一起喝咖啡，通宵闲聊，常常引经据典，例如引用阿什伯里、华莱士·史蒂文斯、庞德、W. C. 威廉斯、莎士比亚或但丁的语句。帕吉特对此说：“我们已经成了活文选，在纽约街上大步走，兴趣盎然，欢天喜地，让路人感到无害的讨厌！”

他们对第一代纽约诗人特别是对其中的奥哈拉、阿什伯里和科克都有相同的兴趣，以他们这四个人为主，加上其他的一些诗人，构成了蔚为壮观的第二代纽约派诗人圈。帕吉特是贝里根最亲近的合作者。团结合作的精神是第二代纽约派诗人的亮点。

他们成长在纽约，其中多数人与 60 年代中期开始的包厘街圣马可教堂诗歌项目有密切的关联。毫不夸张地说，包厘街圣马可教堂是第二代纽约派诗人活动的重要基地，以其名义设立的诗歌项目是团结第二代纽约派诗人、培养第三代纽约派诗人、扩大纽约派诗歌圈的纽带。他们有小杂志发表他们的试验性作品，例如埃德·桑德斯（Ed Sanders, 1939— ）主编的先锋杂志《操你》（*Fuck You*, 1962—1965）、贝里根主编的《C：诗歌杂志》（*C: A Journal of Poetry*, 1963—1966）、贝尔纳黛特·迈耶和维托·汉尼拔·阿孔西（Vito Hannibal Acconci, 1940— ）主编先锋杂志《零到九》（*0 TO 9*）和《本影杂志》（*Umbra Magazine*）。和第一代纽约派诗人一样，他们有合作精神，和诸如布雷纳德这类的艺术家互有往来，从当代艺术中吸取营养，但他们更喜欢流行艺术或波普艺术，例如，漫画里的滑稽形象、金宝汤罐头（Campbell's soup cans）上的用半机械化丝网印刷工艺制作的流行画。如果说第一代纽约派诗人喜欢早期的比博普爵士乐，那么第二代诗人则更爱摇滚乐。在包厘街圣马可教堂，他们既举行诗歌朗诵会，也举行流行音乐演唱会。不同的时代铸就了不同的审美趣味。特伦斯·迪戈里为此举例说：

> 在奥哈拉去世的同一年，阿什伯里写了一篇纪念文章《作家们和种种问题》（"Writers and Issues", 1966），反映了奥哈拉和字里行间所表露的阿什伯里本人在文化潮流中所处的尴尬地位："太时髦得无法蹲下，太蹲下得无法时髦。"[①] 贝里根于是利用阿什伯里用的文章《作家们和种种问题》，用"改编诗"（found poem）的艺术形式[②]，写了一首诗《弗兰克·奥哈拉的问题》（"Frank O'Hara's Questions"），以此证明他的时髦。[③]

同看不惯年轻诗人喜欢的流行歌曲和暴露太多或太紧绷的衣服的中国保守的老诗人一样，阿什伯里此时也处于保守状态。殊不知，当他们批评年轻一代诗人时，他们在新时代已经处于尴尬的地位了。当然，第一代纽约诗人与第二代纽约诗人的代沟没有中国保守老诗人与年轻先锋派诗人

---

① 原文如下："too hip for the squates and too squate for the hips." 这是俏皮话，时髦（hip）又有屁股的意思，于是变成了：屁股太大无法蹲下，蹲下的话，屁股吃不消。

② 改编诗是利用散文体文字改编成的诗，例如利用报纸上的一篇短文或报道，一字不漏地改变成牧歌或自由诗，它往往俏皮、幽默。

③ Terence Diggory. *Encyclopedia of the New York School of Poets*: ix.

那样大，但是他们的审美标准毕竟不同。两代诗人的出身背景不同也造成了他们不同的美学趣味。例如，贝里根和帕吉特“自然地重新想象围绕在先锋派周围的精英光环”。[①]特伦斯·迪戈里引用贝里根的粗话来说明两者的不同趣味：“他们（指第一代纽约派诗人——笔者注）都是有教育的狗杂种，这些在哈佛受过教育的人非常了解非常有天才的画家，而我们却比较粗野，但是我们有优势：看到了这些精英创作的精品。”[②]

第二代纽约派诗人四人帮贝里根、帕吉特、盖洛普和布雷纳德中的前两位将在下文重点介绍。盖洛普在60年代晚期和70年代早期发表了大量诗作，在随后的20年停止了发表，似乎从诗坛上消失了，直至新世纪重新露面，出版了他的《万物边缘上闪亮的铅笔：新诗和旧诗选》（*Shiny Pencils at the Edge of Things: New and Selected Poems*, 2001）。布雷纳德是艺术家，发表了大量的画作、拼贴、集合艺术品以及图书封面设计、唱片封面、舞台布景和服装设计等等。他在诗歌创作上的新突破是用漫画作为诗歌媒介，与多个纽约派诗人合作写诗。

限于篇幅，下面介绍贝里根、帕吉特、戴维·夏皮罗和第三代的西蒙·佩特。

第九节 特德·贝里根（Ted Berrigan, 1934—1983）

贝里根认为自己是一个“晚期垮掉派”，像金斯堡和凯鲁亚克一样，他的根子源自美国表现主义传统。使他钦佩不已的第一个作家是托马斯·沃尔夫（Thomas Wolfe, 1900—1938），而沃尔夫对凯鲁亚克也很重要。贝里根十分看重凯鲁亚克，费尽心机，好不容易于1968年在诗人阿拉姆·萨拉扬（Aram Saroyan, 1943— ）和邓肯·麦克诺顿（Duncan McNaughton, 1942— ）的陪同下，登门采访了凯鲁亚克，宝贵的采访录发表在《巴黎评论》上。[③]

一般认为，贝里根的先导是奥哈拉而不是凯鲁亚克，他创作前期受奥

---

① Terence Diggory. *Encyclopedia of the New York School of Poets*: ix.

② Terence Diggory. *Encyclopedia of the New York School of Poets*: ix.

③ 这次成功的访谈具有戏剧性。贝里根还没进凯鲁亚克的家门，就遭到凯氏妻子的拒绝，经过再三恳切说明来意，他才被允许访谈20分钟，而且不准喝酒。但是随着访谈的深入，凯氏妻子不但乐意让访谈继续下去，而且允许凯氏畅谈和喝酒。鉴于凯氏成名之后的最后几年，登门拜访和采访的人络绎不绝，妨碍了凯氏一家的正常生活和凯氏的创作，凯氏妻子不得不采取这样严厉的应对措施。

哈拉的影响比较明显。他有时还戏仿奥哈拉，例如他的《第36首，步弗兰克·奥哈拉》（“XXXVI, after Frank O’Hara”）：

> 上午8时54分在布鲁克林 7月28日
> 也许是8点54分在曼哈顿 但我这时
> 在布鲁克林正吃着英国松饼喝着
> 百事可乐我正在想布鲁克林怎么样啦
> 也在想纽约市多么怪我通常认为它
> 有自己的特色像贝洛斯·福尔斯[①]也像
> 小舒特[②]还像韩国的议政府一样
> 在威廉斯堡桥上
> 我从没想起我到布鲁克林已经走了不少路
> 只是去看律师和警察他们甚至没有拿枪
> 把我的妻子带走又带回来
> 不
> 我从来没考虑过迪克会回到古德家
> 胡子剃掉了头发剪短了卡罗尔正在
> 看书这时我们正在玩纸牌游戏
> 眺望太阳从隔河的海军造船厂升起
> 　　　　　　我想我当时正在考虑当我
> 朝前时我会像佩里那样在街上显得博学
> 耀眼的苗条身材受到大家异常的喜爱
> 当时还在考虑着我的新诗集
> 将用简单的字型印在牛皮纸上
> 看起来阴柔坚韧好极了

贝里根采用这种不用标点符号描摹意识流的手法，表面上戏仿了奥哈拉，但表达的是贝里根自己独有的思想感情。他经常像这样聪明地吸收借用的材料，消化在自己的作品里。据说，他捏造采访约翰·凯奇的访谈录，居然被不知情的乔治·普林顿（George Plimpton）作为当年最好的访谈录，

---

① 贝洛斯·福尔斯（Bellows Falls）：佛蒙特州温德姆县罗金厄姆镇的一个行政村，以每年举行河源节（Roots on the River Festival）著称。

② 小舒特（Little Chute）：威斯康星州奥特加米县的一个小村，以大威斯康星州奶酪节和荷兰人露天市集节著称。

选入他主编的文学选集里。他还和其他不同背景的诗人，例如罗伯特・克里利、汤姆・克拉克、菲利普・惠伦等诗人都有密切的交往。他最亲近的人是在爱荷华大学作家班教书时（1968—1969）结识的芬兰裔美国诗人安瑟伦・霍洛（Anselm Hollo, 1934— ）和在埃塞克斯大学教书时（1973—1974）结识的英国诗人道格拉斯・奥利弗（Douglas Oliver, 1937—2000）。

1963 年，贝里根创立油印机印刷的杂志《C：诗歌杂志》，第一期刊登了核心成员迪克・盖洛普、罗恩・帕吉特、乔・布雷纳德和贝里根本人的作品，其中包括贝里根和帕吉特合写的标题诗《高贵的布雷纳德》（"Noble Brainard"）。贝里根主编的《C：诗歌杂志》发表诗歌、剧本、论文、翻译，为当时的很多作家和艺术家提供了发表园地，不但发表第二代纽约派诗人的作品，而且也发表第一代纽约派诗人阿什伯里、芭芭拉・格斯特和奥哈拉的作品，还发表垮掉派威廉・巴勒斯的作品。1964 年开始利用 C 出版社出版丛书，同时在《艺术新闻》上发表艺术评论文章。这时的贝里根建立了反文化的名声，成为纽约先锋派艺术家和作家圈的中心人物。和他有联系的艺术家之中包括亚历克斯・卡茨（Alex Katz, 1927— ）、菲利普・古斯顿（Philip Guston, 1913—1980）、贾斯帕・约翰斯（Jasper Johns, 1930— ）和乔治・席尼曼（George Schneeman, 1934—2009）等。

1966 年，诗歌项目设立在包厘街圣马可教堂，正好在贝里根的下东城家旁边。他成了该项目主要组织者之一，在那里教授写作班，与该诗歌项目联系紧密，直至去世。除此之外，他在耶鲁大学、爱荷华大学、史蒂文斯理工学院和纽约城市学院上课时，吸引了一批学生和其他诗人接近他，聆听他有关创作的教导。他的诗歌自我意识强，博学多才，见识广，老练机智，读书之多超过他同一辈的大多数诗人。在创作班上，他总是不厌其烦地告诫年轻诗人和学员多读书，多实践。他在 1978 年 7 月 24 日的一次作家班上说：

> 如果你写诗，而且是一个有抱负的诗人，那就是说，你立志当诗人——创作诗的人：你可以是一个蹩脚的诗人，但你依然是一个诗人。你可以从来没有写出任何好诗来。如果你一直在写，那你就是一个诗人。诗人这个词并不神秘。但是，诗歌创作班的学生完全是另一回事。你们可以相互也可以从教师那里得到有关当诗人的信息。
>
> 要想保持诗人的称号，成为好诗人，并且保持好诗人的称号，就要一直读许多书，一直写好多诗。如果你这两样都不做，你就不会成功。这是简单的道理，真的，很简单……

仅作为建议，你们多数人最好读读一些已经过世的诗人的传记，看看这些人的生活是什么样子。你们将会发现多数传记，总的来说非常相似，而且令人吃惊——我的意思是，大家的生活都令人吃惊。你出生了，你长大了，当你成长时，情况从不会按正确的方式发生，样样东西你得到的从不会足够，然后你年龄大了，你逐渐得到很多东西，然后你年老了，浑身疼痛。然后，啊，你死啦——常常很痛苦，尽管围绕你身边的人感到更痛苦。因为他们认为你很痛苦，他们于心不安，然后告别。

但是，总有一天，你的确会死的——如果你像济慈，那么你死得年轻，如果你像庞德，那么你死的时候年纪就很大，但是都一样。如果你读这些诗人的传记，你会发现：在诗人生活里发生许多好事，如同发送在其他人的生活里一样，也会发生许多坏事，不过你会感到诗人的生活通常是什么样的。①

这是贝里根在课堂上的讲话，虽然缺乏评论家学术的严密性，但这是他的创作经验谈，对一般的年轻诗人依然有很大的参考价值。1978年，他应语言诗人林·赫京尼恩和基特·罗宾逊的邀请，在加州湾区电台 KPFA 访谈节目“在美国世系里”（“In the American Tree”）里接受采访，并朗诵了《芝加哥早晨》（“Chicago Morning”）、《结束》（“The End”）和《惠特曼穿黑色衣服》（“Whitman in Black”）等诗篇。

贝里根每年都有诗作发表，有时每年发表两三本诗集（包括小册子），在生前出版了包括《十四行诗诗集》（*The Sonnets*, 1964）在内的20多本诗集，其中与罗恩和汤姆·克拉克合作的《又回到波士顿中来》（*Back In Boston Again*, 1972）、与哈里斯·希夫（Harris Schiff）合作的《带钱的溜溜球》（*Yo-Yo's With Money*, 1979）等。他的第一本诗集《十四行诗诗集》（*The Sonnets*, 1964）是他的代表作，受到评论家肯·塔克（Ken Tucker）的高度评价，说贝里根的诗“十分朴实无华，完全处于沉思默想的状态，生动有力，抱负非凡”。他开始写开头的六首十四行诗时一个晚上写六首，然后每天晚上写两三首，连续三个月，其中的一些诗行是他或他的朋友已经写过，还有一些诗行是借用翻译的诗篇，其他完全是新创作的。他没有按照传统抑扬格五音步的十四行诗来写，而是按照节奏与含义的某些复杂

① Ted Berrigan. “Workship.” *Civil Disobedience: Poetics and Politics in Action*. Eds. Anne Walman & Lisa Birman. Minneapolis, MN: Coffee House Press, 2004: 30-31.

精细的关系进行处理。他的诗名主要建立在这本《十四行诗诗集》上。奥哈拉称这本诗集是"现代诗歌的一个事实"。他受T. S. 艾略特《荒原》的影响较深，不连贯的结构、一个个诗中人的讲话与整个诗篇混在一起等艺术手法都有机地运用在贝里根的这些诗篇里。他特别欣赏T. S. 艾略特的感知力和疲敝的口吻，贝里根活学活用，在诗里显露他爱尔兰裔美国人的脾气和幽默。他学T. S. 艾略特在《荒原》里搞脚注的方式，也在《十四行诗诗集》里搞许多脚注，用他的话说："我要在《十四行诗诗集》的脚注里提供许多资料，这样学者可以查阅一千年。"我们不妨在这里欣赏一下他玩弄技巧的《十四行诗之四》（"Sonnet IV"）：

> 乔·布雷纳德拼贴画里的白色箭头 **1**
> 他不在拼贴画里，这位已饿死的医生。**3**
> 或者玛丽莲·梦露，她的白牙很白—— **5**
> 我真的感到心烦意乱因为玛丽莲 **7**
> 并且吃金科恩牌爆米花[①]，"他在日记里 **9**
> 心形图在乔·布雷纳德拼贴画里 **11**
> 医生，但是他们说："我爱你" **12**
> 这首十四行诗没有死掉。**14**
> 把眼睛从这苍白的诗句里转开，**13**
> 写道。这张15片碎玻璃旁的黑色 **10**
> 梦露死了，于是我去看日场B级电影 **8**
> 被乔悸动的手洗得雪白。"今天 **6**
> 在拼贴画里的是16张撕碎的照片 **4**
> 没有指向威廉·卡洛斯·威廉斯。**2**

如果按照从上到下传统的次序读这首诗，你会感到费解。但是你如果按照笔者帮助标出数码的诗行来读，就十分明白了。这种艺术手法在英文诗里很少见到，难怪他说要给学者或评论家解读的诗费很长时间，当然不会有千年之久，那是夸张的说法。不过，对习惯更加精巧的中国回文诗的读者来说，这个并不难。

贝里根出生在罗得岛普罗维登斯的沃德烘焙公司总工程师家庭，父母

---

① 金科恩（King Korn）：得克萨斯州沃思堡的一家以爆米花名义注册的小私营公司，职工1～4人，年收入不到50万美元。

都是爱尔兰天主教徒。他上地方中学，进入普罗维登斯学院学习一年之后参军。1954年被派到朝鲜，但没有参加战斗，16个月之后回到美国。根据退伍军人法，他在俄克拉荷马州塔尔萨大学继续深造，获学士（1959）和硕士（1962）。但是，他很怪，怪就怪在他把硕士文凭退回给学校，并附上一张条子，说他是"没有艺术的硕士"。他常常告诉朋友说，他是一个诗人，因为他写诗，不是因为他掌握了诗学。

1962年，贝里根与桑德拉·阿尔珀（Sandra Alper）结婚，生一子戴维（David）和一女凯特（Kate）；1971年，与诗人爱丽丝·诺特利（Alice Notley, 1945— ）结婚，生两子安塞尔姆（Anselm）和埃德蒙（Edmund）。他和爱丽丝活跃在芝加哥诗坛数年之后，移居纽约，主编了好几种杂志和书。他打零工，坚持做与写作有关的活，包括在纽约外面的一些大学教书。爱丽丝为此说："大家都知道，他相信当诗人是一天24小时的职业，在睡眠中也是，当你屈服于睡眠进入梦中也是。这是全职，值得全神贯注，一个诗人不应该同时有另外一种职业。"难怪他为写诗而付出了一生清贫的代价。贝里根去世之后，她在纽约东村独自把两个孩子抚养长大，如今是发表了20多本诗集的著名诗人了，从70年代中期到90年代初期，她已经是纽约诗坛的一个重要力量。1992年，她与贝里根的好友、英国诗人道格拉斯·奥利弗结婚，移居巴黎，每年回美国朗诵和上写作课。

贝里根过度使用苯丙胺和减肥药而损害了健康，1975年得肝炎，肝脏严重受损，但由于经济窘迫，没有得到及时良好的医治而英年早逝。他去世前五年，在《红移现象》（"Red Shift"）一诗里表达了求生的欲望：

> 我现在是43岁。我什么时候死？我永远不会死。
> 我会活到110岁，我永远不会走，你们永远避不开我，
> 我经常是唯一的鬼魂，不管这个躯体，
> 活着的精神只有唠叨。

可是他留给人们的《最后的一首诗》（"Last Poem"）却坦然面对死亡：

> 我赚钱也花钱，学会跳舞和忘怀，
> 捐血，恢复我的平衡，用语言为自己
> 在社会上争得一席之地。住在纽约
> 圣马克广场101号第12幢A公寓，
> 邮政编码10009。朋友们出现了

又消失了，或极度兴奋或者呆板；
鼓舞人心的陌生人悲哀地死了；
我认识的每个人年龄都很老了，
除我之外。我保持在两至九岁之间。
但是，我自己的经验常常形成的观念
给我以几个新的词汇，我最最爱的词汇。
我曾经有幸见过贝克特，我叨他的光。
丸药维持我正常运转直至现在。爱，工作，
是我最大的快乐，别人死去，成了
我最大最可怕而难以言传的悲伤。
我一生，个儿高，块头大，
明显的大脑袋，一颗完美无缺的心脏。
结果来得快，毫无痛苦，在一个寂静的夜晚
我坐着写作，就在你睡着的床边，词句随便地
从疲倦的大脑里选出来，结束像词句一样合适，贴切。
让所有称我为朋友的人别为我的结束感到遗憾。

这首诗比较长，这是诗的后半段，全诗基本上总结了他短暂的一生。2005 年出版了爱丽丝主编的《特德·贝里根诗合集》（*Poems of Ted Berrigan*, 2005）。贝里根一生走红在先锋派诗歌圈，在主流的诗歌史上很少有露面的机会。论述他的著作都是其他诗人写的。安妮·沃尔德曼主编的回忆录《很高兴见到你：向特德·贝里根致敬》（*Nice To See You: Homage to Ted Berrigan*, 1991）为我们了解这位诗人提供了重要的资料。

第十节　罗恩·帕吉特（Ron Padgett, 1942—　）

作为美国诗人学会常务理事[①]，帕吉特无疑地进入了美国诗歌主流，他在不少场合对评论界把他归入第二代纽约诗歌派成员表示不以为然。诗歌界的悖论是，无名的小诗人对搭上大流派这班车总是求之不得，而有了名声的诗人要想脱离这班车也很难。不管帕吉特乐意与否，根据评论界的种种评论，看来他是难下这班车了。

① 2008 年，帕吉特当选为美国诗人学会常务理事。

他的诗风是幽默，善用双关语、俏皮话。把大都市里普通的景观、普通的东西化为诗料是帕吉特的拿手戏。曾经有一群五年级学生问他最喜欢哪一首诗，他回答说，他最喜欢奥哈拉的《离开他们一步》（“A Step Away from Them”），这首诗记录了奥哈拉用午餐时的所见、所闻、所思，特别是把乳酪汉堡包——日常生活的普通必需品写进了诗里。同奥哈拉一样，帕吉特的诗里也写了法兰克福香肠、达伍德三明治、巧克力奶、摆在餐桌上的盐和胡椒作料瓶，以及小飞鼠、俄亥俄蓝牌火柴、打字机和彩色铅笔等等，这些普通的日常用品在诗人的笔下都成了好东西，如同他在诗篇《好东西》（“Wonderful Things”, 1969）里所揭示的一样。换言之，他有化腐朽为神奇的本领。例如，他在《病态迷恋》（“Medical Crush”）这首短诗里，把热恋引起的体温升高和心跳加快也写得有滋有味：

> 真见鬼，
> 为什么不去
> 告诉她你的感觉，
> 你的体温华氏 98.6 度
> 脉搏 175 跳，
> 血压，嚯——
> 嚯——嚯——哎呀
> 太高，高得
> 血压计橡皮囊球带要爆炸！
> 要不然，站起身回家，
> 大声叫，做一个
> 绝望的胆小鬼，
> 这我可不介意哦。

美国华裔诗评家周晓静把这首诗解读为“诗中人调皮地表达对一个女子的爱恋，患相思病”[①]。这是帕吉特典型的诙谐诗。

帕吉特出生在俄克拉荷马州塔尔萨市，父亲是贩卖威士忌酒的酒贩子，母亲记账。他小时候，父母给他买漫画书看，彩页的颜色给他留下很深的印象。他从幼儿园到小学读的都是漫画书和课本，直到初中才扩大了

① 见周晓静 2010 年 11 月 6 日发送给笔者的电子邮件。从表面上看，标题含有医疗上压垮的意思（看到温度计水银柱不断升高而引起的感觉），但很难翻译，感谢周晓静教授从美国给笔者翻译了现在的这个标题，符合诗的内容。

阅读面。到了 13 岁，他有了阅读和写作的兴趣，开始写诗、小说和记日记。15 岁时，他在塔尔萨市一家书店兼职，为他熟悉当时流行的各种小杂志和阅读金斯堡、凯鲁亚克和兰波等诗人的作品提供了方便。18 岁时开始写诗，中学时与朋友迪克・盖洛普和乔・布雷纳德创办杂志《白鸽评论》（*The White Dove Review*, 1959—1960），除了发表自己的作品之外，还发表了金斯堡、凯鲁亚克、克里利、勒罗依・琼斯等诗人的作品。帕吉特在短短的四年多的时间里，成熟得很快，他为此说："在四年多一点时间里，我从一个漠不关心的读者变成了一个作家、主编和书商！"[①] 1959 年，他在上高中期间遇到塔尔萨大学的学生贝里根，他们一见如故，两人经常在咖啡馆或午餐时闲聊几个小时。到纽约之后，他们的友谊进一步加深。

1960 年秋，帕吉特离开塔尔萨到纽约哥伦比亚大学学习英文，同时在比较文学系读书，师从肯尼斯・科克和莱昂内尔・特里林。他刚从外省小镇到大都会，突然觉得好像换了一个天地，发觉这里的艺术和文化气氛很浓，众多的博物馆、书店、经典和外国电影、民间音乐、爵士乐和诗歌朗诵会顿使他眼界大开，激动不已。于是，他走遍现代艺术博物馆、布利克街电影院、书店第八街、华尔街博物馆等地方，直至深夜方回，然后在房间里再开始写诗。到大都会的新鲜感使他在哥伦比亚大学大学求学期间写了大量的诗篇。他和他的朋友们参加了六七十年代早期的"油印革命"，这使他们这些初出茅庐的诗人发表作品很便宜，也很容易。1964 年，大学毕业后帕吉特获得了富布莱特奖学金，之后的一年他到巴黎学习法国文学（1965—1966）。

帕吉特对法文诗歌尤其感兴趣，他与当时在哥伦比亚大学大学任教的科克合作翻译了有关达达派和超现实主义的法文诗歌。帕吉特对法国诗人吉约姆・阿波里奈尔、布莱斯・桑德拉尔（Blaise Cendrars, 1887—1961）、马克斯・雅各布（Max Jacob, 1876—1944）、皮埃尔・勒韦迪（Pierre Reverdy, 1889—1960）怀有极大的兴趣。阿波里奈尔注意点的快速变化，桑德拉尔随意性的形式，雅各布的诙谐，雷弗迪的超现实都对帕吉特的诗歌产生了重大影响。他的法国诗歌翻译获国家艺术基金会（National Endowment for the Arts）、纽约艺术厅（New York State Council on the Arts）和哥伦比亚大学翻译中心颁发的奖章和奖金。他后来又到瓦格纳学院学习创作，师从凯・博伊尔、霍华德・内梅罗夫和科克。1963 年他与帕特里

---

① Ron Padgett. *Creative Reading: What It Is, How to Do It, and Why*. Natl Council of Teachers, March 1997: 26.

夏·米切尔（Patricia Mitchell）结婚，生一子韦恩（Wayne）。

1969～1978 年，帕吉特在多所公立学校教授诗歌创作。1980 年，任教师与作家协作组织[①]系列出版物总监。他还任全场出版社社长和主编（1973—1988）、《教师和作家杂志》（*Teachers & Writers Magazine*, 1980—2000）主编、诗歌广播系列主持人、电脑写作游戏设计师。帕吉特曾在多所高校任教，其中包括大西洋艺术中心和哥伦比亚大学，并为教师和学生主编了很多参考资料。他曾任对他写作生涯有重大影响的包厘街圣马可教堂诗歌项目诗歌班的指导教师（1968—1969）和主任（1978—1981），并且组织了诗歌朗诵会，开办了写作班。

从 1964 年发表第一本诗集到 2002 年为止，帕吉特一共发表了 25 本诗集，其中有 12 本与别人合作，而与贝里根及乔·布雷纳德合作的有 5 本。例如，《有些事》（*Some Things*, 1964）是他与贝里根和乔·布雷纳德合作最早的一本诗集，而《豆痉挛：诗歌与散文》（*Bean Spasms: Poems and Prose*, 1967）是他单独与贝里根合作最早的一本诗与散文集。他的《如果我是你》（*If I Were You*, 2007）则完全是和不同诗人合作的结晶。帕吉特特别有兴趣告诉读者他与多位诗人的合作经过和体验，他说："《如果我是你》是 1964 年至 2004 年与不同作者朋友合作的诗篇。对于我来说，合作最热火的时期是 60 年代至 70 年代早期，部分原因是受了科克在 1962 年主编的杂志《僻静园》（*Locus Solus*）[②] 的影响，部分原因是受时代精神影响。"[③] 他还说，同贝里根合作好像是与拉伯雷进行一场滑稽格斗比赛。我们现在来看看他与迪克·盖洛普合作的一首短诗《逻辑是一个情景喜剧》（"The Logic Is a Situation Comedy", 1970）：

> 一只黄油小馅饼
> 正在柜台上融化
> 这好像你不能思考任何事情的时候
> 然后又像你任何时候不能思考的时候

---

① 教师与作家协作组织（Teachers & Writers Collaborative）：把教师和作家联系起来的一个非营利组织，开发写作教学的新方法。

② 该杂志名取自法国作家雷蒙·鲁塞尔（Raymond Roussel, 1877—1933）的小说标题《僻静园》（*Locus Solus*, 1914），由阿什伯里、科克、哈里·马修斯（Harry Mathews, 1930— ）和斯凯勒主编，在法国出版（1961—1962）。

③ Ron Padgett. *If I Were You*. Toronto: Proper Tales Press, 2007: 44.

这首诗的意思是说，当你的思考停滞的时候，就像一只融化着的黄油小馅饼。你能看出这里包含的情景喜剧性吗？用爱德华·杰曼（Edward B. Germain）的话说："罗恩·帕吉特深受现代画及其技巧的影响，他调制他的诗篇已经超出传统的极限。"[1] 我们再来看看他与金斯堡合作的《奇异的内衣裤》（"Thundering Undies", 1981）：

> 经过曼哈顿小街旁钠蒸气灯的强光
> 头顶上是一片强光造成的粉红色粉扑，
> 嗯——那堵天主教堂墙壁像科学一样古老
> 虽然科学更古老，不过，噢，今晚别告诉我这些，
> 在这奇怪的春光里的确没有痛苦
> 我的心肝儿在街角等待，160 磅肉搁在
> 她 148 磅的骨架上，等待出售 25 块钱。
> 乖乖，我们现在街上，告诉她
> 从空中去取化妆品，让深蓝色天空
> 慢慢地淤积到灯光阴影里，在那里
> 她的面颊和嘴唇由于她的 300 个爱慕者
> 湿漉漉精液而闪着帝高牌紫色荧光[2]
> ——哦，让我们来崇拜她，这街头怪异的麦当娜
> 她的样子实在不怎么样，不过我们离得远远的
> 带着我们忧伤的心灵和疼痛的牙齿！追求老爱太晚了，
> 但是，小小的三色紫罗兰花束被时间的拖拉机割破了
> 在那里，牧场遇上了土路我的心遇上了花坛
> 花坛几年前被挖掉了构筑东 12 街，在那里你浮开
> 地面一点点高，想着这枯萎的阴户似的花束——

从行文或笔调判断，诗的上半部分是帕吉特写的，而下半部分则显露了金斯堡一贯的风格和喜好。从这里也可以看出垮掉派诗人与纽约派诗人之间的密切来往，没有传统的山头壁垒分明的隔阂。金斯堡的朋友安妮·沃尔德曼本人就跨越了这两个流派，她有时也被列入纽约诗派的行列。

帕吉特与不少诗人合写诗是一个创新，但更为奇怪的是不懂中文的他

---

① Edward B. Germain. "Ron Padgett." *Contemporary Poets*: 736.

② 帝高牌（Daglow）颜料：俄亥俄州克利夫兰帝高颜料公司生产的颜料，在全球颜料工业占领先地位。

与一个不懂英文的中国诗人于坚合写诗！我们且看一首他们的《诗之八》（“Poem 8”, 2004）：

> 当我是小孩的时候
> 我的长辈教导我说
> 一天有24小时
> 但在24小时之后
> 是春天
> 花儿开放
> 我看起来像昨天一样
> 除非我开放
> 我的花瓣
> 开始坠落
> 哦，对不起！
> 有一会儿
> 我以为
> 我是一朵花。

这首诗的逻辑思维基本上没有错位，我们感到好奇的是他们是怎么合作的。帕吉特向我们解释说：

> 同中国诗人合作增添了一个新的转折：他或者我都不懂对方的语言。我们住的地方距离有8000英里之遥，但通过e-mail互相交流。于坚的电脑有一个自动的中译英、英译中的功能。不过，除非使用最简单语言和句法，否则译文就变得突兀、隐秘，有时滑稽可笑……这好像有缪斯女神停留在我们之间。[①]

这种创新取决于合作双方的耐心和好奇。帕吉特有合作写诗的兴趣和经验，于是开创了中美诗歌融合的新篇章。2008年，北京帕米尔文化艺术研究院组织了“2008 帕米尔诗歌之旅”，邀请美国、加拿大、西班牙、斯洛文尼亚和中国诗人，在黄山脚下风景幽美的黟县中城山庄进行了学术讨

---

① Ron Padgett. *If I Were You*: 46-47.

论和诗歌朗诵（10 月 22～24 日）。帕吉特应邀参加了这次盛会[1]，于坚也应邀参加。会后，于坚邀请帕吉特去昆明游览，并且在那里也举行了诗歌朗诵会，与当地诗人和读者见面。

第十一节　戴维·夏皮罗（David Shapiro，1947—　）

同罗恩·帕吉特合编《纽约诗人选集》的戴维·夏皮罗，在第二代纽约派诗人之中，是一个天资聪颖、多才多艺、学者型的诗人。作为诗人、文学批评家和艺术历史学家，他一共发表了 20 多部诗集和评论集。他的组诗《四季》（"The Seasons", 1991）被选入戴维·莱曼主编的《美国最佳诗选中的最佳诗篇》（*The Best of the Best American Poetry*, 1998）。他是第一个发表论述阿什伯里、新达达派流行艺术家吉姆·丹因（Jim Dine, 1935—　）、当代画家贾斯帕·约翰斯以及荷兰新造型画家派特·蒙德里安（Piet Mondrian, 1872—1944）的专著作者。在哥伦比亚大学学习期间，戴维·夏皮罗受到 F. W. 杜佩和迈耶·夏皮罗（Meyer Schapiro）教授的青睐，尤其受到科克教授的指点和帮助，他后来回报科克，去帮助这位老诗人，以至于科克动情地对他说："最后，你在帮助我！"

戴维·夏皮罗早期的作品带有表现派超现实主义色彩。在阿什伯里和同时代诗人约瑟夫·塞拉沃罗的影响下，他一度曾试验拼贴技巧，例如他的诗篇《天堂的幽默》（"The Heavenly Humor", 1969）和《来自迪尔的诗》（"Poem from Deal", 1969）。后一首诗比较短，我们来读一下：

> 我发现夜晚的联合国大楼。
> 这是一个低矮的酒吧。
> 电子显示器滚动字带上的新闻
> 要人们界定这地点；界定此刻的时间。
> 拿破仑过去常劝我攀爬
> 总是从天堂挂下来的长杆。
> 什么是和平主义者的营养？

---

① 笔者也应邀参加这次中外诗人文化交流会，见到了老朋友安妮·沃尔德曼，也结识了新朋友：美国桂冠诗人罗伯特·哈斯（Robert Hass）及其夫人布伦达·希尔曼（Brenda Hillman）、加拿大诗人蒂姆·利尔本（Tim Lilburn）、西班牙诗人胡安·卡洛斯·梅斯特雷（Juan Carlos Mestre）、斯洛文尼亚诗人托马斯·萨拉蒙（Tomaz Salamun）。中国诗人包括蓝蓝、欧阳江河、宋林、西川、王家新和于坚。

为什么我们杜撰云雾里的一个个
社区？它们对孩子们的种种约束性
注意事项张贴在迪尔的一座座城堡里：
醒了躺在床垫上；别弄醒小宝宝。

新泽西紧靠纽约市，诗人在迪尔遥望夜色中的联合国大楼成了低矮的酒吧间，甚至看到大楼电子屏幕上滚动的字句，这是可能的。不过，在常人眼中，诗人在这里是东一榔头西一棒，逻辑思维的断裂如同拼贴画。诗中提到的迪尔是新泽西海滨旅游小镇，以其历史名胜、古城堡、博物馆、海滩、码头取胜。按照传统的写法，诗人应当大书特书这座旅游小镇的美景和历史古迹，抒发情怀。可是，戴维·夏皮罗却没有这样做，他在这里运用了所谓表现派的超现实主义手法，通过筛选闪烁不定的印象，传达了他身在迪尔的不连贯思绪。这只是他艺术风格的一部分，特伦斯·迪戈里认为戴维·夏皮罗主要的艺术特色是"他频繁地把戏仿、闲聊式、不经意用典以及科克、斯凯勒和奥哈拉的联想模式缝制到他自己强烈关注的政治愤怒、（第一代纽约派老诗人大部分作品里所缺少的）家庭罗曼史和性爱上面"[1]。老一代的纽约派诗人的确很少关心政治，四人帮中有三个是同性恋，自然很少对家庭罗曼史感兴趣。

戴维·夏皮罗的家庭罗曼史莫过于他与儿子丹尼尔合作写诗。虽然纽约派诗人合作写诗已成传统，可是父子合作写诗的现象则很少见，戴维·夏皮罗却开了先例。他的《新诗和旧诗选：1965～2006》（*New and Selected Poems: 1965-2006*, 2007）收录了他和儿子丹尼尔合作的两首诗。丹尼尔十岁时，有一次对父亲发脾气说："你是上帝的老板吗？"戴维·夏皮罗听了大喜过望，马上到楼上把这妙句写了下来，最后丹尼尔说："我是这首诗的老板，我写了它。"于是戴维·夏皮罗把它扩展成："谁也不是上帝的老板/不是你不是我……/上帝命令他自己/做他想要做的事/我是这首诗的老板/我写了它。"戴维·夏皮罗的诗歌主题广泛，涉及音乐、爱、家庭和政治。戴维·夏皮罗在1990年回顾他的创作历程时，说：

我早期的表述强调使用心理和哲理的不确定性，如今它引起我注意到的是一个年轻人以得体的新尼采模式写的作品。但是，我现在已经不相信对这个时代的大量怀疑。我现在的准则是尽可能少地说胡话

---

① Terence Diggory. *Encyclopedia of the New York School of Poets*: 440.

或冒失的话，而是当介乎怀疑与肯定之间的激进的多元论者。[①]

这是戴维·夏皮罗总结他的诗歌生涯逐渐走向成熟的经验之谈。凡不断追求艺术完美而自觉的诗人，都会经历这种变化阶段。加州大学圣克鲁斯分校泰勒斯·米勒教授认为，戴维·夏皮罗最好的诗篇反映了他的想象与欲望焦躁不安的状态，他以戴维·夏皮罗的《魔鬼的颤音奏鸣曲》（"The Devil's Trill Sonata", 1976）为例，说明诗人娴熟地掌握时而戏谑与时而忧郁之间的心理状态的题材：

> 电梯滑得太快，太远
> 楼梯在这方面当然是
> 对电梯的一个改良。别忘了
> 消防员的杆子，或者
> 长发姑娘，她的头发是梯子。

从表面上，诗人在乘快速的电梯时联想到通常的楼梯、失火时消防员用的爬杆（人工梯子）、德国童话里长发姑娘用她的长发编成辫子当梯子的故事，就这么简单。可是，泰勒斯·米勒却把这几行诗解读成诗人看到电梯上下引起勃起的隐蔽意念。[②] 对一般读者来说，读戴维·夏皮罗的诗并不那么轻松，需要有一定的知识准备。对此，特伦斯·迪戈里说：

> 如果夏皮罗经常被称为“诗人的诗人”，部分原因是他显著突出诗歌语言的复杂状态。但这也是因为他在精心锻造的诗节里，优雅地调制（自由诗的）诗行长度，展示他掌握部分谐音、离奇的韵脚或斜韵（不工整的韵）的才能，在语气上有效地作了令人惊异的天衣无缝的转换，夸示性的戏仿，并且游刃有余地开发歧义性双关语。[③]

戴维·夏皮罗出生在新泽西州纽瓦克，在迪尔长大，从小受家庭浓厚的艺术气氛熏陶，父亲是雕塑家，祖父是犹太意第绪语社区著名的领唱歌手。他小时候就开始学习拉小提琴和写诗，13 岁开始发表诗作，18 岁出版第一本诗集。以优异的成绩毕业于哥伦比亚大学（1968）之后，到英国留

---

① David Shapiro. "David Sharpiro Comment." *Contemporary Poets*: 885.

② Tyrus Miller. "David Shapiro." *Contemporary Poets*: 885.

③ Terence Diggory. *Encyclopedia of the New York School of Poets*: 441.

学，在剑桥大学获硕士学位，最后回到母校获博士学位（1973）。文质彬彬的他，在1968年学生运动中，居然以占领校长办公室出名。1970年与林赛·斯塔姆（Lindsay Stamm）结婚，生一子丹尼尔（Daniel）。妻子任艺术展览经理，其子后来也成为诗人。戴维·夏皮罗在上大学期间离校一年，进修音乐，学会拉小提琴，从1963年开始，曾在新泽西交响乐团和美国交响乐团担任小提琴手；从1970年开始，曾任《艺术新闻》编辑；从1980年开始，与著名建筑师约翰·海杜克（John Quentin Hejduk, 1929—2000）合作做戏剧面具和建筑项目。

戴维·夏皮罗先后在哥伦比亚大学（1972—1981）、布鲁克林学院（1979）、普林斯顿大学新泽西分校（1982—1983）等校执教，也曾在库珀建筑联盟学院教授诗歌与文学。从1985年起，他在威廉·帕特森学院教授艺术史，成为该校的终身艺术史家。戴维·夏皮罗家的艺术氛围很浓。1994年初，笔者曾亲自登门访问过他。像芭芭拉·格斯特，他温文尔雅，待人彬彬有礼。给笔者突出的印象是客厅里的一架大钢琴。他送给笔者一本诗集《推断：一本诗集》（*To An Idea: A Book of Poems*, 1983），签字页上还特意画了一个五线谱符号，写上："送给你音乐"（music for you）。显然，他看待诗歌与音乐同等重要，再次展示了纽约派诗人与艺术密不可分的情怀。

第十二节　第三代纽约派诗人：西蒙·佩蒂特（Simon Pettet, 1953—　）

特伦斯·迪戈里在谈到第三代纽约派诗人时说，作为第一代纽约派诗人的斯凯勒起到了联系年轻诗人的桥梁作用。斯凯勒原来的助手艾琳·迈尔斯后来成了包厘街圣马可教堂诗歌项目主任（1984—1986）。贝里根与爱丽丝·诺特利的两个儿子安塞尔姆·贝里根（Anselm Berrigan, 1972—　）和埃德蒙·贝里根（Edmund Berrigan, 1974—　）如今也成了诗人。安塞尔姆·贝里根接前届（1986—2003）诗歌项目主任埃德·弗里德曼（Ed Friedman）的班，成了新世纪的诗歌项目主任（2003—2007），而埃德蒙·贝里根如今是纽约诗坛的一个中心人物。目前的诗歌项目新主任由女诗人斯泰茜·西马斯泽克（Stacy Szymaszek, 1969—　）担任。[1]与晚年斯凯勒密切联系的西蒙·佩蒂特自然地成了第三代纽约派诗人的一员，但爱德华·福

① Terence Diggory. "Introduction" to *Encyclopedia of the New York School of Poets.*

斯特在评介贝里根时曾把佩蒂特纳入第二代纽约派诗人的行列。他认为，不管合理与否，诗歌运动和团体至少界定相同思想的一圈人，这对贝里根来说很重要，他自己的团体包括许多被认定是第二代的纽约派诗人：帕吉特、盖洛普、克拉克・库利奇、贝尔纳黛特・迈耶、刘易斯・沃什、西蒙・佩蒂特、艾琳・迈尔斯等等，还有其他许多人。福斯特显然是把佩蒂特放在第二代纽约派诗人之中了。

但是，根据特伦斯・迪戈里的调研，纽约派诗人第三代出现在 70 年代晚期，也就是说，第三代纽约诗人是 50 后、60 后或 70 后的诗人。如果按照迪戈里的看法，50 年代出生的佩蒂特列在第三代纽约诗人群里似乎更恰当。[①]第三代纽约诗人不像第二代纽约派诗人那样基本上有了历史定论，更不像第一代纽约派诗人那样已经有了历史定论。他们之中有些诗人不太喜欢这个标签，有些诗人觉得无所谓。例如，佩蒂特说："至于谈到我与纽约派的认同上，不管你把我放在哪一个位置，我当然与纽约派有密切的关联。"[②] 他刚从英国来纽约时，参加了罗恩・帕吉特主持包厘街圣马可教堂诗歌项目举办的诗歌朗诵会和作家学习班。贝里根在英国埃塞克斯大学教书时，佩蒂特首次遇到他。佩蒂特说，如果说他是任何人的学生的话，他可算是贝里根的学生。移居纽约后，他的住家距特德・贝里根的住家（圣马可广场附近）不远，和特德・贝里根一家往来很方便。

在第一代纽约派诗人之中，佩蒂特直接受益于斯凯勒。80 年代中期，佩蒂特通过斯凯勒的秘书和助手海伦娜・休斯（Helena Hughes）和艾琳・迈尔斯等人结识了斯凯勒。1988 年，他开始关注斯凯勒的艺术评论。为了帮助晚年的斯凯勒编辑后来出版的《詹姆斯・斯凯勒艺术评论选》（*The Selected Art Writings of James Schuyler*, 1998），佩蒂特常到图书馆复印所有他能找到的有关斯凯勒艺术评论的文章，然后用传统的方式，剪贴在一页页的空白纸页上，每周一次去见斯凯勒，讨论稿子的安排、注释以及佩蒂特的前言措词，终于在斯凯勒去世前完成了整本书的编辑工作。这本书主要收录斯凯勒作为《艺术新闻》副主编时（1957—1962）写的论文和配有照片的文章。该书的宝贵之处在于它生动地记录了那段历史时期的纽约艺术景观。在新世纪，佩蒂特又与詹姆斯・梅泽（James Metzee）合编出版了斯凯勒的《其他的花朵：佚诗集》（*Other Flowers: Uncollected Poems*, 2010）。

---

① Terence Diggory. "Introduction" to *Encyclopedia of the New York School of Poets.*

② 见佩蒂特 2010 年 11 月 1 日发送给笔者的电子邮件。

佩蒂特还与瑞士裔美国著名摄影家鲁迪·布尔克哈特（Rudy Burckhardt, 1914—1999）进行了密切的合作，出版了《与鲁迪·布尔克哈特无所不谈》（*Conversations With Rudy Burckhardt About Everything*, 1987）和《说话的图画》（*Talking Pictures*, 1994）。《艺术新闻》在 50 年代和 60 年代早期刊登的众多的艺术家照片均由布尔克哈特拍摄。可以这么说，佩蒂特为整理和抢救纽约派文艺遗产做出了很大贡献。

佩蒂特与画家邓肯·汉纳（Duncan Hannah, 1952— ）合作出版了诗配画集《丰富的宝藏》（*Abundant Treasures*, 2001）。该书一共只出版了 40 本，15 本非卖品，25 本销售，每本 2500 美元。该书收录佩蒂特的诗 16 首，每本书的插画都是由汉纳亲自手绘。佩蒂特与汉纳惺惺相惜，欣赏对方的作品，同时爱好乔·布雷纳德和巴尔塔萨[①]的画以及垮掉派的诗。佩蒂特曾对采访他的帕姆·布朗（Pam Brown）说，纽约诗人和绘画像恋爱和结婚或马和马车一样密不可分。佩蒂特不但继承纽约派打破视觉艺术与文学界限的传统，而且在这方面有了创新。

佩蒂特同时也和舞蹈演员、舞蹈艺术评论家、诗人埃德温·登比（Edwin Denby）过从甚密，很欣赏登比给鲁迪·伯克哈特拍摄的艺术照片配的诗篇。佩蒂特的一组描写老照片的诗《照片》（"PHOTOGRAPHS"）显然受了登比的诗歌影响，虽然他没有像登比那样写十四行诗：

一

戴黑帽的黑人女子站在一只狗旁边。
这是一只白色的狗。
背景看起来像是森林。
前景是一棵锦葵。

二

英国著名电影《啊，波特先生》
一个镜头洗印的照片：
在偏僻的威尔士火车站
油漆脱落，需要油漆。

---

① 巴尔塔萨（Balthasar, 1908—2001）：波兰裔法国现代画家，原名巴尔塔萨·克洛索乌斯基·德若拉（Balthasar Klossowski de Rola），以巴尔塔萨闻名于世。

三

照相机恰好拍摄了他嗤笑的时刻。

四

太过暴露。

五

两个人正走下楼梯。
灯光照不清他们的面孔。
其中一个人拿着枪。
左屋角有一部电话。

六

旧报纸撒满空空的赛马场跑道。
到处是花生壳到处是撕了的赛马票。
他们大家都回家了。

佩蒂特用白描手法创作的这类诗，正如约翰·阿什伯里所评论的那样，"有着非正统的明晰"，"诗中某些英国的斑驳色彩夹杂着东方的简洁"。这表明佩蒂特吸取了画家的艺术表现手法。自从20世纪50年代晚期起，纽约诗人和画家交朋友几乎形成了一种风气。最著名的例子莫过于弗兰克·奥哈拉与画家杰克逊·波洛克、弗朗兹·克兰（Franz Kline, 1910—1962）的友谊，贝里根与画家乔·布雷纳德、亚历克斯·卡茨的友谊，以及传为诗坛佳话的20世纪早期格特鲁德·斯泰因与马蒂斯、毕加索等一大批世界级画坛大师的友谊。佩蒂特继承了诗歌与艺术结合的优良传统。

佩蒂特心无旁骛，全身心投入诗歌创作。他觉得诗歌是一个神奇的形式，穿越时空，在充满活力的宇宙里把一个人与另一个人联系了起来。特伦斯·迪戈里在评论他的诗风时说："他的诗歌常常简朴，不装腔作势，尽力把复杂化为简洁，抒情。佩特蒂以这样的方法领会纽约派诗歌重大的反复出现的主题：他的诗是直抒个人之情，带有自发性灵感的神态，常常使用大家熟悉的直呼'你'实际上是'我'的措词。"① 例如，他的短诗《索恩》（"Sonne"）：

① Terence Diggory. "Simon Pettet." *Encyclopedia of the New York School of Poets*: 377.

你想走开你走到哪里去 你不真的
想走开 你想要在法国跳探戈
在塞纳河畔和瓦莱丽跳舞吗
或者你只需要独处 但是你却不
说 大家以为你生病哩 需要强烈的
玩意儿治一治 嗯 这些闲话传开之后
一个有最强的玩意儿的人将会面对你，
我的小宝贝。

这是诗人自说自话，诗中的“你”实际上就是“我”。诗人描述他参加聚会时离开还是不离开的矛盾心情非常富有张力。迪戈里分析这首诗时说得好：“低调的诗不是经常很好地服务于宏大的解释，但是生活本身就是一个临别的时刻序列。”[①] 像他的为人一贯低调那样，佩蒂特的诗朴素无华，真挚，从不炫耀，不张扬。又如，他的一首短诗《诗》（“Poem”）：

开着的电视
音乐很响
楼下有人
在厨房烧煮

这是人人常见的情景，朴素平淡，但这就是我们的日常生活。再如他的《命运多舛的恋人》（“Star Crossed Lovers”）：

他爆出火花，她也
爆出火花。此刻夜晚
他的月亮在天蝎座
她的月亮也许不在那里

佩蒂特很少谈及他的婚恋，估计这是他的心情真实的反映。他的《墓志铭》（“Epitaph”）更表现了他不快的心情：

他一辈子的时间耗在床上

---

① Terence Diggory. “Simon Pettet.” *Encyclopedia of the New York School of Poets*: 377.

然后死于
空难
没有熟悉的形体，没有气味

诗人预料人生的结局令人出乎意外，但也在情理之中。以上三首诗诗人当作抒情诗篇收录在他的诗集《炉边集》（*Hearth,* 2008）里。格里特·兰辛（Gerrit Lansing）这样评论佩蒂特的抒情诗："西蒙·佩蒂特在这些多数满不在乎的抒情诗篇里，表明他自豪地独立于当前的诗歌时尚，好像一只闪着翅膀盘旋的蜻蜓。"[①] 兰辛说的"满不在乎"是指佩蒂特不遵循抒情诗的一般审美标准，把通常不认为是抒情诗的诗篇看作是他的抒情诗。佩蒂特创作了很多短诗，而且往往没有标题，有的轻松活泼，有的感情浓烈。我们不妨读一读他的《当你允许我清楚地看见》（"When you permit me to see/ With lucidity…", 1987）：

当你允许我清楚地
看见我的愤怒
我知道它的光芒
直射你黑暗的森林

当我们克服欠缺时
我们自己便穿戴欠缺
仿佛披上了刺藤
如此光彩夺目，以至于
隐私处像某个好士兵
我们称他为我们的心

第一节诗充分显示了诗人犀利的观察力和语言运作的张力。根据诗人的介绍[②]，"黑暗的森林"是对约瑟夫·康拉德的中篇小说《黑暗之心》（*Heart of Darkness*, 1902）的反响：内心深不可测，好似幽暗的森林。第二节诗取意于福特·马多克斯·福特的中篇小说《好士兵》，一部分意思是他或她肯定是一个你能信任的人，一个维护内心圣所的守卫者形象；另一部分意

① 见《炉边集》封底书评。

② 见诗人 2003 年 9 月 25 日发送给笔者的电子邮件。

思是这个"好士兵"可能就成了逃兵。我们的内心总是一个人的隐私之处，那里"最具个人性、最不设防、最真实、最坦率"[①]。

我们再来看一看他的另一首短诗《残酷朦胧救世自居的部落的不调和》（"There is a cruel, dim, messianic, tribal intransigence"）：

> 残酷朦胧救世自居的部落的不调和
> 给你带来一场空
> 顽固的稚气的婴儿般的光火
> 可以造成无限的后果
> 我被越来越黑的天空惊呆了
> 我望着我的挚爱
> 我经常望着的是我的挚爱

诗人婉转地批评了美国政府对外政策导致了纽约世贸大楼被恐怖分子摧毁。几乎绝大多数的美国诗人都是和平主义者，反对本国政府对外出兵。佩蒂特也不例外。我们再欣赏他的城市抒情诗《四点钟的城市》（"Four the clock the city", 1987）：

> 四点钟的城市
> 承担着伤口开裂似的严冬
> 苍蝇在垃圾堆里像旗子飘舞
> 遍地的垃圾裹着
> 一本本沾满灰泥的杂志
> 隔街对着我们的脸吹动
> 我们抬头看，几层楼的楼上
> 一个男子想看
> 我们看不见的东西
> 也许是一个小孩
> 也许是一个正擦窗户的女子

这首诗是通过城市的眼睛所看到的景观，打开了内心的视域，它和《当你允许我清楚地看见》收录在佩蒂特的《抒情集》（*Lyrical Poetry*，1987）

---

① 见诗人2003年9月25日发送给笔者的电子邮件。

里。从这两首他喜爱的抒情诗里，我们大致可以看出他的城市抒情诗如何迥异于通常的田园抒情诗。佩蒂特对自己写的抒情诗的界定是：“抒情诗带有精确的描写性，稍微带上一点儿讽刺。当我被问到什么是抒情诗时，我经常把它比喻为早餐麦片或豆子，换言之，没有牌号，是普通的物品。富有音乐性，亲切感，个人的感受。”[①] 纽约派诗歌元老约翰·阿什伯里对佩蒂特爱护有加，说他的诗“有着非正统的明晰，它使人想起詹姆斯·斯凯勒，诗中某些英国的斑驳色彩夹杂着东方的简洁，其甜美的复合的芬芳是佩蒂特的秘密”[②]。

佩蒂特精通金斯堡、科尔索、巴勒斯、凯鲁亚克、斯奈德、沃尔德曼和黛安·迪·普赖马等诗人的作品。他本人过着“垮掉派”生活，像垮掉派诗人一样，保持对精神中心的开放。佩蒂特曾经这样说：“我与垮掉派诗人的联系相当密切（除了早已去世的凯鲁亚克以及卢·韦尔奇之外），虽然我本人不能称为垮掉派诗人，甚至后垮掉派诗人。艾伦在欧洲也和我见过几次面，他还是我婚礼上的男傧相。我们称呼他为‘艾伦叔叔’，还称呼他是‘我们的总统’，特德·贝里根称他为‘诗歌总统’，我们诗人的代表。”[③]

佩蒂特和黑山派诗歌元老罗伯特·克里利以及约翰·威纳斯和格里特·兰辛（Gerrit Lansing）也非常亲近。克里利器重他，为他在意大利出版的意大利文本诗集《情况如何》（*Come Va*, 2004）写了长篇序言《西蒙·佩蒂特的感召》（“Simon Pettet’s Calling”, 2002），他在序言的结尾说：

> 但愿我在自己的花园里，不管赤身裸体还是不赤身裸体，阅读西蒙·佩蒂特的诗。在通常越来越浓的黑暗里，他是如此明亮和一直不灭的光。他生活着，好像生活本身就是欢乐，这的确如此，也显然必定如此。他的诗读起来有一种布莱克也知道的简朴的深刻的音乐性。他以灵巧的和老到的平和运行着。他仿佛在告诉我们“这小小的空间/为一切永恒/包含模式”，他讲的是真理。

他像其他的第三代纽约诗人一样，还处在创作实践的过程之中，他的人生及其创作还没有到达定论的阶段。从目前来看，我们没有读到他所谓史诗式的鸿篇巨制。他只专注于城市的和自身的一些琐事，用白描的手法

① 见诗人 2003 年 9 月 13 日发送给笔者的电子邮件。

② 见约翰·阿什伯里为佩蒂特《诗选》封页上写的评论。

③ 见佩蒂特 2003 年 9 月 13 日发送给笔者的电子邮件。

传达出来。他的诗给人带来的快感源于他在日常生活中闪现的感悟。诗人唐—米歇尔·鲍德（Dawn-Michelle Baude, 1959— ）在解读佩蒂特的《诗选》时说："佩蒂特的诗中人常常呈现一种易被忽视的谦逊的木然……他捕捉倏忽即过的认识瞬间，不做作，不事雕饰，没有空洞的废话。他把它直接交给读者，我常常被这种体验深深地打动。"凡熟悉佩蒂特为人为文的人，都会同意鲍德的这种看法。

佩蒂特出生在英国肯特郡，获英国埃塞克斯大学学士（1975）和伦敦大学硕士（1975），1977 年移民至美国，曾在新泽西斯蒂文斯技术学院、拉特格斯大学、纽约大学、土耳其埃盖大学等校任教，现为心理玄学基金会胶卷档案员。曾主编诗歌杂志《星期六早晨》（*Saturday Morning*）。除了上述的《炉边集》《抒情集》之外，佩蒂特还发表了《谜和其他的抒情诗》（*An Enigma & Other Lyrics*, 1984）、《21 个爱》（*21 Love*, 1991）、《诗选》（*Selected Poems*, 1995）、《大量的珍宝》（*Abundant Treasures*, 2001）和《一些扬清的碎片》（*Some Winnowed Fragments*, 2005）等诗集。

诗歌朗诵是佩蒂特的强项。张耳说："听佩蒂特诗朗诵非常过瘾，表情身段嗓音十分出色，诗情飘逸，慷慨激昂，感染力强。"[①] 2002 年，他在圣马可教堂诗歌项目所在地朗诵了诗歌，能在这里朗诵，如同画家在正式的画廊或美术馆开画展，算是登堂入室。圣马可教堂诗歌项目主管爱德·弗里德曼在朗诵会上介绍他说："把西蒙的诗放置于白色空间的野外，我们可以看到它异常的坚固性。他的一些诗好像是从轻松活泼的长诗里摘录的小片段。其他的一些诗给人的印象是，仿佛一个人在自言自语，讲到紧要处，每个词仿佛要爆炸似的。还有一些诗介于以上的表现手法之间。他的诗包括了对地方和大都会的兴趣、个人的深情和知识的展示，意志坚定，感情炽烈而诚挚……"佩蒂特常与福斯特、伦纳德·施瓦茨、张耳等诗人一道拜访德高望重的布朗克，老诗人总是热情地招待他们，为他们朗诵自己的新作。佩蒂特赞叹老诗人精彩的诗作和孤傲不群的品格。为纪念布朗克逝世两周年，在 2001 年史蒂文斯科技学院举行的布朗克诗歌研讨会上，佩蒂特带着布朗克式的幽默，动情地朗诵了他的诗。

当然佩蒂特不满足于纽约诗人圈的诗歌朗诵。为了回应 70 年代晚期荷兰阿姆斯特丹主持的国际诗歌节"一个世界诗歌"（One World Poetry），佩蒂特和鲍勃·罗森塔尔以及其他一些诗人，在金斯堡的支持下，于 80 年代组织成立"国际诗歌委员会"（Committee For International Poetry），用

① 见张耳《纽约诗人》十，载《橄榄树》（连载之五），1998 年。

双语召开了多次诗歌节，法国、土耳其、日本、匈牙利、波兰、俄罗斯、中国以及拉丁美洲国家的诗人在现代艺术馆举行诗歌朗诵和交流。北岛、顾城和其他的一些中国诗人也曾应邀参加诗歌节。

1993年冬，笔者应金斯堡邀请出席他在纽约举行的诗歌朗诵会，住在诗人爱德华·福斯特家。爱德华介绍他的朋友西蒙·佩蒂特陪笔者逛街景，经过包厘街圣马可教堂，可惜没有进去，当时笔者不知道以它为基地的诗歌项目对第二代和第三代纽约派诗人是何等的重要。到了西蒙家小坐了一会儿，房间除了堆满书籍之外，没有任何陈设，空间窄小得让人喘不过气来，如同解放前上海贫民一家三代拥挤在一间屋里。后来他的妻子罗丝伯德（Rosebud）进屋，只笑着点头招呼，没有交谈。西蒙一面为笔者翻看他以及他和妻子与金斯堡拍摄的一些合影，一面介绍他们与金斯堡的亲近关系，后来他俩为金斯堡送终也就很自然的了。[①] 笔者当时强烈的感觉是，如果你忍得住清贫，那你就在美国当诗人。西蒙的身世很少见诸文字，他也很少向他人提及。在一首《极度疯狂》（"A Fine Madness"）的第一节里，西蒙似乎透露了一些他的家世：

> 街上喧闹的消防车在夜里打扰我
> 没有小孩　不看整群人的凝视
> 没有精神崩溃（我家庭的严重病例）
> 他妈的跟着我！

如果这属于自白诗的话，想必西蒙家里有严重的精神病史了。

---

① 罗丝伯德·佩蒂特.《艾伦·金斯堡最后的日子》. 张子清译.《当代外国文学》，2005年第3期：146-148.

第十一章　新正统派诗歌

20 世纪 50 年代和 60 年代，垮掉派、黑山派、自白派和纽约派在美国诗坛热烈登场，而 T. S. 艾略特和新批评派的影响则相对减弱或是退居二线。一大批实力雄厚的诗人并不想赶时髦去加入上述的任何一个新流派，他们之中的大部分人主要接收了 T. S. 艾略特和新批评派所取得的成果，但在新形势下对它进行了修正和发展。戴维·珀金斯概括这个文学现象说：

> 他们在同新批评派风格决裂后，把他们严格的技巧藏在较随意的外衣里面，但他们从没有彻底放弃以前的标准。这是 40 年代复杂的形式和学术训练同 60 年代新的活力和现实相结合才取得了他们巨大的成就。[①]

这批诗人被称为新正统派诗人，本章专门介绍这一批诗人。

第一节　新正统派的界定及其主流地位

新正统派这一术语是笔者创造的，没有垮掉派、黑山派或纽约派这些流派浓厚的团伙性。伊哈布·哈桑在介绍了上述四个流派之后，着手介绍其他的同时代诗人时用“后浪漫主义诗人”作为概括，他说：

> 一群诗人躲避了上述方便的归类，现在没有意义充分的标题描述他们。然而，这些作家中的许多人具有某些共同倾向的感知力和对文学传统的态度。他们自己的传统是浪漫主义的，但他们也捕捉到了辛辣讽刺的使人精神错乱的当代世界的本质。这就是我们为什么称他们

① David Perkins. *A History of Modern Poetry: Modernism and After*: 382.

为后浪漫主义诗人，他们在学习叶芝、W. C. 威廉斯、史蒂文斯或庞德、洛厄尔、罗什克或奥尔森时持折衷态度；他们自己的诗歌逐渐形成独立的范式，生机勃勃，流畅或梦幻一般。他们对大自然的感知具有神秘色彩。他们常常爱用自白范式。他们几乎总是通过某些主观力量，一种内心假面具，一种诗人隐蔽的人格面具。在某种意义上讲，后浪漫主义诗人大部分采取中间立场，走向某种现在仍不十分清楚的诗歌未来。[①]

哈桑列举了威廉·斯塔福德、约翰·洛根（John Logan, 1923—1987）、罗伯特·布莱、詹姆斯·赖特、W. S. 默温、高尔韦·金内尔，甚至安妮·塞克斯顿和普拉斯等等，说他们是后浪漫主义诗人。他论述一部分诗人的风格时确实深中肯綮，然而太过宽泛，不足以充分揭示事物的本质。对于这一点，他本人也承认。首先，他把深层意象派和自白派混杂其中，舍弃了对文学现象更准确的把握；其次，你能说垮掉派不够浪漫吗？金斯堡的诗歌实质上是属于浪漫主义传统，他完全有资格被称为后浪漫主义诗人，而且很优秀，如同他也可以被称为优秀的自白派诗人一样。M. L. 罗森塔尔则称他们为新学院派，他认为：

部分原因是他们之中许多人与学院和大学有联系，部分原因是他们作为他们这一代的知名诗人几乎总是正规地建立自己的名声。但他们没有失去同巨大的现代推进力的接触……他们之中的佼佼者如洛厄尔把我们的诗歌进一步推入“个人危机”的危险的未知领域，它（学院派）在这个时期似乎是我们主要的诗歌挑战，而其他一些诗人悄悄地迎接这特别的挑战，太悄无声息，以至于他们的成就不为人注意。例如温菲尔德·斯科特（Winfield Townley Scott, 1910—1968）遵循了罗宾逊、里奇利·托伦斯（Ridgely Torrennce, 1875—1950）和惠蒂尔《大雪封门》的忆旧等的抒情传统，使他的措词、意象和观点接近最坚决的现代派诗人……其他许多诗人创造了一种严肃的新闻体诗歌，它也许主要源出于奥登——将机智而有见识的评论和对世界种种恐怖的惊慌观察相结合。还有其他的一些诗人，他们留心梦和神话或重叙过去的情绪，以此超越现时危机，同时拉开和它的距离。只有一小部

① Ihab Hassan. *Contemporary American Literature: 1945-1972*. New York: Frederick Ungar Publishing Co. 1973: 125.

> 分诗人遵循了老一代诗人如玛丽安·穆尔和史蒂文斯以美学为中心、形式完美的诗学传统，其中最著名的当推伊丽莎白·毕晓普和理查德·魏尔伯。①

他列举了贾雷尔、埃伯哈特、卡尔·夏皮罗、施瓦茨、库涅茨、内梅罗夫、W. S. 默温等作为他论述新学院派的依据。他和哈桑一样，高度概括了这一文学现象，但同样处于难以自圆其说的困境。首先，黑山派本身就是在学院里兴起的，他们有大学讲坛和正规的杂志，能把它排除在学院大门之外吗？其次，抨击学院风气最激烈的卡尔·夏皮罗和金斯堡都先后进了学院派诗人行列；再次，老一代学院派垂青的罗伯特·洛厄尔却以自白诗一反学院派的诗风。因此，归根结底，很难以学院派和反学院派这个标准静止地孤立地廓清文学现象，尽管两者的区别是相对存在的。

因此，用新正统派来概括魏尔伯、詹姆斯·迪基、霍夫曼、W. S. 默温、A. R. 阿蒙斯等等一大批基本上构成美国诗歌主流的诗人较为合适。他们像奥登和叶芝那样，在精通传统诗歌格律的基础上，写出有节制的自由诗，创作出不脱离传统的现代诗。他们以优雅、机智和娴熟的艺术形式帮助标出 20 世纪后半叶美国主流诗歌的发展方向。同样可用正统派这一标签描述 T. S. 艾略特、庞德、弗罗斯特或史蒂文斯。20 世纪美国诗歌主流基本上以传统派和新传统派为基干力量。从 1986 年任命沃伦为第一位桂冠诗人起，到依次选择魏尔伯、内梅罗夫、马克·斯特兰德、约瑟夫·布罗茨基、莫娜·范德温、丽塔·达夫……W. S. 默温等作为继任桂冠诗人这一做法本身，我们可以清楚地看到这一线索的延续。到目前为止，脱离主流的新流派诗人还没有获得当桂冠诗人的殊荣，很难得到普利策诗歌奖、美国图书奖和博林根诗歌奖等主要奖的机会。由此可见主宰美国诗歌主流的诗美学何等的稳定，而且起了何等重要的作用。所谓正统派和新正统派诗人都是沿着主流发展的，他们似乎信心十足，无需发明新流派，这就决定了他们相对的保守性、传统性，是学院派当然的中坚。

这里还需强调的是，20 世纪美国诗歌一直贯穿着两种诗风之争，②即本书开头介绍的两条不同的诗歌创作路线之争。在 T. S. 艾略特去世及新批评派势力衰微之后，坚持庞德—W. C. 威廉斯—H. D. 诗歌创作路线的诗人和评论家也许因过去受压的缘故（主要的诗歌史和诗选都侧重 T. S. 艾略

---

① M. L. Rosenthal. *The Modern Poets*. London and New York: Oxford UP, 1960: 252-253.

② 参阅赵毅衡主编《美国现代诗选》序，人民文学出版社，1985 年。

特和新批评派诗风），为争夺美国诗歌正统地位作了坚持不懈的努力，20世纪后期尤为明显，艾略特·温伯格主编的《1950年以来的美国诗：革新者和局外人》把W. C. 威廉斯、庞德和H. D. 作为首领，加上其他32位诗人压阵，其中一部分诗人如威廉·布朗克、洛林·尼德克尔、约翰·凯奇、杰罗姆·罗滕伯格、戴维·安廷、克莱顿·埃什尔曼、罗纳德·约翰逊、古斯塔夫·索宾、纳撒尼尔·塔恩等诗人很少为倾向于T. S. 艾略特诗美学的诗评家和编选者所重视，温伯格在这个意义上称他们为"局外人"，实际上是一句反话，因为从他收录在他的这本诗选里的一篇文章《1950年以来的美国诗歌：超短简史》（"American Poetry Since 1950: A Very Brief History"）中，我们可以看出他强调的美国诗歌正统诗人是他们。

此外，正统与非正统、新正统与非新正统是一个相对的概念。在20世纪初，风雅派视自己为正统，视现代派为非正统。在现代派之间，当T. S. 艾略特被视为美国诗坛正统和主流时，W. C. 威廉斯辩论说只有他才是地道的美国正统。后自白派、新批评形式主义和深层意象派，能不是主流的一部分？能不是正统？和垮掉派、黑山派、自白派或纽约派相比，它们简直无"撒野"可言，尤其新批评形式主义更是传统诗在新形势下的继续，是地地道道的新正统派。所谓最不正统的语言诗派的主要诗人在大学里任教，学院气息也很浓。其实世界上的学科定义都是相对的，例如物理学与化学、动物学与植物学、历史学与政治学，在其终极意义上讲是无区别的。正统派与非正统派，新正统派与非新正统派的区别亦然。只是为了概括和叙述方便，笔者把各种新流派以外庞大的基本的诗人队伍算作是正统派和新正统派，虽然新和旧也是相对的。

不过，我们已注意到目前一个明显的事实，掌握美国全国性的主要诗歌评奖和给诗人颁发基金大权的人，大多数是新正统派诗人，他们在90年代均已进入晚境，成了诗歌主流或主潮的元老。根据1992年美国诗人学会（Academy of American Poets）[①]出版的一本小册子公布的材料，其学术委员会领导成员包括理查德·霍华德、约翰·阿什伯里、艾米·克伦姆皮特、丹尼尔·霍夫曼、约翰·霍兰德、斯坦利·库涅茨、詹姆斯·梅里尔、W. S. 默温、莫娜·范德温、戴维·瓦戈纳和理查德·魏尔伯等12位常务

---

① 美国诗人学会由玛丽·巴洛克（Marie Bullock, 1911—1986）在1934年创立，宗旨是支持美国各种等级的诗人，帮助他们发展当代诗歌的读者。到1992年为止，该会发了57个研究基金资助（每个研究基金资助每年两万美元）、17个瓦尔特·惠特曼诗歌奖（获奖者除获一千美元外，可出版一部诗稿）、37个彼得·拉万青年诗人奖、13个哈罗德·莫顿·兰顿翻译奖、181个高等院校诗歌奖和21个美国诗人基金救济金。

理事。他们通过投票，有权给某个诗人颁发两万美元的奖金，并对学会里有关文学的事务进行指导。他们又常常是文学大奖的得主。以老诗人霍兰德为首的美国文学艺术院和协会文学奖委员会在 1991 年给魏尔伯颁发了诗歌金质奖章。而在 1989 年，魏尔伯由于他的《新旧诗合集》第二次荣获普利策奖。唐纳德·霍尔在 1989 年因为他的新诗集《那一天》获国家图书评论界奖，同一年，霍华德获美国诗人学会颁发的两万美元奖金；格温多琳·布鲁克斯获国家艺术基金会（National Endowment for the Arts）颁发的四万美元“终身成就奖”，同时，还获得美国诗歌协会颁发的弗罗斯特金质奖章；赫克特获一万美元的现代美国诗艾肯·泰勒奖。若从主流文化的立场去看这些颁奖获奖的情形，我们自然会为著名的老诗人们所获得的新成就感到高兴。然而，在非正统派如语言诗人的心目中，这是“官方诗歌文化”的“霸权”现象，但这只适用于七八十年代的诗歌景观。

主流诗歌或新正统派诗歌通过现场朗诵和广播朗诵得到了普及。例如，全国公共广播电台（National Public Radio）曾推出 13 个广播系列，介绍美国当代诗人及其作品。这个广播节目名曰“诗人亲临现场”（“Poets in Person”），每次半小时，由《诗刊》主编约瑟夫·帕里西（Joseph Parisi, 1944— ）负责撰写和制作。在广播时，诗人朗诵自己的诗作，并同诗评家讨论自己的生活和创作上的转折点，以及回顾二战以来美国诗歌史上的主要潮流和当代诗歌的几种风格，透露他们的得意之作的创造过程。被邀请参加广播节目的有金斯堡（请注意，他已被列入新正统派或主流派了）、卡尔·夏皮罗、马克辛·库明、W. S. 默温、格温多琳·布鲁克斯、梅里尔、艾德莉安娜·里奇、约翰·阿什伯里、沙龙·奥尔兹（Sharon Olds, 1942— ）、查尔斯·赖特、丽塔·达夫和加里·索托（Gary Soto, 1952— ）。他们之中只有三位新秀，大部分都是老诗人。像任何怀旧的老人一样，他们还讲到他们的作品如何受前辈惠特曼、狄更生和 W. C. 威廉斯的影响，如何受二战后社会大变动的影响，以及当代诗风如何受流行文化、地理、伦理和宗教的影响。30 多年前的造反派金斯堡和格温多琳·布鲁克斯这时也安静地跨入主流诗人的行列，成为新正统派或主流派诗人队伍中的成员。因此，正统与非正统的诗人身份不是一成不变的。最明显的一个例子是，只在社会底层的社区学院当兼职教师的凯·瑞安，毫无学院派背景可言，却在 2008 年当上了桂冠诗人，成了新正统派的一员。这也再次证明新正统派与非新正统派的相对性。

第二节 两位新批评形式主义诗人

二战以后，即 40 年代后期，一般评论家认为美国现代派诗歌运动高潮已过，逐渐走上了下坡路。在这个时期，新一代诗人不可能再写出比 T. S. 艾略特、庞德等现代派大师们更极端、更支离破碎、更富现代派色彩的篇章。这时的评论家只局限于评论具体作品，讲究技巧；诗人们则从事于他们称之为免于“偏见”的诗歌创作。主流诗坛这时相对和平，诗人与诗人之间，诗人与评论家之间，新一代诗人与老一代诗人之间没有发生激烈的争论，没有 T. S. 艾略特们当年与风雅派交战时出现的那种剑拔弩张的紧张气氛。40 年代与 50 年代早期，一批青年诗人，例如理查德 · 魏尔伯、罗伯特 · 洛厄尔、詹姆斯 · 梅里尔和彼得 · 维雷克等，英气勃勃地步入诗坛。他们是在新批评理论影响下成长的，因此被称为第二代新批评形式主义诗人（参阅第三编第五章第一节“新批评形式主义诗歌”）。

维雷克已在中间代部分介绍，而罗伯特 · 洛厄尔后来诗风大变，成为自白派的首领，因此本节只介绍魏尔伯和梅里尔两人。魏尔伯是中间代的杰出诗人之一，他不是先锋派的先锋，而是被罗伯特 · 冯哈尔贝格称为主流诗坛坚强的后卫。[①] 为了叙述方便（本书把中间代诗人的最晚出生时间卡在 1920 年），他被推迟到本节介绍。魏尔伯和梅里尔是 20 世纪后半叶取得重要成就的著名诗人，也是诗歌界的头面人物，在创作方面和风格上有某些相似性。

1. **理查德 · 魏尔伯**（Richard Wilbur, 1921—　）

理查德 · 魏尔伯曾任纽约德尔出版公司桂冠诗人丛书的总编，没料到他自己继沃伦之后，于 1987 年 4 月 17 日也被戴上了桂冠，成了第二届桂冠诗人。魏尔伯生于纽约市，父亲是画家，两岁时随父母迁居新泽西州，由于从小受到农村大自然的熏陶，他开始写诗时便以农村为背景。在著名女诗人狄更生的家乡阿默斯特市的阿默斯特学院获学士（1942）和硕士（1952）学位。二战时赴欧参战，复员后去哈佛大学深造，获硕士学位（1947）。先后在哈佛大学、韦尔斯利学院、韦斯利安大学和史密斯学院等校任教。

---

① Robert von Hallberg. “Poetry, Poetics, And Intellectuals.” *The Cambridge History of American Literature*, Vol. 8: 56-64.

出版了十多部诗集，第三本诗集《今世的事》（*Things of This World*, 1956）获普利策奖和国家图书奖。他因成功地翻译莫里哀的多种戏剧，获博林根翻译奖。论文集《反应：1948～1976年论文集》（*Responses: Prose Pieces 1948-1976*, 1976）总结了他的创作经验和诗论。

魏尔伯是二战后青年诗人中第一个挣脱现代派诗学束缚的优秀诗人。他不像二三十年代现代派诗人那样与社会格格不入，他不想当异化于社会的艺术家，而乐意作"诗人公民"。在他看来，诗歌应该富有集体责任感，或者至少要表达集体的愿望，否则便会枯躁无味。他清醒地看到从小受的教育对自己的影响，但不囿于成见。他说："我这一代的大多数美国诗人所受的教育是赞赏17世纪英国玄学派诗人和兰塞姆那样的当代反讽大师们。我们的教师和我们读到的批评家养成我们具有这样的感觉：最充分最感人的诗歌是感情复杂、思想冲突和意象不一致的诗歌。当时我们认为，诗歌不可能诚实，除非在承认现代生活和意识完全不和谐的前提下开始创作。"这正是对现代派诗歌美学的高度概括。魏尔伯认为那种诗歌有许多局限性，必然扼杀激情，导致含混。

作为后现代派诗人，他有继承现代派的一面，他也试写了一些富于机智、幽默的智性篇章。例如《心灵》（"Mind", 1956）：

> 完美运用时的心灵像蝙蝠，
> 独自在洞穴里拍打着翅膀，
> 被一种无意识的心智指挥，
> 避免向四周的石壁上碰撞。

有时又犹如陷于梦幻之中，如他回忆在意大利晚年生活时的长诗《心灵的阅读者》（"The Mind-Reader", 1976）：

> 心灵不是风景，倘若是风景，
> 将会有一轮歪歪斜斜的月亮
> 盘旋于你摸索中的林子那边，
> 它那细细的轮辐断在混乱的灌木丛。

然而，魏尔伯毕竟是后现代派时期的诗人，自然具有其他后现代派诗人诸如金斯堡、罗什克等人的一个鲜明特色：向存在主义和逻辑实证主义的哲学思想挑战，在残酷的原子武器时代赞颂神圣的生活。他像罗什克那样地热爱大自然，几乎本能地感受到大自然的情绪。例如《美丽变化》（“The Beautiful Changes”, 1947）：[①]

走进秋天草地的人会发现
躺满四周的“安女王花边”[②]
如水中的睡莲；草地从行人身旁
悄悄地滑过，把干渴的小草转向湖面，
好似你淡淡的身影，
把我的心灵罩进蓝晶晶的卢塞恩[③]。

美丽在变，如同紧贴森林的
变色龙皮肤使森林不停地变；
也像伏在绿叶上的螳螂
长入绿叶，使叶片
更加丰厚，使绿色
空前地绿到了顶点。

又如《冬春》（“Winter Spring”, 1947）：

山前的一株株树
带着饱满的衬线拼写寒冷：
所有冻结的墙
仍严阵以待；
冬春扬簸空气，
在条条小沟上湿亮地爬行；
处处
墙在畏缩着，偷偷地淌水一片。

魏尔伯的诗歌题材广泛，上到抽象的美学，下至平凡的土豆、知了、麻雀、癞蛤蟆，他都能把它们毫不费力地写进诗里，而且在字里行间充满了对世事的喜悦。他认为“无客体的世界是感觉的空虚”，深信“爱号召我

① 参阅张子清译理查德·魏尔伯《美丽变化》（外二首），载《诗刊》，1988年2月号。

② 一种野白花，夏天在山野中开放。

③ 瑞士的一个小山城。

们接近世事”。他 26 岁时发表的处子诗集《美丽变化及其他》（*The Beautiful Changes and Other Poems*, 1947）使他崭露头角，获得评论界的青睐和广大读者的喜爱。他一反当时风行的现代派沉重的历史感，满心喜悦地描绘欧洲美丽的风光和风格各异的古典建筑，如实地反映二战时他在意大利和法国的经历和感受（1943—1945），并且一反狂暴的感情一泻无遗的风气。他的这部诗集给人带来匀称美、优雅美和新鲜感。

魏尔伯不写自白诗，也不着墨自由诗。他在绝大多数情况下采用传统的艺术形式，即便独创的形式，也颇谨严工整，仿如中国的工笔画。他认为写诗如同画画，需要框架和构图，也似阿拉伯神话中装在瓶子里的妖怪，其无限的力量来自有限的瓶子。为了完美的形式，他勤于推敲。他说：“一首诗有时花了我许多年才完成。”难怪有的评论家称他为形式主义诗人。魏尔伯说：“关于技巧，有个评论家称我为新形式主义诗人之一，我愿意接受这一标签，假如是这样理解：努力复兴节奏力和其他艺术形式，使之与过去几十年的试验成果结合起来，这本身足以是实验性的了。”

众所周知，自从 T. S. 艾略特去世以来，美国诗坛旗手是 W. C. 威廉斯。在反对以 T. S. 艾略特为首的现代派诗风上，新批评形式主义者们和 W. C. 威廉斯是同一条战壕里的战友。不过这位年事已高的医生诗人力主诗歌革新，远比年轻的魏尔伯们激进得多。魏尔伯们面对不久前还显赫一时的现代派诗歌和已占统治地位的 W. C. 威廉斯，采用了“消蚀政策”，按照他们的诗美学逐步改变诗歌创作方向。有评论家认为，这种渐变策略虽然看起来不显眼，实际上却在动摇现代派诗歌的基础。魏尔伯被封为桂冠诗人说明美国诗界保守势力的抬头，还是说明诗歌艺术发展呈螺旋式上升趋势？或是像西方人为了换口味，使裤管时而大得遮没双脚有余，时而小得裹紧大腿而筋肉凸露？这也许是一种规律，艺术家们受好奇与求新心理驱使，使他们的艺术形式不断地对父辈或同辈的艺术形式进行否定或翻新。

不过，值得肯定和为广大读者欢迎的是，魏尔伯的诗歌不像现代派作品那样晦涩，而且近年来变得愈加晓畅。海伦·文德莱在介绍魏尔伯时说：“给美国诗歌的发展划一条粗杠杠：从爱默生经过惠特曼再到阿什伯里，他们坚持诗歌的断续性、破裂性和自发性，而史蒂文斯、弗罗斯特、梅里尔和魏尔伯等人则体现欧洲传统，重视诗歌的连续性、渐进性和音乐美。”[①]

---

① Donald McQuade. Ed. *The Harper American Literature*, Vol. 2. New York: Harper & Row, Publishers, 1987: 2354.

魏尔伯究竟是新批评形式主义诗人还是弗罗斯特的继承人，这要取决于从不同的角度来看待他。如今美国诗坛推崇他，至少有一点可以说明：美国的诗歌趣味变了，诗歌的食客们已把现代派晦涩的诗碟搁在餐桌一旁。

然而，有一部分诗评家对魏尔伯的风格持有微词，认为：他同无序的世界的冲突使他满足于用传统的模式、主题和方法解决老问题。作为诗人，他总是把他对无序世界的体验变得有序化、条理化。50年代，受新批评派诗美学影响而步入诗坛的同代诗人都坚持用有序化的观点看待无序化的世界，但现在已时过境迁了，美学趣味变了，一些激进的后现代派诗人和诗评家则主张忠实地反映无序的世界，不应该把原来的无序人为地有序化。在他们的心目中，魏尔伯显然落后于时代了。在他这一代诗人中，除了贾雷尔和卡尔·夏皮罗之外，他也是一位有影响的文学评论家。但由于他在有序与无序这个老问题上持保守态度，他在评论作品时势必反映他保守的审美趣味。他翻译法国文学作品和贾雷尔翻译德国文学作品都具有精湛的技巧，两人堪称平手。

1989年，魏尔伯由于《新旧诗合集》（*New and Collected Poems*, 1988）的出版而获第二次普利策奖；1994年，获克林顿总统颁发的国家艺术奖章；2006年，获露丝·利利诗歌奖（Ruth Lilly Poetry Prize）；2010年，因翻译法国悲剧家皮埃尔·高乃依（Pierre Corneille, 1606—1684）的《幻想的戏剧》（*The Theatre of Illusion*, 1636）而获国家翻译奖。

2. 詹姆斯·梅里尔（James Merrill, 1926—1995）

除未能获得桂冠诗人头衔之外，作为美国诗人学会长期的常务理事（1979—1995）、耶鲁青年诗人丛书评委，新批评形式主义诗人梅里尔在获得美国主要诗歌奖方面与魏尔伯难分仲伯：魏尔伯获普利策奖两次（1957，1989）、国家图书奖一次（1957）、博林根奖两次（1963翻译奖，1971年诗歌奖）；而梅里尔获国家图书奖两次（1967，1979）、博林根奖一次（1973）、普利策奖一次（1977）、国家图书评论界奖一次（1983）。在坚持传统诗艺方面，他比魏尔伯更是有过之而无不及。他成名于以新批评派诗美学为时尚的时代，早期的诗特别注意音步、押韵、诗节和文雅的措词。他以精美的艺术形式和儒雅的风格赢得了诗界的普遍赞扬。自从60年代各种开放型试验诗风盛行以来，他不赶时髦，不接受任何开放型艺术形式，稳坐传统磐石，凭自己的独创性，费时20余载，完成了长达560页的史诗式三部曲《在桑多弗变幻着的光》（*The Changing Light at Sandover*, 1982），以此建立了他在美国当代诗歌史上的重要地位。

梅里尔属于奥登直接影响下的一群诗人中的一员。W. S. 默温、艾德莉安娜·里奇、阿什伯里、安东尼·赫克特、理查德·霍华德和霍华德·莫斯等都接受了 W. H. 奥登的影响。但是，他们同时又面临着 W. H. 奥登非人格化与坦白内心感情和个人经历的矛盾。梅里尔虽然不能总是成功地回避这种困境，却有意识地在严格的形式主义与开放型诗之间进行平衡。

梅里尔早期的诗歌，如前所述，受新批判派和 W. H. 奥登影响，以闲雅的人格面具、富于教养的趣味、有闲阶级的口吻和不动声色的象征主义手法为特色，《千年平静之国》（*The Country of a Thousand Years of Peace*, 1959）[①]是这个时期的代表诗集。它记录了诗人在欧洲旅行的经历，通过梦从历史和神话联系到他的自身。诗集《水街》（*Water Street*, 1962）的自传成分比以前多了，连标题也是梅里尔住宅的所在地街道名。也许诗人被自白派所感染，《水街》以后的诗作披露他个人经历逐渐明显，也更富人情味。《童年的情景》（"Scenes of Childhood"）、《世界和儿童》（"The World and The Child"）、《破碎的家》（"The Broken Home"）和《1935 年的时光》（"Days of 1935"）等短篇都描写了他的父母离婚给他造成的后果。《激情之后》（"After the Fire"）、《1964 年的时光》（"Days of 1964"）、《致我的希腊人》（"To My Greek"）和《另一个八月》（"Another August"）等等是写给他的希腊性伙伴斯特拉陀的佳篇。

梅里尔 70 年代中期的作品从早期精致、完美、严谨的诗风转变为轻松而不太拘于过于严谨的形式，他的长诗《失落于解释之中》（"Lost in Translation", 1974）可以说是他诗风转变的代表作。他在这首长诗里专注于回顾父母离婚时他的童年时光以及他努力适应父母离婚后的生活：童年时的他等待人生之谜的到来，当它来临时，他将和法国保姆一起解释它，把他零乱破碎的人生经历之谜解释成一个统一的有意义的整体，且看这首诗的第一节：

> 图书室里的卡片桌等待
> 接受这从不会来临的谜。
> 日光射进来或灯光照在
> 桌面绿毛毡紧张的绿洲上。
> 未完成意愿的生活继续着。
> 海市蜃楼从时间滴落的流沙中

---

① 标题里的“国”系指瑞士，诗人的朋友汉斯·洛代岑死在那里。

升起，或一件件完整地落下来：
德文课，野餐，跷跷板，与
牧羊犬散步，它“除了谈话
可以干一切事情”——
在我们身后的果园
有被风吹落的酸果。
这是一个在谜中度过的
父母不在身边的夏天，
或者应当是这样。但是，
这孩子日复一日地
记着他的日记。没有谜。

他描述父母不在身边的小孩由保姆照料，虽然过着优裕的生活，但幼小的心灵感到很孤独，为什么父母不在这里呢？这对他来说是一个谜，他很想破解，但是这谜底始终藏而不露，最后反而失落在他的解释之中。这首诗收录在获普利策奖的诗集《神圣的喜剧》（*Divine Comedies*, 1976）里。这本诗集和后来获得的奖项奠定了他作为最优秀的年轻美国诗人之一的地位。

梅里尔擅长用闪烁的语言描写与人密切相关的经历与体验：童年的孤独，爱的背叛所带来的惊恐，爱情的神秘与欢乐，忠诚的友谊，读者从中可以感受到他的机智和早慧。1982 年，梅里尔出版了从以前九本诗集中挑选的短篇抒情诗选《前九本诗选：1949～1976》（*From the First Nine: Poems 1947-1976*, 1982），基本总结了他这方面的艺术成就。在同一年，他取得的另一个成就是他的诗歌三部曲的面世，标志他跨入了当代主要诗人的行列。

诗歌三部曲《在桑多弗变幻着的光》由《伊弗雷姆卷》（*The Book of Ephraim*, 1976）[①]、《米拉贝尔：数字卷》（*Mirabell: Books of Number*, 1978）[②]和《露天上演的剧本》（*Scripts for the Pageant*, 1980）合并而成。梅里尔创作诗歌三部曲的手法似乎带有迷信色彩，他和戴维·杰克逊利用流行于西方的灵应盘（Oujia Board）的转动，把原来在盘上印好的字母和词不断地进行新的组合，再把它抄写下来，算作是生者与死者对话的内容，作用类似中国的扶乩。他们就是这样和冥界的 W. H. 奥登、大天使迈克尔以及其

① 这是收录在诗集《神圣的喜剧》里的一首长的组诗，分 26 部分，每部分冠以字母 A 至 Z。

② 全集分十部分，从 0 至 9，每部分冠以阿拉伯数字。

他各种杰出人物交谈。伊弗雷姆，一个希腊犹太人鬼魂，通过灵应盘对梅里尔说：

> 蒲柏说：细件
> 依然需要琢磨，而整件
> 需要宝石般眩耀。

又如，梅里尔通过灵应盘与已故父亲保持密切的接触：

> 森接通了，
> 兴高采烈，难以置信——他在
> 尼娜死时没有接通灵应盘。
> 我们在印度吗？有一个傻瓜
> 印度人送他上主日学校。
> 他爱他好几个妻子、他其他的子女和我；
> 盼望他转世。

伊弗雷姆果然宣布梅里尔的父亲投胎在英国叫作丘的地方：

> 喂，詹姆斯·梅里尔，你父亲，他说（我们
> 回到旅馆房间），昨天投胎在
> 一家水果蔬菜商那里：名字，地点丘
> 清楚了

这种形式如同伊弗雷姆在远处给梅里尔打电话，告诉他父亲投胎的消息。在科学发达的时代，谁能相信灵魂不朽，而且能同生者交流信息呢？其实，梅里尔是利用灵应盘作为触发他过去几十年的生活积累、打开他记忆大门的手段，从而更自由地往返于过去、现在和未来之间，情调滑稽而幽默，行文的弹性很大。这部诗歌三部曲引起读者兴趣的原因也正在于此。当然这种方法并不是梅里尔的独创，但丁的《神曲》和埃德加·李·马斯特斯的《匙河集》都运用了类似的艺术手法，只是他的三部曲在内容上过多地宣染了他和戴维·杰克逊 25 年同性恋的关系。戴维·珀金斯对它在诗歌史上的地位作了辩证的评价：

> 梅里尔的三部曲取得的重大成就与严重的局限性并存。在宏伟的主题、规模、复杂的设计、神话诗的力量、亲切的人情味、机智、魅力、敏锐的感觉和完美的韵律方面，这三部曲超过了二战以来的任何英语长诗。不过，与此同时，它对事物的看法终究不一致，体裁本身存在稀奇古怪的局限，灵应盘令人尴尬，内含丰富而精炼的句子缺乏美国鸿篇巨制的速度、力度和意外的启示。不像《草叶集》及其美国文学上的伟大敌手《荒原》，梅里尔的三部曲不能引起感知力上的革命。它缺少《桥》的强度，而且不再现克兰的诗所再现的多种多样的广阔世界。在哀婉和纯美上，它不能与《诗章》比美。除此之外，自从惠特曼以来，没有任何美国诗人的长诗能超过它。①

梅里尔出生在纽约经纪人家庭，父母是大名鼎鼎的美林证券投资公司（Merrill-Lynch Investment Firm）创始人，他从小就受到极好的教育，并有家庭教师教他学习法语和德语。12 岁时父母离异，给他造成了一生难以弥补的精神创伤。中小学时代能诗，几乎每天一首。16 岁时，他的父亲为他出版了短篇小说和诗歌集。埃莉诺·怀利和里尔克是他少年时代喜爱的作家。在阿默斯特学院学习期间，于 1944 年应征入伍，服役八个月之后，1945 年返回阿默斯特学院，1947 年毕业。毕业前，他在希腊私费印行 100 本处子集《黑天鹅》（*The Black Swan*, 1946）。梅里尔在大学时代开始读现代派诗，对史蒂文斯尤感兴趣。他的同性恋性意向使他深入研究了普鲁斯特。1951 年，他的《初诗集》（*First Poems*, 1951）由大出版社正式出版。

1956 年，梅里尔在雅典购置房屋，此后 20 年间常往返于美国与希腊之间，在希腊雅典和康涅狄格州斯托宁顿两地居住。因此，希腊主题也经常出现在他的诗歌创作中。虽然是巨额财富的继承者，梅里尔的生活却很简朴，他常常匿名支援需要经济帮助的诗人和作家，例如他慷慨地资助了伊丽莎白·毕晓普和电影制片人玛雅·德仁（Maya Deren）。1956 年，他用遗产的一部分资金以他的离了婚的双亲的名字创立英格拉姆·梅里尔基金会（Ingram Merrill Foundation），资助文学、艺术、公共电视事业。他在传记《一个不同的人》（*A Different Person*, 1993）里坦承他在创作早期患创作心理阻滞症，寻求过心理医生帮助他克服后遗症。他的小说家朋友艾莉森·劳里（Alison Laurie, 1926— ）曾经透露说，梅里尔在患心理阻滞症期间“成了一种火星人，超然的聪明，超然，滑稽，与人格格不入”。

---

① David Perkins. *A History of Modern Poetry: Modernism and After*: 659.

梅里尔坦承 50 年代早期与他有密切关系的性伙伴，除了戴维·杰克逊之外，还有克劳德·弗雷德里克斯（Claude Fredericks）、罗伯特·艾萨克森（Robert Isaacson）和彼得·胡滕（Peter Hooten）。1953 年以来，他一直与性伙伴小说家戴维·杰克逊生活在一起，后者对他完成三部曲起了不可替代的作用。1995 年，梅里尔死于艾滋病引起的心力衰竭。

第三节 五位主流诗坛的权威诗人

赫克特、霍夫曼、阿蒙斯、霍兰德和霍华德可以说是新学院派中的老资格诗人，在学术界享有威信，是新正统派诗坛的中坚。他们都是批评家，都有论著。如前所述，霍兰德、霍夫曼和霍华德是诗坛权贵，是美国诗歌主潮的核心人物。除他们之外，同一时期诗人还包括在他们之上的弗雷德里克·普罗科希（Frederic Prokosch, 1908—1989）和西奥多·韦斯，之下的 X. J. 肯尼迪（X. J. Kennedy, 1929— ）和弗雷德里克·塞德尔（Frederick Seidel, 1936— ）。限于篇幅，本节介绍这五位诗人。

1. **安东尼·赫克特**（Anthony Hechet, 1923—2004）

赫克特从不赶时髦，却以精湛的诗艺饮誉诗坛。他是真正的形式主义诗人，善于用完美的艺术形式，把意象和思想有机地融合在一起，他的诗朗朗上口，音乐性很强。理查德·霍华德称赞他早期的诗具有新古典主义风采。① 霍夫曼认为他是韵律形式最严的诗人。②

他的处子集《召唤顽石》（*A Summoning of Stone*, 1954）显示了他娴熟的艺术才能。他描写一处地方，例如花园，精雕细刻到了无以复加的地步，具有 17 世纪欧洲建筑的巴罗克风格。《别墅花园》（“The Gardens of Villa D’este”）是该集的名篇之一，只要读一读其中的一节，就知道他如何精心构筑了：

树枝网似地交叉，
罩着淡蓝色积雪的紫藤
垂在树下，树上纠缠着卷须，

---

① Richard Howard. *Alone with America*. New York: Atheneum, 1971: 165.

② Daniel Hoffman. Ed. *Harvard Guide to Contemporary American Writing*: 581.

完美地编织情节；活捉旅游者的灵魂
用赫淮斯托斯[1]的网轻巧而熟练地在其
肉体的家里把它牢牢地逮住。
阳光和树枝一同欢欣地
展示忽现的树影空隙。

这首诗被认为是一首色情诗，花园里给人以美感享受的情景寄托了诗人的性欲。赫克特写了多篇类似的花园诗。他想象中的花园处于荒野与城市之间，既有大自然的野趣，又有城市有序的人工景观。他描绘的花园常给读者带来惊喜。赫克特对自己要求很严，对第一本诗集不甚满意，认为它像高年级学生的习作，因为它所表现的主题对他来说没有迫切感。

他获普利策奖的第二本诗集《艰难时刻》（*The Hard Hours*, 1967）显然有了他所谓的迫切感，自白的成分多了，主要记录了他的经历和体验，例如父母和子女之间的关系，肉体与精神不完美的结合。其中令人难忘的一组诗，描写了犹太人在二战时被德国法西斯士兵迫害的惨景。赫克特是犹太人，因此他在叙述这个历史事件时很自然地移情于中，给读者带来震憾灵魂的力量。60 年代如火如荼的时代氛围使赫克特较以前更明显地流露自己的感情和关注社会伦理问题。

但在 70 年代，赫克特又回复到 50 年代的艺术风格：非个性化，博学的隐语，机智的评论，完美的诗节，和谐的韵律。《奇影百万》（*Millions of Strange Shadows*, 1977）是他这个时期的代表诗集。赫克特的诗歌创作是以质而不是以量取胜。从 1954 年至新世纪为止的四五十年时间里，他只出版了十多本诗集，最后一本诗集是《黑暗与光明》（*The Darkness and the Light*, 2001），比起他同时代的重要诗人来说显然很少。但是他的优势在于，他不但在诗艺上堪与他前辈的艺术大师比美，例如他成功地实践了对任何诗人来说都算是挑战性的六行六节体诗《冬天六行六节诗》（“Sestina D’Inverno”, 1977），而且他写的诗同时具有时代精神。霍夫曼为此给他作了高度的评价：“虽然他服膺于新批评派大部分的诗学，安东尼·赫克特现在不是，过去也从不是传统的打油诗人。他把摆弄语言的敏感和他区别于他同时代大多数诗人对经验的态度同玄学的风格结合了起来。”[2]

赫克特出生在纽约德国犹太人家庭，上过纽约多所学校，在霍勒

---

① 根据希腊神话，他是宙斯和赫拉之子，火神和锻冶之神。荷马在《奥德赛》里描写他用一张织得很巧妙的网，将自己的妻子阿佛洛狄忒和阿瑞斯双双逮住。

② Daniel Hoffman. Ed. *Harvard Guide to Contemporary American Writing*: 581.

斯·曼恩学校（Horace Mann School）曾是凯鲁亚克的同班同学，学习成绩不佳。在巴德学院上一年级时，开始对史蒂文斯、W. H. 奥登、T. S. 艾略特、迪伦·托马斯的诗歌感兴趣。1944 年，他快毕业的那年，应征入伍，被分在第 97 步兵师，被派到欧洲战场，在德国、法国和捷克斯洛伐克等国作战。1945 年 4 月 23 日，他所在的那个师帮助解放了德国弗洛森比格集中营，这次经历使他终身难忘。复员后，他根据退伍军人法案优待条件去俄亥俄州凯尼恩学院学习，师从兰塞姆教授。他在这里接触到同辈诗人罗伯特·洛厄尔、兰德尔·贾雷尔、伊丽莎白·毕晓普和艾伦·泰特。然后又去纽约哥伦比亚大学继续学习，获硕士学位（1950）。

1951 年夏天，赫克特在意大利的伊斯基亚岛度假时遇到 W. H. 奥登，从此两人成了朋友。他后来发表了研究 W. H. 奥登的专著《潜法则：W. H. 奥登的诗歌》（*The Hidden Law: The Poetry of W. H. Auden*, 1993）。在这个时期，评论家常常将他的诗作与 W. H. 奥登相比。

赫克特毕业后先后在史密斯学院、巴德大学、哈佛大学、乔治敦大学、耶鲁大学等多所大学任教，还应邀到爱荷华大学教授爱荷华作家班，在罗切斯特大学执教时间最长（1967—1985）。70 年代上半叶，被选为美国诗歌学会常务理事（1971—1975）；80 年代上半叶，被选为美国国会图书馆诗歌顾问（1982—1984），即后来所谓的桂冠诗人。他生前拥有许多诗迷，几乎成了获奖专业户：除了获得普利策奖之外，他还获得拉塞尔·洛茵斯奖（Russell Loines Award, 1968）、国际英语联合会奖（English-Speaking Union Award, 1981）、查尔斯·凯洛格奖（Charles Kellog Award, 1982）、欧金尼奥·蒙塔莱诗歌奖（Eugenio Montale Award for Poetry, 1983）、博林根奖（1983）、哈丽特·门罗诗歌奖、露丝·利利诗歌奖（1988）、艾肯·泰勒奖（Aiken Taylor Award, 1989）、美国诗人学会颁发的十万美元谭宁奖（Tanning Prize, 1997, 1998）、华莱士·史蒂文斯奖（1997）、弗罗斯特奖章（1999/2000）等等。去世一个月之后，获国家艺术奖章（National Medal of Arts），由妻子海伦·赫克特（Helen Hechet）代领。韦怀泽出版社（Waywiser Press）以他的名义设立每年颁发的安东尼·赫克特奖（Anthony Hecht Prize）。

2. **丹尼尔·霍夫曼**（Daniel Hoffman, 1923—2013）

霍夫曼和赫克特同岁，但比赫克特早十年被选为美国国会图书馆诗歌顾问（1973—1974）。和赫克特一样，他把诗歌当作艺术品，进行精雕细刻。出版诗集数量不多，从 1954 年至 2005 年，包括两本诗选在内，只有十二本诗集面世，但是品位很高。虽然没有获得他同时代的一些诗人的盛名，但他的诗艺和文学批评却在文学界享有崇高的威望，例如，他主编的《当代美国写作哈佛指南》（*Harvard Guide to Contemporary American Writing*, 1979）是了解 80 年代以前美国文学的必备参考书，而他的专著《坡坡坡坡坡坡坡》（*Poe Poe Poe Poe Poe Poe Poe*, 1972）则是研究埃德加·爱伦·坡的权威之作。他出版这本著作时留的发型完全像埃德加·爱伦·坡，这成了诗歌界的美谈。他的论著和主编的书的数量超过了他的诗集。到了 60 年代中期，他作为诗人和评论家的地位，在整个主流文学界已经确立了。

机智和幽默是霍夫曼诗歌的最大特色。使他崭露头角的处子诗集《三十条鲸鱼的舰队》（*An Armada of Thirty Whales*, 1956）被 W. H. 奥登纳入"耶鲁青年诗人丛书"（The Yale Series of Younger Poets）第 51 卷出版。

在众多的文学才子之中，W. H. 奥登对霍夫曼特别垂青，在他为这本诗集写的前言里称赞说，描绘大自然的山水诗通过像霍夫曼这样的年轻诗人正在回复。这是开启霍夫曼文学生涯至关重要的一步。这部诗集显示了霍夫曼努力用生动的形象回复山水诗，探索诗人与大自然的关系。霍夫曼认为，大自然是根据自身的功能形成的，诗人只不过是带着审美的眼光关注它。他的看法迥异于中国传统的田园诗人完全融入大自然怀抱的审美观，认为两者不可能在真正意义上保持和谐的关系。我们现在来欣赏一下这首标题诗的一个片段：

一艘艘壮观的大帆船（似的
鲸鱼）行驶在翠绿的海洋上。

它们沉重的角逐
向前仪式性的移动

给在它们喷泉的芭蕾舞
带来嬉戏而潇洒的优雅。

它们深陷在面颊里的眼睛
发现了佛罗里达的海滩；

它们离开绿色世界去渔猎。

像上新世[①]的幽蠓，披露

它们今后暴露在空气里。
它们所走动的国土

成了它们圣神的圣地；
当这些朝圣者都发现表达能力时

它们将要唱出何等样的颂歌！
它们用鼻子轻推海滩；

它们从大海里伸出头，
急于寻找树篱和玫瑰，

庞大的身躯欢腾起来，
各各发出大号似的喘息，

伸展各自鳍装的膝盖。
但是它们再不游泳，也

经不住深陷在泥沙里，
大海、海风和蠕虫

将争夺这精子的遗嘱权。

诗人生动地描写了鲸鱼在大海里的雄姿及其庞大身躯搁浅海滩的景观。W. H. 奥登和其他的评论家都认识到这首诗象征了人与大自然的关系。批评家唐纳德·亚当斯（Donald Adams）在《纽约时报》发表文章《谈书》（"Speaking Of Books"），赞叹霍夫曼1954年发表的这首标题诗所表露的对待大自然的态度，他说："对如今的诗人来说，很难有同样的心理态度对待大自然（如同从前的华兹华斯那样），如果不是不可能的话。"[②]

---

① 上新世（pliocene epoch）：地质时代中第三纪的最新的一个世，它从距今530万年开始，距今180万年结束。

② J. Donald Adams. "Speaking Of Books." *New York Times*. 16 May 1954: BR2.

霍夫曼接着出版的《小手势和其他诗篇》（*A Little Geste and Other Poems*, 1960）和《满意的城市》（*The City of Satisfactions*, 1963）显示了霍夫曼运用语言的才能和风格的变化，受到了评论界的好评。在这个时期，他在描写大自然景观中加入了神话与城市文化元素。霍夫曼的气质是保守型的现代派，虽然已进入后现代，但他不热衷探索新的感知力，宁肯用新的表达方法表现普通的思想感情，尽管机智而弄巧，但一般读者无论在过去或现在都能接受。例如，《三十条鲸鱼的舰队》里的一首诗《梨此刻使我欣喜》（"That the Pear Delights Me Now"）结尾的两节：

> 梨使我欣喜
> 纯属偶然，
> 因为花为了果，
> 果为了种子。

诗人通过描写水果成长过程，感叹生物界的诞生、成长、死亡和更生。这种浅显的道理谁都明白，但是诗人能用巧妙的比兴方法，给读者带来回味无穷的欣喜。又如诗集《破碎的规律》（*Broken Laws*, 1970）里的一首诗《满意的城市》（"City of Satisfactions"）有这么三行：

> 破碎的规律
> 几乎解释在
> 我们呼吸的空气里。

诗人的这种发现在读者看来既生疏又熟悉。霍夫曼用他熟练的技巧，把他在日常生活中的发现和感悟写进诗里，让读者分享他的喜悦。他在谈到这方面的体会时说：

> 你必须向一切知识和体验敞开，你必须把自流井沉入你的意识里，达到你的存在最底层，即你的存在之制高点。当我到达如此境界时，我的发现便展示了我们的经验之连续性、生命中心的神秘性的重现，以及我们所认为罕见于我们时代的暴力和苦难。如果诗歌结果成功地对抗孤寂的话，那么我希望它给别人带来快乐。[①]

---

① William Sylvester. "Daniel Hoffman." *Contemporary Poets*. Ed. Tracy Chevalier: 429.

霍夫曼认为，他的责任是根据自己坚持的信念写作，不管当时的诗歌运动和时尚。对他而言，写诗是一件令人愉悦的事。

在 80 年代，他继续在诗歌创作上取得显著的成绩。他根据威廉·佩恩（William Penn, 1644—1718）这个象征民主、自由的历史名人[①]创作的诗集《如此博爱》（*Thus Brotherly Love*, 1981）受到人们的好评。例如，赫克特称赞这本诗集“在精湛地处理精神肉体、历史与愿景、意图与行动、梦想与现实等方面取得了辉煌的成就”。霍兰德则称它是“具有美国气派的宏伟诗篇”。总之，它在评论界被视为是对美国文学做出伟大贡献的美国史诗。

霍夫曼在 80 岁生日时出版了《超出沉默：短篇诗歌选：1948～2003》（*Beyond Silence: Selected Shorter Poems, 1948-2003*, 2003）。年轻诗人埃里克·麦克亨利（Eric McHenry, 1972—　）在《纽约时报书评》发表的评论文章中，称赞霍夫曼“80 岁时同他 25 岁一样忙碌和快乐”。他最近的一本诗集是《使得你停下来思考：十四行诗》（*Makes You Stop and Think: Sonnets*, 2005）。

霍夫曼出生在纽约。在中学时代，他经常参加学生辩论队和田径队，在全国进行比赛。二战时，在空军服役（1943—1946）。他先后在纽约哥伦比亚大学获学士（1947）、硕士（9149）和博士（1956）学位。从 1948 年起，他住在宾州斯沃斯莫尔，与诗人、著名《妇女居家杂志》（*Ladies Home Journal*）诗歌编辑伊丽莎白·麦克法兰（Elizabeth McFarland, 1922—2005）结婚，生二子。他曾在哥伦比亚大学、斯沃斯莫尔学院和宾州大学执教。1996 年，作为菲利克斯·谢林英语荣誉教授，从宾州大学退休，该校“热爱学问社（Philomathean Society）为他出版诗集，以表彰他邀请当代诗人们到该校多次进行诗歌朗诵的贡献。1988～1999 年，任纽约圣约翰大教堂驻院诗人，负责美国诗人角（American Poets' Corner）。现任美国诗人学会荣誉常务理事。2005 年，为维护作家权益，他成为美国作家协会（Authors Guild）控告谷歌的原告之一。

霍夫曼获得众多奖项，其中包括安斯利奖（Ainsly Prize, 1957）、费城阿西纳姆文学奖（Literary Award of the Athenaeum of Philadelphia, 1963）、哥伦比亚大学卓越奖章（Medal For Excellence at Columbia University, 1964）、国家学院和艺术与文学院奖（National Institute of Arts and Letters

---

① 威廉·佩恩：英国房地产企业家、哲学家，美国宾夕法尼亚英属殖民地的开拓者和创始人。他最早提倡民主和宗教自由，并成功地与勒纳皮印第安人签订了友好条约。费城在他的领导下，初次进行了规划和发展。

Award, 1967)、哈兹利特纪念奖（Hazlett Memorial Award)、艾肯·泰勒奖、匈牙利国际笔会翻译纪念奖章（Memorial Medal of the Maygar P.E.N.)、阿瑟·伦斯诗歌奖（Arthur Rense Poetry Prize）和四次菲巴特卡帕奖（Phi Beta Kappa Poet Award, 1963, 1964, 1966, 1973）等。

3. A. R. **阿蒙斯**（A.R.Ammons, 1926—2001）

作为美国艺术与文学学会暨协会会员，阿蒙斯在主流诗歌界享有崇高的威望。著名诗评家哈罗德·布鲁姆教授赞扬他说："在美国没有一个当代诗人比 A. R. 阿蒙斯更可能是一个优秀的典范。"

同赫克特或霍夫曼相比，阿蒙斯是一位洒脱而不拘谨的诗人，一位继承了爱默生和惠特曼传统的浪漫主义诗人。他热爱生活，观察自然景色和现象细致入微，用他从中得到的感悟去启迪读者的心智。他以沉思的闲适的漫谈方式，和读者分享他的喜悦。我们从他的诗集《科森斯湾》（*Corsons Inlet*, 1965）的标题诗一部分，就可以看出他这方面的志趣和艺术特色：

今晨我又向海边一个个小沙滩
漫步，
而后向右，沿着
围绕裸露的海峡掀起的
拍岸浪花
返身

沿海湾岸边踽踽独行：

闷热的阳光，海风不断吹来，
漾起流沙的涟漪
太阳渐渐升高
但过了一会儿

持续的阴云覆盖：

这超脱的漫步，我从各种形式
从垂直面
直线、块、盒、思想的束缚中

释放出来
进入眼前的色彩、明暗、上升和弯曲的
浮游体：

以上是这首诗的开头，诗人在结尾发表感慨：

我看见狭窄的秩序，有限的严格，但
不会趋向那轻易的胜利：
依然围绕具有更松散更宽泛力量的作品：
我将努力去
扣紧有序，扩大对无序的把握，扩充
范围，但乐意享受这自由：
范围逃避我的把握，没有终极的远见，
我没有完全觉察任何事物，
明天重新散步是一次新的散步。

这种形而上学的结论是典型的阿蒙斯的世界观，在常人看来似乎是胡扯，但对于哲人来说不啻是玄学。戴维·珀金斯说，阿蒙斯在诗里追求一种浪漫主义传统里的哲理性直觉，效法华兹华斯、爱默生和惠特曼。阿蒙斯坦承读了不少印度和中国的哲学。他曾在回答笔者信时透露说，他读过英译本的《道德经》和李白、杜甫的诗，对中国文学作品表现普通事物和生命之间存在几乎是神秘意义的关系特别感兴趣，这实际上也是他创作取向的自我写照。当然，哲学的沉思是他风格的一个方面。

他的风格另一方面是在诗里引进了现代科学的研究成果和词汇。例如他在长诗《诗学随笔》（“Essay on Poetics”, 1980）里插入了罗伯特·密勒（Robert Miller）的《大海》（*The Sea*, 1966）、保罗·韦兹（Paul B. Weisz）与梅尔文·富勒（Melvin S. Fuller）合著的《植物科学》（*The Science of Botany*, 1962）等科普读物的片段。在他后期的诗歌里，读者常常被引入一个崭新的领域：遗传密码、双螺旋线、低温生存、超新星、胶体微粒飘浮和血小板、核子作用、地幔等等学科。这样，阿蒙斯的诗歌既具有自然界的形体美和神秘性，又有冷静透辟的科学分析。

阿蒙斯的诗歌内容和形式弹性大，有的诗雄辩而有力，有的诗机智而幽默，而有的诗则形象刻画逼真而生动。有一些诗，诗行涨满页面，如上文所引；有一些诗只有几行，而且诗行很短，如《小歌》（“Small Song”, 1970）：

芦苇给
风

让路，让
它走开

又如，在加算器狭窄的带子上打印的诗集《岁末年初的打字带》（*Tape for the Turn of the Year*, 1965），通篇的诗都很短，像流水账似的日记。他有的诗篇诗行有时很长，长得无以复加，例如诗集《球体：运动的形式》（*Sphere: The Form of a Motion*, 1974）是一首长诗，由15512行的一个句子构成！由此可见阿蒙斯对诗歌艺术形式的创造可谓费尽心机。海伦·文德莱对他寄予很大的希望，说他的诗"是严肃的诗，企求霍普金斯的细节而无霍普金斯的'感情迸涌'，尝试史蒂文斯的抽象概括而无史蒂文斯远离现实世界的无人情味，追求W. C. 威廉斯对平凡事物的柔情而无W. C. 威廉斯的浪漫倾向"①。根据她的判断，如果阿蒙斯依照他当时的诗歌试验继续下去，他将会开创20世纪肃清浪漫主义的第一流诗歌。

阿蒙斯出生在北卡罗来纳州怀特维尔的一个烟草农场。二战期间，在护送美国海军的冈纳森驱逐舰上服役（1944—1946）。战后，在维克森林学院主修生物学，1949年毕业后，在哈塔拉斯小学任教，并就任校长。在同一年，与菲莉丝·普拉姆波（Phyllis Plumbo）结婚。然后去加州大学伯克利分校学习，获英文硕士学位（1952）。毕业后，曾任《民族》杂志诗歌编辑（1963）。1964年，在康奈尔大学任教，成为该校教授和驻校诗人，1998年从该校退休。1955年至1997年间共发表诗集25部，去世后出版两部诗集。获多种诗歌大奖，其中包括两次国家图书奖（1973，1993）、博林根奖（1974）、国家图书评论界奖（1981）、美国诗社（Poetry Society of America）颁发的弗罗斯特终身诗歌杰出成就奖章（Frost Medal for Distinguished Achievement in Poetry over a Lifetime, 1994）、美国诗人学会颁发的十万美元谭宁奖（1998）。1990年，当选美国艺术与文学学会暨协会会员。

4. **约翰·霍兰德**（John Hollander, 1929—2013）

大学才子、艺术能手和鉴赏家等等学识渊博的标签都可贴在霍兰德的身上，而他受之无愧。霍兰德比金斯堡小三岁，同在纽约哥伦比亚大学学

---

① Helen Venler. *Part of Nature, Part of Us*: 335.

习，比他迟两年毕业。他们虽是要好的朋友，但美学趣味却截然相反。当金斯堡就他的新诗向霍兰德征求意见时，霍兰德看到他如此狂野的诗之后，建议他采用希腊词源的英文标题，这样看起来才像是诗，才显得堂皇而渊博。这虽然是金斯堡透露的 50 年代初的一段诗坛逸闻，[1] 但它典型地反映了 50 年代和 60 年代垮掉派与新正统派在诗美学上的鸿沟。

霍兰德被公认为当代诗人中最精通诗艺的完美无缺的诗人。他继承和掌握了传统诗歌的各种形式和音步，而且创造了许多令人感兴趣的新形式。他以他特有的机智和博学发展了传统诗，把传统诗提高到了新的高度。传统诗人人都能学着写，但要写出新水平，除非大手笔，一般诗人是望尘莫及的。那种食古不化、甜腻味太浓、观念腐朽、词汇陈旧的无数新古体诗年年都面世，除了蹩足的诗人自我欣赏外，都被广大读者扔进垃圾箱里了。像霍兰德这样的诗歌大家，不是为形式而形式，而是用形式为内容服务。他用完美无瑕的艺术形式，表达了有教养阶层的理想。他所师法的大师是 W. H. 奥登和史蒂文斯。奥登也对他褒奖有加。W. H. 奥登在为他作为耶鲁青年诗人丛书出版的处女集《生气勃勃的荆棘》（*A Crackling of Thorns*, 1958）作序时说：

> 我认为霍兰德先生必须被称为“文学”诗人是在如下意义上讲的：他的诗作中的居民更多地了解诗歌，特别是 17 世纪的诗歌，而更少地懂得，譬如说，培植花园或烧煮饭菜；给人的印象是，他们散步回来时告诉别人的是关于他们所担心的事，而不是他们所见到的情景。然而，他们这样的表现有什么不好呢？

由此可见，霍兰德表现的情操是阳春白雪，而金斯堡所感兴趣的是下里巴人。不过，霍兰德的诗歌题材与主旨并不古奥，而常以平凡而亲切的客体或事件始，以哲理而终。例如他在《大熊星》（“The Great Bear”, 1958）的开头吟诵道：

> 即使在晴朗的夜晚，把多数温顺的小孩
> 引导到户外的小山头，他们也绝对难以
> 看见它。这来自记忆中书页里的圆鼓鼓的
> 粗暴形象，追踪那个形象的没把握的

[1] Barry Miles. *Ginsberg: A Biography*: 147.

手指，在这闪烁的确定的群星里，
也不能标出它应走的路线，直至
那个大块头熊大摇大摆地
在黄道交角露相；虽然
这时最小的孩子默默不语，
其余的孩子有所反应，我们
均在不同程度上感到了欣慰：
"啊，在那儿！""见到啦！"
甚至发出呼声："非常像一只熊！"
这呼声使我们欣慰，因为没有熊

诗人在最后的诗节，发表感想说：

……在所有星星中的大熊星
很像随便指出来的任何一颗星，
我们经常会说那是大熊星，
因为它可能就在那里；因为
祖先中的某些人确实找到了它，
一条断续的复杂的路线，把明亮的
星星和较暗的星星像蛛网般织在一起；
因为大熊星有规律地出现——即使白天
对我们来说，它应当是在那儿。
我们不必训练自己去看见它。
世界是偶然成真的一切事物。
夜空的星星似乎指明可能的种种形态。
如果最好让它在那儿（这样一个大熊！
和所有的星星挂在高空！），但依然不会有熊。

该诗反映了人类在无模式的天空试图找出模式的努力精神。和阿蒙斯一样，霍兰德的哲理也根植于现代科学的研究成果。他的诗以理服人，而不是以情动人，但同样给读者以美的享受。霍夫曼认为霍兰德是新古典主义者、浪漫主义的象征派诗人和智性诗人，他用了多种范式，多种声音，多种形式。霍兰德的诗歌是新正统派或新学院派的典范，在1958年至2008年的半个世纪里他出版了28本诗集，从60年代到世纪末，每十年都有相当数量的诗集问世，稳步前进，一直保持了旺盛的创作力，也保持了成熟的诗艺。

1993 年 10 月 22 日，在海伦·文德莱教授主持下，美国诗人学会、哈佛大学英美文学系、乌德伯里诗歌室和哈佛大学图书馆等单位在哈佛大学爱默生大厅，为霍兰德新编的两卷本《19 世纪美国诗选》（*American Poetry: The Nineteenth Century*, 1993）的出版举行了大型诗歌朗诵会。24 位当代著名诗人和批评家诸如魏尔伯、罗伯特·平斯基、查尔斯·西密克、唐纳德·霍尔、X. J. 肯尼迪等以及丹尼尔·艾伦（Daniel Aaron, 1912— ）等著名学者、教授都从这两卷诗选里选了数首诗进行朗诵。这一方面说明美国听众对传统诗的喜爱，另一方面也表明霍兰德在诗坛的显赫地位。

霍兰德也偶尔尝试写试验诗，例如他的诗集《形状的各种类形诗抄》（*Types of Shape*, 1969）中的诗是用电脑排列的各种类型的形状，其中有一对上下肚皮相贴的鸭子、钥匙、酒杯、灯泡、铜钟、叶子、五角星、帽子、箭头等等各种形状，但句子都是用规范的英语写的。在霍兰德看来，它至少很悦目。[①] 但是，它与有语言诗倾向的后垮掉派诗人弗农·弗雷泽的诗完全不同，弗农彻底推翻了正常的语义和通常的逻辑思维，在电脑上用英文字母和还可辨认的单词把他所认定的诗排列成各种形状。霍兰德试验的诗行排列形状，基本上是在 E. E. 肯明斯的一些诗篇形式上推进了一步。

霍兰德出生在纽约市犹太人家庭，在哥伦比亚大学上学，师从马克·范多伦和莱昂内尔·特里林教授。在该校获学士（1950）和硕士（1952）学位。毕业后，以为古典音乐专辑内页写说明书为生。然后，在印第安纳大学攻读，获博士学位（1959）。毕业后，先后在康涅狄格学院（1957—1966）、普林斯顿大学（1962, 1965）、印第安纳大学（1964）和牛津大学（1967—1968）等校任教。1977 年以来，任耶鲁大学英文教授，2007 年，作为斯特林荣誉英语教授退休。他不但是有高度艺术修养的诗人，而且是在学术上取得很高成就的批评家，出版 10 部批评著作，发表数十篇文章，主编了 20 多部著作。在他众多的著述中，他的《韵理：英语诗歌指南》（*Rhyme's Reason: A Guide to English Verse*, 1981）被几代的读者和作家阅读和接受。他在英国诗歌研究方面也取得了累累成果，与英国文学著名评论家弗兰克·克莫德（Frank Kermode, 1919—2010）合编了两卷本《英国文学牛津文选》（*The Oxford of Anthology of English Literature*, 1973）。

与赫克特、霍夫曼和阿蒙斯相比，霍兰德获奖不多，只获得博林根奖

① 见霍兰德 1993 年 12 月 3 日给笔者的信。他赠送了这本诗集给笔者。

（1983）、50 万美元的麦克阿瑟研究金（MacArthur Fellowship, 1990）、杰出文学成就精通语言奖（Philolexian Award for Distinguished Literary Achievement, 2002）和罗伯特·菲茨杰拉德诗体学奖（Robert Fitzgerald Prosody Award, 2006）。这可能与一些评奖委员会成员的审美有关。有的评论家认为，在他的诗里堆砌了大量的知识和难以置信的技巧，需要读者花大量时间和思考才能解开诗人的原意，他后期的作品接近托马斯·哈代和史蒂文斯的风格。有的评论家认为，他写的是哲理诗，太玄，太抽象。尽管如此，这无损于霍兰德在美国文学界中的稳固地位。作家亚历克斯·刘易斯（Alex Lewis）说他是"半个世纪以来美国文学文化的中心人物，与诸如罗伯特·佩恩·沃伦、哈罗德·布鲁姆、安东尼·赫克特、诺姆·乔姆斯基（Noam Chomsky, 1928— ）等 20 世纪美国精神生活中的名人比肩"[①]。可以这么说，霍兰德作为学者和评论家的显赫地位，在某些方面，比他作为诗人的名声更大。

从 80 年代晚期起，他定居在康涅狄格州伍德布里奇，被选为该州桂冠诗人（2005—2011）。他在新世纪出版了两部诗集：《大型落地观景窗诗抄》（*Picture Window: Poems*, 2003）和《一股光流诗抄》（*A Draft of Light: Poems*, 2008）。亚历克斯·刘易斯在评论这本诗集的文章中说："在诗里，霍兰德阐明物体和情感的流动性，把我们每天碰到的简单事物与赋予我们的生活以意义的方式联系了起来。"

5. **理查德·霍华德**（Richard Howard, 1929— ）

和霍兰德一样，他也是金斯堡在哥伦比亚大学的同学和朋友，但两人走的是两条不同的创作道路。1971 年 4 月，霍华德因评选国家图书奖得主产生意见分歧而与金斯堡在《纽约时报图书评论》上展开公开论战，表明了他作为新正统派的实力地位。[②]金斯堡竭力反对评委会授予莫娜·范德温国家图书奖并退出评委会，在《纽约时报图书评论》上发表公开信，表明他的批评态度，他认为格雷戈里·科尔索的"天才作品"比范德温的"平庸作品"更有资格获得此奖。霍华德在公开的回信中，指责他一贯与凯鲁亚克－麦克卢尔－拉曼西亚－惠伦－科尔索的试验派五人帮搅混在一起，而忘掉了 W. S. 默温、阿什伯里等其他写试验诗的人，并指出把科尔索的作品而不把莎士比亚的十四行诗以及弥尔顿和史蒂文斯的诗作看成天才作

---

① Alex Lewis. "Blooming of Shadows: John Hollander's *A Draft of Light*." *Jacket*, an on-line literary periodical, 2009.

② Barry Miles. *Ginsberg: A Biography*: 437-438.

品，那才是发疯。霍华德公开表明他在诗美学上决不与金斯堡苟同。当然，此次学院派与非学院派象征性的公开对抗，以霍华德的胜利而告终。

金斯堡坚持惠特曼—W. C. 威廉斯传统，所以常常与坚持新批评派、W. H. 奥登或史蒂文斯诗学的新正统派发生冲突是自然的事。作为新正统派的骨干，霍华德在处理自我危机、历史和现实社会的题材时，不像金斯堡那样无保留的直露或盛气逼人，而是回避直接的自白，采用庞德或叶芝式的人格面具表现手法。例如，诗人在《逮蚝》（“Oysterin”, 1967）的开头对逮蚝做了以下描写：

> 它们是那么奥秘，缄口不露，磨练意志，
> 不动脑筋，孤零零，如狄更斯所说，
> 然而，它们有话可说：不止一种方法
> 屈服。首先是——最困难而又
> 最难下手——当你把它们从岩石上
> 剥离时，刺人的芦草把它们
> 拉回到黑色的烂泥里，那里都是
> 寄居蟹及其寄居的海螺壳，
> 小鱼儿出奇地布满遍地，
> 拍岸浪花使劲地向后拽，求生的力量
> 使它们坚持着，为了宝贵的生命，它们
> 坚持不懈。有时岩石首先在它们
> 同意之前放弃了它们，但我们仍然拾到了，
> 即使我们的双手已鲜血淋淋，
> 因为这是维多利亚女王喜欢的午餐，
> “一桶威尔弗利特蚝”穿洋过海，
> 一路运到温泽，使遗孀胃口大开。[①]
> 今天下午我们剥开它们禁闭的
> 盔甲，吃了它们……

诗人在这首诗的结尾写道：

① 温泽城堡在伦敦西，是英国皇家乡村别墅，那里供应从美国麻省威尔弗利特运去的蚝。这里是隐喻，取自英国作家拉迪亚德·吉卜林（Rudyard Kipling, 1865—1936）描写维多利亚女王的诗篇《在温泽的遗孀》。

我们局促不安地吃了它们，打饱嗝时才想起
它们死于何时，那时，此刻，明天？

《逮蚝》反映了霍华德典型的艺术特色：戏剧性独白。他避免了现代派诗人爱用的破碎表现手法而采用了一种较为自由的形式，即仿效 W. H. 奥登成功地运用的按每行音节数安排的整齐诗行，放弃英美诗歌传统的轻重音节范式，例如大家熟悉的五音步抑扬格。法国诗的特点是非重音。霍华德翻译了大量的法国诗，自然受此影响，但不注意轻重音节错落安排的诗行，对多数英语诗人是很不习惯的。只有 W. H. 奥登、玛丽安·穆尔、霍兰德和霍华德对此艺术手法乐此不疲。

比起他大量的译著，他出版的诗集不多。从 60 年代初的第一本诗集《量》（*Quantities*, 1962）到新世纪的诗集《不用说》（*Without Saying*, 2008）为止，一共发表了 16 部诗集。在这 40 多年之中，霍华德克服重重困难，精心构造他的艺术天堂，把他渊博的学识、练达、才华和机警有机地化入诗中。他在 1970 年获普利策奖的诗集《无标题论题》（*Untitled Subjects*, 1969）共有 15 个独白（多数以信的形式），通过 19 世纪的斯各特、萨克雷、威廉·莫里斯夫人等杰出人士之口展开，时间顺序安排在 1801～1915 年。霍华德在题辞上用“献给另一个伟大的诗人”暗指的伟大英国诗人罗伯特·勃朗宁，并且引用了他的名言“我将叙述我的状况，仿佛它不属于我的”。勃朗宁以在诗里借用他人之口，作戏剧性独白著称于世。霍华德服膺勃朗宁的诗美学，竭力回避金斯堡的直抒胸臆。他在诗集《没有旅人》（*No Traveller*, 1989）里先花了 30 页，以一系列信的形式透露他在 1953 年和史蒂文斯的奇遇，又花了 20 页描写一个叫作维拉·拉赫曼的女教授的独白。她像一个年迈的预言家，隐居在希腊。我们从中可以看到霍华德的美学趣味，而这个美学趣味只在读者群中的饱学之士才具有。

霍华德也是一位学者型的诗人，他的论著《独自与美国一道：1950 年以来的诗歌艺术研究论文集》（*Alone with America: Essays on the Art of Poetry in the United States since 1950*, 1969, 1980）被视为首次全面论述 20 世纪后半叶美国诗歌的权威著作，长达 586 页，评论他同时代的 41 个主要诗人。除了写剧本之外，他还翻译了 172 部法国文学作品，获得法国政府颁发的国家功勋骑士奖章（Chevalier of L’Ordre National du Mérite）。

霍华德出生在俄亥俄州克利夫兰，先后在哥伦比亚大学获学士（1951）和硕士（1952），后去法国进修法国文学（1952—1953）。曾做过短时间的词典编纂工作。1988 年以来，一直任辛辛那提大学比较文学教授。曾任国际笔会美国分会主席（1977—1979）、纽约州桂冠诗人（1994—1997）、美国诗人学会常务理事（1991—2000）。现任《巴黎评论》（*The Paris Review*）和《西部人文科学评论》（*Western Humanities Review*）诗歌主编。获得包括莱文森奖（Levinson Prize）、哈丽特·门罗诗歌奖、国家学院和艺术与文学院奖、普利策奖、国际笔会翻译奖、美国图书奖（American Book Award）等多项诗歌奖。他的近作《内心的声音：1963～2003 年诗选》（*Inner Voices: Selected Poems 1963-2003*, 2005）收录了广为大众喜爱的有兴味的诗篇，受到普遍的欢迎，布鲁姆夸奖他是“勃朗宁正宗的继承人”。

霍华德很少披露家庭情况。和梅里尔一样，他是一个同性恋者。他坦承终身迷恋同性恋的性体验，在他后期的诗作里，明显地流露了同性恋情绪。例如，他在《浅谈治愈：新诗篇》（*Talking Cures: New Poems*, 2002）里，收录了一组 9 首讽刺诗“阳具”，滑稽地描写“带阴茎的玛丽莲·梦露”，津津有味地描叙古典考古学家和艺术史家吉塞拉·里克特（Gisela Richter, 1882—1972）博士在德国博物馆发现一段雕刻着许多阴茎的大理石柱，等等。他的另一本诗集《如同大多数的启示》（*Like Most Revelations*, 1995）也明显地反映了他的同性恋情绪。康科迪亚大学的学生凯瑟琳·麦克基欧恩（Kathleen McKeown）的硕士论文《痛悼男人：詹姆斯·梅里尔和理查德·霍华德的挽歌》（*Mourning Men: the Elegiac in James Merrill and Richard Howard*, 1999）是以研究梅里尔和霍华德的同性恋的情结为主题的。她在论文里详细调研梅里尔和霍华德在创作中具有哀悼同性恋色彩的诗，以揭示梅里尔诗歌中的艾滋病主题和明显地呈现在霍华德挽歌里的同性恋情结。

第四节　三位 20 世纪末的桂冠诗人

莫娜·范德温是继沃伦、魏尔伯、内梅罗夫、斯特兰德和布罗茨基之后的第六位桂冠诗人（1992—1993）。她在摘取桂冠之前知名度不高，在读者中远没有霍夫曼、霍兰德或霍华德那样有影响，同她前面的几位桂冠诗人相比，她的成就和影响显然不在同一个数量级上。莫娜之后的桂冠诗人（2010 年为止）依次是：丽塔·达夫（1993—1995）、罗伯特·哈斯（1995—1997）、罗伯特·平斯基（1997—2000）、斯坦利·库涅茨（2000—2001）、比利·柯林斯（2001—2003）、露易丝·格鲁克（2003—2004）、泰德·科泽（2004—2006）、唐纳德·霍尔（2006—2007）、查尔斯·西密克（2007

—2008)、凯·瑞安（Kay Ryan, 2008—2009）和 W. S. 默温（2010—2011）。他们之中，丽塔·达夫、斯坦利·库涅茨、唐纳德·霍尔、西密克和 W. S. 默温在另外的章节里介绍过。莫娜·范德温、哈斯和 20 世纪最后一位桂冠诗人平斯基放在第四节里介绍。柯林斯、格鲁克、科泽和瑞安放在第五节里介绍。

1. **莫娜·范德温**（Mona Van Duyn, 1921—2004）

1971 年，莫娜获博林根奖之后开始著称诗坛。她以顿悟、幽默和娴熟的技巧见长。她的诗具有哲理、反讽和哀伤的品格。爱、艺术、诗歌和可能性这类字眼常出现在她的诗里。她的生活天地较为狭窄，因而艺术视野似乎不够宽广，她的作品主要以女子特有的细腻感情取胜。莫娜生活在市郊，高速公路和少数民族街道使她体验到生活如同战场那般残酷。她最关心的是深入探究心灵对爱的程度，例如她在《我所要说的》（"What I Want to Say"）里说道：

> 不过，你认为爱是什么？
> 我告诉你，折磨人……
> 说我爱你是一种羞辱……
> 它是绝对狭窄的可能性，
> 每个人，直至最后一个，
> 都畏惧它。

又如，她在处女集《面对广阔世界的情人》（*Valentines to the Wide World*, 1959）里的佳篇《论婚姻的定义》（"Toward a Definition of Marriage"）中再次强调爱的重要性，认为婚后的爱情必须保存和恢复，这对文明的人类生存至关重要。她把婚后爱情比喻为建造世界博览会岛、传奇小说、未发表的诗、杂技、马戏团和杂乱的历史档案。她在描写婚姻关系时说：

> 它最接近传奇，但实际上不矫揉造作……
> 当它没完没了而逐步缓慢沉重地前进时
> 它的结构如何能马虎地临时凑合……
> 而今它被心领神会；它把最坚硬的东西
> 弯成圆形，它是一个多么可爱的练习。

她的第二本诗集《蜂的生活期》（*A Time of Bees*, 1964）的题材比第一本诗集广泛，其中有探索自我与空气、泥土、水和火的关系，住精神病院的体验，花园和市郊，友谊的性质和文明的本意。她不懈地从无理性的世界找出理性来，例如标题诗叙述了一对夫妻捣掉了门廊上的蜂窝后去参加聚会，并把这件事告诉了他们的朋友，发现一位搞科研的朋友需要从蜂翅上提炼酶，于是三人在聚会之后去找蜂窝，结果看到一些蜂没有死，有一些蛹正孵化成蜂。女诗人大为感慨，把这个奇迹与人类的爱等同起来，并发现它与神秘的爱以及与男女间的差异有类似之处。

《见，取》（*To See, To Take*, 1970）是她获国家图书奖的优秀诗集，其中《丽达》（“Leda”）、《重新考虑丽达》（“Leda Reconsidered”）、《观淫癖》（“The Voyeur”）和《创造》（“The Creation”）等诗篇最为精彩。宙斯被丽达的美所动心，化成天鹅与她媾合的神话在西方家喻户晓，叶芝根据这个神话创作的十四行诗已名闻遐迩，可是莫娜反其意而写的两首诗很机智和幽默，神与人的色情很富人情味。《诗刊》主编约瑟夫·帕里西（Joseph Parisi, 1944— ）在给莫娜·范德温授予露丝·利利诗歌奖的授奖词中指出：“从她出版第一部诗集起，她娴熟地掌握诗艺的本领就立刻表现了出来——她精妙的理解力、令人惊叹的强有力的技巧、幽默和讽刺的才能、高雅的艺术形式，特别是对人多变和脆弱的感情的洞察。”

莫娜出生在爱荷华州的沃特卢，毕业于北爱荷华大学（1942），在爱荷华大学获硕士（1943）。毕业当年，与贾维斯·瑟斯顿（Jarvis Thurston）结婚，然后夫妻二人去爱荷华大学攻读博士学位。1946年，莫娜被路易斯维尔大学聘为讲师，而丈夫被聘为助教。1947年，他们创办《视角：文学季刊》（*Perspective: A Quarterly of Literature*）。1950年，二人移居圣路易斯，应聘华盛顿大学圣路易斯分校任教，杂志也跟随他们到该校继续发行。1987年，莫娜升任赫斯特访问教授。她被选为国家艺术暨文学协会会员（1983—1985），后来又被选为美国诗人学会常务理事（1985—1998）。1993年，入选圣路易斯城星光大道（St. Louis Walk of Fame）名人，雕刻她名字和简历的铜牌永远镶嵌在星光大道上，供人瞻仰。作为詹姆斯·梅里尔的朋友，她于60年代中期在华盛顿大学特别收藏室妥善地保存了有关梅里尔的所有文件。她最后因骨癌去世。

莫娜不算是一个多产诗人，从1959年至2002年只出版了12本诗集，但是她却是一个获奖专业户：她除了获博林根奖（1970）、国家图书奖（1971）和普利策奖（1991）三大奖之外，还获得了尤妮丝·蒂金斯纪念奖（Eunice Tietjens Memorial Prize, 1956）、哈丽特·门罗诗歌奖（1968）、博尔斯通山诗歌奖（Borestone Mountain Poetry Awards, 1968）、海伦·布利斯纪念奖（Helen Bullis Memorial Prize, 1964）、哈特·克兰纪念奖（Hart Crane Memorial Award, 1968）、洛因斯奖（Loines Prize, 1976）、雪莱纪念奖（Shelley Memorial Prize, 1987）和露丝·利利诗歌奖（1989）等多项诗歌奖。尽管莫娜生前获得这么多多数优秀诗人望尘莫及的荣誉（只差诺贝尔文学奖），可是她的诗作总是在好评与默默无闻之间波动，如今一些主要的诗选和诗歌史几乎把她忘掉了，这不光是她个人的遗憾，也是这些授奖委员会评奖期待的受挫。个中原因值得深入探讨。

2. **罗伯特·哈斯**（Robert Hass, 1941—　）

作为桂冠诗人（1995—1997）和美国诗人学会常务理事（2001—2007），罗伯特·哈斯在美国当代诗坛正发挥着重要影响。像那些幸运的诗人一样，哈斯刚起步时的第一部诗集《野外指南》（*Field Guide*, 1973）就被纳入了耶鲁青年诗人丛书出版，这奠定了他作为当代重要诗人的地位。他是在老诗人斯坦利·库涅茨任职耶鲁青年诗人丛书主编期间（1969—1977）被库涅茨看中的。库涅茨为他这部诗集写的前言是：“阅读罗伯特·哈斯的作品如同跨进水温与气温差不多时的大海。你不知不觉地进入了水里，直到回头浪拖住你时才发觉。”这说明哈斯的诗引人入胜，令读者到了忘神的地步。我们现在来欣赏这部诗集里的一首短诗《韵律》（“Measure”, 1973）：

一次次重现。
紫铜色的阳光又一次
在小叶李树上踌伫。
夏天，日落，
书桌的平静

和写作时
习惯性的平静，
我只在闲适的注意中

属于这些常态。
最后的阳光
镶在黛青色山峦四周，
我几乎瞥见

我生来之处，
不全在日光中

或李树上，
而完全在这些诗行
形成的律动里。

他的诗歌取自日常生活的意象，简洁，清晰，有着俳句天然的纯洁和浑然天成的品质，这主要得益于他对日本俳句大师松尾芭蕉（Matsuo Bashō, 1644—1694）、与谢芜村（Yosa Buson, 1716—1783）和小林一茶（Kobayashi Issa, 1763—1827）的俳句精心的研讨和翻译。他的俳句译文集《完美的俳句：芭蕉、芜村和一茶的译本》（*The Essential Haiku: Versions of Basho, Buson, and Issa*, 1994）不但对他建立自己的诗风有很大影响，这些以佛教眼光看待自然和世事的俳句也给读者带来了心理平和及对人生的醒悟，博得了美国读者的喜爱。我们再来欣赏他收录在诗集《时间和素材：1997～2005年诗篇》（*Time and Materials: Poems 1997-2005*, 2007）里的一首短诗《一只柔韧的桃金娘花环》（"A Supple Wreath of Myrtle", 2007）：

可怜的尼采在都灵，吃着
他的母亲从巴塞尔寄来的香肠。
一间租的房间，小方窗取了
高山上八月里的白云景色。
思考着万物的形式：一棵
阿尔卑斯山耧斗菜的悬根，
夏阳里的被冬天摧残的
雪松树干，山杨弯曲的树干
由于积雪而变扭曲。

"处处荒原的生物在生长；可悲的
是他，荒原在他的内心。"

正死于梅毒时，修饰着浓密的胡须。
依然热爱着比才[1]的歌剧。

---

[1] 乔治·比才（Georges Bizet, 1838—1875）：法国浪漫主义时代的作曲家和钢琴家，以歌剧《卡门》著称于世。

哈斯描写的是大哲学家尼采悲凉的晚境，从表面上看，可能看不出什么妙处。可是，经过他的诗人妻子布伦达的阐释，这首诗的含意就显现了。布伦达曾被媒体要求谈谈她所喜爱的哈斯诗篇，她说她喜爱他的诗篇很多，几经考虑，挑选了这首短小精悍的诗，与读者分享她的解读。她认为，这首诗描写了尼采在生命尽头精力枯竭的各种状态：病中的尼采在房间里可能想到窗外耧斗菜、雪松和山杨的模样，整首诗给人带来一种超现实的印象或是一张几种现实情景叠加的照片。它让人感觉到：日常的平凡活动与英雄气概总是缠绕在一起，观察人类在面对无意义中前进的这位哲学家显示了他在病中的独立性，依然喜欢享受香肠和好音乐。歌剧主人公挑衅的幽灵形象（也许是比才的卡门）在诗里忽隐忽现。她认为，这首诗描写了想象中的情景，几类想象的碰撞：展现人类生活的失望和可怕的痛苦与其甜美和快乐相连。叙述的文字相当压缩，口吻亲切，超脱，带一点困惑。诗人旨在揭示这样的一个道理："可怜的尼采"把他的精力投入到创立崇高的存在主义哲学的几种模式，根据这个哲学，人类可以通过自己的精神力量胜过人类社会的荒谬。可是，他本人难逃悲凉的结局。这正是诗的反讽之所在。布伦达对这首诗赞叹有加，说：

> 这首诗写到了人们日常生活里碰到的事；它捕捉了有关人类生活的强烈面；信仰的短暂性，个人与他自己的一生、与整个的历史和与声誉的关系。诗人用"比才"结尾多么贴切，这个陌生的字眼听起来潇洒，充满活力，令人难忘。我很喜欢这首诗和罗伯特·哈斯所有的诗。

这首诗之所以引起我们的共鸣，实际上是因为它揭示了一种普通不过的道理：任何伟人都有常人的爱好，也逃避不了常人的人生结局。

哈斯得心应手的艺术形式是自由诗，诗歌吸取了加州乡间景色和意象，带有西海岸加州明丽的风味。他的风格是在描写景观或人物内心感情中凸显他的审美知觉、深刻体验的意识和独到的抒情性，正如罗伯特·冯哈尔贝格所说：

> 仔细注意他的第一本诗集对景观的细节描写和第二本诗集《赞美》对感情和体验的表现，我们发觉它们都特别具有加利福尼亚色彩。他的诗篇代表了西部最好的抒情诗。他的诗集《人类愿望》甚至更加加利福尼亚化，它赞美"世界给予的充裕，比你想讨要的还多/多得

> 让人吃惊”，这种情况许多加州人都很容易感觉得出来。自从70年代中期以来，他住在伯克利，最终替代罗伯特·平斯基，当了加州大学伯克利分校的英文教授。《人类愿望》表明他试验散文诗，抵制他的朋友平斯基逐步强化的形式主义倾向。哈斯总是写自由诗，并且相信反对押韵和音步始于19世纪中叶的英语诗，它占据了20世纪诗歌的主要地位，这有着某种特殊心理历史的有效性，与整个生活依然有着紧密的联系。但是，他也看到他同代人的自由诗——建立在自以为是的成见之上——导致在诗歌中对人格的浅显培植。他的诗作成功地保持了美国诗歌的最佳抒情品格，而不屈从平斯基所说的“我们的自我迷恋”。当玛乔里·珀洛夫、杰罗姆·麦根（Jerome McGann, 1937— ）、查尔斯·伯恩斯坦和罗恩·西利曼这类批评家想要嘲笑服膺传统的抒情诗的美国诗人时，他们刻意回避哈斯，因为他是一个难以处理的实例。[①]

罗伯特·冯哈尔贝格如此夸奖哈斯一大通的要点是：哈斯既坚持了大众已经习惯的抒情自由诗的传统形式，又不流于某些先锋派诗人对自由诗形式的滥用。

按照美国桂冠制规定，桂冠诗人要是在任职期间在国会图书馆作一次演讲、一次朗诵，为国会图书馆和华盛顿社区建立一个文学项目。哈斯在他的两届桂冠诗人（1995—1997）任期内，做了很多有益于公众的事，他被视为社会活动最积极的桂冠诗人，为后来的桂冠诗人树立了榜样。例如，他与作家、沟通交流专家、联合国传媒与教育特别工作组（The United Nations' Task Force on Media and Education）前组长帕梅拉·迈克尔（Pamela Michael）合作，创立促进环保和艺术教育的组织“字句的河流”（River of Words）。它附属于国会图书馆图书中心，共设立四个大奖，奖给每年举行四个不同年龄段诗歌比赛的美国优胜者，而每年从国内外数以万计的诗歌比赛者之中挑选50名入围强手。又如，他走访一些企业，说服企业老总支持小学生的诗歌比赛；对民间团体发表演讲，试图扩大他们的视野。哈斯乐意应邀到公司会议室和民间团体中朗诵诗歌和发表演讲。再如，1996年4月，他组织26位诗人、小说家和散文家参加为期六天的“流域会议”（Watershed Conference），把关注环保问题的诗人、散文作家和小说家联合

① Robert von Hallberg. “Poetry, Politics, And Intellectuals.” *The Cambridge History of American Literature*, Vol. 8: 137.

起来，讨论和欣赏他们反映大自然和生物群落的作品，他因此被誉为文化诗歌和生态意识的冠军。

哈斯出生在旧金山，在圣拉斐尔长大。在加州莫拉加圣玛丽学院学习期间，与厄尔玲·利夫（Earlene Leif）结婚（1962），生两子一女，1963年毕业。离婚后，同布伦达·希尔曼结婚（1995）。他的家庭成员中对他影响最大的有两个人：一个是鼓励他写作的哥哥，另一个是母亲，她的酗酒成了他的诗集《树林下的阳光：新诗篇》（*Sun Under Wood: New Poems*, 1996）的主题。在斯坦福大学获硕士（1965）和博士（1971）学位，师从老诗人伊沃尔·温特斯教授。老诗人对他后来思想的形成和创作产生影响。他的同班同学平斯基、约翰·马蒂亚斯（John Matthias，1941— ）、肯尼斯·菲尔兹（Kenneth Fields）、詹姆斯·麦克迈克尔（James McMichael, 1939— ）和约翰·派克（John Peck, 1941— ）后来都成了诗人。只有他和平斯基得到缪斯的青睐，获得了在诗坛上崭露头角的机会。他负责主持《华盛顿邮报》（*Washington Post*）每周诗歌专栏“图书世界”（“Book World”），把广大读者引进广阔的诗歌领域里。他还接受了格里芬诗歌奖（Griffin Poetry Prize）受托人的职务。

1973～2010年，他主要的七部诗集，除上述处子集《野外指南》《赞美》（*Praise*, 1979）和《人类愿望》（*Human Wishes*, 1989）、《树林下的阳光：新诗篇》《时间和素材：1997年～2005年诗篇》之外，他还发表了《今昔：1997～2000年诗人的选择栏》（*Now and Then: The Poet's Choice Columns, 1997-2000*, 2007）和《在奥列马的苹果树：新诗选》（*The Apple Trees at Olema: New and Selected Poems*, 2010）。哈斯因此获得多种奖项，其中包括W. C. 威廉斯奖（1979）、国家图书评论界奖（1984、1996）、麦克阿瑟研究金（1984）、国家图书奖（2007）、普利策奖（2008）和万海奖（Manhae Prize, 2009）。

在他大量的翻译作品中，翻译诺贝尔奖得主切斯瓦夫·米沃什的作品占了绝大部分。他与伯克利分校同事米沃什合作翻译米沃什本人的诗，起始于80年代初，到2004年为止，花了20多年的时间，一共出版了七本译文集。1984年出版的第一本译文集与平斯基以及波兰朋友雷娜塔·高津斯基（Renata Gorczynski）合作，其余六本与米沃什本人合作。严格地讲，哈斯仅是对波兰文初译成英文的文本进行加工。这和庞德翻译《华夏集》的情形差不多。他开始翻译米沃什的诗作时，是在他摘取桂冠前10年，这对他的诗歌事业无疑起到了推动作用。他本人也承认翻译米沃什的诗歌对他的政治思想和诗歌理念起了影响。他对来自东欧波兰的米沃什感兴趣的同时，对中欧斯洛文尼亚的著名诗人托马斯·萨拉蒙（Tomaž Šalamun, 1941—2014）也感兴趣，为萨拉蒙的英文诗集作序。他们初识于1982年斯洛文尼亚作家联盟在卢布尔雅那举办的诗歌朗诵和研讨会。哈斯的世界眼光有别于一般的美国诗人，在他的心目中，20世纪下半叶世界上最重要的诗人只有五个：智利的聂鲁达、秘鲁的塞萨尔·巴列霍（Cesar Vallejo, 1892—1938）、波兰的齐别根纽·赫伯特（Zbigniew Herbert, 1924—1998）、维斯拉娃·辛波丝卡（Wislawa Szymborska, 1923— ）和米沃什。

3. **罗伯特·平斯基**（Robert Pinsky, 1940— ）

在诗歌创作上取得和哈斯同样令人瞩目成就的平斯基是哈斯的同学，比哈斯大一岁，迟一届获得桂冠诗人的荣誉，但蝉联三届（1997—2000）。他在任职时说："美国诗歌是我们的民族的伟大成就之一。"戴维·珀金斯认为，受伊沃尔·温特斯真传的是以鲜明的智性、形式控制有度和叙述清晰风格著称的平斯基。他一出道，就以整齐的诗行和朗朗上口的音乐性征服读者。他的处子诗集《悲与喜》（*Sadness And Happiness*, 1975）被批评家们认为可以同里尔克、詹姆斯·赖特和罗伯特·洛厄尔的代表作相比。我们现在来欣赏这本诗集里的第一首诗《关于人的诗》（"Poem about People", 1975）：

> 杂货店里的妇女，花白短发
> 露出一副得意的神情，
> 她们整洁的衣服男孩子气，
> 戴新手套或穿干净的运动鞋，
>
> 干净的双手，臀部仍不走形，
> 买着冰激凌、牛排、汽水，
> 新鲜的瓜果和肥皂——大块头
> 秃头年轻人脚着工作鞋，身穿
>
> 绿色工作裤，白色T恤衫，
> 啤酒肚，大腹便便地走回到
> 卡车，彬彬有礼；也许
> 刹那间感到自己像耶稣，

一阵弥漫性的伤感穿越着
黑暗的空间，那里冷淡的
自我躲藏着，潜伏着，
好像有什么东西在搅动，
在大街上望了一会儿各种人——
爱意就立刻削弱了，消减了，
当任何人执拗的眼睛集中
注意力，一个独特的人

可怕的凝视……

接着，诗人先讲起他的朋友的痛苦离婚，再讲到一段剪辑的影片，导致他个人不安的焦灼感，不禁流露着和鲁迅在《故乡》里流露的那种睹物伤情的情怀。平斯基在 90 年代的诗篇里也有类似的艺术表现形式，例如《快乐湾》(“At Pleasure Bay”, 1990)，全诗很长，现只挑选它的开头和结尾：

沿着快乐湾[①]的河流的杨柳树里，
一只猫鹊婉转着，乐句从不重复两次。
1927 年，这里，距离公路不远的
松林下，警察局长和 W 夫人坐在跑车上
自杀身亡。一根根古老稳固的桥桩，水下
依然粘着石灰的一块块砖块，像一个个
谜似的铺在河底，这里的码头仅仅供
普赖斯的旅馆和剧场使用。这里的船只
给管理人按了两声汽笛，要他调度
那座平转铁桥。他紧靠排档，好像是
遮庇整个码头的船屋里的一位船长。
平转桥吱嘎一声，打开它中间的桥墩，
让一条条船只通过……

① 南波士顿有快乐湾，但根据布伦达·希尔曼的判断，这首诗很可能描写的是在新泽西州蒙茅斯县境内的快乐湾，因为平斯基出生于新泽西州朗布兰奇，而且在他的诗里常常描写他的家乡。快乐湾是布兰奇波特川和特劳特曼斯川汇合处形成的一个湾口，向北流向什鲁斯伯里河，湾口上方有一条短距离的迈纳哈塞川，流入海湾。

诗人在开头交代了快乐湾的历史背景，并描写了那里的景观。我们现在来看诗的后半段：

在一座高高的新桥上空，闪烁着
从赛场回家的车辆灯光，一条船
从桥洞突突突地穿梭而过，没觉得就
经过快乐湾驶向了大海。在这里
人们站着看近水面的剧院燃烧。
消防艇通宵不停地朝大火喷水。
第二天早晨，壁柱和横梁冒着烟。
黑色木炭的气味数个星期不散，
已经泡在水里的废墟流入河流。
在你死之后，你徘徊在你的躯体上方，
靠近天花板，望一会儿哀悼者们。
几天之后，你飘荡在你认识的
一些人的头顶上方，在暮色里
望着他们。当天色越来越暗时，
你游离开，趟水，渡过河。
在彼岸，夜晚的空气，杨柳，
河流的水气味，沿岸是一大堆
睡着的躯体。在仓促中，一个
歌唱似的声音在黑暗中呼唤你
向前走。你躺了下来，拥抱
一个身体，那睡眠中显重的四肢
急切地拥抱你，于是你做爱，直至
你灵魂洋溢出来，转移和溢进到
那另一个身体里，你忘记了
你曾有过的生命，又开始做
同样的穿越——也许像一个
穿过同样生之道的婴儿。不过，
从来不以同样的方式重复一次。
这里一片阳光，猫鹊在杨柳树上，
新的咖啡馆？带有台阶和平台，
一只只青蛙坐在平转桥下的香蒲里——

这里是你可能滑入水中的地方
你那时成了快乐湾的一个鬼魂。

和平斯基其他的许多诗篇不同，这是一首描写地点的诗篇，通过对快乐湾的历史背景和景观的描写，引导读者对快乐湾的某处地方进行探索。诗中猫鹊的鸣叫贯穿诗篇始终，第二行的“乐句从不重复两次”仿佛是提醒读者的谶语。猫鹊以不同的方式带领读者到了同一个地点。快乐湾有人生，有人死，有船航行，有汽车行驶，这就是人生。人可能躺倒在同一地点，变成了另一种存在（抑或是鬼魂），成了快乐湾精神的一部分，但不会以同样的方式重复。这大概是诗人所要传达的主题。这首诗的思维方式和《关于人的诗》差不多：一番景观的描写之后归结到诗人的感慨或感悟。诗人巴里·戈登松（Barry Goldensohn）把他的这种诗称为推论诗，认为它充分地体现在平斯基的突破之作《我内心的历史》（*History of My Heart*, 1984）这本诗集里，说他“面对目前处理他的主题占主导地位的新方法，在塑造自己的感情所采取的方法上是对抗潮流的”。戈登松指出，平斯基的这种手法优点是：“解释性和推论性的模式没有消灭抒情性。它实际上把抒情恢复到推论性模式上，而推论性模式在本世纪很少见。这种策略贯穿全书。”[①]戈登松所谓的推论模式，就是上述先描写景观或人物然后发表感慨的模式，这种艺术表现手法尤其在美国先锋派诗人之中更少见。

女权主义诗人、评论家卡莎·波利特（Katha Pollitt, 1949— ）在《纽约时报书评》发表文章，评论平斯基的《花纹轮：1966～1996年新诗篇和旧诗篇合集》（*The Figured Wheel: New and Collected Poems, 1966-1996*, 1996）的出版。她夸奖平斯基说，他是这么一个诗人，不掀起一个小小的运动，也不同美国诗歌的主导倾向大声嚷嚷地对着干；他的诗含有自传性而不自白，把他犹太人自我的细节、四五十年代在新泽西州的童年时代、当教授时的成人时代与对历史、文化、心理和艺术的最大知识关注联系起来。[②]卡莎·波利特强调平斯基的风格，其实是多数全国性桂冠诗人的风格，他们不像奥尔森、奥哈拉或金斯堡那样偏激或激进，而是沿着传统路线，稳扎稳打地走平稳的道路。

平斯基在任职桂冠诗人期间，从事了与诗歌事业有紧密联系的规模大、影响深的社会活动。1998年，他创立了被誉为是“天才的一笔”的“最

---

① Barry Goldensohn. “Robert Pinsky.” *Contemporary Poets*: 762-763.

② “World of Wonders.” *New York Times Book Review*, August 18, 1996: 9.

喜欢的诗工程”（Favorite Poem Project）：在四月份的“全国诗歌月”（National Poetry Month）[①]期间，在纽约、华盛顿、波士顿、圣路易斯和洛杉矶举行诗歌朗诵活动，不同背景、不同年龄段（从5岁的儿童、十几岁的青少年到97岁的老人）、不同职业的美国诗迷（包括学生、社会工作者、农民、护士、卡车司机、商品交易员、图书馆员、法官，甚至酒鬼等等）积极响应，挑选他们所喜爱的诗篇朗诵。平斯基利用音频和视频手段，把朗诵的场面记录下来，一共制作了50个音频和视频纪录片，交给国会图书馆，作为国会图书馆的诗歌和文学录音录像档案的一部分，永久保存。

他提倡的这个全民性诗歌运动衍生了六大成果：1）平斯基把50集喜爱的诗项目视频纪录片，交由吉姆·莱勒（Jim Lehrer）在美国公共电视台主持的新闻时间固定专栏放映；2）登陆专门的网站，平时读者可以收视；3）他确定挑选200首国内外古今诗歌名篇（从萨福到洛尔卡、狄更生，从乔叟、莎士比亚、济慈到格温朵琳·布鲁克斯、迪伦·托马斯，再到金斯堡、普拉斯和默温，等等），每首诗都经过一至多个推荐人的推荐，而且都附有短评，评论者不只是专业评论家，还有非文学专业的热情读者，最后平斯基与玛吉·迪茨（Maggie Dietz）合作，编辑出版了被评论家誉为草根黄金诗选的《美国人喜爱的诗篇：喜爱的诗工程选集》（*Americans' Favorite Poems: The Favorite Poem Project Anthology*, 1999）；4）他接着又与玛吉·迪茨编辑出版了《朗诵的诗篇：最喜欢的诗工程新选集》（*Poems to Read: A New Favorite Poem Project Anthology*, 2002），强调朗诵的乐趣，分成青春、黑暗、激情和艺术几个章节，其中不少诗篇附有参与者的短评；5）主编、出版包括应征者来信及其挑选的朗诵诗选集《诗的邀请》（*An Invitation to Poetry*, 1994），附一张27段微型视频纪录片的DVD光盘；6）在此基础上，编辑成教材，供中学和大学诗歌课使用。可以说，平斯基充分做足做强了这个诗歌工程，难怪连任三期桂冠诗人。

乔尔·布劳威尔（Joel Brouwer）为此称赞平斯基说：“健在的美国诗人——也许健在的美国人——之中，没有一个人出了这么大力，把诗歌带到公众的眼前。”平斯基本人对这个诗歌工程颇感自豪，他说：“诗歌朗诵档案将是世纪结束时的记录，用我们的面孔和声音记录我们所喜欢和朗诵的一首诗。”他还说：“这将是给国家未来的一份礼物：一份以个人和公众的形式，代表美国人民在世纪之交的集体文化意识的档案。”

---

① 全国诗歌月是美国诗人学会在1996年发起的，每年四月举行诗歌朗诵活动，旨在提高美国人的诗歌意识和对诗歌的欣赏水平，后来加拿大从1999年、英国从2000年起仿效美国，也开展诗歌月活动。

可以说，这是一项影响全国的浩大诗歌工程，它打破了诗歌历来边缘化的刻板印象，使得诗歌成了群众喜闻乐见的艺术。有评论家认为，平斯基不是钻在象牙塔里追求知识的人，而是以行动证明诗歌的力量，证明它是美国人生活中有意义的和不可分割的一部分。保罗·布雷斯林（Paul Breslin）称平斯基是"自从兰德尔·贾雷尔以来最好的美国诗人批评家"。

平斯基出生在新泽西州朗布兰奇，毕业于罗格斯大学（1962），后在斯坦福大学获硕士和博士学位（1966）。他的父母希望他将来成为眼科医生，但他从小热爱艺术，在上大学期间，他手抄了喜爱的叶芝的诗篇《航向拜占庭》，并把它贴在宿舍的墙上。1961年，他与临床心理学家埃伦·简·贝利（Ellen Jane Bailey）结婚，生三女。先后在韦尔斯利学院和加州大学伯克利分校执教，现在波士顿大学教授研究生写作课。主编在线网络杂志（周刊）《板岩》（*Slate*）；从1968年至2009年为止，除出版7本评论集和5本主编的作品之外，还发表8部诗集；但丁《地狱》译著在1994年出版。同前任桂冠诗人哈斯相比，平斯基获得的诗歌大奖相对较少，到目前为止，只获得美国艺术和文学学会奖（American Academy of Arts and Letters Award）、W. C. 威廉斯奖、雪莱纪念奖、笔会/沃尔克诗歌奖（PEN/Voelcker Award for Poetry）、勒诺·马歇尔诗歌奖（Lenore Marshall Poetry Prize）和古根海姆学术奖。但是，他在公众中的名声和影响比哈斯大。

第五节　四位新世纪桂冠诗人

1. 比利·柯林斯（Billy Collins, 1941—　）

柯林斯的诗歌风格平易近人，深思熟虑，风趣幽默。作为纽约市立大学莱曼学院的著名教授，柯林斯曾当选为纽约公共图书馆文学之狮（Literary Lion）（1992）和纽约州桂冠诗人（2004—2006），因此他是州一级和国家级的双料桂冠诗人。2002年9月6日，柯林斯应邀在美国国会举行的一个特别联席会议上，朗诵悼念"9·11事件"的诗篇《这一个个名字》（"The Names"），以悼念2001年9月11日纽约双子塔遭恐怖分子轰炸坍塌的遇难者。他后来不再在公众场合朗诵这首诗，也不收进他后来的任何诗集里。我们不妨来读一读：

昨晚，我清醒地躺在夜晚的手掌中。

细雨没经过任何微风帮助而悄悄地进屋了，
这时我看到窗户上映着银色的光亮，
我开始想起阿克曼这名字开头的字母A，
然后想起巴克斯特的B，卡拉布罗的C，
戴维的D，埃贝林的E……按照字母
顺序排列想下去，这时雨滴坠落在
黑暗中。一个个名字印在夜幕上。
一个个名字围绕水汪汪的斜雨滑落。
小溪两岸挺立着26株杨柳。
早晨，我赤着脚走出屋外，
徜徉在千万朵花丛中，
花朵上的露水好像是眼泪，
每一朵花有一个名字，
题献在黄色花朵上的是菲奥里，
接着是冈萨雷斯和汉，石川和詹金斯。
一个个一个个名字写在大气里，
一个个名字缝进白天的衣服中。
照片底下的名字贴在邮箱上。
撕破的衬衫上有一个缩写的名字。
我看见你们的名字写在店面的窗户上，
写在这个城市一顶顶鲜艳的遮阳篷上。
我转过街角时按音节念出一个个名字：
凯利，李，麦地那，纳德拉和奥康纳。

诗人就这样在排列从A（阿克曼）到O字母（奥康纳）开头的遇难者名字之后，接着排列从P到Z字母开头的死难者的名字。没有写X字母开头的名字，是因为诗人认为这些死难者可能还没有被发现。诗比较长，我们只读它的结尾：

一个个市民、工人、父亲和母亲的名字，
一个个明眸的女儿、机灵的儿子的名字，
按字母顺序拼写的名字写在绿色的原野上，
写在一只只一只只小鸟飞行的路径里。
一个个名字在脱开的帽檐里或舌尖上。

一个个名字滚入记忆阴森的仓库里。
名字太多太多，心的四壁上写不下。

作为一首要在全体国会议员悼念“9·11 事件”中的死难者的隆重场合中朗诵的诗，这首诗既要有概括性和刻骨的沉痛，又不能流于“啊，啊，啊”太多太俗气的滥情。而柯林斯从美国人姓氏开头的 26 个字母入手，铺陈开来，不能不说是一个巧思构想。柯林斯的艺术风格的特色是幽默、机智、明快、豪爽、口语化，完全不像约翰·阿什伯里的诗那样艰涩，令一般读者望而却步。

柯林斯出生在纽约市，护士母亲喜爱诗，对他的影响很大。1963 年毕业于圣十字学院，后来在加州大学里弗赛德分校获硕士和博士学位。在桂冠诗人任职期间，柯林斯为中学设计了“诗歌 180”在线工程，挑选 180 首诗篇，每个学年每天一首诗，通过网站发布，并配上诗集《诗歌 180：返回诗歌》（*Poetry 180: A Turning Back to Poetry*, 2003）。接着，他主编了续集《每天一首精彩的诗篇 180 首续集》（*180 More Extraordinary Poems for Every Day*, 2005）出版。他的 34 首朗诵录音诗选《最佳香烟》（*The Best Cigarette*, 1997）是畅销诗集，他为此被称为“美国最流行的诗人”。

1977～2008 年，他共发表诗集 12 部，在 90 年代获得《诗刊》杂志连续授予的诗歌奖，并在 1994 年被挑选为“年度诗人”（Poet of the Year）；2005 年，获得马克·吐温幽默诗歌奖（Mark Twain Prize for Humor in Poetry）。此外，还获得国家艺术基金会学术奖金和古根海姆学术奖。

2. **露易丝·格鲁克**（Louise Glück, 1943—　）

露易丝·格鲁克早期作品留有她学习库涅茨和仿效罗伯特·洛厄尔以及其他自白派诗人如普拉斯、安妮·塞克斯顿的痕迹。格鲁克的诗歌特点包括：细腻的情愫，敏于表达爱情、生育或死亡的主题；诗句简练，诗行短小，意象出人意外；对冥界或天堂的描述具有神秘的力量。1968 年，她出版处女集《初生》（*Firstborn*），其中的一首诗《万圣节》（“All Hallows”）的第一节也许能让我们对她的艺术风貌有一个初步的印象：

即使现在，这里的景观
在组合。一座座山丘变暗。
上了轭的一只只牛在睡觉。
田地里已经收割完毕，滑车轮

绑得很均匀，摞在委陵菜丛中
的路边，月牙儿正缓缓升起：

这简直是传统诗的传统情调传统形式。我们再来看给她带来荣誉的第二本诗集《沼泽地上的房屋》（*The House on Marshland*, 1975）中的《使者》（“Messengers”）：

你只有等待，他们会找到你。
雁低飞过沼泽地，
在黑色水里闪亮。
他们会找到你。

而鹿——
他们多么美丽，
仿佛他们的身躯并不妨碍他们。
他们慢慢飘游到开阔地
穿过阳光的铜窗格。
如果他们不等待，
为什么屹立在那里？
几乎木然不动，直至他们的骨架
上了锈色，灌木光秃秃地
蹲在风中瑟瑟发抖。

你只能让它如此：
那呼喊——释放，释放——像被扭离
地球的月亮，在它的一圈
箭中升起。直至这些箭簇
如同有肌肉的死物出现在你眼前，
你在它们之上，受伤了，却占优势。

这首诗同样晓畅，形式工整。格鲁克的多数诗篇都沿袭自白派传统而来，但不全然有自传性质。她善于在几乎恶厌女性的悲愤与无限的希望之间进行平衡。她的诗集《花园》（*The Garden*, 1976）标志她的创作进入了一个新阶段，该集都是抒情诗，被视为她所取得的很高艺术成就。

格鲁克在1968～2009年发表诗集15部。在2003年任职桂冠诗人期间，虽然她的社会活动远不如平斯基有影响，但是她获得的奖项远远超过了平斯基，简直成了一个获奖大户。她获得普利策奖、国家图书评论界奖、国家图书奖、美国诗人学会奖、古根海姆学术奖、W. C. 威廉斯奖、兰南文学诗歌奖（Lannan Literary Award for Poetry）、萨拉·蒂斯代尔纪念奖（Sara Teasdale Memorial Prize）、《波士顿环球报》文学新闻奖（*Boston Globe* Literary Press Award）、梅尔维尔·凯恩奖（Melville Kane Award）、笔会/玛莎·奥尔布兰德非小说奖（PEN/Martha Albrand Award for Nonfiction）、博林根诗歌奖、国家艺术基金会学术奖、洛克菲勒基金会学术奖，等等。

格鲁克出生在纽约市，在长岛长大，是匈牙利犹太人后裔。先后在纽约州萨拉·劳伦斯学院（1962）和哥伦比亚大学学习（1963—1965）。1967年，与小查尔斯·赫兹（Charles Hertz, Jr.）结婚后离婚；1977年，与约翰·德拉诺（John Dranow）结婚，生一子。在佛蒙特戈达德学院、弗吉尼亚大学夏洛茨维尔分校、爱荷华大学、辛辛那提大学、哥伦比亚大学、麻省威廉斯学院、波士顿大学等多所高校任教，现在耶鲁大学执教。现任美国艺术暨文学学会会员，1999年被选为美国诗人学会常务理事，任耶鲁青年诗人丛书评委（2003—2010）。

3. **泰德·科泽**（Ted Kooser, 1939—　）

科泽被誉为美国喻意短诗大师之一。作为林肯人寿保险公司前副总裁，科泽在这方面的经历和华莱士·史蒂文斯相同，但是风格迥异，他通俗易懂的诗风完全异于史蒂文斯的玄思。和许多为艺术而艺术的美国诗人相比，他简直是一个异类。他决不在诗歌形式上搞新花样，决不像奥尔森那样让诗行爬满稿纸，也不像弗雷泽·弗农通过电脑把诗行排列成广告式的花样。他坚持写传统的诗行整齐的自由诗。对于层出不穷的诗歌形式革新，布伦达·希尔曼曾说：“在过去20年形式的开辟上，几乎到了打破诗歌的界限。艺术家的任务是创造形式。不仅是创造形式，而且允许新形式的出现。所有艺术家和形式有不同的关系，对形式有不同的理念。”[①] 科泽不喜欢诗歌形式上的革新，属于守旧派。

普通读者至上是科泽追求的唯一目标。他的诗篇短小精湛，语言晓畅，

---

① Brenda Hillman. “Our Very Greatest Human Thing Is Wild: Brenda Hillman in Conversation Interviewed by Sarah Rosenthal.” Excerpted from *A Community Writing Itself: Conversations with Vanguard Writers of the Bay Area*. Dalkey Archive Press, 2010. www.dalkeyarchive.com, copyright ©2010 by Sarah Rosenthal.

一扫美国现当代诗坛的艰涩之风。有评论家预料，他将会有朝一日在埃德加·李·马斯特斯、弗罗斯特和 W. C. 威廉斯之列。他在 80 年代出版了两本诗集《确定的征兆》（*Sure Signs*, 1980）和《同一个世界》（*One World at a Time*, 1985）。我们先读一下诗合集《夜间飞行：1965～1985 年诗篇》（*Flying At Night: Poems 1965-1985*, 2005）的标题诗《夜间飞行》：

> 群星在我们的上方。我们的下方
> 是无数星座。五亿英里外一个星系
> 像雪花飘在水里似的死亡了。
> 在我们的下方，某个农民感到
> 那遥远的死亡带来逼人的寒气，
> 立刻打开院子里的灯，这里拉拉，
> 那里拖拖，码妥堆房和谷仓。通宵，
> 一座座城市好似闪闪发光的新星，
> 像那农民一样，和明亮的街道
> 一起，拖曳着一盏盏孤独的灯。

诗人设想自己飞行在空中，想象宇宙里的群星和地球上的人间生活，既体现了现代的天文知识，又流露了地球人通常的感觉和关切。呈现在读者眼前的既有宏观的视野，又有微观的体察。我们再来欣赏他的另一首同样宏观与微观结合的短诗《数年之后》（“After Years”, 1996）：

> 而今，我隔着一段距离，
> 看着你走开，没有一点儿
> 晶莹的冰川滑向大海的声音。
> 一棵古老的橡树在坎伯兰倒下，
> 仅仅握着一小把树叶，一个
> 老妇人给她的几只鸡撒玉米，
> 抬头向苍穹望了一会儿。在银河
> 的另一侧，比我们自己的太阳
> 大 35 倍的一颗星球爆炸了，
> 消失了，在那天文学家的视网膜
> 上留下一个小绿点，当他站在
> 我内心巨大空阔的绿色圆顶上。

诗人显然是在怀念业已去世的天文学家老友。从宏观的宇宙视角来看，比太阳大35倍的星球，在天文望远镜里尚且不过是一个小点，人的生命之细微之倏忽就更不值一提了。尽管如此，诗人依然想念着已经过世了数年的老友，流露着哲人的深沉怀念。我们再来欣赏他奇特的短诗《生日诗》（“A Birthday Poem”, 2000）：

曙光刚刚过去，太阳露出
它的大红脑袋
站在黑黝黝的树林里，
等待有人来，带着他的桶
装白天泡沫似的光亮，
然后全天留在牧场上。
我也花了几天啃食，
享受着每一个绿色的时刻
直到黑暗召唤，
我和其他的同伙离开
走进夜晚，
晃动着标有我名字的
小铜铃。

科泽的这首诗奇特之处在于完全避免了描写通常露天庆祝生日的热烈场面或感动的心情，而是突出人的动物性，把人幻化成牧场上啃青草的牛，从而呈现一派田园生活的情趣。诗人安杰洛·詹伯拉（Angelo Giambra）为此说，科泽先生回避了智性诗——那种让你觉得需要阐释才能理解的诗，而他的诗切合日常的实际，根植于对生活的简单乐趣的挚爱。

科泽住在内布拉斯加州加兰农村附近的一个农场，他的诗作因和农村生活自然地发生共鸣，而受到诗坛内外普遍的欢迎。他的创作实践正好实现了中国主流诗坛一贯提倡为群众创作喜闻乐见的诗歌的期待。科泽在1985年谈起他的创作理念时说：

我写诗已经25年了。前15年，我努力使自己及格，后10年，努力赢得读者。回顾我这些年来创作的诗，我能看到我的诗越来越接近有一般兴趣而非专攻文学的读者了。我乐意当大众化的诗人而不丝毫损害我的艺术标准，这是一个困难的任务。没有比收到通常不读诗

> 的普通人的表扬信更使我喜欢的了，我也为我的诗篇被收进公立学校的教材感到高兴。当我能对普通人的生活做出一些贡献时，我就感到自己是一个有用之人，因为这些普通人否则会被艺术和艺术家所吓退。围绕我诗篇核心四周的常常是简单的形象化比喻、巧妙的词语，我喜欢用这些新的方法，让普通人看到事物之间的联系。几年前，我朗诵了一首诗，这首诗描写田鼠一家在春耕时节搬家，后来有人写信告诉我说，他再也看不到在刚犁过的田里出现这样的情景了。这是对我最高的褒奖，我作为诗人的目标是为其他人提供刹那间看到的那些情景。①

1999年，科泽在接受《中西部季刊》（*The Midwest Quarterly*）采访时坦言，他非常清醒地注意到，读者对诗歌的容忍度取决于他所花的时间，因此写短诗，尽可能地表达清楚和简洁，不对读者摆出一付颐指气使的架势，也不通过典故向读者灌输没有体验过的渊博知识。他回避粗鲁或大不敬，激怒或歇斯底里，或故意要聪明。他深知多数陌生的读者对此忍耐度有限。达纳·焦亚在评论科泽及其作品的文章中历数他的优点：

> 泰德·科泽是一个地道的大众化诗人。这并不是说他拥有大量的读者。当代诗人中没有一个人拥有大量的读者——至少在美国没有。科泽大众化，不像他大多数的同行，他自然地为非文学的广大读者写诗。他的技艺娴熟，但是特别简单——他的字句采用普通用语，句法口语化。他的题材取自中西部的大平原，他的感情敏锐，表达清晰，但属于普通的中西部大众的感情。他从不用聪明而非书呆子气的读者不立即理解的典故。就我所知，没有一个同样才干的诗人能让用普通美国人理解和欣赏的方式，写出如此使人信服的诗篇来。②

焦亚的话需要修正一下，科泽的诗常在发行量很大的著名杂志《大西洋月刊》《纽约客》《民族》和《诗刊》上发表，不能不说他有相当可观的读者。焦亚在称赞科泽的同时，又指出他的不足：

> 科泽作为一个诗人，有着明显的局限性。从他所有成熟的作品来

① Ted Kooser. “Comments.” *Contemporary Poets*: 522.

② Dana Gioia. “Ted Kooser.” *Contemporary Poets*: 522.

> 看，我们注意到他的技巧范围狭窄，回避风格或主题的复杂化，对思想性缺少兴趣，不愿意写长诗。在他比较弱一点的诗篇中，我们还注意到他对题材滥情化的倾向，太想取悦于他的读者了，这常常表现在他用自我贬抑的态度对待他自己和他的诗。简而言之，科泽主要的局限是，他根深蒂固的保守主义妨碍了他在他所知道的领域里既能驾驭又使他的读者高兴的情况下创作。①

焦亚的批评不无道理，按照传统的审美标准，科泽的确没有写出有分量的长篇史诗来。他所着眼的是日常生活中鸡毛蒜皮的小事情，而没有密切关注时事或历史或政治的重大题材，但衡量一个诗人成败不一定非要按照传统的标准。科泽成功的深远意义是把脱离人民大众的诗拉回到人民大众中来。焦亚在 1985 年提出的这个批评和希望，科泽并没有接受。他依然把普通的读者当作他的上帝。他还说过，他任人寿保险公司副总裁时，没有史蒂文斯那么多时间精心结构他的诗。

不过，焦亚同时承认科泽的局限显然直接来自他的优点。他狭窄的技巧范围反映了他坚持完善他所采用的形式。如果科泽专注少数几个类型的诗，他便会明白无误地使每一个形式具有他自己的特色。如果他回避了长诗的形式，那么他的这一代有什么人写了这么多令人难以忘怀的短诗？如果他在诗作里回避了复杂性，他也还是发展了一种独特的高度充满感情的简朴风格。② 科泽不但独自写短诗，而且和诗人、小说家朋友吉姆·哈里森（Jim Harrison, 1937— ）长期用短诗通信。他和哈里森互相往来的 300 多首每首两到五行的通信诗集《编织的河：诗谈话》（*Braided Creek: A Conversation in Poetry*, 2003）不标明具体诗篇的作者，让他们机智、诙谐、富有视觉或触觉冲击力的诗风混合在一起，共同表达他们的声音、思想和意象，这不能不算是一个新创造，一段诗坛佳话。我们来欣赏他们的几首短诗，所有这些诗都明白如话，诗行简练到俳句的程度：

> 每次我走出世界外边
> 都不同。这发生在
> 我的一生中。
> *

---

① Dana Gioia. "Ted Kooser." *Contemporary Poets*: 522.

②. Dana Gioia. "Ted Kooser." *Contemporary Poets*: 522.

月亮把她的手
捂住我的嘴，叫我
闭嘴抬头望。
*
侄儿揉着
姨妈酸痛的脚，
把我们拉上善意的绳索
在滑轮上吱吱作响。
*
说故事人的帽子下面
许多脑袋都感到不安。

科泽出生在爱荷华州艾姆斯，一生都住在内布拉斯加—爱荷华地区的大平原，喜欢关注和描写那里的景观和平常的事。他的父亲是一个店主，善于同人打交道，是一个了不起的讲故事的能手，对他的影响很大。他先后获爱荷华州立大学学士（1962）和内布拉斯加大学硕士学位（1968）。2005年，科泽接受《中西部季刊》采访时特别强调他年轻时受梅·斯温森的影响比较深，他反复读的第一本诗集就是她的《与时间混合：新诗篇和旧诗选》（*To Mix with Time: New and Selected Poems*, 1963），而她去世后出版的一本描写大自然的诗集特别打动他。他年轻时对约翰·克劳·兰塞姆、E. A. 罗宾逊和弗罗斯特的诗也非常感兴趣。

1962年，他与黛安娜·特雷斯勒（Diana Tressler）结婚，生一子，离婚后于1977年同凯瑟琳·拉特利奇（Kathleen Rutledge）结婚。他从林肯人寿保险公司退休之后，作为访问教授，执教于内布拉斯加大学英文系。他的诗被选进中学课本和大学文选里。1969～2008年，出版诗集16本。获普利策诗歌奖、两次笔会诗歌奖、两次米德兰作者协会奖（The Society of Midland Authors Prize）、手推车奖、斯坦利·库涅茨奖、詹姆斯·博特赖特奖（The James Boatwright Prize）、内布拉斯加州艺术委员会颁发的优异奖、内布拉斯加非小说图书奖（Nebraska Book Award for Nonfiction）。

科泽创立了一个在线免费周报专栏（www.americanlifeinpoetry.org），每周发表一首当代诗人有趣味的短诗，由科泽本人介绍和点评，在广大读者中普及诗歌。读者反应热烈，有称赞，也有批评。在科泽看来，再高雅的诗如果艰深而复杂得无人问津，那才是诗人的悲哀。

4. 凯·瑞安（Kay Ryan, 1945—　）

作为第十位美国女桂冠诗人、第一个现任美国诗人学会常务理事（2006—　），作为公开同性恋的女桂冠诗人，凯·瑞安是诗坛突然出现的一匹黑马。不像丹尼尔·霍夫曼、约翰·霍兰德、罗伯特·哈斯或 W. S. 默温起步时那样幸运，他们在处子集被纳入耶鲁青年诗人丛书之后扶摇直上。而她在成名之前，作为加州大学洛杉矶分校的毕业生，甚至遭到母校诗歌俱乐部拒绝。她的处女集是她的朋友资助出版的，最初的两本诗集没有引起评论界的注意，但她坚持创作，每天花三四小时伏案写作。她别具特色的诗篇在全国性杂志上不断发表，直至 90 年代中期，她的诗篇被一些选集收录，她的名声才逐步提高。她在 2004 年获得 10 万美元的露丝·利利诗歌大奖之后崭露头角，开始引起评论界的重视。

凯·瑞安坚持写诗和过简单的生活，她在加州肯特菲尔德的乡间学校——马林学院兼职英语辅导课达 37 年之久。2004 年，她接受《基督教科学箴言报》（*The Christian Science Monitor*）采访时说："我尝试过安静的生活，这样，我可以得到快乐。"和泰德·科泽主要取材于中西部大平原的平凡生活一样，凯·瑞安的创作主要取材于加州乡间山地的日常生活。她和科泽都缺少鸿篇巨制的大气势，缺少大都市的阅历，但以她的机智、离奇和狡狯，从平凡中出新奇的小气势取胜。和泰德·科泽不同的是，凯·瑞安的诗歌形式更简约，诗行短得成了一寸宽的狭长条，比黑山派诗人罗伯特·克里利的简约风格有过之而无不及。她的诗篇一般不超过 20 行，诗行通常不超过六个音节。瑞安喜欢采用这种艺术形式，她说："我喜欢它，因为它是最不保险的形状，如果你的诗行大约是三个字，几乎每一个字在诗的边缘，过了头就不成其为诗。你不能隐藏任何东西。任何蹩脚货将会显现。"她还喜欢运用她所谓的"重组韵"——内韵以及谐音（即元音的重复），这样听起来富有悦耳的音乐性。她的诗大多数首先提出一个命题和哲学问题，然后把两种不同的东西进行比较，从而产生新发现的惊喜。她创建了她独特的新形式，因而也可以被称为新形式主义诗人，但有别于新批评形式主义诗人理查德·魏尔伯和詹姆斯·梅里尔。我们现在来欣赏她的新形式代表作《捉迷藏》（"Hide and Seek", 2005）：

这很难
不跳出来
而不是

等待
被发现。
这很难
独自藏得
这么久，
听到
有人
在附近
走动。
这如同
某种形式
的薄层
在空中
铺开来，
与其
让它
被捅破
不如
你去
捅。

我们在童年都有过捉迷藏的经历，对此司空见惯，不足为奇，可是凯·瑞安却津津乐道，把它写得有滋有味。我们再来看她的另一首诗《一览无遗》（“Nothing Getting Past”, 2005）：

如果生活
是一层
薄膜
夹在两层
虚空的
浩瀚之间，
那么你就
咂摸出
这西部

旷野的味道
那里，清澈
可能意味着
双重虚空的
窘境
几乎接触
不到
任何东西
要不然
就是
干草原
刮来的风。
两种情况下，
都接近于
一览无遗。
说叔叔
你每天说，
只需要
再试一次。
然后
无法挽回的
一天飞逝了。
你会说脚踝[①]，
你会说关节[②]；
为什么不
为什么不
说叔叔？[③]
希望，
这种不稳定

---

① 诗人的俏皮话，把“叔叔”（uncle）说成“脚踝”（ankle）。

② 诗人的俏皮话，把“叔叔”（uncle）说成“指关节”（knuckle）。

③“说叔叔”（say uncle）或者“叔叔”（uncle）是美国俚语，是认输或放弃的意思。小孩之间打架时，一个小孩被揿在地上，必须说“叔叔”，才被允许站起来。也适用摔跤比赛中被揿倒的一方，如果说“叔叔”，就表示认输了。

弥散的东西
有什么用，
这几乎夹在
两层虚空
的希望，
这继续着的
同位素，
不在这空旷
包围里的
如同以前
也不在这
包围里：
对适应现在的调整
经常地被搁置。

如果你站在美国辽阔的中西部平原上，呈现在你眼前的是一望无际的空旷，清澈而透明，没有人影，寂静而单调，除了有时大平原刮来的狂风。笔者 1994 年到过这里，有此体验，但没有凯·瑞安深切的体验。假设她生活在这里，她不会不感到是"夹在两层/ 虚空的/ 浩瀚之间"：浩瀚的天空，浩瀚的平原。在这种情况下，她不由得不用美国俚语"说叔叔"——认输，放弃。即使如此，诗人依然没有失去幽默感，抱着希望，用脚踝和关节来插科打诨。诗中的"你"，是此时此地诗人的"我"，自说自话的"我"。诗中的所谓"包围"是指寥廓的天空和大地的包围；所谓"同位素"，是指怀抱着的希望，现在不存在这里，如同以前也不会存在这里。但是，诗人竭力调整心情，以适应眼前空旷寂寞的处境，怀抱希望，结果希望像经常被搁置的议会法案。诗人写这首诗的地理背景未必是中西部，也可能是她的家乡莫哈韦沙漠。南达科他州桂冠诗人戴维·埃文斯在解读这首诗时说："这首诗的前提是关于'夹在两层虚空的浩瀚之间'的生活——你到西部空旷的大草原去，那里的情形的确如此。生活在大草原成了通常生活的比喻：艰苦的生活。诗人说，每天总想放弃，总想说'叔叔'。"[①] 如今，凯·瑞安很风光，成了诗坛名人，可是，有谁知道她在成名前抱着似有若无的希望是怎样的心情？她住在穷乡僻壤，长期当社区学院兼职教师，当

① 见戴维·埃文斯在 2010 年 12 月 14 日发送给笔者的电子邮件。

油井工的父亲临死时还读着快速致富的导读本。

通过以上两首诗的介绍，我们对凯·瑞安的艺术风貌基本上有了了解。她的诗短小，她朗诵时往往要朗诵两遍。她喜欢重新审视日常用语的妙处，开发人类的共同经验，用冷静的非人称来表达她的情感。她很少用第一人称写诗，认为这样做太拘束。诗歌基金会（The Poetry Foundation）的网站对她的诗歌特色作了如下介绍："像在她之前的艾米莉·狄更生和和玛丽安·穆尔一样，瑞安喜欢奇特的逻辑和语言，把几乎不可能发生之处梳理成诗。她把'更新陈词滥调'视为诗人使命的一部分。她紧凑的诗篇以精妙、令人惊讶的韵脚和灵活的节奏为特色，充满诡秘的机智和出色的智慧。" J. D. 麦克拉奇（J. D. McClatchy）把她的六首诗收进他主编的《当代美国诗精选》（*The Vintage Book of Contemporary American Poetry, 2003*），并在序言里对她做出这样的评价："她的诗紧凑，令人愉快，稀奇古怪，好像是萨蒂的钢琴小曲[①]和康奈尔盒[②]……有些诗人是从经历过的生活开始，依然沉浸在忧伤或不确定性之中，导致对生活的想法。有些诗人从意念开始，导致对生活的思索。玛丽安·穆尔和梅·斯温森属于后一类的艺术家，凯·瑞安也属于这一类。"纽约新锐诗人、诗评家梅根·奥劳尔克（Meghan O'Rourke, 1976— ）在在线网络杂志《板岩》以《局外艺术家》（"The Outsider Artist", 2008）为题，对凯·瑞安做出评价说：

> 瑞安狡猾的幽默和难以捉摸的分类旨在部分地颠覆现代主义与后现代主义高度服膺的美学。事实上，她的诗可以理解为对"省略主义"（Ellipticism）[③]和后现代主义散乱的复杂性的反击，以及对任何后浪漫主义怀旧（一些诗人对济慈的辉煌时代的怀旧）的反击。她戏剧性的想象力是非常务实的，强调已知甚于向往，选择踌躇甚于绝望，

---

① 指法国钢琴作曲家、演奏家埃里克·萨蒂（Erik Satie, 1866—1925）创作和演奏幽默的钢琴短曲。

② 约瑟夫·康奈尔（Joseph Cornell, 1903—1972）：美国第一位伟大的超现实主义者，以他的"盒子系列"（Cornell boxes）装置作品著称。他将一些不起眼的边角余料和短小易碎的什物通过一种神秘的方式组合成一个精巧的小手工盒，以表现超现实主义的核心主题。

③ 文学批评家、哈佛大学教授斯蒂芬·伯特（Stephen Burt）为评论苏珊·惠勒（Susan Wheeler）的诗篇《烟雾》（"Smokes"），在 1998 年 9 月号《波士顿评论》（*Boston Review*）上发表题为《伯特评惠勒的〈烟雾〉》（"Burt Reviews Wheeler's 'Smokes'"）的论文。他在文章中首先提出"省略主义"（Ellipticism）或"省略派诗歌"（Elliptical Poetry），然后在同一家杂志得到了不少响应，从此它作为一个重要的参照点，进入美国当代诗歌批评视野。他在文章中指出："省略派诗人试图在一首诗里利用过去几十年在口头上流传的花絮陈述一首诗，以破坏讲述自己的自我连贯性。这些省略派诗人是后先锋派，或后一后现代派：他们（其中大多数）被视为格特鲁德·斯泰因和语言诗人的继承人。省略派诗歌在俚语和天真无邪的措词之间变换，例如有的诗开头：'我是一个 X，我是一个 Y。'（'I am an X, I am a Y.'）"

即使她这样做具有反讽意味。[①]

凯·瑞安成名前无缘于耶鲁青年诗人丛书主编之类的提携，但是，国家艺术基金会主席、著名诗人和文学评论家达纳·焦亚是凯·瑞安的伯乐。他像赞赏泰德·科泽那样地赞赏她，称她为当代的伊丽莎白·毕晓普，说她的诗是地道货，由于简洁而力量更加大，并强调说："我不相信如今正在写诗的任何美国诗人比凯·瑞安更优秀，只有少数是好的。"

可是，在《诗刊》1984 年发表其诗作之前的八年，凯·瑞安的诗途前景黯淡，常常遭到文学杂志的退稿。她的性伙伴卡萝尔·阿代尔（Carol Adair）发动一伙朋友资助，在 1983 年找了一家小出版社——泰勒街出版社，出版了她的第一本诗集《龙起龙停》（*Dragon Acts to Dragon Ends*, 1983）。1985 年，在另一家小出版社——科珀·比奇出版社，出版了第二本诗集。这两本诗集如石沉大海，在诗坛均无反响。达纳·焦亚认为，美国每年出版大约两千多本诗集，她的前两本诗集很难被评论家发现，她是美国当代诗歌制度化世界的局外人，没有在写作班或纽约艺术世界中显露过，她完全是加州产品，而她住的地方不是该州好莱坞和硅谷的迷人之地。达纳·焦亚接触到凯·瑞安纯属偶然。1994 年，科珀·比奇出版社把包括她的第三本诗集《观察火烈鸟》（*Flamingo Watching*, 1994）在内的几本诗集送交达纳·焦亚评论。在众多的诗集中，唯独凯·瑞安不寻常的压缩性短诗行打动了他。她好像一匹黑马突显在他的眼前，于是达纳·焦亚有意在杂志《黑马》（*The Dark Horse*）上发表他的长篇论文《发现凯·瑞安》（"Discovering Kay Ryan", 1999），大力推荐凯·瑞安：

> 瑞安出生在莫哈韦沙漠和圣华金河谷尘土飞扬、劳工居住的小镇。作为一个油井工的女儿，瑞安成长在加州内陆炎热的农村——沙漠经过灌溉改造的农田。这由农业土地包围的乡村与该州绍斯兰平坦的海滩或北部红木雨林的著名沿海地形完全不同。严酷的和辛勤耕种的地形反映在瑞安极其简约的审美的诗篇里。
>
> 不过，我最喜欢瑞安的是她令人回味的简约艺术形式。她平均不到 20 行长的诗（常常大大少于 20 行），诗行特别短，通常大约六个音节。瑞安不纠缠于她的句法或连而不断的诗行，而用乐音和意义捆

① Meghan O'Rourke. "The Outsider Artist: Assessing Kay Ryan, our new poet laureate." The online magazine *Slate*. July 29, 2008.

> 扎诗行。总的效果是复杂的，但从来没有烦人的杂乱或过分精巧的繁杂。细节显得机智，富于启发性，而无强加性生硬。她不但从不浪费一行诗，而且经常留下一些重要的事情不说出来。她请读者和她合作读她的诗。瑞安提醒我们诗歌的暗示力量——如何激励读者智力、想象力和情感的力量。我倾向于认为瑞安和其他新出现的短诗高手蒂莫西·墨菲（Timothy Murphy）[①]和 H. L. 希克斯（H. L. Hix）[②]以及泰德·科泽和迪克·戴维斯（Dick Davis）[③]等老牌名家出色的压缩诗标志着诗歌回归简洁和张力。[④]

当然，这是美国诗歌中五花八门的艺术形式的一种审美形式，只是得到了达纳·焦亚特别的青睐。戴维·埃文斯认为达纳·焦亚过于夸奖凯·瑞安，不过还是承认她的长处，说："我相信凯·瑞安是一个迎难而上的人，因为她的诗非常简洁，甚至神秘，而且喜欢开发美式英语常用短语和陈词滥调，和 E. E. 肯明斯一样。"[⑤]换言之，她善于把老生常谈的常用语翻新。如今凯·瑞安受到《纽约客》《诗刊》《大西洋月刊》和《巴黎评论》等大杂志的欢迎，而她写诗的艰苦很少为外人所知。她写一首诗总要花三四个小时，常常把许多在她看来是二流的诗篇扔掉，把其中似乎还值得修改的诗篇再加工，一首诗修改 18 甚至 19 遍。

凯·瑞安出生在加州圣何塞市，在圣华金山谷和莫哈韦沙漠长大。她的父亲是油井钻探工，有时当勘探工。在加州大学洛杉矶分校获学士和硕士学位之后，从 1971 年起，一直住在梅林县。她在 20 多岁时参加骑自行车穿越洛基山脉的越野之旅时，萌生当作家的想法。她常常在乡间骑自行车，不喜欢改变她在乡间安静的生活方式。1977 年，她和同在马林学院教书的卡萝尔·阿代尔相遇，1978 年与她同居以来，结婚两次，第一次婚礼是 1994 年在旧金山市政厅举行；第二次婚礼是 2008 年夏在马林文娱中心举行。她们走在同性婚姻合法化的前列。她坦承，在她默默无闻期间，卡

① 蒂莫西·墨菲（1951— ）：明尼苏达州希宾人，从农从商。他的两本诗集得到广泛的好评，甚至与弗罗斯特、艾米莉·狄更生、理查德·魏尔伯相比。魏尔伯认为墨菲是"成熟的、精通才艺的诗人"。

② H. L. 希克斯（1960— ）：怀俄明大学教授，美术硕士创作项目主任。

③ 迪克·戴维斯（1945— ）：出生在英国，毕业于剑桥大学（1966），获曼彻斯特大学硕士（1970）。曾在意大利和希腊教英语（1966—1968）。70 年代生活在伊朗（1970—1978），与伊朗护士结婚，伊斯兰革命开始时回英国，在约克郡玛格丽特·麦克米兰学院执教（1968—1970）。目前任美国俄亥俄州立大学波斯文教授。他除了翻译意大利文和波斯文文学作品外，已经出版了六本诗集。

④ Dana Gioia. "Discovering Kay Ryan." *The Dark Horse*, No. 7/Winter 1998-99, 1999.

⑤ 见戴维·埃文斯在 2010 年 12 月 14 日发送给笔者的电子邮件。

萝尔是支持她诗歌创作的源泉，尽管卡萝尔有过男朋友，结过婚，生育过孩子。2009年，卡萝尔患膀胱癌去世。

1983～2010年，凯·瑞安一共出版诗集8本，获英格拉姆·梅里尔基金会奖金（1995）、联盟杯诗歌奖（Union League Poetry Prize, 2000）、莫里斯英语诗歌奖（Maurice English Poetry Award, 2001）、国家艺术基金会奖学金（2001）和三次古根海姆学术奖（1997, 1998, 2004）。在担任两届桂冠诗人期间，凯·瑞安创建了"愉悦心灵的诗歌"（Poetry for the Mind's Joy）项目，内容包括诗歌创作大赛，把全国各地的社区大学学生写的诗歌集中起来，与社区学院的学生举行视频会议，指定4月1日为社区学院的诗歌日，由国会图书馆发起，社区学院人文协会协办。

第十二章　新超现实主义诗歌

作为一个新的文学艺术流派，新超现实主义以其蓬勃的生命力，茁壮地成长在诗歌园地里。本章先介绍新超现实主义，然后介绍七位取得重大成就的新超现实主义诗人：海恩斯、W. S. 默温、金内尔、霍尔、斯特兰德和西密克。詹姆斯·迪基既是新超现实主义诗人又属于南方诗人，在后面“新南方诗歌”章节里将对他进行介绍。

第一节　新超现实主义诗歌概述

在谈美国新超现实主义诗歌之前，最好先了解欧洲和拉丁美洲超现实主义进入美国文学艺术领域的历史。著名诗歌评论家达纳·焦亚对此有详尽的调查和精湛的论述。他认为，20 世纪文学的挑衅性讽刺之一是：在 20 世纪三四十年代，当超现实主义正在改变欧洲和拉丁美洲的诗歌景观时，它从来没有在美国生根。从瑞典到玻利维亚，从希腊到哥斯达黎加，超现实主义改变了他们的诗歌。它甚至在英国找到了立足点。但是在美国，它最初在总体上没有产生重要的值得重视的作品。为什么这自称自封的未来风格在美国这块现代化国土上只留下一个极小的印象呢？他认为，超现实主义为什么到美国如此之慢，并不是因为美国已经有一个蓬勃发展的现代主义运动，有了充满活力的庞德、T. S. 艾略特、史蒂文斯、罗宾逊·杰弗斯和 W. C. 威廉斯。他本人猜想主要原因是：美国诗歌和绘画以及雕塑开始时没有扑向超现实主义，是因为好莱坞最先到达那里。不只是好莱坞，更糟的是动画片。美国首批伟大的超现实主义艺术家是沃尔特·迪斯尼（Walt Disney, 1901—1966）、马克斯·弗莱舍（Max Fleischer , 1883—1972）和特克斯·埃弗里（Tex Avery, 1908—1980）。他说，他们的艺术语言是卡通动画，不过必须记住，这个时代的卡通漫画片不仅被孩子而且被混合观众所观看，其中包括成人。毫不夸张地说，这些人接受了超现实主义的原则，把它们变成了大众娱乐。达纳·焦亚进一步指出：

> 当超现实主义风格如此迅速地同化于大众媒体的喜剧时，前卫诗人可能充分认识到它是时髦货吗？没有，美国超现实主义不得不等到弗莱舍工作室已经破产，特克斯·埃弗里死了，老的更安全的迪斯尼开始主持星期日晚家庭一小时电视节目。
>
> 美国超现实主义也不得不等待另一代——在动画片抚育下成长的一代。它需要不必看重高雅文化、不反对通俗文化的作家。这种感受力的转变终于来到 60 年代。新超现实主义也反映了美国诗歌越来越国际主义化，反映了对英语世界以外的现代诗歌的兴趣。詹姆斯·莱特、罗伯特·布莱和唐纳德·贾斯蒂斯这类成熟的诗人研究和翻译了外国现代派诗人的作品。他们探讨超现实主义的技巧，是作为扩大他们自己想象力范围的一种方式。①

综上所述，新超现实主义原出超现实主义。超现实主义是紧接立体主义，在一战以后流行于欧洲的一种文学艺术流派。如果说立体主义（例如毕加索的画）在一战前对资本主义现代化和工业化抱有乌托邦式的乐观主义态度，那么工业化的产物——机械和坦克在一战中酿成的毁灭性灾难使超现实主义者们脱离了以机械为标志的现实，进入了无意识、欲望和梦幻的境地。超现实主义系法国诗人勃勒东在 20 世纪 20 年代初与他的一批志同道合者所创，盛行于 20 年代和 30 年代。勃勒东及其追随者在创作时竭力摆脱思想意识控制和通常的艺术技巧，让下意识和一切非理性的冲动自由地表达而不顾及意义、逻辑、伦理或其他传统的美学规范，成了美学上的无政府主义。勃勒东把这种美学的无政府主义与极端的政治观点结合起来。30 年代后期超现实主义逐渐衰微，但在二战后的“反艺术”风气中又再次恢复。到了 60 年代，由于鲁凯泽、莱维托夫、布莱克本、埃什尔曼、杰罗姆·罗滕伯格、塔恩和金斯堡译介了拉丁美洲文学，使得超现实主义在美国文坛流行了起来（不仅仅局限于詹姆斯·莱特、罗伯特·布莱和唐纳德·贾斯蒂斯）。得克萨斯大学埃尔帕索分校英文教授、女诗人莱斯丽·厄尔曼（Leslie Ullman，1947—　）在《60 年代的美国诗歌》（“American Poetry in the 1960s”, 1991）一文里，称这种新超现实主义为“软性超现实

---

① Dana Gioia. “James Tate and American Surrealism.” *Denver Quarterly*, Fall, 1998.

主义”（Soft Surrealism）。[①] 她把 D. 沃科斯基和 D. 伊格内托夫也包括了进去。实际上，詹姆斯·泰特也是一位非常优秀的新超现实主义诗人，但为了叙述和概括文学现象方便起见，把他移到后面的“当代中西部诗歌”部分介绍。

20 世纪 20 年代早期的超现实主义在六七十年代又明显地重现在文学领域里，批评家们称它为新超现实主义，因此新超现实主义是与超现实主义有着密切关联的一种艺术流派，它揭示梦中的复杂意象或潜意识的幻觉和非理性的空间与形式的组合。

评论家们认为：新超现实主义运动起初重视与流行艺术联系的超现实主义，但现代艺术家们后来一直探索奇幻艺术；新超现实主义由于与超现实主义有着明显的视觉相似性而常常被称为现代超现实主义；两者主要的区别在于新超现实主义不包含勃勒东在他的《超现实主义宣言》（*Surrealist Manifesto*）中宣称的超现实的观念：从理性控制中解放出来或心理自动主义。他们还认为，对新超现实主义者来说，不再有超现实主义文学或文本。路易·阿拉贡和勃勒东所宣扬的想象上的革命，作为“真实”的体现，是通过文学和艺术来展现令人赞叹的潜意识意象，而这种意象在我们的当代世界上不可能再现。当今世界的意象和表现模式在市场机制中被资本化了，它经常地把心理行为与视觉艺术和书面文字联系起来。在他们看来，在当今媒介转述的现实里，任何切实的人情或文化都难以把握。走在街上的人很少不面对不是人为的物体。悲观的超现实主义革命，预示着一个社会的诞生，而这个社会在有形和心理两个领域里很快受到损害，成了无法把握的怀旧现实之最后的一个前卫。

新超现实主义的理论家们还认为：当今世界的意象不可能存在于当下的游廊和林荫大道中，而是在高大的建筑群或其他容纳过去世界所有资料的封闭空间里。如果新超现实主义者要生存的话，他们必须作为一个范式潜入到这个世界里，这个环境可以完全满足对意象的需要。信息和食物可能存在于这个范式之外，但是能使新超现实主义思想家渐渐进入必然的心理文化空间的意象，以并列的蒙太奇方式，必定时时刻刻地全部显现出来，而且很充分地跨越具有广泛代表性的历史时间界限。换言之，当今的社会现实是经过媒体转述的现实，未必真实，很难被人们真正地把握。因此，新超现实主义诗人在创作中，只能在摩登的高楼大厦或历史博物馆里找到

---

① Leslie Ullman. “American Poetry in the 1960s.” *A Profile of Twentieth-Century American Poetry.* Eds. Jack Myers and David Wojahn. Carbondale and Edwardsville: Southern Illinois UP, 1991: 210.

他/她们所需要的意象。从理论上看，这有一定的道理，但当下的社会现实被飞速发展的现代科技的扭曲未必有那么严重，特别是在第三世界。

新超现实主义并不像超现实主义那样有明确的纲领，如《超现实主义宣言》，也没有像勃勒东那样的创始人。因此，如果把它作为一种文艺运动，也就无法像对超现实主义运动那样对它作十分明确的界定。迄今为止，学术界对它在何时何地出现、何人首先提出或提倡等基本问题，尚未取得共识。年轻诗人扎卡里·肖伯格（Zachary Schomburg）甚至说新超现实主义这个术语很成问题，尽管他本人已经在新超现实主义范畴里。他认为，新超现实主义是现代超现实主义的标签，并认为把对想象的界定作为一种全新、不合逻辑也不可能存在的体验才是重要的，它产生于语言，但不是语言巧妙地策划出来的。诗人、诗评家艾伦·巴切尔·威廉森（Alan Bacher Williamson, 1944— ）在他的论著《反思与当代诗歌》（*Introspection and Contemporary Poetry*, 1984）中指出，具有超现实主义色彩的老一代诗人被称为深层意象派诗人，而威廉·马修斯（William Matthews, 1942—1997）这类年轻的一代诗人则被称为新超现实主义诗人。批评家们常把迪基、W. S. 默温、金内尔等人同以布莱为首的深层意象派诗人联系在一起，主要原因是强调他们诗歌中的无意识和非意识成分，但他们却被称为新超现实主义诗人。与 W. S. 默温和金内尔同年的旧金山诗歌复兴时期的诗人菲利普·拉曼西亚与美国超现实主义急先锋查尔斯·亨利·福特是公认的推动美国 50 年代和 60 年代超现实主义诗歌的先行者，是顶呱呱的超现实主义诗人。W. S. 默温和金内尔与拉曼西亚在运用超现实主义手法上并无多大的区别，所以在界定诗人属于特定诗歌流派时往往存在着不确定性，这取决于你的侧重点。

不管如何描述或界定新超现实主义，它的确反映了当今的一种方兴未艾的文艺现象，尤其在视觉艺术界。有评论家认为，这恰恰反映了新超现实主义运动本身的动态性矛盾、不断地发展和多样异质的性质。同现实主义相比，它表达了存在的内部诗意状态，对非理性空间和形式的拟想，而被客观现实阐明并被理性的描述所指引的现实主义则诉诸可认识的真相。超现实主义或新超现实主义，我们不妨把它说成是幻化的现实主义，这应当是两者的基本共同点。

我们发觉，被界定为新超现实主义的诗人之间存在着差异，例如，下文即将介绍的七位诗人的诗作中的超现实成分多寡不等，而且他们并不像理论家们那样在意超现实主义和新超现实主义这两者之间的区别，因为他们在创作实践中，只重视和运用幻化现实的艺术手段，正如汉娜·甘布尔

（Hannah Gamble）所说，通过梦的逻辑、拼贴、挖掘人类存在的悲喜剧和富有创造性的句法，达到通常难以达到的超现实境界。[①] 例如，金内尔名篇《熊》（1968）的诗中人的确到达了常人难以到达的超现实境界，富有浓烈的超现实色彩，既可以把它看成是超现实主义佳作，也可以把它说成是新超现实主义诗篇，但是很难对它进行非此即彼的断定。金内尔及其他六位诗人更多地扎根于现实社会，例如，西密克曾对采访者 J. M. 斯波尔丁（J. M. Spalding）说："我是一个顽固的现实主义者。我们这样的一个国家丝毫不在意超现实主义，数百万美国人参加了所谓不明飞行物的快乐驾驶。我们的城市挤满了无家可归者和自说自话的疯子。似乎没有多少人注意到他们。我望着他们，倾听他们讲话。"[②]在回忆他在欧洲战乱频仍的童年生活时，西密克在诗中更多地把当年的社会现实作了超现实式的幻化。

第二节　约翰·海恩斯（John Haines, 1924—2011）

作为前阿拉斯加州桂冠诗人，海恩斯长期生活和工作在冰天雪地的阿拉斯加州，常年与严峻的大自然打交道，以描写户外冰天雪地的景观见称。作为户外诗人，他很容易与弗罗斯特和梭罗相比。无论是从同阿拉斯加的紧密联系还是从天生的艺术感受力上看，他可以算得上是当今生活在美国边疆为数不多的先驱诗人之一。

他的诗篇由于受严酷的生活环境的影响，幽默或嬉戏不足，忧郁和严肃有余，但常常富有深刻的启示。作为一个定居阿拉斯加的移民诗人，他的兴趣一方面在猎人与诱捕动物者之间，另一方面则关注该州环境的退化。海恩斯出生于海军军官家庭，在上华盛顿特区圣约翰学院高中（1938—1941）毕业之后，在海军服役（1943—1946），参加了二战。复员后，先后在东海岸国立艺术学院（1946—1947）、美国大学（1948—1949）和纽约汉斯·霍夫曼美术学院（1950—1952）等校学习。1948 年，获华盛顿特区科克伦画廊雕塑奖。但是，他最终放弃雕塑创作，带着雕塑家的眼光投身于

---

① 2009 年秋，诗歌杂志《海湾岸区》（*Gulf Coast*）采访编辑汉娜·甘布尔发起一次通过电子邮件的诗歌讨论，邀请四位当代年轻诗人马修·罗勒（Matthew Rohrer, 1970— ）、马修·扎普鲁德（Matthew Zapruder, 1967— ）、希瑟·克里斯特尔（Heather Christle）和扎卡里·肖伯格，探讨当代诗歌出现超现实主义的倾向，并就他们运用超现实主义手法创作谈谈各自的心得体会。

② J. M. Spalding. "An Interview with Charles Simic." *THE CORTLAND REVIEW*, ISSUE FOUR, August 1998.

诗歌创作。

1947 年，他初访阿拉斯加，1954 年返回该地定居，住在距离理查森市 70 英里处的荒野小屋里，白天狩猎，捕捉驼鹿、狐狸、貂和海狸，并从事油漆工、木匠、猎人、捕鱼等体力劳动。他同妻子以蔬菜和猎物为生，很少与朋友或邻居来往，只是有时到路边客栈听老猎手们讲当地的故事。多数时间用来读书、思考、幻想和写作。他长期在这偏僻孤寂的环境里，自然地与原始生活认同，与他杀死的猎物认同。野生动物的暴怒、恐惧、血淋淋的内脏引起他对人的兽性的联想，给他以神秘的色彩，染上超现实的色调。他的诗富有超现实、奇异景观、梦幻般的视觉效果。他的处子诗集《冬天的消息》（*Winter News*, 1966）记录了他对阿拉斯加空旷的雪野、刺骨的严寒和死寂的感应，反映了他长期在冰天雪地里自力更生的艰苦生活，被寒冷和死亡所困扰。该诗集标题诗描写了冰天雪地的风情：

他们说在挪威
寒冷开始时，
那儿的井
正在结冰。

黄昏来临时
油罐砰砰作响
蒸气化成的云
在街上飘浮。

男人们走出屋
喂冻僵的狗。

堆成的雪人
叫白发的
孩子们回家。

我们再来读一读他的《昆虫》（“The Insects”）：

一条条蛆虫，皱皮的白人，
建造着软泥的寺庙。

闪闪发光的绿头苍蝇
点亮死尸的活计。

腐尸甲壳虫
在干肉坑道里醒来
像惊见太阳光的矿工……

海恩斯处子诗集是他的成名作，主要描写阿拉斯加的自然景观。1980年，诗人对此承认说：

也许使我最出名的早期诗篇（《冬天的消息》）源于我在阿拉斯加荒野的经历。这是孤独的诗歌，过于简单地说，是人烟稀少的孤独。主要取材于那里的自然界——鸟兽、树木、冰、气候和偶尔出现的旅游者。这些是我童年时代想象中的对应物——儿童幻想中北方大森林里永恒的东西——赋予诗歌以意义，也可以解读为内心持续性独白的一部分。①

1998年，海恩斯再次承认他的诗名根植于阿拉斯加：

阿拉斯加这块土地是基本的要素，你根本不能与它等同。这地方几乎没有受到干扰，人类住在那里的历史是最近的事，那里没有当地阿拉斯加人或当地印第安土著的历史。我意识到这点了。但是我的背景是与移民和淘金热有关。那里的土地是舞台，是一切情况发生的地方，我本能地吸收营养的地方。②

60年代后期，他应邀回到美国内地讲学和朗诵。他接触到美国的社会冲突和政治运动时不禁想参与其中，这反映在他的诗集《石竖琴》（*The Stone Harp*, 1971）里。他说："我那时希望，我能写一首改变现状的诗。认真地

---

① John Haines. "Comments." *Contemporary Poets*: 371.

② 1998年10月，诗人、俄亥俄州伍斯特学院英文教授丹尼尔·伯恩（Daniel Bourne, 1955— ）和海恩斯的朋友约翰·库斯特拉乘海恩斯访问俄亥俄州伍斯特学院之际，以《打扰荒原的一些事情：与约翰·海恩斯三方谈》（"Certain Things Intruding on the Wilderness: A Three-Cornered Conversation with John Haines"）为题，对海恩斯进行了一次深入的访谈。约翰·库斯特拉（John Kooistra）：阿拉斯加木匠，家住阿拉斯加费尔班克斯，曾从事渔业，应邀在阿拉斯加大学、普渡大学和伍斯特学院讲授哲学。

说，我们作为作家做的事情象征着一定的力量。我当时真的是这样想的。”于是，他写了一些他感到满意的关注社会的政治诗篇，例如其中的《一首像手榴弹般的诗》（“A Poem Like a Grenade”）：

它制造出来是为了
滚落在楼梯上，置放
在有罪的礼帽下面，
或者不经意地落在
坚持错误的政客们的
办公桌之间的废纸篓里。

当它在铺着地毯的楼梯上翻滚
或者静静地躺在藤条篮里，
它开始开放粗犷的花朵，
引信点燃，变焦……

火药着火，礼帽从挂钩上
被炸飞，五六张面孔
突然地，永远地
被改变……

将会有许多许多诗篇
用手榴弹的形式写出来——
一块飞出去的弹片
甚至可能颠覆一个政府。

他把他反越战的诗篇当作投掷的武器，真诚而天真，丝毫改变不了当时美国政府发兵越南的外交政策。何况一般美国读者和评论家对他的这种政治诗并不认可，不习惯他打着领带，穿着从他兄弟那里借来的西装和白衬衫以及从朋友那里借来的毛线衣，当众朗诵大家熟悉的反越战题材的诗，而他们对他的审美期待是他穿着红吊带裤和毛皮大衣之类寒带御寒的服装，朗诵反映寒带境况的诗篇。他后来也意识到这一点，他对此坦承：

60 年代后期有一段时间，我的思想被外界的大事占据了——政

> 治，社会冲突，所有这些吸引了我们许多许多人的注意。我试图在我的诗篇里表现这些事情（《石竖琴》）。少数诗篇，我想我是成功的，但是总的来说，我距离这些事情太远，不像荒野世界在我的诗篇里那样令人信服。①

不过，海恩斯对专门反映阿拉斯加的孤独世界感到不满足，早在1969年他就决定扩大题材范围，试图更多地关注个人的感情、个人的命运，例如他的诗集《蝉》（*Cicada*, 1977）。70年代后期，他虽然回到对自然的描写上，但题材不局限在阿拉斯加范围，而是扩大到他在蒙大拿和西北的生活经历，例如他的诗集《在充满尘埃的日光里》（*In a Dusty Light*, 1977）。又如，他的《20世纪末诗篇：1990～1999》（*From the Century's End: Poems: 1990-1999*, 2001）揭示了诗人对当今世界状态的痛感和前瞻性精神解决的愿望。涉及的题材广泛，从南加州古代丘马什人印第安文化的洞穴壁画到外层空间的探索，以及人们想在太阳系发现一些新领地的企图。他在这本诗集的前言声称："我总是寻求诗歌能包括我们这个时代的公共事件，唯有这样，才能使得诗歌既有当代性，又不可避免地与人类长期混乱的历史联系起来。"

海恩斯有过两次婚姻：1960年，与艺术家乔·埃勒·赫西（Jo Ella Hussey）结婚；1970年，与教师简·麦克沃特尔（Jane McWhorter）结婚，1974年离婚。共有四个继子女。自1972年以来，他作为驻校诗人和教授，被阿拉斯加大学、华盛顿大学、蒙大拿大学、密歇根大学和爱达荷大学以及欧柏林学院和纽约市公立学校邀请任职或讲学。1966～2001年，他发表了诗集16本，新近出版一本从过去的诗集里挑选出来并带有朗诵CD的诗选《冬日之光》（*Winter Light*, 2008）。他获得的奖项包括两次古根海姆诗歌奖（1965, 1984）、艾米·洛厄尔旅行奖金（1976—1977）、国家艺术基金会诗歌奖（1967）、阿拉斯加州州长颁发的终身艺术贡献奖（1982）、阿拉斯加图书/文学中心颁发的终身成就奖（1994）、艾肯·泰勒现代诗歌奖（2008），并荣获阿拉斯加大学费尔班克斯分校荣誉博士。1997年，被选为美国诗人学会会员。

---

① John Haines. "Comments." *Contemporary Poets*: 371.

第三节　W. S. 默温（W. S. Merwin, 1927—　）

自从处子诗集《雅努斯神的面具》（*A Mask for Janus*, 1952）作为耶鲁青年诗人丛书出版以来，W. S. 默温的知名度稳步上升，经过 60 年的创作实践，他成为当今美国诗坛无可争议的大诗人。他在长期担任美国诗人学会常务理事（1988—2000）之后，又荣任第 17 届桂冠诗人（2010—2011）。[①] 幸运的是，这位年轻时的帅哥长寿，才享受到这迟到的荣誉，他本属于 A. R. 阿蒙斯、詹姆斯·梅里尔、罗伯特·克里利、艾伦·金斯堡、弗兰克·奥哈拉、詹姆斯·赖特、约翰·阿什伯里等 20 年代晚期出生的这一代诗人。按照惯例，他应当于 2010 年 10 月 25 日到第二年 5 月之间，在国会图书馆举行一系列年度诗歌朗诵会和其他诗歌活动。国会图书馆长詹姆斯·比林顿（James H. Billington, 1929—　）对他有高度的评价："W. S. 默温的诗作总是深刻的，同时为广大读者所接受。他在日常生活流中带领我们向上游到半藏半露的生活智慧的源头。"国家艺术基金会前主席达纳·焦亚说："W. S. 默温荣任桂冠诗人是一个必然的选择，他创造了一个与众不同的风格。他的诗是抒情、省略的，往往略带神秘色彩。"W. S. 默温年事已高，在桂冠任职期间，不可能像平斯基那样有活力，设计富有创造性的与大众密切联系的大型诗歌项目。1999～2000 年，他和丽塔·达夫以及露易丝·格鲁克一道，曾经被国会的图书馆聘为两百周年纪念特别顾问（Special Bicentennial Consultants），这有别于桂冠诗人的荣誉。

W. S. 默温身跨现代派与后现代派，在创作道路上勇于探索，艺术风格经历数度变化。正如马克·克里斯蒂尔夫（Mark Christhilf）教授在他的论著《神话制造者 W. S. 默温》（*W. S. Merwin, the Mythmaker*, 1986）中所指出：

> 美国作家 W. S. 默温的诗歌属于现代派和后现代派这两个文学传统。在 1952～1960 年发表的头四本诗集，显示了受 T. S. 艾略特、W. B. 叶芝和罗伯特·格雷夫斯的影响，随着他的第五本诗集《移动的靶标》（*The Moving Target*，1963）的出版，W. S. 默温转变了他的诗风，

① 这次他的桂冠诗人任期年度津贴为 35000 美元。

有助于界定突然出现的后现代主义美学。[①]

像大多数刚起步的诗人一样，他早期的诗句形式规整，念起来朗朗上口，富有音乐性。他的第一本诗集反映了他吸收《圣经》故事、西方神话、骑士时代的情歌、古典著作的痕迹。他在50年代发表的三本诗集反映了当时形式主义对他的影响：注重传统形式，运用脱离现实生活的神话传说题材。他在这个时期描写的许多篇章富有象征意义，最为突出的形象是险恶的大海。《海怪》（“Leviathan”, 1956）是各文选收录率最高的典型诗篇。诗人用古英语音步描写超自然的恶势力——一头硕大无朋的海兽，给读者造成的印象是：人类在险情四伏的大自然面前无能为力，唯有恐惧。又如，他519行的长诗《东边太阳西边月》（“East of the Sun and West of the Moon”, 1954）是根据古罗马哲学家、讽刺家阿普列乌斯（Lucius Apuleius, 125？—？）的神话小说《金驴》（*The Golden Ass*）中关于丘比特和普绪刻的爱情故事展开的。诗人以此作为借托，探讨艺术、想象和现实的关系。全诗39节，每节13行，五音步抑扬格，这显示了默温深厚的传统诗艺功底。作为他前期艺术阶段的总结，他出版了《首部四卷本诗合集》（*The First Four Books of Poems*, 1975）。[②] 在这部诗歌合集里，诗人探索了爱、动物、民间故事、大自然、河流和死亡等等对我们来说很熟悉的主题。

从1960年开始，默温逐渐脱离英诗传统，放弃以非个人化、超然的沉思和反讽为特征的新批评派诗风，借用他在翻译聂鲁达诗歌时所学到的超现实主义以及叶芝和史蒂文斯的象征主义艺术手法，形成了迥异于他50年代的风格：简练的诗行，朴素的语言，没有隐喻、神话、押韵和标点，非逻辑的诗句一般都经过精心的安排而不是通常的那种毫无节制地宣泄无意识。60年代开始写诗时不用标点符号，再后来，除了开始一行的第一个字的首字母大写外，其余诗行的开头都不用大写字母。他觉得标点符号是把字句订在纸页上的钉子，使得口语变得沉重。

诗集《虱子》（*The Lice*, 1967）典型地体现了他这个时期的风格，例如《几个最后的问题》（“Some Last Questions”）中有一些诗行是非逻辑的：

何为头颅
答：灰

---

① Mark Christhilf. *W. S. Merwin, the Mythmaker*. Columbia: University of Missouri P, 1986: 1.

② 前四本诗集是：《雅努斯神的面具》（1952）、《跳舞的熊》（*The Dancing Bears*, 1954）、《同野兽一起的绿色》（*Green with Beasts*, 1956）和《醉于炉》（*The Drunk in the Furnace*, 1960）。

何为眼睛
答：井陷了，住了居民
何为脚
答：在拍卖之后离开的拇指
不对，什么是脚
答：在脚下不可能的路在移动
在路上断颈的鼠们
用它们的鼻子推动血球
何为舌
答：从墙上摔下来的黑上装
袖口想要说什么话
何为手
答：付了钱
不对，什么是手
答：向下爬回博物馆的墙
朝它们的祖宗——已灭种的恐龙爬去，
恐龙们将会留下消息
何为静
答：仿佛它有获得更多的权利
谁是同胞
答：他们制造白骨星

又如《春尽》（“An End in Spring”）：

同胞们昏昏沉沉，当他们的餐桌
继续吃着他们的包裹时
正把手套卖给时钟
做得很对嘛。

这些同胞们在他们从事贪婪的荒唐的交易时，时间在嘀嗒的钟声中消逝，但他们认为自己做得很对。再如，《最后一个》（“The Last One”）以简单直率的语言，抨击生态污染的现象，在记叙过程中带有超现实主义的色彩。批评家们在评论美国当代诗人的超现实主义风格时，常把他与罗什克、布莱、詹姆斯·赖特、迪基、金内尔、霍尔等相提并论，而他启示录式的幻想却独具特色。例如，死亡对于他来说，不是融于宇宙的和谐之中，而是进入虚无。他对虚无心驰神往，常把它与水、睡眠、黑夜甚至性体验联系起来。他的虚无与中国的禅宗思想有契合之处。他在 1990 年 4 月 18 日给笔者的回信中说，他读过介绍中国禅宗的文章和《五灯会元》的英文和法文本，并且激赏杜甫、李白和王维的诗以及苏东坡的词。难怪静与虚无成了他后期诗歌品格的重要成分。他的处子诗集里的《孟子之歌》(“Meng Tzu's Song”, 1952)，对中国读者来说，有趣之处在于了解他怎样理解我们的《孟子》：

在檐槽里做窝的一只只麻雀
脚踢着，慢慢地整理马鬃，
顶着吹动它们的羽毛
和我的头发的自然风。

如今我怎么知道，四十载
岁月已经披上了我的双肩，
不管是我有了心理准备
还是在风中打颤，发抖？

因为一只在熟悉的阵风中
走动的麻雀，就有可能被
看不见的东西——天空里
一股小小的风吹得倒转，

改变方向，这使得我深思；
而我不知道我的内心是否
在前进，或者是按照
自己的方式独自沉坠。

倘若我的内心不在风中
前进，或推动其他的微风，
这并不奇怪；年届四十的

告子[1]，内心从不动摇。

瞧啊，这受控的风
如何发威对我捣蛋！
一个人怎能眼睁睁地
保持安稳不动？

这首诗比较长，这里节录的只是它的上半段，但约略看到W. S. 默温阅读《孟子》后的感受。诗中提到的告子是中国战国时期思想家，曾在孟子门下学习，他的著作没有流传下来。赵岐在《孟子注》中说告子“兼治儒墨之道”。诗人对坚持有关人性学说的告子显然流露出赞赏之情。

1970年之后，W. S. 默温转向天真无邪的赞颂，表达对动物的同情、对大自然的热爱以及对性爱的向往，而他的情绪处于平静状态。1992年2月号的《诗刊》首页发表了他的《寻找伙伴》（“Search Party”）。它一共四节，每节末行相同，前三节首行基本相同，全诗节奏鲜明，基本是四音步抑扬格，而且全诗每行的最末一个词以“S”结尾。整首诗充满了浓郁的怀念和抒情的遐想，例如第一节：

而今我知道多数这样的面孔
将一张张显现在我的身旁
只要这一个个形象仍在那里
我终于知道下次会选择什么
如果真的还有下次的话
我知道我知道这一天天
像这样在黑暗里开始的一天天
我不知道不知道毛利在哪里

W. S. 默温的艺术风格改变了多次，但后期的诗歌返朴归真，倾向于怀旧和抒发哲理，诗句朴素无华，技巧则更趋纯熟，不刻意追求新的表现手法。他现在的诗美学可以说是当代诗坛典型的宿将级的诗美学：朴素，真诚，深沉。他80年代后期的一本诗集《林中雨》（*The Rain in the Trees*,

① 由于孟子在人性问题上和他有过几次辩论，告子因此闻名于后世。告子答孟子说：“性犹湍水也，决诸东方则东流，决诸西方则西流。人性之无分于善不善也，犹水之无分于东西也。”又说：“食色，性也。仁，内也，非外也；义，外也，非内也。”见《孟子·告子上》。

1988）里有一首短诗《夜雨》（“Rain at Night”），开头是这样的：

这是我终于听到的

十二月里的风和雨一道
鞭打着老树林
看不见的雨沿着瓦奔跑
日光下
风一起一伏
风推动重重云团
树林在夜风里

评论家尼尔·鲍尔斯认为这是显示 W. S. 默温最高艺术水平的一首诗，他娴熟的技巧和萦绕于心的感情，在这首诗里得到充分的表现。① 其实，该诗的意境和遣词造句与中国古典诗词相差无几。又如，他 90 年代中期的一首诗《绿色田园》（“Green Fields”, 1995）：

到了本世纪这个时候，很少人相信有动物了
因为它们不在餐盘的碎肉块里
从卡车上发出的恳求声是没有未来的影子声
依然有杀戮取乐的狩猎，有给小孩玩的宠物
但是按照自己规律成长的生灵，异于我们比我们古老的生灵
在我们之前一直在迁移，其中一些已经远去
而瘦脸白胡子的彼得有着一副年迈的劳伦斯的面相
他住在另一个时代另一个国度，他见识了
许多生灵生生灭灭，依然相信天堂，他说
打从他生活在农场的童年起，在骑马的年代
在最糟糕的第一次世界大战的年代，他从没怀疑
天堂的存在，以后他采取了世俗的模式，六十岁时
朝南方漫游。那时好言相向，他们让他走上小路
进入了一个古老世界，遍地满是他从未见过的

① Neal Bowers. “W. S. Merwin and Postmodern American Poetry.” *The Sewanee Review*, Vol. XCVIII, No.2, April-June 1990: 257.

奇花野草，乡邻们一起用大镰刀割早晨草地的青草
午饭前把它变成饲料，在挤牛奶时间，把它带回去
他羡慕畜牧业兴旺。在一个外人的眼里，他们丰衣足食
从此他就生活在那里，见到他所想见的光景，直至
那年冬天，他不能在园地里劳动，于是他献出了他的房屋
土地，他的一切，回到一座老城堡的家里苟延残喘了
一些时日，围绕在他四周的都是身心不起作用者，
当他躺在那里的时候，他告诉我说，他床旁的墙壁
几乎天天开启，他见到了真正的情景，他立刻认识到
这是永恒的生命，这时他看见了他种的园地
他儿时的绿色田园，他的母亲站在那里，墙壁将要
再度闭合，在他周围的是世界的末日

这显然是一个向往南方农耕社会的民间传说，表达了诗人对破坏环境的现代文明的反思。他终身关注环保，认为我们大家与环境息息相关，劝告大家别浪费地力，糟蹋地力，并说："你与池塘里青蛙或厨房里的蟑螂分不开。"他在《致一头即将灭种的灰鲸》（"For a Coming Extinction"）里谴责人类对鲸鱼的杀戮行为，向世人警告：鲸鱼的灭绝也是人类灭绝的来临。他始终保持了他的艺术个性：心情变化不定，暗示性，梦幻性，沉思性。

W. S. 默温出生在纽约，在宾夕法尼亚州斯克兰顿和新泽西州尤宁城长大，父亲是长老会牧师，对他从小要求很严，5 岁时他就学写赞美诗。1947 年，毕业于普林斯顿大学。在普林斯顿大学学习期间，师从 R. P. 理查德・布莱克默和约翰・贝利曼。他的名字 W. S. 默温是仿效 T. S. 艾略特和 W. H. 奥登的。他 18 岁时曾问道于庞德，并告诉庞德说他每天写 75 行诗，庞德建议他通过翻译掌握语言的运用。他听从了庞德的忠告，后来致力于包括西班牙和法文在内的数种外语的翻译，他对此说："我开始翻译时部分原因是作为一种训练，希望翻译的过程能帮助我学习写作。"

50 年代早期，他先后在西班牙、葡萄牙和英国从事拉丁文、法文、西班牙文和葡萄牙文文学翻译。在西班牙马略卡岛，当过英国诗人罗伯特・格雷夫斯（Robert Graves, 1895—1985）的小孩的家庭教师。然后，他到伦敦为 BBC 广播电台第三广播节目从事笔译三年（1951—1954）。1956 年回国，在坎布里奇市诗人剧院工作（1956—1957）。W. S. 默温有数年靠笔译为生，他的《1948～1968 年翻译选集》（*Selected Translations 1948-1968*, 1968）获

国际诗人、戏剧家、编辑、散文家和小说家协会奖。他也是健在的美国诗人中可以同庞德媲美的优秀翻译家。作为诗人，他涉足于外国的多种文化和多种文学传统，而这恰恰给为他提供了历史的和永恒的时间感。

W. S. 默温 60 年代移居纽约后曾任《民族》杂志诗歌编辑（1962），这是他创作生涯的第二阶段。《纽约时报》图书评论员德怀特·加纳(Dwight Garner）认为，W. S. 默温的这个阶段特点是："在罗伯特·洛厄尔的影响下，他的用词和句法已经松散，他的诗歌变得更加政治化和个人化，虽然仍然穿插着古典历史和传说。他的诗集《搬梯子的人》（*The Carrier of Ladders*, 1970）获普利策奖。他把获得的奖金捐献给了反战事业，因而遭到 W. H. 奥登的谴责，说他哗众取宠。"[①] 其实他反战并不是哗众取宠，他后来在 1975 年以实际行动同金斯堡以及其他人一道，参加反核武器制造的示威游行。W. S. 默温在 60 年代创作的诗，以谴责越南战争和关注环境保护而受到广泛的注意。

1976 年，W. S. 默温与妻子保拉生活在夏威夷毛伊岛东北海岸休眠火山上开辟的前菠萝种植园。他说，他在光秃秃的种植园栽植了 700 多种濒危物种的原生植物。他的生活环境说明他的作品与他挚爱的大自然紧密相连。德怀特·加纳把它看成是 W. S. 默温创作生涯的第三阶段，说："热带植物开始绽放在他的诗歌里，标点符号开始从诗篇里消失。"[②] W. S. 默温移居夏威夷主要目的是为了避开喧闹的尘世，在这世外桃源静心习修禅宗佛教。1975 年夏，W. S. 默温应那洛巴大学邀请，在那里做有关但丁的讲座和参加诗歌朗诵会。他和女朋友娜娜·纳奥尼（Nana Naone）在该校度夏，趁此机会向金斯堡皈依的藏传佛教诚如创巴仁波切申请参加了当年秋天第三期金刚乘修道班（诚如创巴每年主持金刚乘修道班为期三个月）的学习。两个月之后，正逢万圣节，诚如创巴酒醉如泥，先当众脱光自己的衣服，W. S. 默温和女朋友立刻退回到自己的屋里。诚如创巴命令他的金刚卫士把他俩押回经堂，把米酒泼洒在 W. S. 默温的脸上，同时责骂她的女友。他俩再三抵制和抗议无效，最终被诚如创巴的金刚卫士强行剥光衣服。尽管诚如创巴和他的信徒也都脱光了衣服在经堂里跳舞，但这对 W. S. 默温及其女友来说不啻是一种羞辱。奇怪的是，W. S. 默温继续在此停留

---

① Dwight Garner. "Finding Home and Inspiration in the World of Nature." *The New York Times*, June 30, 2010.

② Dwight Garner. "Finding Home and Inspiration in the World of Nature." *The New York Times*, June 30, 2010.

两个星期，听完诚如创巴的金刚乘说法。[1]他俩事后虽然没有对外宣扬，但这玷污诚如创巴名声的事件却传遍整个佛教界和诗歌界，引起了广泛的非议和谴责。

曾经是诚如创巴的信徒的罗伯特·布莱谴责诚如创巴的行为是“佛教法西斯”。笃信佛教的肯尼思·雷克斯罗思认为，毫无疑问，在健在的人之中，诚如创巴对佛教的伤害最大，因此建议立即把他驱逐出境。W. S. 默温本人却比较温和，只是说：“我不会鼓励任何人成为他的学生。我希望他一切顺利。”后来很少有人去参加诚如创巴主讲的金刚乘修道班。不过，这起事件在美国文学界引起激烈的政治性争议，不亚于庞德二战中在意大利电台为墨索里尼发表演说。诗人汤姆·克拉克（Tom Clark, 1941— ）就W. S. 默温受辱事件亲自采访金斯堡，出版了一本揭露诚如创巴行为的书《那洛巴诗歌大战》（*The Great Naropa Poetry Wars*, 1980），该书附录了埃德·桑德斯领导几个学生作的详细调查报告《万圣节派对，按时间顺序对发生在佛学院的对抗的调查报告》（“The Party, A Chronological Perspective on a Confrontation at a Buddhist Seminary”）以及金斯堡、安妮·沃尔德曼、爱德华·多恩、山姆·马多克斯（Sam Maddox）、鲍勃·卡拉汉（Bob Callahan）、彼得·马林（Peter Marin）和藏学家格伦·穆林（Glenn H. Mullin）等人的有关信件以及文件和报刊社论。诚如创巴动粗时，金斯堡不在场，但是W. S. 默温从克拉克对金斯堡的采访录中得知金斯堡袒护诚如创巴，对此感到十分不快。他后来在美国艺术和文学学会（American Academy of Arts and Letters）会议上见到金斯堡时直言：“我不相信你，金斯堡！”

据一般资料，W. S. 默温有过三次婚姻：第一次是毕业后与多萝西·珍妮·费里（Dorothy Jeanne Ferry）结婚，然后到西班牙马略卡岛辅导罗伯特·格雷夫斯的儿子，在那里遇到比他大 15 岁的狄多·米尔罗伊（Dido Milroy），和她合作编剧，然后结婚，侨居伦敦，在这个时期，与普拉斯和特德休斯成了朋友。1968 年，移居纽约。70 年代晚期，移居夏威夷，与狄多·米尔罗伊离婚后，于 1983 年与保拉·施瓦茨（Paula Schwartz）结婚。[2]

1952～2008 年，W. S. 默温出版诗集 28 本、散文集 8 本、译著 25 本，主编诗集两部，剧本上演两本，获得 27 项奖，其中包括《凯尼恩评论》奖

① Barry Mikes. *Ginsberg: A Biography*: 466-470.

② 据洛伊·戈登（Loi Gordon）说，W. S. 默温于 1954 年与黛安娜·惠利（Diana Whalley）结婚，如果这一信息属实，那么 W. S. 默温则有过四次婚姻史。参见 Loi Gordon. “W. S. Merwin.” *Contemporary Poets*: 647.

学金（1954）、洛克菲勒奖学金（1956，1969）、国家学院和艺术与文学院奖（1957）、福特基金奖学金（1964/1965）、普利策诗歌奖（1971，2009）、美国诗人学会奖（1973）、雪莱纪念奖（1974）、博林根诗歌奖（1979）、兰南终身成就奖（2004）、国家图书奖（2005）、马其顿斯特鲁加诗歌晚会节金花环奖（Golden Wreath Award of the Struga Poetry Evenings Festival in Macedonia, 2004）、丽贝卡·约翰逊·博比特奖（Rebekah Johnson Bobbitt Prize, 2006）和《凯尼恩评论》文学成就奖（2010）等。

第四节　高尔韦·金内尔（Galway Kinnell, 1927—2014）

前面已经讲过，根据克里斯托弗·比奇的考察，高尔韦·金内尔借用超现实主义成分而保持接近现实主义或描写性美学，因此他可以被归并到布莱、詹姆斯·赖特和斯塔福德的深层意象派那里；当然也可以归并到他的同学 W. S. 默温新超现实主义这个旗号下，虽然他和 W. S. 默温可以既不必靠拢深层意象派也不必靠拢新超现实主义，完全可以独立门户。

金内尔在创作道路的走向上与 W. S. 默温基本相同。他像他的好友詹姆斯·赖特一样，善于捕捉深层意象。他的诗歌的最大特色是在急于表达自我的冲动、与自然界生物认同的需要、积极参与社会政治活动的愿望之间进行微妙而和谐的平衡。他的老师查尔斯·贝尔（Charles G. Bell, 1916—2010）[①] 在评价金内尔时说："在出生于 20 年代和 30 年代的所有诗人之中，金内尔是唯一对美国伟大诗歌传统热诚地进行象征性探索的一个人。"[②]金内尔半个多世纪的创作实践证明他是 20 世纪后半叶最具影响力的美国诗人之一。

金内尔是 60 年代才为美国文坛注目的优秀诗人，尽管他在 40 年代和 50 年代就已发表诗作。像大多数诗人一样，金内尔早期的诗歌艺术形式是传统的。为了取得诗界的承认，年轻诗人往往在确立自己的名声之前，都经历这种拘泥于传统形式的过程。金内尔早期的诗集《初期诗篇：1946～1954》（*First Poems: 1946-1954*, 1970）和《什么样的王国》（*What a Kingdom It Was*, 1960）运用了复杂的传统诗歌形式，如弥尔顿式的五音步诗行，着力描写性爱、广漠星空、死神的诱惑和恐怖。其中以《夜歌》（"Night Song"）、

---

① 当代美国诗人，他与金内尔的师生交谊深厚，常相互切磋诗艺。

② Charles G. Bell. "Galway Kinnell." *On the Poetry of Galway Kinnell: The Wages of Dying*. Ed. Howard Nelson. The University of Michigan P, 1987: 28.

《冬天的天空》（“Winter Sky”）、《第一首歌》（“First Song”）和《致我们的上帝耶稣》（“To Christ Our Lord”）等篇较为优秀，表现了他早期的浪漫主义情调，也奠定了他日后精于叙事的基础。

随着时间的推移和他诗艺的逐步成熟，金内尔放弃了传统的诗节和音节，转向自由诗；他放弃了浪漫主义的发语方式，转向当代较为松散的口语。金内尔效法的大师起初是叶芝，继而是 W. C. 威廉斯和惠特曼。此外，他作为富布莱特研究员去法国（1955—1956）后，受到法国象征主义诗歌的影响，从此，他的诗风便现代化了。而他的现代化在起步时避开了走新批评派的诗路，避免跟随 T. S. 艾略特的主流飘浮，逐渐建立起一种外表素淡、内在暴烈、观察细致入微、富于启示性的诗风。他探索自然界重于个人感受，在一草一木、一山一水或人和动物中常有神奇的发现。在挖掘它们的深层意义过程中，他发现愈挖掘，自己愈像动物、草叶或石块，以至达到了物我交融的境界。他认为自己热爱它们，它们便在他的内心转化，展示它们的魅力，而他的内心生活于是就在其中得到了体现。他的这种体验说明他从象征主义走向了超现实主义，他的杰作《熊》（“The Bear”，1968）[①]是最典型的例证：

1
隆冬里
有时我瞥见几缕雾气
从染了污斑的雪地
冉冉升起
近看是肺呼吸时所染
低身一嗅
原来
是冷冷的熊气味。

2
我取出狼的肋骨
削尖两头
弯曲成钩
冻在鲸脂里

① 参阅张子清译高·金内尔《熊（外一首）》。《世界文学》，1987 年 4 月号。

放到熊道上。

诱饵已消失不见
我跟踪熊迹
四处追寻
直至发现第一道乌黑的血痕
隐隐地洒在地上。

于是我开始
奔跑，沿着道道血迹
浪游世界。
在地面裂开处
我停下来张望，
在他为越过一处薄冰
伏着爬过的地方
我趴下
俯伏向前，手里紧握熊刀。

3
第三天我饥肠辘辘
黄昏时我像早就料到的那样
对着一块浸在血里的熊粪弯腰
迟疑了片刻，拾起来，
塞进嘴里，吞了下去，
站起身
继续向前奔跑。

4
第七天，
靠熊血维持生命的我，
远远地见他已仰面朝天，
一头冒气的庞然大物，
稠密的皮毛在风里微微拂动。

我走过去
盯着他那一对相距很近的小眼睛，
他惊愕的面孔耷拉在肩头上，
鼻翼张开，
也许刚刚嗅到
我的气味时断了气。
我先砍猎物的大腿，
然后是猛吃猛喝，
然后是剥光他的皮，
然后是破开他的腹，爬到里面，
然后在身后封严，挡住风，
然后入睡了。

5
然后梦见
自己沉重地
走在冻原上，
体内挨了两刀，
在身后溅出一条血路，
溅出了一条血路，不管我朝哪边走去
不管我这熊魂被抛向何处，
不管我想跳哪种孤独的舞，
哪种笨重的跳跃，
哪种疲敝的步伐，
哪种无力的呻吟。

6
直到有一天
我跌跌撞撞地倒下——
倒在我这
想竭力克服呕吐
想消化渗入的血
想磨碎和消化那块骨头
的肚腹上，这时

微风吹过我的头顶，吹走了
吃过腥血和烂胃之后
消化不良时嗝出来的臭气
和那种正常的可怕的熊味。

7
我想我是醒了。光亮
重现在眼前，大雁
又沿着它们的路线飞行。
躺在雪下洞穴里的母熊
用舌头舔顺
她那起疙瘩的脏毛，
舔醒她那惺忪的睡眼。
接着一只毛绒绒的脚
笨拙地伸在我面前，
接着哼了一声，
接着，
接着，
我在徘徊中
度过余生：
搞不清
我赖以生存的那粘稠的液体，
那腥臭的血以及诗歌
到底是什么？

在《熊》这首诗里，诗中人是一个爱斯基摩人，他是猎手，但又从猎物的角度想象，变幻莫测，最后以总结他的人生体验而告终。在猎手与猎物有难以置信的相似性上，这首诗与威廉·福克纳的小说《熊》有类似之处。戴维·多尔蒂（David C. Dougherty）在评论这首诗时指出：

《熊》甚至更直接探讨杀戮者移情于他的牺牲品的过程。诗中人——爱斯基摩人讲述他有意而残酷地杀死一头熊的巧计。他削尖一根狼的肋骨，藏在鲸脂里。熊吃了鲸脂之后刺穿了胃子，挨了七天才死于非命，而这位靠熊血活命的猎人也追踪了七天，最后看见了这头死熊，于是破开熊腹。为了御寒，他爬进熊的肚子里面去了，睡在熊肚子里做了一个梦，梦见他完全和熊一样受痛苦——他自己造就的困境。这位爱斯基摩人苏醒之后，被他这残酷的经历改变到他原来的天性，因而能同情人类牺牲品的生命期。①

金内尔在以他的初生子女为框架的诗集《噩梦篇》（*The Book of Nightmares*, 1971）里，也喜欢用熊的形象与初生婴儿互为观照，生动地揭示婴儿出生前后的原始蒙昧心态。他笔下的“熊”跃动着激动人心的伟力，闪耀着原始的粗犷美。②这也许是对现代社会文明的一种反拨或反思。他的“熊”诗深受美国读者喜爱。每次朗诵会上，他忘情地把熊与人的感情混为一体的朗诵都能打动听众，在听众中激起热烈的掌声和爽朗的笑声。80 年代早期，笔者有幸在哈佛大学聆听过金内尔朗诵他的这个拿手节目——《熊》。

金内尔的另一首动物诗《豪猪》（“The Porcupine”, 1968）也是名篇，也以同样的叙述方式，表现同样的主题。它描写了射击豪猪的生动场面以及豪猪痛苦地死亡的情景。诗结尾时，通过移情，诗中人感受到了豪猪饮弹后的痛苦，认识到它是“我自己的瞄准对象 / 样板”。《熊》与《豪猪》都是围绕从对动物施暴到对动物作为人类残酷的牺牲品的认同展开的。上述两首诗收录在他的诗集《褴褛的衣衫》（*Body Rags*, 1968）里，是这部诗集的华彩部分。金内尔的短诗《圣弗朗西斯和母猪》（“St. Francis And The Sow”, 1980）也是佳作，它生动地描写了一头母猪用十四个奶头喂十四头小猪的情景，诗人在诗的末行赞赏道：“这长长的可爱之至的母猪。”在诗人的心目中，母猪像花儿一样可爱。在谈起这些动物时，金内尔对采访者说：“我站在它们的角度看待它们，同时想看到它们与我们的近似性。”③ 戴维·多尔蒂认为，金内尔创作关于动物的感人诗篇，是探索我们创造的与动物的复杂关系。④

在 1960～2006 年，金内尔出版了 26 部诗集，其中以《莫纳诺克山上放牧野花》（*Flower Herding On Mount Monadnock*, 1964）⑤和《噩梦篇》（*The*

---

① David C. Dougherty. “Galway Kinnell.” *Contemporary Poets*: 508

② 参阅张子清译高·金内尔《熊·初生子·悬岩》，载《当代欧美诗选》，王家新主编，春风文艺出版社，1989 年。

③ David C. Dougherty. “Galway Kinnell.” *Contemporary Poets*: 508.

④ David C. Dougherty. “Galway Kinnell.” *Contemporary Poets*: 508.

⑤ 参阅张子清译高尔韦·金内尔《蒙纳德诺克山上观花有感》和《终了》，载《当代外国文学》，1983 年第 4 期。

Book of Nightmares, 1971）两部诗集的标题诗令人难忘，前者的标题诗共十节；后者是十首组诗，每首组诗有七部分，构成了一部完整的作品，相同或相似的背景和形象反复出现，无论描写宰鸡、冷冰的天空、蛛网上的苍蝇还是低级旅馆里溺死的醉鬼，都表现了诗人对生命短暂的感慨。这部作品被视为哈特·克兰的《桥》和 W. C. 威廉斯的《帕特森》以后的同类作品中最有趣的一部。我们现在来欣赏《莫纳诺克山上放牧野花》的开头两节：

1
我再也支撑不住了。
我为自己说受到折磨
而沮丧地笑话自己，
我起床了。该死的噩梦者！

这里是新罕布什尔郊外
接近黎明时分。
夜鸱停止了啼叫，
深沉的山突显了出来。

2
头顶上一只白颈雀的唧啾声
好像针尖一下子穿刺空气五次
进入树叶，从树叶出来时，稍有改变。

空气是如此的静止，白颈雀声
一穿越出树林就消失了，
鸟儿们的情歌丝毫没有减弱。

莫纳诺克山是新英格兰的一座山，在波士顿西北 100 公里，康科德西南 61 公里，坐落在新罕布什尔州杰夫里镇和都柏林镇之内，因为它是孤零零的一座山，所以看上去很突出。金内尔表面上叙述游览莫纳诺克山，实际上是揭示他的精神之旅。克里斯托弗·比奇在解读这首诗的开头时说：

这首诗开始于黎明之前，诗中人睡醒了，为自己做噩梦而责怪自己："该死的噩梦者！"在罗伯特·布莱和詹姆斯·赖特的诗篇里，白天的时间很重要。金内尔的诗发生在夜里，而赖特诗里的时间是下午到傍晚。《莫纳诺克山上放牧野花》是一首早晨的诗，表明诗中人在噩梦之后的希望。[①]

我们再来欣赏这首诗结尾的两节：

9
从岩石上
挂下一道瀑布，
一线涓涓细流，
半途中碎成一粒粒水珠。

我知道
鸟儿们飞走了
但是大地用青苔包装
它们的坟墓和巨大的岩石。

10
在树林里我发现一株花。

这株花无形的生命灿烂地
开放，如同玻璃纸赛璐玢
在阳光中那样无形地燃烧。

它燃烧完了，飘忽成虚无。

它以其隐蔽的方式，在它自己
适当的位置上数说它自己，
它的花朵自称将在九重天逍遥，

一个暴怒的妖精隐隐地出现在大地上。

---

① Christopher Beach. *The Cambridge Introduction to Twentieth-Century American Poetry*: 187.

去天堂的诉求中断了。
花瓣自我原谅地开始凋落。
它是一株花，正在这山边枯亡。

克里斯托弗·比奇认为，最后的两节诗是诗人挣扎于超越死亡的需要与死亡的实现之间，反映了他复杂的心理状态。自然界中的那株花代表了双重的力量：它的花朵自称将在上帝的住处——九重天逍遥，但是受自然规律的约束，最终必然凋谢，死亡，如同诗中人的人生规律一样。克里斯托弗·比奇为此评论道：

如同罗什克、布莱、赖特和斯奈德的诗篇里所表达的一样，描写自然世界的具体性导致体验进入更深层的思虑。这里我们又一次看到顿悟的时刻，不过这个顿悟富有更多的哲理性，更少的直接性。诗中人认识到生与死分不开，是互为确定。正如金内尔在他的文章《自然世界的诗性》（"The Poetics of the Physical World", 1971）中提到，对死亡的认识能加深我们对生的体验："我们生命中的一种繁荣恰恰来自于我们进入……天堂或体验永恒的不可能。"诗人想见到那株花作为一个完美的目标，作为某种进天堂的诉求，却被另外一种东西破灭了，即：我们认识到我们唯一能希望的是"自我原谅"。[①]

金内尔看到山上一株花时不禁从花的角度进入遐思，同前面猎人与猎物的角色互换的手法大同小异，即：人类与生物认同。金内尔曾有名言：如果你继续不断地深入地想，你最后发现自己不是一个人，而是一片青草叶，或最终是一块石头。如果石头能读诗，将会代表诗歌讲话。

金内尔以叙事性的组诗见称于世。他在这些组诗里探索自然世界和精神世界、可见与无形之间的相互关系，并且考虑着种种玄学问题。他的生死观多少与中国人睹物伤情相类似。金内尔对此曾说过：人人都知道，人的存在是不完整的。那些为此感到特别烦恼的人转向写作。写作是一种试图了解人生不完整的方式，如果不医治它，至少要超越对此所感到的困惑和压抑。然而，金内尔不全是沉浸在玄想里，他同时又是一个关心政治、积极投入群众运动的社会活动家。在60年代，他成了反越战诗人联合会主席、种族平等大会的成员，曾因组织民权斗争而入狱。

---

① Christopher Beach. *The Cambridge Introduction to Twentieth-Century American Poetry*: 187-188.

金内尔出生在罗得岛普罗维登斯，年轻时受埃德加·爱伦·坡和艾米莉·狄更生孤独的生活和诗歌的音乐性影响。他先后获普林斯顿大学学士（1948）和罗彻斯特大学硕士（1949），二战中参加空军（1945—1946），与英内丝·德尔加多·托里斯（Ines Delgado Torres）结婚，生一子一女。曾在中东、法国以及美国大部分地区工作过。在外国诗人之中，他最喜爱聂鲁达和维永。曾在纽约阿尔弗雷德大学（1949—1951）、芝加哥大学（1951—1955）、格勒诺布尔大学（1956—1957）、尼斯大学（1957）、伊朗大学（1959—1960）、宾州朱尼亚塔学院（1964）、俄勒冈州里德学院（1966—1967）、科罗拉多州立大学柯林斯堡分校（1968）、华盛顿大学西雅图分校（1968）、加州大学欧文分校（1968—1969）、马略卡岛德亚学院（1969）、爱荷华大学（1970）、纽约州萨拉·劳伦斯学院（1972—1978）、普林斯顿大学（1976）、圣十字学院（1977）、澳大利亚悉尼麦格理学院（1979）以及其他许多高校任教。金内尔没有很早成为某所大学教授而在许多大学短期任教，可能与他没有获得博士学位有关。自从 1979 年之后，他任纽约大学教授，直至退休。在新世纪，他被选为美国诗人学会常务理事（2001—2007）。

金内尔获多种诗歌奖，其中包括福特奖（1955）、富布莱特奖学金（1955）、美国学院奖（1962）、朗维尤基金会奖（Longview Foundation Award，1962）、贝丝·霍金奖（Bess Hokin Prize，1965）、尤妮丝·蒂金斯纪念奖（1966）、洛克菲勒资助金（Rockfeller Grant, 1967）、塞西尔·赫姆利奖（Cecil Hemley Prize, 1968）、美国诗社雪莱奖（Shelley Prize of the Poetry Society of America，1974）、国家艺术暨文学院颁发的优异奖章（1975）、美国图书奖（1983）、普利策奖（1983）、麦克阿瑟研究金（1984）和美国诗人学会颁发的华莱士·史蒂文斯奖（2010）等。此外，金内尔出版五部译著，因翻译法国诗歌成绩斐然而获美国诗人学会兰登翻译奖（Academy of American Poets Landon Translation Award, 1978）。

第五节　唐纳德·霍尔（Donald Hall, 1928—　）

霍尔这位新世纪的桂冠诗人（2006—2007）也是在 50 年代早期起步的，开始时以精湛的传统诗艺和符合新批评派美学规范的诗歌著称于诗坛。他在以《内向的缪斯》（“The Inward Muse”）[1]为题的演讲中，告诉他的听

[1] Donald Hall. “The Inward Muse.” *Michigan Quarterly Review*. Volume VI, Issue 1, Winter 1967.

众说，他在创作早期“有时能听到兰塞姆先生的声音”，他“花了十年时间才摆脱了那个声音”。到 50 年代后期，他因受深层意象派的超现实主义理论的影响而在诗里着意表现无意识。我们先欣赏一下他的超现实主义诗《1960 年在埃塞克斯的航空旅行》（“An Airstrip in Essex, 1960”, 1964）：

这是消失在空中的一条路。
这是糖甜菜之中的
一片沙漠。
1941 年“烈性人号”的
小机翼
降落在英吉利海峡的泥地上。

靠近路边一辆积木似的小车
在青草的重负下踉踉跄跄，
英国国民军等待在
侵略成性的冬天的白雾里。

晚安，覆没的战争。

在波兰，风骑在有缺口的墙上。
烟从岩石里升起来；不，这是雾。

又如《这房间》（“The Room”, 1969）的第一节：

今晨我醒来时，
睡潮已退，
我白色的躯体搁在岸边。
我从我已达 40 年之久的
躯体里爬起来，
来到这个房间。

罗伯特·布莱对霍尔的这类超现实主义的诗篇深表赞赏，说霍尔的“诗句具有自身俱足的强烈的欢乐力量，音乐性明显带有古风味的和谐，即音乐性来自意识深层内部古老的部分，来自非常古老的头脑……当他的诗写得很好时，它就很实在而且感情绝对的真诚”。霍尔在表现神秘的深层意象方面的成功，足以使他加盟深层意象派而会受到布莱的欢迎。

霍尔的诗歌题材和形式常常变化，但对时间性的关切却贯穿始终。他像过去和现在许多诗人一样，迷恋自然的进程和变化，也由此产生三种体验：悲伤永远失落于文明、惊异于动植物的生老病死和精神上的欢乐。他的一首短诗《我的儿子，我的刽子手》（“My Son, My Executioner”, 1955）也许能基本代表他的精神面貌：

我的儿子，我的刽子手，
我把你紧抱在我的胸膛，
安静，娇小，刚能骚动，
我的身体给你以温暖。

快乐死啦，小子呀，
你是我们不朽的仪表，
你的哭喊和饥饿记录了
我们身体的衰朽。

我们，一个25岁，一个22岁，
似乎觉得青春常在，
看到你身上顽强的生命
我们开始双双死去。

组诗《那一天》（“The One Day: A Poem in Three Parts”, 1988）表明霍尔脱离了60年代和70年代唯物主义的倾向而进入到一个新的创作阶段，眼界拓宽到更大范围的人类命运：

我们永远是一个
死生交替的细胞，受制于单一的一天，它统辖
我们度过三万日，从高背椅到工作，从爱到
苦痛的死亡。我们种植玉米，储藏种子。
我们的子女给老树施肥。两个烟囱需要：
工作，相爱，造屋，死亡。但要造一座房屋。

罗伯特·麦克道尔（Robert McDowell）在评论这首诗时指出：

这首诗的第一部分表现这位功成名就的艺术家在回忆早年压抑的岁月之后，心境平和地叙述他这位中年男子独坐在高度忧郁之中，冥思他父亲的悲剧及其终身悲剧性的企图；在诗的中间部分，他回忆到一对矫情的雅皮士和哲学家塞内克斯；诗中的这些人物讲话，袒露了庞德和惠特曼诗歌里才有的气派预言。[①]

生老病死和沧海桑田的感慨始终离不开霍尔，因此我们对他尊老爱幼的感情也不觉得奇怪了。当你读到他描写他和老诗人迪伦·托马斯、弗罗斯特、T. S. 艾略特和庞德的深笃交谊的回忆录《记住诗人们，回忆和看法》（*Remembering Poets, Reminiscences and Opinions*, 1978），你不能不受到深深的感动。

1993 年，美国公共电视台以《共同生活》（"A Life Together"）为题，专门到霍尔在新罕布什尔州威尔莫特的鹰潭农场住宅，为他和他的爱妻简·凯尼恩拍摄美满婚姻的生活纪录片，在电视台的"比尔·莫耶斯杂志"（"The Bill Moyers Journal"）节目里放映。可是，第二年，简·凯尼恩被诊断患白血病，于 1995 年去世。霍尔早在 1989 年被诊断患结肠癌，癌细胞在 1992 年转移至肝脏，第二次手术和化疗之后稍有缓解，但诊断只有三分之一的机会存活五年。他的不幸一个接着一个，他的极端个人痛苦成了他的诗集《没有》（*Without*, 1998）的主题。他题献给爱妻的另一本诗集《漆画床》（*The Painted Bed*, 2002）。该集中的一首 16 节长诗《打发日子》（"Kill the Day"）以无限的沉痛，表达了诗人失妻后的失落心情。我们现在来阅读开头三节：

她去世时，他的汽车仿佛加速坠落到
码头的尽头，在死水上隆隆地疾驰了
不高不低，平平地朝前，然后
栽进海底，在那里，他的尸体
扭曲在钢的蜂窝里，依然做着梦，
像她一样了无生气，但还有意识。
没有比苦恼更不顾他人，更讨厌了，

---

① Robert McDowell. "Donald Hall." *Contemporary Poets*: 373.

沮丧只是任性地持续下去。
酸楚完全像忧郁症，酸楚还把
自我厌恶增添到木然的悲哀上，

并且把它专一的注意力从死者
那里移开。狂热是忧郁的逆转。
丧亲之痛、失落和内疚的刺激
转换到烦躁、暴怒和不眠的兴奋。
当他从漆画床上起来时，他经过
欣快和鼓气，从那份专一的怨恨
中改变成不断出粗气：吸—呼—吸—呼。
他每天在这像所有屋子的屋子——
太平间似的屋子里，对着虚无醒来。
他睡在这最后一口气的私通的床上。

他在她中年生活的正午合上她的双眼；
他不再为博得她的赞赏而梳妆打扮；
他为女人们的崇拜而工作，她们死了。
在她胸脯静止几个月之后，他做噩梦，
梦见她离开他，去跟了另一男人。一切
都走向它的反面，都回到它的原处。
当她去世后的第二个夏天临近他时，
几只金翅雀像水仙花似的展翅，飞回
她的鸟食罐，而他再也不能告诉她了。
她的离世使我诗难尽意，无以言表。

对提倡非个人化的诗人和诗评家来说，霍尔的这首反反复复流露悲情的诗也许过分了，甚至滥情。然而，这首诗依然富有强烈的艺术震撼力。霍尔的爱妻死时 47 岁，而他年近 70，又身患癌症，顿使他陷入到白发人送黑发人的肝肠寸断的境地。如果换了感情脆弱的常人，也许精神早被压垮了。可是，诗人坚强地活了下来，在惨淡的生存困境中，强忍悲痛，继续创作，表达对妻子的爱、他的悲伤、绝望和最终接受痛苦事实的无奈。诗人在这首诗的开头引用了以前的诗句“工作，相爱，造屋，死亡”，借以说明人生无法逃脱的规律。这首诗被评论家认为是他写得最好的诗篇。他因此成了美国悲痛和失落的卓越诗人之一。

霍尔出生在康涅狄格州纽黑文，父亲从商。霍尔早慧，有文才，十岁前学写诗和短篇小说；上预备学校时写长篇小说和诗剧；16岁参加著名的面包作家研讨会，在研讨会上，霍尔有幸初遇弗罗斯特，但对弗罗斯特的为人并不看好。他后来回忆说："多年来，他对于我来说改变了：从一座丰碑到一个公共的骗子到更为通人情和复杂，这无法用贬或褒概括。"[①] 霍尔毕业于哈佛大学（1951）和牛津大学（1953），在哈佛大学学习期间，任哈佛杂志《哈佛倡导者》编辑，结识了一批与他一样有文学抱负的同学，其中包括阿什伯里、布莱、奥哈拉和艾德莉安娜·里奇。在牛津大学学习期间，任牛津杂志《牛津诗歌》（*Oxford Poetry*）主编。回国后，到斯坦福大学进修（1953—1954）。以后任《巴黎评论》诗歌编辑（1953—1962）、卫斯理大学出版社诗歌编辑（1958—1964）、哈珀和罗出版社顾问（1964—1981）。贝茨学院荣誉文学博士（1991），美国艺术和文学学会会员，两次当选新罕布什尔州桂冠诗人（1984—1989, 1995）。获牛津大学颁发的纽迪盖特奖（Newdigate Prize, 1952）、拉蒙特诗歌奖（Lamont Poetry Prize, 1955）、埃德娜·米莱奖（Edna St. Vincent Millay Award, 1956）、马歇尔/《民族》奖（Marshall/*Nation* Award, 1987）、国家图书评论界奖（1988）、《洛杉矶时报》图书奖（*Los Angeles Times* Book Award, 1990）、罗伯特·弗罗斯特银奖（Robert Frost Silver Medal, 1991）、露丝·利利诗歌奖（1994）。

霍尔具有高度的朗诵技巧，据他本人统计，他应邀作了一万次成功的诗歌朗诵。他不但对高雅文学，而且对通俗文学文化都有广泛的兴趣。1950～1999年，他主编、合编大型诗选和文集24部，其中他与罗伯特·特帕克以及路易斯·辛普森合编的侧重学院派诗歌的诗选《英美新诗人》（1957）在英美两国文坛引起很大反响和争议，引发了60年代的诗选大战，导致唐纳德·艾伦主编的《新美国诗歌》（1960）为新诗歌流派摇旗呐喊。霍尔后来又与罗伯特·特帕克主编了《英美新诗人之二》（*New Poets of England and America: Second Selection*, 1962）。作为著名诗选主编，霍尔在英美诗坛有很大影响。其实，各种诗选本各有所长，也各有所短，如同戴维·安廷所说："诗选集对于诗人而言等于动物园对于动物。"[②]他的意思是，诗选集只不过是把一群诗人圈在一起罢了。戴维·普罗铭基（David

---

① Donald Hall. *Remembering Poets, Reminiscences and Opinions*. New York and San Fracisco: Harper & Row Publishers, 1978: 42.

② Douglas Messerli. Ed. "To the Readers." *From the Other Side of the Century*. Los Angeles: Sun & Moon P, 1994: 31.

Brominge）则认为文选是排除人的工具书。[①]

1959～1997 年，霍尔创作了有趣的儿童插图读物 11 本，主编了大型《美国儿童诗牛津插图卷》（*The Oxford Illustrated Book of American Children's Poems*, 1999）以及《美国文学逸事牛津卷》（*The Oxford Book of American Literary Anecdotes*, 1981）。

霍尔有过两次婚姻，先与柯比·汤普森（Kirby Thompson）结婚（1952），生一子一女，1969 年离婚，然后与诗人简·凯尼恩（Jane Kenyon）结婚（1972），生活在新罕布什尔州威尔莫特的鹰潭农场祖屋——1865 年曾外祖母建造的房屋。他在 2006 年接受罗伯特·伯恩鲍姆（Robert Birnbaum）采访时说："同简·凯尼恩结婚是我生活中最重要的事，最重要的时期。"他认为自从定居乡下之后，他的诗歌起了质的飞跃。他曾告诉伯恩鲍姆说，在确诊患白血病一年半之前，简在诗中流露了对他患癌症的忧虑，其中有两行："我相信艺术的奇迹。什么奇迹将保持你在我身边安然无恙？"霍尔已经准备把这两行诗改成"我相信艺术的奇迹，但是什么奇迹将保持你在我身边安然无恙"作为他与简将来合葬的墓志铭。尽管如此，2007 年，霍尔应宾夕法尼亚大学"凯利作家之家"（Kelly Writers House）邀请作为期两天（4 月 16～17 日）的诗歌朗诵和讲座时，被发现带了他新的女友琳达·孔哈特（Linda Kunhardt）出席。他的回忆录《最好的一天，最糟糕的一天：与简·凯尼恩生活在一起》（*The Best Day the Worst Day: Life with Jane Kenyon*, 2005）在两年前题赠琳达。

小说家路易斯·贝格利（Louis Begley, 1933— ）是霍尔的哈佛同学、朋友，他在评价霍尔时说："多年来，已经十分清楚地表明霍尔著做出色多产，多才多艺，是二战以来最优秀的英语诗人之一。"[②] 更精确地说，霍尔主编大量诗集和文集所产生的影响，在很大程度上超过了他的诗名，尽管他的诗歌也十分优秀。

---

① Douglas Messerli. Ed. "To the Readers." *From the Other Side of the Century*. Los Angeles: Sun & Moon P, 1994: 31.

② Louis Begley. "Among the Thirty Thousand Days: An Appreciation of Donald Hall." *American Poet*, Spring Issue, 2006.

第六节　马克·斯特兰德（Mark Strand, 1934—　）

斯特兰德是继沃伦、魏尔伯和内梅罗夫之后的第四位桂冠诗人（1990—1991）。作为主要的美国当代诗人之一、卓有成就的主编、译者和散文家，斯特兰德不算高产，但却是一位高品质的诗人，多年来他受到众多同行们的推崇。他的诗歌主题从努力克服个人的恐惧和情迷意乱到欢乐地赞颂生活和光明。

他的处子集《睁着一只眼睛睡觉》（*Sleeping with One Eye Open*, 1964）的突出情绪是对美国在60年代侵越战争感到焦灼不安，害怕美国与当时的苏联交战。该诗集中的一首常被各诗选录用的诗篇《保持生命完整》（"Keeping Things Whole"）正表现了诗人在这个时期的焦躁感：

我在田野里时
心不在焉
好像不在田野里。
经常是这样。
不论在哪里，
我失魂落魄。

我走路时
我分开空气
空气总是
填满
我的身体
刚才占有的空间。

我们都有理由
行动。
为了保持生命完整
我行动。

焦躁不安的诗人对他身体周围空气的感觉好像我们平时在水中的感

觉，人一走动，水就马上填满身体刚刚占有的空间。这种异样的感觉可以说是诗人超现实的感觉。斯特兰德诗歌的显著特点是梦幻性，反映了他受西班牙和拉丁美洲超现实主义的影响。《结婚》（"The Marriage", 1968）是其艺术风格的典型代表：

风从相对的电线杆
缓慢地走来。

她在风中返身。
他在云里行走，

她准备就绪，
披散她的头发，

两眼化妆，
一脸微笑。

太阳温暖她的牙齿，
舌尖舔湿它们。

他掸掉上装的灰尘
平直好领带。

他抽烟。
他俩将很快会面。
风使他俩的距离靠近。
他俩挥手。

愈来愈近，愈来愈近，
他俩拥抱。

她整理床铺，
他脱掉裤衩。

他俩结婚了，
生了孩子。

风使他俩离开，
各奔东西。
他平直领带时
觉得风很大。

她穿衣时说，
我喜欢这风，

风逐渐表露自己。
对他俩来说，风是一切。

这种简约的措词、超现实的时间和新闻报道式的具体细节构成了斯特兰德的个人风格，即他自称的“新国际风格”。他在接受韦恩·多德和斯坦利·普拉姆利采访时说：“我甚感自己是新国际风格的一部分，它与晓畅的措词、依赖超现实主义技巧和新闻报道式手法、浓厚的叙事成分等等有密切关系。”

批评家们一般认为，在60年代，斯特兰德和布莱以及W. S. 默温都是在翻译拉丁美洲或欧洲超现实主义诗歌的过程中，学会了挖掘无意识而形成了超现实主义风格。他和其他这类所谓新国际风格的作家竭力解放和扩大意识而进入梦幻境界，类似于宗教狂们所进入的迷幻状态。具体地讲，斯特兰德成功的诀窍在于他超过自我（Ego）的限制，把自我变成他人，从极度疏远自己的视角观察世界，结果是旁观者的观点，幽灵的语气。例如上述《结婚》中的一对异化了的夫妻，他俩朦朦胧胧聚，朦朦胧胧散，仿佛是无法自控的夜游人。

斯特兰德不但突破了意识的界限，而且突破了时限，想象未来时像回到了过去，例如表现他童年记忆的《童年的大海在哪里？》（“Where Are the Waters of Childhood?”, 1977）、《法国村的住宅》（“The House in French Village”, 1978）和《赫克特小湾之夜》（“Nights in Hacket’s Cove”, 1980）等诗篇都扩大了表现范围。

斯特兰德60年代的诗歌是思想对肉体的异化，与T. S. 艾略特提倡的感受的分化论不无相似之处，例如诗集《睁着一只眼睛睡觉》《行动的理由》

（*Reasons for Moving*, 1968）和《更暗了》（*Darker*, 1970）。他70年代的诗侧重具体描写他记忆中的地点和人物，例如诗集《我们的身世》（*The Story of Our Lives*, 1973）、《时间已晚》（*The Late Hour*, 1978）、《哀悼我的父亲》（*Elegy for My Father*, 1973）、《诗选》（*Selected Poems*, 1980）和《持续的生命》（*The Continuous Life*, 1990）等。随着年龄的增长，他的怀旧之情渐浓，因此在后来的作品中自传成分渐增。他爱在诗中探索虚静，在气质上近似W. S. 默温和布莱。

斯特兰德的父母是英国人，他出生在加拿大爱德华王子岛，1938年移居美国。毕业于俄亥俄州安蒂奥克学院（1957），获耶鲁大学美术学士（1959），作为富布莱特学者赴佛罗伦萨大学深造一年（1960—1961），回国后获爱荷华大学硕士（1962），毕业后曾在耶鲁大学、普林斯顿大学、哈佛大学、犹他大学等多所高校任教。自从2005年以来，任哥伦比亚大学英文教授。1961年，与安东尼娅·拉滕斯基（Antonia Ratensky）结婚，生一女，1973年离婚；1976年，与朱莉娅·拉姆齐·加雷特森（Julia Rumsey Garretson）结婚。发表诗集17部（1964—2007）、散文作品12部（1978—2000）、儿童作品3部（1982—1986）、诗歌翻译6部（1971—1986）。1981年，被选为美国艺术和文学学会会员，曾任美国诗人学会常务理事（1995—2000）。获富布莱特奖学金（Fulbright Fellowship, 1960—1961）、美国诗人学会奖学金（Fellowship of the Academy of American Poets, 1979）、麦克阿瑟研究金（1987）、博比特全国诗歌奖（Bobbitt National Prize for Poetry, 1992）、博林根奖（1993）、埃德加·爱伦·坡奖（Edgar Allen Poe Prize, 1974）、普利策奖（1999）和华莱士·史蒂文斯奖（2004）。

第七节　查尔斯·西密克（Charles Simic, 1938—　）

西密克，这位70年代初入美国籍的塞尔维亚裔美国诗人，接唐纳德·霍尔的班，荣任第15届桂冠诗人（2007—2008）。国会图书馆馆长詹姆斯·比林顿赞扬他的诗极富魅力，并具有原创性。70年代，他在小型杂志上发表简洁的意象诗而初露头角。有评论家认为他的诗结构紧凑，如同中国魔方。他的诗歌题材涵盖爵士乐、艺术和哲学。

西密克60年代中期的诗歌充满了对寂静的世界迷恋，因此评论家们将其列入金内尔和W. S. 默温等超现实主义诗人行列。西密克的童年是在遭受战争蹂躏的欧洲度过的，他对那时期的零星记忆总是与恐怖和异化了的平凡事物联系在一起，使得他自然地处于一种超现实的精神状态，这也体现在他后来的超现实主义诗集《遛黑猫》（*Walking the Black Cat*, 1996）里。在他那梦幻般的诗篇里，我们可以找到罗什克以及其他超现实主义诗人的影响痕迹，例如他的《黄昏》（“Evening”）：

蜗牛释放寂静。
野草受到祝福。
漫长一天的尽头
人类找到欢乐，
水找到安静。

让一切变得淳朴。
让一切屹立不动，
没有最终的方向。
带你来这现世的
也送你到死亡，
这是同一回事，
有尖顶的长影
是教堂。

又如他的诗集《拆除寂静》（*Dismantling the Silence*, 1971）的标题诗：

首先小心地把它的耳朵摘下
以免它们溢出来。
用一声响亮的口哨切开它的肚皮。
如果它里面有骨灰，闭上你的眼睛，
让骨灰顺风吹走。
如果有水，安眠水，
带给一个月还没喝一口的植物根。

当你到达死尸时，
你没有碰上一群狗，
你没有碰上一具松木棺材
和牛拉的车，牛拉动时使死尸直晃，

快把尸骨在你皮肤下松脱，
下次你捡起你的麻袋时，
你将会听到尸骨在袋边咬动你的牙齿……

再如《餐叉》（“Fork”）：

这奇怪的东西必定是
刚刚爬出地狱，
它像鸟脚
吊在食肉动物的颈子上。

当你用手拿它时，
当你用它叉一片肉时，
不难想象出一只鸟的形象：
像你拳头似的鸟头
很大，秃秃的，无嘴，瞎眼。

西密克展现在读者眼前的总是一幅可怕的情景，既有民间传说的原始色彩，又具有当代社会的梦魇性，似真非真，似假非假。如果我们了解西密克的童年背景，我们便不难了解他的梦幻诗歌。他的童年是在二战前沿的南斯拉夫度过的，死亡、受伤、流放、背叛、邪恶和恐怖成了他内心世界无名无地点的寓言。滑稽的剧情和黑色幽默装点了他诗歌里的悲剧情节。他早期的诗歌都具有这类令人震惊的品格。例如，他的短诗《天堂汽车旅馆》（“Paradise Motel”）使我们隐隐约约地看到诗人经历巴尔干岛连年战争的残酷：

数百万人死了；人人都无辜。
我留在我的房间里。总统谈起战争
如同说起一剂春药。
我的双眼睛吃惊地睁大。
在镜子里，我看到我的脸庞
像一张两次取消邮资的邮票。

我的住处很好，而生活却很可怕。

那一天，有那么多的士兵，
那么多的难民拥挤在大路上。
他们随着那只手一触摸
都自然地消失了。
历史舔了舔它血腥的嘴角。

在付费的电视频道上，
一男一女交换着饥渴的接吻，
扯开对方的衣服，而我
继续看着，电视声音灭了，
房间变暗，屏幕上出现
太多的红色，太多的粉色。

西密克童年时的战争、贫困和饥饿反映在他的诗篇里。有评论家认为，西密克善于用圣洁的光抗击政治结构的黑暗。近年来，他诗歌沉重的历史感少了一些，而平静的成分多了一些，虽然不完全有悲观主义腔调，但丧气之情从未中断。这也是在二战中从东欧各国移居美国的作家的共同特点，米沃什如此，布罗茨基也如此。和他们一样，他能深刻地理解和描写现代社会生活。严格地讲，西密克的作品不容易分类，他的诗既有超现实主义色彩、形而上学的倾向，又有反映暴力和绝望的现实主义图景。

西密克进取心强，从不满足已取得的成就，总是谨慎地避免艺术的停滞，不断进行新的探索和实验。英语虽然是他的第二语言，但他的诗写得地道、精彩，原因是他一起步写诗时就学会了使用英语。他在和他的朋友——斯洛文尼亚的著名诗人托马斯·萨拉蒙（Tomaž Šalamun, 1941—2014）的一次电话交谈中，对此曾袒露说：“我开始写诗时是用英文，但英语当然不是我的第一语言。我有两种语言在我的脑海里：英语和塞尔维亚语。恰好是，我当时并不知道塞尔维亚诗歌；我在学校学过一些，那时我在南斯拉夫，但学得并不多。”[①] 谈起他学习美国诗歌的体验时，西密克还说：

一旦我开始用英语写作，我开始对美国诗歌感到好奇。我爱读的第一个诗人是哈特·克兰，他有点疯疯癫癫，我不明白他说什么；我

① Charles Simic and Tomaž Šalamun. Web Only/Posted Sep 2008, *LITERATURE* (Interview, Poetry, Web Exclusives).

只是喜欢他的诗歌读起来的音乐性。然后是华莱士·史蒂文斯和W. C.威廉斯的影响。1956年移居到芝加哥，我遇到了与文学有关的人士，我们就美国诗歌进行争论。我就这样地深入到美国诗歌里，不断改变我的创作观念。直到多年后，我停下来对自己说，好吧，等一下，让我看看塞尔维亚、斯洛文尼亚和克罗地亚的诗歌是什么样。①

像其他的诗人一样，西密克诗艺的成熟实际上是吸收了多方面的营养。他在接受J. M. 斯波尔丁采访时坦言："我以唐璜非常喜欢不同女人的方式，热爱不同种类的诗人。可以这么说，我与个别的或集体的古代中国诗人、古罗马诗人、法国象征派诗人和美国现代派诗人上床睡觉。我是如此地乱交。如果假装说我只有一个伟大的爱人，那我是在扯谎。"②

西密克用词平实，用平凡的语言揭示日常的生活，意义深刻。他的诗给人带来新鲜感，例如他的短诗《应付冬天》（"Against Winter"）：

事实是：你眼皮下的天色变暗。你
拿它怎么办？鸟儿们沉默：无人
问津。你成天会斜眼看灰色天空。
风吹过，你会像稻草般瑟瑟发抖。
你像一只温顺的小羔羊，长着羊毛，
直到他们前来，带着巨大的羊毛剪。
飞蝇盘旋在张开的嘴巴上，然后，
它们也像树叶一样飞走了，光秃秃的
树枝徒劳地在它们的身后伸展。

冬天来临，你像战败的部队里最后
一名英勇战士，将会待在你的岗位上，
裸露的脑袋对着第一场雪花。
直到一位邻居走来，对着你大喊：
查尔斯，你比这天气更加疯癫。

---

① Charles Simic and Tomaž Šalamun. Web Only/Posted Sep 2008, *LITERATURE* (Interview, Poetry, Web Exclusives).

② J. M. Spalding. "An Interview with Charles Simic." *THE CORTLAND REVIEW*, ISSUE FOUR, August 1998.

再如另一首短诗《乡下的夏天》（“Summer in the Country”）：

一个人给我示范如何躺在三叶草的田野里。
另一个人教我如何把手伸进她周日穿的裙子里。
另一个人教我如何用塞满黑莓的嘴巴去接吻。
另一个人教我如何在天黑之后捉萤火虫。

这里的马厩里只有一匹黑色母马，
这是上帝穿着红色睡袍骑马的证据。
魔鬼的孩子——要么，不管她是谁？
有勇气要我给她去拿一根马鞭。

西密克的诗歌回响着美国人和流落国外者的双重声音，斯拉夫母语的记忆依然不时地出现在他的诗里。这两首诗有着民间故事的色彩，表明诗人逃离战争不断、满目疮痍的南斯拉夫之后，定居美国的闲适心情。

西密克的童年是在贝尔格莱德度过的。那时正值第二次世界大战期间，他的家人数次撤离家园，逃避狂轰滥炸。他对此幽默地说：“我的旅行代理人是希特勒和斯大林。”[①]二战结束后，他和家人依然被笼罩在暴力和绝望的气氛之中。西密克的父亲去意大利工作，他的母亲试图跟随父亲，但数次遭当局拒绝。在此期间，年轻的西密克被认为是低于平均水平的学生和小捣蛋分子。他 15 岁时，跟母亲去巴黎，在那里经过一年夜校学习英语，白天上法国公立学校之后，次年去纽约与父亲团聚。然后，他跟随父母移居芝加哥郊区橡树公园，在当地高中就读，并开始对文学特别是诗歌感兴趣。中学毕业后，上芝加哥大学，晚上在《芝加哥太阳时报》（*Chicago Sun Times*）打工。他 21 岁时发表诗歌。1961 年，被强制征召服兵役，1963 年复员。毕业于纽约大学（1966）。1966～1974 年，他在摄影杂志《光圈》（*Aperture*）当助理编辑。1965 年，与服装设计师海伦·杜宾（Helen Dubin）结婚，生一女一子，定居在新罕布什尔州斯特拉福的德鲍湖湖畔。长期在新罕布什尔大学教学，现任该校美国文学和创作荣誉教授。

作为一位勤奋的诗人，西密克在 100 多家杂志发表诗作和文章；1967～2008 年，出版诗集 32 本；1985 年～2003 年，发表散文作品 6 部。作为一

---

① J. M. Spalding. “An Interview with Charles Simic.” *THE CORTLAND REVIEW*, ISSUE FOUR, August 1998.

个活跃的翻译家，他翻译了大量法国、塞尔维亚、克罗地亚和斯洛文尼亚诗歌；1970～2004 年，出版译著 15 部。他的诗歌被译成阿拉伯文、西班牙文、挪威文和匈牙利文。获多种奖项，其中包括国际笔会翻译奖（PEN International Award for Translation, 1970）、古根海姆学术奖（1972—1973）、国家艺术基金会奖学金（1974—1975, 1979—1980）、埃德加·爱伦·坡奖（1975）、国家艺术暨文学院和美国艺术暨文学学会奖（1976）、哈丽特·门罗诗歌奖（1980）、笔会翻译奖（1980）、富布莱特奖学金（1982）、英格拉姆·梅里尔基金会研究金（Ingram Merrill Fellowship, 1983—1984）和麦克阿瑟研究金（1984—1989）等。

第十三章　深层意象派诗歌

第一节　深层意象派的起源与特色

对深层意象派诗歌在文学史上的影响及其特点的高度概括莫过于诗人莱斯丽·厄尔曼教授（Leslie Ullman, 1947— ）在她的文章《深层意象派：作为媒介的潜意识》（"Deep Imagists: The Subconscious as Medium", 1991）中所作的精辟评论，她说："突然出现在文学和文化中的深层意象派诗歌，在整个十年之中，比其他任何诗歌流派被证明是一个分水岭和催化剂。它产生了一种诗歌，其特征与由其他诗人群提供新能源的成分重新组合。"① 从艺术革新看，出现在六七十年代的深层意象派从新超现实主义诗人那里输进新能源之后，的确在美国诗坛独树一帜，影响长远。莱斯丽·厄尔曼认为，深层意象派诗强调诗人的内在自我与外部世界融为一体的意象景观，并认为这种诗歌的基本元素是意象，其"形式"是一系列梦幻般的意象而不是可辨认的客观意象，其目的不是要解除读者对自我和世界的意识，而是惊醒他们进入平静的无意的认识。② 她在理论上明确地提出了深层意象派与意象派的根本区别。

深层意象一词的首创者是罗伯特·凯利。他在《深层意象诗笔记》（"Notes on the Poetry of Deep Image", 1961）一文中首次使用了这个术语，该文发表在《特洛巴》（*Trobar*）1961 年第二期上。这本小杂志是诗人、《切尔西评论》（*The Chelsea Review*）主编乔治·伊科诺穆（George Economo,

---

① Leslie Ullman. "Deep Imagists: The Subconscious as Medium: American poetry in the 1960's." *A profile of twentieth-century American poetry*. Eds. J. E. Myers & D. Wojahn. Carbondale: Southern Illinois University Press, 1991: 190-223.

② Leslie Ullman. "Deep Imagists: The Subconscious as Medium: American poetry in the 1960's." *A profile of twentieth-century American poetry*. Eds. J. E. Myers & D. Wojahn. Carbondale: Southern Illinois University Press, 1991: 190-223.

1934— ）同罗伯特·凯利及其妻琼·凯利（Joan Kelley）创办的，他们同时创办了特洛巴出版社。他们一共只出版了 5 期杂志和 5 本书。杰罗姆·罗滕伯格也参与了他们的深层意象诗学的构建。他首先指出："《特洛巴》的主编们相信美国诗歌必须与具有永久力的深层意象重新建立联系。"[①]杰罗姆·罗滕伯格主要受西班牙的深歌（deep song）——古老的安德露西亚吉普赛民歌以及西班牙诗人洛尔卡的诗歌的启发，侧重探索内心的无意识领域，强调诗人的内在自我与外部世界融为一体的意象景观。对拉丁美洲、东欧诗歌的翻译基本上影响了 60 年代晚期美国诗歌的风格。杰罗姆·罗滕伯格认为，诗歌在意象层面上是可以翻译的，努力越过民族和语言界限交流是绝对必要的。这是他在 60 年代早期主张深层意象诗学的基础。[②]杰罗姆·罗滕伯格以此描述他和罗伯特·凯利以及黛安·沃科斯基和克莱顿·埃什尔曼的诗歌特色，在深层意象派诗歌运动中，他和罗伯特·凯利起了带头作用，但时间不长，后来由布莱、詹姆斯·赖特、斯塔福德等多位诗人在创作实践中逐步丰富了深层意象派诗学。

其实，后来成了深层意象派领袖式的人物——布莱对深层意象诗学并没有建立缜密的理论体系。他起初只是对由罗伯特·凯利首倡、杰罗姆·罗滕伯格支持的深层意象的界定提出过似是而非的异议。他在 1974 年和诗评家埃克伯特·法斯（Ekbert Faas）的谈话中，说它在心理层面上只指出了地理位置（指美国——笔者），而没有涉及心灵能量和运动；他后来对此又进一步批评说："让我们想象一首诗好像是动物。动物跑的时候，有相当流畅的节奏。动物也有身体。意象仅仅是一个身体，身体里心灵能量可以自由走动。在非意象的表述中，意象不可能运动自如。"质言之，布莱认为罗伯特·凯利和杰罗姆·罗滕伯格有关意象诗学的界定是"非意象的表述"，不符合他心目中的深层意象。这里需要插一笔的是，两个罗伯特关系不睦，布莱与凯利互相瞧不起。布莱对凯利唱反调，是不是出于感情上的偏见？这有待进一步考证。诗评家凯文·布舍尔（Kevin Bushell）在他的《跨入未知：罗伯特·布莱的深层意象诗学》（"Leaping Into the Unknown: The Poetics of Robert Bly's Deep Image"）一文中，指出了布莱的理论缺陷：

> 这种含糊不清和隐喻理论陈述是布莱的特点。他似乎不愿意用常

① Robert von Hallberg. "Poetry, Politics, And Intellectuals." *The Cambridge History of American Literature*: 170.

② Robert von Hallberg. "Poetry, Politics, And Intellectuals." *The Cambridge History of American Literature*: 170.

规的术语谈论诗歌技巧。虽然这个深层意象派的诗歌建立在意象上，布莱从来没有在别的地方对意象或类似宣言上下过明确的界定。包括布莱、路易斯·辛普森、威廉·斯塔福德和詹姆斯·赖特在内的深层意象派诗人不像在庞德和 T. S. 艾略特阴影下创作的其他“暴发户”流派，缺乏类似黑山派的《投射诗》或甚至缺乏类似垮掉派的重要诗篇《嚎叫》这样的篇章作为一个可以使用的共同参照点。

布莱早期受荣格的影响，创作超现实主义诗篇。1956 年，他去挪威教书时开始对智利的聂鲁达、秘鲁的巴列霍和奥地利的特拉克尔等诗人感兴趣，回国后创办杂志《50 年代》（*Fifties*）[以后称《60 年代》《70 年代》《80 年代》和《90 年代》，如今称《新千年》（*The Thousands*）]，杂志封面里页赫然写着：“如今美国出版的大多数诗太陈旧了。”它从开始就刊登翻译的外国诗和有创意的新诗（为此为退稿得罪了不少保守的作者），以期为新诗的想象王国打开通道。布莱同时还创办了出版社，主要同詹姆斯·赖特合作翻译特拉克尔、巴列霍和聂鲁达的诗，并与克里斯蒂娜·保尔斯顿（Christina Paulston）合译瑞典著名抒情诗人贡纳尔·埃克洛夫（Gunnar Ekeloef, 1907—1968）的诗，以及和其他多人合译双语（法语和德语）诗人伊凡·哥尔（Yvan Goll, 1891—1950）的超现实主义诗。他从译介中受到启发，首先与赖特交换心得体会。布莱认为，深层意象派诗是通过对无意识的开掘，使得想象的跳跃和比喻的转换成为可能，使意象从心灵深层跃起。正如诗人、诗评家保罗·茨威格（Paul Zweig, 1935—　）在他的文章《新超现实主义》（“The New Surrealism”, 1973）中指出，布莱的深层意象主义“更多地关注精神的探索胜于对超现实语言的探索。他要求‘意象’而反对传统的修辞技巧，这就使他接近里尔克、巴列霍和聂鲁达胜于接近煽动性强的勃勒东”。在茨威格看来，布莱为深层派意象诗借鉴的源头与罗伯特·凯利和杰罗姆·罗滕伯格稍有不同。不过，根据埃克伯特·法斯的考察，布莱的诗歌理论源于法国超现实主义、禅宗、荣格心理学和奥尔森的客观主义理论，认为这些因素同时并存于布莱想超越意识的企图之中，并指出：“只有超越这个阶段，所有的善与恶、过去与未来、内心与外界的二分法，尤其最重要的，主体与客体两重性，不再是被看成是对立的，这不通过剪灭理智而是通过心灵的平静获得。”①

---

① Ekbert Faas. “Robert Bly.” *Boundary* 24, 1976: 707-726. 转引自 Kevin Bushell. “Leaping Into the Unknown: The Poetics of Robert Bly’s Deep Image.”

我们不妨这样说，如果庞德主张和提倡的意象派诗主要是客体意象的罗列，更多地受唐诗的影响，那么罗伯特·凯利、杰罗姆·罗滕伯格以及后来布莱主张和提倡的深层意象诗则侧重对无意识中的意象的开掘，通过翻译更多地受到了欧洲和拉丁美洲超现实主义诗歌的影响，试图在诗歌表达上尽量把弗洛伊德、荣格和其他深层心理学家的理论具体化。由此可见，文学翻译对一个民族的文化和文学的影响巨大，它不仅仅起了“他山之石，可以攻玉”的作用，而且经过借鉴、吸收和改造变成了强健的崭新的文化和文学。最明显不过的是中国通过翻译、吸收和借鉴欧美文化文学开启了划时代的白话文运动和自由诗创作。[①]美国诗歌亦然。罗伯特·冯哈尔贝格对此说：

> 翻译是关于源头，当支流变浅时，是我们要去找的地方。翻译的诗歌恰恰是我们渴望强度和可靠性时所需要，虽然可靠性是译者从来不能提供的；一些过剩的信息避开了译者的折中翻译……自从1945年之后，美国人在一定程度上成了世界诗歌的鉴赏家。早期的英美现代派诗歌起初接触19世纪晚期法国诗歌，然后对古代诗歌兴趣盎然；英美现代派文学创作不同于欧洲大陆的先锋派，主要在于它对传统的开放性。冷战双方翻译的迅速扩散旨在多元世界秩序中建立合法性。美国人并不希望受到翻译的强大影响；在这饱和阶段，我们所要的是给我们的锅里放一些调味品……美国诗人对美国作品的力量显示了很大信心；他们带着特别的勇气和试新的意愿接洽翻译任务。[②]

历史告诉我们，美国超现实主义诗歌和深层意象派诗歌都是通过翻译法国、西班牙和拉丁美洲的超现实主义诗歌，并在此基础之上经过借鉴和改造得来的，未必是只当作一些调味品而已。美国诗歌正因为它本身的传统不悠久，因而它的强大和创新在于对世界各国传统的开放性。那么深层

---

① 中国的白话文运动兴起始于英国传教士马礼逊（Robert Morrison, 1782—1834）的提倡，经过《民报》、王韬、梁启超等报刊与报人的不断努力，白话文逐渐为国人理解和喜爱，到五四新文化运动时，完全被接受。作为西方派到中国来的第一位基督教新教传教士和开创近代中西文化交流的先驱，马礼逊在华25年，在多方面都有首创之举：在中国首次把《圣经》全译为中文、主编第一部《华英字典》、创办第一份中文月刊《察世俗每月统纪传》和开办“英华书院”，并和东印度公司医生在澳门开设眼科医馆。凡此种种传播，都离不开两种语言的翻译。自由诗在中国的建立与发展，主要归功于胡适等一批开拓者对欧美诗歌的译介。

② Robert von Hallberg. “Poetry, Politics, And Intellectuals.” *The Cambridge History of American Literature*: 161-162.

意象派诗与超现实主义诗有何区别呢？凯文·布舍尔在同一篇文章中，以布莱的诗美学为例，为我们作了如下的比较：

> 布莱诗的理性元素区别于超现实主义诗人完全的非理性和自动化写作。布莱的诗歌不像勃勒东和其他法国超现实主义诗人的诗歌，不是对意识的全面冲击，而是通过心灵的意识和无意识部分进行运作，布莱称它为“心灵的跳跃”。布莱说：“在许多古老的艺术作品中，我们注意到从意识到无意识的长期不固定跳跃，然后再返回来，这是一种从心灵已知部分跳跃到未知部分，再回跳到已知部分。”这些联想的跳跃，被情感而不是被理智驱动，恰恰是布莱对西班牙诗歌的欣赏和效法之处。

有的评论家为此称深层意象派诗为情感想象的诗。布莱在理论阐释上诚然远不如庞德强，但他提倡的深层意象派诗，如上所说，既与超现实主义诗歌有区别，又与庞德的意象派诗和 W. C. 威廉斯的客体派诗有区别，我们不妨看一看下面四首诗，辨别它们究竟有何区别。

首先是勃勒东的短诗《所有的女生在一起》（“All the Schoolgirls Together”）：

> 你常常说，在灌木丛中野玫瑰花旁边，
> 用你的脚跟做一个标记
> 一朵野玫瑰看起来仅仅是由露水造成
> 你说，整个大海和整个天空
> 是仅为了在跳舞的乡间的童年一次胜利
> 或者最好是仅为在火车通道上的一次拥抱
> 在桥上用步枪的射击去见魔鬼
> 或者最好是仅为一句羞怯的话
> 这句必须说的话，而这时一个沾有血迹的人
> 瞪眼看着你，他的名字在树与树之间远播
> 他在积雪的百鸟中间进进出出
> 那里真是很美妙
> 这时，你说整个大海和整个天空
> 散布得像一群云似的小女孩，在一所
> 严格的寄宿学校院子里的女孩

她们正好在听写之后
她们在听写中也许把“心领会”
写成了“心痛”

勃勒东一抛传统的理智的、逻辑的叙述，而强调非理性的梦想，这就是为什么小孩出现在他的诗里是那么的天真无邪，浮想联翩。小孩们虽然被大人严格管束，但仍然感到生活在无比美妙的世界中。尽管那里藏着魔鬼，但上帝与小孩同在。那个“沾有血迹的人”多半指的是为人类受罪的耶稣。勃勒东曾在他的《超现实主义宣言》（“Manifesto of Surrealism”, 1924）中说：

在人生——我指真正的生命——最脆弱之处，人生的信念是如此的强烈，到头来这信念尽失。人，那根深蒂固的梦想家，每天对他的命运越来越不满，困于评估他所被引导使用的实物，这些实物造成了他冷淡的生活方式，或者说，这些实物是他通过自己的努力赚来的，几乎总是通过他自己的努力，因为他同意工作，至少他没有拒绝去试一试自己的运气（或者他所说的他的运气！）。在这一点上，他感到极度谦和：他知道和他在一起的是什么样的女人，知道他涉入什么样可笑的风流韵事里；他不为贫富所动，在这方面，他依然是一个新生婴儿，至于对他良知的认可，我承认：没有它，他做得很好。如果他仍保留了一定的洞察力，他所能做的就是回顾他的童年，不管他的向导和导师可能把他的童年搞得怎样的一团糟，他的童年出现在他的脑海中还是富有魅力。在那里，没有任何已知的限制，这就允许他获得数次的人生视角看问题；这种错觉牢牢地扎根于他；现在他只对一切短暂的、极容易做到的事感兴趣。孩子们在世上无忧无虑地开始每一天。一切唾手可得，最糟糕的物质条件都很好。树林不白即黑，人就会永远睡不成觉。

勃勒东强调梦想和童年，不喜欢现实生活中黑白分明的理性判断，他在他的这篇宣言里又说：“当我们让幻想自由地占主导地位时，我们真正地生活我们的幻想里。”这就是他的诗提供的超现实的梦幻图景：似真非真，似假非假，五彩缤纷，目不暇接。

我们再来看看詹姆斯·赖特的深层意象诗《春天的意象》（“Spring Images”）：

两个运动员
正跳舞在风的
教堂内

一只蝴蝶
飞落在你绿色话声的
枝头上

几匹小羚羊
熟睡在月亮的
灰烬里

《春天的意象》里的“风的／ 教堂”“绿色话声的／ 枝头”和“月亮的／ 灰烬”等三联六行名词搭配很奇特、新鲜，把平常不可能发生联系的事物联系在一起，把感知的世界做了奇妙的转换。这种两个截然不同的事物之间的距离甚至使一些评论家称詹姆斯·赖特为超现实主义诗人。诗人不加任何感叹，春天的这些意象——从无意识里跳出来的印象：在风的教堂中轻快跳跃的运动员，在发出绿色声音（春天的绿色之浓几乎可以发声）的树枝上停立的蝴蝶，在月影（月的灰烬）下熟睡的羚羊，这一切构成了一派平和、轻快、喜悦、生气勃勃的春天气象。总的来说，这首诗的意象还是清晰的，不像纯超现实主义诗篇那样影影绰绰，但它的艺术风貌与意象派诗明显不同，意象派诗是外部意象的堆砌，例如，庞德的《地铁站里》：

出现在人群里这一张张的面孔；
湿的黑色树枝上的一片片花瓣。

又如，庞德的《题贵妃扇》（“Fan-Piece For Her Imperial Lord”）：

哦，白色的绸扇
清亮得像草叶上的霜，
你也被搁置一旁。

更迥异于 W. C. 威廉斯提倡的客体诗《红色手推车》：

如此的多要
靠

红色的手推
车

被雨淋了闪闪发
光

在一群白鸡
旁

《题贵妃扇》最后一行还抒发了诗人的感想，而《红色手推车》则纯粹像一张彩照。

深层意象派诗歌是对 50 年代新批评派智性诗或新批评形式主义诗的一种逆反，但它既没加入金斯堡的那种惠特曼式的野性呼叫的行列，也没有靠拢 W. C. 威廉斯的客体派诗的大旗。现在一提到意象派诗人，我们首先想到的当然是布莱，他的确在深层意象派诗歌创作上做出了杰出的贡献，尽管他在理论上比较弱。然后，我们想到的是他的朋友詹姆斯·赖特、路易斯·辛普森和威廉·斯塔福德。实际上，除了打头阵的罗伯特·凯利和杰罗姆·罗滕伯格之外，与深层意象诗美学有关联的诗人不止这六位。根据克里斯托弗·比奇的考察，意象派诗人分两类：一类是诗作更接近超现实主义模式的诗人，例如 W. S. 默温、马克·斯特兰德、詹姆斯·泰特和查尔斯·西密克；另一类是诗作借用超现实主义成分而保持接近现实主义或描写性美学，例如布莱、詹姆斯·赖特、高尔韦·金内尔、加里·斯奈德和威廉·斯塔福德。[①]这是克里斯托弗·比奇个人的细致归类，但鉴于布莱、詹姆斯·赖特、辛普森和斯塔福德一般被认为是深层意象派的核心诗人，我们在这一章里主要介绍他们，而其他诗人则在适当的章节里作介绍。首先提倡深层意象诗的罗伯特·凯利应当在这里介绍，尽管他与布莱不睦，无来往。至于杰罗姆·罗滕伯格，他的成就更侧重于他的民族志诗学，在另外章节里介绍他。

布莱、詹姆斯·赖特、辛普森和斯塔福德这四位诗人分散各地，不爱

① Christopher Beach. *The Cambridge Introduction to Twentieth-Century American Poetry*: 179-180.

成群结伙，不像垮掉派诗人、黑山派诗人那样集中。布莱住在明尼苏达州的一个农场，詹姆斯·赖特在明尼阿波利斯工作，辛普森先后在纽约和旧金山执教，斯塔福德在俄勒冈州的一个湖边居住，在该州波特兰市刘易斯—克拉克学院教书。他们之间有交往，对彼此的作品都熟悉，总的来说，他们对深层意象诗有共同的兴趣。深层意象诗的题材多数取自乡村，取自大自然，因而往往显得空灵、超逸、幽静。不过，我们同时注意到，尽管乔治·伦辛（George S. Lensing, 1943— ）和罗纳德·莫兰（Ronald Moran, 1936— ）在他们的论著《四个诗人和情感想象力：罗伯特·布莱、詹姆斯·赖特、路易斯·辛普森和威廉·斯塔福德》（*Four Poets and the Emotive Imagination: Robert Bly, James Wright, Louis Simpson and William Stafford*, 1976）中，明确地把布莱、詹姆斯·赖特、辛普森和斯塔福德作为深层意象派核心成员看待，但严格地讲，辛普森与布莱主张和实践的诗美学有差距。汉克·雷泽尔教授在他主编的论文集《论路易斯·辛普森：超出幸福的深度》（*On Louis Simpson: Depths beyond Happiness*, 1988）的序言里指出："具有讽刺意味的是，批评家们把辛普森与布莱的深层意象阵营联系在一起时，恰恰就在这个时候，辛普森作为一个诗人，朝着他自己的方向，独自离开，越来越探索叙事的可能性，越来越对写'日常生活'的诗感兴趣。"按照莱斯丽·厄尔曼的看法，路易斯·辛普森和唐纳德·霍尔脱离当时的诗风，创作了进一步阐述和补充布莱深层意象派诗歌理论的新诗篇。在这个意义上，评论家们把辛普森与深层意象派联系了起来。

因此，深层意象派是一个松散的诗歌流派。如果说它有核心成员的话，那就是布莱、詹姆斯·赖特和斯塔福德这三位。

多数评论家认为詹姆斯·赖特是最正宗的深层意象派诗人，如同 H. D. 被视为最正宗的意象派诗人一样。詹姆斯·赖特最真纯、最具开拓性的诗作是纯正的意象派诗。他在 50 年代晚期移居明尼苏达时首次遇到布莱，从此两人建立了密切合作的关系，例如，两人除了合译特拉克尔、巴列霍和聂鲁达的诗歌之外，还和威廉·达菲（William Duffy）合作出版了诗集《狮子的尾巴和眼睛：源于疏懒和沉默的诗篇》（*The Lion's Tail and Eyes: Poems Written Out of Laziness and Silence*, 1962）。可以这么说，在确立深层意象派诗美学上，詹姆斯·赖特和布莱互有影响，互有促进。你瞧，《詹姆斯·赖特诗合集》（*James Wright: Collected Poems*, 1971）的封底照片让我们看到：詹姆斯·赖特 1961 年在布莱的明尼苏达州麦迪逊农场，高高兴兴地骑着高头大马，布莱还为他牵着缰绳！须知詹姆斯·赖特在他早期创作生涯快要放弃时，读到了一本布莱主编的诗刊《50 年代》，促使他与该杂志主编布莱通信，结果两人成了朋友，友谊长达 22 年，直至赖特去世。刊登在《弗吉尼亚季刊评论》（*Virginia Quarterly Review*）2005 年冬季号的《罗伯特 · 布莱和詹姆斯 · 赖特：往来书信》（*Robert Bly and James Wright: A Correspondence*）见证了他们的深厚友谊。詹姆斯 · 赖特最优秀的诗篇就是他住在布莱的麦迪逊农场期间创作的。有评论家甚至认为，他俩在最不得意的时候相遇，这改变了他们，也改变了美国诗歌。布莱为了怀念赖特出版了回忆录《缅怀詹姆斯 · 赖特》（*Remembering James Wright*, 1991）。

布莱与斯塔福德深厚的文学友谊建立在他们相同的诗学上，例如有评论家发现，他们相同的审美情趣甚至使他们不约而同地描写了森林里迷路的孩子。布莱在他主编的《我们周围的黑暗很深：威廉 · 斯塔福德诗选》（*The Darkness Around Us Is Deep: Selected Poems of William Stafford*, 1993）序言中说："威廉 · 斯塔福德是一个大师。他属于日本人所谓 '国宝'式的艺术家类型……我相信，在以后的几百年里，威廉 · 斯塔福德的作品将会受到读者更大的关注。"布莱在他的《比尔 · 斯塔福德的为人》（"What Bill William Was Like", 1997）一诗最后两节中，称赞斯塔福德心地善良、可靠、与人为善的品格：

> 看世界有许多可能的方式
> （对他们我们应当公正）。有人
> 说话时，他的脸沉思，他的
> 眉头示意。话语不总是令人舒服，
>
> 但估摸着劝我们朝那个地方走去
> 就在那里，我们夜里会感到安全。

由加州湾区电影制片人海顿 · 赖斯（Haydn Reiss）拍摄、木兰花电影公司（Magnolia Films）制作与发行的纪录片《威廉 · 斯塔福德和罗伯特 · 布莱：文学友谊》（*William Stafford and Robert Bly: A Literary Friendship*, 1994）更生动地揭示了布莱和斯塔福德有着共同诗学的深厚友谊。在这部纪录片里，你可以看到他们亲密无间地朗诵彼此的诗篇，谈论他们的根以及如何彼此了解对方的作品和相互的影响。

随着詹姆斯 · 赖特和斯塔福德的去世以及布莱步入耄耋之年，深层意象派的盛期虽然已过，但它作为一个极具艺术特色的诗歌流派，其影响在当今美国诗坛犹在。

第二节　罗伯特·布莱（Robert Bly, 1926—　）

和同龄的诗歌流派带头人，例如垮掉派诗人艾伦·金斯堡（1926—1997）或纽约派诗人弗兰克·奥哈拉（1926—1966）相比，布莱是20世纪后半叶最幸运的长寿高产诗人了！作为开拓性诗人，他在构建深层意象派诗歌上，做出了杰出的贡献，在1962～2011年共发表包括最近《对着驴耳讲话》（*Talking into the Ear of a Donkey: Poems*, 2011）在内的诗集46本；作为他称之为的"表达性男人运动"（the expressive men's movement）之父，他的畅销书《铁约翰：关于男人的书》（*Iron John: A Book About Men*, 1990）走红国际；作为密切关注和积极参与社会和政治活动的活动家，他成了20世纪后半叶最被热议的美国作家之一。一向高傲的肯尼思·雷克斯罗思对布莱颇为看重，称他是"把当今美国文学返回到国际社会的诗歌复兴领袖之一"。布莱作为他这一代独立性强、批评眼光犀利、积极进取、永不停步的诗人，仍然活跃在新世纪的美国诗坛上：接受采访时侃侃而谈，出语风趣；朗诵时纯朴自然，热情洋溢；即席讲解时思维敏捷，辨析透辟。1970年，他被聘为国会图书馆诗歌顾问（即如今的桂冠诗人）；2008年，被选为明尼苏达州的第一个桂冠诗人。

布莱一起步便以他的处子集《雪地里的宁静》（*Silence in the Snowy Fields*, 1962）在诗坛建立了他的名声。他朴素无华的深层意象诗风格对随后20年的美国诗歌产生了很大影响。他也许受幽静的农场环境所影响，所以在这本诗集里看不到繁华的城市、热热闹闹的商店，有的只是田野、树林、风花雪月和家养或野生动物。诗人把我们带到了一派田园风光的世界里。布莱常常描绘他在玉米田里的闲情逸致，除了一觉醒来、入睡、黑夜的降临、明亮的月色和在路上开汽车等等以外，没有什么戏剧性活动或事件。他诗歌的力量完全建立在平凡环境里强烈的主观情绪上。诗人在刹那间的顿悟，往往是与他所喜爱的幽居状态分不开的。诗往往产生于他的奇想和他的偶遇之中。我们现在从该诗集选三首诗，看一看布莱的艺术风格。例如《三部分组成的诗》（"Poem in Three Parts"）：

1
啊，一大早我就觉得我将永生！
我裹在我欢乐的肉体里，

如同青草裹在它那绿色的云中。

2
从床上起来，我刚做完梦，
梦见我长途骑马，经过一座座城堡和一堆堆炭火，
阳光快乐地躺在我的双膝上；
我吃尽了苦，像任何一片草叶，
熬过了浸没在黑水里的夜。

3
槭树强健的叶子，
扑在风中，召唤我们
投身到宇宙的莽原里，
在那儿，我们将坐在草根旁，
像尘土般得到永生。

又如《午后雪》（“Snowfall in the Afternoon”）：

1
青草被白雪遮盖了半身。
这是将近黄昏才开始降临的雪，
一座座小草屋正变得越来越暗。

2
倘若我伸出双手，伸近地面，
我可以抓到一把把黑暗！
黑暗一直在那儿，我们一直没注意。

3
雪越下越大，玉米杆渐渐消失了，
而谷仓却渐渐靠近了屋子。
在越来越猛的风雪里，谷仓独自行走。

4
谷仓里全是玉米，正朝我们走来，
仿佛是海上暴风中的一只庞大的船漂向我们；
而甲板上的水手们已眼瞎了多年。

以上两首诗基本上代表了布莱的诗歌特色：闲适，超然，孤寂，大自然和内心的自我融为一体。无论是裹在欢乐肉体里的我，还是谷仓在纷飞大雪里行走，都是诗人挖掘无意识或潜意识的结果。不仅如此，他还把人的心灵带到遥远的过去。再如《向拉基佩尔河行驶》（“Driving toward the Lac Qui Parle River”）：

1
我开着车；时近黄昏；明尼苏达。
麦茬田接住了夕阳的余光。
各处的大豆呼吸着。
小镇上，老人们坐在
他们屋前的汽车座椅上。
我很高兴，一轮明月
正在火鸡棚之上冉冉升起。

2
在从威尔马到米兰的公路上，
这汽车的小小世界
突然穿入黑夜的原野深处。
这被钢铁盖住的孤独
在夜晚的原野中前进，
被蟋蟀的噪音穿透。

3
接近米兰，突然出现一座小桥，
而河水跪行在月光里。
小镇地面上建造了一座座房屋；
灯光全落在草地上。
当我到了河边，满月覆盖了河流。
少数几个人在船上低声谈话。

这是一首内心景观浮现外部意象的诗。凯文·布舍尔在他的《跨入未知：罗伯特·布莱的深层意象诗学》中，对这首深层意象诗作了精辟的解读：

> 这是一首个人沉思的诗篇，主要通过语调和意象表达。虽然景物描写在诗中起着关键作用，但构成这描写的一个个意象并不着眼于客观细节的准确。相反，“各处的大豆呼吸着”和“这汽车的小小世界/突然穿入黑夜的原野深处”揭示了诗中人的情绪状态，即诗中人的情绪渗透到对周围景观的描述之中。这实质上是用超现实主义扭曲的感情误置。即使是那些比较传统的形象似乎也都具有高度的选择性，例如老人们坐在汽车座椅上和在火鸡棚之上的月亮作为参照物。我们可以说，在《向拉基佩尔河行驶》这首诗里，主观融合于诗和叙事之中；在一个实例中，在一定程度上，主观因素扩大到竟至会宣告：“我很高兴。”一个个意象通过前两个诗节逐渐地负载着分量，从开头纯事实的叙述，到第二个诗节最后三行的意象呈现，这就是新仓智和（Toshikazu Niikura, 1976—　）所说的“（诗中人）内心的内在景观”。

布莱的《回到孤独》（“Returning to Solitude”）、《傍晚惊奇》（“Surprised by Evening”）和《不宁》（“Unrest”）等都是用类似的艺术手法揭示内心景观的优秀诗篇。布莱爱运用不拘形式的自由体，语言朴素，简短，轻淡，有时甚至过于平直。

他的《雪地里的宁静》以别具一格的意象的清新风格一扫美国诗歌陈腐的空气，除了主要受西班牙、拉丁美洲和欧洲超现实主义诗歌影响之外，也接受了中国古典诗歌的影响。例如，布莱在一次采访中透露说，50 年代晚期，美国诗坛有着渴求新鲜气息的氛围，渴望了解和借鉴外国诗歌。他那时喜欢中国香港出版的绿色封面英译本杜甫诗选，也喜欢白英（Robert Payne, 1911—1983）[①]主编的《白驹：中国诗选集》（*The White Pony: An Anthology of Chinese Poetry*, 1960），对该诗集所选的李白《山中问答》更

---

① 白英（Robert Payne, 1911—1983）：直译“罗伯特·佩恩”，阿拉巴马学院英国诗歌教授（1943—1946）和英语系主任（1949—1954）。曾任驻西班牙战地记者（1938）和《伦敦时报》（*Times of London*）驻中国长沙记者（1942），哥伦比亚大学翻译中心创立人。出版各种题材的著作 100 多本，其中包括《爱与和平》（*Love and peace*, 1945）、《永远的中国》（*Forever China*, 1945）、《中国觉醒》（*China awake*, 1947），《月季树》（*The rose tree*, 1947）、《北京的一座宅子：18 世纪的中国小说》（*A house in Peking: a novel of 18th-century China*, 1956 年）和《阿拉伯的劳伦斯：一个胜利》（*Lawrence of Arabia: a triumph*, 1962）。

加喜爱："问余何意栖碧山，/ 笑而不答心自闲。/ 桃花流水杳然去，/ 别有天地非人间。"他特别欣赏该诗最后一行表达的感情，这也许契合他深层意象诗的审美趣味。

布莱关注的是无意识的察觉、精神启示和孤独地与自然世界相交，对以此建立的深层意象诗学很有信心，因此在他的文章《美国诗歌里的一个错转弯》（"A Wrong Turning in American Poetry", 1963）中，敢于批评诗坛大腕庞德和 T. S. 艾略特。他批评庞德提倡的意象派诗只不过是从真实世界中描摹的图画而已：

> 专注意象的美国诗歌中的唯一运动是1911年至1913年的意象派。但是，"意象派"主要是"图画派"。意象与图画的区别在于：作为想象的自然地说出来的意象不能从现实世界中直接获得，也不能插回现实世界。这是原产于想象力的一种动物。就像博讷富瓦（Bonnefoy）的"内心的海洋被一只只翻转的鹰照亮"，它在现实生活中是不能看到的。另一方面，一幅图画可以从客观的"真实"世界里取到。"湿的黑色树枝上的一片片花瓣"其实是可以看到的。

布莱抨击庞德的诗歌观念是"智慧库"的同时，又抨击 T. S. 艾略特及其珍视的"客观关联物"的观点，说："这些人信任客观的外在世界胜于内心世界。"他根据自己的审美趣味，偏激地认为 20 世纪的伟大诗人是聂鲁达、巴列霍、胡安・拉蒙・希门尼斯（Juan Ramón Jiménez, 1881—1958）、安东尼奥・马查多（Antonio Machado, 1875—1939）和洛尔卡。

在 60 年代反越战时期，布莱从恬淡的田园诗人变成了热情饱满的政治诗人，像他所敬重的聂鲁达一样，积极干预政治生活。他获得国家图书奖的诗集《身体周围的光》（*The Light Around the Body*, 1967）集中反映了布莱强烈的反战情绪。诗人坚信侵越战争是残酷的、非正义的，他为此创作了一些愤激的诗篇。他的政治诗与通常慷慨激昂的口号式诗不同，不但闪烁着强烈的政治色彩，而且深挖到意识的下层，直至国民的心灵。他尽可能地避免一般的直陈，而是通过拟人化和挖掘最深层的内心世界，来表达他的政治信念。例如《亚洲和平提议暗地里遭否决》（"Asian Peace Offers Rejected Without Publication"）的前几行：

> 亚洲人的和平提议不值分文。
> 我们知道腊斯克把它送给某人时

乐呵呵，笑吟吟。
像腊斯克这样的人不仅不是人——
他们还是炸弹，等着装进黑洞洞的飞机库去杀人。

又如《蚂蚁们注视下的约翰逊的内阁》（“Johnson’s Cabinet Watched by Ants”）的后两段：

2
今晚他们燃烧大米仓库；明天
他们大讲梭罗；今晚他们围着树林行动；
明天他们剔掉衣服上的细枝；
今晚他们扔燃烧弹，明天
他们读着《独立宣言》；明天他们到教堂。

3
蚂蚁们聚集在一棵老树旁。
在唱诗班，他们用严厉的声音，
为暴行高唱古伊特拉斯坎歌曲。
癞蛤蟆拍着他们的小手，加入
这激烈的歌唱，他们的五个长脚趾在湿土里颤抖。

布莱这时的诗境从明尼苏达州雪封的玉米田转移到了在华盛顿的美国政府。拟人化的对象从“小鸟正歌唱 / 在这幽静的大草原 / 在这么陡的深谷里”(《拉起手》)转到了“菊花在死亡的边缘大声呼喊”(《被世界窒息》)。充溢在《身体周围的光》这本诗集的压抑与愤怒的情绪之根由是美国的侵越战争。

在当代美国诗人中，布莱算得上是最坚定的反战斗士了。他与另一名诗人戴维·雷（David Ray, 1932— ）在1966年除创立“美国作家反越战同盟”（American Writers Against the Vietnam War）和主编《反越战朗诵诗集》（*A Poetry Reading against the Vietnam War*, 1966）外，还到各地进行反战诗歌朗诵，和群众一起游行示威，向华盛顿进军。1969年3月6日，布莱把《身体周围的光》获得的国家图书奖捐献给了反征兵组织，并发表了长篇《国家图书诗歌奖受奖词》(“Acceptance of the National Book Award for Poetry”, 1969)，其中一段陈词慷慨激昂：

> 我尊重国家图书奖，我尊重评委，我感谢他们的慷慨。与此同时，我问这样一个问题：既然我们在谋杀至少和我们的文化一样优秀的越南文化，我们有权利为我们的文化辉煌祝贺我们自己吗？难道那不是不恰当吗？我知道我这样责问时，我是代表许多许多美国诗人讲话。你们给我有许多反战诗篇的一本诗集授奖。我感谢你们的奖。至于一千美元的支票，我把它交给抵制征兵运动，具体地交给叫作“抵抗”组织。

布莱当场把支票交给了“抵抗”组织的代表迈克·肯普顿。布莱接着说：“我在此劝你作为一个男青年，在任何情况下，不要参军，我要你用我给你的这笔钱，去寻找和劝说其他的男青年违抗征兵当局——别参加摧毁他们精神生活的这场战争。”

在 60 年代，孟加拉“饥饿的一代”（Hungryalist）的诗人们因反政府在印度加尔各答面临审判时，布莱给予了他们很大的支持。1985 年，为反对美国政府制造武器，他和妻子甚至在一家武器制造厂前同群众一起集会示威，因此被判坐牢两天。当有人问他坐牢的体会时，他的回答是：“为了正义事业，一辈子没有入狱，那倒是可怕的。”布莱一贯站在反战的前列，在美国政府 2003 年 3 月 20 日派兵入侵伊拉克前一年的 8 月，他又首先勇敢地发表了诗篇《呼喊与回答》（“CALL AND ANSWER”, 2002），呼吁美国人民起来制止美伊战争。请看该诗的前两节：

> 告诉我这些日子为什么不扯开喉咙
> 对正在发生的事情抗议。你是否注意到
> 针对伊拉克正制定计划和冰盖正在融化？
>
> 我对自己说：“继续大声抗议。作为一个
> 成年人而失声有什么意义？大声抗议！
> 看谁来回答！这是抗议与回答！

布莱在 2007 年接受著名记者比尔·莫耶斯（Bill Moyers, 1934—　）访谈时坦承，他的这首诗可能是反对美国政府对伊拉克发动战争的第一首诗篇。

总的来说，在如火如荼的反越战时期之后，布莱的诗歌原野又笼罩了宁静的美。诗人又开始深入内心世界挖掘宝藏。他在《我将像新月般生活》

（“Like the New Moon I Will Live My Life”, 1973）里吟唱道：

当你又开始隐居时，
你发现你以前没注意到的万物多么美！
去贝林哈姆，沿途是
稀稀朗朗的草木犀，
阴沟伸出了车道，
木料造的玉米谷仓正在坍蹋，
无人涌向或大声称赞他所不爱的东西，
一切像新月那样地生活着，
而风
朝正吃草的牛群的屁股吹拂。

电话线一根根伸过水面，
一个溺水的水手站在他母亲的床脚边，
祖父们和孙子们坐拢在一起。

这首诗选自他的诗集《跳下床来》（*Jumping out of Bed*, 1973）。该诗和反越战以后的其他诗篇又回复到深层意象的创作方向上来了。从70年代起，布莱推崇神话的力量、印第安诗歌、冥想和讲故事，试图重新发现深藏在传统神话里的宝贵含义，希望一代代传下去，以免被遗忘。如果说有什么变化的话，他这个时期的题材似乎更多地转到爱情方面，例如，他的诗集《爱两个世界的女人》（*Loving a Woman in Two Worlds*, 1985）表达了他对女人的爱恋、爱慕和爱心。似乎越老，他爱的火苗越旺，然而这种爱缺乏青春的火热，而只是一种晚年坚定不移的爱、真挚而平静的情，例如《第三个身体》（“A Third Body”, 1985）：

一个男人和一个女人紧坐在一起，他们此刻
并不渴求变得更苍老或更年轻，或者生在
任何另一个国家，或另一个时间，另一处地方。
他俩满足于此刻坐的地方，讲话或不讲话。
他俩的共同呼吸对着某个人，我们不得而知。
那男人看见他的手指移动的样子；
他见到她的双手合捧着一本书交给他；

他俩服从他俩所共有的第三个身体。
他俩已保证爱那个身体。
年岁可能上身，分手可能来，死神也会到。
一个男人和一个女人紧坐在一起，
当他俩呼吸时，他俩对着我们不知道的一个人，
这个人我们听说过，但从来没有见过。

布莱对爱情诗有独到的见解。他认为要写得若即若离，他说：“写爱情诗似乎需要音乐家的本领，因为爱情诗很容易走调。如果我们仅局限在我们的感觉里，另外的人便消失了。”

布莱也写了不少优美的散文诗。这方面的代表作是他的散文诗集《牵牛花》（*The Morning Glory*, 1975）。他对创作散文诗的见解是：

使人打盹的散文诗与好散文诗的区别在于：散文诗急切的机灵的节奏带领我们穿越边界，或者到另一个天地，或者到动物生活的那个地方。我写这类散文诗时，玛丽三岁，她给我捉来一只毛虫。打从那时起，我就写起有关一棵空心树、一束鲜玫瑰、一只海星和一条晒干了的鲜鱼等等的散文诗来。写视觉诗的人不是梦幻家，也不是鉴赏家，是提醒读者注意的人。

在他的诗歌创作生涯里，布莱基本上是沿着《雪地里的宁静》所开辟的方向走过来的。无论写田园诗或政治诗，他始终不渝地对深层意象派艺术手法进行理论上的探讨和实际中的运用。

布莱还是一个坦率的乐观主义者。2007 年 8 月 31 日，当著名记者比尔·莫耶斯采访他时，直率地问他到了 80 岁，现在的心情如何。他不但没有生气，相反却勇于剖析自己，他回答说：“是的，我很快乐，我到了 80 岁很快乐。但我受不了太多我以前习惯的快乐。有时一个星期之中有一天变得消沉，但在其他时间从不消沉，特别是在写诗的时候。”他解释说，消沉来自贪得无厌的“自我”，使得我们不快乐。他用人性恶——“贪婪的灵魂”说作进一步阐释：

我越来越学会尊重“贪婪的灵魂”这警句的力量。我们都明白这警句背后的含义。联合国的目的是阻止贪婪的灵魂。警察的目的是阻止人们贪婪的灵魂。我们知道我们的灵魂在崇拜、直觉方面有巨大的

能力，它从非常古老的过去传给了我们。但是，灵魂贪婪的部分，穆斯林称它为“自我”（nafs），从非常古老的过去接受能量。nafs 是抢夺邻近部落食物的贪婪、渴望、无耻的能量，它要它所要，对任何比它获得更多好东西的人来说，是肆意破坏。对作家来说，它需要表扬。

布莱从微观上把自己也联系了起来，他说：

在其粗俗的状态下，“自我”是人的内在最低级的方面，具有动物性和邪恶性。我写了三行：“我喜欢非常接近我贪婪的灵魂。/ 当我看到 2000 年之前出版的书时，/ 我就查看我的名字是否被提及。”这是真的。我真的那样做了。是的，我已经说过了。在作家内心，“自我”常常关注这样的问题：人们爱我吗？多少人在阅读我的书？有人评论我吗？

接着，他又从宏观上联系了美国政府对越南的侵略战争：

如果贪婪的灵魂认为它的国家影响范围受到其他国家的威胁时，它会轻率和残酷地进行残杀，使得千百万人陷入贫困，命令本国成千上万的年轻人去送死，到头来 30 年之后却发现整个事情是一个错误。在政治上，战争的迷雾可以称为贪婪的灵魂迷雾。

由此可见，步入耄耋之年的布莱的思维，仍然保持着挑衅性的社会评论员的敏锐、犀利状态。

然而，布莱有时也有荷马打盹的时候，例如，在译介外国诗歌方面有欠清醒之处，犯了难以原谅的失着。众所周知，翻译家是布莱几个重要的头衔之一，半个多世纪以来，他译介了大量的外国诗歌，在 1960～2008 年，出版译著达 48 本之多。但是，只有八本译著标明是同别人合译，两本是主编加上自己翻译，实际上多数译本是在别人的译文基础上加工的。据诗人琳达·苏·格赖姆斯（Linda Sue Grimes, 1946— ）的文章《罗伯特·布莱的蠢事》（“Robert Bly’s Folly”, 2005）考证，布莱翻译的语种包括西班牙语、德语、瑞典语、波斯语、梵语和其他语言，但他对有的语种根本没有掌握，为此揭露说：

据我所知，布莱在上述任何一种语言上都不熟练。他所谓的翻译

> 仅仅是对别人的译本的修改。布莱把精通目标语和英语的人的译文拿来，改变几个字，就成了他的“翻译”作品。布莱翻译欺诈伎俩的一个例子是他的《卡比尔书：卡比尔的四十四首狂喜诗篇》（*The Kabir Book: Forty-Four of the Ecstatic Poems of Kabir*, 1977）；他从《卡比尔诗百首》（*One Hundred Poems of Kabir*，1915）中修改了四十四诗篇，这是泰戈尔翻译和伊芙琳·恩德黑尔（Evelyn Underhill, 1875—1941）介绍的书。[①]布莱应当让他的读者相信他修改了这些著名的富有创造性的思想家的译文，而不要让读者误认为是他直接翻译卡比尔的诗。布莱的愚蠢行为使他误入歧途。

在这本译著之前，布莱还出版了卡比尔四本译著[②]，但大多是把人家的翻译卡比尔[③]的诗篇译文窃为己有。庞德在翻译《华夏集》时，曾公开申明是在费诺罗萨的直译本的基础上加工的，但这并不损害他在译介中国古典诗歌上的贡献。在批评庞德的意象诗美学时，布莱却忘了向庞德学习实事求是的翻译态度，显然是他所说的“贪婪的灵魂”作祟。具有讽刺意味的是，现在几乎绝大部分的论文和论著都承认布莱是翻译家或杰出的翻译家，并没有像琳达·苏·格赖姆斯细究布莱的译文的出处。但无可否认的是，布莱为建立深层意象派诗美学做出的重要贡献，在于凭他诗人的地位和创作实践，通过译介（不管是合译还是个人粗糙的翻译）和借鉴外国诗，坚定不移地破除陈旧的诗学理念和艺术技巧，为诗歌想象王国打开了一扇新大门。

布莱自小在明尼苏达州麦迪逊的一个农场长大，二战期间参加海军（1944—1945），战争结束后，就读于圣奥利夫学院，1950年毕业于哈佛大学。1856年，获爱荷华大学硕士。他有过两次婚姻：第一次在1955年，与卡罗琳·麦克莱恩（Carolyn McLean）结婚，生两女两子，1979年离婚；

---

① 具体地讲，《卡比尔诗百首》（1915）是泰戈尔的译著，伊芙琳·恩德黑尔作为内容介绍人，对这本译著做出了贡献。初版是1914年，序言作者：萨比亚萨切·巴特查亚（Sabyasachi Bhattacharya）。

② 布莱另外四本卡比尔译著：Kabir. *The Fish in the Sea Is Not Thirsty: Versions of Kabir*. Tr. Robert Bly. Northwood Narrows, NH: Lillabulero P, 1971; Kabir. *Grass from Two Years*. Tr. Robert Bly. Denver, CO: Ally P, 1975; Kabir. *Twenty-eight Poems*. Tr. Robert Bly. Siddha Yoga Dham, 1975; Kabir. *Try to Live to See This!*. Tr. Robert Bly. Denver, CO: Ally P, 1976.

③ 卡比尔（Kabir, 1440—1518）：印度神秘主义者和诗人。他宣扬所有宗教本质是统一的，这对做毫无意义的仪式和盲目的重复的印度教和伊斯兰教都至关重要。他从印度教那里接受了轮回观念和因果报应律，但拒绝偶像崇拜、禁欲主义和种姓制度。从伊斯兰教那里，他接受了一神论和人人平等的观念。印度教徒和穆斯林都崇敬他，他也被认为是锡克教的先驱。他的一些诗被收进了《本初经》（*Adi Granth*）里。

第二次在1980年，与露丝·康塞尔·雷（Ruth Counsell Ray）结婚。在纽约居住数年后，获得富布莱特基金资助，去挪威一年。布莱有挪威人的血统，所以寻根到挪威。在挪威期间，布莱收获颇丰，在那里同时接触到了聂鲁达和特拉克尔等拉丁美洲和欧洲诗人的诗歌。回国后，他回到他父亲为他购买的农场居住。布莱曾经是流落在美国诚如创巴仁波切的早期信徒，但后来由于这位喇嘛太癫狂，尤其是强迫W. S. 默温及其女友当众脱衣的侮辱人格事件之后，布莱从此作为“佛法之敌”，坚决反对金斯堡皈依的这位师父。相对而言，他获奖似乎不多，除了1968年获得国家图书奖之外，还获得两次古根海姆学术奖、艾米·洛厄尔旅行学术奖（Amy Lowell traveling fellowship）、洛克菲勒资助金、雪莱纪念奖、西部州诗歌终身成就奖（Western States Lifetime Achievement Award in Poetry）等奖项。

但是，布莱并不满足于他在诗歌领域里取得的成就，他一生不甘寂寞，“不断革命论”贯穿了他的一生。作为常常出现在公共电视、写作研讨会、诗歌朗诵会上的诗人，他为振兴公众对诗歌的兴趣和20世纪后期美国富有想象力的艺术做出了贡献，功不可没。他关注美国社会和文化的论著《兄弟姐妹社会》（*The Sibling Society*, 1996），以1946年至1966年之间生育高峰期出生的一代人为目标，暴露他们不敬老爱小、耽于电视谈话节目、自顾自的青春期价值观，受到了主流社会大众的普遍欢迎。

他在八九十年代，参与和推动了80年代早期兴起的男人运动，他称之为“表达性男人运动”。所谓表达，就是要男人把缠绕于心的一切表达出来。他一年一度主持的夏季研讨会和讲习班，吸引了大批男性参加。他们集合在一起吟诵，跨越火堆，提醒自己是男人。布莱认为：男人敏感的一面是女性化，这种“柔男性”缺少活力，被悲伤和痛苦拖垮；为了获得真正的阳刚之气，男人必须养成男子气概。他主张男人必须记住自己的心灵伤痛，与有经验的顾问或“内心之王”沟通，恢复内心的勇士等等。他为此出版了一本产生社会轰动效应的著作《铁约翰：关于男人的书》（1990）[①]，荣登90年代早期《纽约时报》畅销书排行榜，时间长达62个星期之久。他引用荣格、弗洛伊德和威尔汉·瑞克（Wilhelm Reich, 1897—1957）等大心理学家的理论时，回避生僻的心理学术语，讲解通俗易懂，

① 铁约翰（Iron John）：原出格林童话，这是欧洲流行的一则寓言故事。它描写一位小王子对国王父亲从森林里抓来的野人好奇，偷了王后母亲枕头下的钥匙，释放了野人，他因此被野人带回森林，接着他经过一连串的奇遇，最后与一个国家的公主成亲，小王子的父母赶来相认，并参加王子的婚礼，这时另一位尊贵的国王驾到，原来他就是森林里的野人，由于小王子的帮助，帮他解开了禁箍的魔法，使他重新回复国王之身。

并借用希腊、埃及和凯尔特神话以及亚瑟王传奇中寻找圣杯的英雄人物帕西发尔（Parsifal)、英国诗人布莱克和美洲印地安人仪式来论证，以此帮助男人解决身份、父亲角色、人际关系、吸毒和离婚引起的精神危机等问题。总之，这是一本欧洲民间故事铁约翰与荣格心理学杂陈的书，旨在恢复男人的感情模式，强调心灵受伤的男人不必依靠女人，而要自立。不少人很欣赏这本书，认为布莱切中了许多男性忧伤又伤感的成长历程，也鼓舞了城市中广大受挫折的男人积极审视自我、重寻成长的行动。著名荣格心理学家、芝加哥私人诊所高级顾问医生罗伯特·穆尔（Robert L. Moore, 1942— ）称赞布莱说，“当我们写我们这个时代的文化和思想史时，罗伯特·布莱将被作为一个彻底的文化革命催化剂而得到承认。”

不过，当他全身心投入男人运动时，他的深层意象诗的色彩开始减退，正如布莱的朋友迈克尔·特鲁教授毫不讳言地指出：“当布莱披上所谓男子运动的宗师斗篷时，他的诗歌便失去了很多活力和个性。”[1] 特鲁教授虽然承认“《铁约翰：关于男人的书》是大受欢迎的畅销书”，[2] 但他也提出了犀利的批评：

> 这是一本令人厌烦的书；当我读了这吹牛的抽象的散文著作，我的心为之一沉，它是对一个可算是漫无边际的神话作了不连贯的任性的胡扯，他的种种思考对问题毫无澄清之处。如同埃思里奇·奈特[3]惯常所说，美国作家（和他们的读者）疲于“继续努力”，于是喜欢混乱的思维和消遣而不喜欢担当艰巨任务，去做实际工作和构建具有价值取向的社区。[4]

尽管布莱与特鲁教授在反战的立场上是一致的，但因为他和特鲁教授在男子运动方面存在分歧，两人的关系从此就疏远了。

---

① Michael True. *An Energy Field More Tense Than War: The Nonviolent Tradition and American Literature*. New York: Syracuse UP, 1995: 105.

② 见特鲁教授 2011 年 2 月 19 日发送给笔者的电子邮件。

③ 埃思里奇·奈特（Etheridge Knight, 1931—1991）：非裔美国诗人。

④ Michael True. “Celebrating Robert Bly, but Taking Him to Task as Well.” *Walking Swiftly Writing and Images on the Occasion of Robert Bly's 65th Birthday*. St. Paul, MN: Ally Press, 1992.

第三节　詹姆斯·赖特（James Wright, 1927—1980）

詹姆斯·赖特在诗坛崭露头角的诗集《绿墙》（*The Green Wall*, 1957）得到了 W. H. 奥登的青睐，在 1956 年获得耶鲁青年诗人奖（Yale Younger Poets Prize）之后的第二年，被纳入耶鲁青年诗人丛书出版。这似乎成了美国诗人的进阶之途。他的头两本诗集《绿墙》和《圣徒犹大》（*Saint Judas*, 1959）里的多数诗篇是传统的形式：复杂的修辞、规则的音步、精心的押韵和传统的形象，有的诗篇在题材、感情上读起来像罗宾逊和马斯特斯，有的则像弗罗斯特和叶芝。这比较符合 W. H. 奥登的审美趣味。

在 50 年代，詹姆斯·赖特及其同时代的不少诗人对 T. S. 艾略特、兰塞姆和罗什克等名诗人存在一种逆反心理，为了回避染上当时盛行的风格，他们便向更"经典"和眼下不引人注目的诗歌靠拢。在奥尔森发表《麦克西莫斯诗抄》（1953）和金斯堡发表《嚎叫》之后，詹姆斯·赖特似乎不屑与他们接近，而用向后看的办法变化新花样。詹姆斯·赖特在《绿墙》的护封上有针对性地宣称说："我努力尝试用罗伯特·弗罗斯特和埃德温·阿灵顿·罗宾逊的模式写作，旨在使我的诗表达一些人道上重要的东西，而不是卖弄语言。"须知，奥尔森和金斯堡在诗歌革新上很大胆，在诗界造成了很大的影响。詹姆斯·赖特却反其道而行之，明确宣布自己继承新英格兰诗歌传统的新招数，以别于当时流行的诗风。这种想各领风骚的竞争性使诗歌不断革新，永远处于千姿百态的繁荣局面。罗宾逊和弗罗斯特不是新体诗的建树者，也不是神话的制造者。他们遵循传统的艺术形式，描写当地的情景，使用日常的语言，书写现实的题材。在表现失意者或失败者上，詹姆斯·赖特师承了罗宾逊和弗罗斯特，我们从《绿墙》和《圣徒犹大》中许多戏剧性诗篇里，可以看到他努力的成绩。如果罗宾逊和弗罗斯特是旧瓶装新酒的话，那么詹姆斯·赖特则是新酒装进旧瓶。可惜他向这两位大师只学了一半，他的诗里缺少特定的人物、特定的地点和特定的语言，因而感染力不强。詹姆斯·赖特的这两部诗集使用的语言较为模糊，部分原因是诗人在感情上对诗中人物倾注过多的关注，结果使抒情多于戏剧性。这两本着重形式主义诗美的诗集充溢着诗人的失落感和怀旧的感情。

詹姆斯·赖特是幸运的诗人，起步时就赢得了荣誉。他在凯尼恩学院学习时，获得罗伯特·弗罗斯特诗歌奖，并常常在当时有名的杂志《凯尼恩评论》《塞沃尼评论》《赫德森评论》《诗刊》《纽约客》《民族》周刊、《新奥尔良诗歌评论》（*New Orleans Poetry Review*）等杂志上露面，1955年获得《诗刊》颁发的尤尼斯·蒂金斯纪念奖。尽管他在创作道路上取得了如此大的进展，但他并不就此感到满足。相反，在《圣徒犹大》发表之后，詹姆斯·赖特发觉自己才穷技尽，走进了死胡同，他说："在我完成了这本书之后，我也永久地结束了诗。我坚信我说完了我应尽可能说的话，我对此类艺术工作无多少可干的了。"但是，他在其他场合却表明，这并不意味他穷尽了诗料，而是说他的表现手法已经用完了。他清醒地意识到他不可能再用传统的表现形式、不真实的措词和有严重局限性的题材和基调，例如《圣徒犹大》里几乎有一半诗篇是以死亡为主题的。像他同时代的许多诗人一样，詹姆斯·赖特开始拆传统诗艺的墙，从形式的控制里冲出来。对他在创作道路上继续前进助了一臂之力的是布莱，他与布莱合作译介超现实主义诗歌，对他的诗美学转变起了关键性作用。

詹姆斯·赖特首先在布莱主编的《50年代》上，与布莱合作译介奥地利诗人特拉克尔、智利诗人聂鲁达和秘鲁诗人巴列霍等人的诗歌，并在布莱主办的60年代出版社出版了他与布莱合译的《格奥尔格·特拉克尔诗二十首》（*Twenty Poems of Georg Trakl*, 1961）、《巴勃罗·聂鲁达诗二十首》（*Twenty Poems of Pablo Neruda*, 1968）以及与布莱和约翰·克诺普夫尔（John Knoepfle, 1923—　）合译的《塞萨尔·巴列霍诗二十首》（*Twenty Poems of Cesar Vallejo*, 1962）。此外，他们三人还在灯塔出版社出版了合译的《聂鲁达和巴列霍诗选》（*Neruda and Vallejo: Selected Poems*, 1971）。詹姆斯·赖特本人也编译出版了德裔瑞士作家赫尔曼·黑塞（Hermann Hesse, 1877—1962）的《诗篇》（*Poems*, 1970）。可以说，译介外国诗歌成了詹姆斯·赖特创作生涯不可分割的一部分，他甚至在他获普利策奖的《诗合集》（*Collected Poems*, 1971）里收录了他翻译特拉克尔、聂鲁达、巴列霍，以及三位西班牙诗人胡安·拉蒙·希梅聂兹（Juan Ramon Jimenez, 1881—1958）、豪尔赫·季伦（Jorge Guillen, 1893—1984）和佩德罗·萨利纳斯（Pedro Salinas, 1891—1951）等人的诗篇译作。他的诗歌翻译为他建立深层意象派诗美学打下了坚实的基础，他的诗风也随之发生了显著的转变。

《树枝不会折断》（*The Branch Will Not Break*, 1963）的问世和后来的诗集《我们将聚会在河边》（*Shall We Gather at the River*, 1968），表明了詹姆斯·赖特进入了一个新的创作阶段，在题材、主题、腔调、表现手法和形式上突破了传统诗艺，与《绿墙》和《圣徒犹大》有明显的不同。诗人这时远离复杂的修辞、规则的音步、精心的押韵和传统的形象，而是倾向于晓畅浅显的语言、松散的节奏，略带少许几个韵脚。我们发觉他的诗题变长了，随意性变大了，例如《我失去儿子后，面对月影》（“Having Lost My Sons, I Confront the Wreckage of the Moon”）、《当我跨过冬末的泥潭，我想起了一位中国古代的刺史》（“As I Step over a Puddle at the End of Winter, I Think of an Ancient Chinese Governor”）、《在一个夜晚不体面的时辰，我把藏着一张字条的空酒瓶扔到枫林下面的水沟里》（“A Message Hidden in an Empty Wine Bottle That I Threw into a Gully of Maple Trees One Night at an Indecent Hour”）等等。这仅是表面上的不同，更为不同的是，诗人广泛运用了自然界的意象，这些意象常常是通过拟人化的手法取得的。诗人、评论家保罗·茨威格为此赞赏詹姆斯·赖特的诗具有田园超现实主义风格：印象鲜明，语言简洁，句式不复杂。例如他的名篇《开始》（“Beginning”）：

月儿投到田里一两片羽毛。
黑森森的麦苗凝神谛听。
此时，
万籁无声。
那儿，月儿的幼雏正试
它们的羽翼。
林间，一位苗条的女子抬起她可爱的
面影，轻盈地步入空中，轻盈地升上去了。
我独自站在一株老树旁，不敢呼吸
也不敢动弹。
我屏息倾听。
麦苗向它自己的黑暗处倾身。
而我也倾身于我的黑暗之中。

詹姆斯·赖特在《开始》这首诗里营造了一种神秘的氛围，诗中人在麦田里的小路上，处在人和动物世界与自然世界之间。诗的一开始便是拟人化和比喻，月亮像鸟儿一般掉下羽毛，麦苗像人那样地“凝神谛听”，诗的结尾两行表现了深层意象派诗所特有的感受。又如：《雨》（“Rain”）：

这是万点降落。

闪光飘过黑森森的树林的上面，

姑娘们跪着，
一只猫头鹰的眼皮闭了。

我双手糟糕的骨头降入怪石的
山谷。

诗末两行所产生的轻微震惊的效果是深层意象派诗的特色。再比如：《躺在明尼苏达松树岛威廉·达菲农庄的吊床上》（"Lying in a Hammock at Willlam Duffy's Farm in Pine Island, Minnesota"）：

头上方，我看到古铜色的蝴蝶，
沉睡在黑色的树干上，
在绿荫中叶子般被风吹动。
山谷下，空屋后，
牛铃一声声
传进午后的深处。

我右边，
两株松树之间洒满阳光的地里，
去年的马粪堆
闪闪发光地变成了金黄色石头，
我仰身向后，当暝色四合，
一只雏鹰滑过，向家飞去。
我浪费了我的生命。

这也是一首经常被收入各选集的佳作。最后一行初看之下似乎太突兀，和全诗的气氛不合拍，但当我们在幽静的林子里看到美丽的风景时，尤其是一人独处时，有时不也是不禁无限感慨？表面上，诗人似乎叹息虚度年华，但根据巴里·欧文（Barry Owen）的解读，诗人花时间观察世界，酝酿诗歌是值得的、必须的。他于2010年8月18日在网上发帖，赞美这首诗说：

浪费时间是诗歌与艺术的母乳。从传统的角度看，当太阳落山时，躺在一个有许多活要干的农场的吊床上，是浪费时间。毕竟还有活要干。但那将被证实的是，这种浪费时间是诗歌或至少是这首诗篇的苗圃。詹姆斯·赖特认识到他浪费了他的生命时，告诉我们说，他做了诗人们必须做的事，花时间（“浪费”的时间）仔细看懂世界。听起来，他一点儿也不后悔。

《树枝不会折断》中虽然有少数诗篇描写了死亡，但总的来说，明显地摆脱了《绿墙》和《圣徒犹大》里流露的那种阴沉抑郁不快的情绪，摆脱了对自我的不满，有些诗还流露了他的欢乐，例如《赐福》(“A Blessing”)、《三月》(“March”)、《今天我很快乐，写了这首诗》(“Today I Was So Happy, So I Made This Poem”)、《两次宿醉》（“Two Hangovers”）和《秋天在俄亥俄州马丁斯费里开始》(“Autumn Begins in Martins Ferry, Ohio”）等。《树枝不会折断》这本诗集的标题取自《两次宿醉》里的一行诗：

我大笑，当我看到他完全沉醉在
欢乐里，因为他和我都知道这
树枝不会折断。

《赐福》是他最优秀的诗篇，描写了他和他的朋友在牧场看到两匹马时引起的一片柔情：

刚下明尼苏达州罗切斯特的高速公路，
黄昏就轻轻地显现在草地上。
两匹印第安马驹的眼睛
露出亲切的神色。
它们走出柳树林
欢迎我的朋友和我。
我们跨过铁丝网进入牧场
它们成天在那里独自吃草。
它们感到兴奋，为我们的到来
很难抑制住自己的快乐。
它们像湿天鹅似的羞涩地低着头。
它们彼此相爱。没有像它们那样的孤独。
再回到家里，它们在黑暗中开始咀嚼春天的嫩草料。
我想把更苗条的马驹抱在我的怀里，

她已经向我走来
紧挨着我的左手。
她的毛色黑白相间
鬃毛散乱地披在前额，
轻风吹来让我抚爱她的长耳，
耳朵柔软得像少女手腕上的嫩肤。
这时，我突然明白了
如果我一步跨出我的身体，我将会
开成美丽的花。

据说这是詹姆斯·赖特写给安妮·塞克斯顿的一首诗，柔情似水，万般妩媚。这是大自然给我们的恩赐，而我们在日常生活中却把它忽视了。这首诗有着一个个鲜明生动的意象，而诗人的情融合在里面，特别是最后两行，让我们感到人畜之隔只差一步之距。

《树枝不会折断》和 W. S. 默温、西尔维娅·普拉斯以及高尔韦·金内尔同时期的作品被评论界视为当时的诗歌走上了新方向：从推论性的形式主义诗歌转入试验性的自由诗。詹姆斯·赖特从此不但博得了批评家们和各选家的青睐，而且也受到了其他诗人和广大读者的热烈欢迎。莱斯丽·厄尔曼认为，奥地利诗人特拉克尔的表现主义诗歌、中国古典诗歌和西班牙超现实主义诗歌是铸成詹姆斯·赖特这本诗集特点的三大来源。在《我们将聚会在河边》里，詹姆斯·赖特开始转回到《绿墙》和《圣徒犹大》那种使人感到沉重的主题上来：死亡、孤寂、自我孤立，诗中的人物又是那些与社会疏远、被社会遗忘的迷惘人物。而在诗集《两个公民》（*Two Citizens*, 1973）里，诗人则更多地沉浸在个人的回忆之中。

60 年代晚期至 70 年代，詹姆斯·赖特又恢复写传统诗，但总的来说，他仍然使用了深层意象派手法。詹姆斯·赖特在总结自己的创作生涯时说："我写了我深为关切的事物：我窗外的蟋蟀、饥寒交迫的老人、黄昏里的鬼魂、田野里的马、秋天的惆怅、我认识的城市。我试图表达我如何爱我的乡村、如何愤恨它受到的蹂躏。我试图说出穷人和被冷落的人的生活中的美与丑。我在适当的时候改变我的写作手法，将来也继续这样做。"可惜，他 53 岁时死于喉癌，没来得及继续变换他的写作手法。

詹姆斯·赖特 30 年来描写美国中原地带——中西部现实生活的诗歌，反映了他的劳工阶级家庭背景。他生于俄亥俄州马丁斯费里小镇的一个工人家庭，父亲在西弗吉尼亚的赫兹尔—阿特拉斯做工，经济萧条期间失业，母亲在洗衣店打工。赖特的童年是在30年代经济大萧条时期度过的，早年的穷困生活给他留下了深刻的印象。他在小学演讲时觉得前途有望，在高中时开始写诗。高中毕业后正值二战，服兵役两年，在被占领的日本服役期间退伍。按照退伍军人权利法，他入学凯尼恩学院，在兰塞姆的指导下，受到非常严格的教育，获学士学位（1952）。接着，他获富布莱特奖学金，去维也纳大学进修一年。1954年，他入学华盛顿大学，选了罗什克的写作课。罗什克对学生要求很严，要求学生广泛阅读各国文学名著，刻意模仿英国古典诗人的作品，反复练习音步、音节、诗行之类的基本技巧。他经过刻苦学习，获硕士和博士学位（1954—1959）。由于先后得到两位著名诗人兰塞姆和罗什克的指点，他在诗歌技巧方面，尤其是传统诗艺上，打下了深厚的基础。他当年的作业至今保存在华盛顿大学有关罗什克的档案室里。后来收在诗集《绿墙》里的两首诗《致困境中的一位友人》（"To a Troubled Friend"）和《为凯思林·费里尔而作》（"Poem: For Kathleen Ferrier"）是他在这个时期的习作。

詹姆斯·赖特在1953年与高中同学、护士利伯蒂·卡玖尔斯（Liberty Kardules）结婚，生两子，1962年离婚。1967年，与伊迪丝·安妮·克伦克（Edith Anne Crunk）结婚，她陪伴了他的余生。毕业后，他先后在明尼苏达大学（1957—1964）、圣保罗的麦卡莱斯学院（1963—1965）和纽约的亨特学院（1966—1980）教书。由于出生在贫困的劳工家庭，他对社会底层的穷人、被侮辱被损害的人、被剥夺权利的人或社会局外人，例如妓女，酒鬼和整个社会的弃儿甚至死囚，都寄予了深切的同情，在诗里也着意反映他们的失意生活。赖特曾患有抑郁和情感障碍症，常常以酗酒解闷，经历过几次精神崩溃，住院时经受过电击治疗。在第二次婚姻之后，酗酒得到了控制。尽管他有抑郁情绪，但这并没有妨碍他在诗里表达对生活的信仰和乐观的精神。他对美国后工业社会的中西部凄凉景观精湛的描绘，引起了无数读者的共鸣，特别是影响了一批年轻一代的诗人。至今依然有一大批他的粉丝怀念这位把西部乡村的绝望、城市的穷困和郊区的懊丧化为诗歌的诗人，每年有包括数百个作家在内的粉丝们去参加马丁斯费里举行的詹姆斯·赖特诗歌节。

詹姆斯·赖特生前发表诗集不算多，在1957～1978年只出版了10本诗集。他去世之后出版的诗集有《在尼姆的圣殿》（*The Temple in Nimes*, 1982）、《这人生之旅》（*This Journey*, 1982）和《河流之上：诗歌全集》（*Above the River: The Complete Poems*, 1992）。2005年，他的遗孀安妮·赖特与桑德拉·梅利（Saundra Maley）以及乔纳森·布隆克（Jonathan Blunk）合作编辑出版了《奔放的完美：詹姆斯·赖特书信选集》（*A Wild Perfection: The Selected Letters of James Wright*, 2005）。布鲁斯·亨里克森（Bruce Henricksen）和罗伯特·约翰逊（Robert Johnson）编撰的《从另一个世界：纪念詹姆斯·赖特的诗集》（*From the Other World: Poems in Memory of James Wright*, 2007）收录了布莱、金内尔、W. S. 默温等众多著名诗人的悼念诗以及受到詹姆斯·赖特诗作影响的年轻一代诗人的诗，见证了他长盛不衰的艺术魅力。

第四节　威廉·斯塔福德（William Stafford, 1914—1993）

比起布莱、詹姆斯·赖特和辛普森来，斯塔福德的年龄最大，作品最多，但他发表第一本主要诗集《穿越黑暗行》（*Traveling Through the Dark*, 1962）时已经 48 岁了，虽不属于大器晚成，但对一般诗人来说，究竟是迟的了。作为国会图书馆诗歌顾问（1970—1971），他饮誉诗坛。他走遍美国，到处朗诵他的诗歌，对现代社会并不陌生，可是他的诗歌表明他热爱西部未开发的自然世界。像半个世纪以前的桑德堡一样，他是为西部歌唱的诗人。和布莱一样，他也获西部州诗歌终身成就奖（1992）。詹姆斯·迪基在他的论著《巴别到拜占庭：现在的诗人与诗歌》（*Babel to Byzantium: Poets and Poetry Now*, 1981）中，夸奖斯塔福德"自然的语言模式是关于美国西部的一个柔情、神秘、半嘲弄和高度个性化的白日梦"。1975 年，他被选为俄勒冈州桂冠诗人。

斯塔福德的诗初看起来似乎简单，他平易、从容的风格使人想起弗罗斯特。也许是由于他长期生活在辽阔的西部俄勒冈，他的作品主要描写的是美国西部的风土人情。他户外的天地一望无际，有广阔的农场，如《大平原上的农场》（"The Farm on the Great Plains", 1960）；弯弯曲曲的河流，如《在弯曲河畔的科伍这地方》（"At Cove on the Crooked River", 1962）；可怕的龙卷风，如《龙卷风》（"Tornado", 1962）；清澈如洗的天空，如《托住天空》（"Holding the Sky", 1962）；广袤无际、天地相接的乡村，如《爱在乡村》（"Love in the Country", 1973）。这肃穆而开阔的景色透露了诗人深切体验的人生价值观，这是一处能提供更适合深层意象派诗人讴歌的好地方。像布莱热爱明尼苏达的雪中的玉米田那样，斯塔福德对山边河畔更感兴趣。在诗的品格方面，他和其他三位诗人有共同之处：静谧的气氛，潜在于诗里的戏剧性也许源出外界，但往往突然牵动内心深处的无意识层，罗列的意象下面是神秘莫测的情绪。

他的第一部诗集《你的城市之西》（*West of Your City*, 1960）重意象的聚集，意义存在于意象的聚集之中。这明显地表现在《万福玛利亚》（“Hail Mary”）、《天气报道》（“Weather Report”）、《两个黄昏》（“Two Evenings”）和《假期》（“Vacation”）等短章里，同时也表明斯塔福德熟练地掌握了深层意象派的诗歌技巧。诗人在这本诗集里虽然用的全是口语，但注重规则的音步，使人读起来朗朗上口。

诗集《穿越黑暗行》获国家图书奖。其标题诗是斯塔福德最流行的一首诗：

> 我穿越黑暗行驶，发现一头鹿
> 死在了威尔逊河的公路边。
> 通常最好是把它们扔进峡谷：
> 道路狭窄；转弯可能造成更多死亡。
> 凭尾灯光，我跌跌撞撞走到汽车后边
> 然后站在一头刚被轧死的母鹿尸体旁；
> 她已经僵硬，几乎变得冰冷。
> 我把她拽开；她的肚子很大。
>
> 我的接触她体侧的手指使我感到
> 她体侧的温暖；她的小鹿依然活在
> 她的肚子里等待着，但永不会出世。
> 站在那条山道边，我犹豫不决。
>
> 汽车朝前对着它稍低的停车灯；
> 引擎在车盖下面一直在咕噜咕噜地响。
> 我站在温暖的废气的眩光里，浑身发热；
> 在我们这一伙的周遭，我能听到旷野在倾听。
>
> 在我这唯一的转弯处，我竭力为我们大家着想，
> 于是，我把她推出了路边，抛进了河里。

这首诗的情景是：狭窄的山道，在悬崖与山谷之间，驾驶汽车的诗人突然遇到一只刚被轧死的母鹿挡道。在这种情况下，诗人本能地下车拽开

死鹿，可是在拽的过程中发现是一头母鹿，肚子里怀着的小鹿还活着，要不要把母鹿抛到山谷的河流里？他踌躇再三，因为他这时把未出生的小鹿也算在“我们这一伙”之列。为了他自己和后来的人行驶安全，他终于下定决心，把死鹿抛进河里了。这首诗并不复杂，却引来了众多评论家的评论。乔治·伦辛和罗纳德·莫兰特赞赏它，在他们的论著中阐释说：

《穿越黑暗行》也许是斯塔福德最受欢迎和经常被各选集选录的一首诗。整首诗是重申技术和荒野之间对抗的主题：技术危及荒野。它描述诗人夜间发现一只母鹿而把汽车停在路上，这是一个早些时候被另一辆汽车撞死的受害者。斯塔福德在其他地方回顾这首诗的来历时说：“这首诗关于我在路上发现的一只死鹿。是我实际的经历，发生在俄勒冈州乔丹溪附近的威尔逊河拐弯的地方。第二天，我把这个遭遇讲给我的孩子们听时，注意到他们脸上的表情，说明我的叙述起了某些效果。”诗人发现的危机在他突然注意到未出生的小鹿时更趋剧烈，在实际和象征意义上，他被推搡到以母鹿为代表的脆弱的荒野世界和以他自己的汽车为代表的掠夺性的技术世界之间。这道德两难的处境因此转移到他的身上：“我竭力为我们大家着想。”在表面意义上说，这是一个明显而容易做出的决定：必须从行车的小路上移掉死鹿和未出生的小鹿。他最终选择了这样做。然而，诗人清除障碍物，通过一个个意象和自我归罪感，却带有讽刺性。①

这两位评论家的结论是：“《穿越黑暗行》以鲜明犀利的表达方式，界定了新的文明对荒野的侵袭。”② 西部著名诗人理查德·雨果却不以为然，认为斯塔福德的早期诗歌在描写西部外部景观上存在着瑕疵，他在文章《斯塔福德早期诗歌中的景观问题》（“Problems with Landscape in Early Stafford Poems”, 1970）中提出了相当严厉的批评：

不过，作为西北部的居民，我对应该做出什么决定毫不怀疑，至少我能理解我急于要说：停止为我们大家拼命着想，比尔，在有人危及自己生命之前，把那该死的鹿扔出山道。

---

① Lensing, George S., and Ronald Moran. *Four Poets and the Emotive Imagination: Robert Bly, James Wright, Louis Simpson, and William Stafford.* Baton Rouge: Louisiana State UP, 1976.

② Lensing, George S., and Ronald Moran. *Four Poets and the Emotive Imagination: Robert Bly, James Wright, Louis Simpson, and William Stafford.* Baton Rouge: Louisiana State UP, 1976.

为什么他用这首诗作为他的第二部诗集的标题和第一首诗，也许是一个更重要的问题。我想他意识到他已经“使用”那陌生的外部景观，设法写一首出于他经历的顶呱呱的诗（我肯定这是他非常喜欢的一首诗）。斯塔福德的世界可能不会很大，但是，他的诗篇却是足够的大了。在这里，我想，他知道他在黑暗中行驶，此刻堪萨斯路线的两头才是休息的场所。他在内心里永远载着他的世界，不管外部景观多么陌生，他会穿越黑暗，找到他的诗。当然，在写这首之前，他已经在其他诗篇里证明了这一点，但是这次他确信他能做到。真正的牺牲不是鹿而是外部世界，真正的拯救不是下一个驾驶者的生命而是这首诗的本身。①

在理查德·雨果看来，斯塔福德描写的西部景观不典型，感情也不真实，因为对于应当毫不犹豫地扔掉的挡道的死鹿，实在没有必要踌躇不决。史蒂夫·加里森（Steve Garrison）则认为：“虽然无意的杀害似乎是凶兆，但绝望没有侵蚀诗人的声音，唯一的解决办法是：‘在我这唯一的转弯处，我拼命为我们大家着想，/于是，我把她推出了路边，抛进了河里。’即使在黑暗中，探路必须继续下去。”② 类似的评论很多，虽然褒贬不一，但恰恰说明了这首诗在学术界产生的热烈反响。不管怎么说，这首诗是揭示了现代文明社会的发展导致自然界的破坏和毁灭的主题。诗人采用了拟人化和意象，但意象不带超现实的色彩。全诗建筑在客观的叙述上，每节四行，末尾两行，押韵和音步不规则。总的来说，这部诗集注重挖掘无意识的联想，探索原始和原型的冲动，一步步的逻辑性叙述则退居次要地位。形式自由，诗行参差不齐，更多地依靠音节，较少注意全韵和规则的音步。《宇宙是一个地方》（“Universe Is One Place”, 1962）又是一个典型的例子：

他们称它危机？——当
温柔的小麦屈身康拜因收割机、
村姑提来捆在粗麻布里的一只只
冷水罐碰撞她的两腿的时候？

---

① Richard Hugo. “Problems with Landscape in Early Stafford Poems.” *Kansas Quarterly* 2.2, Spring, 1970.

② Steve Garrison. “William Stafford.” *Dictionary of Literary Biography*, Volume 5: American Poets Since World War II, First Series. Ed. Donald J. Greiner. The Gale Group, 1980.

我们想——喝着冷水
水朝天空看——
天空是家，宇宙是一个地方。
危机？城里人如此

如此小题大做。
村姑走进麦田里了。

像这首诗的末两行一样，斯塔福德的不少诗篇末尾悬挂一行或两行，出语往往在人意料之外，如诗集里的《挽歌》（“Elegy”）、《在班夫的女子》（“The Woman at Banff”）、《蒂拉默克山燃烧》（“The Tillamook Burn”）、《诗人对小说家》（“A Poet to a Novelist”）、《秋游》（“Fall Journey”）、《夜深沉》（“Late at Night”）、《唯有成年人》（“Adults Only”）、《秋风》（“Fall Wind”）和《插曲》（“Interlude”）等等。意象的拟人化和诗末悬挂一两行的形式也是布莱和詹姆斯·赖特爱用的艺术手法。

《穿越黑暗行》之后的诗集《拯救的岁月》（*The Rescued Year*, 1966）、《忠诚》（*Allegiances*, 1970）、《也许有一天》（*Someday, Maybe*, 1973）和《可能是真实的故事》（*Stories That Could Be True*, 1977）等的艺术形式大体上和《穿越黑暗行》相似。在主题和技巧上，斯塔福德的作品有着深层意象派的许多特色，或者说，他对深层意象派的确立做出了不可或缺的贡献。诗人通过荒野的意象赞美他的童年世界，虽然是理想化了的童年，但却从不脱离现代社会。在美国诗人中，怀念童年之情强烈，恐怕要数他与罗什克了。比起罗什克来，斯塔福德过高地把父亲的形象抬到近于完美的童年世界的中心位置。斯塔福德的童年是在堪萨斯度过的，正巧是两次世界大战期间。在他的记忆里是简朴的田园风光、和蔼可亲的四邻、温馨的家庭气氛。如果说他描写荒野和印第安人的诗篇反映了他1948年以来就定居的俄勒冈州的风貌，那么他对作为人际关系活动中心的平原、农场和小镇的描绘，则是从他堪萨斯童年的视角观察的。在他的心目中，美好的童年为他提供了一种和谐的生活方式，而这种生活方式恰恰与美国60年代与70年代的城市生活是那样的格格不入。因此，斯塔福德企图从荒野的辽阔土地上寻找他的心理和谐，如抒情诗《联系》（“Connections”, 1960）表现了他从尚未染上现代文明病的印第安人身上找到了美好的品格；又如最带神话色彩的诗《回转来说》（“Returned to Say”, 1962）描写了他与一个迷路的印第安人友好地同行和探路。当然诗人少年时的家庭和朋友已不复存在，过去印第安人的文明几乎已经消失。但诗人认为它们的现实意义并没有消失，对补救他看到的千疮百孔的现实世界大有好处。他大部分的诗歌体现了他的这种思想感情。在他看来，现代工业和科技发达的社会充满了危险，其中包括核武器威胁和高度机械化对个人人生价值的剥夺以及现代社会的虚伪性和枯躁无味。在对现代资本主义社会造成的弊端持批评态度上，斯塔福德与布莱、詹姆斯·赖特和辛普森站在同一个立场上，但与他们不同的是，斯塔福德批评现代资本主义社会不是由于它畸形的贫富不均，而是由于它对自然世界、对全人类生活环境的破坏。到了 80 年代，斯塔福德仍然坚持这种观点，例如 1988 年 2 月 4 日他在伍斯特斯诗歌朗诵会上朗诵的《沉思》（“Meditation”）：

充满光明的动物们
穿越森林
向瞄枪人走去，枪里
装满黑暗。

那就是世界：上帝
依然掌握着
让它发生，一次
一次又一次。

斯塔福德是 50 年代成功写出深层意象派诗的第一个美国诗人，但他从不排斥吸收其他的诗歌形式，特别是比较接近传统的诗歌形式。他对自己的创作有比较客观的评价，他说：“我的诗歌常常散漫拉杂，缅怀往事，或至少在一个层次上表达了地方和事件感以及叙事的冲动。形式通常不明显，不过偶尔赶时髦和卖弄花样。托马斯·哈代是和我志趣相近的诗歌里程碑，但实际上在我的诗中，我几乎一直听到的声音是我母亲的声音。”

斯塔福德是一位德高望重的诗人，是他这一代诗人中最受爱戴的诗人之一。他不知疲倦地巡回朗诵于全国各大学，对请教于他的年轻诗人总是热情相助。

斯塔福德生于堪萨斯州的哈钦森市的一个职员家庭。父亲在电话局和石油公司工作。他先在堪萨斯大学获学士（1937）和硕士（1947）学位，最后在爱荷华大学获博士学位（1954）。二战期间拒服兵役，积极参加和平运动，在平民公共服务营服务，他的回忆录《我闷闷不乐》（*Down My Heart,*

1947）反映了他的这段经历。斯塔福德上学期间，在甜菜农田、建筑公司和炼油厂做工。毕业后，先后在加利福尼亚、阿拉斯加、印第安纳、堪萨斯、华盛顿和俄亥俄等地教书。1944年，与多萝西·霍普·弗朗茨（Dorothy Hope Frantz）结婚，生子女四个。从1948年起，他一直在俄勒冈州波特兰市刘易斯－克拉克学院任教，直至1980年退休。但他退而不休，继续走南闯北，应邀到各地朗诵他的诗歌。在他的一生中，还值得一提的是，1972年，他作为美国新闻署讲师，在埃及、伊朗、巴基斯坦、印度、尼泊尔和孟加拉等国作诗歌朗诵和演讲。在1960～1993年之间发表诗集59本，其中最优秀的诗集除了《穿越黑暗行》之外，还有《拯救的岁月》《可能是真实的故事：新旧诗合集》[①]和《俄勒冈消息》（*An Oregon Message*, 1987）。难能可贵的是，他记日记达半个世纪之久，为后人留下了宝贵的历史资料。电影制片人海顿·赖斯拍摄的纪录片《每次战争有两方输家：一个诗人对和平的思考》（*Every War Has Two Losers: A Poet's Meditation on Peace*, 2010）[②]就是根据威廉·斯塔福德的日记，通过采访熟悉他的布莱、W. S. 默温、金·罗伯特·斯塔福德以及钦佩他的艾丽斯·沃克（Alice Walker, 1944— ）、科尔曼·巴克斯（Coleman Barks, 1937— ）和汤亭亭等人，多角度地反映了他热爱和平、反对战争的观点。据统计，他一生写了大约两万二千首诗，生前发表的诗篇三千首！他的诗歌为他带来多种文学奖和荣誉头衔，其中包括亚多基金学术奖（Yaddo Foundation Fellowship, 1955）、俄勒冈百年纪念奖（Oregon Centennial Prize, 1959）、国家图书奖（1963）、雪莱纪念奖（1964）、美国艺术暨文学学会奖（1966, 1981）、国家艺术基金会奖学金（1966）、古根海姆学术奖（1966）和梅尔维尔·凯恩奖（Melville Cane Award, 1974）等。

1993年8月28日，斯塔福德死于心肌梗塞。在那天早晨，他写了怀念母亲的诗句："'你不必/ 证明什么，'我的母亲说。'只准备接受/ 上帝送来的东西。'"他去世之后，在1994～1998年间出版诗集4本，最后一本《本来的样子：新旧诗选》（*The Way It Is: New and Selected Poems*, 1998）由女诗人内奥米·谢哈布·奈伊（Naomi Shihab Nye, 1952— ）作序。威廉·斯塔福德的儿子金·罗伯特·斯塔福德（Kim Robert Stafford, 1949— ）也是诗人，出版了他怀念父亲的著作《早晨：缅怀我的父亲威廉·斯

① 笔者幸运地收到斯塔福德1989年7月9日题赠的这本封面是一只猫头鹰的诗集，并标注了他认为值得介绍的诗篇。

② 该纪录片由琳达·亨特（Linda Hunt）讲解，彼得·凯奥特（Peter Coyote）朗读威廉·斯塔福德的日记。

塔福德》（*Early Morning: Remembering My Father, William Stafford*, 2003）。作为威廉·斯塔福德遗产的文学执行人，他在2008年把他父亲的包括两万两千页手稿在内的文件，全部捐赠给刘易斯－克拉克学院特藏部，让后人永远见证这位诗人勤奋而完美的人生。

第五节　路易斯·辛普森（Louis Simpson, 1923—2012）

早在60年代，辛普森便以他的短诗《美国诗歌》（“American Poetry”, 1963）唱响美国诗坛。它把美国当代诗的特点说绝了，常常成为美国当代诗选的卷首题辞。它一共只有六行：

> 不管它是什么，它必定有
> 一个胃，能够消化
> 橡皮、煤、铀、一个个月亮、一首首诗。
>
> 像鲨鱼，它肚子里有一只鞋子。
> 它必须在沙漠里游许多路，
> 发出的叫喊几乎像人的声音。

他的一首18行的诗《沉默的一代》（“The Silent Generation”, 1959），精辟地概括了麦卡锡主义时期的时代特色。他也常常用超然的态度看待美国，如他在《航向西方世界》（“To the Western World”, 1957）一诗的最后几行说道：

> 在这一片荒野的美洲，
> 孤独地回响着斧子的声音，
> 一代代辛劳，就为了占有，
> 我们一个坟连着一个坟地使大地文明。

辛普森眼界高，50年代声誉日隆的垮掉派诗歌，对于他来说不在话下。例如，如今世界诗坛没有人不熟悉和赞赏已成为经典的长诗《嚎叫》的前数行，特别是第一行：

我看见这一代最杰出的精英被疯狂毁坏，饿着
肚子歇斯底里赤身裸体，
拂晓时拖着脚步穿过黑人街道找一针够劲儿的
毒品，
长着天使脑袋般的嬉皮士们渴求与这夜的机械之中
星亮的精力充沛的人发生古老的天堂式的联系……

可是，在辛普森看来，这首很寻常，不足为怪，为此还作了一首戏仿诗《尖叫》（“Squeal”, 1957），嘲笑金斯堡乃至整个垮掉派的诗风：

我看见我的这一代最杰出的精英
对着瓦瑟学院女生朗诵他们的诗篇，
还接受年轻的女士的采访。
被专业人士宣扬而大名鼎鼎。
我什么时候能走进编辑室
因为我古怪而得到出版？
我可以像这样永远地写下去……

辛普森如此对待金斯堡，一方面是“隔灶饭香”或“熟稔生轻蔑”的思维定势使然，另一方面是对自己的诗歌创作非常自信。金斯堡是辛普森在哥伦比亚大学的同班同学，1956 年从加州载誉回纽约后，把自己的诗稿及其他许多朋友的诗稿交给辛普森，[①] 满怀希望入选辛普森、唐纳德·霍尔和罗伯特·帕克正在编选的诗集《英美新诗人》。可是，辛普森没有选录金斯堡交来的诗稿，反而用这首戏仿诗打趣金斯堡。只是在 20 年之后，当辛普森为《纽约时报书评》著文评论金斯堡的《金斯堡五六十年代早期的日记》（*Allen Ginsberg: Journals Early Fifties Early Sixties*, 1977）时，他才承认当年忽视金斯堡 50 年代的诗，不仅是大错特错，而且很愚蠢。[②]

辛普森出生在牙买加，他的父亲阿斯顿·辛普森（Aston Simpson）是

① 金斯堡当时把罗伯特·邓肯、罗伯特·克里利、菲利普·拉曼西亚、丹尼丝·莱维托夫、约翰·威纳斯、加里·斯奈德、菲利普·惠伦和弗兰克·奥哈拉等朋友的稿子交给了辛普森。不过，据辛普森后来说，金斯堡交给他《嚎叫》的稿子时，他们主编的诗集已经截稿了。

② Marjorie Perloff. "'A Lost Batallion of Platonic Conversationalists': 'Howl' and the Language of Modernism." *The Poem That Changed America: 'Howl' Fifty Years Later*. Ed. Jason Shinder. New York: Farrar Straus, 2006: 24-43.

第二代苏格兰人后裔的牙买加人，母亲罗莎琳德·德马兰士（Rosalind de Marantz）是俄国犹太人后裔。他在牙买加度过了17个春秋之后，于1940年随父母移民美国。二战期间，辛普森在第101空降师服役（1943—1946）。作为连长的通信兵，担任给前线军官传达连队指挥部命令的任务，升任军士，获铜星勋章，两次获紫星勋章，并受到美国总统表彰。战争结束时因患健忘症在精神病院住了大约半年，健康恢复后进哥伦比亚大学学习，获学士（1948）、硕士（1950）和博士（1959）学位。毕业后，他在加利福尼亚和纽约两地的大学教书。两次婚姻：1949年与珍妮·罗杰斯（Jeanne Rogers）结婚，生一子，1953年离婚；1955年与多萝西·鲁策瓦格（Dorothy Roochvarg）结婚，生一女一子，1979年离婚。

作为一个参加过举世闻名的诺曼底登陆战的老兵，辛普森对二战的反思具有权威性，令人难忘。他反映二战的诗作被评论家们视为他这一代诗人之中写的最重要的战争诗。他的诗集《野心家：1940～1949年诗篇》（*The Arrivistes: Poems 1940-1949*, 1949）里的《卡伦坦，啊，卡伦坦》（“Carentan O Carentan”）作为最精彩的诗篇，常常被收录在各诗选中，例如，它被《美国诗歌新牛津卷》放在收录辛普森的8首诗篇之首。另外的两首诗《手挽着手》（“Arm in Arm”）和《抵抗》（“Resistance”）也是特别优秀的反战诗。

我们现在来欣赏《卡伦坦，啊，卡伦坦》。诗人在这首诗里，描写了他参加诺曼底登陆战中争夺卡伦坦据点的激烈战斗的情形。[①] 它虽然真实地反映了具有世界性历史意义的战役，但和其他的美国反战诗一样，没有通常英雄主义的激昂慷慨，而是对惨烈的战争进行低调的反思：

> 从前，树木总是挺立着
> 形成一条遮荫的小径，
> 卡伦坦的恋人们
> 手拉手地在这里漫步。
>
> 这里是闪亮的绿色运河

---

① 诗中提到的卡伦坦是法国的一座小镇，坐落在沼泽地的中间，被称为“沼泽之都”。卡伦坦战役是第二次世界大战中诺曼底登陆战中的一次战役。卡伦坦早被德军占领，由德国第6伞兵团、两个奥斯特营和其他的残余部队守防。被命令加强守防卡伦坦的德国党卫队第17装甲掷弹兵师，由于运输短缺和盟军飞机的攻击而延迟到达。1944年6月6日，美国第101空降师作为登陆诺曼底的一部分战斗部队被命登陆，夺取卡伦坦。在随后的战斗中，美国第101空降师于6月10～11日强行通过沼泽堤道，进入卡伦坦。6月12日，德军由于缺乏弹药被迫撤退。13日，德国党卫队第17装甲掷弹兵师反攻成功，但被美国第二装甲师装甲战斗群夺回。

我们在作战的间隙，
三三两两地走在这里。
我们从不认识这种树。

六月初的一天，地面
柔软，露水闪闪发亮。
远处的枪炮声隆隆地响，
但是这里的天空晶蓝晶蓝。

天空是蓝色，但有一缕烟
依然悬挂在海面上，
那里的一条条船在一起
驶向我们看不见的城镇。
你如果透过望远镜
看见我们，你会说
农民们走出来翻草，
每个人拿着干草叉。

那些穿着豹纹制服的人
等待着，直到时机到了，
对着皮带和皮靴之间瞄准，
并且让枪杆慢慢向上升。

我必须立刻躺下，一个
锤子敲了我的膝盖。
称它为死亡或怯懦，
别再指望我了。

一切都没事，妈妈，
每个人总有一次或另一次
碰到这同样的结局。
这一切都在游戏之中。

我从没有，也不会

在这树荫下散步。
在运河里我没喝一口水，
也永远不会再来。

树叶里唰唰声，
这不是风吹，
树枝从刺刀上纷纷落下，
一个个士兵被砍倒在地。

军士长，告诉我
举枪射击的方向。
军士长却永远沉默了，
这告诫我下一步怎么干。

啊，队长，快指给我看
我们在地图上的地点。
但是，队长受了重伤，
他将很快要长眠。

中尉，我现在该干什么？
我编队在排里。
他也是一个睡美人，
被那奇怪的曲调迷住了。

卡伦坦，啊，卡伦坦
在我们见到你之前，
我们从没有丧失一个人，
也从不知道死神能干什么。

这是一首形式工整的歌谣体诗[①]，它描写了美国士兵遭到德军伏击的情形，诗人身边的众多战友在卡伦坦战役中壮烈牺牲了，存活下来的他却

① 诗人纯熟地掌握了传统艺术形式，这是一首用 abab, cdcd, efef……押韵形式的歌谣体诗，非常工整，为了传达原诗内容，译文很难达到这种原诗的艺术形式。

处在恐惧和孤独之中。虽然美国总统对参加这次战役的士兵进行了表彰，但在这首诗里我们却感受不到诗人流露出那种通常的国际主义和爱国主义的情怀，更感受不到诗人为战友报仇雪恨而朝敌人冲啊杀啊的一股股怒气。诗的结论是：战争杀害了无辜者。这正是美国反战诗的基调。二战对辛普森的心灵造成了极大的伤害，以至于他一度陷于精神崩溃，不得不到医院治疗。他的头三部诗集《野心家：1940～1949 年诗篇》《死亡的好消息及其他诗篇》（*Good News of Death and Other Poems*, 1955）、《统治者们的梦》（*A Dream of Governors*, 1959）反映了他参加二次大战的经历和心路历程。诗人罗伯特·麦克道尔（Robert McDowell, 1953—　）认为，这三本诗集里关于战争的诗篇是美国人写的最有力量的诗，它们反映了辛普森直接遭受和忍受了灭绝人性的冲突，并且他作为见证人存活了下来。[①] 这就是为什么辛普森把步兵描写成是课间休息在操场上由大人看管下玩耍的儿童，这与小说家冯尼古特在他的反战杰作《五号屠场》里把士兵比喻成天真烂漫的儿童十字军恰好异曲同工。在辛普森看来，发动战争的是一小撮怀有野心的统治者。在他的笔下，士兵是胡里胡涂地死，胡里胡涂地当英雄。例如，他的长篇叙事无韵诗《通信兵》（"The Runner"）里的主人公多德偶然成为战斗英雄，其实他在受伤时到如释重负，对即将要摆脱战争暗自感到高兴："我受伤啦！他想，一阵喜悦涌上心头。"

辛普森的战争观是战争使人失去人性。一般评论者认为，他写的关于二战的诗篇，论质量，可与贾雷尔和卡尔·夏皮罗比高下。但是，它们是传统的艺术形式：规则的音步和诗节。其中采用民谣形式，交替使用四音步抑扬格与三音步抑扬格，基本押韵形式为 abab，cdcd, efef……。《美国诗歌新牛津卷》选录辛普森的 8 首诗都是这种完美的传统艺术形式。他的《当鸟儿们适合这些树枝时》（"As Birds Are Fitted to the Boughs"）被评论家们认为可以与伊丽莎白时代伟大的抒情诗媲美。有批评家甚至认为，辛普森的传统诗比他的自由诗诗质醇厚。[②]

不过，布莱和其他的一些评论家却认为辛普森采用传统形式表现严酷的现代主题似乎有些幼稚，不适合当代人的审美趣味。辛普森意识到了这一点，在 50 年代后期，他开始尝试用日常口语和自由诗形式，表达 20 世纪中晚期的人们关切的种种社会问题和疏离感。作为一个反战诗人，辛普

---

① Robert McDowell. "A Sky Lit with Artillery: The Poems of Louis Simpson." *The Hudson Review*, 1989.

② 例如，哈利·莫里斯（Harry Morris）在评论辛普森《诗选》（*Selected Poems*, 1965）时指出，辛普森的前三部诗集的传统诗比他新写的自由诗好，他的自由诗没有帮助他更有效地表达他的主题。

森与布莱有共同点。1960年春，他发表在杂志上的较有名的反战诗篇《美国梦》（“American Dreams”, 1960），后来收在诗集《大写字母“I”的冒险经历》（*Adventures of the Letter I*, 1971）里。这本诗集收录了他反越战的诗篇，其中以《前夕》（“On the Eve”）、《家庭的朋友》（“A Friend of the Family”）和《怀疑》（“Doubting”）等篇较为突出，它们像布莱这个时期的反越战诗一样，抗议与谴责的调门高亢。

在60年代，辛普森出版了小说《河边行驶》（*Riverside Drive*, 1962），与其他人合编了美国诗选、论文集、自己的《诗选》（*Selected Poems*, 1965）和一部获普利策奖的《公路尽头》（*At the End of the Open Road*, 1963）。1959年，辛普森从纽约迁居到号称美国伊甸园的加利福尼亚，这里美丽的风景、富饶的土地、温和的气候、丰富的物质生活似乎使他的胸怀变得更加宽广，并且在惠特曼的诗歌里重新找到了拥抱美国、肯定美国的热情。辛普森在加利福利亚这块新土地上来到了公路的尽头，使他创作了富有象征意义的《公路尽头》。他在1972年回忆住在加利福尼亚的岁月的一篇文章里说道：“我住在加利福利亚期间，感到我在做惠特曼式的试验，努力消化他所写的景色——虽然他向西旅行没有越过密西西比河。尽管我对加利福尼亚人的那种没头没脑的寻欢作乐和对外来的一切的恐惧和嫉妒没有好感，但我感到自己能用语言描写这里的现实。”他在自传里还说：“天啊，天哪，啊，加利福尼亚！世界上的其他地方也许没有比这儿更漂亮的风景，也没有比这儿更糟。”他在《公路尽头》的一篇佳作《惠特曼在贝尔山》（“Walt Whitman at Bear Mountain”, 1963）中，通过诗中人向纽约的贝尔山公园惠特曼塑像问道：

> 你到哪儿去，沃尔特？
> 公路走到了废车堆放场。

诗人在肯定美国的同时，不得不面对带有现代文明垃圾的现实生活。为了更加广阔地表现充满活力但又贫富不均的美国社会，辛普森感到必须放弃束缚自由表达思想的传统格律诗形式，从拘谨的歌吟改变到自由自在的大白话。《公路尽头》是他诗风的转折点。诗集里的许多诗不押韵，也无音步，字里行间充溢着惠特曼式的豪气。他一方面摆脱了兰塞姆或T. S. 艾略特那种富有张力、语言紧凑、诗行整齐的艺术形式，另一方面也不像金斯堡或惠特曼的信徒们那样写洋洋洒洒、大大咧咧的诗行，而是接受了惠特曼寄予美国的大胆希望。换言之，他继承了惠特曼纵览美国的气魄和精神。他一向钦佩惠特曼，在他的自传《牙买加之北》(*North of Jamaica*, 1972)中承认："我17岁来到美国时，一位聪明的朋友给我一本《草叶集》。我立即看出惠特曼是一位伟大的、有创见的诗人。我现在认为他是美国有史以来最伟大的诗人。"可以这么说，加利福尼亚开阔的环境、开放的氛围和惠特曼豪放的精神、开放的诗风为辛普森提供了有决定意义的题材和表现手法。

我们同时也注意到，在对美国的外表描绘转向内心的表现上，深层意象派的技巧则助了辛普森一臂之力。例如，《惠特曼在贝尔山》的最后四行明显地具有深层意象派诗歌的特色：

> 白云从高高的山上升起，
> 迷雾渐渐地从海湾消失。
> 盛开的李树伊甸园门口的安琪儿，
> 意大利人般地跳舞，想象着一片红光。

这些意象是从作者的潜意识里跳出来的，使人恍恍惚惚得到某些启发，然而很难确切知道这究竟是什么。除了《惠特曼在贝尔山》外，这部诗集里还有《在加利福尼亚》("In California")、《太平洋思想——给惠特曼的一封信》("Pacific Ideas—A Letter to Walt Whitman")和《旧金山感怀》("Lines Written near San Francisco")等较为优秀的诗篇。辛普森用传统形式写的《我的爸爸在夜晚说别闹》("My Father in the Night Commanding No", 1963)也富有深层意象诗的色彩，它描绘了诗人温馨的童年生活，诗比较长，我们先读它的开头：

> 我的爸爸在夜晚说别闹，他有工作
> 要做。烟雾从他的嘴唇袅袅升起；
> 　　他静静地阅读着。
> 青蛙嘎嘎地叫，路灯闪闪发亮。
>
> 然后，我的母亲摇转留声机；
> 《拉马摩尔的新娘》[①]开始尖叫，

---

①《拉马摩尔的新娘》(*The Bride of Lammermoor*, 1819)是瓦尔特·司各特的历史小说，讲述了露西·阿什顿和她家的仇敌埃德加·雷文斯伍德的悲剧恋情故事。司各特说，这篇小说是根据真事创作的。

　　或者是在朗读
一个关于王子、城堡和龙的故事。

月亮明晃晃地悬挂在山顶上。
我站在国王的门柱前面——
　　这故事就这样讲着——
在图勒，半夜里的老鼠很安静。

我到过图勒！梦已成真——
旅行，世界上的危险，
　　那里的一切
必须承担和享受，忍受和学习。

像一般的小孩一样，童年时的辛普森把故事里的情景与现实混淆了起来，相信自己到过图勒——世界北端的国家，古代西方人相信它是极北之地。我们再来读这首诗的结尾：

爸爸，你为何要工作？你为何流泪，
妈妈？这个故事就这么重要？
　　“听着！”风
对孩子们说，他们都睡着了。[①]

小孩不明白爸爸为什么要在晚上工作，也不明白妈妈为什么会对瓦尔特·司各特的这个爱情悲剧故事感到伤心，尽管屋外呼呼的风似乎提醒他继续听故事，但他和其他的孩子们一样渐渐进入了梦乡。辛普森的短诗《三驾马车》（“The Troika”, 1963）也是采用传统艺术形式写的脍炙人口的深层意象诗篇。在布莱的影响下，辛普森曾一度醉心于深层意象的创作，并且深有体会。他在追溯自己从象征主义到意象派再到超现实主义的历程时，更多地推崇超现实主义手法——深层意象派诗的一个重要的艺术手法。他说：

① “孩子们”可能指辛普森的兄弟或姐妹也在听，或者泛指包括他自己在内的各家的孩子们在这个时候都入睡了。

> 堆砌描述词语和抒发诗人见解的老式诗只写意愿而不诉诸想象，那些自认为先锋派的诗人还在写这种已僵死的诗。照片式的客体诗令人厌烦。那些依然照相式写诗的人受他们的环境所支配；他们意气沮丧，写不出新意。唯有超现实主义创造意象，因此创造现实，富有乐趣。然而，超现实主义诗人常常看不到纯粹的意象，不管如何新颖，还是不够的。他们的意象……无动感……下一步（实际上已正在这样做）是去揭示潜意识的活力。超现实主义诗人一方面摒弃描写理性的俗套，另一方面却纯粹凸现非理性的意象，戏剧性和叙述性地揭示潜意识。意象的活动带有梦幻的逻辑。[①]

可见，辛普森对深层意象诗中的意象的见解极为精辟，说它是活跃的，具有梦幻的逻辑性，真是一语中的。

从 70 年代开始，辛普森侧重描写美国中产阶级的普通生活。《大写字母“I”的冒险经历》除收录反战诗篇外，其余的诗则更多地侧重个人和家庭的经历，例如有六七篇描写他的母亲在俄国的犹太人祖先。《搜寻那只牛》（*Searching for the Ox*, 1976）收录了不少描写他在牙买加的童年生活以及后来在纽约和加利福尼亚生活的诗篇。这些诗和其他题材的诗有一个共同的特色：基本上带有叙述性。虽然辛普森同布莱和詹姆斯·赖特一样，注意一个个意象的罗列，但他不仅让他的叙述加浓深层意象的色度，而且通过明白易晓的语言和普通的场景激发感情。

辛普森不像其他的深层意象派诗人，一直致力于一种艺术形式的创作，他从来没有彻底放弃过运用传统艺术形式，也没有放弃堂皇雅致的调式。他关注美国历史、传统和文化价值观念，特别是被美国梦所激发的理想。日常社会现实生活的题材诸如汽车、高速公路、房地产开发、电视、推销员、大商场等等都是他感兴趣和着意描写的题材，这就使他逐步脱离深层意象派诗美学的规范。他在总结自己的诗歌创作经验时说：

> 我已经写了许多题材：战争、爱情、美国景观和历史。有几年，我写自由诗。受到的影响：许多英美诗人，特别是 T. S. 艾略特和惠特曼。我相信诗歌升华于诗人的内心生活，用原创的意象和节奏加以表达。诗歌语言也应当接近人们实际想的和说的语言。

---

① William J. Martz. *The Distinctive Voice: Twentieth Century American Poetry*. Scott, Foresman and Co., 1966. 转引自 *The Norton Anthology of Modern Poetry*. Eds. Richard Ellmann and Robert O'Clair. New York • London:W.W.Norton & Company, 1973: 1044.

> 我早期出版的诗作是传统形式。50 年代末，我开始用不规则和不押韵的诗行创作——我试图写口语化的诗。我的题材常常取自实际生活，在我的许多诗篇中含有叙事或戏剧性成分。我追求透明度，让行动、感情和思想无障碍地表达出来。写得好就像是沉思，需要从纯个人的感情中升华。
>
> 我希望我的诗像契科夫讲故事……或像乔叟的诗。[①]

辛普森表示，他的创作实践也证明他是一个追求风格多样的诗人，不仅仅局限在深层意象派里。辛普森还是一个在学术上有深厚造诣的诗人，对现当代主要诗人以及对诗歌艺术都有比较广泛深入的研究。给他带来学术名声的论著包括《屹立高塔的三个人：伊兹拉·庞德、T. S. 艾略特和 W. C. 威廉斯研究》（*Three on the Tower, a Study of Ezra Pound, T. S. Eliot, and William Carlos Williams*, 1975）、《文学趣味的革命：迪伦·托马斯、艾伦·金斯堡、西尔维娅·普拉斯和罗伯特·洛厄尔研究》（*A Revolution in Taste: Studies of Dylan Thomas, Allen Ginsberg, Sylvia Plath, and Robert Lowell*, 1978）、《一伙诗人》（*A Company of Poets*, 1981）、《诗人的性格》（*The Character of the Poet*, 1986）和《驶入碧海的船只：诗歌论文和笔记》（*Ships Going Into the Blue: Essays and Notes on Poetry*, 1994）。

辛普森除了发表论著、译著和小说之外，在 1949～2003 年出版诗集 17 部，获得众多奖项，其中包括《赫德森评论》学术奖（*The Hudson Review* Fellowship, 1957）、哥伦比亚大学杰出校友奖（Columbia University Distinguished Alumni Award, 1960）、哥伦比亚大学卓越奖章（Columbia University Medal of Excellence, 1965）、埃德娜·米莱奖（1960）、古根海姆学术奖（1962, 1970）、美国学术团体理事会奖金（American Council of Learned Societies Grant, 1963）、普利策奖（1964）、美国艺术暨文学学会文学奖（1976）、犹太书会诗歌奖（Jewish Book Council's Award for Poetry, 1981）和埃尔默·博斯特·霍尔姆斯艺术与文学奖（The Elmer Holmes Bobst Awards in Arts and Letters, 1987）等。

---

① Tracy Chevalier. *Contemporary Poets*: 904.

第十四章　20世纪中晚期中西部诗歌

中西部地区跨12个州[①]，地广人稀，无数小镇点缀其间，农场和牧场广袤千里，牛羊马成群，玉米或小麦田一望无际，夏有冰雹和豪雨，冬有封门大雪，不时也有干旱或水灾。这里孕育的文学往往被称为乡村文学。

第一节　概　貌

众所周知，美国中西部诗歌的振兴是在一战之前，在以芝加哥为中心的中西部。林赛、马斯特斯和桑德堡的崭露头角，标志了该地区具有地方特色的诗歌脱颖而出。[②]布雷特·米勒（Brett C. Miller）认为："哈丽特·门罗的《诗刊》迫使现代派诗人——庞德、T. S. 艾略特、H. D. 和 W. C. 威廉斯——在寻求发表他们的作品时意识到美国中西部地区。"[③]

像美国的东部、南部和西海岸都产生了各具特色的诗歌一样，中西部以它那独特的地理环境和气候条件养育了一代又一代以美国腹部地区为自豪的优秀诗人。从第一代现代派诗人桑德堡、林赛和马斯特斯起，中西部地区涌现了大批诗人。在全美有知名度的有卡尔·雷科西、保尔·英格尔（Paul Engle, 1908—1991）、埃尔德·奥尔森（Elder Olson, 1909—1992）、约翰·弗雷德里克·尼姆斯（John Frederick Nims, 1913—1999）、查德·沃尔什（Chad Walsh, 1914—1991）、托麦斯·麦克格拉斯（Thomas McGrath, 1916—1990）、艾米·克伦姆皮特（Amy Clampitt, 1920—1994）、约翰·诺普夫尔（John Knoepfle, 1923— ）、约翰·伍兹（John Woods, 1926—1995）、

① 这12个州分别是：伊利诺斯州、印第安纳州、爱荷华州、堪萨斯州、密歇根州、明尼苏达州、密苏里州、内布拉斯加州、北达科他州、俄亥俄州、南达科他州和威斯康星州。

② 参见本书第三编第四章"现代派时期的第一代中西部诗歌"。

③ Brett C. Miller. "Poetry." *The American Midwest: An Interpretive Encyclopedia*. Eds. Andrew R. L. Cayton, Richard Sisson and Chris Zacher. Bloomington, Indiana: Indiana UP, 2006: 456.

保尔·卡罗尔、罗伯特·达纳（Robert Dana, 1929—2010）、罗伯特·瓦斯·迪亚斯（Robert Vas Dias）、戴维·雷（David Ray, 1932— ）、罗伯特·斯沃德（Robert Sward, 1933— ）、玛丽·奥利弗（Mary Oliver, 1935— ）、马文·贝尔（Marvin Bell, 1937— ）、吉姆·哈里森（1937— ）、加里·吉尔德纳（Gary Gildner, 1938— ）、斯蒂芬·邓恩、菲利普·达西、乔恩·安德森（Jon Anderson, 1940—2007）、约翰·马赛厄斯（John Mathias, 1941— ）、詹姆斯·泰特和艾伯特·戈德巴斯等等，其中 30 年代和 40 年代出生的几乎占了一半，足见其力量之雄厚。卢西恩·斯特里克主编了两卷本诗选《腹部地区：中西部诗人》（*Heartland: Poets of the Midwest*, 1967）和《腹部地区：中西部诗人之二》（*Heartland Ⅱ: Poets of the Midwest*, 1975），其中第一部诗选包括 29 位诗人，第二部诗选收录了 79 位诗人。马克·文兹和汤姆·塔马罗（Thom Tammaro）主编的《共同的基础：乡土生活诗集》（*Common Ground: A Gathering of Poems on Rural Life*, 1989）选入了 30 位诗人。但实际上没有入选的诗人远不止这三个数目的总和，由此可见当代中西部诗歌的繁荣，非桑德堡那个时期所能比拟。

尽管如此，但中西部文学由于地处偏僻，它的知名度低于东海岸或西海岸文学。《美国西部文学》（*The Literature of the American West*, 1971）主编 J. 戈尔登·泰勒（J. Golden Taylor）在前言中承认：“对美国西部生活在过去一个半世纪里的多样性、丰富性和挑战性，对精彩多样地描绘西部生活的文学，在美国其他各州，甚至西部本身，很少有人知道。”在大都市的作家心目中，中西部文学（包括诗歌）是狭窄的地方文学。因此，出生在这里的作家为了捍卫他们的文学的普遍性做了不懈的努力。他们维护地区文学的倔强劲是大城市作家体会不到的。戴维·皮切斯克（David R. Pichaske）认为美国的民族性里有着转向农村的冲动。他说：

> 当全世界大多数人生活在农村时，美国人至今特别爱住在农场、乡村，甚至荒野里。有很长的时间，我们庆幸自己是农业民族。19 世纪的美国人听厌了自鸣得意的法国佬和英国佬的胡扯：不健康的气候和糟糕的食物使美国人有病，在体质和心理上欠发达。他们进行反驳：都市的（欧洲）人受威廉·布莱克称之为的“思想束缚”而变得衰弱，需要到美国荒野里才能在精神上、思想上、体格上健康壮实。[①]

① David R. Pichaske. Ed. *Late Harvest*. New York: Paragon House, 1991: xx.

话虽如此，生在农村的自卑与自豪感依然没有脱离包括中西部诗人在内的中西部作家，这也可算为一种文化沉淀。中西部诗人或作家再三强调地区性的重要性，从侧面也可以看出这种复杂的感情。卢西恩·斯特里克在他主编的中西部诗选的前言里说：

> 不管怎么说，一切事件和经验都是地方性的。所有经过人工美化的事件和经验，所有的艺术都是地区性的，这是从它们与感受的生活所建立的直接关系而言的。其悖论在于，艺术的感情愈地方化，所有的人就愈能分享；因为生动地遇到世界上的事情是我们共同的基础。[①]

城市诗人，例如纽约诗人，从来不会去论证这类特殊性与普遍性的平凡真理，而作为地区文学的中西部诗歌，在同大都会诗歌比较时，这往往是中西部诗人为自己辩解的辩护词。又如，文兹和塔马罗在《共同的基础》的前言里雄辩地说：

> 我们奇怪，例如为什么"地方性"作为批评术语甚或修饰语从未被用在评论近来一大批关于纽约市地下夜生活的长篇和短篇小说的评论文章里，特别是没被用在评论伦敦当代的苏荷区（SoHo）文化的评论文章里？毫无疑问，这些作家，像许多中西部作家一样，运用类似的方法创造他们的虚构世界，即他们那个特定区域的风光、习语和人物。但是谁认为这些作家是地方性作家呢？（第XIV页）

有的中西部诗人不想去辩解，却索性否认他们的地方性，正如布雷特·米勒指出："出生在或移居到美国中部的诗人，不愿意承认自己基本上是中西部文学传统的一部分，而是很快指出该地区文化具有明显的多元化。"[②]

其实，中西部诗人不是生老病死都在中西部，而是变动不居的。布雷特·米勒经过调查，发现中西部诗人情况有四种：

1）出生在国外，小时候或青少年时期来到中西部，例如卡尔·雷科西、卢西恩·斯特里克、查尔斯·西密克、李立扬等，他们都掌握了中西部的口音和讲话节奏，用英语创作，但他们的作品违抗被界定为具有该地

---

① Lucien Stryk. Ed. *Heartland Ⅱ: Poets of the Midwest*. De Kalb: Northern Illinois UP: xvii.

② Brett C. Miller. "Poetry": 456-457.

方特色或甚至美国民族特色。

2）出生在中西部的非裔美国诗人，例如玛雅·安吉罗、格温朵琳·布鲁克斯、保罗·劳伦斯·邓巴、罗伯特·海登等，他们的身份是建立在种族而不是地区之上的。

3）不少出生在中西部的著名诗人，例如 T. S. 艾略特、哈特·克兰、肯尼思·雷克斯罗思、理查德·霍华德、萨拉·蒂斯代尔等，离开中西部，再也不回去了。

4）一小部分成功的 20 世纪诗人到其他地方谋生，带着中西部的口音，作品里大量的意象来自中西部，虽然风格各异，但从没有停止对中西部的认同。①

我们发觉还有一种情况是，由于文学史或诗歌史的归类，一些中西部诗人被归到其他诗人群或流派里了，例如布莱和詹姆斯·赖特被归入深层意象派，泰德·科泽被归入四位新世纪桂冠诗人群。不过，他们的名单现在都被保存在 47 位中西部诗人的档案里。②

生活在中西部的大多数诗人都乐天安命，他们热爱这里广阔的空间、宁静的生活和美好的自然风光。他们生来无城市诗人的复杂心态，也无城市诗人的世故。从《共同的基础》这本乡土诗选里，读者会清楚地看到中西部诗人如何寻求个别与普遍、乡土与国际之间的必然联系，如何在对这特定的地域的适应过程中赞美他们祥和的生活和未受工业化过度污染的伊甸园般的风光。中西部诗人天生崇尚淳朴，如同斯特里克所说："他们的一些作品使人想起中国唐代诗人诸如李白和杜甫等所写的诗。他们短暂地退居山中，饮酒，惜别，赞颂支撑着他们的友谊和艺术的精神。"③

中西部地广人稀的环境往往还会使人感到孤独乃至绝望，所以中西部的一部分诗人感到自己过着"寂静的绝望"生活。在繁杂喧嚣的城市，你感到绝望，在太寂静的乡村，你也会产生绝望之情，这是无意识的绝望，

---

① Brett C. Miller. "Poetry": 456-457.

② 这份档案名单是：Ray A. Young Bear, Michael Anania, Rane Arroyo, John Beer, Marvin Bell, Robert Bly, Daniel Borzutzky, Suzanne Buffam, Henry Dumas, David Allen Evans, Robert Fanning, Santee Frazier, Alice Friman, Dan Gerber, Albert Goldbarth, Brent Goodman, Benjamin S. Grossberg, Bruce Guernsey, Susan Hahn, Jim Harrison, Roberto Harrison, Stuart Youngman "Sy" Hoahwah, Thomas James, Louis Jenkins, Devin Johnston, Garrison Keillor, Ted Kooser, Don L. Lee, Thomas P. Lynch, Paul Martinez Pompa, Edgar Lee Masters, William Matthews, Harriet Monroe, Phillip Carroll Morgan, G. E. Murray, Kristin Naca, Kathleen Norris, Peter O'Leary, Kiki Petrosino, Henry W. Rago, Srikanth Reddy, Carter Revard, Carolyn M. Rodgers, Carl Sandburg, Jennifer Scappettone, Richard Tillinghast, James Wright（见 Copyright © 2010 Poetry Foundation）。

③ Lucien Stryk. Ed. *Heartland Ⅱ: Poets of the Midwest*: xxiv-xxv.

主要由孤单造成的。优秀的诗人会尽力克服这种不自觉的孤独感。如马克·文兹的《去远处》(“For the Far Edge”)、布鲁斯·塞弗里(Bruce Severy, 1947—)的《自言自语》(“Talks with Himself”)和斯蒂芬·邓恩(Stephen Dunn, 1939—)的《城市小伙子》(“The City Boy”)等诗都表现了这类复杂的心情。

当然,中西部诗人之中也不乏想脱离单调的大平原,向往热闹的大都市或奔腾不息的大海者。例如,劳伦斯·詹姆士·利伯曼(Laurence James Lieberman, 1935—)的《湖之梦》(“A Dream of Lakes”)、朱迪斯·明蒂(Judith Minty, 1937—)的《寻根》(“Finding Roots”)和富兰克林·布雷纳德(Franklin Brainard, 1937—)的《内陆海》(“Inland Sea”)等篇都揭示了中西部人渴求去外界的心态。如同查尔斯·伍达德(Charles L. Woodard)所说,西部诗人“为寻求‘美国’艺术典范,通常向往东西海岸,特别是向往东海岸”[①]。

尽管如此,留在中西部的诗人依然怀着自豪和快乐,在这片广袤的土地上辛勤地耕耘着。例如,明尼阿波利斯文学杂志《雨的士图书评论》(*Rain Taxi Review of Books*)和美国诗社在2010年5月联合举行大型诗歌朗诵会,并召开学术研讨会,共同探讨中西部诗歌光明的未来。[②]

桂冠诗人泰德·科泽住在内布拉斯加州加兰农村附近一个农场,创作题材主要取自中西部大平原,可算得上是当代中西部诗人的典范。虽然在前面章节已经介绍了他,但不排斥他在当代中西部诗坛占一席显著的位置(参见第十一章“新正统派诗歌”第五节“四位新世纪桂冠诗人”)。限于篇幅,本章将重点介绍詹姆斯·泰特、艾伯特·戈德巴斯、菲利普·达西、戴维·阿伦·埃文斯和马克·文兹等五位诗人,其中后两位都在大学里教书,一个在南达科他州,另一个在北达科他州,他们二人写的乡土诗非常精彩,散发着当地浓郁的风味,诗情和画意自成一格,迥异于纽约派的城市诗歌。然而,他们地道的乡土诗在当今美国评论界没有受到应有的重视,

---

① Charles L. Woodard. Ed. “Introducton” to *As Far As I Can See: Contemporary Writing of the Middle Plains*. Lincoln, NE: Windflower P, 1989: xxi.

② 美国诗社项目主任罗布·卡斯帕尔(Rob Casper)主持以“展望中西部诗歌未来”为主题的学术讨论会,众多会议参加者中包括多比·吉布森(Dobby Gibson)、莎拉·福克斯(Sarah Fox)、韩裔美国诗人孙蓉善(Sun Yung Shin, 1974—)、迈克尔·沃尔什(Michael Walsh)和布赖恩·邵·沃拉(Bryan Thao Worra)等诗人。参加诗歌朗诵会的诗人包括布莱、威斯康星州密尔沃基市桂冠诗人安特勒(Antler)、第一个爱荷华州桂冠诗人马文·贝尔(Marvin Bell, 1937—)、海德·厄德里奇(Heid Erdrich, 1954—)、墨西哥裔诗人雷·冈萨雷斯(Ray Gonzalez, 1952—)、玛丽·坎齐(Mary Kinzie, 1944—)、吉姆·摩尔(Jim Moore)和非裔诗人赛拉斯·莫斯(Thylias Moss, 1954—)等。

迄今为止，没有得到全国性诗歌大奖。这在一定程度上表明主流评论界的审美视域过于偏狭，自觉或不自觉流露出排他倾向。

当然，他们也存在自身的不足，例如他们的诗歌理论相对弱了一些，只是一味地强调诗歌的重要性，却没有从理论上阐述其独具特色的诗美学，以引起评论界的重视。客观原因是，相对来说，他们身处偏僻的地方，很少有与波士顿、纽约或旧金山这些文学中心城市的文学界有来往的机会。

第二节　詹姆斯·泰特（James Tate, 1943— ）

詹姆斯·泰特的处子集《失落的飞行员》（*The Lost Pilot*, 1967）因其“自然优雅”的风格而获耶鲁青年诗人丛书奖，被选为丛书出版时，他年仅23岁，还在爱荷华大学作家班学习。作为耶鲁青年诗人丛书设立80年以来最年轻的获奖者，他受到评论界的追捧。曾经作为泰特获国家图书奖评委之一的达纳·焦亚在他的长篇论文《詹姆斯·泰特与美国超现实主义》（“James Tate and American Surrealism”, 1998）中，概括了泰特的艺术风貌：

> 在过去30多年来，他奇怪的、挑衅性的、往往令人困惑的诗歌吸引了评论家们和他的同行诗人们。即使是现在，在他50岁中期，赢得了普利策奖、国家图书奖和主流设立的其他多数奖项，甚至在担任主要州立大学的全职教授之后，泰特似乎仍像一个圈外人，一个卓越的不安的永远静不下来的青年。[①]

卢西恩·斯特里克将詹姆斯·泰特看作是中西部诗人，他把泰特的作品收进自己的第一卷诗选《腹部地区：中西部诗人》（1967）里，是由于泰特出生在密苏里州，以及泰特的一部分诗篇带有中西部特色。可是，泰特本人却不以为然。2006年夏，当查尔斯·西密克在采访中夸泰特的风格像新英格兰诗人时，他的回答却是：

> 我从来没有特别想要属于任何传统。我从来没有特别想成为一名新英格兰诗人。我从来没有想过这个问题。我当然会抵制说我是中西部诗人的想法，我住在这里的时间比在那里的时间长。我不希望属于

---

① Dana Gioia. “James Tate and American Surrealism.” *Denver Quarterly*, Fall 1998.

任何地方。正如我真的不相信史蒂文斯属于任何地方，即使他写了关于康涅狄格州哈特福德的诗。

他说的“我住在这里的时间比住在那里的时间长”是指他住在新英格兰的艾米莉·狄更生的家乡阿默斯特的时间比在中西部的时间长。他早在1998年3月13～26日接受迈克·马吉（Mike Magee）访谈时说：“我的堪萨斯城的一些想法或者一些堪萨斯城腔调时不时地进入一首诗里，但我对何形式的区域主义不感兴趣。所以，我不认为新英格兰对我的写作有影响，如同中西部地区对我几乎没有影响一样，在我的一生中，只有少数几首诗，中西部对我有影响。”这种成名后否认地方性特色的例子，在美国诗歌史上司空见惯，诗人们最终追求的是普遍性的名声，而且是在他们的实力和底气足以否认给他们起步时带来名声的地方特色或流派特色时才会这样说出来。当然不可否认，他们之中有不少人，随着时间的推移和地点的转移，艺术风格确实改变了。不过，不管泰特有意还是无意，有评论家发觉，泰特诗中带来的那种随意的大众化气氛，与他使用朴实的中西部成语有关。他早年在堪萨斯城，对当地的爵士乐特别是著名中音萨克斯风手查尔斯·帕克（Charles Parker, 1920—1955）的演奏十分着迷，而爵士乐的即兴创作对他的诗歌创作则影响很大。对于这一点，泰特在迈克·马吉对他的访谈中也承认过。

我们现在来欣赏他的成名作标题诗《失落的飞行员》（“The Lost Pilot”, 1978）。这是一首他献给父亲的哀悼诗。泰特的父亲是一位B-17重型轰炸机副驾驶员，在二战中执行任务时牺牲。这首诗比较长，共16节，每节3行：

你的脸不像另一个
副驾驶员的脸那么
稀烂。我昨天见到他：

他的脸好像玉米糊：
他的妻子和女儿，这些
茫然的人，盯视着他，

仿佛他很快会复原。

他比约伯[①]还要受冤屈。
但是你的脸不像其他的脸

那样烂糊——你的脸发黑，
像乌木那样硬；容貌
很明显地变化着。倘若

我能劝诱你从不由自主的
旅程中回来住一晚，我将像
你淘气的炮手达拉斯一样，

用水泡眼读懂你的脸，
读懂这盲文版。我将摸
你的脸，像不偏不倚的

学者摸原著的一页书页。
不管如何害怕，我会发现
你，我不会让军队领导知道

我找到了你；我不会使你
面对你的妻子，或达拉斯
或副驾驶员吉姆。你可以

回到你古怪的旅程上，
我不想去完全了解
这些对你意味着什么。

我想知道的是：至少在我
一生中每年见你一次那样，
什么时候见到你像一尊

非洲的小神在天空中旋转。

---

①《圣经》中的人物，以忍艰耐劳著称。上帝折磨他，为了考验他对上帝的信仰。

我觉得自己死了，仿佛感到
是一个陌生人残留的生命。

我应当追随你。我抬头
望着天空，难以离开地面。
而你在空中又飞过，

快速，完美，勉强地告诉
我说你还好，或者你告诉我
说把你置于彼岸而把我置于

此岸是一个错误，或者
你告诉我说把我们置于
这两个世界是一个不幸。

诗行里充溢着他对父亲的思念，尤其诗的结尾更是动人心弦。泰特在接受查尔斯·西密克采访时透露，1944 年 4 月 11 日，他的父亲在飞往德国执行轰炸任务时牺牲，那时他才四个月大。他父亲的一个幸存的战友告诉他母亲说，她的丈夫逃走了，她的母亲不相信。他的祖父母因悲痛过度不久去世。他长大之后了解到他父亲葬在比利时列日市附近的一个军人墓地里，他亲自去过那里，并从政府保存他父亲的信中了解到有关父亲的情况。所以，这首诗建立在情感充沛的抒情和丰富的想象力之上。根据达纳·焦亚的看法，标题诗《失落的飞行员》和这本诗集里其他诗篇有清晰的叙事线索可循，诗人从超现实主义那里借来的是梦的逻辑和自由联想。

他的另一首想象力丰富的诗篇《1945 年小草梗的土地》（"Land of Little Sticks", 1945）是他的诗集《坚定的防御者》（*Constant Defender*, 1983）的开篇诗，描写了第一颗原子弹在日本轰炸时美国这边的情景：

妻子正洗刷炒锅时
丈夫却依靠在牲口棚边。
男孩正把水打进提桶时
女孩却在追赶一只花斑狗。

天边的云在翻腾。

叫作普莱曾特维尔的小镇消失了。
而今马群在拉屎和嘶鸣，
栖息的小鸡儿向四处张望。
此刻有什么事情不十分对劲。

男孩跌跌绊绊穿过厨房，水撒得满地。
他的母亲从炉灶上铲开几只馅饼，大声呵责他。
女孩坐在篱笆旁盯视马群。
汉子和刚才一样，闭目养神，额头
搭拉在他的前臂，身子依靠着牲口棚。

这首诗主要描写了原子弹的毁灭性及其对人类想象力的影响。泰特并不满足于容易为大众接受的现实主义诗歌创作，他的笔触探索到超现实主义的诗境里，例如他的名篇《轮椅蝴蝶》（“The Wheelchair Butterfly”, 1969）可以说代表了他的这种艺术风格：

哦，一张张轮椅摇晃移动的
昏昏欲睡的城市，那儿一只

老鼠会自杀，如果他

在电动轮椅的地下城
能够长时间专注

啮齿动物的史书！
这经常怀孕、像梨似的
青肿的姑娘

骑着有许多商标贴纸的
自行车，后退到
废弃的车库楼梯间。

昨天天气温暖。今天一只蝴蝶冻结在
空中；被小孩像摘葡萄似地摘下来，

他保证他能好好照料

它。啊，信心十足的城市，这里
罂粟花籽过路时需交车费，

这里，人心上的黄蜂可能会
沉睡，打鼾，这里双筒望远镜
凸出在幻想的橙色车库里，
我们在放荡的阁楼里等待新赛季，

仿佛等待冰激凌卡车。
一匹印度小马穿越平原，对着
一弹坑跳蚤低低地做梵语祈祷。
金银花说：我想我可以游泳。

市长在街道错误的一旁
撒尿！蒲公英发出火花：
当心你的头发被卡住！

当心绽开的水仙花要一杯水！
当心丝绒帐篷！

在这首诗里出现了一连串超现实的意象。诗人把迥然不同的意象，例如冻结在空中的蝴蝶、内心里可能会睡觉和打鼾的黄蜂、做祷告的小马、会说话的金银花、发出火花的蒲公英等等，奇怪地并置在一起。有评论家认为，泰特从一开始就已经选择了一个更宽泛、古怪、奇特的意象，让人感到惊讶和困惑；而且他的诗行往往采用丰富多彩的名词，通过相反或者互不搭界的联想物展示诗意，例如标题“轮椅蝴蝶”本身。达纳·焦亚对此评论说：

泰特驯化了超现实主义。他把这外国的风格（在英语里，这几乎总是显得稍微有些外国腔调，甚至在像查尔斯·西密克和唐纳德·贾斯蒂斯这两个最有才能的超现实主义诗歌实践者中也是如此）驯服得听起来不但是本国的，而且是地道的土产货。更年轻的一代人詹姆

> 斯·泰特（在爱荷华大学作家班，他是唐纳德·贾斯蒂斯的学生）以较少学术性的方式，接近这个新诗歌风格。他既不作为这方面的译者也不作为这方面的评论家，他凭直觉和痴迷创作诗歌。[①]

查尔斯·西密克也有相同的看法，他说："批评家通常称他为超现实主义诗人，只停留在这一点上。如果说他是一个超现实主义诗人的话，他属于本土风格的超现实主义，其中巴斯特·基顿（Buster Keaton, 1895—1966）[②]和W. C. 菲尔茨（W. C. Fields, 1880—1946）[③]也属于这个领域。"[④] 泰特在谈到自己的创作手法时，告诉读者说："我把意象当作一种钻头使用的，它穿透我们夸耀为真实世界的幻想表层——这阴影的世界，我们在它里面走动感到信心十足。我要撕裂那个世界，把更高现实的能量释放出来。我没有什么不能做的，因为我每天看见新的可能性。"[⑤] 因此，他给读者留下的印象是：他以超乎寻常的诗行和诗句著称，他常常摘取新闻报道、历史、掌故或通用语进行切割和倒置，经过一番短语玩弄，然后进行切割，剪贴，再把这些不同的素材拼装到紧密编织的作品里，以怪诞和超现实的手法揭示人性的荒谬。达纳·焦亚还认为，读者可能会发现泰特的诗句难懂、晦涩或摸不着头脑，但爱好语言的人则不会认为他单调乏味。对于他的一行行诗句，泰特总是努力保持读者的兴趣，让他们感到好笑。泰特在回答西密克关于如何使他的诗打动读者的问题时说：

> 我喜欢我的滑稽可笑的诗，但我宁愿让你感到心碎。如果我能在同时做到这一点，那就最好不过。如果你读我的诗开头时发笑的话，我在结尾处则让你几乎要流泪，那就最好不过。那对你、对我都是最值得的。我最终想变得严肃，但我不由自主地流露出滑稽可笑的成分。它只是自动产生的。如果两者我都能兼顾，我所要追求的目标正是这个。

泰特在此道出了他的诗歌被评论界形容为杂悲剧、喜剧、荒诞、虚无、充满希望、萦绕于怀、寂寞和超现实于一炉的根本原因。

---

① Dana Gioia. "James Tate and American Surrealism." *Denver Quarterly*, Fall 1998.

② 巴斯特·基顿：美国喜剧演员、电影制片人和作家，以制作无声电影闻名于世。

③ W. C. 菲尔茨：美国笑星、演员、魔术师和作家。

④ Charles Simic. "James Tate, The Art of Poetry No.92." *The Paris Review*. Summer, 2006.

⑤ John Shoptaw. "James Tate." *Contemporary Poets*: 983.

美国超现实主义诗人无不膜拜法国超现实主义诗人特别是勃勒东，而泰特虽然也喜欢勃勒东和另一位法国超现实主义诗歌运动骨干、巴黎达达主义艺术家本杰明·佩雷（Benjamin Péret, 1899—1959）的一些诗篇，但不崇拜他们，相反却讨厌勃勒东的《超现实主义宣言》，说他是一个飞扬跋扈的人，一个疯狂无聊的家伙。令他心仪的倒是塞萨尔·巴列霍。在美国诗人之中，W. S. 默温和詹姆斯·赖特是他最喜欢的两个诗人，他把他们视为他的两个最棒的典范。

达纳·焦亚根据自己多年来对泰特诗歌创作的跟踪研究发现，70年代晚期和80年代早期是泰特的高产期（到1979年为止，他出版了24本诗集），也是评论界开始对泰特持微词的时期，因为他自信心十足而缺乏自我审视，在创作上出现了粗制滥造的现象。在严厉的批评家看来，泰特大量的诗作看起来完全像一种劣质的自动写作。经过评论界十年的严厉批评之后，泰特在80年代开始变得比较谨慎，并且进行自我反省。达纳·焦亚为此说：

> 在这十年之中，他只出版了两本厚的诗集和两本诗歌小册子。在90年代，他保持了同样从容不迫的节奏，发表速度缓慢，但稳步前进，他在批评界的声誉有所上升。泰特不再是时髦运动的一分子，显然已经成为一个真正有个性的诗人。他古怪的卓越的风格如今看起来不是拿姿作态，而是表现了真正的原创性，而且还有奇特的想象力。[①]

泰特90年代初出版的《詹姆斯·泰特诗选》（*James Tate: Selected Poems*, 1991）在第二年连获两个大奖：普利策奖和W. C. 威廉斯奖，他的另一本诗集《尊贵的弗莱彻斯公司》（*The Worshipful Company of Fletchers*, 1995）获国家图书奖，这说明泰特在主流诗坛真正站稳了脚跟。

詹姆斯·泰特出生在密苏里州堪萨斯城，自幼丧父，母亲改嫁数次，从小没有享受到家庭幸福的生活。获堪萨斯州立学院学士（1965）、爱荷华大学美术硕士（1967），在多所大学执教后，从1971年起一直在麻省大学教书，任“诗人与作家”团体文学硕士项目诗歌教学成员，1967年以来在《狄更生评论》杂志当诗歌编辑。被选为美国诗人学会常务理事。1967～2008年，发表诗集26本。除了获得上述三个诗歌大奖之外，他还获得国家艺术基金会奖学金（1968, 1969）、美国艺术暨文学学会奖（1974）、古根海姆学术奖（1976）和谭宁奖（1995）等。

---

① Dana Gioia. “James Tate and American Surrealism.” *Denver Quarterly*, Fall 1998.

泰特给读者留下的印象是：他最难忘的诗篇是那些稍带超现实色彩的诗，而他的主题或场合往往是可以辨认的。他写的有关郊区、婚丧嫁娶和生活领域里发生的种种事件都很精彩。有评论家认为，泰特善于运用看似混乱的词语对日常的自满现象进行挞伐，造成戏剧性效果，但他的志趣却与恐惧、焦虑和排斥力之类的感情密不可分，他因此而被视为诗意的马克思兄弟。不过，泰特的诗艺也存在着美中不足之处，正如达纳·焦亚指出他的诗篇一贯生动而巧妙，但多数雷同："迥然不同的意象之离奇并置，精彩的无前提的结论，对启示性事件不动声色的叙述，首首诗不确定的结尾。不管结构安排得如何好，这同样不可预测的技巧变得可以预测。"[①] 怎样避免重复自己，是所有文艺家面临的一个至关重大的问题，不光是詹姆斯·泰特。虽然泰特从来不是像金斯堡那样在众目睽睽之下受到广大普通读者追捧的诗人，但达纳·焦亚认为欣赏他诗歌的小批读者一直在稳步增长。

第三节　艾伯特·戈德巴斯（Albert Goldbarth，1948—　）

作为高产诗人，艾伯特·戈德巴斯以其大众化的语言、不拘一格的兴趣和独特的白话风格著称于诗坛。他大量的自传体抒情诗篇反映了他犹太人的家庭和童年以及犹太历史，融博学研究、流行文化和个人轶事于一体。评论家和读者欣赏他的博学、幽默和洞见。在表现犹太民族的性格时，他往往采取重新诠释《旧约》中动人的轶事，揭示德国法西斯对犹太人大屠杀造成的深远影响，并通过描述犹太人早期移民到美国及其亲属关系以及犹太人开的杂货店和希伯来语学校等等，生动地表现了美国犹太人的日常生活和思想感情。他的成功不仅在于以娱乐方式感动他的读者，更重要的是引起人们对犹太人信仰和精神遗产融合在一起的现代犹太教的关注。

戈德巴斯不是超现实主义诗人，而是喜欢采用历史题材的历史感很强的诗人。把他归为中西部诗人是因为他出生在伊利诺斯州的芝加哥和写了一些反映中西部风光的诗，例如收录在《腹部地区：中西部诗人之二》里的《信退回到俄勒冈》（"Letter Back to Oregon", 1972）的最后一节：

大家记得夏天

---

① Dana Gioia. "James Tate and American Surrealism." *Denver Quarterly*, Fall 1998.

越过一条条小河，
几乎是飞，我们的身体是群星
想象钓鱼，我们的身影
鱼的夜晚。但这是中西部的
冬天。小河结了银色的
冰，双手能冻结在上面。
伊拉，我把那女子的手从我的手中推开，
尽管我必须把我的手放回去。
我的手套脱了。我青色的血管反光。
伊拉和玛丽—艾丽斯·布朗，
我张开我手掌上的毛孔
和我的双手一道吸进伊利诺斯州；
和我的脑细胞一道呼出这些话：
在我们之间的是空气。
你不可能用距离否认它。
你不可能用工厂污染它。
你不可能用臭骂诋毁它。
我们用苹果和洋葱赋予它生命。
而今我们明白了水果如何成了太阳大厦，
蔬菜如何成了太阳大厦，
动物如何成了太阳大厦，
让阳光穿过它们最清晰的部分。
此刻太阳在冰上起作用，
明白了我如何通过了这半球到你身边，
好吧，明白了我的双手如何在溶解。

戈德巴斯是一位出色的芝加哥寒冷气候的观察者，而且很动情。在处理爱情、性交、生存、友谊、肮脏的市容、孤单、思考或希望这类主题时，他总是采取这种观察者的姿态，而且尽可能地带进一些史实。

戈德巴斯在1973～2009年发表了30本诗集，其中《天地：宇宙论》（*Heaven and Earth: A Cosmology*, 1991）和《拯救生命：诗篇》（*Saving Lives: Poems*, 2001）均获国家图书评论界奖（1991, 2001）。前一本诗集概述有关诗人的父亲及其德国亲戚的情况，探讨人类在克服众多障碍中寻求沟通的方式。后一本诗集描写了侦查和侦探小说、广播、伦勃朗、年龄大的亲戚，表达对人的两面性或隐蔽身份或生活的关注。他的诗行很长，有时长得像散文句式，在这方面他同金斯堡、奥尔森或邓肯相比有过之而无不及。他大大咧咧的长诗行感染力强，充满阳刚之气，但同时也表露了充沛的感情和细微的思绪。我们现在来欣赏收录在《拯救生命：诗篇》里的一首诗《图书馆》（"Library", 1999）。诗很长，我们读它开头的十几行：

> 这本书拯救了我的生命。
> 这本书出现在围绕火星的两个小卫星之一的地方。
> 这本书要求在其作者去世几百年之后被赦免。
> 这本书要求苏丹最大的皇家大象中的两头大象驮它；
> 这另外的一本书适合放在脑瓜里。
> 这本书揭示了神的秘密名字，所以它的作者列在死亡名单上。
> 这本书，我举起来，高过我的头顶，打算砸死我女友卧室里的蟑螂；
> 书太重，却让我很痛地躺倒在她的床上，在床上一动不动地躺了八天。
> 这是一本"书"。也就是说，是一个录音带。这另一本"书"是一个屏幕和一个微芯片。这另一本"书"是天空。
> 在这本书的第三章，一个女人试图对她的女儿们解释她的丈夫悲剧性的屈辱死亡：阅读它时好像穿越水泥墙。
> 这本书教会了我有关性的一切知识。
> 这是一本传抄的书。
> 这本书明白易懂，这本书是用阿兹特克语书写的手抄本；这本书是一个囚犯用粪便书写成的；
> 风正在掀开这本书的书页：山顶上一棵橄榄树厚重度像一部俄罗斯小说。
> 这本书是一只活体解剖的青蛙，卵子是它的文本。
> 这本书是万能的梅利卡传授的，对于他的地球（宇宙第十九界）上中介人来说，他是宇宙第七界的圣灵，他出版它，首先油印，后来许多版本是烫金字皮革封面精装本。
> 这本书教我懂得有关性的一切错误。
> 这本书对我童年倾注的色彩如此强烈，如今其色彩仍然染在我的想象里。
> 这本书是一个诗人写的，他使我感到恶心。

这是世界上第一本书。

这是一张来自越南的照片，标题为“复制佛塔中佛教典籍的尼姑们”。

然后，我们再读这首诗中间的几行：

我打开这本书，吐出烟圈圈，我打开这本书，一个冰凌划破我的脸，我打开这本书：铜制拳突套，我打开这书：浓烈的咖喱香味，我打开这本书，双手用力抓住我的头发，仿佛是在作猛烈的性交，我打开这本书：一个六翼天使扑闪着翅膀，我打开这本书：那该死的猫的痛苦尖叫，在像高大的红杉树那样圆鼓鼓的一个圆柱形物体里传出来，我打开这本书：光在旅行，

我打开这本书，它潮湿得像伤口……

这本书还不能被写出来：它的作者还没出世。

这本书将要拯救世界。

诗人故意夸张或吹嘘的这本救世书，一会儿说是什么圣人写的，一会儿说是一个诗人（影射自己）写的，一会儿说还不能写出来，因为作者还没有出世等等。它好像是宗教的经典，因为标题是人类知识储存之地——图书馆，这里集中了人类的知识和智慧，而只有人类自己的知识和智慧才能拯救世界。可是，如果按照传统的英诗审美要求来衡量，这首诗只能算是散文，而非诗；如果按照中国的古体诗审美标准要求，这首诗显然要被扔进字纸篓里了！总之，如果用这些艺术标准来看，它简直是胡言乱语的梦呓！不值得一提。但是，这样的一首诗却获得了美国诗歌大奖。评奖的审美标准显然是建立在惠特曼《草叶集》之后形成的狂放不羁、诗行散文化、罗列事物的传统之上的。惠特曼之后的卡尔·桑德堡或金斯堡都是走的这个路子。这类诗歌的艺术感染力是由通篇诗行累积起来的。众所周知，《草叶集》里有好多诗行重复、啰嗦，但没有妨碍它成为美国诗歌史上的里程碑。如果说惠特曼、桑德堡和金斯堡真诚奔放、热情洋溢，那么戈德巴斯则以他特有的调侃和诙谐取胜。保罗·克里斯滕森对此说：

他的诗打开任何话题，然后成为错综复杂的独白借口；他的逻辑是一个相互联结的刺灌木丛。戈德巴斯的诗学，如果我们尝试识别它，是把围绕他的一切拉入到他近便的形式里。在某种程度上，他的模式

是戏仿我们普遍的占有欲：想消费，想占有，想把一切放入购物车上，即使把所有的钱花光。他的诗最终又回到它的前提，但对于戈德巴斯的一首诗来说，方法是主要的——阅读的喜悦在于看他沉浸在喋喋不休之中，然后带着一个要点又浮现出来。[①]

保罗·克里斯滕森的这番评论基本上点出了《图书馆》的艺术特色，也概括了诗人的艺术风貌。戈德巴斯本人认为自己的写作是自成一体：

如果有什么诗学的话，我对陈述诗法变得更加小心翼翼。我相信我的作品要求自身俱足：它不是一个脚本，需要公开演出；不是一串歌词，需要音乐伴奏；不是一个神秘的谜，需要有理解最充分的文章评论——甚至不是，也许尤其不是我自己。我所有的诗篇是为一部分人的，他们在孤独中愿意进入诗页的世界。[②]

独具个性的诗人往往不想取悦大众，戈德巴斯也不例外。他知识渊博，诗歌涵盖面很广：从对历史和科学的关注到私人和日常生活的描写。他受到好评的许多诗篇往往都是长诗，经常把不同的对象和事实并列组合在一起，诗句活泼，口语化明显，同时也包含深刻的哲理。他喜欢在呈现复杂的观点中把玩语言，让读者感到兴趣。

与意象派诗和短抒情诗并存的长诗被视为 20 世纪中后期诗歌的主要形式。戈德巴斯也加入了创作长诗的诗人行列。作为一个不拘泥传统形式的诗人，他以他的长诗集《不同的肉欲：小说/诗》（*Different Fleshes: A Novel/Poem*, 1979）小说似的诗歌艺术形式著称诗坛。这本诗集曾获德州文学院颁发的沃特曼诗歌奖（Voertman Poetry Award, 1980）。

戈德巴斯出生在芝加哥的犹太人家庭，获伊利诺斯大学学士（1969）、爱荷华大学美术硕士（1971）。在犹他大学和康奈尔大学从教之后，在得克萨斯州立大学奥斯汀分校教书十年（1977—1987）。从 1987 年起，他作为著名的阿黛勒·戴维斯人文教授，在堪萨斯州立大学威奇塔分校任教。被聘为国家艺术基金会文学委员会咨询组成员。除获得上述两次诗歌大奖之外，他还获得了《西北诗歌》杂志授予的西奥多·罗什克奖（Theodore Roethke Prize, 1972）、《阿克河评论》奖（*Ark River Review* Prize, 1973,

① Paul Christensen. "Albert Goldbarth." *Contemporary Poets*: 352.

② Paul Christensen. "Albert Goldbarth." *Contemporary Poets*: 352.

1975)、国家艺术基金会奖(1974, 1979)、古根海姆学术奖(1983)和马克 •吐温幽默诗歌奖（2008）。

第四节 菲利普·达西（Philip Dacey，1939— ）

作为马歇尔艺术节的策划者，菲利普·达西在组织和团结中西部文学艺术家以及发展中西部文学艺术方面做出了出色的贡献。在中西部有三次大型的文学艺术家的聚会:第一次是 1978 年由西南州立大学负责筹划的为期一周的明尼苏达作家节；第二次是切里河剧院负责在明尼苏达州圣彼得举行的戏剧家聚会（1981 年 8 月 9～16 日）；第三次是西南州立大学负责召集的“庆祝乡村作家及作品的马歇尔艺术节”（1986 年 5 月 5～9 日）。在这次大型的艺术节里，中西部诗人、小说家、散文家、记者、编辑、画家、音乐家、演员、舞蹈家和自然主义作家云集马歇尔镇，显示了中西部文学艺术的实力。文兹和塔马罗主编的诗选《共同的基础》是这次艺术节的收获之一。达西自豪地强调这次艺术节的乡村性。①

我们先来看看诗人笔下的中西部风光，他的《暴风雪》（“Storm”）可以说生动地描写了中西部的典型景色：

鱼似乎在
凿开的冰窖里
颤栗，被雪
惊呆。

水立刻融了
雪花
但无尽的雪片
飘落进柔和的水流。

鱼疑惑地潜入
水底，浮上来时

① Philip Dacey. “A Long Road Without Inns.” *Common Ground: A Gathering of Poets from the 1986 Marshall Festival*. Eds. Mark Vinz and Thom Tammaro. Moorhead, Minnesota: Dacotah Territory P, 1988: xv.

发现果真是雪，
雪片甚至愈来

愈大，落入
他们不眨的眼睛里。
他们的嘴巴渐渐地
一张一合。
对这美丽地
碎落在空中的
白色说不出
一句话。

这首诗在1968年获《美国佬》（*Yankee*）杂志诗歌头等奖。达西描写自然景色的诗含有机智、智慧和深沉的感情。他的词句精炼，意象美丽而且富有动感。

达西的不少诗篇音乐性强，被配乐之后可以在舞台上演唱，甚至还通过多媒体与更多的观众和听众见面，例如他的《生日》（“The Birthday”）：

三十支蜡烛，一支
烛有待继续。我的
丈夫和儿子望着
我考虑愿望。

但愿看到我的愿望
比我所想的容易实现。
多年前考虑愿望
难道不很容易？

我的丈夫和儿子
就是我的愿望。
仿佛我每天都在等待
这些愿望实现，

果真是天天实现。

但是，肯定我还有许多
愿望没有实现，而我此刻
站在此地却一无所求。

这首温馨的短诗在 1974 年获伯雷斯通山诗歌奖（Borestone Mountain Poetry Awards）头等奖，后来被配乐，于 1982 年春在卡内基—梅隆学院演出，由作曲家戴维·桑普森（David S. Sampson, 1951— ）作曲，女高音演唱，竖琴、双簧管和大提琴伴奏。1991 年，达西与他的两个儿子埃米特（Emmett）和奥斯汀（Austin）组成三人表演队“强韵律”（Strong Measures），用他的诗配上音乐在舞台上演出。

达西的诗歌以机智和乐观取胜。诗人卡尔·林德纳（Carl Lindner）教授在概括达西的诗歌特色时指出：

> 达西的诗集提供了一个诗意愉悦的汇编：机智、智慧和全方位的情感。他在表现自然界和沉思境界上同样在行。他的语言也许包含了平淡、贫乏或丰富的措词，流动的意象，但总是恰到好处，经常唤起读者回忆一段情感和一段时光……达西不仅工诗艺，而且当他把信仰和自信最终戏剧化为同一时，便使精神振奋了起来。①

卡尔·林德纳还认为，达西对悖论的爱好同他非常显著的声音与远见相结合，展示了他是一个 20 世纪超验主义者，一个寻找自己道路的世俗牧师，并说达西“在发表诗集《十字架工厂里的夜班》（*Night Shift at the Crucifix Factory*, 1991）之后，作为当代诗歌的主要声音确立了自己的地位”。但是，有的评论家，例如彼得·斯蒂特（Peter Stitt, 1940— ）教授，并不看好达西，说他的诗歌里许多的声音不一致，这就等于丧失了诗人自己独特的声音，具体表现在他的诗集《我怎样逃出迷宫和其他诗篇》（*How I Escaped from the Labyrinth and Other Poems*, 1977）里；有的诗人，例如巴里·沃伦斯坦教授，认为达西在诗里以各种不同的调门发出了他自己真正的声音，具体表现在他的诗集《床下的小男孩》（*The Boy under the Bed*, 1981）里。诗歌界的贬褒无碍于达西对诗歌的挚爱和执着追求，早在 90 年代初，他就表明自己对诗歌创作的态度：

---

① Carl Lindner. “Philip Daycey.” *Contemporary Poets*: 201.

诗歌自发地进入了我的生活，赋予我的生活以形状、意义和方向。我深深地感激它。自从那时候以来，大约是 25 年前，我努力好好地服务于诗歌艺术，尽我的才干发展它。我希望有另一个 25 年进一步投入，部分地回报诗歌给予我的一切。[①]

达西出生在密苏里州圣路易斯，获圣路易斯大学学士（1961）、斯坦福大学硕士（1967）和爱荷华大学美术硕士（1970）。1963 年，与弗洛伦丝·查德（Florence Chard）结婚，生两子一女，1986 年离婚。在多所大学执教，其中在明尼苏达州西南州立大学教书时间最长（1970—1990）。在大半个美国、墨西哥、爱尔兰和南斯拉夫作诗歌朗诵。1969～2004 年，发表诗集 16 本。获众多诗歌奖，其中包括比较著名的诗歌奖——国家艺术基金会奖（1975, 1980）、手推车奖（1977, 1982, 2001）、《亚特兰大评论》颁发的国际优异奖（International Merit Award, 2003）等。

第五节　戴维·阿伦·埃文斯（David Allan Evans，1940—　）

作为一个地地道道的中西部诗人、南达科他州桂冠诗人，埃文斯与戈德巴斯或者菲利普·达西不同，他的诗以潇洒、清新、淡定和自然见称。卢西恩·斯特里克说，他多年来读埃文斯的诗，还在课堂给学生教他的诗。新罕布什尔州桂冠诗人沃尔特·巴茨（Walter E. Butts）则称赞他是一个有高度诗歌技巧、诚信和智慧的诗人。

1968 年以来，埃文斯一直生活在南达科他州。除了对体育最感兴趣之外，埃文斯对生物学和生态学也很感兴趣。他曾经对采访他的凯尔·奥斯汀（Kyle Austin）说："诗人如果不是好的观察家，就一无是处。这适用于科学家，两者都对世界感到好奇——对能够活着、观察、倾听、感受、听见他们周围所有的时间里发生的事情感到激动。诗歌往往有两部分：第一，观察事件本身；第二，对事件的反思。弗罗斯特是一个极好的例子。"[②]他从小善于背诵诗歌。他说："在任何艺术创作中，记忆与创造能力有关。"他描写周围的自然世界和中西部的人文环境如此鲜明生动，既源于他犀利的观察力，又源于他惊人的记忆力。例如，收录在他的诗集《与乌鸦们一

① Carl Lindner. "Philip Daycey." *Contemporary Poets*: 201.

② Kyle Austin. "Interviews David Allan Evans Regarding His Book, This Water. These Rocks." *Through the 3rd Eye*, 9/27/2010.

道闲游》（*Hanging out with the Crows*, 1991）里的诗篇《1989年的南达科他州的细目表》（“South Dakota Inventory”, 1989）：

> 追逐一只只兔子的猎狗们弯弯曲曲地穿越田野；一座座带有电视天线的冰屋；
> 在一条条小径里升起的太阳；一百只黑鸟突然飞起来，像一个黑翅膀飞走了；一个个现场出售旧货的旧货摊；印地安人的仪式；一只只午餐桶认真地摆在早晨六点钟的人行道上；一座座白色的乡村教堂；
> 猫头鹰转来转去的眼光；一洼洼农田池塘；一片大草原的青草；九只麻雀整齐地排列在电线上……

这是诗人对中西部景色的纵览，如同在飞机上拍摄的航空照片。作为一首触及多重感觉的生动描写南达科他州的诗，它被誉为世纪诗，被收入到帕特里克·希克斯（Patrick Hicks）主编的《词语的收获：南达科他州当代诗歌集》（*A Harvest of Words: Contemporary South Dakota Poetry*, 2010）里。我们再来欣赏他对中西部景观的细部描绘，例如收录在他的诗集《相当危险》（*Decent Dangers*, 2000）里的短诗《农村》（“Farm Country”）：

> 如果你是此地的
> 一个陌生人，
> 也许是你不知道
> 这里的栅栏。
>
> 去问一个农民。
>
> 他同你谈话时
> 会倾身于栅栏之上，
> 他的大拇指沿着
> 铁丝网移动着。

凡在西部乡间住过一段时间的人，对此情此景并不陌生。又如他的《在农场》（“At the Farm”）：

农民的两个儿子
在猪舍里，合作
设法抓一只只
受惊吓的猪——
年龄小的小伙子
抓住猪的后腿
（*别抓我别抓我*
别抓我别抓我
被抓的猪直叫）
然后把两腿分开；
年龄大一点的小伙子
切开猪的阴囊
猛地掏出生殖腺。
然后猪被放开，它
便变得安静，浑身发抖，
就这样，被阉割的猪
一只只地走出猪舍，
到猪舍后面凉爽的泥地上，
懒洋洋地休息在阳光里。

诗人仿佛是一个电视录像师，把农家乐的特写镜头放映在我们的眼前。收录在他的新诗集《这水，这些山岩》（*This Water, These Rocks*, 2009）里的诗篇《在向日葵的田野里骑马的姑娘》（“Girl Riding a Horse in a Field of Sunflowers”）更加精彩：

完全坐直后，她感到
心满意足，进入了沉思，
用一只手松松地
揽住夏日的缰绳：

绿色的树林和灌木；
蓝色的湖水；
她红色的外套
和敞开的衣领；

束起来的棕色头发，
和她的马，已在金黄色
向日葵的田野之中。

当她驻马时，
夏日也休息。
当她决定离开时，
夏日也走上
小山岗。

诗人用白描的手法，或中国工笔画的手法，为我们提供了一幅生动的中西部现实生活的画。像为大众喜闻乐见的工笔画一样，他的这类诗完全体现了现实主义的艺术特色，自然地得到普通读者的欣赏。诗人向凯尔·奥斯汀披露说，他的“肖像画”诗法得益于埃德温·阿灵顿·罗宾逊和埃德加·李·马斯特斯。埃文斯如此地坚持现实主义诗歌传统，无论现代派或后现代派时期的时髦艺术流派似乎对他没有产生任何影响。忠实地描摹和反映现实是他毕生的艺术追求，他在接受凯尔·奥斯汀采访时说：

> 我不喜欢为小范围人写难懂的诗。我一直认为，诗歌首先是人与人之间的沟通。我首先想的是被理解。我也相信，当我们彼此真正坦诚或对某事感到兴奋时，我们就讲平实的话——自然地出于我们内心的话。那些用炫耀的语言写诗的人不吸引我。当然，我们知道没有简单明了的谎言之类的东西。

詹姆斯·迪基说他的诗“轻快，强健，有着当代文学中少有的紧迫感”。作为一个运动员诗人，埃文斯有关体育运动的诗在当代诗歌中是独特的。例如，他的名篇《撑杆跳》（“Pole Vaulter”）：

接近横杆
是一切。

除了我计算了
我的步子　　达到我的时标
我感到身体向上

要碰上横杆　　我竭力避免。
要通过横杆，
我致力于起点，
否则一无所成。

在跑道的尽头，
握紧撑杆，
全速奔跑，
脚一蹬，把整个身体
跃入空中，
考验着这脆弱的
玻璃纤维撑杆。

从没有强迫我自己
相信正好被送到张力尽头，
泰然自若地来一个猛力，
把我出乎意料地飞跃起来。

接近最高点，
我把大腿向里缩
弓起背　　尽力地
离开横杆，
完全达到了预期，

（知道手肘一不小心
成绩最佳的跳高
就可能被取消）

我张开了双手。

这首诗来源于埃文斯本人撑杆跳的体验，诗人细致地描写了撑杆跳的细节和内心活动。我们由此可以想象到他在撑跳成功之后观众热烈欢呼的场面，也可以想象到他本人的喜悦之情。

埃文斯读过老子、庄子、王维、李白、杜甫和陶渊明等中国古典哲学和诗歌的英译本。他欣赏中国诗文的简朴、节制、谨严和具体的文风以及简洁地表现客观事物的艺术手法。他本人也受到影响，例如他的《翌晨》（“Next Morning”）：

一对燕子
掠过水面啄一口水

四只鹅
爬上河岸走进野草丛

你能听见一头牛犊在吸奶

昨夜或千年前的
夜晚发生了什么
都无妨

我用钓钩穿上一条蚯蚓
尽力向远处甩去

这简直是一首用白话文翻译的中国古典诗或词。他在《与乌鸦们一道闲游》里收录了四首在中国写的诗，其中有一首以老子《道德经》的一句为题《知其雄，守其雌》（“The Strong Are without Ambition—Lao Tzu”），第一节是：

有一物在中国的
山路上移动，我停下车，走出来
拍了好几张它的照片，它慢吞吞朝我走来
一条水牛

传说中的老子是骑着水牛缓缓而行的，诗人凑巧碰见了眼前水牛闲适的意象，由此联想到了老子的“知其雄，守其雌”。这句话的意思是圣人知道什么是雄壮，有本领，但不外露，安于雌弱，这才是聪明的处世之道。埃文斯把它译为“强者无野心”，足见诗人不但对此诗句理解独到，而且掌握了其精髓。埃文斯的一言一行又何尝不如此？他的诗品贵在闲逸，潇洒，无世俗的浮华。

埃文斯出生在爱荷华州苏城，先后获爱荷华大学硕士和阿肯色大学美术硕士。1958 年，与简（Jan Evans）结婚，生两子一女。1968 年以来任南达科他州立大学教授，直至退休。除了上述的三部诗集之外，他还出版了《火车窗》（*Train Windows*, 1976）、《真假惊恐》（*Real and False Alarms*, 1985）和《公牛骑士的忠告：新诗和旧诗选》（*The Bull Rider's Advice: New and Selected Poems*, 2004）三本诗集。埃文斯年轻时曾是足球运动员，他感情细腻，为人正直，重友谊和信义，大有雅士风度，对诗艺有着执着的追求。

比起詹姆斯·泰特、艾伯特·戈德巴斯或菲利普·达西来，埃文斯的作品显得比较少，但他不追求数量，而乐于精益求精。他说："日本俳句诗人芭蕉说过，如果你一生只写了一首好俳句，你的努力是值得的。我同意。"他曾获国家艺术基金会奖金和布什艺术基金会奖金。1988 年去云南师范大学教英文；作为富布莱特教授来中国讲学两次：1992～1993 年在南京大学；1999 年在广州外语学院。2002 年被选为南达科他州桂冠诗人，任期很长，长期戴着这顶桂冠。2002 年 6 月 15 日，他应邀在南达科他诗歌协会（South Dakota Poetry Society）举行的年会上发表桂冠诗人 45 分钟的就职演说，强调诗是令人难忘的语言的最好例子。在他看来，蹩脚的语言成不了诗。他在演说中还表明他不相信"为艺术而艺术"的信条，而相信为生存而艺术。在新世纪，他与笔者以及他的妻子简·埃文斯合作主编出版了《文化相聚：美国作家、学者和艺术家在中国》（*Cultural Meetings: American Writers, Scholars, and Artists in China*, 2003）[①]。

第六节　马克·文兹（Mark Vinz，1942—　）

像戴维·埃文斯一样，文兹是一个地道的中西部诗人，他生长于中西部，热爱中西部，歌颂中西部。中西部自然环境和人文环境养育了他，造就了他，成了他诗歌创作的主要资源。

我们现在来欣赏诗人的短篇《开车经过》（"Driving Through", 1977）：

---

① 戴维·埃文斯、张子清、简·埃文斯主编.《文化相聚：美国作家、学者和艺术家在中国》. 桂林：广西师范大学出版社，2003.

这可能是你出生的小镇，
路标就指在这附近。
加油站的人同你说起
天气和高中足球队
如同你知道他会这样说——他
对陌生人和善，快乐地生活在这里。

告诉你自己这没关系，
你只是驱车经过此地。
经过一家家对着旅人目光
关门闭户的门廊，
驶向黑魆魆辽阔原野，
你的车灯惊吓了一群
旧情书——仍然未投递出，
而多年耽搁在途中的情书。

在地广人稀的中西部大平原上开车的人都有这种经历：你的车子开到加油站时，加油站的工作人员总是热情洋溢地主动找话茬同你聊天，也许这里的行人太少了，急需与人交流。在路上开车的诗人也许感到太寂寞了，在途中坠入对往昔情人的遐思时，见到被他的车灯惊吓的不是一群鸟或兔子，居然是一群鸟似的旧情书。我们再来欣赏他的《警示故事》（“Cautionary Tales”, 2008）：

一群吃着草凝视着眼的奶牛的
田野旁边，大公牛有他自己的
牧场，他庞大的黑色侧腹
很少因成群的苍蝇叮咬而颤动。
只有铁丝网的少数几根铁丝
分开我们——我又怎能忘记
我童年的恐惧，大人的警告：
我叔叔农场附近的那头老公牛
会追我，蹬我，用牛角撞伤
我，如果我靠它太近的话。
我保持距离，沿着田埂边缘走，

透过树叶偷看，看他是否仍
望着我，想愚蠢地冲过来——
那凶狠的红眼睛，地面上的迅雷——
或者，这也许只是噩梦。
随着岁月无情地不断逼近时，
越来越难说清岁月在我背后
炙热的气息，不是眼前一道防护栏。

诗人在生动地描写他童年时期心目中中西部的景观之后，惊觉岁月的流逝和逼近。前一首诗和这一首诗的精彩结尾，如同中国古典诗歌讲究的诗眼。有人问文兹为什么喜欢住在北达科他州和写关于北达科他州的诗，他的回答是：他出生在北达科他州北边中部的乡村小镇拉格比，他童年的大部分时间都在这里度过。1968年之后，虽然去明尼苏达州莫赫德学院教书，但他有不少时间在拉格比。即使如此，明尼苏达州也是中西部一部分。他被公认为对推进该地区文学发挥了主要的影响。

文兹喜欢阅读中西部的文学作品，对中西部有着无比的热爱。他认为诗是一种观察，一种发现，应学习如何去观察、如何去聆听、如何欣赏那些我们认为理所当然的事情。他说，他有各种各样的东西可写，但重要的是要让诗歌中的声音赞颂每一天。例如，他精彩的短诗《中部大陆》（“Midcontinent”）：

我们留在这里的某些东西——
是称之为疯狂的电话线，
是暴风雪的自豪，
是对车轮和风的热爱，
这里的道路似乎没有尽头。
我们的地图是我们不知道
向何处发送的家信。

采访过文兹的作家朱莉·施密特（Julie Schmidt）说：“文兹在许多方面代表我们的地区。还有谁写我们的可怕气候，如此轻松地解释道他住在这里的理由？”文兹正因为是一位扎根于中西部的诗人，对中西部的一草一木、丰收或歉年都怀有深厚的感情，例如他的短诗《旱年——致乔·理查森》（“In a Drought Year—For Joe Richardson”）：

谷仓空了，
正坍塌，
风车颓垂
如同一顶丢弃的纸帽。
我们路过一百个这样的景象——
谈论高山，海浪，
和其他的事情，免得想起
酷热和将死的玉米——
直至我们驻足
观望一轮橘黄的月亮升起
屏息穿越
那些渐凉的田野——
没有去处，
只好走回家去。

尽管中西部不是人间天堂，长期生活在这里的文兹却是热土难离：他热爱这里的人，这里乡村道路，这里生活中的预兆和标记。丹·冈德森（Dan Gunderson）为祝贺和纪念文兹从大学讲坛上退休，于2007年4月26日在明尼苏达州公共广播电台播放了他的广播稿《著名诗人标志着一个里程碑》（"Well-known Poet Marks a Milestone"）。在广播稿中，丹·冈德森援引了文兹的话："这是我的家。我熟悉这地方，这个地方是我的一部分，我是它的一部分，我了解它。我在这里是作为一个局内人而不是局外人写作，而且有值得注意的发现。"丹·冈德森还援引了文兹服膺诗歌的名言："人们会说你为什么写诗，我从不会说我为什么写诗，我只能说我无法想象我不写诗。"

文兹在诗中描写爱情与死亡、暴风雪袭击高速公路上的鹿和大黄鹿。他认为诗歌最终是关于人类，关于我们大家的共同点，关于我们要面对的和已经经历的事情，关于爱的喜悦和对死亡的恐惧。对于他来说，诗歌比其他任何种类的写作更加接近我们人类的情感。

文兹出生在北达科他州，在明尼苏达州明尼阿波利斯和堪萨斯州肖尼米新长大，毕业于堪萨斯大学和新墨西哥大学。1968年以来一直执教于明尼苏达州莫赫德学院，直至2007年退休。他任《达科他领地》杂志主编（1971—1981）和达科他领地出版社主编，对扶植中西部青年诗人起了很大作用。除发表了6本诗歌小册子之外，他还出版了《爬楼梯》（*Climbing the Stairs*,

1983)、《混合的祝福》(*Mixed Blessings*, 1989)、《明尼苏达哥特风格：诗篇》(*Minnesota Gothic: Poems*, 1992)、《深夜电话：散文诗集》(*Late Night Calls: Prose Poems*, 1992)、《亲和力》(*Affinities*, 1998）和《长距离：诗篇》（*Long Distance: Poems*, 2005）等诗集。他曾获国家艺术基金会奖金、笔会委员会小说奖和明尼苏达州图书奖。2005 年，文兹被北达科他州桂冠诗人拉里·沃伊伍德（Larry Woiwode, 1941— ）任命为副桂冠诗人（Associate Poet Laureate)。拉里·沃伊伍德曾经任命七个副桂冠诗人，旨在推进该州文学艺术的发展，提高人们的文学觉悟。

第十五章　新南方诗歌

如果从美国东部或西部或北方进入南方，首先听到的是地方口音很重的南方英语。如果再仔细看看南方碧绿的景色，回顾一下南北战争史，就会觉得这里的确是美国最具地方特色的地域。像中西部诗歌一样，南方诗歌也是跨越数州地域的大范围诗歌群落。根据美国人口普查局的界定，南方有 16 个州之多。[①] 诗人戴维·柯比（David Kirby, 1944— ）在谈到美国的南方时说："南方以不同于其他地区的方式，成了既是美国文化的外围又是核心。这可是一件了不得的事。在美国，南方每天被嘲笑和模仿：它的历史形象是落后、好战、排外的一族。"[②] 他的言外之意，南方文化既有其独特的地域性，也存在美国文化的普遍性。在这块土地上生长出来的南方诗歌当然也体现了其独特的地域性和美国文化的普遍性。对南方历史和现状有透辟研究和独到看法的著名历史学家爱德华·艾尔斯（Edward L. Ayers, 1953— ）[③]认为：南方在全美国的自我形象上扮演了一个关键角色，一个克服了邪恶倾向、补偿了错误、尚待进取的角色。在它能有效地扮演那个角色之前，南方必须突出为是一处具有某些基本特点的独特的地方。结果是，南方（形象）被不断地重新创造和加强。美国人，黑人和白人，不知道为什么需要知道南方是不同的，因此倾向于寻找差异，以确认这种信念。他还认为，这倒不是出于恶意、对变化懵然不知的非南方人对南方所为。北方人和南方人为对方也为自己共同制造他们各自的身份。他因此得出了这样的结论：南方急切地界定自己，以区别于北方，宣传自己更简朴、更忠于家庭价值观、更重视精神追求，听不得相反的言论，听到自己被称为土头土脑、虚假和迷信时感到愤怒。南方喂养差异感，然后对差异

---

① 南方各州是：南大西洋各州——佛罗里达州、佐治亚州、马里兰州、北卡罗来纳州、南卡罗来纳州、弗吉尼亚州、西弗吉尼亚州和特拉华州；东南中部各州——阿拉巴马州、肯塔基州、密西西比州和田纳西州；西南中部各州——阿肯色州、路易斯安那州、俄克拉荷马州和得克萨斯州。

② David Kirby. "Is there a Southern poetry?" *The Southern Review*. 30, 1994: 869-880.

③ 爱德华·艾尔斯：弗吉尼亚大学历史教授、艺术与科学学院和研究生院院长、里士满大学校长。

所带来的后果深感恼火。艾尔斯教授在他的长篇论文《当我们谈论南方时，我们谈论什么》（"What We Talk about When We Talk about the South", 1996）进一步阐述：

> 那些关注他们的南方特殊性的黑人和白人应当从这样的愿景中振作起来：地区身份的内涵不断地得到补充，甚至当其他的形式，旧形式，逐渐毁损和变异的时候。凡是在本国这一角落已经发生并正在发生的理应属于南方的过去，不论它看起来是不是适合一个想象中的南方文化样板。精华没有被抛弃，中心议题没有被违反，国剧的角色没有被出卖。南方持续不断地形成，持续不断地被重塑，持续不断地与它的过去作斗争。

艾尔斯教授的论述对我们了解美国南方和南方诗歌无疑地有很大的参考价值。

南方文学界有一个著名的文学组织——南方作家联谊会（Fellowship of Southern Writers），它于 1987 年在田纳西州查塔努加市成立。21 位创始会员都是文学界名人。[①] 在 1990～2009 年，被选入南方作家联谊会的作家有 51 人。2007 年，成立第一届董事会，诗人苏珊·罗宾逊（Susan Robinson）被聘为第一任执行主任。在每个奇数年，查塔努加艺术与教育理事会负责举行南方文学研讨会。该联谊会设立 9 个文学奖，其中有两个诗歌奖：哈内斯诗歌奖（The Hanes Prize for Poetry）和联谊会新诗歌奖（The Fellowship's New Award for Poetry）。

第一节 新南方诗歌概貌

新南方诗歌是 20 世纪 30 年代南方"逃逸者"诗歌的继承、继续和发展，有评论家称它为新"逃逸者"诗歌。如果说 20 世纪上半叶南方诗歌是约翰·克劳·兰塞姆、艾伦·泰特、唐纳德·戴维森和罗伯特·佩恩·沃

① 创始成员：A. R. Ammons, Cleanth Brooks, Fred Chappell, George Core, James Dickey, Ralph Ellison, Horton Foote, Shelby Foote, John Hope Franklin, Ernest J. Gaines, George Garrett, Blyden Jackson, Madison Jones, Andrew Nelson Lytl, Walker Percy, Reynolds Price, Louis D. Rubin, Jr., Mary Lee Settle, Lewis P. Simpson, Elizabeth Spencer, William Styron, Walter Sullivan, Peter Taylor, Robert Penn Warren, Eudora Welty 和 C. Vann Woodward。

伦等核心诗人为首，以田纳西州纳什维尔的范德比尔特大学为根据地发展壮大来的现代派诗歌，那么后现代派时期的新南方诗歌则是分散在南方各州的诗人们共同造就的。美国评论界一般认为，南方文学的特征是关注共同的南方历史、家庭意义、南方社会及其个人在其中的作用、宗教往往带来的重负和益处、种族关系的紧张、土地及其带来的希望、社会阶层感、地缘感和南部方言的使用。南方诗歌也不例外，只不过种族关系的紧张应当说是过去的历史陈账了。查尔斯·赖特在 2003 年接受青年学者丹尼尔·克罗斯·特纳（Daniel Cross Turner）采访时说，大多数南方诗人对南方的历史或地方史更感兴趣。

欧内斯特·苏亚雷斯（Ernest Suarez）教授曾发表专题文章《当代南方诗歌和批评实践》（"Contemporary Southern Poetry and Critical Practice", 1994），在论述当代南方诗歌的概况时指出：当代南方诗歌根植于诗人个人感受和南方文化，特别是它对待个人和地区的方式上；南方诗歌在最佳状态下，处理好历史价值（是一只混合袋，其中一些值得保留，其他的是糟粕）和当代压力之间的关系，为我们提供一个诗歌如何继续起作用的模式。他还认为，罗伯特·佩恩·沃伦把南方和南方传统作为基本点对待人类生活状况的观点和创作态度被后来许多年轻的南方诗人所分享，他说：

> 他们虽然在不同程度上关注的重点不同，获得的成功也不同，在诗歌中通常都避开明显的诗中人，但其依据却常常是他们个人的经验、南方的文化和风土人情。
>
> 和沃伦一样，家庭和社会关系以及地区的习俗和信念，往往会为他们提供诗的原料。例如，戴维·伯顿的许多诗篇涉及了佐治亚州农村或佛罗里达州狭长地带，展现卡车休息站、西式乡村酒吧、捕鱼和狩猎探险，并对这些地区生活做细致的描写。[①]

根据欧内斯特·苏亚雷斯的看法，年轻的南方诗人的作品反映了南方地区的优势、弱点、价值观念和生活方式。他认为，具有乡村心态特征的近期南方诗歌同南方地区和南方人依然保持紧密联系，虽然不一定局限于这种联系，同当代主要的诗歌流派例如垮掉派、黑山派或纽约派有着鲜明的区别，它冥想于历史价值和当前影响之间。他进一步发挥说：

---

① Ernest Suarez. "Contemporary Southern Poetry and Critical Practice." *The Southern Review*. September 22, 1994.

无论是罗德尼·琼斯注重阿拉巴马风俗习惯和政治，或戴维·史密斯利用切萨皮克湾地区探索其后果和状况，或埃伦·布赖恩特·沃伊特是亲属至上者（Claiming Kin），当代南方诗人一贯显示他们全神关注于家庭、地域风情、景观、过去与现在的联系。此外，T. R. 赫默的诗表明，最引人注目的当今南方诗人都十分明白塑造南方过去的神话：结果是最优秀的诗都吸收那些神话，但在某种程度上，经过了审视和改造。批评者也必须认识到，南方的或其他地方的诗的重要性在于提供传统和价值观念之间复杂的协调，帮助塑造人们的个性，因为对于大多数的读者来说，"除此之外还有什么"能使诗歌起作用的呢？

大体上讲，南方诗人由于他们所处的独特的历史环境或有别于其他地区的地缘而使他们的诗歌有着鲜明的南方特色。根据戴维·柯比的审美趣味，他以为约翰·伍德（John Wood）是南方后现代诗人之中最明显、最有吸引力的诗人，因为伍德的诗歌反复地阐明平常的甚至怪诞的事物与超越之间的重要关系，确认底层社会与高层社会、通俗与精英、南方与天空之间的联系。[1] 我们知道，怪诞现象常常出现在南方文学作品里。

在范德比尔特大学获得博士学位（1999—2003）的年轻学者丹尼尔·克罗斯·特纳（Daniel Cross Turner）对现当代南方诗歌深有研究。他在长篇论文《新逃逸派：反记忆的当代诗人和南方诗歌的未来》（"New Fugitives: Contemporary Poets of Countermemory and the Futures of Southern Poetry", 2004）考察南方诗歌与南方文化的渊源关系时指出：

刘易斯·辛普森在《南方作家的传说》（*THE FABLE OF THE SOUTHERN WRITER*, 1994）中注意到，现代南方诗歌有与它自己连接的传说，它从一个连贯的南方文化中充分地涌现出来，被集体记忆的完整、自发和生气勃勃的形式所规约——唐纳德·戴维森在《现代世界的南方作家》（*Southern Writers in the Modern World*，1958）里称之为南方文化传统中的"本土理想"。范德比尔特逃逸派诗人反对19世纪遗留下来陈腐的南方主义夸张煽情的冲动，他们经常用新兴的现代主义代替垂死的浪漫主义过度的情感。逃逸派诗人以及他们的更现代的诗歌继承人很快发展了自己的一套模式和主题：一种独特的南方人声音，强大的叙事冲动，强调南方社会和家庭的联结（甚至沿着标准

① David Kirby. "Is there a Southern poetry?" *The Southern Review*. 30, 1994: 869-880.

> 的现代主义：焦虑感超过了个人的孤立感，这也许最明显地表现在艾伦·泰特的诗歌里），对过去（特别是对南北战争的失败事业）的注重，和地缘不可分割的连接。在戴维森之后，这些主题通常被看作是一个有凝聚力的社会环境的自然结果。这种自然的安排可以说成是如斯科特·罗明（Scott Romine）所界定的“修辞共同体”：一个统一的社会阶层出现了，因为价值观念的文化符码已经被深深地吸纳了，以至于在没有自我意识的情况下（不用说）被维护，从而创造了一个严格而绝对的指涉性幻想。[①]

特纳认为，当代南方诗歌也存在着批评的空白，对于美国文学批评以及南方文学研究来说，需要对南方文学的价值有更充分的阐释。在他看来，大多数南方批评家的著作几乎都集中在二战之后小说的研究上，除了偶尔对当代南方诗歌状态做全面评述之外，通常是诗人们之中有人出来进行评论，大部分的文学批评停留在评论和研究单个的诗人的水平上，因此对现在的南方诗学需要重新评估，在地域和全国的层面上考虑到它的文化和历史价值。他特别推荐三位南方女诗人凯特·丹尼尔斯（Kate Daniels, 1953— ）、朱迪·乔丹（Judy Jordan, 1961— ）和哈丽耶特·马伦，说她们的诗歌重新界定南方诗学传统的边界，因为她们表明：当前南方诗歌的多样性比批评界的共识通常所承认的多得多，从而取消了“南方”诗人要与特权的白人男性作家作等同看待的不合理。特纳为此强调说，她们不仅在当地理想的神话干枯之后，而且也在后南方主义分水岭之后，重新确立了南方诗歌；事实上，她们明显不同的诗风和主题反映了日益跨越南方的南方运作；在她们对南方文学和文化历史的批判中，她们的诗歌可以被解读为反记忆的行为，唤起“残余或抵制的应变力，以抵挡官方版本的历史连续论”。换言之，她们是南方传统记忆的解构者，对天衣无缝的南方同一性提出挑战，用她们反记忆的诗歌之游离性消解南方同一的“永恒性”（白人，男性），用她们高度冲突和有争议的主观性取代南方同一性的恒定感，以便重新构想南方文化的意义。特纳指出，南方文学的传统观念意味着它已经运行，就好像它是一个持续、稳定和持久的运动，有自己正当的目的、有一套它自己的起源和结尾的理由，而反记忆的诗人抵制这种本质化的历史，致力于转换这种公式化的品牌文化的传承，揭露“其错误、虚假评估和错

---

① Daniel Cross Turner. “New Fugitives: Contemporary Poets of Countermemory and the Futures of Southern Poetry.” *The Mississippi Quarterly*. The Special Issue on Southern Poetry. 58: 1-2. Winter-Spring, 2004-2005: 315-345.

误推断”，这种错误是在永久的自发产生感中，催生这一传统，并且把它掩饰起来。相比之下，反记忆诗人反讲南作家标准的寓言，通过对准不得要领的说法的抨击，中断原来的传统连续性，同时对确立已久的南方故事构建新的替代品。在这个意义上，特纳称她们是从逃逸者传统中出来的专意逃逸者，她们产生离心力（字面上讲，“逃离中心”），为未来的南方诗歌，把更集中的、“永恒不变的”南方的重力转移到更加不确定而充满活力的能量上来。[①] 特纳进一步估价她们的尝试的意义，说：

> 她们的诗歌栖息在以前未公认的领域，纠缠的文化记忆之社会最底层场所，通过这种与集中在当前政治上的种族、阶级和性别等问题的联系，扩大和加强与南方的认同。当代的反记忆诗人给被忽视的南方亚文化提供了令人惊叹的新愿景，在细微差别处构建该地区的历史。她们传播与南方的种种认同，用对多样化甚至相互矛盾的不同层次的认知，替代与地缘认同的陈旧的南方信念，对这种可能的而又令人信服的联系之价值，进行后—后南方式的重估。她们的诗歌不寻求炸掉轨道，而是沿着新路线变更南方诗歌和文化的旅程。[②]

正如爱德华·艾尔斯所说，南方持续不断地形成，持续不断地被重塑，持续不断地与它的过去作斗争，反传统记忆的诗人们正是顺应历史的发展趋势，在诗歌实践中补充和重塑着南方传统。

随着世界村的时代的到来，我们不能不发现南方诗歌与其他各地的诗歌有着趋同的一面。戴维·柯比为了界定当代的南方诗歌，选取不同性别、不同种族和不同代的南方诗人进行调查，结果发现他们多数人之中（或明或暗）的一个共同点是：他们在方法和实践上，对当代世界的理解是依据文化模式的转变而转变，这常常涉及思维和计划的重大改变，最终导致跟从电脑的预设那样地变化，例如，访问网站的应用程序和资料而不使用本地的服务器提取本地的资料，就是一个范式转移。他认为：“众所周知的后现代主义特别地模糊了一切界域和两极化的状态，一切变得越来越雷同。

---

① Daniel Cross Turner. “New Fugitives: Contemporary Poets of Countermemory and the Futures of Southern Poetry.” *The Mississippi Quarterly*. The Special Issue on Southern Poetry. 58: 1-2. Winter-Spring, 2004-2005: 315-345.

② Daniel Cross Turner. “New Fugitives: Contemporary Poets of Countermemory and the Futures of Southern Poetry.” *The Mississippi Quarterly*. The Special Issue on Southern Poetry. 58: 1-2. Winter-Spring, 2004-2005: 315-345.

这种思维方式，生活模仿本身而不是推进：亚洲农民梦想买李维斯公司的时尚品牌衣服和喝可口可乐，欧洲成了一座主题公园，好像坐落在胭脂栎和松树之中，麦当劳像葛藤似的从一个大陆到一个大陆地攀爬。”①

美国的交通和媒体传播在世界上最为发达，南方的封闭性失去了存在的条件。因此，凯特·丹尼尔斯、朱迪·乔丹和哈丽耶特·马伦这三位女诗人顺应历史潮流，重新解读南方传统，重构既具有南方特色又富有现代气息的南方诗歌，不失为聪明之举。

南方诗人队伍蔚为壮观，除罗伯特·佩恩·沃伦、詹姆斯·迪基、乔治·加勒特（George Garrett, 1929—2008）是南方作家联谊会创始会员之外，1990～2009 年被选入南方作家联谊会的 53 位作家之中有 13 位诗人，依次为：温德尔·贝里（1990）、查尔斯·赖特（1993）、唐纳德·贾斯蒂斯（Donald Justice, 1925—2004）（1997）、詹姆斯·阿普尔怀特（James Applewhite, 1935— ）（1997）、戴夫·史密斯（1997）、优素福·科蒙亚卡（Yusef Komunyakaa, 1947— ）（2003）、埃伦·布赖恩特·沃伊特（Ellen Bryant Voigt, 1943— ）（2003）、怀亚特·普朗蒂（Wyatt Prunty, 1947— ）（2005）、多萝西·艾利森（Dorothy Allison, 1949— ）（2007）、丽塔·达夫（2009）、罗德尼·琼斯（Rodney Jones, 1950— ）（2009）、埃莉诺·罗斯·泰勒（Eleanor Ross Taylor, 1920—2011）（2009）和阿尔·扬（Al Young, 1939— ）（2009）。

在利昂·斯托克斯伯里（Leon Stokesbury）主编的《天生配：当代南方诗集》（*The Made Thing: An Anthology of Contemporary Southern Poetry*, 1987, 2000）收录的诗人之中，被评论界认为最优秀的诗人为：米勒·威廉斯（Miller Williams, 1930— ）、温德尔·贝里、詹姆斯·迪基、弗雷德·察佩尔（Fred Chappell, 1936— ）、戴夫·史密斯、乔治·加勒特、亨利·泰勒（Henry Taylor, 1942— ）、戴维·伯顿斯（David Bottoms,1949— ）、约翰·斯通（John Stone, 1936—2008）、唐纳德·贾斯蒂斯和优素福·科蒙亚卡。

其他著名的南方诗人还有：詹姆斯·怀特黑德（James Whitehead, 1936— ）、达布尼·斯图尔特（Dabney Stuart, 1937— ）、詹姆斯·西伊（James Seay, 1939— ）、理查德·蒂林哈斯特（Richard Tillinghast, 1940— ）、T. R. 赫默（T. R. Hummer, 1950— ）、凯特·丹尼尔斯（Kate Daniels, 1953— ）、

① Daniel Cross Turner. "New Fugitives: Contemporary Poets of Countermemory and the Futures of Southern Poetry." *The Mississippi Quarterly*. The Special Issue on Southern Poetry. 58: 1-2. Winter-Spring, 2004-2005: 315-345.

哈丽耶特·马伦（Harryette Mullen, 1953— ）和朱迪·乔丹（Judy Jordan, 1961— ）等等。

因分类需要，查尔斯·赖特将被列在后自白派章节里介绍，本章着重介绍詹姆斯·迪基、丽塔·达夫、温德尔·贝里和戴夫·史密斯这四位主要南方诗人。

第二节 詹姆斯·迪基（James Dickey, 1923—1997）

作为第 18 届国会图书馆诗歌顾问（1966—1968）和耶鲁青年诗人丛书评委，迪基自认为首先是诗人，尽管他以噩梦般的小说《解救》（*Deliverance*, 1970）拍摄成受大众喜爱的电影之后走红。1977 年，他应邀为吉米·卡特就职典礼朗诵他的诗篇《原野的力量》（"The Strength of Fields"），极大地提高了他的诗人名声。他的诗常常歌颂战斗机飞行员、足球运动员和远离城镇的森林地带的南方人。他善于在诗歌中探索原始、非理性和创造性力量，继承惠特曼、迪伦·托马斯和西奥多·罗什克的传统，被评论界视为富于幻想的新浪漫主义诗人。他在创作中突出想象力，审视人与自然的关系，常常描写战争、运动和自然世界，探讨暴力、死亡、艺术灵感和社会价值等问题。他以宏阔的历史眼光和异乎寻常的诗风，为自己确立了 20 世纪中叶主要诗人之一的历史地位。

迪基尝试超现实主义，如同 19 世纪的作家认真运用现实主义，常常显得可怕的幻觉是他所谓的"谎言"。他像王尔德那样坚持认为，艺术是由不真实制作的。他的想象力一旦沾上某些奇怪或可怕的事件，他便穷追不舍，直至一头扎到黑暗之中。他从第二本诗集《同其他人一道沉没》（*Drowning with Others*, 1962）开始，愈来愈对梦、幻觉和怪念头感兴趣，有意使实际发生的事与诗中人想象中发生的事的界限混淆起来。在《乡间装了纱窗的门廊》（"A Screened Porch in the Country"）里，他的意象被黑夜和诗中人主观的幻像所模糊，让读者产生进入梦境的感觉。他在《救生员》（"Lifeguard"）里描写了一个孩子没有能救起另一个落水的孩子后所产生的幻觉，他仿佛走在水上，把落水者救活了，诗人就是这样把现实和幻想密切地结合了起来。在《高山帐篷里》（"In the Mountain Tent", 1961）里，他把诗中人的声音和幻想动物合为一体了。把食肉动物与牺牲品的命运混为一体的《动物们的天堂》（"The Heaven of Animals", 1992）是迪基的名篇，它生动地探测到动物的混沌心理：

它们在这里。柔和的眼睛睁圆
如果它们生活在树林里
这就是树林。
倘若它们生活在平原上，
一片青草
永远在它们脚下翻滚。

它们来了，没有心灵指导，
不管怎么说，超过了它们的认识。
它们的本能全部运作
它们站了起来。
柔和的眼睛睁圆。

诗人在最后一节说道：

在周而复始循环中心，
它们颤抖着，它们漫步在树下，
它们跌倒，它们被撕碎，
它们站起，它们又走动了。

迪基擅长把内心世界与外部世界的界限打破，揭示诗中人的思想过程，创造一种现实与非现实融为一体的境界。他似乎有第二视觉，能把他的体验神化，因他爱颠倒自然的本能，寻求与野生生物作感情交流。他谈及自己的创作方向时说：

我爱考虑的重大主题，如果有的话，是自我与世界之间的连续性以及人类想毁坏这种连续性的各色各样的企图（战争、重工业、金融和总额周转制）。我企图讲一些个人在他自身保护这种连续感的方式或多种方式，或想恢复这种连续性的企图。我的许多作品涉及了山河、气候变化、大海和空气。我近来尝试着写一种诗，更多地关于人与人的交流，而不是一个人同（譬如说）景色的交流。[①]

① Barbara and James Reiss. Eds. *Self-Interviews*. New York: Doubleday, 1970.

移情于世界上的生物是他实践超现实主义的主要手段。他的情感基本上是神秘的浪漫主义式的。迪基是南方佐治亚州人，在重农主义大本营范德比尔特大学求学，无论从出身和所受的教育来看，他是地道的南方诗人。他虽然声称自己不是重农主义者，但他对现代科技和都市化也怀有一种重农主义者的担心，同兰塞姆惧怕“失去世界躯体”和艾伦·泰特害怕失去对人类的“完全认识”有自然的相通之处。他对此曾说：“我对人与上帝创造的世界或宇宙而不是对人造的世界之间的关系更感兴趣……与人类同生死的自然大循环、四季、四季生长物、动物和人的代代相传、依据于预言式的生存轮回的这一切，对于我们来说是很美丽的。”① 由此可见，迪基是一位浪漫主义的后现代派。60年代是他创作的高峰期，但他既与垮掉派、黑山派或自白派的热潮拉开距离，又常违背 T. S. 艾略特和新批评派的非人格化的诗美学，保持了他具有浪漫主义色彩的灵感论。他多少和他的良师益友罗什克对生命的超越方面有相同的见解。

迪基的诗歌特色除了超现实主义成分外，力度超过雅致，巧思多于机智。他在形式上作了多样化的改变。《1957～1967 年诗抄》（*Poems 1957-1967*, 1967）被视为他的最佳诗集，其中《力与光》（“Power and Light”, 1967）和《坠落》（“Falling”, 1967）两诗不但标志了他主题的转变，而且也反映了形式的变化。让我们读一读诗人在读了《纽约时报》上一则关于一位 29 岁的女乘务员从安全门坠落跌死的消息后如何把她写进诗里：

……仿佛她
用从肺部鼓出来的一股风把安全门吹开，惊呆了　她
在黑漆漆的空中　飞机消失不见　她的身体被虚空的喉咙
虚空的呼喊抓住　坠落　活着　开始成为
谁也没有经历过的东西　没有足够的空气尖叫
依然按常规　整洁　涂着口红　穿着长袜　她的帽子
依然戴着　她的双臂和双脚不在世界上　然而奇怪
地处于空间
和绝对平静的稀薄空气一道　她此刻　从容地
在多处　抱紧它，距离她死亡一千英尺她似乎
慢下来　她来了兴致　转动她灵敏操纵的身体

观察。……

① Barbara and James Reiss. Eds. *Self-Interviews*. New York: Doubleday, 1970.

诗很长，我们现摘引最后部分，看诗人如何表现她的结局：

躺在田里　这块田里　破碎的背着地　仿如在
云端她不能坠落下来　这时农民们梦游似地从屋里
走出来，没有带他们的妻子　走的姿势像朝远处
月光里波动的水　朝他们农场梦中永恒的意义
跌落
朝他们手里成熟的庄稼跌落　那悲剧性代价
感到她自己走了　朝前朝外走了　终于完全停止
呼吸　不再想呼吸　不再　不再　啊，上帝——

迪基在二战时是空军飞行员，侵朝战争中充当空军训练军官，因此对飞行深有体验。他在这首诗里关注的是人的命运，如他在上文所说，他更多地关注人与人的交流，而形式上采用断裂的长行，反映诗中人不时停顿的思考和一扫无遗的气势。他反映二战的另一首名篇《执行任务》（"The Performance", 1959）也同样精彩，比较长，我们且先看开头几段：

我最后一次见到唐纳德·阿姆斯特朗
是他奇怪地摇摇晃晃地跌进阳光，
跌下去，跌到菲律宾群岛的外边。
我让我的铁铲掉下来，用手
搭在我的前额上，朝前瞻望，
只见他的身体穿越阳光下坠，

我又见他没有很好地
撑开他的双手，没有
伸出细长的前臂保持平衡
失去了平衡，他的两只大脚
在不可靠的大气里舞动着。
他每天在天变暗时夜间飞行。

地面与他的手臂之间
扬起一阵灰尘，他的
面孔顿时涌出鲜血淋淋，

当他完美地完成任务时，
显示了他血管的柔性。
第二天，他的头颅滚落在
朝南的一个小岛上的海滩上。

诗人目击了他的战友从空中坠落的惨景。他的优秀诗篇还有《燃烧弹》（“The Firebombing”, 1964）、《为了这最后的狼獾》（“For The Last Wolverine”, 1966）、《劳动节布道》（“May Day Sermon”, 1967）和《彻里洛格路》（“Cherrylog Road”, 1968）等。

迪基出生在佐治亚州亚特兰大郊区巴克海特，父亲是律师，常常给他朗读名人演讲词。他小时候就阅读拜伦的诗歌。1942年，上南卡罗来纳州克莱姆森农学院，只上了一学期的课，二战爆发后在空军夜间战斗机中队服役。他在战争间隙阅读康拉德·艾肯的诗作和路易斯·昂特迈耶主编的《现代美国诗歌》，逐渐养成了对诗歌的鉴赏力。大战结束之后他回到美国，在范德比尔特大学求学，主科英文和哲学，副科天文学，以优异成绩获学士学位（1949）和硕士学位（1950）。毕业后，在休斯敦赖斯学院教书四个月，之后应召参加侵朝战争。他生前一直以美国战斗机飞行员而自豪，宣称他在日本和朝鲜执行飞行战斗任务达一百次之多，尽管缺乏足够的证据。迪基1952年回国后，继续在赖斯学院执教，直至1953年。1954年去佛罗里达大学任讲师，时间很短，获《塞沃尼评论》研究金之后赴欧洲从事诗歌创作。1955年回国后进入广告业数年，任麦肯广告公司文字撰稿人，主要为推销可口可乐和乐事薯片做设计工作。他曾为此解嘲说：“我把整个白天卖给魔鬼……晚上设法把它买回来。”

40年代晚期和50年代，他的诗篇发表在各种文学刊物上。他从1960年开始全力投身于诗歌创作。他的处子集《钻入石头和其他诗篇》（*Into the Stone and Other Poems*, 1960）在评论界受到好评，获古根海姆学术奖，标志了他文学生涯的良好开端，为他去意大利创作第二本诗集《同其他人一道沉没》（*Drowning with Others*, 1962）提供了优越的条件。三年后的《巴克舞者的选择》（*Buckdancer's Choice*, 1965）获国家图书奖。

60年代，他在多所学校任教。1969年之后，他长期在南卡罗来纳大学教书，直至退休。70年代，他名满全国，除了继续写诗之外，把更多的时间投入到小说、电视和电影剧本、文学批评和儿童读物的创作中。在1960～1992年，他发表诗集24本，出版两本小说和数本评论集。他的畅销小说《解救》（*Deliverance*, 1970）描写现代文明范围之外人类的极端行为，1972年改编成电影后，迪基曾在电影里客串警长。有评论家说，迪基最终以他的诗歌和南方的小说获得名声，以文艺复兴时期全才作家风格——作家、吉他手、猎人、山林人和战争英雄称誉文坛。

1948年，迪基与玛克辛·伊森（Maxine Syerson）结婚，生两子克里斯托弗（Christopher）和凯文（Kevin）；1976年，玛克辛·伊森去世后，与德博拉·多德森（Deborah Dodson）结婚，生一女布朗温（Bronwen）。长子后来成为小说家和记者，为《新闻周刊》（*Newsweek*）报道中东新闻；次子当放射科医生；女儿在纽约当作家。迪基一生酗酒，死于黄疸和肺部纤维化。他去世后出版了三本书：罗伯特·基尔希滕（Robert Kirschten）主编的《詹姆斯·迪基诗选》（*James Dickey: The Selected Poems*, 1998）、H. 哈特（H. Hart）主编的《詹姆斯·迪基读本》（*The James Dickey Reader*, 1999）、M. J. 布鲁科利（M. J. Bruccoli）和J. S. 鲍曼（J. S. Baughman）主编的《症结：詹姆斯·迪基书简》（*Crux: The Letters of James Dickey*, 1999）。诗人、诗评家和《耶鲁评论》（*The Yale Review*）主编J. D. 麦克拉奇（J. D. McClatchy）以《一个诗人变成摊贩》（"A Poet Turns Pitchman", 1999）为题在《纽约时报书评》评论迪基这本书简，以事实为依据，指出迪基在不少场合言不由衷、弄虚作假的一面，尽管迪基在生前获得了一些令诗人们妒慕、很少诗人能获得的名誉。[①] 这不足为奇，诗人光环上玷污阴影不唯独是迪基，大诗人弗罗斯特的妒忌心也举世闻名。

第三节　丽塔·达夫（Rita Dove，1952—　）

1993年5月18日美国国会图书馆馆长詹姆斯·比林顿选定非裔女诗人丽塔·达夫为美国第七任桂冠诗人，也是美国设立桂冠诗人制以来最年轻的桂冠诗人，于同年10月接任上一届桂冠诗人莫娜·范德温之职，任期超过规定的一年，到1995年才结束。作为美国最年轻的第一个非裔桂冠诗人，丽塔·达夫自然感到由衷的喜悦。她于当天得知此喜讯后，在家里对采访她的记者说："这将破坏我的生活，但它是难以置信的荣耀，我如果不接受的话，那才是发疯。"她认为，她是不是作为第一个非裔诗人摘取桂冠，对她本人来说没有多大的区别，但她说："就它发出我们的文化和文学多样性的信息而言，意义重大。我们多样化的文化和文学正在蓬勃发展。这就

① J. D. McClatchy. "A Poet Turns Pitchman." *New York Times Book Review.* December 19, 1999.

是应当欢欣鼓舞而不是恐惧或痛苦的原因。”

丽塔·达夫的这番话并非虚言，确实准确地描述了美国当时的文学现状：在城市低级旅馆、俱乐部、小酒店出现了成群成群知名度不高的诗人和诗歌爱好者，他们以诗歌朗诵作为社交和娱乐的方式，其中不乏新垮掉派诗人；以汤亭亭为首的华裔美国文学的崛起；在波士顿大学执教的加勒比诗人德里克·沃尔科特（他虽然算是英国诗人，但大部分文学活动在美国）获诺贝尔文学奖；非裔女诗人玛雅·安吉罗应邀为美国总统克林顿就职典礼朗诵诗歌；文学奖金的增加（例如，新设立的金斯利·塔夫茨诗歌奖奖金有五万美元之多）。丽塔·达夫当选为桂冠诗人被视为是对美国多样化文学的加温。人们期盼她在任职的一年中增加美国诗歌的活力，因为她不但是一位优秀的诗人，而且是一位劲头十足的黑人女诗人，能吸引 200 多个热心的听众出席国会图书馆定期举行的一系列诗歌朗诵会。

国会图书馆学术研究项目负责人吉福德说：“丽塔·达夫的某些诗歌主题以及她的个性可能会在这方面起作用。”丽塔·达夫果然没有辜负吉福德的希望。她从学校到医院，到处作诗歌朗诵，向大众传达多样性的美国文化和文学。她还创造性地开展诗歌活动，把诗歌和爵士乐项目同年轻的乌鸦印地安诗人朗诵以及为期两天的会议“平息的风波：黑人的流散”一道，列入国会图书馆的文学系列里，进行一系列学术讨论、诗歌朗诵和演唱。鉴于美国诗歌开始兴旺的势头，丽塔·达夫说：“你得保持警醒，不断推进。我们的这一个国家是在明星魅力上运作的。我们爱我们的明星。很重要的是，让我们把诗歌保持在公众的心目中，以便人民为之安慰。在看电视和读书两者之间做出选择是一件困难的事。我们必须找到让人民感到读书乐的方法，而这是一项持之以恒、不断深入的工作，不能一蹴而就。”她在谈到获此殊荣的感受时说，桂冠“是一种荣誉，但也是一项工作。它也许附有棘手的荆棘。就让它这样吧。这是一种挑战，我将努力去应战”。

像任何非裔诗人一样，她的诗离不开表现她作为非裔美国人对美国社会、历史和政治的体验。她写的自由诗是在传统美学规范里的一种自由诗，而决不像某些赶时髦的试验诗那样令人感到困惑和费解。她的语言简朴而生动，思想感情很富人情味，容易引起普通读者的共鸣。

丽塔·达夫的作品的突出之处是对人类历史和非裔美国人的历史的关注。她的第三本诗集《街角的黄屋》（*The Yellow House on the Corner*, 1980）的第三部分是从美国黑奴的视角描述的。例如，《家奴》（“House Slave”, 1980）：

头遍号角响遍沾着露珠的草地，
奴隶的住处开始窸窣作响——
把小孩包裹在围裙里，急匆匆地

拿取玉米面包、盛水葫芦和早餐咸肉。
我望着他们被赶进黎明前的朦胧里，
他们的女主人却像牙签似的呼呼大睡。

玛萨梦想起驴、朗姆酒和奴隶爵士乐。
我无法再入睡了。第二遍号角响起，
鞭子抽打在走得慢的奴隶们的背上——

有时候，我姐姐的声音毫无疑问在呼叫声中。
“啊！天哪，”她哭喊着，“啊！天哪！”那些岁月，
我躺在小床上，在早晨的热气之中簌簌发抖。

农田逐渐展现在一片白茫茫里，
好似蜜蜂飞在大朵大朵的花中，
我哭泣着。那时还不是白天。

在美国的蓄奴制时代，家奴的处境比在大田里劳动的奴隶要好得多。一般来说，黑奴是日出而作，日落而息，可是在丽塔·达夫笔下，家奴的处境也很凄惨。丽塔·达夫出生在20世纪50年代，那时早已远离美国南方的蓄奴制时代，诗人却能根据历史文献或从她祖辈流传下来的传说，杜撰这个感人的历史场景，表明了她不可能忘记她的民族之根。又如，她获普利策奖的诗集《托马斯和比尤拉》（*Thomas and Beulah*, 1986）讲述了达夫的祖父母从求爱到老死的家庭史，描写了上辈黑人们在美国的种种经历。《耐风雨》（“Weathering Out”, 1986）是其中的一首短诗：

她最爱早晨——托马斯已离家
去找工作，她的咖啡里冲了许多牛奶，

屋外秋天的树林红兮兮，叶子纷纷飘落。
怀孕七个月的她看不到她的脚，

于是她摇摇摆摆地从一个房间飘浮到另一个房间，
室内便鞋叭哒叭哒地响，惊奇地避开屋角。当她斜倚

门框打着呵欠时，她的身子似乎消失得无影无踪。
上周他们清晨乘坐公共汽车
去新飞机场。飞机库滑开了一部分，

银色外壳的齐柏林式飞机徐徐驶出。
那些人小心地把飞机引出来，像牵一条长卷毛狗，

然后把它系在桅杆旁，返身走进飞机。
比尤拉感到自己的肚子像一个那样大而平和的湖；

她的身子涂了椰子油而闪闪发亮，
托马斯每天回家时，眼里几乎总是

充满了激动的泪水。他常常侧耳听着
她的肚皮，说：*小家伙真的在说话*，

不过对她而言，胎儿发出的啪啪啪声，
比手指敲一只厚厚的米色灯罩还响。

夜里她有时醒来时发现他
睡在那里，孩子也正睡着。

咖啡味道不错，但太少。屋外的一切
仿佛是在锡箔里颤动——只有三叶草
顽强地逗留在大鹅卵石之间，
像事后思考的那样碧绿……

丽塔·达夫在诗里细致入微地揭示了穷苦和文化不高的黑人妇女丰富多彩的内心世界，以此反驳和消解一般人认为社交活动广泛的富人内心世界才复杂的误解或成见。她总是用抒情的笔触，描写普通的黑人生活及其感情。作为一个拥有深厚的生活体验、对音乐和戏剧有浓厚兴趣和更宽广

国际文化视野的艺术家，丽塔·达夫曾说："很显然，作为一个黑人妇女，我关注种族……但肯定不是我的每首诗都提到作为黑人的事实。我的诗是关于人类的，有时关于碰巧是黑人的人类。我不能也不愿意逃避任何种类的事实。"她的诗都有这类平静的抒情味，比起妮基·乔瓦尼或格温朵琳·布鲁克斯来，她是温和得多的抒情诗人，因而也比较容易为白人诗坛所接受，例如她的《少年期之一》（"Adolescence-I", 1980）：

在水汽凝重的夜晚，祖母的门廊后面
我们跪在撩人的草地上，低声说：
琳达的脸挂在我们面前，像苍白的山核桃，
她说话时却变得很聪明：
"男孩子的嘴唇很柔软，
柔软得像小宝宝的皮肤。"
微风合拢了她的话。
一只萤火虫在空中呼呼地飞，在远处
我能听见一盏盏路灯
在轻柔的夜空衬托下，
砰砰砰地成了一个个小太阳。

诗人要向我们传达的思想感情是：黑人小孩对周围世界的感受迥异于成人的感受，居然能听见萤火虫振翅的声音和路灯亮起来时的声音，他们和白人小孩一样天真无邪。

丽塔·达夫出生于俄亥俄州阿克伦的第一代非裔美国人家庭，父亲是在轮胎行业工作的化学师，母亲受过中学教育。1970年，她在中学里荣获总统学者奖，进入全国100名尖子中学生的行列；1973年，作为优等生毕业于迈阿密大学；1977年，获爱荷华大学艺术硕士；1974年，获富布莱特奖学者奖，在德国杜宾更市埃伯哈德·卡尔斯大学进修一年。1979年，与德裔美国作家弗雷德·维巴恩（Fred Viebahn）结婚，于1983年生一女。80年代，在亚利桑那州立大学任教（1981—1989）。从1989年起，在弗吉尼亚大学夏洛茨维尔分校任联邦英文教授，执教至今。她与丈夫热衷于国际舞蹈，参加过多次比赛，现居住在弗吉尼亚州夏洛茨维尔。

1999～2000年，丽塔·达夫同露易丝·格鲁克和W. S. 默温一道，应邀担任国会图书馆二百周年纪念特别顾问；2004年，她被时任弗吉尼亚州长的马克·华纳（Mark Warner）任命为弗吉尼亚联邦桂冠诗人，为期两年。

作为桂冠诗人，她和作家们一道，从文学艺术的角度探讨非洲人的离散历史。诗歌生涯起步时的1977年和1980年，出版过两本小本诗集，但使她崭露头角的是《街角的黄屋》（1980）。她的剧本《地球的黑面孔》（*The Darker Face of the Earth*, 1994, 2000）描写了蓄奴制时代一个富有的白人女子生了一个黑奴的儿子的故事，戏剧性事件一个接一个，深刻地揭示如何看待白人与黑人之间的种族关系。1996年，该剧首次在俄勒冈莎士比亚节演出；1977年，在肯尼迪中心演出；1999年，在英国伦敦演出。除了戏剧外，她还发表小说。她在1977～2009年出版诗集14本。获得多种奖项，其中包括国家人文奖章（National Humanities Medal）、查尔斯·弗兰克尔奖（Charles Frankel Prize, 1996）、海因茨艺术与人文年奖（Heinz Award in the Arts and Humanities, 1996）、萨拉·李领跑者奖（Sara Lee Frontrunner Award，1997）、杜克·埃林顿文学艺术终身成就奖（Duke Ellington Lifetime Achievement Award in the Literary Arts, 2001）、埃米莉·库里克领导才能奖（Emily Couric Leadership Award, 2003）、联邦文学杰出服务奖（Commonwealth Award of Distinguished Service in Literature, 2006）、弗吉尼亚图书馆终身成就奖（Library of Virginia Lifetime Achievement Award, 2008）、富布莱特终身成就奖章（Fulbright Lifetime Achievement Medal, 2009）和意大利卡普里奖（Premio Capri, 2009）等等。

作为美国大学优等生荣誉学会（Phi Beta Kappa）理事会理事（1994—2000）、美国诗人学会常务理事、杰拉尔丁·道奇诗歌节（Geraldine R. Dodge Poetry Festival）的多次主要嘉宾和获得22个荣誉博士头衔的诗人，丽塔·达夫既是南方诗歌界的骄傲，又是美国主流诗坛的宠女。然而丽塔·达夫主编的《企鹅20世纪美国诗歌选集》却遭到海伦·文德莱教授严厉的抨击，这表明丽塔·达夫的审美价值观也曾受到主流诗坛的质疑（详情参阅第六编“美国少数民族诗歌”第五章“非裔美国诗歌”第一节“非裔美国诗歌概况”）。

第四节　温德尔·贝里（Wendell Berry，1934—　）

温德尔·贝里被视为美国诗歌史上第一个真正以农民姿态出现的诗人。他明白无误地告诉人们肯塔基州的土地如何被贪婪之徒使用过度而遭毁坏，如何正被强制性的农业商业搞得面目全非，如何用化肥和大型机器使土地和空气受污染。他对肯塔基州无限制地榨取土地和掠夺成性的人们的抨击也是对整个美国的抨击。像加里·斯奈德一样，他是一个全心全意的生态环境维护者。作为一个哲学家，他对有关保护环境和维护生态平衡的问题，在任何时候任何地方都作深刻的论述，不厌其烦地提出警告。作为社会活动家，他为这些牵涉人类命运的大事奔走呼告，参与抵制破坏生态的工程。在环保方面，他比加里·斯奈德更积极，发挥的社会影响更大。2011 年 3 月 2 日，他在白宫被奥巴马总统亲自授予国家人文奖章（National Humanities Medal）。他的名言"认为身体健康与精神混乱或文化紊乱、与污染的空气和水、与贫瘠的土壤相容是错误的"被引用在奥巴马总统给他授予国家人文奖章的授奖辞里。

贝里大量的诗歌、小说和论文的主题是对正在消失的自然世界的密切关注。他以第一本诗集《1963 年 11 月 26 日》（*November Twenty-Six, Nineteen Hundred Sixty-Three*, 1964）引起文坛的注目，其中悼念肯尼迪被暗杀的诗获得成功。他的佳作被收在他的《1957～1982 年诗合集》（*Collected Poems 1957-1982*, 1985）里，其中《历史》（"History"）、《加里·斯奈德》（"Gary Snyder"）、《成熟》（"Ripening"）、《马》（"Horses"）、《人生来务农》（"The Man to Farming"）和《大雁》（"The Wild Geese"）均是精彩之作。《人生来务农》可以说是他作为农民诗人的代表作：

> 树的种植者，园丁，生来务农的人，
> 他的双手伸进土壤和新芽
> 对他来说，土壤是神圣的药。他每年进入
> 死亡，又高高兴兴地回来。他看见日光躺在
> 肥堆里，又在玉米里升起。
> 他的思想鼹鼠般沿着田梗走。
> 他吞咽了什么样的神奇种子，以至于
> 他没完没了的爱的诗句从他嘴里流出来，
> 如同阳光里缠绕的藤，又好像水
> 在黑暗处向下流淌？

贝里把务农当作最快乐的事，他曾经说过："照管好大地是我们最古老和最值得做的事情，毕竟是我们最喜欢的责任。珍惜大地遗留下来的，并促进其更新，是我们唯一的希望。"他还说过："我不去公众去的地方，而是守住我自己的田园，在这里，我种植葡萄树和果树，在天热时走进树林起疗养作用的树荫里。"贝里热爱大自然到了如痴如醉的地步，例如他的

《大雁》：

> 星期天上午骑在马背上，
> 　　　　夏收结束，我们把柿子和野葡萄品尝，
> 尝到夏末无比的鲜甜。在笼罩时间迷雾的秋天田野上，
> 我们从脚旁朝西指名道姓一个个长眠在坟墓里的人。
> 我们剥开一粒柿树核，露出白色的核囊，
> 看到一棵将来会结柿子的柿树。
> 大雁在我们头顶飞过，遮住了天空。
> 如同在恋爱或睡眠中，出于古老的信念，
> 纵情使它们紧紧地团聚一起，在清莹的空中飞翔：
> 　　　　我们所需要的是常住此地，
> 　　　我们祈祷，不需要新土地或天堂，
> 　　　　而要心中安静，眼前清莹，
> 　　　　　我们需要的是此地。

又如，他的名篇《野生物的宁静》（“The Peace of Wild Things”）表达了天人合一的欢乐：

> 当对世间的失望在我心底里滋生时，
> 我在静寂的半夜里醒来，担心
> 自己和孩子们的生活会变得怎么样，
> 我走出屋外，到鸳鸯静卧水面
> 和大苍鹭找食的地方躺下。
> 我进入野外生物的宁静，它们
> 没有悲伤的远虑加重它们生活的负担。
> 我进入水的静态。我感到上空
> 那些昼盲的星星带着它们的光亮在静候。
> 我短暂地休憩在世界的恩泽里，
> 变得悠然自得。

泰德·科泽把这首诗作为他任桂冠诗人期间的诗歌项目“诗歌中的美国生活”推荐到报纸的诗歌专栏中发表，在按语中说：“我们几乎所有的人花我们生命中太多的时间考虑发生了什么事，或担心什么会接着来。对

过去的事无能为力，担心是浪费时间。在这里，肯塔基诗人温德尔·贝里把自己交给了大自然。”

在贝里看来，没有污染的生机勃勃的自然世界胜过天堂，而他需要的正是这样如此美好如此平静的环境。贝里的核心思想是：提倡可持续性发展的农业、适当的技术、健康的乡村社区、享受无污染的食物和好的工作、发展畜牧业和地方经济、生活节俭和互相联系的生活等等；反对工业化养殖、生活工业化、无知、狂妄自大、贪婪、对自然世界和环境的破坏和对土地的侵蚀。他认为，全球化经济是建筑在损人利己的原则之上的，是为一处地方的利益而剥削甚至破坏另一处地方。作为提出和实践全球化经济的美国的公民，贝里的胸怀何等广阔，眼光何等远大！他的这些核心思想浓缩在他的诗集《安息日：诗篇》（*Sabbaths: Poems*, 1987）中的一首诗《圣克拉拉谷》（“Santa Clara Valley”）里：

> 我走在现代心智荒芜的景象里，那里
> 生活着的或发生过的没有什么没被预见。
> 被预见到的是腰缠万贯的外人的到来。
> 以前的所有这一切已经被摧毁：记不清何时
> 形成的盐泽，记得起来的家宅、果园和牧场。
> 一块新地在老地方出现，完全按照计划开发。
> 新棕榈树排成了一排，新松树排成了一排，
> 为防止它们偏离，都被限制在水泥路面旁。
>
> 一座座新高楼大厦，建成后与屋外隔绝，
> 把屋子封闭得严严实实，以旨在炫耀的
> 外形耸立着，不与阳光和空气直接接触。
> 屋里是被密封的样子很酷的人，这群可以
> 被预见的人，他们决不驰心旁骛，而是
> 等待其他受过奴性训练的人伺候和请示：
> “你看一切安排是否妥当，先生？你喜欢
> 晚餐吗，先生？祝你有一个美好的夜晚，先生。”
> 记不得这里有新手接受这不朽的工作，从
> 大理石到大理石，从门到门廊，从男到女。
> 屋外，被预见到的一切在空中轰鸣。
> 一条条的道路和一座座的建筑物

在被擦伤和被允许建造的地面上大吼；
天空由于被预见中的、往来不息的飞机
毫无阻拦地向既定的目标飞行而大吼。
那最高层的好处是控制温度和光线；其次
是接触或知道或谈论不是基本必需的东西，
是见到没有不被预见的东西，是不放过按照
自然规律自行生长的东西。小小人类的
一些认识似乎毫无止境，把认识的航线
投送到天空、星星和有起有落的太阳。
我无法看到过它通过，除了面对它的毁灭。

我独自走在那坚持不懈的意图之沙漠，
感到再也记不起另一座山谷的人之绝望，
那里的一个生物体、发生的事件和形态
不总是被人类预见，人类本身不完全
在启示中遵循种种的途径向前走；
那里，不是所有的土地被意图或者
凭自己认识的人耗尽。那里，仍然
有时间宽恕。因此，那里不论什么
被摧毁的可能会恢复。我朝前走时，
我周围的一只只狗，对将要发生
不可预见的大事之迹象狂吠不止。

然而即使在那里，提示超过了我的领悟，
因为我来到一条沟渠，当地原来的海洋
朝前推进，却被挡在只可预见的视线之下。
原来上面的世界成了下面的世界：没按照
人类意图从海洋里升起的陆地，海水的
流进流出，狭窄沟渠里有着大海的脉动。

那里的安息日本身一直处于静待中，
夜晚的苍鹭站着守候早晨，白天的
苍鹭静静地站在水道流动的活水里。
黑鸭和水鸡隐藏在芦苇丛中，

母绿头鸭带着一群小鸭，漫无目的地
浮游在朝着大海流动的水流里。长脚鹬
在浅水里啄食，喧鸻轻快地走在
反映曙光的烂泥上。一群燕子
在未预见的时间之前，带着
对生命的永远感激，从暗处
欢快地腾入逐渐天亮的空中，
灌木丛里，歌雀唱起了歌。

这首诗充分表达了诗人对人类滥施开发的谴责，对大自然伟力的警示，对生命的赞颂，对地球环境恶化的担忧。这首诗在2007年被泰伦斯·马利克（Terrence Malick）和罗伯特·雷德福（Robert Redford）拍摄成了纪录片电影《无法预见》（*Unforeseen*）。富有象征意义的片头是：正在建造中的摩天大楼；牧场主行走在永无止境的高速公路上；西得克萨斯雨天里的抽水泵、铁丝网、风车、迁徙的天鹅、一棵孤独的树立在有倒影的池塘边。贝里在电影里出现了两次，解说他的这首诗。导演劳拉·邓恩（Laura Dunn）说："我们当然非常感谢贝里先生让我们分享他的灵感之作——他的诗篇，在我为这部电影不时与他的漫谈中，它从头至尾给我竖立了方向标。"

贝里在为著名资深环保主义者查尔斯·利特尔（Charles E. Little）的专著《垂死的树木》（*The Dying of the Trees*, 1997）写的书评中指出："无论我们和我们的政治家意识到这一点与否，自然对于我们所作的契约和决定是当事人，她比我们有更多的表决权、更长的记忆和更坚定的公正感。"这是人为的环境恶化导致树木死亡而引起贝里再次的警告。他还警告我们说：

生态学的原理，如果我们把它记在心里的话，应该使我们觉察到我们的生命依赖于其他的生命，依赖于连锁系统中的进程和能量，尽管我们可以摧毁它，我们既不能完全理解，也不能完全控制。而我们最大的危险是，我们被锁定在自私和短视的经济体系里，我们都踊跃改变或破坏远远超出自己了解的能力。

英国石油公司2010年4月在墨西哥湾开采原油的泄漏事件，日本2011年3月11日九级大地震引发福岛核电站的核泄漏事件，又一次证明贝里不断警示的生态灾难已经迫在眉睫。

贝里的文学创作至今几乎有半个世纪，1964～2005年出版诗集28本，总是描写静谧的乡村、四季的交替、常规的农活、家庭的日常生活和神奇的自然世界，并且关注这类生态主题：美丽的大自然养育万物，也养育人类，给人以休养生息；人类却由于愚昧无知而破坏了地球，打乱了大自然本身的进程；可以预见的是人类滥用土地的恶果，而不可预见的却是自然的规律，对人类的最终报复。

贝里不但是著名的环保诗人，而且还是一个敢于参与政治和社会活动的活动家。1968年2月10日，贝里在肯塔基大学举行的“论战争与征兵大会”上，发表《反对越南战争声明》（“A Statement Against the War in Vietnam”）。1979年6月3日，贝里为反对在印第安纳州马布尔建设核电厂而参加公民非暴力抵抗示威。在2003年2月9日《纽约时报》上，他发表长篇文章《公民对美国国家安全战略的反响》（“A Citizen’s Response to the National Security Strategy of the United States”），反对乔治·布什政府在“9·11”事件后所采取的国际策略，宣称：“如果执行白宫在2002年9月公布的新的国家安全战略的话，等于肆意改变我们的国家政治性质。”2009年1月4日，贝里同土地学会（The Land Institute）会长韦斯·杰克逊（Wes Jackson）在《纽约时报》论坛版上发表文章《50年的农业法案》（“A 50-Year Farm Bill”），说：“我们需要一个50年的农业法案，直截了当地解决土壤流失、退化、毒污染、依赖矿物燃料和农村社区的破坏问题。”2009年7月，他俩连同爱荷华州立大学可持续农业利奥波德中心主任弗雷德·基尔申曼（Fred Kirschenmann）在华盛顿特区集合，游说他们有关50年农业法案的观点。2009年10月，贝里联合以伯里亚（Berea）为基地的“肯塔基州环境基金会”（KEF）和其他几个非营利组织以及农村电力合作社成员，请愿和抗议在肯塔基州克拉克县建燃煤电厂。由于他们据理力争，2011年2月28日，肯塔基州公共服务委员会批准取消建设该电厂。贝里与其他14个抗议者，在2011年2月12日周末，封锁肯塔基州州长办公室，要求结束削平山头采煤。在周五和下周一中午，他作为联邦环保团肯塔基分团成员，参加大约1000人户外群众集会的静坐。

贝里在1968～2005年发表非小说26本，都是提倡可持续性发展的农业和保护环境。他反复向人们宣示：人类无限制地开放和榨取土地，无限制地破坏环境，无限制地向大自然索取，最终遭到惩罚的是我们人类自己。他的文集《不停息的美国：文化与农业》（*The Unsettling of America: Culture and Agriculture*, 1977）是他非小说作品中最畅销的一本书。他强调农业是美国文化基础的论述，获得了广泛读者的认同和喜爱。他的《沉思集：1965～1980》（*Recollected Essays, 1965-1980*, 1981）被评论家誉为梭罗的《沃尔登，或林中生活》。此外，他在1985～2004年发表小说12部，主要反映肯塔基州一个虚构的农村小镇威廉港的社会生活和农事。

贝里出生在肯塔基州亨利县农民世家，包括他的父母在内的祖先五代为农。他在肯塔基大学获学士（1956）和硕士（1957）学位，在斯坦福大学进修一年（1958—1959），1960年发表第一本热爱农村的小说《内森·科尔特》（*Nathan Coulter*）。1961年，获古根海姆学术奖，携妻去意大利和法国，结识了教法国文学的美国教授华莱士·福利（Wallace Fowlie, 1908—1998）。1964～1977年在肯塔基大学任教，1965年他在肯塔基州中部北边他父母的出生地购买了一块125英亩的农田，开始种植玉米和杂粮。1987年，他返回肯塔基大学教书，到1993年为止，此后一直从事农业和写作。1990年，他被选入南方作家联谊会的首批会员。作为英国忒墨诺斯学会会员，他经常在威尔斯亲王创办的年刊《忒墨诺斯学会评论》上发表作品。获多项奖项，其中包括维切尔·林赛诗歌奖（Vachel Lindsay Prize for Poetry, 1962）、洛克菲勒基金会奖学金（Rockefeller Foundation Fellowship, 1965）、国家艺术暨文学院创作奖（1971）、美国艺术暨文学学会琼·斯坦奖（American Academy of Arts and Letters Jean Stein Award, 1987）、英格索兰基金会T. S. 艾略特奖（Ingersoll Rand Foundation's T. S. Eliot Award, 1994）、约翰·海奖（John Hay Award, 1997）、林德赫斯特奖（Lyndhurst Prize, 1997）和《塞沃尼评论》颁发的艾特肯－泰勒诗歌奖（Aitken-Taylor Award for Poetry, 1998）。

第五节　戴夫·史密斯（Dave Smith，1942—　）

被南方作家联谊会在1997年选为会员的戴夫·史密斯，作为一个正宗的南方诗人，有时又被拉进中西部诗人的行列，例如，卢西恩·斯特里克把史密斯的诗篇收进他主编的《腹部地区：中西部诗人之二》（1975）里，原因是：史密斯虽然以他的家乡弗吉尼亚的地方诗人著称，但是他在诗中反映的环境已经扩大到中西部和中西部以西的地方。中西部诗人戴维·埃文斯说："卢西恩·斯特里克主编《腹部地区：中西部诗人之二》时，史密斯正在西密歇根大学（1974—1975）教书。他在密歇根工作和生活了一段时间，称他是中西部诗人只是一种有弹性的延伸称呼。”[①] 作为知名度较高的后起之秀，史密斯起步于70年代。有评论家认为，他的诗集《苍鹰，羚羊》（*Goshawk, Antelope*, 1979）和《梦飞翔》（*Dream Flights*, 1981）的出版，确立了他作为他这一代最优秀的诗人之一的地位。

史密斯的作品反映了他的出生地弗吉尼亚当地的景观、南方的历史和他的生活经历。在罗伯特·潘·沃伦、詹姆斯·迪基和A. R. 安蒙斯的影响下，史密斯写了大量有关南方历史和与南方区域认同的叙事性自由诗。他的处子集《布尔岛》（*Bull Island*, 1970）描写了波阔森河与切萨皮克湾交汇的半岛上渔村坚强的渔民的艰苦生活。《渔夫的妓女》（*The Fisherman's Whore*, 1974）和《坎伯兰车站》（*Cumberland Station*, 1976）这两本诗集继续反映该地区的贫困、荒废和污染。他的诗集《苍白的士兵：诗篇》（*Gray Soldiers: Poems*, 1983）更是饱含了南方人的情结。他的叙事诗总是讲述辛劳而倔强的船工和女人。他追求勇气、激情和某种尊严，要想写出《贝奥伍尔甫》那样的史诗来。他早期的诗描写人的挣扎并不是由政治或精神的因素引起的，而是由风、水和太阳的自然力量造成的。他的标题诗《坎伯兰车站》（"Cumberland Station"）是一首献给他的火车头修理员叔叔梅尔文葬礼的挽歌，诗里提到的车站是马里兰州昆城老火车站。该火车站过去曾经被认为是"通向西部的门户"，20 年之后却荒凉在路旁，这反映了诗人对世事沧桑的感慨。这本诗集得到著名评论家海伦·文德莱教授的青睐，她在对该诗集进行评论时指出：

> 《坎伯兰车站》发展的势头蛮好；它陷入对霍普金斯、托马斯和洛厄尔的模仿，好像是贝利曼早期诗歌的回声，这是可以谅解的，因为这是一个34岁的诗人发表的第二本诗集。史密斯在他的最佳状态，能把叙事的才能与运用贴切字眼的才能结合起来，而这种才能很少两者兼而有之。他并不完全相信自己的情感的描写才能，有时停下描写而直接表露情感，如诗的结尾：
>
> 爷爷，我希望我有勇气
> 告诉你这是一处我希望
> 我永远不会再来的地方。

---

① 见戴维·埃文斯2011年4月7日发送给笔者的电子邮件。

伤感和直白在这本诗集里有时混淆起来了。但是，在某种意义上，史密斯描写的最佳景色盘旋于意义之上，既逗人又美丽。这是有一座座废弃房屋的沼泽地：

今天没有什么不同，水流冲向一座座
废弃的房屋，留下一只只啤酒罐，
在冷漠的月光中闪亮。初生的
水仙花枝带着金黄破土而出，
虽然三月的今夜依然意味着冻结。

我知道这处地方，知道它聚集的详情：风蚀，
差劲，完全和其他任何地方一样。结果是
小溪朝一个房间流去。一条平静的小船系在
一个桩子旁荡漾，松树散发的香气充溢在

空气里，船夹板像细小珠宝首饰叮铃作响。

这段默默地流露伤感的诗节，清晰地展示了史密斯沉思的悦耳谐音和创造性的韵律，一会儿像古典韵律那么严格，一会儿又像谈话那样地放松。史密斯在用叮铃作响的船夹板作结束上，有着原创诗人出奇不意的才能。①

文德莱教授对史密斯的期望很高，说他具有成为重要诗人的实力。

回忆和梦境是史密斯的诗歌飞翔的两只翅膀，例如，他的诗集《圆顶棚车库之声：新诗和旧诗选》(*The Roundhouse Voices: Selected and New Poems*, 1985)的标题诗《圆顶棚车库之声》("The Roundhouse Voices", 1979)源于诗人的一个梦。他梦见六个男人像车轮辐条似的头对着头躺在地上。他不认识这些人，不知道为什么会见到他们，起初他只写了22行诗，并没有成文，所以他把它放在办公桌抽屉里，直到11年之后他才从抽屉里把它拿出来。在盯视着它看时，他想起了小时候梅尔文叔叔把他带到圆顶棚车库里打软式棒球的情景，于是开始把原来梦中轮辐的意象与他少年的记忆

---

① Helen Wendler. *Part of Us, Part of Nature: Modern American Poets*. Cambridge, MA and London, England: Harvard UP, 1980: 338-339.

结合起来，写成了这首有 9 个诗节的长诗。现在让我们读一读这首诗的前三节：

> 在耀眼的阳光中，我来到此地，个儿
> 像条纹似的又高又瘦，站立在生锈的
> 栅栏外边，栅栏顶上满是铁刺，而
> 煤烟带着亮晶晶的微粒呛进肺里。
> 我拿着叔叔买的可爱的名牌棒球棒
> 走过一座座房屋，站在阳光下，
> 阳光把球棒套子晒得软绵绵，
> 直至我找到机会从栅栏底下爬进去，
> 避开查看标识卡的门警。
>
> 当我在门警眼前像小偷似的露面时，
> 他大声呵斥，叫我从那里快快滚开。
> 我所想要偷的是活力，但是你在
> 干苦活的铁路站场不能那么容易得到。
> 你抓不住我，肥屁股！我可以马上
> 离开或像米克[①]那样地跑得飞快，
> 我对他不屑地哼了一声，我抓紧
> 球棍，保持身体平衡，那里的
> 一列煤车猝然颤动，让我从轨道
> 之间走开，直至我在废墟上一滑，
> 安全地跌了下来，听见他气喘
> 吁吁地大吼：你究竟是谁，小子？
>
> 当我俯身于丝绸框里你的相片上时，
> 叔叔，我今晚又听见了那些呵斥声
> 像火车刹车蹄片那样地硬邦邦。
> 你一瘸一拐地从一个房间走到
> 另一个房间的那些岁月，如今

---

① 即米奇・查尔斯・曼特尔（Mickey Charles Mantle, 1931—1995）。他是美国职业棒球运动员，作为外场手和一垒手，为纽约扬基队打球 18 年，50 年代和 60 年代是他棒球生涯的高峰。

独自爬上我的双腿，把这座屋子
变成另一种又圆又黑的破败屋子，
当你抽打灰白色棒球抛向火车头
修理车库玻璃圆顶棚时，这里
猛击棒球就很容易。扑通扑通的
脚步声走在楼梯上，好似那
圆鼓鼓的棒球砸到砖墙上。
当我未击中时，我听见你
告诫我要注意掌握时机，看着
你的手，别老去想那个栅栏。

诗人看着叔叔遗像时的内心活动感人腑肺。标题里提到的圆顶棚车库是停放和修理火车头的场所。在他的记忆里，这是一个巨大的建筑物，玻璃顶棚上布满了煤烟灰，光线从一个个洞孔里射进来，像星星一样闪耀。对他来说，这似乎不可思议。他的叔叔主管的这个车库，在诗人看来似乎是另一个世界。2005年，吉姆·达菲（Jim Duffy）在约翰斯·霍普金斯大学《艺术与科学》（*Arts & Sciences*）杂志上刊登了他访问史密斯的特写文章《寻找诗歌》（"In Search of Poetry"），披露了史密斯创作这首诗的前后经过。史密斯看重这首诗，对吉姆·达菲说：

经过很长时间，我才逐渐意识到在《圆顶棚车库之声》中所写的，在某种意义上像是惠特曼的《自我之歌》。它恰恰是一首挽歌，与我的家庭，与铁路生活，与阿巴拉契亚文化有关；与南方的含义有关，与缓慢消亡的南方的礼仪文化（端庄得体的行为之观念）有关。我认为，所有这一切都带进了诗里。你在诗的末尾发现的是诗中人说的话："你究竟是谁，小子？"这一次，这句话是这小子说的。他站在局外看问题。葬礼结束了。这男子已经死了。但是他觉得他仍然不准备回答这个问题。

我觉得这首诗有多层次激发的联想，我在其他的诗篇里写不出来。有人对我说："你为什么不再写这样的一首诗？"

好诗是不能批量生产的，所以史密斯只能写了这一首富有典型南方文化特色的诗。诗人善于通过勾连发生在日常生活中而被一般人忽视的倏忽而过的细节，叙述有度，抒情有致，这是他最显著的风格。史密斯曾说：

“对我而言，我写的诗是企图把抒情和叙事合并在一起。我想要在我们平淡无奇的生活中发现诗。我想要诗中的语言既不过度、做作，也不老生常谈、腔调陈腐，而是以粗犷、适当的有节奏的音乐性叙述一个场合。所有这一切已经建立并且继续建立在我的假设上：诗从个人精神危机中冒现。”[①] 他还说：“我的写作风格也许可以说成是建立在这样的假设上：任何人的生活是一连串偶然的事件，每个事件有可能揭示一个共同的和最终的现实。”[②] 史密斯的诗歌实践证明他已经实现了的他的假设。

史密斯曾在中西部工作和生活过，他的诗歌题材也因此扩展到大西洋海岸、美国西部风光和西部的人。他用粗犷的笔调描写了大草原的风光，例如他的《冬天的河流很强劲》（“High Are the Winter Rivers”）特别精彩动人：

在流血、流汗和流泪之后
这些东西具有头脑里的成果：
风轮
斜的石坡
忘掉的大海
接骨木和榛树跳舞的路
女人像狼似的做爱的
大草原
灼热的阳光
有边的床像冰中树叶般
卷曲。相信
瀑布流泻的山边，水晶似的
空气枝形吊灯，
在最平坦的地上，白热化，
在你里面的女人必定又烧灼
她情人大腿上的毛，
像一只狼
朝冬天的河流站起。

---

① Michael True. “Dave Smith.” *Contemporary Authors*: 917.

② Vineta Colby. Ed. *World Authors, 1980-1985*. New York: H.W.Wilson Company, 1991: 781.

清除垃圾的人说得对：诗歌没使什么事情
发生。不过，一首诗把腿啃
开来，在暗中叫喊，
画一圈新生的圆
抬来鱼、情人、狼、石头和树
开始奏出心的乐曲。

（一个故事）

狼爪也许是季节的看管人
但她知道走向哪里，走到
有男子气概的高树下面
在冰川的孤岩里
独自露出雪亮的牙
她正饮着，饮着
冰冷的雾
因为这很对，因为

她是在泥地上
被擦伤的女人，呼吸有点儿急促，
听见水流洋琴似的
向树根冲去，在她心里
如同在一首诗里，一个汉子正起身，他的气息
充满整个寒冷的深夜，
这时他玷污接骨木和榛树下的泥地，
翻转过来，在她的气味上打圈。

凡到过美国中西部的人，对史密斯如此栩栩如生地描绘的景色和人情都不会陌生。这里，他笔下南方历史的深层感变成了狂放不羁的欢愉。

史密斯出生在弗吉尼亚州。在大萧条之后，他的祖父去巴尔的摩工作了一段时间，然后南下弗吉尼亚州朴茨茅斯，那时他的母亲高中毕业，和他的父亲结婚后在弗吉尼亚泰德沃特生了他。作为家族中的第一个大学生，史密斯毕业于弗吉尼亚大学（1965），获南伊利诺斯大学硕士（1969）和俄亥俄大学博士（1976）。1966 年与德洛拉丝·梅·韦弗（Delloras Mae

Weaver）结婚，生一子两女。1969～1972年在空军服役三年。史密斯现任路易斯安那州立大学出版社“南方使者签名诗人系列丛书”主编，曾多年任《南方评论》双主编之一。他在约翰斯·霍普金斯大学执教，以前曾在犹他州立大学、纽约州立大学宾厄姆顿分校、佛罗里达大学、弗吉尼亚联邦大学和路易斯安那州立大学等校任教。1970～2006年，发表诗集28本，其中《忆威克：1970～2000年新旧诗选》（*The Wick of Memory: New and Selected Poems, 1970-2000*, 2000）成为《传记文学词典》2000年最佳诗选。获多种奖项，其中包括《堪萨斯评论》奖（1975）、面包作家会议约翰·阿瑟顿学者奖（Breadloaf Writers Conference John Atherton Fellowship, 1976）、国家艺术基金会奖（1976, 1981）、《南方诗歌评论》奖（1977）、美国艺术与文学学会暨学院优异奖奖章（American Academy and Institute of Arts and Letters Award of Merit Medal, 1979）、《波特兰评论》奖（*Portland Review* Prize, 1979）、古根海姆学术奖（1982）等。

第十六章　另一种传统的诗人

第一节　概　述

本书前面介绍了美国诗坛历来存在两种不同诗歌创作路线之争，可以说，至今美国的主要或绝大多数文学史、文选、诗选和论著都是用 T. S. 艾略特—兰塞姆—艾伦·泰特的美学规范和发语方式评价美国诗人及其作品的，尽管 50 年代以后庞德—W. C. 威廉斯—H. D. 的诗美学影响日益扩大。休·肯纳（Hugh Kenner）的《庞德时代》（*The Pound Era*, 1971）和埃利奥特·温伯格主编的诗选《1950 年以来的美国诗：革新者和局外人》这两本大部头书为确立坚持庞德—W. C. 威廉斯—H. D. 创作路线的诗歌在美国文学史上的地位奠定了坚实的理论基础。前者以翔实的史实论证了美国现代派诗歌时期是"庞德时代"，与早在评论界确立的"艾略特时代"口号至少是分庭抗礼；后者用一大批具体的诗人及其作品为庞德—W. C. 威廉斯—H. D. 为首的正宗美国诗学正名。只需把艾略特·温伯格的这本诗选同美国历来和现行的任何美国文选或诗选相比较，我们就可以清楚地看出，他把 20 世纪美国诗人队伍进行了大改组大调整，完全突出了庞德—W. C. 威廉斯—H. D. 的诗歌阵营。我们且先看看这部诗选的目录：

W. C. 威廉斯
伊兹拉·庞德
H. D.
查尔斯·雷兹涅科夫
兰斯顿·休斯
洛林·尼德克尔
路易斯·朱科夫斯基
肯尼思·雷克斯罗思

乔治・奥本
查尔斯・奥尔森
威廉・埃弗森
约翰・凯奇
穆里尔・鲁凯泽
威廉・布朗克
罗伯特・邓肯
杰克逊・麦克洛
黛尼丝・莱维托夫
保罗・布莱克本
罗伯特・克里利
艾伦・金斯堡
弗兰克・奥哈拉
约翰・阿什伯里
纳撒尼尔・塔恩
加里・斯奈德
杰罗姆・罗滕伯格
戴维・安廷
阿米里・巴拉卡
克莱顿・埃什尔曼
罗纳德・约翰逊
罗伯特・凯利
古斯塔夫・索宾
苏珊・豪
克拉克・库利奇
迈克尔・帕尔默

这份诗人名单的显著特点是删去了 T. S. 艾略特和新批评派及其影响下的大批诗人，而突出了许多不为广大读者熟悉的新面孔。主编温伯格在他这部新诗选的副标题里强调“革新”或“局外”，显然是对统治美国诗坛90多年的正统派提出了挑战。当然它一方面反映了这支诗歌队伍在美国诗坛所处的“局外”地位，但另一方面也表明了他们锐意革新的决心和力量。这不是温伯格心血来潮一个人关在门里炮制的名单，而是得到了相当多的诗人和诗评家的热烈响应和支持，例如，纳撒尼尔・塔恩在他长达352页的论著《迂回绵延的高山景色》（*Views From the Weaving Mountain*, 1991）部分章节里，对 T. S. 艾略特和新批评派及其影响下的诗美学进行了有力的抨击；又如，戴维·安廷在他的 34 页的长篇论文《现代主义和后现代主义：探讨美国诗歌现状》（“Modernism and Postmodernism: Approaching the Present in American Poetry”）[①]里，阐述了美国当代诗歌现状是从庞德—W. C. 威廉斯—H. D. 的诗学观出发的。不过，种种迹象表明，持这类诗学观的一大批诗人和评论家还没有在全国性的学术机构占统治地位，他们正在为争取得到正统地位而进行不懈的努力，故称他们为另一种传统的诗人。另一种传统诗歌有以下几个特点：

1）它打破了欧洲文化中心论，强调美国的乡土文化，这是 W. C. 威廉斯在世时与 T. S. 艾略特激烈争论的实质。

2）在破除欧洲文化中心论的同时，它首先侧重提倡以中日文化为主的东方文化，庞德、雷克斯罗思、金斯堡、斯奈德和卢西恩·斯特里克等一批诗人在引进中日文化和译介中日诗歌方面均走在了前列。T. S. 艾略特虽然在《荒原》里运用了印度佛教成果，但他是典型的欧洲文化中心论者。庞德精通并运用欧洲文化典籍，但他侧重的是中国文化。T. S. 艾略特和庞德在学习和运用欧洲文化传统方面的确有共同之处，这就是为什么新批评派及其影响下的批评家们都把他与 T. S. 艾略特相提并论。可是，纳撒尼尔·塔恩认为他们把庞德拉进去的用心是壮大他们的阵营。

3）另一种传统的诗人对中美洲的玛雅文化极感兴趣，这是奥尔森去墨西哥尤卡坦考察印度安人的一支——玛雅人及其象形文字时在那里给克里利写了许多信引起的。同中国象形文字一样，它成了美国诗人心目中创造诗歌意象的理想语言。美国诗人认为当代的玛雅人依然能接触和保持原始力量，这为美国当代诗人探索原型（archetype）提供了理想的例证，而这又与时髦的弗洛伊德的心理学和荣格的集体无意识理论紧密相连。可以这么说，玛雅文化和中日文化是美国诗学的中心理论根据之一。

4）另一种传统的诗人热衷于拉丁美洲的魔幻现实主义或超现实主义，一股超现实主义的诗风从 60 年代开始盛行。奥本、鲁凯泽、莱维托夫、布莱克本、金斯堡、布朗克和其他许多诗人都先后到过墨西哥，金斯堡、布朗克、埃什尔曼和塔恩还去过秘鲁。

W. C. 威廉斯在生前身体力行的是破除欧洲文化中心论，建立地道的美国诗歌，对提倡拉丁美洲的超现实主义是始料不及的，更不必说 H. D.

---

① *Boundary* 2, Vol.1, No.1, Fall, 1972.

了。所谓另一种传统诗歌，其美学也不是一成不变的，H. D. 和 W. C. 威廉斯所奉行的美学与继承他们传统的当代诗人所实行的美学规范发生了变异，尽管他们在对待 T. S. 艾略特和新批评派诗学的态度上是一致的。

前面所列的另一种传统的诗人，有不少在其他各章节介绍了，本章择要介绍不为一般读者熟悉的几位诗人。这几位诗人作为“实验性”强的作家，他们积极推动边界诗群，违背主流审美标准创作，很少受到主流诗坛青睐，很少有机会获得美国主流诗坛授予的大奖——国家图书奖、普利策奖或国家书批界奖。在这群诗人之中，塔恩、罗滕伯格、凯利和埃什尔曼尤为突出，他们是惊人的高产诗人，无缘问鼎大奖而不悔，他们是名副其实的另类诗人。不过，对高产的质量，我们似乎有反省的余地：如果一直不注重炼字炼句，而是一泻千里，是否有使诗意稀释的可能？

第二节　威廉·布朗克（William Bronk, 1918—1999）

布朗克成名迟，被《民族》周刊称为“我们最值得注意的诗人”，《纽约时报》则称其为“思想深刻和洞察力令人难忘的诗人”。作家保罗·奥斯特（Paul Auster, 1947—　）认为布朗克的诗歌是一种立场极端的诗歌，说他的世界观是极端的唯我论，语言朴实，语气多变，有最辛辣的讽刺，也有温柔的抒情，说他所有的诗作是围绕着一些基本问题和主题：世界的意象与世界的现实之间的裂痕、欲望的力量、人际关系的痛苦和人对自然的感悟。奥斯特因此称布朗克是塞缪尔·贝克特的“精神兄弟”。

布朗克抽象的玄思令一般的读者不敢问津，例如，他在短文《欲望和否定》（“Desire and Denial”, 1974）中探讨人与现实的关系，说：“我们多么好奇地看到，我们生活在既不是真实的世界中，又不是世界的现实里，两者彼此多么不相似，其中的一个变成另一个多么不可能。”他把这种钻牛角尖的想法写在诗里，自然使一般的读者大伤脑筋，例如他的短诗《珊瑚和介贝》（“Corals and Shells”）：

> 我们称之为现实的东西，
> 其中除了休眠，一种临近的
> 死亡，我们完全无法忍受。
>
> 你知道它是什么？它是休眠本身，

无知觉的睡眠，那些死亡僵硬的
严酷和骨骼，我们讨厌，却躲身其中。

我们活着无法忍受休眠；我们死死地忍受，
忍受死亡。它折磨我们。我们很高兴它折磨人。
珊瑚和介贝。我们究竟会不会覆盖陆地？

诗人从珊瑚或介贝的视角，表达我们无法忍受现实的痛苦心情。在诗人看来，现实是一种临近死亡的休眠，如同贝类僵硬的外壳，我们憎恨它，却又躲身其中，简直处于无法摆脱的痛苦之中。诗人试图向世人揭示这样一个痛苦的真理：慢性死亡的严酷现实是我们今生今世存在的前提，如果失去这个前提，我们将不复存在；要存在就得忍受，像贝类忍受驼在背上的僵硬的外壳一样。布朗克如此绕口令似的阐述他对人生的感悟，难怪被视为贝克特的“精神兄弟”。当然，人类不能忍受现实的想法，不是布朗克的胡思乱想，T. S. 艾略特在他的《四首四重奏》的“烧毁了的诺顿”和诗剧《大教堂谋杀案》中已经表达过：“人类难以忍受太多的现实。”

布朗克的诗歌具有智性品格和悲观色彩，常以独白的形式表现。他的诗行整齐，节奏鲜明，符合逻辑性。他开始创作时效法史蒂文斯，50 年代后期找到了自己的声音。《春天的雷暴雨》（“Spring Storm”）基本代表了他简洁的风格：

今天下午我听见了两声霹雳。
我没看见闪电。好吧，我们听见——
有时我们看见，这不是说有
一个世界或我们是什么，但总有一些什么。

又如《世界》（“The World”）：

我以为你是漂流世界里的锚；
但不是：任何地方都没有锚。
漂流世界里没有锚。啊，不。
我以为你是的。啊，不。漂亮的世界。

这两首诗表明他是某种超验主义者，他被评论界称为 20 世纪卡莱尔式而不是爱默生式的诗人。他探索大自然的基本问题。他在《无法读懂的玛雅文字》（“The Mayan Glyphs Unread”）中进入了遐思：

> 是的，当然海豚，同
> 它们谈话也许有意义。看它们说什么。
> 问题是，我们不能表达的是什么？但玛雅人，——啊，
> 不仅是我想要知道，我确实想知道。
> 他们在许多方面和我们不同。但我们
> 对他们有些了解，事实上还不少。
> 他们是人，这使我想知道他们对我们是否比我们
> 对自己有更多的话要说，或者，他们有
> 更好的方法进行交流？我似乎觉得
> 我们都在说难以解码的玛雅语言
> 如同他们所说的一样。好吧。我想知道。
> 对他们来说什么是新的？不，我将试着去同
> 我认为能谈话的任何人谈话。你。
> 我想同你谈心。你知道吗？

布朗克的诗常给读者带来突然的警醒。在他看来，世界是一种人为的虚构，但存在依稀的理智结构，理智与虚构处于张力状态，面对难以言传的现实，虚构或逻辑却不是至高无上的。他冷峻的哲学思想产生了冷峻的诗歌。从他的第一本诗集《光明与黑暗》（*Light and Dark*, 1956）到《死亡是归所》（*Death Is the Place*, 1989）和《温和的天》（*The Mild Day*, 1993）的22部诗集标题上，也可看出他洞察人世的世界观。布朗克与诗坛热门人物来往不多，长期处于默默无闻的状态，在晚年知名度逐渐提高。他孤独的倾向在很大程度上阻碍了他朝全国闻名发展诗途。诗人爱德华·福斯特在他的论文《威廉·布朗克和美国地理》（“William Bronk and the Geography of America”, 1984）中，对其中原因作了精辟的分析：

> 为什么布朗克在如此长时间以后才受到他应得的重视，有几个原因。首先，他的诗与所谓的学院派诗人的诗很少有共同之处——那些诗人的作品基本上以娴熟的技巧为特色，在布朗克开始发表作品时，他们已成了美国诗歌界的统治力量。可是他也不能轻易地与年轻的试验诗人为伍，他的诗是非常抽象的诗，而他们一般遵循W. C. 威廉斯的

“只描写事物，不表现思想”的著名格言。

> 比较成功比较有名的试验诗人也效法W. C. 威廉斯使用美国口头英语及其节奏、句法和词汇，而布朗克的语言在另一方面却是“教科书”英语；他的句法和词汇常常有拉丁化色彩……他的要点是追求语言和他接受的诗歌传统所允许的精确性，其结果成了一个有学问的而一点不作假的人的英语，他的用词风格是准确，但老实过了头。[①]

布朗克所坚持的美学原则是两头不讨好，成了孤家寡人，这在各国诗坛不乏其例。不轻易与人苟同是一个人的好品质，但付出的代价很大，甚至惨重。谁是谁非也难说，我们从中又一次得到一个教训：如果你要你的诗歌为你的同行和普通读者所接受的话，你必须有造舆论的本领，培养你的读者养成你的美学趣味而能欣赏你的诗。T. S. 艾略特如此，新批评派如此，成功的试验诗人们也如此。当然这是以你确实有深厚的理论基础和丰富的实践经验为前提的。当然，那些雄心勃勃而无才能的末流诗人又当别论。他们扯旗号，哗众取宠，一时热闹，很快会被读者遗忘。除非像史蒂文斯这样的大天才，他没有建立什么流派，也没建立他的传统，他是孤家寡人，可是他凭优秀的诗歌确立了他在美国文学史上的重要地位。一般才干的诗人只有依靠集体的力量才能取得成功。另一典型例子是罗伯特·弗朗西斯。他是一位深得弗罗斯特器重的诗人，但他的个性和布朗克差不多，不轻易与人苟同，默默地辛劳地走自己的路。他的诗写得很好，但受到了诗坛的冷落。不过，布朗克生性不沽名钓誉，自从他获得诗歌大奖之后，邀请他朗诵的人越来越多，但他往往谢绝。1996年布朗克对采访他的作家马克·卡茨曼（Mark Katzman, 1951—　）说：“近年来，我常受到诗歌朗诵的邀请，拒绝了，不再想当众朗诵。成功是非常难以接受的。它腐蚀人。我们所有的人，包括我，容易受腐蚀。”[②] 布朗克从不赶时髦，他向卡茨曼坦承，他压根儿不知道什么是“投射诗”。

布朗克生在纽约州爱德华堡，毕业于新罕布什尔州达特默思学院，二战时参军（1941—1945），复员后在哈佛大学学习了一个学期，后因父亲1941年突然病故而退学，在纽约州的一个小镇赫德森瀑布镇经营父亲的布朗克煤炭和木材公司，直至1978年退休。他年轻时常旅游欧洲、南美洲和中美洲。他与人友善，乐于在家招待宾客，给予年轻朋友提供及时的帮助。

---

① Edward Halsey Foster. “William Bronk and the Geography of America.” *The Hudson Valley Regional Review*, Vol.1, No.2, September 1984: 118.

② Mark Katzman. “At Home in the Unknown: An Interview with William Bronk.” *Artzar*, 2000.

他宽敞的祖屋成了艺术家和诗人常来的圣地。早在1930年，布朗克结识劳拉·格林劳（Laura B. Greenlaw），后来由于上学和参军没有机会与她结婚，直至她的丈夫去世后才成为她的同居情人，不过仍各自保持独立的家庭。劳拉在1996年去世，把布朗克的许多原作和信件留给了新罕布什尔大学。

布朗克创作的习惯是一面做生意，一面打腹稿，一旦成熟，便用速记方法写在纸上，很少修改，也很少使用打字机。在1956～1999年，他发表诗集31本，其中《生命支撑》（*Life Supports*, 1982）获国家图书奖。1991年，获兰南文学诗歌奖。评论他的文章常见诸于《纽约时报图书评论》《西南评论》（*Southwest Review*）、《星期六评论》和《密歇根大学季刊评论》（*Michigan Quarterly Review*）等全国著名刊物。

第三节 纳撒尼尔·塔恩（Nathaniel Tarn，1928— ）

和威廉·布朗克不同，塔恩是一个精通多种外语、学问高深、见解精辟的学者型诗人，一位对玛雅文化有深入研究的人类学家和最高档次的翻译家。他的诗歌以吸收和扩展不同的广博知识来源见称。有一些评论家赞赏他，是因为他有庞德的历史阔度和深度，查尔斯·奥尔森和帕斯[①]多元文化的视野，路易斯·朱科夫斯基对科学的兴趣，玛丽亚·萨宾娜[②]的异常幻想。塔恩服膺于庞德和奥尔森的诗学，在诗里常观照布莱克、叶芝、巴列霍、奥尔森和邓肯。像他们一样，他在作品里汇集了神话、东西方哲学、政治评论、科学调查、自然景观描写和非常个人化的爱情表达。他满腹经纶，却大智若愚，他的名言是："我从无知处讲话，曾经学习了很多，但现在从无知处讲话。"

塔恩在他60年代早期的作品里，采用与美洲印第安人和西南太平洋群岛上的美拉尼西亚人有联系的人格面具，谴责美国文化对少数民族文化的毁灭，进而暗示对全球自然环境造成威胁。在这个时期，他深受象征主义和超现实主义的影响，他的诗歌有着明显的超现实主义和象征派诗的倾向。在七八十年代，他受结构主义和人类学研究的启发，从心理学的角度探讨心灵与自然，具象越来越少。80年代以来，塔恩浸淫在解构与后结构

---

① 奥克塔维奥·帕斯·洛萨诺（Octavio Paz Lozano, 1914—1998）：墨西哥作家、诗人、外交家，诺贝尔文学奖得主（1990）。

② 玛丽亚·萨宾娜（Maria Sabina, 1894—1985）：墨西哥土著马萨特克人女巫师，善于用裸盖菇致人幻觉。

主义的理论中，他的诗歌形式越来越显现实验性。但不同于80年代许多实验性作家，他一直设法探讨最深层的心理和精神方面的问题，发表政见，并无冷嘲热讽的意味。

我们现在来读塔恩的具有犹太神秘主义的单篇长诗集《颂上帝的新娘》(*Lyrics For the Bride of God*, 1975）的开头：

> 他们说，我们不懂得上帝的女性一面
> 这女性面违背神性，与传统无关
> 我们的祖先用蓖麻油开启我们的喉咙
> 但是我非常非常爱她，可以吃她的蓖麻油
> 如果她要求的话，但她在那时候从没有要求过。

按照犹太教中的一支卡巴拉教神秘主义者的看法，上帝的新娘，即舍金纳（Shekhinah)，是上帝的女性成分。我们再看另一段：

> 把她看成一只鸟，
> 在她那思想范围之内
> 在每一个碎镜片里寻找一份我们激情的火花，
> 当她下冲时
> 她一遍一遍飞越
> 云层，穿过黎明前的黑暗……

有评论家认为，塔恩由于有深厚的人类学知识，所以才能使他的“上帝的新娘”通过许多不同的神话和历史背景，以人类女子的外表，经历身份、物种、种族、肤色、年龄甚至性别的一连串变化，从而提出了从生态学到女性主义的种种政治问题。如果把这一小段想象成男女交合的体验，那我们就能理解他超现实的隐晦手法。罗宾·弗里德曼对这首长诗进行了有趣的解读。在她看来，塔恩是在谈论一个有女性性格的人的精神面貌。她不完全是犹太神，因为该书从繁多的传统中举出了希腊和中美洲印第安人的女神，她们不但具有灵性，而且高度性感、粗俗。罗宾·弗里德曼认为，诗中的“她”是以塔恩熟悉的并与之有牵连的活生生的女子的面貌出现在诗里的，诗人故意写得影影绰绰，使读者很难判断作者是在写神话里的女神还是在写现实境界中的女人。罗宾·弗里德曼的结论是：诗人旨在将二者结合起来，试图使性灵化或神话化。塔恩把他女性的情欲不断变化

写得活灵活现，趣味横生，评论界为此公认他的爱情诗写得最精彩，艾略特·温伯格认为他是雷克斯罗思去世以来英语诗人中写男女情爱最优秀的一位。当然，也有评论家把“上帝的新娘”视为塔恩从欧洲移民到美国后全身心变化的辐射。

塔恩涉猎学科广、旅行地方多，养成了他广阔的国际视域，这势必反映在他广泛的题材上。塔恩出生在巴黎，父亲是立陶宛裔英国人，母亲是罗马尼亚裔法国人。他对自己复杂的身世有时也有感怀。当他旅行到德国索尔丁森林时，看到一处圆圈形的地点，竖立着一座纪念两个立陶宛飞行员的纪念碑，碑文是：“跨越大西洋的飞行员达日乌斯和吉伦纳斯英勇献身于此”（1933 年 7 月 15 日）。他经过考察，发觉这出立陶宛悲剧的现场原来是被租借 99 年的立陶宛航空俱乐部，二战之后那块德国土地被并入波兰，而立陶宛被苏联占领。他为此感慨多端，写了他的长诗《祖先们》（“Ancestors”, 1998）。我们读一读这首诗的开头：

乡间小镇
　　在“祖先”的土地上
在世界的边缘——
边防哨所冷冷清清，
一排菩提树，

对着哨所冷冷清清
　　不再有旧世界与新世界之间
曾经有过的来来往往。

“上帝的乐园”在这里
他们过去这样称呼它：
上帝玩的是什么戏法？
一个生命的音信是什么？
这信息是什么？
上帝从一丁点到生命再倒回来的
这种玩法是什么意思？

小镇的另一头：
阳光普照的小墓地

边上是小丛林：
榛子树，苹果树，玫瑰，蕨类植物，
荨麻，蘑菇，香草——
空中鸣叫着一只只莺，
一只只鹳，
这些使我童年暗自快乐的鸟。

塔恩的这首诗发表在澳大利亚诗人约翰·特兰特（John Tranter, 1943— ）创立的被誉为“网络诗歌杂志王子”的《夹克》（*Jacket*）上，在英语诗歌界流行广泛。

塔恩出生在巴黎，5岁时开始学写法文诗，在巴黎生活到7岁，接着去比利时生活到11岁，二战爆发前一个星期到达英国。18岁上剑桥大学，攻读历史和文学，获剑桥大学学士（1948）和硕士（1952）学位。1948年曾回法国，在新闻业和电台工作，用法语创作诗歌，自称是“第25流”的法国超现实主义诗人。在索邦大学和法兰西学院学习人类学。然后在美国获芝加哥大学硕士（1952）和博士（1957）学位。在芝加哥大学学习期间，曾利用富布莱特奖学金在他的博士生导师罗伯特·雷德菲尔德（Robert Redfield , 1897—1958）教授带领下，去危地马拉作人类学考察研究一年。在缅甸作人类学研究18个月之后，于1959年在伦敦大学东方和非洲研究学院当人类学助理教授（1959—1967）。在英国，与帕特里夏·克拉默（Patricia Cramer）结婚，生两个孩子。离婚后，在1981年与珍妮特·罗德尼（Janet Rodney）结婚。

在1967～1969年，塔恩作为伦敦开普－戈利尔德出版社开普版国际丛书总编，在介绍当代美国诗歌中重点介绍查尔斯·奥尔森、罗伯特·邓肯、路易斯·朱科夫斯基、肯尼思·帕钦及其审美趣味相同的同辈和后辈诗人，并且负责出版译介法国人类学家和民族学家克劳德·列维－斯特劳斯（Claude Lévi-Strauss, 1908—2009）、法国文学批评家罗兰·巴特（Roland Barthes, 1915—1980）和诺贝尔奖得主、墨西哥诗人奥克塔维奥·帕斯（Octavio Paz, 1914—1998）的作品。塔恩看重翻译，认为翻译起三个作用：首先对文学界尽责，其次是让各种各样声音有说话的途径，再次是活跃英语文学界的沉闷空气。

1969年夏，他应邀在纽约州立大学水牛城分校暑期班任教。1970年，作为罗曼语访问教授，在普林斯顿大学任教，当年成为美国公民。后来他移居新泽西州罗格斯，先后在宾夕法尼亚州、科罗拉多州、新墨西哥州和中国长春等地的高校教授英美文学、史诗和民间文学。他应邀在巴黎、海德堡、弗莱堡、柏林、罗马、墨西拿、布拉格、布达佩斯、悉尼、墨尔本等世界各地作讲座和诗歌朗诵。他走遍美国各州，特别是长期在阿拉斯加作人类学研究。作为人类学家和佛教学者，他对危地马拉阿提特兰地区的考察和对缅甸的寺院政策的研究均有专题文章和专著问世，并且和散居在西藏的犹太人保持联系。塔恩曾说："在我早期的作品里，我的人类学经验促使我讲出与古老的野蛮人有关的各种角色；年老的聪慧的美洲印第安人或美拉尼西亚人，他们意识到我们的文化对他们的文化的伤害，在宽容（我们）的同时，对他们自己的文化遭到破坏感到悲哀，这主要反映了整个地球在毁灭。"①

塔恩多年来广游七大洲的经历无疑地扩大了他的文化和文学视野，影响和丰富了他的诗歌。作为一位多产诗人，塔恩在1965～2008年发表诗集38本，其中《美丽的矛盾》（*The Beautiful Contradictions*, 1970）、《不给巴列霍一席之地：选择，十月》（*A Nowhere For Vallejo: Choices, October*, 1971, 1972）和《颂上帝的新娘》是他重要的诗集。塔恩的创作路数是诗歌与人类学和民族志诗学紧密相连，应用在他的诗歌里的人类学带有哲理性，不光是文化意义上的人类学，更是一种比较诗学。美国学专家夏蒙·扎米尔（Shamoon Zamir）博士鉴于塔恩在这方面所做的开拓性贡献，十分推崇他，说：

> 和杰罗姆·罗滕伯格和丹尼斯·特德洛克（Denis Tedlock, 1939—）一道，塔恩是民族志诗学奠基人之一。虽然他不像罗滕伯格和特德洛克那样充当民族志诗学运动的鼓动者和组织者，但塔恩作为诗人、民族志学者、人类学家、翻译家、主编和民族志诗学理论家，已经创作了范围十分广泛的作品，这就使他对民族志诗学运动的贡献首屈一指。从某种意义上说，在民族志诗学领域内，同样在美国诗人与人类学之间对话的较长的历史阶段——从庞德和T. S. 艾略特延伸到奥尔森、邓肯、鲁凯泽、斯奈德、爱德华·多恩和杰伊·赖特（Jay Wright, 1934—），他是独一无二的。作为诗人和人类学家，他是唯一一个创作了数量可观、质量上乘的作品的人，也是唯一一个对文学与人类学之间互动作充分论述的人。②

① Eliot Weinberger. "Nathaniel Tarn." *Contemporary Poets*: 982.

② Shamoon Zamir. "Scandals in the House of Anthropology: Notes towards a reading of Nathaniel Tarn." *Jacket* magazine, 2009.

塔恩取得的成就具有国际性，不是一般视野狭窄的诗人可以与之相比的，目前已经有十种语言把他的作品介绍到墨西哥、秘鲁、智利、古巴、法国、比利时、德国、荷兰、俄罗斯、捷克、匈牙利、日本、中国[①]和印度等国家。然而，具有讽刺意味的是，迄今为止，他没有获得任何诗歌大奖，只获得了吉尼斯奖（Guinness Prize, 1963）、两次温纳－格伦学者奖（Wenner-Gren Fellowship, 1978, 1980）、宾夕法尼亚州联邦奖学金（Commonwealth of Pennsylvania Fellowship, 1984）和洛克菲勒基金会奖学金（1988）。虽然诗歌品质的高下不一定要用奖项大小来衡量，但这至少表明他没有得到主流诗坛足够的认可。他的诗歌对象在诗歌界是小众而不是大众，没有一定的民族志诗学和人类学素养的人很难充分理解和欣赏他的诗。更不必说美国普通家庭的客厅里，不可能像摆放《国家地理》杂志那样地摆放他的诗集，在休闲时阅读。塔恩坦承他的诗歌读者不多，他说："还有一个事实：我在一定程度上被市场打败。"[②] 尽管如此，他对此并不懊悔，对采访他的夏蒙·扎米尔说："我知道我很博学，幸运地受到了非常广泛的教育，并对数不胜数的课题感兴趣。我无法完全把这些从作品里排除出去，如果它造成远离读者的费解，那就让由它去吧。"[③] 塔恩在宣扬庞德—W. C. 威廉斯—H. D. 的诗歌路线上非常坚决，但在自己的创作实践中，只接受了庞德《诗章》的博学，抽象多于具象，缺少了他们擅长描写的明晰意象。

1985 年，他作为诗歌、比较文学与人类学荣休教授，从罗格斯大学退休，从此与他的数字艺术家、诗人、透平板印刷师妻子珍妮特·罗德尼（Janet Rodney）生活在新墨西哥圣菲郊区。他们的小屋坐落在五色缤纷的花草丛中，一根根比手臂稍微粗一些、比人高稍微高一些的带着树皮的圆木头围在院子门口，与人类学家看重的原始美十分相衬。退休后的塔恩兴趣广泛：观鸟，园艺，古典音乐，歌剧，芭蕾舞，各种收藏，航空和世界史。

---

① 1982 年，塔恩在吉林大学任教——见他的文章《在中国教书》。戴维·埃文斯、张子清、简·埃文斯主编.《文化相聚：美国作家、学者和艺术家在中国》：241-244.

② Shamoon Zamir. "On Anthropology & Poetry: An Interview with Nathaniel Tarn." Nathaniel Tarn. *The Embattled Lyric: Essays & Conversations in Poetics & Anthropology*. Stanford, CA, Stanford UP, 2007: 249.

③ Shamoon Zamir. "On Anthropology & Poetry: An Interview with Nathaniel Tarn." Nathaniel Tarn. *The Embattled Lyric: Essays & Conversations in Poetics & Anthropology*. Stanford, CA, Stanford UP, 2007: 257.

第四节 杰罗姆·罗滕伯格（Jerome Rothenberg, 1931— ）

在文学主流占有一席地位而同时又在先锋派队伍里一直不断创新的诗人，在当今美国诗坛为数不多，杰罗姆·罗滕伯格便是这为数不多之中的一员。他接受了惠特曼、庞德、格特鲁德·斯泰因、詹姆斯·乔伊斯、萨尔瓦多·达利（Salvador Dalí, 1904—1989）和达达派文艺家的影响，在句法、意象和形式上从一开始试验性就很强，然后一直不停地在印第安土著诗歌、改编诗（found poetry）、声音诗（sound poetry）、视觉诗等方面进行探索和实践。

他和当代著名诗人保罗·布莱克本、罗伯特·克里利、迪·雷·帕尔马、费林盖蒂、金斯堡、斯奈德以及其他许多著名诗人的往来信件，是探讨当代美国文学艺术尤其是诗歌的宝贵文献，现保存在加州大学圣迭戈分校的档案室里。众所周知，纽约诗歌中心是圣马可教堂诗歌项目，罗滕伯格则是这个项目的先驱者之一。1987年，罗滕伯格应邀在圣马可教堂诗歌项目成立20周年大会上发表了题为《诗歌项目的历史和前历史》（"The History/Pre-History of the Poetry Project"）的权威性演讲[①]，出席纪念会的还有金斯堡、肯尼斯·科克、沃尔德曼和埃德·桑德斯等名诗人，由此可见他在当代美国诗坛的重要地位。

积极进取、开拓新领域是罗滕伯格一贯的作风。当我们审视他在诗歌上取得突出的成就时，我们首先不能忘记他与罗伯特·凯利在阐释和提倡深层意象诗歌方面做出的贡献。

起因是50年代晚期，他与罗伯特·凯利一同卷入了深层意象派运动。贝思·弗莱施曼（Beth Fleischman）说，罗滕伯格首次使用了"深层意象"这个术语，乔治·伦辛（George S. Lensing, 1943— ）和罗纳德·莫兰（Ronald Moran，1936— ）则认为是凯利在他的文章《深层意象诗笔记》（1961）中最先对这种新诗作了界定。准确地说，后者的意见符合历史事实，罗滕伯格参与了凯利最早对深层意象诗学的构建（参阅第十三章"深层意象派诗歌"第一节"深层意象派的起源与特色"）。罗滕伯格把诗歌的视觉性与心理上的深层共鸣结合起来。他在1960年11月14日给罗伯特·克里

① 他的这个演讲后来被收录在圣马可教堂诗歌项目在1988年出版的小册子《项目期刊》（*The Project Papers*）里。

利的信中阐述了他的几个主要观点：

> 诗是知觉向幻象运动的记录。
> 诗歌形式是这种运动通过空间和时间的模式。
> 深层意象是出现在诗歌里的幻象内容。
> 运动的载体是想象。
> 运动的条件是自由。

罗滕伯格并不局限于深层意象诗的探索，很快转入到民族志诗学方面来了。作为民族志诗学运动的鼓动者和组织者，他与艺术家、诗人乔治·夸沙（George Quasha，1942— ）于1968年首先造了“民族志诗学”（ethnopoetics）这个后来影响美国诗歌创作的术语。他主要强调研究印第安土著的诗学而不是欧美的诗学，提倡诗歌与人类学结合的诗歌创作。他与丹尼斯·特德洛克（Denis Tedlock, 1939— ）合作出版杂志《黄金时代》（*Alcheringa*, 1970—1976），首次刊登体现民族志诗学的诗篇，刊载印第安人和其他少数民族口头诗歌。特德洛克把民族志诗学看成是“去中心化的诗学，试图聆听和朗诵远处的他者的诗歌，我们所知道的西方传统之外的诗歌”。这种有意地消解欧美诗歌中心论的理论和实践无疑地具有革命性。夏蒙·扎米尔对此说：“自从20世纪60年代晚期以来，以诗人、翻译家、文集主编杰罗姆·罗滕伯格和人类学家、翻译家、主编丹尼斯·特德洛克的重大贡献为中心，民族志诗学运动在美国文化史上，提供了诗人与人类学家相互交流和合作的独特论坛。”[①] 也可能由于他出生于波兰犹太人移民家庭，罗滕伯格比较容易看清欧美白人中心论的偏见和局限性。他说：

> 就这种对文化渊源和特殊性的认识来说，其症结和悖论是，艺术家和诗人的地点（如果不是立场）越来越超越生物圈社会的文化（这是不可避免的特点）。他们早期形式的帝国主义性质，以“主流文化”模式为基础（主要是建立在以西方或欧洲为模式的基础之上的“西方文明”和“进步”等等的高贵/至尊的神话），这些在他们的前卫方面逐渐转向由罗伯特·邓肯计划的“整个研讨会”上了。这在高度工业化和资本主义的西方，感觉更加强烈，这可能仍然是由欧洲—美国人主

① Shamoon Zamir. “Scandals in the House of Anthropology: Notes towards a reading of Nathaniel Tarn.” *Jacket* magazine, 2009.

动采取的最后一步：认识到在新/旧秩序中，总体等于它各个部分的总和，不可能比它更大。[1]

讲明白些，罗滕伯格的意思是：非欧美文化与欧美文化是平等的，是构成全球文化的总和，不可能比它更大；欧美有识之士应当认识这个真理，诸如罗伯特·邓肯这类开明人士已经对“西方文明”高贵论提出质疑，并在理论上进行探讨了。这就是罗滕伯格积极投身于借鉴印第安文化的缘由。民族志诗学运动非同一般，以其为纽带，其他的一大批前卫诗人诸如克莱顿·埃什尔曼、阿曼德·施韦纳（1927—1999）、罗谢尔·欧文斯（Rochelle Owens, 1936— ）、肯尼思·厄比（Kenneth Irby，1936— ）、罗伯特·凯利、古斯塔夫·索宾（Gustaf Sobin, 1935—2005）和约翰·塔加特（John Taggart，1942— ）等团结在罗滕伯格的周围。民族志诗学的终极意义，借用费孝通先生的名言，乃“美人之美，美美与共”，尊重他人的价值观和文化，不唯我独尊。

60年代晚期和70年代早期，罗滕伯格在美国印第安人保留地体验生活，和当地的歌咏协会一道，参加印第安人中的一个支族——塞纳卡族的歌咏。他除了翻译德文、希伯来的诗歌之外，还和印第安人歌手合作翻译了印第安人中的阿兹特克族、纳瓦霍族和塞纳卡族的诗歌。表演朗诵著名的纳瓦霍族诗人弗兰克·米切尔（Frank Mitchell, 1881—1967）的《马儿祝福歌》（“Horse—Songs”）成了罗滕伯格诗歌朗诵表演的一部分，或者说成了他朗诵表演的品牌。他还主编了大型的印第安人诗集《摇葫芦鼓：北美印第安人传统诗歌》（*Shaking the Pumpkin: Traditional Poetry of the Indian North Americas*, 1972，1986），并与菲利普·苏尔兹（Philip Sultz，1945— ）合作出版了诗集《塞纳卡族日记：隆冬》（*Seneca Journel: Midwinter*, 1975）以及独自完成的全本《塞纳卡族日记：撒旦》（*Seneca Journel: The Serpent*, 1978）。我们现在来读一读他早先创作的诗集《塞内卡日记之一：河狸之诗》（*Seneca Journal 1: A Poem of Beavers*, 1973）中的几行诗：

在梦中
河狸们走近
哈里·瓦特

[1] Jerome Rothenberg. “New Models, New Visions: Some Notes Toward a Poetics of Performance.” *Postmodern American Poetry*. Ed. Paul Hoover. New York & London: W.W.Norton & Company, 1994: 644.

“孩子可以
“讲
“交流
“正站成一排
“他们说我不会
“伤害他们
“决不会
“在
“猎取小貂
“和獾之后
“但是河狸是
“我的朋友
“而且帮助我

他的故事就是这样开始而且我也知道听着
他说听着我知道是从前和我在一起

他朗诵的这些诗篇都录了音。可以这么说，印第安文化几乎改变了他的整个世界观。他为此被称为人类学家，尽管在人类学理论上比塔恩略欠一筹。罗滕伯格对北美印第安人的口头和非口头诗特别感兴趣，在他看来，它是一种高级的诗歌和艺术，只有那些有殖民主义思想的人才把它视为“原始”或“野蛮”。他认为，这种诗经常可以通过音乐、非语言发音、舞蹈、手势等形式表达。他说，他一直从他的犹太祖先——犹太神秘主义者、盗贼和疯子的世界里探索这种诗歌源泉，其结果反映在他的诗集《波兰/1931》（*Poland/1931*, 1974）和他与哈里斯·莱诺威茨（Harris Lenowitz）教授主编的《犹太人大书：从部落时代到现在的犹太人的诗篇与其他愿景》（*A Big Jewish Book: Poems & Other Visions of the Jews from Tribal Times to the Present*, 1978）里。

罗滕伯格的代表作《鸟仔》（“Cokboy”，1974）是他的民族诗学在诗歌创作上的成功实践，它充分体现了他对美国印第安人诗歌和法国达达派文艺作品尤其是法国诗人特里斯坦·查拉的达达主义文艺观的高度重视，以及他作为波兰犹太人后裔对少数民族文化的传承，反映了“二战后从垮掉派宣言性喜剧到寻觅当代神话人物（例如爱德华·多恩的‘投石手’）的许多影响”[①]。这首诗很长，我们且欣赏它的一部分：

> 我　一个犹太人　忍着鞍伤
> 骑马来到印第安人的中间
> 我到这陌生的地方来干啥呀
> 这里的人都长着奇怪的眼睛
> （他说）可能会麻烦
> 可能会　可能会
> 一个人影站起来
> 正映在他的荞麦粥里
> 手执石斧
> 他的右眼看见斧子的影子
> 左眼看见自来水笔的影子
> 我来这里来干啥呀
> 我怎么会迷路到了这里
> 我好像是一百个人，或
> 一百五十个犹太人
> 和非犹太人的影子
> 他们把法律带到这荒野之地
> （他说）这个人
> 就是我　我的祖父
> 和其他用字母写字的人[②]
> 寄送信件的人，是
> 骑着快马的立陶宛骑士[③]
> 有商业头脑的帅哥野牛比尔[④]

---

① Paul Hoover. Ed. *Postmodern American Poetry: A Norton Anthology.* 1994: 222.

② 在印第安人看来，白人是用字母写字的文化人，字母指英文字母。

③ 寄送邮件的人往往被认为是从英国来美国定居的白人，而这里写的立陶宛骑士是指骑马送邮件的人是立陶宛移民。立陶宛是东北欧的一个国家， 而到美国去的东欧移民之中有许是多犹太人。杰罗姆·罗滕伯格是波兰犹太人后裔。他这样地提出送邮件的立陶宛人是想纠正一般人的误会。换言之，移民到美国去的白人之中也有许多是东欧的犹太人。这里的一个俏皮之处是把英文字母“letter”与英语中的信“letter”搅浑在一起。

④ 威廉·科迪（William Frederick Cody, 1846—1917）的绰号。他是美国白人陆军侦察兵，在与印第安人的战争中立功，善捕野牛，供联合太平洋铁路筑路工人食用，曾在写其事迹的剧本《草原上的侦察兵》中担任主角。

在为卡斯特[①]之死报仇前的几个小时
依然骑着马冲在前头
好像在拍摄那些战争的第一部
立体电影，或在此之前的好几年
许多人消失在神秘的时间里
这神秘的力量把所有的人搅在一起
带着鞍伤的孤独骑士
是我 我的祖父
和其他用字母写字的人
犹太人和非犹太人
进入印第安人的领地
把法律带到这荒野之地
带进金矿和不景气的店铺
带进毛皮交易、农业生产[②]
选票 子弹 理发师
威胁我的胡子你的头发[③]
但他们庇护我
将从亚利桑那州拉一个我们这类的议员[④]
他们的法律的维护者
他憎恨我们 但他一天打扮成
犹太人 另一天又打扮成印第安人
这个基督教徒小笨蛋
我到这陌生的地方来干啥呀
这地方也许有点儿怪
所有的字母向后走

① 乔治·卡斯特（George Armstrong Custer, 1839—1876）：美国白人骑兵军官，美国内战时的联邦军将领，在袭击蒙大拿州小比格霍恩河附近印第安人营地时战败身亡。

② 据诗人解释，白人使印第安人做皮毛生意，是把印第安人束缚在金钱经济上；白人开垦农田是对印第安人土地的剥夺；开金矿和开小店同样是对印第安人的剥夺。

③ 根据诗人解释，选票即选举，意思是享受宪法规定的民主，起初这个民主只限于白人，没有印第安人的份儿；子弹指对印第安人的军事威胁；理发师指强迫印第安人理发，因此对印第安人留长发的传统是一种威胁；至于“威胁”“我的胡子”是指威胁诗中人（即波兰犹太人后裔的诗人本人），那是开玩笑。

④ 犹太人的处境毕竟比印第安人好，所以白人法律是庇护他的。据诗人解释，这个议员名叫芭里·戈德华特（Barry Goldwater），亚利桑那州的两个议员之一，共和党人，很保守。据说他对印第安人的事务很感兴趣，曾经和一群白人扮演印第安人。他有犹太人的血统，故此诗中人把他视为“我们这类的”人。

（他说）谁能看得懂
对着沙漠的路牌
谁能走出树林　徒涉溪流

诗的题目“鸟仔”体现了诗人对文化误解的诙谐再现。印第安人把到他们那里去的白人（例如犹太裔的诗中人）看成是美国西部“牛仔”（Cowboy），但把他错说成是“鸟仔”（Cockboy）。原来 Cock 有许多意思，其中的一种意思是指男子的阳物，俗称“鸟”，于是成了“屌仔”了，而 Cok 又是 Cock 的错误拼写，因此造成了连环错。据诗人说，他是从智利诗人维森特·维多夫罗（Vicente Huidobro, 1893—1948）的一首诗《牛仔》（“Cowboy”）中受到启发的，把“Cowboy”写成了“Cok Boy”，错得滑稽。① 此外，诗人还说，“鸟仔”还可以指美国印第安人的恶作剧精灵，一个戏剧性的男性生殖神，欧洲的侵入者碰到他时便感到自己被改变了。② 诗行“我好像是一百个人，或/一百五十个犹太人/和非犹太人的影子/他们把法律带到这荒野之地”中的“我”本来是到印第安人保护地探访的一个白人、犹太人（也是诗人本人），见到印第安人之后，觉得自我的身份变了，既像是白人，又像是非白人（或者印第安人），这时的“我”居然将把法律带到印第安土地上的白人祖宗视为“他们”! 美国白人中的有识之士意识到印第安人是白人种族主义的受害者，因此同情印第安人的处境。诗人就是这些有识之士中的一员。根据诗人本人解释，诗中的时间是现在与 19 世纪交替出现，而在 19 世纪，印第安土地被白人士兵和商人征服了。③ 这是他的一首力作，也是一首最难理解的诗。诗中的视角不断地变更，造成了理解上的困难。

同想摆脱以人类为中心的宇宙观的斯奈德和其他诗人一样，也同想摆脱以欧美白人为中心的思维方式的美国印第安人朋友一样，罗滕伯格希望扩大诗歌的疆域，让诗歌多样化，使它具有更广阔的世界视野。通过对美国印第安人诗歌的译介，对文化人类学的探索，把深层意象诗歌理论扩展到民族诗学里，罗滕伯格便成了一位诗歌新路的开拓者。他认为，欧美以前的诗学和对诗歌的界定失于表现诗歌感知力，使他难以容忍。他希望用他的诗歌理论和实践改变西方人原来的诗歌见解，为了达到此目的而采取一切表现方法。在谈到他的诗歌风格时，他说：“我寻找新的形式，新的

① 见 2003 年 9 月 27 日杰罗姆·罗滕伯格给笔者的电子邮件。
② 见 2003 年 9 月 27 日杰罗姆·罗滕伯格给笔者的电子邮件。
③ 见 2002 年 7 月 29 日杰罗姆·罗滕伯格给笔者的电子邮件。

可能性，同时寻找用我自己的语言表现最古老的诗歌种种可能的表现方法，尽可能地回溯到原始的和古老的世界文化中去，这些文化在过去的一百年已经向我们敞开了。”[①] 我们再来欣赏他的诗集《见证集：咒语和护身符》（*A Book of Witness: Spells & Gris-Gris*, 2003）里的一首诗《我不是此地的土著》（“I AM NOT A NATIVE OF THIS PLACE”）：

我不是此地的土著，
也不是陌生人。
我要和你们大家
寻找庇荫，
我的靴子脱了一半
让空气流通。
我的头确确实实
在我的肩上。
我种黄瓜
一年两次，
计算收成。
我经常站着
看报。
我很纯净。
我用水桶
从池塘里拎水，
重量超过我的臂力。
出现在
满月下的鱼儿，
像琥珀里的苍蝇。
外国人的话
入侵我的思想。
饥饿的部落
环绕着我，
从他们的胡子里
发出嚎啕。

① 见 2002 年 7 月 16 日杰罗姆·罗滕伯格给笔者的电子邮件。

我的手指震颤
假装讲话。
我有一个感觉：
我的舌头
在讲话，
因为我的喉咙
火烧火燎。

诗集标题里的护身符源出于非洲的护身符，据说佩戴者免受邪恶，或将有好运。诗集里的一首首诗好像是咒语，评论家认为是诗人传达少数民族面对历史的黑暗，重申自我，对着冷漠的宇宙发出要求生的呼唤。这首诗表现诗人在印第安部落里生活的体验。他作为白人，虽然不是北美的原住民，但对这里并不陌生。

罗滕伯格的诗歌风格多种多样，而表演朗诵诗应当是他主要的艺术形式。几乎所有的美国诗人都参加诗歌朗诵活动。美国诗歌朗诵的形式五花八门，因人而异。有些人只是大声念他们的诗，对表演没有兴趣。金斯堡朗诵时像和尚颤抖着声音唱经，也像中国私塾先生哼哼唧唧地吟诵；他的搭档安妮·沃尔德曼朗诵时身体向四个方向转动，双手做着动作，诵唱她的诗篇；戴维·安廷朗诵他的诗像在絮絮谈话；杰克·弗利弹着吉他，与他的妻子轮流朗诵；埃德·桑德斯用自己制作的像里拉琴似的电子弦乐器为自己的朗诵伴奏。罗滕伯格的朗诵别具一格，他有时由作曲家和演奏家查利·莫罗（Charlie Morrow, 1942—　）为他伴奏，有时他自己拿着美国印第安人的拨浪鼓或其他简单的乐器为自己伴奏助兴。2002 年 8 月 17 日下午，罗滕伯格应邀在南京先锋书店作了一次精彩的朗诵表演。[①] 只见他手执塑料软管，在空中挥舞，唰唰声响，为他忽高忽低的朗诵添彩。听众不时地发出笑声和掌声，尽管大多数人并不懂英语，但他朗诵的艺术感染力却已经超越了听众语言的障碍。

表演诗的朗诵形式打破了传统艺术体裁的界限，把唱歌、表演、通常只用于眼睛阅读的诗行这三者的界限打破了，接着又把这三者结合了起来。其实远古时期，诗、歌、散文叙事、祈祷、祭祀仪式是不分的，美国印第

① 杰罗姆·罗滕伯格和叶威廉教授在他们出席南京举办的国际比较文学会议期间，应邀参加先锋书店店主钱晓华策划的“中美诗歌交流——南京诗会”。参加朗诵会的南京诗人有张桃洲、代薇、马铃薯兄弟、沈木槿、黄梵、子川、丁芒和笔者。在美国高校教书的诗人麦芒和在哈佛教书的学者黄运特也应邀参加了朗诵会。先锋书店事先还为朗诵会出版了中英文对照的诗歌小册子。晚上举行了盛大的宴会。

安人至今仍然保留了这种艺术形式。当然，罗滕伯格的民族诗学不仅仅局限于北美印第安诗歌，而是着眼于世界各民族的诗歌，这也表现在他主编的大型诗集《神圣的艺人：非洲、美洲、亚洲、大洋州的诗歌》(*Technicians of the Sacred: A Range of Poetries from Africa, America, Asia and Oceania*, 1968，1985）里。他认为，所谓原始的祭祀仪式、当代的艺术和表演有着或明或暗的一致性，例如古希腊、罗马模式之于文艺复兴时期的欧洲，古代中国模式之于中世纪的日本，10～12 世纪在墨西哥占统治地位的印第安人托尔特克族模式之于现在的北美阿兹特克族。他还认为，整个人类文化和艺术有着传承性，有着密切的联系，而表演可以回溯到史前人类的生物性继承，因此先锋派艺术与部落的/口头的、古代的“传统”艺术密不可分。

总之，罗滕伯格作为学习与保存古代和原始文化的带头人，为现代世界重新建立了令人羡慕的梦幻诗歌形式，而他精湛的朗诵表演也为他赢得了大批为之惊喜的听众。这是他经过长期孜孜矻矻奋斗的结果。他的第一本诗集《白太阳，黑太阳》(*White Sun, Black Sun*, 1960）超现实主义的色彩太浓，很难为多数读者欣赏。从他的《1964～1967 年诗抄》(*Poems 1964-1967*, 1968）面世起，他开始崭露头角。他由起步时着重表现个人无意识的深层意象派诗，逐步转向创作反映整个文化的集体无意识的诗歌。

就个人独创性而言，罗滕伯格是一个不断的创新者、激进的先锋派，他对此曾说：

> 现代主义的先锋派向它以前的传统艺术和诗歌挑战；同样，后现代派诗人和艺术家（从达达派到目前为止）向它之前的现代派作品挑战，不是复旧回到国家供养的官方文化的价值观念上，而是保持开放更新的渠道，这对推动诗歌和艺术转变是十分必要的。那种艺术/那种诗歌的历史（如同其他每种脱离其民族主要仪轨之后的艺术史）从来难免陈腐，不管是被金钱还是被权力搞陈腐，多数先锋派失于讲出或纠正那种陈腐必然是他们最大的失败。我也不会说，要求改变与转型的每个诉求看来都是行之有效的。但我作为一个诗人，同样不相信没有一些这种诉求（或明或暗）作为其动机核心部分的任何诗歌之价值。[①]

罗滕伯格在这里揭示了诗坛的普遍现象：即使是起初努力革新的先锋

① Diane Wakoski. “Jerome Rothenberg.” *Contemporary Poets*: 827-828.

派诗人，他们之中不乏这样的诗人，在好不容易得到主流诗坛的认可、获得主流诗坛授予的大奖之后，原先勇于革新的诉求就消失了，其艺术形式也随之流于庸俗和陈腐。可以说，罗滕伯格在他半个多世纪的创作生涯中是一个不断的革新者。他在对“深层意象”和“民族志诗学”的界定和实践、生动的诗歌朗诵表演、大量的诗歌翻译以及从现在的观点对过去的诗学重新诠释的各种尝试上，都做出了杰出的贡献。

罗滕伯格为现代世界重新建立了梦幻诗歌形式，使他成为学习和保存古代和原始文化的带头人。他创立的小杂志《浮世篇》（*Poems from the Floating World*, 1960—1964）、《某 / 事》（*Some/Thing*, 1965—1968）、《黄金时代》（*Alcheringa*, 1970—1976）和《新荒原信函》（*New Wilderness Letter*, 1976—1985）以及小出版社为他的创作和联络诗歌界提供了极大的方便。他主编以及和别人编辑的诗集和文集涉及德国、非洲、美洲、亚洲和大洋洲的诗歌和文化，因此他的名声在国外高于国内。作为犹太人的后裔，他为保存和发扬犹太文化也做出了积极的贡献。

罗滕伯格出生在纽约，1952 年获纽约市学院学士，1953 年获密歇根大学硕士。1952 年，与戴安娜·布罗德茨（Diane Brodatz）结婚，生一子。1953～1955 年，在驻扎在德国的美军服役。回国后，在纽约哥伦比亚大学进修（1956—1959）。1960 年之后，先后在美国七个不同的大学任教，从1988 年起，在加州大学圣迭戈分校执教。在 1960～1990 的 30 年间，发表50 部诗集；在 1992～2005 年间，发表诗集 26 部，其中与中国有关的两部是《中国笔记》（*China Notes*, 2003）和《中国笔记与敦煌宝藏》（*China Notes & The Treasures of Dunhuang*, 2006）；在 1959～2004 年间发表译著 15 部；在 1966～2003 年间，主编诗歌选集 13 部。他的诗歌被各类诗歌选集所收入，发表在杂志上评论他的文章和他本人的评论文章多得难以统计。一位名副其实的著作等身的诗人！先后获朗维尤基金会奖（1960）、温纳一格伦基金奖（Wenner-Gren Foundation Grant, 1968）、古根海姆奖（1974）、国家资助艺术奖（1976）和美国图书奖（1982）。

第五节　罗伯特·凯利（Robert Kelly, 1935—　）

60 年代初进入诗界的凯利主编的《特罗巴》杂诗是展示深层意象派诗的重要窗口。他的深层意象诗与布莱、詹姆斯·赖特等人的作品完全不同，不那么晓畅和飘逸，其出格的句法、密集的隐喻和高度压缩的表达给读者造成了阅读困难。他承认他的作品从来不是为一般读者而是为同他能沟通的读者写的，他引证他的诗集《寻找韵律》（*Finding the Measure*, 1968）中的一段表明他的观点：

寻找韵律
是寻找月亮，作为韵律索引
是寻找月亮的源泉；
如果那源泉
是太阳，寻找韵律便是寻找
思想的自然表达。
宏观世界的
机制，语言的机制，
我在无休止的自然化中
结合到传播四度和音的机制，
这首诗
来自三位一体
风格是死亡。寻找韵律是寻找
从那死亡中获得的自由，
一个出路，向前的运动，
寻找韵律是寻找
此刻特定的音乐性
整个世界
运动的同步结果

凯利在艺术追求上的口气好大！这是一般诗人从没想到的，只是他太钻牛角尖，以致一般读者无法欣赏他，不过他早已表明他对此作好了思想准备。他在另一本诗集《肌肉：梦：书》（*Flesh: Dream: Book*, 1971）的尾注里解释标题的含义，指出人类信息的三大来源肌肉、梦和书：肌肉代表能接触感觉体验的世界；梦代表梦与想象力的混合和联系；书代表人类知识。他尽可能地把从这三个来源得出的信息融合在自己的作品里。

他早期受到波德莱尔、庞德和阿波利奈尔的影响很深。在他的处子诗集《武装的世系》（*Armed Descent*, 1961）发表之后，凯利很快改变他的深层意象诗的审美趣味，朝邓肯和奥尔森的艺术道路发展。我们现在欣赏他的《苦皮藤沿着红墙往上长》（"Bittersweet growing up the red wall", 1987）：

苦皮藤沿着红墙往上长
空空的老厂在沃特曼脚旁

穿过锡康克，是
东普罗维登斯一座座房屋、码头和小窝棚
这些
令人心碎，这些都是艺术。

如果帕台农神庙在我们的一氧化碳中垮塌
我们可以按公式
再建一座，
基督，我们可以用肥皂雕刻出来
　　　　　　　　　　　　　　　　　　　　　　　　但这些
是实际的
颜色
是住人的建筑物
　　　　　　　　　　　这是密教哲学
实际劳动量的
连续
没有两座建筑物相同
在水泥原料运输优化的时间里
被工人们造出不同的形式
　　　　　　　　　最希望悦目和廉价
它们以不同的形式屹立着，当这些建筑物不存在的时候
我们怎么办，
　　　　　　　　没有记住它们的规章

这些易损的事实
绝对不屑一顾的哼哼，
一座座老屋颜色的区别如同
实际生活里穿短衫的女人的胸脯
她们的衬衫由风作批注

　　　通过

岸边的窝棚，这里正在野生胡萝卜
和艾菊的货架之中出售鲱鱼和鳗鱼。

这首诗是凯利在普罗维登斯创作的，描写了他在东普罗维登斯所见的情景和他的感慨，诗歌形式与奥尔森的诗大同小异。

罗滕伯格和皮埃尔·乔里斯（Pierre Joris, 1946— ）在他们主编的《千禧年诗篇：现代与后现代诗歌加州大学卷：从战后到千禧年》（*Poems for the Millennium: The University of California Book of Modern and Postmodern Poetry, Vol. 2: From Postwar to Millennium*, 1998）第二卷本中指出："凯利是庞德和朱科夫斯基的继承者，在其视野中，诗人是全体的'科学家'……对于他来说，所有不管什么样的资料都有价值或世界学术价值。"对于凯利来说，世上的东西样样可以入诗，难怪他和罗滕伯格一样也是一位高产诗人。在1961～2006年间，出版个人诗集64部，他的剧本、长短篇小说、论著和主编的书还不计算在内。

凯利出生在纽约布鲁克林，8岁前在长岛南岸度过，初次读了柯勒律治的诗篇《忽必烈汗，或梦中幻景：一个片段》（"Kubla Khan or, a Vision in a Dream: A Fragment", 1816）便爱上了诗歌。他毕业于纽约市立大学城市学院（1955），然后在哥伦比亚大学学习三年（1955—1958），未获学位。他与诗人、翻译家乔治·埃诺诺姆（George Enonomou, 1934— ）一道创办了杂志《特洛巴》（*Trobar*, 1960—1964）、特洛巴丛书（1962—1965）和《切尔西评论》（*The Chelsea Review*，1957—1960），后来单独主编杂志《事情》（*Matter*, 1964—1976）。他还担任过包括《毛毛虫》（*Caterpillar*）、《连词》（*Conjunctions*）和《诗歌国际》（*Poetry International*）、《硫磺》（*Sulfur*）在内的多种杂志特约编辑。曾在多所大学从教，1986年以来一直在巴德学院任教，和他的翻译家妻子夏洛特·曼德尔（Charlotte Mandell）住在哈得孙河谷。他的诗歌和小说已被译成西班牙文、葡萄牙文、法文、意大利文、德文和塞尔维亚文。他获得第一届《洛杉矶时报》图书奖（1980）、学院奖（Academy Award, 1986）和美国图书奖（1991），这与他的高产似乎不相称。马克·斯韦特（Mark Thwaite）在2006年采访凯利时问他为什么如此高产，他的回答是："任何想法到我脑海里时，我就写下来。我不喜过一天没有写作的日子。如果在我醒来有不间断的15分钟，我觉得我就能写出来。"[①] 他还说："我注意到，美国诗歌界已经变得非常安静：实验性的诗人们做出一

① Mark Thwaite. "An Interview with Robert Kelley." ReadySteadyBook, 20/08/2006.

些谨慎的小举动，在后凯奇、后麦克·洛、后链接诗（post-Chain）时代，他们试图掌握他们可以有权占有的一些地盘，通常这是一个看似有理的竞争手段的尝试，为什么不呢，我们都喜欢玩一阵新花样。”[①] 换言之，凯利表明他是作为一名试验性强的诗人，在艺术形式上不断翻新，并不在乎主流诗坛对他在意与否。

第六节 戴维·安廷（David Antin, 1932— ）

曾经和杰罗姆·罗滕伯格主编过《某/事》杂志的安廷更前卫，对自己别开生面的诗歌创作信心十足，他说：

> 关于成为诗人，我一直百感交集
> 如果罗伯特·洛厄尔是一位诗人，我就不想当诗人，
> 如果罗伯特·弗罗斯特是一位诗人，我就不想当诗人。
> 如果苏格拉底是一位诗人，讨厌考虑当诗人。

他虽然故意拿名诗人开涮，不必当真，但我们可以看到他是何等的激进！作为诗人、表演艺术家和文艺批评家，安廷尤其以他的“谈话诗”著称于国际诗坛。他善于把戏剧、故事、社会评论即席融合在一起，就成了他的“谈话诗”。评论界认为他的“谈话诗”是马克·吐温的幽默和格特鲁德·斯泰因的艺术形式的有机结合。因此，他在诗坛立身安命的是他津津乐道的谈话诗。这是一种真正不加修饰的即兴诗。限于篇幅，我们先看看他的长诗《在公共场所中的私人活动》（“a private occasion in a public place”，1976）开头部分：

> 我认为自己是一个诗人但我不朗诵诗歌　　你们是知道的
> 　我没有随身带书　　虽然我写书　　我
> 同朗诵的想法有一个有趣的关系　　如果你听不见
> 你再靠近一点的话　　我将不胜感激　　因为这不是
> 一处我想把声音扩大的场所　　那是第二部分
> 杰克逊·麦克洛的部分　　舞台上我背后的

---

① Mark Thwaite. “An Interview with Robert Kelley.” ReadySteadyBook, 20/08/2006.

扩音设备　　是它其他的设备，我只稍微用一下
麦克风这设备　　因为在这特定的时刻我只可能
操作这最起码的设备　　原因是　　我曾经
干过工程师行当　　现在我正完全摆脱它
曾经有一段时间　　我使用许多许多的设备
而且是不久以前　　但是现在我不想沾边
这好像我对书的态度　　我不打算
朗诵　　我的意思是　　如果我来给你们朗读
一本书　　你们会认为这是完全合理的行为形式
而且完全是得体的行为形式　　一般看作是
诗歌朗诵　　这有点像取出冷冻豌豆的容器
把豌豆热一热　　然后招待你们吃　　那对我来说
似乎没有什么趣味　　因为结果我就成了一个厨师
而我真的不想当厨师　　我不想给任何人
烧煮或者重新烧煮任何东西　　我来这里是为了
作一首诗　　是通过谈话　　是谈出一首诗　　这和
做其他的事情一个样　　因为我想谈一些事情
这种情况是　　一个诗人来到一个地方
来做一些事情　　这个事情就是一首诗　　我的意思是
我到这里是来出口成诗吗？如果我认为诗歌是一种
浪漫的事业　　如果我认为诗歌就是浪漫事业　　那么
我以为谈话诗是合理的鲜明的事业　　我就会到此地运用
所有出色的我可能置于脑后的修辞魅力　　给你们
奉献诗歌　　即我会改进谈话　　你们知道
谈话就是谈话　　普通人的那种谈话　　诗歌将是
改进了的谈话　　它押韵　　或者发出谐音　　或者
以不寻常的和奇异的形式出现　　很多人这样写诗没有什么错如同
走钢丝绳那样好玩　　一面谈话一面喝水真好玩　　一面倒立在钢丝绳上
一面谈话真好玩　　我建议不要认为诗歌是把一些事情拔高置于谈话之上
在这种情况下　　我认为诗歌出现在公共场所中的私人活动里我的意思是

你们都在这里　　这是一处公共的地方　　我称它为公共场合我做着
诗人们很长时间以来做过的事情　　他们谈出了私人的感觉有时
从个人的需要出发　　但他们在相当特殊的情况下　　对任何窃听的人
谈论诗　　这就很怪　　这家伙会走到这里同你们谈话　　他不认识
你们　　你们也不认识他　　而你们居然关注他必须谈的任何事情
这很怪　　诗歌除了有我们共享的一些人性的东西之外
还一些有些奇怪的东西

安廷的这首代表作就这样絮絮叨叨，长达 16 页，被收录在保罗·胡佛（Paul Hoover, 1946— ）主编的《后现代美国诗：诺顿选集》（*Postmodern American Poetry: A Norton Anthology*, 1994）里。一般的读者可能没有读完它的耐心，我们现在看它的结尾：

诗人带着什么样的期望　　你们知道吗？
诗人将会干什么　　谈什么劳什子　　我来这里
是带着我的私事　　可以这么说　　我告诉你们来这里是界定我自己
我告诉你们我是谁　　我为何作诗　　你们可以相信它就像你们可以相信我或者
任何诗人　　或者像相信你们的妻子　　或者你们的孩子或者你们自己

按照传统诗的审美期待，我们真的不知道他作的是什么样的诗！安廷的诗集《在边界谈话》（*Talking at the Boundaries*, 1976）和《调音》（*Tuning*, 1984）被著名诗评家玛乔里·珀洛夫教授称赞为“非同一般的即兴作品”。他的这类艺术形式，却遭到了许多习惯于传统抒情诗范式的读者的抨击。例如，一位美国读者在网站上以《任何熟悉戴维·安廷的人，请帮忙！！！?》（“Anyone familiar with david antin, Please Help!!!?”）为题，求助专家为他答疑，说：“我阅读戴维·安廷的《在公共场所中的私人活动》，不知所云。

请帮忙。他对自我意识的探析陈述了什么？他的表述究竟是什么？我完全被这个家伙搞糊涂了。”这虽然是个别的例子，不足为凭，但至少可以说明安廷跨出的步伐太大了。这么长的一首诗，除了几个疑问号和几个引号之外，没有标点，句子开头也不大写，甚至“我”（I）这个字还是小写（i），这是诗人刻意模仿讲话时的实际情形。在我们平常的讲话中，只有停顿，没有什么标点符号。当然，他的诗陈述还是可以看清楚的，完全不像语言诗那样晦涩，那样费解。欣赏他的“谈话诗”需要聆听他本人的“谈”（通常指的朗诵），才能进入他的意境。须知他是国际闻名的诗歌表演大家。打一个不十分确切的比喻，听安廷的“谈话诗”如同中国人听京戏，京戏里好多唱段的唱词并不是很通顺的，但不妨碍我们欣赏其优美的唱腔。

安廷的谈话诗不是信口开河，胡编乱造，还是有规律可循的。著名诗歌批评家玛乔里·珀洛夫教授指出：首先，他为了反映口语形式而不加标点符号；其次，他把许多线索交织在一起，但这些线索具有相关性；第三，他强调叙述是必要的成分；第四，他用一个虚构成分的声音讲话。① 斯蒂芬·弗雷德曼对安廷的评价也相当高，认为他关注当下的社会问题并且勇于揭露，他说：

> 戴维·安廷把偶然作的诗歌讲座改变成不刻意雕琢的谈话诗，对着独特的听众发表而无需加注；像约翰·凯奇一样，他提请注意当下情况的至关重要性，他戳穿了美国人的信仰：“专家们”可以解决个人和社会生活中的问题。②

我们从他的另一首诗《一张关于他们所害怕的发疯错觉单》（“A List of the Delusions of the Insane What They Are Afraid of”）中可以看出他对国内外丑恶的社会现象的抨击是何等的犀利！因为诗人似乎从精神错乱的人的视角（有时有逻辑，有时无逻辑），把这些令人触目惊心的社会现象揭露得淋漓尽致：

> 这警察
被毒
被杀

---

① Majorie Perloff. “David Antin.” *Contemporary Poets*: 21.

② Stephen Fredman. “Mysticism: Neo-paganism, Buddhism, and Christianity.” *A Concise Companion to Twentieth-century American Poetry*: 204.

独自一人
夜里被袭击
穷困
晚上被跟踪
迷失在人群里
死了
没有胃子
没有内脏
有一根骨头卡在喉咙里
丢失了钱
不宜生存
是不适应神秘的疾病
不能开电灯
不能关房门
以致一个动物会从街上进来
他们将无法站稳
他们将被谋杀
他们睡时将被谋杀
他们醒时将被谋杀
凶手就在他们的周围
他们的周围有凶手
他们将看到凶手
他们将看不到
他们将被活煮
他们将挨饿
他们将被喂食令人厌恶的东西
令人厌恶的东西将放进他们的饮食里
那里肌肉在锅里煮
那里头被砍断
小孩被烧烤
他们正挨饿
所有的营养都从食物里被去掉
邪恶的化学品已被放置在地上
邪恶的化学品进入了空气里

这样的吃是不道德的
他们在地狱里
他们听到有人在尖叫
他们嗅到肌肉烧焦的气味
他们犯了不可饶恕的罪过
有一个个不为人知的机构干罪恶的勾当
他们没有身份
他们非常激动
他们没有脑子
他们浑身寄生虫
那里的财产正被偷盗
那里的小孩正被杀害
他们偷盗了一些东西
他们有太多的东西吃喝
他们被注射麻醉剂
他们被蒙蔽
他们已耳聋
他们被搞得昏头昏脑
他们是另一个政权的工具
他们被迫犯谋杀罪
他们将坐电椅
人们给他们按上种种恶名
他们活该，应该得到这些恶名
他们正在改变他们的性别
那里血已经变成水
有身体被改变成玻璃
蛆虫正从他们的身体里出来
他们发出恶臭
房屋在他们周围燃烧
儿童在他们周围燃烧
一座座房屋在燃烧
他们的灵魂自杀了

这是一首被评论界视为优秀的改编诗（found poetry）。所谓“改编诗”

是作者从其他来源的材料里随手撷取单词、短语、有时一个段落，然后通过改变字行重新组织成诗句，或者通过添加或删削文本而改变文本，结果产生意料不到的新含意，常常显得荒谬、滑稽、幽默、调笑。安廷的这首“改编诗”据说是他从各种不同的精神病教科书里精选出来的，通篇似乎疯疯傻傻，但最后给我们呈现了一幅可怕的现实图景！你可以从各种角度联系到眼前的社会现实。因此，安廷的贡献是把平常调笑性的改编诗改造成严肃的现实主义诗篇。玛乔里·珀洛夫教授称赞安廷说：“鉴于感到困惑的观察者立场，也鉴于用仿佛第一次看人和地方时不习惯的眼光，安廷给了我们一幅内心如何体验外界的图像。”① 她十分看重安廷诗歌的先锋性，把他的表演诗与罗滕伯格精彩的表演诗相提并论。② 她还用庞德的格言“诗歌是保持常新的新闻”来比喻安廷诗歌的革新性。③

作为实验性强的诗人，安廷早期发表的作品运用了可以改编成诗的文本，或着说运用了不同类型的文本进行并列，以创造富有新语义和哲学意义的文本。在60年代后期，安廷的作品往往采取了“谈话诗”形式，属于即兴作品，进行即席朗诵表演，内容包括自传成分和虚构成分，对当时的社会现象进行评论或抨击，富有哲理意味。学者戴维·亨茨珀格（David W. Huntsperger）认为：“戴维·安廷60年代晚期的诗歌里，社会批评更加直接。事实上，安廷在越战时代的试验诗相当公开地指向紧迫的政治现实。”④ 接着，他以安廷的诗篇《游行群众》（“marchers”, 1968）为例，说安廷在这首诗里描写了一群抗议者抬着棺材“一起游行”，“这样他们不会感到孤单”。

安廷的谈话诗常常受当时朗诵的场合和出席朗诵会的听众的激发。他即席发表的谈话诗经过录音，然后转换成文字，收录在他的诗集里。这种创作方法表现了安廷以他的创造性，颠覆了“标准化”诗歌朗诵的单调形式。听他的“谈话诗”也像我们吴语区的听众听上海滑稽演员周立波创立的“海派清口”。周立波一个人在台上表演，说的全是社会热点、焦点，再加他自己的演绎，不断给听众丢包袱，引起听众发笑，以此传达一种快乐的生活方式。“谈话诗”诗人像“海派清口”演员一样，需要有天生的机智

---

① Majorie Perloff. “David Antin.” *Contemporary Poets*: 21.

② Majorie Perloff. *Radical Artifice: Writing Poetry in the Age of Media*. Chicago and London: U of Chicago P, 1991: 173.

③ 见安廷《调音》（*Tuning*, 1984）封底上的玛乔里·珀洛夫评语。

④ W. Huntsperger. *Procedural Form in Postmodern American Poetry*. New York: Palgrave and Macmillan, 2010: 71.

和幽默、文化的深厚积累、平时对社会生活犀利的观察，并非任何诗人可以胜任。安廷还是一位著名的艺术评论家和视觉/媒体艺术家。他应邀在惠特尼博物馆、旧金山现代艺术博物馆和洛杉矶盖蒂研究所以及巴黎的蓬皮杜中心和现代艺术博物馆等处作朗诵和讲演。安廷最近的视觉媒体作品被拍摄成电影，例如“微电影”系列。

安廷是凯利的同乡，生在纽约布鲁克林，和凯利同时毕业于纽约市立大学，获纽约大学硕士（1966）。1960 年，与埃莉诺・法恩曼（Eleanor Fineman）结婚，生一子。曾担任纽约研究信息服务部主编和科学处主任（1958—1960），编辑和翻译过若干种科学和数学书籍；还担任过纽约多佛出版社自由职业编辑和顾问（1959—1964）、波士顿当代艺术院策展人（1967）、加州大学圣迭戈分校校艺术馆馆长、视觉艺术助理教授（1968—1972）和教授（1972 年之后）。从 1955 年起，从事诗歌创作，从 1964 年起，同时从事艺术评论。从 1979 年起，兼任《新荒野》（*New Wilderness*）杂志主编。

在 1967～2005 年，发表诗集 14 本，其中包括 5 本谈话诗集，除上述的《在边界谈话》（1976）和《调音》（1984）之外，还有《何为当前卫》（*What it Means to Be Avant-Garde*, 1993）以及新世纪出版的《我从来不知道这是什么时候》（*I Never Knew What Time It Was*, 2005）和《没被关在笼中的约翰・凯奇依然机灵》（*John Cage Uncaged is Still Cagey*, 2005）。此外，出版一本小说、一本自传以及和查尔斯・伯恩斯坦的谈话录。他还发表了大量的评论文章，其中包括很有影响的、论述前卫作品的论文，被翻译成斯洛伐克文和匈牙利文。如果去掉他不符合传统的外表形式，我们发觉安廷是一个十分严肃的传统作家，但由于在艺术形式上太过前卫，所以和前面的几位诗人一样无缘于主流诗坛授予的诗歌大奖，只获得了古根海姆学术奖（1976）、国家艺术基金会奖金（1983）和洛杉矶笔会诗歌奖（1984）。

第七节　克莱顿・埃什尔曼（Clayton Eshleman, 1935—　）

作为诗人、翻译家和多种前卫杂志主编以及“怪诞现实主义”实践者，埃什尔曼同罗滕伯格、罗伯特・凯利或安廷一样，有着他自己独特的诗美学，写的诗不容易为一般读者欣赏。他属于自我审视的诗人，人生阅历广，从中西部走上人生的旅途，在法国、墨西哥、秘鲁、日本、纽约和洛杉矶逗留之后又回到中西部。他称周游世界为“漫步”，而这种漫步给他以自我发现和自我创造的良机，尤其是在法国观察了旧石期时代洞穴之后，彻底改变了他的美国文化独尊的世界观。他成了一个崭新的人，从此站在全人类的立场上观察问题，这自然地加大了他诗歌的容量，增厚了他的诗歌肌质，结果他的诗却很难为普通读者理解。他早期的诗具有浪漫主义和现实主义相结合的特点，也赢得在艺术形式超越界限的声誉。海登・卡拉思说他具有典型的黑山派诗歌风格，因为他爱分开短语，爱使用流水行、自由韵律、奇特的布置和过格的遣词造句。例如他的《克里斯坎》（"Keriescan", 1985）：

开放的　　负载的
田野

尼安德特人[①]的肌肉，抑制的
反愚钝的努力的返回，

这是他在考察旧石器时代洞穴时的观点。不过，他的诗歌小册子《蜘蛛星座》（*The Aranea Constellation*, 1998）里的一首诗《蝎子跳房子》（"Scorpion Hopscotch"）用性感的语言，生动地描写了他的性体验：

今天我意外地抓住
我的情欲高潮，用我的双手抑止了一会
冒出一个水晶球——然而当我细看时
我看透了我的映象，瞥见
它内部奇妙的运作，死亡
是快乐，金色的液体流过
我所看到晶亮的复杂体

他作品里常出现卷曲的毒蛇、蝎子和阳物等雄性象征物，他认为这些是男性支配文明的根源，因此他的诗受女权主义读者的喜爱。

20世纪60年代初以来，埃什尔曼一直从事翻译工作。他与何塞・鲁比亚・巴西亚（José Rubia Barcia, 1914—1997）合译塞萨尔・巴列霍《遗诗全集》（*The Complete Posthumous Poetry*, 1978），获1979年国家图书翻

---

① 旧石期时代中期的古代人，分布在欧洲、北非和南亚一带。

译奖；他翻译的《塞萨尔·巴列霍诗歌全集》（*The Complete Poetry of Cesar Vallejo*, 2007）获美国诗人学会授予的哈罗德·莫顿·兰登翻译奖（Harold Morton Landon Translation Award, 2008）。他还翻译了聂鲁达，法国诗人安东尼·阿尔托（Antonin Artaud, 1896—1948）、米歇尔·德盖伊（Michel Deguy, 1930— ），捷克诗人弗拉基米尔·霍兰（Vladimir Holan, 1905—1980）以及与安妮特·史密斯（Annette Smith）合译法国诗人艾梅·塞泽（Aimé Césaire, 1913—2008）等人的作品。

30 多年来，埃什尔曼研究了冰河时代法国西南部的洞穴原始艺术。2006 年 6 月，他和妻子为瑞玲艺术设计学院——佛罗里达州著名视觉艺术学院，带队考察法国冰河时期洞穴原始画与雕刻。根据他的经历和体验，用抽象、概括力很强的笔触描写他在史前洞穴原始壁画的启发下的种种观感，旨在不但给自己而且给他人以启迪，耳目一新，但他并不顾及普通读者是否有接受能力。他的得意之作大都是这类诗篇。他把他的考古兴趣写进诗里，例如在他的《杜克－奥杜贝尔洞穴探访记》（"Notes on a Visit to Le Tuc D'Audoubert", 1982）里描写了他探访杜克－奥杜贝尔洞穴的观感。这是法国比利牛斯山里一处史前遗址，洞窟里有野牛、野羊、野马等史前绘画和石雕。诗很长，并配上钢笔勾勒的图形，我们现在读诗的开头几节：

这些挤在一起的白石乳头
　　被石窟交错狭窄的通道归拢
它们的乳汁从长长石乳头
滴落下来，冻结在

地下的沃尔普河流[1]的悬空中，在河里
　　不知名的监护人似的
巨大的鳗鱼盘绕着——

以上六行诗下面有一幅图，不少看起来像拥挤在一起的奶头，我们称之为石钟乳，滴着乳汁，接着是：

被这原始的"残酷剧场"——

---

① 沃尔普河（the Volp）：在法国西南部，40 公里长，加龙河支流，与上游上加龙省卡泽尔河相交。沿着沃尔普河流长长的洞穴里，冰河时期的岩画在 1912 年被发现。

被它爬进来的魔法
压印下来（被压入？）

上面三行诗下面是弯弯曲曲的狭长洞穴图，它看起来很险要，完全不像中国的石窟。

沃尔普河口——这河流
的舌头把人卷进来——

由杜克—奥杜贝尔洞穴
粗粝的石头——
洞穴的肋腹蠕动消化
　在斜斜的狭缝上面，通过梯级，
到钉入岩面的一排铁楔，再到小洞，
人伏地
爬行，　　　　　一个人挨着
一个人，抓紧
　　　　　　　　　进入，向前，进入
当地球
让人感到　　　　　刹那间感觉到
它的牵引时——
到达时
萎靡的恐惧

——被扣住了——
　这自动送进来的肉体
被这地球的破旋车
搅动，轧粉碎

“当地球/ 让人感到/ 它的牵引时”这三行诗是诗人玩的一种表现手法，只能这样竖读，不能按照惯常的平读，诗人在这里试图表现电视镜头里同时出现两个画面的镜头。上面四行诗附有一张图，像人张开的嘴，下面描写奇形怪状的动物：

"神奇的形状"——这里的
一个一只耳朵一只角的大形状
一个一只耳朵一只角的小形状
与其像人不如更像野兽

如同置身于拉斯科洞穴？[①]
（这一大一小的巫师？）

以上几行诗的右边附有两头一只耳朵一只角的动物的图。他尽量让诗行按照洞穴迷宫似的弯曲路径安排。下面的诗行里还夹着大段大段的散文。如果用传统的诗美学衡量，这实在是算不上诗。诗人对此坦承：

我的诗学是基于一种信念：有一首原型诗，其最古老的构思是一座迷宫。我们突然进去了，离开绿色世界，去看显然停滞和黑暗的洞穴。从这个角度出发，一首诗开头的词语是提出和谨慎缓慢地探索作者仅仅部分觉察到的情况，或者探索也许没有准备好说清楚的情况，直至整个情况冒现——曲流和死角闪现了出来。诗歌弯弯曲曲朝着未知探索，寻求实现超越诗人的初步认识。诗歌的目的是想了解（被描述为）其初始动力之无限的内在状况是什么。[②]

诗人对诗歌创作的探索的确想得很深，但难免钻牛角尖，难怪他在普通读者心目中是一位隐晦诗人。黛安·沃科斯基认为他继承了庞德《诗章》的传统，不同的是庞德更多地思考历史，而他更多地思考自身。保罗·胡佛则认为：

埃什尔曼与布莱克、巴列霍、安东尼·阿尔托的诗歌，以及与威尔汉·瑞克和荣格的心理学理论有亲缘关系。自从20世纪70年代中期以来，他把他称之为"旧石器时代的想象与冥界的构建"的想法吸收到他的诗里。他对冥界的想象是在他1974年和1978年对法国多尔多涅地区访问后形成的，那里有拉斯科洞穴（Lascaux）、康普利洞穴（Combarelles）和三友洞穴（Trois-Frères），他在那里研究过史前岩画。

① 拉斯科洞穴：位于法国多尔多涅省蒙蒂尼亚克镇附近泽尔河谷的一处洞穴，其中的史前艺术品是迄今发现的最杰出的作品之一。

② Diane Wakoski. "Clayton Eshleman." *Contemporary Poets*: 279.

原型心理学家詹姆斯·希尔曼(James Hillman, 1926—2011)的论著《梦与冥界》(*The Dream and the Underworld*, 1979)给埃什尔曼建立了一个信念：旧石器时代艺术不太关心"白天活动"的经验现实，而更多关心梦、原型和神话中古老和持续的世界。洞穴里体现真正"意象史"的壁画和造型变成语言，所有后续的神话都建立在语言之上。根据诗评家艾略特·温伯格的看法，埃什尔曼是米哈伊尔·巴赫金(Mikhail Bakhtin, 1895—1975)称之为"怪诞现实主义"的美国主要实践者。它浸透在人的身体里；不是个别人的身体——"资产阶级的自我"，而是所有人的身体里。[①]

我们还可以从他的散文诗《1956年的米肖》("Michaux, 1956"，2005)里也可以看到埃什尔曼"怪诞现实主义"的审美感：

> 米肖经常浮现着一张脸/非脸。就说它是"出生前的脸"吧。说它是我们做鬼脸的物性吧。说它是树干或毒菌精神，灵魂世界之吻，短暂性被波浪冲打，反解剖，缺席的面具，盲童的水彩画，地狱里一个个灵魂半漠不关心的面孔拥挤在画家尤利西斯—米肖的周围，这时他在他的墨的血沟上方，与他的雌雄同体的缪斯交谈……

米肖[②]实有其人，是一位著名的法国诗人、艺术家，可是在埃什尔曼的笔下，他居然浮现着一张怪诞的脸/非脸！阴阳人？说不清，道不明。不过，根据埃什尔曼本人的解释，米肖这位艺术家用近乎于涂鸦的滑稽而丰富的线条勾勒的图像，仿佛是凭空冒现的，埃什尔曼企图在他的诗里证明这些近于新生的图像可能是新的生命形式：仿如难以辨认的昆虫，从大洋深处进入我们的梦中。他推崇和实践的"怪诞现实主义"其实是超现实主义，源于史前洞穴的原始艺术对他带来的深刻影响。

2005年秋，埃什尔曼和他的妻子卡里尔利用意大利科莫湖附近贝拉吉奥的洛克菲勒研究中心提供的科研经费，在这里研究了荷兰早期大画家希罗宁姆斯·博希(Hieronymus Bosch, 1450—1516)的稀世三联画《人间乐

---

① Paul Hoover. Ed. *Postmodern American Poetry*: 306-307.

② 指亨利·米肖(Henri Michaux, 1899—1984)，出生在比利时，一个极为特殊的法语诗人，后入法国籍，以发表深奥的著作著称。1930～1931年，他访问日本、中国和印度，发表游记《一个野蛮人在亚洲》(*A Barbarian in Asia*，1933)。东方文化成了影响他的最大因素之一。佛理和东方书法后来成了他的许多诗的主题，并且给他的画带来灵感。

园》（“The Garden of Earthly Delights”）图，完成了长达 67 页的诗文《炼金术般调情期的天堂》（“The Paradise of Alchemical Foreplay”）。

沃尔特·弗里德（Walter Freed）教授在《文学传记词典》上评介埃什尔曼这方面的艺术成就时，特别指出他独特的审美观：

> 埃什尔曼坚决认为，艺术必须有关注自身的远见，而且艺术能够得到尊重，只有当它摧毁种种障碍，或至少做出努力突破限制：正如他在《三条大桥》（*The Sanjo Bridge*, 1972）中所说，“即使艺术不照亮，我仍觉得艺术的热量，艺术欲望中的强大热量，这本身可以继续赋予我新的活力，寻找我生活里的更多东西……”他补充说：“我必须使我的艺术源于我的经验；……我备受生命何时成为艺术的这一想法折磨，它只是在个人的想法处于混乱和痛苦时是这样，这时无论对自己还是对他人不起启发或复新作用。”因此，他的诗歌意义重要，因为它公然无视读者的诗意掌控感。他的诗冒失地变得诚实，把作者的私生活与追求超越融合起来，而所谓追求超越是他一种用散乱的意象和不太显明的真理所作的追求。埃什尔曼也许不仅调查人的承受冲动和创造的起源，而且调查艺术本身的初始情况。就像是史前艺术家（他的媒体是洞壁和粗制滥造的颜料）一样，埃什尔曼画着一幅幅原始的抽象文字图，其唯一的照明似乎来自一把个人经验闪烁的火炬，而在他本身，他真心需要了解他为什么存在和他的艺术服务于什么目的。如同洞穴壁画，他的诗歌是人类的原始稀奇物，调查他的世界，然后艺术地重建它的这个需要为大家共享。

沃尔特·弗里德基本上概括了埃什尔曼的艺术面貌和审美追求。批评家肯尼思·沃伦（Kenneth Warren）在《美国图书评论》上发表文章《交通事故脊柱外伤》（“Spinal Traffic”, 1996），指出埃什尔曼作为高产的编辑、诗人和翻译家，把自己捆绑到普罗米修斯的世界了，认为他的作品令人眼花缭乱，企图恢复人理解神性、恶性和人性的能力。

埃什尔曼出生在印第安纳波利斯，父亲在屠宰场工作。获印第安纳大学学士（1958）和硕士（1961）学位。在学生时代主编英文系文学杂志《对开本》（*Folio*），有机会结识了罗滕伯格、罗伯特·凯利和保罗·布莱克本。1961 年与芭芭拉·诺瓦克（Barbara Novak）结婚，生一子，1967 年离婚；1969 年与卡里尔·瑞特（Caryl Reiter）结婚。毕业之后，在马里兰大学东亚海外分部当指导教师（1961—1962）；在日本松下电器公司当英语指导

（1962—1964），从此开始了他长期从事的翻译事业；在秘鲁生活一年（1965），然后在美国多所高校任教，从1986年起在东密歇根大学任教，现为该校荣休教授。他创建和主编最具开创意义的和备受推崇的两种诗歌杂志《毛毛虫》（*Caterpillar*, 1967—1973）和《硫磺》（*Sulfur*, 1981—2000），以发表试验性诗歌为宗旨，是坚定不移地坚持有别于"官方诗文化"的另类名诗刊。

作为精力充沛的高产诗人，他在1962～2007年间，发表诗集49部，论著两部；在1962～1990年间发表多种语言的诗集18部和编译诗文集三部，获多种诗歌奖，除了获得国家图书翻译（1979）奖之外，还获得两次国家翻译中心奖（National Translation Center Award, 1967, 1968）、芝加哥联邦协会艺术基金会（The Union League Civic & Arts Foundation, 1968）授予的诗歌奖、三次国家艺术基金会奖学金（1969, 1979, 1981）、四次文学杂志协调理事会授予的补助金（Coordinating Council of Literary Magazines Grant, 1969, 1970, 1971, 1975）、笔会翻译奖（1977）、古根海姆学术奖（1978）、全国人文学科基金会奖（National Endowment for Humanities Grant, 1980）、全国人文学科基金会奖学金（National Endowment for Humanities Fellowship, 1981）、索洛基金会旅费补助金（Soro Foundation Travel Grant, 1986）、密歇根州艺术委员会补助金（Michigan Arts Council Grant, 1988）。在他的人生历程中，他的作品已发表在超过500种文学杂志和报纸上，并在200多所高校作诗歌朗诵。

第八节　爱德华·福斯特（Edward Halsey Foster, 1942—　）

谈起爱德华·福斯特，没有一个人不知道他主编的熔诗歌和诗歌理论于一体的当代著名前卫杂志《护符》（*Talisman*）。他主编的半年刊《护符》来头不小，是接19世纪著名诗人威廉·布莱恩特主编的年刊《护符》（1827—1830）的班，因此带有美国文学的正宗性。它主要发表美国的新作品，但也发表国外的新作品。在美国任何大学图书馆的杂志架上，你总能找到这本沉甸甸的厚杂志。福斯特从不拉不符合他审美标准的名诗人和名诗评家为他的杂志做招牌，他关注和提倡的是原创性的诗歌和有独到见解的诗歌理论，不管这个诗人或这个诗评家在主流文学界是否占有显耀的地位。在谈到《护符》的审美取向时，他曾对法国杂志《双重改变》（*Double Change*）的采访者奥列弗·布罗萨德（Oliver Brossard）说："我们力图使《护符》

尽可能地多样化。另一方面，我们回避采用主流作品和太明显追随某些理论的作品……它收录了大范围的评论家和诗人的作品，为近 30 或 35 年的美国诗，至少是为创新的美国诗提供了一个图景。”[①]他常常发表的诗人访谈录不但信息量大，而且使人感到异常亲切。他喜欢诗人谈诗胜于评论家谈诗。他认为，诗人不应当根据理论写诗，不能随大流写诗。他同时办护符出版社，推出诗集和论文集，尤其注重出版那些不为主流媒体关注的但他认为是优秀的冷门诗人。例如，被他看好的威廉·布朗克（1918—1999）和特德·贝里根（1934—1983）是不善于趋时附众而坚持独特艺术个性的诗人，他们的作品不被一般的诗选集和文集所收录，但福斯特却特别看重他们，采访他们，把他们当作当代重要的诗人推荐给读者，这从他的评论集《不对任何人作答：贝里根、布朗克和美国真货》（1999）中可以看出他的审美标准。他的审美标准也可从他负责出版的玛丽·斯隆（Mary Margaret Sloan）主编的长达七百多页的诗歌和诗歌理论选集《移动的边界：妇女创新作品三十年》（*Moving Borders: Three Decades of Innovative Writing by Women*, 1998）中看出。其中所选的诗篇艺术形式很前卫，已经和语言诗相接近。他和伦纳德·施瓦茨主编的《原初的麻烦：美国当代诗集》（*Primary Trouble: An Anthology of Contemporary American Poetry*, 1996）所选的诗不少诗篇也是不被一般诗选集收录的前卫诗。因此，求新求变是他诗学的核心。

作为坚定地沿袭庞德—W. C. 威廉斯—H. D. 传统的诗人和批评家，福斯特反对 T. S. 艾略特和新批评诗学的激进态度不亚于塔恩。他认为，H. D. 不仅仅是一位很重要的意象派诗人，而且她把关于诗歌里各种神秘的直觉体验和思想带到了诗歌创作的前沿，对美国诗人尤其是对罗伯特·邓恩和杰克·斯派赛起了重大影响。在他的心目中，格特鲁德·斯泰因与庞德、W. C. 威廉斯和 H. D. 具有同等重要的地位。至于斯派赛，福斯特认为他是美国过去 30 多年诗歌革新最重要的先行者。作为活跃在旧金山的前卫诗人，斯派赛在创作开始时强调适于朗诵的诗，认为诗歌的生命在于吟诵，如同歌词需要演唱一样，但后来却专注于语言的运作，为 70 年代语言诗的兴起打了前站。福斯特推崇斯派赛正是在于他在诗歌艺术形式上的革新，他的专著《杰克·斯派赛》（*Jack Spicer*, 1991）[②]主要揭示的也是这一点。如果你读了福斯特的著作《了解垮掉派诗人》（*Understanding The Beats*,

---

① Oliver Brossard. “Interview with Ed Foster.” *Double Change*, Nov., 2002.

② Edward Foster. *Jack Spicer*. Idaho: Boise State UP, 1991.

1992），你会发觉他作为研究垮掉派诗歌的权威，对杰克·凯鲁亚克、艾伦·金斯堡、格雷戈里·科尔索和威廉·巴勒斯等垮掉派诗人的艺术风格了如指掌。如果你读了他的另一本著作《了解黑山派诗人》（*Understanding The Black Mountain Poets*, 1994），你会了解他对黑山派诗人的诗歌创新有着怎样高度的评价。垮掉派和黑山派如今是美国后现代派时期的正宗诗歌流派，可是在五六十年代，对于主流诗歌而言，它们却是前卫诗歌。福斯特珍视它们的正是它们的前卫性或先锋性。

从上所述，我们看到福斯特关注两类诗人，无论是傲世出尘的远离当代媒体的清高诗人，例如威廉·布朗克和特德·贝里根，还是公共媒体追踪报道的社会新闻人物式的诗人，例如垮掉派诗人，他的关注点是他们在诗歌语言运用和艺术形式上有无创新和有哪些创新。因此，他对自己的诗歌创作有着高度的自觉。当他要表明人生的态度和对世界的认知时，他爱用异乎寻常的前卫诗歌形式，打断句与句之间正常的逻辑关系，故意变得结结巴巴，似乎使自己超然物外，大智若愚。例如，我们可从他的诗集《她的床与钟之间的空间》（*The Space Between Her Bed and Clock*, 1993）中挑一首散文诗《斯派赛、乔纳斯[1]和话语的最小单位》（"Spicer, Jonas, and the Smallest Unit of Discourse", 1993）的两节来品味一：

> 手稿的每一个细节是我的手，没有一个词不是你们。除了你们的感觉外，上帝过的是什么样的生活？你们所听见是他被教导所不知道的。选择声音和颜色，词在声音和颜色里将长出新叶。你们诱使的程式将会改变。十月到达大海，正在变成盐。奥林匹斯山在叶子里不讲话，除非你们听见。树林将不会歌唱。今晨，词语将像你们的皮肤一般干燥，你们知道，你们老了。
>
> 斯派赛说，*词素完全是爱情和死亡的借口*。风将不会吹，青草将会变黄——八月里变枯，在年轻的夏天终结之前，在沙土丧失其热力之前。这诗将会是盐柱[2]。*这儿不关目瞪口呆的塔那托斯[3]的屁事*；他

① 指诗人斯蒂芬·乔纳斯（Stephen Jonas，1920—1970）。福斯特的这首散文诗里斜体句子引自乔纳斯的《词素》（"Morphogenesis"），该诗收录在他的《诗选》里，见 Stephen Jonas. *Selected Poems*. Jersey City, New Jersey: Talisman, 1994.

② 诗人把英语成语"社会中坚"（字面讲，大地的盐）改成"盐柱"，既和第一节呼应，又是开玩笑。

③ 希腊神话里的死神。

们驱使我们，将来某一天不会：将在八月里变枯。塔那托斯是神，但不是死亡本身：死亡是音节的形象。你不能失去你的纯洁，但这话说过之后将不会有人知晓。

虽然这种表现形式在语言诗人看来并无异常之处，但在一般习惯于传统自由诗的读者看来却是前卫的。当福斯特想要表达个人强烈的思想感情时，他便写传统的自由诗。他在诗中的独白和倾诉所流露的感情之细腻之真挚之热烈，即使非常理智的读者看了也不会无动于衷。例如，他的诗集《祈祷钟声》（*The Angelus Bell*, 2001）里的短诗《不希望冒犯》（"Not Wishing to Offend"）：

我喜欢你
虽然我希望你的手
在其他什么地方。
我的意思是，
有一段时间
对我来说，你看起来很好，
至少你的茄克衫如此。
但不久你走开了，
时间也过去了。
也许在走廊，
我可以让你看
一些东西。
你的茄克衫
到哪儿去啦？

诗中人为了避免使对方不高兴，竟用对方穿的茄克衫搭话头，以示关心和友情。又如在同一诗集里的《我的新担待》（"My New Affordable"）：

不论何时依着你回答时，
　　为什么你总是反对，
　　或抵制强烈欲望？

　　如果你有意设计，

任何制造出来的东西
都不值得制造。

听着：有一位诗人
住在国外，他要听到
的话语像他那样地讲出来。

那是他要讲更多更多的话，
讲他的语言比让你讲的
多得多的话。

诗中人为了博得对方的好感，不得不迁就对方，但结果却适得其反，令他失望。福斯特认为诗歌不是说教，教训不了什么人。[①] 因此，他在诗歌里总是诉诸于情，他因此被认为是情调大师，富有伤感和朦胧的魅力。他虽然生活在紧靠纽约市的泽西城，但一点没有沾染大都会的世故，相反生活很朴素，一如《护符》朴素的封面。他甚至不用汽车而用摩托车代步。他平时言语不多，却待人以诚，帮助和提携年轻的新诗人。他的诗反映了他真诚待人的品格，因此情真意切是他这类诗歌的显著特色。他认为："所有的诗歌必须有诗人个人感知力的色彩，诗里的语言不管如何冷淡，都要反映他或她的信念和个性。"[②]

福斯特生于纽约市，先后获纽约哥伦比亚大学学士（1965）、硕士（1966）和博士（1970）。任史蒂文斯科技学院英美文学教授和俄罗斯—美国文化交流项目美方主任。曾两次作为富布莱特讲师在土耳其的赫斯塔普大学和伊斯坦布尔大学任教。他像克莱顿·埃什尔曼一样，为国内外的试验派诗人提供了难得的发表机会。特别值得一提的是他在提携美籍华裔诗人方面尽了不少力。他的主要论著除了《杰克·斯派赛》《了解垮掉派诗人》和《了解黑山派诗人》之外，还有《威廉·萨罗扬：小说研究》（*William Saroyan: A Study of The Short Fiction*, 1991）和《不对任何人作答：贝里根、布朗克和美国真实》（*Answerable to None: Berrigan, Bronk, and the American Real*, 1999）。除了上述提到的作品之外，他发表的诗集还有：《理解》（*The Understanding*, 1994）、《所有的行动只不过是行动》（*All Acts Are Simply Acts*,

---

① Edward Foster. *Answerable To None: Beriggan, Bronk, and the American Real*. New York: Spuyten Duyvil, 1999: Preface.

② Olivier Brossand, "Interview with Ed Foster."

1995)、《歌儿似的阿德里安》(*Adrian as Song*, 1996)、《钢琴 e 键音上的少年》(*boy in the key of e*, 1998)、《亲爱的,男人应当为男人做的事情》(*Mahrem: Things Men Should Do For Men*, 2002)和《共同水平史》(*A History of the Common Scale*, 2008)等。

第九节 伦纳德·施瓦茨(Leonard Schwartz, 1963—)

施瓦茨有着大都会纽约人的精明、聪明、练达、敏锐,他总是爱透过现象看本质,用他哲人的眼光观察五光十色的外在世界。以表演诗著称的杰克·弗利鉴于施瓦茨的诗里充满了诺斯替教(Gnosticism)的术语,例如古雅典的执政官、柏拉图哲学用语造物主或巨匠造物主(仅次于最高神的物质世界的创造者)、圣灵亮光等等,认为他的观念是在诺斯替教影响下形成的。所谓的诺斯替教是一种融合多种信仰,把神学和哲学结合在一起的密传宗教,强调只有领悟神秘的"诺斯",即"真知",才能使灵魂得救。此教派公元 1 至 3 世纪流行于地中海东部各地。比起圣奥古斯丁宣扬的基督教,诺斯替教是更激进的二元论。哲学家汉斯·乔纳斯(Hans Jonas, 1903—1993)在谈到诺斯替教时说:"每天每个教徒都要想出一个新花样来。"它破除清规戒律,因而具有对现存信仰的颠覆性。施瓦茨正好借用诺斯替教中某些术语及其内涵来观察他周围的世界,用以描述他所领悟的真知及对现存秩序解构。我们在这里需要指出的是,关于宗教信仰,对一般知识分子而言,他们只是吸收其自认为符合良知、心智或哲理的成分,有别于一般虔诚的宗教徒。基督教社会里的无神论者很难摆脱《圣经》里的某些常用语指称。例如,杰克·弗利在他的戏谑诗《我的上帝,我的上帝》里对有恋童癖的天主教神父竭尽揭露、揶揄、抨击之能事,由此可以推断他是一个无神论者,他的回答是:"在某些方面我是无神论者。我一直企图在'上帝'观念之外去思考问题,构想事物。人们常常以为他们不相信上帝,但在观念里却用上帝的思想来作为他们论点的依据。因此,不管他们有没有认识到这一点,他们是'信仰上帝'的。"[①] 彻底的无神论者毕竟是少数人。施瓦茨的聪明之处在于他"企图在'上帝'观念之外去思考问题,构想事物"时借用了诺斯替教中某些对他说来有用的理念,对现存秩序、社会现象表示怀疑,提出疑问。我们现在来读一读他的力作之一的《想

---

① 见杰克·弗利 2003 年 7 月 24 日发送给笔者的电子邮件。

象中的逃脱记》（“Pages from an Imaginary Escape”, 1998）中的一个片断：

> 某个地方发生的事情之外的情况抄录
> 首先，那是必须要说的
> 违背造物主意志的时代
> 那个像塞壬[1]般唱歌的造物主
> 是对上帝的一个贴切的比喻。
> 北美接受失业救济的喜悦
> 是广告语言渠道所起的作用，
> 从你们的沉船里醒来！
> 明亮的光和淹没了的船，
> 通常会冲撞的全球男神和女神们
> 误以为他/她们不可能死亡，
> 明天的天空一分为四：
> 所有的形状遇力时显得脆弱
> 用力形成一个形状但不是最初的形状。

由此可见，施瓦茨是一个解构基督教信仰的无神论者，也是一个对美国社会密切关注的诗人。如同哈特·克兰在他的代表作《桥》中着意描写布鲁克林大桥，施瓦茨在诗中突出比布鲁克林大桥更长的华盛顿大桥形象。诗人认为：“不管好还是坏，在资本主义制度下，一切都在扩展。我认为这首诗是对克兰的一种评论。”[2] 如果说20世纪早期克兰在他的《桥》中表现了他对社会的关注，对机器怀有未来主义式的迷恋的话，那么世纪末的施瓦茨则对资本主义抱有既肯定又否定的态度。这就是为什么他常常处在悖论状态的缘故，这与他对一切质疑的思维方式息息相关。因此，马克·华莱士（Mark Wallace）认为：“施瓦茨的诗贯穿悖论。他常常把悖论看作是超验的可能核心。他的诗常很快地从否定转向肯定。从一种状态转向另一种状态是他在诗作中关心的核心，一种人类体验和洞察的状态经常处于不断变动之中。”[3] 例如，他的《八瞥地球——赠谭敦》（“Eight Glimpses of Earth: for Tan Dun”, 2003）第8节：

---

① 希腊神话里半人半鸟的海妖，常以美妙歌声诱惑经过的海员而致航船触礁沉没。

② 见施瓦茨2003年11月15日发送给笔者的电子邮件。

③ Mark Walllace. “Leonard Schwartz's *Words Before the Articulate: New and Selected Poems.*” *The Washington Review*. February/March 1998 (Volume XXII, Number 5).

地球是在救赎后雨中的
那处地方。在救赎之后？
在想到你与我进入地球
被救赎之后。被救赎？
经历雨淋，一同行走，
披着被大雨淋坏的雨衣。

地球不是我们的居所。
他们将为此判我们有罪。
但我们将包容他们。

对于我们中国人来说，玩弄一下“救赎”这个词没有什么惊人之处，可是在基督教社会玩弄这个与《圣经》联系的神圣字眼，简直是对上帝的大不敬！地球上的战争不断，环境污染日益恶化，能是我们的居所吗？地球能得到“救赎”吗？人类能得到“救赎”吗？这是诗人所关心的，虽然他调侃，玩世不恭。这里又表现了人生的悖论：那些反对我们的人（他们），最终被我们同化，“被我们的精神财富所吞没”。[①]

马克·华莱士还认为，施瓦茨像威廉·布朗克和华莱士·史蒂文斯一样，使用诗表达观念不如他使用观念作为诗里的机质那样多，因此他的诗具有吸引力，发人深思，色美味醇，他说：

> 在新的一代诗人中，施瓦茨的诗作给我的印象最具说服力。他的作品似乎构思精细，表达精神内涵锐敏而有节制。实际上，他避免使用“精神”这个词，在他文章《万物忽隐忽现：对抒情诗的思考》（“Some Flicker of Things: Some Thoughts on Lyric Poetry”）里使用“超验”这个词，有意使人想起 19 世纪美国作家梭罗和爱默生以及德国哲学家黑格尔、康德和胡塞尔。施瓦茨细心地界定他的“超验”感不太精确，因为超验的重要性对他来说在于他在诗歌上的可能性而不是作为精确界定的哲学基础。他所指的超验是“成功的自我综合和自我否定，即时和对即时的否定”，一种生来就有的悖论状态。[②]

① 见施瓦茨 2003 年 11 月 15 日发送给笔者的电子邮件。

② Mark Walllace. “Leonard Schwartz’s *Words Before the Articulate: New and Selected Poems.*”

如果讲得明白一些，施瓦茨和史蒂文斯一样喜欢玄思。每当他对外在世界进行描写时，他很快进入到玄思状态。例如，他的另一篇力作《放逐：终结》（"Exiles: Ends", 1991）[①]开头一节：

在其他地方之中的
　　一处地方
坐落于其余的地方。
声音扩大了五千倍的
一条大街。
走了几个街区，
心情越来越沉重。
滑稽的面部抽搐，
女子暴露的肩膀，
一条暴露的白带子。

考虑到孤独和死亡的事实，
还有能比绝望更要紧
更能突发成狂热吗？

诗中人走在喧嚣的大街上，看到女子裸露的肩膀，不但引不起他的色欲，相反使他感到绝望，简直是进入了 T. S. 艾略特的"荒原"里了。诗人对此解释说："绝望与沮丧或悲哀不同，它有可能发展为相反的情绪。"[②]一般的工人或农民不会有他这种奇怪的情绪，这是对社会不满的大都市知识分子压抑感所流露的情感。当我们继续读下去时，我们发觉诗人是在描摹他走在纽约大街上复杂的心理活动：

一无所思地走了几个街区。
中央公园西，哥伦布大道，
太阳，一种像获得的意外之财
慢慢下沉。笛卡尔想道：
思想与我的本性难以分开。

① 英文里的 Ends 多义，有末端、结束、终结、目标、目的等等含义，笔者为此向诗人请教时，他回答说，它包括了所有的含义，见施瓦茨 2003 年 11 月 15 日发送给笔者的电子邮件。

② 见施瓦茨 2003 年 11 月 15 日发送给笔者的电子邮件。

它真是一种恩典，
太阳，上空的一个物件
维系着下方的阴影。
何时事物长得如此结实？
格斗时，感觉力的长矛
折断在盾牌上，仅仅
留下有限的感性认识，
感知者和被感知者，
作家，读者，
两者之间存在着
不稳定的共谋关系。

失败者总是一个劲儿地诉诸感情。
抹掉悲哀，也抹掉极度的欢乐。
增加和减少一本书的内容。
一再修正着过去，改造着过去。
“应当”如何如何的作家们写着简历。
看着公园池塘里游来游去的鸭子，
我感到惊恐，然后悄悄地走开。
像鸭子逐食面包似的喝着咖啡。
在水族馆的水族箱里的咖啡因
使游鱼失常。喂我的狂乱。
降落在加拿大的酸雨结成了冰。

音乐以否定的形式
抑制欲望。炽热的爱
冷凝为绝望。
她在火车站等待，
显得热情洋溢。
在夜晚到达时，起初笑声朗朗，
接着是狂热的幻想，缠绵的关切，
三维的肌肉接触，不停地抚摩她的头发。
如此的欲望，不相称的欣快。
做爱的身体，像烤着的面包。

缠绕着的意图，休息着的身躯：
使缓缓激动的抑制和松弛变得悲哀。
愤世疾俗的自我，在煽起的
生命之内，骚动着。
抛去欢娱，
手搭在她的大腿上。

据诗人说，诗中人的他感到她在感情上已经离他而去，所以甚至在和她做爱时感到悲哀。[①] 这也许是他个人的经历和感受，但就该诗的意境和氛围而言，它使人感到仿佛进入了“荒原”，连做爱也毫无情趣可言，人与人之间关系的冷淡可想而知。难怪马克·华莱士认为“施瓦茨在强调非物质的可能性时，似乎使他的创作实践与许多当代先锋诗歌区别了开来”，并且认为“《放逐：终结》是施瓦茨艺术的最高成就”。[②] 这首诗基本上代表了他的艺术风格，反映了他“常常断裂的意识（流）”[③]。马克·华莱士还认为他的诗歌形式不特别激进，多半借用罗伯特·邓肯参差不齐的开放形式，但诗行长度有节制。不过，在很大程度上，他的沉思和玄思以及比较规正的诗节更像史蒂文斯和阿什伯里，对此施瓦茨坦承：“史蒂文斯和阿什伯里对我很重要。诗歌是一种允许矛盾的沉思形式。”[④]换言之，他的玄思里充满了悖论。例如，他在他与约瑟夫·多纳休和福斯特主编的《原初的麻烦：美国当代诗集》（1996）的序言中，对诗歌创作同样表达了他这种悖论式的玄思：

诗歌可能会被设想为既是创造的行为，又是违反从前解读的社会现实的行为，对一切已经书写的情况既肯定又否定。努力从语言中获得感官的种种感觉，这正是人体渴望从其语言景观中获得的，以便从那些感官的感觉中创造出思想和感情的境界，但同时又努力反话语，反语法专制，反积累了的被奴役和奴役的意义，所有这些正是这种诗歌生命的组成部分。

---

① 见施瓦茨2003年11月15日发送给笔者的电子邮件。

② Mark Walllace. “Leonard Schwartz’s *Words Before the Articulate: New and Selected Poems.*”

③ Jack Foley. “Leonard Schwartz, *Words Before the Articulate*; *Primary Trouble.*” *Foley’s Books*. Oakland, CA: Pantograph Press, 2000: 56.

④ 见施瓦茨2003年11月15日发送给笔者的电子邮件。

这一段话讲明白些：施瓦茨是在用中国人惯用的辩证法阐释诗歌创作。在他看来，诗歌创作是一种创造，对社会现实生活却不是依样画葫芦，对前人所写的既有肯定，也有扬弃。这道理对于中国读者来说并不陌生，但是对他采用语言诗学来阐释诗歌创作就比较陌生了。他说，诗人既运用语言，又违反通常的语言惯用法，因为通常语言的意义是被强加的，只要仔细想想：我们平常使用经过媒体灌输的字句或表达法，是不是很难充分表达个人内心的感觉？是不是产生了词不达意的后果？当然，使用太多生造的语句和行文太违反语法的诗很难为大众读者接受。我们发觉，这种悖论始终是诗歌生命的组成部分。这也许是施瓦茨提出"原初的麻烦"的初衷。

施瓦茨同中国医生诗人张耳结为伉俪，可以说是中美文化的珠联璧合。凡去纽约的中国诗人总是受到张耳和他热情的接待，他们一直致力于推动美中诗人交流。应南京作家协会冯亦同的邀请，他们曾来南京，和南京诗人一起朗诵，相互切磋诗艺。在北京采访过莫非，并且译介过他的诗。施瓦茨爱读司空图（837—908）的《二十四诗品》，赞赏司空图所提倡的含蓄，说司空图"能了解到'语不涉己，若不堪忧'的道理，我把它作为（创作的）指导原则。当然我总是达不到这个目标。它是一个理想"[①]。我们必须看到，施瓦茨是通过杨宪仪夫妇的英文本《二十四诗品》来了解司空图诗美学的。[②]"语不涉己，若不堪忧"的原意是"文中不表现自己，仿佛难以承受忧烦"，翻译成英文后，便变成了"不提到自我，却有一股深藏得很难产生的激情"[③]。译文与原意多多少少产生了歧义。通过译文了解《二十四诗品》精义的施瓦茨只好接受了这种歧义。从施瓦茨的创作实践来看，无论在《想象中的逃脱记》《放逐：终结》里，还是在他的其他一些诗篇里，他的确尽量"不提到自我"，他的"自我"明显地没有垮掉派诗人（例如金斯堡）的"自我"那样张扬，虽然他没有完全到达"不着一字，尽得风流"的境界，如同他所说，这是他追求的理想。另外，必须说明的是，这里不涉及《二十四诗品》究竟是不是司空图的作品的讨论，依然采用传统的看法。[④] 有趣的是，当笔者向诗人介绍在1994年11月唐代文学国际

---

① 见施瓦茨2003年11月15日发送给笔者的电子邮件。

② 据施瓦茨说，他读的《二十四诗品》译文取自 Yang Xianyi and Gladys Yang，eds. *Poetry and Prose of The Tang and Song* (Beijing: Panda Books, 1984)。

③ 诗人引用的英文翻译为："no mention of self, yet a passion too deep to be borne."

④ 参见黄红宇《复旦大学两位教授提出新说——〈二十四诗品〉是司空图的作品吗？》，上海《文学报》1998年2月5日，第4版。

讨论会、1995年9月中国古代文论国际研讨会上，陈尚君、汪涌豪对司空图是《二十四诗品》作者提出质疑后所展开的辩论时，施瓦茨大概太热爱司空图的诗美学，居然说："我和持传统观点而认为《二十四诗品》是司空图作品的学者站在一起。我信仰司空图！"[①]

施瓦茨先后获巴德学院学士（1984）和哥伦比亚大学硕士（1986）。现任华盛顿州奥林皮亚市常绿州立学院诗歌与诗学教授。出版的诗集有《思想的对象，说话的企图》（*Objects of Thought, Attempts at Speech*, 1990）、《放逐：终结》《灵智的恩赐》（*Gnostic Blessing*, 1992）、《表达前的话语：新诗与旧诗选》（*Words Before the Articulate: New and Selected Poems*, 1997）和《各色岸边的塔》（*The Tower of Diverse of Shores*, 2003）。与约瑟夫·多纳休（Joseph Donahue）和爱德华·福斯特合编《原初的麻烦：当代美国诗选》（*Primary Trouble: An Anthology of Contemporary American Poetry*, 1996），与利萨·贾诺特（Lisa Jarnot）和克里斯·斯特罗福里诺（Chris Stroffolino）合编《新美国诗人选集》（*An Anthology of New American Poets*, 1998）。获国家艺术资助基金诗歌奖（1997）。

① 见施瓦茨2003年11月17日发送给笔者的电子邮件。

第十七章　艺术个体性强的诗人

不喜欢拉帮结派的美国诗人，无论在过去和现在都有很多。他们都雄心勃勃，独立性强。他们学习传统，对同时代的诗人的态度是或取其之长补己之短，或排斥。他们都有艺术上的自觉性和自律性，因而使美国诗坛呈现多彩多姿的景象。威廉·海因主编的《2000年这一代：当代美国诗人》（*The Generation of 2000: Contemporary American Poets,* 1984）中罗列了31位中青年诗人；戴夫·史密斯和戴维·博顿斯（David Bottoms, 1949— ）主编的《莫罗美国年轻诗人诗选》（*The Morrow Anthology of American Younger Poets*, 1985）搜集了104位青年诗人，这是80年代中期的两部中型诗选，到了新世纪的今天，应该涌现了不少才华横溢的年轻诗人。限于篇幅，本章只能择要介绍一小批美国诗人。

第一节　五位20年代早期出生的诗人：詹姆斯·谢维尔、霍华德·莫斯、阿伦·杜根、理查德·雨果和约翰·塔利亚布

1. **詹姆斯·谢维尔**（James Schevill, 1920—2009）

谢维尔是一位戏剧家诗人，在1953～1990年间上演的戏剧近40部，数量几乎等于他诗集数量的四倍。M. L. 罗森塔尔称他是“完全现代化都市化的有智性的埃德加·李·马斯特斯”，这基本上概括了他的艺术风貌。我们最好从他的《美国幻想：1945～1981年诗合集》（*The American Fantasies: Collected Poems 1945-1981*, 1983）中挑一两首，以便领略他的诗歌风味。先看该集的第三首短诗《平静，父亲，这是你躺卧的地方》（“Peace, Father, Where You Lie”）：

平静，父亲，你躺在这儿
在瀑布之下。我用双手
触摸你的刻在墓碑上的名字。
我背着你的爱，说出你的呼喊，
我的话是你声音的回响，
在大理石墓碑周围，我听见
割草机在移动，修剪它的誓言：
“死亡是继续我们的东西。”
我是你坟墓之上的这块草坪
草坪上的青草为了生长呼呼地离开了。

诗人对父亲的爱，平静而富有哲理，没有通常的滥情。又如他的《小阳春》（“Indian Summer”）：

在寒秋有时
温暖的空气浮游美国，
用旧梦侵入记忆。
旷野在晨曦里变热，
水牛的身影高视阔步于青草之中，
秋天的盛气遮掩冬季的死亡，
印第安人幽灵站在置换了的气候里。

“小阳春”在英文里称作“印第安人夏天”，诗人很机灵，不费劲地玩弄词藻。谢维尔认为幻想是联系现实与想象的积极而非实有的环节，幻想不仅仅是白日梦，而且还是与我们的生命绞在一起的绳索，我们所追求的是常常难以置信的行为。作为戏剧家，他常把戏剧性场面移入诗里；作为一个高产的戏剧家诗人，谢维尔尽可能地使他的诗读起来富有戏剧性；作为一个学者，他的诗自然地富有知识分子通常的机智和敏锐。他是霍尼格的朋友，但两人的诗风迥然不同。卢西恩·斯特里克认为谢维尔是一个有才华有激情的诗人，他说：

总之，他完全是我们这个时代颇为罕见的类型，富有活力，具备天生的条件，使如此费力的诗歌生涯变为可能：好奇心，敏感性，广博的学识，真正令人印象深刻的语言才能，使人有时想起迪伦·托马斯来。[1]

谢维尔的罕见品格在于他一贯是非分明，勇于承担。早在 1950 年，加州大学伯克利分校当局要求教工签署效忠宣誓书，年轻的谢维尔致函校长说：“对我来说这不是一个忠诚的签字问题，而是心和行动。我父亲的很多朋友被开除了，仿佛他们多年的服务等于零。我不能让自己背叛我父亲为之奉献的自由大学。”结果他失去了被学校聘任为讲师的机会，但是他拒绝效忠宣誓的经历却成了他创作关于审判罗杰·威廉斯（Roger Williams, 1603—1683）戏剧《血淋淋的信条》（*The Bloody Tenet*, 1957）的间接主题，该剧后来产生了广泛影响。1966 年，垮掉派女诗人莉诺·坎德尔（Lenore Kandel, 1932—2009）因为她的诗歌小册子《爱情篇》（*The Love Book*, 1966）中的一首色情诗《带着爱情性交》（“To Fuck with Love”），被认为有伤风化而受到警察的审讯，谢维尔为此发起在旧金山市政厅举行这本书的朗诵会，伴随抗议宣传，最终迫使警察局撤销对这本被视为淫秽诗集的投诉。如同金斯堡的《嚎叫》一样，此举在当时造成了很大的社会影响。1968 年，谢维尔在“作家和编辑抗交战争税”（“Writers and Editors War Tax Protest”）倡议书上署名，发誓拒绝纳税，抗议美国政府发动的侵越战争。

谢维尔出生在加州伯克利知识分子家庭。父亲是西班牙文教授，加州大学伯克利分校罗曼语言系创建人；母亲是艺术家，印第安纳瓦霍文化和神话学者，卡尔·荣格的追随者。

他毕业于哈佛大学（1942）；二战时在驻扎在纽约市的秘密部队服兵役，对德国战俘灌输美国道德、思想和生活价值观（1942—1946）。与钢琴教师海伦·沙纳（Helen Shaner）结婚（1942），生两女，24 年后离婚（1966）；与人类学家玛戈·埃尔默斯·布卢姆（Margot Helmuth Blum）结婚（1967）。被伯克利分校解聘后，应聘私立加利福尼亚工艺美术学院（1950—1959）和旧金山州立学院（1959—1968）。1961 年，谢维尔任旧金山州立诗歌中心主任。他在任期内使诗歌中心积极参与旧金山文化生活，启动学校的诗歌活动。后去布朗大学任教（1968—1985），退休后于 1988 年返回伯克利。1999 年中风。谢维尔出版了十多本诗集、两本人物传记、一本小说、许多篇论文和剧本，获多种诗歌奖和戏剧奖，其中包括国家大剧院竞赛奖（National Theatre Competition Prize, 1945）、福特资助金（Ford grant, 1960）

---

[1] Lucien Stryk. “James Schevill.” *Contemporary Poets*: 856.

和洛克菲勒资助金（1981）。但是，他的女儿苏西·谢维尔（Susie Schevill）说她的父亲不是一个家喻户晓的作家，因为“他不是一个自我推销的人……他总是完全沉浸在艺术之中。他喜欢音乐，热爱艺术”。

2. 霍华德·莫斯（Howard Moss, 1922—1987）

和谢维尔一样，莫斯也是一位都市化的戏剧家诗人，他的诗歌主题和题材是城市，但他当时在诗坛上的影响远比谢维尔大。他担任《纽约客》杂志诗歌主编将近 40 年之久（1948—1987），在主流诗坛影响很大，连 W. H. 奥登及其诗人朋友切斯特·卡尔曼也有兴趣合写一首著名的打油诗《致〈纽约客〉诗歌主编》（“TO THE POETRY EDITOR OF *THE NEW YORKER*”）赠给他：

> 罗伯特·罗威尔
> 是否优于诺埃尔·
> 科沃德，
> 霍华德？

这是一首克莱里休体四行打油诗（clerihew）[①]，构思巧妙，表达了他们对莫斯作为诗歌主编在审美判断上的钦佩。莫斯是美国诗坛的伯乐，他慧眼识珠，发现和提携了不少美国主要诗人，例如安妮·塞克斯顿、艾米·科伦姆皮特等。阿什利·布朗（Ashley Brown）曾在 1985 年《当今世界文学》上发表文章，指出受过莫斯庇佑的诗人有一大批，其中包括后来功成名就的诗人詹姆斯·迪基、高尔韦·金内尔、西奥多·罗什克、理查德·魏尔伯、西尔维娅·普拉斯、马克·斯特兰德、詹姆斯·斯库利（James Scully, 1937—　）和 L. E. 西斯曼（L. E. Sissman, 1928—1976）。莫斯为大众媒体中最流行的这家杂志工作，从世界各地寄来的成千首诗篇里，他每周必须审阅 150 首，并从中挑选最佳篇刊登。结果，他的诗歌编辑工作掩盖了他作为一个有才华的诗人成就。

莫斯出生在纽约市，父亲是立陶宛的移民，他本人则是一名隐蔽的同性恋者。在密歇根大学求学一年（1939—1940）后，转学威斯康星大学麦迪逊分校获学士（1940—1943），最后获哥伦比亚大学硕士（1944）。莫斯

---

① 克莱里休体四行打油诗（clerihew）：20 世纪早期英国畅销小说家和幽默家埃德蒙·克莱里休·本特利（Edmund Clerihew Bentley，1875—1956）创立的一种幽默诗，一共四行，前两行结尾的一个字基本相同，后两行结尾的一个字基本相同。

毕业后，为《时代》杂志当图书评论员（1944）；在瓦萨学院任讲师（1945—1946）；任《纽约客》小说主编（1948）一年之后，长期担任诗歌主编（1950—1987）；任华盛顿大学教授（1972）；然后在巴纳德学院（1976）、哥伦比亚大学（1977）、加州大学欧文分校（1979）和休斯顿大学（1980）等校任兼职教授；同时任布兰代斯大学创新奖和密歇根大学艾弗里·霍普伍德奖评委。

莫斯一生发表诗集 15 部（1943—1985）、剧本 5 部（1954—1980）、评论集 4 部（1962—1986），主编诗文集 4 部（1959—1980）。早在 1944 年获《诗刊》杂志颁发的珍妮特·休厄尔·戴维奖。他的处子集《伤口，天气》（*The Wound and the Weather*, 1946）在艺术形式上比较传统、正规，语言显得比较僵硬，没有受到好评。他的第二本诗集《玩具展览会》（*The Toy Fair*, 1954）虽然仍旧保持抑扬格的传统形式，但显露了他成熟的机智风格，霍华德·内梅罗夫称赞这部诗集是"二战以来最优秀的抒情诗集之一"。他的《诗选》（*Selected Poems*, 1971）获 1972 年国家图书奖，奠定了他作为当代美国主要诗人之一的地位。他的《新诗选》（*New Selected Poems*, 1985）获勒诺·马歇尔/《民族》奖（Lenore Marshall/*Nation* Prize），被阿什利·布朗称赞为"我们这一代人中最有教养、最令人满意的诗集之一"。卡罗尔·贝格（Carol Bergé）夸奖他的作品"带有他俄罗斯血统的宽度、广度、浪漫主义和韧性，为他在美国文坛赢得了杰出的地位"[①]。珀金斯教授认为他的诗既庄严又诙谐，他的美学趣味典型地体现在他的诗篇《恐怖电影》（"Horror Movie"）最后两行里：

> 使鲜血直流，使主题一团糟：
> 人人的身上都有一点儿死亡。[②]

莫斯关注城市的美和凄凉、事件的流逝、永恒与变化、友谊、爱情和生命的失落与获得以及难以避免的死亡。我们现在来读他的一首诗《一个消散了的梦》（"A Dream Dissolved"）：

> 一年前，我的自我梦见了
> 　　海洋中的一块陆地，

---

① Carol Bergé. "Howard Moss." *Contemporary Poets*. Ed. Rosalie Murphy. New York: St. Martin's P, 1970: 781.

② David Perkins. *A History of Modern History: Modernism and After*: 387.

鸟儿飞翔在湿地的上空，
用空气与阳光作着比较。
处处坐着爱
　　我在旁边躺下来。

一周前，一个女人穿过
　　我的梦到绿色的帐篷。
一半圣神，一半疯狂，
她就是我做的梦，
她到处漫游，
　　我在旁边躺下来。

这首诗一共四节，每节六行，每行的押韵形式：aabbcd。这里只根据意思译了两节。这种艺术形式与前卫不搭界，但适合大众刊物的一般读者的审美趣味。总的来说，莫斯在艺术形式上没有做任何大胆的革新。

3. **阿伦·杜根**（Alan Dugan, 1923—2003）

杜根的诗歌生涯起步时势头非常好，他的处子集《诗选》（*Poems*, 1961）入选耶鲁青年诗人丛书，接着连获两次诗歌大奖：普利策奖（1962）和国家图书奖（1962），外加罗马美国学院奖学金（American Academy in Rome Fellowship, 1962）。著名诗歌史学家珀金斯教授却把他看作是第二流的有趣诗人，尽管为他美言，说他的作品“常常具有讽刺味，有时还骇人听闻”，并说：“反思使他在道义上认识到关于自己（也关于大家）令人痛苦的事实真相，他表达这些事实时总压抑着自己的感情。”[①] 《诺顿现代诗选》双主编理查德·埃尔曼与罗伯特·奥克莱尔（Robert O'Clair, 1913—1989）认为杜根“明显地与其他诗人、任何正面的信条和生活本身无关联。他的一首诗标题里的‘从异化的视角看’这句话适用于他的整个作品”[②]。这首诗的完整标题是《从异化的视角看冬天的开始》（“Winter's Onset from an Alienated Point of View”）。我们现在来看它的内容：

第一次冷锋的到来

① David Perkins. *A History of Modern History: Modernism and After*: 512.

② Richard Ellmann & Robert O'Clair. Eds. *The Norton Anthology of Modern Poetry*. Second Edition: 1089.

像木工刨呜呜响个不停，
把温暖的空气卷到了
空中：冬天正
忙于劳作，夏天
用于施工。至于
春天和秋天嘛，你
知道我们做什么：
播种和收获。我想
我永远不会被闲置
或者变得怕死，
所以这些我都不会干，而是
留在避开气候的办公室里。

这首诗反映了一种心态：躲在小楼成一统，管它春夏与秋冬。说白了，杜根是一个喜欢和善于唱反调的人。这两位主编还认为：

其他人羡慕的东西成了杜根抨击的目标。如果提到英雄，他就写一首《我遇到敌人，成了他们的一伙》的诗。当提到赢得胜利时，他便是那个没打仗的士兵（《我们如何听到那个名字》）。提到耐心时，他便嘲弄地假装同意说："无处可走/只得继续向前"（《针对疾病：致女性双重原则的神》）。提到大自然时，他便从锯木匠的立场上写树。[①]

杜根生就玩世不恭，对他自己也如此，例如他的《祈祷》（"Prayer", 1974）：

上帝，我需要工作因为我需要钱。
这里的世界是沉溺于威士忌，
女人，终极武器，社会等级！
如果我没有钱，我的妻子
便会对我生气，我也喝不好酒，
佩武装的人压迫我，没有老板

① Richard Ellmann & Robert O'Clair. Eds. *The Norton Anthology of Modern Poetry*. Second Edition: 1090.

给我付工资。当我有工作了，
啊，我领到了工资！警察对我
也变得客客气气，我可以喝酒，
自由自在地呼吸空气。我变得
优雅潇洒，在佩戴武器的人的地方。
妻子毕竟是妻子。世界多么有趣！
除非我成天在屋里胡搞，制造
杀害无取胜希望的人的武器。
当为别人利益干完活的时候，
我怀念自由空气，嗅到付工资
的活计发臭，我于是辞职了，
享受几天快活，喝个酩酊大醉，
然后我需要一份工作，我
陷入了不可自拔的循环里。

又如他的《盾徽：纪念 E. A. 杜根》（“Coat of arms: in memory of E. A. Dugan”）：

我像一个怎样的小丑：
他来到了子宫，
在里面四下捣鼓，
发出呼噜呼噜声，
然后被迫离开羊水，
进入寒冷的空气。
有人拍打我，于是
我哭着成为一个旅人。

诗人自我揶揄的神态油然而出！罗伯特·博耶斯（Robert Boyers）为此评论说：“可预见的、低调的幽默，经常被别人评述，丝毫没有减轻辛辣的自我轻蔑之情，而它贯穿在杜根的大部分作品里。”[1] 诗人本人也直认不讳。唐纳德·海纳斯（Donald Heines）曾同杜根作了一次有趣的对话，问他：“艾伦，你的诗被形容为令人不愉快、倔强、尖刻、油滑、绝望。你

① Robert Boyers. “Alan Dugan.” *Contemporary Poets*: 246.

对这些意见感到高兴吗？”杜根的回答是：

> 是的，我认为他们的意见都正确。我反对油滑的世界。有时我太正规了，但是我相信诗歌中的一些正规形式，以使它令人难忘。这是公平的指责；我想，我的确在轻松诗与非常非常严肃的诗的边缘之间操作。①

杜根很早就获得了诗歌大奖，大家对他的期望值很高，并引起了评论界的高度关注，自然出现了贬褒不一的评论。贬者认为，杜根的诗歌主题雷同，风格老套乏味，重复以古怪吸引人的有限手法，以至使他处于不求发展和变化的停滞状态。褒者认为，尽管他的题材相对狭窄，但他以熟练的技巧，为各种不同的现代读者创作了数量可观的诗篇；读者对他的诗诚然不十分感到激动，但他作品的回读率却与日俱增，因为他的诗成功地栖息于那种中间立场的体验，当今诗人们似乎不愿意承认。

公平而论，杜根的诗歌技巧娴熟，语言以平直晓畅著称，对美国生活和大家理所当然的思想讽刺犀利，解析也鞭辟入里。杜根最后的一本诗集《诗抄七：新诗和旧诗全集》（*Poems Seven: New and Complete Poetry*, 2001）标志了他创作生涯的 40 周年，使他获得了第二次国家图书奖，引来好评如潮。诗人多丽丝·林奇（Doris Lynch）在当年 9 月 1 日的《图书馆杂志》（*Library Journal*）上发表书评，说他的这部诗集“对于美国诗歌来说，是一个有趣且特殊的愿景”。罗伯特·平斯基于杜根死后第二天（2003 年 9 月 5 日），在《纽约时报》发表文章，赞扬杜根有善于在世俗的生活里发掘诗料的本领，说他的“骄人成就是他带着诗歌的深度和力量深入到平淡世俗的素材里”。

杜根出生在纽约布鲁克林，毕业于墨西哥城大学（1951）。与朱迪丝·沙恩（Judith Shahn）结婚。二战时曾在空军服役。他曾在广告业、出版业和药业等部门工作；1971 年以来，在麻省普罗文斯敦美术作品中心任诗歌职员。他发表的诗集数量不多，但标题很怪：《诗抄》（*Poems*, 1961）、《诗抄二》（*Poems 2*, 1963）、《诗抄三》（*Poems 3*, 1963）、《诗抄四》（*Poems 4*, 1974）、《诗抄五：新诗和旧诗合集》（*Poems Five: New and Collected Poems*, 1983）和《诗抄六》（*Poems Six*, 1989）。肺炎迫使八十高龄的诗人

① Donald Heines. “A Conversation with Alan Dugan.” *The Massachusetts Review*. Vol.22, No.2, Summer, 1981.

停止了他的生命旅程。

4. **理查德·雨果**（Richard Hugo, 1923—1982）

理查德·雨果曾以耶鲁青年诗人丛书主编享誉诗坛。作为詹姆斯·赖特的朋友，他写的自由诗带有赖特的风格，节奏感强，具有传统诗抑扬格音步的流畅。他还写了大量书信体诗篇，不过这种艺术形式在当时已经过时了。他以太平洋西北部诗人闻名于世。在一般人心目中，地区性诗人总有目光狭隘之嫌，可是他对此直认不讳，而且为此感到自豪。他在一次采访中表明了这个态度："你可以把'地区诗人'的牌号挂在我身上，如果你想要这样做的话。我不认为它是一件坏事。事实上我认为它是一件很好的事。"[①] 他深感只有在非常熟悉的环境里，才能观察到周围的细微变化。他用纤细的笔触，为我们勾勒了废弃的小镇、西北部的风景和人物速写画。我们且读一读他的短诗《阿耳戈》（"Argo"）：

在黑暗中，列车车厢嘎吱一声
自然地停下来。火车头冒着烟，
一群鸽子扇起翅膀，向上升，
朝那白色风筝悬着的空中飞去。
风筝的绳子斜向柳树丛，
那里的流浪汉篝火在燃烧。
声音和光亮准时传进车场。

一辆一英里长的时髦
列车沿着铁轨开走了。
鸽子已经飞散，风筝已经落下。
篝火消失在曙光里。

诗人使我们欣赏到一幅温馨的西北太平洋地区夜景图。雨果一辈子就生活在这样的地方——西北太平洋地区的西雅图。也许由于大西北的荒凉环境对他的影响和他的不幸身世，雨果的题材往往是暗淡的景色、污染的河流、死气沉沉的小镇、酒吧里百无聊赖的醉汉和毫无生气的大房屋。威

① David Dillon. "Gains Made in Isolation: An Interview with Richard Hugo." *A Trout in the Milk: A Composite Portrait of Richard Hugo*. Ed. Jack Myers. Lewiston, Idaho, 1982: 295.

廉·斯塔福德对他器重有加，说西部的一部分是属于雨果的。从他的处女集《鲑鱼的回游》（*A Run of Jacks*, 1961）里的《鬼魂如何消失》（“The Way a Ghost Dissolves”）中，我们可以清楚地看到他怎么表现西部的风俗人情：

她居住的近处是最好的地方。
最贴近的音乐、停滞的云彩、
太阳和泥土是她所了解的一切。
她种植玉米，没搞什么田间
管理，相信上帝用一个个
巨型的水龙头调节雨量
挽救庄稼免于霜冻和大风的袭击。

命运用特别的疗法医治她。
用半个土豆擦你的疣，
再用湿布把它包扎起来。闭上
你的眼睛，急转三回，一甩。
然后把湿布和土豆埋在
落下的地方。我现在唯一的疣
是记忆或我鼻子上的喜剧物。

大早起床。土地提供食粮
如果好好劳动和灌溉，每年秋天
种上黑麦草。她被蛇吓得半死，
它们使得胡萝卜保持干净。
她用锄头把蛇砸死，刨出萝卜。
飞翔的海鸟使她尖叫，透不过气来，
如今没有比这更让她害怕。

我将用双倍的速度种地，我的
节奏明显地在发出响声的耙机上，
听任命运使我变得穷困和慷慨
使劲劳动，直至我的心脏几乎停跳，
然后慢慢走出来，带一脸微弱的笑。
我的手指屈曲，但是我由于

痉挛缺氧而眼前一片灰暗。

忘掉这语气吧。当邻居的
喇叭发出嘎嘎声音时，
就叫它金喇叭吧。赞扬杂草。
说当地的动物分纲目等级
或者帮助我说鬼魂已去播种。
为什么又想看云——
它在亚洲刮来的风和暴雨中
裂开之前是一张惊愕的面孔。

通过这不紧不慢的叙述和不动声色的描写，诗人把他的读者不知不觉地领到他创造的艺术境界里。

雨果出生在华盛顿州西雅图郊区怀特中心。他一出世就遭不幸，母亲是十几岁的女孩，被丈夫遗弃。雨果出生后由外祖父和外祖母抚养，取用继父的姓，从小缺少母爱。戴夫·史密斯称他是“美国孤儿”。他从小感到孤独，害羞，不敢与女人接近，喜欢与强壮的男孩子交朋友。他养成了抑郁和孤独的性格，也养成了对棒球和钓鱼的爱好。孤独导致他后来酗酒。二战期间，在地中海服兵役，当轰炸员，执行了35次轰炸任务，被授予中尉军衔。1945年复员后，去华盛顿大学西雅图分校学习，师从西奥多·罗什克教授，获学士（1948）和硕士（1952）学位。毕业后在波音公司工作，当技术写作员长达12年。与芭芭拉·威廉斯（Barbara Williams）结婚（1952），12年后离婚（1964）。1974年，与里普利·汉森（Ripley Schemm Hansen）结婚。1964年之后，在蒙大拿大学执教，直至逝世。1977年，被聘任为耶鲁青年诗人丛书主编，在任职期间，提携了不少优秀的青年诗人。

在1961～1988年发表诗集16部，基本上保持了一种凄清的风格。他临终前一年出版了一部神秘小说《死亡和美好生活》（*Death and the Good Life*, 1981）。他对他的出版社编辑说：“当你写神秘故事，你得了解一些事情；作一个诗人，你不必知道任何事情。”他死于白血病。

5. 约翰·塔利亚布（John Tagliabue, 1923—2006）

埃德温·霍尼格的朋友塔利亚布走的是一条与霍尼格截然不同的创作道路：重视玄思甚于意象，重视抽象甚于具象。例如，他的一首短诗《全心全意的奉献》（“The Gift Outright”, 1962）：

它们并不苛求
虽然它们激起我舒畅的一瞥，
它们并不指望你
　　以一定的方式回报它们
虽然它们经常是这样，当然
很充足，慷慨，
这些秋叶的颜色。

新英格兰的秋天无比妩媚，只要你秋天到郊外，便会见到漫山遍野的金黄色和红色的树叶！可是，住在缅因州的塔利亚布并没有对眼前的美丽秋叶作通常状景式的描绘，而是立即进入抽象思维，联想到秋叶对人类不要求回报的无私奉献。他这首诗的题目和弗罗斯特的名篇《完全的奉献》（1942）完全一样，但两位诗人的志趣迥然不同。塔利亚布曾为此表明了他的审美观点：

> 自从 W. C. 威廉斯写到"不表现观念，只描写事物"……写到如何避免诗歌的概念化，如何更像中国的王维，这方面多年来已经有很多的谈话，很多的理论。对于某些诗来说是对的，而且总是以独特的方式表现。但是，"事物"不仅仅是溪流、瀑布、帕特森城市街道、电线杆和猫等等……还有人的情感……这也是大自然的一部分。所以，威尔第①、济慈和惠特曼的做法也很好。②

塔利亚布同杰克·凯鲁亚克和金斯堡是哥伦比亚大学的同学，但他追求的生活方式和艺术风格迥异于垮掉派诗人。1997 年，他曾对缅因州贝茨学院的学生讲，金斯堡是他的朋友，"曾试图要我入伙，我从本能上不感兴趣"。他更倾向于同格林威治村舞蹈界的朋友来往。他曾说："对我来说，跳舞和写诗是最自然的了，否则，我会感到有点别扭。"

在诗歌创作上，他善于利用传统诗艺术展示他对东方哲学和文化的强烈兴趣以及对自然世界的赞叹。他的诗常常很优雅、流畅，也很抒情，深入到思维探索与诗性结构的临界点。

---

① 朱塞佩·威尔第（Giuseppe Fortunino Francesco Verdi, 1813—1901）：意大利浪漫作曲家，19 世纪最有影响力的作曲家之一。

② John Tagliabue. "Foreword." *The Great Day: Poems 1962-1983* by John Tagliabue. Plainfield, Indiana: Alembic P, 1984: 16.

和塔利亚布有相似海外经历的诗人威利斯·巴恩斯通（Willis Barnstone, 1927— ）[①]能欣赏他的诗歌妙处，说：

> 约翰·塔利亚布至少在他常常令人惊异的诗篇里，与皇帝的弟弟一同吃面条。在他想象的花园里，他的真蟾蜍的眼中闪烁东方的光芒，其皮肤机质之逼真几乎令人震惊地相信。[②]

“与皇帝的弟弟一同吃面条”出自塔利亚布的诗篇《自传里几个场景》（“just a few scenes from an autobiography”）的头一行。巴恩斯通引用后以幽默的口吻夸奖意大利出生的塔利亚布（意大利面条著称天下）。所谓“真蟾蜍”是指塔利亚布写的有关东亚的诗篇，读过他有关中国的诗篇的中国读者，必定会与巴恩斯通有同感。塔利亚布发表了数千首诗篇，他自称他的诗是“现场抒情诗。我写的诗不是死板的或学究型的——我的诗里有很多歌曲和舞蹈”。塔利亚布曾对他的学生表示说：“我爱提高调门赞颂……这是鼓舞自我和世人的一种方式……好像它是一个节日。”他欢迎学生定期到他家做客，聚在一起朗诵诗歌，在他的推动下，他的客厅成了热热闹闹的“诗歌联合国”（United Nations of Poetry）。

塔利亚布出生在意大利坎图，很小的时候跟随父母移民到美国，定居新泽西州。父亲是餐馆老板，鼓励约翰为到餐馆用餐的顾客跳舞，所以他自小养成了跳舞的习惯。母亲在他童年时期常给他讲故事，引起了他对文学的浓厚兴趣。他上哥伦比亚大学期间，师从诗人马克·范多伦教授，老诗人爱其才，鼓励他多写诗。1944 年，获哥伦比亚大学硕士学位。1946 年，与格蕾丝（Grace）结婚，生两女。毕业后，曾六次获富布莱特基金资助，先后赴希腊、西班牙、巴西、意大利、日本和中国学习、旅游和教书。

这里值得一提的是，他应邀在复旦大学教学期间（1984），曾来南京大学外国文学研究所作诗歌讲座，笔者有幸参加了接待，从此成了他多年通信的朋友。[③]

---

① 威利斯·巴恩斯通：美国诗人、传记家、西班牙语专家、比较文学学者，先后获鲍登学院学士（1948）、哥伦比亚大学硕士（1956）和耶鲁大学博士学位（1960）。现任印第安纳大学比较文学和西班牙语特聘名教授、东亚语言与文化和《圣经》文学研究院成员。在墨西哥、法国和英国教书多年（1947—1953）。1972 年，他曾来中国，回美国后在明德学院 1973 年暑期班学习中文。十来年之后，他作为富布莱特教授，在北京外国语学院任教（1984—1985）。

② 见《伟大的一天：诗篇 1962～1983》的背页。

③ 约翰不会使用电脑，每次寄来的信总是鼓鼓囊囊，夹了他用打字机打的和手写的诗篇。他和夫人格蕾丝、毛敏诸老师和笔者的合影珍藏至今。

通过同他面谈和后来的通信，笔者发现塔利亚布对中国文化和文学有着浓厚的兴趣。早在 1941 年，他开始通过阿瑟·韦利、庞德、华兹生、雷克斯罗思和斯奈德等人的英译本阅读中国和日本古典诗。他把老庄哲学引为自己的本质部分，对佛教也异常感兴趣。他对佛教的兴趣引导他游览盛行佛教的印度和尼泊尔（1981），而老庄哲学和中国佛教吸引他在复旦大学作为富布莱特教授执教一年。他利用假期游览中国山水和名刹。他对中国佛教的兴趣反映在他的诗集《佛陀哗然：诗篇》（*The Buddha Uproar: Poems*, 1967, 1970）里。例如，他在旅游中，吸引他的是耳朵有人一般高大的大佛：

躲进他的耳朵
再走出来
走出关于灵魂的物体；
衡量我们自己
用他那表示长寿的
长耳朵；
在龙门石窟听佛经
凭吊这千尊
佛像；
聆听龙门的鸟雀、风声、草叶、
河流、行人、
我们上方的天空
在此处用他不朽的长度
衡量我们自己。
——《中国旅行日记之一》

这是地地道道的老庄哲学和佛家思想的大融合。再如他的《奇迹将产生》（"Wonders to be born", 1984）：

取出你无声的声音
向众神吹奏，
他们会喜欢，
他们需要你；
保持你的尊严，乐师，
向众神吹奏；

西方的风坐在伊斯基亚岛[①]旁
正在问起你。
静静的花朵
书写着所有的书。
在空中在雾里在远处的
庙宇或城堡或诗篇里
被这无声的声音支撑着。

诗人在这里强调虔诚的肃默是对佛的敬重，能写出圣洁的诗篇，用他西方人的思维方式，表达了他自认为的道家和佛家的玄思。佛教思想浓厚的王维的诗也引起了他的共鸣：

“临风听暮蝉”
蝉声支撑着山脉，
把月亮的呼吸带近
我的耳边。

从这里，我们也可看出塔利亚布以不同于意象派诗人的眼光看待和接受中国古典诗歌的影响，他爱道家和佛家的玄思，在他的诗里“神似”多于“形似”。

塔利亚布云游世界后，在华盛顿州立大学和阿尔弗雷德大学作短期教学，最后应聘在缅因州贝茨学院任教，直至作为荣休教授退休（1953—1989）。他在贝茨学院教学期间，曾开设“缅因州景观创作”“文化遗产”“世界文学课”等课程，首次把亚洲文学引进贝茨学院的教学中。除了上述的《佛陀哗然：诗篇》（1067，1970）之外，他还出版了《日本日记：诗篇》（*A Japanese Journal: Poems*, 1966, 1969）、《没有门的门：日本诗篇》（*The Doorless Door: Japan Poems*, 1970）、《伟大的一天：诗篇 1962～1983》（*The Great Day: Poems, 1962-1983*, 1984）和《新旧诗选：1942～1997》（*New and Selected Poems: 1942-1997*, 1997）等诗集。塔利亚布一生创作勤奋，在诗歌的感情表达上，直陈有余，凝练不足。难怪 X. J. 肯尼迪在称赞他的同时，也委婉地指出了他的不足之处：

① 伊斯基亚岛（Ischia）：意大利在第勒尼安海的一个火山岛。

他在我的心目中，有些像雪莱式北方巨匠，以某种勇气单独保持高目标和诗歌的纯音。美国很少有诗人能这样做。塔利亚布成功地获得了东方诗歌的准确和灵敏感。他是一位惊人的多样性诗人，为了充分欣赏他的诗，需要在数量上多读他的作品。[①]

凡熟悉塔利亚布的诗歌的人，都可以了解 X. J. 肯尼迪的话的含意。不精练固然是他的欠缺，更重要的是他脱离时代。他长期在偏僻的缅因州贝茨学院教学，可以说是独处一隅。在 50 年代的麦卡锡反动恐怖时代，那里处于相对保守封闭状态。该学院的有色人种教师很少，他们和少数同性恋教员都知道，只要他们在政治问题上稍有抗议，就会遭到学校解雇。在这种氛围里，塔利亚布对当时的民权运动、同性恋权利、反战和反核运动采取模棱两可的态度。[②] 他完全不像他的朋友金斯堡那样积极投身于当时的各项政治运动，因而在国内自然缺乏知名度，这连带影响了他的诗歌读者面，尽管不乏少数著名诗人对他的诗歌大加赞扬，例如格温朵琳·布鲁克斯称赞他的诗"机灵的坦率，其中包括美、音乐和激动人心的活力"[③]，又如，丹尼丝·莱维托夫夸奖他的诗"丰富多彩，多种多样，以独特的方式把天真无邪与广闻博识结合起来"[④]。他本人也曾说过："所有的艺术包含政治性，所有的艺术揭示价值观。"可是他只停留在口头上，并没有切实投入当时国内轰轰烈烈的各项政治运动中，这也影响了他的作品缺乏时代精神，加之他的诗歌艺术形式缺乏革新，缺乏新鲜感，以致不引起诗坛的重视也就不难理解了。他本人后来也意识到了这一点，这流露在他去世一年前的诗篇《泰然自若的诗篇》（"The Collected Poem", 2005）里：

我不想成为
娱乐商品
学术研讨会的商品
不想保持被这种时尚
或那种意识形态
认可的态度

---

① 见《伟大的一天：诗篇 1962～1983》的背页。

② 见 2006 年 9 月 11 日在贝茨学院举行的"约翰·塔利亚布荣秀教授追思会"上，英文教授卡罗尔·安·泰勒（Carole Ann Taylor）宣读的长篇致辞。

③ 见《伟大的一天：诗篇 1962～1983》的背页。

④ 见《伟大的一天：诗篇 1962～1983》的背页。

我没有计划或纲领或理论
但是，诗歌发自我的
无足轻重而又有重要性的内心
它无以名状，或不可预言
它独独给了我自由。

诗人回首他一生的诗歌创作理念和审美取向时感到泰然自若，不认为自己不折腰取悦大众读者和学术界的做法是一种缺憾，相反，他觉得他获得了内心表达的自由。他接着列举了他和常人一样的日常生活，在诗的结尾表现了一种豁达的心态：

几乎是 82 年了：超时空和生物的功能
在我内里
一直很特别。

塔利亚布一贯热情，真诚，友善，参加他主持的"诗歌联合国"诗歌活动的学生无不关心他的癌症病情，或打电话问候，或去探视。他对来探视他的学生理查德·卡尔森（Richard Carlson）动情地说："当我接近 83 岁时，我所知道的是：许多事情是未知的，我有一个最体贴的好妻子和可爱的家庭以及好朋友（你是其中之一）；我想要表示感谢——对我们大家致以良好的祝愿。"他这垂垂老矣的情景却使笔者记起他 30 多年前热爱生活、充满乐观的形象，记起他的口头禅："赞美每一天"（Celebrate everyday）。他去世后，他的许多学生、同事和朋友[①]参加他的追思会，纷纷在网上发文悼念他。贝茨学院为了纪念他，设立了约翰·塔利亚布诗歌奖。

第二节　两位 20 年代中期出生的诗人：杰拉尔德·斯特恩和戴维·瓦戈纳

1. **杰拉尔德·斯特恩**（Gerald Stern, 1925—　）

斯特恩在诗坛崭露头角是在他的诗集《幸运一生》（*Lucky Life*, 1977）

① 罗得岛州桂冠诗人汤姆·钱德勒（Tom Chandler）也赶去参加塔利亚布的追思会。

作为拉蒙特诗歌选系列的面世和他论诗歌创作的系列文章在《美国诗歌评论》（*American Poetry Review*）上发表之后。后来他又获得了许多诗歌奖，其中他的《这一次：新诗和旧诗选》（*This Time: New and Selected Poems*, 1998）获国家图书奖。在新世纪，他被选为新泽西州桂冠诗人（2000—2002）。2006年，他被选为美国诗人学会常务理事。他在诗歌创作生涯中可以说已经功成名就。在谈到他自己的艺术风格时，斯特恩说：

> 如果我能挑选我的一首诗来解释我的看法的话，那就是诗集《幸运一生》中的一首诗《生活中的一件事》（"The One Thing in Life"）。在这首诗里，我为立桩标出一处地方，可以说是被忽略或忽视或藐视的地方，一处没有其他人想要的地方。我的意思是在心理、隐喻和哲学意义上讲的。

于是他就引用这首诗来说明：

> 而今我不论到何处，我躺在我自己草铺的床上
> 把脸埋向我的枕头。
> 我可以逗留在任何我要去的城市
> 把僵硬的毛毯拉到我的下巴。
> 这不难，此刻走上铺了地毯的楼梯，
> 经过涂漆的消防门到大厅。
> 这不难，用我的膝盖撞倒
> 摇晃的桌子，弯身于小洗涤槽。
> 这不难，用我的膝盖碰到摇晃的餐桌，
> 在我心灵深处埋藏了一个甜美的念头；
> 在自来水后面有一个小洞；
> 有一张讲希腊语的嘴巴。
> 这就是我保持自己的东西；返回去的东西；
> 一件谁也不想要的东西。

接着，诗人对这首诗进行阐释道：

> 当我想到"谁也不想"去的地方时，我便想到了鄙弃之所；想到了野草、废墟、沙漠；但是我想起这些东西，在时间或地点上距离我

> 们并不遥远，在这里有我们熟悉的、珍惜的和宝贵的东西（我们的文明），我认为这些东西就在这表面之下，刚好在视线之外；我尤其想起这两者具有活力与讽刺性的相互渗透。因此，我的诗大力关注对立面：城市——乡村，现在——过去，文明——野蛮，强——弱，大名鼎鼎——默默无闻，具有二元性，虽然没有用二元论的哲学或宗教原理，在任何正规矩意义上透露出来。[①]

诗人表明他是站在二元论的立场上看待万事万物，但是他又明显地偏向后者：乡村、过去或弱方，尽管他说他喜欢两者。在他的诗歌里，重生或更新的思想占了很大比重，例如《幸运一生》这本诗集里的《雨神，水神》（“God of Rain, God of Water”）和《敏锐的刀》（“The Sensitive Knife”）等篇都反映了这类思想。他是新浪漫主义诗人，属于惠特曼和金斯堡的传统。盖纳·布雷迪什（Gaynor F. Bradish）认为：“斯特恩用他的叙述和充满情感的自我刻画，创造一个独特的核心人物或诗中人，他的美国是用《圣经》的强烈感和犹太教的时间感与失落感呈现出来的。”[②]

斯特恩出生在匹兹堡，父母是从乌克兰和波兰移民到美国的犹太人。犹太教堂的礼拜、希伯来语学校和犹太成人仪式对斯特恩的影响很大，这些都反映在他后来的作品里。他毕业于匹兹堡大学（1947），获哥伦比亚大学硕士（1949）。为了获得上学的资助，他在上学期间去空军服短期兵役。在巴黎大学学习一年（1949—1950）。回国后，在哥伦比亚大学攻读博士学位，因兼职过多，未果。与帕特里夏·米勒（Patricia Miller）结婚（1952），生一女一子，后来离婚。成名前，在新泽西拉里坦河谷社区学院教书。1982年，在爱荷华大学作家创作班执教。在多所高校任教之后，从2009年起，斯特恩作为杰出驻校诗人，在德鲁大学教书。1995年退休。除了出版不少诗歌小册子之外，在1971～2010年间发表诗集17部。除了获得上述的诗歌大奖之外，还获得古根海姆学术奖（1981）、梅尔维尔·凯恩奖（1981）、国家艺术基金会奖学金（1976, 1982, 1987）、帕特森诗歌奖（Paterson Poetry Prize, 1992）、露丝·利利诗歌奖（1996）、华莱士·史蒂文斯奖（2005）和全国犹太图书奖（National Jewish Book Award in Poetry, 2005）等奖项。

---

① Gaynor F. Bradish. “Gerald Stern.” *Contemporary Poets*: 961-962.

② Gaynor F. Bradish. “Gerald Stern.” *Contemporary Poets*: 962.

2. **戴维·瓦戈纳**（David Wagoner. 1926—　）

瓦戈纳被公认为西北太平洋地区的主要诗人。他多年担任《西北诗歌》杂志主编（1966—2002）和美国诗人协会常务理事（1978—1999）。和金斯堡同年的他，甚至在新世纪还主编《美国最佳诗歌》（*The Best American Poetry*, 2009）。可以说，他的健康很大程度上得益于他的绿色生活环境。他出生在中西部的俄亥俄州，在芝加哥近郊工业发达的惠亭长大。他最初受到中西部的家庭关系、邻里、工业生产和污染以及城市环境的影响。在他早期的导师西奥多·罗什克教授的催促下，他于1954年移居西北太平洋地区，这完全改变了他的世界观和诗歌风格。他在《当代作家自传系列》（*Contemporary Authors Autobiography Series*, 1986）卷三上，谈到移居西北太平洋地区的体验，说："当我开车驶出喀斯喀特山脉，看到这地区在今后30年将成为我的生活地盘时，我的极度不安转成了敬畏。我从来没有见过或想象过这样的绿色，这样有疗效的生物福地。"因此，迁居西北太平洋地区是他创作生涯中一个决定性举措，他为此坦承："这对我来说是一件大事，它是一次真正的门槛跨越，意识的真正改变。从此什么都不一样了。"

西北部的荒野、河流、人烟稀少的环境和没有受文明糟蹋的印第安人文化为他提供了创作源泉，而他特别讨厌工业化城市污染的水和空气、变了形的土地和地狱般的火，常常为肥沃原野的失落而痛惜。这里的自然环境是他的许多诗篇的主题。他在诗里更多地表达对人的生存状态的关注、对破坏大自然的怒斥和对人类古怪行为的戏弄。我们现在来欣赏他的诗集《黎明篇》（*First Light: Poems*, 1983）中的一首诗《领到旷野》（"A Guide to the Field"）：

穿过这荒野的牧草地，
这遍布一英里的青草，
我们走在种子球冠之间，
它们在初夏只成熟了一半，
已经沉甸甸，不会收割，
一群群鸟儿，再加这好天气，
一些黑麦草好像是
从阳光中结茧的毛毛虫，
一些蓝绿茎牧草，
一片齐腰高的枞树林，

还有旱雀草和野大麦，
一小片一小片像花坛。
燕子和原野春雀在上空
来回飞舞。每片草叶，每枝
小穗，每个颖苞，每根谷刺，
每一株慢慢变硬的茎，
不管可能长出的是什么，
在接下来的冬天（冰雹或野火）
将会倒伏，来不及咕哝一声
将放弃今年的生命。
我们现在经过它们的身边，
在尽头是水的小路上，
首次跨上我们稀奇的脚步。
眼睛每次所见都是第一次。
手指每次触摸也是第一次，
我们身体的每个动作
像燕子敢于掠过池塘水面
那样令人惊异，它们的翼尖
掠过又掠过水面，仿佛是
一只只飞驰的明亮的新月，
它们的每个动作仿佛完全
为了我们。它们给我们展示
如何变成自觉自愿的情人，
在这一天不必说“同意”，
甚至在提出所有问题之前。

沉醉在如此绿色的环境里，心情好得连做爱也不必征求对方的意见！杰夫·特威切尔指出，这首诗很形象地传达了植物荣枯的规律，对象征冬去春来给人送来温暖的燕子的飞翔，描绘得有声有色。[①]

瓦戈纳的诗集《坚持生存》（*Staying Alive*, 1966）的标题诗《坚持生存》被认为是二战以来最优秀的诗篇之一。它写了迷失在茂密森林里的人如何保命之道。这首诗同前面的一首诗差不多一样长，我们现在读一读它的开头：

① 见杰夫·特威切尔2011年5月26日发送给笔者的电子邮件。

在森林里保命是沉住气的事情
起初决定是否等待救援——
相信其他人的到来，
或者索性开始朝一个方向走
直至走出来，不然有什么挡住去路
这个时候安全的选择
是就地停下来，尽量离开
有树影的地方，靠近水安顿下来，
别吃白色浆果；吐出所有的苦水……
如果你没有火柴，一根短棍，
一把取火弓，蹲在地上对着木材钻，
就能保暖。或者对着太阳举起
你带水晶的手表，有时起同样的作用。
如果是冬天下雪，别怕冻死而通宵不眠——
你脑海的深处知道周围是零度：
它会使你翻身，摇醒你。
如果你睡觉遇到麻烦，
甚至在最好的天气，那么就跺脚
朝四周扫视，注意夜里发出
难以辨别的声音，感到
熊或狼用鼻子摩擦你的胳膊肘，
记住：捕兽人对野兽无动于衷时，
它们便会离开你。

瓦戈纳一贯有这种清晰地描写自然环境细节的本领，因为只有生活在大西北地区茂密森林里的人才有如此接近大自然的经历，才能栩栩如生地把它描绘出来。这首诗不但对迷失在森林里的人，而且对世界各地想坚持活下来的人都有启发作用。批评家保罗·布雷斯林曾在《纽约时报书评》上发表文章，宣称瓦戈纳是“弗罗斯特和罗什克式大自然诗人”。

瓦戈纳生在俄亥俄州的小镇马西隆，二战期间曾在海军服兵役（1944—1946）。他在宾州州立大学期间，选了罗什克讲授的一门课，并与罗什克建立了师生友谊。在宾州大学获学士学位（1947）后在印第安纳大学获硕士学位（1949）。罗什克到华盛顿大学西雅图分校执教时，他也跟随到那里。他在那里登上了学术台阶，并在1966年当了教授，最后作为华盛顿大学荣休教授退休。与帕特里夏·帕勒特（Patricia Parrott）结婚（1961），1982年离婚；接着与罗宾·希瑟·赛弗里德（Robin Heather Seyfried）结婚（1982）。

瓦戈纳是一位多产作家，在1953～2008年期间发表了22部诗集；在1954～1980年期间，发表小说10部，还上演了一部戏剧。小说的细节感丰富了他的诗歌表现手法，使他不但创作了具有神秘色彩的叙事诗如《美与兽》（"Beauty and the Beast"）、《雷神的劳作》（"The Labors of Thor"）和《伊卡洛斯回来了》（"The Return of Icarus"），而且写了大量的戏剧性抒情诗。他起初受罗什克和埃德加·李·马斯特斯的影响明显，但在发表《1956～1976年诗合集》（*Collected Poems 1956-1976*, 1976）之后，他找到了自己独特的声音。获得多种奖项，其中包括古根海姆学术奖（1956）、福特戏剧奖（1964）、美国艺术暨文学学会奖（1967）、莫顿·道文·扎贝尔奖（Morton Dauwen Zabel Prize, 1967）、国家艺术基金会奖（1969）、奥斯卡·布卢门撒尔奖（Oscar Blumenthal Prize, 1974）、费尔斯奖（Fels Prize, 1975）、尤妮丝·蒂金斯纪念奖（1977）、舍伍德·安德森奖（Sherwood Anderson Award, 1980）和露丝·利利诗歌奖（1991）。

第三节　两位20年代晚期出生的诗人：菲利普·莱文和彼得·戴维森

1. **菲利普·莱文**（Philip Levine, 1928—　）

在二战以后的美国诗人中，莱文是出色的一位，但他不属于当时盛行的任何流派。他说过，在60年代，诗人们不分流派或界限，走到一起来朗诵诗歌，抗议政府派兵侵略越南。在这个时期的各种不同场合，莱文曾经同当时的名诗人一起登台朗诵，其中有罗伯特·布莱、金内尔、W. S. 默温、金斯堡、艾德莉安娜·里奇和斯奈德。莱文以他的方式深入社会底层，关心普通人的生活和命运，是一位继承惠特曼和W. C. 威廉斯传统的人民诗人，一位难得的现实主义诗人。在接受记者无数的访谈中，他一再强调自己与普通人共呼吸，同命运，与"我在美国作为工人和游民遇到的男男女女"认同，为他们写诗。他曾说：

> 我在其他地方说过，我试图为人民写诗，对于他们来说没有诗，

> 我相信这是真的，即使我在 20 年以前说过这话——这些人是底特律人，我和他们一起长大，他们对待我如同我的父母兄弟姐妹，他们就在我身边生活和工作。他们似乎完全不存在于我在 20 岁就继承的诗里，所以我花了最近的 40 年，试图把他们添加到我们的诗里。[①]

他的一个重大主题是描写西班牙内战，纪念阵亡将士。他的基本主题是父与子、亲戚的死亡、环境和战争。他在他的第三本诗集《不是这只猪》（*Not This Pig*, 1968）里，表明他的诗“多数记录了我的发现：人、地方和我不是的动物、那些不惜一切代价生活而回来索取更多的人……”[②] 他的这种天生接近普通人民的感情与他的出身有关。他的《迷茫者的名字》（*The Names of the Lost*, 1976）是他最喜爱的一本诗集，在这本诗集里，他描写了他的黑人和白人主人公的命运，他们离开了家乡小镇，来到怀有敌意的大城市寻找使他们卖命的活计。

他的另一本诗集《他们喂养他们狮子》（*They Feed They Lio*n, 1972）为评论界所称道，标题诗《他们喂养他们狮子》的口语生动活泼，是令人难以忘怀的一首诗，它反映了莱文对被压迫者的同情，诗人斯图尔特·弗里伯特（Stuart Friebert）认为它是“我们的时代最受赞美的诗篇之一”。这首诗的诗中人是白人，即诗人本人，他同情黑人劳工，通篇用不规范的黑人英语表达。有的评论家认为，这首诗是用被压迫者的语态为被压迫者写的连祷文，由受到威胁的白人之一的诗中人转述。因此，我们在阅读时，如果对诗中转弯抹角的语气没有思想准备，便会觉得是胡言乱语：

> 走出粗麻布袋，走出轴承油，
> 走出黑豆和大块暗灰色湿面包，
> 走出满腔愤怒，白色的焦油，
> 走出木焦油，汽油，驱动轴，木制推车
> 他们狮子成长。
>
> 走出灰色的山丘似的工业简陋建筑
> 走出雨，走出乘坐的公共汽车，
> 从西弗吉尼亚到吻我屁股的地方，走出埋葬的大罐，

---

① Robert Miola. “Philip Levine.” *Contemporary Poets*: 558.

② 转引自 *The Norton Anthology of Modern Poetry* (1988). Ed. Richard Ellmann: 1293.

走出烂树桩似的创业板，走出树桩，
走出需要加强的骨头和伸展的肌肉，
他们狮子成长。

地球正吃着树林、栅栏柱、
损毁的汽车，地球在呼唤她的孩子们：
“回家，回家吧！”从猪的睾丸，
从被驱赶到圣洁的凶猛的猪，
从毛茸茸的猪耳朵和整个猪颊肉，来到
悬挂着猪身中段肉的安静，从这意图
他们狮子成长。

从鲜美的猪蹄胶汁
到鲜美的猪蹄筋，
从整个的猪腿猪胸腔
从“弯腰鞠躬”到“挺身起来”，
从铁锹到他们的狮子
从拉着手的光溜溜手臂，
他们狮子成长。

从我的五个手臂和我所有的手，
从我所有被赦免了的白人罪孽，他们喂养，
从我星空下行驶的汽车，
他们狮子，从我的孩子们继承，
从栎木到变成墙壁，他们狮子，
从他们的麻布袋和他们破开的肚子
而所有这一切都隐隐地在汽油污染的大地上燃烧，
他们喂养他们狮子，他来了。

了解这首诗的创作背景，才能欣赏它的妙处。莱文在年轻时曾目击1967年底特律黑人骚乱后的严重后果，从中看到了被压迫被剥削的黑人的力量，同时也使他这位一向同情黑人糟糕处境的白人感到震撼，产生了一种莫名的威风凛凛的狮子来临的压迫感，这自然引起了他回忆年轻时与黑人朋友在一起劳动的情景。诗中似通非通的黑人方言英语源于他和黑人朋友相处交谈时的积累。据莱文在1999年接受《大西洋月刊》网络版《无束缚的大西洋》（*Atlantic Unbound*）编辑部主任温·斯蒂芬森（Wen Stephenson）对他采访时透露，他24岁时曾在底特律与比他年龄稍微大一点的黑人尤金一道干修理和装配破旧汽车的活计。他们整理汽车驱动轴的一部分——通用联接器，把所有零件摊开在水泥地上仔细挑选。他们各有一只用来装汽车零件的粗麻布袋。有一次，尤金举起一只袋上有“底特律动物园”字样的粗麻袋，笑着说：“他们喂养他们狮子，他们在他们的麻袋里吃一顿。”（“They feed they lion they meal in they sacks.”）这是他说的原话。莱文当时暗忖：这家伙是一个语言天才。他笑着说这话，他知道他讲的是莱文不说的英语，但是，莱文当然理解。莱文感觉到尤金几乎是戏仿，不过尤金欣赏这话的妙处。它久久停留在莱文的脑海里，在底特律骚乱之后的一个晚上，他回城去看看究竟发生了什么事。骚乱后的情景触发了他联想起尤金的那句富有诗意的话，酝酿了两天之后，便一气呵成地写了这首诗。一层推一层的排比形式，他说是受到18世纪英国诗人克里斯托弗·斯马特（Christopher Smart, 1722—1771）的影响。

如上文所说，古怪标题源于黑人尤金的原话，而狮子源于尤金对麻布袋上“动物园”字样的联想。至于反复出现的诗行“他们狮子成长”（They Lion grow），在黑人方言里，“他们”既是主格，喻指黑人，那么黑人就是威风凛凛的狮子：他们狮子——他们就是狮子，狮子就是他们；也可以当作所有格，当然你可以联想到黑人的力量在成长，于是这句变成了：“他们喂养他们的狮子，他们在他们的袋子里吃一顿”，而这个袋子是他们装汽车零件用的麻布袋，尤金又与麻布袋里的零件混淆起来了。根据诗人乔·杰克逊（Joe Jackson）的解读，“他们狮子他们成长”也可以理解为双关语“他们躺下来，成长”（They lie and grow），当然这里包含了俏皮话。如此缠来绕去，无非表达一个意念：黑人的力量成长，威势如同狮子一般。诗人如此反复这句话，表现黑人“乌云压城城欲摧”的伟力和气势给他造成的紧迫感。

初读时，你发觉这首诗的目的性不太明朗，但这头狮子的轮廓和声音随着诗行的展开却愈来愈清晰。正因为莱文的这首力作的模糊性、概括性和绕弯子才得到了评论界广泛的阐释和高度的评价。例如，琼·泰勒（Joan Taylor）在1980年第5卷《文学词典》中介绍莱文，评价这首诗说：“这些诗行是咒语，它们的力量来自首语重复、头韵和强烈的节奏。其意象非常具体，不连贯，涉及黑人最难以忍受的感官体验，他们离开南方农村到北方工厂做工，在社会边缘求生存。”西切斯特大学教授迈克尔·佩奇

（Michael Peich）在《大西洋评论》（1990）上发表书评，说《他们喂养他们狮子》中的黑人方言传达了所有被压迫被剥削者寻找表达的迫切性。又如，耶鲁大学教授玛丽·鲍罗夫（Marie Boroff）在《耶鲁评论》（1972）上发表评论文章，指出莱文的标题诗“是一首一连串的连祷词，带着紧凑的节奏和意象、活塞的冲程力和被压迫者雄伟的力量，升华于毒物污染的工业景观地和难以捉摸的屈辱感。诗的语言是高度的修辞与文盲式语言的形式精湛的结合”。再如，波士顿萨福克大学弗雷德·马尔尚（Fred Marchant）教授在文学杂志《想象》（*Imagine*, 1984）上发表文章，说莱文的这首诗是他对 1967 年底特律黑人“暴动”的回应，可算是“愤怒的赞颂”；至于诗中的“动物”，可看作是猪喂养了狮子，或者说劳动成果强化了狮子的筋骨和肌肉，这并不奇怪，但令人惊讶的是，愤怒的狮子席卷了它前面的一切，诗中人在恐惧和兴奋中想象自己拥抱“他们”，而“他们”包含了黑人和白人，只有少部分人在心目中把黑人和白人视为同一体，例如作者本人就是这样的白人，他在 70 年代就意识到这一点，于是用挑衅性的黑人英语加以表达；诗人还采用了非洲人对“狮子”理解的内涵，这头狮子暗示了一个文学前因：大概是从叶芝的名篇《耶稣复临》（“The Second Coming”, 1920）中借用过来的：这头粗暴的野兽（人面狮身的斯芬克斯）懒散地走向另一个城市（象征愤怒威胁性的散播）。乔·杰克逊对这首诗的阐释尤其深中肯綮，他在 1983 年《阐明者》（*The Explicator*）夏季刊发表文章，对该诗作了详尽的解读：

> 在一个时间和地点故意不明朗的灰暗夜晚，诗中人驾车从“西弗吉尼亚州到吻我屁股的地方”，经过了铅皮屋顶的小棚屋、废弃汽车、“黑豆和大块灰暗色湿面包”的阿巴拉契亚荒野。当他朝前开车时，他的思想罗列着他所见和通过推理而知道车窗外的情景：“木制推车”“工业简陋建筑”“烂树桩似的创业板”、一只只屠宰了的猪（第 3 节和第 4 节）。这些观察是在极其快速行驶中进行的，其感觉建立在疯狂速度的压迫感之上。诗中人并不在常理的层面上理解这压迫感：在这片土地，他是一个陌生人，仅仅报告他所感觉到的情景。不过，在无意识层面（在难以形容的层面上“言语含混”），他并不明白。在诗的结尾，这种越来越大的压迫感终于爆发了，对这，他知道。

乔·杰克逊还认为，诗中被宰割的猪作为扩展隐喻，是指正在起来的穷黑人；无形的压力似乎主要来自躺在路旁的穷人的愤怒和沮丧——漫无目的的越来越强烈的沮丧和愤怒，在频繁重复“他们狮子成长”的情况下，积累到爆发点。他并且认为，这首诗是基督复临的当代版本，最后一行的“他”可能指耶稣，也可能指穷人，但是诗人有意不点明，这样才余味无穷。

莱文在工厂劳动的经历，使得他比较清楚地看到美国社会的弊病，对传统的美国理想产生怀疑，对社会底层的劳工特别是黑人劳动大众深表同情，这是他创作《他们喂养他们狮子》这类诗篇的基本出发点。但是他对破坏性很大的黑人骚乱并不赞同，相反感到害怕。他对采访他的温·斯蒂芬森明确表示，他不喜欢彻底改变私人财产的观念，不喜欢那种把“结婚、农奴制、种族主义、殖民主义、消费主义、美国弊病”一股脑儿消灭的激进做法，他认为那是无政府主义行为。他信仰的社会主义是削去社会的一些丑恶方面，再进行一些修补。作为有识之士，莱文试图在诗里提醒美国人民尤其有产阶级注意、同情和改善劳苦大众特别是黑人劳工的艰苦处境，否则将会出现使社会动荡的更大骚乱。

一般来说，莱文的叙事抒情诗简洁而清晰，显得忧郁、沉思和诚实，诗行不长，措词朴素。他放弃传统的音步和押韵形式，采用三到四个节拍的素体诗或自由诗形式，意象具体，无滥情，也无过多的议论。南方诗人戴夫·史密斯在《美国诗歌评论》（1979）上对莱文的两本诗集《灰烬：新旧诗篇》（*Ashes: Poems New and Old*, 1979）和《某处七年》（*7 Years From Somewhere*, 1979）发表书评，指出莱文的“语言、形象化的比喻和连续的叙事，从不令人费解和简略得让文学修养不深的读者不敢问津。尽管他十分关注死亡、爱情、勇气、男子气概和忠诚的大主题，但他把生存的奥秘带进到通常难以言喻的事件和日常生活的人和事之中”。

莱文出生在底特律，获韦恩州立大学学士（1950）和硕士（1955）以及爱荷华大学美术硕士（1957）。在爱荷华大学学习期间，师从名师罗伯特·洛厄尔和约翰·贝里曼。1957 年，在斯坦福大学进修，师从伊沃尔·温特斯。与弗朗西丝·阿特利（Frances Artley）结婚，生三子。30 年代经济萧条时期，莱文在工业城市底特律长大。像其他许多诗人出身于移民家庭一样，他出生在大萧条时期受苦的俄国犹太人移民家庭，当过福特汽车公司装配工，经历了二战、工业污染和大规模荒废土地等不尽人意的境况，他从中发现了引人注目的诗歌主题，为在媒体上失声的工人写诗。多年来，他是工业城市的工人在诗歌中的代言人，反映他们的生活和愿望。他反对现代世界的种种罪恶和弊端，寻求个人的自由和满足。

莱文在加州大学弗雷斯诺分校从教多年，然后作为驻校著名诗人在纽约大学任教。在 1963～2009 年间，发表诗集 20 本，获多种诗歌大奖，其中包括弗兰克·奥哈拉奖（Frank O'Hara Prize, 1972）、古根海姆学术奖（1973, 1980）、哈丽特·门罗诗歌奖（1976）、露丝·利利诗歌奖（1987）、勒诺·马歇尔诗歌奖（1975）、美国图书奖（1979）、两次国家图书评论界奖（1979，1979）、国家图书奖（1991）和普利策奖（1995）。1997年，被选为美国艺术暨文学学会会员（院士，终身制）。又被选为美国诗人学会常务理事（2000—2006）。幸好他长寿，在耄耋之年，还荣获了桂冠诗人的称号（2011—2012）。

2. **彼得·戴维森**（Peter Davison, 1928—2004）

戴维森在主流诗坛很早就是一位春风得意的诗人，他从小就在文学浓烈的氛围中长大，他的父亲爱德华·戴维森（Edward Davison）是英国诗人，在科罗拉多大学任教，是帮助组织作家会议定期召开的负责人，彼得·戴维森因此从小有机会见到诸如福特·马多克斯·福特、罗伯特·弗罗斯特，卡尔·桑德堡、约翰·克劳·兰塞姆、罗伯特·潘·沃伦等名诗人，耳濡目染，自不待说。早在1963年，他获耶鲁青年诗人丛书竞赛奖，他的处子诗集《破晓及其他诗篇》（*The Breaking of the Day and Other Poems*, 1964）获得资助，在第二年出版。50年代初，他步入出版界，先后担任纽约哈科特·布拉斯出版社编辑助理（1950—1951）、副主编（1953—1955）；哈佛大学出版社社长助理（1955—1956）；波士顿大西洋月刊出版社副主编（1956—1959）、执行主编（1959—1964）、社长（1964—1979）、高级编辑（1979—1985）；从1985年起，波士顿霍顿·米夫林出版社咨询编辑；从1972年起，《大西洋月刊》诗歌主编。1955年，他移居波士顿，生活和工作的文学环境使他很方便地与当时波士顿地区著名诗人打成一片，例如与罗伯特·弗罗斯特、罗伯特·洛厄尔、安妮·塞克斯顿、西尔维娅·普拉斯、理查德·魏尔伯、W. S. 默温、艾德莉安娜·里奇和唐纳德·霍尔以及该地区其他的著名诗人过从密切。他的回忆录《褪色的微笑：1955～1960年在波士顿的诗人》（*The Fading Smile: Poets in Boston, 1955-1960*, 1994）记录了当时与他有交往的诗人们的逸事和文学活动，透露了他亲眼目睹和参与的文学运动。据说，他与普拉斯有过短暂的一段罗曼史。

戴维森的诗歌风格就是《大西洋月刊》登载的那种大众乐意阅读的诗。对此，他在1986年《当代作家自传系列》（*Contemporary Authors Autobiography Series*, 1986）卷四上说："我必定是这一代没有选学文学创作班课也没有教过文学创作班课的少数诗人之一，但我说不出怎么会这样的。我很少发现我的编辑生涯同我的创作发生矛盾，除了没有深不可测的深度之外。诗歌对我来说不是工作而是快乐，不是一种职业而是第二种生命——娱乐之中的娱乐。”他的口气似乎有点儿自鸣得意，但反映了一个事实：他的诗歌晓畅，但毕竟浅显。我们现在来读一读他的短诗《七月聚会》（“July Meeting”）：

乌鸦呱呱呱，发出黑暗的厉声，
像一个吹鼓手，模仿鸟紧接着
在月光下的嗓门之后，发出
精湛的拖腔。知更鸟在交配
季节末，用金银丝编织习惯性
声明。其他“披羽毛的歌手们”
坐着，唧唧唧地唱着保持原位
直至最响亮者到旁边站起来高歌。
红衣凤头鸟的啭鸣渐渐消失了。
黎明的歌声开始转换成麻雀和
鹪鹩的叽叽喳喳，鸽子的咕咕声，
灶巢鸟渐渐远去的咯咯声，猫鹊
结结巴巴的咕噜。每位歌手
在朦胧中唱过之后，晨歌
最后静息下来。朝阳从天边
升起，奖励每株红润的树，
号召世界恢复秩序。

戴维森好像是用摄影机拍摄了波士顿夏天的一个晨景。不过，詹姆斯·迪基夸他诗质沉静，在佳作之列，说他的诗写得平和，富有机智，形式工整严谨，表现了标准的新英格兰诗人风格，他的《冬天日出》（“Winter Sunrise”, 1964）可以为证：

我们山谷河流的喉咙被噎住了；
白桦躬身，它们的乐曲停止了。
每个山谷在今晨的丰礼中
变得喜气洋洋。昨天回旋的暴风雪
产生了今天的寂静。雪原
为牺牲在阳光里批上了大氅。

风失去了从雪堆里举起
一个小冰球的力量。
弯曲的路变直了。粗糙的山峦
蜷伏在冰的棚顶之下。

每个山谷已经高高兴兴，
然而冬天不知道采取什么好办法
使不平的地方屈从它的指挥：
一只蓝鹣鸟翅膀一掀，
惹下了一阵雪崩，无法无天的意志
同完美一道跌落出耐心。

凡在波士顿地区过冬的人都不会对戴维森笔下的冬景感到陌生，在冬天，那里下大雪，往往深达膝盖，但走到屋外却不感到怎么冷（可能在有暖气的屋里坐久了的缘故），偶尔发现树枝上的鸟儿抖落树枝上的雪。戴维森的笔触通常着力于动物、岩石、自然景观、友谊、婚姻、子女、死亡、时间流逝和宗教信仰等等传统诗歌题材。

戴维森生在纽约市，毕业于哈佛大学（1949）。毕业后服兵役两年（1951—1953）。与简·特鲁斯洛（Jane Truslow）结婚（1959），生一子一女，简于1981年去世；然后与波士顿著名建筑师琼·爱德曼·古迪（Joan Edelman Goody）结婚（1984）。在1964～2000年，出版诗集12本，诗集不多，均由大出版社出版。他的讣告称：他的作品虽然赢得了几个诗歌奖，得到了像评论家阿尔弗雷德·卡津（Alfred Kazin, 1915—1998）和W. S. 默温的高度评价，但它们被他40年来作为大西洋月刊出版社和霍顿·米夫林出版社的文学主编生涯掩盖了。

第四节　三位女诗人：艾德莉安娜·里奇、黛安·沃科斯基和布伦达·希尔曼

1. 艾德莉安娜·里奇（Adrienne Rich, 1929—　）

里奇被公认为20世纪下半叶最有影响力的诗人之一，一个一贯特立独行的女同性恋诗人。她出生在纽约市白领中产阶级家庭，父亲是犹太人，

是医生和约翰斯·霍普金斯大学药学教授。里奇从小在父亲的辅导下长大，但她违背了父亲希望她与美国同化的愿望，与犹太经济学家、哈佛大学教授阿尔弗雷德·康拉德（Alfred Haskell Conrad）结婚。但是，她很强的事业心与她充任母亲和妻子的角色发生矛盾，最后导致婚姻破裂和丈夫轻生。自从 1976 年以来，她和牙买加裔美国作家米歇尔·克利夫（Michelle Cliff, 1946— ）一道生活。同年，她公开女同性恋身份，出版了引起争议的散文集《生为女子：作为经验和制度的母亲角色》（*Of Woman Born: Motherhood as Experience and Institution*, 1976），表明她把女同性恋问题看得和政治问题同等重要。她第二年发表的组诗小册子《二十一首爱情诗》（*Twenty-One Love Poems*, 1977）[①] 以诗的形式，直接表露了她同性恋的欲望和性要求。我们现在来读一读其中第二首：

> 我在你的床上醒来。我知道我在做着梦。
> 闹钟老早把我们吵醒，
> 你在书桌旁已经几个钟头了。我知道做的什么梦：
> 我们的朋友——这诗人走进我的房间
> 在那里我一直创作了几天时间，
> 到处堆满草稿，复写纸，诗篇，
> 我想要给她看一首诗，
> 是关于我生活的一首诗。但我犹豫再三，
> 于是苏醒了。你吻了我的头发，
> 把我弄醒。*我梦见你就是一首诗*。
> 我说，*一首我想要给人看的诗*……
> 我笑着，又做起梦来
> 非常希望把你介绍给我爱的每个人，
> 在地心引力的作用下
> 一起公开行动，这并不简单
> 它要把羽茅草带到很远，落在透不过气来的空中。

如果这首诗是里奇公开她与米歇尔·克利夫亲密关系之前的体验的话，那么第十一首诗的后半段《浮动的诗》（“floating poem”）就更赤裸裸了：

---

① 该诗歌小册子收进她第二年出版的诗集《共同语言的梦》（*Dream of a Common Language*, 1978）。

无论对我们发生什么事，你的胴体
将缠绕我的身体——温柔，细嫩，
你的做爱，好像森林里的蕨菜
半卷曲的蕨叶，刚刚被阳光洒满。
你移动丰腴的大腿，我整个的脸
来到两腿之间，来到——
清白和智慧之处，我的舌头找到的地方——
你的乳头在我嘴里蠕动，充满活力而贪得无厌——
你触摸我，坚定而爱护，搜寻着我，
你强有力的舌头和修长的手指
到达我多年来一直等待你的地方
在我玫瑰的湿洞里——无论发生什么，这就是。

里奇在她的文章《我们自身的女同性恋》（"It Is the Lesbian in Us", 1976）中指出女同性恋"并不是两个女人上床睡觉那样简单，那样无足轻重"，并说"我们自身的女同性恋促使我们想象力丰富，在女人和女人之间完整的关系上，用语言表达以及把握"。里奇积极参加反侵越战争、女权运动和为男女同性恋争取自由的运动。作为女同性恋者，她强调女性的重要性，认为这个星球上的生命都出于女人，还说："我是一个女权主义者，我觉得在精神和肉体上受到这个社会的威胁，我相信妇女运动表明：当男人们（他们是宗法观念的化身）对儿童和其他生物（包括他们自己）具有危险时，我们已经到了历史的边缘。"她后来在《谎言、秘密与沉默：1966～1978 年散文选》（*On Lies, Secrets and Silence: Selected Prose, 1966-1978*, 1979）的序言里坦承：

> 自从 50 年代以来，我一直盼望妇女解放运动。在 1970 年，我参与其中……不久之后，我认同自己是一个激进的女权主义者，不仅作为一种政治行动，而且出于作为女同性恋者强烈的和明确无误的感情。

1953 年，她与阿尔弗雷德·康拉德结婚后定居哈佛所在地坎布里奇，生三子。1964 年，参加新左派，全家移居纽约，卷入反战、民权运动和女权运动。1968 年，在"作家和编辑抗交战争税"（"Writers and Editors War Tax Protest"）倡仪书上签名，反对美国政府侵越战争。

里奇毕业于哈佛大学拉德克利夫学院（1951），在毕业时，她的处女集《世界的变化》（*A Change of World*, 1951）被老诗人奥登看中，被列为耶鲁青年诗人丛书出版。她后来说，为了取得诗人的资格，她首先抑制了女人的身份，从男性视角写诗，因为这样容易被诗坛接受。这种强作男性的伪装性一直延续到1963年。她的第三本诗集《金刚钻切割刀及其他》（*The Diamond Cutters and Other Poems*, 1955）由于同样的原因受到贾雷尔的赞扬。她在成功地效法弗罗斯特、叶芝、史蒂文斯、奥登和魏尔伯等诗人中开始了创作生涯。她早期的诗歌显示了她精通传统诗艺和新批评派的诗美学。随着她后来的女权主义思想逐渐占上风，里奇放弃了受奥登和贾雷尔看重的形式主义风格，转向用自由度更大的自由诗形式，表达她女权主义思想的迫切心情。从她的《媳妇的快照：1954～1962年诗抄》（*Snapshots of a Daughter-in-Law: Poems 1954-1962*, 1963）和《生活所需：1962～1965年诗抄》（*Necessities of Life: Poems 1962-1965*, 1966）两部诗集起，开始了她激烈的人格变化。她的标题诗《媳妇的快照》从神话、历史和文学方面表现妇女受挫折的处境。里奇一贯认为，好妻子和好管家的传统角色是妇女葬礼的准备，一味依靠男子生存而与其他女人隔离最终导致妇女的自我憎恨。她的诗集《生活所需》主要揭示她的性体验。她在其中的一首诗《像这样地在一起》（"Like This Together"）流露了她与另一个女人在汽车里的心理活动："我们相遇，住在一起，/很快我们的胴体将是一切/从那个时代永久留下来。"她的诗集《传单：1965～1968年诗抄》（*Leaflets: Poems 1965-68*, 1969）更多地关心政治问题，号召妇女们团结起来，建立新政治和新语言，似乎美国的社会问题主要是女人起来反抗男人的统治问题，阶级斗争退居次要地位。她在另一本诗集《潜入沉船：1971～1972年诗抄》（*Diving into the Wreck: Poems 1971-72*, 1973）里更明显地表明了她对男人的憎恨。她在诗集《你的本土，你的生活》（*Your Native Land, Your Life*, 1986）里鼓动美国印第安人、黑人、犹太人和女同性恋者起来反对社会对他们的不公正待遇。这似乎成了一个规律，无论男同性恋者（如金斯堡）或女同性恋者（如里奇），他/她往往把争取同性恋自由与政治自由联系在一起。

里奇引人注目的造反性格像金斯堡一样，在大学生中引起了热烈反响。芭芭拉·介尔皮（Barbara Charlesworth Gelpi）和艾伯特·介尔皮（Albert Gelpi, 1931—　）在他们选编的《艾德莉安娜·里奇的诗歌》（*Adrienne Rich's Poetry*, 1975）的前言里指出里奇在青年学生中的影响："艾德莉安娜·里奇在全国各地大学作巡回诗歌朗诵时，每次在她朗诵之后，听众们都涌到讲台上，走近去看她，伺机同她讲一两句。她的诗歌在教室里也产生同样的反响……”1993 年 9 月 26 日《波士顿环球报》的文艺栏“活艺术”(Living Arts）刊登了她的大幅近照，该报编辑帕特丽夏·史密斯（Patricia Smith, 1955— ）发表了介绍里奇的长篇报道文章《艾德莉安娜·里奇视诗歌为撼动国家的武器》(“Adrienne Rich Sees Poetry as a Weapon to Shake Nation”)，称她是“诗人战士”，因为自从她公开自己是女同性恋者之后，受到学术界的长期冷落，但她从不后悔，依然推动男同性恋和女同性恋运动的发展。

80 年代早期，她和克利夫移居马萨诸塞州。1981 年，克利夫和里奇接手主编女同性恋杂志《险恶的智慧》(*Sinister Wisdom*)。她俩最后到北加州定居。在 80 年代和 90 年代，里奇任教于斯克里普斯学院、加州大学圣何塞分校和斯坦福大学。

1951～2011 年之间，她发表诗集 24 本，均由一流大出版社出版，获得众多诗歌奖，其中主要的包括耶鲁青年诗人奖（1950)、古根海姆学术奖（1952)、国家艺术暨文学院奖（1960)、雪莱纪念奖（1970)、国家图书奖（1974)、首届露丝·利利诗歌奖（1986)、哈佛名誉博士（1970)、全国诗歌协会诗歌艺术杰出服务奖（National Poetry Association Award for Distinguished Service to the Art of Poetry, 1989)、威廉·怀特黑德终身成就奖（William Whitehead Award for Lifetime Achievement, 1990)、联邦文学杰出服务奖（1991)、勒诺·马歇尔诗歌奖（1992)、弗罗斯特奖章（1992)、美国诗人学会研究金（1992)、麦克阿瑟研究金（1994)、华莱士·史蒂文斯奖（1996)、兰南基金会授予的终身成就奖（1999)、国家图书评论界奖（2004)、国家图书基金会授予的美国文学杰出奖章（2006)、格里芬终身荣誉诗歌奖（2010）等。她为政治原因拒绝接受国家艺术奖章而成了 1997 年国家头条新闻人物。她在《纽约时报》上发表公开声明说：“我无法接受克林顿总统或白宫授予的这样一个奖，因为我理解的艺术与本届政府见利忘义的政治格格不入。”总统授予的这个奖是一般文艺家们求之不得的终身荣誉，可是里奇居然有勇气拒绝，一方面说明她是非感分明，立场坚定，另一方面说明她在取得巨大文学成就后，已经有了抗衡的足够底气。

2. **黛安·沃科斯基**（Diane Wakoski, 1937— ）

黛安·沃科斯基是 20 世纪重要而又具争议的诗人。埃丝特拉·劳特（Estella Lauter, 1940— ）教授认为黛安·沃科斯基从创作生涯一开始就是一位神话诗人，说她创作的有关体现“男人世界”的乔治·华盛顿总统和更富神奇色彩的“西班牙国王”这类名篇呈现了她诗歌创作的一种明显倾向，从制造神话角度体现她日常的经验。[1]她的长诗《我国的父亲》（"The Father of My Country", 1968）是一个典型的例子。我们现在来体会一下她究竟如何开掘她的诗歌领地，如何把华盛顿总统牵扯到她自己的父亲那里：

在西方文明里所有父亲必定是
军人出身。
统治者，
是的，
他现在是
过去也是
这个时候或那个时候
的将军。
乔治·华盛顿，
这位粗鲁的军人，
有着笨拙的
真诚的客厅风度，
赢得了
全国人民的心。

我的父亲；
听到我讲起他吗？我很少
这样问。但我有一个父亲，
他是军人出身——或者说
我继承了他，
军人风度，好斗。那就是说，我只记住穿着军装的他，
30 年前的海军士官，
经常离开家。

而今我很难讲起他，
我不习惯谈他。
不习惯列举他的东西
从不在我周围的东西。

① Estella Lauter. "Diane Wakoski." *Contemporary Poets*: 1021.

………………

如果乔治·华盛顿，
不是我的国家的父亲，
那么就很怀疑
我所发现的父亲。我嘴巴、嘴唇和舌头上的父亲
都出于我女人的热情，
父亲，在我钢制文件柜里留下的是我的出生证上的一个名字，
父亲，在牙医诊所留下的那颗拔的牙，扔到垃圾桶里了，
活在我宽颧骨和短小双脚里的父亲，
活在我波兰人火爆脾气和我的美国人言语的父亲，父亲，不是一个
神圣的称号，不是一个我怀念的称号而是忍受的称号，这个称号
使得我在任何电话簿里独一无二，因为你改变了它的含义，
除了我们，没有其他人有这个意义上的称号，
使我在樱花飘落的静夜做梦的父亲，使我知道所有我爱的男人将会离开我的父亲，
父亲使我成为一个特立独行的人，
一个作家，
一个命名者，
名字/父亲，太阳/父亲，月亮/父亲，血红的火星/父亲。

不断重复或回旋的句式有点像《嚎叫》，但缺少《嚎叫》的气势。诗人只是表达了对长期离开她的父亲的哀怨。诗人认为自己是叙事诗人，创造个人叙事和个人神话，多半是长诗。她说："我写长诗，充满感情的诗。我的主题是失落感、不精确的直觉、正义、真理、世界的双重性和神奇的转化的种种可能性……我厌倦于愚蠢、官僚主义和各类组织。诗歌，对于我来说，是至高无上的个人艺术，使用大量范围宏阔的语言，展示它的感知力多么特殊，多么不同，多么令人惊奇。"[①]有评论家说，她的诗是自白派式的，她持异议，她说她诗中的"我"不一定全是她自己，而是人格面具，她反映的问题是人类共有的问题。她的词汇丰富，口语化，戏剧性强。黛安·沃科斯基主要的艺术形式是自由度极大的自由诗，现在让我们再来

① Estella Lauter. "Diane Wakoski." *Contemporary Poets*: 1021.

读她的诗集《感谢母亲为我付学弹钢琴费》（*Thanking My Mother for Piano Lessons*, 1971）中一首很长的标题诗的前面几节：

你把手指轻松地敲在键盘上，
仿佛你在海滩漫步
发现一颗大如鞋的
金钢石；

仿佛
你刚做好一只木桌，
锯木香味浮在空气里，
你的双手干燥，散发木质味；

仿佛
你躲避
一个戴黑礼帽的男子，他整整一星期
追随着你；
你把手指
轻松地敲在键盘上，
弹着三和弦
贝多芬
巴赫
萧邦
这是在下午，这时无人和我交谈，
这时穿着杂志广告上柔软绵毛线衫的人影
共和党中产阶级清洁而亮光光的头发的人
走进铺了地毯的房屋，
只留下了我一个人
和光溜溜的地板以及几本书

我要感谢我的母亲
每天劳作在
加油站和自来水公司
单调的办公室里

40岁时在咖啡里不放奶油，
以减轻体重，她带着肥重的身体
独自做记账员的分类账，
没有男人带着爱看她的面孔，
她的身体，她过早的白发。
我要感谢
我母亲的劳动，在她偿还银行贷款
或买食品杂货
或修我们轧轧作响的旧福特汽车之前
总为我付学钢琴的学费。

黛安·沃科斯基的佳作总是这样以第一人称不紧不慢地娓娓道来。她的诗反映一些永久性的问题，诸如我们自己与别人的关系（如上文她和她母亲的关系）、大自然或我们指导生活的思想。她给人印象最深的作品莫过于描述她作为女人的自我受到当代生活种种挑战的诗篇。

黛安·沃科斯基的创作大致可分为三个阶段。

第一阶段是意象派（有批评家称之为深层意象派）阶段，开始于处女集《钱币与棺材》（*Coins and Coffins*, 1962），延伸到《差异和幻影》（*Discrepancies and Apparitions*, 1966）、《乔治·华盛顿篇章》（*George Washington Poems*, 1967）、《贪婪，1～2部》（*Greed, Parts One and Two*, 1968）和《在血腥工厂之内》（*Inside the Blood Factory*, 1968）等诗集。

第二阶段是对美的追求阶段。她认为，艺术家的作用是注重美的欲求与世界强加给我们的丑恶之间的矛盾，创造美的艺术品，给人民以美感。这个阶段从1969年的诗集《感谢母亲为我付学弹钢琴费》（1969）起至1974年的诗集《鉴赏文学》（*Virtuoso Literature for Two and Four Hands*, 1975），在这两本诗集之间有20本诗集面世。

第三个阶段是从1975年至80年代底90年代初，诗人有意识地运用音乐形式和节奏写诗，其典型的诗集是《握手的人》（*The Man Who Shook Hands*, 1978）。

黛安·沃科斯基出生在加州惠蒂尔，毕业于加州大学伯克利分校（1960）。三次婚姻史：与谢泼德·谢贝尔（S. Shepard Sherbell）结婚（1965），1967年离婚；与迈克尔·瓦特龙德（Michael Watterlond）结婚（1973），1975年离婚；与罗伯特·特尼（Robert J. Turney）结婚（1983）。历任纽约图书中心文员（1960—1963）、纽约22中教师（1963—1966）、纽约社会研究新学院讲师（1969）和多所高校驻校作家：加州理工学院（1972）、弗吉尼亚大学（1972—1973）、威拉米特大学（1974）、加州大学欧文分校（1974）、威斯康星大学麦迪逊分校（1975）、密歇根州立大学（1975）、惠特曼学院（1976）、华盛顿大学（1977）、夏威夷大学（1978）和埃默里大学（1980—1981）。自1976年以来，她已经被聘为密歇根州立大学正式教员，现作为该校著名教授教文学创作。作为一位名不虚传的著作等身的诗人，她在1962～2000年期之间发表诗集64部，但她的诗歌也许由于太直白浅显，不符合主流批评家的审美标准，因此没有获得什么诗歌大奖，只获得了罗伯特·弗罗斯特奖学金（Robert Frost fellowship, 1966）、卡桑德拉基金会奖（Cassandra Foundation award, 1970）、纽约州艺术委员会授予的诗歌奖（1971）、古根海姆学术奖（1972）、全国艺术基金会资助金（1973）、富布莱特奖学金（1984）、密歇根州艺术委员会授予的诗歌奖（1988，1989）、密歇根州立大学杰出教员奖（1989）、W. C. 威廉斯诗歌奖（1989）、密歇根州立大学杰出教授奖（1990）和密歇根州图书馆协会授予的作者年度奖（2003）等这类奖项。

3. **布伦达·希尔曼**（Brenda Hillman, 1951—　）

希尔曼是一位90年代初露头角的诗人。她的诗歌不拘一格，既有一般自由诗的规正，也有前卫诗的锋芒。诗评家萨拉·罗森塔尔（Sarah Rosenthal）认为希尔曼牢牢地建立在抒情叙事传统的诗集《堡垒》（*Fortress*, 1989）、《死亡短文》（*Death Tractates*, 1992）和《亮丽的生存》（*Bright Existence*, 1993）确立了她的全国声誉，而随着她的诗集《散装糖》（*Loose Sugar*, 1997）以及后来的《叙事诗里的大气篇章》（*Pieces of Air in the Epic*, 2005）[①] 和《实际的水》（*Practical Water*, 2009）等诗集的面世，她开始探索后现代派不连贯的破碎诗法，希尔曼没有明显疏远老朋友而跨越诗歌界限显示了她的勇气，令人耳目一新。[②]希尔曼在接受萨拉·罗森塔尔采访时说："不可能把界限置于你的话语里，即使你写一首诗。每个字是一个迷津。所以你希望写一件难忘的事，以你本来应当用的某种方式定下的形式表现出来。不过，这首诗本身并不执行这个意图。这几乎就像你编织一件

① 根据希尔曼本人的解释，"air"指环绕全球的大气，它传送无线电信号，运载喷气飞机，传播新闻特别是在伊拉克战争的消息。

② Sarah Rosenthal. "Our Very Greatest Human Thing Is Wild: An Interview with Brenda Hillman." *Rain Taxi*, Online Edition, Fall 2003.

毛衣，好像有什么人在另一头拆散毛衣。”[①] 换言之，希尔曼喜欢用各种艺术手法探索她未知的领域。我们现在来看看她如何在《树形仙人掌》（“Saguaro”, 1989）中尝试用抒情叙事的手法，表现她看到世界上最高的树形仙人掌（高达50至75英尺）之后的观感：

游客常常到那里，因为
缺少树木而感到难过，
于是朝海角走去。

然后，在镶着天边的
夕阳和西班牙征服者
遗留下来的小径衬托下，

父亲举起相机，
拍摄信天翁，
让孩子们

模仿树形仙人掌。一个小孩
模仿一次，他们站在那里微笑着，
举起餐叉似的手指，

这时，鹪鹩、疾病
和阳光正在穿入
庄严的树形仙人掌。

母亲坐在一块岩石上，
双臂横叉
她的胸脯。对于她

仙人掌看起来吓人，
它的一根根刺

---

① Sarah Rosenthal. “Our Very Greatest Human Thing Is Wild: An Interview with Brenda Hillman.” *Rain Taxi*, Online Edition, Fall 2003.

彷如卡通片里的头发。
它举起传教士似的手臂
或摆开华尔兹的姿势，
它给人的印象是

朝各个方向
尽了巨大的努力，
如同这位母亲一样。

数以千计的灰绿色
仙人掌穿越山谷：
大自然重复自己，

孩子们重复大自然，
父亲重复小孩，
母亲在观望。

后来，孩子们想：
仙人掌有教育意义，
教给了他们一些道理，

一些生存的技巧，或者
只是普通的美。但是，除此
之外，它还能做什么？

对抗死亡的
唯一保护之道
是爱孤独。

诗的最后一节既符合仙人掌的生存状态，更是一句格言。按照传统的诗美学，如果没有这最后一节诗，这首诗就失去了重心，变得平淡无奇了。我们再来读一读她的另一首短诗《省略》（“Ellipsis”, 1987）：

生日。又一年来了

又走了。过后
少数几个客人将出现在

令人愉悦的菊花
和家庭的餐具旁。
喏，在这合宜的午后阳光里

我想起惠斯勒的油画
《白衣女子》，
她穿得漂亮，站在白熊皮

做的地毯上，熊头还在脚边，
她的长袍和牙齿都是白色
她似乎不知道

她现在身在何处，
白熊将永远在她下面咆哮，
那就是青春。

它的反面是俯视。
万物撤回到自身
如此之好：一两张椅子

留在屋外的雪地里，
一群鸟儿像一大张白纸翻动着，
一片白，空无，一片白，空无，一片白。

引起诗人浮想联翩的油画是著名美裔英国画家詹姆斯·惠斯勒（James Whistler, 1834—1903）的第一幅名作《1 号白色交响曲：白衣女子》（“Symphony in White, No. 1: The White Girl”）。画中的白衣女子是画家的情妇和业务经理乔安娜·希弗尔南（Joanna Hiffernan）。她穿一袭白袍，左手拿着一枝百合，脚踩在熊皮制作的地毯上，表现了阳刚之气和色欲，故诗人说：“白熊将永远在她下面咆哮，/那就是青春。”熊的头还留在画中的熊皮地毯上，看起来很吓人。皇家艺术学院拒绝展览，但在法国皇帝拿破仑三世的赞助下，于1863年在巴黎展出。如今它已经成了西方家喻户晓的名画。该诗巧妙的是，由白衣女子的白袍，把读者引领到她眼前的静中有动的白茫茫的雪景里，好似一幅中国风景写意画。她的学生彼得·周（Peter Y. Chou）认为，此刻纯粹处于禅的境界，像白雪那样净化我们的心灵，像飞进一片白雪的鸟儿那样提升我们的精神，既崇高又美丽。就这首诗的品质而论，并不亚于她的丈夫桂冠诗人哈斯描写同样情景的任何一首诗。

希尔曼并不满足她已经驾轻就熟的这种艺术手法，而是把笔触深入到前卫探索性的领域里。我们现在来读一读她的诗集《叙事诗里的大气篇章》里的一首短诗《细察三角关系中的自然现象》（"Study of Air[①] in Triangles"）中描写鸟雀的场景：

> 到了黄昏，它们已经安息
> 在吱吱喳喳的鸟巢里，
> 屋檐把夜色伸展到鸟巢周围；
> 一只知更鸟喂着等边型头的小鸟
> 它们发出一阵短暂的声音；
>
> 鸟妈妈把小鸟的粪便衔进
> 房间似的草地黄黄的秋色里，
>
> 它们的嘴巴安静地埋下来……

这正是我们普通读者容易理解和喜欢的一个个具象，可是诗人不停留于这种司空见惯的情景描写上，她接着进入了抽象的玄思：

> 这些鸟儿是否可能受到基于三大
> 神秘的大自然点的几何结构的影响？
>
> 也许这三角形中心是心灵，
> 这三点是话语、世界和气候，
>
> 或者三点之一是心灵

① 这里的大气指自然现象。

而话语是中心——
诸如此类的东西吧。

这些天，一首诗终于出笼了，
一种意见认为它是足以
能接触大自然的表达力，

这些诗行多半说出了非常不易表达的东西——

诗结尾的言外之意是，诗难以表达不易表达的东西，诗不尽意，或者说，言不尽意。这种玄思与知更鸟喂养雏鸟有何关系？是不是诗人用她的心灵或语言表现了一幅生动的秋景？而此种深意，她却无法传达。她的这种哲思超越了传统的思路或诗路，但没有“撒野”到某些前卫诗极其艰涩的地步。这就是萨拉·罗森塔尔所谓的她“没有疏远老朋友”（习惯于传统自由诗的读者，例如那段知更鸟喂养雏鸟的情景），但在诗的后半部，她进入了在表面上（逻辑上）看来与前面不十分贴切的思路或诗路。这首诗是她在寻求物质与精神分开的天地间获得快乐的具体体现。希尔曼曾经对《当代作家词典》（*Contemporary Authors*）编辑部的采访者谈到她写诗的理念和手法时说：“我对精神存在于物质和在物质与精神分开的天地间如何获得快乐感兴趣——这就是我的诗歌主要关注的。我的工具是反讽、意象、断裂的叙述和强烈的个人声音。”她的《散装糖》以后的诗篇多半呈现她在有限的程度上逐渐“疏远老朋友”的创作倾向。地质学、环境、政治、家庭和灵性是她常取用的题材。她善于运用改编文本和文献、个人叙述和自白等方式使她的诗歌形式变化多端。

希尔曼独立性很强，勇于打破常规，在结婚后不改姓哈斯。尽管现今算不上诗坛权威人士，其影响也无法同桂冠诗人相比，但她年轻，比哈斯小十岁，发展潜力很大。

她出生在亚利桑那州图森，毕业于波莫纳学院，获爱荷华大学作家班艺术硕士，现任圣玛丽学院教授。在1962～2010年之间，她发表9本诗集，获国家艺术基金会奖学金（1984）、美国诗社诺玛·费伯图书一等奖（Norma Farber First Book Prize, 1986）、德尔莫尔·施瓦茨纪念奖（Delmore Schwartz Memorial Award, 1986）、《美国诗歌评论》授予的杰罗姆·谢斯塔克诗歌奖（Jerome Shestack Poetry Prize, 1989）、手推车奖（1990）、古根海姆学术奖（1994）、W. C. 威廉斯诗歌奖（2005）和《洛杉矶时报》图书诗歌奖（2009）

等。

2008年，北京帕米尔文化艺术研究院组织了“2008帕米尔诗歌之旅”，邀请美国、加拿大、西班牙、斯洛文尼亚和中国诗人在黄山脚下风景幽美的黟县中城山庄进行了学术讨论和诗歌朗诵（10月22～24日）。希尔曼和丈夫罗伯特·哈斯应邀参加了这次盛会。作为一个热爱大自然的诗人，她在游览黄山时仔细观察沿途的奇树异木，并记录树牌上的拉丁名字，往往在不经意间掉在我们大家的后面，哈斯不得不常常停下脚步等她。

第十八章　20 世纪晚期诗歌概貌

20 世纪美国诗歌像人一样，经过了 100 年的风风雨雨之后，回看最后的 20 年时光，在感慨万千之余，对自己走过来的道路看得比较清楚了。下面从六个方面，审视这段历史路程。

第一节　80 年代的诗坛是平静时期还是危机时期

根据美国主流派诗人和诗评家的看法，在 80 年代和 90 年代早期，美国诗坛风平浪静，三代诗人济济一堂，通常好斗的青年诗人之间，青年诗人与父母辈诗人或祖父母辈诗人之间和平共处，相安无事。无论是大庭广众前的朗诵开场白，或者诗集的前言，或者专题文章，他们都不用特定的一种美学规范去批评别人或强加于别人。另一方面，由于国内政治安定（国内没有 60 年代动荡的政治风云），诗人们往日慷慨激昂的政治热情也随之冷淡下来。詹姆斯·布雷斯林对此作了较为乐观的概括，虽然他只讲到 80 年代早期（事实上整个 80 年代也是如此）。他说："如果 50 年代中期的美国诗歌像令人愉快的夏天星期日下午的安静公园，如果到了 60 年代早期，它成了战区，宣言满天飞，那么到了 80 年代早期，气氛则轻松了，情景更像北加利福尼亚的富裕小镇。担心经济或核战争偶尔使心情变得阴沉，但总的来说，居民们丰衣足食，生活安定，身体健康。似乎谁也不跃跃欲试，想把稳定的秩序搅乱。不过如果缺乏冒险精神，则不乏丰富的生活。小镇的政策是自由开明，即：在有闲言杂语、背后说坏话、少数陈年恩恩怨怨的情况下，没有意识形态大论争。相反，容忍（或漠视）只专注自己作品的人，鼓励体现人类社会特征的所有竞争，两者并存不悖。甚至城里的嬉皮士，过去是暴躁的流浪汉，而今年长鬓长，西装革履，说话时人家也认真听了，几年前还获得了优秀公民奖。在这个小镇上没有行使强制的权力机构。小镇上的头面人物包括一些改造好了的 60 年代异己分子以及一些旧式家庭的人员，青年人不卑不亢，爱戴老一辈。”[1]其中最典型的诗人也许是金斯堡了，从前他是撒野的反学院派，80年代则是地地道道的学院派了。

然而，非主流的语言诗人（一般同时是捍卫语言诗的理论家和阐释语言诗的评论家）对认为当代诗坛处于没有重大理论争论的平静时期的观点持异议。他们说这是“官方诗歌文化”（official verse culture）当权派捏造的假象。所谓“官方诗歌文化”，根据伯恩斯坦的解释，是指美国各大报刊（如《纽约时报》《民族》《美国诗歌评论》《纽约书评》《纽约客》《诗刊》等等）登载的诗歌及评论、所有主要的出版商、几乎所有的大学出版社（唯有加州大学出版社例外）、在大学里任教的绝大部分诗人的选集、由同一批诗人通过各种形式的诗歌奖，对这些选集做出鉴定，并且带着偏见对诗歌现状进行描述和总结。伯恩斯坦由此得出结论说：“使官方诗歌和文化具有官方色彩的是，它否认在其实践上的意识形态，同时从宣传媒介、学术正统和提供基金等方面维护其霸权。”[2] 因此，绝大多数站在正统立场上的诗人和评论家不了解或故意忽视主流派之外还存在着的且具有活力的反对派诗歌创作和诗学（例如语言诗），否则会干扰他们在有条不紊地从事他们的学科建设时所必不可少的宁静。实际上，根据语言诗人的看法，美国当代诗歌存在着危机，并不是安静的绿洲。汉克·雷泽尔认为：“我们的时代是生动活泼的时代，是竞争和论战的时代，在特定意义上讲，是充满危机的时代。”[3] 这并不是危言耸听或小题大做。他认为：“美国诗歌的危机源于以下的事实：当50年代晚期和60年代早期的诗歌革命停止给诗歌创作灌注活力时，诗歌样板几乎全被官方诗歌文化所主宰。”[4]于是他对詹姆斯·布雷斯林关于美国当代诗坛像北加利福尼亚轻松而富裕的小镇的论调提出直接的质疑：“我们的小镇也许在我们某些公共机构的郊区是平静的。”[5] 这里需要说明的是，他所提的“官方”或“公共机构”未必是指政府干预，而是整个主流诗歌界的态势。雷泽尔在《民族》的“读者来信”栏里提出，他愿意和对语言诗误解的人在理论上进行辩论。[6] 他说，他不纯粹是针对诸如斯图尔特·克拉万斯（Stuart Klawans）这个别的人。这恰恰表明了语言诗人充满信心、跃跃欲试的姿态，也反映了他们有雄厚的理

---

① James E. B. Breslin. *From Modern to Contemporary American Poetry, 1945-1965*. Chicago and London: The University of Chicago P, 1984: 250.

② Charles Bernstein. *Content's Dream: Essays 1975-1984*. Los Angels: Sun and Moon P, 1986: 171-172.

③ Hank Lazer. “Criticism and the Crisis in American Poetry.” *The Missouri Review*, Vol.IX, No.1, 1986.

④ Hank Lazer. “Criticism and the Crisis in American Poetry.” *The Missouri Review*, Vol.IX, No.1, 1986.

⑤ Hank Lazer. “Criticism and the Crisis in American Poetry.” *The Missouri Review*, Vol.IX, No.1, 1986.

⑥ *The Nation*. November 7, 1988.

论资本。

第二节 90年代初诗歌的再次盛行

90年代早期，美国酒吧间、咖啡馆，甚至地铁车厢里，诗歌朗诵成风，使吸毒、酗酒和摇滚乐逐渐被淘汰，给贫血的美国文化灌输了新的活力。1991年12月16日《时代》杂志刊登了贾尼斯·辛普森（Janice C. Simpson）的一则报道《嘿，让我们来几行！》（“Hey, Let’s Do A Few Lines!”），[①] 介绍了美国这个时期的诗歌朗诵热。这位作者在标题下面用黑体字醒目地写了一行“在希比派之中，性乱、吸毒和摇滚乐正坐在诗歌的后排”。根据这则报道，纽约市每晚平均有15场诗歌朗诵会；在洛杉矶，“诗歌热线”(Poetry Hotline）提供最新的朗诵节目单；在芝加哥，诗歌爱好者们拥挤在“绿磨房酒吧”里，兴高采烈地参加朗诵比赛，参赛者采用诗与歌相结合的朗诵表演这一种新的艺术形式；在加州圣莫尼卡，“国际电子咖啡馆”（The Electronic International）发明了将诗歌与电视录像融为一体的“电视诗创作法”（Telepoetics），即在外地朗诵的诗人通过电视线路，把自己朗诵时的形象和声音输入“国际电子咖啡馆”的三台电视机的荧屏上，使屋里的观众照样能一睹诗人的风采。在波士顿地区，诗歌朗诵也很活跃。在书店橱窗或电线杆上，总可以看到每周或每月的诗歌朗诵的各种节目单。哈佛大学所在地坎布里奇市的家庭妇女、青年工人、自由职业者等各色人士在约定的地点或家里定期举行诗歌朗诵和研讨会。笔者有幸被邀参加他们的这些活动，目睹了诗人们朗诵和研讨诗艺的热烈场面。各地的俱乐部盛行手拿麦克风朗诵，任何人只要高兴，可以走上前去即席朗诵一首诗，如同流行歌曲的歌手自由自在地边唱边舞似的。不同种族的年轻人都把诗歌朗诵俱乐部视为社交活动的好地方，大家可以就各种社会问题交换意见，其中不乏对国内外政治的关心。例如青年诗人乔·罗蒂（Jo Roarty）在芝加哥“伏尔泰咖啡馆”里朗诵了这样的诗句：

> 一具具尸体降落在波斯湾，
> 一架架阿拉伯喷气机飞在天空也枉然，
> 滚滚洪水正淹没这现代的世界……

---

① Janice C. Simpson. “Hey, Let’s Do A Few Lines!” *Time*, Dec. 16, 1991.

诗歌朗诵普遍推广的副作用是许多歪诗泛滥，降低了诗歌的美学标准。但乐观主义者认为，群众终究会识别优秀的诗人。美国诗歌协会西部分会副会长 S. X. 罗森斯托克（S. X. Rosenstock）说：“人民珍爱口头诗，无论是垮掉派还是但丁的诗，他们爱听。诗歌朗诵是一种内心自由的表白。”不管怎么说，诗歌普及不是一件坏事。惠特曼曾经说过：“要造就了不起的诗人，必须要有了不起的听众。”没有听众或读者（更不必说高层次的听众或读者），任何天才诗人也会岌岌可危。

因此，诗人们都津津乐道美国诗歌新时期的大好形势，因为它标志了自 50 年代和 60 年代初垮掉派诗歌风靡一时以来的又一次复兴。这种复兴由于国内政治、社会生活相对安定而使当代诗坛呈现了一派欣欣向荣、风和日丽和多元格局的景象。1993 年 10 月，笔者在哈佛大学听了 24 位著名诗人联合朗诵的大型诗歌朗诵会；也应邀参加了康桥的地方诗人朗诵会；还于 11 月出席了纽约诗人朗诵会。笔者发现诗人们和听众们都热情洋溢。例如，在纽约一个小饭馆举行的朗诵会上，一位青年诗人特地从罗得岛的布朗大学赶来朗诵。语言诗人查尔斯・伯恩斯坦还认真录音，并告诉笔者说，这是宝贵资料，将来在编辑诗选时附上录音带。著名女语言诗人汉娜・韦纳的朗诵博得了听众一阵阵的笑声。朗诵之后，意犹未尽，诗人们又约会去她的住宅里叙谈。去的人各自带酒水和小吃放在桌上，让大家共享。这时诗人们端着酒杯或饮料杯交谈，切磋诗艺，情绪十分高涨。诗人、评论家尼克・皮奥姆比诺（Nick Piombino）与笔者十分友好地长谈了纽约诗坛趣闻逸事。第二天，笔者在会见 1993 年获麦克阿瑟诗歌奖的女诗人安・洛特巴赫（Ann Lauterbach, 1942— ）[①]时，问她 90 年代美国诗坛为何如此兴盛。她的回答是生活安定。但是，在这表面繁荣的形势下，似乎同时存在着种种的不和谐音。不同的批评家用不同的视角观察，得出了不同的结论，尽管在某些方面不乏共同之处。

第三节 90 年代的诗歌

在新世纪初，著名杂志《当代文学》（*Contemporary Literature*, 2001）出版了特刊《20 世纪 90 年代的美国诗歌》（*American Poetry of the 1990s*），其中有三篇综合性研究论文：玛乔里・珀洛夫教授的《90 年代的具体散文》

① 她的诗歌在抽象程度上可与阿什伯里和芭芭拉・格斯特相比。

（“Concrete Prose in the Nineties”）、威拉德·施皮格尔曼（Willard Spiegelman）教授的《重游 90 年代》（“The Nineties Revisited”）和罗杰·吉尔伯特（Roger Gilbert）教授的《天使走开：90 年代诗歌的宗教转向》（“Away with Angels: The Religious Turn in the Nineties Poetry”）。前一篇谈的是介乎具体诗与散文诗之间的具体散文，在这里姑且搁一搁。后两篇深入探讨世纪末这十年的美国诗歌状况，值得我们关注。

施皮格尔曼在文章的开头作了一个文学猜谜游戏，列出两组诗人名单，问大家他们之间有何区别，调查结果，没有什么区别，但是如果有的话，那就是一组诗人[①]在过去十年中赢得了普利策奖，另一组诗人[②]则没有获得这个奖。普利策奖肯定是一个加封诗人、取得大出版社青睐和推销诗集的强大机制，列在获普利策奖名单上的诗人如同中国的鲤鱼跳龙门。施皮格尔曼经过考察，发现这两组诗人 90 年代的作品，多数重复提到“死亡的命运、失落感和衰败”的问题，但是，为了澄清受到威胁的常人或重新定位被危及的自我，在语言表达上，又离开了“失落感和衰败”问题。他们这十年创作的诗歌未必是他们创作生涯中最好的作品，未必是他们的代表作，也未必能体现那种筋疲力尽、苍白无力和希望更新的世纪末情绪。施皮格尔曼还认为，看待这十位获大奖的诗人如同在研究和评价电影，落选的电影经常是很重要的，因为艺术的进步是独立的，不管大众捧场和审美趣味改变。他对这些获奖诗人的作品是否有 100 或 25 年的艺术生命力表示怀疑。这里需要指出的是，施皮格尔曼的调查，并不包括还没被主流评论家看好但是生气勃勃而有广泛影响的前卫诗人。

根据吉尔伯特对 90 年代诗歌的考察，他发现了一个有趣的现象：“天使”这个字眼像蝗虫似的叮满在 90 年代的书刊上。他经过统计 20 世纪最后 12 年发表的诗集标题，发现标题上有“天使”字样的诗集多达 27 部，[③]而“天使”出现在标题上以及文本里的诗篇就更多了。这个现象的出现有

① 在 20 世纪最后十年获普利策奖的 10 个诗人：Louise Glück, Jorie Graham, Yuself Komunyakaa, Philip Levine, Lisel Mueller, Charles Simic, Mark Strand, James Tate, Mona Van Duyn, Charles Wright。

② 另一组没有在这个时期获普利策奖的诗人：A. R. Ammons, John Ashbery, Frank Bidart, Alfred Corn, Robert Creeley, Amy Clampitt, Thom Gunn, Robert Hass 等 21 位。——Willard Spiegelman. “The Nineties Revisited.” *Contemporary Literature*, 2001: 206.

③ 例如：Lorna Crozer. *Angels of Flesh, Angels of Silence* (1988); Jane Hirshfield. *Of Gravity and Angels* (1988); Jacqueline Osherow. *Looking for Angels in New York* (1989); Stephen Dunn. *Between Angels* (1989); Amy Gerstleer. *Bitter Angel* (1990); Lance Lee. *Wrestling with Angels* (1990); Mary Ann Coleman. *Recognizing the Angel* (1991); Billy Collins. *Questions about Angels* (1991) 等 27 部这类诗集。——Roger Gilbert. “Away with Angels: The Religious Turn in the Nineties Poetry.” *Contemporary Literature*, 2001: 238.

其深刻的历史原因，他为此解释说：

> 我认为，这种对天使的迷恋，是一个在音调和风格上较大转变的征候，甚至在 90 年代无天使的诗歌里也是如此。我断言：天使和与此相关的形象经过许多不同名号的诗人的演化，反映了想恢复过去表现模式的普遍欲求，而这种表现模式在提倡反讽的后现代的 80 年代，越来越显得不正当或不被接受。“天使”尤其给 90 年代诗人提供了在两种截然不同的领域里进行调解的方式：宗教与历史，天堂与尘世，精神与物质，崇高与亵渎。作为神的启示工具，天使给诗人接近种种幻想的可能性，而这种可能性在 70 年代和 80 年代基本上处于休眠状态。然而，作为异常的不拥有真正机构或权力的被动存在者的天使，却让诗人衡量和描述在纯精神上运作的历史和物象的腐蚀作用。[①]

吉尔伯特认为，很容易把 90 年代对天使的迷恋看作是新世纪即将来临产生的困扰广泛复苏的副作用，当然也不能完全脱离更广泛的文化潮流。在这十年里，世界末日的想象一直疯传到新禧年。补偿性的渴望，让人安心的神圣的权威形象，到处可以感觉得出来，于是天使形象出现在 90 年代电影、电视、CD 和畅销书排行榜上。

天使形象的普遍出现，使得许多其他宗教用语和形象连带出现在 90 年代的诗歌里，这种发展势头，对于二战以来有着强烈世俗倾向的美国诗歌来说，颇为奇特，仿佛 90 年代的许多诗人都皈依宗教了，这时很少有诗人从传统信念的立场创作。与天使形象连带出现的“灵魂”这个字眼也出现在 90 年代诗歌里，而这字眼在抨击超验的自我的后现代字库里永远被废弃了。是何原因造成这种奇特的现象？吉尔伯特认为，这很容易归因于千禧年前的焦虑。他说，千禧年的想法似乎激发人们用长远的眼光看待历史，这比美国诗人普遍持有的历史眼光远得多，但要充分了解 90 年代诗歌的这些发展意义，必须把它们置于 80 年代诗歌的历史背景上看：80 年代占主导地位的诗歌风格的特点是纯粹信息的密集沉积，其中大部分诗歌以当代作参考；大众文化、广告、政治和新闻为 80 年代诗歌提供了通用语言，其中大部分以其疯狂享乐主义和贪婪呈现当时具有讽刺意味的富庶幻影。80 年代典型的诗篇堆满了名人名牌名品、瞬息即逝的东西和零碎的仿真品，

---

① Roger Gilbert. “Away with Angels: The Religious Turn in the Nineties Poetry.” *Contemporary Literature*, 2001: 238-239.

它们缺乏历史联想或寓意深度，只反映了肤浅的商场文化。因此，他的结论是：在许多方面，90 年代诗歌体现了对这种典型的后现代风格的强烈反应；恢复对深度、高度和崇高的欲求，更换或补充 80 年代诗歌对浅薄和讽刺的嗜好。

第四节　诗歌中心的分散

80 年代的美国诗坛不存在中心，或不存在以一两个大诗人的风格为普遍的美学规范。如果说在现代派早期 T. S. 艾略特以他的诗歌创作和诗歌理论以及他主持的主要杂志《标准》和著名的费伯出版社影响了一代及至两代英美诗人诗风的话，如今的英、美或加拿大诗坛没有 T. S. 艾略特式的英雄人物。当今的诗人是各行其是，都有发表作品的机会。罗恩·西利曼在他的论著《新句子》（*The New Sentence*, 1987）里说，“自从唐纳德·艾伦的《新美国诗歌》（1960）选集问世以来，诗歌史是一部诗歌分散史”，“大部分原因是小出版社革命的廉价技术”。这造成了出版业的发达。据不完全统计，英、美和加拿大的文学杂志或大或小有 3000 种之多。大学里当代诗歌课程除了包括有名的老诗人的作品，知名度不高的新秀的佳作也被吸收了进去。各种流派的诗人的诗歌朗诵都能找到他们的听众。

这也许是一种倾向：这个时期的美国诗人独立性强，决不崇拜某一个英雄式的诗人，尤其是在 T. S. 艾略特逝世之后更为明显。例如，诺贝尔文学奖得主切斯瓦夫·米沃什，1960 年从法国脱离波兰而移居美国，1970 年加入美国籍，他的诗绝大部分都译成了英语（包括他用英语创作的少数诗），但他在美国文坛和广大读者中受到了冷落，几乎被遗忘。又如，另一位诺贝尔文学奖获得者约瑟夫·布罗茨基任美国霍利奥克山学院文学教授，他的诗集《言语的一部分》（1980）在美国问世，1986 年他的散文集《难以界定的一个人》（1986）获国家图书评论界奖，1991 年又被选为美国桂冠诗人。可是，他的诗在美国文学批评界和青年诗人之中（除了部分政治热情高的读者）的反响并不热烈。当然这里牵涉诺贝尔文学奖授予时往往包含了政治因素，但也不排除美国评论家的偏见。例如，特蕾西·谢瓦利尔（C. Tracy Chevalier, 1962—　）主编的《当代诗人词典》（*Contemporary Poets*, 1991）达一千多页，却没有收录上述两位诺贝尔文学奖得主。

多产诗人黛安·沃科斯基在谈到美国诗歌现状时说：“如果 1990 年的诗歌界没有共同的英雄，那么也没有共同的敌人（审查制除外）。研究生写作教学大纲曾经一度是先锋派诗人的敌人，如今被代表当代各类诗美学的诗人们所共有。普利策奖过去通常只被影响很大的诗人（和重要的朋友网）获得，现在看来其威望丧失殆尽，因为它如今常被一般读者不熟悉的一些诗人所赢去，而大宗的麦克阿瑟奖全被不知名的诗人轻易地得到。”[①]事实上，在没有主导的美学规范的约束下，就诗歌品格比较而言，未得奖者的优秀之作未必比得奖者的诗歌差。这势必也会影响到读者的心理。从爱荷华大学毕业的一位年轻小说家兼教师麦迪逊·斯马特·贝尔（Madison Smart Bell）对此说得很好："当今书市的退货与作品的质量不再有真正的联系，因为事实上不存在这种联系。你可以作为欣赏的表示而接受，但有许多好货想挤进太少的市场，以至于有许多好货长时间无人问津。你很清楚这方面最糟糕的情形是处女诗集的遭遇。"[②]换言之，美国判断文学作品质量高低没有统一的美学标准，作家们必须创造自己的选择机会，即使这些作家是在被语言诗人所抨击的"官方诗歌文化"的大圈子里也必须如此，因为文学中心的分散使我们把握诗界的全貌几乎不可能了。汉克·雷泽尔说得好："当建立在学术基础上的诗人和批评家以及为传播最广的文学杂志写书评和写诗评的评论家忽视一批非等闲之辈的作品时，一般的读者（或诗歌的消费者）很少或者没有机会接触到当今许多生气勃勃的优秀之作。"

第五节　诗歌朗诵擂台赛

诗歌朗诵擂台赛（Poetry Slam）是美国诗歌中心分散过程中冲出来的一匹黑马。这个在 80 年代开始出现的术语，源于芝加哥建筑工诗人马克·史密斯（Marc Smith, 1949— ）的聪明主意。他起初借用桥牌赛和棒球赛的常用语大满贯（Grand Slam）来命名他们这批草根诗人自己组织的山寨版诗歌比赛，给通常使用麦克风朗诵诗歌的形式注入了新的活力。它的直译是"诗歌大满贯"，起源于各种赛事的"大满贯公开赛"（Open Slam）。他因此被大家称为大满贯帕皮（Slam Papi）。

根据《完全傻瓜指南》（*Complete Idiot's Guide*）提供的有关资料，从 1984 年 11 月到 1986 年 9 月每周星期一晚，马克·史密斯组织系列诗歌朗

① Diane Wakoski. "Preface to the Fifth Edition" to *Contemporary Poets*: x.

② Diane Wakoski. "Preface to the Fifth Edition" to *Contemporary Poets*: x.

诵表演比赛，参加者挤满芝加哥一家名叫“让我醉酒吧”（Get Me High Lounge）的酒吧里，体验完全开放式的诗歌朗诵表演。参与这种新风格的诗歌朗诵者们扭动身体，旋转，沿着吧台一面走一面朗诵，在啤酒瓶之间舞动，大声吼着走出门外，站在街上或他们的凳子上，热情洋溢地发出拉长的音节、短语、剧本的只言片语和诗句，喧闹声混成一片，把芝加哥西部社区夜晚搞得热火朝天。好在酒吧老板詹姆斯·杜卡里斯（James Dukaris）非常开明，听任这批草根诗人喧闹。1986 年 9 月（另一说 7 月）之后，马克·史密斯组织的诵诗擂台赛的地点迁至芝加哥绿磨坊爵士俱乐部。后来它逐渐流行到全美国。

标准的诵诗擂台赛有五位评委，由擂台赛主持人从观众中选出。参加比赛的每个诗人朗诵之后，由评委给每首朗诵的诗（通常是原创诗）及其朗诵表演打分，得分一般介于 0 与 10 分之间。最高和最低分都被丢弃不算，使每个朗诵表演的得分在 0 与 30 分之间。每次诵诗擂台赛开始时，擂台赛主持人必须先请一个“献祭诗人”（sacrificial poet）作表演朗诵示范，让评委们试打分，以定下评级标准。每次诵诗擂台赛，参加竞赛的诗人需经过多轮淘汰，第一轮剩下 8 名，第二轮剩下 4 名，最后一轮剩下 2 名。当然，有些诵诗擂台赛不采用淘汰制，鼓励大家的参与性。诵诗擂台赛通常是开放式的，所有愿意参加比赛的人都可以参加，但是在邀请赛中，只有被邀请的人才能参加比赛。

如今有诵诗擂台赛公司组织全国和国际诵诗擂台赛赛事。诵诗擂台赛发展成多种多样的形式，例如有女子诵诗擂台赛、专题诵诗擂台赛、青少年诵诗擂台赛、大学联盟诵诗擂台邀请赛，等等。

诵诗擂台赛目的之一是对那些声称自己对文学价值判断拥有绝对权威的人的权威性进行挑战。在比赛时，没有任何诗人可以超越观众评委的评判，每个诗人的成绩都取决于观众评委的意见。只有累计得分进到最后一轮比赛的诗人，才算被公认为优秀诗人。因此，观众成为每一首诗高下评判的一部分，从而打破诗人与表演者、评论者和观众或听众之间的障碍。纽约新波多黎各诗人咖啡馆（Nuyorican Poets Café）诵诗擂台赛前主持人鲍勃·霍尔曼称这种诗歌公开赛是“诗歌民主化”运动。他说：“妇女和有色人种诗人在这场口头朗诵革命中起了不少带头作用。它给美国的对话带来的深度，国会议员们是听不到的。我希望国会看起来更像诵诗擂台赛。那才让我高兴。”

学术界对诵诗擂台赛贬褒不一。著名诗歌评论家哈罗德·布鲁姆在一次接受《巴黎评论》采访时，把诵诗擂台赛称为“艺术死亡”运动。前卫乐队“王牌导弹”主唱歌手、诗人约翰·霍尔（John S. Hall）说：“我不喜欢它，它使我感到不舒服……它非常像开运动会。”奇怪的是，诵诗擂台赛创始人马克·史密斯对现在炒作诵诗擂台赛获得商业利益的电视台和百老汇舞台表示不满，说它成了“剥削性娱乐，减少了表演诗歌的价值和美感”。新世纪桂冠诗人比利·柯林斯却夸奖说：“诵诗擂台赛毫无疑问在当代文学地图上获得了合法性和它应有的地位。”国家艺术基金会却于 1994 年、2003 年、2007 年和 2011 年分别给在全国诵诗擂台赛上胜出的四位诗人哈尔·西罗威兹（Hal Sirowitz, 1949— ）、杰弗里·麦克丹尼尔（Jeffrey McDaniel, 1967— ）、华裔美国诗人阿德里安娜·苏（Adrienne Su, 1967— ）和克丽丝廷·奥基夫·阿普托威兹（Cristin O'Keefe Aptowicz, 1978— ）各授予诗歌奖金 25000 美元。

值得一提的是，哈尔·西罗威兹和克丽丝廷·奥基夫·阿普托威兹的成名完全得益于诵诗擂台赛。西罗威兹常去参加纽约新波多黎各诗人咖啡馆组织的每周五晚诵诗擂台赛，由于他出色的表现而开始受到关注。1993 年，他组织新波多黎各诗人咖啡馆诵诗擂台赛队，[①]参加当年在旧金山举行的全国诵诗擂台赛而崭露头角，后来成了纽约市皇后区桂冠诗人。阿普托威兹经她的纽约大学同学介绍，参加纽约市诵诗擂台赛。1998 年 11 月，她组织了纽约市－厄巴纳诵诗擂台赛（NYC-Urbana Poetry Slam）系列朗诵会。她带领纽约市－厄巴纳诵诗擂台赛队多次参加全国诵诗擂台赛；在 2010 年，她代表纽约市－厄巴纳诵诗擂台赛队参加世界女子诵诗擂台赛。她同其他三位诗人泰勒·马利（Taylor Mali, 1965— ）、沙披·西霍尔茨（Shappy Seasholtz, 1978— ）和珍南·弗利（Jeanann Verlee, 1969— ）负责管理纽约市－厄巴纳系列诵诗擂台赛赛事。她还被聘为宾夕法尼亚大学边缘艺术驻校作家一年（2010—2011），并参加包括悉尼歌剧院在内的国内外大型诗歌朗诵会。

诵诗擂台赛也吸引了一些在诗歌界有竞争力的著名诗人参加，例如，耶鲁青年诗人丛书竞赛奖得主克雷格·阿诺德（Craig Arnold, 1967—2009）参加过全国诵诗擂台赛；又如，非裔美国女诗人帕特里夏·史密斯（Patricia Smith, 1955— ）获得四次全国诵诗擂台赛冠军，是全国诵诗擂台赛史上最成功的诗歌朗诵表演诗人，在 2006 年，入选非洲裔作家国际文学名人堂。当然，也有竞赛成绩不佳者，例如，1985 年普利策诗歌奖得主亨利·泰勒

① 其他队员：玛吉·埃斯特普（Maggie Estep）、特蕾西·莫里斯（Tracie Morris）和雷吉·卡毕柯（Regie Cabico）。

（Henry S. Taylor, 1942— ）参加1997年全国诵诗擂台赛，在150名参赛者中位居第75名。

诵诗擂台赛作为一种自我表现的形式，在青少年中得到了普及。例如，1996年，詹姆斯·卡斯（James Kass）创立非营利性组织“青春讲话”（Youth Speaks），组织13～19岁青少年参加诵诗擂台赛，为他们在书面和舞台上提供表达自己的思想感情的机会。“纽约市话”（“URBAN WORD NYC”）每年在纽约举行全国规模最大的青少年诵诗擂台赛，参加人数多达500多人。“纽约市话”还为市内青少年提供免费的创作班讲座，由即兴诗人迈克尔·西雷利（Michael Cirelli）负责辅导。美国票房电视台（HBO）拍摄了青少年诵诗擂台赛纪录片，报道“青春讲话”“纽约市话”“比炸弹还响”（“Louder than a Bomb”）和其他青少年诵诗擂台赛组织举行的诵诗擂台赛中胜出的青少年诗人。虽然诵诗擂台赛常常被传统的高校所忽视，但它逐渐进入高校的课程。例如，波士顿的伯克利音乐学院如今把诵诗擂台赛当作一种辅修课程开设。

80年代出现的诵诗擂台赛是与主流诗歌朗诵分流而受到普通诗歌爱好者和听众欢迎的一种朗诵形式，如今它已经成了美国诗歌领域里的一道亮丽风景线。

诵诗擂台赛已经普及到全世界，加拿大、德国、瑞典、法国、奥地利、以色列、乌克兰、俄罗斯、瑞士、尼泊尔、荷兰、葡萄牙、英国、澳大利亚、新西兰、新加坡、捷克、塞尔维亚、波斯尼亚、丹麦、韩国、日本、印度和希腊等国家。唯独没传到中国，不过中国多少也有类似的但是在官方电视台支持下提携草根歌手为目的的“星光大道”和鼓励民间戏迷的“过把瘾”和各种“票友、戏迷戏剧赛”。

第六节　新流派的出现与倾向

在论述20世纪晚期美国诗坛现状时，艾略特·温伯格认为存在两股异于主流诗的倾向：

第一种是极右倾向，“一群青年诗人为了反对作家班无自律的自由化倾向，他们宣布自己是新形式主义者，在新的保守的政治刊物上，支持拥护回复传统诗艺和押韵，把兰塞姆和艾伦·泰特等新批评派诗人奉为他们的精神父辈”[①]。这在新形式主义诗歌上得到明显的体现。不过，我们注意到，20 世纪特别是在它的后期，讲究节奏、音步和押韵的正规传统诗有明显的回归，而且声势不小，但是终究并不被大家看好，因为它无法充分表达后现代人的复杂心态，诸如六行诗或十四行诗这类特别讲究艺术形式工整的传统诗只是老年诗人或青年诗人偶尔写了玩玩而已。20 世纪后期，美国出版界对各种各样形式的前卫诗容纳程度不断增大，尽管扮演主角的仍然是自由诗。

第二种是左倾，破除传统句法、声音（Voice）、意义和内容的权威性，大搞能指和所指的理论。温伯格认为：“诗人们不仅写了大量批评文章，而且先锋派们和学院派们用专家政治的难懂的行话术语写相同的评论文章。”[②] 他指的显然是语言派诗人。他们的诗往往侧重视觉艺术效果，再加诗行很难理解，只有通过反复阅读才能领会。和语言诗相对立的是十分流行的表演派诗。他们侧重听觉艺术效果，他们的口号是回到荷马时代的行吟诗。他们的诗歌特色是注重声音和表演，往往即席朗诵，充分利用现代的音响效果。代表诗人有杰罗姆・罗滕伯格、戴维・安廷、杰克逊・麦克洛和杰克・弗利等。

还有一种倾向，温伯格没有介绍，那是介于右倾和左倾之间的中间派——后自白派诗歌，它接近主流诗。兴起比较晚的后垮掉派诗歌还处于主流的边缘。有评论家认为，新形式主义诗人与语言派诗人或者纽约派诗人与投射派诗人以及其他许多派别之间的明显区分已明显过时了，对讨论当代诗歌越来越没有用处。当然，它对鉴别一个诗人与一个特定的流派/传统的从属关系可能仍然会有所帮助，以便找到他或她归属的某些传统，但是这些从属关系正在消融。因此，新的流派会产生，但是与过去的流派相比，其影响大大缩小了。这很容易理解，在诗歌中心日趋分散的时代，一个新的小小诗歌流派能造成多大影响呢？在 20 世纪末翻腾不息的诗歌江河里，一个流派涟漪能引起多大的注意呢？

---

① Eliot Weinberger. Ed. *American Poetry Since 1950: Innovators and Outsiders*: 406.

② Eliot Weinberger. Ed. *American Poetry Since 1950: Innovators and Outsiders*: 406.

第十九章　80 年代以来的新形式主义诗歌

第一节　新形式主义诗歌的再度出现

美国新形式主义诗歌创作热潮开始出现在用音步和押韵的传统形式写作的一批 80 年代年轻诗人之中。形式主义诗歌在诗坛再度出现，又一次证明了传统艺术形式的绵延性和稳固性，也再次证明了读者的美学趣味的稳定性。

新形式主义诗歌是一个回复创作传统格律诗的运动，也是一个引起全美国诗歌界激烈争论的诗歌运动。[①] 始作俑者是诗人、诗评家玛丽·金兹（Mary Kinzie, 1944— ）。她发表在人文季刊《大杂烩》（*Salmagundi*）上的文章《狂想谬误》（"The Rhapsodic Fallacy", 1984）引发了论战。她在文章中感叹从前盛行的包括讽刺诗、书信体诗、田园诗、寓言诗、哲理诗、史诗、诗剧和悲剧诗等在内的古典诗歌艺术形式或体裁的失落，并引用澳大利亚诗人 A. D. 霍普（A. D. Hope, 1907—2000）的文章，叹息"这些伟大的艺术形式一个又一个地消失了"，同时批评自由诗是在"降低视野和抱负"的时代引进的"大均衡器"，不能产生持久的艺术效果。这引起了阿丽尔·道森（Ariel Dawson）的反驳。她在《阿巴拉契亚写作计划简报》（*AWP Newsletter*）上发表文章《雅皮士诗人》（"The Yuppie Poet", 1985），针锋相对地批评回复传统诗歌创作的倒退现象。她在文章中首次使用了新形式主义这个词，指责这种有复旧倾向的诗人不仅是政治保守主义者，也是实利主义雅皮士。

如今普遍承认的事实是，凡有诗才的年轻诗人都想写而且都写自由诗。尽管现在美国出版的新诗绝大多数是开放型的自由诗，但传统格律诗在年轻诗人之中复活了，这也是一个事实。它在这个时期显现了力量和活

---

① 有评论家认为，新形式主义诗歌运动兴起于 20 世纪晚期与 21 世纪早期。

力，在美国诗歌领域创造了前所未有的新形势。艾伦·夏皮罗（Alan Shapiro, 1952— ）在文学理论杂志《批评探索》（*Critical Inquiry*）上发表文章《新形式主义》（“The New Formalism”, 1987），概括这个时期的诗歌景观，说：“打开十年前全国期刊或杂志的页面，你会发现几乎全是这种或那种抒情自由诗，而今你发现这些杂志上刊载了押韵工整的四行诗、六行诗、十九行二韵体诗、十四行诗、五音步素体诗和戏剧性的独白或冥想诗。”在主流诗坛早已公认押韵和音步永远不起作用了之后的70年代晚期，传统诗歌创作的苗头却偏偏开始显露了。例如，罗伯特·肖（Robert B. Shaw, 1947— ）的《安慰荒野》（*Comforting The Wilderness*, 1977）、查尔斯·马丁（Charles Martin, 1942— ）的《犯错的空间》（*Room for Error*, 1978）和蒂莫西·斯蒂尔（Timothy Steele, 1948— ）的《不确定性和宁静》（*Uncertainties and Rest*, 1979）等都是用音步和韵脚传统形式创作的诗集。它们预示着新形式主义诗歌即将在80年代中期的蓬勃发展。

从不刊载传统诗歌的《巴黎评论》突然开始刊登十四行诗、十九行二韵体诗和音节工整的诗。敏感的诗评家们很快注意到了这个现象，大力夸奖巴拉德·雷索瑟尔（Brad E. Leithauser, 1953— ）的《成百上千的萤火虫》（*Hundreds of Fireflies*, 1982）和维克拉姆·塞斯（Vikram Seth, 1952— ）的690首十四行诗组成的诗体小说《金门：诗体小说》（*The Golden Gate: A Novel in Verse*, 1986）这类传统艺术形式的诗集。1980年，两位诗人马克·贾曼（Mark Jarman, 1952— ）和罗伯特·麦克道尔创办以促进传统叙事诗为宗旨的小杂志《收割者》（*The Reaper*），该杂志发行了十年之久。1981年，女诗人简·格里尔（Jane Greer, 1953— ）创立新形式主义先锋杂志《平原诗刊》（*Plains Poetry Journal*），专登传统诗新作。她在《编辑部宣言》中声称：“历史上最好的诗是使用某些常规艺术形式：音步、韵脚、头韵、谐音、潜心文辞的锻造。不是所有使用这些常规艺术形式的诗都是好诗，但如果不使用这些艺术形式的诗就不是好诗，为什么称它为诗？”她认为那种口语化的自由诗“读起来像是胡乱的想法胡乱地写出来的诗”，并认为“所有这些无拘无束的个性化尝试听起来千篇一律”。引人注目的是，这些积极投身于新形式主义诗歌运动的年轻诗人在当时30岁还不到。罗伯特·麦克道尔自从1984年创办故事情节出版社以来，出版了一批新形式主义诗集，还出版纽约诗人弗雷德里克·费尔斯坦（Frederick Feirstein, 1940— ）主编的《扩展诗：新叙事和新形式主义论文集》（*Expansive Poetry: Essays on the New Narrative & the New Formalism*, 1989）。费尔斯坦在“扩展诗”

（Expansive Poetry）[①]名号下，在这本书里收集了各种论述新形式主义和与新叙事诗有关的论文。作为“扩展诗”的提倡人之一，费尔斯坦声援传统格律诗的重建，把在诗歌界和学术界受到冷落半个世纪之久的传统格律诗再提供给读者。他当时才 40 岁出头。

给 80 年代晚期新形式主义诗歌运动壮威的有两部大型诗选集。

首先是菲利普·达西和戴维·姚斯（David Jauss, 1951— ）主编的诗选《强有力的韵律：传统形式的当代美国诗歌》（*Strong Measures: Contemporary American Poetry In Traditional Form*, 1986）。该诗选收录了 150 多位当代诗人的诗篇，书末有解释音步、韵节分析、形式的界定以及对传统诗歌形式分类的附录。这两位主编在序言里承认：“诗歌革命已经结束，战争已经取得胜利。正如斯坦利·库涅茨所说，‘非格律诗风靡诗坛。’随便调查一下我国的主要期刊、获奖的诗集和获每年手推车奖的诗选将揭示自由诗革命获得压倒性的成功。”但同时又声称：

> 自由诗曾经是革命的，但它早已成为时尚。鉴于这一事实，很容易理解为什么年轻诗人巴顿·舒特（Barton Sutter, 1949— ）说：“如今诗人写的最激进的诗是十四行诗。”
>
> 不管它激进与否，十四行诗和几乎所有其他类型的传统形式的诗，在整个当代，诗人们已经写了，而且写得很好。自由诗可能已经“风靡诗坛”，不过许多诗人仍然继续写传统形式的诗。这样一来，他们保持了有数个世纪之久的写作方法的生命力，但在本世纪却遭到了误解和敌意。本诗选的目的是证明固定的诗歌形式继续拥有价值，也很适宜。韵脚、音步和模式已经失去其霸权——这很好——但是它们并没有失去其有效性。事实上，如果这些数百年来丰富了的诗歌技巧突然失去了自己的价值，那才是不可理喻的。

其次是纽约著名文艺月刊《新标准》（*The New Criterion*）诗歌主编罗伯特·里奇曼（Robert Richman）为了挑战自由诗在美国诗坛的正统地位而主编的诗选集《诗歌方向：1975 年以来用英语创作的押韵与音步诗选》（*The Direction of Poetry: An Anthology of Rhymed and Metered Verse Written*

---

① “扩展诗”的提法开始于 20 世纪 80 年代，这是新形式主义与新叙述诗歌的总称。由韦德·纽曼（Wade Newman）创造出来的这个术语，在美国作家之中长期存在争议。新形式主义和新叙事诗人近年来日益突出，出版了若干诗集和选集，尤其西切斯特大学诗会迅速扩大，但是“扩展诗”这个术语越来越少被评论家使用。

in the English Language Since 1975, 1988）。里奇曼声称该诗选表彰最近 15 年来出现的最重要的一群诗人，他们严格按照韵脚和音步创作。他为此信心满满，在前言里说："对一般把读当代诗歌差不多作为快乐的源泉的读者来说，这本书会让人感到惊喜。在美国和英国，叙事，描述，也许最重要的是音乐性，呈现出新的活力。"

90 年代，这股回复传统格律诗的潮流没有停止。

1995 年，达纳・焦亚[①]和宾州西切斯特大学教授迈克尔・佩奇（Michael Peich）共同创办了"西切斯特大学诗会"（West Chester University Poetry Conference），参会者有 85 位诗人和学者。该会的特点是诗歌研讨会与诗歌讲习班结合，重点探讨诗歌创作方向。鉴于美国流行的是自由诗，该会因此强调格律诗的重要性，使新形式主义诗歌起到补偿作用，但并不排斥自由诗创作。参加诗歌讲习班给学生讲学的原核心成员有五名诗人[②]，近几年增加了很多新成员[③]，2009 年还增加了艺术歌曲音乐会。该会每年授予三个艾里什・N. 斯宾塞诗歌奖（Iris N. Spencer Poetry Award），其中两个奖授予宾州城都市圈特拉华谷地区大学本科生的优秀诗歌作品，另一个奖——唐纳德・贾斯蒂斯诗歌奖（Donald Justice Poetry Prize）授予全国诗歌比赛优胜者。自从 1995 年以来，它发展成为国际诗歌研讨会年会，是美国目前关注传统诗歌发展的规模最大的诗歌研讨会，每届主题演讲者都是著名诗人。[④]常设地点在西切斯特大学。

马克・贾曼（Mark Jarman, 1952— ）和戴维・梅森（David Mason, 1954— ）在他们主编的诗集《反叛天使：25 位新形式主义诗人》（*Rebel Angels: 25 Poets of the New Formalism*, 1996）[⑤] 的前言里宣称："这毫不奇怪，在传统诗的基本要素被压制了一段时期之后，最近美国诗歌在大批年轻诗人

① 2003 年，达纳・焦亚当选国家艺术基金会主席之后，辞掉了西切斯特大学诗会联合会长职务。

② 五名核心成员：Annie Finch, R. S. Gwynn, Mark Jarman, Robert McDowell, Timothy Steele。

③ 例如：Kim Addonizio, Rhina Espaillat, B. H. Fairchild, Rachel Hadas, Molly Peacock, Mary Jo Salter, A. E. Stallings。

④ 西切斯特大学诗歌研讨会主题演讲人：1995 — Richard Wilbur，1996 — Donald Justice，1997 — Anthony Hecht，1998 — Wendy Cope，1999 — X. J. Kennedy，2000 — Louis Simpson，2001 — Marilyn Nelson，2002 — Nina Cassian，2003 — William Jay Smith，2004 — Dana Gioia，2005 — Anne Stevenson，2006 — James Fenton，2007 — Kay Ryan，2008 — Richard Wilbur，2009 — Donald Hall，2010 — Rhina Espaillat, 2011 — Robert Pinsky。

⑤ 25 位诗人包括：Elizabeth Alexander, Julia Alvarez, Bruce Bawer, Rafael Campo, Thomas M. Disch, Frederick Feirstein, Dana Gioia, Emily Grosholz, R. S. Gwynn, Marilyn Hacker, Rachel Hadas, Andrew Hudgins, Paul Lake, Sydney Lea, Brad Leithauser, Phillis Levin, Charles Martin, Marilyn Nelson, Molly Peacock, Wyatt Prunty, Mary Jo Salter, Timothy Steele, Frederick Turner, Rachel Wetzsteon, Greg Williamson。

之中最重要的发展是音步和押韵以及叙事的复苏。”

该诗选把一批 40 年代之后出生的有志于传统诗歌形式创作的诗人集拢了起来，在“新形式主义”旗帜下，致力于重新发现节奏的言语甚至押韵的内在力量以及叙事的力量。他们认为，新形式主义诗歌没有失掉自由诗赖以自豪的“诚实和真挚”。贾曼常被评论界视为新形式主义运动中的新叙事（New Narrative）[①]提倡者之一。

给新形式主义诗歌运动助威者还有诗人利奥·杨克维奇（Leo Yankevich, 1961— ）主编的专登新形式主义诗歌的年刊《新形式主义者》（*The New Formalist*）。它不但刊载新形式主义诗人的诗作，而且还发表电子书系列。他经营的新形式主义者出版社出版了贾里德·卡特（Jared Carter, 1939— ）、阿尔弗雷德·多恩（Alfred Dorn）、T. S. 克里根（T. S. Kerrigan, 1939— ）、理查德·穆尔（Richard Moore）、约瑟夫·塞勒米（Joseph S. Salemi）和弗雷德里克·特纳（Frederick Turner, 1943— ）等诗人的诗集。

以 T. S. 艾略特和庞德为首的现代派诗人几乎花了半个世纪相继进行的诗歌革命，成功地革掉了讲究音步和韵律的传统诗歌，在现代主义全盛时期，使自由诗占了正统地位，传统格律诗何以在 80 年代开始复辟了呢？新形式主义诗人又何以摆出了挑战的姿态？

自由诗与格律诗创作兼顾的“两门抱”诗人达纳·焦亚对此作了答复。他在《赫德森评论》上发表的重要文章《新形式主义记》（“Notes on the New Formalism”, 1987）里明确地指出：“在 80 年代，美国诗歌提出的种种实际问题将变得更加清晰：诗歌语言的降低；抒情冗长，啰唆；自白模式的破产；无法为新的叙事建立一个有意义的诗美学；在当代诗中否定乐感。传统形式的复活将被视为对这麻烦局面唯一的回应。”换言之，自由诗的泛散文化或诗意的淡化酿成了一部分年轻诗人的逆反心理，使得他们回过头去运用传统诗歌形式表达他们的生活和思想感情。

丹尼·阿布斯（Dannie Abse, 1923—2014）对新形式主义诗歌运动的看法是：

---

① 新叙事运动始于 70 年代晚期和 80 年代初期的旧金山。诗人们注重使用断断续续的故事、元文本和传统上认为更富“诗意”的技巧，新叙事是以明确描写性和与作者肉体认同的写作。新叙事运动包括许多男女同性恋作者，作品在很大程度上受 80 年代流行病——艾滋病影响。所谓“新叙事”的说法最早出现在诗人史蒂夫·阿博特（Steve Abbott, 1943—1992）主编的杂志《汤》（*Soup*）上。该运动由罗伯特·格鲁克（Robert Glück, 1947— ）、布鲁斯·布恩（Bruce Boone）创立。新叙事诗人开始出现在格鲁克的小出版社交通书店举行的研讨会上。

新形式主义也许与它不仅对美国诗歌的主导模式而且对大学里创作课程作了辩证反应有关。在任何情况下，美国传统诗歌的复兴导致发表的新形式主义诗歌比起任何时候出版的大多数诗歌来，既不更好也不更坏，因为大多数面世的诗歌，唉，既乏味又无光彩。①

这是阿布斯折中的看法，持折中看法的还有菲利普·达西和戴维·姚斯。他们在主编的诗选《强有力的韵律：传统形式的当代美国诗歌》前言里阐明了他们的态度，说：

没有必要过分宣称传统诗应有的权利，也没有任何必要否定或削弱自由诗取得的巨大成就和持续的前途。否则会忽略本世纪我们最优秀的诗歌。尽管传统诗和自由诗支持者“舌战笔战”不断，传统诗和自由诗不是一个天平上的两个秤盘，一头上升取决于另一头下降。我们相信，最棒的诗可以用传统形式写，也可以用自由诗形式写，这是开放的，取决于诗人选择。当一种选择失去信用，像自由诗在本世纪早期和传统诗在现在的情况那样，诗歌便会冒局限和狭窄的风险。美国诗人过去反对“抑扬格的专横”是对的，但“自由诗”现在可能也像抑扬格那样横行霸道，因此我们主编本诗选旨在帮助培养对诗歌有一个更加平衡的观点，即认识到传统形式和开放形式是当代诗人不可或缺的资源。

对新形式主义诗歌运动批评的人也不少。例如，艾伦·夏皮罗虽然被一些批评家看作是新形式主义诗人，但他对新形式主义的诗美学持怀疑态度，他为此说：

新形式主义诗人舍弃他们的先辈们诗歌改革中的种种过错，也许会恰恰重复他们的新批评派先辈们的种种过错，恢复“50年代诗”古板滞涩、过于琐细的传统风格，这种十分狭隘和限制性从一开始就引起了反抗。由忽视而不是试图吸收前人成果的才疏学浅者搞的任何改革本身就需要改革。譬如说，如果詹姆斯·赖特或罗伯特·布莱首先发表了过多的模仿作品，甚至在多数时间里模仿自己，他们创作的诗篇就不是我们大家可以而且应该学习的榜样。在最近几年我们也许有

① Dannie Abse. “Gjertrud Schnackenberg.” *Contemporary Poets*: 860.

太多的“半成品”，但对半成品的加工不能过头。[①]

在艾伦·夏皮罗的心目中，一些新形式主义诗人是才疏学浅者，无创造性可言。麻省贝尔蒙特的一位叫作迈克尔·加斯特尔（Michael Juster）的图书评论员，在 2000 年 4 月的亚马逊图书公司网站上直言：《反叛天使：25 位新形式主义诗人》中只有 15 位还勉强算可以，其他入选的诗人是为了收录而收录，是在许多其他诗选尤其在《美国最佳诗歌》里排不上号才选进去的。另一位麻省不愿留名的图书评论员在 1997 年 12 月 16 日的亚马逊图书公司网站上留言说：“新形式主义诗人在重建音步和押韵方面作了勇敢的努力，但不幸的是，他们在传统形式的能力上存在一些问题。但也有例外：最好的算是蒂莫西·斯蒂尔，他的诗念起来有时太像理查德·魏尔伯，其次是布鲁斯·鲍尔（Bruce Bawer, 1956— ）、查尔斯·马丁和布拉德·雷索瑟尔。其余的诗人在技艺上存在缺陷，有时很严重。”

值得注意的是，诗人艾拉·萨多夫（Ira Sadoff, 1945— ）发表长篇文章《新形式主义：危险的怀旧》（“Neo-Formalism: A Dangerous Nostalgia”, 1990），对罗伯特·里奇曼的权威提出质疑，对他主编的诗选集《诗歌方向：1975 年以来用英语创作的押韵与音步诗选》进行严厉的抨击。他指出，里奇曼所选的诗篇、他的序言隐含的臆断和其他与新形式主义诗歌运动相关的诗人的诗作，证明新形式主义诗人所重视和创作的都很合理，并指出里奇曼企图用过去 20 年被同时代自由诗诗人掩盖的老诗人与若干年轻诗人一道代表“诗歌方向”。萨多夫揭露里奇曼优先考虑韵脚和音步的弊病时说，以韵律和音步为优先的诗篇是保守的，不是说因为它们尊重传统，而是因为它们抽离了诗情诗意。萨多夫指出，这本诗选的选诗标准是：如果一首诗听起来朗朗上口，那它必定是好诗，这通常是指跳动的抑扬格节奏、过量的谐音和头韵。萨多夫为此得出结论：“当新形式主义诗人把音韵脱离洞察力时，他们便减弱了艺术上的抱负；他们对理想美的选择，便超过了一个更复杂的观察到的世界。”

萨多夫进一步指出，里奇曼的诗选里有很多诗篇，被它们自己的声音和“风格的因袭”所催眠，由于脱离现实世界而自行倒塌。例如，萨多夫举出达纳·焦亚自觉写的但被萨多夫称为陈腐的诗篇《下一稿诗》（“The Next Poem”）：

---

① Alan Shapiro. “The New Formalism.” *Critical Inquiry,* 14, August, 1987.

现在察看这首诗是否
比它最后一稿更好些——
这令人难忘的第一行，
这巧妙方法这些诗节。

萨多夫尖锐地指出，焦亚这首以诗论诗的诗篇有很多同道，这本诗选里的120首诗中有20多首诗篇以此为中心主题；几乎同样多诗篇是挽歌；“孤独”和“空虚”是诗选中最常使用的词汇。因此，萨多夫批评里奇曼的诗选赞扬自我指涉的腐朽文化，诗选里有很多悲哀的情诗。注意！萨多夫从公认的权威达纳·焦亚开刀，旨在给人的印象是：权威诗人和诗评家焦亚的传统形式的诗尚且写得那么糟糕，等而下之的新形式主义诗人更可想而知了。但是，这里需要指出，萨多夫没看出来（或者故意忽视或贬低）这首诗是达纳·焦亚用元小说的手法写的，很有创建性，批评它陈腐，有失公正。萨多夫觉得意犹不足，于是进一步论述固定的艺术形式的严重后果：

显然，（新形式主义诗人以为）用大家认可的形式写的诗可能会感动人，有说服力，它是智力的破产，但是不用大家认可的固定形式写诗，那是艺术的堕落。这种说法掩盖了新形式主义的真正敌人：民主的相对性和主观性。里奇曼在序言里写道：“自由诗的正统慢慢地伸入到我们的各个诗歌文化里如此之深，以至于有关形式的整个观念都被搞错了。”……优先抑扬格和固定数目的音步恰好突出里奇曼单一的文化思想……里奇曼的诗选标题“诗歌方向”强化了单一文明声音的观念。我们不应该认为里奇曼是为在政治和社会上保守的《新标准》杂志写作是巧合。虽然这可能会导致新保守主义者感到不适，但是我们生活在一个多元文化、多种声音的世界，我们的诗歌被他者，被许多不同种类的乐音和多变的音步所丰富。

看来，萨多夫对新形式主义诗歌作了全面的否定。诚然，新形式主义诗歌存在着许多不足，但是反过来，要找自由诗的缺点，随处都可以发现，除了一流诗人例如 T. S. 艾略特、庞德等的佳作之外，要挑那些三流、四流之类的自由诗诗人作品的毛病太容易了。事实证明，任何国家传统诗歌的艺术形式与该国的文明、文化同在，世代流传。我们不妨这样说，任何优秀的诗人都接受过古典诗歌的陶冶，经过传统艺术形式的训练。例如，作为现代派诗歌大师，庞德年轻时在伦敦朗诵他精湛的六行诗，让听众惊叹不已。他晚年在接受《纽约时报》采访被问到当时现代派诗歌的现状时，情不自禁地大声说："紊乱！紊乱！这种紊乱不能怪罪于我！"后现代派时期新流派层出不穷，自由诗状况确实紊乱，用达纳·焦亚的话说，这个时期的自由诗抒情冗长，自白模式破产，缺乏乐感。新形式主义诗人大多是教授、编辑、批评家这类有传统诗歌素养的精英知识分子，他们当然首先注意到这个现象，因此，新形式主义诗歌在 80 年代的出现是历史的必然。差不多和新形式主义同时（70 年代开始）反主流抒情自由诗的语言诗人，也是一批精英知识分子，他们反过分自白的自由诗为主，企图恢复美国诗的活力而采用了解构现成语言的先锋派手法。他们善于阐释语言诗的诗美学，用现代的文化、哲学理论支撑语言诗的革命性，所以有一度，语言诗在大学里显得轰轰烈烈。但是由于它的艰涩而扩大了与广大读者的鸿沟。

然而，新形式主义诗人不像语言诗人，没有坚实的理论支持自己创作的革新意义，因而似乎成了旧王朝复辟的余孽。其实，美国整个 20 世纪以音步和押韵为主要形式的传统诗歌一直绵延不断，而且有三拨形式主义诗歌运动造成了比较大的影响。20 世纪三四十年代，在约翰·克劳·兰塞姆的新批评理论影响下，出现了第一代与第二代新批评形式主义诗歌（参阅前面第三编第五章第一节"新批评形式主义诗歌"），80 年代的新形式主义诗歌算是第三拨。不过，这第三拨形式主义自身存在着弱点，克里斯托弗·比奇对此做出了比较客观的分析，他说：

> 新形式主义更关注诗歌形式，具体地说，更关注传统格律形式的论据与 20 世纪 30 年代和 40 年代新批评派专注形式的论据比起来，不具说服力。新批评派发挥的批评方法在当时占主导的创作实践中是一个重要的促进，可以看出来，新批评形式主义诗歌是其批评理论的实践必然的延伸，而不是相反。另一方面，新形式主义诗歌没有配备新的批评或理论武器支撑自己，从美学上看，它对 60 年代和 70 年代诗歌的散漫现象仅起了反射作用。新形式主义诗人声称在美国诗歌创作实践中代表"革命"的主张看起来，在最佳情况下只不过是夸张，在最糟的情况下则是蛊惑人心。首先，写十四行诗和四行诗无革命性可言。其次，自从发表的绝大多数的诗歌继续是自由诗以来，美国诗歌创作上没有出现"根本改变"。

比奇认为，传统形式的诗在诗歌园地里应当有一席之地，这是毫无疑问的，但是不能给人造成一个错觉，好像真正的好诗一定要有节奏、规则的音步和诗节。他由此得出结论说：

> 整个 20 世纪，最棒的美国诗人们表明：诗意语言出现于诗人处理个人作品中的肌质和含意而不是把这些词语插入到预制的形式里。如果像罗伯特·克里利所说的那样，“形式永远超不过内容的扩展”，那么诗人决定用什么形式写，比起他们要说什么，终究是次要的。

比奇关于诗歌形式与内容的关系的论断是显而易见的客观事实，因为有限而又固定的艺术形式的诗无法表达当今复杂多变的社会现实和人的思想感情，这是不言而喻的，以词害意的现象普遍出现在当今的传统格律诗上，更不必说多数缺乏才情和艺术素养的格律诗，但这未必能说动唯传统形式是从的论者，抱定“诗是韵文，必须押韵”的保守审美观点的中国诗人也许更多，观点也更坚定，[①] 尽管中国现在出版的绝大多数诗歌也是自由诗。不过，对自由诗与传统格律诗或新形式主义诗（中国称之为新诗体）之争，我们最好抱“各美其美，美人之美，美美与共”的态度，创作出富有创新意义的第一流杰作才是第一位的。

第二节　佼特鲁德·施纳肯伯格
（Gjertrud Schnackenberg, 1953— ）

诗人威廉·洛根（William Logan, 1950— ）夸奖施纳肯伯格为她这一代诗人之中“最有才华的美国诗人”，并说她的诗歌语言丰富而形象饱满。[②] 她的诗歌生涯在给父亲写挽歌组诗中起步，但从不兜底抖出种种无聊琐细的家事。她的处女集《人物描写和挽歌》（*Portraits and Elegies*, 1982）中的哀歌篇沿用传统艺术形式，显得有点刻板，但感情哀婉动人。诗人追思父亲，有选择地描写他生前的生活细节，诸如弹钢琴、夜间垂钓、欧洲旅

---

① 例如，参加中国官方与半官方组织的传统诗会的各省市有关专家、学者、诗人、诗刊编辑约有 80 多人与会南通，热烈讨论中国格律诗的写作，盛况空前。“诗是韵文，必须押韵”的提法列入议题，成了与会者的共识。——史平《百花竞放创新葩：2011 年“南通诗会”侧记》，载《扬子晚报》2011 年 6 月 21 日 A32 版。

② William Logan. Review of *A Gilded Lapse of Time* (1992) *by* Gjertrud Schnackenberg. *New York Times Book Review*, November 15, 1992: 15.

行、鸟粪掉落在头上后的预兆和跟骑自行车的人碰撞后所表现的绅士风度，等等，令读者深切感受到人世间感人肺腑的崇高的父女之爱。诗人感情深沉而又不流于滥情。她一贯坚持抵制无节制的自白诗。她避免应用现代派诗人爱用的诗中人视角和戏剧性独白的手法，也不采用后现代派诗人解构自白的其他种种表现方法。她的特点是，从不加掩饰的人性视角，观察世界和人生，用她娴熟掌握的传统诗艺，游刃有余地精雕细刻她的不太多的诗作。在个人主义和利己主义日盛的喧嚣的当代社会，她流露的真挚感情自然给读者带来温馨，因而赢得了他们的喜爱。这同60年代西尔维娅·普拉斯在她的名篇《爹爹》里骂爹爹是混蛋的狂言乱语有着天壤之别。

她有两部诗选集《超自然的爱：1976～1992年诗选》（*Supernatural Love: Poems 1976-1992*, 2000）和《超自然的爱：1976～2000年诗选》（*Supernatural Love: Poems 1976-2000*, 2001）以“超自然的爱”为题，可见她对这个标题钟情之深。《超自然的爱》（“Supernatural Love”, 1985）首先收录在她的诗集《灯光下的答案》（*The Lamplit Answer*, 1985）里。这是一首比较长的三行诗，一共19节，每节3行，同韵。我们现在来欣赏该诗的前三节：

父亲查字典灯光下，
为了一个字求解答，
伸手指细细翻页码。

他慢慢地扫视着放大镜，
在一个模糊的字上暂停，
它的拼写是Carnation。

手指终于钉住小字上了，
凑近眼睛仔仔细细地瞧，
解字如钥匙开门似的巧妙。

诗中的女儿只有四岁，学习刺绣，对淡红色或肉色（carnation）这个字不甚明了，常称它是“基督的花”。此字也有康乃馨的意思，因此她很自然地把它联想到花上了，说成是基督花。这个字又有“化身”的意思，诗人于是又把这种花联想到基督的化身上（当然这是诗人写诗时赋予的含义)。父亲便查词典，论证女儿对这个字的定义的正确性。我们现在再来该诗的最后一节：

像他刚才把字典那样轻轻地查，
字典里“化身”这字缓缓发芽，
我当时才四岁管它叫作基督花。

诗里既有幼女的稚气，又有父亲的爱意，并且把人世间的爱自然地转移到耶稣为人类做出牺牲的圣爱。诗人再次成功地把童年时期与父亲生活在一起的情景搬进了诗里，令人感到温馨，长久难忘，回味无穷。难得的是，13 节诗，每节三行都保持同韵，这是对诗人艺术功底的考验。作为新形式主义诗人，她是为新形式主义诗歌运动加分的一位优秀诗人。

施纳肯伯格对诸如但丁和达尔文这类历史人物最感兴趣，借用但丁作品、睡美人、格林童话等典故写的寓言史诗特别精彩。她以历史和神话为题材创作的五步格诗著称于世。她精湛的诗艺和多样的题材赢得了读者的喜爱，不但在美国而且在欧洲应邀朗诵，很受听众欢迎，主要原因是她以富有人情味的细腻感情动人。丹尼·阿布斯评论她的诗歌时说：

当她的历史观点个性化时，当她的情感在宁静中重新涌现时，她就处在最好的写作状态。那些对新形式主义的可能性持怀疑态度的人，应当读一读《超自然的爱》这类诗，这是诗集《灯光下的答案》里最令人难忘的诗。①

施纳肯伯格出生在华盛顿州塔科马的挪威移民家庭，1975 年毕业于麻省芒特霍利奥克学院，十年后获母校颁发的荣誉博士。曾任教于麻省理工学院（1980—1981）和华盛顿大学（1987）；被聘为史密斯学院驻校作家以及牛津大学圣凯瑟琳学院客座研究员（1997），受聘于盖蒂研究所（2000）。1987 年，与哈佛大学著名哲学教授罗伯特·诺齐克结婚，生有一女一子。在 1982～2001 年之间，发表诗集 6 部，获芒特霍利奥克学院颁发的格拉斯科克奖（Glascock Prize, 1974, 1975）、拉旺奖（Lavan Award, 1983）、艾米·洛厄尔旅行学术奖（1984—1985）、美国艺术暨文学学会罗马文学创作奖（1988）、《洛杉矶时报》图书奖（2001）和国际格里芬诗歌奖（International Griffin Poetry Prize, 2011）。

---

① Dannie Abse. *Contemporary Poets*: 860.

第三节　阿尔弗雷德·科恩（Alfred Corn，1943—　）

《新普林斯顿诗歌与诗学百科全书》曾把科恩收录在“新形式主义”词条里，原因是他常常使用押韵和格律写诗，而且他的韵律技巧专著《隐喻的蜕变》（*The Metamorphoses of Metaphor*, 1989）对推广英语语言格律诗影响在诗界颇大，把他列为新形式主义诗人当然是实至名归。然而，奇怪的是，他的诗作却从没有出现在与新形式主义有关的诗集或诗选里。他的诗歌有着惠特曼和哈特·克兰的幻想性风格，也有着伊丽莎白·毕晓普和詹姆斯·梅里尔都市的敏感性和对技巧的精益求精。作为一个有独特个性的诗人，他用不矫揉造作的诚实和精湛的诗艺，在当代文学中开辟了他自己的一方天地。他的论题之广泛，想象力之丰富，在他同时的诗人之中显得尤为突出，他得到了哈罗德·布鲁姆的高度评价。自从他的处子诗集《条条道路同时走》（*All Roads at Once*, 1976）面世以来，他便作为最有原创性的诗人之一饮誉诗坛。他的艺术才能常同几个著名诗人相比，其中多数恰恰是同性恋诗人。例如，他的处子诗集和第二本诗集《在人群中间的呼叫》（*A Call in the Midst of the Crowd: Poems*, 1978）流露的同性恋倾向被评论家们用来与约翰·阿什伯里和詹姆斯·梅里尔的作品中流露的感情相比。也是同性恋的著名诗人理查德·霍华德对此很敏感，在评论《条条道路同时走》时指出：“科恩在描写自己活跃的（同性恋）意识时，他像阿什伯里一样；他也像梅里尔一样，他描写这些意识到的情况如何被反驳、否认和摒弃的同时却为了至少获得它们；通过世界表达的这些炽烈意识同其他的人不一样……”

80 年代，科恩从事有关艾滋病的创作，以同性恋文学中的一个主要声音著称。他的第四本诗集《一个乐园里的孩子笔记》（*Notes from a Child of Paradise*, 1984）反映了他的同性恋经历和体验。我们现在来读一读该诗的第 6 节：

仲冬开始暖和。意外地重演我们
在那里的聚会已经过了三个二月。
火与冰，多少个不眠夜，短昼时分

停了下来，从屋顶冰雪融化中淌

下的阳光晶莹的水滴不知不觉地回落，
清洁着街道和排水沟。黑色树枝上

融化的雪闪亮，在公园里慢慢
净化空气……我们又回到了屋里，
赶快脱掉胶套鞋，放在报纸上晾干，

胶套鞋上的水渍泥浆却脏污了
战争的头条新闻。到目前为止，战事
毫无进展，呼吁国会议员批准军调。

这里和那里的暴力争斗令人
作呕的发展深深地钻入人心
像玩纸牌游戏那样决不退让隐忍。

这是我们青年的大背景。我们的安宁
难道无踪无影而受伤难免？永远没有回答，
直至挂着伤带着满脸皱纹死缓的老年来临……

诗人在这里回忆了离婚后与男伴一起生活的情况（例如开头一节比较明显），也反映了这段历史时期美国反文化和反战的情况。他的格律诗之美之严格不亚于施纳肯伯格。科恩曾说，他开始写诗好像是在谈话，只注意可见的现实生活，慢慢地注意节奏和细节，然后用严格的音步和韵脚表现出来。他精通诗艺，发表了指导传统形式诗歌创作的《诗的心跳：韵律手册》（*The Poem's Heartbeat: A Manual of Prosody*, 1997）。他在创作中传统艺术形式变化多端，素体叙事三行诗、四行诗、六行诗、十九行二韵体诗等一定诗节的诗以及萨福体诗等形式运用自如。例如，他的第三本诗集《各种光》（*The Various Light*, 1980）里的诗篇《颂五位友好的歌手》（"Song for Five Companionable Singers", 1980）中娴熟地运用了三次十九行二韵体诗、一次六行诗和隔行同韵的四行诗节组成的诗。又如，他在第五本诗集《西门》（*The West Door*, 1988）里的诗篇《一次圣诞谋杀》（"An Xmas Murder", 1988）中运用长篇弗罗斯特式的素体诗形式，诗中一个老年医生叙述了一个小镇上谋杀的故事，使他感到终生内疚。这是他的名篇之一，脍炙人口，为读者所喜爱。

科恩的诗集《西门》反映了他的世界观的另一面。他谈到关于神性与人性结合为主题的这本诗集时曾说，走出圣殿的西门便进入了自然的、受苦受难和死亡的世界。他有时对世界和世俗感到太厌弃，加上传统的艺术形式，使人不禁感到他是一个旧式的时代落伍者，不过他锐敏的观察力和直觉、机智和双关语、疏朗俊秀的文笔，使他在新形式主义诗人队伍中占有一席突出之地。

不过，处在讲究时髦的大都会纽约的科恩，尝试传统艺术形式是他创作的一个方面，他同时创作了同样多的自由诗。在解释他的诗集《条条道路同时走》[①]的标题时，科恩表示他喜欢苏联诗人玛丽娜·伊万诺夫娜·茨维塔耶娃（Marina Ivanovna Tsvetaeva, 1892—1941）"条条道路同时走"的精神，又赞赏弗罗斯特走"没有走的一条路"的态度，并进一步说："我不满足于人的一生或艺术上只走一条路。对事物的观察，我要取的视角不止一个。"在诗歌史上，多数诗人以传统诗歌形式起步，以开放型诗歌形式告终；有的则相反；可是科恩对封闭型和开放型的诗歌同时并举，脚踩两条船，前进时无须说哪条船要花更大的气力。他认为，艺术抵制分类，可是批评家偏偏喜欢分类！他喜爱道家思想，据此认为每样事物都有其特殊性，但万物都有隐蔽的内在联系。

科恩出生在佐治亚州本里奇挪威移民家庭，两岁时丧母，二战期间父亲跟随工程师军团驻扎菲律宾，他与两个姐姐由姑姑抚养。1946 年父亲复员后，同祖父母生活在一起。他回忆童年的诗篇令人感到温馨。例如，他的诗集《各种光》里的《户外圆形剧场》（*The Outdoor Amphitheater*, 1980）生动地叙述了 50 年代他在佐治亚度过的童年时光。全诗使用葱郁的语言、丰富的意象和细节，回忆他儿时看社戏、杂技表演和参观马戏团，聆听英俊的年轻牧师虔诚的布道。有关他童年的诗篇还有他的《条条道路同时走》里的《梦书》（"Dreambooks", 1976）和《让过去的过去》（"Getting Past the Past", 1976）以及诗集《现在》（*Present*, 1997）里的《继子悲歌》（"Stepson Elegy", 1997）和《甘蔗》（"Sugar Cane", 1997）。这些诗反映了诗人对时间流逝而产生的感怀，但不伤感，他把过去当作一项持续的工程。

科恩在大学里主攻法国文学，获埃默里大学学士（1965）和哥伦比亚大学硕士（1967）。获富布莱特奖学金，去巴黎进修法国文学，学习期间遇见安·琼斯（Ann Jones），1967 年结婚，1971 年离婚。在 1971～1976 年，

---

① 根据科恩给笔者来信（1992 年 6 月 8 日），其诗集标题取自苏联诗人玛丽娜·伊万诺夫娜·茨维塔耶娃的四步抑扬格诗篇《祈祷》（*Molitva*, 1909）中的一行诗："我渴望条条道路同时走。"

与男伙伴沃尔特·布朗（Walter Brown）同居；1977～1989 年，与诗人 J. D. 麦克拉奇（J. D. McClatchy, 1945— ）作伴。作为饱学之士，他曾学习过意大利文、拉丁文、德文、西班牙文和古希腊文。他的诗不但反映了美国的风光、文化、人文环境和他作为美国人的种种感受，而且透露了他旅游欧洲而对其丰富的历史、文化、文学艺术传统的赞叹。作为多面手作家、敏锐的观察家、历史记录者和诗艺高手，科恩的诗篇常常发表在《纽约客》《纽约书评》《新共和》《民族》和其他著名文学期刊上。科恩还给《纽约时报书评》和《民族》写评论文章，并且发表小说、论文集和翻译集。他的诗篇被收进诸如《莫罗美国年轻诗人诗选》（1985）、《诺顿美国文学选集》（*Norton Anthology of American Literature*, 1988）和《最佳美国诗歌》（*Best American Poetry*, 1988）等著名的诗文选集里。

科恩曾长期任教于哥伦比亚大学艺术学院研究生写作班（1983—2001），在这期间，曾应邀先后在加州大学洛杉矶分校、纽约城市大学、辛辛那提大学、俄亥俄州立大学、俄克拉荷马州立大学、耶鲁大学和塔尔萨大学等高校讲学。在 1976～2014 年之间，一共发表诗集 11 本，获乔治·狄龙奖（1975）、奥斯卡·布卢门撒尔奖（1977）、莱文森奖（1982）、美国学院奖（1983）和美国诗人学会奖金（1987）等。这些虽不是诗歌大奖，但他具有美国浪漫主义传统的诗却被著名诗评家哈罗德·布鲁姆所看重，几十年来，众多诗人和评论家也对此感兴趣，进行广泛的评论，尽管贬褒不一。

第四节　莫莉·皮科克（Molly Peacock，1947— ）

作为诗人，莫莉·皮科克在诗歌创作上采取保守的传统艺术形式，而作为女权主义者，她在政治和文学活动上以及生活态度上都显得积极、活跃，甚至很前卫。这就是她立足于诗坛的突出之处。

莫莉学习传统格律诗创作始于 70 年代后期，是靠自学而娴熟掌握传统诗艺，尤其擅长十四行诗创作。2004 年 4 月，她在接受诗人劳拉·莱查姆（Laura Leichum）的一次采访时透露说，她自从中学时代起就对十四行诗着迷，以后便养成了写诗的习惯：每星期四开始酝酿一首十四行诗，星期六完成，到年底积累 52 首，经过剔除，至少可以保留小一半。她还说，她不喜欢修改，创作时总是一气呵成。她之所以写十四行诗，是因为她认为："当你写一首十四行诗时，你预见的结尾，强使你进行一种我喜欢的艺术浓缩。”例如，她的第二本诗集《原来的天堂》（*Raw Heaven*, 1984），从耽于声色的视角出发，用十四行诗形式，把一首首诗篇串了起来。她认为，她能运用十四行诗，非常自由地表达思想感情。正因为如此，她写的十四行诗虽然押韵，节奏却非常松散。安娜·埃文斯（Anna Evans）认为，在当代诗人之中，严格按照五音步抑扬格和完美押韵的十四行诗人当属玛丽莲·哈克（1942— ），而谢默斯·希尼（Seamus Heaney, 1939— ）写的十四行诗则是弗罗斯特式五步格，押韵不工整。

作为美国诗社主席[①]和诗歌在行动项目（Poetry in Motion）[②]创始人之一，莫莉积极地投身到普及诗歌的行动中。她还与埃莉斯·帕邢（Elise Paschen）和尼尔·内奇斯（Neil Neches）主编了《诗歌在行动：地铁和公共汽车标语牌上的经典诗选一百首》（*Poetry In Motion: One Hundred Poems from the Subways and Buses*, 1996）。在过去的15年中，她在有限的时间里，一直忙于英语地区（通常在美国和加拿大，有时在中美洲，偶尔在欧洲）诗歌辅导课，师傅带徒弟那样地一对一地给青年（或中年）写作者辅导写诗。她通常通过电话或电子邮件帮助指导那些垂危的病人（他们有时邮寄稿子给她）完成一本书。她上午自己写作，下午和晚上从事这类辅导课，长期乐此不疲。

莫莉还应邀在国会图书馆、温特贝格诗歌中心[③]和多伦多海滨中心以及许多高校和图书馆作诗歌朗诵。几年来，她和威斯康星公共广播电台“在地球这里”主持人琼·费拉卡（Jean Feraca）负责“季度诗坛”节目。

莫莉从色情、流产和城市生活中常找到诗料。她为此向读者透露说：

> 我的诗歌的某些特点是常常涉及爆炸性的主题和常常用传统形式进行试验。我关心的主要主题是体现在各方面的爱：家庭爱、性欲、自我爱、利他主义和宗教的爱，当然也有恨。我喜欢有时令人震惊的诚实，用传统押韵的方法加以缓和。因此，即使是最痛苦的题材，我也要用葱郁的语言和轻快感加以处理。[④]

---

① 莫莉·皮科克两次就任美国诗社主席（1989—1995, 1999—2001）。

② 诗歌在行动是一个合作的艺术项目，参加行动的人选择国内外著名诗人的短小名篇（其中包括日本、希腊、中国和西班牙的名篇），贴在公共汽车和地铁的广告位置上。该项目由纽约大都会交通管理局和美国诗社联合启动。

③ 温特贝格诗歌中心（Unterberg Poetry Center）：纽约著名的诗歌中心，W. H. 奥登、T. S. 艾略特、弗罗斯特、兰斯顿·休斯、玛丽安·穆尔、华莱士·史蒂文斯、迪伦·托马斯等名诗人曾应邀在这里作过诗歌朗诵。该中心地址在纽约列克星敦大道1395号第92街男女青年希伯来语协会（YMHA）。

④ Liam Rector. “Molly Peacock.” *Contemporary Poets*: 750.

莫莉的诗集《原来的天堂》里的诗篇《她躺下》（“She Lays”, 1984）就是这么一首惊世之作，描写她的手淫，把语言、色欲和社会等三方面融为一体。这首诗分两节，前一节十四行。我们只读比较隐晦的前四行：

她把月亮般美丽的每根手指
放到她阴蒂左右侧的沟壑里，让它们
流连忘返于肿胀的小床上，直至
希望看到轴柄的暴露……

后一节十行，最后三行比较含蓄：

……毫无惊讶的展示，
理解其中的含意，
这是世俗的爱。这是我的失落。

这首诗作为莫莉的佳作，被戴维·莱曼收进他主编的《美国最佳色情诗选：从 1800 年到现在》（*The Best American Erotic Poems: From 1800 to the Present*, 2008）里。据考证，莫莉受李清照的词《一剪梅》的启发而创作了这首诗。李清照委婉地表达的是相思之切、别愁之苦，可是到了这位女权主义诗人这里，却付诸于手淫的行动。戴维·莱曼还把她的另一首诗《你有没有假装性高潮？》（“Have You Ever Faked an Orgasm?”, 1995）收进他主编的《美国最佳诗选中的最佳诗篇》（1998）里。这首诗分三小首：《我的大学性群体》（“My College Sex Group”）、《规则》（“The Rule”）和《我考虑这可能性》（“I Consider the Possibility”）。我们现在只看《我的大学性群体》中比较隐晦的前六行：

我所有的女朋友都谈论性，谈论
从“夏娃的花园”订购的振动器，
它附有十二个姑娘生殖器的画像。
我所有朋友的需要在我周围盘旋，
她们谈关于姿势谈到兴高采烈时
便挥舞起黑色橡胶的振动器……

莫莉的这类诗在性暴露上对受女权主义影响颇深的她来说，是不足为怪的事。她的诗大胆、泼辣，与她保守的艺术形式形成了鲜明的对照，也许如她所说，用押韵的方法缓和令人震惊的诚实。她的坦率几乎近于自白派诗人 W. D. 斯诺德格拉斯、罗伯特·洛厄尔或普拉斯，甚至更像年轻时的金斯堡。诗人利亚姆·雷克托（Liam Rector, 1949—2007）在评论莫莉的诗歌时，指出莫莉“比她同时代的许多诗人突出，是在于她不知羞耻地使用抽象的习语和意象，实际上是持续修订 W. C. 威廉斯的诗美学‘不表现观念，只描写事物’”①。雷克托还认为，她描写社会状态时，不顾及使用通常人都遵循的政治正确术语。莫莉的诗作发表在《纽约客》《民族》《巴黎评论》等著名杂志上。她的诗心理刻画生动，给新形式主义诗歌带来了活力。不过，她意识到形式主义诗歌受到普遍强烈的反对。她把它比喻为在钟形曲线的一边，而在钟形曲线的另一边则是语言诗。

莫莉出生在纽约州布法罗的工人阶级家庭，获纽约州立大学宾厄姆顿分校学士（1969）和约翰斯·霍普金斯大学硕士（1976）。1980～2008 年之间，发表诗集 6 本；1999～2010 年之间，发表非小说 4 本。获英格拉姆·梅里尔基金会、伍德罗·威尔逊基金会（Woodrow Wilson Foundation）、国家艺术基金会和纽约州艺术委员会授予的奖金。

① Liam Rector. “Molly Peacock.” *Contemporary Poets*: 750.

第二十章 语言诗

20 世纪 70 年代前后，对当时占主导地位的自由诗做出强烈反应而轰轰烈烈地别开蹊径的有两群诗人：新形式主义诗人和语言派诗人。语言派诗人与新形式主义诗人相比，跑的是一股迥然不同的道。他们在美学追求上各有不同，如果说新形式主义诗歌的诗艺目标是向后看，向过去看的话，那么语言诗则是向前看，向未来看。如果同 50 年代和 60 年代兴起的新诗歌运动相比，即与唐纳德·艾伦主编的革命性诗选《新美国诗歌：1945～1960》（1960）首倡黑山派、垮掉派、纽约派等激进的诗歌流派相比，语言诗运动则在语言的运作上显得更激进。克里斯托弗·比奇对此做出比较，认为新诗运动的诗人们往往倾向于通过愤怒、勇敢或厌恶的直接表态，表达他们对当代社会的批判，而语言诗人们则更感兴趣在社会、文化、文学话语范围内运用语言审视社会，两者区别，在某种程度上是总体性的。他进一步指出，垮掉派诗人和其他的战后诗人的诗歌成熟，是美国在享受伴随社会表达的某些形式受到限制带来的经济扩张时期：从纽约和旧金山放荡不羁的文化社群之内，他们用诗来表达他们对 40 年代和 50 年代社会依从性、物质主义和社会虚伪的反叛；另一方面，语言诗人成熟在战后经济扩张带来的最初“繁荣”已经结束的时代，媒体驱动的商品文化影响被公认的非常普遍的时代。[①]

所谓语言诗，乃是以语言为中心的一种写作。语言诗（language poetry）的名称源自安德鲁斯和伯恩斯坦主编的语言诗杂志《语言》（*L*=*A*=*N*=*G*=*U*=*A*=*G*=*E*）。刚开始时，语言诗人被称为 L=A=N=G=U=A=G=E poets。这是出现在 20 世纪 60 年代末 70 年代初的前卫诗人群。究竟什么是语言诗？纽约州立大学布法罗分校电子诗歌中心主任、媒介学教授洛斯·佩克诺·格莱齐尔（Loss Pequeño Glazier）在撰写查尔斯·伯恩斯坦简历时指出：

---

① Christopher Beach. *The Cambridge Introduction to Twentieth-Century American Poetry*: 204.

> 很像艺术世界里诸如抽象表现主义这类专注于其艺术媒介物性的文艺流派一样，语言诗肩负着类似的创作任务。语言诗探索诸如格特鲁德·斯泰因、客观派诗人和维特根斯坦等文学和哲学先贤们的一些被忽视的重要新发现，它有时被视为是发挥和扩展早期黑山派和纽约诗派特别是那些在诗里开始探索“我”的流派的一些诗学试验。

这是格莱齐尔个人对语言诗的界定，不过对它的精确界定一直在讨论之中。格莱齐尔认为，语言诗人是20世纪70年代末80年代初出现在纽约、旧金山和多伦多松散的一群实验作家，他们推动关注语言本身的实验性写作的新形式。有的评论家认为，80年代末和90年代初，语言诗被广泛视为美国的一个重要的诗歌创新运动。

语言诗派里的大多数诗人仍然健在，仍然积极创作。如今一些主要的语言诗人在一些著名的大学（例如，宾夕法尼亚大学、纽约州立大学布法罗分校、韦恩州立大学、加州大学伯克利分校、加州大学圣地亚哥分校、缅因大学、爱荷华作家坊）负责诗歌理论、诗歌创作教学和担任英语文学系学术职务。

语言诗与英国、加拿大（通过温哥华库特尼创作学院）、法国、俄罗斯、巴西、芬兰、瑞典、新西兰和澳大利亚的诗歌界有联系。特别是在70年代和80年代，美国语言诗人与英国诗歌复兴运动（British Poetry Revival）主将汤姆·拉沃思（Tom Raworth, 1938— ）和骨干艾伦·费舍尔（Allen Fisher, 1944— ）以及年轻诗人玛吉·奥沙利文（Maggie O'Sullivan, 1951— ）、克里斯·奇克（Cris Cheek, 1955— ）和肯·爱德华兹（Ken Edwards, 1950— ）等有着密切的联系。有评论家认为，受语言诗影响的第二代诗人包括埃里克·塞兰德（Eric Selland, 1945— ）、朱莉安娜·斯帕尔（Juliana Spahr, 1966— ）以及加拿大诗人丽莎·罗伯逊（Lisa Robertson, 1961— ）和温哥华库特尼创作学院诗人群（Kootenay School poets）。受语言诗影响的后垮掉派诗人弗农·弗雷泽如今在拼凑文本创作上，比语言诗有过之而无不及。

第一节　语言诗的特色

何谓语言诗？为了对它有一个感性认识，最好先看两首具体的语言诗。第一首是特德·格林沃尔德（Ted Greenwald, 1942— ）的《谎言》

（“Lies”）：

Lies	谎言
only	仅是
avenue	逃避
of	的
escape	途径
just	恰恰
around	在
the	转弯
corner	角

这是语言诗中最容易懂的一首，和现代派诗相比，基本上无多大差别。然而，蒂娜·达拉（Tina Darragh, 1950—　）的《荒谬可笑的棒糖》（“ludicrous stick”）却怪异得令一般读者咋舌：由于电脑排版软件的限制，下页的排印形式与原诗形式稍有不同。

ludicrous　stick
to
clean
over: T
formal.
whip. b.
or　surpass
completion　or
etc.: They　need
into shape. 6. 1
19)7. lick　the　d
stroke　of　the　tongue
by　taken　up　by　one　str
cream　cone. 10. See　salt
b. a　brief,　brisk　burst　of　ac
pace　or　clip;　speed.　12. Jazz.
in　swing　music. 13. lick　and　a

perfunctory manner of doing some
time to clean thoroughly, but gave
promise, (ME lick(e), OE liccian; C.
akin toGoth (bi)laigon, L lingere，GK
up) — licker, n.
Lick(lik), n. a ring formation in the
the face of the moon: about 21 miles in
lick er— in (lik er in), n. a roller on
chine, esp.the roller that opens the st
the card and transfers the fibers to the
Also called taker—in.(n. use of v. phra
Licking(lik ing), n.l. Informal. a. a p
thrashing. b. a reversal or disappointm
2. the act of one who or that which lic
licorice (lik e ish, lik rish
viewing
point

荒谬可笑的棒糖
去
除
干净：T
正 式 的。
鞭 打。b .
或 者 超 过
完 满 或 者
等 等：它 们揉
捏 成 形。6.1
19）7. 舔 吃这 d
舌 头 溜 动
被接受用一个“斯特拉”
蛋 卷冰激凌。10. 参见盐
b. Ac 的 短 暂 起 泡 沫
步态或快步；速度。12. 爵士乐。

摇　摆　舞 音 乐。13. 舔和……
做　某　些　事　的　草　率　态　度
彻　底　清　除　的　时　候，但 是 给 予
允诺（中世纪英语：licke；古英语：liccian；C.
近似于 Goth（bi）laigon，拉丁语：lingere，希腊
语（up）　一　舔　吃　者，　名　词。
舔（lik），　名　词。在……环　形　结　构
月　亮　表　面：在……大　约　21　英　里
梳 毛　机 滚　筒（liker in），名词，在……滚　筒
器，　特　别　是，　开……的　滚　筒
钢　丝　刷，把　纤　维　传　输　到……
也 称 为　taker—in。（名 词，动 词……的 用 法）
licking（lik ing）名词. 1. 非正规 用 法。a. ap
鞭　打。b . 使　变　得　相　反　或 失　望
2. 人　或　物　舔　的　动　作
单 簧　管 贪 吃　的，　　lik　rish）
观　察
点

懂英语的读者稍加琢磨，便会发现，这棒糖形[①]的一块文字是从英语词典的“舔”（lick）词条中剪了一部分，把正常的语序或思路完全打乱，断断续续的词有时产生了有趣味的新组合。语言诗人的一个审美观，是让读者和作者一同创造诗境，彻底砸烂包括现代派诗在内的一切传统诗人填鸭式的作诗法，即现现成成地为读者提供诗料。因此，我们现在可以对这首比较典型的语言诗作不无道理的解读：

1）作者首先从诗题上提醒读者：这首诗形状如滑稽的棒糖，而棒糖的棒（stick）和舔（lick）正好押韵，而且棒糖往往是用舌头舔的。仔细玩味后，我们便发觉该诗产生了视觉、触觉、听觉和味觉效果。

2）该诗字里行间主要描写人的“舔”和“尝”，不但直接与含棒糖有关系，而且影射了西方式的性爱。对西方文化稍有了解的读者来说，这是不言而喻的。

---

① 汉克·雷泽尔说蒂娜·达拉的这首诗的形状像楔形，正好提醒我们从语言的任何角度看的局部性。参见 Hank Lazer. *Opposing Poetries*. Vol.I, Evanston, Illinois: Northwestern UP, 1996: 44.

3）由于切断了正常的词序和句式，该诗势必迫使读者从重新组合的词句里寻求意义。除了该诗里的数码表示“舔”（lick）的各种含义，括号内表示其词源、发音以及词性外，新的词组或新的句子则产生了意想不到的艺术效果。例如，第8行和第9行，本来是“它们需要……成形”。因为正常句子里“They need”原来的宾语被砍掉，不得不与“into shape”组成新句：“它们需要进入形状”，而“need”与“knead”（揉，捏）同音，因为新句不妨被理解为“它们揉捏成形”，这与整首诗的主旨联系便更紧密。可以说，玩弄异字同音是语言诗的艺术手段之一。当然重新组合已拆开的词或句更是语言诗人的拿手好戏。例如，该诗的第1、2和3行组成“to clean over”，但在英语中没有如此搭配，只有“clean up”或“clean out”等等。这不是语言诗人的独创，他们所推崇的格特鲁德·斯泰因早在20世纪早期就使用这种手法了。例如，她在一首在艺术形式上难区分是诗还是散文的短章《饮水瓶，一只不透明的玻璃瓶》（“A Carafe, That Is A Blind Glass”）的开头用了一个完全违反语法的词组：“A Kind in glass”（如果硬译的话，即“玻璃品方面的一种”），但通常是“A kind of glasss”（意为“一种玻璃”或“一种玻璃杯”）。在打破语法上，语言诗人远远走在斯泰因的前面了，或者说更变本加厉了。因此，破坏传统语法关系也是语言诗的艺术手法之一。

如果我们现在来看看著名的语言诗人、语言诗理论的权威阐释者查尔斯·伯恩斯坦对《荒谬可笑的棒糖》的解释，我们对语言诗究竟是何物也许有较为具体的感受。他说：“达拉的《荒谬可笑的棒糖》比T. S. 艾略特的任何诗篇都更反传统。T. S. 艾略特的诗也许‘难懂’，但他的诗依然可以用较为传统的文学方法阅读——猜出其比喻、引喻和出处。达拉的作品则更像概念艺术（Conceptual Art）[①]，或更精确地说，源出视觉诗的传统，视觉诗的书面形状是其意义最重要的部分。这首诗被假定是根据艾姆斯变形室（Ames Distorting Room）[②]的原理写成的。这是一种用作知觉试验的梯形房间：由于房间本身奇特的形状，房间里的一切形象看起来都被歪曲了。达拉的这件作品是用切碎或截面的方法处理语言材料（好像肉体组织的横截面）的。另外，在这间‘变形室’里，有各种各样的双关语和俏皮话，其中许多双关语和俏皮话是围绕‘尝’和‘舔’的观念产生的。例如‘stick’（与‘lick’韵同）是一种棒糖。这首诗很顽皮，有趣，不能像你解

① 侧重反映艺术家创作时概念的一种艺术。亦称过程艺术（Process Art）或不可能的艺术（Impossible Art）。

② 如同上海的哈哈镜室。

释 T. S. 艾略特的诗那样地对它加以解释。它具有更多的环境艺术成分，较少的象征结构。”[①]

从伯恩斯坦对《荒谬可笑的棒糖》的解释中，我们至少可以得出以下两个结论：

1）20 世纪晚期语言诗激进的程度远超过上半叶以 T. S. 艾略特为首的激进的现代派诗，因此不能以 T. S. 艾略特反对的传统诗美学，而且也不能用 T. S. 艾略特的现代派诗美学（其实随着时间的推移，它也成了传统诗美学或者说近期传统的诗美学）去期待或衡量语言诗，否则读者将对此感到恼火乃至愤怒，斥责语言诗人糟蹋诗歌，蹂躏语言。不过，读者如果抱着开拓思维空间的心情去读语言诗的话，便会逐渐经历从理解到欣赏的适应过程。

2）语言诗人精心结构的艺术作品留下许多空白，有待读者和作者一同加工和创造。

语言诗人总是挖空心思，在艺术形式上不断变花样。根据伯恩斯坦对语言诗的实践和研究，语言诗人目前主要采用以下 11 种艺术手法：[②]

1）拼贴画式（Collage）。把不同肌质的语言片断拼贴在一起，形成一个个戏剧性场面或蒙太奇。例如，把抒情味颇浓的一个小片断同普通说明书的一个小片断拼贴在一起，往往会产生意外的艺术效果。这与电影里通常剪辑拼凑的手法十分相似。T. S. 艾略特在《荒原》里也采用了类似的手法。

2）系列句式（Serial Sentences）。一句紧跟一句，或者上句与下句有联系，或者根据预制的模式行文，例如，林・赫京尼恩的散文名篇《我的生活》[③]不是根据主题或时序结构全篇，而是让一系列事件同时发生（所有的句子似乎并头前进），其效果是全景式的。为此，可作一个试验，从不同的 20 或 30 本书里取每本书的首行首句或末行末句（或任意同步地选一句）拼在一起，虽然各个单句都很简单明了，但是总体却创造了一个五光十色的诗境。

3）粘结性散文（Associative Prose）。相邻的单句进行连接，断层的程度不如第二种的“系列句式”那样大，那样突然，例如，第 1 与第 2 句有内在联系，第 2 与第 3 句有内在联系，但第 1 和第 3 句未必有内在联系，

① 见伯恩斯坦 1991 年 7 月 1 日给笔者的复信。笔者在信中抱怨《荒谬可笑的棒糖》不是诗，是不可理喻的荒唐作品。

② 见查尔斯・伯恩斯坦 1990 年 5 月 1 日给笔者的长信。内容颇多，说明颇详，兹摘要之。

③ 参见张子清.《美国方兴未艾的新诗，语言诗》，载《外国文学》，1992 年第 1 期。

依此类推。这种形式表面看来一句句向前运行，但不是递推或循环（recursive）。众所周知的例子是约翰·阿什伯里的散文诗集《三首诗》（*Three Poems*, 1972）以及普鲁斯特和乔伊斯的意识流小说。詹姆斯·谢里在其《关于》（“About”）和《无》（“Nothing”）、布鲁斯·安德鲁斯在其《欺诈的诡计》（“Confidence Trick”）、汉娜·韦纳在其《轮辐》（“Spoke”）里都采用了这种表现手法。

4）联想性诗行（Associate Verse）。基本上和第三种的“粘结性散文”的艺术手法相似，只是断开的诗行被用来创造额外的对应物、句法剪裁或节奏。例如，鲍勃·佩雷尔曼（Bob Perelman, 1947— ）的《书年》（“Book Years”）的前两节：

A religious virgin of unspecific sex
Opens the book again. Great trees
Mass into a risen gloom. Green
Valleys bathed in blue light lull
A scattered population. The world ends;

非确定性别的虔诚修女
又打开书本。一株株大树成群
挤入升起了的阴暗里。绿色
山谷沐浴在蓝光中使
散布在各处的人入睡。世界结束了；

A person is born，no sense
Thinking about it forever. I'm writing
While time stands still. It certainly
Doesn't lead to the future. First
In a series of willing abstractions,

一个人诞生了，绝没有感觉
想到它。时间静止时
我正在写作。它当然
不会导致到未来。首先
在一系列自愿的抽象里，

第一节第二行的“树”与第三、第四行的“绿谷”没有必然的逻辑联系，只能是额外的对应物。第一节第五行下半句与第二节第一行的上半句也无必然的联系，只能是额外的对应物。

5）内爆句法（Imploded Syntax）。它不具备标准的语法形式，词序杂乱拼凑，省略，移植，短语堆砌，罗列，其结果是颠倒传统次序，增加额外的词句，以头韵或半谐韵的联系或自由联想使句首与句尾的意义发生偏离，如同著名的黑人音乐家查理·帕克（Charlie Parker, 1920—1955）用萨克斯管吹奏乐曲，起初是符合音律的标准乐曲，逐渐转调，最后变为疯狂即兴爵士乐。用这种表现手法创作的诗仿佛是很难译解的密码。读者只有适应这种“密码”创造的新音乐和新句法，才能欣赏这类诗。克拉克·库利奇、彼得·西顿和黛安·沃德等对此都有成功的实践。例如，沃德的长诗《大约地》（“Approximately”）的前四行较为典型地运用了这一艺术手法：

meaning a context or vision to confer with this which　could
be a book.
meaning what I just said confers with this but a licking
sound.
Amplified and forming an idea far from original.
A distance which becomes whimsical tension.

意指上下文或梦幻与这可能是一本书相商。
意欲我刚才所说与这不过是舔声相商。
放大后形成远非原意的观念。
一个变成怪诞张力的距离。

6）新词创造法：音诗（Neologisms: Sound Poetry）。根据发音创造新词，而这些新造的词无实意。早在20世纪20年代苏联诗人赫列勃尼科夫（V. V. Khlebnikov, 1855—1922）就曾试验过这类无实意的诗（Zaum）。英曼在这方面进行了有趣的尝试，例如，他的《卡伦姆》（“Colloam”）的第十节：

pineal hear
imogen peebles, rubber cyclone　was　merely　opinion
a　mallow each flesh

松果体听见
伊莫金在皮布尔斯，按摩师旋风仅仅是判定
每个肉体一枝锦葵

这三行诗里的“松果体”是解剖学里的用法；伊莫金是莎剧中贞妇的名字；皮布尔斯是苏格兰的郡名，此处似乎是拟声动词；rubber 意义多种，最常见的是“橡皮”。而诗题是新造的词，似乎是“集会”与“沃土”合并而成。整首诗没有实意，传统的语法、句法、词法在这里荡然无存，只是朗读起来富于音乐感。这如同中国绕口令。

7）分解抒情诗（Analytic Lyric）。它破除了传统抒情诗（如雪莱的《西风颂》）贯穿全篇的诗中人说话的声音（Speaking Voice），采用“内爆句法”：短行，并拉大短行里语义链中每个单词的距离，以此突出每个单词的实体。苏珊·豪和迈克尔·帕尔默都写过反传统抒情诗的分解抒情诗。例如，苏珊·豪的诗集《毕达哥拉斯的沉默》（*Pythagorean Silence*, 1982）的第一部分前四节：

age of earth and us all chattering
a sentence or character
suddenly
steps out to seek for truth fails
falls
into a stream of ink Sequence
trails off

地球的时代和我们在聊天
一个句子或人物
突然地
走出去寻找真理不遂
陷入于
一条墨溪一组乐句
减弱了

该诗通篇形式都如此，它和传统抒情诗的形式差距可谓十万八千里。
8）自我创造的个人方言，类似第 5 种手法的第二部分。

9）视觉法。上述《荒谬可笑的棒糖》是最典型的一个例子，它受具体诗和奥尔森的诗句爬满稿面的“旷野诗”（open field poetry）影响。

10）资料剪辑：偶拾诗（Source Texts/found）。它和在画面上拼贴各种互不相干的图案和物件残片的拼贴画差不多，从文学作品、科学文献、流行艺术作品、电视小品、偶然听来的话等等中剪取片断拼凑成诗。

11）离合机缘法（Arostic Chance）。这是按照一定规则而偶然拾得诗句的方法。例如，取一本书的标题 Big，根据 26 个英文字母的数码顺序（a b c d e f g ...1 2 3 4 5 6 7 ...）去找该书的页码 2、9、7，再从第 2 页上从头按顺序找到 B 开始的第一个短句或短语（预先定好）抄下来，作为诗的第一行，i 和 g 依次类推，分别作为诗的第二和第三行，这首诗便成功了。因为这三行是按照预定的规则偶然凑合在一起的，习惯的逻辑思维被打乱了，便产生了很新鲜的艺术效果。找一本书，用自己的名字或朋友的名字都可按此法炮制。或者找 20 本书，取用每本书的第一页的第一个短语或短句，抄下来，再拼在一起，便成了 20 行的一首有趣的诗。

根据伯恩斯坦的总结，这类语言诗的写作方法有 66 种之多。但是，语言诗万变不离其宗，原来它以格特鲁德·斯泰因激进的诗歌试验（严格地说，打通了诗歌与散文的界限，破除了传统的诗法）为理论靠山，吸取了欧洲达达主义、未来主义、结构主义、具体诗、视觉诗、表演诗、极简抽象艺术、新前卫或观念艺术等新试验的成果。

台湾诗人詹冰也试验过不少图像诗，例如他的《三角形》，形式排列就是三角形。他为此说：“我试验过不少的图像诗，但有自信或发表过的却不多。因为比较满意的作品，不容易写出来。可以说是可遇而不可求了。”[①] 至于他是否受到过语言诗《荒谬可笑的棒糖》或 E. E. 肯明斯的诗或西方视觉诗的影响或不谋而合，有待考证。

不少语言诗人强调他们作品中的转喻、提喻和并列结构的一个个极端例子，其中即使采用日常语言，还是创造了一种完全不同质地的诗歌。初读这种语言诗，令人感到十分陌生，很难看得懂，原来语言诗追求的目标是：让读者参加创造诗歌意义。巴雷特·沃滕认为，语言诗人寻求打破“预期的意义”，以打开我们习以为常地使用的“符码”，让我们颠覆它们对我们思维的控制，因此语言诗人倾向于淡化表达，把诗看作是在语言之内和语言本身的构建。詹姆斯·谢里认为：“语言诗的反响是试图重建被广告、政治口号、制造武器和粒子加速器的军事工业所破坏的语言世界。语言诗

① 王柯.《新诗诗体生成论》. 北京：九州出版社，2007: 420.

试图在读者阅读时给他们以构建意义的权力，而不是让他们被动地接受和消化权威作者所给予的意义，让权威作者站在高处回收。”[①]伯恩斯坦则一直强调使用结构的甚至拼凑的语言时，寻求诗歌表达的种种可能性。他为此说：“我们对那时占主导地位的可敬诗歌提出了可选择的一个替代品。我们的诗学（部分）是被排除在外的诗学。”[②] 安德鲁斯在新世纪回顾语言诗的历程时说：“对我们来说，与想探索语言运作和意义的生成和再生的要求相比，主流保守的清规戒律令人感到难以忍受的枯燥或分散注意力或不相干。”[③]按照他的理解，语言诗的革命性体现在微观和宏观两个方面。首先从微观层面上看，语言诗挑战传统语法和节奏的运作，开辟对时间更广泛的探索，同时挑战通常的透明度和指涉性，导致对空间作微妙的探索；其次从宏观层面上看，语言诗挑战传统艺术形式上的统一、叙事先后次序、具象的逼真性或作者的自我表达。因此，根据语言诗人的激进观点，即使现在，语言诗也很难被体现“官方文化”的主流诗坛完全接受。不过，语言诗人不但并不在意，而且坚持自己的独特诗美学。

第二节 语言诗概况

像垮掉派诗歌一样，语言诗也是在西海岸湾区与纽约同时发展的。在西海岸，语言诗最早萌芽于罗伯特·格雷尼尔（Robert Grenier, 1941— ）和巴雷特·沃滕（Barrett Watten, 1948— ）创立的诗刊《这》（*This*, 1971—1974），它把各种不同的作家、艺术家和现在被标为语言诗派的诗人联络在一起。[④]《这》与巴雷特·沃滕和林·赫京尼恩主编的语言诗理论场地之一的《诗学杂志》（*Poetics Journal*, 1981—1999）被评论界认为是当时传播语言诗的重要媒介。有的评论家甚至认为《这》是美国当代诗歌史上的分水岭。

布鲁斯·安德鲁斯和查尔斯·伯恩斯坦在纽约主编的杂志《语言》

① 张子清.《反传统美学的语言诗——美国语言诗人詹姆斯·谢里访谈录》.《当代外国文学》，1997年第4期：131.

② Jay Sanders."Interviw with Charles Bernstein." *BOMB* 111/Spring 2010.

③ Bruce Andrews. "L=A=N=G=U=A=G=E." *The Little Magazine in America: A Contemporary History*. Eds. Ian Morris and Joanne Diaz (forthcoming).

④ 例如在诗刊《这》上重点突出的诗人包括史蒂夫·本森、比尔·伯克森（Bill Berkson, 1939— ）、梅里尔·吉尔菲兰（Merrill Gilfillan, 1945— ）、林·赫京尼恩、罗伯特·格雷尼尔、贝尔纳黛特·迈耶、迈克尔·帕尔默、基特·鲁宾逊、吉姆·罗森堡（Jim Rosenberg, 1947— ）和彼得·西顿。

（*L=A=N=G=U=A=G=E*, 1978—1982）突出介绍语言诗诗学和语言诗诗人，开辟以“政治与诗歌”和“阅读格特鲁德·斯泰因”为题的论坛。70年代的语言诗窗口还有罗恩·西利曼的诗歌通讯《托特尔》（*Tottel*, 1970—1981）、布鲁斯·安德鲁斯利用迈克尔·威亚特尔（Michael Wiater）主编的文学杂志《牙签、里斯本和奥卡斯群岛》（*Toothpick, Lisbon and the Orcas Islands*）的一期语言诗特刊（1973）和詹姆斯·谢里主编的杂志《屋顶杂志》（*ROOF*）以及加拿大诗人史蒂夫·麦卡弗里（Steve McCaffery, 1947— ）主编的专题论文汇总《指涉的政治》（*The Politics of the Referent*, 1977）[①]，在70年代和80年代还有不少小杂志，也为语言诗助威。[②]

此外，罗恩·西利曼主编的《在美国世系里》（*In the American Tree*, 1986）和道格拉斯·梅塞里主编的《“语言”诗选集》（*“Language” Poetries: An Anthology*, 1987）这两部诗选集在造就语言诗发展和声势方面起了很大作用。汉克·雷泽尔把它们看成是两部唐纳德·艾伦主编《新美国诗歌》（1960）以来的最重要诗选，并说它们“清楚地表明，经过20多年聪慧、雄心勃勃和持久的创作，语言诗写作不再是昙花一现”[③]。

在纽约、华盛顿特区和旧金山举行的一系列诗歌朗诵，为展示语言诗、展开诗人之间的对话与合作提供了重要场所。例如，特德·格林沃尔德在1978年创立的纽约耳小酒店朗诵系列（The Ear Inn reading series）[④]、道格·兰（Doug Lang, 1941— ）创立的华盛顿特区开本图书朗诵系列以及巴雷特·沃滕、罗恩·西利曼、汤姆·曼德尔等诗人在不同时间里策划的旧金山大钢琴朗诵系列（The Grand Piano reading series）。[⑤]

万花筒般或谜语似的语言诗，很少登载在诸如《美国诗歌评论》《纽约客》《诗刊》等美国全国性杂志上[⑥]，《纽约时报》对语言诗的评论文章也缺乏兴趣。语言诗处境如上所述，受到美国诗歌主流的冷遇，语言诗受美国各大杂志冷落。语言诗强调语言和结构的做法，被一般批评家视为缺

---

① 发表在加拿大杂志《公开信》（*Open Letter*）上。

② 其他的小杂志，例如：*A Hundred Posters, Big Deal, Dog City, Hills, Là Bas, MIAM, Oculist Witnesses* 和 *QU*。

③ Hank Lazer. *Opposing Poetries*. Vol.I: 37.

④ 耳小酒店朗诵系列后来通过詹姆斯·谢里的赛格瑞基金会（Segue Foundation）资助，由 Mitch Highfill, Jeanne Lance, Andrew Levy, Rob Fitterman, Laynie Brown, Alan Davies 等人策划。

⑤ 参加策划旧金山大钢琴朗诵系列的还有以下诗人：Rae Armantrout, Ted Pearson, Carla Harryman 和 Steve Benson。

⑥ 不过有少数例外，如有一篇重要文章登在《美国诗歌评论》（1984年5月16日）上：Marjorie Perloff. “The word as Such：L=A=N=G=U=A=G=E Poetry in the Eighties.”

乏远见和降格以求之举。然而，提倡语言诗的人则认为，它是现代派兴起以来在诗歌领域里最重要的新生力量，因为它引起的讨论次数之多、程度之热烈超过了近几十年的任何文学运动，尽管讨论范围相对来说局限在小圈子里。著名的黑山派诗人之一的罗伯特·克里利热情扶植这一新生事物，指出它是“50 年代以来对诗歌资源和前提作了最具决定意义的探索”[①]。李·巴特利特在《什么是“语言诗”》（“What Is ‘Language Poetry’”?）一文里说：“最新近的一群美国诗人形成了一个所谓的语言诗派。自从60年代早期打诗选战（许多强有力的诗美学竞争地位）以来，它引起读者的兴趣有增无减，而且实际上能大幅度地转移读者对美国诗歌和诗学的注意力。”[②] 汉克·雷泽尔说：“语言诗人在大学和官方诗歌文化联锁的关系网之外，已经建立了自己创作、出版、朗诵、发行和诗歌批评的关系网。现在这个运动为我们展现了大量的作品和思想，可以被证明它是现代主义以来最值得注意的美国诗歌。”[③] 诸如此类为语言诗的发展大造舆论的文章和谈话在美国日益增多，而它作为一种声音，在美国当代诗界的响亮度已到了不容忽视的程度。

绝大多数语言诗人出生在40年代和50年代，当时正值年富力强，不保守，进取心强，他们推出的语言诗及其理论因而也充满了勃勃生机。他们都是当时富于冒险精神的年轻诗人，是一批激进的现代派的继承者。他们大多数是学者型，在大学里执教，并不像垮掉派诗人在社会上大吵大嚷，引起喧哗，而是在大学和正规的诗歌组织之外建立了一个诗歌网，形成了现代派诗歌运动以来最有活力的实体。可以这么说，迄今为止，语言诗派与美国其他各诗歌流派相比，是空前团结、协作和前卫的一个流派。有迹象表明，他们实际上在诗界正掀起一场无声的革命。在过去短短的十几年里，他们出版了150多部诗集和评论集，逐渐引起了普通读者和大学师生的好奇和兴趣。

语言诗人阵营蔚为壮观，有评论家认为第一拨语言诗人包括雷·阿曼特罗特（Rae Armantrout, 1947— ）、史蒂夫·本森（Steve Benson, 1949— ）、阿比盖尔·蔡尔德（Abigail Child, 1948— ）、克拉克·库利奇（Clark Coolidge，1939— ）、蒂娜·达拉、艾伦·戴维斯（Alan Davies，1951— ）、琼·戴（Jean Day, 1954— ）、卡拉·哈里曼（Carla Harryman, 1952— ）、艾丽卡·亨特（Erica Hunt, 1955— ）、英曼（P. Inman，1947— ）、琳恩·德

① 见道格拉斯·梅塞里主编的《语言诗》封面背页。

② Lee Bartlett. “What Is ‘Language Poetry’? ” *Critical Inquiry*. Summer 1986: 742-743.

③ Hank Lazer. *Opposing Poetries*. Vol.I, Evanston, Illinois: Northwestern UP, 1996: 6.

赖尔（Lynne Dryer, 1950— ）、马德琳·金斯（Madeline Gins, 1941— ）、特德·格林沃尔德、范妮·豪（Fanny Howe, 1940— ）、苏珊·豪、杰克逊·麦克洛（Jackson Mac Low，1922—2004）、汤姆·曼德尔（Tom Mandel, 1942— ）、贝尔纳黛特·迈耶（Bernadette Mayer, 1945— ）、道格拉斯·梅塞里（Douglas Messerli，1947— ）、迈克尔·帕尔默（Michael Palmer, 1943— ）、特德·皮尔逊（Ted Pearson, 1948— ）、鲍勃·佩雷尔曼、尼克·皮翁比诺（Nick Piombino, 1942— ）、琼·雷塔勒克（Joan Retallack, 1941— ）、基特·鲁宾逊、莱斯莉·斯卡尔皮诺（Leslie Scalapino, 1944—2010）、彼得·西顿（Peter Seaton, 1942—2010）、詹姆斯·谢里、罗丝玛丽·沃尔德罗普（Rosmarie Waldrop, 1935— ）、黛安·沃德（Diane Ward, 1956— ）和汉娜·韦纳。

重要的语言诗人还有布鲁斯·安德鲁斯、查尔斯·伯恩斯坦、雷·迪·帕尔马（Ray Di Palma, 1943— ）、卡拉·哈里曼（Carla Harryman, 1952— ）、林·赫京尼恩、汉克·雷泽尔、罗恩·西利曼、罗伯特·格雷尼尔和巴雷特·沃滕等。

像历次诗界的造反派一样，语言诗人以质疑主流诗歌的许多为常人接受的假说来建构自己的理论框架。他们并不把诗歌视为创造和表现所谓真实的声音和人格的表演场所，而是认为诗歌的主要原料是语言，是语言产生经验。在他们看来，作家的任务不是寻找语言去表现语言之外或之先的经验。换言之，他们和格特鲁德·斯泰因一样，企图背离世界或人生经验的非自我意识之描述。在20世纪美国诗歌史上，他们把这种重视语言运作、轻视表现人生经验的观念和做法推到了极致。伯恩斯坦对此有过较为明白的阐释，他说：

> 语言是思想和写作的原料。我们用语言思考和写作，它使两者建立起内在的联系。正如语言不是与世界可分离的东西，它倒是世界赖以成立的手段，所以思考不能说成是“伴随”对世界的体验，不能说成是它在这世界上通报的那种体验。通过语言，我们体验世界，事实上，通过语言，意义进入世界，获得存在。作为个人，我们诞生到语言和世界里；它们都存在于我们生之前和死之后。我们学习语言是学习使世界能被看得见的术语。语言是我们社交的手段，我们进入（我们的）文化的手段。我不是说在人类语言之外什么也不存在，但是只

有从语言出发才有意义，特定的语言便是特定的世界。[①]

这不是伯恩斯坦独创的理论，结构语言学和语言人类学的理论家早就指出，我们作为个体，只是某种先于我们且已经存在了数万年之久的语言体系的说话“工具”。[②]

根据布鲁斯·皮尔逊（Bruce L. Pearson, 1952—2009）在他的论著《语言观念导言》（*Introduction to Linguistic Concepts*, 1977）中的提法，人类的口头语言早在50万～100万年前就存在了。语言诗人们基本上都接受各种语言学的研究成果，作为他们玩语言“游戏”的根据，以此极度夸大语言的能指作用，上述的《荒谬可笑的棒糖》便是一个典型的例子。

道格拉斯·梅塞里在他主编的《“语言”诗选集》的序言里，也表明了语言诗的美学原则：

> 本诗选里的诗人都把语言作为他们的写作项目而突出语言的本身。对这些诗人来说，语言不是解释或翻译经验的载体，而是经验的源泉。语言是感性认识，是思想本身；基于这样的认识，这些作者的诗篇不起经验“框架”或总结性地简述思想和情感的作用，与目前的许多诗人的认识恰恰相反。

在这里，我们可以看到，梅塞里同样强调语言的能指作用，使语言的指称淡化。用通俗的话讲，语言诗人抛弃了常人在创作时首先需要借助丰富的生活经验的观念，剥夺常人赋予语言的指称性，而是企图发挥语言的自主作用，打碎常规的或传统的句法和词法，把言语乱七八糟地拼凑起来（如同抽象拼贴画），让作者和读者共同创造这个作品所潜在的无数个所指。夸大语言作用是语言诗的实质。法国象征主义诗人马拉美早说过：“诗不是用思想写的，而是用言语写的。”他的这句名言已被语言学批评方法所接受。语言诗人也会乐意用它来强调语言在诗歌创作中的决定性作用。

语言诗人既扬弃生活是写作源泉的唯物主义理论，又否认语言是交际工具的传统语言学理论，[③] 有恃无恐地进行着他们的创作实践，而且显示了勃勃生气，究其根源，他们主要有三种来源：

---

① Charles Bernstein. *Content's Dream: Essays 1975-1984*. Los Angeles: Sun & Moon Press, 1986.

② 张德明.《诗人超越语言桎梏的可能与极限》.《外国文学评论》，1992年第2期.

③ Marjorie Perloff. *The Dance of the Intellect: Studies in the Poetry of the Pound Tradition*. Cambridge: Cambridge University Press, 1985: 219.

首先，他们接受了结构语言学、语言人类学和结构主义等等学说的合理成分，一开始就有了自觉的语言意识。他们千方百计地想突破语言的牢笼，企图用纯语言创造出一个自身俱足的诗的世界，一个包括现代派在内的传统的诗歌难以展示的新天地。这就是语言诗人的理论基础，诗学的核心。

其次，他们往往把格特鲁德·斯泰因、路易斯·朱科夫斯基、W. C. 威廉斯、艾米莉·狄更生、罗伯特·克里利、托马斯·坎皮恩（Thomas Campion, 1567—1620）、杰克·斯派赛等等著名诗人在诗艺上大胆试验的成果引为他们仿效和反潮流的依据。在这些先师之中，斯泰因尤为突出，她在20世纪早期就成了语言派诗人，如同雷克斯罗思早在金斯堡等人之前就是垮掉派诗人一样。语言诗人特别欣赏斯泰因那种打破常规语法、逻辑和混淆体裁的创作方法。他们现在不仅突破诗歌与散文的界限，而且越过诗歌与文论的界线，积极寻求读者与作者之间的合作关系。汉克·雷泽尔说：“语言派作品抵制习惯的解读，在那种抵制中，使读者成为文本的生产者而不是消费者。”[①] 确实，如用传统的解读方法去读语言诗或斯泰因的诗，读者必然会感到十分失望，乃至恼火之极。

再次，旧金山和纽约的一批语言诗人代表是紧跟在侵越战争和水门事件之后的一个时代的青年诗人，基本上用西方马克思主义观点批评美国当代资本主义社会。布鲁斯·安德鲁斯和伯恩斯坦主编的论文集《语言卷》（*The L=A=N=G=U=A=G=E Book*; Volumes 1-3, 1984），有三分之一的篇幅讨论诗歌与政治的关系，在讨论过程中，不但引用诸如詹姆逊、路易·阿尔都塞（Louis Althusser, 1918—1990）和皮埃尔·马歇雷（Pierre Macherey, 1938— ）等西方新马克思主义评论家的论述，而且还引用马克思的著作。罗恩·西利曼在他的文章《词语的消失，世界的出现》（“Disappearance of the Word, Appearance of the World”, 1977）开头引用了马克思的原话：“物质生活的生产方式制约着整个社会生活、政治生活和精神生活的过程，不是人们的意识决定人们的存在，相反，是人们的社会存在决定人们的意识。”[②] 他把这个唯物主义思想应用到诗歌语言研究上，便得出了如下的结论：

1）历史发展阶段决定了诗歌的自然规律（或者是基本结构，如果你爱用这个术语的话）；

2）历史发展阶段决定了语言的自然规律；

---

① Hank Lazer. “Opposing Poetry.” *Contemporary Literature*. Spring 1989, Vol.30, No.1: 145.

② 马克思.《政治经济学批判》导言.

3）资本主义时期对语言和语言艺术的首要影响是在指称领域里，直接与商品崇拜这一现象相关。[①]

西利曼进一步认为，语言向资本主义发展阶段运行和进入时所发生的情况是：话语的可感性钝化，而它描述的能力相应提高，成了“现实主义”的先决条件，成了资本主义思想里现实的视错觉。这一切直接与语言的指称性质有关，因此在资本主义制度下，语言被转化或变形为指称性。在原始文化阶段，话语没有现在的描述能力，手势与客体具有同一性，不可能混淆，但在阶级社会里，这种同一性便逐渐松动，甚至往往被歪曲，而在资本主义制度下，则被打上了商品崇拜的烙印。一般认为，语言诗人所关心的中心议题是政治含义，即运用语言的政治含义，因为他们大多数人与西方社会的女权主义、左派或西方马克思主义批评认同，把他们的作品看成是对反映在语言里的现存权力结构的直接挑战。他们认为，他们的任务就是要千方百计地去剥夺或脱光被资本主义社会污染的语言指称性，恢复语言原初与客体的直接对应关系。于是他们乒乒乓乓地把传统的语法、词法和逻辑砸了个稀巴烂！

在这种诗美学指导下创作的语言诗，给常人带来理解和欣赏的困难是可想而知的。反正20世纪早期的形式主义批评家早就主张艺术应该制造困难，并且这种困难的感觉是审美经验的组成部分。这是一种陌生化的理论，它为语言诗的发展助了一臂之力。有趣的是，语言诗人对我们中国的批评家一贯贬斥的唯形式、唯语言和玩技巧的创作态度不以为意，相反却津津乐道。即使在美国，语言诗人和占多数的主流诗人之间也存在着鲜明的思想距离和巨大的审美落差。语言诗人不但清醒地意识到了这一点，而且有意识地同主流派对着干。

语言诗现状如何？语言诗创作在一定程度上已经被学术界吸收了，不少主要语言诗人担任了学术职务[②]，论文、学术著作和学术会议讨论他们的诗歌。[③]在大多数情况下，美国诗歌依然分成以文学硕士教学计划为主的主流诗歌创作与非主流的试验性诗歌创作，非主流的语言诗是弱方，被排除在几乎所有支持诗人的机构之外，包括诗歌奖、补助金、奖学金以及

---

① Bruce Andrews and Charles Bernstein. Eds. *The L-A-N-G-U-A-G-E Book*. Southern Illinois UP, 1984: 122.

② 例如，伯恩斯坦如今是美国艺术与科学院院士和诗学博士生导师。

③ 例如，谢里认为，现在美国大多数研究生诗歌课程都包括语言诗，而且有几个学校的有关科系被语言诗的拥护者和朋友所把持。参阅张子清.《反传统美学的语言诗——美国语言诗人詹姆斯·谢里访谈录》.《当代外国文学》，1997年第4期：133.

主要的出版社。但是，这仅是现象。雷泽尔在他的文章《人民的诗歌》（"The People's Poetry", 2004）中揭示语言诗演变的实质，说："语言诗的演变，变得更加复杂和耐人寻味的问题，不在于它与主流学院派的关系上，而是在于语言诗的主要诗人在文学创作上日益多样化。如今已几乎不可能提供任何一个一致或不言自明的表述，充分表达语言诗的现状。"①

语言诗现在的走向又怎样呢？按照汉克·雷泽尔的看法，到了20世纪90年代和21世纪初，实验诗的海域已经混沌，模糊不清了；语言诗写作对青年作家来说，仍然是一笔复杂的遗产，目前依然是一个显然多样化的诗歌。他认为，西利曼、沃滕，赫京尼恩、佩雷尔曼、阿曼特罗特、曼德尔、哈里曼和安德鲁斯等一批老一辈语言诗人，不再仅仅集中在纽约市和旧金山湾地区，已经开始从事这样那样的创作项目，不再由与主流诗歌对立的力量或以语言诗团体为基础的一致性来支撑。对于语言诗现状一直保持密切观察的雷泽尔为此说：

> 语言诗创作是20世纪70年代和80年代最一贯、影响最深刻的运动。在21世纪早期，我们已经进入了后语言诗时代。但是，正如在想象中一些著名诗人的流水线里，未来的模式仍然未指明，在集体努力的水平上，没有新的明确的运动，没有易于识别的语言诗继承者。这种明确性的缺乏是目前状况不明的特征之一——文学活动的新模式可能不再出现在一个重要的人物或一个什么有争议的某某运动或团体里。②

第三节　查尔斯·伯恩斯坦（Charles Bernstein，1950—　）

2006年被选为美国艺术与科学院院士的伯恩斯坦，是老牌的语言诗人和诗学创新的代言人之一。在1978～1981年之间，他与布鲁斯·安德鲁斯主编的杂志《语言》（*L=A=N=G=U=A=G=E*）成了打破诗歌与理论边界的论坛，也如洛斯·佩克诺·格莱齐尔所说，它在为新的写作意识和这种多学科多文本写作核心研究奠定基础的过程中起了重要作用。他在多样化社会语境中创作语言诗，把政治语言、流行文化、广告语、文学术语、企业

---

① Hank Lazer. "The People's Poetry." *Boston Review*, Vol. 29, No. 2, April/May 2004.

② Hank Lazer. "The People's Poetry." *Boston Review*, Vol. 29, No. 2, April/May 2004.

用语和许多其他社会文化用语镶进诗里，试图揭示语言和社会文化之间存在相互建设和相互依存的关系。杰伊·桑德斯（Jay Sanders）在伯恩斯坦发表近作《天堂里所有的威士忌：诗选》（*All the Whiskey in Heaven: Selected Poems*, 2010）之际，对作者进行了长篇采访，在采访的开头，他对这位诗人作了这样的刻画：

> 如果把诗人说成是“文字画家”，那么查尔斯·伯恩斯坦一定会在画店里赚外快。把一些样品画——从最花哨的金粉涡形装饰画到最一丝不苟的黑色喷漆画——挂在墙上，我可以想象他狂热地举起每一幅奇异的样品画，测试顾客们的神经，以检测总的效果……他的诗学是勾画了又重新勾画的诗学：如果你结果喜欢它，他会很快试验其他的画给你看，保证免费。①

杰伊·桑德斯在这里预先告诉我们，我们需要抱着这种审美期待阅读他的诗作，结果才会喜爱它。伯恩斯坦写的简约诗《小乐趣》（“Lo Disfruto”, 1974）就是这样一幅奇异的画，显示了他的前卫性。现在让我们先了解一下他的这种诗前卫或奇异到什么程度，简约到什么程度，例如，第2页：

轮胎
迅速席卷
前方
躺下，对着
小巷
（tire
swift swept
front
ly and lie and lane
against）

又如，第10页：

华丽

① Jay Sanders. “Interviw with Charles Bernstein.” *BOMB* 111/Spring 2010.

难以置信
（gorgeous
incredible）

再如，第14页：

沙
和
理智
一
（sand
and
sane
an）

懂英文的读者会很快发现诗人在玩弄文字游戏，声音听起来很和谐，富有音乐感，但没有任何实际意义，换言之，这类诗在于诗句声音的累积（例如，sand, and, sane, an），不追求通常具有明确意义的抒情写意，这如同诗人杰斐逊·汉森（Jefferson Hansen）谈起自由爵士时所说的“能量音乐”（energy music），它通常是即兴创作，主题最小，或者没有主题。

据诗人透露，这首诗的标题取自香烟广告牌上的一句西班牙文：享受（即享受吸烟的乐趣），诗人把写这类诗当作吸烟者抽香烟那样享受小乐趣。[①] 他后来的语言诗艺术形式和审美趣味，在这时已初露端倪。当然，伯恩斯坦如此玩弄文字有来头，可以追溯到20世纪初格特鲁德·斯泰因名震一时的趣味名篇《软纽扣》（1924）。

在纽约，伯恩斯坦与致力于诗歌革新的诗人群来往密切，这源于他们共同的美学趣味：强调诗学作为活跃的历史和意识形态课题的重要性。他是一个特立独行的诗人。他的处子诗集《庇护所》（*Asylum*, 1975）的封面是妻子苏珊·比设计的，标题取自他与苏珊·比自己创办的庇护出版社名字。他的这个小出版社还出版了他的第二本诗集《解析》（*Parsing*, 1976）、苏珊·比的处女画册《黑影照》（*Photogram*）、彼得·西顿的诗集《一致》

① 见2011年7月11日诗人发送给笔者的电子邮件。这首诗后来被收进他的诗集《诗理》（*Poetic Justice*, 1979）。

（*Agreement*, 1978）、雷·迪·帕尔马的诗集《字幕》（*Marquee*, 1977）和特德·格林沃尔德的诗集《不使用钩子》（*Use No Hooks*, 1980）。

如果说一般名诗人的成名是处于消极被动状态，等待某个大诗人或评论家或出版社的提携，例如一些诗人通过竞争获得耶鲁青年诗人丛书奖，使自己的处子集纳入耶鲁青年诗人丛书，从此步入坦荡的诗途，那么伯恩斯坦则是积极主动进取，从自己出版自己的作品，积极地宣传自己的作品着手，让大家了解他非同一般的诗和诗美学。他一开始就意识到自己的诗美学的前卫性，在主流诗坛充分认识到他之前，不指望主流诗界的认可。当然不是每个诗人都可以走这样的路，这源于伯恩斯坦的实力、毅力和自信。2006 年，他在接受孟加拉文学杂志《库拉巴》（*Kaurab*）主编阿里亚尼尔·慕克吉（Aryanil Mukherjee）采访时谈到他这方面的经验：

> 我过去和现在都是服膺于自我出版的观念；也就是说，创作诗是出版诗、朗诵诗、评论诗、阐明诗学和在课堂上讲授诗的整个环节的一部分。对我而言，重要的不只是“私下传阅”我的诗稿——在一定意义上，我也这样作——而是出版它，称它为世人准备的完善的作品，不是等待别人认可。以这种方式出版自己的作品，给我带来了直接省力的交流（从事诗歌创作的主要经验），推动我在 1978 年和特德·格林沃尔德一道在纽约耳小酒店举行系列诗歌朗诵——这个系列诗歌朗诵一直持续到今天，时间定在每个星期六下午（现在迁移到包厘街诗歌俱乐部）；也推动我在 1978 年与布鲁斯·安德鲁斯主编《语言》，它只是一本打字机打印、快速复制的杂志（胶印机印刷，后来影印）。到了 90 年代中期，这些经验对延续到我参与纽约州立大学布法罗分校电子诗歌中心工作也很重要，这是一个由洛斯·佩克诺·格莱齐尔建立的网站，我当网站主编；这些经验对我在 2005 年[①]与宾夕法尼亚大学英文教授阿尔·菲尔雷斯（Al Filreis）创立大规模的“宾大之声”时依然起了重要作用。

为此，伯恩斯坦又对阿里亚尼尔·慕克吉谆谆告诫说：

> 我对年轻诗人的忠告总是：创立你自己的杂志或出版社，出版你

① 另一说是在 2003 年，见宾夕法尼亚大学“凯利作家社”（Kelly Writers House）和当代创作项目中心主任阿尔·菲尔雷斯教授的简历。

自己的作品和你同时代诗人在艺术上最重要的作品。如果可能的话，通过诗歌理论和诗歌评论，尽可能对这些作品进行阐释。阐明这些作品的审美价值，重视这些阐释。网络当然使得出版更容易，但它并没有解决最困难的部分，即找到其他诗人的群落，进行积极和认真的交流，不只是建立在某个地区或友谊或类似的观念上，而且随着时间的推移和空间的扩大，建立在作品的质量和特质上，建立在我们想象力的天地里。

伯恩斯坦诚挚的至理名言不仅适合于孟加拉年轻的前卫诗人，也适合于中国年轻的前卫诗人。设想在1978年的中国，北岛们如果消极地等待主流杂志或出版社的认可，不自己创办民刊《今天》，中国当代诗歌史上就不会有划时代的朦胧派了，不会出现北岛、舒婷、顾城、杨炼、江河、梁小斌和芒克这一批大名鼎鼎的诗人了。南京韩东的成功也是得益于他当年参与主编的民刊《他们》。

1980年，伯恩斯坦出版了他的两本诗集。第一本《图例》（*Legend*, 1980）同布鲁斯·安德鲁斯、史蒂夫·麦卡弗里、罗恩·西利曼和雷·迪·帕尔马合作，旨在大范围探索诗歌言语的呈现形式。第二本诗集《控股权益》（*Controlling Interests*, 1980）标题取自商场行业用语，是他采用异于传统诗行形式的多样化结构写诗的第一本诗集。诗集中的诗，从一行诗就是一个诗节，到散文与诗句组合在一起，故意突显诗行的不均衡感。例如，诗集中的诗篇《我父亲用的句子》（"Sentences My Father Used"）表现了作者对通常诗行形式的突破：

我得到的印象
是每一个人。或者，我应该说有良好的训练和准备。不过
是在外表上。（第23页）
The impression I got
is everybody. Or I should say well groomed. But
in appearances (23).

专利皮鞋。委婉地说，我
不是非常。我没有一个
非常，我的外表不是一个
人们可以瞧得上的，嗯，我没打扮

什么也不突出。（第24页）
Patent leather shoes. In a gentle way, I
wasn't very. I didn't have a
very, my appearance wasn't one of, that
one could take, well I didn't make
the. Nothing stands out (24).

那些都是我的价值之所在。对我来说，它们是良好的价值观。我不想拼命奋斗，我可以省吃俭用过活。（第25页）

Those were my values. To me they were good values. I didn't want to struggle. & I could live frugally (25).

鲍勃·佩雷尔曼评论说："语言在这里审查它本身，表明它自己的不透明度，把话语作为代码和外壳进行揭示。语法的联系松散了……陈述和意象半隐半现，然后逐渐消失成另外的东西。"诗人的父亲是女装制造商，他有他作为商人的生活价值观。诗人用戏仿的手法，录写了他父亲日常的口头语。这首诗的标题表明，他的父亲没有创造他自己的语句，作为拿来主义者，他使用预制的现成的语句，反过来看，他被这些现成的语句所役用。伯恩斯坦在此试图用具体的例子，揭示语言诗人接受结构语言学和语言人类学理论的基本观念。

我们作为个体，只是某种先于我们且已经存在了数万年之久的语言体系的说话"工具"，而语言诗人在他们的诗歌中则千方百计地企图打破这种被动的"工具"。这本诗集被视为伯恩斯坦诗歌创作生涯中的里程碑。

为了解伯恩斯坦的基本艺术风貌，我们最好再来读一读他的诗集《小岛/恼火》（*Islets/Irritations*, 1983）的长篇标题诗《小岛/恼火》的最后一节：

成堆的时钟令人难受地排斥走　　令人印象深刻的贯通的
惠顾者　　堆积一个个累赘：医院无休无止的
忽长忽短的滴落　　假定瞪着眼看，无恶意的谐波
清洗这逐渐变弱的滑稽角色　　逐渐的失衡感
流泻到这逐渐累积的　　残余的巧办法上，这
止血带唤起种种粗俗的旧恨，让手自由，
一个个做错的阶段　　无声的发作　　廉价的

提醒[①]

标题里的“小岛”（复数）象征诗人的孤独感。诗人企图在这首诗里传达身边种种大大小小的事情引起他无名的压迫感、孤独感和焦躁不安的情绪（我们常人有时也有这种情绪，只是无法表达罢了），正如诗评家肯尼思·芬斯滕（Kenneth Funsten）对这本诗集的评价：“如同书名所暗示的，（诗人）因个人孤独而感到沮丧，但也因对限制视域的‘小孔’或从外部强加的任何严密限制而感到恼火。伯恩斯坦试图通过转录超越个人的和瞬间的一桩桩事情，创建一个具有包括一切的和普遍性的空间……这空间在当代人类社会里每天围绕着我们。”[②] 直白地说，这首诗精微地表达了他日常受外界不快刺激而引起的情绪波动。

引用这节诗的目的在于介绍伯恩斯坦的诗歌艺术形式之一：爬满整个稿面的诗行，很少用标点。黑山派头领查尔斯·奥尔森和干将罗伯特·邓肯基本上都是使用的这种艺术形式，不同的是，他们的叙事或抒情是表达符合逻辑的线性思维过程，因此他们的思想感情易于被读者跟踪。然而，伯恩斯坦的语言诗的行文是断裂的，向四面八方放射的，很难被习惯一般诗歌的读者完全抓得住，更不必说不在美国文化语境里的笔者。当笔者把对这诗的理解告诉他时，他的回答是：

> 关于你对这首诗的阐释：诗本身，文本，没有你所描述的意象那么具体。因此，可以说你是把这首诗延伸到你自己的想象之中，把诗中的暗示引出一个个意象来。这首诗提出了一套可能性，但所要做的是进入这些可能性作推想，如同当你看到墨水印迹里的形象：这形象不是在墨迹“里”，一个人可能会看到的是一只老虎，另一个人看到的却是一个熟睡的孩子。所以你的反应是“真实的”，但它是你的：

---

① 引文如下：

piles of clocks miserably shut away   patrons of impressive
perforation   stacks the hampers: insatiable drip of the
nosocomial dactyl   premised on glare, harmless harmonics
bathe the waning harlequin   gradual asymmetries cascading
down the residual artifice   invested on accumulation, the
tourniquet ensnares lewd animosities, setting the hand aspin,
phases of delinquent mean   inaudible paroxysms   cheap
reminders

② 见《小岛/恼火》背页评语。

但这不是我在当时想的情况。[①]

为了忠实于原文，笔者发信告诉诗人说，准备删除这段译文，可是没料到他又耐心地作了如下回复：

> 我以为你解读《小岛/恼火》的最后一节本身是一首诗：你梦想中的诗，或想象中的一首诗。我喜欢它！你在填写空白——这将是表达它的一种方法。但是，当然空白是这首诗文本的一部分，因此你的“诗”创造了一些相当不同的东西。[②]

伯恩斯坦的答复再一次证实了语言诗的一条审美原则：语言诗读者不是传统意义上被动的诗歌消费者，而是积极参与语言诗文本意义的创造者。好在这节诗原文留在脚注里，给看懂原文的诸君参考，做出自己的解读。这种互动性也表现在读者对某篇语言诗深入研究后提出的问题上，读者的问题有时也成了语言诗人的诗料。例如，伯恩斯坦的诗集《我的方式：演讲和诗篇》（*My Way: Speeches and Poems*, 1999）里的诗篇《诗的测试》（“A Test of Poetry”）主要内容是笔者1992年为翻译他的一些诗篇[③]而向他提出来的一连串问题。那时没有便捷的电子信往来，而是传统的邮寄，他用电动打字机作的回答往往长达几页。他认为笔者的问题对他来说很重要，很有启发性，于是成了这一首诗。诗人为此告诉笔者说：

> 我出版这首诗时，对你和那本诗集[④]作了鸣谢，它已经被译成西班牙文、葡萄牙文、瑞典文、法语和芬兰文。我经常说，译者的问题可能是文学阐释的最佳形式，因为当你写一首诗时，你不应当阐释，但当你翻译时，你就作了阐释。我也认为这首诗表明翻译中最难的部分是文化背景和意义，而不是“语言”或字面意思。在我的作品里，有许多玩弄语言之处，最棘手的仍然是它的文化内涵：涉及美国文化的本地信息在中国不可能知道。所以，我看你的信时是一个非常愉快

① 见诗人发送给笔者的电子邮件（2011年7月16日）。

② 见诗人发送给笔者的电子邮件（2011年7月17日）。

③ 见《美国语言派诗选》（*Selected Language Poems*, 1993）（中英对照本）. 张子清、黄运特译. 成都：四川文艺出版社，1993年.

④ 指四川文艺出版社出版的《美国语言派诗选》（1993）。

的时刻，我把它变成了我的诗。[①]

难怪肯尼思·芬斯滕把伯恩斯坦看成是在写诗和阅读诗上进行重大改变的诗人。[②] 查尔斯在这里表达的观点，再一次体现了语言诗美学的前卫性和独特性，也展现了他的诗歌视野不断扩大，如同《出版者周刊》在推介他的诗集《我的方式：演讲和诗篇》的文章中所说："这个有感召力的伯恩斯坦，继续扩展他过去对语言诗关注的范围。"

我们现在再来欣赏伯恩斯坦 80 年代晚期的诗集《辩士》（*The Sophist*, 1987）里的诗篇《为什么我不是基督徒》（"Why I Am Not a Christian"）：

人们在另一天
假装的伤害罪之中
信守这些诺言（坚持这些诺言）
每一个[③]在放弃时
远离那被大家追求的
决心，如同猫追它的
牺牲品似的决心。你总是把它扔下
但从不把它拾起。一切地方的
一切事物被其有形的（或习惯的）
排列所限制，这种必要性安排了
否则总是可能的东西。我经常掌握
种种机会观察成千个亲切与仁慈的
善举，被品行引起的感情
转向期待，结果导致
悔恨。你不能猜想
而且不能不猜想。这
重负[④]对方便的旅行来说
是昏昏欲睡的朋友——近乎
一个微笑或仅仅是一个被喂养的

① 见诗人发送给笔者的电子邮件（2011 年 7 月 15 日）。

② 见肯尼思·芬斯滕在伯恩斯坦诗集《辩士》背页上的评语。

③ 据作者解释，指诺言或基督徒。

④ 据作者解释，原文"freight"原意是水陆空运输中的货物，此处转义为"重负"，暗示基督徒的思想重负。

可怜虫。利益将
永远不会替代
这自制伪装的价值。

伯恩斯坦在这里用非写实的语言传达他的观念，我们在这首诗里很难看到一般诗人通常的抒情或叙事，但这也很难，正如杰斐逊·汉森最近在他的博客里评论弗农·弗雷泽的诗篇《未来带来》（“The Future Brings”）时所说：“用抽象的语言写作也是难点。我们怎样把《未来带来》‘鲑鱼的脚’语境化？[①]如果我们试图从具象的视角看它，显然，我们不能，相反，我们运用声音和节奏。”前面所引的诗行“sand/ and/ sane/ an”是运用声音和押韵最典型的例子。伯恩斯坦的这些诗篇受到了评论家的推崇。洛斯·佩克诺·格莱齐尔说，《辩士》里类似的其他诗篇诸如《安全的交易之法》（“Safe Methods of Business”）、《仅仅》（“The Simply”）、《弱视》（“Amblyopia”）等得到了著名诗歌批评家玛乔里·珀洛夫、考证学者杰罗姆·麦根和加州大学伯克利分校教授约翰·肖普托（John Shoptaw）相当高的评价，把它们视为当代诗歌的重要篇章。[②]

伯恩斯坦谈起他的诗学时，说他的作品没有定则可循，虽然不无其特有的审美、可触及的感受力，并获得意识形态障眼物的专利。他认为没有定则就是定则，他的诗学是依情况而定的，诱导的；建立在写一件事紧接着写另一件事的固执欲望上，以便在有声语言的范围内，创造同样有力的审美体验。因此，他的组诗不是建立在叙述或主题的加强之上，而是创造一种环境，诗篇相互弹开，就好像打出去的乒乓球一样。可以说他的作品从上世纪70年代一开始就一直是后概念的。这也是他和布鲁斯·安德鲁斯在《语言》杂志上所实践的诗美学。什么是后概念诗呢？首先我们需要了解什么是众说纷纭的概念诗。伯恩斯坦对“概念诗”（conceptual poetry）的界定是“怀了思想孕的诗”。“后概念诗”的含义则又进了一层。如果我们大致了解什么是概念艺术和后概念艺术，那么我们对他的“后概念诗”也就有了大体的概念。当然，他的这种概念性诗篇并不是枯燥无味的。杰

① 《未来带来》系弗农·弗雷泽的近作，标题故意不完整，缺少宾语。我们不妨把第一行“鲑鱼的脚”当作标题里动词“带来”的宾语。诗比较长，暂且引三行（包括标题）：“‘The Future Brings’ Salmon feet/ brushstroke, toadies set the llama bed:/ courier maladies at bay.”最后一行点题：“Does the future bring anything new, more of the same, or nothing at all?”

② 《辩士》里的《仅仅》《第斯拉夫症》（“Dysraphism”）、《生命的航程》（“The Voyage of Life”）和《幻觉之港》（“The Harbor of Illusion”）的译文，见中英对照本《美国语言派诗选》（1993）。

伊・桑德斯说，在伯恩斯坦的作品里经常出现滑稽、搞笑小噱头、语音、流行音乐和富有诗意的陈词滥调。伯恩斯坦对此承认说：

> 我的作品有时是娱人的——我从来没有失去讲双关语的机会，带有笑话（尽可能是笑话）、奇闻轶事、格言警句和顺口溜的种种形式。但我也有必要使用其他模式，其中有些是迷人的或有吸引力的或滑稽的或抒情的，但其中有些是彻头彻尾冒犯人的，其他则是纯粹哲理的。①

查尔斯・伯恩斯坦出生在纽约曼哈顿，祖父母是从俄国移民到美国的犹太人。父亲赫尔曼・伯恩斯坦在服装行业工作，他是女装制造商，母亲出生在纽约布鲁克林。查尔斯在曼哈顿上西城长大，开始时上伦理文化学校，起初很不适应，接着就读布朗克斯科学高中，1968 年毕业。就在这一年，他遇见苏珊・比・劳弗（Susan Bee Laufer），1977 年结婚，生一女艾玛（Emma, 1985—2008），一子菲利克斯（Felix, 1992— ）。在哈佛大学学习期间（1968—1972），他跟从罗杰斯・奥尔布里顿（Rogers Albritton）和斯坦利・卡维尔（Stanley Cavell）教授学习哲学，维特根斯坦和格特鲁德・斯泰因研究是他毕业论文的论题。在哈佛，他积极投身反战运动，导演了几个实验戏剧，开始主编小杂志。在短时间逗留温哥华期间，他初遇罗宾・布莱泽、杰罗姆・罗滕伯格和罗恩・西利曼。1973 年末，他和苏珊・比移居圣巴巴拉，他在那里作为健康教育工作者为一家义务诊所工作。1975 年，他与苏珊・比迁回纽约上西城，很快遇到布鲁斯・安德鲁斯，合作创立《语言》杂志，同时花很多时间去包厘街圣马可教堂和纽约其他地方作诗歌朗诵。1978 年，与特德・格林沃尔德创立耳小旅馆诗歌系列朗诵会。

1980 年，伯恩斯坦获国家艺术基金会创作奖金资助，同一年，在包厘街圣马可教堂主持创作班。1986 年，他在温哥华召开的新诗学会议上，宣读了一篇用诗的形式写的散文《吸收的技巧》（“Artifice of Absorption”, 1986）。他在这篇文章中，提出了体裁本身的形式问题，认为散文与诗这两个术语像所有二元对立的事物一样，在审美上不是绝对的，而语境上是相互依存的。他的这篇文章被视为一篇诗式文学批评，扫视了当代诗歌景观，提出了后结构主义文学的许多热点问题。

70 年代和 80 年代，伯恩斯坦尽管在诗坛已经崭露头角，发表了大量

---

① Jay Sanders. “Interviw with Charles Bernstein.” *BOMB* 111/Spring 2010.

诗歌和论文，但他赖以为生的主业依然是当医疗保健作家和编辑。1990年，伯恩斯坦任纽约州立大学布法罗分校特聘教授，这是他诗歌生涯中的重大转折点。他同罗伯特·克里利、苏珊·豪、雷蒙德·费德曼（Raymond Federman, 1928—2009）等人一道创立诗学规划项目，任项目主任。该项目把大批年轻诗人和学者吸引去攻读博士学位、创作和出版诗歌。1995年，他与洛斯·佩克诺·格莱齐尔合作，建立电子诗歌中心。这是美国网络数字诗歌资源最早、最先进的典范之一。这也是具有前卫性或先锋派的语言诗走入学术殿堂的里程碑。如同阿兰·戈尔丁（Alan Golding）教授所说："特别是伯恩斯坦，他已经成了先锋诗学术成功的矛盾典范。"[①]按常规，先锋派很少被学术主流所接纳，因为它在艺术创作上是反主流文化政治的。作为先锋派起家的伯恩斯坦，却成功地当上了高校诗学和诗歌实践的博士生导师。这至少说明了一个问题：语言诗开始有些变化了，如同戈尔丁教授所认为的那样，作为先锋派的语言诗，现在比起初逆反性少一些了，比较多地愿意考虑自身被接纳的影响。[②]

伯恩斯坦和妻子苏珊·比以及其他前卫视觉艺术家咪咪·格罗斯（Mimi Gross, 1940— ）以及理查德·塔特尔（Richard Tuttle, 1941— ）在图书设计、绘画和雕塑上进行了卓有成效的合作，并在90年代早期与作曲家本·亚莫林斯基（Ben Yarmolinsky）合作写歌剧，该剧收入他后来出版的戏剧集《盲证：三出美国歌剧》（*Blind Witness: Three American Operas*, 2008）。在1999～2004年，伯恩斯坦与英国作曲家布赖恩·费尼霍（Brian Ferneyhough, 1943— ）合作，创作了有关德国著名犹太哲学家和文化批评家瓦尔特·本雅明（Walter Benjamin, 1892—1940）短促一生的歌剧《背日时间》（*Shadowtime*）。该剧被视为是一出"思想歌剧"，于2004年5月25日在慕尼黑摄政王剧院首演。

洛斯·佩克诺·格莱齐尔一向看重伯恩斯坦，说他数十年来的作品发表在几乎每一个主要的实验杂志上，是许多重要会议的主要声音。除发表大量诗歌之外，他依然不懈地投身于诗歌创作与理论建设。他的评论、论文和其他作品在倡导文学的新声上，在提醒重视过去被忽视的作家方面，在揭露他所说的"官方文化"（其墨守成规的意见常常同种种新的可能性相左）自满的倦怠上，起了重要作用。他还说，伯恩斯坦作为批评家，同玛

---

① Alan Golding. "American Poet-teachers and the Academy." *A Concise Companion to Twentieth-century American Poetry*: 71.

② Alan Golding. "American Poet-teachers and the Academy." *A Concise Companion to Twentieth-century American Poetry*: 71.

乔里·珀洛夫、麦根·杰罗姆（McGann Jerome, 1937— ）、约翰·肖普托一样重要。在诸如现代语言协会召开的年会和20世纪文学会议这么大型的学术会议上，还为他举行专题小组讨论会。

在1974～2010年之间，伯恩斯坦发表了14部诗选集、21本诗歌小册子和艺术作品、三部论文集和两本歌剧。他还主编了许多杂志、论文集和诗集，获1999年加州大学圣迭戈分校罗伊·哈维·皮尔斯/新诗存档奖（Roy Harvy Pearce / Archive for New Poetry Prize）、宾夕法尼大学教学创新院长奖、约翰·西蒙古根海姆纪念学术奖和国家艺术基金会创作奖。他的作品已被翻译成多种文字，在巴西、法国、瑞典、芬兰、南斯拉夫、墨西哥、阿根廷、古巴和中国出版。他还成了中美诗歌和诗艺协会创始人。他目前任教于宾夕法尼亚大学，与阿尔·菲尔雷斯教授创立“宾大之声”（PennSound）。这是宾大当代写作项目中心的一个大型项目，它集诗歌朗诵录音的诗歌网站与在线归档为一体。该网站在互联网上提供1500首诗歌录音，而且可以免费下载。

伯恩斯坦在新世纪的创造力依然旺盛。他好比是一颗生命力旺盛的诗歌种子，播送到哪里，就在哪里生根发芽，茁壮成长，硕果累累。

第四节 苏珊·豪（Susan Howe，1937— ）

苏珊·豪现在被公认为她这一代杰出的诗人之一。1999年，她当选为美国艺术与科学院院士；2000年荣任美国诗人学会常务理事。在大批仍然不被官方文化接纳的语言诗人之中，她是最早被主流诗坛追捧的诗人，例如，她的诗入选两卷本《千禧年诗篇：现代与后现代诗歌加州大学卷：从战后到千禧年》（1998）、《美国诗选集》（*Anthology of American Poetry*, 1999）和《诺顿当代美国诗选》（*The Norton Anthology of Contemporary American Poetry*, 2003）等大型主流诗歌选集。她的论著《我的艾米莉·狄更生》（*My Emily Dickinson*, 1985）和《胎记：美国文学史中令人不安的荒野》（*The Birth-Mark: Unsettling the Wilderness in American Literary History*, 1993）两度被《泰晤士报文学副刊》评选为“国际年度最佳图书”。她的论述与通常的论文不一般，现在来读一读《我的艾米莉·狄更生》中的片段：

> 当我喜欢一样东西时，我想要它，设法得到它。从普遍性中抽取特殊性是走进邪恶的入口。爱，约束力，既令人羡慕又是仿效。他（清

教徒的神）是一种神秘的境界，将永远是不可知的，独裁的，变化莫测。在透露的意愿和秘密的意愿之间，爱被撕扯成两半。

二元论：毕达哥拉斯说，万物一分为二，好与坏；他把完美的事物归属为好，例如光亮、男性、宁静，等等，而把坏归为黑暗、女性、等等。

（托马斯·阿奎那：《论天主的大能》第84页）

普罗米修斯的愿望：做一个女人和毕达哥拉斯那样的男人。什么是诗歌的公共视野，如果你是弯曲的、古怪的、含糊不清的、不合规范的、女性化的。我现在假设：灵魂在压力之下，连接线断开了，爱情与知识的融合分裂了，富有远见的能量损失了，狄更生意味着是丑陋的诗。首先，我发现自己是奴隶，接下来我明白受奴役，最终我重新发现自己在已知的必要性之内不受限制，可以随意。枪去思考对意义施加暴力。枪望着她自己在观察。

在这一段引文里，我们发觉苏珊·豪的这本书既不是为狄更生写传记，也不是像通常的批评家那样对狄更生诗歌作理论探析，而是作家论作家式的随笔，而且是带有诗意的随笔，旨在重构对狄更生诗歌的解读。最后一段的最后两句出自狄更生的名句“我的生活已经站起——一杆上了膛的枪——”。迈克尔·帕尔默夸奖苏珊·豪的这部获前哥伦布基金会图书奖（Before Columbus Foundation Book Award）的著作为“我们的富有创意学术水平的开创性作品之一”。

戴维·梅尔茨认为它树立了“创意学术的一个里程碑，再次显示一种可能性：诗人在深刻解读诗歌上，始终最具潜在力”①。

像不守论著通常之法一样，她的诗歌也不守通常诗歌之法。她的创新诗歌以跨越历史和学科著称。她的诗作善于运用美国早期历史和原始文献，把引文和意象编进诗里，而诗行排列则打破通常讲究的整齐形式。不过，她有些诗篇，断裂性比较小，形象性比较明朗，例如，她的诗集《菜园》（*Cabbage Gardens*, 1979）里的一个片段：

过去

① David Meltzer. “Susan Howe.” *Contemporary Poets*: 453.

将超过
异己的力量
我们的屋子
形成
我的想法
作为探险家
进入
我自己的
一片丛林里
为了找
我的一切学问
偏僻
静谧
越来越静谧
河边
树林的
边缘
深水之上
一座座黑色桥梁
波涛起伏的大海
一个观察者
看着她的船
离开了
噪音
融入月光里
黑暗的涟漪
散开着
和
形成着
一团团
一圈圈

这比其他的语言诗读起来通畅多了。从这里，我们发觉她的诗介于抽象思维和明晰的意象之间，意思介乎于确定与不确定之间。她重视视觉语言源于她起初对绘画的兴趣。她也擅长绘画，曾在纽约的画廊里进行过画展。可是，总的来说，她的诗歌断裂性大，尤其在诗行的排列上特别显著，例如，她的诗集《自由》（*The Liberties*, 1980）中的一篇《大页白纸/科迪莉亚的书》（"White Foolscap/Book of Cordelia"）[①]的诗行进行了花样排列：

运行的
一圈圈光环
我们要捕捉
鹪鹩[②]
对着灌木丛呼叫
大声宣布里面没有
沿着河岸
携带着她的小孩[③]
在这游戏废墟之中
徘徊
这时这女王[④]转身
再次
我们要捕捉鹪鹩
理查德对罗宾说
我们要捕捉鹪鹩
大家都说。[⑤]

我可以重新
追踪
我的足迹

① 大页纸指13×16英寸的大页书写纸。

② 根据英国的一个古老传说，所有的鸟儿要选出一位它们的国王。与会者一致认为，谁飞得最高，谁就是国王。老鹰是最强悍的鸟，自认为可以飞得最高，对此充满必胜的信心。然而，老谋深算的鹪鹩搭了顺风车，偷偷地乘坐在鹰的羽翼下。当老鹰累了，不能朝上飞了，飞得更高的鹪鹩却获得了胜利。鹪鹩如此讨巧的获胜引起了鸟类和人类的反感。它被控告背叛圣斯蒂芬，因此每年在圣斯蒂芬节（12月26日），鹪鹩便成了被猎狩的对象。

③ 据诗人本人解释，指圣母女马利亚或在战争废墟中任何携带孩子的母亲。

④ 据诗人本人解释，可指扑克牌中的女王或皇后。

⑤ 据诗人本人解释，这里回到大家在圣斯蒂芬节猎狩鹪鹩的情节。理查德、罗宾等都是英国人为在圣斯蒂芬节捕捉鹪鹩编的民歌或儿歌的人物。

爬在
重重阻挠中的
我

这里再次表现了苏珊·豪诗意的不确定性：她既在这里影射莎士比亚的悲剧《李尔王》中的主角科迪莉亚女王，又引用了流行在英国的在圣斯蒂芬节捕捉鹪鹩的古老习俗，鹪鹩本来无过失，只是在传说里它狡猾，所以大家要捕杀它，于是它成了邪恶的替罪羊，诗人说，在这个意义上讲，鹪鹩影射基督，而诗中出现的带小孩的女子则影射圣母玛利亚或战争中受苦难的女子。只有在基督教文化的语境里，才能充分理解诗人所使用的隐语含义。诗人在这里传达她的这些复杂思想感情的同时，还试图用这种花样排列，取得愉悦读者视觉的艺术效果。玛乔里·珀洛夫教授为此指出："她的视觉感处处体现在她注意的页面设计上——注意整个页面看起来怎么样，成了她的诗学中心。"[①]她的著名诗集《毕达哥拉斯的沉默》（1982）里的诗行排列则是另一种断裂形式，每一诗行本身的字与字之间留有空白，因为苏珊·豪认为，意义藏在空白之中，是意义的延伸，如同画面的空白一样。这首诗的开头还好，只是以每行相隔一行留下空白：

他通过冰漂移努力离开了

离开到无法理解的平静里

他背上绑的一个便携式祭坛

纯纯净而严厉

他背上绑的一个便携式祭坛
纯纯净而严厉

在德国的森林里，他将以
芳草和树叶为食

① Marjorie Perloff. "'Collision or Collusion with History': Susan Howe's Articulation of Sound Forms in Time." *Poetic License: Essays on Modernist and Postmodernist Lyric* by Marjorie Perloff. Evaston, Illinois: Northwestern UP: 299.

苏珊·豪的诗意常常是不确定的，据她解释，标题带有古代的神秘色彩，其含义因人而异。诗行里的“他”既可指毕达哥拉斯，同时又影射她的父亲。二战时，她的父亲赴欧洲参战，那时她才四岁，珍珠港轰炸事件之后三年，他才从欧洲回国，这对她的童年来说，影响很大。这是她描写她梦境中的情景。[①] 语言诗文本是开放性的，诗的含义呈现了多种可能性，因而使读者面对文本带来的多种可能性。苏珊·豪和伯恩斯坦、西利曼、林·赫京尼恩以及其他语言诗人一样，她的开放性文本增加了一般读者阅读的难度。美国华人学者马明潜（Ming-qian Ma）博士认为，苏珊·豪运用的是“反方法”（Counter-method），一种思考和写作的方法，它质疑和分析具有构成性和确定性方法的性质和功能。马明潜博士为此指出：苏珊·豪奇特的反方法是批判“文化教养的错觉”，而这种错觉是把语言构想为“（受过训练的）知识机制”，苏珊·豪的反方法则在占优势的语言—逻辑结构上找到了它的“进入点”。[②] 讲白了，苏珊·豪运用了与遵循通常语言逻辑的方法唱反调的方法。

70 年代初，苏珊·豪以语言诗崭露头角。诗人用解构主义方法处理诗歌语言，突破传统文学形式，有时她的诗句上下颠倒，排列横七竖八，甚至有时让字与字重叠，这与她作为一个视觉艺术家的早期训练有关，看重视觉效果。布鲁斯·坎贝尔（Bruce Campbell）说她是“富有想象力的后结构主义者”。还有评论家认为，她的文学根底得益于狄更生、查尔斯·奥尔森和科顿·马瑟（1663—1728）一类的早期清教徒作家，以及极简抽象主义艺术家阿格尼丝·马丁（Agnes Martin, 1912—2004）和文化批评家、历史学家理查德·斯洛特金（Richard Slotkin, 1942— ）。所以，论她的感受和志趣，苏珊·豪可以被称为是新英格兰诗人，因为她的文化根植于新英格兰。

苏珊·豪出生于爱尔兰，在麻省康桥长大，1961 年获波士顿博物馆美术学院学士。母亲玛丽·曼宁（Mary Manning）是爱尔兰人，演员；父亲马克·德沃尔夫·豪（Mark DeWolfe Howe）是哈佛大学法学院教授；妹妹范妮·豪（Fanny Howe）也是诗人。三次结婚：第一任丈夫哈维·奎特曼（Harvey Quaytman），画家；第二任丈夫戴维·冯谢尔格尔（David von Schlegell），雕塑家；第三任丈夫彼得·休伊特·黑尔（Peter Hewitt Hare），著名哲学家、布法罗大学教授，2008 年去世。两个儿子：R. H. 奎特曼（R.

---

① 见苏珊·豪 2011 年 8 月 27 日给笔者的电子邮件。

② Ming-qian Ma. *Poetry as Re-Reading: American Avant-Garde Poetry and the Poetics of Counter-Method*. Evanston, Illinois: Northwestern University P, 2008: 153.

H. Quaytman），画家；马克·冯谢尔格尔（Mark von Schlegell），作家。

苏珊·豪多才多艺，曾经在都柏林当演员和导演助理，受聘于都伯林盖特剧院。她不但绘画，而且当过电台节目监制人。从1989年起，她在布法罗大学教英语，直至2006年退休。退休以后，曾先后被斯坦福大学人文学院、普林斯顿大学、芝加哥大学、犹他州立大学和卫斯理大学等高校聘为特聘研究员。在1974～2000年之间，发表诗集20本。除两次获美国图书奖、古根海姆学术奖和手推车奖外，2009年，她获柏林奖研究金（Berlin Prize fellowship），去柏林美国学院，被聘为安娜－玛丽亚·科伦研究员（Anna-Maria Kellen Fellow）；2011年，获博林根诗歌奖（Bollingen Prize in American Poetry）。

第五节　林·赫京尼恩（Lyn Hejinian，1941—　）

和伯恩斯坦、苏珊·豪一样，林·赫京尼恩也是获得美国主流诗坛承认的著名语言诗人。她被美国诗人学会授予第66届创作生涯中期杰出诗歌成就奖。2007年，她又当选为美国诗人学会常务理事。在语言诗运动初期，她和西利曼是旧金山湾区语言诗人群的顶梁柱。她全力投身于语言诗创作运动，语言诗的艺术技巧始终贯穿在她的作品里。格特鲁德·斯泰因的审美趣味和文学理论对她风格的建立和发展起着至关重要的影响。

她开创性的著作《我的生活》（*My Life*, 1980, 1987），1980年的第一版38章，每章38行（句），1987年的第二版45章，每章45行（句）。1980～2002年，再版五次。它既被作者本人列为小说，又被评论家们看作是“自传”长诗。约瑟夫·康特（Joseph Conte）教授把它归类为“粗线条文本”长诗。所谓“粗线条文本”，是指利用拼贴文本、语法断裂、打破正常逻辑、引喻密集等方法，扩散和扭曲长诗中语言的正常排列。他认为庞德的《诗章》（1972）、查尔斯·奥尔森的《麦克西莫斯诗抄》（1975）、罗纳德·约翰逊（Ronald Johnson, 1935—1998）的《方舟》（*Ark*, 1996）和约翰·凯奇的《主题与变奏》（*Themes and Variations*, 1982）等都是“粗线条文本”，因此他的结论是：林·赫京尼恩的《我的生活》可以与上述著名长诗媲美。[①] 我们现在来读一读这似诗非诗、似小说非小说、似传记非

① Joseph Conte. “The Smooth and the Striated: Compositional Texture in the Modern Long Poem.” *Modern Language Studies* 27 (Spring 1997).

传记的一个章节《镶着彩带的名字》（“A name trimmed with colored ribbons”）前面部分：

> **镶着** 他们坐在荫处，剥着玉米和豌豆。地面上坐落着一座座木屋。我想找到一直在
>
> **彩带的** 剥玉米和豌豆的现场。一粒粒粉红色、玫瑰色的粒子。他们大汗淋漓，浑
>
> **名字** 身湿透，好像蹚在盐水里。窗外的树叶干扰视线，要求人们盯视它们，仔细端详它们，不可能透过它们，看到里面的情景，虽然枝叶之间有一个个空隙，这些空隙依然好像是无用的舷窗——这空隙好像是在水下看一片黑暗的大海，从屋外朝屋里看同这个情形差不多。有时能看到一点儿屋里朦胧的形象，但是在其他的时间里，只见到可怕的样子，一些形状令人眼花缭乱。当我站在桥上俯瞰海湾时，在逐渐暗淡的光线和西天扣人心弦的亮光的衬托下，碗状的桥影散落水面上，我决心坚持观看，直至晚景变成一片蓝色。每片果冻形状被塑成一只只微型的菜碟，形状各异，闪耀着颤抖的橙黄色，否则都一样。我被诱使察看水上的夕阳，大海反映着愈来愈蓝的天空。一只纸帽漂浮在浪头上。橙色和灰色的昆虫连在一起交配，但面对相反的方向，它们这时匍匐前进等于做无用功。这只是意味着想象中的躁动不安超过了肉体……

语言诗通常倾向于反自白，反直写现实，但是，我们在这里看到，林·赫京尼恩并不排斥自白和客观描述。她常常采用她称之为“新句子”的形式，即诗与散文没有明确界限的散文诗句式。她拒绝运用通常用透明的语言写自传的惯例，而是通过多种方式叙述，写诗或写散文。像其他语言诗人一样，她有意使诗歌具有不定性，有意与传统艺术形式唱反调。她这种做法源于她提倡的“开放性文本”。她在论文集《探究语言》（*The Language of Inquiry*, 2002）的一篇文章《拒绝封闭式》（“The Rejection of Closure”, 2002）里，对此陈述得很清楚：“开放的文本，是对世界开放，并特别是对读者开放……邀请读者参与，拒绝作家对读者施加的权威。因此，依次类推，这种权威隐含在社会、经济和文化等其他阶层里。”为了引发读者的参与性，她的开放性文本对传统的形式进行了一系列破坏性技术，使读者面对文本带来的种种可能性。林·赫京尼恩提倡的开放式，引起了学术界的关注，例如诗人、诗评家丽莎·塞缪尔（Lisa Samuels）竟然提出，

应当把林·赫京尼恩不按常规写自传的方法列入学术规范。汉克·莱泽尔把《我的生活》看作是80年代最激动人心和最令人感到愉快的著作之一，说她在前卫创作实践之内，设法保留了个人叙述的成分，而个人不再迷恋于也不压缩到紧凑的戏剧性场景和习惯性的描述里。

不过，我们不得不指出，正是林·赫京尼恩的这种开放式艺术手法给文本设置的多种可能性，却增加了一般读者阅读的难度，更不必说增加了译者极大的困难。

如同她的《我的生活》打破小说与诗歌的体裁界限，林·赫京尼恩的《探究语言》又打破了论文与诗歌的体裁界限。她在这部论文集的序言里指出，诗歌理论与诗歌是相互构成，相互变动的。她并且指出，在体验经历的过程中，诗歌语言将一系列最可能放肆的逻辑调动起来，特别是利用众多逻辑在语言里发挥作用的优势，其中一些形成语法，一些形成声音链，一些形成隐喻、换喻词和讽刺等等。也有非理性的、不可能的逻辑，速度无限的逻辑。所有这些逻辑连接起来，建立联系。实际上，这是逻辑的功能，激励变换出招技巧。她指的众多逻辑不是我们平常所说的一以贯之的逻辑性，她的逻辑是分散的、多方向的思维路线。

林·赫京尼恩出生在旧金山湾区，在东部新英格兰接受教育，27岁时回到西部湾区，开始创作"一种让人难以忘怀而又不可捉摸的抒情诗，诗中的声音虚无缥缈，可以感觉到，却无法辨认"[①]。她的第一本诗集《创作有助于记忆》(*Writing Is an Aid to Memory*, 1978)探究记忆的自白性系统，并对这些系统提出的问题的原样描述所存在的困难进行探讨。1976～1984年，她任团巴出版社编辑；1981～1984年，与巴雷特·沃滕合编《诗学杂志》(*Poetics Journal*)，目前与特拉维斯·奥尔蒂斯（Travis Ortiz）合作主持阿特洛斯文艺出版社。她还和画家、音乐家和电影制片人合作了不少项目。在1976～2009年，发表包括与别人合作的诗集27本。她的作品被翻译成多种外文，在法国、西班牙、日本、意大利、俄罗斯、瑞典和芬兰出版。获加州艺术委员会、诗歌基金会和古根海姆基金会以及国家艺术基金会颁发的各种诗歌奖以及翻译奖，并在1989年获得列宁格勒文学组织"诗学功能"颁发的独立文学奖。她现在加州大学伯克利分校教授诗学，应邀到欧洲讲学。现和作曲家、音乐家丈夫拉里·奥克斯（Larry Ochs）生活在伯克利。

值得特别一提的是，林·赫京尼恩与俄罗斯诗人的频繁接触，深刻地

---

① Paul Christensen. "Lyn Hejinian." *Contemporary Poets*: 406.

影响了她的创作。她与俄罗斯语言诗人阿尔卡季·德拉戈莫斯钦科（Arkadii Dragomoschenko, 1946— ）多年来往密切，翻译了他的诗集《描写》（*Description*, 1990）和《克谢妮娅》（*Xenia*, 1994），并和他合作了一个电影剧本，用英文和俄文同时发表。她还根据普希金的长诗《叶甫盖尼·奥涅金》改编成小说《狩猎：一篇俄国短篇小说》（*Oxata: A Short Russian Novel*, 1991），表现了她对诗歌改成散文形式的浓厚兴趣。

第六节　布鲁斯·安德鲁斯（Bruce Andrews, 1948— ）

从 70 年代早期起，布鲁斯·安德鲁斯开始发表大量语言诗和论述，以他激进的诗学被评论界视为当今最具挑战性的先锋派诗人之一。他与伯恩斯坦主编的《语言诗》杂志，在提倡语言诗歌方面的影响很大，在语言诗发展史上占有显著地位。他的诗歌取自不同来源的一个个小语言单位、成语、短语和单词，如同拼贴画那样拼凑在诗篇里，让人只隐隐约约地感觉到诗中所透露的社会意义，但又很难明确判断。他的诗异常难解读，其难度超过了一般的先锋派诗。如果说先锋派诗很少反语义，至少在语义上能让读者窥见其含意，那么安德鲁斯的诗不仅远离或遮掩了参照的“意义”，而且解构了词语的参照性，使得他的文本难以或者说拒绝解释。我们现在尝试一下收录在他的诗集《十四行诗（幽异恋人）》（*Sonnets (Memento Mori)*, 1980）中的几行诗：

卢梭的一道剪影
漫无目的

不只是这个
我不是
在她的背后预见
我的肺对于棉绒

没有什么问题
印象深刻的是

能使成功的规则

减轻难以
宣布的飞旋

油布的巧手转动“那些
性电视剧并不非常　　吸引我”

幻像的努力
尽可能快

服从
对于生存而言不全有效

在一流小型的三轮摩托车加速器上

（a silhouette for its Rousseau
Aimlessly

　　Not just this
　　I’m not
foresight in her back
　　　　　　　　there’s nothing wrong

of my lungs for lint
impressing

the enabling rules for success

lighten a spinning
　　hard to pronounce

the linoleum’s light hand spirals “those
sex dramas do not terribly　　appeal to me”

　　　　　　ghosted endeavor

as fast

obedience
not the overall cure for survival

on Ace accelerators）[1]

作为一个文体家，安德鲁斯经常在纸片上写短语，然后把它们拼贴起来，这里的诗句就是他的拼贴。他的标题十四行诗完全不是传统的十四行诗，非常随意，不是按照正规音步和押韵安排的十四行，如同美国的一些诗人随意处理日本俳句的固定音节一样。按照弗农·弗雷泽对这节诗的解读，卢梭画了很大的植物，使得动物显得矮小，至于“剪影”，让人产生画廊举行画展的感觉。弗雷泽进一步解释说，“能使成功的规则”似乎是关键诗行，它导致“飞旋”——在某种游戏状态下感到的担心或忧虑；“性电视剧”可能是一句评论，它把诗中叙事者拉回到他所期望的目标上，使它成为“幻像的努力”，“服从”她的意见，个人风格结果失落了，浪费了；“一流小型的三轮摩托车加速器”是残疾人驾驶的车子的一部分，比喻叙述者的无能为力，或者在这个语境里，叙述者作为一个弱势者感到了社会的不良环境。[2] 至于弗雷泽的解读是否符合安德鲁斯的原意，他没有十分把握，因为安德鲁斯在他的著名文章《文本与语境》（“Text and Context”, 1977）的开头说：

语言是中心，是主要原料，是神圣的语料库，是主动力，是它自己分享现实的色感。

不是一个独立的但是一个可分辨的现实。然而，精力投入到哪里？

没有什么可破解。
没有什么可解释。

担当创造文学的集体任务，在话语的脚手架上找不到支撑。在拆除

① 这里的英文文本供懂英文的中国读者参考，笔者不敢说完全传达了原诗的原意。

② 见弗雷泽发送给笔者的电子邮件（2011 年 7 月 29 日）。

脚手架时，我们创建了文学——一种负检索的记录。“无解读性”——这就需要新的读者，并教授新的解读。

安德鲁斯的诗拒绝用任何现成的传统方式解读，要求新的方式思考和对待语言。因此，对于传统读者来说，他的诗的确无解读性，无法破解，如同弗农·弗雷泽所说，（在诗里）发现意义，如同发现美，取决于观赏者的观看。[①] 杰德·拉苏拉（Jed Rasula）则更明白地指出安德鲁斯的艺术特色：

> 像安德鲁斯的这种实验性诗作，抛弃了词语作为语义单位的索引性或指示性功能。在这方面，他的诗显然是反文学的。我们最好把安德鲁斯显示高能量的诗歌与钢琴家塞西尔·泰勒（Cecil Taylor, 1929— ）弹奏自由爵士乐的火爆劲或与抽象表现主义画家保罗·杰克逊·波洛克的颜料泼洒劲相比，而别同其他诗人的作品相比。[②]

克雷格·德沃金（Craig Dworkin）在他为《20 世纪美国诗歌百科全书》（*Encyclopedia of American Poetry: The Twentieth Century*, 2001）撰写的安德鲁斯的词条中介绍说，他最抽象的诗写于 20 世纪 70 年代初期和中期，他这一时期最显著的诗作在语法和主题上脱离词语、音节和音素通常的搭配，常常生造前所未有的字母组合，类似于俄国未来派超理性的革命语言，也类似于极简艺术家卡尔·安德烈（Carl Andre, 1935— ）和雕塑家、装置艺术家维托·汉尼拔·阿孔西的抽象风格。德沃金认为，安德鲁斯早期的诗歌对语言注意的侧重点已经到了语义的边缘，无语言参照性，组成的词汇与通常的语法分离。70 年代末期，他的诗歌组成单位开始包括比较大、比较连贯的短语，嵌入具有对抗和争议的社会话语，这体现在他的诗集《我没有任何纸张，所以闭嘴，或〈社会浪漫主义〉》（*I Don't Have Any Paper So Shut Up (or, Social Romanticism)*, 1987）里。德沃金还认为，比起他早期不按照通常词法写的诗篇来，安德鲁斯这时期的诗歌可读性比较强，不过短语的内容常具挑衅性和冒犯色彩，例如“舔睾丸”“沉掉船民”，诗人用这种不雅短语，不着重该短语的特定内涵，而是扩及这些短语的社会影射性，这些短语的反意与难调和的语境，凸显了语言能够构成各种社会和心理的

---

① 见弗雷泽发送给笔者的电子邮件（2011 年 7 月 26 日）。

② Jed Rasula. “Bruce Andrews.” *Contemporary Poets*: 17.

结构。

安德鲁斯出生在芝加哥，1969 年与埃伦·彭内尔·卢肯斯（Ellen Pennell Lukens）结婚，获约翰斯·霍普金斯大学学士和硕士（1970）以及哈佛大学博士（1975）学位。他毕业后，先后任华盛顿特区国际贸易和投资政策事务委员会总裁行政助理（1970）和国立教育学院计划员顾问（1971）。自 1975 年以来，他在福德姆大学教授政治学，重点关注全球资本主义、美帝国主义、交流政治、阴谋理论、隐蔽政治和秘密政治。作为政治学教授，他站在美国主流范式之外看问题，认为美国政府执行的是压迫和颠覆政策。他的课程采取非正统的政治观点看待政治体制。在纽约市，他还参与了一系列多媒体文艺项目和表演。自从 80 年代中期以来，作为作曲家、声音设计师及现场调音，他担任前卫性萨莉·希尔弗斯舞蹈团（Sally Silvers & Dancers）音乐总监。他的诗歌理论收录在他的论文集《乐园及方法：诗学与实践》（*Paradise & Method: Poetics & Praxis*, 1996）里。从 1973 年开始，他发表了 40 多本诗集，其中多数是自己创作的，也有与别的诗人合作的，其中包括他在新世纪出版的诗集《口头应酬》（*Lip Service*, 2001）。

迄今为止，尽管安德鲁斯没有得到主流诗坛授予的任何大奖，但他一贯不从众的审美观和我行我素的行事作风使他毫不在意这些。他在《行话者在线诗歌杂志》（*The Argotist Online*）上接受丹·托马斯—格拉斯（Dan Thomas-Glass）教授采访时说：“在某种程度上，我不满足于使人容易成名或容易‘得到’的方式，我对变革感兴趣，包括对愿意彻底变革的读者感兴趣。”安德鲁斯为何如此坚定地不走一般作家追求的大众化平坦大道呢？他为此对托马斯—格拉斯坦承：

> 我受布莱希特创作的影响很深，考虑陌生化，也接受了俄国形式主义传统，制造新奇。我认为，作为一个社会和政治工程，这是需要的，总希望有转变。有些情况是这样的：人们面对社会变革存有障碍，这与他们的期待有关，在直接和肤浅的层面上，他们期待的是舒适和熟悉，期待的是引起他们感怀的东西，轻易得到的东西，喜欢的东西。我认为，创作，为了获得任何的社会猛冲力，需要发挥，需要进行彻底的整合，需要捣马蜂窝。所以，如果你想要有一个像催眠曲似的体验，那是你对快乐的衡量，而我做的却显得令人懊恼的困难，但试图具有挑衅性和挑战性，因为一来这是我作为读者所喜欢的，二来在政治上，我觉得需要读者处于运动状态。因此，我的观念是，理想的读者是处于运动状态中的读者。

安德鲁斯提倡的所谓“运动状态中的读者”，他们不按照一般的审美趣味被动地消费提供给他们的传统的大众化作品，而是积极地参与文学作品意义的创造。这也是所有语言诗人的观点。

第七节 罗恩·西利曼（Ron Silliman，1946— ）

作为西海岸主要的多产语言诗人，罗恩·西利曼除了发表大量优秀诗作之外，他主编的大型诗选集《在美国世系里》（1986）集美国语言诗之大成，有力地声援了全美国的语言诗人群。更重要的是，他为语言诗歌理论的建设做出了杰出的贡献。他的体现后先锋派诗学的《新句子》（*The New Sentence*, 1987）被誉为语言诗的经典论著，不但表达了他独到的诗歌理论，反映了语言诗人的自我审视，而且推介了他同时代的语言诗人。

《新句子》初版于1977年，迄今为止，再版11次。诗评家布鲁斯·布恩（Bruce Boone）称赞该论著“既阐明了对语言诗的时代关注，又以巨大的范围向外辐射，继续惠及当代读者”。鉴于其他语言诗人和他本人从事诗歌与散文不分的创作实践，罗恩·西利曼总结出新句子理论。在他看来，一个孤立的新句子本身是普通的，但被放到另一个句子旁边时就起了作用，即使与另一个句子相关性不大，或没有相关性。一个个新句子不从属于一个大的叙事框架，但又不是胡乱堆积在一起。拼在一起的新句子各自的内涵根据各个句子意义之间的分离或连接的程度而得到了加强，读者根据周围的句子来判读这个句子的意义。因此，语言诗的新句子颠覆了传统散文诗的逻辑思维或线性模式。换言之，在西利曼看来，语言诗人更多地采用了句子并置的模式（Parataxis）。熟悉语言诗歌艺术的鲍勃·佩雷尔曼认为，这种思维形式其实很平常，是后现代工业社会日常生活里的主要思维模式。他为此指出：

> 从个人微观领域进入更大范围的连在一起的主观叙述，我们是很难摆脱的——更不必谈日常生活。作为媒体的对象，我们被淹没在强烈的不断爆发的叙述之中：20秒钟心律加快的寿险广告，十个夜晚拨动心弦的电视连续剧，但这些是严格管理的缩影，是财团并列设置出来的。有些语言作家尝试用新句子反其道而用之。①

---

① Bob Perelman. “Parataxis and Narrative: The New Sentence in Theory and Practice.” *American Literature*, Vol.65, No.2, June, 1993.

自1974年以来，西利曼一直从事一项“克恰”（Ketjak）[①]大型诗歌工程，由4本诗集《茅屋时代》（*The Age of Huts*, 1986）[②]、《爪哇式涂蜡器》（*Tjanting*, 1981）[③]、《字母》（*The Alphabet*, 2008）[④] 和《宇宙》（*Universe*, 2005— ）[⑤]构成。《克恰》（*Ketjak*, 1978）还是他的一本单篇长诗集，后来成了《茅屋时代》的第一部分《落日碎屑》（“Sunset Debris”）。诗人在这里运用了他在《新句子》里提倡的“新句子”艺术技巧。有评论家认为，《新句子》把文学“现实主义”与资产阶级的资本主义结合起来，显示两者如何被“新句子”所破坏。西利曼把“新句子”说成是这样的句子，它通过改变句子结构、长度和放置来控制或减少散文所期待的“演绎性”意义。我们现在来看看《落日碎屑》的开头究竟用了什么样破坏文学“现实主义”与资产阶级的资本主义的新句子：

> 你能感觉到吗？疼吗？太容易痛吗？你喜欢吗？你如何喜欢？还可以吗？他在那里吗？他在呼吸吗？是他？在附近？很困难吗？冷吗？称起来重吗？很沉吗？你扛它很远吗？是那些山丘吗？我们是不是在这里下车？哪一个车站？我们到了那里吗？我们需要带毛衣吗？在蓝色与绿色之间，哪里是边界？有来的邮件吗？你来了吗？一定到了吗？你喜欢圆珠笔吗？你知不知道哪种昆虫最像你？是红色的吗？这是你的手吗？想出去吗？吃晚餐怎么样？有多贵？你会说英语吗？他说了吗？这是八角还是茴香？你醉了？是你的咽喉肿痛吗？你能不能告诉哪种是莳萝草，当你看见的话？你闻到焦味吗？你听到振铃声吗？你听到呜咽声、咪咪声、哭泣声吗？我们是不是从这里到达那里呢？有墨渍吗？纸张发黄了，变脆了吗？你喜欢软核？他们在去工作的途中吗？他们的感觉如何？他们吃闭门羹了吗？你悲观吗？你辛苦吗？这就是你住的地方吗？水槽堵塞吗？蟑螂在收音机里筑巢吗？猫饿了，渴了，累了吗？他是否需要有一个导尿管？

---

① “克恰”原出巴厘岛土著又咏叹又跳舞的集体仪式，扮演印度史诗《罗摩衍那》（*Ramayana*）中的战斗场面。

②《茅屋时代》于1974～1980年之间开始创作，1986年首次出版，2007年完成。

③ Tjanting原意：爪哇人的棉布蜡染工具。该诗集1979年开始创作，1981年出版。戴维·亨茨珀格（David W. Huntsperger）认为《爪哇式涂蜡器》“描述了经济差距、后工业化的城市衰落和后工业化的美国的压迫性暴力”。参见David W. Huntsperger. *Procedural Form in Postmodern American Poetry*. New York: Palgrave and Macmillan, 2010: 97.

④《字母》创作于1979～2004年之间，2008年问世。

⑤《宇宙》于2005年开始创作，尚待完成。

是他的父亲吗？你是无线电学校的学生吗？你不怕失败吗？你一直害怕暗杀吗？交通为什么堵塞了呢？为什么蓝褪色成绿呢？为什么我没有回到帕斯科当警察？为什么水在赤道两侧朝不同方向滚滚流失？为什么我的踝关节悸动？为什么我喜欢把指关节扳得啪啪响？

这首诗全长 30 页，从头至尾全是问句，这是西利曼奇想出来的新句子，的确控制或减少了散文所期待的“演绎性”（或三段论法）意义，完全超出了通常的散文或散文诗的范式。考虑到西利曼在 70 年代与犯人和城市贫民一道在非营利组织部门工作的经历，考虑到他作为政治组织者、游说议员者、民族志学者、报纸编辑、发展总监和《社会主义评论》执行主编的丰富经历，我们对他收集的这些问句，在断断续续传达上面一段的信息方面，约略有一个概念。下面是该诗的最后一些问句，思想脉络比较清晰，是对语言诗本身的反思：

你能听见你在阅读时的思考吗？你听见你的思考有时是不是压过了阅读？你有一天只是出海游泳，无限制地朝外游，有一个模糊的终极目标吗？从夏天延续到夏天的一首诗是什么样子？在你的心中，天空是否有边？你到了并经历了那个阶段吗？是什么让你在这里？话语从何而来？如果我们耗尽了话语的意义，只是为了看看留下什么，会怎样？如果我们说我们已经做了这件事情，会怎样？你能不能给一个“是”还是“不是”的答案？你能用短短几句话说清楚吗？如何全用这种语言（英语）表达依然有大得无边无际的我们无以名状的东西，即使我们感到它是我们所看到的？话语被困在笔中吗？只是在等待？话语会像射精那样地喷发到我们的嘴巴里吗？你能品尝吗？你能感觉得到吗？是什么样子？

我们看到玛乔里·珀洛夫教授在她的专著《维特根斯坦的梯子：诗歌语言和日常的陌生性》（*Wittgenstein's Ladder: Poetic Language and the Strangeness of the Ordinary*, 1996）里，夸奖西利曼的《落日碎屑》说：“到目前为止，我可以告诉大家的是，《落日碎屑》大约有 3000 个问句，没有一句重复，除了倒数第二句：‘你能感觉得到吗？’它把我们拉回到开头。西利曼的散文诗是一篇非凡的力作：它取用普通的语言和日常活动——吃饭、工作、说话、做爱——通过看似简单的修辞手段，把陈述句变成了问句，创建了一个口头的感情旋涡，当读者变得越来越迷失方向时，它变得越来越容易引起争论。”1985年，西利曼在接受汤姆·贝克特（Tom Beckett）采访时谈到创作《落日碎屑》的动机，说：

> 我写《落日碎屑》的想法，是探讨作者和读者之间的社会契约。因为发送方和接收方不存在于真空之中，任何交流涉及了一个关系，一个始终有力的重要方面。写作像在其他地方一样，这种关系是不对称的——总是作者说话。读者可以合上书，或者有意识地拒绝它的论题，但在实际上的反应通常并不存在。正如登广告的人几十年来所知，消费信息的过程是顺从的行动。阅读了这些话语是为了获得这些想法，这些不是你自己的想法。
>
> 也许这就是写作的阴影的一面，但它是我早就强烈地感觉到并认为有必要探索的一面。写作中的这种主观互证的方面与其他地方同样的现象紧密一致，这无疑解释了为什么写作能感觉到极其亲密和色感。写作是性交。阅读是被性交。双方都有乐趣，但不一样。正是这种主观互证的方面引起我把这么多明显的性语言放进了《落日碎屑》里。这不是性引起我感兴趣，但是性与写作共同的方面使我感兴趣。

西利曼还告诉汤姆·贝克特说，迈克尔·沃尔塔奇（Michael Waltuch）和艾伦·戴维斯创作了回答《落日碎屑》每一个问题的“答案”文本。西利曼认为，总体而言，《落日碎屑》不比其他任何作品“粗暴”，相反，它只是提请注意那种存在的情况的少数几个作品之一。1982年，西利曼在新学院朗诵这首诗时，惊奇地发觉它的调子很轻松，不是他以前记得的那样暗淡。杰德·拉苏拉认为，西利曼“耐心地提出这种聪敏的问题，继续贯穿在西利曼到目前为止的整个作品里，使他的诗歌成为目前最‘人性化’的文学乌托邦”[1]。

罗恩·西利曼出生在华盛顿帕斯科，先后在梅里特学院（1965，1969—1972）、旧金山州立学院（1966—1969）和加州大学伯克利分校（1969—1971）攻读。1965年，与罗谢尔·纳梅洛夫（Rochelle Nameroff）结婚，1972年离婚；1986年，与克里希纳·埃文斯（Krishna Evans）结婚。他在伯克利分校高年级期间，拒绝服兵役而离开了学校。在上大学期间，西利曼的诗在多家主流杂志上发表，其中包括《诗刊》《三季刊》（*TriQuarterly*）、《西北诗歌》和《南方评论》。他在出版第一本诗集《乌鸦》（*Crow*, 1971）

---

① Jed Rasula. “Ron Silliman.” *Contemporary Poets*: 898.

时，已经在旧金山湾区初露头角，不久就成了西海岸语言诗的创建人之一。在旧金山州立大学、加州大学圣迭戈分校和新加州学院教书之后，西利曼担任数年加利福尼亚整合研究学院发展部主任，后来任《社会主义评论》（*The Socialist Review*）执行主编，这是一份60年代创刊的著名杂志。在旧金山期间，西利曼曾为许多社区委员会服务，其中包括1980年人口普查监督委员会、旧金山消防局纵火专责小组和本地拘留设施卫生条件国务院专责小组。

在旧金山湾区生活了40多年之后，西利曼于1995年和妻子克里希纳以及两个儿子移居宾夕法尼亚州切斯特县。他现在在这里作为计算机行业市场分析师工作。在1968～2008年之间，西利曼发表了27本诗集，获皮尤艺术奖（1998）、宾夕法尼亚州艺术委员会艺术奖（2002）、国家艺术基金会文学奖（2003）和诗歌基金会莱文森奖（2010）。作为收录在《艾迪生街文集：伯克利人行道》（*The Addison Street Anthology: Berkeley's Poetry Walk*, 2004）[①]里的诗人之一，他的名字被刻在人行道的标牌上。2002年，西利曼建立诗歌理论和诗歌评论博客。它是美国诗歌领域里最早的博客之一，在短短的三年之内，接受了访客达50万人次。2006年，他为此被评为博客圈桂冠诗人。他的诗被译成12国文字，并且两次被收进戴维·莱曼主编的《美国最佳诗选》里。

第八节　汉克·雷泽尔（Hank Lazer，1950—　）

汉克·雷泽尔是一位双肩挑的诗人，既担任阿拉巴马大学助理副校长，管理行政，又任该校英文教授，教书育人；既从事诗歌创作，又搞诗歌理论研究和诗歌评论。他具有开拓性的两卷本论文集《对立的诗歌卷一：问题和机构》（*Opposing Poetries: Volume One—Issues and Institutions*, 1996）和《对立的诗歌卷二：解读》（*Opposing Poetries: Volume Two—Readings*, 1996）在阐述诗歌理论和评论诗歌方面特别明晰、犀利。当他勾勒现当代美国诗歌景观时，他坦承对语言诗的偏爱，说："请读者诸君注意，你们一开头就须知道：我主要是被创新性或实验性诗歌所吸引。"[②]

1977年，雷泽尔到阿拉巴马大学任教和参与行政管理之后，在起初几

① 该文集由桂冠诗人罗伯特·哈斯和诗人杰西卡·费舍尔（Jessica Fisher）主编。

② Hank Lazer. "The People's Poetry." *Boston Review*, April/May 2004.

年，通过写信和访问，与诗人朋友建立联系。70年代晚期，他幸遇戴维·伊格内托夫（1914—1997），后者指导他阅读乔治·奥本的作品，使他受益匪浅。雷泽尔认为，结识这位老诗人对他的创作生涯至关重要。确实，对雷泽尔创作的评价之深中肯綮，莫过于伊格内托夫。伊氏在评介雷泽尔的诗集《双重空间：1971～1989年诗选》（*Doublespace: Poems 1971-1989*, 1992）时指出，它是弥合语言诗与传统自由诗之间鸿沟的一个绝好的尝试。老诗人认为，自由诗的重要原则之一是用训练有素的说话方式传达情感，而语言诗则违背这一原则，它的诗行表面上在自由诗读者看来却很神秘，还说"雷泽尔站在这两个对立物之间，好像是大力神赫耳枯勒斯，肩扛两者，寻求接触双方的可能性，希望创造两者能接近的语言"[①]。这只是这位以擅长写传统自由诗著称的老诗人良好的愿望，对坚定的语言诗人来说，这是不可能的。

不过，我们不妨把伊格内托夫这番评论看作是雷泽尔诗歌风格转变时期的写照。他是写传统自由诗起步的，他的处子诗集《嘴对嘴》（*Mouth to Mouth*, 1977）叙事性强，句子相当短，往往跨行。《双重空间：1971～1989年诗选》则收进了他早期的自由诗和后来逐渐演变的语言诗。该诗集的封面并列的两幅画——一幅是现实主义画，另一幅则是变形的超现实主义画，把空间分成了两半，这两半代表了当代诗歌的两级，恰好表明了诗人在这个时期的审美情趣：试图尝试穿越这两半不同的艺术空间。该诗集的编码也说明了诗人煞费苦心，分两部分，从首页卷一传统自由诗部分顺次翻阅，所选录的是他的传统自由诗篇；从最后一页卷二语言诗部分反过来翻阅，则是他的试验性强的语言诗篇。这正是该诗集"双重空间"的来历。其实，我们常人何尝不是生活在这双重空间里？我们现在来欣赏他的一首传统自由诗《杜鹃花》（"Azaleas"）：

> 走出屋外，需要穿一件
> 温暖湿润的法兰绒衬衫。
> 粉色和红色的杜鹃花朵
> 灿烂如火地簇拥在
> 每株杜鹃的枝头上，
> 仿佛是光环笼罩我的身体。
> 这两株粉红色和两株红色

---

① 见《双重空间：1971年～1989年诗选》背页上伊格内托夫的书评。

杜鹃花争先朝向屋子，
彷如一排拖船拉着
满载的货物向前拥挤。
我凝望窗外，
最后打开了门。
杜鹃花极尽全力
朝前开足色彩浓郁的
引擎。

诗人的高明之处，不仅仅停留在对美丽杜鹃花的静景的描写上，而是写出了花给人产生的动感，最后以通感手法作结束：颜色浓郁得发出轰隆轰隆的机器声来！我们现在来读该诗集卷二语言诗部分里的一首短诗《作品 20》（“Compositions 20”）：

走了两步，迅速超过他，挡住
丰富的内心生活创新的生活你生活中的山脊一个丰富的生活

Took two steps, blew past him and jammend it
A rich inner life original life a ridge in your life a rich life

主语是谁？没有交代。其格调完全异于第一部分的传统自由诗。这部分的其余诗篇均有类似令人费解的难度。

在《双重空间：1971～1989 年诗选》出版的同年，雷泽尔发表了《中断/侵入》（*INTER(IR)RUPTIONS*, 1992）。这是一本十首拼贴诗组成的诗集，诗里混合了大量不同的素材，其中包括打棒球、批评理论、时装及室内设计、神经生理学研究等。四年之后，他发表的《十分之三》（*3 of 10*, 1996）被玛乔里·珀洛夫誉为是雷泽尔“华美的表演”的诗集。他的诗集《日子》（*Days*, 2002）被林·赫京尼恩称为“充满欢乐的书”。雷·阿曼特罗特说《日子》是一本日记簿，记录了家庭的乐趣和压力，也加了许多拼贴，把格特鲁德·斯泰因、庞德、拉里·艾格纳、普拉斯等诗坛前贤的话插进去，使得平时熟悉的话语变新了。作为日记体的诗集，《日子》记录了诗人一年零一天的生活体验，诗人的初衷是一天一首诗，每首诗局限于十行，据诗人透露，虽然这是他一年的写作计划，但他没有坚持每天写一首，在这一年之中，有时一首也没写，有时多写几首。但它不是通常的生活日记，更多的是他读书心得的反刍，通过模仿、引用、附和、旁韵和直呼等艺术手段，对文学先贤和同行们进行了巧妙的回应。据雷泽尔本人透露，文学先贤除了阿曼特罗特提到的四个之外，他还提到梭罗、狄更生、弗罗斯特、里尔克、凯鲁亚克、朱科夫斯基、邓肯、乔治·奥本、克里利、伊格内托夫；同时提到语言诗人林·赫京尼恩、苏珊·豪、克拉克·库利奇、杰克逊·麦克洛和西利曼；提到诗人约翰·塔加特、杰克·贝里（Jake Berry, 1978— ）、杰克·弗利、黑人诗人纳撒尼尔·麦基（Nathaniel Mackey, 1947— ）和哈丽耶特·马伦以及加拿大诗人 B. P.尼科尔；提到作曲家卢·哈里森（Lou Harrison, 1917—2003）和塞洛尼斯·孟克（Thelonious Monk, 1917—1982）；甚至提到他的学生黄运特和他在苏州见过的诗人车前子。雷泽尔在这本诗集里简直是掉书袋！如果不熟悉以上一大批被他引用的诗人、作曲家及其作品，对一般的读者来说，要充分欣赏《日子》显然是十分困难的，因为他在诗中引用的这些人绝大多数没有加脚注或旁注。即使少数地方加了旁注也是影影绰绰。例如，第 105 首的开头四行写的是拉里·艾格纳：

> 从童年你记得
> 　　不连贯
> 他的声音斩钉截铁，
> 仿佛它重很要

众所周知，艾格纳患小儿麻痹症而瘫痪，说话只能断断续续冒出几个单词。诗里表达的是指他的记忆不连贯还是讲话不连贯？诗中没有交代。第一、二行，用的是第二人称，显然是直指艾格纳，第三、四行转变成第三人称，指艾格纳还是他的父亲？不明确。因为后面又出现了“她”，似乎是指他的母亲，情节跳动快的是，又冒出“你的儿子”或“你们的儿子”（your son），仿佛这是直指他的母亲或父母。艾格纳从没有结婚，当然这个时候的第二人称显然不是指艾格纳。在这四行诗里，人称就这么快速地跳来跳去，打破了人称保持一致的传统语法。在这本诗集里，唯有第 48 首的行文最连贯：

> 谁去天堂
> 没有人
> 谁去地狱

没有人
大家都在这里
只是
有一会儿——
放一部电影，许多
思想政治
工作和消费

只有这一首诗比较明朗，让读者还能顺顺当当地读下来。《日子》恰恰集中反映了诗人在1977～1992年之间，从早期可以辨认的传统诗歌到实验性更强的诗艺的明显转移。他获2004年英国前锋诗歌奖（Forward Poetry Prize）提名的新诗集《挽歌及假期》（*Elegies & Vacations*, 2004）基本上延续了《日子》的语言诗风格，但偶尔出现类似于传统自由诗的箴言式短诗，例如《钻石头》（"Diamond Head"）[1] 一诗中的两则箴言：

滑溜的科纳咖啡
清晨
大脑的食物
　　——写于1999年6月3日

在现近没有
新的动物被驯化
在这方面
我们的选择力
和疏导不比
一万年以前好
　　——写于1999年6月9日

如此晓畅的诗行在语言诗里实属罕见。雷泽尔在新世纪继续他前卫诗歌的创作，又如，他的诗集《新精神》（*The New Spirit*, 2005）没有目录，只收录了四首长诗《祈祷》（"Prayer"）、《祈求》（"Invocation"）、《向南方忏悔》（"Teshuvah: Heading South"）和《倾向》（"Leaning Toward"），诗行

① 位于夏威夷中部。

的字句之间全是断断续续。评论界认为雷泽尔在他的这本诗集里，复原和利用了创新性诗歌的精神传统——爱默生、梭罗和狄更生留下的传统，罗伯特·邓肯、罗纳德·约翰逊和约翰·塔加特在创作中继续的传统，用新的表达法，探索精神诗歌的种种可能性。杰罗姆·罗滕伯格说这本诗集"像一大本祈祷书：通过语言寻求解答的危机——祈求和默念——让它本身和他说出来"[①]。非裔美国女诗人哈丽耶特·马伦把该诗集看成是"雷泽尔把灵魂及其颂歌返回其最高的愿望"[②]。

雷泽尔的小开本诗集《部分》(*Portions*, 2009）的标题，根据诗人本人的原意，是取意于《摩西五经》。[③] 按照犹太年历，把《摩西五经》分为54 部分（有些部分可以合并或分拆，视该年有多少安息日而定）。[④] 这本诗集在艺术形式的建构上，作者可谓煞费苦心。全集分三部分，第一部分"早"18 首，第二部分"中间"36 首，第三部分"结尾"18 首，每首诗18 行，分6 节，每节3 行，总字数限定在54 个字。他自我设定的形式之严格，不亚于中国的律诗。诗人在后记里告诉我们，这是他发表《新精神》以来的下一个创作阶段，他花了18 个月的时间，才找到和确定这本诗集的艺术形式。他还说，在创作这本诗集的几年之中，他家旁的双份命运洗礼会教堂和他听到的福音音乐《耶稣是我的命运》给他带来启发。尤其当他读到马克一阿兰·奥克宁（Marc-Alain Ouaknin）的《烧毁的书：读〈塔木德〉》（*The Burnt Book: Reading the Talmud*）时，了解到《圣经》文本原来没有标点符号，只留空白，表示断句，受到很大启发。

雷泽尔近年来自称是犹太教、佛教不可知论者。他对探索犹太教文学和禅宗诗特别感兴趣。2011 年，他在接受诗人丽莎·拉斯·斯帕尔（Lisa Russ Spaar）采访时坦承，他越来越多地投入到探索精神体验和表达的新模式里，具体体现在他的诗集《新精神》和《部分》以及论文集《抒情与精神：论文选》（*Lyric & Spirit: Selected Essays, 1996-2008*, 2008）里。

雷泽尔出生在加利福尼亚州圣何塞市。获斯坦福大学学士（1971）、弗吉尼亚大学硕士（1973）和博士（1976）学位。1979 年，与简·邓肯（Jane Duncan）结婚，生一女一子：朱莉·厄恩哈特（Julie Earnhart）和艾伦·雷

---

① 见该诗集封底罗滕伯格的评语。

② 见该诗集封底哈丽耶特·马伦的评语。

③ 见汉克 2011 年 9 月 27 日发送给笔者的电子邮件。

④ 犹太人的这个传统可以追溯到公元前 6 世纪，在以斯拉的带领下，犹太人每星期三次读经集会，自那时或更早之前，《摩西五经》已按星期而被分为部分（参看《尼希米记》8 章）。现今有以三年和一年为一个循环将《摩西五经》分为部分，但比较流行的是一年的分部。耶稣时期的会堂聚会也遵从这《摩西五经》分部的传统。

泽尔（Alan Lazer）。自 1977 年以来，他一直任阿拉巴马大学英语教授；1991～1997 年，任人文和现代艺术学院院长助理；1997～2006 年，任本科课程和服务副校长助理；自 2006 年以来，任学术副教务长。

他除了在美国各地作巡回朗诵之外，还应邀到中国、加那利群岛、西班牙、加拿大、墨西哥和法国作诗歌朗诵和学术讲座。他的诗歌与论文已经被译成法文、西班牙文、意大利文、塞尔维亚文和中文。他还与爵士音乐家汤姆·沃尔夫（Tom Wolfe）和克里斯·科扎克（Chris Kozak）合作演奏爵士乐和诗歌即兴作品，与室外艺术家帕克（Pak）合作诗与画结合系列作品。他目前正在与动画艺术家珍妮安·迪尔（Janeann Dill）合作诗歌视频安装工程。

他的创新性诗歌、新模式抒情诗和禅宗诗评论发表在《波士顿评论》《夹克》《美国诗歌评论》和《护符》等多家杂志上。到《部分》（2009）面世为止，他一共出版了 15 部诗集。获《弗吉尼亚季刊评论》颁发的埃米莉·克拉克·鲍尔奇诗歌奖（Emily Clark Balch Prize for Poetry, 2003）。他的《新精神》（2005）获 2005 年普利策奖提名。

第九节　詹姆斯·谢里（James Sherry，1946—　）

作为纽约语言诗人群元老之一，谢里不但写诗，而且更重要的是，主编《屋顶杂志》（*Roof Magazine*）和屋顶丛书，建立赛格瑞基金会（Segue Foundation），以强有力的实际行动，支持语言诗的发展。布鲁斯·安德鲁斯和查尔斯·伯恩斯坦主编的《语言》杂志就是通过他的小出版社发行的。他的屋顶丛书至今出版了 100 多本诗集和论文集，有 70 本书仍在再版。每星期六下午，在纽约包厘街诗社，他领导的赛格瑞基金会主办包厘街赛格瑞实验诗系列朗诵会，已经连续进行了 25 年。

我们现在来阅读他的诗篇《法国号演奏速写：赠鲍勃·罗杰》（“Drawing: for Bob Routch”）：

一

手指在肚皮上颤动
在这圆鼓鼓的肚子上潜伏着一条条缠绕着的铜
一条条龙卷起你的大腿
当你坐在两个穿大衣的

壮汉之间，播着
你弯起的小腿和
环形的泄殖腔和吐出的曲调。

二
与和风一起呼喊，在卷曲的颈脊上鼓起你的嘴巴。
使汉子们战争，少女们婚嫁，猎狗们追猎
一切通过合金、海螺和兽角，使船只紧靠大海。
虽然满天乌云和疲敝使你惊恐，但你的情绪
将不会低落，你闪耀的旗帜猎猎作响。

三
从嘴巴
呼送出来的是什么？
通过两肘泛光灯灯光，
凭键登上
　　　弯弯曲曲的路
　　到轻轻抚弄的手
　　到号筒和耳朵？
呼送出来的是什么？
　　　是猫舔着黑色的水潭
　　　是乐声发泄出来
慢慢向上传开
　　　用一连串圆润的音调
　　　通过响板和快板，
　　　甚至到达平静的休止？

这是谢里写给林肯中心室内乐协会会员、世界最佳法国号吹奏家鲍勃·罗杰（Bob Routch）的一首诗。1992年，笔者翻译这首诗时，诗人来信解释说，他的这首诗是赞颂鲍勃·罗杰吹奏法国号精湛技巧的三个乐章。第一乐章，即第一节诗，描写法国号形体、吹奏出来的乐声和意象；第二乐章，即第二节，描写法国号吹奏时给听众带来的心理感受，诗中的“合金”是指法国号，也指社会成分的混合体；第三乐章，即第三节诗，把音乐拟人化，用“意图谬误”（intentional fallacy）的手法来描写无生命的物体，使其变成作者主观的意图。他说：呼吸在音乐中的作用是什么？这与整个身体、舞台和灯光息息相关；呼气从嘴巴传到两肘，传到泛光灯灯光，灯光反映在法国号金属体上，好像一颗颗星星；当音阶逐渐加高时，呼气加大，通过曲曲折折的路线，到达塞进号筒的手，再到达我们的耳朵；呼气也造成了一幅黄昏景色，一只猫正舔饮一潭水，由于天色逐渐变黑，水也逐渐变黑；当我们的眼睛向上看时，只见太阳的余晖逐渐变淡，悠扬的音乐在我们的骨子里颤抖着；我们倾听着法国号快速嘹亮的韵律，直至结束。

诗人善于巧思，他在这首诗里同时想表达另外一层隐含的意思：一个女人坐在两个胖男人之间，这两个男子想与她性交。吹奏法国号怎么同男子性心理混淆在一起呢？这就是谢里所说的有意图的谬误。他为此说："混淆是认识领域里的一个好去处……混淆是一种启发式艺术方法。如果你看着混淆你视听的东西，它会教你去看你被混淆的原因，不论何时当你感到混淆而不是不加内省去行动时，它帮助你细辨。"① 除了这层混淆的意思之外，即使不经过作者详细解释，读者如果从这首诗的标题和一些诗行来判断，对该诗要传达的信息也许会有一个大概的了解。可是，读懂谢里的短诗《校平器》（"Leveller"）就要大费周折了，我们来看看它到底难在哪里。

这	说明
是	它
"如何"	是
示范	什么
方法	从运动中
结构	确定

这首诗里的每个单词我们都很熟悉，可是经过诗人如此打散的排列，就不知道它究竟表达的是什么意思。作者解释说，这是两个人同时朗诵的一首诗，甲朗诵左边"这是'如何'示范"，乙则同时朗诵右边"说明它是什么"；乙朗诵右边"从运动中确定"，甲则同时朗诵右边"方法结构"。这首诗的形式表明：像西利曼煞费苦心，通篇设计《落日碎屑》问句一样，谢里在语言的开发上，也挖空心思，下足了功夫，使它同时在书面上产生了有趣的视觉效果。他对语言诗的界定是："诗以语言为内容，技巧是实

① 张子清.《反传统美学的语言诗——美国语言诗人詹姆斯·谢里访谈录》：132.

质，扩展使用语言的可能性。”[1] 他为此进一步阐释说：“我是一个观念化作家，我用从其他各学科获得的成套成套的思想构建作品。我的作品是一个合成品，其审美趣味异于那种作诗须保持浑然一体的美，而是必须保持纯粹、完整的审美标准，保持它在实践的水平上的独特性。”[2]

谢里的诗学和其他语言诗人一样，言语既是诗的素材、表现手段，又是诗的终极目的，迥异于美国主流诗学，也完全与体现中国基本诗学的“诗言志”不同。这就是为什么谢里作为一个出版家，为造就更多的语言诗读者而几十年如一日地投身于出版事业。他在接受年轻诗人法努什·法特希（Farnoosh Fathi, 1981— ）采访时表明了他的态度：“我想确保新的年轻读者读这种诗（语言诗），确保继续教语言诗，扩大读者群，这样才有希望使我们不是模仿语言诗而是延伸和发展语言诗。”[3] 他对此阐释他出版语言诗的理念：

> 在编辑和出版别人的作品方面，我并不刻意寻找“最好的”作品。诗歌不是竞赛。作品的质量存在于短语里、组诗里和诗篇与其所指意义之间的联系里。诗歌质量很少取决于诗集的规模。寻找“最好的”诗集对我来说不是首要的。虽然完美的封闭艺术形式富有吸引力，但它太依赖于与美的联系。所以，作为一个编辑和出版者，我寻找种种意义延伸的关联。诗歌的活力来自何处？什么是今年最富激发性和意义深远的诗歌典范？什么是今年用独特模式写的诗？什么是今年在某个特别领域里写出来的诗？凡此种种，我都想出版。诗歌的永恒生命力来自它的关联性。试图写一首旨在永恒美的诗篇肯定会泯灭于遗忘之中。[4]

难怪长期同他合作出版的语言诗人有一大批，[5] 这对营造语言诗的环境极为重要，因为他认为：创作环境包括诗人及其朋友、同伙、帮助他们在大众中露面的出版社、把诗与社会其他方面联系起来的批评家和读者。[6]

---

① Farnoosh Fathi. “James Sherry with Farnoosh Fathi.” *The Brooklyn Rail*, OCT 2004.

② 张子清.《反传统美学的语言诗——美国语言诗人詹姆斯·谢里访谈录》：130.

③ Farnoosh Fathi. “James Sherry with Farnoosh Fathi.”

④ 张子清.《反传统美学的语言诗——美国语言诗人詹姆斯·谢里访谈录》：130-131.

⑤ 例如，谢里出版的诗人包括查尔斯·伯恩斯坦、罗恩·西利曼、巴雷特·沃滕、林·赫京尼恩、苏珊·豪、布鲁斯·安德鲁斯、鲍勃·佩雷尔曼、基特·鲁宾逊、汉娜·韦纳、杰克逊·麦克洛和罗伯特·格雷尼尔等。出处同上。

⑥ 张子清.《反传统美学的语言诗——美国语言诗人詹姆斯·谢里访谈录》：130-131.

1993 年 5 月，谢里和汉克・雷泽尔在黄运特的陪同下，在成都、北京、南京和苏州等四个城市作巡回诗歌朗诵，并与当地诗人座谈。他们来中国之前，笔者与当时还跟从雷泽尔教授读硕士学位的黄运特选译了中英对照本《美国语言派诗选》（1993），书中除选了他们两人的诗篇外，还选译了查尔斯・伯恩斯坦的诗篇，他当时因事，没有来中国。在中国青年诗人之中，谢里特别欣赏朱君、车前子和邓海南。他说，邓海南颖悟力高；车前子“训练有素、自由表达的能力在美国这里也是无与伦比的。他的作品真正富于创建”；欣赏朱君“专注于形式的操作是对上一代以内容为中心的写作的重要背离”[①]。他们的到访，对中国的一些前卫诗人产生了深刻的影响。

谢里出生在费城，毕业于里德学院（1968），1976 年开始创办《屋顶杂志》，1977 年创立赛格瑞基金会。当了数年自由撰稿人之后，他在 1980 年开始在技术部门工作，现任 IBM 软件集团金融市场行业专家。至今发表了 10 部诗歌与评论集，其中包括《合唱歌曲》（*Part Song*, 1978）、《交谈》（*Converse*, 1983）和《我们的核遗产》（*Our Nuclear Heritage*, 1991）等诗集。他现与妻子托马斯・德博拉（Thomas Deborah）——月刊《号外!》（*Extra!*）出版人以及他们的儿子本・谢里（Ben Sherry）住在纽约。

第十节 基特・罗宾逊（Kit Robinson，1949— ）

基特・罗宾逊是加州海湾地区文学复兴和语言诗运动的核心成员之一。70 年代和 80 年代，他作为旧金山诗人群的早期语言诗人，在诗歌界非常活跃，常在旧金山诗人剧院参加诗歌朗诵表演，并在拉丁舞蹈乐队“巴伊亚之子”（Bahia Son）里担任六弦古巴吉他手。他作为自由撰稿人在语言诗界首次亮相，是通过他 1974 年创办的一次性杂志《街道与道路》（*Streets and Roads*），它收录了巴雷特・沃滕、艾伦・伯恩海默（Alan Bernheimer, 1948— ）、鲍勃・佩雷尔曼、史蒂夫・本森和卡拉・哈里曼以及他本人的诗篇。他的名篇《在美国世系里》（“In the American Tree”, 1977）的标题被罗恩・西利曼用作他主编的大型语言诗选集的标题，并且整首诗被收录在该诗选的首页，由此可见它在语言诗领域里的重要地位。

据基特透露，该诗篇的题目的得来是他从他手边的 W. C. 威廉斯的散

① 张子清.《反传统美学的语言诗——美国语言诗人詹姆斯・谢里访谈录》：133。

文著作《美国性格》（*In the American Grain*, 1925）和罗恩·帕吉德与汤姆·维奇（Tom Veitch）合写的小说《树梢丛中的鹿角》（*Antlers in the Treetops*, 1970）中随机选择单词写在卡片上，然后重新洗牌，把从牌上随机选出来的字拼凑在一起，作为他的标题。[①] 没料到这个语言诗的游戏规则竟产生了这么意料不到的结果！他的这首诗每节 3 行，一共 15 节，我们现在来读它的开头四节：

凛冽的寒风予意志以重负
造成喉咙里升起
一个个干裂的音节。

我们失控时将会是一个另类
在浓密的扬眉中
索性把名片撕碎。

但是，这种风暴雨之门
一旦打开，阻力便消失了
射击之后，你发现所有的枪支
同许多黄油留了下来，

黄油如果没被潜伏在
大门口的老鼠吃掉，
很可能被风吹得满头满面，
你太胆小不敢承认是你的。

我们再读这首诗的最后四节：

现在你能看到一张脸
在小山的斜坡上，
一株株高大的绿树

是它艰辛的面容，

① 见基特 2012 年 11 月 8 日发送给笔者的电子邮件。

一根羽毛漂浮下来
不太被抓得住
现在是春天
女神她自己
感觉到
真的好极了。
空间呈现泡沫的形式
它的限度完全富有伸缩性。

诗人在这里隐隐约约地描述了语言诗人努力突破传统的状况。他的这种表现手法再次演示了语言诗离散性叙事和描述性元素的语法结构被他有意识地打断了。

基特·罗宾逊还善于试验罗恩·西利曼所说的“新句子”。他的散文诗《铜绿》（“Verdigris”, 1985）里明显地采用了新句子模式。它一共五节，我们来读它的第一节：

这广告牌是一个原始形状。人流。门廊的空间点起了灯。灰尘抹污了窗户。灰烬分解进入天空。一只鸟儿沿着屋顶斜面平行飞行。电线以类似的角度悬挂着。进进出出被冻结在新房间里。风居住在街道上。商业完整的想法录在了磁带上。

如果按照传统的散文诗要求，这些句子好像是东一榔头西一拐杖地拼凑在一起，不知所云，可是这描述的恰恰是当代社会的生活状态。这就是新句子所担负的功能。罗恩·西利曼很欣赏基特·罗宾逊的这首散文诗，所以收录在他主编的诗选《在美国世系里》里。

基特·罗宾逊制作了诗歌朗诵系列节目“在美国世系里：诗人们的新作品”，从1979年开始，与林·赫京尼恩合作，每周一次，在伯克利“西海岸太平洋广播电台”进行现场朗诵。同其他初出名的美国诗人喜欢在小酒吧举行诗歌朗诵会一样，他也喜欢在社会底层与听众直接交流，例如，他与汤姆·曼德尔策划塔萨亚拉面包店[①]诗歌朗诵系列。

基特·罗宾逊善于运用口语，机智，诙谐，诗歌形式整齐，行文有节

---

① 坐落在加州洛斯帕德雷斯国家森林塔纳荒野区的塔萨亚拉禅宗山中心（The Tassajara Zen Mountain Center）（亚洲以外的第一禅寺），以素食菜肴著称，同时在旧金山阿什伯里高地（Ashbury Heights）开设塔萨亚拉面包店（Tassajara Bakery）。

制，他为此常运用传统诗歌形式，所谓旧瓶装新酒，例如三行押韵诗（tercet），但不拘泥于押韵，更重要的是，他突破了传统诗的线性思维。例如，他的诗集《渴望》（*The Crave*, 2002）里的两首诗《56行》（"Line 56"）和《结果》（"The Outcome"）体现了这种特色。我们先来读他的《56行》：

嘿，诗歌爱好者！
在这页面上
见到你真好

这白色的空间
今天看起来
很好，对吧？

嘿，我得承认
我不太清楚
我正做的事情

与你们这些伙计
所做的有什么不同
我想，我们让比尔·S.

在你们的英国
电视台讲话
或做类似的事情

即使
我们从没见过面
我们仍然可以相处得很好

我们只是汲取生活
一次写一行诗
回顾过去

从确切的点上

放眼未来
让两者在这个点上相遇

这个移动整数
在零与一之间
摇曳不定

前两节是很明白的俏皮话，可是到了第4节出现“比尔·S.”（Bill S.）时，出现了隐喻。据他透露，这一节的语境实际上是取于他同他任职的公司的一个出版人的谈话，他的公司正要派这个出版人到伦敦的贸易展览上发言，其情景类似于比尔·盖茨可能去发言的情景。

诗的最后一节“这个移动整数/在零与一之间/摇曳不定”更让我们感到不解，诗人对此解释说，明显地反映在诗结尾里的是存在主义焦虑与数码构成的古怪结合。[①] 诗人还告诉笔者说，这首诗的标题是他请《56行》杂志主编吃午饭而驾车通过奥克兰海湾大桥时想出来的，同时又联想到莎士比亚的悲剧《哈姆雷特》第3幕第1场哈姆雷特著名独白第56行“是生还是死，那是个问题”。这些暗喻，是他个人的体验，不经诗人点明，一般读者很难欣赏到他的真意。他对他的这种写作方法解释说：“从日常生活中移出零零星星的语言，然后在诗的框架内重新设定的背景下，对它们进行重新演绎，这是我典型的写作方法。”[②] 具体地说，他善于在一首诗里运用从新闻媒体、工作单位的文件、流行文化、梦想、金融机构、技术行业或社区的日常杂物中得到的素材，在重新设定的语境中，进行重新演绎。

我们再来读一读他的另一首诗《结果》的开头：

当我是音乐家的音乐家时
我便是一名诗人的诗人
然后，一个黑盒

关闭报警系统
根据脚本
此时的结果

① 见基特2012年11月8日发送给笔者的电子邮件。
② 见基特2012年11月8日发送给笔者的电子邮件。

不为大家所知
而我
作为无确定性的教授

同我信赖的
业务合作伙伴合作
栖息在山坡平台上的
一只只鸟儿忍受着
这叉车式升级的
混乱状态

它们唱歌，而我
只盯视着树上的苹果
偶尔盯视其他树上的水果

诗比较长，我们来欣赏一下它的结尾：

这里的盛夏
白天很长
火车声在山间反冲

每一块精神冰块
在我们喝的情感汁水里
用完

话语毫无意义。
电影所吸取的
比我们心中的欲望少

却比你知道的多得多……

诗人把自己看成是“无确定性的教授”，恰好道出了他的诗歌风格：影影绰绰，这样一来，你对他的诗篇可以作不同的解读，如果不经他点明的话。由此可见，语言诗易于产生歧义，因为它既包括了大众同一文化的共同体验，又隐藏了个人独特的体验。例如，基特的诗选集《弥赛亚树：1976～2003年诗选》(*The Messianic Trees: Selected Poems, 1976-2003*, 2008)的标题“弥赛亚树”，我们不能从字面上去理解。曾经采访过他的女诗人劳拉·欣顿（Laura Hinton）曾就他的这本诗选作评论说：

> 弥赛亚树不是树。它是以系列诗的形式，对湾区语言诗人集体实验交织在一起的一个密集采样。如同基特·鲁宾逊所说，他的诗作告诉读者的不仅是语言的抽象和语言的结构基础，而且是“经验”和“梦幻”的“程式”(modalities)。纵观他作为诗人的创作生涯，从他的第一本诗集起，基特·罗宾逊就采用了这些“程式”，不仅作为一种绘画的画布，而且作为一种“框架”。这种结构上的约束，就成了他创作的“图片”，一首诗或系列诗的图片。[①]

《56行》和《结果》可算是他所遵循的“程式”的样板之一。泰隆·威廉斯（Tyrone Williams）从另一个角度评论这本诗选指出：“基特·罗宾逊从他的创作生涯一开始，就持续不断地探索于意义和无意义之间，形式和混乱之间，不是为了削弱两者的关系，而是要通过其整个结构荡起涟漪。”[②]定居美国的芬兰诗人、翻译家安瑟伦·霍洛（Anselm Hollo, 1934— ）也很赞赏他，说：“我认为基特·罗宾逊是他这一代最有成就、最创新、真正机智的作家之一。”

基特·罗宾逊出生在伊利诺斯州埃文斯顿，在辛辛那提就读中学，毕业于耶鲁大学（1971），学习期间，师从特德·贝里根。他从中西部到东海岸，最后定居西海岸湾区伯克利。1994年，笔者在这里幸会于他。他为人友善，平易近人，同笔者在伯克利安静的街道上，一面散步，一面交流诗艺，并题赠给笔者包括他当时的新作《资产负债表》(*Balance Sheet*, 1993)在内的三本诗集。他社会经历丰富，在20世纪70年代的创作初期，当过出租车司机、邮政工作人员和法律记者，还担任过加州诗人在校项目教师，给幼儿园儿童和中小学学生开设写作课。从80年代中期起，他开始在信息通信技术产业从事企业通信工作。

他是林·赫京尼恩的朋友，他的诗集《冰块》（*Ice Cubes*, 1987）的第一部分《早起》（“Up Early”）是写给林·赫京尼恩的系列诗。像西利曼一

---

① Laura Hinton. “Not About Trees: Interview with Kit Robinson,” Part I. *Sound Piece* No.1, Apr 18, 2009.

② Tyrone Williams. “Poems of Will and Constraint.” *Rain Taxi*. April 4th, 2011.

样，他也是一位多产诗人，在1974～2010年间，他发表了包括《多尔希诗节》（*The Dolch Stanzas,* 1976）和新世纪5本诗集《渴望》（2002）、《9点45分》（*9:45*, 2003）、《弥赛亚树：1976年～2003年诗选》（2008）、《我驾驶火车》（*Train I Ride*, 2009）和《决心》（*Determination*, 2010）在内的20本诗集。他的诗歌已经被译成意大利文、法文、瑞典文和俄文。

第十一节　汉娜·韦纳（Hannah Weiner，1928—1997）

从60年代起，汉娜·韦纳作为纽约先锋派诗人，与作曲家菲利普·格拉斯（Phillip Glass, 1937— ），视觉艺术运动的波普艺术倡导者和领袖安迪·沃霍尔（Andy Warhol, 1928—1987），视觉艺术家卡罗李·席尼曼（Carolee Schneeman, 1939— ），民谣歌手、诗人和作曲家约翰·佩罗（John Perreaul），诗人戴维·安廷和女诗人贝尔纳黛特·迈耶过从甚密，成为当时这批轰轰烈烈的文艺活跃群体的积极分子。在60年代，她和纽约艺坛的艺术家爱德华多·科斯塔（Eduardo Costa, 1940— ）、约翰·佩罗、安迪·沃霍尔等人组织并参加了若干偶发艺术展（happenings），其中包括《汉娜·韦纳在工作》（"Hannah Weiner at Her Job"）、《她的雇主A. H. 施雷伯有限责任公司主办的家庭招待会》（"a sort of open house hosted by her employer, A. H. Schreiber Co.", Inc.）和《时装秀诗歌活动》（"Fashion Show Poetry Event"）。伯恩斯坦认为，利用国际航海旗语创作的《代号诗抄》（*The Code Poems*, 1982）是她60年代最优秀的作品，为她后来以朗诵诗出名打下了坚实基础。[①] 1963年，她开始写诗。她的第一本诗歌小册子《步勒内·马格利特的马格利特诗篇》（*The Magritte Poems after Rene Magritte*, 1970），试图仿效纽约派诗人，对比利时超现实主义画家勒内·马格利特（Rene Magritte, 1898—1967）的画作做出反响。

70年代和80年代，她又卷入了语言诗运动之中，活跃在语言诗人群体里。70年代初，她开始写一系列日志体诗，试验自动写作方法，另一方面她患精神分裂症，写的文字信马由缰。70年代，她进入了她所谓的"看见言词"创作阶段，具体体现在她的散文与诗歌体裁界限模糊的名著《洞察日记》（*The Clairvoyant Journal*, 1978）里，正如她在这本书的题词中所说："在我的额头上，在空中，在其他人的身上，在打字机上，在页面上，

① Charles Bernstein. *The Poetry Project Newsletter*. 1997.

我看见言词。”她似乎完全进入了通感境界。我们来读一读她5月11日星期六日记的开头部分：

> **完全同情** 里斯正沉默三天哦九天，如果他同你说话肯定是
> 星期一　你将爱把他的处女座头挂进墙里，　　他是星期四
> 　　　　　　　　　　　　　　　　　　　　　这不好
> 雷卡是整个星期，因为你星期天晚上不去　　　查明为什么
> 　　　　　　　　　　　　　　　　　　　　这期间
> 他对你这么生气，星期四 粗鲁 是的 他很少同你谈话 星期一
> 　　　　　　　　　　　　　　他，不
> 在你把你的书拿进来之后，很冷淡而且粗鲁 而且生气 天哪
> 预兆 哦，男人们　周末愉快

汉娜·韦纳的这一篇日记被罗恩·西利曼主编的大型语言诗选集《在美国世系里》所收录。从中我们发现她对两个男士里斯和雷卡态度的复杂心理反应。作为日记，韦纳随时记下了她自说自话的心理状态，保留了她的补充（下一行的小字）和不完整表达（九天，是笔者为了读者阅读方便，补充了“天”，原稿里只是一个“九”字）。在这部作品里，汉娜·韦纳运用了三种讲话的语态结构，不仅用日记记录她自己每天的印象和表达思绪的符号，而且也用斜体字记录一种语态，对她所写的（大写字体）进行评论。同汉克·雷泽尔精心建构的日记体诗集《日子》相比，《洞察日记》的修饰比较少，更接近作者的心理原貌。《洞察日记》高度原创性结构，显然替代了比较传统的独白形式。伯恩斯坦认为，汉娜·韦纳的作品是激进的创新形式与强烈的个人内容的合成。在70年代和80年代，她的诗由三人朗诵表演，非常生动，艺术效果很强。

芝加哥艺术学院年轻学者帕特里克·德金（Patrick F. Durgin, 1962— ）在他的论文《心理社会障碍和后健全至上诗学：汉娜·韦纳〈洞察日记〉“案例”》（“Psychosocial Disability and Post-Ableist Poetics: The ‘Case’ of Hannah Weiner’s *Clairvoyant Journals*”, 2008）中，对《洞察日记》进行了详尽的考察，指出：当迈克尔·福柯作残疾研究的混成理论关键组成部分的学术报告时，汉娜·韦纳恰好把语言的古怪成分和意识服务于一种描写“日常生活”和“琐事”的诗歌。他认为《洞察日记》反映了一种复杂的依

附理论[1]。他说：

> 依附关系在《洞察日记》里难以确定，因为《洞察日记》的表达是用内心独白——或者更确切地说，用的是三重语态而不是一个“线性—因果关系”的表述。这些语态是在德勒兹意义上的形式“单调化”，这些语态“在单页纸面上填补或占据它们所有的范围”。此外，依附本身在这部作品里理论化了，使得它作为一位有残疾的人的生活体验的表达，也许很难解释。虽然她的“自我”对这部推测性作品来说是一个特殊部位，但她允许以依附理论对她的“自我”作种种联系（是拟议性的，不是假定性的）。我们必须调整我们的诠释期待，让文本同时在情感和批评水平上起作用。[2]

帕特里克·德金的意思是，汉娜·韦纳的诗行爬满整个页面，一直用三重声音或语态行文，似乎显得重复、单调，但这不是纯重复，而是不断重复差异，这就是法国哲学家吉尔·德勒兹（Gilles Deleuze, 1925—1995）的重复理论[3]的具体运用。当然，我们不能用传统的审美期待阅读汉娜·韦纳在患精神分裂症情况下创作的作品，否则会大失所望。

作为她的朋友，伯恩斯坦用通俗易懂的话告诉我们说，汉娜·韦纳最让人怀念的作品恰恰是她在患精神分裂症时期创作的，这实在是具有讽刺意味，因为汉娜·韦纳的病情往往被健全至上们作为反常行为而蔑视地耸肩对待，对我们大家来说这毕竟是有点疯狂。但是，他指出，我们很少有人像汉娜·韦纳那样遭受疯癫折磨，她的精神分裂症不只是类似的比喻，尽管事实上，汉娜·韦纳不接受任何人说她患精神病。他说，当然存在担心，因为汉娜·韦纳的作品是以听到声音和看到词语为依据，若由此把她

---

① 1970年左右欧美兴起的依附理论是对现代化理论的反应。早期的现代化发展理论认为，所有社会的进步是通过类似的发展阶段取得的，今天欠发达地区经历着今天发达地区过去的发展阶段。因此，帮助欠发达地区摆脱贫困的任务，是通过投资、技术转让、更紧密地与世界市场一体化等各种手段，以加速欠发达地区沿着这个所谓共同的发展道路向前走。但是，依附理论否定了这种观点，认为不发达的国家并不只不过是发达国家的原始版本，它们有自己独特的功能和结构；不发达国家需要减少与世界市场的连通性，以便自己能走一条道路，不仅仅是更符合自己的需要，而且更少受到外部压力的摆布。

② Patrick F. Durgin. “Psychosocial Disability and Post-Ableist Poetics: The ‘Case’ of Hannah Weiner’s *Clairvoyant Journals*.” *Contemporary Women’s Writing* (2008) 2(2): 131-154.

③ 吉尔·德勒兹在他的重要专著《差异和重复》（*Difference and Repetition*, 1968, 1994）中，提出一种奇怪的短语“差异的重复”，例子是莫奈的250张系列油画《睡莲》，根据德勒兹的看法，后来的每张睡莲画重复第一张睡莲画，但这些睡莲画绝不相同。相反，它们重复着原作的纯差异。同样的是，嘉年华和巴士底日，随后的节日重复最初的节日，但它们绝不相同。

等同于精神分裂症者的话，必将抹黑她的诗歌成就，而她稳定的、自我抒情表达的构思，事实上爆发成一种精神分裂症写作。不过这无碍她成为好诗人，他为此举例说，对于诸如詹姆斯・斯凯勒的作品来说，问题不大，斯凯勒作品里精神病象的显现很醒目，或者对于德国抒情诗人弗里德里希・荷尔德林（Friedrich Holderlin, 1770—1843）的晚年诗篇来说，或者对汉娜・韦纳来说，问题也不大，其抒情的声音可作为精神分裂症的庇护所来阅读。因此，伯恩斯坦得出的结论是：

> 在任何情况下，汉娜・韦纳的诗作不是疾病的产物，而是面对疾病的英勇胜利。她在拒绝屈服由她的疾病必然会引起难以忍受的恐惧，尽管身带残疾，依然坚持创作，她的个人勇气是她诗作的遗产之一。如果她的精神分裂症给她对语言、人的意识、日常生活如何可以展现而不是在作品里表现带来洞察力的话——那么，我们大家都必须从我们的实际出发。虽然汉娜的最后几年过得并不容易，但是她不断地创作出惊人的作品，把她个人的诗歌和入诗的种种可能性推进到新的感知领域。对于诗人来说，还有其他什么可求？[①]

汉娜・韦纳的思维的确有点儿非正常，例如，她在 1990 年《页面》手稿的序言里的开头是：“亲爱的英雄：嗯，我刚完成这本新页面，我在电话里同你讨论它的重要……”又如，她的诗集《小书/印第安人》（*Little Books/Indians*, 1980）的前言的开头：

> 汉娜在 1984 年前某些时候
> 发现以前这本书完成了
> 　　　　　　　　　请写完前言
> 我将有一些安慰，请

看来，她是自说自话到了极致。不过，如果我们熟悉也患有精神分裂

① Charles Bernstein. “Hannah Weiner.” *The Poetry Project Newsletter*. 1997.

症的中国优秀诗人食指[①]的话，就不难理解汉娜·韦纳诗歌的精彩之处，尽管她的诗远比食指的诗复杂。汉娜·韦纳或食指的非正常思维，在诗歌史上既是个别的也是普遍的现象：佳句或华彩诗行恐怕绝大多数都出于非正常思维，否则就不会有李白的“白发三千丈”也不会有顾城的“黑夜给了我黑色的眼睛”的名句了。

尽管如此，伯恩斯坦仍视她为知己。事实上，在诗坛带着深情厚谊和深切了解来评价汉娜·韦纳者，非伯恩斯坦莫属。汉娜·韦纳身旁没有近亲，也无正式工作，晚年生活之艰难可想而知。是伯恩斯坦平时理解她，照顾她，也是伯恩斯坦第一个在网上沉痛发布汉娜·韦纳逝世的讣告，说：“汉娜对于我很重要，我知道，对于其他许多诗人也很重要，我们有幸知道她和她鼓舞人心和大无畏的作品、她的热情参与创作、她对诗人和诗歌聪明敏锐的（常常恶搞笑）观点、她令人难以置信的朗诵表演。”在他托管下的汉娜·韦纳诗集《页面》（*page*, 2002）在新世纪得以面世，伯恩斯坦还为她在书末作传。笔者清楚记得1993年冬，纽约的一家餐厅举行诗歌朗诵会，在朗诵者之中，披着长发的汉娜·韦纳特别活跃，她的诗歌朗诵表演非常成功，博得热烈的掌声。伯恩斯坦则静静地在后面用录像机录下整个诗歌朗诵场面。朗诵会之后，一部分兴高采烈的诗人余兴未尽，各自带着饮料和食物到汉娜·韦纳的住处继续交谈。笔者有幸，在汉娜·韦纳的邀请之列，受到了她的热情接待。她当时异常高兴，赠给笔者一本刚出版的诗集《铭感无声的老师续集》（*silent teachers remembered sequel*, 1994），并高高兴兴地签上她的名字，并写了“谢谢你来参加诗歌朗诵会”。这本新诗集里的短诗《祖父艾萨克的奉献》（“dedication by grandfather isaac”）立刻吸引了我的眼球：

> 我独自一人直至祖母教导我　　我经常很当心
> 你们这些人　我同祖母把十个小孩
> 带到世界上　　她一辈子操劳，很穷，爷爷　我也
> 很操劳呀，嗯，我们俩有一个伟大的孙女
> 你不是很著名的诗人吗　　嗯　我是语言上

---

① 食指（1948—　）：出生在山东朝城，原名郭路生，“文化大革命”中因救被围打的教师而遭受迫害。1968年，在山西插队；1970年，进厂当工人；1971年参军，1973年复员；曾在北京光电技术研究所工作。因在部队中遭受强烈刺激，导致精神分裂症，于1990年入住北京郊外第三福利院。洪烛在他的文章《食指：诗人飞越疯人院》（1998）中引用林莽的话说，食指后期的诗歌大抵分两种，一种是在清醒状态下创作的，一种是在狂热状态下创作的，而后者比前者更多神采之笔。

比较出名　为什么语言呢　研究呗　爷爷
其他的诗人也是　包括工会工作
默默地　自从你教诲以来　有所突破
一些人一无所有　许多许多人很穷　在我的头脑
是　巴雷特·沃滕工人帽　应付
发生的事件　肯尼迪被刺杀　世纪失落了
嗯 很高兴你同印第安人在一起　他们也帮忙
恭喜　爷爷　你都说了　伯莎奶奶也没衰弱　我们叫做
了不得　永不败　默默无闻　直至活到六十岁
别年纪轻轻就死　你是怎样的教诲啊　爷爷
嗯　我出世以来还不错

汉娜·韦纳在诗中运用不同声音的艺术手法，在这首诗里又一次得到生动的再现：孙女与祖父的精彩对话及其思想感情的交流，自然地流露出他俩幽默的性格，同时让我们感到亲切、温馨。

汉娜·韦纳出生在罗得岛普罗维登斯。1946 年，从古典高中毕业后，去拉德克利夫学院深造，1950 年以优异成绩毕业，毕业论文以研究亨利·詹姆斯为题。在出版部门工作了一段时间后，在布鲁明戴尔百货店当助理采购员。与父母和弟弟生活在一起，直至她与一个心理医生结婚，才单独生活，四年后离婚。随后，她找到了一份设计女子内衣的工作。

70 年代中期的每年夏天，她去普罗维登斯探视寡母和姨妈，直至二老 80 年代中期去世，这在她的诗歌里都有反映。80 年代中期，汉娜住在加州一个叫做奎师那（Krishna）的朋友家期间，罗恩·西利曼和她建立了友谊，邀请她到家里来做客，并陪她参加艺术委员会画廊和米尔谷市举行的诗歌朗诵会。她去世后，在她的讣告栏里，西利曼发表悼念文章，表示他非常想念她，说："她是一位令人敬畏的少数人现实记实者，如果你读过她对句子停顿、标点符号（包括半涂擦的字）和多种语态的运用，你会发现她的文本多么复杂和完整地传达了她的思想感情。"

1970～1996 年，汉娜·韦纳发表诗集 10 本，去世后发表诗集两本：《页面》(2002) 和《汉娜·韦纳的热情接待》(*Hannah Weiner's Open House*, 2007)。她生前没有获得什么令人羡慕的诗歌奖。用世俗的奖项来衡量，汉娜·韦纳生前的诗歌生涯并不那么荣耀。可是诗人查尔斯·亚历山大（Charles Alexander, 1954— ）在她去世后写的一则悼念她的短文里，说汉娜·韦纳是"我们这个时代最重要的作家之一"。他说："在任何世代，许多生前不很著名的作家在几十年或几百年之后可能被记起来是他们那个时代最有趣的作家。我倾向于相信：艾米莉·狄更生已经恢复到我们的集体记忆里，也可能有几个非常优秀的作家还没有被发现。”年轻学者帕特里克·德金主编和出版《汉娜·韦纳的热情接待》（2007）的本身说明汉娜·韦纳的艺术生命犹在，读者对她的诗歌兴趣继续进入 21 世纪。帕特里克·德金看重汉娜·韦纳，说从 60 年代纽约先锋派起，她的影响一直延续到现在，是 70 年代和 80 年代语言诗的重要部分，如今她的影响可以在起源于旧金山湾区的“新叙事”里看得出来。

第二十一章 后自白派诗

第一节 后自白派诗简况

后自白派诗是针对自白派诗而言的。两者区别究竟在哪里？在前面的章节里对自白派诗人及其作品已作了详细的介绍。哈佛大学著名教授戴维·珀金斯在他的专著《现代诗歌史》中对自白派诗的界定是："自白派诗再现个人真实的经历或感情时置社会习俗于不顾，而且它所表达的种种事实和经历令人感到太烦恼，竟至多数人都抑制住不讲出来。"① 换言之，自白派诗的特色是以其主观性和自传性体现出来的。后自白派诗人则对此提出了质疑，怀疑自白派诗中"我"的声音是否真诚。乔纳森·霍尔登（Jonathan, Holden, 1941— ）认为："一首诗的个人成分愈浓（企图表现作者的自我成分愈多），该诗真诚到何等程度的问题在我们做出评价时将愈是需要考虑的因素。"② 斯蒂芬·邓恩（Stephen Dunn, 1939— ）对此也作了明确的表态：

> 用笔落在稿纸上的冲动，在某些方面总是个人的。问题是我们如何直接和保持什么样的距离面对经历。你愈想接触到你自己的经历，就愈清楚地显示出种种危险：唯我论，自我恭维，"我"的声音的一切风险。所以，我不论何时多少直接叙述个人经历并从大的方面适用于其他人，个人经历仅被他人无意中听到，而不是纯私人的冲动，这样，我就很高兴了。③

---

① David Perkins. *A History of Modern Poetry: Modernism and After*: 588.

② Jonathan Holden. *The Rhetoric of the Contemporary Lyric*. Bloomington, Indiana: Indiana UP, 1980: 10.

③ Stan Sanvel Rubin and Judith Kitchen. "'Accumulating Observations': A Conversation with Stephe Dunn." *The Post-Confessionals: Conversations with American Poets of the Eighties*. Eds. Earl G.Ingersoll, Judith Kitchen and Stan Sanvel Rubin. Rutherford: Fairleigh Dickinson UP, 1989: 212-213.

斯坦利·普拉姆利（Stanley Plumly, 1939— ）说得更具体明白："从某种意义上讲，诗人是表达诗歌本身与原始资料之间的媒介。这就是为什么我倾向认为我的诗专注于自我和这个我，然而不是自我中心。"①后自白派诗人最关心的是所创作的诗必须赤诚，不管写个人、他人、时代或历史。

什么原因促使后自白派诗人对自白派诗进行反思呢？主要是社会环境。在他们的社会环境里，自我前途同样不可靠，同样难以把握。查尔斯·阿尔提里认为，当代美国诗歌真实性的危机源于自恋社会里不可避免的情感困惑和60年代种种雄心勃勃的预言的失败。这种说法似乎有一定的道理，因为自恋的社会必然产生自恋的诗人，而诗人过度自恋，他的作品未必能真实地反映个人和时代的风貌，尽管自白派诗人自认为毫无保留地亮出了他们的思想感情。爱德华·赫希（Edward Hirsch, 1950— ）在1986年10月8日接受斯坦·桑维尔·鲁宾（Stan Sanvel Rubin）和朱迪思·基钦（Judith Kitchen）采访时，对自白派诗和后自白派诗作比较说：

> 我们以多重的自我生在世上，我们就要把多重的自我写进诗里。我爱专揭示个人内心的诗，其中的感情充满了大量危机，但我不爱把自己的痛苦置于一切人的痛苦之上的那种做法。我们的确讲自己深层的内心生活，同时我认为我们应当是有代表性的声音，讲我们的地区和我们的文化。这就是说，我们在写后自白派诗时可以向自白派诗学习取材和表现方法，以便我们能写出更深更黑暗的自我而不局限于原始的材料。我本人相信，我们并不生活在超验的王国里，我们生活在历史里，生活在一个特定的地点里，我要去写这些东西。②

赫希并不因此抹杀自白派诗的优点，他进一步解释说：

> 我爱自白派突破性的作法，情感的风险，喜爱诸如洛厄尔、贝里曼和普拉斯开始写他们自己的经历的方式。我认为我们不应该低估其重要性，我要保持那种冒险、奔放和激情的某些成分，保持他们把被过去诗人排斥在外的题材写进诗里的做法。不过，我同时对自白派诗感到不自在，在那种诗里缺乏足够的其他人的经历，他们珍视自己的

---

① Stan Sanvel Rubin and Judith Kitchen. "'The Why of the World': A Conversation with Stanley Plumly." *The Post-Confessionals: Conversations with American Poets of the Eighties*: 76.

② Stan Sanvel Rubin and Judith Kitchen. "'Emotional Temperature': A Conversation with Edward Hirsch." *The Post-Confessionals: Conversations with American Poets of the Eighties*: 133.

> 经历超过其他人的经历。我不想说教，我只想把其他各种人及其经历写进我的诗里。我也要我的诗里包含政治。[①]

赫希的这两段话基本上代表了后自白派诗人的态度：他们都想发挥诗歌积极的同时又非常传统的功能，使之成为有益于精神的力量。他们都有清醒的政治觉悟。与60年代诗歌激烈的政治色彩相比，他们的诗歌具有更深沉的政治觉悟和更自觉的时代使命感。1986年4月3日，查尔斯·赖特在接受斯坦·桑维尔·鲁宾和威廉·赫因（William Heyen）采访中，谈到侵越战争时说："我想诗歌能改变你的生活；但它不能改变战争，或它过去没能改变那场战争。"[②] 任何伟大诗人的伟大诗篇决不是任何政府首脑的命令，也不是强大的军队，当然不可能改变或直接改变战争的进程，但查尔斯·赖特的这句话却流露了他的责任感：改变个人。凯莎·波利特（Katha Pollitt, 1949— ）说："政治总是有的。我怀疑我会坐下来写反对原子武器或赞成平等权利修正案的诗，因为对杂志上的文章不能论述的那些题材，在诗里也没有多少话可说。但政治不只是报纸的标题。这就是你如何看待我们时代的人类状况，你的人生观。对于我来说，女权主义必然与民主、个人价值、理性、正义和怀疑权威的观念联系起来。"[③]南希·威拉德（Nancy Willard, 1936— ）的诗集《太阳的木匠》（*Carpenter of the Sun*, 1974）具有明显的政治色彩，她为此说："我喜欢'对鱼来说，所有的钓线都是政治'这一警句。我真的不能把生活和政治分开。"[④]在越战期间，她与丈夫都积极反战。

一般说来，后自白派诗人在关注个人与家庭关系的同时，都意识到了诗歌的社会功能，卡尔·丹尼斯称之为"想象的社会功能"，在艺术形式的革新方面远不如黑山派诗人那样激进。讲究传统艺术形式的凯莎·波利特喜欢朗朗上口的诗，不喜爱爬在稿面上的视觉诗。她说："诗行断裂的理论使我昏昏欲睡。我对词的元音、辅音、重复和模式感到极大的兴趣。"[⑤]她

---

① Stan Sanvel Rubin and Judith Kitchen. "'Emotional Temperature': A Conversation with Edward Hirsch." *The Post-Confessionals: Conversations with American Poets of the Eighties*: 124-125.

② Stan Sanvel Rubin and William Heyen. "'Metaphysics of the Quotidian': A Conversation with Charles Wright." *The Post-Confessionals: Conversations with American Poets of the Eighties*: 28.

③ Stan Sanvel Rubin. "'Passionate Midnights in the Museum Basement': A Conversation with Katha Pollitt." *The Post-Confessionals: Conversations with American Poets of the Eighties*: 234.

④ Stan Sanvel Rubin. "'From an Odd Corner of the Imagination': A Conversation with Nancy Willard." *The Post-Confessionals: Conversations with American Poets of the Eighties*: 118.

⑤ Stan Sanvel Rubin. "'Passionate Midnights in the Museum Basement': A Conversation with Katha Pollitt." *The Post-Confessionals: Conversations with American Poets of the Eighties*: 233.

在诗美学上正好和黑山派诗人针锋相对，她也可被视为新形式主义诗人。后自白派诗人注重诗歌的交流作用，如同迈克尔·沃特所说，“如果语言是交际工具的话，诗歌则是极其精确的工具。”这同语言诗的理论恰恰天差地别。总的来说，后自白派诗人操作的是有节制的自由诗，在语言的运作上决无自白派诗人那种肆无忌惮的敞开。

从 70 年代起，被标为后自白派开始引起批评家们注意的诗人查尔斯·赖特、迈克尔·哈珀、威廉·马修斯（William Matthews, 1942—1997）、莉塞尔·穆勒（Lisel Mueller, 1924— ）、琳达·帕斯顿、南希·威拉德、罗伯特·摩根（Robert Morgan, 1944— ）和卡尔·丹尼斯（Carl Dennis, 1939— ）等都是在 70 年代登上诗坛的。在 80 年代开始成名的有：乔纳森·霍尔顿、斯蒂芬·邓恩、格雷戈里·奥尔、凯莎·波利特、爱德华·赫希、菲力普·舒尔茨（Philip Schultz, 1945— ）和保罗·齐默等。他们都出版了诗集，获得了诗奖，得到了公认，正如斯坦·鲁宾所说：“所有这些诗人不管走了哪些路线，他们的创作都被列在 80 年代最值得注意的事业之中。”[①]

严格地讲，后自白派诗人是一个松散的诗人群，无法同语言诗人相比。70 年代和 80 年代的后自白派诗在自白派诗歌运动开拓的主题上，以不同的方式、不同的程度，继续推进自白派诗歌而已。正式收录在厄尔·英格索尔（Earl C. Ingesoll）、朱迪思·基钦和斯坦·桑维尔·鲁宾主编的《后自白派诗人：与 80 年代的美国诗人对话》（*The Post-Confessionals: Conversations with American Poets of the Eighties*, 1989）里的诗人只有 19 名[②]，其中的迈克尔·哈珀和丽塔·达夫是非裔美国诗人阵营里的中流砥柱，在这个意义上讲，这三位主编似乎有点儿拉郎配。后自白派的界定也不十分严格，例如，有的评论家把罗伯特·平斯基的诗集《我的心史》（*History of My Heart*, 1984）、比尔·诺茨（Bill Knott, 1940— ）的诗篇《壁橱》（“The Closet”, 1983）和唐纳德·霍尔的诗集《踢树叶：诗篇》（*Kicking the Leaves: Poems*, 1978）看作后自白派诗。所以，后自白派诗的定义比较宽泛，如同后垮掉派诗对于垮掉派诗一样，不过没有后垮掉诗的影响大。

---

① Stan Sanvel Rubin. “Introduction.” *The Post-Confessionals: Conversations with American Poets of the Eighties*: 15.

② 收录在《后自白派诗人：与 80 年代的美国诗人对话》里的 19 位诗人依次为：查尔斯·赖特、威廉·马修斯、迈克尔·哈珀、利赛尔·马勒、斯坦利·普拉姆利、卡尔·丹尼斯、格雷戈里·奥尔、南希·威拉德、爱德华·赫希、琳达·帕斯坦（Linda Pastan, 1932— ）、丽塔·达夫、乔纳森·霍尔登、菲力普·舒尔茨、罗伯特·摩根、斯蒂芬·邓恩、凯莎·波利特、迈克尔·沃特斯（Michael Waters, 1949— ）、布鲁斯·贝内特（Bruce Bennett, 1940— ）和保罗·齐默。

下面着重介绍三位后自白派诗人查尔斯·赖特、保罗·齐默和格雷戈里·奥尔。

第二节　查尔斯·赖特（Charles Wright，1935—　）

作为曾经以后自白诗著称诗坛的美国诗人学会常务理事和普利策诗歌获奖者，查尔斯·赖特在2014年获得了桂冠诗人荣誉称号。他一向被公认为他这一代最优秀的诗人之一。诗人戴维·扬（David Young, 1936—　）认为“他的作品是20世纪下半叶真正独特的诗歌作品之一”。[①]他的《瘢痕组织：诗篇》（*Scar Tissue: Poems*, 2006）被授予格里芬诗歌奖，授奖词指出：“他的诗歌令人难以忘怀的是他用新眼光洞察事物的永不枯竭的能力。在《瘢痕组织：诗篇》里，同在他的其他诗集里一样，他是一个有着巨大独创性和美感的诗人。”

查尔斯·赖特以表现丰富、音乐性强、在吸收消化传统艺术形式的同时不断进行新的尝试而饮誉美国诗坛。他从60年代出版的早期四本诗集里选出的诗选集《乡村音乐：早期诗选》（*Country Music: Selected Early Poems*, 1982）表明，他起步时就找到并巩固了他的表现力。他对短诗、长句、组诗、散文诗、人物素描、自我画像、个人回忆、日记诗等等形式的运用都轻松利落，游刃有余，而且都有精彩之作。无论描写他的出生地美国南方还是西部、西南部抑或他曾经服役过的军事情报驻地意大利，他对这些地方无一不怀着炽烈的感情，读者都会受到感染。

查尔斯·赖特优秀的短小诗篇集中在诗集《中国踪迹》（*China Trace*, 1977）里，每首诗只有十一二行或者更短，显然是受中国的律诗和绝句的影响，例如，其中的一首短诗《蜘蛛清澈上升》（“Spider Crystal Ascension”）的标题由三个独立而无语法联系的词拼凑在一起，这在英语里是非寻常的，但对汉语的古典诗词来说则屡见不鲜。诗人对此解释说，构成标题的“各个独立的词旨在给你提供全诗的大意”。诗人企图在总共只有五行的诗里，通过简约的语言，表达丰富的思想感情：

> 蜘蛛，含汁的水晶，银河，在蜘蛛网上飘入夜空

---

① David Young. “Charles Wright.” *Contemporary Poets*: 1079.

> 向下俯视，等待我们上升……
> 黎明他仍在那儿，人难觉察，呼吸短促，正补他的网。
> 整个早晨我们寻找那张小星星似的白脸从湖上升起。
> 当它升起时，我们躺在细绒般的水里，摆动起来。

这是查尔斯·赖特唯一用人格面具写的一部诗集，也是二战后学习庞德的《华夏集》而取得成功的几部著名的美国诗集之一。斯奈德的《鹅卵石》和布莱的《雪原里的宁静》都是这类受中国古典诗词英译本影响下的成果。

然而，查尔斯·赖特也尝试爬满稿面的长行，例如《三月日记》（"March Journal"），其开放式不亚于奥尔森的诗，他的诗集《南方十字架》（*The Southern Cross*, 1981）中著名的开篇《致保罗·塞尚》（"Homage to Paul Cezanne"）长达8页，而末篇标题诗则长达17页，不但诗行长，而且常常是流水行，回忆、反省、沉思和变化的口吻杂陈在一起，虽然很流畅，但有一种散文化的倾向，这标志了他后来的诗歌特色。总体来说，他的诗用词简洁，诗节鲜明，音节安排有致，因而颇富音乐性。他说："诗节对我来说，是诗人合适的研究对象。诗如果没有诗节，诗便杂乱无章。诗歌的职能之一便是使无序变有序。"①

无叙事性的纯抒情也是查尔斯·赖特运用自如的手法之一。例如，收录在他的诗集《血统》（*Bloodlines*, 1975）里的组诗《纹身》（"Tattoos", 1975）一共20组，每组三节，每节五行，每组都用数码标明，并加以注释，说明每组诗创作的场合和原因，但是组诗的排列不以创作的时间先后为序，而完全打乱时序，最迟创作的两组诗（1973年）放在首尾，40年代、50年代和60年代的组诗散编于中间。他以感情的累积结构全篇，并以此拨动读者的心弦。但在80年代，查尔斯·赖特一反纯抒情，试验创作日记诗或诗日记，出版了两部诗集：《五则日记》（*Five Journals*, 1986）和《区域日记》（*Zone Journals*, 1988）。他说："它是我用新闻的方式描写的平凡情景，但用的是诗的形式。练习拉长诗行，尽可能地拉长，但保持诗行形式，以不流于散文为极限。"②

查尔斯·赖特的主题常常同南方宗教背景有关：脱离肉体，消失于土

---

① Stan Sanvel Rubin and William Heyen. "'Metaphysics of the quotidian': A Conversation with Charles Wright." *The Post-Confessionals: Conversations with American Poets of the Eighties*: 31.

② Stan Sanvel Rubin and William Heyen. "'Metaphysics of the quotidian': A Conversation with Charles Wright." *The Post-Confessionals: Conversations with American Poets of the Eighties*: 31.

和空气中，然后再复活。他在诗里无时无处不流露出关心死亡和永恒的宗教感情。许多意象都自然地取自《圣经》。例如，他的短章《雪》（“Snow”）的第一节就采用了西方人熟知的人从土里来回到土里去的宗教观念；《均衡》（“Equation”）的第二节对人与生俱有的负罪感进行探索。总之，查尔斯·赖特的作品一贯具有鲜明的宗教性，公开思考犹太教—基督教的传统价值观，大量使用该传统文化的象征、圣人和比喻，作为他的感知力和词汇不可或缺的一部分。他为此在他同时代的诗人中显得非常突出。

除了上述的《中国踪迹》外，查尔斯·赖特其他的诗里都展露了薄纱笼罩的“我”的心态，令读者感到他的坦诚。也许他真的是敬畏上帝的人，对世人是不会弄虚作假的，所以他被置于后自白派诗人队伍的前列。不过，使他牢牢立足当代美国诗坛的，不是他心地坦荡的虔诚（因为虔诚的教徒大都不会成为诗人），而是他捕捉意象的本领和富有表现力的语言。例如，“梅树在蜜蜂中开放。/ 鸥鸟灵魂般被锁在天堂的兰色顶楼里”（《四月》），“每一天是一座冰山，/ 在脚下拽着它寒冷的大肚皮”（《夜梦》）等等许多脍炙人口的诗行不但令普通读者喜爱，而且也使挑剔的评论家为之称羡，把他同 W. S. 默温和马克·斯特兰德相提并论。他因而获得多项诗歌奖就理所当然了。

不少评论家认为，查尔斯·赖特在田纳西州农村的童年生活对他的创作产生了很大的影响，这明显地表现在他偶尔运用南方俚语和对过去的关注富有典型的南方人思想感情。不过，查尔斯·赖特缺少南方人的叙事习惯，他的诗富有更大范围的影像感，徜徉在意大利、加利福尼亚、蒙大拿或南方。特别是，他的诗显现了意大利文化景观和意象，这与他年轻时在意大利服兵役和后来访学意大利的经历有关，他翻译过意大利诗人尤金尼奥·蒙塔莱（Eugenio Montale, 1896—1981）和迪诺·坎帕纳（Dino Campana, 1885—1932）的作品。他年轻时还是意大利电影迷。他在 2003 年接受青年学者丹尼尔·克罗斯·特纳采访时坦承，他喜爱看费德里科·费里尼（Federico Fellini, 1920—1993）、米开朗基罗·安东尼奥尼（Michelangelo Antonioni, 1912—2007）和马里奥·莫尼切利（Mario Monicelli, 1915—2010）执导的电影，他们运用的快速剪切和跳切方法影响了查尔斯·赖特后来诗中的意象快速转换。

在 2000 年采访过查尔斯·赖特的《弗吉尼亚季刊评论》主编特德·吉诺韦斯（Ted Genoways, 1972— ）认为他的诗是奇怪的炼丹，直接或间接地混合了庞德的《诗章》、中国的杜甫和王维以及英国的 G. M. 霍普金斯的诗作。

查尔斯·赖特生于田纳西州匹克威克大坝，他的父亲是田纳西流域管理局的一位工程师。他在田纳西州和北卡罗来那州长大，先后获北卡罗来那州戴维森学院学士（1957）和爱荷华大学文学硕士（1963）；在美国驻意大利陆军情报团服役（1957—1961）；罗马大学富布莱特访问学者（1963—1964），威尼斯帕多瓦大学富布莱特讲师（1968—1969）。与摄影师霍利·麦金太尔（Holly McIntire）结婚（1969），生一子卢克（Luke）。自从1983 年以来，他成了弗吉尼亚大学英语教授和创作班的主要负责人。1965～2014 年发表诗集 33 部，除获上述的普利策诗歌奖（1998）外，还获得尤妮丝·蒂金斯纪念奖（1969）、国家艺术基金会资助金（1974）、古根海姆学术奖（1975）、美国诗社授予的梅尔维尔·凯恩奖（1976）、美国诗人学会授予的埃德加·爱伦·坡奖（1976）、国际笔会翻译奖（1979）、国家图书诗歌奖（1983）、露丝·利利诗歌终身成就奖（1993）、美国诗人学会授予的勒诺·马歇尔诗歌奖（1996）、国家图书评论界奖（1997）、格里芬诗歌奖（2007）和丽贝卡·约翰逊·博比特奖国家诗歌终身成就奖（Rebekah Johnson Bobbitt National Prize for Poetry for Lifetime Achievement, 2008）。上面众多诗歌大奖，显然确立了他作为当代美国诗歌界最引人注目的声音之一的地位。

第三节　保罗·齐默（Paul Zimmer, 1934—　）

齐默在开始创作时，自认为不是一个有趣的人物，在诗里通过描绘作家约瑟夫·康拉德或足球运动员约翰尼·布拉德来表达自己的思想感情。随着写作的进步，他在诗里创造富有特色的人物，如英贝利斯、佩里格林、塞西尔、旺达和齐默，后两个诗中人塑造得颇为成功。他在诗集《和旺达在一起：城乡诗篇》（*With Wanda: Town and Country Poems*, 1980）中塑造了一个可爱的女人形象旺达。他认为，旺达是女人的典型，是以他知道和希望知道的一切女人为原型。诗集分两部分，第一部分乡村篇，是作者在宾州西北部农村时创作的，写了乡下人对旺达的种种谈论；第二部分城市篇，是作者住在匹兹堡时写的，写旺达从农村进城市，市民对她的议论。其中一首《旺达美丽》（"Wanda Being Beautiful"）表达了作者爱美人之情：

人美丽等于想让
十几堆火在黑夜烧旺，

等于想知道所有从林子里
向外闪光的眼睛害怕你。
等于想知道细树枝的
每次劈啪声，每次脚步响是一个威胁。
那种欲望从远处最强烈。
人美丽等于想停留在
每个季节的运行上，等于你取物时
仔细观察；但通常是
想知道如何选择干木柴，
如何生一堆火，为你抗寒。

这首短诗如今成了美国读者最喜爱的诗篇之一。

齐默在他的诗集《许多声音的共和国》（*The Republic of Many Voices*, 1969）和《齐默篇》（*The Zimmer Poems*, 1976）里别开生面地塑造了齐默的形象。诗中的齐默无疑包含了诗人齐默的自传成分，如同贝里曼笔下的亨利。诗人齐默笔下的齐默是漫画式人物，他常常受到羞辱，一无骄傲之处，满怀失意。在《齐默篇》里有许多首诗充溢了自憎的情绪，这倒不是保罗·齐默憎恨保罗·齐默，而是作为诗人的保罗·齐默所感到的焦躁和愤怒，愤恨他难以摆脱诗歌传统中不必要的或有害的部分。诗人齐默想要像自白派诗人那样表现自我，但这个“自我”不是自白派诗人的赤裸裸的“自我”，而是穿了外衣的“自我”。他善于用第三人称使自己保持距离，这就是他的诗美学，例如他在《齐默在小学》（“Zimmer in Grade School”）一诗中声称：

但是我从未能掩饰任何事情。
……
即使此刻
当我躲藏在精制的人格面具后面
大家总是知道我是齐默。

齐默接受了现代派诗人惯用的人格面具这份遗产，他对此说：

用人格面具，用其他人的声音表达，我感到自在，有意回避了写自传诗。那是自白派诗歌的时代，洛厄尔、塞克斯顿、普拉斯和类似

> 的诗人走在前列，我不想那样做。我不是自白派诗人，我试着用各种口气写不同的诗。但当我想起我应当真的写一些自传材料时，好像驾车时换档，很自然地转了过去。[①]

齐默还说：“我在安排诗选时，开始认识到某些明显地出现在我作品里的一些主题，还认识到我的诗里各种各样的人格面具以有意义的（我希望）方式对谈。”[②]

齐默在 1960 年私费印行了处女集《风中的种子》（*A Seed on the Wind*, 1960）。其后命运之神让他遇上了伯乐式的编辑戴维·韦，使他有机会在纽约的一家小出版社——十月出版社出版了第二本诗集《死神的肋骨》（*The Ribs of Death*, 1967）和《许多声音的共和国》，而 1976 年出版的《齐默篇》也是由华盛顿一家小出版社支持的，没料到他的名声却因此奇迹般地建立了起来。到了 80 年代，他得到了美国诗人学会的承认。

齐默是一位奇才，他没有值得夸耀的学历，没有硕士学位，更无博士学位，他的成名全凭他丰富的生活经历和天生的幽默感以及勤奋的学习。他也没有进过任何文学创作班，只是从乔叟、莎士比亚、但丁、勃朗宁、叶芝、弗罗斯特、罗什克、艾米莉·狄更生、詹姆斯·赖特和高尔韦·金内尔等作家的作品里贪婪地吸取营养，使自己很快地在诗歌园地里得到了茁壮的成长。

齐默生于俄亥俄州坎顿市，1959 年毕业于该州的肯特大学，与苏珊·科克劳纳（Suzanne Koklauner）结婚（1959），生一女一子。1968 年才获学士学位。他因学业成绩不佳曾被学校勒令退学。他在退学后到钢铁厂工作了十天，工厂罢工，接着便服兵役（1954—1955）。他接二连三地碰壁，灰心丧气，以为自己是一个不折不扣的失败者。他在军队里开始对文学，特别是对诗歌感兴趣。他的生活经历丰富，当过仓库保管员、鞋子推销员、技术撰稿人、证券交易所职员、钢厂电工、教师、书店经理、通讯员、出版社编辑和主任。在 1960～1989 年，他发表诗集 11 本，先后获美国记者和作者协会授予的开放图书奖、美国艺术暨文学学会奖、肯特州立大学艺术与科学学院授予的杰出校友奖、两次国家艺术基金会资助金、海伦·布利斯纪念奖（Helen Bullis Memorial Award）和两次手推车奖。

---

① Stan Sanvel Rubin. "'The Holy Words': A Conversation with Paul Zimmer." *The Post- Confessionals: Conversations with American Poets of the Eighties*: 268-269.

② Diane Wakoski. "Paul Zimmer." *Contemporary Poets*: 1093.

第四节　格雷戈里·奥尔（Gregory Orr, 1947—　）

奥尔以抒情诗见长，被批评界视为短篇抒情自由诗的高手。反映在他早期的许多诗篇里的素材，与他童年的不幸事件有关，其中包括他 12 岁狩猎时错射他的弟弟、母亲的意外死亡和作为小镇医生的父亲服用去甲麻黄碱。他在诗集《红屋》（*The Red House*, 1980）里描写他六七岁时和家人居住在乡间红屋的情况，富于田园风味。该诗集反映了他的童年和少年生活。这是 13 首诗组成的组诗，通过一个少年之口，叙述他八岁的弟弟和母亲的死亡，反映生长在农村里的一个少年的普通生活。他认为心灵创伤可以转化，个人抒情诗史便是他的困扰史，而困扰则始于心灵创伤。明显描写这些事件的诗篇包括《祷文》（"A Litany"）、《霎那间》（"A Moment"）和《拾尸骨》（"Gathering the Bones Together"）。后者收录在他的诗集《笼子里的猫头鹰：新诗和旧诗选》（*The Caged Owl: New and Selected Poems*, 2002）里，是组诗，由七首短诗组成，我们现在选读最后一组诗《距离》（"the distance"）：

我八岁时的冬天，一匹马
滑倒在冰上，摔坏了它的腿。
父亲带着一支步枪，一桶汽油。
我站在黄昏的路边，望着
那马的躯体在远远的牧场上燃烧。

我十二岁时射杀了他；
我觉得自己的骨头从身体里猛烈地朝外扳。
而今我已经二十七岁，步行在
这条条河旁，期待着他们。
他们已成了一座桥梁
朝向彼岸弯成了拱门。

我们从这里看出，奥尔有节制地表达他内心永远难以平息的哀伤，这比一般的直抒胸怀更令人感到沉痛。唐纳德·巴洛·斯托弗（Donald Barlow Stauffer）为此对奥尔的评价是：

> 奥尔是一个已经取得心理平衡的诗人；他不得不应对和面对他的童年经历。这些创伤性事件是他诗歌的素材，也是他写诗的理由。然而，这些创伤性事件不是无形的痛苦呼喊；它们是完美的诗篇。他在散文诗 《蚝》（“Oysters”）里写道：“我们需要边界和形式，用以克制我们感觉到的但不明白的恐惧。”①

所以，尽管奥尔自称是非常悲观的人，并且写了很多悼亡诗，但他不是悲剧诗人，他的作品并没有反映约翰·贝里曼或康拉德·艾肯式的心理创伤。他的抒情诗还反映了他机智、热爱大自然和强烈的性爱的品格。《三月暴风雨》（“A Storm in March”）、《从火山下来》（“Coming Down from Volcano”）和《楠塔基特早晨 / 今世》（“Nantucket Morning / This World”）是有趣味而又很健康的性爱诗。在西方，健康的性爱是生命力旺盛的体现。奥尔本人认为，在诗人意识里起作用的力量是性爱和死神，爱情和死亡的神秘力量，即使对待死亡，诗歌必须挖掘某些意义，某些生命力，值得赞颂的东西。

奥尔生在纽约州的奥尔巴尼，成长在哈德逊河谷乡村。他回忆他童年时期的田园诗也很出彩，例如收录在《笼子里的猫头鹰：新诗和旧诗选》的《晨歌》（“Morning Song”）：

> 晒在他脸上的阳光唤醒了他。
> 这男孩走下结了蜘蛛网的
> 黑暗的楼梯，去吃他的早餐，
> 一只蓝碗里盛满了麦片粥。
> 他端了一盘剩菜，
> 走向谷仓，
> 去喂一头三足幼鹿。
> 这鹿独自静静地
> 站在高高的干草里，
> 而红色的拖拉机
> 稳稳地向里盘旋，
> 切割着草料。
> 男孩听到的那首歌

---

① Donald Barlow Stauffer. “Gregory Orr.” *Contemporary Poets*: 727.

是《我活着》，这时
鹿一瘸一拐地朝他走来。
在谷仓里，巨大昏暗的
光线通过屋缝射下来，
仿佛是一把利剑，劈开
一只魔盒。

从这里，我们也可以看出，奥尔的诗风多少有点像他的导师和朋友斯坦利·库涅茨：感情炽热，语言简练，形象鲜明，音乐性强。他受库涅茨影响颇深，他的评论集《斯坦利·库涅茨：引进诗歌》（*Stanley Kunitz: An Introduction to the Poetry*, 1985）是具体的例证。总的来说，奥尔的艺术特色在于高度的坦率、直截了当，毫不装腔作势，而且涉笔成趣。

奥尔学历并不高，获俄亥俄州安蒂奥克学院学士（1969）和纽约哥伦比亚大学文学硕士（1972）。1973 年，与画家特丽莎·温纳（Trisha Winer）结婚，生两女。任教于弗吉尼亚大学，1975 年创立文学硕士写作计划，曾任《弗吉尼亚季刊评论》诗歌编辑（1978—2003）。在 1973～2009 年，发表 13 本诗集，获希伯来青年会发现奖（1970）、美国诗人学会奖（1970）、面包作家会议学者奖（1976）、古根海姆学术奖（1977）、两次国家艺术基金会诗歌奖（1978, 1989）、富布莱特学者奖（1983）和美国艺术暨文学学会文学奖（2003）。

第二十二章　后垮掉派诗歌

后垮掉派是继承和发扬垮掉派精神遗产的一个流派。它同垮掉派一样，既关心时事、世事、眼前的俗事，也关心东方宗教、哲学和文学，甚至关心虚无的来世，是一个非常关注社会现实，同时又非常浪漫而通俗的新诗歌流派。身在后垮掉派之中的吉姆·科恩告诉我们说，他们有一个既“向往”又“怨恨”的共同史，总是渴望人们所没有的东西，拥有人们所不要的东西，有着荒诞派的异常感，易于狂欢作乐的气质，神圣不可侵犯的小淘气，对小意外常常嘲笑自己。总的来说，后垮掉派的诗歌是反映时代精神的诗歌，它的实践证明：从反越战斗争的年代到美国两派党争的 21 世纪，它总是回应和忠实地记录了影响美国自己和世界的政治、军事、经济、文化和精神的各种社会动荡。[①]

第一节　后垮掉派诗歌鸟瞰

众所周知，20 世纪 50 年代，在旧金山著名诗人雷克斯罗思的促进下，金斯堡、斯奈德、凯鲁亚克、麦克卢尔、惠伦、巴勒斯、科尔索、奥洛夫斯基等一批垮掉派诗人脱颖而出，逐渐从边缘的先锋派诗人地位跨进美国主流诗坛。其中金斯堡成了拥有全世界读者最多的美国诗人，尽管他无缘戴上美国桂冠诗人的桂冠或者获得诺贝尔文学奖。随着时间的流逝，到了 20 世纪后期，垮掉派诗人已经风光不再了。对此，杰克·弗利在一次采访中说：“代之以痛惜垮掉派一代人的‘走去’，我们应当问他们的能量如何被现在利用。何种的《嚎叫》，何种的《科迪的幻象》可能留给我们？”[②]

---

① Jim Cohn. “POSTBEAT POETS.” *Sutras & Bardos: Essays and Interviews on Allen Ginsberg, The Kerouac School, Anne Waldman, Postbeat Poets and The New Demotics*. Museum of American Poetics Publications, 2011.

② Sarah Rosenthal. “Cityscerch Interview with Jack Foley.” *O Powerful Western Star: Poetry & Art in California* by Jack Foley. Oakland, CA: Pantograph P, 2000: 167.

对弗利这发人深思的提问，后垮掉派诗人作了最好的回答。按照后垮掉派诗人吉姆·科恩的看法，后垮掉派诗人以垮掉派作家、相关的文学流派和文学运动为榜样，在反越战期间或不久之后，同民权运动、60年代的反文化和新左派一道成熟了起来。

1. 后垮掉派诗歌的界定及其书刊的面世

80年代早期，后垮掉派诗人初露头角源于一批成熟的诗人开始用“后垮掉派”（Post-Beat 或 Postbeat）和“新垮掉派”（Neo-Beat）来描述他们的艺术风格，因为他们在追求自由和新生活方式、张扬反叛的个性、抗议社会不平等、坚决反战、关注生态、大胆表述性体验、探索新的表现手法等等方面一脉相传于垮掉派诗人，特别是金斯堡。一般评论家认为，后垮掉派诗歌是试验性、边缘性和独立性出版社出版和网上发表的诗歌，是垮掉派诗歌遗产的延伸，这是共同的看法，大家对此毫无疑义。亲身投入后垮掉派诗歌运动的吉姆·科恩对它作了如下界定：

> 作为松散地联合在一起的另类社群阵线，后垮掉派诗人创作新的通俗诗歌，它扩展垮掉派的文化和政治遗产。他们的中心人物和影响力的源泉是富有同情心、走遍全球的诗人艾伦·金斯堡，他用持久的非暴力维权行动，反对审查、帝国主义政治和对无能为力者的迫害，赢得了公众的广泛认可，赢得了跨越阶级、种族、性别、宗教、性取向和能力差异的信誉。①

马克·克里斯琴（Marc Christian）在采访吉姆·科恩时问道：“你非常熟悉实际的诗歌景观。你对‘垮掉派继续向前’的口号有什么看法？你认为有一个新垮掉派运动吗？”他的回答是：

> 我把一个非常广泛的诗人圈定性为后垮掉派，并认为自己是该团体的一分子。界定后垮掉派的一个方面是它的互联性。另一个方面，我们当中的许多人与垮掉一代作家有着个人的关系。因此，后垮掉派的核心是垮掉派的继续。从垮掉派诗人那里继承的遗产之一是扩展的革命性的诗歌推动力，它体现在后垮掉派互联的扩展性的团体中。继续着的另一样东西，是体现在后垮掉派最优秀的作品之中的垮掉派隐

---

① Jim Cohn. “POSTBEAT POETS.”

含的观念：尊严，人类经验的尊严。[①]

马克·奥姆斯特德（Marc Olmsted, 1953— ）则把继承垮掉派者笼统地称为新垮掉派（Neo-Beat）。他认为，这个界定无法很严密，因为要把垮掉派继承者纳入新垮掉派的人太多太多，而且无法有一把精确衡量的尺度，于是他说："我让你自己决定谁是谁不是新垮掉派。如果你喜欢垮掉派，在创作时进一步传承垮掉派诗风，那就好啦！如果我列一个表，有人会生大气，因为我忘记了他们。还有足够的空间，给未来自以为了不起的年轻人。如同金斯堡在给鲍勃·迪伦第17张录音专辑《欲望》（*Desire*, 1976）护封上写的评介所说，'哦，世代继续不断！'"[②]

不管对后垮掉派的界定有几种或者界定精确与否，到目前为止，绝大多数人采用后垮掉派这个术语，指一大批继承垮掉派特别是金斯堡诗风的诗人。他们的人数远比语言诗派诗人多得多，但却比语言诗派诗人松散得多。吉姆·科恩根据后垮掉派在1962～2010年间发表作品的情况，主编了《后垮掉派诗人1962～2010年表》（*A POSTBEAT POETS CHRONOLOGY: 1962-2010*, 2010），收录的诗人达93人之多！他把语言诗派人克拉克·库利奇、纽约派诗人埃德·桑德斯以及大名鼎鼎的鲍勃·迪伦也拉进了后垮掉派阵营。

2006年，《帕特森文学评论》（*Paterson Literary Review*）在其纪念金斯堡专刊上，推出了一批后垮掉派诗人安特勒、安迪·克劳森、吉姆·科恩、戴维·科普、艾略特·卡茨（Eliot Katz, 1957— ）、马克·奥姆斯特德和杰夫·帕涅瓦兹（Jeff Poniewaz, 1946— ）等。刊登后垮掉派诗歌的主要杂志还有《远投》（*Long Shot*）、《尖叫》（*Big Scream*）和《凝固汽油弹温泉疗养地》（*Napalm Health Spa*）。

艾伦·考夫曼（Alan Kaufman）与S. A. 格里芬（S. A. Griffin, 1954— ）合编的《美国诗歌的叛道圣经》（*The Outlaw Bible of American Poetry*, 1999）收录了不少后垮掉派诗人的作品。戴维·科普主编的《纳达诗选》（Nada Poems, 1988）由17位后垮掉派诗人供稿。

小加里·帕里什（Gary Parrish, Jr.）和利安·比福斯（LeAnn Bifoss）主编了《来自潘尼小巷的诗篇》（*Poems From Penny Lane*, 2003）。安妮·沃尔德曼在为它写的序言中，热情地称赞说："这本诗集度过了许多许多周一

① Jim Cohn. "Is The Web Beat?: Interview by Marc Christian." *Sutras & Bardos: Essays & Interviews on Allen Ginsberg, The Kerouac School, Anne Waldman, Postbeat Poets & The New Demotics.*

② Marc Olmsted. "The Future and Neo-Beat." *Poetix*, an online journal, September 2007.

的月夜，投入了那洛巴大学一群年轻作家和主编的奉献和才智。这是一本广泛而富有吸引力的选编。它展现了新鲜的前进中的反诗学，学术和抒情团伙官僚圈的主流之外的反诗学。”

在90年代早期，弗农·弗雷泽首次来中国同中国诗人进行文化交流，是第一个给中国诗坛带来美国后垮掉派信息的诗人。他主编的《后垮掉派诗选》（*Selected Poems of Post-Beat Poets*, 2008）[①]所选的诗人有20人之多，没收进去的还更多，例如，没有收入《后垮掉派诗选》的西海岸杰克·弗利，同东部的后垮掉派诗人相比，在继承和发展垮掉派诗歌传统上，也有同样出色的表现。在后垮掉派诗人群之中，安妮·沃尔德曼、弗农·弗雷泽、吉姆·科恩、巴里·沃伦斯、鲍勃·霍尔曼坦、杰克·弗利、安特勒、安迪·克劳森和戴维·科普等尤其值得我们注意。他/她们除了具有后垮掉派诗歌的共性外，还保持了各自独特的艺术个性。作为新时代的幸运儿，他/她们得益于后现代时期的科技进步和更加宽松的社会氛围。他/她们在现代爵士乐或摇滚乐队伴奏（包括自己弹奏）下的诗歌朗诵表演方面取得了显著的成绩。他/她们在诗歌创作上不但借助纸质传媒，而且成功地利用了当代多媒体，例如，电视、互联网、CD、VCD 等，争取到更多的读者和听众，而这是垮掉派诗人当年梦想不到，也无法实现的。

弗农·弗雷泽说，他在通信和谈话时使用“后垮掉”这个词来描述他的诗歌和小说的根。其他的一些作家则喜欢在杂志和电子出版物上使用“新垮掉”这个词来彰显他们的写作风格。他认为，“新垮掉”这个词不太准确，这意味着这些作家是在有意识地和垮掉派竞赛，并想超过前一个时代的垮掉派文学风格，实际上不然，后垮掉派作家其实是在新时代沿用和扩展了原来垮掉派作家的风格。垮掉派使用诗行铺满稿面的手法，后垮掉派的一些诗人也在使用。五六十年代垮掉派诗人，例如肯尼思·雷克斯罗思、劳伦斯·费林盖蒂、杰克·凯鲁亚克、肯尼思·帕钦等，爱用爵士乐伴奏他们的诗歌朗诵，几乎大多数后垮掉派诗人也都喜爱用乐队或音乐伴奏朗诵，例如，弗农·弗雷泽在乐队的伴奏下，既朗诵又拉低音大提琴；珍妮·庞密一维加（Janine Pommy-Vega, 1942—2010）与管乐队一起演出；米克哈伊·霍罗威茨（Mikhail Horowitz, 1950— ）用爵士乐、滑稽说笑与他的朗诵结合在一起，艺术效果极佳；巴里·沃伦斯坦、劳伦斯·卡拉迪尼（Lawrence Carradini, 1953— ）、史蒂夫·达拉钦斯基等后垮掉派诗人由前卫爵士乐伴奏的朗诵都生动活泼，吸引听众。他们扩展了音乐伴奏朗诵的

① 《后垮掉派诗选》主要由文楚安、雷丽敏翻译，2008年由上海人民出版社出版。

传统。弗雷泽认为，这样的朗诵能使伴奏者帮助传达诗的情绪和意义。这和垮掉派诗人用博普爵士乐伴奏朗诵有所不同。金斯堡和巴勒斯后来才用先锋派作曲家和爵士乐演奏者为他们的朗诵伴奏。弗雷泽坚信，是后垮掉派时代的录音制片公司为了商业目的而发展了诗人与演奏者合作的艺术。

吉姆·科恩认为，后垮掉派诗人所做的是忠实记录美国与世界关系中的主要精神剧变，用诗歌诚实地记录这个时代。后垮掉派理解和实践的诗歌继续遵循沃尔德曼所说的“尊重口头文化——所谓第三/第四世界文化（多元世界文化）的巨大贡献，尊重不起源于西方古典传统的种种活传统”①。他还认为，后垮掉派的“目标是超越人类自我造成的大规模灭绝。改正行动是要求用娴熟的手段，警惕秘密的机器控制股市运用纳粹、日本武士、毒品、性、战争、职位、企业、体育、地主、卡特尔、世界权威机构等手段，把所有的资金吸收到地球的这块禁闭之处。这恰恰是后垮掉派诗人的另一个使命”②。

2. 后垮掉派诞生时间的确定

后垮掉派时代何时开始有几种说法：一种说法是鲍勃·迪伦1965年7月25日在纽波特民间艺术节上的激情演出，带动了后垮掉派。另一种说法是那洛巴大学杰克·凯鲁亚克精神诗学学院在1974年的成立，为培养大批后垮掉派诗人提供了条件，不妨说它成了培育后垮掉派诗歌的摇篮。吉姆·科恩认为，那洛巴大学借助沉思激进主义催生了后垮掉派。杰克·凯鲁亚克精神诗学学院用它的课程、创作班、研讨会、小组讨论、讲课、阅读和主要的前卫诗人朗诵表演，发展了一个全心全意的诗歌团体。③ 还有一种说法是，金斯堡1997年的去世，标志着垮掉派时代的结束，后垮掉派的开始。

根据弗农·弗雷泽的调查，④“后垮掉”一词直接表达在诗里最早见于史蒂夫·达拉钦斯基（Steve Dalachinsky, 1940— ）1980年创作、1985年发表的诗篇《后垮掉派诗人》（“Post Beat Poets”）里。诗的开头是：

> 我们是后垮掉派诗人，我们是电视的一代
> 我们是吸毒、性爱和亵渎的真正的感受者

---

① Jim Cohn. “POSTBEAT POETS.”

② 见吉姆·科恩2011年10月5日发送给笔者的电子邮件。

③ 见吉姆·科恩2011年10月5日发送给笔者的电子邮件。

④ 弗农·弗雷泽：《后垮掉派诗选》前言《致中国读者》。

我们是战后试验的事后思考者
我们是骚动和变化中的国家的后果
我们是被糟蹋了的适应性强的和被歧视的
　　　　最后超过三十岁的一伙[①]
我们是原子弹的受害者和吸食迷幻药的堕落者
我们使大麻成了家喻户晓的一个词，遭到我们的父母反对
我们试图澄清摆在我们前面的一切知识

如果说诗的开头用反讽的手法强调后垮掉派诗人的玩世不恭和反战情绪，那么诗的结尾则点明了他们的生活态度：

我们是后垮掉派诗人
在对我们最近的传统更加置信不疑和自豪时
发现懒洋洋躺在彩色电视机旁地毯上蜜色猫冷漠的绿眼睛
……
我们，嬉皮士，不分阶级
非常原始的20世纪
非常的信息灵通
我们都有我们的特长
我们的意图
我们个人的风格
我们的信仰
经常改变而又总是一样
　　　　我们都有自己的好日子，
我们的时代来临了。

达拉钦斯基这种不断罗列事物的艺术手法并不新鲜，早在19世纪惠特曼就大量使用过，垮掉派金斯堡使用得也很娴熟而突出，不能典型地代表后垮掉派的艺术特色，但是，他的贡献在于他首次在诗中鲜明地宣告了后垮掉派的存在和他们的生活哲学。同时，他也透露了后垮掉派诗人有一

---

① 20世纪60年代，美国有一个口号："别信任超过30岁的人。"弗雷泽认为，影响美国文化变化的的确是年轻人，所以那时年轻人处处显得"天下舍我其谁"的英雄气概，但具有讽刺意味的是，时间不饶人，提出这个口号的人如今已经50岁了，当时接受这个口号、欢呼青年运动的后垮掉派诗人（包括弗雷泽本人在内）大都也已经年过半百了。当年年轻的一代而今却是年老的一代。

个安定的生活环境，否则，他们不可能有养猫的闲情逸致，让猫懒洋洋地躺在电视机旁的地毯上。垮掉派诗人以前过的是波希米亚式的生活，那时生活费用低，房租和食物便宜，他们可以到处流动而放荡不羁，可是到了70年代，美国经济下滑，使波希米亚式的生活失去了经济基础，因此多数后垮掉派诗人不得不寻找稳定的工作，例如大学教授、编辑、社会福利工作者、牧师等使生活有保障的职业。当然，其中不乏蓝领阶层的诗人，例如，安特勒和安迪·克劳森。

3. 后垮掉派诗人的庇护者和提携者：金斯堡

吉姆·科恩认为，金斯堡在杰克·凯鲁亚克精神诗学学院和布鲁克林学院养育了数不清心头的儿子（heart sons），如同中国口语中常说的心头肉。在他们之中，金斯堡特别垂青安特勒、安迪·克劳森和戴维·科普，提携他们达20多年之久。金斯堡把安特勒看成是公开的惠特曼同性恋传统的承载者；把安迪·克劳森看成是尼尔·卡萨迪和格雷戈里·科尔索速射虚伪——爆炸诗学的直接继承者；把戴维·科普看成是W. C. 威廉斯/查尔斯·雷兹尼科夫客体派核心的承载者。戴维·科普本人也承认：

> 金斯堡作为一个曾受益于惠特曼、W. C. 威廉斯和庞德影响的传统主义者，在年轻一代后垮掉派诗人中找接班人。例如，他发现安特勒预言式的长诗行源出《嚎叫》《草叶集》和《旧约全书》；安迪·克劳森野性的劲头使他联想到他的同代诗人尼尔·卡萨迪；发现戴维·科普短小的客体派短诗有查尔斯·雷兹尼科夫和W. C. 威廉斯的影子。[①]

金斯堡甚至于1984年在中国教学和旅行时，都不忘给科普寄明信片，报告他的近况，其中一张明信片，科普把它排列成诗歌形式：

1984年11月11日星期天下午
亲爱的戴维：在朦胧的轮船休息室里

　长江上朝下游驶去第三天，
昨天通过三峡，发夹似的

① 见戴维·科普2012年11月23日发送给笔者的电子邮件。

弯曲河道，朦胧的阳光，水泥厂
处处煤尘四起，全中国得了
过敏性大感冒。文学代表团
在三个星期之后回国了，像
惯常一样，分开后，我此刻
独自旅行——除了无所不在的
友好的中国官方人士在机场
和轮船会见我，陪我到旅游
酒店，帮我订餐。我想弄明白
眼前的情况——羡慕两个坐
四等舱的留胡须的嬉皮士
在统舱里吃着香蕉和橘子——
一些旅客坐在通道的垫子上
下跳棋。游览了北京，长城；
　　苏州园林；杭州西湖的长堤，
苏东坡和白居易做官时在干旱
年代为蓄水而筑的堤坝。看到了
苏州寒山寺，斯奈德听到了
千年钟声的回响。
　　爱你　艾伦·金斯堡

金斯堡对青年诗人之热情由此可见一斑。戴维·科普后来把它发表在他主编的诗刊《大喊》上。他说："我应当永远感谢艾伦·金斯堡同我 22 年来的友谊和对我诗歌的信任。"[①]

吉姆·科恩为此说："金斯堡还邀请这三位年轻诗人到那洛巴大学和布鲁克林学院作诗歌朗诵表演和教书。虽然这三位金斯堡心头的儿子没有获得他们的导师的名气，但他们大量的作品、书信和互动展现在金斯堡文件里，证实了他们个人参与符合后垮掉派意向和愿望的整个集中的活动。"[②] 戴维·科普本人也坦承，说："安迪·克劳森、安特勒和我都相互关注，为对方的进步和收获而高兴，为对方的苦恼而分忧。不过，我们仅是经过金斯堡介绍而在一起成长的最显著的三个人。在那洛巴大学结识的还有一

---

① David Cope. "What Thou Lovest Well." Foreword to *Moonlight Rose in Blue: The Selected Poems of David Cope* (forthcoming).

② Jim Cohn. "POSTBEAT POETS."

群诗人，例如吉姆·科恩、马克·奥姆斯特德和艾略特·卡茨等等，这些年来，我们之间也相互关注。”①

几十年来，金斯堡一贯待人慷慨而真诚，只要他们这些后辈诗人有请，他总会在他们的诗集前言或序言里或在护封上不吝赞美之词，推荐他们的诗集出版，为他们获奖美言，为他们找做讲座和诗歌朗诵的场所，介绍他们彼此认识，相互促进。安特勒、克劳森和科普的共同特点是经过了底层社会的跌打滚爬，特别关心社会底层民众的生活，在金斯堡去世后，都取得了令人注目的诗歌成就。他们明快、简朴、率性的诗歌，给美国当代诗带来一股清新之风。

据吉姆·科恩的记载，1996年，金斯堡的学生格洛丽亚·布雷姆（Gloria G. Brame）直接问金斯堡：哪些年轻诗人正从事最有希望的创作？你有没有感觉到谁同你在文学上有最亲的近缘关系？金斯堡于是耐心地列举了在杰克·凯鲁亚克精神诗学学院学习的学生安特勒、安迪·克劳森、艾略特·卡茨和保罗·比蒂（Paul Beatty, 1962—　）以及在布鲁克林学院学习的非裔美国女诗人萨菲尔（Sapphire, 1950—　）。当然这是金斯堡当时的随口回答，类似优秀的年轻诗人远不止这几个。

总之，受到过金斯堡熏陶的后垮掉派诗人，也没有辜负他生前对他们寄托的殷切希望。例如，曾经当过金斯堡助教的吉姆·科恩如今成了捍卫垮掉派诗歌和阐释后垮掉派诗歌的权威理论家。

4. 后垮掉派诗歌的时代特征和创作特色

依据吉姆·科恩的亲身体会，后垮掉派诗人生活在一个不为垮掉派诗人所知的更高度复杂、苦恼和技术先进的世界。如果垮掉派可以由金斯堡名句“我看见这一代最杰出的精英被疯狂毁坏”作为标志的话，那么后垮掉派就会令人想起那批人，但他们有信心和自由走出心理深渊，用他们自己的双眼，亲自探索世界。在目前，他们怀着没有占有欲的爱、对朋友和陌生人的柔情、无比的诚实、对政治和社会问题的敏感与探讨、对“潜藏技能”的掌握，以诗歌和歌曲中的一种古老节奏和乐音的萨满教式力量，进行诗歌创作。他还认为，后垮掉派诗人不同于以反文化占主导地位和摇滚乐明星身份的垮掉派诗人，他们体现了社会心理、文化、道德和精神基础越来越深入的深层次，这与政治、女权主义者、种族、性、性别和残疾的如今强大的关系网有着密切联系，而他们与此相关的诗歌就在多种语际

---

① 见戴维·科普2012年11月23日发送给笔者的电子邮件。

和可转移的媒体上运作。

后垮掉派诗人还试图挖掘语言表现的潜力。例如，埃德温·托里斯（Edwin Torres, 1958—　）在纽约东村另类文化的熏陶下，在探索英语表达方式的可能性上狠下工夫，其风格在某种程度上接近语言诗，他的朗诵很难使听众很快得到感应。弗雷泽在语言运用中吸收凯鲁亚克即兴创作技巧。霍罗威茨从金斯堡运用俏皮话的技巧中受到启发，通过双关语，扩展语言表现力。英语读者尚能欣赏他们挖掘语言表现力的种种尝试，但有时无法翻译成汉语。无独有偶，中国的中间代诗歌提倡者安琪（1969—　）最近似乎也有类似的尝试，例如她的诗集《任性》（2002）。这类诗在书面阅读时已经使读者感到费劲，当然更难通过朗诵接近广大的读者群。弗雷泽已经认识到此种艺术手法的局限性，在他编选《后垮掉派诗选》时剔除了这部分诗人及其作品。不过，他的诗集《即兴：1～24》（*IMPROVISATIONS I-XXIV*, 2000）和《即兴：25～50》（*IMPROVISATIONS XXV-L*, 2002）却是只能供视觉欣赏而无法朗诵的语言诗或具体派诗。看来中国的安琪、康城们从弗雷泽偏重扩大语言诗性空间的这一面也许能找到知音，她/他们任性（或韧性）地坚持自己所钟爱的艺术形式迟早会有所成就。

不过，他们当中还有人创作晓畅、直白的诗，例如吉姆·科恩、杰克·弗利、安特勒、安迪·克劳森和戴维·科普等等一大批诗人。其中以戴维·科普为最典型，他的诗达到了妇孺皆知的境界。戴维·科普在谈到后垮掉派诗人各自的艺术个性时说："我想，这些诗人都是受惠于金斯堡而成长的一代，但是一开始各自以自己的方式绘出不同的诗歌创作旅程，注意到这一点是很重要的。"[①] 换言之，在艺术形式上，后垮掉派诗人各有自己的特点，如同金斯堡与斯奈德或菲利普·惠伦在艺术风格上各不相同一样。

后垮掉派诗人对垮掉派诗人有继承的一面，也有区别的一面，其区别除了上面笼统地提到的之外，至少还有明显的七点：

1）弗雷泽认为，20 世纪 60 年代之后，垮掉派诗人为美国开创了包括服饰和发式在内的异于传统而又各色各样的生活方式，而他们的作品和生活方式为后垮掉派诗人更大胆地表现自己铺平了道路。相对而言，垮掉派诗人所处的时代比起后垮掉派诗人所处的时代，社会压束力大，限制严，而后垮掉派诗人比垮掉派诗人的生活环境宽松得多，因而言行更加自由。[②]

---

① 见戴维·科普 2012 年 11 月 23 日发送给笔者的电子邮件。

② 见弗农·弗雷泽发给笔者的电子邮件（2002 年 9 月 25 日）。

2）基于市场的需要而被出版社和批评家放在垮掉派作家之列的查尔斯·布考斯基对后垮掉派诗人有很大的影响。[①] 布考斯基是一个比较寂寞的蓝领诗人，他关注的是社会下层的生活：无家可归者、与酗酒的女人鬼混者、赛马赌徒、做下贱工作的人。他虽然不被美国学院派看好，但他对上流社会大不敬的态度和前卫的或"反文学"的写作风格却对后垮掉派诗人具有很大的吸引力，而且他的名声远播欧洲。实际上，后垮掉派诗美学的平民性和大众化（除了极少数有语言诗倾向的后垮掉派诗人）与垮掉派的诗美学一脉相承，特别是后垮掉派蓝领阶层诗人的诗美学更是如此，其中尤以戴维·科普为最。他作为多年干体力活的劳动者，目击了社会底层形形色色的人和事，最同情下层社会的劳苦大众，因而养成了直白而简单的诗风，主要是为平民百姓而创作，这恰恰迥异于 T. S. 艾略特为每个时代少数有质量的读者而创作的精英诗美学，也明显有别于同时代的语言诗派为少数知识精英创作的隐晦诗美学。斯蒂芬·弗雷德曼教授谈起语言诗时，指出它的诗美学是"故意模糊，要求同辈诗人或读者通过接受一套直觉或非理性的命题而获得一种神秘的飞跃"[②]。在创作实践中，只有少数后垮掉派诗人尝试运用语言诗的艺术手法。

3）后垮掉派诗人参与到几乎每个中等城市都存在的另类文化活动之中。他们除了在各种小杂志[③]上发表作品外，更积极投身于混合媒体的诗歌创作（例如，网络版诗歌），在《夹克》《文学反冲》《牛奶杂志》等在线诗歌杂志上以及越来越多的其他电子出版物上发表诗作，而且他们通过互联网、电子邮件、互赠出版物，几乎把全美国各个中等城市的志同道合的诗人纳入非正式的联络网，他们为此都乐意称自己为后垮掉派诗人。他们这种发表和出版方式在垮掉派诗人时期是不可想象的。在年龄和出道的年代上，他们有些像中国的朦胧派诗人，但在发表的方式和松散的相互联系上则有些像中国的中间代、70 代和 80 代。

4）后垮掉派诗人对垮掉派诗人而言，是年轻的一代，接受新时代的艺术影响，因而影响了他们对语言的使用。例如，斯凯勒·霍夫曼（Schuyler Hoffman, 1947— ）酷爱抽象表现派画家杰克逊·波洛克[④]的艺术表现手

---

① 见弗农·弗雷泽发给笔者的电子邮件（2002 年 9 月 25 日）。

② Stephen Fredman. "Mysticism: Neo Paganism, Buddhism, and Christianity." *A Concise Companion to Twentieth-century American Poetry*: 193.

③ 例如，*Bouillabaisse, Caf_Review, Hunger Magazine, Nerve Cowboy, Plain Brown Wrapper* 和 *Home Planet News* 等小杂志。

④ 保罗·杰克逊·波洛克（Paul Jackson Pollock, 1912—1956）：美国画家，抽象表现派主要代表，以用"滴画法"在画布上滴溅颜料作画著名于世。波洛克是纽约派诗人和垮掉派诗人的朋友，他们常在纽约的雪松酒店喝酒作乐。

法，深受其画风的影响，以至于他诗中的词句也常常洒满稿面。斯凯勒·霍夫曼除了用乐队伴奏他的朗诵外，还拓展了垮掉派诗人书面艺术形式上的表现空间。

5）由于女权主义的影响，后垮掉派女诗人，例如谢里尔·汤森（Cheryl Townsend, 1957— ）、莱斯利·莱恩·拉塞尔（Leslye Layne Russell, 1946— ），比垮掉派女诗人在暴露色情方面更大胆，进一步扩大了垮掉派已经开拓的这个为大众可接受的题材范围。

6）和垮掉派诗人被主流文坛接受之前的处境一样，后垮掉派诗人现在处于文学的边缘。正因为如此，他们关注社会问题，例如，科帕尔·戈登（Kirpal Gordon, 1952— ）用垮掉派的艺术手法，对无家可归的现象和其他社会问题发表犀利的抨击，因此他的朗诵能产生很大艺术感染力。后垮掉派诗人更容易接近社会底层的广大读者群，这就决定了他们作品的平民性，而用前卫爵士乐、搞笑和朗诵结合在一起的方式是诗人接近广大听众的有效途径，如同时下的流行音乐，让大批年轻听众听得如痴如醉。

7）更重要的一点是后垮掉派具有一种超越性，体现在它提倡革命精神的多元化。和过去垮掉派诗人参加反越战游行示威、拒绝服兵役稍有不同的是，后垮掉派诗人在新的历史形势下，站在新的高度，提倡反对恐怖主义。按照吉姆·科恩的看法，后垮掉派诗歌的作用是带着同情心反对国内外不断升级的恐怖主义。他认为，偏见是一种精神恐怖主义的征兆，而几个世纪以来的敌对状态、误解和各个竞争的文明、各个政府、世界上各类宗教造成的怨恨是对向往解放的一种背叛。尽管他没有明显指出造成当今恐怖主义泛滥的根本原因，但对美国政府一元独尊的批评却隐含在他的字里行间。这从他明显地提倡保护美国土著居民——印第安人文化的态度上看得出来。他说，后垮掉派抵制民族隔阂，土著作家已经在历史上被白人的单一文化忽视得无从觉察了。科恩认为，后垮掉派的明智是高度赞赏与人类事务有关的高贵品格，而后垮掉派诗歌的创造性、调皮性和不可捉摸性无不像世界上聪明的耍花招者，通过破坏进行新的创造，经过失败取得成功。科恩在这里所说的耍花招者是指孙悟空这类的神通广大者。所以，后垮掉派诗歌的超越性，显然不是从前的垮掉派明显地对抗现行的不公正的社会体制，而是通过其特有的幽默和讽喻，反映它对社会公正的诉求。①

---

① Jim Cohn. "Postbeat Transcendence." *Sutras & Bardos: Essays and Interviews on Allen Ginsberg, the Kerouac School, Anne Waldman, Postbeat Poets and the New Demotics* by Jim Cohn. Museum of American Poetics Publications, Boulder, Colorado, 2011: 139.

第二节　安妮·沃尔德曼（Anne Waldman, 1945—　）

作为试验诗歌运动的著名诗人，“前驱”试验诗界的积极成员，安妮·沃尔德曼在60年代就成了东海岸诗歌景观的一部分，同纽约派第二代有松散联系，与垮掉派有紧密联系。虽然有个别评论家认为她在严格意义上不是垮掉派诗人，但是我们认为，无论从她的诗歌活动、她的诗风或她与金斯堡长期合作等方面看，她应当算是后期垮掉派运动的重要成员，何况她还任那洛巴大学杰克·凯鲁亚克精神诗学学院杰出教授和曾任那洛巴大学著名的暑期创作写作课程主任，何况金斯堡还称她是他的“精神妻子”。

诗运亨通的沃尔德曼，作为垮掉派诗歌运动后期金斯堡的朋友和搭档，取得了举世瞩目的成就，成了垮掉派与后垮掉派诗人之间一个最重要的过渡性杰出诗人。[①]她完全有资格位列垮掉派后期诗歌队伍的干将，更有威望站在后垮掉派的前列。当笔者问到她金斯堡的去世是否标志垮掉派诗歌完成了它的历史使命，但它的影响依然对当代美国诗歌特别是后垮掉派诗歌起影响时，她回答说：“是的。我要说垮掉派诗歌影响继续存在，仍然活跃在诗坛上的黛安·迪普里玛、珍宁·波米·维加（Janine Pummy Vega, 1942—　）、乔安妮·凯杰（Joanne Kyger, 1934—　）、加里·斯奈德、阿米里·巴拉卡等诗人都在不同的时间与垮掉派诗歌运动有联系。垮掉派作品同时对其他许多国家作家的创作有影响。但也存在着垮掉派‘时期’的历史感。”[②] 她所谓的垮掉派时期的历史感，说明垮掉派诗歌已经与历史联系起来了，尽管她没有直接承认垮掉派诗歌已经完成了它的历史使命，但她同意把自己的诗稿送交弗农·弗雷泽收进《后垮掉派诗选》，也足以表明她的态度了。

沃尔德曼在弗蒙特州本宁顿学院上学期间，霍华德·内梅罗夫是她的指导老师，他是受威廉·布莱克和叶芝这类正统诗人影响下成长的诗人，对阿什伯里、弗兰克·奥哈拉、垮掉派诗人尤其是金斯堡的诗歌并不在意，而这些纽约派诗人和垮掉派诗人却是她的最爱，因此她常常就此与他们争论。她当时意识到，在以白人男子异性爱焦虑为榜样的学院诗歌与以狂放

---

① 安妮·沃尔德曼在美国诗歌界的影响是多方面的，她还被列入纽约派诗人的行列，可能是她在主持纽约圣马可教堂诗歌项目期间与纽约派诗人联系紧密的缘故。见 *Ginsberg: A Biography* by Barry Miles. New York: Simon and Schuster Inc., 1989: 531.

② 见安妮·沃尔德曼2003年7月8日寄给笔者的电子邮件。

思想、自发行为、较少生活保障的生活方式、政治上与主流唱反调、艺术试验性强以及其他难以启齿的行动和偏离为特征的诗歌（她称之为“局外人”传统）之间存在着一条鸿沟。1965 年，她出席了加州大学伯克利分校诗歌讨论会，听了奥尔森、邓肯和金斯堡的诗歌朗诵，下定在毕业后当诗人的决心。她的父亲是希腊人，母亲是美国人，都是诗人，她做出终身从事诗歌创作的决定并不奇怪。在她的诗歌生涯中，有两件助她成功的重大事件：管理和主持圣马可教堂诗歌项目和杰克・凯鲁亚克精神诗学学院。

沃尔德曼大学毕业时才 21 岁，就当上了纽约“圣马可教堂诗歌项目”（St. Mark's Church in-the Bowery Poetry Project）的助理主任（1966—1968），接着又任主任（1968—1978）。这是一个令诗人们羡慕的位置，使她一起步就作为诗歌项目的协调人和组织者，有机会接触更多的名诗人、青年诗人和出版界。该项目历史不长，但在美国诗歌界影响颇大。随着 20 世纪 60 年代城市社科项目的投入，一个有三个独立小组的文艺组织借纽约平民区东村鲍厄里街圣马可教堂的地方成立了戏剧组“创世记戏剧界”（Theater Genesis）、舞蹈组“舞蹈场地”（Dance Space）和诗歌中心“诗歌项目”（The Poetry Project）。原来在圣马可教堂以及附近咖啡屋举行的松散的没有资助的诗歌朗诵，在 1967 年正式纳入了“诗歌项目”。在诗人们的努力下，特别是在安妮・沃尔德曼的领导下，它成了美国诗歌革新的重要基地之一。金斯堡对“诗歌项目”评价很高，说它“火热得如同纽约雪地里燃烧着的煤块”。杰罗姆・罗滕伯格对“诗歌项目”评价也很高，说它是“发展到我们通向不断前进的令人肃然起敬的诗歌中心的最近途径”。[①] “诗歌项目”为培训诗人每年提供三个星期的诗歌系列朗诵、写作班、双月刊《新闻通讯》、文学年刊《世界》、每年一次的“元旦马拉松诗歌朗诵”及可以供借阅的朗诵磁带和档案文件资料。在谈起这个项目时，她告诉笔者说：“我们经常开办创作班，每周开诗歌朗诵会，出版诗集，开专题讨论会。我为这个项目主编了好几本书，例如《另一个世界》（*ANOTHER WORLD*, 1971）。这个项目仍然存在。2002 年秋季，我去教一个创作班。经费由好几个基金会和纽约州艺术委员会提供。”[②]

安妮・沃尔德曼对佛教的浓厚兴趣使她有机会和金斯堡共同创办杰克・凯鲁亚克精神诗学学院。这是沃尔德曼诗歌生涯中的重要阶段。她在这里与金斯堡建立的深厚友谊不但提高了她的知名度，而且像金斯堡一样，

---

① Jerome Rothenberg. “The History/Pre-History of the Poetry Project.” *The Poetry Papers*, No.127, St. Marks Poetry Project, New York, February/March 1988.

② 见安妮・沃尔德曼 2003 年 7 月 8 日寄给笔者的电子邮件。

能很方便地直接跟从西藏喇嘛学习佛学。她很早就接触到藏传佛教，早在60年代还是在本宁顿学院求学期间，在费城见到过蒙古喇嘛格喜·旺格尔（Geshe Wangyal），她在那里初步接受佛学教育。同时，从艾伦·瓦茨和其他学者有关禅的著作中，学到了一些有关禅的知识，认识到佛教是一种无神的宗教，是一种超出哲学或精神的心理实践。1970年夏天，她在曲羊达垅巴仁波切（1939—1987）[①]主持的佛教中心，首次见到达垅巴，开始向他学习金刚乘[②]的教义。同年晚夏，金斯堡在纽约街上叫出租车时初次见到达垅巴。据沃尔德曼回忆，是她首先把她见到达垅巴的情况告诉了金斯堡。

达垅巴对金斯堡和沃尔德曼诗歌生涯有重大影响，我们有必要对他有所了解。他在欧美的知识界，尤其垮掉派诗人中很有影响。从表面上看，达垅巴西装革履，讲一口流利的英语，写诗作画，热爱日本插花艺术，酗酒，疯狂开车，喜女色，很难把他与在庙宇里穿袈裟敲钟击鼓吹法号的虔诚喇嘛联系起来。1963年，他在牛津大学学西方哲学和比较宗教学。1969年，去不丹静修后还俗，娶英国姑娘为妻，生五子。1970年，移居美国，1973年建立金刚界中心，1974年在科罗拉多州博尔德创办那洛巴学院[③]，建立那烂陀翻译促进会，翻译佛经和仪规方面的典籍，并创办双月刊《香巴拉太阳》（*Shambhala Sun*）杂志。1976年，建立香巴噶举训练项目，任命他的美国信徒托马斯·里奇（Thomas F. Rich）为他的达磨继承人，协助管理金刚界中心和香巴噶举训练项目。达垅巴生前出版了17本佛学著作，在欧美用流畅的英语讲解佛法，吸引了众多的听众和信徒。

1974年夏，沃尔德曼和金斯堡在达垅巴新创办的那洛巴学院（后来改名为大学）举行诗歌朗诵，并开办诗歌创作讲习班。达垅巴也喜爱诗歌，想在那洛巴学院召开全美诗歌会议，建议他们在这里成立诗歌学院。他们接受了他的提议，合住一套公寓房间，筹备建校工作，不久杰克·凯鲁亚

---

① 达垅巴的出生年代有三个，据另一个资料来源，说他的出生在1940年，而根据金斯堡传记，说他出生在1939年。

② 起始于公元7世纪东南印度的一个教派，以《金刚顶经》为主要的佛典，强调众生“自性清净”与卢舍那“佛心”的聚结，通过禅定，使自性心与佛心结合起来。换言之，在思想中要把消极的观念空与智慧同积极的观念悲与方便融合在一起。

③ 即现在美国唯一的一所在佛学倡导下的那洛巴大学的前身和核心。

克精神诗学学院就成立起来了。[①] 她像金斯堡一样，虽然在诗歌里引证佛教典故，却超越了通常宗教和反宗教的定式，而是用来反对西方人的狭隘和虚伪。沃尔德曼在谈到她如何学习佛学时说："我们不像一般的佛教徒在庙宇里做通常的跪拜仪式，而是在香巴噶举中心打坐堂里打坐，围绕祷文、程式化手势和想象，通过沉思而觉醒。"[②] 可以这么说，他们向达垅巴学习佛学是各取所需。如果说金斯堡欣赏达垅巴的癫狂：酗酒时的失态（例如醉得在学生面前脱光衣服）、胡闹（例如主动挑衅路边的卡车司机，用水枪喷射司机而造成互相对喷）、性暴露（例如强迫他的男女信徒赤身裸体，要金斯堡剃光胡须，对金斯堡提议和他性交表示理解和感兴趣）等等[③]，那么沃尔德曼则对达垅巴强调女性的重要性感兴趣。正如诗人简·奥古斯丁（Jane Augustine）在她的文章《亚洲政治对当代非亚洲诗人的影响：黛安·迪普里马、艾伦·金斯堡、丹尼丝·莱维托夫、安妮·沃尔德曼》（"Asian Politics' Influence on Non-Asian Contemporary Poets: Diane di Prima, Allen Ginsberg, Denise Levertov, Anne Waldman", 1997）里所说："达垅巴着重宣扬金刚乘教义中的女性原则对妇女的吸引力不但在于对西方宗教的男性偏见起矫正作用，而且在于对诗人们来说有多重象征性的表征，是一个丰富的源头。"因此，她认为沃尔德曼"洋洋洒洒的诗篇持续地具体体现女性原则并非偶然"。在达垅巴所宣扬的佛教教义里受到启发和找到理论根据，是沃尔德曼热衷于佛教的重要原因之一。

我们在这里需要注意的是，沃尔德曼对佛教感兴趣不是通常佛教徒的那种虔诚的信仰，而是把它当作一种哲学来看待。她在爱德华·福斯特访谈录中说得很清楚："请记住：佛教不需要'信仰'——在那种意义上讲，它更多的是哲学而不是宗教。在我后来的诗篇里有着佛教的'观点'或者说诗篇上染上了佛教的色调。明显的是探讨佛学思想。"[④] 在中国，所谓道行

---

① 沃尔德曼最初建议校名为"格特鲁德·斯泰因学院"，但金斯堡提议校名为"杰克·凯鲁亚克学院"，沃尔德曼补充了"精神诗学"几个字，金斯堡起初不同意，但达垅巴觉得很好，从此正式使用使用"杰克·凯鲁亚克精神诗学学院"（Jack Kerouac School of Disembodied Poetics）这个名称。所谓"精神诗学"原来是指在缺乏物质条件下办学，沃尔德曼为此解释说："这几乎是一个笑话，我们开办这个学校时一无所有，没有房屋，没有桌子，没有电话，没有办公用品。我们尊重我们视为一脉相承的过去的诗学，萨福、威廉·布莱克、杜甫、但丁等大师传下来的诗学，他们的人都不在了，脱离了躯壳。"见安妮·沃尔德曼 2003 年 7 月 8 日寄给笔者的电子邮件。

② 见安妮·沃尔德曼 2003 年 7 月 8 日寄给笔者的电子邮件。

③ Barry Miles. *Ginsberg: a Biography*. New York: Simon and Schuster, 1989: 454-455, 456, 457, 479, 486, 666-670.

④ Anne Waldman. *Vow to Poetry: Essays, Interviews, & Manifestos*. Minneapolis: Coffee House P, 2001: 223.

深的僧人往往以疯癫或佯狂著称于世，例如寒山、拾得或济癫，这个达珑巴也是如此（如上所述）。沃尔德曼也深谙此道，称这种疯癫或佯狂为“疯智”（Crazy Wisdom）。当然，使沃尔德曼崭露头角的依然是她关心世俗的诗歌，例如她在金斯堡直接鼓励下创作的收录在她的诗集《快讲女和其他的吟颂》（*Fast Speaking Woman and Other Chants*, 1975, 1978）里的长诗《快讲女》（“Fast Speaking Woman”, 1974/78）。她在谈到创作这首诗的初衷时说：

> 当我开始写《快讲女》时，我在头脑里盘算搞一个讲述各式各样女人的系列吟诵，把个人的细节（如何看待我自己：“我是一个无耐心的女人”“带着钥匙的女人”）同我能想得起来的所有形容词联系起来，为每一个女人、给每一个女人而吟诵每一个女人。吟诵是动力。吟诵是古代卓有成效的诗歌实践。[①]

我们现在来看看她的600多行的《快讲女》行行离不开女人的艺术特色究竟如何：

> 我是一个呐喊的女人
> 我是一个说话的女人
> 我是一个有情调的女人
> 我是一个无懈可击的女人
> 我是一个有情欲的女人
> 我是一个柔顺的女人
> 我是一个穿高跟鞋的女人
> 我是一个着时装的女人
> 我是一个开小汽车的女人
> 我是一个易变的女人
> 我是一个灵活的女人
> 我是一个戴项链的女人
> 我是一个戴绸头巾的女人
> 我是一个一无所知的女人
> 我是一个无所不晓的女人

① Anne Waldman. *Fast Speaking Woman*. San Francisco: City Lights Books, 1996: 35.

……

我是一个讲话快的女人

沃尔德曼在诗中罗列的一连串“我是”这种或那种女人，不纯粹是指她个人，正如她所说：“我对把书面上的词句扩展到有声的形式和朗诵的场合感兴趣，所以‘我’已经不再是个人的‘我’。我用我的声音和身体进入了诗歌场。反过来，诗歌从我的声音和身体里显现而出。两者存在着能交换的关系。”①

朗诵这首诗不是一般的朗诵，是一种吟诵，像尼姑唱经，再加上她富于表情的表演，深得听众热烈欢迎，如同简·奥古斯丁所说：“沃尔德曼戏剧性地朗诵诗歌，尤其是朗诵这首诗，使她在当前的诗歌朗诵表演中无与伦比。”② 1994 年初，笔者有幸在纽约看过和聆听过她的诗歌朗诵，感受过她朗诵的艺术震撼力，对她在美国诗坛奠定吟诵和表演结合在一起的突出地位并不感到奇怪。③ 2007 年华中师范大学《外国文学研究》举办“20 世纪美国诗歌国际学术研讨会”，会议期间（7 月 22 日晚），在华师大音乐厅举行国际诗歌朗诵会，笔者除了朗诵自己的英文诗外，有幸和沃尔德曼同台朗诵她的《快讲女》片段，她朗诵原文，笔者朗诵译文，更加体会到她朗诵表演的魅力和妙处。金斯堡对她精湛的朗诵表演，夸奖到无以复加的地步，说：

> 安妮·沃尔德曼是一位诗人演说家，她的身体是一个发声器，她的声音是从她强健的身体里升起的颤抖火焰，她的文本是准确而充满活力的精美符号，带着潜藏于留意地安排在纸页上的口头音乐。她是一股力量，是美国庞大诗歌项目和心宗的主管，是一位来自荷马和萨福、导向未来史诗空间口头的嘹亮声音之路上的韵律先锋，她是一个有修养的佛教禅修者，一个国际微妙的唯识说之自立派，一个心灵感应的活动家。④

---

① Anne Waldman. *Fast Speaking Woman*. San Francisco: City Lights Books, 1996: 128.

② 见上述简·奥古斯丁的文章《亚洲政治对当代非亚洲诗人的影响》。

③ 记得 1994 年初的一个大雪纷飞的晚上，笔者应金斯堡邀请，出席他和罗伯特·克里利在纽约举行的两人诗歌朗诵会。临近约定地点，发现大批听众冒雪排长队购买入场券。但到了朗诵大厅时看到首先朗诵的是一位女诗人，没有音乐伴奏，但她的朗诵极富艺术感染力，声音优美而抑扬顿挫，转动身肢，打着手势，表情丰富，简直是单人表演，引起听众阵阵的鼓掌和笑声。原来雪太大，克里利无法从布法罗城乘飞机来纽约。代替他的就是这个名声早已远播国内外的安妮·沃尔德曼。

④ Anne Waldman. *Makeup on Empty Space*. Toothpaste Press. West Branch, Iowa. 1984.

不断重复的列举形式当然不是她的独创，她完全运用了惠特曼《草叶集》里常用的列举式诗行，这是一种冒险，如果换一般的诗人如此行文和构篇，恐怕连发表的机会也不会有。约翰·欣奇（John Hinchey）对这首诗有中肯的评论：

> 如果这首精彩的篇章缺少它那种既不顾一切又顽皮的创造性卤莽，很难指望我们读到六行诗后再想读下去。这主要是沃尔德曼呱呱叫的不受拘束的美学机会主义所致，每一行诗是前面的诗行某些感情的充溢而成。该诗的想象力存在于它的语言的直接性而又保持距离，也存在于它的新鲜感，这种新鲜感并没有被诗行中所列举的情况伤害而相反被加强了。[①]

所谓美学机会主义，是指沃尔德曼利用了美国自由诗的开放式，不必受传统诗严格形式的限制，可以无度地写下去；也利用了惠特曼、金斯堡等名家早已运用的被广大读者接受的列举法和一揽无余地揭示内心世界的手法，并把这些手法推向了极至；还利用了格特鲁德·斯泰因《软纽扣》在时间上来回移动、奇怪的并置和词汇特别简单、普通等别出心裁的表现手法。约翰·欣奇认为，如果换了别的诗人这样写，这会令人感到太亢奋，但在沃尔德曼手里，却运用得恰到好处。这只是从艺术形式上探讨这首非同寻常的长诗，但更重要的是，诗人非同寻常的世界观铸就了这首诗和她的其他诗篇的灵魂。她非同寻常的精神世界，大致上是她兼收并蓄墨西哥马萨特克印第安人神秘蘑菇法会强调女人伟力的理念、女权主义的女性至上论（包括上述达垅巴强调女性作用的观点）、法国超现实主义、大乘佛教中的无我和禅宗的空。她看待世界的观点迥异于西方人以基督教为人生观核心的观点，可以用不同于一般美国人的眼光观察社会生活，因而她体现佛学的诗行使多数笃信基督教的美国读者感到惊讶。在挖掘诗料方面，她有了比一般美国诗人更广阔的空间和自由。这正是她那开列商品的流水账似的诗行使美国读者感到新鲜的重要原因之一。

如前所说，沃尔德曼是20世纪60年代晚期纽约东村诗歌景观的一部分[②]，是在垮掉派后期最著名和最有信心的垮掉派诗人之一。弗农·弗雷泽在介绍她时说：

---

① Tracy Chevalier. "Anne Waldman." *Contemporary Poets*: 1025.

② 东村的房租比格林威治村便宜，纽约的不少没有正式职业的自由作家和艺术家从格林威治村移居东村，金斯堡也住在环境不怎么好的东村公寓里。

在美国，她被认为和几个诗歌“阵营”有关系。她虽然比原来的垮掉派诗人年轻得多，但她在 17 岁时就和他们有了联系，以垮掉派诗人闻名全国。她 20 岁出头，就主持了曼哈顿圣马可教堂诗歌项目，一个被公认为纽约派诗人（例如弗兰克·奥哈拉、肯尼思·科克、约翰·阿什伯里）的派生组织。[①]

根据弗雷泽所掌握的材料，当时垮掉派诗人和纽约派诗人在同一个小饭馆饮酒，他们之中有一些还是情人，他们互相往来之频繁超出大多数文学史家所注意到的。沃尔德曼的作品作为垮掉派或后垮掉派都够格，这就是她为什么同意把自己的作品收入《后垮掉派诗选》里的原因。我们现在来欣赏她的被收进《后垮掉派诗选》里的诗篇《创作》（“Writing”）究竟有什么特色：

把手放在胴体上，我把胴体细察……

我难以集中注意力在书桌旁感觉这种欲望。
我躺下来，揣摸我的两腿之间。
余下的情景你可以想象。

我回到桌旁。一个样。啊，欲望，啊，创作，
正完成创作。
在书桌上创作
啊，创作，
在床上，欲望，
在书桌上除了创作
欲望啊欲望。

欲望，啊，创作
把手放在胴体上，我把胴体细察
我从未跳出创作，但跳到欲望，
从书桌到床上，再回来
啊，欲望

① 见弗农·弗雷泽 2003 年 6 月 17 日给笔者的电子邮件。

啊，创作

我抚摩我的乳房，是的，我抚摩乳房。
余下的情景你可以想象。

这首描写她创作欲和肉欲一样强烈的诗正是典型的沃尔德曼风格：大胆，泼辣，真诚。为了突出她的创作热情，居然把自己强烈的性欲和它相比，公开一般人难以启齿的隐私，这方面和自白派诗人不相上下。金斯堡以及其他垮掉派诗人开创的直率和放荡不羁的传统，沃尔德曼依然保留着，其他的后垮掉派诗人也保留着。何况她尊崇的达垅巴也是一个放浪形骸的人。须知，在年龄上，她和弗农·弗雷泽等后垮掉派诗人相同或相近。不过，《创作》只是她的诗歌风貌的一方面，“放浪形骸”无法概括她关心国内外时事和谴责美国好战的作品，例如，收录在她的诗集《黑暗的奥秘/残影或发光》（*Dark Arcana/ Afterimage or Glow*, 2002）里的《残影或发光》（“Afterimage or Glow”, 2002）表明了她鲜明的政治态度：

亲爱的美国：没有什么生命专利权

完全改变你在变样的水稻-树林-玉米的世界里犯下的种种罪行

（秘密轰炸柬埔寨）

悔悟你的余象
悔悟你的发光。

尾音：
时至今日军人们喜欢辩论我们是否侵略了越南北方？是不是改变了战争范围？不然的话，中国或俄国会不会介入冲突？

不然的话，双方是否会动用原子武器？

在整个冲突中，美国是正式“站在和平一边”，整个越南大屠杀被标榜为“警察行动”。

她这首诗再次证明反战是垮掉派或后垮掉派的传统。她被认为是深入男性灵魂及其活力源泉的女诗人，是当代美国诗歌一个主要的成熟的声音。她的目标是通过和围绕西方男性统治的所有反常势力及其多种表征发出反对声音。

沃尔德曼不但是一个有国际影响力的优秀诗人，而且是一个思想深刻的社会活动家，这从她在中国黄山国际诗人座谈会上以《前驱：移情，“监视”，作为行动主义者的诗人的作用》（“Outrider: Empathy, ‘Sousveillance’, The Role of the Poet as an Actvist”）为题的发言①中也可以约略看得出来。她说：

> 在诗学或政治上的“前驱”传统或实践，对于我们日常的“持续着的”现实，预定了一种思绪流（或想象）和行动的平行领域。我想这是基本点。曼德拉及其追随者取得了这种权力转移，打破了种族隔离的样式，这只是一个例子。甘地是另一个例子。所以这是一个一贯的景象。想起在我国的多年来常常处在视线之外的许多和平主义运动和许多草根运动。也想起多少伤了元气的工人运动。考虑有文献记载的和研究过的和平主义者戴维·德林杰的工作、民权运动、妇女权利运动、同性恋权利运动是很重要的。多数非暴力运动都坚守它们的原则。这些原则被制定、争论、写下来和说出来过。这好像不是我们必须重新创造社会契约的轮子和更富社会同情心的管理形式。我在许多方面同情反越战期间的达达派易比士宣传鼓动积极分子（美国 60 年代后期出现的一个松散的激进青年组织）或现在的穿粉红衫的妇女反战团体的工作。跟进和继续很重要。我看到仲裁法庭把审判战争罪与调解作为解决许多局面的关键，我支持这种通过这类疗伤发生作用的传统。人们受到的悲剧和非正义必须得到承认，而且必须要负起责任。澳大利亚承认对土著（在人口调查上不予承认，直至 70 年代）不公平对待而进行道歉所作的和解就是一个例子。这看起来似乎缓慢、痛苦和没有尽头，但是，在许多重要场合，这故事必须讲，这些个人的声音必须被听到。所有“消失不见者”的声音必须被听到。当处在隙缝阴影里的人们参与、倾听和重新发声时，社会才能发生变化。

---

① 应北京《当代国际诗坛》组织的“2008 帕米尔诗歌之旅”的邀请，沃尔德曼来黄山黟县中城山庄，参加了为期三天（2008 年 10 月 22～24 日）的国际诗人旅游、朗诵、座谈活动。出席这次活动的还有美国桂冠诗人罗伯特·哈斯、罗恩·帕吉特、布兰达·希尔、加拿大诗人蒂姆·利尔本、斯洛文尼亚诗人托马斯·萨拉蒙、西班牙诗人胡安·卡洛斯·梅斯特雷、中国诗人西川、于坚、王家新、欧阳江河、宋琳和蓝蓝。讨论会重点议题是“诗歌与现实的关系”。沃尔德曼作了这个发言。

由此可见沃尔德曼不是一个坐在象牙塔里两耳不闻窗外事的诗人。她与那些为艺术而艺术的诗人迥然不同，她的政治视野广阔，历史眼光远大。

沃尔德曼生在新泽西州米尔维尔，在新泽西州生活时间很短，在纽约市的格林威治村长大，获本宁顿学院文学学士（1966）。与里德·拜伊（Reed Bye）结婚（1980），生一子埃德温·安布罗斯·拜伊（Edwin Ambrose Bye）。她说，她的孩子是她的教师，鼓舞她写出一首诗《数字歌》（"Number Song"）。母子俩还合作建立 YouTube 网站"快讲音乐"，播放音乐和诗歌视频。

沃尔德曼在美国、德国、英国、意大利、捷克、挪威、荷兰、印尼、印度、尼加拉瓜和加拿大进行诗歌朗诵，和许多著名的音乐家、作曲家、跳舞演员合作进行诗歌朗诵，也和视觉艺术家合作进行诗歌创作。她曾两度荣获在新墨西哥陶斯举行的国际诗歌比赛冠军，曾参加鲍勃·迪伦的滚雷剧团著名的巡回演唱会（1975—1976）。

1997～2004 年，发行反映诗歌活动和诗人生活的电影和磁带录像 10 部、诗歌朗诵 CD 光盘若干张，其中包括《法术挽歌》（*Alchemical Elegy*）和《排炮：生活在那洛巴，1974～2002》（*Battery: Live at Naropa, 1974-2002*）。2003 年，与安米尔·阿尔卡莱（Ammiel Alcalay）合作创立"诗歌是新闻联盟"（Poetry Is News Coalition）。1968～2009 年，发表诗集 47 部，其中包括《艾维斯：一切都充满了朱庇特》（*Iovis: All Is Full of Jove*, 1993）、《杀死还是治愈？》（*Kill or Cure*, 1996）和《艾维斯第二集》（*Iovis II*, 1997）。最近出版的一本诗集是《海牛/人文》（*Manatee/Humanity*, 2009）。获迪伦·托马斯纪念奖（The Dylan Thomas Memorial Award, 1967）、诗人基金会奖（The Poets Foundation Award, 1969）、全国文学选集奖（The National Literary Anthology Award, 1970）、国家艺术基金会奖学金（1979—1980）和雪莱纪念奖（1996）等。她的曼哈顿电视录像项目制作的音乐电视录像带获美国电影节首奖。

第三节 弗农·弗雷泽（Vernon Frazer，1945— ）

在垮掉派文学影响下走上创作道路的弗雷泽说，他 15 岁时读了凯鲁亚克的《达摩流浪者》之后就决心当作家。[①] 他为此还进一步陈述他在创作上受凯鲁亚克和巴勒斯的深刻影响：

① 见弗雷泽 2004 年 4 月 3 日发送给笔者的电子邮件。

在垮掉派诗人之中，凯鲁亚克和巴勒斯对我的影响远远超过金斯堡。我有感受爵士乐的直觉（它本身就是精神的音乐），很少有人有这种直觉。在爵士乐俱乐部演出前排，凯鲁亚克和我可能会是有同感的爵士乐粉丝。我写的大部分作品建立在爵士乐即兴创作的方法上，是凯鲁亚克自发的博普爵士乐作诗法进入文学其他领域的延伸。我个人的洞察力大部分来自巴勒斯，他对我的散文，近几年对我的诗歌，起了重大影响。在我开始诗歌创作的几年之前，我就熟悉了巴勒斯的语言实验，这些无疑进入了我过去十年的诗里。[①]

像凯鲁亚克一样，他把诗与音乐结合在一起，在这方面倾注了很多心血，也取得了可喜的成绩。他被称为“弗农·弗雷泽诗歌乐队”的原动力。[②]早在1986年，弗雷泽的朋友，康涅狄格州曼彻斯特的萨克斯管和长笛吹奏手托马斯·蔡平（Thomas Chapin, 1957—1998）根据弗雷泽1985年在家里用盒式录音机录制的朗诵磁带《一次午餐的团聚》，为弗雷泽伴奏，录制了弗雷泽音乐伴奏的朗诵光盘。1987年他们合作录音、1988年发行了光盘《柏林收费公路性皇后》（*Sex Queen of the Berlin Turnpike*）。诗人描写了脱衣舞女的表演和身世，上半段叙述她原来是富家女，后因父亲被犯罪集团暗杀而被迫以跳脱衣舞为生，下半段描写舞女的表演，寄托对她的同情：

她芳香甘美的乳头撩拨我，
她屁股掀起的微风
吸起我的美元

飘在她栗色头发的尾流上。
她满足我的胡思乱想

如同我向她已经失去的财富里
尽我的可能添加一些钱。
但她依然生活得很苦，

很穷，住在霓虹灯照耀的

① 见弗雷泽2011年10月4日发送给笔者和吉姆·科恩的电子邮件。

② Howard A. Mayer's letter to Evelyn Preston Memorial Fund, Hartford, CT, Nov. 2, 1992.

汽车旅馆里吸可卡因虚度时光，

她为逃交房租而开溜。
当我听着她的故事
回避我自己的故事时，

她回报给我的是
她对她父亲的记忆。

据诗人讲，这是一个真实的故事。纽约与波士顿之间的 15 号公路有一段名叫柏林收费公路，那里有许多餐馆和汽车旅馆，其中开设了不少脱衣舞吧。诗人在这里结识了这个舞女，他和她没有发生性关系，而是朋友关系，他对她深表同情。

弗雷泽组建以他的家乡康涅狄格州哈特福德的当地音乐人为主的“弗农·弗雷泽诗歌乐队”（The Vernon Frazer Poetry Band），队员有萨克斯管吹奏手理查德·麦吉（Richard McGhee）、小提琴手斯蒂芬·肖尔茨（Stephen Scholz），等等。如果麦吉不在时，蔡平就应邀参加演奏。在 1988～1993 年期间，他们在各地作巡回朗诵演出。弗雷泽朗诵诗歌，也兼拉低音提琴，他身后的一个乐队为他作即兴伴奏。这比单独而单调的诗歌朗诵有趣，能吸引较多的听众。曾在哈特福德市跳蛙书店为弗雷泽诗歌乐队组织诗歌朗诵表演的哈特福德大学教授霍华德·迈耶（Howard A. Mayer）说：“弗农是晚会的中心人物。朗诵表演获得极大的成功。书店里挤满了 75 位听众（在哈特福德有这么多听众看诗歌朗诵表演是一个惊人的数字）。表演生气勃勃，听众如痴如醉。”①

使弗雷泽获得更多听众的是他与蔡平的合作。蔡平自称“精神反叛者”，组建朋克摇滚乐和诗歌混在一起的“机关枪乐队”、托马斯·蔡平三人乐队②、四重奏乐队等各种形式的爵士乐和打击乐队，常在纽约、欧洲、日本和拉丁美洲巡回演出，名声远播国际大都会。弗雷泽和托马斯·蔡平三人乐队合作正式公演两次。第一次是 1994 年在哈特福德 880 俱乐部举行的大哈特福德音乐节开幕式上的合作演出。第二次是 1996 年 6 月 15 日在曼彻斯特切尼音乐厅合作公演他的诗篇《投进 25 分币，看鸡跳舞》（“Put

① Howard A. Mayer's letter to Evelyn Preston Memorial Fund, Hartford, CT, Nov. 2, 1992.

② 蔡平吹萨克斯管和长笛，马里奥·帕冯（Mario Pavone）拉低音大提琴，迈克·萨林（Mike Sarin）主打击乐。

Your Quarter in and Watch the Chicken Dance”）。这次演出别开生面，蔡平吹萨克斯管、长笛，同时用脚敲打击乐，弗雷泽拉低音大提琴和朗诵，好像是四重奏，实际上是两个人。当时受到观众的热烈欢迎。诗的标题带有色情味，很容易使人联想起向投币机投一枚25分币就可以看到裸体表演的情景。该诗一共三节，在第三节的最后两段，诗人巧妙地把鸡为人跳舞时的感情与诗人朗诵表演时的感受溶混在一起：

舞动就是感情
音乐使我翩翩起舞。
在我内心，我是丰富多彩的画面。
我围绕着自己
编织的七彩
透出
我为之生活的欢乐。

所以，投进你的25分币
投进你的25分币，快来看
投进你的25分币，快来看鸡
快来看鸡
快来看鸡
快来看鸡跳舞

这次合作是蔡平先作曲，弗雷泽配词。原来蔡平在曼哈顿唐人街的街道走廊里看到一只鸡跳舞表演。观众向投币机里投进一枚25分币，留声机唱盘上的唱片就转动起来，鸡就根据音乐以舞姿移动它的双脚。蔡平让他妻子把鸡的表演录了像，这时他已经作了曲，把录像带交给弗雷泽配词。蔡平感到跳舞的鸡与观众的关系如同他与观众的关系：不管生活中发生什么问题，一种表演欲驱使他和鸡表演。蔡平把它收进光盘《动物表演的梦》（*Menagerie Dreams*）里的文本情调是欢乐的，而弗雷泽发表在杂志上的文本的情绪比较低沉。弗雷泽常常把自己看成是一个“社会的遗弃者”，社会对边缘艺术家的冷漠使他特别反感。他的这种反感自然地影射在这首表面似乎幽默的诗里。

后来弗雷泽和蔡平在纽约、哈特福德和坎布里奇举行过诗歌朗诵表演。可以这么说，他俩是一对黄金搭档。蔡平为诗人创造了更多的听众和读者。弗雷泽对此说："这（合作）意味着我的作品能接触更广泛的人群……我不想抱太乐观的希望，但我期待这次演出将打开大家的眼界，看我过去十年的创作。"①

1994 年，弗雷泽被诊断患了杜列特综合症，一种身体某部位阵发性抽搐和言语困难的病症，在舞台上朗诵变得困难，不得不中断和蔡平的合作。但当弗雷泽康复时，蔡平却因白血病于 1998 年去世了！这对弗雷泽是一个沉重的打击，他本来还可以和蔡平合作许多有意义的朗诵表演项目。他在无乐器伴奏朗诵和发表两首描写他患的杜列特综合症《杜列特综合症附身，咆哮与跳舞》（"Tourettic-Possession Rant/Dance"）和《罚入地狱的灵魂之发现》（"Discoveries of the Damned"）之后，已经开始探索新的创作方向。也正是在 1998 年，语言派诗人彼得·加尼克（Peter Ganick）约弗雷泽在他的出版社出版诗集。这恰好是使他明显转向语言诗创作的契机。如果说 1998 年之前，弗雷泽和蔡平合作期间创作的诗歌以愉悦听觉为主，作为他创作生涯第一阶段的话，那么 1998 年之后，他的诗歌创作进入以愉悦视觉为主的第二阶段。即兴系列诗是他第二阶段的代表作，例如《即兴：1～24》（2000）、《即兴：25～50》（2002）和《即兴：卷三》（*IMPROVISATIONS: Book 3*, 2004）。我们现在举《即兴 42》开头几行为例，看它的艺术形式究竟什么样：

存在
还是不存在，它总是一种存在的形式
通过此时此刻的感知
向前提升

　　　　　　　　它可见的存在照亮
　　　　　　　　正聆听的感知者的耳朵

　　　　因为联觉的协同作用
　　　　听觉对视觉发动了攻击
　　　　视觉对听觉也发动了攻击

　　　　　　　　　　　　　　感知力迷惑的结果是

① Steve Starger. "The Beginning of Something Beautiful." *The Hartford Advocate*, June 13, 1996.

听觉混淆了视觉
视觉也混淆了听觉

诗人在大学里曾经学习过现象学，接受了萨特的意识的非自我逻辑观念，这个观念同德国唯心主义哲学家、现象学创始人胡塞尔主张的“回到直觉和回到本质的洞察，以导出一切哲学的最终基础”的理论刚好相反。弗雷泽运用“意识的非自我逻辑观念”审视外部世界和内心世界，而用达达主义和超现实主义的手法描写他的审视过程和结果，发现凭直觉的感知是一种歪曲了的感知。语言诗人都喜欢接受当代最新的科学发现和研究成果。因此，如果我们用传统的诗美学来衡量弗雷泽或其他类似的诗人的诗歌，我们就很难欣赏这些诗人在非自我逻辑观念主导下创作诗歌的异彩。他在2005年出版的大开本《即兴诗全集》（*IMPROVISATIONS*, 2005）长达697页！从647页至末尾的诗篇排列、各种字体和符号只能供视觉欣赏，无法翻译。他是在电脑上信马由缰写的，是真正意义上的即兴。他为此说：“这本诗集是朝意想不到的方向移动的，全书的后半进入视觉诗的境界。”[①]具体地说，弗雷泽的即兴系列诗的诗行排列，不但有上述所引的锯齿状，而且利用电脑排列的方便排列了各种形状，有的地方还加上黑色的粗横杠和半个又粗又黑的跨越好几行的单括号}，或这种背相的括号}{ 。打个比方，如同抽象派画家，把颜料泼洒在摊在地上的一大块画布上，然后用巨笔涂抹，就成了一幅五颜六色的抽象画。弗雷泽现在钟情的即兴诗就是这种抽象画。如果你喜欢抽象画，你就有可能欣赏他的即兴诗。诗人迈克尔·罗滕伯格（Michael Rothenburg）高度评价弗雷泽的这部作品，说：

> 弗雷泽对真理的不懈追求，令人感到鼓舞。《即兴诗全集》值得我们注意。在天花乱坠的广告式宣传和工匠式技艺炒作的景观中，很难识别一部里程碑式的作品，但弗雷泽在诗歌和语言的冲突中采纳调和的结果，导致被其他诗人长期忽视或较少取得成功的音乐与视觉上的和谐。这是一部可以学习和可以毫不迟疑地赞美的作品。[②]

弗雷泽自己认为这样写诗，在表达思想感情上已经进入了自由的状态。他的这些艺术表现手法深受凯鲁亚克、奥尔森和语言诗人的影响，正

① 见弗雷泽2005年6月25日寄给笔者的信（夹在该诗集里）。

② 见《即兴诗全集》背页上迈克尔·罗滕伯格的短评。

如他说：

> 凯鲁亚克是我青少年时代崇拜的英雄，他对我长期潜在的影响现在起了作用。在我的乐器伴奏朗诵的乐队结束之后，我发现写诗需要多重的声音，一种语言的管弦乐，它代替了我朗诵和拉低音大提琴时乐队在我身旁即兴伴奏的音乐声。我发现许多语言诗人是有成就的音乐家，语言诗传达了他们诗歌的声音。克拉克·库利奇是凯鲁亚克作品迷，同时是一个鼓手。我相信，这些影响了他的诗歌。我发现我自己现在用语言（或电脑的鼠标器和键盘）而不用乐器创作诗歌。铺满稿面的奥尔森投射诗的构想扩大了我的视野，因为电脑给我提供了各色不同的字体排列。[①]

不管弗雷泽第一阶段的乐器伴奏的朗诵诗还是第二阶段的视觉诗，他的诗美学主要根植于黑山派诗和垮掉派诗。他也深受黑山派诗歌领袖奥尔森、垮掉派诗人迈克尔·麦克卢尔和菲利普·惠伦的影响。弗雷泽认为，黑山派诗和垮掉派诗与凯鲁亚克的博普爵士乐艺术形式有很多的联系。他发觉他能用凯鲁亚克自发的博普爵士乐的作诗法创作诗歌，其具体表现就是他的即兴系列诗，为此他说：

> 即兴系列诗具有视觉成分，所谓即兴，写出来的诗行我是要修改的，但尽可能不做很大的改动。我用即兴的流动的媒介物取得象形文字的固定形式，使得它既固定又流动。这是悖论，因为写作是固定的媒体，音乐是流动的媒体。我尽可能地使固定的媒体流动，而同时使流动变成固定的形式。我依然在探索的过程之中，这就是我在写即兴诗时一连串的发现。我完成即兴诗创作之前不会得到所有的答案。几年时间也许不会得到答案。有时要保持几年的时间距离，才能看清我正从事的探索。[②]

弗雷泽十五岁时开始创作，法国诗人让－弗朗索瓦·博里（Jean-Francois Bory, 1939— ）在他评论具体诗的专著《再一次》（*ONCE AGAIN*, 1968）里，指出弗雷泽早期的语言已经加进了圣灵赐于耶稣门徒的

---

① 见弗雷泽2003年6月20日发送给笔者的电子邮件。

② 见弗雷泽2003年6月20日发送给笔者的电子邮件。

口才的成分，一种我们通过听福音音乐或强烈的爵士乐才能获得的宗教式的狂喜状态，也加进了象形文字的成分，一种象征性的状态，它使英语字句和字母超出了传统的意义，或者可能回到英文字的原始意义。但是，如上所述，有一点是很明显的：弗雷泽把黑山派诗歌、西海岸垮掉派诗歌、凯鲁亚克风格、语言诗歌都糅合在他的作品里了。在某种程度上，他也运用了视觉诗和具体诗的艺术形式。弗雷泽还认为，他的表现手法在某些方面得益于加拿大诗人史蒂夫·麦卡弗里（1947—　）和 B. P. 尼科尔（B. P. Nichol, 1944—1988）。弗雷泽认为，在某些方面，这两位加拿大诗人在表现手法上早于美国语言诗人，但同时使用异于语言诗人的表现手法。一些评论家认为，弗雷泽的即兴诗是奥尔森一垮掉派传统的延伸；另外一些评论家说，弗雷泽青蛙跳跃似地越过了语言诗人，进入了一个新阶段；还有评论家说，弗雷泽的诗歌形成了崭新的艺术形式。但是，弗雷泽本人对这些好评却保持冷静，说："我知道我的根在哪里，它们深扎在文学和爵士乐之中。我尽力回避模仿别的诗人的作品。" ①

当然，他偶尔写的传统自由诗也很精彩，例如，他的诗集《假日牧歌》（*Holiday Idylling*, 2007）里的《空荡荡的窗口》（"Empty Window", 2007）：

记忆里没有黎明，
泛滥的晚霞泛起
它们残酷的顽固音。

过去的微风缓解过去，
无声的赞美诗拂动着
重重叠叠的涟漪上的阴影。

持续的黄昏延迟渐渐变深的
灰暗——曾是蔚蓝的挂毯。这一天
有通明点的序曲翅膀展翅在水上

它宝石般的波峰
脉动着远不可及的乐音
仿如已失的琼浆玉液。

---

① 见弗雷泽 2003 年 6 月 20 日发送给笔者的电子邮件。

根据诗人本人的解释，第一行里的“黎明”是指新的开始，新浪漫的开始，是希望着但没有发生过的美好事物。第三行里“顽固音”指弦乐的固定音型（指不断反复的音型），所谓“残酷”是指一天结束了，晚霞不再，不可能希望它返回来。[①] 这首诗的美除了田园风味之外，精彩之处在于诗人运用了我们珍视的通感手法，在他的笔下，晚霞有着弦乐的品格。

2004年6月16日晚8点，弗雷泽应邀出席了南京先锋书店举行的“中美诗歌朗诵会”。他抑扬顿挫的朗诵，感染了在座的听众。《南京晨报》[②]以《南京诗人很害羞？》[③]为题，对弗雷泽的朗诵做了高度的评价：“前晚的朗诵首先由弗农·弗雷泽朗诵。诗人很快进入状态，一连串的颤音从他的喉咙滚滚而出，充满了整个大厅。美国诗人有朗诵自己诗歌的习惯，语气充沛而高昂，充满感情。作为配乐的中国古典乐器扬琴（由诗人杨莎妮即兴弹奏）叮叮咚咚，与英语巧妙地糅合在了一起，在听觉上达到了一种独特的审美效果。诗人的声音之美立刻打动了全场数以百计的听众，即使大家无法完全听懂诗人所朗诵的内容，但诗歌的节奏感所产生的韵律美，却已足够让大家陶醉。弗农·弗雷泽声情并茂的朗诵结束后，全场响起了感谢的鼓掌声。”上海《文学报》记者罗四鸰闻讯专程赶来南京采访，在头版以《今夜因诗而美好——南京“中美诗人诗歌朗诵会”侧记》为题，进行了报道（2004月6月24日）。这次朗诵会的成功，除了弗雷泽本人出色的朗诵和先锋书店负责人钱晓华大力支持外，楚尘事先做了充分的筹备工作，尤其为配合朗诵出版的中英对照本小红书[④]，设计精美，提高了朗诵会的档次，传到北京后，北京诗人还写信来索要。南京民乐团杨莎妮、孙迎枫和南京艺术学院研究生许扬宁应邀参加朗诵会。他们分别用扬琴、二胡和笛子为弗雷泽朗诵伴奏，使朗诵收到了意想不到的艺术效果。弗雷泽6月初携妻伊莱恩·弗雷泽（Elaine Frazer）来华参加四川大学召开的国际垮掉派诗歌研讨会后，来南京参加中美诗人朗诵会，然后去北京游览。6月18日下午，他在北京理工大学王贵明教授的陪同下，应邀在该校逸夫楼报告厅为全校诗歌爱好者做了诗歌讲座，晚上在同一个地点，又和张桃洲、王家新、西川、孙文波、柳宗宣、晓波、麦加等一批北京诗人进行了诗歌朗

---

① 见弗雷泽2011年9月25日发送给笔者的电子邮件。

② 见《南京晨报》2004年6月18日D14版。

③ 参加朗诵的中国诗人有于小韦、朱文、韩东和楚尘。朱文朗诵了自己的两首诗，其他诗人的诗篇由电视台的两位节目主持人代朗诵。

④ 小红书里收录中美诗人朗诵的一组诗已登载在奥古斯特·海兰（August Highland）主编的大型诗歌网站 MAG 2004年夏季号上。

诵，该校校园网也进行了报道。

弗雷泽 1968 年毕业于康涅狄格大学，1969 年肄业于西蒙·弗雷泽大学研究生院。曾从事社会服务中介机构项目开发和评估工作。现为自由职业作家。在制作爵士乐萨克斯管吹奏手托马斯·蔡平 CD 光盘《动物表演的梦》和系列 CD 光盘《活着的托马斯·蔡平》期间，任录音公司客座艺术家，主编《活着的托马斯·蔡平》（*Thomas Chapin-Alive*, 2000）和《爵士乐之声》（*The Jazz Voice*, 1995）。除了上述即兴系列诗集外，他的诗集还包括《帅气的汽车》（*A Slick Set of Wheels*, 1987）、《魔鬼舞》（*Demon Dance*, 1995）、《给我唱一支演变之歌》（*Sing Me One Song of Evolution*, 1998）、《自由降落》（*Free Fall*, 1999）、《撞车赛软呢帽》（*Demolition Fedora*, 2000）和《充足》（*Amplitudes*, 2002）。他的爵士乐伴奏的诗歌朗诵密纹唱片和 CD 光盘包括《垮掉一代的诗》（*Beatnik Poetry*, 1985）、《1985 年的海特街》（*Haight Street*, 1985, 1986）、《柏林收费公路性皇后》（*Sex Queen of the Berlin Turnpike*, 1988）、《诵诗擂台赛！》（*SLAM!*, 1991）和《猴面包树之歌》（*Song of Baobab*, 1997）。他的短篇小说集有《别走，锁定这频道》（*Stay Tuned to This Channel*, 1999）。长篇小说有《雷列克的重聚》（*Relic's Reunions*, 2000）。

第四节　吉姆·科恩（Jim Cohn，1953—　）

作为一名年轻有为的正宗后垮掉派诗人，吉姆·科恩从 1976 年起，在抚养后垮掉派诗人的摇篮——那洛巴学院（后来改为大学）杰克·凯鲁亚克精神诗学学院开始系统学习诗歌创作和理论。据他说，他在四年中，听了菲利普·惠伦、沃尔德曼和金斯堡的课。他最后上的创作班，使他终身受益的是特德·贝里根。他认为，贝里根比其他任何诗人都知道如何讲解诗歌。他在学习期间，还参加了垮掉一代许多诗人的诗歌朗诵会，其中包括阿米里·巴拉卡、威廉·巴勒斯、格雷戈里·科尔索、劳伦斯·费林盖蒂、乔安妮·凯杰、迈克尔·麦克卢尔、黛安·迪普里玛和加里·斯奈德。在他的心目中，克拉克·库利奇是一个爵士乐鼓手，诗歌和音乐的伟大训导者，是真正切合他实际的一位诗人。[①] 在学习期间，他还接触到李白和杜甫的诗。他说，他喜爱的中国诗人是王维和李清照[②]，他在接受一次

① Jim Cohn. "Is The Web Beat?: Interview by Marc Christian." *Sutras & Bardos: Essays & Interviews on Allen Ginsberg, The Kerouac School, Anne Waldman, Postbeat Poets & The New Demotics.*

② 见 2011 年 10 月 6 日吉姆·科恩发送给笔者的电子邮件。

采访时，还表示喜爱寒山，认为寒山还活着，走在世人的中间。[①]

吉姆·科恩一贯服膺于垮掉派诗歌，始终忠诚于金斯堡，积极有效地推进后垮掉派诗歌的发展。80年代初，他获得杰克·凯鲁亚克精神诗学学院颁发的诗学结业证书（1980），并且当上了金斯堡的助教。他为此自豪地说："1980年，我担任金斯堡的助教。若要说生活从此改变，不会是说错的。与金斯堡的密切合作，把我从诗歌梦想的抑制中解放了出来。"[②]

金斯堡对他也提携有加，夸奖他的诗集《草原》（*Grasslands*, 1994）"富有创造性、丰富性、简洁性、即兴性、趣味性，有着惠特曼胸襟开阔的品格"。2007年，在金斯堡信托基金会以及戴维·科普、艾略特·卡茨、马克·奥姆斯特德和兰迪·罗克（Randy Roark, 1954— ）等后垮掉派诗人的协助下，吉姆·科恩开始研究与金斯堡有直接联系的一批年轻诗人的情况。2008年，他在维基百科上发表了全面介绍后垮掉派诗人情况的文章《后垮掉派诗人》（"Postbeat Poets"）。他把这篇文章经过修改和补充，在2010年又以《后垮掉派诗人》（"POSTBEAT POETS"）为题发表了。他的第一部55分钟电影《安妮·沃尔德曼：在空无一物的空间化妆》（*Anne Waldman: Makeup on Empty Space*, 2003），介绍了沃尔德曼与金斯堡合作创建杰克·凯鲁亚克精神诗学学院，赞扬她/他俩推动垮掉派诗歌发展和培养后垮掉派诗歌所做出的杰出贡献。

他的散文集《佛经和中阴[③]：论艾伦·金斯堡、凯鲁亚克精神诗学学院、安妮·沃尔德曼、后垮掉派诗人和社会学的论文与访谈录》选录了他近年来的论文和与采访者的谈话，部分是历史的回顾，部分是对未来的展望，勾画了他经历的诗歌状况，并揭示了把诗人们带领来的几条道路。作家乔纳·拉斯金（Jonah Raskin, 1942— ）评论这本著作说："也许今天在美国没有人比吉姆·科恩更理解和赞赏垮掉派诗歌的持久性和文化的灵活性。"[④]他尤其在对佛教经典的研读和领会上，不亚于金斯堡，这得益于他就读杰克·凯鲁亚克精神诗学学院时所受到的熏陶。包括笔者在内的多数中国学者恐怕连"中阴"这个术语的概念还没建立起来。

吉姆·科恩还是一个富有创新精神、永不停息的诗歌活动家和口语艺

---

① Jim Cohn. "Is The Web Beat?": Interview by Marc Christian." *Sutras & Bardos: Essays & Interviews on Allen Ginsberg, The Kerouac School, Anne Waldman, Postbeat Poets & The New Demotics.*

② Jim Cohn. "Is The Web Beat?: Interview by Marc Christian."

③ 中阴：指死亡与转世之间的中间状态。佛教认为，整个生和死是一连串持续改变中的过渡实体。

④ Jonah Raskin. "Review of *Sutras & Bardos: Essays & Interviews on Allen Ginsberg, The Kerouac School, Anne Waldman, Postbeat Poets & The New Demotics.*" *The Beat Review*, Vol. 5, Issue 3, September 2011.

术家。他多年来在残疾人服务领域工作，采用那达瑜伽（Nada Yoga）方法，在为残疾人服务上进行研究和实践。他认为，社会科学应当在美国主体上重新定义为羯磨研究（Karmic Studies）的一种形式。1984年，他介绍金斯堡到国家听力障碍技术学院去见耳聋诗人。1986年，他在季刊《手语研究》（*Sign Language Studies*）上发表了开创性论文《新聋人诗学：视觉诗》（"The New Deaf Poetics: Visible Poetry", 1986）。1987年，他在纽约州罗切斯特，负责协调主持第一届全国聋人诗歌大会。在美国手语诗学历史上，他发挥了重要作用，被电影制片人米利亚姆·内森·勒纳（Miriam Nathan Lerner）拍摄成纪录片《氢自动唱机之心》（*The Heart of the Hydrogen Jukebox*, 2009）。吉姆·科恩在接受兰迪·罗克的采访时，曾谈到他学美国手语的缘由，说："我对美国手语诗学感兴趣，始于同艾伦在一起，同时受斯奈德的人种学著作影响，特别是受他的散文集《地球住户：追随佛法革命的艺术笔记和查询》（*Earth House Hold: Technical Notes and Queries to Fellow Dharma Revolutionaries*, 1969）的影响。"① 1998年，他创立了美国诗学博物馆（The Museum of American Poetics）网站，主要担心在金斯堡去世后，垮掉派诗人及其精神遗产和直接传承于垮掉派的诗人的作品，可能会受到当代学术学者、（《纽约时报》的）记者，甚至那洛巴大学杰克·凯鲁亚克精神诗学学院的抹杀。他认为，在后垮掉派时代，美国诗学博物馆网站是一个积累和扩大垮掉派诗学试验遗产和社会正义主题的传播媒介。②

从1990年起，他担任诗歌年刊《凝固汽油弹温泉疗养地》主编；1995年，去加州，为北湾区乐队废奴派（The Abolitionists）做录音工作；1996年，开始规划在线诗歌项目，探索垮掉派诗人对后垮掉派诗人的影响；1997年，创立美国诗学在线博物馆，《纽约时报》在1999年把它作为美国第一个诗歌网站进行了报道；1998年，开始从事台词独奏录音工作。2009年，发行《无常》（*Impermanence*）双碟CD专辑。

吉姆·科恩受金斯堡影响较深，他和金斯堡在世界观上基本差不多，如上所述，他对藏传佛教感兴趣，既有狂放的一面，也有乐意助人、热心公益事业的一面。他曾表明自己的心迹说：

> 我在那洛巴大学读书时，把庞德—费诺罗萨在《作为诗媒的汉字》描述的模式的理论转移到美国手语中。显然，我是第一个这样做的人。

---

① Jim Cohn. "Poetry as Dharma Practice: Interview by Randy Roark." *Sutras & Bardos: Essays & Interviews on Allen Ginsberg, The Kerouac School, Anne Waldman, Postbeat Poets & The New Demotics.*

② 见吉姆·科恩2011年10月2日发送给笔者电子邮件。

这是正命。[①] 我没有收取任何东西，因为给予对我来说蛮好。我是在讲起通宵沉默中说话的狂喜，感觉到自己正处于心旷神怡的状态。我的嘴巴把喜悦传输到我的手，再传到眼睛，传到耳朵。它能达到十分超现实的境界，我把这个体验写到我的第一本论著《手势心灵：美国手语诗学研究》（*Sign Mind: Studies in American Sign Language Poetics*，1999）……[②]

他的诗风也受到金斯堡的熏陶，如同诗人萨姆·艾布拉姆斯（Sam Abrams, 1935— ）在评论科恩的诗集《真言风：2004～2010年诗篇》（*Mantra Winds: Poems 2004-2010*, 2010）时所说："正如金斯堡在他这个时代是惠特曼最忠实的儿子，吉姆·科恩在这个时代则是金斯堡最忠实的儿子。"吉姆·科恩的诗集《谁知道山[③]：1998～2004年诗篇》（*Quien Sabe Mountain: Poems 1998-2004*, 2004）收录了组诗《郊狼窃取2000年总统大选》（"COYOTE STEALS THE 2000 PRESIDENTIAL ELECTION"）。组诗一共9首，我们现在选读第1首《郊狼在棕榈滩》（"COYOTE IN PALM BEACH"）：

郊狼盯视着他的
马提尼酒上升的气泡。
从那里，他开始
走上小路，

直到走进
投票站，
他想，它是
一家妓院。
突然他想上厕所，
进入一个投票间，
拉下他的裤子，

---

① 正命（amma ajiva）佛教术语：意指高尚的人放弃不诚实的生活，保持正确的生活（right livelihood）。

② Jim Cohn. "Poetry as Dharma Practice: Interview by Randy Roark." *Sutras & Bardos: Essays & Interviews on Allen Ginsberg, The Kerouac School, Anne Waldman, Postbeat Poets & The New Demotics*.

③ 标题中的Quien Sabe是西班牙文，意思是"谁知道？"。吉姆·科恩解释他的诗集标题说："标题反映人生无常，既有不确定性，又有确定性。"该山山头在科罗拉多州矿物县境内。见吉姆·科恩2011年10月2日发送给笔者电子邮件。

轻松地方便了。

郊狼烧了一炷香
一炷旧鞋带造的香，
以为它会掩盖臭味。

不少选票被弄脏，
郊狼把他的狼屎
抹得到处都是。

投票官员大发其怒。
不久，愤怒的群众袭击了
竞选总部。

在外面，郊狼操起
他的屁眼，抛进
下水道冲洗掉。

当他的屁眼漂浮走时，
他一路追赶它，
一直追到大海。

初看起来，郊狼似乎像人，但又怎么能把自己的屁眼扔掉呢？太不可思议了。原来郊狼是一个拟人化的神话人物，流行于包括北美原住民文化在内的许多文化里，他通常是男性，有着郊狼的体征：猴子皮毛、尖耳朵、黄眼睛、尾巴和爪子。在不同的文化里，其特性千差万别。诗人本人对此解释说：

> 郊狼是一个作乱精灵。在许多故事里，他是一种疯狂的傻瓜，一个疯癫的智者。在一些故事里，他可以被切开成几片，而后整个身体又恢复完整如初，例如，他的眼睛滚落在街上，后来又回到他的眼眶里，因此他把自己屁眼扔掉，也就不足为怪了。[①]

---

① 见吉姆·科恩 2011 年 10 月 2 日发送给笔者电子邮件。

在某种意义上，西方郊狼的变化神通有点像中国的孙悟空，只是前者更具人性，后者更具神性。我们再来读组诗第 3 首《郊狼在去塔拉哈西的路上》（“COYOTE ON THE ROAD TO TALLAHASSEE”）：

吃厌了垃圾之后
他正吃着
市长办公室背后的
迈阿密垃圾罐的食品。

郊狼一付瘦长的
可怜的骨架，
一直朝北走，
沿着到塔拉哈西的
橙色小树林走。

当黄色出租卡车司机
在休息区小便时，
郊狼劫持了 2000 年总统大选
没计数的选票。

没有直升机电视摄像机
盘旋在头顶上看见郊狼，
于是他自我口交，直至性高潮，
直至他自己弄射精为止。
“没有人会使我
成为他们的新闻人物，”
郊狼如是说。

诗中的郊狼又好像是动漫里的卡通人物，似真非真，似假非假，滑稽可笑，但是反映了美国政治生活中令人深思的严肃性。从这两首诗里，我们大体感受到金斯堡当年政治讽刺的辛辣和口气的幽默透露在吉姆·科恩诗歌里的风味。吉姆·科恩说：“郊狼在我的诗里成了一个中心人物，表达我想象中美国总统选举被窃取。”[①] 无论垮掉派诗人还是后垮掉派诗人，关心政治、干预生活是他们的共同特点。只是吉姆·科恩的语言简短、简洁、快速、富有画意，不像金斯堡气势滔滔的长行诗。

吉姆·科恩出生在伊利诺斯州海兰帕克，他早期受到诗学和音乐的熏陶，他在夏克海茨高中三年级时听放磁带录音课，其中包括听鲍勃·迪伦的录音。在高中，他还与同学共同担任橄榄球队队长。他先后获科罗拉多大学英文学士（1976）、罗切斯特大学和国家听力障碍技术学院英文和聋教育理科硕士（1986）。在1980～2011年，吉姆·科恩发表诗集8部。吉姆·科恩的第一部视频制作“美国诗人大人物系列”（American Poet Greats series）获科罗拉多州社区电视台连续三次颁发的最佳多媒体奖（2001—2003）。

第五节　巴里·沃伦斯坦（Barry Wallenstein，1940—　）

纽约大都会的沃伦斯坦，既有爵士乐钢琴家、歌唱家小莫斯·约翰·阿利森（Mose John Allison, Jr., 1927—　）的酷相酷劲，又有金斯堡的垮掉派之风。用爵士乐伴奏诗歌朗诵是他的挚爱。他的诗歌素材主要来自城郊形形色色的人群，诸如同性恋者、双性恋者、吸毒者、访问坐牢少年的少女，等等，都进入他的视野。

弗雷泽认为，平庸诗人的朗诵总是颤颤惊惊，伴奏的音乐声盖过了他的朗诵声，造成轻重倒置的不良后果，而沃伦斯坦爵士乐伴奏的诗歌朗诵很出色，他一流的诗歌传达了现代爵士乐诗人的机智和幽默。沃伦斯坦已经发行了四张爵士乐伴奏的诗歌朗诵密纹唱片、Ak-BK唱片和CD光盘《倘若你错过了》（*In Case You Missed It*, 1995）。他的CD光盘《托尼的蓝调》（*Tony's Blues*, 2000）收录了他的24首诗，有一半选自他的优秀诗集《行为的衡量》（*A Measure of Conduct*, 1999），主要反映城市嬉皮士托尼的机智、奇趣、绝望、深思、过度洋溢的感情。弗雷泽还认为，用以伴奏的五重奏里的小号和法国号加强了沃伦斯坦诗歌的机质：博普爵士乐和早期爵士乐的复调结合在一起，造成浓郁的先锋派情调。我们且先读一读收在《行为的衡量》和CD光盘里的《吸大麻烟的托尼》（“Tony The Pothead”）前面几节诗：

---

① 见吉姆·科恩2011年10月2日发送给笔者电子邮件。

托尼看着报纸上的新闻，
吸着大麻烟，
使劲咬嘴唇，
头脑眩晕，
走出去找发型师；
把头发染成红色。
——该改一改了，
他内心的声音唱着。
——你为何这么长时间如此迟钝？
他什么情况也没听到。

他带着一个新的头脑
行走在网状的街道之中
他是一团跳动的红色火焰，
一种神态；电靴和闪光的腰带
使他飘飘若飞。

被所有这些感觉困扰
托尼忘记了他所读的新闻：
报纸左栏里的文字
淡化成蓝色；
右栏里的文字
也淡化成蓝色。

诗人把吸大麻烟的托尼腾云驾雾的迷糊状态活脱脱地突现了出来。又如，他的《托尼的脑筋》（“Tony’s Brain”）：

托尼决不屈从遗忘的诱惑
不想很快失去
几乎忘掉的情况；相反
他记录着围绕脑细胞的角落
或弯曲处的牵动——
脑细胞的四邻是那么安静。
有人在家吗？

有一些遗忘被照得雪亮，
它们被冲动加深了斑纹。
有几天，托尼不知道
从什么地方开始行动。
他的笨蛋朋友们因为时髦精明
正在获得一个个大奖。
是不是他缺少记忆？或者
记忆是不是他掐灭的自觉注意力？

诗人在这里刻画了一个胡思乱想而隐约反省的托尼。再如《默默无闻的托尼》（“Anonymous Tony”）：

托尼不引人注意地走着，
偷偷摸摸地经过
可能是娱乐的场所。
他的鼻子既不丑得让人揍
也不漂亮得令人夸奖，
什么也不引人注意
除了观察者一付无动于衷的样子，
很少有人停下来的盯视
变成枯燥沉闷的声名。

他加快了脚步。
街角上的警察不知道
他在最后一笔生意之后
在干什么，落得如此无声无息？

诗人在这里描写了无所事事、相貌平庸得不引人注意的托尼。托尼组诗的出色之处在于沃伦斯坦深刻地揭示了西方当代城市里聪明、敏感、耽于幻想的嬉皮士的内心世界。读沃伦斯坦的诗就像是听市民们的谈话，而城市生活似乎围绕着他转。像约翰·贝里曼在《梦歌》里塑造的诗中人亨利一样，沃伦斯坦在《托尼组诗》（“The Tony Poems”, 2001）里塑造了诗中人托尼，一个有着当代人多面人格表现的托尼。

诗人科莉特·伊内兹（Collete Inez, 1931— ）认为沃伦斯坦的另一本诗集《爱和破碎》（*Love and Crush*, 1991）包含人类败坏的教训，针对日常的精神痛苦而对世界大范围杂乱的认可。[①] 诗人在标题诗《爱和破碎》里揭示一种观点：世上各种生命都有各自的生活方式，不必去干预，因为“我们爱的所有生命/很快喂养/其他的一些生命/其他的爱”。沃伦斯坦在这本诗集里，创造了超现实的梦境，反映了城市的混乱，这是实际生活以各种各样的节奏和音响朝着似乎带有希望目标前进时所造成的嘈杂声。著名诗人和诗评家M. L. 罗森塔尔在为该诗集作的序言里评论说：“很少秘密是沃伦斯坦不知道的……日常生活是超现实。最奔放的想象力从平凡的经历里不经意间涌现出来了。”罗森塔尔还认为，《爱和破碎》是一本纯粹的诗集，生动、轻快而又严肃，它进入一个没有幻想的梦想者的心灵深处，这个梦想者是一个当下很美国化的人，加勒比海诗人的兄弟。

他的另具特色的诗集《五分钟的短生命舞者》（*The Short Life of the Five Minute Dancer*, 1993）分三部分：“飘浮的黑色微粒”“带有我们的语言和力量”和“狂呼查尔斯·泰勒”。他的这类诗漂流到我们似乎熟悉而又陌生的领域，特别是在第一部分，诗人探索生物的意识，诸如生活在树木蛀虫的世界会是什么样子？生活在鼹鼠的世界会是什么样子？生活在病毒的世界会是什么样子？生活在鸭子的世界又会是什么样子？等等。例如，诗人在《奇妙的变化》（“A Wonderful Change”）里描写了树木对蛀虫感到烦恼以及变成蛀虫后快乐的心态：

> 早期我是一棵树，
> 在我烦恼的老年，
> 麻烦的害虫啃啮我的枝干。
> 我的根很深很深，
> 但我的叶子在变枯。
>
> 我说，当我是树的时候，
> 麻烦就找到我的枝干上。
> 如今我是树蛀虫；我的思想细小如针尖——
> 虽然我的生命很短很短，
> 我在树林里却永远快乐。

---

① Collete Inez. “Urban Scenes.” *Exquisite Corpse*, No.34, 1992.

又如，他又在《鼹鼠的生活》（"The Life of a Mole"）中想象鼹鼠在地下过着怎样的生活：

> 鼹鼠们掘着地洞，
> 开辟着它们的道路，
> 用它们闪亮的爪子
> 默默地向前推进，奔忙，滑行。
> 遇到一只盒子时，它们犹豫地停下来。
> 但不久发现这是它们熟悉的机质，
> 尝到的怪味儿也很快消失。
> 接着又碰到一把把铜柄。
>
> 与这些胆小的不介意的啮齿类动物
> 及其吃惊的眼睛保持距离而又接近的
> 还有其他的眼睛，静静地盯视着，
> 抵消这些挖地道的鼹鼠。

如果说埃德加·李·马斯特斯在他的《匙河集》里别出心裁地借一个个死人之口揭露人世间的丑恶，那么善于观察自然界各种变化的沃伦斯坦在《五分钟的短生命舞者》里，以异样的视觉和态度，聪明地揭示形状和结构剧烈变化的自然界奥秘，不但对我们生态意识日深的读者有普遍的吸引力，而且对其他国家尤其是中国的诗人在开发诗歌题材上有着借鉴意义。

沃伦斯坦是纽约学院[①]文学和创作荣休教授、《美国图书评论》（*American Book Review*）主编。他不但自己写诗，朗诵诗，而且发动和组织大家参与诗歌创作和朗诵。从 1972 年开始，30 年多来，他任纽约学院每年五月举办的纽约春季诗歌节主持人，从校外自筹活动经费，举行一年一度的诗歌节。参加者广泛，除了本校在校生和历届生校友外，还有纽约市中学生、校外年龄大的人和应邀的诗人嘉宾。历年被邀请的嘉宾诗人包括查尔斯·西密克、菲利普·莱文、黛尼丝·莱维托夫、金斯堡、格温朵琳·布鲁克斯、缪丽尔·鲁凯泽、艾德莉安娜·里奇、高尔韦·金内尔、斯坦利·库涅茨等等许多著名诗人，这无疑提高了诗歌节的档次。评奖委

---

① 纽约大学的一个成立最早的州立学院，已经有 150 年历史，原来是免费入学，现在在美国大学中学费最低。

员会对成百上千的朗诵诗进行评奖。每年出版包括获奖诗在内的朗诵诗诗选《表演的诗歌》（*Poetry in Performance*）。

沃伦斯坦任纽约学院诗歌扩大中心主任，平时派出优秀教师和硕士研究生到纽约的许多中学开办诗歌学习和创作兴趣训练，培养每年来参加诗歌节的诗人，也邀请少数国外诗人参加朗诵。沃伦斯坦在他回忆诗歌节历史的文章《一年四季的诗歌，或朗诵的伍德斯托克音乐节，或范围广泛的诗歌扩大项目》（“POETRY FOR ALL SEASONS or THE WOODSTOCK OF THE SPOKEN WORD or AN OUTREACH PROGRAM THAT REACHES FAR”, 2003）中自豪地说：

> 1972年交给我办诗歌节这份工作过去是现在仍然是礼物，它不但满足了我职业工作伦理标准和对诗歌的热爱，而且为创造人与人之间的沟通和联系提供了宝贵的机会。这是好诗的精华，因为成千上万的人参加了纽约学院每年举办的春季诗歌节。这是纽约开办时间最久、影响最广泛、评选最民主的诗歌节。

《表演的诗歌》诗选如今成了校内外诗歌学习和创作班的参考书，成了参加过诗歌节而现在分布全国的各种业余或专业诗人与纽约学院诗歌扩大中心联系的纽带，也产生了国际影响。2001年，沃伦斯坦在南非开普敦帮助建立了普及诗歌的训练班，并挑选南非学生的诗篇刊载在《表演的诗歌》选集里，选集也成了那里诗歌训练班的参考书。

沃伦斯坦出生在纽约市，获纽约大学现代诗博士学位（1972）。早在1964年，他开始发表诗作。70年代初期，他开始与国内外爵士乐艺术家合作，进行诗歌朗诵表演和录音。他曾应邀去新罕布什尔州麦克杜威艺术营（The Macdowell Colony）和苏格兰霍桑顿城堡国际作家静修处（Hawthornden Castle）疗养。2002年6月，他在上密歇根贝尔河作家会议上被推举为客座诗人；2003年3月在法国南部主持诗歌创作班，和法国、非洲音乐人合作，举行了诗歌朗诵。他的诗歌发表在包括《横渡大西洋评论》《民族》《百年评论》和《美国诗歌评论》等一百多种杂志上。在1978～2009年，发表诗集6本，除上述已经介绍的三本诗集外，还有《野兽是一只火红的棕色狼》（*Beast Is a Wolf with Brown Fire*, 1977）、《开过山车的小家伙》（*Roller Coaster Kid*, 1982）和《托尼的世界》（*Tony's World*, 2009）。获美国诗社抒情诗奖（1985）和手推车提名奖（2010）。他已经出版了用爵士乐伴奏的六盒诗歌朗诵光盘，其中《幸福感到了》（*Euphoria Ripens*, 2008）

被《爵士乐专刊》（*All About Jazz*）列为“最佳新版本”之一。他目前与妻子洛娜（Lorna）住在北温区滨江大道，靠近祖屋。

第六节 鲍勃·霍尔曼（Bob Holman，1948— ）

自从两千年以前发明造纸术、一千多年前发明印刷术以来，诗歌总是通过纸媒发出自己的声音，其影响局限在人数甚少的知识阶层。20 世纪 70 年代普及电视、80 年代普及电脑以来，诗歌依然定格在纸媒的传播上。首次在大范围内成功地嫁接诗歌与电视（包括 MTV）、电脑网站、CD、VCD 等现代媒体为一体，改变诗歌传统定义者当推“当代美国诗歌重要的提倡者”① ——霍尔曼，一位以多媒体制作人、诗歌活动家和表演诗教授著称的后垮掉派诗人。

霍尔曼首先认识到影像在当今消费社会发挥着无可比拟的影响力。作为通过影像展示诗歌风采的开拓者，他的第一盘电视录像带《汗与性与政治》（*sweat 'n' sex 'n' politics*）在 1985 年被卢·里德（Lou Reed）引进到公共剧院放映。1986～1994 年，他为纽约市电视台主持的 50 多个系列诗歌节目“诗歌现场”（“Poetry Spots”）三次荣获电视艺术科学院颁发的埃米斯奖和一次贝西精彩表演奖。从 1991 年起，他和乔希·布罗姆（Josh Blum）合作，创建公共广播公司诗歌电视录像项目“话语在你面前”（“Words in Your Face”），获 1992 年国际公共电视奖。《纽约时报》称“话语在你面前”节目是“新诗的突破”。在每个系列半个钟点的节目里，由诗人、快板吟诵演员和口头表演艺术家展开对话和表演，这是首次向全美国演播的诗歌电视节目。电视录像节目曾收进了在荷兰鹿特丹召开的国际诗歌节盛况。霍尔曼以诗人的身份频繁地出现在“夜钓绳”“早安，美国”“ABC 新闻杂志”“音乐电视”“疏通的口头话”和“查理·罗斯演出”等电视节目里。由于他千方百计地利用现代影视媒体，成功地使诗歌进入人们的日常生活，使诗歌发挥了空前的影响。他在诗歌与现代影视媒体结合的领域里，赢得了“口头话领班”（《纽约每日新闻》）、“诗歌沙皇”（《村庄声音》）、“舞台泰斗”（《十七》）等美誉。《纽约时报杂志》授予他“诗歌先哲祠”成员，而《纽约客》杂志刊载了他的传略，称他是小亨利·路易斯·盖茨（Henry Louis

---

① 梁志英对霍尔曼的评价，见他在 2003 年 10 月 23 日发送给笔者的电子邮件。

Gates, Jr., 1950— ）。[①]

霍尔曼在建立诗歌网络和出版诗歌光盘方面同样取得了成功。1996年，与旧金山女诗人玛格丽特·斯奈德（Margery Snyder）合作建立跨越美国东西部的诗歌网络《诗歌美国》（The United States of Poetry），影响波及全国。他们在诗歌网上对读者说："我们主要的合作者是你们，亲爱的读者。我们都是团结在此的诗人，我们大家都将把诗歌踢进新世纪。"

与此同时，霍尔曼还是华盛顿广场艺术和电影股东、执行制片人、"新闻社团"（News Corporation）诗歌网站"iGuide"（1995—1996）和"采矿公司"（The Mining Co.）诗歌网站 http://poetry.miningco.com/（1996— ）主持人。他和个体制片人比尔·艾德勒（Bill Adler）一道创办了世界上唯一的一家以出版和发行诗歌朗诵 CD 光盘为主的"口头万能/墨丘里唱片公司"。《诗歌美国》五集诗歌系列介绍了 60 多个诗人，其中包括德里克·沃尔科特、约瑟夫·布罗茨基、丽塔·达夫、金斯堡、切斯瓦夫·米沃什、卢·里德等著名诗人以及前总统吉米·卡特、快板歌吟词人、牛仔诗人、美国符号语言诗人和赛诗会。该五集诗歌朗诵系列已经印成诗集，而且出了第二版，还制成了 CD 光盘。1997 年，在大范围地扩充"诗歌美国"节目的基础上，他策划的数字诗歌集《诗歌世界》（*The World of Poetry*）得到了全国教育协会的支持。"诗歌世界"的基本构思是使诗人与影视摄影者合作，制作单篇诗歌的电视录像或一系列诗篇的电视录像，然后制成电视数据库。从中选出的访谈录制成一个小时的"诗歌世界"特别节目，或系列特别节目，通过公共广播公司电视台放映。它收录了好几百个国内外的当代诗人。霍尔曼在谈到现代媒体对诗歌的作用时指出：

> 所有的媒体看起来对诗歌是死路一条，事实上却拯救了诗歌。诗人除了用小册子发表诗歌外，现在制成盒式录音带、CD、VCD 等形式发表。互联网上贴了诗人发表的作品。我从事的"诗歌世界"项目是用诗歌朗诵表演电视录像与超链接文本相结合的数字诗歌集，在这里，你可以发现诗篇、话语、诗人、诗歌传统相互联系了起来。[②]

他对现在和未来美国诗歌出路的看法是，不仅仅要用书面印刷，而且

---

① 小亨利·路易斯·盖茨：非裔美国文学批评家、教育家、学者、作家、主编和公共知识分子，任哈佛大学美国黑人研究中心主任。

② Paulo da Costa. "THE DEMOCRATISATION OF POETRY," a T.V. interview with Bob Holman after one of his rehearsals for the Out Loud Live shows that took place during WordFest 2000 in Calgary, Canada.

要增强使用各种各样的现代媒体记录和传播诗歌。这对大批边缘诗人来说，无疑是可喜的现实和光明的前途。他们将要而且正在冲破纸媒传播的狭窄渠道，获得有史以来的大解放。霍尔曼在这方面是一个出色的带头人。他的第一张诗歌朗诵 CD 光盘《和圈外人在一起》（*In with the Out Crowd*, 1998）就表明了他要和主流诗歌圈以外的诗人团结在一起的态度和决心。

1989～1996 年，霍尔曼在曼哈顿下东三街新波多黎各诗人咖啡馆展开的听众评判的赛诗会——诵诗擂台赛风靡全国，并建立了诗人旅行朗诵团。霍尔曼认为，诵诗擂台赛初听起来好像是参加一种轻松的牌戏[①]，实际上是深入基层群众的美国诗歌运动，它围绕诗歌朗诵创造了一个竞赛的框架，使人感到去参加诗歌朗诵比赛时好像是去玩斯兰姆牌戏。霍尔曼为此介绍说：

> 你去出席一次诵诗擂台赛不是去听某个诗人朗诵，而是去瞧热闹，参与听众评点和叫好。从听众里选出来的评审员用十分制给朗诵的诗打分。这些评审员并不一定要有多少文学修养。所以，你本人是你的诗歌最后评审员。一首诗不需要专家给你评析。诗歌处于从学术界转移出去的状态。你需要学会一种了解诗歌的特别方法。[②]

2002 年，霍尔曼创立包厘街诗歌俱乐部，每周二举行诵诗擂台赛。2005 年，他在接受克丽丝廷·奥基夫·阿普托威兹（Cristin O'Keefe Aptowicz）的采访时，进一步申述诵诗擂台赛的必要性：

> 你必须要有诵诗擂台赛！如果你有了一个诗歌俱乐部，那么你得有诵诗擂台赛！就那么简单。你得要有公共的麦克风。你得要有诵诗擂台赛。你得要有不止是英语而是多种语言的诗歌朗诵。你得要有音乐伴奏，与舞蹈，与电影，与街舞在一起。如今你必须要有的是，对于任何诗歌俱乐部的福利必不可少的是，有一个诵诗擂台赛！[③]

霍尔曼参与展开的大众诗歌赛对普及诗歌的确起了不小的作用，它恰好符合中国主流文艺界一向提倡的群众喜闻乐见的文艺形式。在为艺术而

---

① 斯兰姆（slam）是 17 世纪西方流行的一种牌戏。

② Paulo da Costa. "THE DEMOCRATISATION OF POETRY."

③ Cristin O'Keefe Aptowicz. *Words in Your Face: A Guided Tour Through Twenty Years of the New York City Poetry Slam*. Chapter 26. Soft Skull P, 2008: 280.

艺术的美国，这无疑是一个创造，是革命之举。他的贡献在于使诗歌朗诵走出了小范围的学术圈，使它具有强烈的平民色彩，而且颠覆或解构了精英文化价值观和传统批评系统。不过，这是一把双刃剑：外行品评诗歌的群众性诗歌活动潜在着降低诗歌质量的可能。例如，弗农·弗雷泽曾经参加过这种诗歌赛。据他说，参加朗诵比赛的诗人在赛前被挑选好了，让从听众中产生的评委打分，而这些评委不一定要精通诗歌。为此，弗雷泽说：

> 结果是，诵诗擂台赛的评分标准任意性太大。1991年，我第一次在新波多黎各诗人咖啡馆朗诵诗，败在一个叫保罗·贝蒂（Paul Beatty, 1962— ）的朗诵者之下。第二天，我打电话感谢霍尔曼邀请我朗诵时，他对我说："最优秀的诗人在赛诗会上不会获胜。"①

诵诗擂台赛的局限性由此可见，它和中国央视开办的"比谁招人喜欢"节目主持人竞赛差不多，名次由听众打分决定。"招"不精通诗歌的评委喜欢的诗篇可能是好诗，但如果按照主流审美标准衡量，常常不是好诗，因此T. S. 艾略特的《荒原》在这种赛诗会上落选的可能性很大。当然，霍尔曼提倡的朗诵赛不可能左右主流诗坛，我们不必担心美国诗歌品质从此江河日下。以"群众喜闻乐见"为主导的诗歌和得到学术圈认可的诗歌虽然总是发生矛盾，但诗歌正是在这种无法解决也不必解决的矛盾中得到发展。

霍尔曼的诗歌普及理念势必影响他的审美趣味，这明显地表现在他对快板诗的推广上。自从1993年以来，他和个体制片人比尔·艾德勒（Bill Adler）制作的"快板会诗歌"（Rap Meets Poetry）系列诗歌朗诵在音乐电视节目"好战的言词"（"Fighting Words"）里插播。霍尔曼为此把莫尼·洛夫（Monie Love, 1970— ）、KRS-1、迈克尔·弗兰蒂（Michael Franti, 1966— ）等等一批快板歌吟词人引进到他提倡的快板诗歌朗诵中来。美国快板诗和中国用两片竹板控制节奏的说快板书有类似之处，但又不尽相同。美国快板诗源于由电子乐器伴奏的说唱（rap）。演员以快节奏念出歌词，与歌唱有别。在美国电视里，我们经常能看到这种艺术形式，它常常穿插在流行歌曲节目中演出。它是美国嬉蹦文化或街舞文化（Hiphop culture）中一种流行的文艺形式。现在让我们读一读霍尔曼写的并为之津津乐道的快板诗《我们是恐龙》（"We Are The Dinosaur", 1991）：

---

① 见弗农·弗雷泽2003年10月14日发送给笔者的电子邮件。

砰砰砰地捅开天国的大门
哇呜，大家发生了什么事情
种下的是种子，收获的是枪
丁冬呛，丁冬呛，丁冬呛

生活是在卡通片里的欢乐
垃圾桶里的冰川期——我们的起居室
在你的屋顶燃火——一个好景观
地球变暖是一个警告——再见

我们是恐龙，恐龙
我们全从这里走空
我们所要的已经得到
快快跟着我们恐龙跑
噢呵人类呀人类
不是那么聪明显赫
嘎嘎嘎，神风队队员[①]，朋友，哪里走
告诉我哪条路通往避难的方舟？

世界正打911电话呼喊求救
“别穿越”的信号换成了“快点溜”
我们长期等待的已经来临
叮叮当当玎玲玲，叮叮当当玎玲玲

我的大肥脚穿越的沙地热气蒸腾
没什么可吃，可燃的柴油难以再生，
最好快快跟上，我们要离开这里了
我们是一群快要消失的无翼鸟

快，消失了！回到过去！
你们果真认为未来会持续？

① 第二次世界大战期间，日本空军敢死队队员，他们驾驶装载炸弹的飞机，冲撞军舰等目标，与之同归于尽。

砰的一声巨响，让我们炸它个彻底
让我们分享人肉——多么美妙的对比

救护车飞向舞场，啊，圣母马利亚
求您快把一颗中子弹带给我吧
在地球进入坟墓前回收它重新修理
我得回到我的洞穴，真是对你不起

我们是恐龙，恐龙，
我们全从这里走空
我们所要的已经得到
快快跟着我们恐龙跑

1999年，丹尼尔·凯恩（Daniel Kane）就霍尔曼的快板诗以《我们是恐龙》为例进行了采访，他们有一段有趣的对话，对我们了解美国的快板诗有参考价值，不妨抄录如下[1]：

> 霍：起始于20世纪70年代晚期的嬉蹦文化包括快板诗歌、墙壁涂鸦、霹雳舞。所以当我听到有人问我："为什么快板吟诵算是诗？"我的回答总是："为什么不是？"如果有人对你说："哦，我写了一些东西，节奏性强，高度押韵，我不知道它归属什么体裁？"毫无疑问，它必定是诗。
>
> 凯：谁说不是诗？
>
> 霍：有人说它不是诗，因为它出现在荧屏文学栏目里。人们不习惯于在录音机里找诗。他们认为诗篇是刊载在发行于学术圈杂志上的东西，或者是卖给一两千个美国诗歌读者的东西。当几千张唱片突然面世时，有人会说："哇，这不是诗，是音乐。"我在歌曲和快板诗之间划了一条界限：如果是持续的音乐声，那就是歌曲。如果是说话，那就是诗。人们初期之所以产生怀疑，是因为从前大众化的东西从来不能被称为诗。
>
> 凯：你是不是用《我们是恐龙》来警醒你的读者，让他们诉诸社

① Daniel Kane. "Bob Holman talks about rap and its relationship to poetry: an interview with Bob Holman." *Poets Chat*, December 1999.

会行动？

霍：对啦！如果你退后一步，看到我们正在摧毁世界中不可再生的自然资源时，你会说：为什么？一切都是取决于政治决定，和为生存做出的决定相反。石油公司和汽车制造商的利益优先于正得癌症的病人——我的诗里没有什么新东西，我只希望我的这首诗帮助我们用宏大的术语"我们正走向毁灭"来看清我们人类的生存状况。这是一首号召人们付诸行动的诗。

凯：你是一个有使命感的诗人，这在当代美国诗歌界可有点儿怪，许多诗人脱离像你那样过于明白地联系的实际。

霍：我喜欢尽可能地运用像约翰·阿什伯里所运用的省略句法，用他在作品里常用跳跃性的幽默渗透到我的诗里，但我保持自己的内容。使用"罗松汤"游乐区所使用的幽默词汇，这就是我为什么用"噢呵人类呀人类"和"嘎嘎嘎，神风队队员"这类句式的缘故。我也喜欢押快板韵，一种松散的韵脚，因为在英语里找韵脚是很难的，快板诗允许不工整韵或蹩脚韵！

凯：你在这首诗里也写到恐龙的话语……

霍：是的。这首诗旨在适于唱，旨在灵巧，旨在把政治和幽默混合在一起。

霍尔曼在解释《我们是恐龙》时显然对快板诗感到满意。在谈到它的历史渊源和现状时，在美国黑人社区工作了多年的弗农·弗雷泽说：

美国黑人的快板吟诵运用在表现自己的流行文化里。这种押韵方式历史久远。如果我记得不错的话，金斯堡在1990年告诉我说，它源出英国诗人约翰·斯克尔顿（John Skelton，1460—1529）的诗。快板吟诵往往是没有受过正规教育的黑人青年写的。我怀疑阿米里·巴拉卡年轻时是否写过快板吟诵诗。霍尔曼在举办星期五晚赛诗会，他也许为了吸引年轻人到新波多黎各诗人咖啡馆去才写快板吟诵诗。20世纪90年代早期，新波多黎各诗人咖啡馆营造了一种氛围，欧裔美国人、非裔美国人、拉丁美洲裔美国人在这里痛痛快快地聚会。[1]

这里涉及诗美学，在学院派诗人和评论家看来，这还能算诗？霍尔曼

① 见弗农·弗雷泽2003年10月19日发送给笔者的电子邮件。

不是不熟悉美国主流诗歌的审美标准，他在《美国人关于美国诗是什么》（“What is American About American Poetry?”）里清楚地表明了他的观点：

> 美国诗学轻快地向前走着，但转动望远镜向四下里看一看，就会发现这统一的景观里发生着争夺战：例如，如果你被学术界承认是诗人，那么你和广大的群众的联系就被掐断了，而流行诗人依然和学术界不承认流行诗的心态作斗争。对我而言，这是双赢的辩论。一旦你对某些作品算不算诗提出疑问，你肯定知道什么是诗。争夺战似乎是诗歌界景观的一部分，不一定局限于美国。

不过，我们别以为霍尔曼就是写这些不被学术界看重的下里巴人的诗，他同时创作了令评论界或学术界刮目相看的诗篇。他像其他后垮掉派诗人一样，擅长写洋洋洒洒、爬满稿面的自由诗。他又和其他后垮掉派诗人不一样，他通汉语，能译中国诗。也许受中国古典诗词的影响，他也创作了不少具有中国古典诗词风格的诗篇。例如，他的《在杜甫之后的一千年想起李白》（“Thinking of Li Po, a millennium or so after Tu Fu”, 1988）：

千年不朽的名声
只不过是微不足道的身后事
今朝是何年？

我雨中放歌
想起要诉说
时世何等艰难
我倚榻奋笔疾书
你却熟睡我肩旁

诗人创造的是如此的氛围，表达的是如此的感情，运作的是如此洗练的诗行，在美国诗歌中是很少见的。他的《步李白》（“After Li Po”, 1980）也具有同样的艺术色彩：

没有摇橹，只有这木兰；
没有小舟，只有这腊梅。
制一管玉箫，使它宝贵如金，

使它美得像这壶酒，
使这壶酒美成佳人，
使我在这空旷的山野为王。
我酒醉诗浓，对天狂笑
落笔成篇。
如今它能给我带来名利双收！

这是霍尔曼对李白的解读。其实绝大多数诗人历来清贫，要想从诗歌中获得财富简直不可能，至于名声，如同他所说，“只不过是微不足道的身后事”罢了。从传统的自由诗审美标准衡量，这两首诗小巧玲珑，意趣盎然，不能不算是佳作。霍尔曼很早就对中国诗歌情有独钟。据他说，他在哥伦比亚大学求学时，师从大学问家蒋彝（Ch'iang Yee）教授学习中国诗歌。[①] 后来他翻译和出版了不少包括乐府诗、鲍照诗作等在内的中国古诗，都是意译，收录在他的第一本诗集《撕开》（*Tear To Open*, 1979）、小册子《八首中国诗》（*8 Chinese Poems*, 1981）和诗集《荒野的对方付费电话》（*The Collect Call of the Wild*, 1995）以及CD光盘《和圈外人在一起》里。

总之，霍尔曼无论在诗歌与电视嫁接、诗歌朗诵CD光盘录音、赛诗会、快板诗、网络诗歌、诗歌书面印行还是诗歌翻译等方面都取得了突出的成就，而他的这些成就主要建立在他精湛的诗歌朗诵表演上。他除了在全美各地作诗歌朗诵表演外，还应邀到也门、英国、埃塞俄比亚、德国、荷兰、比利时、意大利、法国、尼加拉瓜、加拿大等国家作诗歌朗诵表演和讲座。诗歌朗诵表演如今成了当代美国诗人发挥影响的重要途径，霍尔曼正是充分利用了这个途径。他在谈到诗歌朗诵表演时说：

表演诗歌回到了语言和诗歌原本是通过口头表达的根本上。在有书本之前，在用文字创作之前，是人类的声音创造了话语。语言的声音从来不像现在那样地和字的意义脱离。我想这就是人们为什么发现

① 见霍尔曼2003年10月21日发送给笔者的电子邮件。蒋彝（1903—1977）：近代国际知名的画家、诗人、作家和书法家。他一生赢得很多国家荣誉，被选为英国皇家艺术学会会员、美国艺术与科学院院士、美国哥伦比亚大学终身教授、夏威夷大学东西方文化中心高级专家及世界许多著名大学授予的博士学位，为举世推崇。蒋彝英文遗著共25种：《湖滨画记》《战时画记》《约古郡画记》《伦敦画记》《都柏林画记》《爱丁堡画记》《牛津画记》《三藩市画记》《巴黎画记》《纽约画记》《波士顿画记》《日本画记》《中国画绘》《中国书法》《儿时琐忆》《金宝与大熊猫》《金宝在动物园》《明的故事》《鸟与兽》《中国的窗口》《大鼻子》《罗铁民》《野宾》《在缅甸公路上的人》《重访中国》。中文诗集有《蒋重雅诗》《重哑绝句》与《蒋彝诗集》。

诗歌难懂，并脱离了他们的生活。当我们试验用文本作为传输意义的手段时，口头诗歌的亲和性就失去了。①

霍尔曼努力恢复诗歌的亲和性，努力改变传统的诗歌定义，通过以富有粗犷和放肆的幽默著称的诗歌作品和朗诵，扩大了诗歌读者群，受到了广大读者和听众的欢迎，成了当今的明星诗人。霍尔曼认为，诗歌总是包含它的反面，而作为美国诗歌基调的革命是反模式。他成功的诗歌实践证明他没有循规蹈矩，而是在不断地反模式中取得进展。

霍尔曼毕业于哥伦比亚学院（1970），在圣马可诗歌项目学习班学习（1974—1978），师从特德·贝里根和埃里克·本特利（Eric Bentley, 1916— ）。他的经历丰富，职务繁多，其中包括担任纽约诗人剧团导演（1974）、《纽约市诗日历》（*NYC Poetry Calendar*）杂志主编（1977—1980）、圣马可诗歌项目主管（1980—1984）、纽约基金艺术诗歌评议员（1993）、巴德学院访问教授（1998—2001）②和哥伦比亚大学艺术学院创作副教授（2003）。任哥伦比亚大学艺术学院和纽约大学的访问教授。在1976～2011年，除了发行大量诗歌与现代媒体结合的唱片、磁带、CD光盘和电视录像带之外，还出版了诗集14本，其中包括上述的诗集和《汗与性与政治》（*SWEAT&SEX&POLITICS!*, 1986）、《丘比特的钱柜》（*Cupid's Cashbox*, 1990）等。《荒野的对方付费电话》被誉为是"踢进新世纪的诗歌球"。他与米格尔·阿尔加林（Miguel Algarin）合编的诗集《新波多黎各诗人咖啡馆的声音大一些！》（*ALOUD! Voices from the Nuyorican Poets Cafe*, 1994）获美国图书奖，被选为优质平装书俱乐部选集。此外，还获得传奇奖（1993）、前哥伦比亚美国图书奖（1993）、全国赛诗会冠军（1997—1998）、旧金山电影节奖（1995）、拜日舞电影节奖（1996）、全国艺术奖（2002）和第一届国际诗歌电影节特奖（2002）等。

第七节　杰克·弗利（Jack Foley，1940— ）

众所周知，旧金山地区是垮掉派诗歌主要的发祥地之一。以肯尼思·雷克斯罗思和杰克·凯鲁亚克命名的旧金山市内两条街道至今犹在，

---

① Paulo da costa spoke. "THE DEMOCRATISATION OF POETRY."

② 霍尔曼以在巴德学院开设富有独创性的课程"爆破的文本：表演的诗歌"著称。

以出版和销售垮掉派诗歌著称的城市之光书店还在吸引着大批的诗人和读者。弗利虽然因为迟生，没有机会参加当年盛极一时的垮掉派诗歌运动，但在垮掉派晚期，他不但有机会与在世的垮掉派宿将交往，例如，参加过威廉·埃弗森别具一格的诗歌朗诵会，和加里·斯奈德一同出席过迈克尔·麦克卢尔的婚礼，同菲利普·惠伦作过有趣的交谈，采访过劳伦斯·费林盖蒂、金斯堡、菲利普·拉曼西亚，而且是迈克尔·麦克卢尔过从甚密的朋友。他也与部分黑山派诗人和语言诗人互有来往。在伯克利，他主持定期的诗歌朗诵会，著名黑山派诗人罗伯特·邓肯也应邀光临，更不必说黑山派诗人拉里·艾格纳常常参加他主持的朗诵会了。他长期照顾瘫痪的拉里，定期去拉里家看他，并常常让拉里坐在手推车上，推他去朗诵诗歌。拉里口齿不清，他总是帮助重复拉里说的话和朗诵的诗行。他就是在这样的文学氛围里成长的，养成了一种开放式的心态和性格。自从1988年以来，他就在伯克利1949年创立的民办“西海岸太平洋广播电台”（KPFA）做诗歌节目，[①]邀请了数百个地方不知名和全国知名的诗人朗诵，并对他/她们进行访谈。该台的文学节目享誉旧金山海湾地区文学界，有“垮掉派之父”之称的雷克思罗斯曾在这里作过诗歌朗诵和接受采访，英国著名诗人迪伦·托马斯也曾经在这里朗诵过他的诗。诗人托马斯·帕金森（Thomas Parkinson, 1920—　）曾经对他说：“‘西海岸太平洋广播电台’对旧金山海湾地区所有作家产生了深刻的影响，为他们提供了接近独特讲话的可能性。”[②]

可以毫不夸张地说，作为一位学术圈外另类博学的学者，[③]弗利是20世纪晚期美国西海岸诗歌的活字典，这特别体现在他在新世纪出版的两本大部头著作《啊，强大的西部星：加利福尼亚的诗歌与艺术》（*O Powerful Western Star: Poetry & Art in California*, 2000）和《弗利篇：加利福尼亚造反者、垮掉派和激进分子》（*Foley's Books: California Rebels, Beats, and Radicals*, 2000）里。第二年在《啊，强大的西部星》基础上扩充出版了两卷本巨著《景象与溯源：1949～1980年时间轴》（*VISIONS & AFFILIATIONS: A CALIFORNIA TIMELINE 1940-1980*, 2011）。它们生动地记录、描述、评

---

① According to Jack Foley, K indicates that it is a West Coast radio station. PFA is formed from the word “Pacifica”: PaciFicA. KPFA is not the same as public radio. Public radio is usually only *partially* listener-supported: it accepts grants from various corporations and institutions. KPFA is *entirely* listener-supported.

② Jack Foley. “Questions from a Chinese Scholar” (2003).

③ 例如，他不耐烦给他的学术著作做索引。

价了他亲自参与20世纪晚期的旧金山海湾地区的文学活动以及65年来的加州诗歌景观。著名诗评家、全国艺术资助基金委员会主席达纳·焦亚在为《啊，强大的西部星》写的序言里指出："也许近几年没有任何作家比弗利对西海岸文学做过更加认真、信息量更多的批评性谈话……他也作为诗人和演讲者活跃在旧金山海湾地区文学演讲领域里……读者，特别是旧金山海湾地区以外的读者，将有机会读到当今最发人深省的、真正反对偶像崇拜的批评家之一的作品。"戴维·基佩恩（David Kipen）在以《〈啊，强大的西部星〉和〈弗利篇〉："振奋人心的"加利福尼亚造反者、垮掉派和激进分子》（"*O Powerful Western Star* and *Foley's Books*: California Rebels, Beats, and Radicals as 'galvanizing' ", 2003）为题的评论文章中，夸奖弗利的著作"是一部整个海湾地区半个世纪无可比拟的文化史"[①]。《景象与溯源》的面世，为我们了解加州文学和文化提供了不可或缺的资讯和研究成果。

弗利首先给人的深刻印象是，他日常的言行和作品反映了他反崇拜和反白人主流文学。例如，1990年6月28日，他在旧金山联邦俱乐部发表以《多元文化和媒体》（"Multiculturalism and the Media", 1990）为题的演讲，对美国白人的界定提出质疑。他说，他对自己算不算美国白人提出疑问，因为他说，他出生在美国东部，成长在西部，有着意大利和爱尔兰人的血统，他只能称自己是意大利—爱尔兰裔美国人。笔者对他说，他作为白人诗人已经身在美国主流文学之中了，有着比处在边缘文学的作家（比如亚/华裔美国作家）无法获得的便利和特权。他的回答却是：

> 很难说我是主流作家，我不是主流文学的幸运儿。汤亭亭和李立扬比我更主流！坦白地说，我发现主流文学作品相当乏味。我不想成为主流文学的一部分，我的作品不仅在主流之外，而且经常在和少数民族作家保持联系的语境之中面世的……我认为白人这个称呼是虚构的：它与种族性无关，本质上是权力的表达。[②]

弗利宁愿与向白人种族主义提出挑战的华裔美国作家赵健秀认同，而且认为自己和他有更多的共同之处。他丝毫没有当代社会里那种变相的白人优越感，他天生缺乏东部新英格兰新教徒所讲究的气派。弗利一贯主张

---

① David Kipen. "*O Powerful Western Star* and *Foley's Books*: California Rebels, Beats, and Radicals as 'galvanizing'." *San Francisco Chronicle*, April 13, 2003.

② Jack Foley. "Questions from a Chinese Scholar" (2003).

多元文化共处，真心诚意地与非裔美国诗人、印第安诗人交往，采访他们，宣扬他们。他还说："奥克兰笔会为提携少数种族作家设立了约瑟芬·迈尔斯奖（Josephine Miles Award），我是该奖的积极提倡者和支持者。"[①] 作为著名非裔美国小说家和诗人伊什梅尔·里德的朋友，弗利不但写文章宣传他，而且为他的文章《多元文化和媒体》被收录在伊什梅尔·里德主编的《多元美国：文化战争和文化和平论文集》（*Multi-America: Essays on Cultural Wars and Cultural Peace*, 1977）感到荣幸。作为白人作家，他竟如此感到高兴，即使在当下的美国，仍然是非同寻常的。这就是弗利的个性和风格，一个身体力行多元文化的诗人。

凡和他接触过的人，都高兴和这位思想开放、口直心快、乐意助人的诗人打交道、交朋友。他与黑山派小字辈的拉里·艾格纳的友谊是一段令人交口称赞的诗坛佳话。弗利自从1986年认识拉里至拉里1996年去世的十年里，除了常常通过电话和拉里保持联系外，每个星期都要去拉里的住处一次，关心他的生活起居。弗利有时还推着拉里坐的手推车，参加弗利在伯克利拉里·布莱克餐馆举行的每周一次的系列诗歌朗诵会。拉里的朗诵很难使听众听得懂，弗利便站在拉里身旁为他转述。鉴于拉里是很早就成名的黑山派诗人，大家还是静静地听弗利的转述。1994年笔者在伯克利出席过一次这样的朗诵会，没听懂拉里朗诵的一句话，后来笔者对弗利说，代他朗诵算了，何必让他和听众都难受？但弗利认为，请拉里朗诵是对他的尊重，自然也是对他的安慰。他说的也是，在美国，无论是乘公共汽车还是上台阶，都有为残疾人专设的通道和专座，自动帮助残疾人已成为美国人的风气，因此弗利帮助拉里参加诗歌朗诵会也是很自然的事。但难能可贵的是，弗利十年如一日地照顾一个残疾病人。每逢拉里生日，弗利还要为他准备生日晚会。笔者有幸参加过一次弗利组织的令人难以忘怀的生日晚会。著名垮掉派诗人麦克卢尔和他的妻子以及当地的诗人都赶来参加。拉里在那天生日晚会上别说有多高兴。拉里去世后，弗利还忙于发布讣告，给诗歌界和出版界写信。他在任何场合都感激拉里为他的处子集《文字/光亮：为阿德尔而作》（*LETTERS/LIGHTS—WORDS FOR ADELLE*, 1987）作序。

弗利以诗歌朗诵表演著称于诗坛。在弗利看来，诗人如果不与读者见面，对读者保持沉默，那么他们的作品只能以白纸黑字的形式存在，这不是诗歌被了解的唯一条件。笔者有幸在伯克利见过一次他精彩的诗歌朗诵

① Jack Foley. "Questions from a Chinese Scholar" (2003).

表演。只见他手弹吉他，和他的妻子阿德尔·弗利（Adelle Foley）全身心投入到朗诵中去，时而单独朗诵，时而一起朗诵，自然而然地把听众引导到他俩创造的意境里。当时笔者暗忖：为什么现在一些写自由诗的中国诗人朗诵时总给人以一种矫揉造作之感？更不必说请演员或讲标准普通话的人代朗诵的效果等而下之了。笔者请他谈谈为什么他的朗诵会产生如此的艺术震撼力。他说，他和阿德尔站在观众前面，把诗行朗诵出来，具有合唱性，他们的口头朗诵常常传达书面难以传达的情感。他们大声念出诗歌文本，其方式与圣安布罗斯[①]的传达方式正好相反。他说："我的诗歌作品是有意回到荷马朗诵的状况，回到基督教以前的意识状况。"[②] 笔者告诉他说，其实中国早在公元前5世纪就有诗歌吟诵的风气了，例如《诗经》就是在收集民歌基础上整理出来的，最发达的唐朝诗也是要吟诵的，只是到了19世纪末20世纪初西方自由诗的传入，中国诗人开始引导读者用视觉而不是用听觉欣赏诗歌。这不能不说是一大欠缺。弗利写的是自由诗，为什么他的朗诵显得那么自然呢？值得我们的中国诗人深思。评论家史蒂文·赫希（Steven Hirsch）赞扬弗利的朗诵表演说：

> 在我们讨论西海岸试验诗歌的复兴时，我们必须从那些促进最近和未来几十年文学新想象力的"复兴"男女诗人开始。那些睿智白热化者之一是杰克·弗利。协作的多媒体诗歌朗诵表演既富创新性，又有开启性，是从原来的旧金山垮掉派诗人/表演者的富有音乐性的语言传统演化而来的，使视觉、听觉和话声在诗歌中清晰地互为渗透，并且扩展成新的现代神话……这是一种开发新的表现可能性的表演艺术。[③]

究其缘由，弗利认为他的诗歌朗诵是效法庞德的结果。他说：

> 理查德·塔罗斯金（Richard Taruskin，1945—　）说，庞德坚持认为诗歌不是文学，而是表演艺术。表演的观念贯穿现代派诗歌，表演朗诵是现代派诗歌的一部分。不过，这个事实不为一般人所知，因为大量评介现代派诗歌的著作完全没有觉察到现代派诗歌对表演的兴

---

① 圣安布罗斯（Saint Ambrose，339？—397）：意大利米兰主教，在职期间竭力维护基督教会的权力，在文学和音乐方面的造诣颇深。

② Jack Foley. "Questions from a Chinese Scholar" (2003).

③ Steven Hirsch's review of Jack Foley's *Gershwin* in *Heaven Bone* (#11, 1994).

> 趣，或者认为它不重要。不是坚持文学性的现代派诗歌反对朗诵表演，而是论述现代派诗歌的有影响力的文学批评家反对朗诵表演。这些批评家使现代派诗歌遐迩闻名（甚至给后现代派诗歌赋予生命），但他们也误解了现代派运动的某些方面。我的诗歌表演朗诵不始于垮掉派诗人，而是始于像庞德这样的现代派诗人，他当然是垮掉派诗人的祖宗。[①]

我们都有一种追本溯源的习惯，以示正宗的权威性，弗利把他的朗诵表演传统定格在庞德开创的诗风上是可以理解的，何况达纳·焦亚也认为，他基本上继承了庞德的传统。[②] 弗利在《啊，强大的西部星》里指出，西方诗歌的核心是处于分裂、混乱、多媒体之中，这种状况从来没有得到解决，而是持续存在，在很多时候，富有很大的创造性，处于张力的状态。他还认为，对于新批评派评论家来说，诗篇是书面的东西，但是具有讽刺意味的是，只有通过电子时代的模拟表现，诗歌才进入当下全民的意识。在他看来，诗歌是具有表演性的文学的一个分支，是具有摇滚乐功能的文学的一个分支，而戏剧的叙述成分（另一种表演性文学活动）使戏剧与摇滚乐表演非常不同。我们现在发觉当下的美国诗坛，包括弗利在内的许多与时俱进的美国诗人出版用乐器伴奏的诗歌朗诵 CD 光盘已经蔚然成风，这正好反映了弗利的诗歌朗诵表演不但具有正统性、先锋性，而且很时尚。

当然，我们应当辨证地看待朗诵表演与书面诗歌的关系。由于各种原因，书面诗歌和过去的口头诗歌经常维持着不稳定的关系，而出现的悖论是，在某种程度上，口头诗歌通过书面得以留存。当垮掉派诗人或后垮掉派诗人用乐器伴奏朗诵时，他们企图转换印在纸上的诗歌，起着默读不能表演的功能。弗利为此说："如果我们想到诗歌开始于口头背诵，想到荷马因为双目失明而写作无法与视觉联系的情况，我们认识到印刷在书面的诗歌也代表了一种转换：不需要听人（特定的人在特定的场合）大声念诗，我们可以看到这首诗。"[③]

弗利强调诗歌朗诵表演只是他的诗歌活动的一个方面。在电子时代，他像其他与时俱进的美国诗人一样，动用了一切表现诗歌的载体：发表书面形式的诗集；对着听众，作乐器伴奏的诗歌朗诵表演；出版 CD 光盘；如上所述，在伯克利"西海岸太平洋广播电台"，每个星期三下午 3 点做诗

---

① Jack Foley. "Questions from a Chinese Scholar" (2003).

② Jack Foley. "Questions from a Chinese Scholar" (2003).

③ Jack Foley. "Questions from a Chinese Scholar" (2003).

人谈话和朗诵节目；在网络杂志《艾尔索普评论》（*The Alsop Review*）上主持图书评论栏目"弗利书评"；担任伯克利诗歌报《诗歌闪光》（*Poetry Flash*）特约编辑。可以说，当今诗歌的十八般武艺，他能用上的都用了。在这些丰富多彩的诗歌活动中，他也建立了自己的艺术风格。

除了诗歌朗诵表演是他突出的风格外，弗利特别看重在诗歌中表现多种声音，即在诗中表现多种人从不同的角度讲话。帕梅拉·格里曼（Pamela Grieman）为此说："弗利的诗歌充满了多种的声音，没有哪一种声音占主导地位。诗人并不用一种特定的声音暗示一种特定的意义。在他的诗里，有着多种可能的意义，例如他的《合唱：格什温》（"Chorus: Gershwin"）。"①达纳·焦亚认为，弗利的诗歌代表稀有的商品——真正的先锋派诗歌，他采取庞德和 T. S. 艾略特诗歌的复调形式，并把它们推向以表演为基础的诗歌艺术形式。②

根据弗利的看法，他开始写诗时就认为诗中单个人的声音是虚假的，是对体验的误解。他说："我们称之为的意识是多层次的王国。我的诗歌非常倾向于表演朗诵，这里面常常带了'我'。我的作品所对付的问题是如何坚持表演朗诵时也不带我。"③他认为，我们通常认为一首诗是"单个人"的产品，换言之，是单个的"我"在讲话，可是在他朗诵的诗里，"我"在不停地变更，其艺术形式如同 T. S. 艾略特的《荒原》。弗利所朗诵的诗，几乎大部分都有多种不同人物的不同声音出现，这不但使他的朗诵生动活泼，而且引导听众或读者在看待同一件事或同一个人时获得了多种视角。

如果深入了解弗利的话，我们会发现他的世界观有异于一般人的特点。他虽然是白人，但却抨击美国社会对白人的界定及其种族歧视的内涵，确实是加利福尼亚造反者、垮掉派和激进分子。他在一首戏谑诗《我的上帝，我的上帝》（"ELI, ELI"）里对有恋童癖的天主教神甫竭尽揭露、揶揄、抨击之能事。作为一个无神论者，他这样做是可以理解的，但他在诗的最后几行却表现了他对神甫的同情心：

> 奥方德尔神甫，遭到麻烦的人
> 需要爱，却又受到严禁
> 在这种欲望里，如果我是你
> 是不是也会干出这种事情？

---

① Pamela Grieman. "Touching Fire." *Poetry Flash*, Oct. 1992.

② Dana Gioia's remark as a blurb for Foley's *Adrift* (1993).

③ Jack Foley. "Questions from a Chinese Scholar" (2003).

美国天主教因神甫亵渎儿童被法院处罚赔款的新闻，不时见诸于报纸，是一种遭到大家口诛笔伐的性丑闻。对此，他却持有另一种见解：

> 奥方德尔神甫显然是一个坏人，甚至是一个恶棍。人们对此感到震惊，责骂这类神甫，是可以理解的。但我们了解这些神甫吗？我们能不能给予他们某种同情呢？在天主教里，欲望（包括色欲）是被引向耶稣的，而耶稣通常被表现为赤身裸体，与小孩相联系。耶稣的形象不是很容易与小孩相连吗？对耶稣的欲望不是很容易移情到小孩身上吗？如果换了是我或其他任何人，是不是也有恋童癖呢？这首诗有戏谑的成分，但戏谑某些事情时必然寄予一种或另外一种同情。

在美国，持有弗利这种观点的人很少，弗利就是很少的人之中的一个，一个与众不同的人。他的与众不同还表现在他对待儿子婚姻的看法上。2002年，他和妻子阿德尔在儿子的婚礼上朗诵表演了一首长诗《新婚喜歌——赠我的儿子肖恩和儿媳克里·霍克》（“An Epithalamium For My Son Sean And His Bride, Kerry Hoke”）：

> 孤独意味着什么？
> 有那种欲望的人意味着什么？
> 当你的欲望需要配偶时
> 世界给你作了解释：
> 找一个人结婚，生养子女，尽情消耗，死亡
> 如果你有问题，自己解决
> 孤独意味着什么？孤独可不可能
> 像忠于信仰或信守婚姻那样地紧随着你？
> 有没有配偶不能解决
> 但能驱动和拆散爱和欢乐的
> 终身孤独？
> （孤独意味着什么？）
> 有另外一种孤独，它起初
> 显露出来的是性欲
> 最终被解决的不是性交。
> （孤独意味着什么？）
> 有另外一种孤独，

它不亚于寻找自我，
一种最终是徒劳的令人沮丧的寻找
因为自我只能被创造
不能被发现
所以持续地灭掉自我
这是在另一个人身上
对自我的寻找
在自我里寻找另一个人
这就超越了感官快乐的任务。
什么是结婚？
它不是两个人的结合
让一个人溶解在另一个人里面
而是在平等者之间
持续不断地对话
持续不断地终止孤独。

诗很长，结尾是：

为肖恩和克里
我们能够付出
我们的爱和生命中的一切
以及我们所能讲的话语——
孤独没有尽头
爱没有尽头
但愿你们的孩子
给你们带来欢乐
如同你们给我们欢乐

即使在性开放的美国，父母在子女的婚礼上作诗歌朗诵表演已经很少见，直接和子女谈性就更少而又少了。笔者问他，这样做不感到尴尬吗？他坦言说，他一点儿也不感到尴尬，因为他和儿子之间平时以不同的方式坦率地谈论过性。这也是弗利独特之处。

他的独特还表现在对丹尼斯·莫顿（Dennis Morton）访谈[①]的回答上。莫顿问他："一个诗人犯的最大错误是什么？"他的回答："相信诗歌可以是诗歌以外的任何东西，能做超出诗歌力所能及的任何事情。"莫顿又问他："你犯的最糟糕的诗歌错误是什么？"他的回答："妒忌另一个诗人。"[②] 奥登也老早说过，诗歌不会使任何事情发生。根据奥登当时说话的语境，是指诗歌不能阻止战争发生。大诗人弗罗斯特最大的毛病是妒忌另外的诗人，但他从来不承认。而弗利却有勇气直率地承认自己的欠缺。年龄大的美国人最忌讳公开说自己的年龄，但弗利却写了《六十岁的诱惑》（"The Temptation Of Sixty"）：

> 六十岁的诱惑
> 是相信一切是可能的
> 不相信任何的改变
> 六十岁的诱惑
> 是用妄想
> 为行为辩护
> 用需要
> 为妄想辩护
> 用虚构
> 为一切辩护
> 六十岁的诱惑
> 是相信任何事情

他精力充沛的外表和激情澎湃的诗歌朗诵表演，根本显不出已经到了花甲之年。我们只能这样评价这首诗：它既是弗利向读者敞开心扉，又是他对自己的警告。他从不害怕创造新的艺术形式，也从不害怕说出其他诗人不敢或羞于说的话。难怪垮掉派诗人麦克卢尔夸奖他说："弗利是我们狂热的诗歌试验者，高举火把，让读者看到更多的亮光。"[③]

弗利对中国文学的理解是误译误读原文的一个有趣的例子。他在论述语言、诗歌和创作的一篇文章《词语和书籍，诗歌与创作》（"Words & Books,

---

① Dennis Morton. "An Interview with Jack Foley." *Santa Cruz Sentinal*, March 20, 2002.

② See http://www.baymoon.com/～poetrysantacruz/interviews/foley.html.

③ Michael McClure's remark as a blurb for Foley's *Adrift* (1993).

Poetry & Writing”）[1]的开头引用了陆机《文赋》最后的一段文字：

伊兹文之为用，固众理之所因。恢万里而无阂，通亿载而为津。俯贻则于来叶，仰观象乎古人。济文武于将坠，宣风声于不泯。涂无远而不弥，理无微而弗纶。配沾润于云雨，象变化乎鬼神。被金石而德广，流管弦而日新。

弗利依据的是诗人兼翻译家萨姆·哈米尔（Sam Hamill, 1943— ）的译文。原句“济文武于将坠，宣风声于不泯”被译者误译为：“文学艺术挽救政府免于某种程度的毁灭，宣扬合适的道德。”[2] 在欧美，很少有人相信文学有如此功能。于是，弗利很自然地会发问：“果真如此？文学‘挽救政府免于某种程度的毁灭’并且‘宣扬合适的道德’了吗？”原文的最后六句在译文里成了：“通过文学，无远不达，没有思想混乱得成了无序状态。文学产生好像云中落雨；它恢复生气勃勃的精神。”[3] 于是，弗利据此又问：“文学‘好像云中落雨’吗？它恢复‘生气勃勃的精神’吗？所有这些宣扬意味着什么？”接着，弗利又引用了《文赋》第三段：

其始也，皆收视反听，耽思傍讯。精骛八极，心游万仞……

译文成了：

他闭着眼睛，听见内心的音乐；他沉于思考和探询之中——他的精神疾驰于宇宙的八极，他的思想飞翔于千里之遥。[4]

弗利接着便问道：“文学创作 与‘闭着眼睛’有什么关系？‘内心的音乐’是什么？陆机作为诗人开始动笔时，至少脱离外界，与外界保持距离，‘沉于思考和探询之中’。不管怎么说，他不是‘表演者’。词句出诸于

---

① Jack Foley. “Words & Books, Poetry & Writing.” *O Powerful Western Star: Poetry & Art in California*. Oakland, CA: Pantograph P, 2000: 9.

② 这两句译文是：“The art of letter has saved governments from certain ruin and propagates proper morals.”

③ 最后六句的译文是：“Through letters there is no road too distant to travel, no idea too confusing to be ordered. It comes like rain from clouds; it renews from the vital spirit.”

④ 这几句译文是：“Eyes closed, he hears an inner music; he is lost in thought and questions—His spirit rides to the eight corners of the universe, his mind a thousand miles away.”

他强烈的主观性——在此想象为有超越遥远距离的能力。”

弗利于是把“闭着眼睛”创作的陆机与瞎眼的荷马相比，用以说明伟大作家相同的创作过程。这种误读误译并不奇怪，庞德著名的《华夏集》与原著相比，误译的地方并不比《文赋》的误译少。最明显的一个例子是庞德的《江上商人的妻子：一封信》（“The River-Merchant's Wife: A Letter”）是各种文选或诗选收录率高的一首诗，几乎为所有美国作家特别是诗人所知晓。它原来是费诺罗萨翻译李白五言古诗《长干行》的译文，后来经过庞德这位大师的加工，译文极为精彩，可是与原文比较，出入却很大。第一个译者费诺罗萨在翻译这首诗时不懂中文，而是根据多个日本汉学家的解释翻译的，甚至通篇的地名和人名仍保留了日语的发音。庞德加工这首诗时也不懂中文，误译不可避免。尽管如此，现在却很少有人计较庞德的这种译文，相反似乎把它当作他的创作大加赞赏。这种误读误译虽然不值得提倡，但它向我们至少昭示了文学大师的作品，无论是陆机的《文赋》，还是李白的诗篇，有着穿越时空的穿透力，虽然有时被译者的误译以折射的形式流传开来。这也是弗利引用《文赋》给我们带来的启迪。

弗利出生在新泽西州内普丘恩，获康奈尔大学学士学位（1963），攻读加州大学伯克利分校硕士学位（1964）未毕业，辍学后从事文学创作，成了自由职业作家。他的妻子阿德尔是他的诗歌朗诵表演不可缺少的一部分，而她自己也写诗，出版俳句诗集《继承血统》(*Along the Bloodline*, 2003)。除上述提到的作品外，弗利还出版了《格什温：诗篇》（*Gershwin-Poems*, 1991）、《漂浮》（*Adrift*, 1993）、《流放》（*Exiles*, 1996）、《给失恋者的忠告》（*Advice to the Lovelorn*, 1998）；与伊凡·阿格勒斯（Ivan Arguelles, 1939—　）合作了两本书：诗集《加利福尼亚新诗：死亡/追思》（*New Poetry from California: Dead/Requiem*, 1998）和《圣詹姆斯》（*Saint James*, 1998）。获艺术家特使文学文化奖（1998—2000）。2010 年，在伯克利诗歌节上获终身成就奖。诗人露西尔·兰·戴（Lucille Lang Day）为此夸奖他说：“我从来没有见到过其他任何人比杰克·弗利对从试验性到正规的各类诗歌更加开放，更加了解。”[1] 不过，他晚年患糖尿病，加之跌伤，行动不便，几颗牙齿蛀落，在他的《年逾七旬》（“Septuagenarian”, 2011）一文里首次流露了他的伤感：

---

① 转引自 Jannie M. Dresser. “Berkeley Poetry Festival Honors Renaissance Poet & Critic Jack Foley.” *Examiner.com*, June 2010.

我和我的妻子阿德尔不久将庆祝我们的五十周年结婚纪念。我们一直这样生活着，长期以来做很多相同的事情、我俩都认为这种生活很好，虽然越来越意识到人到七十的老境，还想到我们的朋友的定数也可能是我们的定数。

所有的人
是自欺
欺人
唯一的喜悦
是突破
（突破本身
可能是一种欺骗）
到对“真实”的
虚幻感
模式不断
重复
唯一的喜悦
别无其他
总是
现在——
……

第八节　金斯堡心头的儿子：安特勒、安迪·克劳森和戴维·科普

所谓金斯堡心头的儿子，可以理解为他心上的儿子，精神上的儿子，即他一心庇护、栽培、提携的几个关系极为密切的年轻诗人。吉姆·科恩为此说：“金斯堡护佑 20 多年的后垮掉派诗人是安特勒、克劳森和科普。”[1] 可以说，他们是正宗的后垮掉派诗人。下面分别介绍他们。

---

① Jim Cohn. “Postbeat Poets.” *Sutras & Bardos: Essays and Interviews on Allen Ginsberg, The Kerouac School, Anne Waldman, Postbeat Poets and The New Demotics.*

1. 安特勒（Antler, 1946— ）

安特勒是布拉德·伯迪克（Brad Burdick）的化名。他出生在威斯康星州布拉德·伯迪克，获威斯康星大学学士（1970）和硕士（1973），在校期间，与后来成为同性恋作家和环保诗人的同班同学杰夫·波涅瓦兹（Jeff Poniewaz, 1946— ）结成终身伴侣。在获硕士之前，曾在爱荷华大学作家班进修。被选为威斯康星州密尔沃基市桂冠诗人（2002—2003）。他的作品富有朋克感知力、幽默感和讽刺锋芒，反映了惠特曼和金斯堡对他的影响。他一脸大胡须，仿佛是惠特曼再世！他也有金斯堡大大咧咧的气质。他钟情于大自然的荒野之天然美，不爱大城市的工业生活，生就有超然态度和生态意识。他为人坦率，有些粗俗的诗篇，常常表现出性的和精神能量，交织着自然界的神奇。从他的一首短诗《惠特曼性取向》（"Whitmansexual"）里，我们大体可以了解他的审美趣味和艺术风格：

惠特曼是一个男性取向，
一个女性取向
一个草性取向，树性取向
天空性取向，大地性取向。
惠特曼是一个海洋性取向，高山性取向，
云彩性取向，大草原性取向，
鸟鸣性取向，丁香味性取向，
奔马性取向。
惠特曼是一个黑暗性取向，铁轨枕木性取向
日出性取向，银河性取向，
和风性取向，乡村公路性取向，
荒野性取向，民主性取向，
敲鼓性取向，过布鲁克林渡轮性取向，
七十生涯性取向。
惠特曼是一个再见我的幻想性取向，
比想象中还幸运的性取向，
死亡性取向，守尸性取向，
堆肥性取向，未来的诗人们性取向，
奇迹性取向，永垂不朽性取向，
宇宙性取向，等待你性取向。

安特勒的这种历数事项的重复句式回应了惠特曼和金斯堡所擅长的艺术形式。他获得的荣誉之中，特别令他自豪的是瓦尔特·惠特曼协会授予的惠特曼奖（Whitman Prize, 1985），表彰“他的贡献最好地揭示了惠特曼继续在美国诗歌的存在”，还称赞“他的诗篇带着原始的能量、无牵无挂和对所有众生的深情，使得大地的话语为大家听到”。

安特勒常在国内外作诗歌朗诵。他还是荒野保护和其他事业的提倡者，并继续花很多时间野营和探索他所热爱的荒野地区。每年花一到两个月，背着背包或划着皮艇，游历旷野，悠游于大自然之中，以惠特曼的豪放精神，到处撒遍他的诗歌种子。

70年代，他在工厂和其他行业干活，赚钱维持生计，以便在诗歌创作和旅行全美国荒野地区上有一定经济保证。1970年，24岁的他，在密尔沃基河旁的一家工厂劳动，创作了获得诗人、环保主义者和工人们广泛称赞的史诗《工厂》（*Factory*, 1980）。该长诗被劳伦斯·费林盖蒂看中，把它作为城市之光袖珍本丛书第38本出版。金斯堡对该诗集作了高度的评价，在书封上写道：

> 《工厂》引发我笑出了眼泪，我认为，自从我这一代的《嚎叫》以来，它是我所见到的最有启发性和胸怀坦荡的美国诗，除了你持续的创意和梦幻的显著特性（的诗集）之外，我没有被60年代和70年代以来任何人单一的巨作所激动。用你自我信心、自我关注和健康的兴高采烈所美化的赤诚（这兴高采烈是天赋、菩萨机智的标志）……是你彰显了你的真诚，自然的真理，不容置疑地和明确地到达了永恒的诗歌地域……出于一个孤单的、不为外界知晓的、自我激励的美国年轻诗人之手的纯度，也许比在我一生中所认为的还要纯。我以为，它看起来是如此的美丽，美丽得如同死亡不可避免，以至于你允许你自己与我获得美的突破。

《工厂》第九部分的第一节开头是：

> 机器等候着我。
> 等候着我出生，成长，
> 等候着把我的个性刻在图腾柱上，
> 在缓慢的金字塔日子里
> 把它在我的周围竖起来，然后擦掉，忘掉，

机器在我会来的地方——
地球上的一点，等候着我，
工厂的绿色机器，
工厂奇迹般的机器噪音，
等待我笑许多许多次，
等待我睡着了醒来许多许多次
等待看见我从孩子变成各种我不愿意当的人，
等待自杀随着岁月的流逝渴望我，
这流逝的岁月，当我变老，眼睛发花时，
伪装着自己跑入镜子里。
像大众在机器上劳动一样，我将会劳动，
不停地劳动，直至不存在，死亡，
等待我，耐心地等待着我，这些机器，
在世界上一直等待我，
像安魂曲等待我的耳朵
机器等待着，
像裸体杂志等待我的眼睛
机器等待着，
当我等待像我一样柔软的机器时
我不认识的时间离我而去，
面孔，肌肉，全说再见，
而这时我所有的可能性，像两手握住球棒
想看谁第一个击球，结果感到窒息——
这时我的生命跳进救生艇
尖叫：“你浪费不起时间，
时间正在消磨你！”
在我说*只有宗教在所有其他人之前发出命令*
*你不必劳作，我将赞美上帝*之前，
在我说*不仅是在地下人的头脑*
*被蛆虫吃光*之前，
在我说*我宁可死*
*也不愿流汗干麻木迟钝的人的工作*之前，
机器等待着。

诗人厌于工厂单调的重复性劳动，带着夸张的口气，历数城市工业的不是。第九部分之中的另一节诗的开头，诗人更加夸张，把工厂当作美国自杀的工具：

> 我应当得到报答，为发现美国
> 与工厂一同自杀！
> 我应当得到报答，为发觉
> 在大规模制造麻木迟钝的人之中
> 我是不是唯一一个缺陷多多的人！
> 我应当得到报答，为发觉上帝包装宇宙
> 是否像我包装帽子一样！
> 我应当得到报答，为发觉大海
> 是否厌于掀起相同的声音！
> 我应当得到报答，为创作
> 《这永无休止的场所之无限制自传》！
> 我应当得到报答，为在美国
> 被发现之前，我就站在此处！
> 我为唱“无人能站在我站的地方
> 因为我的身体挡道”赢得什么？
> 我应当得到报答，为记住每一瞬间的史诗！
> 我应当得到报答，为听到易拉罐的合唱
> 噗噗噗地响遍全球的此刻！

安特勒厌恶工业的极端想法显然是片面的，姑且不在此批判，主要是出于他热爱没有受到工业文明污染的荒野。当然，诗人在这里揭示了人类面临的进退两难而无法解决的处境。1990 年，在杰克·凯鲁亚克精神诗学学院举行的“生态公开性会议”上，安特勒作了诗歌朗诵，斯奈德介绍他说：“安特勒用白话创作诗歌，亲自明晰地关注美国和地球生命的现状。他是一位优秀的朗诵表演诗人，是美国文坛上真正致力于荒野的五六个人之一。”他的爱好就是生态和自然，几个星期一次，他总要去威斯康星森林亲近大自然，吸收大自然的能量。难怪斯奈德也垂青于他。

在后垮掉派诗人之中，安特勒知名度较高，他在成百种杂志上发表他的诗作。他的第二本诗集《遗言》（*Last Words*, 1986）也获得了金斯堡的喜爱。他说这本诗集“比我这辈子想象的还要优美，它出于一个孤单的、不为外界知晓的、自我激励的美国年轻诗人之手……一个未来的惠特曼式诗人和演说家”。

安特勒曾任教于加州伊沙兰学院、萨拉·劳伦斯学院、纽约市外欧米茄学院、俄亥俄州安提阿学院和杰克·凯鲁亚克精神诗学学院。他曾在荒野大学、西格德·奥尔森环保学院、萨拉·劳伦斯学院和罗马国际诗人节（1980）作过诗歌朗诵表演。在新世纪，他出版了《安特勒诗选》（*Antler: The Selected Poems*, 2000）。2003 年，威斯康星作家委员会授予他重大成就奖。除此之外，他在之前还获得过威特·宾纳奖（Witter Bynner Prize, 1987）和手推车奖（1993）。他不作荒野旅行或去教授诗歌和朗诵表演诗歌时，他与他的同龄性伙伴、也热衷于环保的后垮掉派诗人杰夫·波涅瓦兹生活在威斯康星州密尔沃基市密尔沃基河附近。吉姆·科恩发现这和谐的一对诗人是“人类（相互关系）稳定性的一个范例”①。

2. **安迪·克劳森**（Andy Clausen, 1943— ）

作为建筑工人，安迪·克劳森是一条在社会底层跌爬滚打的硬汉，是金斯堡把他拉到了诗歌界。他效法的先辈是惠特曼、杰克·伦敦、凯鲁亚克、格雷戈里·科尔索、马雅可夫斯基和赫列勃尼科夫，还加上美国劳动歌。他放浪形骸的个性正中金斯堡的下怀。1968 年，在伯克利举行的“小杂志主编和出版人会议”上，克劳森除了戴一条国旗领带之外，当众赤条条地作诗歌朗诵表演。有评论家说，他充满活力的口头朗诵表演预示了他将会一举成名，而且还会影响后代的许多后垮掉派诗人和作家。果真，在会议一个月之后，当金斯堡在旧金山举行的“摇滚乐复兴诗歌朗诵会”上见到克劳森时，他觉得见到了年轻时的尼尔·卡萨迪，于是对他分外垂青。众所周知，尼尔·卡萨迪是垮掉派诗人中最最下层社会的人，被醉鬼父亲抚养长大，童年不幸，曾进出过少年犯管教所和少年监牢，是金斯堡给他伸出援助之手，他后来才有了出头之日。对于克劳森，金斯堡也毫无保留地撑开了保护伞，不仅称他为“美国诗歌的未来”，而且还为克劳森的诗集《毫无疑问》（*Without Doubt*, 1991）作序，夸奖他说：

> 安迪·克劳森的人物语言充满了英雄气概，是民主无意识的人民心声，是一个“神圣普通”的有思想的工人人物。作为一个粗鲁的人，

① Jim Cohn. “Poetry as Dharma Practice: Interview by Randy Roark.” *Sutras & Bardos: Essays & Interviews on Allen Ginsberg, The Kerouac School, Anne Waldman, Postbeat Poets & The New Demotics*. Museum of American Poetics Publications, 2011.

惠特曼式的劳动者，恰恰是联邦的长时间砂浆转运工，他吟游的平民主义基于漫长岁月里痛苦顽强的经历——用满头汗水赚取养家糊口的面包。他对热情的60年代、守势的70年代、不公正的80年代、欺凌人的90年代的意见，在小杂志里话语不太响、在报纸上更少发表、从不会在通过美国总统办公室电波播放的政治戏剧里表演，却起了真正的影响力。政府电视台放映的诗学之昂贵废话遭受信誉萎缩，与此同时的另一边，则是克劳森先生令人心痛的天生的深刻见解。如果克劳森竞选总统的话，我一定投他的票！

金斯堡除了指出克劳森上面的第一个特点之外，还进一步总结了他的诗歌特色。

克劳森诗歌的第二个特色：他敏捷机警的语言令人感到惊奇，因为克劳森经历了真正的美国希望与贪婪。某种本土的兴高采烈、文字游戏并置的创造性和理念的构建总是打动着金斯堡，如同是击中头部的心灵感应钉，其艺术感染力同科尔索和惠伦一样。

第三个特色：他跨行的延长呼吸，内心话语的即兴重复，好像是“闪烁的意象链”，这取法于凯鲁亚克、尼尔·卡萨迪和吟游诗人鲍勃·迪伦。

第四个突出的特色：包含自我的轶事小品。当他即兴赋诗时，他的比喻和文字连接所流露的坦诚友好的铺张，给安迪·克劳森的诗歌带来任何一代人的诗歌里少见的阅读趣味。

金斯堡对克劳森的赞扬可以从克劳森的《与妈妈通电话》（“PHONE WITH MOM”, 1992）一诗中得到印证：

我的母亲在轻微绝望中感到遗憾
　　　我缺乏财务上的成功
（她的唯一标准）
妈，我生来不是为了钱
　　　就像马雅可夫斯基的电影
　　　杰克·伦敦的《马丁·伊登》的版本
（我追求的是荣耀，不是面包）
当你老了，你将怎么办？
　　　　　杰克·伦敦不会帮助你
　　　　　当你老了。他死了。你
　　　　　不会有妻子；谁照顾

你呀？我想到你那么聪明
你会成为律师，任何重要人物！
你本来可以使生活好一些嘛。
妈，听我说，仔细听，你知道吗
100 年之后，有人会研究你的生活，
知道为什么吗？因为你是我的母亲。
你总是自说自话，想当然。
我努力客观看问题。
嗯，告诉我，你的写作有没有改进？
我想是的，我一直在学习和进步。
好吧，我先前几乎无法卒读它。
像是猫的抓痕。

克劳森以母子对话形式的那种自我调侃自我肯定的垮掉派脾气在这里充分地流露了出来。这既不是黑色幽默，也不是红色幽默，是一种特有的垮掉派幽默。

金斯堡在序言里，还介绍了克劳森的传奇经历，使我们得知：克劳森通过直接接触，继承了尼尔·卡萨迪的一些乐观的活力，在文学的街道和咖啡馆、加州湾区、奥斯汀、西北地区和纽约的氛围里，度过了好几年；与许多老诗人聚会；他在同他的家小一道长期住在博尔德期间，在杰克·凯鲁亚克精神诗学学院教书，并游遍世界各地，通过在阿拉斯加石油堵漏劳作、同喜马拉雅山密咒的接触、与中欧冷战后的教养的接触，扩大了他的作品的影响范围，其中捷克总统、哲学家瓦茨拉夫·哈维尔（Václav Havel, 1936— ）曾是聆听他朗诵的听众，然后返回到湾区劳工联合会和咖啡馆的平凡生活中。他兴趣盎然地到处游历，不难理解他是一名凯鲁亚克的粉丝。吉姆·科恩对他也很钦佩，说："克劳森的诗歌及其为人的完全纯粹坚韧的才华给我以力量和信心。"① 他还夸奖克劳森说："艾伦把安迪看成是尼尔·卡萨迪的继承人。他的诗在美国诗歌中真正是独一无二——说话快速，入木三分，幽默，劳动者，纯洁如天使，传达自发的创造性和狂慧的心智。"②

---

① Jim Cohn. "Poetry as Dharma Practice: Interview by Randy Roark." *Sutras & Bardos: Essays & Interviews on Allen Ginsberg, The Kerouac School, Anne Waldman, Postbeat Poets & The New Demotics*. Museum of American Poetics Publications, 2011.

② 见科恩 2011 年 10 月 13 日发送给笔者的电子邮件。

我们现在来欣赏他游览尼泊尔境内世界上最高的湖泊——经记个湖时震撼他心灵的诗篇《经记个湖在阳光下爆裂》（“Gokyo Lake Breaking Up In The Sun”, 1989）开头三节：

> 那是不是万鸟之声，像大山一样咆哮？
> 不是。
> 那是不是外太空的声音，从未被我们这个世界听到的声音？
> 不是。
> 那么，也许是13门神圣的大炮在我们的道上
> 射出巨大的救赎火球？
> 不！不是，
> 它恰恰是经记个湖在阳光下爆裂的声音。
>
> 那是不是像惩罚罪恶与未知虚空的
> 一次雪崩？
> 那是不是通过它租来的石头子宫响亮分娩
> 永恒沉寂的一次真正的雪崩？
> 这是不是活埋的熔化的细微非实验体的
> 铁的反讽？
> 不是，经记个湖正在阳光下爆裂。
>
> 这些是不是非法锯参天高树的锯齿轰鸣？
> 是不是曼谷横冲直闯的摩托车声？
> 是不是纽约交通拥挤时响彻全球的汽车喇叭声？
> 是不是在我的家乡一条高速公路上因堵车而瘫痪？
> 是不是第五个骑手在奔驰？
> 不是的，听，是经记个湖在阳光下爆裂，
> 　　听！

经记个湖在尼泊尔萨加玛塔国家公园内，被印度教徒和佛教徒视为圣湖。这里被崇拜为蛇神居住之地。毗湿奴和湿婆神庙坐落在湖的西南角。该地区的鸟类和野生动物历来受到保护。在这里，可以近距离饱览喜马拉雅山。克劳森用铺排的手法表达他对神的敬畏、对大自然的敬畏。这首诗是他同“喜马拉雅山密咒接触”的具体体现。

克劳森出生在比利时防空洞，成长在加州奥克兰，高中毕业（1961）后在海军陆战队服役，上了六个大学。与琳达（Linda）结婚，生了三个孩子。后来与垮掉派女诗人珍妮·庞密－维加同居。在国内外多所高校、监狱、诗歌会议和小餐馆作朗诵诗歌和讲座。他曾在加州、新泽西州、科罗拉多州和纽约的学校代理机构做传播、辅导诗歌工作。他目前在撰写和金斯堡、格雷戈里·科尔索和许多其他垮掉派的友谊和冒险的回忆录。他出版了九本诗集，除了上述的《毫无疑问》之外，还包括《第 40 世纪人：1966～1996 年诗选》（*40th Century Man: Selected Verse 1996-1966*, 1997）。

3. **戴维·科普**（David Cope, 1948—　）

中世纪晚期的德国著名天主教僧侣、《模仿基督》（*The Imitation of Christ*, 1441）的作者托马斯·范肯本（Thomas van Kempen, 1380—1471）的名言是："纯洁和简单是人凭借超越尘世和一切暂时性的两个翅膀。"戴维·科普的诗歌正是符合了纯洁和简单的条件，因此他的诗在广大的普通人群中翱翔。他的诗歌完全符合中国诗歌界一贯提倡的审美标准：创作为广大群众喜闻乐见的诗歌。他的诗突出地表现下层社会的生活，创造了一个个富有意象派风味的意象，例如他的处子集《安静的生活》（*Quiet Lives*, 1983）里的短诗《工人》（"The Workman"）：

这工人在发怒，不想讲话。
他早晨板着阴冷的脸
郁郁不乐，
赶走那些他最喜欢的人。
早晨过了，
谁敢同他讲话？
他在那里焦急地考虑他的午餐。

再如《下班》（"End of the Shift"）：

女工们从厂里鱼贯而出
臭骂着老板和工会。
下班了，漫长的一天，
尽管此刻是一个明亮的下午，她们很难注意到。
她们跌跌撞撞地走在高速公路下面的小路上，

一面聊天和争论，一面担心着交通问题。
她们到了她们的汽车旁，
发现汽车被肆意破坏：
这里的电池被盗了，
那里的挡风玻璃被砸了，
这里的轮胎脱开了，收音机被拆了。

这些鲜活生动的工人形象源于科普的生活经历，他曾在米勒金属制品公司的喷漆厂干了3年活，直面社会底层生活。科普对此说："在我完成学业和任诗歌教授以前，我在工厂劳动3年，当一所学校房屋托管人和公寓保洁员18年。"[①]难怪金斯堡称赞他说："科普走到外省乡间写关于美国的实际生活……他在你的脑海里放映一个个微小的电影画面……这个我认识的唯一的年轻诗人，有着罕见的特殊天才……写得那么简单，欺骗你的眼睛。没有浪漫的烟花。它只是直面现实。"[②] 金斯堡还为科普的这本诗集写前言，说："我被戴维·科普的诗歌所吸引，是把它当作查尔斯·雷兹尼科夫和W. C. 威廉斯开创的客观派诗歌传统有必要的延续。"

他的艺术特色是简约，意象，含蓄，富有禅趣，例如他的诗集《回家》（*Coming Home*, 1993）里的一首短章《三合》（"Three Together"）：

坐在岸边。
落日烧红
远处的桦树林

和橡树林，映红
平静河流的
镜面。

连鸟儿们
也沉默：
一个猎人的枪
响起砰砰声。

---

① 见科普2011年11月25日发送给笔者的电子邮件。
② 见《安静的生活》封底。

夕阳下的树林——树林里寂静的鸟儿——猎人的枪声，三个元素构成了一幅田园风景，意蕴深远。诗人留给我们的悬念是：这个破坏大自然和谐的猎人究竟有没有伤害到归林的鸟雀？再如，他的诗集《在桥上》（*On the Bridge*, 1986）里的短章《回眸》（“Looking Back”）：

在风暴中一闪而过的树叶
此刻成了盖上冷冻原野的一层薄毯，
我梦想你会再度变绿，于是叹了口气。

这首诗简约得像俳句，短短三行，把狂风扫落叶的冬天景色全突显出来了。科普善于用水彩画的笔法勾勒一个场景，如同金斯堡盛赞的“一个个微小的电影画面”。意象派诗、田园诗和禅诗在科普的诗里得到了有机融合。科普谈起他的诗艺时说：“我想要的是直白朴素的语言，因为淳朴的老百姓需要简明扼要，即使内容复杂，但我也想要在梦幻的蓝色空间探索，用白话文传达。”①

80年代中期，金斯堡在中国大学里教了两个半月的书。他除了给中国学生教授凯鲁亚克、科尔索、斯奈德和惠伦的作品之外，还给他们讲授科普的诗歌，由此可见他对科普的重视。我们现在来欣赏科普的诗集《在桥上》里的另一首诗《蓝色的四月》（“Blue April”, 1986）的风采：

在三楼火熏黑的砖头
和空洞洞窗户下面，挂着撕裂的窗帘，
一个年轻女子，
　　碎布扎着她的头发，
卷发垂挂在她的耳边，
对着整洁的处于美好时光的查理挥手招呼
他穿过破烂，昂首阔步地向前走，
　　大戒指戴在他粉色的手指上，
脚穿黑白相间闪亮的高级鞋。
他停下步来，倾斜他的帽子，凝视着上面，
摇摇头，他转过弯，经过垃圾桶，
向她的黑越越的楼梯门口走去。

---

① “梦幻的蓝色空间”首次见于科普的文章《玩和转轮》（“Play and Turn the Wheel”, 2000）。整个完整的句子见他现在的网页首页。

好一幅下层社会的恋爱图！科普曾在接受长大后的粉丝奥布里·弗雷（Aubrey Frey）专门为《蓝色的四月》一诗采访时，谈到他创作这首诗的过程。他说，为了养家糊口，在周末为贫民窟恶劣房东的公寓当保洁员。有一天，他在二楼公寓擦洗墙壁和橱柜时，通过窗户，亲眼目睹了贫民窟街道上一个穷姑娘与一个阔少亲热招呼的戏剧性一幕。他不认为这种恋爱有什么好结果，因为这个花哨的花花公子不会有什么坚贞的爱情可言。①

从这首诗中，我们可以看出科普写得极其通俗易懂，诗人安德鲁·德哈恩（Andrew De Haan）为此在他的文章《射出那支箭：戴维·科普的诗》（"Send That Arrow: the Poems of David Cope", 2008）中说："他并不需要引用拜伦或雪莱。他只是需要把弓箭瞄准，然后松开……科普的最显著之处是他的诗极有魅力和深沉，因为他使用了常见的突出的语言而明白易懂。"②他还指出："科普的诗主要借鉴意象派诗歌和俳句，朴实而生动，记录了人生的沉重和轻松两个方面。他在新作的序言里表明：'我的作品敏锐地同纯蓝领阶层的生活相一致。'"

科普的诗因为简单，也引起了十几岁的少年读者的浓厚兴趣，他们纷纷在科普诗歌网站上留言。例如，一个12岁的小读者露丝·奥特（Ruth Ott）的留言："诗人给人的印象是这座楼是死气沉沉的。"另一个12岁的小读者奥布里·弗雷的留言："我喜欢'他穿过破烂，昂首阔步地向前走'这一句，多么富有原创性！因为通常你在跑道上或在一个豪华的地方昂首阔步，而他却在黑乎乎的胡同里，沿着其他人家抛弃的垃圾趾高气扬地走。"他的另一条留言："刻画得如此真实，以至于我可以把它画出来哩。诗中人物像真的一样。"科普的语言如此通俗平易，在美国诗人之中也是罕见的。这恰恰可以同妇孺皆知的中国白居易相比，与白居易平易浅切、明畅通俗的诗风相比。但是，如果与艰涩的语言诗相比，两者便分隔云泥了。安德鲁·德哈恩对科普的诗推崇备至，说：

> 戴维·科普机灵的诗善于把微妙和普通的事物结合起来，最重要的是，表现了他的勇气。戴维的诗从不撒谎。他的诗篇是直接射向读者的音节之箭，是那类不装腔作势、悄悄地潜入你心田的诗，但当你读完他的诗时，你已经被征服了，打一个冷颤。
>
> 科普的诗无论是关于一头死鹿或老虎运动场，都注入了真正的美

① Aubrey Frey. "Interviews David Cope regarding His Poem 'Blue April'." *Through the 3rd Eye*, 2008.

② Andrew De Haan. "Send That Arrow: the Poems of David Cope." *Through the 3rd Eye*, 2008.

> 国文化，大自然与城市的混合，人类王国与动物王国的混合，显示了两者差异性和同样多的相似性。这种自然与人为环境的并置，贯穿在他的大部分诗作里。[①]

德哈恩还指出说，如果有任何诗歌能在实际上在世界上发挥作用的话，即从思想偏狭改变到对社会有所贡献，那么这就是科普的诗，因为它明白易懂，但不失去它的任何力量或粗粝。科普诗歌的粗粝如同我们生活的世界一样。德哈恩认为，纵观他的整个作品，科普保持了他富有观察力的声音，阐释这些日常的裂隙，详细记录辛勤劳作的转变、捕鱼的日子、日落、打斗、沉寂等等人类奋斗的柔情和严酷的各方面。[②] 科普本人也曾表露他有意识使言语简单的审美观点："我需要用直白朴素的语言，因为平民百姓需要清楚、直截了当的语言，即使包含了复杂的思想，不过我也想要在梦幻的蓝色房间，把白话发挥到极致。"[③] 众所周知，美国现当代诗中不乏艰涩的倾向，或因博学而典故过多，或因玩弄文字而偏离多数人的通常思维，往往令读者处于猜谜语的状态，结果这种诗和者寡，只能在小圈子里传阅。科普的诗冲破了艰涩的障碍，给大众读者带来了审美愉悦。更重要的是，他以具体的诗歌创作，再次向世人表明继承垮掉派的后垮掉派有着高尚的精神追求，消除部分人（尤其是中国读者）的误解，以为它是精神不振的颓废派。

戴维·科普出生在底特律，生长在西密歇根索纳普尔河岸边，是贵格会古生物学家、比较解剖家、爬虫学家和鱼类学家爱德华·德林克·科普（Edward Drinker Cope, 1840—1897）的后裔。他从小喜欢沿着索纳普尔河岸冒险，热衷于写作。1961 年，他的父母离婚，给他造成了心灵创伤。他在少年时代，生活在种种矛盾之中，卷入帮派活动，喜欢凯鲁亚克式的搭便车徒步旅行、野外聚会，极想了解和学习诗歌。后来，他在密歇根大学上学，师从罗伯特·海登。正逢美国侵略越南战争，他童年时代的朋友死于越南战场，使得他从此积极参与反战运动。在 1969 年暂停日（Moratorium Day），他亲眼看到了金斯堡在希尔大礼堂作反战诗歌朗诵，并目击了当天晚上大批警察用警棍追打示威游行的群众。出于义愤，他于 1970 年离开学校，没有毕业，与苏珊·玛丽（Suzanne Marie）结婚，迁回大拉皮兹，之

① Andrew De Haan. "Send That Arrow: the Poems of David Cope." *Through the 3rd Eye*, 2008.

② Andrew De Haan. "Send That Arrow: the Poems of David Cope." *Through the 3rd Eye*, 2008.

③ David Cope. "What Thou Lovest Well," Preface to his *Moonlight Rose in Blue: The Selected Poems of David Cope* (forthcoming).

后的17年，在贫民窟学校和林肯残疾儿童学校当管理员，最后在大拉皮兹专科学校任港区经理。在此期间，他有意当一名默默无闻的劳动者。他的诗篇《星期天早晨》（“Sunday Morning”, 1993）最好不过地反映了他在底层社会跌爬滚打所见所闻的经历：

钥匙喀喇响，看门人
开始他的楼房检查：
流浪汉把垃圾箱里
的垃圾随地乱扔——
“打开这操你奶奶的屋——
罐头盒就在屋里面，
我要拾罐头盒，我现在
需要钱，操你奶奶的！”

一阵简短的徒劳的争吵：
看门人一边后退一边骂着说，
他会给警察打电话。星期天
去教堂做礼拜的人挽着手臂

路过这里，看吵架的场景，
厌恶地翘翘他们的鼻子，
流浪汉对此回敬说：
“也操你的娘，你们这些白痴，
操你”——他可曾经是
人家手臂里抱着的娃娃，
哭喊着要人疼爱，哭喊着
要人疼爱，哭喊着要疼爱。

安德鲁·德哈恩在评论这首诗时说：“当科普写得最精彩的时候，他的诗便显得极有魅力而又深刻，因为使用了普通的突出的语言而完全可以使人理解。例如像《星期天早晨》这样的诗传达了沉重的苦境，曾经被爱过的人如今变得怨恨、激愤，对此任何人都可以理解。”[①]如果把它和史蒂

① Andrew De Haan. “Send That Arrow: the Poems of David Cope.”

文斯的《礼拜天早晨》对比的话，我们就会看到两种对照鲜明的社会：前者是底层社会穷人的苦苦挣扎，后者是上层社会贵妇人的安逸慵懒。但是，两者对基督教都流露了不满，前者反映了穷人直接抨击信教者的虚伪，缺乏同情心，而后者只迂回地反映了诗中人对宗教信仰的怀疑。

1973 年，科普参加了在密歇根州艾伦代尔举行的全国诗歌节。在那里，他目睹了金斯堡、肯尼思·雷克斯罗思、罗伯特·邓肯以及查尔斯·雷兹尼科夫、卡尔·雷科西和乔治·奥本等大诗人的风采，感受到他们营造的浓烈的诗歌气氛，在诗歌传承和诗艺上，得到了很大的教育和启迪。他们教育他放弃愤怒，与家人和谐共处，尽可能与外界处理好关系。

1974 年，科普离开了工厂，从事管理员工作，创立纳达出版社和《尖叫》杂志，金斯堡称赞这是他最喜欢的小杂志。该杂志发表了 200 多个诗人的作品，截至 2007 年，《尖叫》已连续 33 年出版了 45 期，他的小出版社还出版了包括他主编的诗歌选集《纳达诗选》（1998）和《向日葵和火车头：为艾伦而唱》（*Sunflowers & Locomotives: Songs for Allen*, 1997）等在内的诗集。金斯堡首先把他介绍给他这一代的诗人克劳森、安特勒、科恩和其他惠特曼式的年轻诗人。1980 年，科普应邀在那洛巴学院（现为大学）和克劳森同台朗诵诗歌；1987 年，他与老诗人卡尔·雷科西在那洛巴大学同台朗诵，他至今视之为他一生中最大的荣耀。1988 年，他的诗集《在桥上》获美国艺术暨文学学会奖。科普被选为大拉皮兹桂冠诗人（2011—2014）之后，忙于组织当地诗人的会议和主编当地诗人诗选，忙得来不及过问自己的《月光在蓝空中升起：戴维·科普诗选》（*Moonlight Rose in Blue: The Selected Poems of David Cope*）的出版，虽然他在 2009 年已经把诗稿编好了。

科普博闻强识，曾说他喜爱的作家包括莎士比亚、但丁、惠特曼、狄更生、格特鲁德·斯泰因、W. C. 威廉斯、查尔斯·雷兹尼科夫和其他数不清的作家。中国书法也能引起他的兴趣，例如，他的短诗《中国书画展，唐寅，佛里尔艺术馆》（“Chinese Calligraphy, Tang Yin, Freer Gallery”, 1983）：

在茅草屋里梦想着不朽——
一个男子
被大片树林、山峦和天空环绕，
梦想着，
他的另一个自我在天空里留在了身后。
我来到这里：

汽车喇叭噪响，一个小男孩试图扼杀一只鸽子，
许多人坐在树荫下，抹着他们的眉头，
出租车嘎吱一声刹车了。
我，我想离开这地方？

这是科普参观华盛顿特区著名的亚洲艺术美术馆——佛里尔艺术馆展出的一幅唐寅的画引起他的感慨写的一首诗。据他说，他当时去华盛顿特区时正值盛夏，燥热和噪声难耐。经过拥挤的公路，穿过拥挤的人群，他最后在艺术馆找到了平静，与馆外的嘈杂、混乱对照下，唐寅的画成了他清静和超脱的楷模。① 他还说，这是他喜欢的早期创作的诗篇，因为它涉及贯穿在他整个作品的主要主题：自然世界的解脱完全迥异于城市、日常生活、官方行动纲领等等疯人院似的囚禁。②

80年代末，科普因小腿肌肉受伤，转入全职教学工作，在大拉皮兹专科学校教授妇女学、莎士比亚戏剧和创作课，也曾在西密歇根大学教授莎士比亚戏剧7年。科普和妻子平时资助难民，领导反对核武器制造宣讲。1990年在那洛巴大学，协助组织环保会议。在那里，他负责撰写《相互依存宣言》（"The Declaration of Interdependence"），这是一份环保诗学的声明，后来收录在沃尔德曼和安德鲁·谢林（Andrew Schelling, 1953— ）合编的论文集《精神诗学：杰克·凯鲁亚克精神诗学学院编年史》（*Disembodied poetics: Annals of the Jack Kerouac School*, 1994）里。

科普的审美标准就是明晰和直白。在1983～2010年，除上述诗集之外，他另外的诗集《来自星星的碎片》（*Fragments from the Stars*, 1990）、《为爱沉默》（*Silence for Love*, 1998）、《转轮》（*Turn the Wheel*, 2003）和《60年来的面具》（*Masks of Six Decades*, 2003—2010）里的多数诗篇都体现了他的这种美学追求。当然，他的直白不是直通通，白开水一杯，毫无想象力，他也专注于在后现代派理论家称之为阈限（liminal）——睡与醒之间——的蓝色空间探索。综观他的诗歌创作，前期偏重对社会底层生活的描述，后期更多关注大自然与人的和谐共处。

---

① 见科普2011年11月22日发送给笔者的电子邮件。

② 见科普2011年11月22日发送给笔者的电子邮件。

第二十三章　莫纳诺克新田园诗

迄今为止，莫纳诺克新田园诗，作为一种地方性诗歌团体，在已经出版的美国文学史和诗歌史上还没有露过面，但是，莫纳诺克新田园诗以其独特性和方兴未艾的活力，理应值得我们注意和研究，正如《剑桥美国文学史》（*The Cambridge History of American Literature*, 1995—2005）主编萨克文·博科维奇（Sacvan Bercovitch, 1933— ）在他的中文版序言里所说："我们已经认识到妇女和少数民族作品的重要性、非裔美国文化中心地位的重要性以及'地域'作家们诸多贡献的重要性。"莫纳诺克新田园诗人，作为新罕布什尔州的地域诗人，正是以他/她们精彩的诗歌为美国文化做出贡献，而且随着时间的推移，随着环保运动的深入，他/她们的贡献将会愈来愈显示其重要性。

第一节　莫纳诺克新田园诗简介

莫纳诺克新田园诗（The Monadnock New Pastoral Poetry）是新英格兰中部地区的罗杰·马丁、詹姆斯·贝希塔、帕特·法尼约利、苏珊·罗尼一奥布莱恩、约翰·霍金、阿德尔·利布莱因和特丽·法里什等一群诗人组织起来的诗歌小团体。那里有一座山，名叫莫纳诺克山，高约 3100 英尺，如果从麻省或康州或纽约驱车向那座山行驶，新罕布什尔州的莫纳诺克山就赫然出现在眼前，给人带来一种神秘莫测感。莫纳诺克原来是美国印第安人的名字，意思是一个独自站立的人，因此莫纳诺克山是一座孤山，巍然兀立在新英格兰中部。它仅次于日本富士山，是世界上攀登人数最多的山之一。诗人玛丽·路易丝·圣翁奇（Marie Louise St. Onge, 1952— ）对莫纳诺克山的环境和氛围有精湛的描述：

新罕布什尔州东南部的冬天是一个非常美丽而又异常严酷的季

节。覆盖在山头的白雪，在晨光中好似冬季天空中的白云，扫雪机的隆隆声响彻平静的山谷，少数几个奶牛场牛棚的热气通过敞开的门冒了出来，形成白雾，袅袅上升，许多计划由于天气而常常被取消……这里美不胜收的自然景观激励和吸引创造性……不管我们是不是常年住在这里，以这里为家，年轻时是不是攀登莫纳诺克山，是不是在这里初恋，是不是退休后在一个小镇的晨光或夕阳中散步，莫纳诺克山地区总是长期停留在我们的心中。[①]

一个多世纪以前，莫纳诺克山曾给以梭罗和爱默生为首的美国超验主义作家们以创作灵感。当它垂青于后来的著名诗人高尔韦·金内尔时，他便写出了脍炙人口的《莫纳诺克山上放牧野花》。它当然为生活在这里的诗人们创造了田园的诗情画意，也给马丁创作《夜沿莫纳诺克山》（“Along The Monadnock Watch”, 2000）带来灵感，使他感受到莫纳诺克山夜间富有神秘色彩的宁静氛围：

月光挥洒在这条古老石鲸的
脊背和侧翼。山边遍地砾石。
在沼泽溪流边有一眼古井，
和生物离不开的食盐一样宝贵，
它好像是最后的一个罗马前哨，
守卫着松林和灌木，而薄雾
正揭开它古老的面纱。

诗人接着让我们在月亮西沉时，看到被揭开的古老面纱后面的动人情景：

在镶满星星的山头，一只灰狼
游荡在鞋底踩滑的岩石上，俯视
它不能穿越的彩色光芒四射的路线。[②]
它蹲伏下来，昂首向天长嚎，
叫声响彻山谷，惊醒了麋鹿，

---

① Marie Louise St Onge. Introduction to *Ad Hoc Monadnock*. Eds. Linda Dyer, Adelle Leiblein and Marie Louise St. Onge. A Project of Monadnock Writers' Group, 1995.

② 指守夜的警车停在路边。

他清亮的黑眼睛遇到值夜人的目光；
被惊醒的当地居民倾听着
猫头鹰呼应狼嚎呼应鸟鸣。
麋鹿想象着他的鹿角
从寒冷的湖面抬起，而睡莲
则从他的角上纷纷落下，
于是他引颈长鸣。

威廉·多雷斯基（William Doreski）教授称赞这首诗，说："马丁·罗杰从麋鹿在高速公路被压死看出了古典含义的悲剧。"① 这是一首描写莫纳诺克山夜景的佳作，宁静的莫纳诺克山区在深夜其实也不平静，那里有开着警车巡逻的巡警，山上的狼仰天长嚎，犀利的叫声响彻山谷，惊醒了宿鸟，也惊醒了被汽车压昏过去的麋鹿，巡警为了减少它死亡痛苦的时间而向它开枪，这一切的一切，诗人说："我们都是目击者，包括天上的月亮。"② 这一小群诗人就是生活在这样的环境里，都住得离大都会（例如，纽约、波士顿、旧金山）较远。他们的创作也独立于大城市的学术圈。超验主义诗人的离群索居对他们影响很深。罗杰·马丁、詹姆斯·贝希塔和帕特·法尼约利住在距小城市比较远的乡间，苏珊·罗尼—奥布莱恩索性住在农村，与丈夫经营农场，即使像约翰·霍金、特丽·法里什和阿德尔·利布莱因住在小城市里，却很少与一般市民来往。他们都是莫纳诺克作家协会（Monadnock Writers Group）会员。在新罕布什尔州彼得博罗市彼得博罗图书馆，会员们每月聚会一次，或朗诵，或开讨论会。③ 而诗人们常常聚会的地点则是德尔·罗西餐馆，它在距彼得博罗市 5 英里的小城镇——达布林市。他们每年聚会一次，朗读各自的新作，每个月开办一次写作讲习班，秋天和春天还要举行系列诗歌朗诵会。事先都通过网站和电子邮件发布聚会日程公告。

他们正因为远离大都会文化氛围和学术圈，既没有大都市作家的"不出版就灭亡"的焦虑，也无大城市表演诗人的迫切，更无霍尔曼提倡的诗歌擂台赛的热烈。他们却有闲暇步出户外看一看木柴堆是否还堆放在那里，

① William Doreski. Introduction to *Heartbeat of New England: An Anthology of Contemporary Nature Poetry*. Ed. James Fowler. South India: Tiger Moon P, 2000: 12.

② 见马丁 2003 年 12 月 13 日发送给笔者的电子邮件。

③ 1993 年冬，笔者有幸应邀在彼得博罗图书馆与莫纳诺克作家协会的作家们聚会，并向他们介绍了中国当代文学和诗歌的情况。笔者至今还保留了他们赠送的莫纳诺克作家协会绿色 T 恤衫。

是否足够供壁炉烧一个冬天；或在雪夜去马棚给马披一件保温的毡子；或在夏天去碧波荡漾的鹅塘划舟；或登莫纳诺克山远眺……他们珍视闲暇如同珍视自己的生命，正如詹姆斯·贝希塔在他的短诗《海象头颅》（"Walrus Skull", 1998）里所说：

浪潮
最终不碍事，
波浪并不重要，
在水的世界里
只有庞大的身影
来来回回。

大块的海象长牙、
毛、脂肪
和海象的个头
都无足挂齿，
它没有留下
眼睛、心或脑。

当肌肉的闲暇被丢弃，
当灵魂遇到空气，
还剩下了什么？
又光又滑的头颅，
被摩擦得雪白雪白。

诗人从死海象的头颅联想到包括人类在内的所有动物的腐朽性。诗人对他这首诗的含义解释说："在某种程度上，这首诗是探究人类以及动物存在的意义，至少间接问：既然生命是短暂的，那么生命真正的意义何在？"[①] 一个人如果成天忙，忙得没有一刻闲暇，忙到死，像这只死海象那样，只剩下白骨一堆，还有什么意义呢？大都会的喧嚣与忙碌与他们无缘，他们陶醉于这里的宁静，如同阿德尔·利布莱因所说："永久不变的大自然和这里的景观创造了田园或宁静的环境，我们在这里写我们的故

① 见詹姆斯·贝希塔2003年12月18日发送给笔者的电子邮件。

事。”[1] 他们喜欢亲手烹调，把切菜当作艺术欣赏，例如，苏珊·罗尼—奥布莱恩在她的《农妇的指导》（“Instructions from the Farmwife”, 2000）里教大家如何准备切红卷心菜：

当红卷心菜包裹虫子时，
把它泡在盐水里，松开菜叶，
细小的白虫就浮现到水面。
它们的肚子朝上，在盐海里
漂浮，既不飞也不游。
用有细眼的勺子
把它们撇干净。

为了清洗盐分，把卷心菜
浸没在水里，松开菜叶，
冲洗两至三次。这时
你也许发现水里
还有一些小虫，
再冲洗掉它们。

用毛巾抹干菜叶，或者
使劲把菜叶上的水甩干。
总之，设法把水去掉。
然后把卷心菜放在砧板上，
用刀从中间划开，我的意思是

把卷心菜当作地球，
用锋利的菜刀口
从西到东切成子午线，
然后沿着赤道，
再南北分开。
中间露出菜心，
一个结实的块茎，

---

① 见阿德尔·利布莱因 2002 年 1 月 16 日发送给罗杰·马丁的电子邮件。

切开后，剥掉被晒黑的菜叶，
切碎用以炖煮的里层嫩叶，
去除硬茎，留下可食用的叶片。
把外层叶片、菜梗和硬心喂牛。
不要浪费一丝丝一点点。

平时厨房里简单琐碎的切菜，在诗人的笔下却变得如此气势磅礴，趣味盎然！诗人也忘不了卷心菜对牛来说比青草更有营养。她说，她家目前只种小片园田，大片土地让牛吃草，给邻居放牧。诗人在这里为我们营造了浓郁的农村氛围，同时表现了她的创作与自然界的紧密联系。她是真正意义上的田园诗人，她的古典住宅坐落在风景如画的花园、果园、香草园、菜园之中，通常与丈夫在这些园子里进行种植、管理和收获。她是直接贴近大自然的田园诗人。对此，罗杰·马丁在《论莫纳诺克新田园诗人》（"On The Monadnock New Pastoral Poets", 2002）一文里说得好：

正是乡村从古就有的对土地细心照料和信赖感给我们以写作的力量，直面高科技文化，它似乎以从未有过的快速要吞没我们。这是一种对土地和大自然的信赖，一种观念：只有在隔离于 21 世纪科技的精神轰击的田园式的地方，人们才能用他们的心灵和心智开始懂得人类社会在哪里和为什么充满冲突。

所谓新田园诗人，他们现在所处的时代和环境迥异于英国湖畔诗人和独居沃尔登湖畔的梭罗所处的时代和环境，他们直面20世纪晚期与21世纪早期的高科技，既要利用高科技成果诸如飞机、汽车、电视、电脑为他们生活带来便利，又要避免高科技同时产生的种种弊端，避开它的"精神轰击"。正如苏珊所说："自然界是我作品的中心。我试图接近我周围的世界：动物和四季。大自然给我提供了一个立足之处，一块试金石，一种确认。我的诗歌里的人物总是关注自然界，同时也关注现代生活的需求。"[①]

在某种意义上讲，新罕布什尔州莫纳诺克山一带似乎成了一块飞地，一片自然形成的田园，诗人们在这里能用"他们的心灵和心智开始懂得人类社会在哪里和为什么充满冲突"。因此，他们自然地成了莫纳诺克新田园诗人，既有别于19世纪的田园诗人，更不同于大城市的语言派诗人、垮掉

① 见苏珊2002年12月28由给笔者发送的电子邮件。

派诗人或后垮掉派诗人。在谈到他们创作的目的和特点时，罗杰·马丁在他的《论莫纳诺克新田园诗人》里指出：

> 我们这些莫纳诺克新田园诗人所要追求的是把莫纳诺克带给世界，而不是把世界带给莫纳诺克，但利用那难以动摇的岩石的影响，用独立的精神，在诗歌语言的远游中专注于过去和现在，这样，在某些方面将允许我们中的任何人，在这个星球上发现人类世界里的内心平和，而这个人类世界似乎有意要剥夺我们大家的那种平和，那种平静。

在热爱大自然方面，莫纳诺克新田园诗人和中西部诗人有类似之处，返回大自然，热爱乡村生活是美国文化固有的特点。这要回溯到基督教的源头，所谓失乐园就是失掉了鲜花盛开、树木葱茏的乡村乐园。因此，失乐园和复乐园是在基督教影响下的两大文学主题。戴维·皮切斯克（David R. Pichaske）对此说：

> 这是基督教的两个特有的主题，特别是失乐园，失去的这个乐园就是乡村乐园，叙述美国人在乡村的经历常常有意或无意反复讲到伊甸园和人从伊甸园中堕落下来的故事。是的，复乐园常常被描写为上帝之城，但事实上，伊甸园对于美国人来说，是一个远比《圣经·启示录》里描述的宝石城更有强烈吸引力的象征。[①]

以保护野生动物及其他自然资源著称的团体——奥杜邦协会、国家野生动植物学会和塞拉俱乐部的建立和发展除了基于人类与动植物共存亡的科学道理之外，保护人间伊甸园的文化情结也起着至关重要的作用。莫纳诺克新田园诗人所珍视的人间伊甸园具体地体现在莫纳诺克山四周的乡村。罗杰·马丁为此说：

> 我认为，我们视人类为大自然的一部分，而不是凌驾于大自然。我们都受洛伦·艾斯利和安妮·迪拉德的影响。苏珊完全生活在农村。阿德尔从大自然中汲取灵感写诗。特里不喜欢高科技的生活方式。帕特放弃了城市里的社会服务工作，觉得城市生活给心理带来压抑。我

---

① David R. Pichaske. Ed. *Late Harvest.* New York: Paragon House, 1991: xxii.

们的诗富有泥土、空气和水的气息。也许这是由于我们有本能地反对破坏土地、空气和河流的精神力量。我们并不反对科技或发展，但反对在发展中无视地球是有生命的有机体的那些方面。[①]

马丁所提到的散文家、哲学家和文学博物学家洛伦·艾斯利（Loren Corey Eiseley, 1907—1977）以探索人类文明史和人与自然界关系的散文集《广阔无际的旅行》（*The Immense Journey*, 1946）著称于世，为了纪念他，在美国成立了洛伦·艾斯利学会。洛伦·艾斯利总是把家安在市郊，他从小就接触大自然，热爱大自然，到野外收集标本。马丁提到的作家安妮·迪拉德（Annie Dillard, 1945— ）[②] 深受梭罗影响，她的长篇硕士论文就是《梭罗的沃尔登湖》。她住在廷克河畔四年，大多数时间都在户外帐篷里度过，步行于森林、小溪、山峦之间，观察无数的昆虫和野生动物，并记在日记里，结果整理成获1975年普利策非小说奖的著作《廷克小溪旁的漫游者》（*Pilgrim at Tinker Creek*, 1974）。[③] 她在谈到野外观察的心得时说：

我从大自然对人的思想的含义及其对人的精神促动的方面来考虑它美丽的奇异的形式和活动。我发现大自然恩惠里纠缠着令人着迷的暴力；发现精美的风景如画的地形里镶嵌着死亡；发现神秘，新鲜事物，一种生气勃勃、挥洒无度的活力。[④]

令人感兴趣的是，洛伦·艾斯利生前在评论安妮·迪拉德的诗集《恰好需要法轮》（*Tickets for a Prayer Wheel*, 2002）时赞美她说："她热爱乡村。

① 见马丁2003年12月3日发送给笔者的电子邮件。

② 安妮·迪拉德1982年访问过中国，她的《会晤中国作家》（*Encounters with Chinese Writers*, 1984）一书详细记录了她在中国的游历。关于她1982年会晤中国作家的情形，请参看笔者与戴维·埃文斯、简·埃文斯主编的《文化相聚：美国作家、学者和艺术家在中国》，广西师范大学出版社，2003年，第27-44页。

③ 安妮·迪拉德在《廷克小溪旁的漫游者》中有一段话，也许对我们了解莫纳诺克新田园诗人为什么喜欢迪拉德有所帮助："我住在一条名叫廷克溪的小河畔，在弗吉尼亚州蓝岭的山谷……廷克溪和卡文溪这两条溪流是一个活生生的谜，时时刻刻保持着新鲜。这个谜是持续创造和上帝暗示的谜：可见的未确定性，固定不动的恐怖性，现时的瓦解性，美的精致性，繁殖的紧迫性，自由的捉摸不定性，带有瑕疵的大自然的完美性……树木和现时的人有着奇怪的关系。宇宙里许多创造物比我们活得长，寿命比太阳长，甚至长得我无法想象。我和树木一同生活。我们脚下有着生物，我们头顶的上方有着生物，但树木生活在我们赖以生活的同一种空气里，而且它们向四周，向上向下生长，扭断岩石，扇起风，做着它们够不着的事情。"

④ Cheryl Lander. "Earth Saint: Annie Dillard." *Earth Light* Magazine #24, Winter 1997.

像爱默生一样，她看出使她着迷的自然界存在着恶与美。”[①] 如果我们熟悉洛伦·艾斯利和安妮·迪拉德的审美情趣的话，我们就不难找到莫纳诺克新田园诗人和他们的共同点——热爱大自然。这就是为什么马丁强调我们人类不能“凌驾于大自然”，而是把自己看作是“大自然的一部分”的原因。马丁强调说：“如果我们不学会在自然之内生活，自然会迫使人类灭绝或使我们回到一万年以前的状态，这意味着浪费了我们花了一万年之久发展的文明，这伤我的心。”[②]在谈到他的诗作时，马丁说：“我绝对感到土地环保的健康是我作品的一部分。田园诗、生态诗，也许所有的诗歌，都试图使万物保持平衡。”[③]这对我们生态意识比较薄弱的中国人来说，其启迪作用在当下无疑是巨大的。

新英格兰，尤其在较为偏僻的新罕布什尔州，造就歌颂大自然的诗人远远不止这一小群莫纳诺克新田园诗人，毕业于新罕布什尔州一所高校环保专业的詹姆斯·福勒（James Fowler）从事于有关自然的创作，主编了一本诗集《新英格兰的心跳：当代大自然诗歌选》（*Heartbeat of New England: An Anthology of Contemporary Nature Poetry*, 2000），入选的新英格兰诗人 119 位，投稿的诗人 175 位，由此可见写大自然的诗人队伍的规模之庞大。大城市诗人也描写自然风光，根据诗人威廉·多雷斯基（William Doreski）的观察和研究，大城市诗人用罗曼蒂克或后罗曼蒂克的想象和感情注入到他们的诗里，诚然也能在心理和感情上，把我们紧紧地与外界联系在一起。他认为，现在越来越多的诗人有着环境日益恶化的危机感，密切关注人类的生存状态，仿效梭罗，但应该尽可能地减少主观臆测，要像梭罗在日记里客观地描写康科德的树林和土地一样描述大自然。[④] 换言之，这些田园诗人天生热爱自然，拥抱自然，毫无大城市诗人歌颂大自然时的隔膜之情。马丁在为该诗集封底写的评介中说得好：“新英格兰不可能回避它的诗歌和自然。在许多方面，它的诗歌是它的自然的孪生兄弟。”因此，莫纳诺克新田园诗人和大批其他新英格兰歌颂大自然的诗人一样得天独厚，他们的诗歌都散发着“泥土、空气和水的气息”。

然而，比起后垮掉派诗人、语言诗人或其他在城市发迹的诗人，我们得承认，莫纳诺克新田园诗人的声音似乎不那么响亮。他们生性淡泊明志，

---

① Cheryl Lander. “Earth Saint: Annie Dillard.” *Earth Light* Magazine #24, Winter 1997.

② 见马丁 2012 年 11 月 12 日发送给笔者的电子邮件。

③ 见马丁 2012 年 11 月 12 日发送给笔者的电子邮件。

④ William Doreski. Introduction to *Heartbeat of New England: An Anthology of Contemporary Nature Poetry*.

不善于利用现代媒体宣传自己，让更多的读者接受他们的诗美学。笔者曾就此向马丁请教，问他为什么他们不像垮掉派诗人或后垮掉派诗人或语言诗人那样大规模地造舆论。他的回答是："恐怕我们之中没有一个人善于使批评家宣传我们。这就是我们不在平坦的学术道路上追求的欠缺。"[①] 不过，他并不为此感到遗憾，他认为，他非常喜欢大学的氛围，但他常常看到大学里的学者保护、提倡陈旧的缺乏生气的思想，抵制新思想。马丁清醒地认识到他们有着比学术圈里的诗人和大城市诗人不可能具有的优越性，对此，他说：

> 像孤独的莫纳诺克山一样，孤独给了这些诗人以典型的意义。在广泛意义上讲，他们追求独立于任何学术圈的文学事业。虽然他们当中一些人在该地区的高校任职，但他们的创作在那些高校之外发展。孤独也允许诗人拥有学术圈常常缺乏的自由和视角，因为学术圈里的诗人都有"不出版就灭亡"的焦急心态，他们负责的研究生课程常常需要注重专门的领域，于是那些作家就不再有时间和灵活性，走出来看一看外面有什么幼芽冒出来。在诗歌的另一翼，朗诵表演诗人或擂台赛诗人，他们出色地把诗歌带回给几百万美国人，却发现自己陷于娱人的表演者的陷阱里：不表演就灭亡。经常表演的时间和精力把他们搞得筋疲力尽了……[②]

因此，马丁为他们自己能够创作出将经得住时间考验的诗歌感到自豪：

> 我相信我们的作品（诗歌、散文和小说）和本国的任何其他文学作品一样棒，但由于我们回避把自己打进学术圈，特别是大学里创作班的新的硕士学位项目，我们便接触不到他们提供的宣扬。我们的目标更长远，我们乐意写经得起一百年或五百年考验的作品，未来读者仍然能读到的美文。我需要补充的另一个意见是，在我们几乎所有的人的作品里，有一种强烈的精神因素，不是宗教因素，是精神因素：深切了解这个宇宙里有着比我们自己更伟大的东西存在。[③]

---

① 见马丁 2003 年 12 月 3 日发送给笔者的电子邮件。

② 见罗杰·马丁《论莫纳诺克新田园诗人》。

③ 见马丁 2003 年 12 月 2 日发送给笔者的电子邮件。

常识告诉我们，那种追求时尚、政治功利的文学作品会因时过境迁而消亡。马丁和他的同道诗人坚信宇宙里有着人类还没有认识到的许多许多真理，而首先热爱和保护大自然是颠扑不破的真理。热爱大自然和保护环境是人类持续生存的前提，是文学的永恒主题，也是莫纳诺克新田园诗歌突出的主题。他/她在诗歌创作中取得的成就也同其他诗歌流派一样，足以载入文学史、诗歌史，例如，詹姆斯·贝希塔的诗篇《夜声》对万籁俱寂的感应和描摹，新罕布什尔州桂冠诗人帕特·法尼约利的《观看原野上的阳光》对光线的生成和明暗强弱的捕捉，在艺术表现上的精彩度可以说是无以复加了！

第二节　罗杰·马丁（Rodger Martin, 1948—　）

罗杰·马丁的住宅坐落在环境幽静的新罕布什尔州哈里斯维尔乡间。你若在这里登高远眺，莫纳诺克山便隐现前方；俯视不远处是一个水面冰封、连接天际的湖，当地人称它为半月塘，过了冬天，这里便成立了水禽的乐园，成群的野鸭、雁、潜鸟和许多其他不知名的水禽在碧波涟漪的水面，或拍翅戏水，或翻身觅食，天鹅偶尔也光临其间。四周行人稀少，万籁俱寂，这里成了它们的天堂。马丁的信箱设立在距住屋一二百公尺远的三叉路口，便于邮递员投送信件和报刊。新英格兰的暴风雪一刮，便是雪深过膝。马丁一家三口人，夫妻两人和女儿，住一幢以木料为主的两层楼房，四周树林围绕。朝南的屋顶是特别设计的太阳能罩，一楼起居室向阳的门框两旁，两根玻璃圆柱非常粗，用来储存热水，供冬天取暖用。屋外滴水成冰。然而，壁炉里的火柴依然劈啪作响，给人带来无限暖意和诗意。深夜，马丁提着温水，到马棚里给小母马凯特添饮料，并带一大块毡子披在通宵站立的凯特身上。家养一只黄毛大狗，见了客人，直朝客人身上扑，摇尾乞怜，亲个没完，害得笔者毛线衣上沾了许多狗毛，出于对主人的尊重，只好忍耐着。附近住家太少，很少有人往来，大概狗太寂寞了。这里主人外出时，不需要锁门。[①]马丁脍炙人口的短章《饮马》（“Watering the Horse”, 2001）也许能反映他的田园生活：

　　黎明前是那样的严寒，华氏零下 27 度，

---

① 这是笔者 1993 年应罗杰邀请，盘桓在他家时所见到的情景。

我嘎吱嘎吱踏着积雪，走向一个冷静的身影——
在她通宵的忏悔里显得很神圣。薄薄一层
未融化的雪粒罩在她背部隔热的棕毛上。
我脱下手套，手指伸进她柔软的毛里，
她的皮肤摸起来好像刚烤好的热面包。

如果我准备得好一些，也许带着食料来，对此
她可能不屑一顾地喷鼻息，但我只查看了饮水。
她凝望着我——倘若我跌倒的话，我会很快
僵硬得像这些围起来的栏杆，这最终支撑
我的世界的栏杆，话语像湿绒布无法御寒。
在这里，她是用她鼻息的热气写作的作者。

一天寒冷的深夜，笔者陪他去马棚送温水给凯特喝，只觉得雪夜里毫无暖气设备保护的马很可怜，殊不知它已经适应环境，其实没有我们人类的脆弱性。可是敏感的马丁却联想到人类自身的虚弱性。尤金·麦卡锡（B. Eugene McCarthy）在他的评论文章《对我说来，没有什么人性的东西是陌生的：罗杰·马丁的诗》（“Nothing Human is Alien to Me: The Poetry of Rodger Martin”, 2002）里对此揭示得相当深刻：

马丁赞美他的马的适应能力、性格和力量远超过他自己，但他不是格利佛[①]，并没有把马理想化，也没有沉思不能适应环境的人类的可悲状态。他的确反省了他的“脆弱”，但这只是一个人天生不适应如此严寒的脆弱，任何诗人的脆弱在于他的话语难以降低苦难，保护万物。

奥登也有过类似的思想，认为诗歌不会使任何事情发生，是针对诗歌在阻止战争方面起不了任何作用，政客们或政治家们要不要进行战争总是根据他们自己对利弊的权衡。马丁认识到，作为诗人，单凭话语，起不了救苦救难的作用。虽然悲观些，但事实如此。尤金·麦卡锡在同一篇文章里还称赞马丁说：

① 英国小说家斯威夫特（Jonathan Swift, 1667—1745）的寓言小说《格利佛游记》里的主人公。

> 虽然他的作品给人以多方面的印象，但给我最深刻的印象是他的诗作不像美国当下的诗歌那样地以自我为中心，那样地在专注于自我孤立的掩盖之下。罗杰被世界所吸引，当他的眼光向外看时，他就在他的诗歌中心，打量着他周围的世界。他邀我们同他分享丰富多彩、激动人心的世界美景，带着好奇心发现万物可能发生的变化。

的确，诗人关注四周世界的美景，常常信马由缰，缓行于风景如画的没有市声喧闹的乡间。然而，他同时不放弃使用现代化交通工具——汽车。他去远距离上班或会文朋诗友或长途旅行时，当然驾驶他的汽车去。也许因为他习惯于乡间的闲适，对在高速公路驾驶汽车，尤其通宵行驶，总感到提心吊胆。他的短诗《往返》（"Commute", 2001）恰好表达了他的这种复杂感情：

> 我把自己串进一股冰冻的汽车灯光
> 光束里，它随意地穿越乡间的黑暗，
> 朝着渐渐放亮的人工黎明驶去。我的车灯
> 仅仅照亮路前面两条白线之间的黑暗路面，
> 那是安全空间的延伸，在我紧张行驶之内的
> 前方是那样寒冷、那样空洞的地方。
>
> 我能够想象自己经常进入
> 美国高速公路（经常取得成功），
> 在那里，迎面而来的是卤化气体，
> 把铺设的路面突现在你的眼前，
> 那里甚至突然绽放晶亮的蓝光
> （一种高强度的喷发），
> 那是新的爱因斯坦之光，
> 刹那间把白线之外的土地，
> 暴露给昏昏若睡的反省者。
> 这是纯粹的民主，物理的合理性，
> 每个人都独自在车轮后面，
> 在汽车的热学之内，驾驶者
> 排着队，自由地，一个跟着
> 一个地通过偶然的真相提醒：

没有一个人敢冒险，驶上这些
高耸在前的建设工地的碎石路面，
知道无法减轻汽车打滑，无法
重新启动，安全地坐在车里，
只轻轻碰撞一下膝盖和肩膀。

不是民主是上帝保持我的希望。
我祈祷从近视、缓慢的反射光、
脏污的挡风玻璃、驾车的渴望里
获得平安，祈求上帝这指引者
让我安全地行驶，直至天亮，
并且有一个明朗的晴天。

诗人虽然身处科技发达的美国，但内心深处向往的依然是田园的平静。而在田园的平静中，诗人敏于季节的变化，在看到秋天的落叶时，会情不自禁地感慨万千，例如，他在《秋天的松针》（“Autumn Needles”, 1999）里，不但流露了城市诗人很少有的“感时花溅泪”的伤感，而且对20世纪末人类缺乏足够的环保意识而担忧：

在超越想象的赤道的那边，
热带的暴风雨慢慢地形成。
这是下世纪，它在不可知的
轨道上来临。它的大风眼
有五级飓风的风速[①]，势如
一只追赶自己尾巴的老虎，
成功与失败[②]正在旋进
10英里高空的眼壁[③]里。
它朝像波斯湾那样开阔平坦的
海岸奔腾而来。

“瞧窗外，”他的妻子要他朝窗外看，

---

① 指每小时200英里的最强飓风速度。

② 诗人解释说：“我们的科技和生态的成功太少，我们的失败太大，最后将导致21世纪环境的大灾难。”

③ 气象学上的名词。

她的声音小提琴般悠扬，接着又催他
抬起头，向窗外看去。
“你看见了什么？”

那里，在树林绿色披风的前头，
无数松针像微风似地飘落到地面，
这些无数个紧钉过去的细嫩松针。
那一支松针紧紧地钉住他的生日。
这一支松针镶在他女儿的格子裙边。
它闪耀着，落在球场边线，她挥起
球棒，曲棍球飞速射向球门。

诗人由眼前的松针联想到外科医生熟练地给病人缝针，接着联想到他童年时的祖母缝针：

这针在我祖母灵巧的手指下欢快地
来回，把她 86 年的舞蹈绣进盖被上。
盖被仍叠放在楼上的槭木箱里。
他七岁时问她什么时候去世？
“还有 20 年，”她撒谎说，知道他在应付
另一次死亡之前需要生长的季节。
才足以学会使用针箍。

所有这些松针铺在草坪上，
在四周围绕树林的中间，
站着一匹马，安静如圣徒约伯[①]，
一座驮着秋天邮包的青铜像，
在两次飓风之间显得很平静，
在这里有什么东西披在他的肩上，
他内心感到温暖，舒畅，如同
金黄的松针叶在那里纷纷飘落。

---

① 见《圣经·旧约·约伯记》三十至四十一章，叙述旋风的声音，神向约伯问了一连串与创造有关的问题，诸如有关大海、晨曦、雪、雨、星座、风暴和动物等的来历，使他看见宇宙如何昭显其伟大。约伯冥想神的能力时，必定感到自己是何等渺小。

凡在秋天游览新英格兰的人，首先映入他/她眼帘的便是一片金黄和橘黄的树叶。所谓黄色秋风流逝，据诗人解释，英格兰黄色的树叶常常使人感到秋风是橘黄色的，此刻落叶的情景也使他感到自己像旧纸张似的正在发黄，自然地联想到他自己的创作和生命也正在发黄，因而使他不禁感到惆怅。[①] 身处比城市生活节奏缓慢的乡村，诗人才有如此闲情逸致，面对秋天落下的松针陷入遐想和深思。这时的他仿佛回到了19世纪英国湖畔诗人的时代。马丁在谈到英国湖畔诗人对他的影响时说："柯勒律治是我喜爱的诗人之一。他的《古舟子咏》（"The Rime of the Ancient Mariner", 1798）精彩极了。我能背诵他的《忽必烈汗》。"[②] 马丁有英国人的血统，母亲是英国人，父亲是荷兰移民。他平时的从容不迫大有英国绅士的风度。还有两个英国诗人和一个美国诗人对他也很有影响，他说：

> 我立刻想到三个人：华莱士·史蒂文斯以他的比喻力启发我；迪伦·托马斯以他抒情诗的声音启发我；威尔弗雷德·欧文（Wilfred Owen，1893—1918）从多方面给我揭示韵脚所产生的艺术力量。我相信，迪伦·托马斯作为威尔士人、威尔弗雷德·欧文作为英格兰人和我的英国根有着某种联系。[③]

当然他受的影响是多方面的，例如，他说："我最初接触的诗就是超验主义诗歌，特别是布莱恩特对我的影响极大，他虽然不是严格意义上的超验主义诗人，但他和哈德逊河派画[④]使我下定当诗人的决心。"[⑤] 当你在纽约公共图书馆看到哈德逊河派主要画家阿谢尔·杜兰德的风景画代表作《志趣相投的人》（"Kindred Spirits", 1849）时，你就会自然地联想到新罕布什尔优美的风景。另一个哈德逊河派主要画家托马斯·科尔认为，如果大自然没有被人类的手触摸过（如同19世纪早期美国原始的风景），那么人类就可能比较容易熟悉上帝的手。他和阿谢尔·杜兰德坚信，如果美国风景如画的土地是新伊甸园的话，他们这些艺术家就掌握了进入新伊甸园的钥匙。哈德逊河派画家分享美国超验主义哲学，他们用视觉艺术表现爱

---

① 见马丁 2003 年 12 月 1 日 发送给笔者的电子邮件。

② 见马丁 2003 年 12 月 3 日 发送给笔者的电子邮件。

③ 见马丁 2002 年 1 月 4 日发送给笔者的电子邮件。

④ 第一个美国风景画派开始于托马斯·科尔（Thomas Cole，1801—1848）和阿谢尔·杜兰德（Asher B. Durand, 1796—1886），后来发展为光色主义和晚浪漫主义画派，这些是流行于19世纪美国的风景画派。

⑤ 见马丁 2003 年 12 月 3 日 发送给笔者的电子邮件。

默生、梭罗、布莱恩特和惠特曼的理想。马丁受这种风景画家的理念和美学直接影响而当了诗人，我们就不难理解他何以积极参与和倡导田园诗。

马丁是诗人，但别以为他就是多愁善感的诗人，他同时也是一位学者，一位批评家。他了解历史、地理和文学。读他的作品等于分享他渊博的知识。他对弥尔顿及其作品深有研究，发表见解精辟的论文《天堂的殖民化：弥尔顿的地狱之都和蒙提祖马二世[①]的特诺奇提特兰城[②]》[③]和《失乐园，多种多样的声音：讲给弥尔顿国际会议听的新叙述之声》[④]。马丁对弥尔顿《失乐园》感兴趣，不能不使我们联想到现在被破坏被污染的人间乐园。

诗人通过他娴熟的诗艺，让我们看到他对事件、人们和客体所透露的顿悟。他对历史、文学的了解和保持距离，通常开始于一个特定的地方。当他仔细观察时，外表上不带任何含义的一个地点或事物便得到了丰富的内涵。当我们读他的长诗《葛底斯堡》（"Gettysburg", 2001）[⑤]时，我们好像忽而被带进希腊神话，见到赫克托和阿喀琉斯，忽而回到二次大战时期，看到侵略北非的德国纳粹总司令隆美尔的非洲军团世界，忽而看到联邦将军西克尔斯[⑥]变成了收割庄稼或杀人的长柄大镰刀。[⑦]

马丁出生在宾夕法尼亚州阿米什农村，在英国度过童年。1966 年参加侵越战争，1967 年负伤后复员。获宾州米勒维尔大学学士（1972）和新罕布什尔州基恩学院硕士（1979），毕业后留校教新闻学。他先任教于基恩州立学院，教授新闻学，兼任全国教育协会和诗歌基金会诗歌对话练习新罕布什尔州项目主任。1986 年以来，任诗歌杂志《伍斯特评论》（*The Worcester Review*）主编。他是新罕布什尔州艺术委员会委员。出版的诗集除上述《葛底斯堡》外，还有《尼莫诗篇：火星人视角》（*The Nemo Poems: A Martian Perspective*, 1992）和《战场指南》（*The Battlefield Guide*, 2010）。他的诗歌、

---

① 蒙提祖马二世（Montezuma，1466？—1520）：墨西哥阿兹特克皇帝，抵抗西班牙占领者，因中计，被俘监禁，后被阿兹特克叛乱者或墨西哥人杀害。

② 特诺奇提特兰城：中世纪墨西哥阿兹特克人的活动中心，建于 1325 年，今为墨西哥城。

③ Rodger Martin. "The Colonization of Paradise: Milton's Pandemonium and Montezuma's Tenochtitlan." *Comparative Literature Studies*, Vol. 35, #4，1998.

④ Rodger Martin. "*Paradise Lost*, Variegated Voices: A New Narrative Voice for the Ear at International Milton Congress." which he delivered at Pittsburgh, PA, in March, 2004.

⑤ 葛底斯堡：美国宾州南部城镇，在南北战争中，这里是有名的葛底斯堡战役的战场，后来林肯总统在此发表了著名的葛底斯堡演说。

⑥ 西克尔斯（Daniel Edgar Sickles, 1825—1914）：美国内战时期联邦军将领，在葛底斯堡战役中断一腿。

⑦ 这是诗人玩弄字，有意把西克尔斯将军的姓"西克尔斯"（Sickles）与长柄大镰刀（scythe）混起来，影射西克尔斯杀人如麻。

小说和研究弥尔顿《失乐园》的论文获阿巴拉契亚诗歌奖（1998）和新罕布什尔州艺术委员会颁发的小说奖（1990）以及两次国家人文基金资助奖（1990，2001）、两次新罕布什尔州艺术委员会颁发的新作品奖（1998，2001）。

第三节　詹姆斯·贝希塔（James Beschta，1943—　）

在表面经济繁荣、科技高度发达、生活水平普遍较高的美国，詹姆斯·贝希塔没有歌颂它的光明面，而是让我们看到它的往往被人忽视的阴暗面。孤独感、失落感和别离感在他的诗里占了明显的位置。例如，诗人揭示老年父母孤独的内心世界可以说是入木三分。他的短诗《黑暗》（"Darkness", 1996）使我们看到了外人很少会看到的美国老年人的内心世界：

> 深夜，我独自醒在这屋里，
> 包围这房间的寂静充满了
> 个人难以抵御的悲哀：
> 手指甲，牙齿的珐琅质，
> 我的名字拼写的字母。
>
> 这孤独是一片
> 繁殖大量苍蝇的坟场，
> 那里耷拉着肩膀的
> 陌生人在雨中游荡，
> 而老狗在门口喘着气。
> 在这黑暗中，
> 父母独坐在摇椅里，
> 小孩的床空了，
> 不必再去照看。
>
> 关了灯，
> 爬上床，
> 勾紧你，贴紧你温暖的背，
> 转开脸，不去看

枯骨和茫然的眼睛，
去当拉撒路[①]，当死神
穿越我的头发时，
收集废物。

在现代社会，别说四世同堂或五世同堂很稀少，即使三代人住在一起的家庭也很少了，空巢现象越来越明显。小孩长大成人了，离开父母去独立生活，留下了空床，年老的父母不必去小孩的床前照料他们，而是躺在摇椅里感到百无聊赖。老狗像孩子的父母一样，既忠实又有耐心地等待着。长大的孩子有可能或不可能在他们的期盼中回家看看，有一点是肯定的：孩子再也不可能和父母住在一起了。尤其在夜晚，年老的父母更感孤单，只好上床睡觉。诗人在谈到此体会时说："在面对孤独和悲伤之后，我上了床，这时不是一个人，而是和妻子睡在一起，我为了逃避孤独而紧紧拥抱着她的背入睡。但我知道，第二天夜晚，我一个人在黑暗里醒着的时候，又要面对悲伤。"[②] 这是挥之不去的孤独！诗中人说"不去看枯骨和茫然的眼睛"实际上是指黑暗、悲伤和寂静中的幻觉。当我们在黑暗中独自感到难过时，眼前往往会出现建立在个人生活经历之上的各种幻觉。诗人说："我断定大多数的父母想念他们的孩子。我知道我想念我的孩子。"[③] 诗人还说："一些悲伤是我个人的，例如手指和牙齿。虽然世界上的许多悲伤差不多，但每个人有自己独自的悲伤。"[④] 诗人写这首诗时才 53 岁，尚且有迟暮之感，何况比他更年老的大批老人。他个人的这种经历和体验的典型意义在于揭示了老年人普遍存在的孤独感。约翰·霍金认为贝希塔对这种孤独的认识是宝贵的、深沉的，并说："这是一种詹姆斯·赖特式的孤独感，中西部大草原心灵里的孤独感；托尼·莫里森所说的孤独感，那种笼罩整个北美大陆乃至全世界的孤独感。"[⑤]

美国流行的说法是：美国是小孩的天堂，中年人的战场，老年人的地狱。所谓"地狱"，不是说美国老人都沦落为衣食无着的乞丐，而是指老年人难以忍受的孤独。诗人强调的是这种孤独感。1982 年，笔者应美国朋友

---

①《圣经》里一个在世间受尽苦难，死后进天堂的病丐。

② 见詹姆斯·贝希塔 2003 年 12 月 18 日发送给笔者的电子邮件。

③ 见詹姆斯·贝希塔 2003 年 12 月 18 日发送给笔者的电子邮件。

④ 见詹姆斯·贝希塔 2003 年 12 月 18 日发送给笔者的电子邮件。

⑤ John Hodgen. "A Lonely Knowing." Foreword to *Cutting the Cemetery Lawn* by Jim Beschta. Athol, MA: Hayley's, 2002.

布鲁斯·弗莱特里（Bruce Flattery）教授邀请，从美国去他在加拿大工作的约克大学访问，顺道在尼亚加拉大瀑布美国这一边的乡村小山谷（Little Valley）去探看他的老父亲。老弗莱特里是退休的厨师，独住一幢洋房，松林环绕四周。他见了我们非常高兴，给我讲他当厨师的经历和各种厨刀的用途以及如何使刀口磨锋利，讲他如何到山上打鹿（他的墙上挂了一个鹿头），讲什么天气在松林里能采到最好的蘑菇，讲他种的菜不用农药，而是在菜旁边种上驱赶害虫的花，讲着讲着，讲到他一个人感到孤独，而且有病，最后他用手指了指门旁的一杆猎枪说："当我实在受不了时，我用它结果自己。"笔者对他说生活如此美丽、生命只有一次、上帝不允许自杀等等安慰他的话时，岂知他内心却纠缠着无法排解的痛苦？回国后，笔者还收到老弗莱特里寄来的各种蔬菜、玉米的种子。两年后，布鲁斯告诉笔者说，他的老爸开枪自杀了！一般美国年老的中产阶级不喜欢住老年公寓，宁可孤独地在家过体面的生活。因此，美国老年人在家自杀的消息见诸报端屡见不鲜。因此，贝希塔《黑暗》的典型性正在于此。

贝希塔很胖，块头也很大，常以熊自比。他的短章《自我画像》（"Self Portrait", 1998）不但描绘了他的外形，也突显了他孤独的性格：

> 在记忆和梦
> 之间的
> 黎明：
> 河边的熊
> 每次呼吸
> 平稳如同薄雾遇到
> 寒冷的气流。
> 我是怎样地拖累到
> 此刻，一个
> 孤独的灰色的庞大身躯。

他何以对熊情有独钟？他说："我见熊很强大，但也很孤独。特别是公熊不结伴，一生大多数时间在寂寞中度过。他们自力更生，没有别的帮助。我想，如果他们有伙伴的话，生活可能会好过些。但他们天生孤独，形单影只，独立自主，强大得足以面对大自然而无须外援……我把自己比成熊已经有很长时间了，我对熊既尊敬又羡慕。在某些方面，熊成了我的象征、我生命中神圣的图腾。”① 他不但把自己比成熊，还把幼子比喻为小熊，例如：《卢克苏醒：一岁生日》（“Luke Waking: First Birthday”, 1978）：

熊在他的血液里，他
睡了第一个冬天之后
在四月的今晨醒来。

他笨拙地
爬到童床边，
抬起头，
对着黎明吸气。
他用手抓
蜜一般的阳光，
想充一充
初次的饥饿。

我把他举起来，
抱在我的胸口。
他顽皮地用巴掌打我。
我知道这畜生
富有不可思议的魅力，
伴同耧斗菜。

诗人还在《我的在黑暗中的父亲》（“My Father in Darkness”）里传达了熊的体验：“我想要告诉他：/我知道在三月中旬，/地上多么湿多么冷，/在松林底下/空间又多么小。”高尔韦·金内尔曾以精彩的《熊》诗征服了他的读者和听众。在回答笔者问他是否受了金内尔影响时，贝希塔说：

他是我最喜欢的诗人之一。我爱他的诗，也爱他的为人和谦虚的态度。当我在中学教书时，我常常把他的《熊》作为最优秀的诗篇之一给学生讲授。我第一次听他朗诵也许是在 30 年前。我回到家里对我的妻子说，他写完了我所想要写的诗，我现在得停笔不写了……那

① 见詹姆斯·贝希塔 2003 年 12 月 18 日发送给笔者的电子邮件。

表明我对他的诗歌的热爱。我认为，他对我的创作有间接的影响，或至少有一个时期，我们对大自然和动物有同样的兴趣和态度。他写了不少关于他的小孩的诗，我也如此。我们在某些地方是相通的。[①]

当然，贝希塔的熊诗不但有自己的独创性，而且机智，例如他的《自我画像》还是一首巧妙的藏头诗，即这十行诗每行的第一个词的第一个字母连起来拼写就是他的名字：JimBeschta。喜欢住在寂静的环境、艺术地表现寂静的环境成了莫纳诺克新田园诗人的共同特色，而贝希塔更是如此。他的《夜声》（“Night Sounds”, 1988）虽然不能和宋玉的《风赋》相提并论，但自有它的特色、它的精彩：

深夜的声音
不像风那样，
那风信使把狗的嚎叫
从小镇沿着路面
带到黑暗的空阔的田野。

风
把瑟瑟作响的树叶
和长长的干草
积存在铁路桥面，
夜声穿过桥缝
落进岩床上
汩汩流淌的水流里。
风移动影子
和脚步，
老人们喘着气，
摇椅在孤寂的地板上
发出嘎吱嘎吱的声音。
有一大堆的声音
暂存在西部的大峡谷里，
存在邮遍大平原
而无法投寄的包裹里。

---

① 见詹姆斯·贝希塔 2003 年 12 月 22 日发送给笔者的电子邮件。

诗人解释这首诗说：

> 我想暗示风引起的所有这些声音到了某个地方，到底到哪里去了呢？我无从知道。我们听见风吹的所有声音究竟怎么样了？所有说的话声音哪里去了？在这首诗里，我自以为这些声音必定到了某处地方，虽然谁也不知道这地方在何处。没有人能发现它们，所以我想象它们已经到了某个谁也不知道的偏僻之地的大峡谷里。①

住在大城市里的诗人是无缘也无法领略深夜风声的，只有住在偏僻之处的贝希塔凭他灵敏的听觉和丰富的想象力，才能捕捉这夜里的风声和其他细微的响动。当笔者问他为何孤独、寂寞和离群索居是常常出现在他的诗里的主题时，他回答说：

> 不管是什么原因，这是我生活的一部分。我喜欢住在这偏偏的地区，有茂密的树林和广阔的农田，也有火鸡、鹿、鸟群和其他动物出没。我习惯于广阔的空间，安静的环境，住宅四周没有人家。对我来说，我无法住在城市。在城市里，我感到坐立不安。②

如同贝希塔所热爱的大自然一样，他的文风也自然朴实，很少有人工雕琢痕迹。他的艺术特色正如拉尔夫·休斯（Ralph A. Hughes）在评论贝希塔诗集《修剪公墓草坪》（*Cutting the Cemetery Lawn*, 2002）的文章中所指出的："他的语言简朴，如同他在序言里解释说，他生来善于运用语言，但不意味着使用浮夸、牵强附会和华而不实的词汇。他用最简单的词语产生最强烈的艺术效果。"③ 休斯还说："贝希塔出版了一部艺术感染力强的诗集，遣字造句简单，感情浓烈。他最突出的成就之一是创作了表达爱的诗集，而在诗集里'爱'只用了一次。正如他在诗集序言里所说：'这是对一切的展示……暗示，比你要说的强，它给人以更多的启发。'"④ 贝希塔在他的这本诗集的前言里还说："我所要求的是联系过去和未来的具体例

① 见詹姆斯·贝希塔 2003 年 12 月 18 日发送给笔者的电子邮件。

② 见詹姆斯·贝希塔 2003 年 12 月 22 日发送给笔者的电子邮件。

③ Ralph A. Hughes. "Jim Beschta's Blues: Cutting the Cemetery Lawn." *Diner*, Fall/Winter 2001.

说明：评论的时间在前，被评论的诗集出版时间在后，是美国通行的做法，评论者先得到作者的书稿进行评论，先行在报刊上发表，有益于推销刚出版的书籍。

④ Ralph A. Hughes. "Jim Beschta's Blues: Cutting the Cemetery Lawn." *Diner*, Fall/Winter 2001.

子、经验和梦想，是奇异与严酷的真实之间的揭示。”这就是他的诗为什么使人感到如此真实如此亲切之所在。

贝希塔出生于威斯康星州密尔沃基，在湖畔乡间长大。获威斯康星多明我学院学士（1965）和麻省伍斯特市阿森普逊学院硕士（1971）。师从迈克尔·特鲁教授。在1972～2000年，在麻省巴尔的一所中学教英文和写作；1997起，兼任伍斯特艺术博物馆文学创作教师。在新英格兰地区和中西部的餐厅、酒吧、图书馆、高校和中学等各处作诗歌朗诵。1971年以来，发表书评和论文200多篇，在20多家杂志发表诗作。曾获得普罗米修斯灯（Promethean Lamp）和伍斯特县诗协会颁发的诗歌奖。

第四节　帕特·法尼约利（Pat Fargnoli，1937—　）

山核桃树林出版社社长、高级编辑帕尔默·霍尔（H. Palmer Hall）在评论帕特·法尼约利获梅·斯文森奖（May Swenson Award, 1999）的处女诗集《必不可少的阳光》（*Necessary Light*, 1999）时，夸奖她的诗歌富有浓郁的英格兰地方色彩，并说：“这本诗集里的佳作很多，多得没有足够的时间和足够的篇幅加以评介。如果你已经读了《必不可少的阳光》，你就会知道我所谈论的内容。这是大家共享的一种生活：爱，阳光，地区。”[1] 霍尔基本上勾勒了她的艺术特色。诗人热爱大自然，对它有深切的感受，对它的描写细致入微。凡经历过英格兰冬天的人，如果读了她的《新罕布什尔州彻斯特县冬季的天空》（“Winter Sky over Cheshire County, New Hampshire”, 1999），准会被她精细的观察力所折服：

一片姹紫嫣红，那里的云
堆在红木林枝干上。
你从树枝上向上飞，
眼前鸽灰色远至数里。
我成天望着你变形：
柠檬黄，圣诞蓝，
烤熟的大马哈鱼肉色。

---

① H. Palmer Hall. “MIRROR IMAGES: PATRICIA FARGNOLI’S NECESSARY LIGHT.” *The Valparaiso Poetry Review*, Volume 1, No. 2 Spring/Summer 2000.

你成天改变形状：
一大片擦布，
岩石堆积的原野，
波浪水花激荡的海洋
如果你能静止下来，
停留在我眼睛的画布上，
我将把你画了下来。

但是你变化无穷：
你向上腾起，风卷起你，
转动的地球带着你。
啊，你散发出
生姜、豆蔻和薄荷的香味。
你用露湿的手套抹我的前额。
你发音洪亮，犹如教堂钟声，
你也发出像两只汤匙相碰的叮叮声，
发出平底锅碰击声，跳着舞。
为了留住你，我把你一口吞下；
我的肚子由于你的千种颜色而肿大，
与你的光亮一同爆破。

在诗人笔下，新罕布什尔州乡间冬季的天空以其声音、色彩和香气的组合，全方位吊人胃口，以至于诗人把它吞而食之。诗人运用通感的才能之大由此可见。她的另一首诗《观看原野上的阳光》（"Watching Light in the Field", 1997）更富视觉冲击力：

也许部分是水，部分是动物——
阳光——它整个长长的光流
好像是河流，几乎无声无息地
蜕落于黑夜，静静地移动着，
难以置信地进入了清晨，
飘入低矮的洼地，聚集起来，
贴紧大蓟和香草
以及田边高耸的树林，

继承它们绿色的财富——
茂盛得仿佛这是唯一正当的工作，
冉冉升起，向外展延，
驻扎在整个景色里。
我想起阳光如何使我们
熟悉忽明忽暗，这足以
引导我们。也使我想起
有多大的亮度致人失明。
我想起了记忆——
我们失去的正是
我们想得到的。
到了中午，一切模糊不清，
一切都在闪耀中弥漫开来。
凡看不清的更加看不清：
汗小河似地在面颊上流淌，
泥土里蚯蚓的气味越来越浓。
大地充溢着喵喵喵的鸟鸣，
这难以辨别的柔和的咕哝。
但在四点钟左右的下午，每一根茎，
每一片叶显得挺拔，精神，轮廓分明，
我开始认识我此刻身在何处。
当光离开时，已到日落时分——
金色涂抹在唐松草和灰白的香雪球上，
在篱笆上披上铜色的披风，跃过
三重圆周的山峦——我不再感到孤单。

太阳是人们司空见惯的天象。如果有人谈到太阳的重要性时，任何人都可以信口讲出“万物生长靠太阳”这句俗套话来，但很少有人能把必不可少的阳光诗性化。即使在诗人之中，很少有谁像帕特那样精彩地描写阳光在一天中的细微变化，如同很少有或几乎没有诗人像中国战国时期宋玉在他的名篇《风赋》里细致地描写风的形成。《观看原野上的阳光》没有像《风赋》那样经过2000多年的长时间考验，当然不能与《风赋》相提并论，但有一点是可以肯定的：帕特和宋玉在观察自然现象的能力和极其丰富的想象力方面有着相似性，甚至观察的视角也有某种类似之处。例如，宋玉在《风赋》里以这样的句式描写风的起始："夫大风生于地，起于青蘋之末，侵淫溪谷，盛怒于土囊之口，缘太山之阿，舞于松柏之下，飘忽淜滂，激飏熛怒，耾耾雷声，回穴错迕，蹷石伐木，梢杀林莽。"而帕特把阳光当作光流，它开始时"几乎无声无息地/蜕落于黑夜，静静地移动着，/难以置信地进入了清晨，/飘入低矮的洼地，聚集起来，/贴紧大蓟和香草/以及田边高耸的树林，/继承它们绿色的财富……"到了中午鼎盛时，"一切模糊不清，/一切都在闪耀中弥漫开来。/凡看不清的更加看不清：/汗小河似地在面颊上流淌，/泥土里蚯蚓的气味越来越浓。/大地充溢着喵喵喵的鸟鸣，/这难以辨别的柔和的咕哝。"两位作者的时空距离虽大，但都精彩地描绘了万古难变的自然现象从不明显到明显的过程和动态美。

可以说，帕特在描绘自然现象上是一个高手，但她不满足于此，例如，她在《静水》（"Still Water", 1996）里，在寄情于景时不忘对世事的关注：

"这是什么时代，一首关于树林的诗几乎是犯了罪，因为它包含了反对许多暴行的缄默。"

——布莱希特

为什么不缄默？
在我前面，鹅塘分开白色的水
我的独木舟穿进六月的阳光，教堂般的寂静，
团团柔和的青紫色的云。
一袭雨纱披在莫纳诺克山上。

这是我的漂流之路
从与世界的每个小冲突
到阳光得体的姿态，它反射出
水面以后，在隐藏于斜斜的
白桦树林的鸟鸣里闪烁。
你会谴责我吗？

我已经抓住这悲伤的老躯体
坚持过了早晨；把它们留给
泥里的蚯蚓照料，它们把
回到泥土里的东西进行加工。

一些罪行是无法救赎的。

你已经知道这些罪行——
不要紧，世界还将是世界。
我要这白得亮铿铿的小池塘
把我的双眼弄花，
瑟瑟响的叶子塞住我的耳朵。

诗人虽然身在陶渊明式的桃花源，但对世界上出现的种种罪恶感到痛心。帕特所谓的“无法救赎的”的“罪行”是指“战争、谋杀、犯罪、强奸、各种暴行、罪孽等等”[①]，她对此尽管感到悲伤，却又无能为力，只好回避，以消极的沉默方式抵制，迂回曲折地抨击社会的丑恶现象。正如著名诗人玛丽·奥利弗（Mary Oliver, 1935— ）在对她的诗集《必不可少的阳光》作的一则书评中说：“读者将会发现帕特多方面的声音……但我认为给读者深刻印象的有两大特点：首先是她对美和人类爱报以由衷的欢快；其次，密切关注那些超过她熟悉环境的一切事物。不论要她花多大的代价，不管它需要多大代价，对法尼约利夫人来说，生活在其中的只有一个世界，一种方式：对世界专注，关心，响应。”

《静水》不但富有政治色彩，而且也和她的其他诗篇一样，同样表现了诗人捕捉自然景色的高超才能。在常人眼里的平常自然现象经过诗人的描绘，却变得如此神奇，充满生机，如同布伦丹·高尔文（Brendan Galvin）所说：“她鼓舞人心令人激动的成熟处女作富有诗歌从来就不足够的两样东西：活力和神奇。”[②] 丽贝卡·鲁尔（Rebecca Rule）则称赞帕特“努力使她的诗平易可读，而她的艺术表现力轻快如同滑冰，像一名运动员一脚点冰，飞速倾身向前，保持完美的平衡”[③]。帕特描写自然色彩的千变万化毫不费力，似乎生来有一双画家的眼睛，这是因为她受梵高、毕加索、夏加尔（Marc Chagall, 1887—1985）、爱德华·霍珀（Edward Hopper, 1882—1967）等画家的影响，敏于画面光线的强弱或明暗。[④]

帕特获康州哈特福德三一学院学士（1973）和康州大学福利救济工作硕士（1987），同时获新罕布什尔州艺术学院荣誉美术学士。从事社会工作

① 见帕特2003年12月19日发送给笔者的电子邮件。
② 见诗集《必不可少的阳光》封底书评。
③ 见诗集《必不可少的阳光》封底书评。
④ 见帕特2003年12月19日发送给笔者的电子邮件。

者工作，已经退休，在基恩音乐美术学院教授诗歌。新罕布什尔州艺术委员会会员、新罕布什尔州作家和出版项目成员；曾任莫纳诺克作家俱乐部和康州诗歌协会理事、《伍斯特评论》副主编、新罕布什尔州桂冠诗人（2006—2009）。在《诗刊》《西北诗歌》《犁铧》《草原大篷车》《印第安纳评论》《绿山评论》《桂冠评论》《宝林厄姆评论》《西雅图评论》等多种文学杂志上发表作品。获罗伯特·弗罗斯特文学奖。诗集《必不可少的阳光》获1999年梅·斯文森奖。她还发表了《其他人的生命》（*Lives of Others*, 2001）、《痛苦的小歌》（*Small Songs of Pain*, 2004）、《圣灵的职责》（*Duties of the Spirit*, 2005）和《某些事》（*Then, Something*, 2009）等诗集。《圣灵的职责》获新罕布什尔州优秀图书简·凯尼恩文学奖（Jane Kenyon Literary Award, 1995）。她现生活在新罕布什尔州沃波尔，当家庭教师和开私人培训班。

第五节 苏珊·罗尼—奥布莱恩
（Susan Roney-O'Brien, 1948— ）

在谈到苏珊·罗尼－奥布莱恩时，马丁说她“几乎在真正意义上把自己紧紧地联系在土地上。她的《农妇》（*Farmwife*, 2000）颂扬土地和我们住的地方”[①]。该诗集获威廉和金曼诗歌图书奖。我们不妨说她是一个农民诗人，当然她不是我们中国人概念中的农民诗人。她先后获波士顿麻省大学英文系学士（1970）和北卡罗来纳州沃伦·威尔逊学院文学硕士（1991），曾从事过遗传工程实验员、零售商店售货员、机器商店检验员、快餐店厨师、护士助理、教辅员、助理研究员、编辑、麻省阿默斯特教育测试服务处试题编写员、女招待员、医疗补助政策发展协调员、家庭儿童日托保姆介绍人、单身老年妇女护理员等多种职业。平常在家里协助丈夫管理小型农场，养鸡的同时教写作班，兼任《伍斯特评论》编辑。她不论早晨离开家还是晚上回家，迎送她的总是一只大猎犬。据她介绍，它名叫西蒙，正规名是纽芬兰拾猿，具有叼物归主的习性。她的诗歌发表在包括《美国佬》《草原大篷车》《贝洛伊特诗歌杂志》在内的许多杂志上。曾三次参加新罕布什尔州诗歌和艺术中心主办的“弗罗斯特寓所”诗歌节，获2000年伍斯特县诗歌协会诗歌年赛一等奖。

总的来说，她贴近乡间生活，把在乡间直接观察和体验到的情景变成

① 见罗杰·马丁寄给笔者的长篇论文《论莫纳诺克新田园诗人》。

诗料，酿制出散发大自然芬芳的醉人诗篇。我们先来欣赏她的短诗《九月》（“September”, 1999）：

我知道光的速度，但当我放下窗帘
关上夜间的窗户时，蟋蟀们
歌吟似地发出和谐的振翅声，
黑夜的长须穿过了纱窗。
当光线消失的时候，
黑暗的速度有多快？
当地里的蟋蟀停止振翅时，
万籁俱寂的静
是多么的深沉，
又多么的充盈，
发出回响，于是
寂静迅疾地消失了。

在喧闹的城市，你能感受到如此美妙的宁静境界吗？再如，她的《大雁》（“Geese”, 1990）：

我从床上听见
风刮窗帘的声音，还听见
大雁南飞时振翅的回声。
我掀开盖被，了望那群秋雁
在下雪前迅速飞离。万物
都朝着一定的方向移动：
树叶摇落，树液返回树根。
马利筋籽从枯萎的荚壳里
被驱除出来，漂浮在草地上空。
荚壳在枯黄的草地上面闪着银光。

我年轻时，旅客们走进
我打工的餐馆。他们背着背包，
谈论墨西哥、印度、科罗拉多，
仿佛他们都去过那里。

我静静地站在他们的旁边
侧耳倾听着他们的每句话，
暗忖我也许会去那里，
一定要去到那里。
但我什么也没有说。
我唯一说的语言是沿着直线走：
已知和盘算过的时间和距离，
每个目的地都活跃在我的血液里。

我此刻紧贴玻璃窗：大雁
在天空正振翅飞成V字形。
大雁长鸣。我后颈的头发
像是鸟的新生软毛倒竖起来。
我向壁炉火塘里放进引火柴，
点着纸头，吹燃木炭，
随后升起一团团烟雾，
让大雁知道，我跟随着它们，
我的灵魂已经化为轻烟飞翔。

诗中人放出缭绕的轻烟跟随大雁，表示她毫无顾虑地大胆地让她的心灵跟随大雁在辽阔的天空中自由飞翔。坚持现代派审美标准（如《荒原》或《诗章》）的批评家如果来衡量她的这两首诗，也许会说她太多愁善感了，太滥施感情了！不过假如你来自农村，当你在初夏听到布谷鸟飞越田间上空发出“布谷”“布谷”的鸣叫时，你能不为这亮丽、悠扬、清甜的歌声动容吗？如果你有诗情的话，你能在此时此刻不感到光阴多么宝贵吗？身在高楼林立、灯红酒绿、流行歌曲响彻耳际的不夜城的诗人无缘听到蟋蟀振翅，看到大雁南飞，只好陶醉于人造的欢乐里，异化于大自然。但苏珊天生能感受大自然脉搏的跳动，写了许多类似《九月》和《大雁》的诗篇，但这并不是说她是信手涂鸦的自然写作，恰恰相反，她是一位训练有素的诗人。苏珊在谈到描写大自然的重要性时说：

我相信，一切人的活动的背景就是大自然。我们所做的一切既影响大自然，也被大自然影响。不管如何深入语言，不管我们创造的机器如何发达，是自然的规律、四季的更迭、潮汐的涨落和环境本身允许我们去发挥作用，去创造，去了解我们人类自己。我曾在城市里居住过七年。我记得那时流行的一行诗："我来到城市。/ 城市使我知道要树林。"我想，现在的情况也是如此。不过我的诗里是被人占据的。斯坦利·库涅茨、温德尔·贝里、威廉·斯塔福德、露易丝·格鲁克等现代诗人都像莫纳诺克诗人那样地利用大自然告诫人类。[①]

苏珊受多个诗人的影响。她说，她向埃莉诺·威尔纳（Eleanor Wilner, 1937— ）学习自由的阐释和独断的选择；向弗罗斯特学习使用大众化语言和对邪恶难以避免的深切了解；向玛丽·奥利弗学习与自然环境保持融洽的关系；向叶芝学习如何处理个人日常范围之外的事情；向迪伦·托马斯学习诗歌的音乐性。[②] 她还说，有一个叫做朱莉的音乐家，是她的导师和朋友，曾教过她学习音乐和写作，对她有直接的影响。如今朱莉已经年过八旬，听力退化，身体日益衰败，已经把她的包括钢琴在内的多余家具送人。苏珊为此写了一首《遗产——为朱莉而作》（"Legacy—for Juli", 2003）送给她：

你还没有变成树、
浓烟或者月光，
你送掉这样
又送掉那样，
在黑暗的房间里
你正在送你的音乐，
此刻，在深沉的寂静里
有一个声音。

诗人接受的是音乐家的精神遗产，她在解释这首诗时说："在这首诗里，我让她知道她没有崩溃，她的精神还在，而且成了我的一部分，在我的精神之内指引我。"[③] 苏珊曾为了支付上大学的儿子的花费，多数时间忙于工作，因此在没有事务干扰的情况下写作是她最大的愿望。她是一个最少介意"叫卖"自己作品的诗人，喜欢朗诵。在创作中，她兼收并蓄这么多营养，加上她得天独厚的生活环境，我们有理由相信，她还会创作出

① 见苏珊2002年12月28日发送给笔者的电子邮件。
② 见苏珊2002年1月8日由马丁转发给笔者的电子邮件。
③ 见苏珊2003年12月29日发送给笔者的电子邮件。

更多脍炙人口的诗篇来。她的诗集《农妇》出版前的手稿获威廉和金曼诗歌图书奖（William and Kingman Poetry Book Award, 1999）。

1971年，苏珊与作家、摄影师菲利普·奥布莱恩（Philip O'Brien）结婚，生一女一子，已有第三代。作为真正意义上的田园诗人，苏珊生活在连陶渊明都会羡慕不已的田园里。她和家人居住在麻省普林斯顿1840年的修复翻新农舍。屋后邻接有9英里林地面积的国家森林。有一个大院子，从后门进去，可以看到玉簪草、斗篷草、冬青和紫藤。屋前、谷仓屋后、香草园后边、车道一侧都是花园。果园种植苹果树、樱桃树、梨树、尼亚加拉葡萄、蓝莓、大黄等；香草园种植三种薄荷、百里香、薰衣草、迷迭香、珠芽圆葱、艾菊、罗勒、香薄荷、批萨草、细香葱、马郁兰、蜜蜂花、沙拉地榆、蓍草、车叶草、丁香、连翘、火丛、笑靥花、杜鹃花等草花；大菜园种植西红柿、豆角、豌豆、茄子、洋葱、土豆、几种不同的辣椒、黄瓜、南瓜等蔬菜。她和丈夫种植、管理和收获。她自制西红柿、莳萝、豆类和什锦菜罐头，晒干香草，做果冻和果酱。她的丈夫有很多时间在家工作，因此喜欢烧煮，准备晚餐，烤面包。她说，她家还有很多藏书。[①]

第六节 约翰·霍金（John Hodgen, 1946— ）

约翰·希尔德必德尔（John Hildebidle, 1946— ）在评论约翰·霍金的诗集《在我父亲的屋子里》（*In My Father's House*, 1993）时，抱怨美国当代诗歌沉闷，只关注自己，指出："什么是当代占优势的精神？阿什伯里冷冰冰的智性？詹姆斯·梅里尔或约翰·霍兰德精雕细刻的晦涩？艾德莉安娜·里奇坚持的政治性？金斯堡公然'野蛮的狂呼'？在坎布里奇市格罗利尔诗歌书店似乎有许多诗集，但很少有值得爱默生夸奖的诗集。"[②] 他接着把约翰·霍金的《在我父亲的屋子里》列为"值得爱默生夸奖"的少数诗集之一，而且觉得它属于耐读的诗集。爱默生早在19世纪晚期去世了，何来夸奖20世纪的诗人？这里是指符合爱默生的审美标准。何以耐读？在希尔德必德尔看来，霍金的诗歌神学色彩比较浓，所以耐读。他承认，神学色彩浓的诗一般都是脱离时代的，但他认为美国诗歌最久远最丰富的传统就是宗教。他在列举有宗教情绪的艾米莉·迪金森诗篇之后，接着又进

---

① 见苏珊2011年10月31日发送给笔者的复信。

② John Hildebidle. "*In My Father's House.*" *Religion and the Arts,* Vol.4, No. 2, 2000.

一步举例说："宗教情调比较明显地表现在罗伯特・洛厄尔的早期诗作和西奥多・罗什克的诗作里，在更近的奥德・劳德（Audre Lorde, 1934— ）多种神话的声音里，在A. R. 阿蒙斯和玛丽・奥利弗的爱默生式自然主义里。而今，《在我父亲的屋子里》也自豪地找到了它该得到的位置。"[①] 希尔德必德尔的这篇文章因为发表在《宗教和艺术》杂志上，所以更多地从基督教的视角对美国当代诗人进行评论，虽然是一家之言，但至少给我们带来一种启发、一种新鲜感，也使我们在阅读约翰・霍金诗歌时多了一种参照。希尔德必德尔主要想说明，美国当代诗里的世俗观点或物欲横流的情调占主导地位，像霍金那样以《圣经》故事为参照创作诗歌的诗人为数不多，因而难能可贵。例如，教堂外面写着"耶稣失业了吗？"字样的布告牌在常人看来不会感到有多大的吸引力，更不会激起诗情，可是霍金看见之后却心潮起伏，浮想联翩，立刻联想到已故的父亲是否有幸见到耶稣。他在《阻拦耶稣——见麻省吉尔伯特维尔的一座教堂外面写着"耶稣失业了吗？"的布告牌有感》（"Stopping the Jesus. 'Is Jesus Unemployed?' —sign outside a church in Gilbertville, Massachusetts", 1995）里，从小孩的角度抒发了多少带有宗教色彩的情感：

只是想见一见他，这你懂得。
也许问问这些年来他在何处。
如果他不走运，不光彩地被解雇，
又上了高速公路，他会看见一只只乌鸦
停立在路边写着"上帝是仁慈的"的标牌上，
那里的卡车拖车为耶稣拖货，
一路上掀起一阵风，也许我最好出来，
像我父亲说的那样，和他一起走一段路程，
他也会这样做，在我叫他下地狱之前，
在他站起来然后倒毙之前。
他心脏病突发，伏在锅炉房的地板上，
四个钟点后才被发现，他像小孩般淌汗，
他的衬衫被解开，我的天，
他的一只手卷曲得好似一只水杯，
他的背弯曲如同一个疑问号，一个大耳朵，

① John Hildebidle. "*In My Father's House.*" *Religion and the Arts,* Vol.4, No. 2, 2000.

或者弯得像参孙用作武器的驴腮骨。[1]
我不会阻拦他，这你懂得。你不可能
阻拦这个耶稣，没有一个人可以阻拦他。
我只想知道他是否见了我的父亲，握他的手，
他是否和他一道走了一会儿时间，好像是
戴着高顶圆帽的劳雷尔和哈迪，
这两个沙漠的儿子，又是一塌糟。[2]
我可以带着那样的想象生活。

据诗人解释，这首诗描述了他童年时的实际经历：他的父亲倒毙在他正在劳动的造纸厂现场。该诗是小孩对父亲的悼念。有一次，他叫父亲去教堂，在父亲拒绝后，他叫父亲滚进地狱去。他现在想来，甚觉懊恼。他记起父亲对他说过，如果耶稣走到这条路上（麻省坦普尔顿2号高速公路，距离莫纳诺克山不太远），他将和耶稣一起走。[3] 他创作这首诗的触发点是他看见教堂外面写着"耶稣失业了吗？"的布告牌。诗里的卡车司机则是他的铺陈。这个卡车司机是为一家公司装货的，信奉基督教，在拖车外面漆了《圣经》语录。诗人说："我发现这种伦理有助于揭示工作时保持个人宗教信仰的状态，特别是蓝领阶层的卡车司机的工作，他似乎与我父亲的生活相一致。"[4]诗人认为，参孙这个形象也意味着死亡，驴腮骨弯曲的形状和他父亲弯曲的背脊骨有着类似之处。[5] 诗人的祖父是公理会牧师，因此诗人从小就熟悉《圣经》故事，后来喜欢上文学，也熟悉莎士比亚戏剧里的故事。他童年时期学到的《圣经》故事给他的创作带来源源不断的灵感和典故。霍金说："我从来没有有意识地写宗教诗。有时在某个时刻的景况与体验似乎和《圣经》里的人物的景况和体验有类似之处，但只作为潜台词，作为类比或比喻，从没有把它作为一首诗的中心。我也许看见已故父亲的幻象，立刻想到《圣经·约翰福音》中死去四天后被耶稣复活的拉撒路，我也可能联想到希腊神话或欧洲油画或美国历史里的人物……父

---

① 参孙是《圣经·旧约》中的一个大力士，在一次与非利士人的战斗中，受耶和华启示，拉断绑绳，抓住一块驴腮骨作为武器，杀了一千个非利士人。

② 20世纪早期美国歌舞杂耍表演和电影的两个演员，他们表演时头戴圆顶高帽，总是扮演生活不安定、应付各种磨难的人物。他们演的一个电影《沙漠的儿子》里一个麻烦接着一个麻烦，因此他们的口头禅是"又是一塌糊涂"。

③ 见约翰·霍金2004年1月6日给笔者的电子邮件。

④ 见约翰·霍金2004年1月1日给笔者的电子邮件。

⑤ 见约翰·霍金2004年1月1日给笔者的电子邮件。

亲的去世粉碎了我原来的宗教信仰。”[①] 诗人在他的另一首诗《通过》（“Getting Through”, 2001）的开头也熟练地运用了基督教术语，描写田园氛围里的夜景和想与人交流的向往：

半夜里的雨蛙，
像教堂唱诗班似的合唱团，
揿着风琴的键盘，奏着管乐，
声音如此之高，情调如此自豪，
很奇怪我们大家没有都出来，
作为合适的听众，一排排
坐在这露天的教堂里。
他们唱着这夜晚的哈利路亚，
它们情不自禁地唱着，
而我们却不这样唱，这是上苍
赐予的又一件没有打开的礼物。
如果你仔细听，你就会听见
卡车司机的恸哭，听见
他们高声的呜咽，听见他们
在属于自己的公路上的不和谐音。
如果你更仔细地听，你就听见
他们正唱着一支歌，为他们
所爱的那个人唱歌，为爱过
他们但现已去世的那个人唱歌，
他们爱那个人胜于热爱月亮。
今晚，我听见雨蛙传播的福音，
听见卡车司机唱的赞美诗，
此刻，这夜半歌声越来越高，
如同山谷里的火车回声远播，
使我相信地球另一边的人
如何开始从睡梦中苏醒。
五个中国兄弟正想喝干大海，
一个男孩和她的妹妹

① 见约翰·霍金2004年1月7日给笔者的电子邮件。

挖着通向美国的地洞，
正在打瞌睡的母亲
叫他们别弄出声响，树上
丰腴的广东鸟点着头打瞌睡。
孩子们停挖了一会儿，
低声地交换意见，把耳朵
贴近地面。他们听见
一个小女孩欢乐地跳舞，
不管是真是假，她是在
汽车发动机罩上跳舞。
她唱着的歌他们已经知道。
这是你在内心里听见的歌。

雨蛙孤独的夜鸣好像有魔力似地激起穿越全美国的孤独的卡车司机为他们所爱的人歌唱，而小孩子们寻求同世界的交流。标题“通过”有两层意思，表层意思是诗人童年时相信可以在地上挖洞到中国去，另一层意思是，表达想与人（甚至地球另一边的人）沟通的渴望。当笔者问他为什么偏偏喜爱用基督教术语和《圣经》典故时，他的回答是：

尽管我们的技术进步，尽管我们关心物质，尽管我们为取得成功而匆忙地狂热地拼搏，我们对于失落和个人的不满足依然面临个人的选择和信仰的问题。你对我的作品分析有助于我看到：在科技似乎获得宗教通常占据创造性想象和思维的偶像力量的时代，我的诗歌里存在依然活跃着一种大自然的神学，一种超验主义的精神。①

霍金还认为：“我更加信仰爱默生、梭罗这些超验主义者，相信一个人通过大自然的美获得完美的精神生活。雨蛙的夜鸣（包括人的歌声）反映了大自然的表露如何能导致顿悟和信仰体系，作用远远超出任何宗教之外。”② 因此，他对田园诗的理解是，田园诗人不但要描写田园的风光，而且更要关心田园给我们带来的精神启迪。他认为，田园也意味着对精神的关注和教堂会众的指引，自然界与精神紧密相连，大自然无与伦比的美

① 见约翰·霍金 2004 年 1 月 7 日给笔者的电子邮件。
② 见约翰·霍金 2004 年 1 月 6 日给笔者的电子邮件。

允许我们看见自己的内心世界。

霍金获伍斯特州立学院学士（1968）和阿桑普申学院硕士（1971）。在瓦丘赛特山社区学院英文和人文系任教。他的诗篇被收入诗选《见证和等待：十三个新英格兰诗人和领会》（*Witness and Wait: Thirteen Poets From New England and Something Understood*, 1989, 1996）。他的诗集包括获1993年须芒草奖（Bluestem Award）的《在我父亲的屋子里》《胸廓》（*Bone Cages*, 1996）、2002年获巴尔康斯诗歌奖（Balcones Poetry Prize）的《没有忧伤的面包》（*Bread Without Sorrow*, 2001）、2005年获作家协会和写作项目颁发的唐纳德·霍尔诗歌奖（Donald Hall Prize）的《恩惠》（*Grace*, 2006）。近作有《天堂与地球控股公司》（*Heaven & Earth Holding Company*, 2010）。还先后获得包括格罗里埃诗歌奖（1980）、英国阿冯基金奖（1981）、《扬基杂志》诗歌奖（1982）、《红砖评论》诗歌竞赛一等奖（1993）、艾米莉·迪金森奖（2001）、查德·沃尔什奖（2006）在内的多项诗歌奖。早期诗歌创作受弗罗斯特、詹姆斯·赖特、丹尼丝·莱维托夫等诗人影响。

第七节　阿德尔·利布莱因（Adelle Leiblein，1951—　）

诗人玛丽·路易丝·圣翁奇在与多人主编的文选《莫纳诺克文学专集》（*Ad Hoc Monadnock*, 1995）引言里说："生活在围绕着莫纳诺克山的这些小镇市的人为生计操劳。我们给壁炉生火，写作，在工厂、办公室和电脑旁工作。我们制图，学习，关心我们的邻里，完成为生活所必须要做的工作。春天，我们与泥土打交道，捕鱼，坐在家里抱怨黑苍蝇捣蛋。夏天，田里施肥和耕种后，我们的客人来访。他们采摘草莓，搭顺风车，游泳，吃西瓜吐西瓜籽，躺在树影下看书。"玛丽为我们勾画了好一派乡村的闲适生活！阿德尔·利布莱因从小就生活在这样的环境里。她幼小时就亲眼看到了牛奶场为早产的母牛接生的动人心弦的场面：

> 你困倦的父亲不声不响地把你带到屋外的牲口棚。
> 一只小牛向你走来，几周来你一直想
> 见一见复活节的奇迹，太早了。
> 你正猜想有关你自己身体的种种问题。
> 三个男子望着她。月亮比你记忆中的大。
> 四野里是好多好多黑色的牲口棚。

你望着去年夏天你骑的母牛。她黑色的鼻孔
张开，鼻息在冷空气里冒着白烟。在院子里
一大片一大片白雪遮盖着三月的地面。
你睡着了，醒来，什么也没发生。
你又醒了，脸上留下干草的印子。
羊水破了。男人们把牛棚里沾出的羊水盖住。
突然母牛躺下，小牛崽露出了屁股，一条腿，
全部出来了。你祈祷：别折腾了，
你急得乱拽你蓝色上衣袖子上的纤维绒球，
撒在干草上；抹掉你面颊上沾的羊水。
你掐着手指计算时间。你见到露出的羊膜
在柱子旁边冒着热气。你父亲
给许多牛接过生。他可靠的双手

问母牛难以回答的问题。男人们用绳围绕牛崽的
胸部系紧后往外拉。他们浑身发抖，喊出了声。
在沉重的时刻你忘记了一切。你向后退。
你想脱掉你的短上衣，想避开。
你仍然穿着你的上衣，冷汗淋漓。
牛棚的梁嘎嘎作响，仿佛它们用
整个棚子撑住自己。小牛崽孱弱无声。
母牛筋疲力尽，伏在地面，
努力抵制麻醉剂引起的瞌睡。
你的父亲抱住那个黑东西往外走，
沉重地走到门口时肩膀发抖。
他停住脚说："你在那里，很好。"
这是惨白而残酷的电灯光下
唯一的祝愿。你的父亲在院子里
挖了一个浅洞，把小牛崽埋了。
小牛崽早产了。在春天，
你将要到田里看到花和骨头。

——《1959 年三月》（"March 1959", 1989）

想在复活节看到奇迹发生的童年时的诗人，却在牛棚里看到了母牛的

早产。复活节的时间常常在每年的三月下旬，正是新罕布什尔州寒冷的春天。这是诗人八九岁时在姑妈家旁边的一家奶牛场看到的情景，她后来写这首诗时，把她的父亲写进去了。原来她家住宅附近有一小片土地，爱好动植物的父亲不但在田里种上各种花草和蔬菜，而且养了狗、猫、澳大利亚大体型兔子、小白鼠、沙鼠、鸽子、鸡、鸭、角蜥、彩龟等等各类动物。因此，这是一首反映现实生活的诗，经过了诗人移植和拼凑的艺术加工。埋在园子里的小牛崽使诗人联想到春天田里美丽的花和因雨水冲刷而露出来的动物尸骨。诗人为此说："我们埋下动物的尸体，也种下了种子，土地在春天更新自己，而在繁盛的花朵和丰富的果实里面早已埋藏了死亡和悲哀。"[①] 诗人善于通过回忆，把当时环境里的声音、夜色和情绪栩栩如生地描绘出来，而且蕴涵哲理。她说："一般来说，在诗歌、我的环境和艺术作品里，我喜欢多样的层次、丰厚的机质、多种的阐释……简言之，多种东西起作用。这些爱好适用于我个人的视觉环境、听觉环境，甚至我的衣服、食物和个人的物品。"[②] 她的这种美学趣味同样表现在她的另一首诗《黎明时给三色堇花浇水》（"Watering Pansies at Dawn", 2000）里：

不管怎么说，这不是你想象的那样……
不过桃红色的光照亮空气中的尘粒，
草坪上的露水使你的脚步轻快。
应当是罗曼蒂克，呃？
然而，有着奇怪苦脸的三色堇花
向上倾着身子，整个早晨想喝
你手臂里的陶壶向你脚旁陶罐倒水时
泼洒出来的水。它们嘲弄你。
如果你要它们一直开花，园艺书
告诉你，你得每天摘掉它们的枯花朵。
谁有那样的余暇？甚至树立的篱笆桩
渐渐地向地面倾斜，艰难地走向
我们所有肉体凡胎的归宿：
土地，骨灰，尘土。这里是
重力在起作用。黎明逐渐变亮。

① 见阿德尔 2004年2月9日给笔者的电子邮件。
② 见阿德尔 2003年12月30日给笔者的电子邮件。

我的睡衣紧裹着的地方，水
好像小河似地流泻，把睡衣布
湿得透明。这时我专心致志地
给三色堇花浇水，没有注意
一条束带蛇在舔我的脚。
当我站在青草里时，一阵大风吹起
我的睡衣，几乎像浪花涌在我的后背。
我扭转身，收住脚，拉平身后被风掀的后摆。
丈夫从厨房里对我说："你看起来好像是天使。"
陶壶倒空了，天完全亮了，蛇早游走了，
我浇的水通过三色堇花的根、叶吸收和呼吸
流向大海。这不是你想象的那样。这很神圣。

诗人把三色堇花拟人化了，它们不是被动地被浇灌，而是主动地喝水。诗人强调欣赏三色堇花不是你想象中的那样浪漫，相反她感到三色堇花在嘲笑浇花人，她说："我看到了花枝上的一张张小脸。我感觉它们在嘲弄你，因为从它们依赖于浇水女子的另一面看，它们有自己的命运和意义，有着自己的独立性。也许浇花的女子需要花胜过花需要她？我猜想三色堇花冲淡了人们加给它过于甜美的形象。"[①] 浇花的水通过花的作用与大自然的循环联系了起来，因此在诗人心目中，这很神圣，并非常人所想象的那样平常。诗人在她的另一首精彩的诗篇《情理》（"Reasons", 1992）里，同样把铁线莲拟人化了：

夏天最终投降了。青草
变成紫色、红色和金黄。
绿色的枝芽渐渐稀少，面对
行人在一棵枯树上留下的字条，
成了一种葱绿已逝的提示。
寂静跟随落叶降临。
水在涌流，它的形状
跟随容器而定。留鸟长起
厚实的羽毛，预示冬天的来临，

① 见阿德尔 2003 年 12 月 30 日给笔者的电子邮件。

美丽的羽毛随着四季变化而变化。
侵蚀开始于大地屈服之际：
变得虚弱的铁线莲调整它的根须，
紧贴门廊的角落，不管寒冷的气候，
依然开花，散发它的芬芳。
一个女子在床上辗转反侧，
窗外是一轮忧郁的月亮，
房间高高的天花板晃荡着阴影——
有人在楼下用立体声唱机播放忧郁的音乐。[①]

仿佛是预先安排好似的，她睁开了眼睛。
她身映月色，交替于月光和黑暗之间。
她独自一人，深深地平稳地呼吸。
这时她听见了楼梯的脚步声。

在诗人的笔下，顽强的铁线莲不但知时节而且也懂得如何抵御严寒，就地过冬的鸟儿们也知道如何御寒。诗人同时生动地传达了诗中人的情绪：天上忧郁的月亮和楼下忧郁的蓝调衬托了一个女子夜深人静时独处卧室的心情，尽管她终于听到了她心上人的脚步声。像帕特·法尼约利一样，阿德尔·利布莱因不但善于捕捉大自然变化不定的色彩和明暗不定的光线，而且更能惟妙惟肖地刻画诗中人当时的心理状态，表现了莫纳诺克新田园诗人的共同特色：把独特的新英格兰自然景观和独特的新英格兰人的心理景观有机地结合了起来，而他们在艺术上的共同点的粘合剂是他们在不同程度上受弗罗斯特的影响，正如阿德尔说：

弗罗斯特在把握新英格兰荒凉美和葱郁苍翠的自然景观与心理景观的诗篇给了我们巨大的影响，有时我觉得生活在弗罗斯特的诗歌里。在世界这一部分的诗人以熟悉弗罗斯特的诗作为前提，因此他在这里的当代诗歌创作中必定有反响。这里的土地、自然世界，一直诉诸诗人们的感官，而弗罗斯特则提供了一个非常特殊的观察透镜。当我在科罗拉多时，我对新英格现实的个人反应便显现了出来。对我最重要的是自然景观、世界外观、乡野地势，每个诗人在其中需要对它

① 指美国流行的爵士/蓝调歌曲《Mood Indigo》（1930），乐曲幽怨动人。

进行探索，并产生共鸣，我们的诗就在这里诞生了。我以为，我们这个组的每个诗人都有一首或几首他或她喜爱的弗罗斯特诗篇。我喜爱的一首诗是他的《向地面》（“To Earthward”，1923），它表达了获得最大容量的一种愿望，思考四周丰富的生活的一种欲求。[①]

阿德尔的确能在平凡的日常琐事里发现生活的丰富性和趣味性，例如，她的《一面对月谈话一面准备做菜》（“Talking to the Moon While Cooking From Scratch”, 1994）：

为了爱，我不怕麻烦，你听见了吗？
从零开始，是的，用你已有的原料。
忙碌起来，快动手。爱是一个短暂的季节。

食品储存不多，我要回芹、红球牌酵母块，
也许还要蓝宝石牌胡桃仁。是的，是的。
给我拿来配菜，如同女子耳朵后插上玫瑰。
今晚，我在园子里
摘出最后一捧豌豆，
刷掉黑色的毛毛虫，
轻易地拔起地里所剩余的菜蔬。

包菜使我想起他的指纹，餐匙里的
光珠使我想起他眼中的爱意。菜叶的
微细结构体现我有条不紊的计划。

如果我勤快，我的厨房将响起歌唱般的声响。
在充满苹果的气味里，我准备的食物将端到
那些坐在那里的我亲密接触的身体前面。

诗中人在园子里拔菜、摘豆时同明月快乐地对谈；在厨房里为她所爱的人忙晚餐时情不自禁地自说自话，通篇洋溢着浓郁的生活气息。这使人想起苏珊·罗尼－奥布莱恩在她的《农妇的指导》里津津乐道她切菜时的

① 见阿德尔 2003 年 12 月 30 日给笔者的电子邮件。

欢乐。农家乐在她/他们的田园诗里得到了充分的反映。

在阿德尔的笔下，日常琐事皆可入诗，例如，她描写她赤身裸体的姑妈让她拿剪子剪紧身褡的《姑妈琼》（“Auntie Joan”, 1995）、讲她的母亲为避免她发生意外而严格要求她把长发束紧后才允许使用缝纫机做衣服的《允许缝纫》（“Permission To Sew”, 1995）、叙述她的母亲一生日常生活的《一生漫长的行走》（“A Long Walk”, 2002）等等都是充满生活情趣的诗篇。

在谈到其他诗人对她的影响时，阿德尔说：“高尔韦·金内尔的世界使我希望放声歌唱。卡罗琳·福谢诗歌里的形状和光影以及透明的心灵使我感动掉泪。爱德华·赫希从世界的末端传来的信息使我激动得透不过气来。”[①] 在捕捉意象方面，她认为，她更多地受到深层意象派诗人詹姆斯·赖特的影响。她一直推崇詹姆斯·赖特。他的意象、睿智和从现今世界孤独的失落的命运里吸取的教训，极大地持续地推动着她。她说，赖特晓畅的语言和锐敏的眼力体现了诗歌应当具有的品格。[②]

阿德尔出生在麻省中部工人家庭，是该家庭第一个受到高等教育的幸运儿。获麻省大学学士（1976）和波士顿大学硕士（1985）。在入学伍斯特市克拉克大学写作班（1977—1978）期间，与约翰·霍金来往最为密切。通过“免费艺术家和作家写作班”的学习，她开始了早期的创作生涯。任艺术杂志《黑马》主编（1970—1990），麻省双周四诗人聚会组和出版社创建人之一，美国诗歌协会和伍斯特县诗歌协会会员。先后在新罕布什尔州艺术学院（1994—2000）和德科德瓦博物馆学院（2000— ）任教。麻省韦兰德艺术中心艺术家花环诗歌竞赛奖负责人。从1988年起，开办儿童与成年人文学/艺术创作班。通过伍斯特艺术博物馆、克拉克大学、新罕布什尔州艺术学院、新罕布什尔州作家协会和出版社项目以及众多文化和民间组织教授文学创作。在新罕布什尔州、麻省、新墨西哥州、俄克拉荷马州等地的城市朗诵诗歌，并在全美各地开个人摄影和拼贴艺术展。还成立了以印刷当代诗歌明信片为主的夸张出版社。她的诗作发表在《丹佛季刊》《红砖评论》《宁录》《小苹果》《黑马》《卷须》等杂志上。她的诗篇被收入诗选《见证和等待：十三个新英格兰诗人和领会》（1996）和《莫纳诺克文学专集》。获科罗拉多州个人艺术诗歌奖（2000）。她与她丈夫戴维·特雷西（David Tracey）生活在科罗拉多洛矶山的山脚下。

---

① 见阿德尔 2003年12月30日给笔者的电子邮件。

② 见阿德尔 2003年12月30日给笔者的电子邮件。

第八节　特丽·法里什（Terry Farish，1947—　）

住在新罕布什尔州彼得博罗的特丽·法里什每天一起床，通过窗户，就能看见莫纳诺克山，对她来说，它具有质朴而强健的风度。她认为，“当作家专注过去和现在时，它能引起创作灵感”[①]。在莫纳诺克新田园诗人之中，特丽的部分经历（例如在越南）和罗杰·马丁相似，或明或暗地反映在作品里。特丽在20世纪70年代早期作为国际红十字志愿服务人员到越南为美军服务，20世纪80年代中期在英国留学，这两次经历在特丽的人生中占了相当突出的地位，自然地也反映在她的诗篇里。例如，她的短诗《阵亡将士纪念日》（“Memorial Day”, 1987）就带有厌战的情绪：

我看见你的旗子在鲍街飘扬，
我走在丁香香气缭绕的
萨默维尔大街的人行道上。
“美国老兵，越南。”
你说，我能做些什么使你
在这里感到舒服？我们
在酒吧间的竹帘后面。
你说，一个海军士兵，
正叭一声打开啤酒瓶盖。
我们去过许多这样的酒吧，
我们来这里吃一块白面饼，
一块足有三英尺长的，
欢迎兵士回国的面饼。
你的微笑里含有受伤的魅力。
我把你的痛苦当作我的过错，
我只能是过去的我，
而你依然是那场战争。
我喝你的酒，吃你的饼，
从我的手指上舔掉你的痛苦，

① 见特丽·法里什2004年1月4日发送给笔者的电子邮件。

粘稠、沉重而甜蜜的痛苦。
我们在长着丁香树的街道聊天，
当心我们别再分开，离开美国。

阵亡将士纪念日的这天晚上，从越南回来的老兵在萨默维尔大街聚会。诗人曾作为国际红十字志愿服务人员，在越南为美国士兵服务，当然也应邀参加，她没有作过战，没有受伤的老兵的那种刻骨铭心的痛苦。诗中描写的这个老兵正遭受外伤后的紧张感和战争造成的其他痛苦。因此，越战期间来到美国的亚洲难民特别引起她的注意。她说，莫纳诺克山地区成了东西方文化交流的地方，这里有经过千难万险来到这里安家的柬埔寨难民，她被吸引去和他们交朋友，为她的创作带来新鲜的内容。[①] 亚洲人和非洲人移民的故事更多地反映在她的小说里。

她的另一首诗《在库姆的租房》（"Shorthold in Combe", 1986）则生动地反映了她在英国留学的情形，富有生活趣味：

三年来，我想象自己成了克劳德特，
虽然她从不认识我。她给我留下
杂黄褐色猫和樱桃木书架，
书架上排满了大量的书籍。
她还给我留下了一只珠宝木箱
和一把天鹅颈浇水壶。
我在珠宝箱外面抹上柠檬油，
熨烫饰有金点的亚麻布窗帘，
擦亮她的黄铜器，给她的石竹
浇水。我发现她把整套家具
留给租房人是一个失察。
不过，我喜欢她雅致的水壶，
她花园的花香使我兴奋不已。
她的一排书逍遥自在地斜立着。
最后一天，我在珠宝箱里
放了一枚硬币，向她表示
我的敬意。树上挂着一面

① 见特丽·法里什2004年1月4日发送给笔者的电子邮件。

用作屋外照脸的小镜子，
好像是阳光下的玻璃，
让我头晕目眩。克劳德特
不在那里，连她的人影也不见。
我让她想到一个精力充沛的我。

库姆是牛津大学附近的一个小村子，诗人在安蒂奥克学院学习期间，租了克劳德特的一座房屋。克劳德特的丈夫在国外工作，克劳德特也跟随丈夫生活在国外，诗人通过他们的房屋出租代理人，租到了这座雅致的房屋，和家人在此住了一年。这位房屋女主人虽然没有见过房客，但给房客留下了如此舒适而雅致的生活环境，以至使这位房客诗人觉得女主人把包括珠宝箱在内的成套家具留下出租是她的失察。

特丽学的是图书管理专业，获德州得克萨斯女子大学学士（1969）、加州大学富勒顿分校图书管理专业硕士（1977）和伦敦安蒂奥克学院文学硕士（1985）。曾在牛津大学哲学图书馆工作（1983—1984），跟从英国儿童文学作家简·马克（Jan Mark）学习创作（1984—1985）。在内布拉斯加州拉尔斯通市公共图书馆（1976—1980）、莱明斯特公共图书馆（1986—1990）和新罕布什尔州达勒姆图书馆（1997—1999）任馆长。喜欢阅读弗罗斯特、W. B. 叶芝、W. C. 威廉斯的作品以及托马斯·哈代的诗。作为社会工作者，她为到美国的外国难民服务，收集移民故事和国外的传说，这些成了她的写作题材。发表多部小说。曾在新罕布什尔州里维尔学院执教（1992—2000）。从 2001 年开始，在缅因州社会中坚文献研究学院执教，并任该学院《社会中坚》杂志主编。获新罕布什尔州艺术委员会颁发的文学艺术奖（1999）和新罕布什尔州儿童文学杰出作品奖（2000）。